Ogniem
i mieczem

GIMNAZJUM

Henryk Sienkiewicz

Ogniem i mieczem

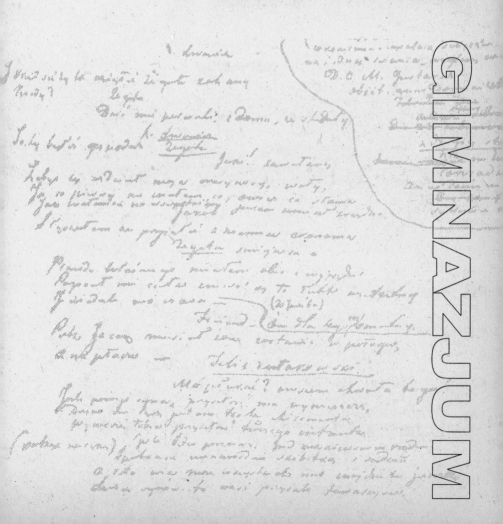

Seria: KLASYKA DLA GIMNAZJUM

Książka z kanonu lektur szkolnych zatwierdzonego przez
Ministerstwo Edukacji Narodowej dla uczniów gimnazjów

Redakcja: Zenona Marciniak

Korekta: Danuta Rzeszewska-Kowalik

Redakcja techniczna: Aleksandra Napiórkowska

Projekt okładki: Zespół

Ilustracja na okładce:
fragmenty obrazu Jana Matejki
„Bohdan Chmielnicki z Tuhaj-Bejem pod Lwowem"

Copyright © I. SZEREMET

ISBN 83-7236-112-6

Druk i oprawa: Rzeszowskie Zakłady Graficzne
Rzeszów, ul. płk. L. Lisa-Kuli 19.

GIMNAZJUM

TOM I

I

Rok 1647 był to dziwny rok, w którym rozmaite znaki na niebie i ziemi zwiastowały jakoweś klęski i nadzwyczajne zdarzenia.

Współcześni kronikarze wspominają, iż z wiosny szarańcza w niesłychanej ilości wyroiła się z Dzikich Pól i zniszczyła zasiewy i trawy, co było przepowiednią napadów tatarskich. Latem zdarzyło się wielkie zaćmienie słońca, a wkrótce potem kometa pojawiła się na niebie. W Warszawie widywano też nad miastem mogiłę i krzyż ognisty w obłokach; odprawiano więc posty i dawano jałmużny, gdyż niektórzy twierdzili, że zaraza spadnie na kraj i wygubi rodzaj ludzki. Nareszcie zima nastała tak lekka, że najstarsi ludzie nie pamiętali podobnej. W południowych województwach lody nie popętały wcale wód, które podsycane topniejącym każdego ranka śniegiem wystąpiły z łożysk i pozalewały brzegi. Padały częste deszcze. Step rozmókł i zmienił się w wielką kałużę, słońce zaś w południe dogrzewało tak mocno, że – dziw nad dziwy! – w województwie bracławskim i na Dzikich Polach zielona ruń okryła stepy i rozłogi już w połowie grudnia. Roje po pasiekach poczęły się burzyć i huczeć, bydło ryczało po zagrodach. Gdy więc tak porządek przyrodzenia zdawał się być wcale odwróconym, wszyscy na Rusi oczekując niezwykłych zdarzeń zwracali niespokojny umysł i oczy szczególniej ku Dzikim Polom, od których łatwiej niźli skądinąd mogło się ukazać niebezpieczeństwo.

Tymczasem na Polach nie działo się nic nadzwyczajnego i nie było innych walk i potyczek jak te, które się odprawiały tam zwykle, a o których wiedziały tylko orły, jastrzębie, kruki i zwierz polny. Bo takie to już były te Pola. Ostatnie ślady osiadłego życia kończyły się, idąc ku południowi, niedaleko za Czehrynem ode Dniepru, a od Dniestru – niedaleko za Humaniem, a potem już hen, ku limanom i morzu, step i step, w dwie rzeki jakby w ramę ujęty. Na łuku Dnieprowym, na Niżu, wrzało jeszcze kozacze życie za porohami, ale w samych Polach nikt nie mieszkał i chyba po brzegach tkwiły gdzieniegdzie „polanki" jakoby wyspy wśród morza. Ziemia była *de nomine* Rzeczypospolitej, ale pustynna, na której pastwisk Rzeczpospolita Tatarom pozwalała, wszakże gdy Kozacy często bronili, więc to pastwisko było i pobojowiskiem zarazem.

Ile tam walk stoczono, ilu ludzi legło, nikt nie zliczył, nikt nie spamiętał. Orły, jastrzębie i kruki jedne wiedziały, a kto z daleka dosłyszał szum skrzydeł i krakanie, kto ujrzał wiry ptasie nad jednym kołujące miejscem, to wiedział, że tam trupy lub kości nie pogrzebione leżą... Polowano w trawach na ludzi jakby na wilki lub suhaki. Polował, kto chciał. Człek prawem ścigan chronił się w dzikie stepy, orężny pasterz trzód strzegł, rycerz przygód tam szukał, łotrzyk łupu. Kozak Tatara, Tatar Kozaka. Bywało, że i całe watahy broniły trzód przed tłumami napastników. Step to był pusty i pełny zarazem, cichy i groźny, spokojny i pełen zasadzek, dziki od Dzikich Pól, ale i od dzikich dusz.

Czasem też napełniała go wielka wojna. Wówczas płynęły po nim jak fale czambuły tatarskie, pułki kozackie, to chorągwie polskie lub wołoskie; nocami rżenie koni wtórowało wyciom wilków, głos kotłów i trąb mosiężnych leciał aż do Owidowego jeziora i ku morzu, a na Czarnym Szlaku, na Kuczmańskim – rzekłbyś: powódź ludzka. Granic Rzeczypospolitej strzegły od Kamieńca aż do Dniepru stanice i „polanki" i – gdy szlaki miały się zaroić, poznawano właśnie po niezliczonych stadach ptactwa, które, płoszone przez czambuły, leciały na północ. Ale Tatar, byle wychylił się z Czarnego Lasu lub

Dniestr przebył od strony wołoskiej, to stepem równo z ptakami stawał w południowych województwach.

Wszelako zimy owej ptastwo nie ciągnęło z wrzaskiem ku Rzeczypospolitej. Na stepie było ciszej niż zwykle. W chwili gdy rozpoczyna się powieść nasza,słońce zachodziło właśnie, a czerwonawe jego promienie rozświecały okolicę pustą zupełnie. Na północnym krańcu Dzikich Pól, nad Omelniczkiem, aż do jego ujścia, najbystrzejszy wzrok nie mógłby odkryć jednej żywej duszy ani nawet żadnego ruchu w ciemnych, zaschniętych i zwiędłych burzanach. Słońce połową tylko tarczy wyglądało jeszcze zza widnokręgu. Niebo było już ciemne, a potem i step z wolna mroczył się coraz bardziej. Na lewym brzegu, na niewielkiej wyniosłości podobniejszej do mogiły niż do wzgórza, świeciły tylko resztki murowanej stanicy, którą niegdyś jeszcze Teodoryk Buczacki wystawił, a którą potem napady starły. Od ruiny owej padał długi cień. Opodal świeciły wody szeroko rozlanego Omelniczka, który w tym miejscu skręca się ku Dnieprowi. Ale blaski gasły coraz bardziej na niebie i na ziemi. Z nieba dochodziły tylko klangory żurawi ciągnących ku morzu; zresztą ciszy nie przerywał żaden głos.

Noc zapadła nad pustynią, a z nią nastała godzina duchów. Czuwający w stanicach rycerze opowiadali sobie w owych czasach, że nocami wstają na Dzikich Polach cienie poległych, którzy zeszli tam nagłą śmiercią w grzechu, i odprawują swoje korowody, w czym im żaden krzyż ani kościół nie przeszkadza. Toteż gdy sznury wskazujące północ poczynały się dopalać, odmawiano po stanicach modlitwy za umarłych. Mówiono także, że one cienie jeźdźców snując się po pustyni zastępują drogę podróżnym jęcząc i prosząc o znak krzyża świętego. Między nimi trafiały się upiory, które goniły za ludźmi wyjąc. Wprawne ucho z daleka już rozeznawało wycie upiorów od wilczego. Widywano również całe wojska cieniów, które czasem przybliżały się tak do stanic, że straże grały larum. Zapowiadało to zwykle wielką wojnę. Spotkanie pojedynczych cieniów nie znaczyło również nic dobrego, ale nie zawsze należało sobie źle wróżyć, bo i człek żywy zjawiał się nieraz i niknął jak cień przed podróżnymi, dlatego często i snadnie za ducha mógł być poczytanym.

Skoro więc noc zapadła nad Omelniczkiem, nie było w tym nic dziwnego, że zaraz koło opustoszałej stanicy pojawił się duch czy człowiek. Miesiąc wychynął właśnie zza Dniepru i obielił pustkę, głowy bodiaków i dal stepową. Wtem niżej na stepie ukazały się inne jakieś nocne istoty. Przelatujące chmurki przesłaniały co chwila blask księżyca, więc owe postacie to wybłyskiwały z cienia, to znowu gasły. Chwilami nikły zupełnie i zdawały się topnieć w cieniu. Posuwając się ku wyniosłości, na której stał pierwszy jeździec, skradały się cicho, ostrożnie, z wolna, zatrzymując się co chwila.

W ruchach ich było coś przerażającego, jak i w całym tym stepie, tak spokojnym na pozór. Wiatr chwilami podmuchiwał ode Dniepru sprawując żałosny szelest w zeschłych bodiakach, które pochylały się i trzęsły, jakby przerażone. Na koniec postacie znikły, schroniły się w cień ruiny. W bladym świetle nocy widać było tylko jednego jeźdźca stojącego na wyniosłości.

Wreszcie szelest ów zwrócił jego uwagę. Zbliżywszy się do skraju wzgórza począł wpatrywać się w step uważnie. W tej chwili wiatr przestał wiać, szelest ustał i zrobiła się cisza zupełna.

Nagle dał się słyszeć przeraźliwy świst. Zmieszane głosy poczęły wrzeszczeć przeraźliwie: ,,Hałła! Hałła! Jezu Chryste! ratuj! bij!'' Rozległ się huk samopałów, czerwone światła rozdarły ciemności. Tętent koni zmieszał się z szczękiem żelaza. Nowi jacyś jeźdźce wyrośli jakby spod ziemi na stepie. Rzekłbyś: burza zawrzała nagle w tej cichej, złowrogiej pustyni. Potem jęki ludzkie zawtórowały wrzaskom strasznym, wreszcie ucichło wszystko: walka była skończona.

Widocznie rozegrywała się jedna ze zwykłych scen na Dzikich Polach.

Jeźdźcy zgrupowali się na wyniosłości; niektórzy pozsiadali z koni, przypatrując się czemuś pilnie.

Wtem w ciemnościach ozwał się silny i rozkazujący głos:

– Hej tam! skrzesać ognia i zapalić!

Po chwili posypały się naprzód iskry, a potem buchnął płomień suchych oczeretów i łuczywa, które podróżujący przez Dzikie Pola wozili zawsze ze sobą.

Wnet wbito w ziemię drąg od kaganka i jaskrawe, padajace, z góry światło oświeciło wyraźnie kilkunastu ludzi pochylonych nad jakąś postacią leżącą bez ruchu na ziemi.

Byli to żołnierze ubrani w barwę czerwoną, dworską, i w wilcze kapuzy. Z tych jeden, siedzący na dzielnym koniu, zdawał się reszcie przywodzić. Zsiadłszy z konia zbliżył się do owej leżącej postaci i spytał:

– A co, wachmistrzu? żyje czy nie żyje?

– Żyje, panie namiestniku, ale charcze; arkan go zdławił.

– Co zacz jest?

– Nie Tatar, znaczny ktoś.

– To i Bogu dziękować.

Tu namiestnik popatrzył uważnie na leżącego męża.

– Coś jakby hetman – rzekł.

– I koń pod nim tatar zacny, jak lepszego u chana nie znaleźć – odpowiedział wachmistrz. – A ot, tam go trzymają.

Porucznik spojrzał i twarz mu się rozjaśniła. Obok dwóch szeregowych trzymało rzeczywiście dzielnego rumaka, który tuląc uszy i rozdymając chrapy wyciągał głowę i poglądał przerażonymi oczyma na swego pana.

– Ale koń, panie namiestniku, będzie nasz? – wtrącił tonem pytania wachmistrz.

– A ty, psiawiaro, chciałbyś chrześcijanowi konia w stepie odjąć?

– Bo zdobyczny...

Dalszą rozmowę przerwało silniejsze chrapanie zduszonego męża.

– Wlać mu gorzałki w gębę – rzekł pan namiestnik – pas odpiąć.

– Czy zostaniemy tu na nocleg?

– Tak jest, konie rozkulbaczyć, stos zapalić.

Żołnierze skoczyli co żywo. Jedni poczęli cucić i rozcierać leżącego, drudzy ruszyli po oczerety, inni rozesłali na ziemi skóry wielbłądzie i niedźwiedzie na nocleg.

Pan namiestnik, nie troszcząc się więcej o zduszonego męża, odpiął pas i rozciągnął się na burce przy ognisku. Był to młody jeszcze bardzo człowiek, suchy, czarniawy, wielce przystojny, ze szczupłą twarzą i wydatnym orlim nosem. W oczach jego malowała się okrutna fantazja i zadzierżystość, ale w obliczu miał wyraz uczciwy. Wąs dość obfity i nie golona widocznie od dawna broda dodawały mu nad wiek powagi.

Tymczasem dwaj pachołkowie zajęli się przyrządzaniem wieczerzy. Położono na ogniu gotowe ćwierci baranie; zdjęto też z koni kilka dropiów upolowanych w czasie dnia, kilka pardew i jednego suhaka, którego pachoł wnet zaczął obłupywać ze skóry. Stos płonął rzucając na step ogromne, czerwone koło światła. Zduszony człowiek począł z wolna przychodzić do siebie. Przez czas jakiś wodził nabiegłymi krwią oczyma po obcych badając ich twarze; następnie usiłował powstać. Żołnierz, który poprzednio rozmawiał z namiestnikiem, dźwignął go w górę pod pachy; drugi włożył mu obuszek w dłoń, na którym nieznajomy wsparł się z całej siły. Twarz jego była jeszcze czerwona, żyły jej nabrzmiałe. Na koniec przyduszonym głosem wykrztusił pierwszy wyraz:

– Wody!

Podano mu gorzałki, którą pił i pił, co mu widocznie dobrze zrobiło, bo odjąwszy wreszcie flaszę od ust, czystszym już głosem spytał:

– W czyich jestem ręku?

Namiestnik powstał i zbliżył się ku niemu.

– W ręku tych, co waści salwowali.

– Przeto nie waszmościowie schwycili mnie na arkan?

– Mosanie, nasza rzecz szabla, nie arkan. Krzywdzisz waść dobrych żołnierzów podejrzeniem. Złapali cię jakowiś łotrzykowie udający Tatarów, których jeśliś ciekaw, oglądać możesz, bo oto leżą tam porżnięci jak barany. To mówiąc wskazał ręką na kilka ciemnych ciał leżących poniżej wyniosłości.

A nieznajomy na to:

– To pozwólcie mi spocząć.

Podłożono mu wojłokową kulbakę, na której siadł i pogrążył się w milczeniu.

Był to mąż w sile wieku, średniego wzrostu, szerokich ramion, prawie olbrzymej budowy ciała i uderzających rysów. Głowę miał ogromną, cerę zawiędłą, bardzo ogorzałą, oczy czarne i nieco ukośne jak u Tatara, a nad wąskimi ustami zwieszał mu się cienki wąs rozchodzący się dopiero przy końcach w dwie szerokie kiście. Twarz jego potężna zwiastowała powagę i dumę. Było w niej coś pociągającego i odpychającego zarazem – powaga hetmańska ożeniona z tatarską chytrością, dobrotliwość i dzikość.

Posiedziawszy nieco na kulbace, wstał i nad wszelkie spodziewanie, zamiast dziękować, poszedł oglądać trupy.

– Prostak! – mruknął namiestnik.

Nieznajomy tymczasem przypatrywał się uważnie każdej twarzy kiwając głową jak człowiek, który odgadł wszystko, po czym wracał z wolna do namiestnika, klepiąc się po bokach i szukając mimowolnie pasa, za który widocznie chciał zatknąć rękę.

Nie podobała się młodemu namiestnikowi ta powaga w człeku oderżniętym przed chwilą od powroza, więc rzekł z przekąsem:

– Rzekłby kto, że wasze znajomych szukasz między owymi łotrzykami albo że pacierz za ich duszę odmawiasz.

Nieznajomy odparł z powagą:

– I nie mylisz się waść, i mylisz: nie mylisz się, bom szukał znajomych, a mylisz się, bo to nie łotrzykowie, jeno słudzy pewnego szlachcica, mego sąsiada.

– Tedy widocznie nie z jednej studni pijacie z onym sąsiadem.

Dziwny jakiś uśmiech przeleciał po cienkich wargach nieznajomego.

– I w tym się waść mylisz – mruknął przez zęby.

Po chwili dodał głośniej:

– Ale wybacz waszmość pan, żem mu naprzód powinnej nie złożył dzięki za *auxilium* i skuteczny ratunek, który mnie od tak nagłej śmierci wybawił. Waści męstwo stanęło za moją nieostrożność, bom się od ludzi swoich odłączył, ale też wdzięczność moja dorównywa waszmościnej ochocie.

To rzekłszy wyciągnął ku namiestnikowi rękę.

Ale butny młodzieńczyk nie ruszył się z miejsca i nie spieszył z podaniem swojej; natomiast rzekł:

– Chciałbym naprzód wiedzieć, jeżeli ze szlachcicem mam sprawę, bo chociaż o tym nie wątpię, jednakże bezimiennych podzięków przyjmować mi się nie godzi.

– Widzę w waszmości prawdziwie kawalerską fantazję – i słusznie mówisz. Powinienem był zacząć od nazwiska mój dyskurs i moją podziękę.Jestem Zenobi Abdank, herbu Abdank z krzyżykiem, szlachcic z województwa kijowskiego, osiadły i pułkownik kozackiej chorągwi księcia Dominika Zasławskiego.

– A ja Jan Skrzetuski, namiestnik chorągwi pancernej J.O. księcia Jeremiego Wiśniowieckiego.

– Pod sławnym wojownikiem waść służysz. Przyjmże teraz moją wdzięczność i rękę.

Namiestnik nie wahał się dłużej. Towarzysze pancerni z góry wprawdzie patrzyli na żołnierzów spod innych chorągwi, ale pan Skrzetuski był na stepie, na Dzikich Polach, gdzie takie rzeczy mniej szły pod uwagę. Zresztą miał do czynienia z pułkownikiem, o czym zaraz naocznie się przekonał, bo gdy jego żołnierze przynieśli panu Abdankowi pas i szablę, i krótki buzdygan, z których go rozpasano dla cucenia, podali mu zarazem i krótką buławę o osadzie z kości, o głowie ze ślinowatego rogu, jakich zażywali zwykle pułkownicy kozaccy. Przy tym ubiór imci Zenobiego Abdanka był dostatni, a mowa kształtna znamionowała umysł bystry i otarcie się w świecie.

Więc pan Skrzetuski zaprosił go do kompanii. Zapach pieczonych mięs jął właśnie rozchodzić się od stosu, łechcąc nozdrza i podniebienie. Pachoł wydobył je z żaru i podał na latercynowej misie. Poczęli jeść, a gdy przyniesiono spory worek mołdawskiego wina uszyty z koźlej skóry, wnet zawiązała się żywa rozmowa.

– Oby nam się szczęśliwie do domu wróciło! – rzekł pan Skrzetuski.

– To waszmość wracasz? skądże, proszę? – spytał Abdank.

– Z daleka, bo z Krymu.

– A cóżeś waszmość tam robił? z wykupnem jeździłeś?

– Nie, mości pułkowniku; jeździłem do samego chana.

Abdank nastawił ciekawie ucha.

– Ano to, proszę, w piękną waść wszedłeś komitywę! I z czymże do chana jeździłeś?

– Z listem J. O. księcia Jeremiego.

– To waść posłował! O cóż jegomość książę do chana pisał?

Namiestnik popatrzył bystro na towarzysza.

– Mości pułkowniku – rzekł – zaglądałeś w oczy łotrzykom, którzy cię na arkan ujęli – to twoja sprawa; ale co książę do chana pisał, to ani twoja, ani moja, jeno ich obydwóch.

– Dziwiłem się przed chwilą – odparł chytrze Abdank – że jegomość książę tak młodego człowieka posłem sobie do chana obrał, ale po waścinej odpowiedzi już się nie dziwię, bo widzę, żeś młody laty, ale stary eksperiencją i rozumem.

Namiestnik połknął gładko pochlebne słówko, pokręcił tylko młodego wąsa i pytał:

– A powiedzże mi waszmość, co porabiasz nad Omelniczkiem i jakeś się tu wziął sam jeden?

– Nie jestem sam jeden, jenom ludzi zostawił po drodze, a jadę do Kudaku, do pana Grodzickiego, któren tam jest przełożonym nad prezydium i do którego jegomość hetman wielki wysłał mnie z listami.

– A czemu waść nie bajdakiem, wodą?

– Taki był ordynans, od którego odstąpić mi się nie godzi.

– To dziw, że jegomość hetman taki wydał ordynans, gdyż właśnie na stepie w tak ciężkie popadłeś terminy, których wodą jadąc pewno byłbyś uniknął.

– Mosanie, stepy teraz spokojne; znam ja się z nimi nie od dziś, a to, co mnie spotkało, to jest złość ludzka i *invidia*.

– I któż to na jegomości tak nastaje?

– Długo by gadać. Sąsiad to zły, mości namiestniku, który substancję mi zniszczył, z włości mnie ruguje, syna mi zbił – i ot – widziałeś waść, tu jeszcze na szyję moją nastawał.

– A to waść nie nosisz szabli przy boku?

W potężnej twarzy Abdanka zabłysła nienawiść, oczy zaświeciły mu posępnie i odrzekł z wolna a dobitnie:

– Noszę, i tak mi dopomóż Bóg, jako innych rekursów przeciw wrogom moim szukać już nie będę.

Porucznik chciał coś mówić, gdy nagle na stepie rozległ się tętent koni, a raczej pośpieszne chlupotanie końskich nóg po rozmiękłej trawie. Wnet też i czeladnik namiestnika, trzymający straż, nadbiegł z wieścią, że jakowiś ludzie się zbliżają.

– To pewnie moi – rzekł Abdank – którzy zaraz za Taśminą zostali. Jam też, nie spodziewając się zdrady, tu na nich czekać obiecał.

Jakoż po chwili gromada jeźdźców otoczyła półokręgiem wzgórze. Przy blasku ognia ukazały się głowy końskie z otwartymi chrapami, prychające ze zmęczenia, a nad nimi pochylone twarze jeźdźców, którzy przysłaniając rękoma od blasku oczy patrzyli bystro w światło.

– Hej, ludzie! kto wy? – spytał Abdank.

– Raby boże! – odpowiedziały głosy z ciemności.

– Tak, to moi mołojce – powtórzył Abdank zwracając się do namiestnika.

– Bywajcie! bywajcie!

Niektórzy zeszli z koni i zbliżyli się do ognia.

– A my śpieszyli, śpieszyli, bat'ku. Szczo z toboju?

– Zasadzka była. Chwedko, zdrajca, wiedział o miejscu i tu już czekał z innymi. Musiał podążyć dobrze przede mną. Na arkan mnie ujęli!

– Spasi Bih! spasi Bih! A to co za Laszek koło ciebie?

Tak mówiąc spoglądali groźnie na pana Skrzetuskiego i jego towarzyszów.

– To druhy dobre – rzekł Abdank. – Sława Bogu, całym i żyw. Zaraz będziemy ruszać dalej.

– Sława Bogu! my gotowi.

Nowo przybyli poczęli rozgrzewać dłonie nad ogniem, bo noc była zimna, choć pogodna. Było ich do czterdziestu ludzi rosłych i dobrze zbrojnych. Nie wyglądali wcale na Kozaków regestrowych, co nie pomału zdziwiło pana Skrzetuskiego, zwłaszcza że była ich garść tak spora. Wszystko to wydało się namiestnikowi mocno podejrzanym. Gdyby hetman wielki wysłał imci Abdanka do Kudaku, dałby mu przecie straż z regestrowych, a po wtóre, z jakiejże by racji kazał mu iść stepem od Czehryna, nie wodą? Konieczność przeprawiania się przez wszystkie rzeki idące Dzikimi Polami do Dniepru mogła tylko pochód opóźnić. Wyglądało to raczej tak, jakby imć pan Abdank chciał właśnie Kudak ominąć.

Ale zarówno i sama osoba pana Abdanka zastanawiała wielce młodego namiestnika. Zauważył wraz, że Kozacy, którzy ze swymi pułkownikami obchodzili się dość poufale, jego otaczali czcią niezwyczajną, jakby prawego hetmana. Musiał to być jakiś rycerz dużej ręki, co tym dziwniejsze było panu Skrzetuskiemu, że znając Ukrainę i z tej, i z tamtej strony Dniepru, o takim przesławnym Abdanku nic nie słyszał. Było przy tym w twarzy tego męża coś szczególnego – jakaś moc utajona, która tak biła z oblicza, jak żar od płomienia, jakaś wola nieugięta, znamionująca, że człek ten przed nikim i niczym się nie cofnie. Taką właśnie wolę w obliczu miał książę Jeremi Wiśniowiecki, ale co w księciu było przyrodzonym natury darem, właściwym wielkiemu urodzeniu i władzy, to mogło zastanowić w mężu nieznanego nazwiska, zabłąkanym w głuchym stepie.

Pan Skrzetuski długo deliberował. Chodziło mu po głowie, że to może jaki potężny banita, który, wyrokiem ścigan, chronił się w Dzikie Pola – to znów, że to wataźka watahy zbójeckiej; ale to ostatnie nie było prawdopodobne. I ubiór, i mowa tego człowieka pokazywały co innego. Zgoła więc nie wiedział namiestnik, czego się trzymać, miał się tylko na baczności, a tymczasem Abdank kazał konia sobie podawać.

– Mości namiestniku – rzekł – komu w drogę, temu czas. Pozwólże podziękować sobie raz jeszcze za ratunek. Oby Bóg pozwolił mi odpłacić ci równą usługą!

– Nie wiedziałem, kogo ratuję, przetom i na wdzięczność nie zasłużył.

– Modestia to twoja tak mówi, która jest męstwu równa. Przyjmijże ode mnie ten pierścień.

Namiestnik zmarszczył się i krok w tył odstąpił mierząc oczyma Abdanka, ten zaś mówił dalej z ojcowską niemal powagą w głosie i postawie:

– Spojrzyj jeno. Nie bogactwo tego pierścienia, ale inne cnoty ci zalecam. Za młodych jeszcze lat w bisurmańskiej niewoli będąc dostałem go od pątnika, który z Ziemi Świętej powracał. W tym oczku zamknięty jest proch z grobu Chrystusa. Takiego daru odmawiać się nie godzi, choćby i z osądzonych rąk pochodził. Jesteś waść młodym człowiekiem i żołnierzem, a gdy nawet i starość bliska grobu nie wie, co ją przed ostateczną godziną spotkać może, cóż dopiero adolescencja, która mając przed sobą wiek długi, na większą liczbę przygód trafić musi! Pierścień ten ustrzeże cię od przygody i obroni, gdy dzień sądu nadejdzie, a to ci powiadam, że dzień ten idzie już przez Dzikie Pola.

Nastała chwila ciszy; słychać było tylko syczenie płomienia i parskanie koni. Z dalekich oczeretów dochodziło żałosne wycie wilków. Nagle Abdank powtórzył raz jeszcze, jakby do siebie:

– Dzień sądu idzie już przez Dzikie Pola, a gdy nadejdzie –zadywytsia wsij swit bożyj...

Namiestnik przyjął pierścień machinalnie, tak był zdumiony słowami tego dziwnego męża.

A ten zapatrzył się w dal stepową, ciemną.

Potem zwrócił się z wolna i siadł na koń. Mołojcy jego czekali już u stóp wzgórza.

– W drogę! w drogę!.. Bywaj zdrów, druhu żołnierzu! – rzekł do namiestnika. – Czasy teraz takie, że brat bratu nie ufa, przeto i nie wiesz, kogoś ocalił, bom ci nazwiska swego nie powiedział.

– Więc waść nie Abdank?

– To klejnot mój...

– A nazwisko?

– Bohdan Zenobi Chmielnicki.

To rzekłszy zjechał ze wzgórza, a za nim ruszyli mołojcy. Wkrótce okryły ich tuman i noc. Dopiero gdy odjechali już z pół stajania, wiatr przyniósł od nich słowa kozackiej pieśni:

Oj wyzwoły, Boże, nas wsich, bidnych newilnykiw,
Z tiażkoj newoli,
Z wiry bisurmanskoj –
Na jasni zori,
Na tychi wody,
U kraj wesełyj,
U mir chreszczennyj –
Wysłuchaj, Boże, u prośbach naszych,
U neszczasnych mołytwach,
Nas bidnych newilnykiw.

Głosy cichły z wolna, potem stopiły się z powiewem szumiącym po oczeretach.

II

Nazajutrz z rana przybywszy do Czehryna pan Skrzetuski stanął w mieście w domu księcia Jeremiego, gdzie też miał kęs czasu zabawić, aby ludziom i koniom dać wytchnienie po długiej z Krymu podróży, którą z przyczyny wezbrania i nadzwyczaj bystrych prądów na Dnieprze trzeba było lądem odbywać, gdyż żaden bajdak nie mógł owej zimy płynąć pod wodę. Sam też Skrzetuski zażył nieco wczasu, a potem szedł do pana Zaćwilichowskiego, byłego komisarza Rzplitej, żołnierza dobrego, któren, nie służąc u księcia, był jednak jego zaufanym i przyjacielem. Namiestnik pragnął się go wypytać, czy nie ma jakich z Łubniów dyspozycji. Książę wszelako nic szczególnego nie polecił; kazał Skrzetuskiemu, w razie gdyby odpowiedź chanowa była pomyślna, wolno iść, tak aby ludzie i konie mieli się dobrze. Z chanem zaś miał książę taką sprawę, że chodziło mu o ukaranie kilku murzów tatarskich, którzy własnowolnie puścili mu w jego zadnieprzańskie państwo zagony, a których sam zresztą srodze zbił. Chan rzeczywiście dał odpowiedź pomyślną: obiecał przysłać osobnego posła na kwiecień, ukarać nieposłusznych, a chcąc sobie zyskać życzliwość tak wsławionego jak książę wojownika, posłał mu przez Skrzetuskiego konia wielkiej krwi i szłyk soboli. Pan Skrzetuski wywiązawszy się z niemałym zaszczytem z poselstwa, które już samo było dowodem wielkiego książęcego faworu, bardzo był rad, że mu w Czehrynie zabawić pozwolono i nie naglono z powrotem. Natomiast stary Zaćwilichowski wielce był zafrasowany tym, co działo się od niejakiego czasu w Czehrynie. Poszli tedy razem do Dopuła, Wołocha, który w mieście zajazd i winiarnię trzymał, i tam, choć była godzina jeszcze wczesna, zastali szlachty huk, gdyż to był dzień targowy, a oprócz tego w tymże dniu wypadał w Czehrynie postój bydła pędzonego ku obozowi wojsk koronnych, przy czym ludzi nazbierało się w mieście mnóstwo. Szlachta zaś gromadziła się zwykle w rynku, w tak zwanym Dzwonieckim Kącie, u Dopuła. Byli tam więc i dzierżawcy Koniecpolskich, i urzędnicy czehryńscy, i właściciele ziem pobliskich siedzący na przywilejach, szlachta osiadła i od nikogo niezależna, dalej urzędnicy ekonomii, trochę starszyzny kozackiej i pomniejszy drobiazg szlachecki, bądź to na kondycjach żyjący, bądź na swoich futorach.

Ci i tamci pozajmowali ławy stojące wedle długich dębowych stołów i rozprawiali głośno, a wszyscy o ucieczce Chmielnickiego, która była największym w mieście ewenementem. Skrzetuski więc z Zaćwilichowskim siedli sobie w kącie osobno i namiestnik począł wypytywać, co by to za feniks był ten Chmielnicki, o którym wszyscy mówili.

– To wać nie wiesz? – odpowiedział stary żołnierz. – To jest pisarz wojska zaporoskiego, dziedzic Subotowa i – dodał ciszej – mój kum. Znamy się dawno. Bywaliśmy w różnych potrzebach, w których niemało dokazywał, szczególniej pod Cecorą. Żołnierza takiej eksperiencji w wojskowych rzeczach nie masz może w całej Rzeczypospolitej. Tego się głośno nie mówi, ale to hetmańska głowa: człek wielkiej ręki i wielkiego rozumu; jego całe kozactwo słucha więcej niż koszowych i atamanów, człek nie pozbawiony dobrych stron, ale hardy, niespokojny i gdy nienawiść weźmie w nim górę – może być straszny.

– Co mu się stało, że z Czehryna umknął?

– Koty ze starostką Czaplińskim darli, ale to furda! Zwyczajnie szlachcic szlachcicowi z nieprzyjaźni sadła zalewał. Nie jeden on i nie jednemu jemu. Mówią przy tym, że żonę starostce bałamucił: starostka mu kochanicę odebrał i z nią się ożenił, a on mu ją za to później bałamucił, a to jest podobna rzecz, bo zwyczajnie... kobieta lekka. Ale to są tylko pozory, pod którymi głębsze jakieś praktyki się ukrywają. Widzisz waść; rzecz jest taka: w Czerkasach mieszka stary Barabasz, pułkownik kozacki, nasz przyjaciel. Miał on przywileje i jakoweś pisma królewskie, o których mówiono, że Kozaków do oporu przeciw szlachcie zachęcały. Ale że to ludzki, dobry człek, trzymał je u siebie i nie publikował. Owóż Chmielnicki Barabasza na ucztę zaprosiwszy tu do Czehryna, do swego domu, spoił, potem posłał ludzi do jego futoru, którzy pisma i przywileje u żony podebrali – i z nimi umknął. Strach, by z nich jaka rebelia, jako była Ostranicowa, nie korzystała, bo *repeto*: że to człek straszny, a umknął nie wiadomo gdzie.

Na to pan Skrzetuski:

– A to lis! w pole mnie wywiódł. Toć ja jego tej nocy na stepie spotkałem i od arkana uwolniłem!

Zaćwilichowski aż się za głowę porwał.

– Na Boga, co wać powiadasz? Nie może to być!

– Może być, kiedy było. Powiadał mi się pułkownikiem u księcia

Dominika Zasławskiego i że do Kudaku, do pana Grodzickiego, od hetmana wielkiego jest posłany, alem już temu nie wierzył, gdyż nie wodą jechał, jeno się stepem przekradał.

– To człek chytry jak Ulisses. I gdzieżeś go wać spotkał?

– Nad Omelniczkiem, po prawej stronie Dnieprowej. Widno do Siczy jechał.

– Kudak chciał minąć. Teraz *intelligo*. Ludzi siła było przy nim?

– Było ze czterdziestu. Ale za późno przyjechali. Gdyby nie moi, byliby go słudzy starostki zdławili.

– Czekajże waszmość. To jest ważna rzecz. Słudzy starostki, mówisz?

– Tak sam powiadał.

– Skądże starostka mógł wiedzieć, gdzie jego szukać, kiedy tu w mieście wszyscy głowy tracą nie wiedząc, gdzie się podział?

– Tego i ja wiedzieć nie mogę. Może też Chmielnicki zełgał i zwykłych łotrzyków na sług starostki kreował, by swoje krzywdy tym mocniej afirmować.

– Nie może to być. Ale to jest dziwna rzecz. Czy waszmość wie, że są listy hetmańskie przykazujące Chmielnickiego łapać i *in fundo* zadzierżyć?

Namiestnik nie zdążył odpowiedzieć, bo w tej chwili wszedł do izby jakiś szlachcic z ogromnym hałasem. Drzwiami trzasnął raz i drugi, a spojrzawszy hardo po izbie zawołał:

– Czołem waszmościom!

Był to człek czterdziestoletni, niski, z twarzą zapalczywą, której to zapalczywości przydawały jeszcze bardziej oczy jakby śliwy na wierzchu głowy siedzące, bystre, ruchliwe – człek widocznie bardzo żywy, wichrowaty i do gniewu skory.

– Czołem waszmościom! – powtórzył głośniej i ostrzej, gdy mu zrazu nie odpowiadano.

– Czołem, czołem – ozwało się kilka głosów.

Był to pan Czapliński, podstarości czehryński, sługa zaufany młodego pana chorążego Koniecpolskiego.

W Czehrynie nie lubiono go, bo był zawadiaka wielki, pieniacz, prześladowca, ale miał niemniej wielkie plecy, przeto ten i ów z nim politykował.

Zaćwilichowskiego jednego szanował, jak i wszyscy, dla jego powagi, cnoty i męstwa. Ujrzawszy go, wnet też zbliżył się ku niemu i skłoniwszy się dość dumnie Skrzetuskiemu zasiadł przy nich ze swoją lampką miodu.

– Mości starostko – spytał Zaćwilichowski – czy wiesz, co się dzieje z Chmielnickim?

– Wisi, mości chorąży, jakem Czapliński, wisi, a jeśli dotąd nie wisi, to będzie wisiał. Teraz, gdy są listy hetmańskie, niech jedno go dostanę w swoje ręce.

To mówiąc, uderzył pięścią w stół, aż płyn rozlał się ze szklenic.

– Nie wylewaj waćpan wina! – rzekł pan Skrzetuski.

Zaćwilichowski przerwał:

– A czy go wać dostaniesz! Przecie uciekł i nikt nie wie, gdzie jest?

– Nikt nie wie? Ja wiem, jakem Czapliński! Waszmość, panie chorąży, znasz Chwedka. Owóż Chwedko jemu służy, ale i mnie. Będzie on Judaszem Chmielowi. Siła mówić. Wdał się Chwedko w komitywę z mołojcami Chmielnickiego. Człek sprytny. Wie o każdym kroku. Podjął się mi go dostawić żywym czy zmarłym i wyjechał w step równo przed Chmielnickim, wiedząc, gdzie ma go czekać!... A, didków syn przeklęty!

To mówiąc znowu w stół uderzył.

– Nie wylewaj waćpan wina! – powtórzył z przyciskiem pan Skrzetuski, który dziwną jakąś awersję uczuł do tego podstarościego od pierwszego spojrzenia.

Szlachcic zaczerwienił się, błysnął swymi wypukłymi oczyma, sądząc, że mu dają okazję, i spojrzał zapalczywie na Skrzetuskiego, ale ujrzawszy na nim barwę Wiśniowieckich zmitygował się, gdyż jakkolwiek chorąży Koniecpolski wadził się wówczas z księciem, wszelako Czehryn zbyt był blisko Łubniów i niebezpiecznie było barwy książęcej nie uszanować.

Książę też i ludzi dobierał takich, że każdy dwa razy pomyślał, nim z którym zadarł.

– Więc to Chwedko podjął się waci Chmielnickiego dostawić? – pytał znów Zaćwilichowski.

– Chwedko: I dostawi, jakem Czapliński.

– A ja waci mówię, że nie dostawi: Chmielnicki zasadzki uszedł i na Sicz podążył, o czym trzeba pana krakowskiego dziś jeszcze zawiadomić. Z Chmielnickim nie ma żartów. Krótko mówiąc, lepszy on ma rozum, tęższą rękę i większe szczęście od waci, który zbyt się zapalasz. Chmielnicki odjechał bezpiecznie, powtarzam waci, a jeśli mnie nie wierzysz, to ci to ten kawaler powtórzy, który go wczoraj na stepie widział i zdrowym go pożegnał.

– Nie może być! nie może być! – wrzeszczał targając się za czuprynę Czapliński.

– I co większa – dodał Zaćwilichowski – to ten kawaler tu obecny sam go salwował i waścinych sług wygubił, w czym mimo listów hetmańskich nie jest winien, bo z Krymu z poselstwa wraca i o listach nie wiedział, a widząc człeka przez łotrzyków, jak sądził, w stepie oprymowanego, przyszedł mu z pomocą. O którym to wyratowaniu się Chmielnickiego wcześniej waci zawiadamiam, bo gotów cię z Zaporożcami w twojej ekonomii odwiedzić, a znać nie byłbyś mu rad bardzo. Nadtoś się z nim warcholił. Tfu, do licha!

Zaćwilichowski nie lubił także Czaplińskiego.

Czapliński zerwał się z miejsca i aż mu mowę ze złości odjęło; twarz tylko spąsowiała mu zupełnie, a oczy coraz bardziej na wierzch wyłaziły. Tak stojąc przed Skrzetuskim puszczał tylko urywane wyrazy:

– Jak to! waść mimo listów hetmańskich!... Ja waści... ja waści...

A pan Skrzetuski nie wstał nawet z ławy, jeno wsparłszy się na łokciu patrzył na podskakującego Czaplińskiego jak raróg na uwiązanego wróbla.

– Czego się waść mnie czepiasz jak rzep psiego ogona? – spytał.

– Ja waści do grodu ze sobą... Waść mimo listów... Ja waści Kozakami!...

Krzyczał tak, że w izbie uciszyło się trochę. Obecni poczęli zwracać głowy w stronę Czaplińskiego. Szukał on okazji zawsze, bo taka była jego natura, robił burdy każdemu, kogo napotkał, ale to zastanowiło wszystkich, że teraz zaczął przy Zaćwilichowskim, którego jednego się obawiał, i że zaczął z żołnierzem noszącym barwę Wiśniowieckich.

– Zamilknij no wasze – rzekł stary chorąży. – Ten kawaler jest ze mną.

– Ja wa... wa... waści do grodu... w dyby! – wrzeszczał dalej Czapliński nie uważając już na nic i na nikogo.

Teraz pan Skrzetuski podniósł się także całą wysokością swego wzrostu, ale nie wyjmował szabli z pochew, tylko jak ją miał spuszczoną nisko na rapciach, chwycił w środku i podsunął w górę tak, że rękojeść wraz z krzyżykiem poszła pod sam nos Czaplińskiemu.

– Powąchaj no to waść – rzekł zimno.

– Bij, kto w Boga!... Służba! – krzyknął Czapliński chwytając za rękojeść.

Ale nie zdążył szabli wydobyć. Młody namiestnik obrócił go w palcach, chwycił jedną ręką za kark, drugą za hajdawery poniżej krzyża, podniósł w górę rzucającego się jak cyga i idąc ku drzwiom między ławami wołał:

– Panowie bracia, miejsce dla rogala, bo pobodzie!

To rzekłszy doszedł do drzwi, uderzył w nie Czaplińskim, roztworzył i wyrzucił podstarościego na ulicę.

Po czym spokojnie usiadł na dawnym miejscu obok Zaćwilichowskiego. W izbie przez chwilę zapanowała cisza. Siła, jakiej dowód złożył pan Skrzetuski, zaimponowała zebranej szlachcie. Po chwili jednak cała izba zatrzęsła się od śmiechu.

– *Vivant* wiśniowiecczycy! – wołali jedni.

– Omdlał, omdlał i krwią oblan! – krzyczeli inni, którzy zaglądali przeze drzwi, ciekawi, co też pocznie Czapliński. – Słudzy go podnoszą!

Mała tylko liczba stronników podstarościego milczała i nie mając odwagi ująć się za nim, spoglądała ponuro na namiestnika.

– Prawdę rzekłszy, w piętkę goni ten ogar – rzekł Zaćwilichowski.

– Kundys to, nie ogar – rzekł zbliżając się gruby szlachcic, który miał bielmo na jednym oku, a na czole dziurę wielkości talara, przez którą świeciła naga kość. – Kundys to, nie ogar! pozwól waść – mówił dalej zwracając się do Skrzetuskiego – abym mu służby moje ofiarował. Jan Zagłoba herbu Wczele, co każdy snadno poznać może choćby po onej dziurze, którą w czele kula rozbójnicka mi zrobiła, gdym się do Ziemi Świętej za grzechy młodości ofiarował.

– Dajże waść pokój – rzekł Zaćwilichowski – powiadałeś kiedy indziej, że ci ją kuflem w Radomiu wybito.

– Kula rozbójnicka, jakom żyw! W Radomiu było co innego.

– Ofiarowałeś się waść do Ziemi Świętej... może, aleś w niej nie był, to pewna.

– Nie byłem, bom już w Galacie palmę męczeńską otrzymał. Jeśli łżę, jestem arcypies, nie szlachcic.

– A taki breszesz i breszesz!

– Szelmą jestem bez uszu. W wasze ręce, panie namiestniku!

Tymczasem przychodzili i inni zabierając z panem Skrzetuskim znajomość i afekt mu swój oświadczając, nie lubili bowiem ogólnie Czaplińskiego i radzi byli, że go taka spotkała konfuzja. Rzecz dziwna i trudna dziś do zrozumienia, że tak cała szlachta w okolicach Czehryna, jak i pomniejsi właściciele słobód, dzierżawcy ekonomii, ba! nawet ze służby Koniecpolskich, wszyscy wiedząc, jako zwyczajnie w sąsiedztwie, o zatargach Czaplińskiego z Chmielnickim, byli po stronie tego ostatniego. Chmielnicki bowiem miał sławę znamienitego żołnierza, który niemałe zasługi w różnych wojnach położył. Wiedziano także, że sam król się z nim znosił i wysoce jego zdanie cenił, na całe zaś zajście patrzano tylko jak na zwykłą burdę szlachcica ze szlachcicem, jakich to burd na tysiące się liczyło, zwłaszcza w ziemiach ruskich. Stawano więc po stronie tego, kto sobie więcej przychylności zjednać umiał, nie przewidując, by z tego takie straszliwe skutki wyniknąć miały. Później dopiero zapłonęły serca nienawiścią ku Chmielnickiemu, ale zarówno serca szlachty i duchowieństwa obydwóch obrządków.

Przychodzili tedy do pana Skrzetuskiego z kwartami mówiąc: „Pij, panie bracie! Wypij i ze mną! – Niech żyją wiśniowiecczycy! Tak młody, a już porucznik u księcia. *Vivat* książę Jeremi, hetman nad hetmany! Z księciem Jeremim pójdziemy na kraj świata! – Na Turków i Tatarów! – Do Stambułu! Niech żyje miłościwie nam panujący Władysław IV!" Najgłośniej zaś krzyczał pan Zagłoba, który sam jeden gotów był cały regiment przepić i przegadać.

– Mości panowie! – wrzeszczał, aż szyby w oknach dzwoniły – pozwałem ja już jegomości sułtana do grodu za gwałt, którego się na mnie w Galacie dopuścił.

– Nie powiadajże waćpan lada czego, żeby ci się gęba nie wystrzępiła!

– Jak to, mości panowie? *Quatuor articuli judicii castrensis: stuprum, incendium; latrocinium et vis armata alienis aedibus illata* – a czyż nie była to właśnie *vis armata*?

– Krzykliwy z waści głuszec.

– I choćby do trybunału pójdę!

– Przestańże wasze...

– I kondemnatę uzyskam, i bezecnym go ogłoszę, a potem wojna, ale już z infamisem.

– Zdrowie waszmościów!

Niektórzy wszelako śmieli się, a z nimi i pan Skrzetuski, bo mu się z czupryny trochę kurzyło, szlachcic zaś tokował dalej naprawdę jak głuszec, który się własnym głosem upaja. Na szczęście dyskurs jego przerwany został przez innego szlachcica, który zbliżywszy się pociągnął go za rękaw i rzekł śpiewnym litewskim akcentem:

– Poznajomijże waćpan, mości Zagłobo, i mnie z panem namiestnikiem Skrzetuskim... poznajomijże!

– A i owszem, i owszem. Mości namiestniku, oto jest pan Powsinoga.

– Podbipięta – poprawił szlachcic.

– Wszystko jedno! herbu Zerwipludry...

– Zerwikaptur – poprawił szlachcic.

– Wszystko jedno! Z Psichkiszek.

– Myszykiszek – poprawił szlachcic.

– Wszystko jedno. *Nescio*, co bym wolał, czy mysie, czy psie kiszki. Ale to pewna, żebym w żadnych mieszkać nie chciał, bo to i osiedzieć się tam niełatwo, i wychodzić niepolitycznie. Mości panie! – mówił dalej do Skrzetuskiego ukazując Litwina – oto tydzień już piję wino za pieniądze tego szlachcica, który ma miecz za pasem równie ciężki jak trzos, a trzos równie ciężki jak dowcip. Ale jeślim pił kiedy wino za pieniądze większego cudaka, to pozwolę się nazwać takim kpem, jak ten, co mi wino kupuje.

– A to go objechał! – wołała śmiejąc się szlachta.

Ale Litwin nie gniewał się, kiwał tylko ręką, uśmiechał się łagodnie i powtarzał:

– At, dałbyś waćpan pokój... słuchać hadko!

Pan Skrzetuski przypatrywał się ciekawie tej nowej figurze, która istotnie zasługiwała na nazwę cudaka. Przede wszystkim był to mąż wzrostu tak wysokiego, że głową prawie powały dosięgał, a chudość nadzwyczajna wydawała go wyższym jeszcze. Szerokie jego ramiona i żylasty kark zwiastowały niepospolitą siłę, ale była na nim tylko skóra i kości. Brzuch miał tak wpadły pod piersią, że można by go wziąć za głodomora, lubo ubrany był dostatnio, w szarą opiętą kurtę ze świebodzińskiego sukna, z wąskimi rękawami, i wysokie szwedzkie buty, które na Litwie zaczynały wchodzić w użycie. Szeroki i dobrze wypchany łosiowy pas nie mając na czym się trzymać opadał mu aż na biodra, a do pasa przywiązany był krzyżacki miecz tak długi, że temu olbrzymiemu mężowi prawie do pachy dochodził.

Ale kto by się miecza przeląkł, wnet by się uspokoił spojrzawszy na twarz jego właściciela. Była to twarz chuda, również jak i cała osoba, ozdobiona dwiema zwiśniętymi ku dołowi brwiami i parą tak samo zwisłych konopnego koloru wąsów, ale tak poczciwa, tak szczera, jak u dziecka. Owa obwisłość wąsów i brwi nadawała jej wyraz stroskany, smutny i śmieszny zarazem. Wyglądał na człeka, którego ludzie popychają, ale panu Skrzetuskiemu podobał się z pierwszego wejrzenia za ową szczerość twarzy i doskonały moderunek żołnierski.

– Panie namiestniku – rzekł – to waszmość od księcia pana Wiśniowieckiego?

– Tak jest.

Litwin ręce złożył jako do modlitwy i oczy podniósł w górę.

– Ach, co to za wielki wojennik! co to za rycerz! co to za wódz!

– Daj Boże Rzeczypospolitej takich jak najwięcej.

– I pewno, i pewno! A czyby nie można do niego pod znak?

– Będzie waści rad.

Tu pan Zagłoba wtrącił się do rozmowy:

– Będzie miał książę dwa rożny do kuchni: jeden z waćpana, drugi z jego miecza, albo najmie waści za mistrza, albo każe na wasanu zbójów wieszać lub sukno na barwę będzie waspanem mierzył! Tfu, jak się waćpan nie wstydzisz, będąc człowiekiem i katolikiem, być tak długim, jak *serpens* lub jak pogańska włócznia!

– Słuchać hadko – rzekł cierpliwie Litwin.

– Jakże też godność waszeci? – spytał pan Skrzetuski – bo gdyś mówił, pan Zagłoba tak waści podrywał, że z przeproszeniem nic nie mogłem zrozumieć.

– Podbipięta.

– Powsinoga.

– Zerwikaptur z Myszykiszek.

– Masz babo pociechę! Piję jego wino, ale kpem jestem, jeśli to nie pogańskie imiona.

– Dawno waść z Litwy? – pytał namiestnik.

– At, już dwie niedziele w Czehrynie. Dowiedziawszy się od pana Zaćwilichowskiego, że waść tędy ciągnąć będziesz, czekam, by pod jego opieką księciu moje prośby przedstawić.

– Powiedzże mi waszmość, proszę, bom ciekaw, czemu też taki katowski miecz pod pachą nosisz?

– Nie katowski to, mości namiestniku, ale krzyżacki, a noszę, bo zdobyczny i dawno w rodzie. Już pod Chojnicami służył w litewskim ręku – tak i noszę.

– Ale to sroga machina i ciężka być musi okrutnie – chyba do obu rąk?

– Można do obu, można do jednej.

– Pokażże wasze!

Litwin wydobył i podał, ale panu Skrzetuskiemu ręka zwisła od razu. Ni się złożyć, ni cięcia wymierzyć swobodnie. Na dwie ręce poradził, ale jeszcze było za ciężko. Więc pan Skrzetuski zawstydził się trochę i zwróciwszy się do obecnych:

– No, mości panowie – rzekł – kto krzyż uczyni?

– My już próbowali – odrzekło kilkanaście głosów. – Jeden pan komisarz Zaćwilichowski podniesie, ale krzyża i on nie uczyni.

– No, a waćpan? – pytał pan Skrzetuski zwracając się do Litwina.

Szlachcic podniósł miecz jak trzcinę i machnął nim kilkanaście razy z największą łatwością, aż powietrze warczało w izbie, a wiatr powiał po twarzach.

– A niechże waści Bóg sekunduje! – zawołał Skrzetuski. – Pewną masz służbę u księcia pana!

– Bóg widzi, że jej pragnę, bo mi miecz w niej nie zardzewieje.

– Ale dowcip do reszty – rzekł pan Zagłoba – gdyż nie umiesz waść tak samo nim obracać.

Zaćwilichowski wstał i obaj z namiestnikiem zabierali się do odejścia, gdy naraz wszedł do izby biały jak gołąb człowiek i spostrzegłszy Zaćwilichowskiego rzekł:

– Mości chorąży komisarzu, ja tu do pana umyślnie!

Był to Barabasz, pułkownik czerkaski.

– To chodźże waszmość do mnie na kwaterę – rzekł Zaćwilichowski. – Tu już się tak ze łbów kurzy, że i świata nie widać.

Wyszli razem, a Skrzetuski z nimi. Zaraz za progiem Barabasz spytał:

– Czy nie ma wieści o Chmielnickim?

– Są. Uciekł na Sicz. Oto ten oficer spotkał go wczoraj na stepie.

– To nie wodą pojechał? Pchnąłem gońca do Kudaku, by go łapano, ale jeśli tak, to na próżno.

To rzekłszy Barabasz zatknął rękami oczy i począł powtarzać:

– Ej! spasi Chryste! spasi Chryste!

– Czego wać trwożysz?

– A czy waszmość wiesz, co on mi zdradą wydarł? Czy wiesz, co to znaczy takie dokumenta w Siczy opublikować? Spasi Chryste! Jeśli król wojny z bisurmanem nie uczyni, to iskra na prochy...

– Rebelię waszmość przepowiadasz?

– Nie przepowiadam, bo ją widzę, a Chmielnicki lepszy od Nalewajki i od Łobody.

– A kto za nim pójdzie?

– Kto? Zaporoże, regestrowi, mieszczanie, czerń, futornicy – i tacy ot!

Tu pan Barabasz wskazał na rynek i na uwijających się po nim ludzi. Cały rynek był zapchany wielkimi siwymi wołami pędzonymi ku Korsuniowi dla wojska, a przy wołach szedł mnogi lud pastuszy, tak zwani czabanowie, którzy całe życie w stepach i pustyniach spędzali – ludzie zupełnie dzicy, nie wyznający żadnej religii – *religionis nullius*, jak mówił wojewoda Kisiel.

Spostrzegałeś między nimi postacie podobniejsze do zbójów niż do pasterzy, okrutne, straszne, pokryte łachmanami rozmaitych ubiorów. Większa ich część była przybrana w tołuby baranie albo w niewyprawne skóry wełną na wierzch, rozchełstane na przodzie i ukazujące, choć była to zima, nagą pierś spaloną od wiatrów stepowych. Każden zbrojny, ale w najrozmaitszą broń: jedni mieli łuki i sajdaki na plecach, niektórzy samopały albo tak zwane z kozacka „piszczele”, inni szable tatarskie inni kosy lub wreszcie tylko kije z przywiązaną na końcu szczęką końską. Między nimi kręcili się mało co mniej dzicy, choć lepiej zbrojni Niżowcy wiozący do obozu na sprzedaż rybę suszoną, zwierzynę i tłuszcz barani; dalej czumacy z solą, stepowi i leśni pasiecznicy oraz woskoboje z miodem, osadnicy leśni ze smołą i dziegciem; dalej chłopi z podwodami, Kozacy regestrowi, Tatarzy z Białogrodu i Bóg wie nie kto – włóczęgi – siromachy z końca świata. W całym mieście pełno było pijanych, w Czehrynie bowiem wypadał nocleg, więc i hulatyka przed nocą. Na rynku rozkładano ognie, gdzieniegdzie paliła się beczka ze smołą. Zewsząd dochodził gwar i wrzaski, przeraźliwy głos piszczałek tatarskich i bębenków mieszał się z ryczeniem bydła i z łagodniejszymi głosami lir, przy których wtóre ślepcy śpiewali ulubioną wówczas pieśń:

> *Sokołe jasnyj,*
> *Brate mij ridnyj,*
> *Ty wysoko łetajesz,*
> *Ty dałeko widajesz.*

A obok tego rozlegały się dzikie okrzyki: „hu! ha! – hu! ha!" Kozaków tańczących na rynku trepaka, pomazanych dziegciem i pijanych zupełnie.Wszystko to razem było dzikie i rozszalałe, dość było Zaćwilichowskiemu jednego spojrzenia, by się przekonać, że Barabasz miał słuszność, że lada podmuch mógł rozpętać te niesforne żywioły skłonne do grabieży, a przywykłe do boju, których pełno było na całej Ukrainie. A poza tymi tłumami stała jeszcze Sicz, stało Zaporoże od niedawna okiełznane i w karby po Masłowym Stawie ujęte, ale gryzące niecierpliwie munsztuk, pomne dawnych przywilejów, nienawidzące komisarzy, a stanowiące uorganizowaną siłę. Siła ta miała przecie za sobą sympatię niezmiernych mas chłopstwa mniej cierpliwego niż w innych Rzplitej stronach, bo mającego pod bokiem Czertomelik, a na nim bezpaństwo, rozbój i wolę. Więc pan chorąży, choć sam Rusin i gorliwy wschodniego obrządku stronnik, zadumał się smutno. Jako człek stary, pamiętał dobrze czasy Nalewajki, Łobody, Kremskiego, znał ukraińskie rozbójnictwo lepiej może jak ktokolwiek na Rusi, a znając jednocześnie Chmielnickiego wiedział, że on wart dwudziestu Łobodów i Nalewajków. Zrozumiał tedy całe niebezpiecześtwo jego na Sicz ucieczki, zwłaszcza z listami królewskimi, o których pan Barabasz powiadał, że były pełne obietnic dla Kozaków i zachęcające ich do oporu.

– Mości pułkowniku czerkaski – rzekł do Barabasza – powinien byś waszmość na Sicz jechać, wpływy Chmielnickiego równoważyć i pacyfikować, pacyfikować!

– Mości chorąży – odparł Barabasz – powiem tylko tyle waszmości, że na samą wieść o ucieczce Chmielnickiego z papierami połowa moich czerkaskich ludzi dzisiejszej nocy także na Sicz za nim zbiegła. Moje czasy już minęły – mnie mogiła, nie buława!

Rzeczywiście Barabasz był żołnierz dobry, ale człowiek stary i bez wpływu.

Tymczasem doszli do kwatery Zaćwilichowskiego; stary chorąży odzyskał już trochę pogody umysłu właściwej jego gołębiej duszy i gdy zasiedli nad półgarncówką miodu, rzekł raźniej:

– Wszystko to furda, jeśli, jak mówią, wojna z bisurmanem *praeparatur*, a podobno że tak i jest, bo choć Rzeczpospolita wojny nie chce i niemało już sejmy królowi krwi napsuły, wszelako król może na swoim postawić. Cały ten ogień można będzie na Turka obrócić, a w każdym razie mamy przed sobą czas. Ja sam pojadę do pana krakowskiego i zdam mu sprawę, i będę prosił, by się jako najbliżej ku nam z wojskiem przymknął. Czy co wskóram, nie wiem, bo chociaż to pan mężny i wojownik doświadczony, ale okrutnie w swoim zdaniu i swoim wojsku dufny. Waść, mości pułkowniku czerkaski, trzymaj w ryzie Kozaków – a waszeć, mości namiestniku, po przybyciu do Łubniów ostrzeż księcia, by na Sicz baczność obrócił. Choćby mieli co począć – *repeto:* mamy czas. Na Siczy teraz ludzi niewiele: za rybą i za zwierzem się porozchodzili i po całej Ukrainie we wsiach siedzą. Nim się ściągną, dużo wody w Dnieprze upłynie. Przy tym imię księcia straszne i gdy się zwiedzą, że na Czertomelik oczy ma obrócone, może będą cicho siedzieli.

– Ja z Czehryna choćby we dwóch dniach ruszyć gotowy – rzekł namiestnik.

– To i dobrze. Dwa i trzy dni nic nie znaczą. Waszmość, panie czerkaski, pchnij też gońców z oznajmieniem sprawy do pana chorążego koronnego i do księcia Dominika. Ale waszmość już śpisz, jak widzę?

Rzeczywiście, Barabasz złożył ręce na brzuchu i zdrzemnął się głęboko; po chwili nawet chrapać zaczął. Stary pułkownik, gdy nie jadł i nie pił, co oboje nad wszystko lubił, to spał.

– Patrz, waszeć – rzekł cicho do namiestnika Zaćwilichowski – i przez takiego to starca warszawscy statyści chcieliby Kozaków w ryzie utrzymać. Bóg z nimi! Ufali też i samemu Chmielnickiemu, z którym kanclerz w jakoweś układy wchodził, a który podobno srodze ufność zawiedzie.

Namiestnik westchnął na znak współczucia staremu chorążemu. Barabasz zaś chrapnął silniej, a potem mruknął przez sen:

– Spasi Chryste! spasi Chryste!

– Kiedyż waść myślisz z Chehryna ruszyć? – spytał chorąży.

– Wypada mi ze dwa dni Czaplińskiemu poczekać, który pewnie będzie chciał konfuzji, jaka go spotkała, dochodzić.

– Nie uczyni tego. Prędzej by na waści sług swoich nasłał, gdybyś barwy książęcej nie nosił – ale z księciem zadrzeć straszna rzecz nawet dla sługi Koniecpolskich.

– Oznajmię mu, że czekam, a w dwa lub w trzy dni ruszę. Zasadzki też nie obawiam się mając przy boku szablę i garść ludzi.

To rzekłszy namiestnik pożegnał starego chorążego i wyszedł.

Nad miastem świeciła tak jasna łuna od stosów nałożonych na rynku, że rzekłbyś: cały Czehryn się pali, a gwar i krzyki wzmogły się jeszcze z nastaniem nocy. Żydzi nie wychylali się wcale ze swych domostw. W jednym kącie tłumy czabanów wyły posępne pieśni stepowe. Dzicy Zaporożcy tańczyli koło ognisk rzucając w górę czapki, paląc z piszczeli i pijąc kwartami gorzałkę. Tu i owdzie zrywała się bijatyka, którą uśmierzali ludzie starostki. Namiestnik musiał torować sobie drogę rękojeścią szabli i słuchając tych wrzasków i szumu kozaczego, chwilami myślał sobie, że to już rebelia tak przemawia. Zdawało mu się także, że widzi groźne spojrzenia i słyszy ciche, zwracane ku sobie klątwy. W uszach brzęczały mu jeszcze słowa Barabasza: „Spasi Chryste, spasi Chryste!", i serce biło mu żywiej. A tymczasem w mieście czabanowie zawodzili coraz głośniej chorowody, a Zaporożcy palili z samopałów i kąpali się w gorzałce. Strzelanina i dzikie „u–ha! u–ha!" dochodziły do uszu namiestnika nawet wówczas, gdy już położył się spać w swojej kwaterze.

III

W kilka dni później poczet naszego namiestnika posuwał się raźno w stronę Łubniów. Po przeprawie przez Dniepr szli szeroką drogą stepową, która łączyła Czehryn z Łubniami idąc na Żuki, Semi-Mogiły i Chorol. Drugi taki gościniec wiódł ze stolicy książęcej do Kijowa. Za dawniejszych czasów, przed rozprawą hetmana Żółkiewskiego pod Sołonicą, dróg tych nie było wcale. Do Kijowa jechało się z Łubniów stepem i puszczą; do Czehryna była droga wodna – z powrotem zaś jeżdżono na Chorol. W ogóle zaś owe naddnieprzańskie państwo – stara ziemia połowiecka – było pustynią mało co więcej od Dzikich Pól zamieszkaną, przez Tatarów często zwiedzaną, dla watah zaporoskich otwartą.

Nad brzegami Suły szumiały ogromne, prawie stopą ludzką nie dotykane lasy – miejscami, po zapadłych brzegach Suły, Rudej, Śleporodu, Korowaja, Orżawca, Pszoły i innych większych i mniejszych rzek i przytoków, tworzyły się mokradła zarośnięte częścią gęstwiną krzów i borów, częścią odkryte; pod postacią łąk. W tych borach i bagniskach znajdował łatwy przytułek zwierz wszelkiego rodzaju, w najgłębszych mrokach leśnych żyła moc niezmierna turów brodatych, niedźwiedzi i dzikich świń, a obok nich liczna szara gawiedź wilków, rysiów, kun, stada sarn i kraśnych suhaków; w bagniskach i w łachach rzecznych bobry zakładały swoje żeremia, o których to bobrach chodziły wieści na Zaporożu, że są między nimi stuletnie starce, białe jak śnieg ze starości.

Na wysokich, suchych stepach bujały stada koni dzikich o kudłatych głowach i krwawych oczach. Rzeki roiły się rybą i ptactwem wodnym. Dziwna to była ziemia, na wpół uśpiona, ale nosząca ślady dawniejszego życia ludzkiego. Wszędzie pełno popieliszcz po jakichś przedwiecznych grodach; same Łubnie i Chorol były z takich popieliszcz podniesione; wszędzie pełno mogił nowszych i starszych, porosłych już borem. I tu, jak na Dzikich Polach, nocami wstawały duchy i upiory, a starzy Zaporożcy opowiadali sobie przy ogniskach dziwy o tym, co się czasami działo w owych głębinach leśnych, z których dochodziły wycia nie wiadomo jakich zwierząt, krzyki półludzkie, półzwierzęce, gwary straszne, jakoby bitew lub łowów. Pod wodami odzywały się dzwony potopionych miast. Ziemia była mało gościnna i mało dostępna, miejscami zbyt rozmiękła, miejscami cierpiąca na brak wód, spalona, sucha a do mieszkania niebezpieczna, osadników bowiem, gdy się jako tako osiedli i zagospodarowali, ścierały napady tatarskie. Odwiedzali ją tylko często Zaporożcy dla gonów bobrowych, dla zwierza i ryby, w czasie bowiem pokoju większa część Niżowców rozłaziła się z Siczy na łowy, czyli, jak mówiono, na ,,przemysł'' po wszystkich rzekach, jarach, lasach i komyszach, bobrując w miejscach, o których istnieniu nawet mało kto wiedział.

Jednakże i życie osiadłe próbowało uwiązać się do tych ziem jak roślina, która próbuje, gdzie może, chwycić się gruntu korzonkami i raz wraz wyrywana, gdzie może, odrasta.

Powstawały na pustkach grody, osady, kolonie, słobody i futory. Ziemia była miejscami żywna, a nęciła swoboda. Ale wtedy dopiero zakwitło życie, gdy ziemie te przeszły w ręce kniaziów Wiśniowieckich. Kniaź Michał po ożenieniu się z Mohilanką począł starowniej urządzać swoje zadnieprzańskie państwo; ściągał ludzi, osadzał pustki, zapewniał swobody do lat trzydziestu, budował monastery i wprowadzał prawo swoje książęce. Nawet taki osadnik, który przymknął do tych ziem nie wiadomo kiedy i sądził, że siedzi na własnym gruncie, chętnie schodził do roli kniaziowego czynszownika, gdyż za ów czynsz szedł pod potężną książęcą opiekę, która go ochraniała, broniła od Tatarów i od gorszych nieraz od Tatarów Niżowców. Ale prawdziwe życie zakwitło dopiero pod żelazną ręką młodego księcia Jeremiego. Za Czehrynem zaraz zaczynało się jego państwo, a kończyło het! aż pod Konotopem i Romnami. Nie stanowiło ono całej kniaziowej fortuny, bo od województwa sandomierskiego począwszy ziemie jego leżały w województwach: wołyńskim, ruskim, kijowskim, ale naddnieprzańskie państwo było okiem w głowie zwycięzcy spod Putywla.

Tatar długo czyhał nad Orłem, nad Worsklą i wietrzył jak wilk, nim ośmielił się na północ konia popędzić; Niżowcy nie próbowali zatargu. Miejscowe niespokojne watahy poszły w służbę. Dziki i rozbójniczy lud, żyjący dawniej z gwałtów i napadów, teraz ujęty w karby, zajmował „polanki" na rubieżach i leżąc na granicach państwa jak brytan na łańcuchu groził zębem najeźdźcy.

Toż zakwitło i zaroiło się wszystko. Pobudowano drogi na śladach dawnych gościńców; rzeki ujęto groblami, które sypał niewolnik Tatar lub Niżowiec schwytany z bronią w ręku na rozboju. Tam gdzie niegdyś wiatr grywał dziko nocami na oczeretach i wyły wilki i topielcy, teraz hurkotały młyny. Przeszło czterysta kół, nie licząc rzęsiście rozsianych wiatraków, mełło zboże na samym Zadnieprzu. Czterdzieści tysięcy czynszowników wnosiło czynsz do kas książęcych, lasy zaroiły się pasiekami, na rubieżach powstawały wsie coraz nowe, futory, słobody. Na stepach, obok tabunów dzikich, pasły się całe stada swojskiego bydła i koni. Nieprzejrzany, jednostajny widok borów i stepów ubarwił się dymami chat, złoconymi wieżami cerkwi i kościołów – pustynia zamieniła się w kraj dość ludny.

Jechał tedy pan namiestnik Skrzetuski wesoło i nie śpiesząc się, jakoby swoją ziemią, mając po drodze wszelkie wczasy zapewnione. Był to dopiero początek stycznia 48 roku, ale dziwna, wyjątkowa zima nie dawała się wcale we znaki. W powietrzu tchnęła wiosna; ziemia rozmiękła i przeświecała wodą roztopów; na polach zieleniała ruń, a słońce dogrzewało tak mocno, że w podróży o południu kożuchy prażyły grzbiet jak latem.

Orszak namiestnika zwiększył się znacznie, w Czehrynie bowiem przyłączyło się do niego poselstwo wołoskie, które hospodar do Łubniów wysłał w osobie pana Rozwana Ursu. Przy poselstwie było kilkunastu karałaszów eskorty i wozy z czeladzią. Prócz tego z namiestnikiem jechał nasz znajomy pan Longinus Podbipięta herbu Zerwikaptur ze swoim długim mieczem pod pachą i z kilkoma czeladzi służbowej.

Słońce, cudna pogoda i woń zbliżającej się wiosny napawały wesołością serca, a namiestnik tym był weselszy, że wracał z długiej podróży pod dach książęcy, który był zarazem jego dachem, wracał sprawiwszy się dobrze, więc i przyjęcia dobrego pewny.

Ale wesołość jego miała i inne powody.

Oprócz łaski księcia, którego namiestnik z całej duszy kochał, czekały go w Łubniach jeszcze i pewne czarne oczy, tak słodkie jak miód. Oczy te należały do Anusi Borzobohatej–Krasieńskiej, panienki respektowej księżny Gryzeldy, najpiękniejszej dziewczyny z całego fraucymeru, bałamutki wielkiej, za którą przepadali wszyscy w Łubniach, a ona za nikim. U księżny Gryzeldy mores był wielki i surowość obyczajów niepomierna, co jednak nie przeszkadzało młodym spoglądać na się jarzącymi oczyma i wzdychać. Pan Skrzetuski posyłał tedy swoje westchnienia ku czarnym oczom na równi z innymi, a gdy bywało, zostawał sam w swojej kwaterze, wówczas chwytał lutnię w rękę i śpiewywał:

Tyś jest specjał nad specjały...

lub też:

Jak tatarska orda
Bierzesz w jasyr corda!

Ale że to był człek wesoły i przy tym żołnierz wielce w swym zawodzie zamiłowany, więc nie brał zbyt do serca tego, że Anusia uśmiechała się tak samo do niego, jak i do pana Bychowca z chorągwi wołoskiej, jak do pana Wurcla z artylerii, jak do pana Wołodyjowskiego z dragonów, a nawet do pana Baranowskiego z husarii, chociaż ten ostatni był już dobrze szpakowaty i szeplenił mając podniebienie potrzaskane kulą z samopału. Nasz namiestnik bił się już nawet raz z panem Wołodyjowskim w szable o Anusię, ale gdy przyszło za długo siedzieć w Łubniach bez jakowejś wyprawy na Tatarów, to sobie nawet i przy Anusi przykrzył, a gdy przyszło ciągnąć – to ciągnął z ochotą, bez żalu, bez wspominków.

Za to też i witał z radością. Teraz więc oto wracając z Krymu po pomyślnym rzeczy załatwieniu podśpiewywał wesoło i czwanił koniem, jadąc obok pana Longinusa, który siedząc na ogromnej inflanckiej kobyle strapiony był i smutny jak zawsze. Wozy poselstwa, karałasze i eskorta zostały znacznie za nimi.

– Jegomość poseł leży na wozie jak kawał drzewa i śpi ciągle – rzekł namiestnik. – Cudów mi naprawił o swojej Wołoszczyźnie, aż i ustał. Jam też słuchał z ciekawością. Nie ma co! kraj bogaty, klima przednie, złota, wina, bakaliów i bydła dostatek. Pomyślałem sobie tedy, że nasz książę rodzi się z Mohilanki i że ma takie dobre prawo do hospodarskiego tronu, jak kto inny, których praw przecie książę Michał dochodził. Nie nowina to naszym paniętom Wołoszczyzna. Bijali już tam i Turków, i Tatarów, i Wołochów, i Siedmiogrodzian...

– Ale lud tam miększy niż u nas, o czym mi i pan Zagłoba w Czehrynie opowiadał – rzekł pan Longinus – a gdybym jemu nie wierzył, to tedy w książkach od nabożeństwa potwierdzenie tej prawdy się znajduje.

– Jak to w książkach?

– Ja sam mam taką i mogę ją waszmości pokazać, bo ją zawsze wożę ze sobą.

To rzekłszy odpiął troki przy terlicy i wydobywszy niewielką książeczkę, starannie w cielę oprawioną, naprzód ucałował ją pobożnie, potem przewróciwszy kilkanaście kartek rzekł:

– Czytaj waść.

Pan Skrzetuski rozpoczął:

– „Pod Twoją obronę uciekamy się, Święta Boża Rodzicielko..." Gdzież zaś tu jest o Wołochach? co waść mówisz! – to antyfona!

– Czytaj waść dalej.

– „...Abyśmy się stali godnymi obietnic Pana Chrystusowych. Amen."

– No, a teraz pytanie...

Skrzetuski czytał.

– „Pytanie: Dlaczego jazda wołoska zowie się lekką? Odpowiedź: Bo lekko ucieka. Amen." – Hm! prawda! Wszelako w tej książce dziwne jest materii pomieszanie.

– Bo to jest książka żołnierska; gdzie obok modlitw rozmaite *instructiones militares* są przyłączone, z których nauczysz się waść o wszystkich nacjach, która z nich zacniejsza, która podła; co do Wołochów zaś, to się pokazuje, iż tchórzliwe z nich pachołki, a przy tym zdrajcy wielcy.

– Że zdrajcy, to pewno, bo pokazuje się to i z przygód księcia Michała. Co prawda, to i ja słyszałem, iż żołnierz to z przyrodzenia nieszczególny. Ma przecie książę jegomość chorągiew wołoską bardzo przednią, w której pan Bychowiec porucznikuje, ale *stricte* to w owej wołoskiej chorągwi nie wiem, czy i dwudziestu Wołochów się znajduje.

– Jak też waszmość myślisz, panie namiestniku, siła książę ma ludzi pod bronią?

– Będzie z ośm tysięcy nie licząc Kozaków, co po pałankach stoją. Ale powiadał mi Zaćwilichowski, że teraz nowe zaciągi są czynione.

– To może Bóg da jakową wyprawę pod księciem panem?

– Tak mówią, że wielka wojna z Turczynem się gotuje i że sam król z całą potęgą Rzplitej ma ruszyć. Wiem też, że upominki Tatarom są wstrzymane, którzy przecie od strachu nie śmią zagonów ruszyć. O tym słyszałem i w Krymie, gdzie bodaj dlatego przyjmowano mnie tak *honeste*, bo jest wieść, że gdy król z hetmany pociągnie, książę ma na Krym uderzyć i całkiem Tatarów zetrzeć. Jakoż to jest pewna, że takowej imprezy innemu nie powierzą.

Pan Longinus podniósł do góry ręce i oczy.

– Dajże, Boże miłosierny, daj takową świętą wojnę na chwałę chrześcijaństwu i naszemu narodowi, a mnie grzesznemu pozwól w niej wota moje spełnić, abym *in luctu* mógł być pocieszony albo też śmierć chwalebną znaleźć!

– To waść ślub wedle wojny uczynił?

– Tak zacnemu kawalerowi wszystkie arkana duszy mojej otworzę, choć siła mówić, ale gdy waćpan ucha chętnego skłaniasz, przeto *incipiam*: Wiesz waszmość, że herb mój zwie się Zerwikaptur, co z takowej przyczyny pochodzi, że gdy jeszcze pod Grunwaldem przodek mój Stowejko Podbipięta ujrzał trzech rycerzy w mniszych kapturach w szeregu jadących, zajechawszy ich, ściął wszystkich trzech od razu, o którym to sławnym czynie stare kroniki piszą z wielką dla przodka mego chwałą...

– Nie lżejszą miał on przodek od waści rękę, ale i słusznie Zerwikapturem go nazwali.

– Któremu też król herb nadał, a w nim trzy kozie głowy w srebrnym polu na pamiątkę owych rycerzy, gdyż takie same głowy były na ich tarczach wyobrażone. Ten herb wraz z tym tu oto mieczem przodek mój Stowejko Podbipięta przekazał potomkom swoim z zaleceniem, by starali się splendor rodu i miecza podtrzymać.

– Nie ma co mówić, z grzecznego rodu waszmość pochodzisz!

Tu pan Longinus zaczął wzdychać rzewnie, a gdy na koniec ulżyło mu trochę, tak mówił dalej:

– Będąc tedy z rodu ostatni, ślubowałem w Trokach Najświętszej Pannie *żyć* w czystości i nie prędzej stanąć na ślubnym kobiercu, póki za sławnym przykładem przodka mego Stowejki Podbipięty trzech głów tymże samym mieczem od jednego zamachu nie zetnę. O Boże miłosierny, widzisz, żem wszystko uczynił, co było w mocy mojej! Czystości dochowałem do dnia dzisiejszego, sercu czułemu milczeć kazałem, wojny szukałem i walczyłem, ale szczęścia nie miałem...

Porucznik uśmiechnął się pod wąsem.

– I nie ściąłeś waćpan trzech głów?

– Ot! nie zdarzyło się! Szczęścia nie ma! Po dwie na raz nieraz bywało, ale trzech nigdy. Nie udało się zajechać, a trudno prosić wrogów, by się ustawili równo do cięcia. Bóg jeden widzi moje smutki: siła w kościach jest, fortuna jest... ale *adolescentia* uchodzi, czterdziestu pięciu lat dobiegam, serce do afektów się wyrywa, ród ginie, a trzech głów jak nie ma, tak nie ma!... Taki i Zerwikaptur ze mnie. Pośmiewisko dla ludzi, jak słusznie mówi pan Zagłoba, co wszystko cierpliwie znoszę i Panu Jezusowi ofiaruję.

Litwin począł znowu tak wzdychać, że aż i jego inflancka kobyła, widać ze współczucia dla swego pana, jęła stękać i chrapać żałośnie.

– To tylko mogę waszmości powiedzieć – rzekł namiestnik – iż jeśli pod księciem Jeremim nie znajdziesz okazji, to chyba nigdy.

– Daj Boże! – odparł pan Longinus. – Dlatego i jadę prosić o łaskę księcia pana.

Dalszą rozmowę przerwał im nadzwyczajny łopot skrzydeł. Jako się rzekło, zimy tej ptastwo nie szło za morza, rzeki nie zamarzały, przeto szczególniej wodnego ptastwa wszędzie było pełno nad błotami. Właśnie w tej chwili porucznik z panem Longinem zbliżyli się do brzegu Kahamliku, gdy nagle zaszumiało im nad głowami całe stado żurawi, które przeciągały tak nisko, że można by niemal kijem do nich dorzucić. Stado leciało z wrzaskiem okrutnym i zamiast zapaść w oczerety, podniosło się niespodziewanie w górę.

– Mkną jakby gonione – rzekł pan Skrzetuski.

– A o! widzisz waść– rzekł pan Longinus ukazując na białego ptaka, który tnąc powietrze ukośnym lotem starał się podlecieć pod stado.

– Raróg, raróg! przeszkadza im zapaść! – wołał namiestnik. – Poseł ma rarogi – musiał puścić.

W tej chwili pan Rozwan Ursu nadjechał pędem na czarnym anatolskim dzianecie, a za nim kilku karałaszów służbowych.

– Panie poruczniku, proszę na zabawę – rzekł.

– Czy to raróg waszej cześci?

– Tak jest, i zacny bardzo, zobaczysz waść...

Popędzili naprzód we trzech, a za nimi Wołoch sokolniczy z obręczą, który utkwiwszy oczy w ptaki krzyczał z całych sił, zachęcając raroga do walki.

Dzielny ptak zmusił już tymczasem stado do podniesienia się w górę, potem sam wzbił się jak błyskawica jeszcze wyżej i zawisł nad nim. Żurawie zbiły się w jeden ogromny wir szumiący jak burza skrzydłami. Groźne wrzaski napełniały powietrze. Ptaki powyciągały szyje, powytykały ku górze dzioby jak włócznie i czekały ataku.

Raróg tymczasem krążył nad nimi. To zniżał się, to podnosił, jak gdyby wahał się runąć na dół, gdzie na pierś jego czekało sto ostrych dziobów. Jego białe pióra, oświecone słońcem, błyszczały jak samo słońce na pogodnym błękicie nieba.

Nagle, zamiast rzucić się na stado, pomknął jak strzała w dal i wkrótce zniknął za kępami drzew i oczeretów.

Pierwszy Skrzetuski ruszył za nim z kopyta. Poseł, sokolnik i pan Longinus poszli za jego przykładem.

Wtem na skręcie drogi namiestnik wstrzymał konia, gdyż nowy a dziwny widok uderzył jego oczy. W pośrodku gościńca leżała na boku kolaska ze złamaną osią. Odprzężone konie trzymało dwóch kozaczków. Woźnicy nie było wcale, widocznie odjechał w celu szukania pomocy. Przy kolasce stały dwie niewiasty, jedna ubrana w lisi tołub i takąż czapkę z okrągłym dnem, twarzy surowej, męskiej; druga była to młoda panna wzrostu wyniosłego, rysów pańskich i bardzo foremnych. Na ramieniu tej młodej pani siedział spokojnie raróg i rozstrzępiwszy pióra na piersiach muskał je dziobem.

Namiestnik osadził konia, aż kopyta wryły się w piasek gościńca, i rękę podniósł do czapki zmieszany i nie wiedzący, co ma mówić: czy witać, czy o raroga się dopominać? Zmieszany był jeszcze i dlatego, że spod kuniego kapturka spojrzały nań takie oczy, jakich jak życie swoje nie widział, czarne, aksamitne, a łzawe, a mieniące się, a ogniste, przy których oczy Anusi Borzobohatej zgasłyby jak świeczki przy pochodniach. Nad tymi oczami jedwabne ciemne brwi rysowały się dwoma delikatnymi łukami, zarumienione policzki kwitnęły jak kwiat najpiękniejszy, przez malinowe wargi, trochę otwarte, widniały ząbki jak perły, spod kapturka spływały bujne czarne warkocze. „Czy Juno we własnej osobie, czy inne jakoweś bóstwo?" – pomyślał namiestnik widząc ten wzrost strzelisty, pierś wypukłą i tego białego sokoła na ramieniu. Stał tedy nasz porucznik bez czapki i zapatrzył się jak w cudowny obraz, i tylko oczy mu się świeciły, a za serce chwytało go coś jak ręką. I już miał rozpocząć mowę od słów: „Jeśliś jest śmiertelną istotą, a nie bóstwem..." – gdy w tej chwili nadjechał poseł i pan Longinus, a z nimi sokolnik z obręczą. Co widząc bogini nadstawiła rarogowi rękę, na której ten zaraz, zszedłszy z ramienia, usadowił się przestępując z nogi na nogę. Namiestnik uprzedzając sokolniczego chciał zdjąć ptaka, gdy nagle stał się dziwny omen. Oto raróg, pozostawiwszy jedną nogę na ręku panny, drugą chwycił się namiestnikowej dłoni i zamiast przesiąść się, począł kwilić radośnie i przyciągać te ręce ku sobie tak silnie, że się musiały zetknąć. Po namiestniku mrowie przeszło, raróg zaś dopiero wtedy dał się przenieść na obręcz, gdy sokolnik nałożył mu kaptur na głowę. A wtem starsza pani poczęła wyrzekać:

– Rycerze! – mówiła – ktokolwiek jesteście, nie odmawiajcie pomocy białogłowom, które zostawszy na drodze bez pomocy, same nie wiedzą, co począć. Do domu nam już nie dalej jak trzy mile, ale w kolasce osie popękały i chyba nam nocować w polu przyjdzie; woźnicę posłałam do synów, by nam choć wóz przysłali, ale nim woźnica dojedzie i wróci, ciemno będzie, a na tym uroczysku strach zostać, bo tu w pobliżu mogiły.

Stara szlachcianka mówiła prędko i głosem tak grubym, że namiestnik aż się zadziwił, wszelako odrzekł grzecznie.

– Nie dopuszczajże jejmość tej myśli, byśmy panią i nadobną jej córkę mieli bez pomocy zostawić. Jedziemy do Łubniów, gdyż żołnierzami w służbie J. O. księcia Jeremiego jesteśmy, i podobno nam droga w jedną stronę wypada, a choćby też nie, to zboczymy chętnie, byle się nasza asystencja nie uprzykrzyła. Co zaś do wozów, to ich nie mam, bo z towarzyszami po żołniersku komunikiem idę, ale pan poseł ma i tuszę, że jako uprzejmy kawaler, chętnie nimi pani i jejmościance służyć będzie.

Poseł uchylił sobolowego kołpaka, gdyż znając mowę polską, zrozumiał, o co idzie, i zaraz z pięknym komplimentem, jako grzeczny bojar, wystąpił, po czym rozkazał sokolniczemu skoczyć po wozy, które były znacznie z tyłu zostały. Przez ten czas namiestnik patrzył na pannę, która pożerczego wzroku jego znieść nie mogąc opuściła oczy na ziemię, a dama o kozackim obliczu tak mówiła dalej:

– Niech Bóg zapłaci imć panom za pomoc. A że do Łubniów droga jeszcze daleka, nie pogardzicie moim i moich synów dachem, pod którym radzi wam będziemy. My z Rozłogów-Siromachów, ja wdowa po kniaziu Kurcewiczu Bułyże, a to nie jest moja córka, jeno córka po starszym Kurcewiczu, bracie mego męża, który sierotę swą nam na opiekę oddał. Synowie moi teraz w domu, a ja wracam z Czerkas, gdziem się do ołtarza Świętej-Przeczystej ofiarowała. Aż oto w powrocie spotkał nas ten wypadek i gdyby nie polityka waszmościów, chybaby na drodze nocować przyszło.

Kniaziowa mówiłaby jeszcze dłużej, ale wtem z dala pokazały się wozy nadjeżdżające kłusem wśród gromady karałaszów poselskich i żołnierzy pana Skrzetuskiego.

– To jejmość pani wdowa po kniaziu Wasylu Kurcewiczu? – spytał namiestnik.

– Nie! – zaprzeczyła żywo i jakby gniewliwie kniahini. – Jam wdowa po Konstantynie, a to jest córka Wasyla, Helena – rzekła wskazując pannę.

– O kniaziu Wasylu wiele w Łubniach rozpowiadają. Był to żołnierz wielki i nieboszczyka księcia Michała zaufany.

– W Łubniach nie byłam – rzekła z pewną wyniosłością Kurcewiczowa – i o jego żołnierstwie nie wiem, a o późniejszych postępkach nie ma co wspominać, gdyż i tak wszyscy o nich wiedzą.

Słysząc to kniaziówna Helena zwiesiła głowę na piersi właśnie jak kwiat podcięty kosą, a namiestnik odparł żywo:

– Tego waćpani nie mów. Kniaź Wasyl, przez straszliwy *error* sprawiedliwości ludzkiej skazany na utratę gardła i mienia, musiał się ucieczką salwować, ale później wykryła się jego niewinność, którą też promulgowano i do sławy go jako cnotliwego męża przywrócono; a sława tym większą być powinna, im większą była krzywda.

Kniahini spojrzała bystro na namiestnika, a w jej nieprzyjemnym, ostrym obliczu gniew odbił się wyraźnie. Ale pan Skrzetuski, choć człowiek młody, tyle miał w sobie jakowejś powagi rycerskiej i tak jasne wejrzenie, że mu zaoponować nie śmiała, natomiast zwróciła się do kniaziówny Heleny:

– Waćpannie tego słuchać nie przystoi. Idź oto dopilnuj, aby toboły z kolaski były przełożone na wozy, na których z pozwoleniem ichmościów siedzieć będziem.

– Pozwolisz jejmość panna pomóc sobie – rzekł namiestnik.

Poszli oboje ku kolasce, ale skoro tylko stanęli naprzeciw siebie po obu stronach jej drzwiczek, jedwabne frędzle oczu kniaziówny podniosły się i wzrok jej padł na twarz porucznika jakoby jasny, ciepły promień słoneczny.

– Jakże mam waszmości panu dziękować... – rzekła głosem, któren namiestnikowi wydał się tak słodką muzyką, jak dźwięczenie lutni i fletów – jakże mam dziękować, żeś się za sławę ojca mego ujął i za tę krzywdę, która go od najbliższych krewnych spotyka.

– Mościa panno! – odpowiedział namiestnik, a czuł, że serce tak mu taje, jako śnieg na wiosnę. – Tak mi Pan Bóg dopomóż, jakobym dla takiej podzięki w ogień skoczyć gotowy albo zgoła krew przelać, ale gdy ochota tak wielka, przeto zasługa mniejsza, dla której małości nie godzi mi się dziękczynnego żołdu z ust imć panny przyjmować.

– Jeżeli waszmość pan nim pogardzasz, to jako uboga sierota nie mam jak inaczej wdzięczności mojej okazać.

– Nie pogardzam ja nim – mówił ze wzrastającą siłą namiestnik – ale na tak wielki fawor zarobić długą i wierną służbą pragnę i o to tylko proszę, abyś mnie imć panna przyjąć na ową służbę raczyła.

Kniaziówna słysząc te słowa zapłoniła się, zmieszała, potem przybladła nagle i ręce do twarzy podnosząc odrzekła żałosnym głosem:

– Nieszczęście by chyba waćpanu taka służba przynieść mogła.

A namiestnik przechylił się przez drzwiczki kolaski i tak mówił z cicha a tkliwie:

– Przyniesie, co Bóg da, a choćby też i ból, przeciem ja do nóg waćpanny upaść i prosić o nią gotowy.

– Nie może to być, rycerzu, abyś waćpan dopiero mnie ujrzawszy, tak wielką miał do onej służby ochotę.

– Ledwiem cię ujrzał, jużem o sobie zgoła zpomniał i widzę, że wolnemu dotąd żołnierzowi chyba w niewolnika zmienić się przyjdzie, ale taka widać wola boża. Afekt jest jako strzała, która niespodzianie pierś przeszywa, i oto czuję jej grot, choć wczoraj sam bym nie wierzył, gdyby mi kto powiadał.

– Jeślibyś waszmość wczoraj nie wierzył, jakże ja uwierzyć dzisiaj mogę?

– Czas o tym najlepiej waćpannę przekona, a szczerości choćby zaraz nie tylko w słowach, ale i w obliczu dopatrzyć się możesz.

I znowu jedwabne zasłony oczu kniaziówny podniosły się, a wzrok jej napotkał męskie i szlachetne oblicze młodego żołnierza i spojrzenie tak pełne zachwytu, że ciemny rumieniec pokrył jej twarz. Ale nie spuszczała już wzroku ku ziemi i przez chwilę on pił słodycz jej cudnych oczu. I tak patrzyli na siebie, jak dwie istoty, które spotkawszy się choćby na gościńcu na stepie, czują, że się wybrały od razu, i których dusze poczynają zaraz lecieć wzajemnie ku sobie jak dwa gołębie.

Aż tę chwilę zachwytu przerwał im ostry głos kniahini Konstantowej wołającej na kniaziównę. Wozy nadeszły. Karałasze poczęli przenosić na nie pakunki z kolaski i za chwilę wszystko było gotowe.

Pan Rozwan Ursu, grzeczny bojar, ustąpił obydwom niewiastom własnej kolaski, namiestnik siadł na koń. Ruszono w drogę.

Dzień też miał się już ku spoczynkowi. Rozlane wody Kahamliku świeciły złotem od zachodzącego słońca i purpury zorzy. Wysoko na niebie ułożyły się stada lekkich chmurek, które czerwieniejąc stopniowo, zsuwały się z wolna ku krańcom widnokręgu, jakby zmęczone lataniem po niebie, szły spać gdzieś do nieznanej kolebki. Pan Skrzetuski jechał po stronie kniaziówny, ale nie zabawiał jej rozmową, bo tak z nią mówić, jak przed chwilą, przy obcych nie mógł, a błahe słowa nie chciały mu się przez usta przecisnąć. W sercu jeno czuł błogość, a w głowie szumiało mu coś jak wino.

Cała karawana poruszała się raźno naprzód, a ciszę przerywało tylko parskanie koni lub brzęk strzemienia o strzemię. Potem karałasze poczęli na tylnych wozach smutną pieśń wołoską, wkrótce jednak ustali, a natomiast rozległ się nosowy głos pana Longina śpiewającego pobożnie: „Jam sprawiła na niebie, aby wschodziła światłość nieustająca, i jako mgła – pokryłam wszystką ziemię." Tymczasem ściemniało. Gwiazdki zamigotały na niebie, a z wilgotnych łąk wstały białe tumany jako morza bez końca. Wjechali w las, ale zaledwie ujechali kilka staj, gdy dał się słyszeć tętent koni i pięciu jeźdźców ukazało się przed karawaną. Byli to młodzi kniaziowie, którzy zawiadomieni przez woźnicę o wypadku, jaki spotkał matkę, śpieszyli na jej spotkanie prowadząc z sobą wóz zaprzężony w cztery konie.

– Czy to wy, synkowie? – wołała stara kniahini.

Jeźdźcy przybliżyli się do wozów.

– My, matko!

– Bywajcie! Dzięki tym oto ichmościom nie potrzebuję już pomocy. To moi synkowie, których polecam łasce mości panów: Symeon, Jur, Andrzej i Mikołaj – a to kto piąty? – rzekła przypatrując się pilnie – hej! jeśli stare oczy widzą po ciemku, to Bohun – co?

Kniaziówna cofnęła się nagle w głąb kolaski.

– Czołem wam, kniahini, i wam, kniaziówno Heleno! – rzekł piąty jeździec.

– Bohun! – mówiła stara. – Od pułku przybyłeś, sokole? A z teorbanem? Witajże, witaj! Hej, synkowie! Prosiłam już ichmościów panów na nocleg do Rozłogów, a teraz wy im się pokłońcie! Gość w dom, Bóg w dom! Bądźcież ichmościowie na nasz dom łaskawi.

Bułyhowie uchylili czapek.

– Prosimy pokornie waszmościów w niskie progi.

– Już mi też obiecali i jego wysokość pan poseł, i imć pan nsmiestnik. Zacnych kawalerów będziemy przyjmowali, tylko że przywykłym do specjałów na dworach, nie wiem, czyli będzie smakowała nasza uboga pasza.

– Na żołnierskim my chlebie, nie na dworskim chowani – rzekł pan Skrzetuski.

A pan Rozwan Ursu dodał:

– Próbowałem ja już gościnnego chleba w szlacheckich domach i wiem, że i dworski mu nie wyrówna.

Wozy ruszyły naprzód, a stara kniahini mówiła dalej:

– Dawno to, dawno już minęły lepsze dla nas czasy. Na Wołyniu i na Litwie są jeszcze Kurcewicze, którzy poczty trzymają i wcale po pańsku żyją, ale ci biedniejszych krewnych znać nie chcą, za co niech ich Bóg skarze. U nas prawie kozacza bieda, którą nam waszmościowie musicie wybaczyć i szczerym sercem przyjąć to, co szczerze ofiarujemy. Ja i pięciu synów siedzimy na jednej wiosce i kilkunastu słobodach, a z nami i ta jeszcze jejmościanka na opiece.

Namiestnika zdziwiły te słowa, gdyż słyszał w Łubniach, że Rozłogi były niemałą fortuną szlachecką, a po wtóre, że należały ongi do kniazia Wasyla, ojca Heleny. Nie zdało mu się jednak rzeczą stosowną pytać, jakim sposobem przeszły w ręce Konstantyna i jego wdowy.

– To jejmość pani pięciu masz synów? – zagadnął pan Rozwan Ursu.

– Miałam pięciu jak lwów – rzecze kniahini – ale najstarszemu, Wasylowi, poganie w Białogrodzie oczy wykapali pochodniami, od czego mu też i rozum się nadwerężył. Gdy młodzi pójdą na wyprawę, ja sama w domu zostaję, z nim tylko i z jejmościanką, z którą większa bieda niż pociecha.

Pogardliwy ton, z jakim stara kniahini mówiła o swej synowicy, tak był widoczny, że nie uszedł uwagi porucznika. Pierś mu zawrzała gniewem i o mało nie zaklął szpetnie, ale słowa zamarły mu na ustach, gdy spojrzawszy na kniaziównę ujrzał przy świetle księżyca oczy jej zalane łzami...

– Co waćpannie jest? czego płaczesz? – spytał z cicha.

Kniaziówna milczała.

– Ja nie mogę znieść łez waćpanny – mówił pan Skrzetuski i pochylił się ku niej, a widząc, że stara kniahini rozprawia z panem Rozwanem Ursu i nie patrzy w tę stronę, nalegał dalej:

– Na Boga, przemów choć słowo, bo Bóg widzi, że i krew, i zdrowie bym oddał, byle ciebie pocieszyć.

Nagle uczuł, że jeden z jeźdźców napiera go tak silnie, że aż konie poczynają się trzeć bokami.

Rozmowa z kniaziówną była przerwana, więc pan Skrzetuski zdziwiony, ale i rozgniewany, zwrócił się ku śmiałkowi.

Przy świetle księżyca ujrzał dwoje oczu, które patrzyły na niego zuchwale, wyzywająco i szyderczo zarazem.

Straszne te oczy świeciły jak ślepie wilka w ciemnym borze.

„Co, u kaduka? – pomyślał namiestnik – bies czy co?" – i z kolei zajrzawszy z bliska w te pałające źrenice, spytał:

– A czego to waść tak koniem najeżdżasz i oczyma we mnie wiercisz?

Jeździec nie odpowiedział nic, ale patrzył wciąż równie uporczywie i zuchwale.

– Jeślić ciemno, to mogę ognia skrzesać, a jeślić gościniec za ciasny, to hajda w step! – rzekł już podniesionym głosem namiestnik.

– A ty odlitaj, Laszku, od kolaski, koły step baczysz – odparł jeździec.

Namiestnik, jako był człowiek do czynu skory, zamiast odpowiedzieć, uderzył tak silnie nogą w brzuch konia napastnika, że rumak jęknął i w jednym szczupaku znalazł się na samym brzegu gościńca.

Jeździec osadził go na miejscu i przez chwilę zdawało się, że pragnie rzucić się na namiestnika, ale wtem zabrzmiał ostry, rozkazujący głos starej kniahini:

– Bohun, szczo z toboju?

Słowa te miały natychmiastowy skutek. Jeździec zwrócił konia młyńcem i przejechał na drugą stronę kolaski do kniahini, która mówiła dalej:

– Szczo z toboju? Ej, ty nie w Perejasławiu ani w Krymie, ale w Rozłogach – bacz na to. A teraz skocz mi naprzód i prowadź wozy, bo jar zaraz, a w jarze ciemno. Hodi, siromacha!

Pan Skrzetuski równie był zdziwiony, jak rozgniewany. Ten Bohun widocznie szukał okazji i byłby ją znalazł, ale dlaczego szukał? skąd ta niespodziewana napaść?

Przez głowę namiestnika przeleciała myśl, że tu kniaziówna wchodziła do gry, i utwierdził się w tej myśli, gdy spojrzawszy na twarz jej ujrzał mimo mroków nocnych, że twarz ta była blada jak płótno i że widocznie malowało się na niej przerażenie.

Tymczasem Bohun ruszył z kopyta naprzód wedle rozkazu kniahini, która spoglądając za nim rzekła wpół do siebie, wpół do namiestnika:

– To szalona głowa i bies kozaczy.

– Widać, niespełna rozumu – odpowiedział pogardliwie pan Skrzetuski.

– Czy to Kozak w służbie synów imci pani?

Stara kniahini rzuciła się w tył kolaski.

– Co waćpan mówisz! To jest Bohun, podpułkownik, przesławny junak, synom moim druh, a mnie jak szósty syn przybrany. Nie może też to być, abyś waszmość o nazwisku jego nie słyszał, bo wszyscy o nim wiedzą.

I rzeczywiście, panu Skrzetuskiemu dobrze było znane to nazwisko. Spośród imion różnych pułkowników i atamanów kozackich wypłynęło ono na wierzch i było na wszystkich ustach po obu stronach Dniepru. Ślepcy śpiewali o Bohunie pieśni po jarmarkach i karczmach, na wieczornicach opowiadano dziwy o młodym watażce. Kto on był, skąd się wziął, nikt nie wiedział. To pewna, że kolebką były mu stepy, Dniepr, porohy i Czertomelik ze swoim labiryntem cieśnin, zatok, kołbani, wysp, skał, jarów i oczeretów. Od wyrostka zżył się i zespolił z tym dzikim światem.

Czasu pokoju chodził z innymi „za rybą i zwierzem", tłukł się po zakrętach Dnieprowych, brodził po bagniskach i oczeretach wraz z gromadą półnagich towarzyszów – to znów całe miesiące spędzał w głębinach leśnych. Szkołą były mu wycieczki na Dzikie Pola po trzody i tabuny tatarskie, zasadzki, bitwy, wyprawy przeciw brzegowym ułusom, do Białogrodu, na Wołoszczyznę lub czajkami na Czarne Morze. Innych dni nie znał, jak na koniu, innych nocy, jak przy ognisku na stepie. Wcześnie stał się ulubieńcem całego Niżu, wcześnie sam zaczął wodzić innych; i wkrótce odwagą wszystkich przewyższył. Gotów był w sto koni iść choćby do Bakczysaraju i samemu chanowi zaświecić w oczy pożogą; palił ułusy i miasteczka, wycinał w pień mieszkańców, schwytanych murzów rozdzierał końmi, spadał jak burza, przechodził jak śmierć. Na morzu rzucał się jak wściekły na galery tureckie. Zapuszczał się w środek Budziaku, włazil, jak mówiono, w paszczę lwa. Niektóre jego wyprawy były wprost szalone. Mniej odważni, mniej ryzykowni konali na palach w Stambule lub gnili przy wiosłach na tureckich galerach – on zawsze wychodził zdrowo z i łupem obfitym. Mówiono, że zebrał skarby ogromne i że trzyma je ukryte po Dnieprowych komyszach, ale też nieraz go widziano, jak deptał zabłoconymi nogami po złotogłowiach i lamach, koniom słał kobierce pod kopyta albo jak, ubrany w adamaszki, kąpał się w dziegciu, umyślnie kozaczą pogardę dla onych wspaniałych tkanin i ubiorów okazując. Miejsca długo nigdzie nie zagrzał. Czynami jego powodowała fantazja. Czasem przybywszy do Czehryna, Czerkas lub Perejasławia hulał na śmierć z innymi Zaporożcami, czasem żył jak mnich, do ludzi nie gadał, w stepy uciekał. To znów otaczał się ślepcami, których grania i pieśni po całych dniach słuchał, a samych złotem obrzucał. Między szlachtą umiał być dwornym kawalerem, między Kozaki najdzikszym Kozakiem, między rycerzami rycerzem, między łupieżcami łupieżcą. Niektórzy mieli go za szalonego, bo też i była to dusza nieokiełznana i rozszalała. Dlaczego na świecie żył i czego chciał, dokąd dążył, komu służył – sam nie wiedział. Służył stepom, wichrom, wojnie, miłości i własnej fantazji. Ta właśnie fantazja wyróżniała go od innych watażków grubianów i od całej rzeszy rozbójniczej, która tylko grabież miała na celu i której za jedno było grabić Tatarów czy swoich. Bohun brał łup, ale wolał wojnę od zdobyczy, kochał się w niebezpieczeństwach dla własnego ich uroku; złotem za pieśni płacił, za sławą gonił, o resztę nie dbał.

Ze wszystkich watażków on jeden najlepiej uosabiał Kozaka–rycerza, dlatego też pieśń wybrała go sobie na kochanka, a imię jego rozsławiło się na całej Ukrainie.

W ostatnich czasach został podpułkownikiem perejasławskim, ale pułkownikowską władzę sprawował, bo stary Łoboda słabo już trzymał buławę krzepnącą dłonią.

Pan Skrzetuski dobrze tedy wiedział, kto był Bohun, a jeśli pytał starej kniahini, czy to Kozak w służbie jej synów, to czynił to przez umyślną pogardę, bo przeczuł w nim wroga, a mimo całej sławy watażki wzburzyła się krew w namiestniku, że Kozak poczynał sobie z nim tak zuchwale.

Domyślał się też, że skoro się zaczęło, to się na byle czym nie skończy. Ale cięty to był jak osa człowiek pan Skrzetuski, dufny aż nadto w siebie i również nie cofający się przed niczym, a na niebezpieczeństwa chciwy prawie. Gotów był choćby i zaraz wypuścić konia za Bohunem, ale jechał przy boku kniaziówny. Zresztą wozy minęły już jar i z dala ukazały się światła w Rozłogach.

IV

Kurcewicze Bułyhowie był to stary książęcy ród, który się Kurczem pieczętował, od Koriata wywodził, a podobno istotnie szedł od Ruryka. Z dwóch głównych linii jedna siedziała na Litwie, druga na Wołyniu, a na Zadnieprze przeniósł się dopiero kniaź Wasyl, jeden z licznych potomków linii wołyńskiej, który, ubogim będąc, nie chciał wśród możnych krewnych zostawać i wszedł na służbę księcia Michała Wiśniowieckiego, ojca przesławnego „Jaremy".

Okrywszy się sławą w tej służbie i znaczne posługi rycerskie księciu oddawszy, otrzymał od tegoż w dziedzictwo Krasne Rozłogi, które potem dla wielkiej mnogości wilków Wilczymi Rozłogami przezwano, i stale w nich osiadł. W roku 1629 przeszedłszy na obrządek łaciński ożenił się z Rahozianką, panną z zacnego domu szlacheckiego, któren się z Wołoszczyzny wywodził. Z małżeństwa tego w rok później przyszła na świat córka Helena; matka umarła przy jej urodzeniu, książę Wasyl zaś, nie myśląc już o powtórnym ożenku, oddał się całkiem gospodarstwu i wychowaniu jedynaczki. Był to człowiek wielkiego charakteru i niepospolitej cnoty. Dorobiwszy się dość szybko średniej fortuny pomyślał zaraz o starszym swym bracie Konstantynie, który na Wołyniu w biedzie został i odepchnięty od możnej rodziny, zmuszony był chodzić po dzierżawach. Tego wraz z żoną i pięcioma synami do Rozłogów sprowadził i każdym kawałkiem chleba się z nimi dzielił. W ten sposób obaj Kurcewicze żyli w spokoju aż do końca 1634 roku, w którym Wasyl z królem Władysławem pod Smoleńsk ruszył. Tam to zaszedł ów nieszczęsny wypadek, który zgubę jego spowodował. W obozie królewskim przejęto list pisany do Szehina, podpisany nazwiskiem kniazia i przypieczętowany Kurczem. Tak jawny dowód zdrady ze strony rycerza, który aż dotąd nieskazitelnej sławy używał, zdumiał i przeraził wszystkich. Na próżno Wasyl świadczył się Bogiem, że ni ręka, ni podpis na liście nie są jego – herb Kurcz na pieczęci usuwał wszelkie wątpliwości, w zgubienie zaś sygnetu, czym się kniaź tłumaczył, nikt wierzyć nie chciał – ostatecznie nieszczęśliwy kniaź, *pro crimine perduelionis* skazany na utratę czci i gardła, musiał się ucieczką salwować. Przybywszy nocą do Rozłogów zaklął brata Konstantyna na wszystkie świętości, by jak ojciec opiekował się jego córką – i odjechał na zawsze. Mówiono, że raz jeszcze z Baru pisał list do księcia Jeremiego z prośbą, by nie odejmował kawałka chleba Helenie i spokojnie ją w Rozłogach na opiece Konstantyna zostawił; potem głos o nim zaginął. Były wieści, że zmarł zaraz, to że przystał do cesarskich i zginął na wojnie w Niemczech – ale któż mógł co wiedzieć na pewno? Musiał zginąć, skoro się więcej o córkę nie pytał. Wkrótce przestano o nim mówić, a przypomniano go sobie dopiero, gdy wyszła na jaw jego niewinność. Niejaki Kupcewicz, Witebszczanin, umierając zeznał, jako on pisał pod Smoleńskiem list do Szehina i znalezionym w obozie sygnetem go przypieczętował. Wobec takiego świadectwa żałość i konsternacja ogarnęła wszystkie serca. Wyrok został zmieniony, imię księcia Wasyla do sławy przywrócone, ale dla niego samego nagroda za mękę przyszła za późno. Co do Rozłogów, to Jeremi nie myślał ich zagarniać, bo Wiśniowieccy, znając lepiej Wasyla, nigdy o jego winie nie byli zupełnie przekonani. Mógłby on był nawet zostać i drwić z wyroku pod ich potężną opieką i jeżeli uszedł, to dlatego, że niesławy znieść nie umiał.

Helena chowała się więc spokojnie w Rozłogach pod czułą opieką stryja – i dopiero po jego śmierci zaczęły się dla niej ciężkie czasy. Żona Konstantyna, z rodziny wątpliwego pochodzenia, była to kobieta surowa, popędliwa a energiczna, którą mąż jeden utrzymać w ryzie umiał. Po jego śmierci zagarnęła w żelazne ręce rządy w Rozłogach. Służba drżała przed nią – dworzyszczowi bali się jej jak ognia, sąsiadom dała się wkrótce we znaki. W trzecim roku swych rządów po dwakroć zbrojno najeżdżała Siwińskich w Browarkach, sama przebrana po męsku, konno przywodząc czeladzi i najętym Kozakom. Gdy raz pułki księcia Jeremiego pogromiły watahę Tatarów swawolącą koło Siedmiu Mogił, kniahini na czele swoich ludzi zniosła ze szczętem kupę niedobitków, która się aż pod Rozłogi zapędziła. W Rozłogach też usadowiła się na dobre i poczęła je uważać za swoją i swoich synów własność. Synów tych kochała jak wilczyca młode, ale sama będąc prostaczką, nie pomyślała o przystojnym dla nich wychowaniu. Mnich greckiego obrządku, sprowadzony z Kijowa, wyuczył ich czytać i pisać – na czym też skończyła się edukacja. A przecie niedaleko były Łubnie, a w nich dwór książęcy, na którym by młodzi kniaziowie mogli nabrać poloru, wyćwiczyć się w kancelarii w sprawach publicznych lub – zaciągnąwszy się pod chorągwie – w szkole rycerskiej. Kniahini miała wszelako swoje powody, dla których nie oddawała ich do Łubniów.

A nużby książę Jeremi przypomniał sobie, czyje są Rozłogi, i wejrzał w opiekę nad Heleną albo sam dla pamięci Wasyla tę opiekę chciał sprawować? Przyszłoby chyba wówczas wynosić się z Rozłogów – wolała więc kniahini, by w Łubniach zapomniano, że jacy Kurcewicze żyją na świecie. Ale też za to młodzi kniaziowie hodowali się wpół dziko i więcej po kozacku niż po szlachecku. Pacholętami jeszcze będąc brali udział w poswarkach starej kniahini, w zajazdach na Siwińskich, w wyprawach na kupy tatarskie. Czując wrodzony wstręt do książek i pisma, po całych dniach strzelali z łuków lub wprawiali ręce we władanie kiścieniami, szablą, w rzucanie arkanów. Nie zajmowali się nawet i gospodarstwem, bo go nie puszczała z rąk matka. I żal było patrzeć na tych potomków znakomitego rodu, w których żyłach płynęła krew książęca, ale których obyczaje były surowe i grube, a umysły i zatwardziałe serca przypominały step nieuprawny. Tymczasem powyrastali jak dęby; wiedząc wszelako to do siebie, iż są prostakami, wstydzili się żyć ze szlachtą, a natomiast milszym im było towarzystwo dzikich watażków kozackich. Wcześnie też weszli w komitywę z Niżem, gdzie ich za towarzyszów uważano. Czasem po pół roku i więcej siedzieli na Siczy; chodzili na „przemysł" z Kozakami, brali udział w wyprawach na Turków i Tatarów, które w końcu stały się głównym i ulubionym ich zajęciem. Matka nie sprzeciwiała się temu, bo często przywozili zdobycz obfitą. Wszelako na jednej z takich wypraw najstarszy Wasyl dostał się w ręce pogańskie. Bracia przy pomocy Bohuna i jego Zaporożców odbili go wprawdzie, ale z wykapanymi oczami. Od tej pory ten w domu siedzieć musiał; a jako dawniej był najdzikszy, tak potem złagodniał bardzo i w rozmyślaniach a nabożeństwie się zatopił. Młodzi prowadzili dalej wojenne rzemiosło, które w końcu przydomek kniaziów-Kozaków im zjednało. Dość też było spojrzeć na Rozłogi-Siromachy, by odgadnąć, jacy w nich ludzie mieszkali. Gdy poseł i pan Skrzetuski zajechali przez bramę ze swymi wozami, ujrzeli nie dwór, ale raczej obszerną szopę z ogromnych bierwion dębowych zbitą, z wąskimi, podobnymi do strzelnic oknami. Mieszkania dla czeladzi i kozaków, stajnie, spichlerze i lamusy przytykały do tego dworu bezpośrednio tworząc budowę nieforemną, z wielu to wyższych, to niższych części złożoną, na zewnątrz tak ubogą i prostacką, że gdyby nie światła w oknach, trudno by ją za mieszkanie ludzi poczytać. Na majdanie przed domem widać było dwa żurawie studzienne, bliżej bramy słup z kołem na szczycie, na którym siadywał niedźwiedź chowany. Brama potężna, z takichże bierwion dębowych, dawała przejście na majdan, który cały był otoczony rowem i palisadą.

Widocznie było to miejsce obronne, przeciw napadom i zajazdom zabezpieczone. We wszystkim też przypominało kresową pałankę kozacką, a lubo większość siedzib szlacheckich na kresach takiego, a nie innego była pokroju, ta przecie bardziej jeszcze od innych wyglądała na jakieś drapieżne gniazdo. Czeladź, która naprzeciw gości wyszła z pochodniami, podobniejsza była do zbójów niż do ludzi służbowych. Wielkie psy na majdanie targały za łańcuchy, jakby chciały się urwać i rzucić na przybyłych, ze stajen dobywało się rżenie koni, młodzi Bułyhowie wraz z matką poczęli wołać na służbę, rozkazywać jej i przeklinać. Wśród takiego harmidru goście weszli do środka domu, ale tu dopiero pan Rozwan Ursu, który widząc poprzednio dzikość i mizerię siedliska, prawie żałował, iż się dał zaprosić na nocleg, zdumiał prawdziwie na widok tego, co ujrzały jego oczy. Wnętrze domu zgoła nie odpowiadało jego lichym zewnętrznym pozorom. Najprzód weszli do obszernej sieni, której ściany całkiem prawie pokryte były zbroją, orężem i skórami dzikich zwierząt.

W dwóch ogromnych grubach paliły się kłody drzewa, a przy jasnym ich blasku widać było bogate rzędy końskie, błyszczące pancerze, karaceny tureckie, na których tu i owdzie świeciły drogie kamienie, druciane koszulki ze złoconymi guzami na spięciach, półpancerze, nabrzuszniki, ryngrafy, stalowe harnasze wielkiej ceny, hełmy polskie i tureckie oraz misiurki z wierzchami od srebra. Na przeciwległej ścianie wisiały tarcze, których już nie używano w wieku ówczesnym; obok nich kopie polskie i dziryty wschodnie; siecznego oręża też dosyć, od szabli aż do gindżałów i jataganów, których głownie migotały różnymi kolorami jak gwiazdki w blasku ognia. Po kątach zwieszały się wiązki skór lisich, wilczych, niedźwiedzich, kunich i gronostajowych – owoc myślistwa kniaziów. Niżej, wzdłuż ścian, drzemały na obręczach jastrzębie, sokoły i wielkie berkuty sprowadzane z dalekich stepów wschodnich, a używane do pościgu wilków.

Z sieni owej goście przeszli do wielkiej gościnnej komnaty. I tu na kominie z okapem palił się rzęsisty ogień. W komnacie tej większy był jeszcze przepych niż w sieni. Gołe belki w ścianach pookrywane były makatami, na podłodze rozścielały się przepyszne wschodnie kobierce. W pośrodku stał długi stół na krzyżowych nogach, sklecony z prostych desek, na nim zaś roztruchany całe złocone lub rznięte ze szkła weneckiego. Pod ścianami mniejsze stoły, komody i półki, na nich sepety, puzdra nabijane brązem, mosiężne świeczniki i zegary zrabowane czasu swego przez Turków Wenecjanom, a przez Kozaków Turkom. Cała komnata założona była mnóstwem przedmiotów zbytkownych, częstokroć niewiadomego dla gospodarzy użycia. Wszędzie przepych mieszał się z największą stepową prostotą. Cenne komody tureckie, nabijane brązem, hebanem, perłową macicą, stały obok nie heblowanych półek, proste drewniane krzesła obok miękkich sof krytych kobiercami. Poduszki, leżące modą wschodnią na sofach, miały pokrowce z altembasu lub bławatów, ale rzadko były wypchane kwapiem, częściej sianem lub grochowinami. Kosztowne tkaniny i zbytkowne przedmioty było to tak zwane „dobro" tureckie, tatarskie, częścią kupione za byle co od Kozaków, częścią zdobyte na licznych wojnach jeszcze przez starego kniazia Wasyla, częścią w czasie wypraw z Niżowcami przez młodych Bułyhów, którzy woleli puszczać się czajkami na Czarne Morze niż żenić się lub gospodarstwa pilnować. Wszystko to nie dziwiło zgoła pana Skrzetuskiego znającego dobrze domy kresowe, ale bojar wołoski zdumiewał się widząc wśród tego przepychu Kurcewiczów ubranych w jałowicze buty i w kożuchy niewiele lepsze od tych, jakie nosiła służba; dziwił się również i pan Longin Podbipięta, przywykły na Litwie do innych porządków.

Tymczasem młodzi kniaziowie podejmowali gości szczerze i z wielką ochotą, lubo – mało otarci w świecie – czynili to manierą tak niezgrabną, iż namiestnik zaledwie mógł uśmiech powściągnąć.

Starszy Symeon mówił:

– Radziśmy waszmościom i wdzięczni za łaskę. Dom nasz – dom wasz, tak też i bądźcie jak u siebie. Kłaniamy panom dobrodziejstwu w niskich progach.

I lubo nie znać było w tonie jego żadnej pokory ani rozumienia, jakoby przyjmował wyższych od siebie, przecież kłaniał im się obyczajem kozackim w pas, a za nim kłaniali się i młodsi bracia sądząc, że tego gościnność wymaga, i mówiąc:

– Czołem waszmościom, czołem!...

Tymczasem kniahini, szarpnąwszy Bohuna za rękaw, wyprowadziła go do innej komnaty.

– Słysz, Bohun – rzekła pośpiesznie – nie mam czasu długo gadać. Widziałam, że ty tego młodego szlachcica na ząb wziął i zaczepki z nim szukasz?

– Maty! – odpowiedział Kozak całując starą w rękę. – Świat szeroki, jemu inna droga, mnie inna. Ani ja go znał, ni o nim słyszał, ale niech mi się nie pochyla do kniaziówny, bo jakem żyw, szablą w oczy zaświecę.

– Hej, oszalał, oszalał! A gdzie głowa, Kozacze? Co się z tobą dzieje? Czy ty chcesz zgubić nas i siebie? To jest żołnierz Wiśniowieckiego i namiestnik, człowiek znaczny, bo od księcia do chana posłował. Niech mu włos z głowy spadnie pod naszym dachem, wiesz, co będzie? Oto wojewoda obróci oczy na Rozłogi, jego pomści, nas wygna na cztery wiatry, a Helenę do Łubniów zabierze – i co wówczas? Czy i z nim zadrzesz? Czy na Łubnie napadniesz? Spróbuj, jeśli chcesz pala posmakować, Kozacze zatracony!... Chyla się szlachcic do dziewczyny, nie chyla, ale jak przyjechał, pojedzie, i będzie spokój. Hamujże ty się, a nie chcesz, to ruszaj, skądeś przybył, bo nam tu nieszczęścia naprowadzisz!

Kozak gryzł wąs, sapał, ale zrozumiał, że kniahini ma słuszność.

– Oni jutro odjadą, matko – rzekł – a ja się pohamuję, niech jeno czarnobrewa nie wychodzi do nich.

– A tobie co? Żeby myśleli, że ją więżę. Otóż wyjdzie, bo ja tego chcę! Ty mi tu w domu nie przewódź, boś nie gospodarz.

– Nie gniewajcie się, kniahini. Skoro inaczej nie można, to będę im jako tureckie bakalie słodki. Zębem nie zgrzytnę, do głowni nie sięgnę, choćby mnie gniew i pożarł, choćby dusza jęczeć miała. Niechże będzie wasza wola!

– A to tak gadaj, sokole, teorban weź, zagraj, zaśpiewaj, to ci i na duszy lżej się zrobi. A teraz chodź do gości.

Wrócili do gościnnej komnaty, w której kniaziowie, nie wiedząc, jak gości bawić, wciąż ich zapraszali, by byli sobie radzi, i kłaniali im się w pas. Tu zaraz pan Skrzetuski spojrzał ostro a dumnie w oczy Bohunowi, ale nie znalazł w nich ni zaczepki, ni wyzwania. Twarz młodego watażki jaśniała uprzejmą wesołością tak dobrze symulowaną, że mogłaby omylić najwprawniejsze oko. Namiestnik przyglądał mu się bacznie, gdyż poprzednio w ciemności nie mógł dojrzeć jego rysów. Teraz ujrzał mołojca smukłego jak topola, z obliczem smagłym, zdobnym w bujny, czarny wąs zwieszający się ku dołowi. Wesołość na tej twarzy przebijała przez ukraińską zadumę jako słońce przez mgłę. Czoło miał watażka wysokie, na które spadała czarna czupryna w postaci grzywki ułożonej w pojedyncze kosmyki obcięte w równe ząbki nad silną brwią. Nos orli, rozdęte nozdrza i białe zęby, połyskujące przy każdym uśmiechu, nadawały tej twarzy wyraz trochę drapieżny, ale w ogóle był to typ piękności ukraińskiej, bujnej, barwnej i zawadiackiej. Nad podziw świetny ubiór wyróżniał także stepowego mołojca od przybranych w kożuchy kniaziów. Bohun miał na sobie żupan z cienkiej lamy srebrnej i czerwony kontusz, którą to barwę nosili wszyscy Kozacy perejasławscy. Biodra otaczał mu pas krepowy, od którego bogata szabla zwieszała się na jedwabnych rapciach; ale i szabla, i ubiór gasły przy bogactwie tureckiego gindżału, zatkniętego za pas, którego głownia tak była nasadzona kamieniami, że aż skry sypały się od niej. Tak przybranego każdy by snadnie poczytał raczej za jakie paniątko wysokiego rodu niż za Kozaka, zwłaszcza że i jego swoboda, jego wielkopańskie maniery nie zdradzały niskiego pochodzenia. Zbliżywszy się do pana Longina wysłuchał historii o przodku Stowejce i o ścięciu trzech Krzyżaków, a potem zwrócił się do namiestnika i jak gdyby nic pomiędzy nimi nie zaszło, spytał z całą swobodą:

– Waszą mość, słyszę, z Krymu powracasz?

– Z Krymu – odparł sucho namiestnik.

– Byłem tam i ja, chociażem się do Bakczysaraju nie zapędzał, przecie mniemam, że i tam będę, jeśli się one pomyślne wieści sprawdzą.

– O jakich wieściach waść mówisz?

– Są głosy, że jeśli król miłościwy wojnę z Turczynem zacznie, to książę wojewoda Krym ogniem i mieczem nawiedzi, od których wieści wielka jest radość na całej Ukrainie i na Niżu, bo jeśli pod takim wodzem nie pohulamy w Bakczysaraju, tedy pod żadnym.

– Pohulamy, jako Bóg w niebie! – ozwali się Kurcewicze.

Porucznika ujął respekt, z jakim watażka odzywał się o księciu, przeto uśmiechnął się i rzekł łagodniejszym już tonem:

– Waści, widzę, nie dość wypraw z Niżowcami, które cię przecie sławą okryły.

– Mała wojna, mała sława; wielka wojna, wielka sława. Konaszewicz Sahajdaczny nie na czajkach, ale pod Chocimiem jej nabył.

W tej chwili drzwi się otworzyły i do komnaty wszedł z wolna Wasyl, najstarszy z Kurcewiczów, prowadzony za rękę przez Helenę. Był to człowiek dojrzałych lat, wybladły i wychudły, z twarzą ascetyczną i smętną, przypominającą bizantyjskie obrazy świętych. Długie włosy, posiwiałe przedwcześnie od nieszczęść i bólu, spadały mu aż na ramiona, a zamiast oczu miał dwie czerwone jamy; w ręku trzymał krzyż mosiężny, którym począł żegnać komnatę i wszystkich obecnych.

– W imię Boga i Ojca, w imię Spasa i Świętej-Przeczystej! – mówił. – Jeśli apostołami jesteście i dobre nowiny niesiecie, witajcie w progach chrześcijańskich. Amen.

– Wybaczcie waszmościowie – mruknęła kniahini – on ma rozum pomieszany.

Wasyl zaś żegnał wciąż krzyżem i mówił dalej:

– Jako stoi w *Biesiadach apostolskich*: ,,Którzy przeleją krew za wiarę, zbawieni będą; którzy polegną dla dóbr ziemskich, dla zysku lub zdobyczy – mają być potępieni...'' Módlmy się! Gorze wam, bracia! gorze mnie, bośmy dla zdobyczy wojnę czynili! Boże, bądź miłościw nam grzesznym! Boże, bądź miłościw... A wy, mężowie, którzy przybyliście z daleka, jakie nowiny niesiecie? Jesteście apostołami?

Umilkł i zdawał się czekać na odpowiedź, więc namiestnik odpowiedział po chwili:

– Daleko nam od tak wysokiej szarży. Żołnierzami tylko jesteśmy, gotowymi polec za wiarę.

– Tedy będziecie zbawieni – rzekł ślepy – ale dla nas nie nadeszła jeszcze godzina wyzwolenia... Gorze wam, bracia! Gorze mnie!

Ostatnie słowa wymówił prawie jęcząc i taka niezmierna rozpacz malowała się na jego twarzy, że goście nie wiedzieli co mają począć. Tymczasem Helena posadziła go na krześle, sama zaś, wybiegłszy do sieni, wróciła po chwili z lutnią w ręku.

Ciche dźwięki ozwały się w komnacie, a do wtóru im kniaziówna poczęła śpiewać pieśń pobożną:

> *I w noc, i we dnie wołam do Cię, Panie!*
> *Pofolguj męce i łzom żałościwym,*
> *Bądź mnie, grzesznemu, ojcem miłościwym,*
> *Usłysz wołanie!*

Niewidomy przechylił w tył głowę i słuchał słów pieśni, które zdawały się działać jak balsam kojący, bo z twarzy znikały mu stopniowo ból i przerażenie; na koniec głowa spadła mu na piersi i tak pozostał jakby w półśnie, półodrętwieniu.

– Byle nie przerywać śpiewania, już on się całkiem uspokoi – rzekła z cicha kniahini. – Widzicie, waszmościowie, wariacja jego polega na tym, że ciągle czeka apostołów i byle kto do domu przyjechał, zaraz wychodzi pytać, czy nie apostołowie...

Tymczasem Helena śpiewała dalej:

> *Wskażże mi drogę, o Panie nad pany,*
> *Bom jako pątnik na pustyń bezdrożu*
> *Lub jak wśród fali na niezmiernym morzu*
> *Korab zbłąkany.*

Słodki głos jej brzmiał coraz silniej i z tą lutnią w ręku, z oczyma wzniesionymi do góry, była tak cudna, że namiestnik oczu nie mógł od niej oderwać. Zapatrzył się w nią, utonął w niej – o świecie zapomniał.

Z zachwytu rozbudziły go dopiero słowa starej kniahini:

– Dosyć tego! Już on się teraz nieprędko rozbudzi. A tymczasem proszę ichmościów na wieczerzę.

– Prosimy na chleb i sól! – ozwali się za matką młodzi Bułyhowie.

Pan Rozwan, jako kawaler wielkich manier, podał ramię kniahini, co widząc pan Skrzetuski sunął zaraz do kniaziówny Heleny. Serce zmiękło w nim jak wosk, gdy czuł jej rękę na swojej, z oczu aż skry poszły – i rzekł:

– Snadź już chyba i anieli w niebie cudniej nie śpiewają od waćpanny.

– Grzeszysz, rycerzu, przyrównywając moje śpiewanie do anielskiego – odpowiedziała Helena.

– Nie wiem, czy grzeszę, ale to pewno, że chętnie dałbym sobie oczy wykapać, byle twego śpiewania do śmierci słuchać. Ale cóż mówię! Ślepym będąc nie mógłbym ciebie widzieć, co również byłoby męką nieznośną.

– Nie mów tego waszmość, gdyż wyjechawszy stąd jutro, jutro zapomnisz.

– O, nie stanie się to, gdyż takem się w waćpannie rozkochał, iż po wiek żywota mego innego afektu znać nie chcę, a tego nigdy nie zapomnę.

Na to szkarłatny rumieniec oblał twarz kniaziówny, pierś poczęła falować mocniej. Chciała odpowiedzieć, ale tylko wargi jej drżały – więc pan Skrzetuski mówił dalej:

– Waćpanna raczej zapomnisz o mnie przy owym kraśnym watażce, który twemu śpiewaniu na bałabajce przygrywać będzie.

– Nigdy, nigdy! – szepnęła dziewczyna. – Ale waćpan się jego strzeż, bo to straszny człowiek.

– Co mi tam jeden Kozak znaczy, a choćby też i cała Sicz z nim trzymała, jam się dla ciebie na wszystko ważyć gotowy. Tyś mi jest właśnie jako klejnot bez ceny, tyś mój świat, jeno niech wiem, żeś mi jest wzajemną.

Ciche „tak" zadźwięczało jak rajska muzyka w uszach pana Skrzetuskiego i zaraz wydało mu się, że w nim przynajmniej dziesięć serc bije; w oczach mu pojaśniało wszystko, jakoby promienie słoneczne na świat padły, uczuł w sobie jakieś moce nieznane, jakieś skrzydła u ramion. Przy wieczerzy mignęła mu kilkakroć twarz Bohuna, która była zmieniona bardzo i blada, ale namiestnik mając wzajemność Heleny nie dbał o tego współzawodnika. „Jechał go sęk! – myślał sobie – niechże mi w drogę nie włazi, bo go zetrę." Zresztą myśli jego szły w inną stronę.

Czuł oto, że Helena siedzi przy nim tak blisko, iż prawie ramieniem dotyka jej ramienia, widział rumieńce nie schodzące z jej twarzy, od których bił żar, widział pierś falującą i oczy, to skromnie spuszczone i rzęsami nakryte, to błyszczące jak dwie gwiazdy. Bo też Helena, choć zahukana przez Kurcewiczową, choć żyjąca w sieroctwie, smutku i obawie, była przecie Ukrainką o krwi ognistej. Gdy tylko padły na nią ciepłe promienie miłości, zaraz zakwitła jak róża i do nowego, nie znanego rozbudziła się życia. W jej twarzy zabłysło szczęście, odwaga, a te porywy, walcząc ze wstydem dziewiczym, umalowały jej policzki w śliczne kolory różane. Więc pan Skrzetuski mało ze skóry nie wyskoczył. Pił na umór, ale miód nie działał na niego, bo już był pijany miłością. Nie widział nikogo więcej przy stole, tylko swoją dziewczynę. Nie widział, że Bohun bladł coraz bardziej i coraz to macał głowni swego kindżału; nie słyszał, jak pan Longin opowiadał po raz trzeci o przodku Stowejce, a Kurcewicze o swoich wyprawach po „dobro tureckie". Pili wszyscy prócz Bohuna, a najlepszy przykład dawała stara kniahini wznosząc kusztyki to za zdrowie gości, to za zdrowie miłościwego księcia pana, to wreszcie hospodara Lupuła. Była też mowa o ślepym Wasylu, o jego dawniejszych przewagach rycerskich, o nieszczęsnej wyprawie i teraźniejszej wariacji, którą najstarszy, Symeon, tak tłumaczył:

– Zważcie, waszmościowie, iż gdy najmniejsze źdźbło w oku patrzyć przeszkadza, jakże tedy znaczne kawały smoły dostawszy się do rozumu nie miały go o pomieszanie przyprawić?

– Bardzo to jest delikatne *instrumentum* – zauważył na to pan Longin.

Wtem stara kniahini spostrzegła zmienioną twarz Bohuna.

– Co tobie, sokole?

– Dusza boli, maty – rzekł posępnie – ale kozacze słowo nie dym, więc zdzierżę.

– Terpy, synku, mohorycz bude.

Wieczerza była skończona – ale miodu dolewano ciągle do kusztyków. Przyszli też kozaczkowie wezwani do tańcowania na tym większą ochotę. Zadźwięczały bałabajki i bębenek, przy których odgłosach zaspane pacholęta musiały pląsać. Później i młodzi Bułyhowie poszli w prysiudy. Stara kniahini, wziąwszy się pod boki, poczęła dreptać w miejscu, a podrygiwać, a podśpiewywać, co widząc pan Skrzetuski sunął z Heleną do tańca. Gdy ją objął rękoma, zdawało mu się, iż kawał nieba przyciska do piersi. W zawrotach tańca długie jej warkocze omotały mu szyję, jakby dziewczyna chciała go przywiązać do siebie na zawsze. Nie wytrzymał tedy szlachcic, ale gdy rozumiał, że nikt nie patrzy, pochylił się i z całej mocy pocałował jej słodkie usta.

Późno w noc znalazłszy się sam na sam z panem Longinem w izbie, w której posłano im do spania, porucznik zamiast iść spać, siadł na tapczanie i rzekł:

– Z innym to już człowiekiem jutro waćpan do Łubniów pojedziesz!

Podbipięta, który właśnie ukończył pacierze, otworzył szeroko oczy i spytał:

– Tak bo cóż? czy waszmość tu zostaniesz?

– Nie ja zostanę, ale serce zostanie, a jedno *dulcis recordatio* ze mną pojedzie. Widzisz mnie waćpan w wielkiej alteracji, gdyż od żądz tkliwych ledwie że tchu *oribus* mogę złapać.

– To waćpan zakochał się w kniaziównie?

– Nie inaczej, jako żyw tu przed waćpanem siedzę. Sen ucieka mnie od powiek i jeno do wzdychania mam ochotę, od którego chyba cały w parę się rozpłynę – co waćpanu powiadam dlatego, że mając serce czułe i afektów godne, snadnie mękę moją zrozumiesz.

Pan Longin sam wzdychać począł na znak, że męczarnie miłości rozumie, po chwili zaś spytał żałośnie:

– A może waćpan takoż czystość ślubował?

– Pytanie waścine jest nie do rzeczy, bo gdyby wszyscy podobne śluby czynili, tedyby *genus humanum* zaginąć musiało.

Wejście sługi przerwało dalszą rozmowę. Był to stary Tatar o bystrych czarnych oczach i pomarszczonej jak suszone jabłko twarzy. Wszedłszy rzucił znaczące spojrzenie na Skrzetuskiego i spytał:

– A czy nie trzeba czego waszmościom? Może miodu po kusztyczku do poduszki?

– Nie trzeba.

Tatar zbliżył się do Skrzetuskiego i mruknął:

– Mam dla waszmości pana słówko od panny.

– Bądźże mi Pandarem! – zawołał radośnie namiestnik. – Możesz też mówić przy tym kawalerze, bom się przed nim spuścił z sekretu.

Tatar wydobył zza rękawa kawałek wstążki:

– Panna przysyła waszmości panu tę szarfę i to kazała powiedzieć, że miłuje go z całej duszy.

Porucznik porwał szarfę i począł ją z uniesieniem całować i do piersi przyciskać, a dopiero ochłonąwszy nieco spytał:

– Co ci zleciła powiedzieć?

– Że miłuje waszmość pana z całej duszy.

– Naściże talera za musztuluk. Rzekła tedy, że mię miłuje?

– Tak jest!

– Naściże jeszcze talera. Niechże ją Bóg błogosławi, boć i ona mi najmilsza. Powiedzże jej... albo czekaj; sam ja do niej pisać będę; przynieś mi jeno inkaustu, piór i papieru.

– Czego? – spytał Tatar.

– Inkaustu, piór i papieru.

– Tego u nas w domu nie ma. Za kniazia Wasyla było – i potem, jak się młodzi kniaziowie pisać od czerńca uczyli – ale to już dawno.

Pan Skrzetuski klasnął palcami.

– Mości Podbipięto, nie masz wasze inkaustu i piór?

Litwin rozłożył ręce i wzniósł oczy do góry.

– Tfy, do licha! – rzecze porucznik – otom jest w kłopocie!

Tymczasem Tatar usiadł w kuczki przed ogniem.

– Po co pisać – rzekł grzebiąc w węglach. – Panna spać poszła. A co masz wasza miłość jej napisać, to jutro powiedzieć można.

– Kiedy tak, to co innego. Wiernyś, jak widzę, sługa kniaziówny. Naściże trzeciego talera. Dawno służysz?

– Ho, ho! czterdzieści lat temu, jako mnie kniaź Wasyl w jasyr wziął – i od tej pory służyłem mu wiernie, a gdy onej nocy odjeżdżał na przepadłe imię, to dziecko Konstantynu zostawił, a do mnie rzekł: „ Czechły! i ty nie odstąpisz dziewczyny, i będziesz jej strzegł jak oka w głowie." Łacha ił Ałła!

– Tak też i czynisz?

– Tak też i czynię, i patrzę.

– Mów, co widzisz: Jak tu kniaziównie?

– Źle tu myślą o niej, bo ją chcą dać Bohunowi, który jest pies potępiony.

– O! nie będzie z tego nic! znajdzie się komu za nią ująć!

– Tak! – rzekł stary potrząsając palące się głownie. – Oni ją chcą dać Bohunowi, by ją wziął i poniósł jako wilk jagnię, a ich w Rozłogach zostawił – bo Rozłogi jej, nie ich, po kniaziu Wasylu. On też Bohun to uczynić gotów, bo po komyszach więcej ma złota i srebra niżeli piasku w Rozłogach, ale ona ma go w nienawiści od pory, jak przy niej człowieka czekanem rozszczepił. Krew padła między nich i nienawiść wyrosła. Bóg jest jeden!

Namiestnik tej nocy usnąć nie mógł. Chodził po izbie, patrzył w księżyc i w myśli różne ważył postanowienia. Zrozumiał teraz grę Bułyhów. Gdyby kniaziównę szlachcic jakiś okoliczny pojął, to by się upomniał o Rozłogi i miałby słuszność, bo się jej należały; a może zażądałby jeszcze rachunków z opieki. Dla tej to przyczyny i tak już skozaczeni Bułyhowie postanowili dać dziewczynę Kozakowi. O czym myśląc pan Skrzetuski pięście ściskał i miecza szukał wedle siebie. Postanowił więc rozbić te machinacje i czuł się na siłach to uczynić. Przecie opieka nad Heleną należała i do księcia Jeremiego, raz, że Rozłogi były puszczone od Wiśniowieckich staremu Wasylowi, po wtóre, że sam Wasyl z Baru pisał list do księcia prosząc o opiekę. Tylko nawał spraw publicznych, wojny i wielkie przedsięwzięcia mogły sprawić, że wojewoda dotąd w opiekę nie wejrzał. Ale dość będzie słowem mu przypomnieć, a sprawiedliwość uczyni.

Szaro już robiło się na świecie, gdy pan Skrzetuski rzucił się na posłanie. Spał twardo i nazajutrz zbudził się z gotowym postanowieniem. Ubrali się tedy z panem Longinem śpiesznie, ile że i wozy stały już w gotowości, a żołnierze pana Skrzetuskiego siedzieli na koniach, gotowi do odjazdu. W gościnnej izbie poseł pokrzepiał się polewką w towarzystwie Kurcewiczów i starej kniahini; Bohuna tylko nie było; nie wiadomo: spał jeszcze czy odjechał.

Posiliwszy się Skrzetuski rzekł:

– Mościa pani! *Tempus fugit*, za chwilę na koń nam siadać trzeba, nim więc podziękujemy wdzięcznym sercem za gościnę, mam ja tu ważną sprawę, o której bym chciał z jejmość panią i z ichmość jej synami kilka słów na osobności pomówić.

Na twarzy kniahini odmalowało się zdziwienie; spojrzała na synów, na posła i na pana Longina, jakby pragnąc z ich twarzy odgadnąć, o co idzie, i z pewnym niepokojem w głosie rzekła:

– Służę waszmości.

Poseł chciał wstawać, ale mu nie dozwoliła, natomiast przeszli do owej sieni pokrytej zbroją i orężem. Młodzi kniaziowie ustawili się szeregiem za matką, która stanąwszy naprzeciw Skrzetuskiego, spytała:

– O jakiejże sprawie waćpan chcesz mówić?

Namiestnik utkwił w niej wzrok bystry, surowy prawie, i rzekł:

– Wybacz, jejmość, i wy, młodzi kniaziowie, że przeciw zwyczajowi postępując, zamiast przez zacnych posłów mówić, sam w sprawie mej rzecznikiem będę. Ale nie może być inaczej, a gdy z musem nikt walczyć nie zdoła, przeto bez dłuższego kunktatorstwa przedstawiam jejmość pani i ichmościom, jako opiekunom, moją pokorną prośbę, byście mi księżniczkę Helenę za żonę oddać raczyli.

Gdyby w tej chwili, w czasie zimy piorun runął na majdan w Rozłogach, mniejsze by sprawił wrażenie na kniahini i jej synach niż owe słowa namiestnika. Przez chwilę spoglądali ze zdumieniem na mówiącego, który stał przed nimi wyprostowany, spokojny i dziwnie dumny, jakby nie prosić, ale rozkazywać zamierzał, i nie umieli znaleźć słowa odpowiedzi – a natomiast kniahini pytać zaczęła:

– Jak to? waść? o Helenę?

– Ja, mościa pani – i to jest niewzruszony mój zamiar.

Nastała chwila milczenia.

– Czekam odpowiedzi imość pani.

– Wybacz waćpan – odrzekła ochłonąwszy kniahini, a głos jej stał się suchy i ostry – zaszczyt to dla nas niemały prośba takiego kawalera, ale nie może z niej nic być, gdyż Helenę obiecałam już komu innemu.

– Zważ wszelako waćpani, jako troskliwa opiekunka, czy to nie było przeciw woli kniaziówny i czym nie lepszy niźli ten, komu ją waćpani obiecałaś.

– Mości panie! Kto lepszy, mnie sądzić. Możesz być i najlepszy, wszystko nam jedno, bo cię nie znamy.

Na to namiestnik wyprostował się jeszcze dumniej, a spojrzenia jego stały się jako noże ostre, choć zimne.

– Ale ja was znam, zdrajcy! – huknął. – Chcecie krewniaczkę chłopu oddać, byle was tylko w zagarniętej nieprawnie włości zostawił...

– Sam zdrajco! – krzyknęła kniahini. – Tak to za gościnę płacisz? taką to wdzięczność w sercu żywisz? O żmijo! Coś za jeden? Skądeś się wziął? Młodzi Kurcewicze poczęli w palce trzaskać i po ścianach za bronią się oglądać, namiestnik zaś wołał:

– Poganie! zagarnęliście włość sierocą, ale nic z tego. Za dzień książę już o tym wiedzieć będzie.

Usłyszawszy to kniahini rzuciła się w tył izby i chwyciwszy rohatynę szła z nią do namiestnika. Kniaziowie też porwawszy, co który mógł, ten szablę, ten kiścień, ten nóż, otoczyli go półkolem, dysząc jak stado wilków wściekłych.

– Do księcia pójdziesz? – wołała kniahini – a wiesz-li, czy żyw stąd wyjdziesz? czy to nie ostatnia twoja godzina?

Skrzetuski skrzyżował ręce na piersiach i okiem nie mrugnął.

– Jako książęcy poseł z Krymu wracam – rzekł – i niech tu jedną kroplę krwi uronię, a w trzy dni i popiołu z tego miejsca nie zostanie, wy zaś pognijecie w lochach łubniańskich. Jest-li na świecie moc, co by was uchronić zdołała? Nie gróźcie, bo was się nie boję!

– Zginiemy, ale ty pierwej zginiesz.

–Tedy uderzaj – oto pierś moja.

Kniaziowie z matką na czele trzymali wciąż ostrza skierowane ku piersi namiestnika, ale rzekłbyś, jakieś niewidzialne łańcuchy skrępowały im ręce. Sapiąc i zgrzytając zębami, szarpali się w bezsilnej wściekłości – wszelako nie uderzał żaden. Ubezwładniło ich straszliwe imię Wiśniowieckiego.

Namiestnik był panem położenia.

Bezsilny gniew kniahini wylał się tylko potokiem obelg:

– Przechero! szaraku! hołyszu! kniaziowej krwi ci się zachciało – ale nic z tego! Każdemu oddamy, byle nie tobie, czego nam i sam książę nakazać nie jest w stanie.

Na to pan Skrzetuski:

– Nie pora mi się z mego szlachectwa wywodzić, ale tak myślę, że wasze księstwo mogłoby snadnie za nim mieczyk i tarczę nosić. Zresztą, skoro chłop był wam dobry, to jam lepszy. Co do fortuny mojej, i ta wejść może z waszą w paragon, a że mówicie, iż mnie Heleny nie dacie, to słuchajcie, co powiem: i ja ostawię was przy Rozłogach, rachunków z opieki nie żądając.

– Nie darowywuj tego, co nie twoje.

– Nie darowuję, jeno obietnicę na przyszłość daję i rycerskim słowem ją poręczam. Tedy wybierajcie: albo rachunki księciu z opieki złożyć i z Rozłogów ustąpić, albo-li mnie dziewkę oddać, a włość zatrzymać...

Rohatyna wysuwała się z wolna z rąk kniahini. Po chwili upadła z brzękiem na podłogę.

– Wybierajcie – powtórzył pan Skrzetuski: – *aut pacem, aut bellum!*

– Szczęście to – rzekła już łagodniej Kurcewiczowa – że Bohun z sokoły pojechał nie chcąc na waszmości patrzyć, bo on już wczora podejrzewał. Inaczej nie byłoby tu bez krwi rozlania.

– Mościa pani, i ja szablę nie po to noszę, by mi pas obciągała.

– Uważ jednak waszmość, czy to politycznie ze strony takiego kawalera, wszedłszy po dobremu w dom, tak na ludzi nastawać i dziewkę impetem brać, tak właśnie, jakby z niewoli tureckiej?

– Godzi się, gdy po niewoli miała być chłopu zaprzedana.

– Tego waść o Bohunie nie mów, bo on choć rodziców nieświadom, przecie wojownik jest zawołany i rycerz sławny, a nam od dziecka znajomy, w domu jakoby krewny. Któremu za jedno, czyby mu tę dziewkę odjąć, czyby go nożem pchnąć.

– Mościa pani, a mnie czas w drogę, wybaczcie więc, że raz jeszcze powtórzę: wybierajcie!

Kniahini zwróciła się do synów:

– A co, synkowie, mówicie na tak pokorną prośbę tego kawalera? Bułyhowie spoglądali po sobie, trącali się łokciami i milczeli. Na koniec Symeon mruknął:

– Każesz bić, maty, to będziem; każesz dać dziewkę, to damy.

– Bić źle i dać źle.

Potem zwracając się do Skrzetuskiego:

– Przycisnąłeś nas waść tak do ściany, że choć łopnąć. Bohun jest człowiek szalony, gotów się ważyć na wszystko. Kto nas przed jego zemstą osłoni? Sam zginie od księcia, ale nas pierwej zgubi. Co nam począć?

– Wasza głowa.

Kniahini milczała przez chwilę.

– Słuchajże, mości kawalerze. Musi to wszystko w tajemnicy zostać.

Bohuna wyprawim do Perejasławia, sami z Heleną do Łubniów zjedziem, a waść uprosisz księcia, by nam prezydium do Rozłogów przysłał. Bohun ma w pobliżu półtorasta semenów, z których część tu jest. Nie możesz Heleny zaraz brać, bo ją odbije. Inaczej to nie może być. Jedźże więc, nikomu sekretu nie powiadając, i czekaj nas.

– Byście mnie zdradzili?

– Byśmy tylko mogli! – ale nie możem, sam to widzisz. Daj słowo, że sekret do czasu utrzymasz!

– Daję – a wy dajecie dziewkę?

– Bo nie możemy nie dać, choć nam Bohuna żal...

– Tfy! tfy! mości panowie – rzekł nagle namiestnik zwracając się do kniaziów – czterech was jak dębów i jednego Kozaka się bojąc, zdradą go brać chcecie. Chociem wam winien dziękować, jednakże powiem: nie przystoi to zacnej szlachcie!

– Waść się w to nie mieszaj – zakrzyknęła kniahini. – Nie twoja to rzecz. Co nam począć? Ilu waść masz żołnierzów na jego półtorasta semenów? Osłoniszże nas? osłoniszże samą Helenę, którą on gwałtem porwać gotów? To nie waścina rzecz. Jedźże sobie do Łubniów, a co my poczniemy, to nam wiedzieć, byleśmy Helenę ci przywieźli.

– Czyńcie, co chcecie: jedno wam tylko jeszcze powiem, gdyby się tu krzywda kniaziównie działa – tedy biada wam!

– Nie poczynajże sobie tak z nami, byś nas do desperacji nie przywiódł.

– Boście jej gwałt uczynić chcieli, a i teraz, przedając ją za Rozłogi, do głowy wam nie przyszło spytać: zali będzie jej po myśli moja persona?

– Za czym spytamy jej wobec ciebie – rzekła kniahini tłumiąc gniew, który na nowo poczynał wrzeć w jej piersi, czuła bowiem doskonale pogardę w słowach namiestnika.

Symeon poszedł po Helenę i po chwili ukazał się z nią w sieni.

Wśród tych gniewów i gróźb, które zdawały się huczeć jeszcze w powietrzu jak odgłosy przemijającej nawałnicy, wśród tych zmarszczonych brwi, srogich spojrzeń i surowych twarzy, jej śliczne oblicze zabłysło jakoby słońce po burzy.

– Mościa panno! – rzekła ponuro kniahini ukazując na Skrzetuskiego – jeśli masz wolę po temu, to jest twój przyszły mąż.

Helena zbladła jak ściana i krzyknąwszy zakryła oczy rękoma, a potem nagle wyciągnęła je ku Skrzetuskiemu.

– Prawda-li to? – szeptała w upojeniu.

W godzinę później orszak posła i namiestnikowy posuwał się z wolna leśnym gościńcem w stronę Łubniów. Skrzetuski z panem Longinem Podbipiętą jechali na czele; za nimi wozy poselskie wyciągnęły się długim pasem. Namiestnik cały był pogrążony w zadumie i tęsknocie, gdy wtem z owej zadumy zbudziły go urwane słowa pieśni:

W głębi lasu na wąskiej wyjeżdżonej przez chłopów drożynie ukazał się Bohun. Koń jego całkiem był pokryty pianą i błotem.

Widocznie Kozak, wedle swego obyczaju, puścił się był na stepy i lasy, by się wiatrem spić, zgubić w dali i zapamiętać, i to, co duszę bolało – przeboleć.

Teraz wracał właśnie do Rozłogów.

Patrząc na tę przepyszną, iście rycerską postać, która mignęła tylko i znikła, pan Skrzetuski mimo woli pomyślał sobie, a nawet mruknął pod nosem:

– Wszelako to szczęście, że on człowieka przy niej rozszczepił.

Nagle jakiś żal ścisnął mu serce. Żal mu było jakoby i Bohuna, ale więcej jeszcze tego, że związawszy się słowem kniahini, nie mógł, ot teraz, popędzić za nim konia i rzec:

– Kochamy jedną, więc jednemu z nas nie żyć na świecie. Dobądź, Kozacze, serpentyny!

V

Przybywszy do Łubniów nie zastał pan Skrzetuski w domu księcia, który był do pana Suffczyńskiego, dawniejszego swego dworzanina, do Sieńczy na chrzciny pojechał, a z nim księżna, dwie panny Zbaraskie i wiele osób ze dworu. Dano tedy znać do Sieńczy i o powrocie z Krymu namiestnika, i o przybyciu posła; tymczasem znajomi i towarzysze witali radośnie po długiej podróży Skrzetuskiego, a zwłaszcza pan Wołodyjowski, który po ostatnim pojedynku był najbliższym naszemu namiestnikowi przyjacielem.

Odznaczał się ten kawaler tym, iż ustawicznie był zakochany. Przekonawszy się o nieszczerości Anusi Borzobohatej, zwrócił był czułe serce ku Anieli Leńskiej, pannie również z fraucymeru, a gdy i ta przed miesiącem właśnie zaślubiła pana Staniszewskiego, wówczas Wołodyjowski dla pociechy jął wzdychać do starszej księżniczki Zbaraskiej, Anny, synowicy księcia Wiśniowieckiego.

Wszelako sam rozumiał, iż podniósłszy tak wysoko oczy nie mógł choćby najmniejszą pokrzepiać się nadzieją, tym bardziej że i po księżniczkę zgłosili się już dziewosłębowie, pan Bodzyński i pan Lassota, w imieniu pana Przyjemskiego, wojewodzica łęczyckiego. Opowiadał więc nieszczęsny Wołodyjowski te nowe strapienia naszemu namiestnikowi, wcielając go we wszystkie sprawy i tajemnice dworskie, których ten półuchem słuchał mając umysł i serce czym innym zajęte. Gdyby nie owe duszne niepokoje, które z miłością, choćby wzajemną, zawsze w parze chodzić zwykły, byłby się czuł pan Skrzetuski szczęśliwym wróciwszy po długiej nieobecności do Łubniów, gdzie otoczyły go twarze życzliwe i ów gwar życia żołnierskiego, z którym od dawna był zżyły. Albowiem Łubnie, jakkolwiek jako zamczysta rezydencja pańska, mogły pod względem wspaniałości równać się ze wszystkimi siedzibami „królewiąt", tym się wszelako od nich różniły, iż życie w nich było surowe, prawdziwie obozowe. Kto nie znał tamtejszych zwyczajów i ordynku, ten przyjechawszy choćby w porze najspokojniejszej mógł sądzić, że się tam jaka wyprawa wojenna gotuje. Żołnierz przeważał tam nad dworzaninem, żelazo nad złotem, dźwięk trąb obozowych nad gwarem uczt i zabaw. Wszędy panował wzorowy ład i nie znana gdzie indziej dyscyplina; wszędy roiło się od rycerstwa spod różnych chorągwi: pancernych, dragońskich, kozackich, tatarskich i wołoskich, pod którymi służyło nie tylko całe Zadnieprze, ale i ochocza szlachta ze wszystkich okolic Rzplitej. Kto się chciał w prawdziwej rycerskiej szkole wyćwiczyć, ten ciągnął do Łubniów; nie brakło więc tam obok Rusinów ani Mazurów, ani Litwy, ani Małopolan, ba! nawet i Prusaków. Piesze regimenta i artyleria, czyli tak zwany „lud ognisty", złożone były przeważnie z wyborowych Niemców najętych za żołd wysoki; w dragonach służyli głównie miejscowi, Litwa w tatarskich chorągwiach. Małopolanie garnęli się najchętniej pod znaki pancerne. Książę nie pozwalał też gnuśnieć rycerstwu; dlatego w obozie panował ruch ustawiczny. Jedne pułki wychodziły na zmianę do stanic i polanek, inne wchodziły do stolicy; po całych dniach odbywały się musztry i ćwiczenia. Czasem też, chociaż i spokojnie było od Tatar, książę przedsiębrał dalekie wyprawy w głuche stepy i pustynie, by żołnierzy do pochodów przyuczyć, dotrzeć tam, gdzie nikt nie dotarł, i roznieść sławę swego imienia. Tak zeszłej jesieni zapuścił się lewym brzegiem Dniepru do Kudaku, gdzie go pan Grodzicki, trzymający prezydium, jak monarchę udzielnego przyjmował; potem pociągnął obok porohów aż do Chortycy i na uroczyszczu Kuczkasów kazał mogiłę wielką z kamieni usypać na pamiątkę i na znak, że tamtą stroną żaden jeszcze pan nie bywał tak daleko.

Pan Bogusław Maszkiewicz, żołnierz dobry, choć młody, a zarazem człowiek uczony, który tę wyprawę również jak i inne pochody książęce opisał, cuda o niej opowiadał Skrzetuskiemu, co pan Wołodyjowski zaraz potwierdzał, gdyż i on brał udział w wyprawie. Widzieli tedy porohy i dziwili im się, a zwłaszcza strasznemu Nienasytcowi, który rokrocznie jak ongi Scylla i Charybda po kilkadziesiąt ludzi pożerał. Potem puścili się na wschód, na spalone stepy, gdzie od niedogarków jazda postępować nie mogła, i aż musieli koniom nogi skórami obwijać. Spotkali tam mnóstwo gadzin, padalców i olbrzymie węże połozy, na dziesięć łokci długie, a grube jak ramię męża. Po drodze na samotnych dębach ryli *pro aeterna rei memoria* herby książęce, na koniec zaszli w tak głuche stepy, gdzie już i śladów człowieka nie było można dopatrzyć.

– Myślałem – mówił uczony pan Maszkiewicz – że nam w końcu na wzór Ulissesa i do Hadu zstąpić przyjdzie.

Na to pan Wołodyjowski:

– Przysięgali też ludzie spod chorągwi pana strażnika Zamojskiego, która szła na przodku, jako już widzieli owe *fines*, na których *orbis terrarum* się kończy.

Namiestnik opowiadał wzajemnie towarzyszom o Krymie, gdzie prawie pół roku spędził czekając na respons chana jegomości, o tamtejszych miastach pozostałych z dawnych czasów, o Tatarach i o potędze ich wojennej, a na koniec o postrachu, w jakim żyli usłyszawszy o walnej na Krym wyprawie, w której wszystkie siły Rzeczypospolitej miały wziąć udział.

Tak gwarząc, co wieczór oczekiwali powrotu księcia; tymczasem namiestnik przedstawiał co bliższym towarzyszom pana Longina Podbipiętę, który jako człek słodki, od razu pozyskał serca, a okazawszy przy próbach z mieczem nadludzką swą siłę, powszechny sobie zjednywał szacunek. Opowiedział on już temu i owemu o przodku Stowejce i o ściętych trzech głowach, zamilczał tylko o swoim ślubie nie chcąc się na żarty narażać. Szczególniej podobali się sobie z Wołodyjowskim, a to dla zobopólnej serc czułości; po kilku też dniach chodzili razem wzdychać na wały, jeden do gwiazdki za wysoko świecącej, by ją mógł dostać, *alias* do księżniczki Anny – drugi do nieznanej, od której go trzy ślubowane głowy oddzielały.

Ciągnął nawet Wołodyjowski pana Longina do dragonów, ale Litwin postanowił sobie koniecznie zapisać się pod znak pancerny, by pod Skrzetuskim służyć, o którym z rozkoszą dowiedział się w Łubniach, że wszyscy mają go za rycerza pierwszej wody i jednego z najlepszych oficerów książęcych. A właśnie w chorągwi, w której pan Skrzetuski porucznikował, otwierał się wakans po panu Zakrzewskim, przezwiskiem *Miserere mei*, który od dwóch tygodni obłożnie chorował i był bez nadziei życia, bo mu się wszystkie rany od wilgoci pootwierały. Do trosk miłosnych namiestnika dołączył się jeszcze i smutek z grożącej straty starego towarzysza i doświadczonego przyjaciela; nie odstępował też po kilka godzin dziennie ani piędzią od jego wezgłowia, pocieszając go, jak umiał, i krzepiąc go nadzieją, że jeszcze niejedną wyprawę razem odbędą.

Ale starzec nie potrzebował pociechy. Konał sobie wesoło na twardym łożu rycerskim obciągniętym końską skórą i z uśmiechem prawie dziecinnym spoglądał na krucyfiks zawieszony nad łożem, Skrzetuskiemu zaś odpowiadał:

– *Miserere mei*, mości poruczniku, już ja sobie idę po swoją lafę niebieską. Ciało na mnie takie od ran dziurawe, że o to się tylko boję, czy święty Piotr, który jest marszałkiem bożym i ochędóstwa w niebie doglądać musi, puści mnie do raju w tak podziurawionej sukni. Ale mu powiem: „Święty Pietruńku! zaklinam cię na ucho Malchusowe, nie czyńże mi wstrętu, boć to poganie tak mi popsowali szatki cielesne... *Miserere mei!* a będzie jaka wyprawa św. Michała na potencję piekielną, to się stary Zakrzewski przyda jeszcze."

Więc porucznik, choć jako żołnierz tyle razy śmierć oglądał i sam ją zadawał, nie mógł łez wstrzymać słuchając tego starca, którego zgon do pogodnego zachodu słońca był podobny.

Aż jednego ranka zabrzmiały dzwony we wszystkich kościołach i cerkwiach łubniańskich zwiastujące śmierć pana Zakrzewskiego. Tegoż dnia książę z Sieńczy przyjechał, a z nim panowie Bodzyński i Lassota oraz cały dwór i dużo szlachty w kilkudziesięciu kolaskach, bo zjazd u pana Suffczyńskiego był niezmierny. Książę wyprawił wspaniały pogrzeb chcąc uczcić zasługi zmarłego i okazać, jak się w ludziach rycerskich kocha. Asystowały więc w pochodzie żałobnym wszystkie regimenty stojące w Łubniach, na wałach bito z hakownic i rusznic. Kawaleria szła od zamku aż do kościoła farnego w mieście bojowym ordynkiem, ale ze zwiniętymi banderiami; za nią piesze regimenta z kolbami do góry. Sam książę przybrany w żałobę jechał za trumną w pozłocistej karecie zaprzężonej w ośm białych jak mleko koni mających grzywy i ogony pofarbowane na pąsowo i kiście strusich piór czarnej barwy na głowach. Przed kolaską postępował oddział janczarów stanowiących przyboczną straż książęcą, tuż za kolaską paziowie przybrani z hiszpańska, na dzielnych koniach, dalej wysocy urzędnicy dworscy, dworzanie rękodajni, pokojowcy, na koniec hajducy i pajucy. Kondukt zatrzymał się naprzód u drzwi kościoła, gdzie ksiądz Jaskólski powitał trumnę mową poczynającą się od słów: „Gdzie tak spieszysz, mości Zakrzewski?" Potem przemawiało jeszcze kilku z towarzystwa, a między nimi i pan Skrzetuski, jako zwierzchnik i przyjaciel zmarłego. Następnie wniesiono ciało do kościoła i tu dopiero zabrał głos najwymowniejszy z wymownych: ksiądz jezuita Muchowiecki, który mówił tak górnie i ozdobnie, że sam książę zapłakał. Był to bowiem pan nadzwyczaj tkliwego serca i dla żołnierzów ojciec prawdziwy. Dyscypliny przestrzegał żelaznej, ale pod względem hojności, łaskawego traktowania ludzi i opieki, jaką otaczał nie tylko ich samych, ale ich dzieci i żony, nikt się z nim nie mógł porównać. Dla buntów straszny i niemiłosierny, był jednak prawdziwym dobrodziejem nie tylko szlachty, ale i całego swego ludu. Gdy w czterdziestym szóstym roku szarańcza zniszczyła plony, to czynszownikom za cały rok czynsz odpuścił, poddanym kazał wydawać zboże ze spichlerzów, a po pożarze w Chorolu wszystkich mieszczan przez dwa miesiące swoim kosztem żywił. Dzierżawcy i podstarościowie w ekonomiach drżeli, by do uszu księcia wieść o jakowych nadużyciach lub krzywdach ludowi czynionych nie doszła. Sierotom taka była opieka zapewniona, że przezywano je na Zadnieprzu „książęcymi detynami". Czuwała nad tym sama księżna Gryzelda przy pomocy ojca Muchowieckiego. Ład tedy panował we wszystkich ziemiach książęcych, dostatek, sprawiedliwość, spokój, ale i strach, bo w razie najmniejszego oporu nie znał książę miary w gniewie i karaniu, tak w jego naturze łączyła się wspaniałomyślność ze srogością. Ale w owych czasach i w owych krainach tylko ta srogość pozwalała się krzewić i plenić ludzkiemu życiu i pracy, jej tylko dzięki powstawały miasta i wsie, rolnik wziął górę nad hajdamaką, kupiec spokojnie towar swój prowadził, dzwony spokojnie wzywały wiernych na modlitwę, wróg nie śmiał granicy przestąpić, kupy łotrów ginęły na palach lub zmieniały się w rządnych żołnierzy, a kraj pustynny rozkwitał.

Dzikiej krainie i dzikim mieszkańcom takiej potrzeba było ręki, na Zadnieprzu bowiem szły najniespokojniejsze z Ukrainy żywioły, ciągnęli osadnicy nęceni rolą i żyznością ziemi, zbiegli chłopi ze wszystkich ziem Rzeczypospolitej, przestępcy uciekający z więzień, słowem, jakoby rzekł Livius: „*pastorum convenarumque plebs transfuga ex suis populis*". Utrzymać ich w ryzie, zmienić w spokojnych osadników i włoczyć w karby osiadłego życia mógł tylko taki lew, na którego ryk drżało wszystko.

Pan Longinus Podbipięta, pierwszy raz w życiu księcia na pogrzebie ujrzawszy, własnym oczom uwierzyć nie mógł. Słysząc bowiem tyle o sławie jego wyobrażał sobie, że musi to być jakiś olbrzym o głowę rodzaj ludzki przewyższający, a tymczasem książę był wzrostu prawie małego i dość szczupły. Młody był jeszcze, liczył dopiero trzydziesty szósty rok życia, ale na twarzy jego widne już były trudy wojenne. O ile bowiem w Łubniach żył jak król prawdziwy, o tyle w czasie licznych wypraw i pochodów dzielił niewczasy prostego towarzysza, jadał czarny chleb i sypiał na ziemi na wojłoku, a że większa część życia schodziła mu na pracach obozowych, więc odbiły się one na jego twarzy. Wszelako oblicze to na pierwszy rzut oka zdradzało nadzwyczajnego człowieka. Malowała się w nim żelazna, nieugięta wola i majestat, przed którym każdy mimo woli musiał uchylić głowy. Widać było, że ten człowiek zna swoją potęgę i wielkość – i gdyby mu jutro włożyć koronę na głowę, nie czułby się ani zdziwionym, ani przygnieconym jej ciężarem. Oczy miał duże, spokojne, prawie słodkie, jednakże gromy zdawały się być w nich uśpione, i czułeś, że biada temu, kto by je rozbudził. Nikt też znieść nie mógł spokojnego blasku tego spojrzenia i widywano posłów, wytrawnych dworaków, którzy stanąwszy przed Jeremim mieszali się i nie umieli zacząć dyskursu. Był to zresztą na swoim Zadnieprzu król prawdziwy. Z kancelarii jego wychodziły przywileje i nadania: ,,My po bożej myłosti kniaź i hospodyn" etc. Newielu też i panów za równych sobie poczytywał. Kniaziowie z krwi dawnych władców bywali u niego marszałkami. Takim był w swoim czasie i ojciec Heleny, Wasyl Bułyha Kurcewicz, który to ród przecie, jak się wyżej wspomniało, wyprowadzał się od Koriata, a w samej rzeczy od Rurykowiczów pochodził.

Było w księciu Jeremim coś, co mimo wrodzonej mu łaskawości trzymało ludzi w oddaleniu. Kochając żołnierzów, on sam poufalił się z nimi; z nim nikt nie śmiał się poufalić. A jednakże rycerstwo, gdyby mu kazał konno w przepaście Dnieprowe skoczyć, uczyniłoby to bez wahania.

Po matce Wołoszce odziedziczył on cerę białą tą białością rozpalonego żelaza, od której żar bije, i czarny jak skrzydło kruka włos, który na całej głowie podgolony, z przodu tylko spadał bujniej i obcięty nad brwiami, zasłaniał mu połowę czoła. Nosił się po polsku, o ubiór niezbyt dbał i tylko na wielkie uroczystości nakładał szaty kosztowne, ale wówczas świecił cały od złota i kamieni. Pan Longin w kilka dni później był obecny na takiej uroczystości, gdy książę dawał posłuchanie panu Rozwanowi Ursu. Audiencje posłów odbywały się zawsze w sali tak zwanej niebieskiej, gdyż na jej suficie firmament niebieski wraz z gwiazdami pędzlem gdańszczanina Helma był wyobrażony. Zasiadał tedy książę pod baldachimem z aksamitu i gronostajów, na wyniosłym krześle do tronu podobnym, którego podnóżek był blachą pozłocistą obity, za księciem zaś stał ksiądz Muchowiecki, sekretarz, marszałek kniaź Woronicz, pan Bogusław Maszkiewicz, dalej paziowie i dwunastu trabantów z halabardami, przybranych po hiszpańsku; głębie sali przepełnione były rycerstwem w świetnych strojach i ubiorach. Pan Rozwan prosił w imieniu hospodara, by książę swym wpływem i grozą imienia wyrobił u chana zakaz Tatarom budziackim wpadania do Wołoszczyzny, w której corocznie straszliwe szkody i spustoszenia czynili, na co książę odpowiedział piękną łaciną, że Budziaccy nie bardzo samemu chanowi byli posłuszni, że jednakże gdy na kwiecień spodziewa się czausa murzy, posła chanowego, u siebie, będzie przez niego upominał się u chana o krzywdy wołoskie. Pan Skrzetuski poprzednio już zdał relację ze swego poselstwa i podróży oraz ze wszystkiego, co słyszał o Chmielnickim i jego na Sicz ucieczce. Książę postanowił posunąć kilka pułków ku Kudakowi, ale nie przywiązywał wielkiej do tej sprawy wagi. Tak więc, gdy nic nie zdawało się zagrażać spokojowi i potędze zadnieprzańskiego państwa, rozpoczęły się w Łubniach uroczystości i zabawy, tak z powodu bytności posła Rozwana, jak i dlatego, że panowie Bodzyński i Lassota oświadczyli się wreszcie uroczyście w imieniu wojewodzica Przyjemskiego o rękę starszej księżniczki Anny, na którą prośbę otrzymali i od księcia, i od księżny Gryzeldy odpowiedź pomyślną.

Jeden tylko mały Wołodyjowski cierpiał nad tym niemało, a gdy Skrzetuski próbował wlać mu otuchę w serce, odpowiedział:

– Dobrze tobie, bo gdy jeno zechcesz, Anusia Borzobohata cię nie minie.

Już tu ona o tobie bardzo wdzięcznie przez cały czas wspominała; rozumiałem z początku, iż w tej myśli, by zazdrość w Bychowcu *excitare*, ale widzę, że chciała go na hak przywieść i chyba dla ciebie jednego czulszy w sercu żywi sentyment.

– Co tam Anusia! Wróćże sobie do niej – *non prohibeo*. Ale o księżniczce Annie przestań myśleć, gdyż to jest to samo, jakbyś chciał feniksa czapką na gnieździe przykryć.

– Wiem ci to, że ona jest feniksem, i dlatego z żalu po niej pewnie umrzeć mi przyjdzie.

– Żyw będziesz i wraz się zakochasz, byle jeno nie w księżniczce Barbarze, bo ci ją drugi wojewodzic sprzed nosa sprzątnie.

– Zali serce jest pachołkiem, któremu rozkazać można? zali oczom zabronisz patrzyć na tak cudną istotę, jak księżniczka Barbara, której widok dzikie nawet bestie poruszyć byłby zdolny?

– Masz diable kubrak! – wykrzyknął pan Skrzetuski. – Widzę, że się bez mojej pomocy pocieszysz, aleć to powtarzam: wróć do Anusi, bo z mojej strony żadnych impedimentów mieć nie będziesz.

Anusia jednak ani myślała rzeczywiście o Wołodyjowskim. Natomiast drażniła ją, zaciekawiała i gniewała obojętność pana Skrzetuskiego, który wróciwszy po tak długiej nieobecności, prawie na nią nie spojrzał. Wieczorami tedy, gdy książę z co przedniejszymi oficerami i dworzany przychodził do bawialnej komnaty księżny, by zabawić się rozmową, Anusia wyglądając zza pleców swej pani (bo księżna była wysoka, a Anusia niska) świdrowała swymi czarnymi oczkami w twarzy namiestnika, chcąc mieć rozwiązanie tej zagadki. Ale oczy Skrzetuskiego, również jak myśl, błądziły gdzie indziej, a gdy wzrok jego padał na dziewczynę, to taki zamyślony i szklany, jak gdyby nie na tę patrzył, do której śpiewał niegdyś:

Jak tatarska orda,
Bierzesz w jasyr corda!...

„Co mu się stało?" – pytała sama siebie rozpieszczona faworytka całego dworu i tupiąc drobną nóżką, czyniła postanowienie rzecz tę zbadać. Nie kochała się ona wprawdzie w Skrzetuskim, ale przyzwyczaiwszy się do hołdów nie mogła znieść, by na nią nie zważano i gotowa była ze złości sama się rozkochać w zuchwalcu.

Razu tedy jednego biegnąc z motkami dla księżny spotkała pana Skrzetuskiego wychodzącego z przyległej sypialnej komnaty książęcej. Naleciała na niego jak burza, prawie go potrąciła piersią i cofnąwszy się nagle, rzekła:

– Ach! jakem się przestraszyła! Dzień dobry waćpanu!

– Dzień dobry pannie Annie! Czyliż takowe *monstrum* ze mnie, bym aż miał pannę Annę przestraszać?

Dziewczyna stała ze spuszczonymi oczkami, kręcąc w palcach niezajętej ręki końce warkoczów, przestępując z nóżki na nóżkę i niby zmieszana odpowiedziała z uśmiechem:

– E nie! to to nie... wcale nie... jak matkę kocham!

Nagle spojrzała na porucznika i znów zaraz spuściła oczy.

– Czy się waćpan gniewasz na mnie?

– Ja? Alboż panna Anna dba o mój gniew?

– Co prawda, to nie. Miałabym też o co dbać! Może waćpan myślisz, że zaraz będę płakała? Pan Bychowiec grzeczniejszy...

– Jeśli tak, to nie pozostaje mnie nic innego, jak ustąpiwszy pola panu Bychowcowi, zejść z oczu panny Anny.

– A czy ja trzymam?

To, rzekłszy Anusia zastąpiła mu drogę.

– To waćpan z Krymu powraca? – spytała.

– Z Krymu.

– A co waćpan z Krymu przywiózł?

– Przywiozłem pana Podbipiętę. Wszakże go panna Anna już widziała? Bardzo to miły i stateczny kawaler.

– Pewnie, że milszy od waćpana. A po co on tu przyjechał?

– By panna Anna miała na kim swojej mocy popróbować. Aleć radzę ostro się brać, bo wiem jeden sekret o tym kawalerze, dla którego jest on niezwyciężony... i nawet panna Anna z nim nic nie wskóra.

– Dlaczegóż to on jest niezwyciężony?

– Bo się nie może żenić.

– A co mnie to obchodzi! Czemuż to on nie może się żenić?

Skrzetuski pochylił się do ucha dziewczyny, ale rzekł bardzo głośno i dobitnie:

– Bo czystość ślubował.

– Niemądryś waćpan! – zawołała prędko Anusia i w tejże chwili furknęła jak ptak spłoszony.

Tego wieczora jednak popatrzyła pierwszy raz uważniej na pana Longina.

Gości dnia tego było niemało, bo książę wyprawiał pożegnalną ucztę dla pana Bodzyńskiego. Nasz Litwin, przybrany starannie w biały atłasowy żupan i ciemnoniebieski aksamitny kontusz, wyglądał bardzo okazale, tym bardziej że przy boku zamiast katowskiego Zerwikaptura zwieszała mu się lekka, krzywa szabla w pozłocistej pochwie.

Oczki Anusi strzelały na pana Longina po trochu umyślnie, na złość panu Skrzetuskiemu. Byłby tego jednakże namiestnik nie zauważył, gdyby nie Wołodyjowski, który trąciwszy go łokciem rzekł:

– Niechże mnie jasyr spotka, jeśli Anusia nie wdzięczy się do tej chmielowej tyczki litewskiej.

– Powiedzże to jemu samemu.

– Pewnie, że powiem. Dobrana będzie z nich para.

– Będzie ją mógł nosić zamiast spinki u żupana, taka właśnie jest między nimi proporcja.

– Albo zamiast kitki na czapce.

Wołodyjowski podszedł do Litwina.

– Mospanie! – rzekł – niedawno jakeś tu przybył, ale frant, widzę, z waści nie lada.

– A to czemu, brateńku dobrodzieju? a to czemu?

– Boś nam tu najgładszą dziewkę z fraucymeru już zbałamucił.

– Dobrodzieju! – rzekł Podbipięta składając ręce – co waćpan mówisz najlepszego?

– Spojrzyj waszmość na pannę Annę Borzobohatą, w której się tu wszyscy kochamy, jak to ona na waści dziś oczkiem strzyże. Pilnuj się jeno, żeby z waści dudka nie wystrzygła, jako z nas powystrzygała.

To rzekłszy Wołodyjowski zakręcił się na pięcie i odszedł pozostawiając pana Longina w zdumieniu. Nie śmiał on nawet zrazu spojrzeć w stronę Anusi i po niejakim dopiero czasie rzucił znienacka okiem – ale aż zadrżał. Spoza ramienia księżny Gryzeldy dwoje jarzących ślepków patrzyło na niego istotnie z ciekawością i uporem. *„Apage, satanas!"* – pomyślał Litwin i oblawszy się jak żaczek rumieńcem, uciekł w drugi kąt sali.

Jednakże pokusa była ciężka. Ten szatanek wyglądający zza pleców księżny tyle miał ponęt, te oczki tak świeciły jasno, że pana Longina aż ciągnęło coś, by w nie choć jeszcze raz tylko spojrzeć. Ale wtem wspomniał na swój ślub, w oczach stanął mu Zerwikaptur, przodek Stowejko Podbipięta, trzy ścięte głowy, i strach go zdjął. Przeżegnał się i tego wieczora nie spojrzał więcej. Natomiast rankiem nazajutrz przyszedł na kwaterę Skrzetuskiego.

– Panie namiestniku – rzekł – a prędko pociągniemy? Co też tam waszmość słyszał o wojnie?

– Przypiliło waści. Bądźże cierpliwy, póki się pod znak nie zaciągniesz.

Pan Podbipięta bowiem nie był jeszcze zapisany na miejsce zmarłego Zakrzewskiego. Musiał czekać z tym, aż ćwierć wyjdzie, co miało nastąpić dopiero pierwszego kwietnia.

Ale było mu rzeczywiście pilno, dlatego pytał namiestnika w dalszym ciągu:

– A nicże J. O. książę w tej materii nie mówił?

– Nic. Król pono do śmierci nie przestanie o wojnie myśleć, ale Rzeczpospolita jej nie chce.

– A mówili w Czehrynie, że rebelia kozacka zagraża?

– Znać, że waści mocno ślub dolega. Co do rebelii, wiedzże, iż jej przed wiosną nie będzie, bo choć to zima lekka, ale zima zimą. Mamy dopiero 15 *februarii*, lada dzień mrozy jeszcze mogą nastać, a Kozak w pole nie rusza, póki się nie może okopać, bo oni za wałem biją się okrutnie, w polu zaś nie umieją dotrzymać.

– Tak i trzeba czekać nawet na Kozaków?

– Zważ waćpan i to, że choćbyś w czasie rebelii swoje trzy głowy znalazł, to nie wiadomo, czy od ślubu wolnym będziesz, boć co innego Krzyżacy lub Turcy, a co innego swoi – jakoby rzec, dzieci *eiusdem matris*.

– O wielki Boże! A toś mi waćpan sęka w głowę zadał! Ot, desperacja! Niechże mnie ksiądz Muchowiecki te wątpliwości rozstrzygnie, bo inaczej nie będę miał i chwili spokoju.

– Pewnie, że rozstrzygnie, gdyż jest człek uczony i pobożny, ale pewnie nie powie nic innego. *Bellum civile* to wojna braci.

– A gdyby rebelizantom obca potęga na pomoc przyszła?

– Tedy miałbyś pole. Ale teraz jedno mogę waści zalecić: czekaj i bądź cierpliwy.

Jednakże pan Skrzetuski sam nie umiał pójść za tą radą. Ogarniała go tęskność coraz większa, nudziły go uroczystości dworskie i te twarze, na które dawniej było mu tak mile spoglądać. Panowie Bodzyński, Lassota i pan Rozwan Ursu wyjechali wreszcie, a po ich wyjeździe nastał spokój głęboki. Życie zaczęło płynąć jednostajnie. Książę zajęty był lustracjami dóbr ogromnych i co rano zamykał się z komisarzami nadjeżdżającymi z całej Rusi i Sandomierskiego – więc nawet i ćwiczenia wojskowe rzadko tylko mogły się odbywać. Gwarne uczty oficerskie, na których rozprawiano o przyszłych wojnach, nużyły niewymownie Skrzetuskiego, więc z guldynką na ramieniu uciekał nad Sołonicę, gdzie ongi Żółkiewski tak strasznie Nalewajkę, Łobodę i Krępskiego pogromił. Ślady owej bitwy już się były zatarły i w pamięci ludzkiej, i na pobojowisku. Czasem tylko jeszcze ziemia wyrzucała z łona zbielałe kości, a za wodą sterczał nasyp kozacki, spoza którego bronili się tak rozpaczliwie Zaporożcy Łobody i Nalewajkowa wolnica. Ale już i na nasypie puścił się gęsto gaj zarośli. Tam to Skrzetuski chronił się przed gwarem dworskim i zamiast strzelać do ptaków, rozpamiętywał; tam to przed oczyma jego duszy stawała przywoływana pamięcią i sercem postać kochanej dziewczyny; tam wśród mgły, szumu oczeretów i melancholii owych miejsc doznawał ulgi we własnej tęsknocie.

Ale później jęły padać obfite, zapowiadające wiosnę deszcze. Sołonica zamieniła się w topielisko, głowy spod dachu trudno było wychylić, więc namiestnik i tej pociechy, jaką znajdował w błąkaniu się samotnym, został pozbawiony. A tymczasem wzrastał jego niepokój – i słusznie. Miał on z początku nadzieję, że Kurcewiczowa z Heleną, jeśli tylko kniahini potrafi wyprawić Bohuna, zjadą zaraz do Łubniów, a teraz i ta nadzieja zgasła. Słota zepsuła drogi, step na kilka mil, po obu brzegach Suły, stał się ogromnym bagniskiem, na przebycie którego trzeba było czekać, póki wiosenne gorące słońce nie wyssie zbytku wód i wilgoci. Przez cały ten czas Helena miała pozostawać pod opieką, której Skrzetuski nie ufał, w prawdziwym wilczym gnieździe, wśród ludzi nieokrzesanych, dzikich, a Skrzetuskiemu niechętnych. Wprawdzie dla własnego dobra powinni mu byli słowa dotrzymać i prawie nie mieli innej drogi – ale któż mógł odgadnąć, co wymyślą, na co się odważą, zwłaszcza gdy ciążył nad nimi straszliwy watażka, którego widocznie i kochali, i bali się jednocześnie. Łatwo by mu przyszło zmusić ich do oddania mu dziewczyny, bo nierzadkie były i podobne wypadki. Tak samo swego czasu towarzysz nieszczęsnego Nalewajki, Łoboda, zmusił panią Poplińską, by mu oddała za żonę swą wychowankę, choć dziewczyna była szlachcianką dobrego rodu i chociaż z całej duszy nienawidziła watażki. A jeśli było prawdą, co mówiono o niezmiernych bogactwach Bohuna, to przecie mógł im i dziewczynę, i utratę Rozłogów zapłacić. A potem co? „Potem – myślał p. Skrzetuski – doniosą mi szyderczo, że jest «po harapie», a sami umkną gdzieś w puszcze litewskie lub mazowieckie, gdzie ich nawet książęca potężna ręka nie dosięgnie." Pan Skrzetuski trząsł się jak w febrze na tę myśl, targał się jak wilk na łańcuchu, żałował swego rycerskiego słowa danego kniahini – i nie wiedział, co ma począć. A był to człowiek, który nierad pozwalał się ciągnąć za brodę wypadkom. W jego naturze leżała wielka przedsiębiorczość i energia. Nie czekał on na to, co mu los zdarzy; wolał los brać za kark i zmuszać, by zdarzał fortunnie – dlatego trudniej mu było niż komu innemu siedzieć z założonymi rękoma w Łubniach. Postanowił więc działać. Miał on pacholika Rzędziana, szlachcica chodaczkowego z Podlasia, lat szesnastu, ale franta kutego na cztery nogi, z którym niejeden stary wyga nie mógł iść o lepsze, i tego postanowił wysłać do Heleny oraz na przeszpiegi. Skończył się też był luty; deszcze przestały lać, marzec zapowiadał się dość pogodnie i drogi musiały się nieco poprawić. Wybierał się więc Rzędzian w drogę. Pan Skrzetuski zaopatrzył go w list, papier, pióra i flaszkę inkaustu, której kazał mu jak oka w głowie pilnować, bo pamiętał, że tych rzeczy nie masz w Rozłogach. Miał także chłopak polecenie, by nie powiadał, od kogo jest, by udawał, że do Czehryna jedzie, i pilnie na wszystko zwracał oko, a zwłaszcza wywiedział się dobrze o Bohunie, gdzie jest i co porabia. Rzędzian nie dał sobie dwa razy instrukcji powtarzać, czapkę na bakier nasunął, nahajem świsnął i pojechał.

Dla pana Skrzetuskiego rozpoczęły się ciężkie dni oczekiwania. Dla zabicia czasu ścinał się w palcaty z panem Wołodyjowskim, wielkim mistrzem w tej sztuce, lub dzirytem do pierścienia rzucał. Zdarzył się też w Łubniach wypadek, którego namiestnik o mało zdrowiem nie przypłacił. Pewnego dnia niedźwiedź, zerwawszy się z łańcucha na podwórcu zamkowym, poszczerbił dwóch masztalerzy, popłoszył konie pana komisarza Chlebowskiego i na koniec rzucił się na namiestnika, któren szedł właśnie z cekhauzu do księcia, bez szabli przy boku, mając w ręku tylko lekki nadziak z mosiężną główką. Namiestnik byłby zginął niezawodnie, gdyby nie pan Longin, który ujrzawszy z cekhauzu, co się dzieje, porwał za swój Zerwikaptur i przybiegł na ratunek. Pan Longin okazał się w zupełności godnym potomkiem przodka Stowejki, gdyż w oczach całego dworu odwalił jednym zamachem łeb niedźwiedziowi wraz z łapą, któren to dowód nadzwyczajnej siły podziwiał z okna sam książę i wprowadził następnie pana Longina do pokojów księżny, gdzie Anusia Borzobohata tak wabiła go oczkiem, że nazajutrz musiał iść do spowiedzi i następnie przez trzy dni nie pokazywał się w zamku, póki żarliwą modlitwą wszelkich pokus nie odpędził.

Tymczasem upłynęło dni dziesięć, a Rzędziana nie było widać z powrotem. Nasz pan Jan schudł z oczekiwania i tak wymizerniał, że aż Anusia poczęła się wypytywać przez posły, co mu jest – a Carboni, doktor książęcy, zapisał mu jakąś driakiew na melancholię. Ale innej on driakwi potrzebował, gdyż dniem i nocą o swojej kniaziównie rozmyślał – i czuł coraz mocniej, że to nie żadne płoche uczucie zagnieździło się w jego sercu, ale miłość wielka, która musi być zaspokojona, bo inaczej pierś ludzką jak słabe naczynie rozsadzić gotowa.

Łatwo więc sobie wyobrazić radość pana Jana, gdy pewnego dnia o świcie wszedł do jego kwatery Rzędzian, zabłocony, zmęczony, wymizerowany, ale wesół i z dobrą wieścią wypisaną na czole. Namiestnik jak się zerwał wprost z łoża, tak przybiegłszy do niego chwycił go za ramiona i krzyknął:

– Listy masz?

– Mam, panie. Oto są.

Namiestnik porwał i zaczął czytać. Długi czas wątpił, czy mu nawet w razie najpomyślniejszym Rzędzian list przywiezie, gdyż nie był pewny, czy Helena pisać umie. Kresowe niewiasty nie bywały uczone, a Helena chowała się do tego między prostakami. Jednakże widocznie ojciec nauczył ją jeszcze tej sztuki, gdyż skreśliła długi list na cztery strony papieru. Biedaczka nie umiała wprawdzie wyrażać się ozdobnie, retorycznie, ale wprost od serca pisała co następuje:

„Już ja waćpana nigdy nie zapomnę, waćpan mnie prędzej, bo słyszę, że są i płosi między wami. Ale gdyś pacholika umyślnie tyle mil drogi przysłał, to widać, żem ci miła jak i ty mnie, za coć sercem wdzięcznym dziękuję. Nie myśl też waćpan, aby to nie było przeciw skromności mojej tak ci o tym kochaniu pisać, ale snadź lepiej już prawdę powiedzieć niż zełgać albo ją ukrywać, gdy zgoła co innego jest w sercu. Wypytywałam też imć Rzędziana, co w Łubinach porabiasz i jakie są wielkiego dworu obyczaje, a gdy mnie o urodzie i gładkości tamtejszych panien powiadał, prawie że łzami od wielkiego smutku się zalałam..."

Tu namiestnik przerwał czytanie i spytał Rzędziana:

– Coś ty, tam kpie, powiadał?

– Wszystko dobrze, panie! – odpowiedział Rzędzian.

Namiestnik czytał dalej:

„...Bo jakże mnie prostaczce porównywać się z nimi. Ale powiedział mi pachołek, iż waćpan na żadną i patrzyć nie chcesz..."

– Toś dobrze powiedział! – rzekł namiestnik.

Rzędzian nie wiedział wprawdzie, o co idzie, bo namiestnik czytał list po cichu, ale zrobił mądrą minę i chrząknął znacząco. Skrzetuski zaś czytał dalej:

„...I zaraz pocieszyłam się prosząc Boga, by cię nadal w takowej dla mnie życzliwości utrzymał i obojgu nam błogosławił – amen. Jużem się tak też za waćpanem stęskniła, jako właśnie za matką, bo mnie sierocie smutno na świecie, ale nie przy waćpanu... Bóg patrzy na moje serce, że jest czyste, a co innego jest prostactwo, które mnie wybaczyć musisz..."

W dalszym ciągu donosiła śliczna kniaziówna, że do Łubniów ze stryjenką wyjadą, jak tylko drogi będą lepsze, i że sama kniahini chce wyjazd przyśpieszyć, gdyż z Czehryna dochodzą wieści o jakichś niespokojnościach kozackich, czeka więc tylko na powrót młodych kniaziów, którzy do Bogusławia na jarmark koński pojechali.

„Prawdziwy z waćpana czarownik – pisała dalej Helena – żeś sobie i stryjnę zjednać umiał."

Tu namiestnik uśmiechnął się, przypomniał sobie bowiem, jakimi to sposoby musiał tę stryjnę zjednywać. List kończył się zapewnieniami stałej a poczciwej miłości, jaką właśnie przyszła żona mężowi winna. W ogóle zaś przeglądało z niego istotnie serce czyste, dlatego też namiestnik odczytywał ten list serdeczny po kilkanaście razy od początku do końca, powtarzając sobie w duszy: „Moja wdzięczna dziewko! niechże mnie Bóg opuści, jeśli cię kiedy zaniecham."

Potem zaś począł wypytywać o wszystko Rzędziana.

Sprytny pachołek zdał mu dokładnie sprawę z całej podróży. Przyjęto go uczciwie. Stara kniahini wybadywała go o namiestnika, a dowiedziawszy się, że był rycerzem znakomitym i księcia poufnym, a przy tym człowiekiem zamożnym, rada była.

– Pytała mnie też – rzekł Rzędzian – czy jegomość, jak co obiecnie, zawsze słowo zdzierży, a ja jej na to: „Moja mościa pani! gdyby ten wołoszynek, na którym przyjechałem, był mnie obiecany, wiedziałbym, że już mnie nie minie..."

– Frant z ciebie – rzecze namiestnik – ale kiedyś tak za mnie zaręczył, to go już trzymaj. Nie symulowałeś tedy nic? powiedziałeś, że ja cię przysłałem?

– Powiedziałem, bom obaczył, że można, i zaraz jeszcze wdzięczniej mnie przyjęli, a szczególniej panna, która jest tak cudna, jak drugiej na świecie nie znaleźć. A dowiedziawszy się, że od jegomości jadę, już też nie wiedziała, gdzie mnie posadzić, i gdyby nie post, opływałbym we wszystko jako w niebie. Czytając list jegomościn, łzami go oblewała od radości.

Namiestnik zamilkł również od radości i po chwili dopiero spytał znowu:

– A o onym Bohunie niceś się nie dowiedział?

– Nie zdawało mi się panny albo pani o to pytać, alem wszedł w konfidencję ze starym Tatarem Czechłym, któren choć poganin, jest wiernym panienki sługą. Ten mnie powiadał, że z początku mruczeli oni wszyscy na jegomości bardzo, ale potem się ustatkowali, a to gdy stało się im wiadomo, iż co prawią o skarbach tego Bohuna, to bajka.

– Jakimże sposobem o tym się przekonali?

– A to, widzi jegomość, było tak: Mieli oni dyferencję z Siwińskimi, którą potem obowiązali się spłacić. Jak przyszedł termin, tak do Bohuna: „Pożycz!" a on na to: „Dobra tureckiego – powiada – trochę mam, ale skarbów żadnych, bo com miał, tom – powiada – i rozrzucił." Jak też to usłyszeli, zaraz im był tańszy, i do jegomości afekt zwrócili.

– Nie ma co mówić, dobrześ się o wszystkim wywiedział.

– Mój jegomość, gdybym ja się jednego wywiedział, a drugiego nie, tedyby jegomość mógł do mnie rzec: „Konia mi darowałeś, a terlicyś nie dał." Co by jegomości było po koniu bez terlicy?

– No, no, to weźże i terlicę.

– Dziękuję pokornie jegomości. Oni też Bohuna do Perejasławia zaraz wyprawili, więc jakem się o tym dowiedział, tak sobie myślę: czemu bym i ja nie miał do Perejasławia dotrzeć. Będzie ze mnie pan kontent, to mnie barwa prędzej dojdzie...

– Dojdzie cię na nową ćwierć. To byłeś i w Perejasławiu?

– Byłem. Alem Bohuna tam nie znalazł. Stary pułkownik Łoboda chory. Mówią, że rychło po nim Bohun pułkownikiem zostanie... Ale tam się dzieje coś dziwnego. Semenów ledwie garść przy chorągwi została – reszta, mówią, za Bohunem pociągnęła czy też na Sicz zbiegła i to jest, mój jegomość, ważna rzecz, bo tam się podobno jakaś rebelia knuje. Chciałem się koniecznie czegoś dowiedzieć o Bohunie, aleć tylko tyle mi powiedziano, że się na ruski brzeg przeprawił. Ano! myślę sobie: kiedy tak, to nasza panienka od niego bezpieczna – i wróciłem.

– Dobrześ się sprawił. A przygody jakiej w podróży nie miałeś?

– Nie, mój jegomość, jeno mi się jeść okrutnie chce.

Rzędzian wyszedł, a namiestnik zostawszy sam zaczął na nowo odczytywać list Heleny i do ust przyciskać te literki nie tak kształtne jak ręka, która je kreśliła. Ufność wstąpiła mu w serce i myślał sobie: „Niedługo drogi podeschną, byle Bóg dał pogodę. Kurcewicze też dowiedziawszy się, że Bohun hołysz, pewnie mnie już nie zdradzą. Puszczę im Rozłogi, jeszcze swego dołożę, byle onej kochanej gwiazdki dostać..."

I przybrawszy się, z jaśniejącą twarzą, z pełną od szczęścia piersią, szedł do kaplicy, by Bogu naprzód za dobrą nowinę pokornie podziękować.

VI

Na całej Ukrainie i Zadnieprzu poczęły zrywać się jakieś szumy, jakoby zwiastuny burzy bliskiej; jakieś dziwne wieści przelatywały od sioła do sioła, od futoru do futoru, na kształt owych roślin, które jesienią wiatr po stepach żenie, a które lud perekotypolem zowie. W miastach szeptano sobie o jakiejś wielkiej wojnie, lubo nikt nie wiedział, kto i przeciwko komu ma wojować. Coś zapowiadało się wszelako. Twarze ludzkie stały się niespokojne. Rolnik niechętnie z pługiem na pole wychodził, chociaż wiosna przyszła wczesna, cicha, ciepła, a nad stepami dzwoniły od dawna skowronki. Wieczorami ludzie po siołach gromadzili się w kupy i stojąc na drodze gwarzyli półgłosem o rzeczach strasznych. Ślepców krążących z lirami i pieśnią wypytywano o nowiny. Niektórym zdało się, że nocami widzą jakieś odblaski na niebie i że księżyc czerwieńszy niż zwykle podnosi się zza borów. Wróżono klęski lub śmierć królewską – a wszystko to było tym dziwniejsze, że do ziem onych, przywykłych z dawna do niepokojów, walk, najazdów, strach niełatwy miał przystęp; musiały więc jakieś wyjątkowo złowrogie wichry grać w powietrzu, skoro niepokój stał się powszechnym. Tym ciężej, tym duszniej było, że nikt nie umiał niebezpieczeństwa wskazać. Wszelako między oznakami złej wróżby dwie szczególnie zdawały się wskazywać, że istotnie coś zagraża. Oto naprzód niesłychane mnóstwo dziadów lirników pojawiło się po wszystkich wsiach i miastach, a były między nimi jakieś postacie obce, nikomu nie znane, o których szeptano sobie, że to są dziady fałszywe. Ci, włócząc się wszędzie, zapowiadali tajemniczo, iż dzień sądu i gniewu bożego się zbliża. Po wtóre, że Niżowcy poczęli pić na umór.

Druga oznaka była jeszcze niebezpieczniejsza. Sicz, w zbyt szczupłych granicach objęta, nie mogła wszystkich swych ludzi wyżywić, wyprawy nie zawsze się zdarzały, przeto stepy nie dawały chleba Kozakom, mnóstwo więc Niżowców rozpraszało się rokrocznie, w spokojnych czasach, po okolicach zamieszkałych. Pełno ich było na Ukrainie, ba! nawet na całej Rusi. Jedni zaciągali się do pocztów starościńskich, inni szynkowali wódkę po drogach, inni trudnili się po wsiach i miastach handlem i rzemiosłami. W każdej prawie wsi stała opodal od innych chata, w której mieszkał Zaporożec. Niektórzy mieli w takich chatach żony i gospodarstwa. A Zaporożec taki, jako człek zwykle kuty i bity, był poniekąd dobrodziejstwem wsi, w której mieszkał. Nie było nad nich lepszych kowali, kołodziejów, garbarzy, woskobojów, rybitwów i myśliwych. Kozak wszystko umiał, wszystko zrobił: dom postawił i siodło uszył. Powszechnie jednak nie byli to osadnicy spokojni, bo żyli życiem tymczasowym. Kto chciał wyrok zbrojno wyegzekwować, na sąsiada najazd zrobić lub się od spodziewanego obronić, potrzebował tylko krzyknąć, a wnet mołojcy zlatywali się jak krucy na żer gotowi. Używała ich też szlachta, używało duchowieństwo wschodnie, wiecznie spory ze sobą wiodące, gdy jednak i takich wypraw brakło, to mołojcy siedzieli cicho po wsiach pracując do upadłego i w pocie czoła zdobywając chleb powszedni.

I trwało tak czasem rok, dwa, aż nagle przychodziła wieść o jakowejś walnej wyprawie czy to jakiego atamana na Tatarów, czy na Lachiw, czy wreszcie paniąt polskich na Wołoszczyznę i wnet ci kołodzieje, kowale, garbarze, woskoboje porzucali spokojne zajęcie i przede wszystkim poczynali pić na śmierć we wszystkich szynkach ukraińskich.

Przepiwszy wszystko, pili dalej na borg, ne na to, szczo je, ałe na to, szczo bude. Przyszłe łupy miały zapłacić hulatykę.

Zjawisko owo powtarzało się tak stale, że później doświadczeni ludzie ukraińscy zwykli mawiać: ,,Oho! trzęsą się szynki od Niżowców – w Ukrainie coś się gotuje."

I starostowie wzmacniali zaraz załogi w zamkach, pilnie dając na wszystko baczenie, panowie ściągali poczty, szlachta wysyłała żony i dzieci do miast.

Owóż wiosny tej Kozacy poczęli pić jak nigdy, trwonić na ślepo wszelakie zapracowane dobro, i to nie w jednym powiecie, nie w jednym województwie, ale na całej Rusi, jak długa i szeroka.

Coś się więc gotowało naprawdę, chociaż sami Niżowcy nie wiedzieli zgoła, co takiego. Zaczęto mówić o Chmielnickim, o jego na Sicz ucieczce i o grodowych z Czerkas, Bogusławia, Korsunia i innych miast, zbiegłych za nim – ale powiadano też i co innego. Od lat całych krążyły już wieści o wielkiej wojnie z pogany, której król chciał, by dobrym mołojcom łupu przysporzyć, ale Lachy nie chcieli – a teraz te wszystkie wieści pomieszały się z sobą i zrodziły w głowach ludzkich niepokój i oczekiwanie czegoś nadzwyczajnego.

Niepokój ów przedarł się i za mury łubniańskie. Na te wszystkie oznaki niepodobna było oczu zamykać, a zwłaszcza nie miał tego zwyczaju książę Jeremi. W jego państwie niepokój nie przeszedł wprawdzie we wrzenie – strach trzymał w ryzie wszystkich – ale po niejakim czasie z Ukrainy zaczęły dolatywać słuchy, że tu i owdzie chłopi zaczynają dawać opór szlachcie, że mordują Żydów, że chcą się gwałtem zaciągnąć do regestru na wojnę z pogany i że liczba zbiegów na Sicz coraz się powiększa.

Porozsyłał więc książę posłańców: do pana krakowskiego, do pana Kalinowskiego, do Łobody w Perejasławiu, a sam ściągał stada ze stepów i wojsko z pałanek. Tymczasem przyszły wieści uspokajające. Pan hetman wielki donosił wszystko, co wiedział o Chmielnickim, nie uważał jednak, aby jaka zawierucha mogła z tej sprawy wyniknąć; pan hetman polny pisał, że „hultajstwo zwykle jako roje burzy się na wiosnę". Jeden stary chorąży Zaćwilichowski przesłał list zaklinający księcia, żeby niczego nie lekceważyć, bo wielka burza idzie od Dzikich Pól. O Chmielnickim donosił, że z Siczy do Krymu pognał, by chana o pomoc prosić. „A jako mnie z Siczy przyjaciele donoszą – pisał – iż tam koszowy ze wszystkich ługów i rzeczek piesze i konne wojsko ściąga nie mówiąc nikomu, dlaczego to czyni, mniemam przeto, iż ta burza na nas się zwali, co jeżeli z pomocą tatarską się stanie, daj Boże, by zguby wszystkim ziemiom ruskim nie przyniosło."

Książę ufał Zaćwilichowskiemu więcej niż samym hetmanom, bo wiedział, iż nikt na całej Rusi nie zna tak Kozaków i ich fortelów, postanowił więc jak najwięcej wojsk ściągnąć, a jednocześnie do gruntu prawdy dotrzeć.

Pewnego więc rana kazał przywołać do siebie pana Bychowca, porucznika chorągwi wołoskiej, i rzekł mu:

– Pojedziesz waść ode mnie w poselstwie na Sicz do pana atamana koszowego i oddasz mu ten list z moją hospodyńską pieczęcią. Ale żebyś wiedział, czego się trzymać, to ci powiem tak: list jest pozór, a zaś waga cała poselstwa w waszmościnym rozumię spoczywa, abyś na wszystko patrzył, co się tam dzieje, ile wojska zwołali i czy jeszcze zwołują. To szczególniej polecam, byś sobie jakich ludzi skaptował i o Chmielnickim mi się wszystkiego dobrze wywiedział, gdzie jest i jeżeli prawda, że do Krymu pojechał Tatarów o pomoc prosić. Rozumiesz waść?

– Jakoby mi kto na dłoni wypisał.

– Pojedziesz na Czehryn, po drodze nie wytchniesz dłużej jak noc jedną. Przybywszy udasz się do chorążego Zaćwilichowskiego, by cię w listy do swoich przyjaciół w Siczy opatrzył, które sekretnie im oddasz. Owi wszystko ci opowiedzą. Z Czehryna ruszysz bajdakiem do Kudaku, pokłonisz się ode mnie panu Grodzickiemu i to pismo mu wręczysz. On cię przez porohy każe przeprawić i przewoźników potrzebnych dostarczy. W Siczy też nie baw, patrz, słuchaj i wracaj, jeśli żyw będziesz, bo to ekspedycja niełatwa.

– Wasza książęca mość jest szafarzem krwi mojej. Ludzi siła mam wziąć?

– Weźmiesz czterdziestu pocztowych. Ruszysz dziś pod wieczór, a przed wieczorem przyjdziesz jeszcze po instrukcje. Ważną to misję waszmości powierzam.

Pan Bychowiec wyszedł uradowany; w przedpokoju spotkał Skrzetuskiego z kilku oficerami z artylerii.

– A co tam? – spytali go.

– Dziś ruszam w drogę.

– Gdzie? gdzie?

– Do Czehryna, a stamtąd dalej.

– To chodźże ze mną – rzekł Skrzetuski.

I zaprowadziwszy go do kwatery, nuż molestować, by mu tę funkcję odstąpił:

– Jakeś przyjaciel – rzecze – żądaj, czego chcesz: konia tureckiego, dzianeta – dam, niczego nie będę żałował, bym jeno mógł jechać, bo się we mnie dusza w tamtą stronę rwie! Chcesz pieniędzy, pozwolę, byleś ustąpił. Sławyć to nie przyniesie, bo tu pierwej wojna, jeśli ma być, to się rozpocznie – a zginąć możesz. Wiem także, że ci Anusia miła jako i innym pojedziesz, to ci ją zbałamucą.

Ten ostatni argument lepiej od innych trafił do myśli pana Bychowca, ale jednak opierał się. Co by książę powiedział, gdyby ustąpił? czyby mu nie miał za złe? Toć to jest fawor książęcy taka funkcja.

Usłyszawszy to Skrzetuski poleciał do księcia i natychmiast kazał się przez pazia meldować.

Po chwili paź powrócił z oznajmieniem, iż książę wejść pozwala.

Namiestnikowi biło serce jak młotem z obawy, że usłyszy krótkie „nie!", po którym nie zostawało nic innego, jak wszystkiego poniechać.

– A co powiesz? – rzekł książę ujrzawszy namiestnika.

Skrzetuski schylił mu się do nóg.

– Mości książę, przyszedłem błagać najpokorniej, by mnie ekspedycja na Sicz była powierzona. Bychowiec może by ustąpił, bo mi jest przyjacielem, a mnie tak właśnie na niej, jako na samym życiu zależy – boi się tylko Bychowiec, czy wasza książęca mość krzyw za to nie będziesz.

– Na Boga! – rzekł książę – toż ja bym nikogo innego jak ciebie nie wysyłał, ale rozumiałem, że niechętnie ruszysz, niedawno taką długą drogę odbywszy.

– Mości książę, choćbym też i co dzień był wysyłany, zawsze *libenter* też w tamtą stronę jeździć będę.

Książę popatrzył na niego przeciągle swymi czarnymi oczyma i po chwili spytał:

– Co ty tam masz?

Namiestnik stał zmieszany jak winowajca, nie mogąc znieść badawczego spojrzenia.

– Już widzę, że muszę prawdę mówić – rzekł – gdyż przed rozumem waszej książęcej mości żadne *arcana* ostać się nie mogą, jedno nie wiem, znajdę-li łaskę w uszach waszej książęcej mości.

I tu zaczął opowiadać, jak poznał córkę kniazia Wasyla, jak się w niej rozkochał i jakby pragnął teraz ją odwiedzić, a za powrotem z Siczy do Łubniów ją sprowadzić, by przed zawieruchą kozacką i natarczywością Bohuna ją uchronić. Zamilczał tylko o machinacjach starej kniahini, gdyż w tym był słowem związany. Natomiast tak począł błagać księcia, iżby mu funkcję Bychowca powierzył, iż książę rzekł:

– Ja bym ci i tak jechać pozwolił i ludzi dał, ale gdyś tak wszystko mądrze ułożył, by własny afekt z oną funkcją pogodzić, tedy muszę już to dla ciebie uczynić.

To rzekłszy w ręce klasnął i kazał paziowi przywołać pana Bychowca.

Namiestnik ucałował z radością rękę księcia, ten zaś za głowę go ścisnął i spokojnym być rozkazał. Lubił on niezmiernie Skrzetuskiego, jako dzielnego żołnierza i oficera, na którego we wszystkim można się było spuścić. Prócz tego był między nimi taki związek, jaki wytwarza się między podwładnym uwielbiającym z całej duszy zwierzchnika a zwierzchnikiem, który to czuje dobrze. Około księcia kręciło się niemało dworaków służących i schlebiających dla własnej korzyści, ale orli umysł Jeremiego wiedział dobrze, co o kim trzymać. Wiedział, że Skrzetuski był człowiek jak łza – cenił go więc i był mu wdzięczny za uczucie.

Z radością dowiedział się także, że jego ulubieniec pokochał córkę Wasyla Kurcewicza, starego sługi Wiśniowieckich, którego pamięć była tym droższą księciu, im była żałośniejszą.

– Nie z niewdzięczności to przeciw kniaziowi – rzekł – nie dowiadywałem się o dziewczynę, ale gdy opiekunowie nie zaglądali do Łubniów i żadnych skarg na nich nie odbierałem, sądziłem, iż są poczciwi. Skoroś mi jednak teraz ją przypomniał, będę o niej jak o rodzonej pamiętał.

Skrzetuski słysząc to nie mógł się nadziwić dobroci tego pana, któren zdawał się sobie samemu robić wyrzuty, że wobec nawału spraw rozlicznych nie zajął się losami dziecka dawnego żołnierza i dworzanina.

Tymczasem nadszedł pan Bychowiec.

– Mosanie – rzekł mu książę – słowo się rzekło; jeśli zechcesz, pojedziesz, aleć proszę, uczyń to dla mnie i ustąp funkcji Skrzetuskiemu. Ma on swoje szczególne, słuszne racje, by jej pożądać, a ja o innej pomyślę dla waści rekompensie.

– Mości książę – odparł Bychowiec – łaska to wysoka waszej książęcej mości, że mogąc rozkazać, na moją wolę to zdajesz, której łaski nie byłbym godzien nie przyjmując jej najwdzięczniejszym sercem.

– Podziękujże przyjacielowi – rzekł książę zwracając się do Skrzetuskiego – i idź gotować się do drogi.

Skrzetuski istotnie dziękował gorąco Bychowcowi, a w kilka godzin potem był gotów. W Łubniach od dawna trudno już mu było wysiedzieć, a ta ekspedycja dogadzała wszelkim jego życzeniom. Naprzód miał zobaczyć Helenę, a potem – prawda, że trzeba było się od niej na dłuższy czas oddalić, ale właśnie taki czas był potrzebny, by drogi po niezmiernych deszczach stały się dla kół możliwe do przebycia. Prędzej kniahini z Heleną nie mogły zjechać do Łubniów, musiałby więc Skrzetuski albo w Łubniach czekać, albo w Rozłogach przesiadywać, co byłoby przeciw układowi z kniahinią i – co więcej – obudziłoby podejrzenia Bohuna. Helena prawdziwie bezpieczną przeciw jego zamachom mogła być dopiero w Łubniach, gdy więc musiała koniecznie jeszcze dość długo w Rozłogach pozostawać, najlepiej wypadało Skrzetuskiemu odjechać, a za to z powrotem już pod zasłoną siły wojskowej książęcej ją zabrać. Tak obrachowawszy kwapił się namiestnik z wyjazdem i ułatwiwszy wszystko, wziąwszy listy i instrukcje od księcia, a pieniądze na ekspedycję od skarbnika, dobrze jeszcze przed nocą puścił się w drogę mając z sobą Rzędziana i czterdziestu semenów z kozackiej książęcej chorągwi.

VII

Było to już w drugiej połowie marca. Trawy puściły się bujno; perekotypola zakwitły, step zawrzał życiem. Rankiem namiestnik, jadąc na czele swych ludzi, jechał jakby morzem, którego falą ruchliwą była kołysana wiatrem trawa. A wszędy pełno wesołości i głosów wiosennych, krzyków, świergotu, pogwizdywań, kląskań, trzepotania skrzydeł, radosnego brzęczenia owadów: step brzmiący jak lira, na której gra ręka boża. Nad głowami jeźdźców jastrzębie tkwiące nieruchomie w błękicie na kształt pozawieszanych krzyżyków, trójkąty dzikich gęsi, sznury żurawiane; na ziemi gony zdziczałych tabunów: ot, leci stado koni stepowych, widać je, jak porą trawy piersią, idą jak burza i stają jak wryte otaczając jeźdźców półkolem; grzywy ich rozwiane, chrapy rozdęte, oczy zdziwione! Rzekłbyś: chcą roztratować nieproszonych gości. Ale chwila jeszcze – i pierzchają nagle, i nikną równie szybko, jak przybiegły; jeno trawy szumią, jeno kwiaty migocą! Tętent ucichł, znowu słychać tylko granie ptactwa. Niby wesoło, a jakiś smutek śród tej radości, niby gwarno, a pusto – o! a szeroko, a przestronno! Koniem nie zgonić, myślą nie zgonić... chyba te smutki, tę pustosz, te stepy pokochać i tęskną duszą krążyć nad nimi, na ich mogiłach spoczywać, głosu ich słuchać i odpowiadać.

Ranek był. Wielkie krople błyszczały na bylicach i burzanach, rzeźwe powiewy wiatru suszyły ziemię, na której po deszczach stały szerokie kałuże, jakoby jeziorka rozlane, w słońcu świecące. Poczet namiestnikowy posuwał się z wolna, bo trudno było pośpieszyć, gdy konie zapadały czasem po kolana w miękkiej ziemi. Ale namiestnik mało im dawał wytchnienia po wzgórkach mogilnych, bo śpieszył zarazem witać i żegnać. Jakoż drugiego dnia o południu, przejechawszy szmat lasu, dojrzał już wiatraki w Rozłogach rozrzucone po wzgórzach i pobliskich mogiłach. Serce mu biło jak młotem. Nikt go się tam nie spodziewa, nikt nie wie, że przyjedzie; co też ona powie, gdy go ujrzy? O, oto już i chaty „pidsusidków" poukrywane w młodych sadach wiśniowych; dalej wieś rozrzucona dworzyszczowych, a jeszcze dalej widnieje i żuraw studzienny na dworskim majdanie. Namiestnik wspiął konia i kopnął się cwałem, a za nim pocztowi; lecieli tak przez wieś z brzękiem i gwarem. Tu i owdzie chłop wypadł z chaty, popatrzył, przeżegnał się: czorty, nie czorty? Tatary, nie Tatary? Błoto tak pryska spod kopyt, że i nie poznasz, kto leci. A oni tymczasem dolecieli do majdanu i stanęli przed bramą zawartą.

– Hej tam! kto żyw, otwieraj!

Gwar, stukanie i ujadania psów wywołały ludzi ze dworu. Przypadli tedy do bramy wystraszeni, myśląc, że chyba najazd.

– Kto jedzie?

– Otwieraj!

– Kniaziów nie ma w domu.

– Otwierajże, pogański synu! My od księcia z Łubniów.

Czeladź poznała wreszcie Skrzetuskiego.

– A, to wasza miłość! Zaraz, zaraz!

Otworzono bramę, a wtem i sama kniahini wyszła przed sień i przykrywszy oczy ręką, patrzyła na przybyłych.

Skrzetuski zeskoczył z konia i zbliżywszy się do niej rzekł:

– Jejmość nie poznajesz mnie?

– Ach! to waszmość, panie namiestniku. Rozumiałam, że napad tatarski. Kłaniam i proszę do komnat.

– Dziwisz się zapewne waćpani – rzekł Skrzetuski, gdy weszli już do środka – widząc mnie w Rozłogach, a przeciem słowa nie złamał, gdyż to sam książę do Czehryna i dalej mnie posyła. Kazał mi przy tym w Rozłogach się zatrzymać i o wasze zdrowie zapytać.

– Wdzięcznam jego książęcej mości jako łaskawemu panu i dobrodziejowi. Prędkoż nas myśli z Rozłogów rugować?

– Nie myśli on o tym wcale, gdyż nie wie, że trzeba was rugować, a ja com powiedział, to będzie. Zostaniecie w Rozłogach; mam ja swego chleba dosyć.

Usłyszawszy to kniahini zaraz rozpogodziła się i rzekła:

– Siadajże waszmość i bądź sobie rad, jakom ja ci rada.

– A kniaziówna zdrowa? gdzie jest?

– Wiem ci ja, żeś nie do mnie przyjechał, mój kawalerze. Zdrowa ona, zdrowa; jeszcze dziewka od tych amorów potłuściała. Ale wraz ci jej zawołam, a i sama się trochę ogarnę, bo mi wstyd tak gości przyjmować.

Jakoż kniahini miała na sobie suknię ze spowiałego cycu, kożuch na wierzchu i jałowicze buty na nogach.

W tej chwili jednak Helena, choć i nie wołana, wbiegła do komnaty, bo się od Tatara Czechły dowiedziała, kto przyjechał. Wbiegłszy zdyszana i kraśna jak wiśnia, tchu prawie złapać nie mogła i tylko oczy śmiały się jej szczęściem i weselem. Skrzetuski skoczył jej ręce całować, a gdy kniahini dyskretnie wyszła, całował i usta, bo był człowiek porywczy. Ona też nie broniła się bardzo, czując, że niemoc opanowywa ją ze zbytku szczęścia i radości.

– A ja się waćpana nie spodziewałam – szeptała mrużąc swe śliczne oczy – ale już tak nie całuj, bo nie przystoi.

– Jak nie mam całować – odpowiedział rycerz – gdy mi miód nie tak słodki, jako usta twoje? Myślałem też, że już mi uschnąć przyjdzie bez ciebie, aż mnie sam książę tu wyprawił.

– To książę wie?

– Powiedziałem mu wszystko. A on jeszcze rad był, na kniazia Wasyla wspomniawszy. Ej, chybaś ty mi co zadała, dziewczyno, że już i świata za tobą nie widzę!

– Łaska to boża takie zaślepienie twoje.

– A pamiętasz jeno ten omen, który raróg uczynił, gdy nam ręce ku sobie ciągnął. Znać było już przeznaczenie.

– Pamiętam...

– Jakem też od tęskności chodził w Łubniach na Sołonicę, tom cię tak prawie, jako żywą, widywał, a com wyciągnął ręce, toś nikła. Ale mi więcej nie umkniesz, gdyż tak myślę, że nic nam już nie stanie na wstręcie.

– Jeśli co stanie, to nie wola moja.

– Powiedzże mi jeszcze raz, że mnie miłujesz.

Helena spuściła oczy, ale odrzekła z powagą i wyraźnie:

– Jako nikogo w świecie.

– Żeby mnie kto złotem i dostojeństwy obsypał, wolałbym takie słowa twoje, bo czuję, że prawdę mówisz, choć sam nie wiem, czym na takowe dobrodziejstwa od ciebie zarobić mogłem.

– Boś miał litość dla mnie, boś mnie przygarnął i ujmował się za mną, i takimi słowy do mnie mówił, jakich wprzódy nigdy nie słyszałam.

Helena zamilkła ze wzruszenia, a porucznik począł na nowo całować jej ręce.

– Panią mi będziesz, nie żoną – rzekł.

I przez chwilę milczeli, tylko on wzroku z niej nie spuszczał chcąc sobie długie niewidzenie nagrodzić. Wydała mu się jeszcze piękniejszą niż dawniej. Jakoż w tej ciemnawej świetlicy, w grze promieni słonecznych rozłamujących się w tęczę na szklanych gomółkach okien, wyglądała jak owe obrazy świętych dziewic w mrocznych kościelnych kaplicach. A jednocześnie biło od niej takie ciepło i życie, tyle rozkosznych niewieścich ponęt i uroków malowało się w twarzy i całej postaci, że można było głowę stracić, rozkochać się na śmierć, a kochać na wieczność.

– Od twojej gładkości chyba mi oślepnąć przyjdzie! – rzekł namiestnik.

Białe ząbki kniaziówny wesoło błysnęły w uśmiechu.

– Pewnie panna Anna Borzobohata ode mnie stokroć gładsza!

– Tak jej do ciebie, jako właśnie cynowej misie do miesiąca.

– A mnie imć Rzędzian co innego powiadał.

– Imć Rzędzian wart w gębę. Co mnie tam po onej pannie! Niech inne pszczoły z tego kwiatu miód biorą, a jest ich tam niemało.

Dalszą rozmowę przerwało wejście starego Czechły, który przyszedł witać namiestnika. Uważał go on już za swego przyszłego pana, więc kłaniał mu się od proga, oddając mu wschodnim obyczajem salamy.

– No, stary Czechły, wezmę i ciebie z panienką. Już też jej służ do śmierci.

– Niedługo jej czekać, wasza miłość, ale póki życia, póty służby. Bóg jeden!

– Za jaki miesiąc, gdy z Siczy wrócę, ruszymy do Łubniów – rzekł namiestnik zwracając się do Heleny – a tam ksiądz Muchowiecki ze stułą czeka.

Helena przestraszyła się:

– To ty na Sicz jedziesz?

– Książę posyła z listami. Aleć się nie bój. Osoba posła i u pogan święta. Ciebie zaś z kniahinią wyprawiłbym choć zaraz do Łubniów, jeno drogi straszne. Sam widziałem – i koniem nie bardzo przejedzie.

– A długo w Rozłogach zostaniesz?

– Dziś jeszcze na wieczór do Czehryna ruszam. Prędzej pożegnam, prędzej powitam. Zresztą służba książęca: nie mój czas, nic moja wola.

– Proszę na posiłek, jeśli amorów i gruchania dosyć – rzekła wchodząc kniahini. – Ho! ho! policzki ma dziewczyna czerwone, snadź nie próżnowałeś, panie kawalerze! No, ale się wam nie dziwię.

To rzekłszy poklepała łaskawie Helenę po ramieniu i poszli na obiad.

Kniahini była w doskonałym humorze. Bohuna odżałowała już dawno, a teraz wszystko składało się tak dzięki hojności namiestnika, że Rozłogi *„cum boris, lasis, graniciebus et coloniis"* mogła już uważać za swoje i swoich synów.

A były to przecie dobra niemałe.

Namiestnik wypytywał o kniaziów, czy prędko wrócą.

– Lada dzień się już ich spodziewam. Gniewno im było z początku na waćpana, ale potem, zważywszy twoje postępki, bardzo cię jako przyszłego krewniaka polubili, bo prawią, że takiej fantazji kawalera trudno już w dzisiejszych miękkich czasach znaleźć.

Po skończonym obiedzie namiestnik z Heleną wyszli do sadu wiśniowego, który tuż do fosy za majdanem przytykał. Sad był, jako śniegiem, wczesnym kwieciem obsypany, za sadem czerniała dąbrowa, w której kukała kukułka.

– Na szczęśliwą to nam wróżbę – rzekł pan Skrzetuski – ale trzeba się popytać.

I zwróciwszy się ku dąbrowie pytał:

– Zazulu niebożę, a ile lat będziem żyć w stadle z tą oto panną?

Kukułka poczęła kukać i kukać. Naliczyli pięćdziesiąt i więcej.

– Dajże tak, Boże!

– Zazule zawsze prawdę mówią – zauważyła Helena.

– A kiedy tak, to jeszcze będę pytał! – rzekł rozochocony namiestnik.

I pytał:

– Zazulu niebożę, a siła mieć będziem chłopczysków?

Kukułka, jakby zamówiona, zaraz poczęła odpowiadać i wykukała ni mniej, ni więcej, jak dwanaście.

Pan Skrzetuski nie posiadał się z radości.

– Ot, starostą zostanę, jak mnie Bóg miły! Słyszałaś waćpanna? hę?

– Zgoła nie słyszałam – odpowiedziała czerwona jak wiśnia Helena – nawet nie wiem, o coś pytał.

– To może powtórzyć?

– I tego nie trzeba.

Na takich rozmowach i zabawach zeszedł im dzień jak sen. Wieczorem nadeszła chwila czułego, długiego pożegnania – i namiestnik ruszył ku Czehrynowi.

VIII

W Czehrynie zastał pan Skrzetuski starego Zaćwilichowskiego w wielkim wzruszeniu i gorączce; wyglądał on niecierpliwie książęcego posłańca, bo z Siczy coraz groźniejsze dochodziły wieści. Nie ulegało już wątpliwości, że Chmielnicki gotował się zbrojną ręką swoich krzywd i dawnych kozackich przywilejów dochodzić. Zaćwilichowski miał o nim wiadomości, iż w Krymie bawił u chana żebrząc pomocy tatarskiej, z którą już lada dzień był w Siczy spodziewany. Gotowała się tedy walna z Niżu do Rzeczypospolitej wyprawa, która przy pomocy tatarskiej mogła być zgubną. Burza rysowała się coraz bliżej, wyraźniej, straszniej. Już nie głuche, nieokreślone trwogi przebiegały Ukrainę, ale po prostu pewność rzezi i wojny. Hetman wielki, który z początku niewiele sobie z całej sprawy robił, przysunął się teraz z wojskiem do Czerkas; wysunięte placówki wojsk koronnych dochodziły aż do Czehryna, a to głównie, by zbiegostwo powstrzymać. Kozacy bowiem grodowi i czerń masami poczęli na Sicz uciekać. Szlachta kupiła się po miastach. Mówiono, że pospolite ruszenie ma być w południowych województwach ogłoszone. Niektórzy też i nie czekając na wici odsyłali żony i dzieci do zamków, a sami ciągnęli pod Czerkasy. Nieszczęsna Ukraina rozdzieliła się na dwie połowy: jedna śpieszyła na Sicz, druga do obozu koronnego; jedna opowiadała się przy istniejącym porządku rzeczy, druga przy dzikiej swobodzie; jedna pragnęła zachować to, co było owocem wiekowej pracy, druga pragnęła jej owo dobro odjąć. Obie wkrótce miały bratnie ręce we własnych wnętrznościach ubroczyć. Straszliwy zatarg, zanim wyszukał sobie haseł religijnych, które dla Niżu obce były zupełnie, zrywał się jako wojna socjalna.

Ale jakkolwiek czarne chmury skłębiły się na widnokręgu ukraińskim, jakkolwiek padała od nich noc złowroga, jakkolwiek we wnętrzu ich kłębiło się i huczało, a grzmoty przewalały się z końca w koniec, ludzie nie zdawali sobie jeszcze sprawy, do jakiego stopnia burza się rozpęta. Może nie zdawał sobie z tego sprawy i sam Chmielnicki, który tymczasem słał listy do pana krakowskiego, do komisarza kozackiego i do chorążego koronnego, pełne skarg i biadań, a zarazem zaklęć wierności dla Władysława IV i Rzplitej. Chciał-li zyskać na czasie, czy też przypuszczał, że jaki układ może jeszcze koniec zatargowi położyć? – różni różnie sądzili – dwóch tylko ludzi nie łudziło się ani przez jedną godzinę.

Ludźmi tymi byli Zaćwilichowski i stary Barabasz.

Stary pułkownik odebrał również list od Chmielnickiego. List był szyderczy, groźny i pełen obelg. „Zaczniemy z całym wojskiem zaporoskim – pisał Chmielnicki – gorąco prosić i apelować, by stało się zadość onym przywilejom, które wasza miłość u siebie taiłeś. A żeś je tail dla własnych korzyści i pożytków, przeto całe wojsko zaporoskie czyni cię godnym pułkownikować owcom albo świniom, nie ludziom. Ja zaś proszę o przebaczenie waszej miłości, jeśli w czym mu nie wygodziłem w ubogim domu moim w Czehrynie, na prażniku św. Mikołaja – i żem odjechał na Zaporoże bez wiadomości i pozwolenia."

– Patrzcie waszmościowie – mówił do Zaćwilichowskiego i Skrzetuskiego Barabasz – jak to naigrawa się ze mnie, a przecież jam to go wojny uczył i prawie ojcem mu byłem.

– Zapowiada tedy, że z całym wojskiem zaporoskim upominać się o przywileje będzie – rzekł Zaćwilichowski. – Wojna to jest po prostu domowa, od wszystkich wojen straszniejsza.

Na to Skrzetuski:

– Widzę, że mi się trzeba śpieszyć; dajcie mi waszmościowie listy do tych, z którymi w komitywę wejść mi przyjdzie.

– Do atamana koszowego masz waść?

– Mam od samego księcia.

– Dam ci tedy do jednego kurzeniowego, a imć Barabasz ma tam też krewniaka Barabasza; od nich dowiesz się wszystkiego. A kto wie, czy to już nie za późno na takową ekspedycję. Chce książę wiedzieć, co tam naprawdę słychać? – krótka odpowiedź: źle słychać! A chce wiedzieć, czego się trzymać? – krótka rada: zebrać jak najwięcej wojska i z hetmany się połączyć.

– To pchnijcie do księcia gońca z odpowiedzią i radą – rzekł pan Skrzetuski. – Ja muszę jechać, bom tam posłan i decyzji książęcej zmieniać nie mogę.

– A czy wiesz waść, że to okrutnie niebezpieczna wyprawa? – rzekł Zaćwilichowski. – Tu już lud tak wzburzony, że osiedzieć się trudno. Gdyby nie bliskość koronnego wojska, czerń rzuciłaby się na nas. A cóż dopiero tam! Leziesz jakoby smokowi w gardło.

– Mości chorąży! Jonasz był już w brzuchu wielorybim, nie w gardle, a za pomocą bożą wylazł zdrowo.

– Jedź tedy. Chwalę twoją rezolucję. Do Kudaku możesz waść dojechać bezpiecznie, tam się rozpatrzysz, co ci dalej czynić przystoi. Grodzicki stary żołnierz, on najlepsze da ci instrukcje. A do księcia ja sam pewnie ruszę; jeśli się mam bić na swoje stare lata, to wolę pod nim niż pod kim innym. Tymczasem bajdak albo dombazę i przewoźników dla waci przygotuję, którzy cię do Kudaku zawiozą.

Skrzetuski wyszedł i udał się prosto do swojej kwatery na rynek, do domu księcia, by ostatnie do odjazdu poczynić przygotowania. Mimo niebezpieczeństw tej podróży, o których mu prawił Zaćwilichowski, namiestnik nie bez pewnego ukontentowania myślał o niej. Miał zobaczyć Dniepr w całej niemal długości, aż do Niżu, i porohy, a była to dla ówczesnego rycerstwa ziemia jakby zaczarowana, tajemnicza, do której ciągnął wszelki duch przygód chciwy.

Niejeden całe życie na Ukrainie strawił, a nie mógł się pochwalić, by Sicz widział – chyba żeby chciał zapisać się do bractwa, a do tego mniej już między szlachtą było ochotników. Czasy Samka Zborowskiego przeszły i nie miały wrócić więcej. Rozbrat między Siczą a Rzecząpospolitą, który powstał za czasów Nalewajki i Pawluka, nie tylko nie ustawał, ale zwiększał się coraz bardziej i napływ na Sicz herbowego ludu, nie tylko polskiego, ale i ruskiego, nie różniącego się od Niżowców ni mową, ni wiarą, znacznie był mniejszy. Tacy Bułyhowie Kurcewicze niewielu znajdowali naśladowców; w ogóle na Niż do bractwa gnało teraz szlachtę chyba nieszczęście, banicja, słowem, winy do odpokutowania niepodobne.

Toteż jakaś tajemnica, nieprzenikniona jako mgły Dnieprowe, otoczyła drapieżną niżową rzeczpospolitą. Opowiadano o niej cuda, które pan Skrzetuski własnymi oczyma ciekaw był oglądać.

Nie spodziewał się też, co prawda, stamtąd nie wrócić. Co poseł, to poseł, zwłaszcza od księcia Jeremiego.

Tak rozmyślając wyglądał przez okno ze swej kwatery na rynek. Tymczasem upłynęła jedna godzina i druga, gdy nagle Skrzetuskiemu wydało się, że spostrzega dwie jakieś znane postacie zmierzające ku Dzwonieckiemu Kątowi, gdzie był sklep Wołocha Dopuła.

Przypatrzył się pilnie: był to pan Zagłoba z Bohunem.

Szli trzymając się pod ręce i wkrótce znikli w ciemnych drzwiach, nad którymi sterczała wiecha oznaczająca szynk i winiarnię.

Namiestnika zdziwiła i bytność Bohuna w Czehrynie, i przyjaźń jego z panem Zagłobą.

– Rzędzian! sam tu! – zawołał na pachołka.

Pachołek ukazał się we drzwiach przyległej izby.

– Słuchaj no, Rzędzian: pójdziesz do winiarni, ot, tam pod wiechę; znajdziesz tam grubego szlachcica z dziurą w czele i powiesz mu, że ktoś, co ma pilną do niego sprawę, chce go widzieć. A jeśliby pytał kto, nie mów.

Rzędzian skoczył i po niejakim czasie namiestnik ujrzał go wracającego w towarzystwie pana Zagłoby.

– Witaj waszmość! – rzekł pan Skrzetuski, gdy szlachcic ukazał się we drzwiach izby. – Czy mnie sobie przypominasz?

– Czy sobie przypominam? Niechże mnie Tatarzy na łój przetopią i świece ze mnie do meczetów porobią, jeślim zapomniał! Waść to kilka miesięcy temu otworzyłeś drzwi u Dopuła Czaplińskim, co mnie szczególnie do smaku przypadło, gdyż takim samym sposobem uwolniłem się raz z więzienia w Stambule. A co porabia pan Powsinoga herbu Zerwipludry razem ze swoją innocencją i mieczem? Czy zawsze mu wróble na głowie siadają biorąc go za uschłe drzewo?

– Pan Podbipięta zdrów i kazał się kłaniać waszmości.

– Wielce to jest bogaty szlachcic, ale srodze głupi. Jeśli zetnie takie trzy głowy, jak jego własna, to mu to uczyni dopiero półtorej, bo zetnie trzech półgłówków. Tfu! jakie gorąco, choć to dopiero marzec! Język w gardle zasycha.

– Mam ja trojniak bardzo przedni, może waść kusztyczek pozwoli?

– Kiep odmawia, gdy nie kiep prosi. Właśnie mi cyrulik miód pić zalecił, żeby mi melancholię od głowy odciągnęło. Ciężkie bo to czasy na szlachtę się zbliżają: *dies irae et calamitatis*. Czapliński zdechł ze strachu, do Dopuła nie chodzi, bo tam starszyzna kozacka pije. Ja jeden stawiam mężnie czoło niebezpieczeństwom i dotrzymuję onym pułkownikom kompanii, choć ich pułkownictwo dziegciem śmierdzi. Dobry miód!... istotnie bardzo przedni. Skąd go waść masz?

– Z Łubniów. To dużo starszyzny tu jest?

– Kogo tu nie ma! Fedor Jakubowicz jest, stary Filon Dziedziała jest, Daniel Neczaj jest, a z nimi ich oczko w głowie Bohun, który stał mi się przyjacielem od czasu, jakem go przepił i obiecałem go adoptować. Wszyscy oni śmierdzą teraz w Czehrynie i patrzą, w którą stronę się obrócić, bo nie śmią jeszcze otwarcie przy Chmielnickim się opowiedzieć. Ale jeśli się nie opowiedzą, to będzie moja zasługa.

– A to jakim sposobem?

– Bo pijąc z nimi, dla Rzeczypospolitej ich kaptuję i do wierności namawiam. Jeśli król nie da mnie za to starostwa, to wierzaj waćpan, nie ma justycji w tej Rzeczypospolitej ani rekompensy dla zasług i lepiej pono kury sadzać niż głowę *pro publico bono narażać.*

– Lepiej byś waćpan narażał bijąc się z nimi, ale widzi mi się, że pieniądze tylko próżno wyrzucasz na traktamenty, bo tą drogą ich nie skaptujesz.

– Ja pieniądze wyrzucam? Za kogo mnie waszmość masz? To nie dość, że pospolituję się z chamami, żebym jeszcze za nich miał płacić? Za fawor to uważam, że im pozwalam płacić za siebie.

– A ówże Bohun co tu porabia?

– On? Nadstawia ucha, co od Siczy słychać, jak i inni. Po to tu przybył. To kochanek wszystkich Kozaków. Wdzięczą się oni do niego na kształt małpów, bo to jest pewna, że perejasławski pułk za nim, nie za Łobodą pójdzie. A kto wie także, za kim regestrowi Krzeczowskiego pociągną? Brat Bohun Niżowcom, jak trzeba iść na Turka lub Tatara, ale teraz bardzo kalkuluje, bo mi po pijanemu wyznał, iż się w szlachciance kocha i chce się z nią żenić, przeto nie wypada mu w wigilię ślubu z chłopy się bratać. Toć on chce, bym go adoptował i do herbu przypuścił... Bardzo przedni ten waszmościów trojniak!

– Wypijże waść jeszcze.

– Wypiję, wypiję. Nie pod wiechami to taki trojniak przedają.

– Nie pytałeś się też wasze, jak się nazywa owa szlachcianka, z którą Bohun chce się żenić?

– Mospanie, a co mnie obchodzi jej nazwisko? Wiem tylko, że jak Bohunowi rogi przyprawię, to się będzie nazywać pani jeleniowa.

Namiestnik uczuł nagle wielką ochotę trzepnąć w ucho pana Zagłobę, ten zaś nie spostrzegłszy się na niczym mówił dalej:

– Za młodych lat był ze mnie gładysz nie lada. Żebym tylko waści opowiedział, za co palmę w Galacie otrzymałem! Widzisz tę dziurę na moim czele? Dość, gdy ci powiem, że mi ją rzezańcy w seraju tamecznego baszy wybili.

– A mówiłeś, że kula rozbójnicka?

– Mówiłem? Tom dobrze mówił! Każdy Turczyn rozbójnik – tak mnie Panie Boże dopomóż!

Dalszą rozmowę przerwało wejście Zaćwilichowskiego.

– No, mości namiestniku – rzekł stary chorąży – bajdaki gotowe, przewoźników masz ludzi pewnych: ruszajże w imię boże, choćby i zaraz. A oto listy.

– To każę ludziom zaraz ruszać na brzeg.

– A gdzie waść się wybierasz? – spytał pan Zagłoba.

– Do Kudaku.

– Gorąco tam ci będzie.

Ale namiestnik nie słyszał już przepowiedni, bo wyszedł z izby na podwórzec, gdzie przy koniach stali semenowie prawie już gotowi do podróży.

– Na koń i na brzeg! – zakomenderował pan Skrzetuski. – Konie wprowadzić na statki i czekać na mnie!

Tymczasem w izbie stary chorąży rzekł do Zagłoby:

– Słyszałem, że podobno waść teraz pułkownikom kozackim dworujesz i z nimi pijesz.

– *Pro publico bono*, mości chorąży.

– Obrotny masz waść dowcip i podobno od wstydu większy. Chcesz sobie Kozaków *in poculis* skonwinkować, by przyjaciółmi ci byli w razie zwycięstwa.

– Choćbym też, będąc męczennikiem tureckim, nie chciał zostać i kozackim, nie byłoby nic dziwnego, bo dwa grzyby mogą najlepszy barszcz popsować. A co do wstydu, nikogo nie zapraszam, by go pił ze mną – sam go wypiję, i da Bóg, że mi nie będzie gorzej od tego miodu smakował. Zasługa jako olej musi na wierzch wypłynąć.

W tej chwili wrócił Skrzetuski.

– Ludzie już ruszają – rzekł.

Zaćwilichowski nalał miarkę:

– Za szczęśliwą podróż!

– I zdrowy powrót! – dodał pan Zagłoba.

– Będzie się wam dobrze jechało, bo woda ogromna.

– Siadajcie waszmościowie, wypijem resztę. Niewielki to antałek.

Siedli i pili.

– Ciekawy kraj waść zobaczysz – mówił Zaćwilichowski. –A kłaniaj się panu Grodzickiemu w Kudaku! Ej, żołnierz to, żołnierz! Na końcu świata siedzi, daleko od hetmańskich oczu, a porządek u niego taki, że daj Boże w całej Rzeczypospolitej podobny. Znam ja dobrze Kudak i porohy. Za dawnych lat częściej się tam jeździło – i aż duszy smutno; gdy się pomyśli, że to przeszło, minęło, a teraz...

Tu chorąży wsparł mleczną głowę na ręku i zadumał się głęboko. Nastała chwila ciszy, słychać było tylko tupot koński w bramie, bo ostatek ludzi pana Skrzetuskiego wyjeżdżał na brzeg ku bajdakom.

– Mój Boże! – mówił ocknąwszy się z zadumy Zaćwilichowski – a jednak dawniej, choć i wśród rozterków, lepsze bywały czasy. Ot, pamiętam jak dziś, pod Chocimem, dwadzieścia siedem lat temu! Gdy husaria szła pod Lubomirskim do ataku na janczarów, to mołojcy w swoim okopie rzucali czapki w górę i krzyczeli, aż ziemia drżała, do Sahajdacznego: „Puskaj, bat′ku, z Lachami umiraty!” A dziś co? Dziś Niż, który winien być przedmurzem chrześcijaństwa, puszcza Tatarów w granice Rzeczypospolitej, by się na nich rzucić dopiero wtedy, gdy z łupem będą wracali. Dziś gorzej: bo oto Chmielnicki łączy się wprost z Tatary, z którymi chrześcijan będzie do kompanii mordował...

– Wypijmy na ten smutek! – przerwał Zagłoba. – Co to za trojniak!

– Dajże, Boże, jak najprędzej mogiłę, by na wojnę domową nie patrzyć – mówił dalej stary chorąży. – Wspólne winy mają się we krwi obmywać, aleć nie będzie to krew odkupienia, boć tu i brat będzie mordował. Kto na Niżu? Rusini. A kto w wojsku księcia Jaremy? Kto w pocztach pańskich? Rusini. A małoż ich w obozie koronnym? A ja sam kto taki? Hej, nieszczęsna Ukraino, krymscy poganie włożą ci łańcuch na szyję i na galerach tureckich wiosłować będziesz!

– Nie biadajcież tak, mości chorąży! – rzecze pan Skrzetuski – bo już chyba ślozy z oczu nam pójdą. Może też jeszcze pogodne słońce nam zaświeci!

Ale słońce zachodziło właśnie, a ostatnie jego promienie padały czerwonym blaskiem na białe włosy chorążego.

W mieście dzwoniono na „Anioł Pański" i na pochwalnię.

Wyszli. Pan Skrzetuski poszedł do kościoła, pan Zaćwilichowski do cerkwi, a pan Zagłoba do Dopuła w Dzwoniecki Kąt.

Ciemno już było, gdy się znowu zeszli nad brzegiem Taśminowej przystani. Ludzie pana Skrzetuskiego siedzieli już w bajdakach. Przewoźnicy wnosili jeszcze ładunki. Zimny wiatr ciągnął od pobliskiego ujścia do Dniepru i noc obiecywała być niezbyt pogodna. Przy świetle ognia palącego się nad brzegiem woda rzeki połyskiwała krwawo i zdawała się z niezmierną chyżością uciekać gdzieś w nieznaną ciemność.

– No, szczęśliwej drogi! – mówił chorąży ściskając serdecznie dłoń młodzieńca. – A pilnuj się waść!

– Nie zaniecham niczego. Bóg da, że niedługo się zobaczymy.

– Chyba w Łubniach albo w obozie książęcym.

– To waszmość już koniecznie do księcia?

Zaćwilichowski podniósł ramiona w górę:

– A co mnie? Kiedy wojna, to wojna!

– Zostawajże waszmość w dobrym zdrowiu, mości chorąży.

– Niechże cię Bóg strzeże!

– *Vive valeque!* – wołał Zagłoba. – A jeśli woda aż do Stambułu waści zaniesie, to kłaniaj się sułtanowi. Albo też: jechał go sęk!... Bardzo to zacny był trojniak!... Brr! jak tu zimno!

– Do widziska!

– Do obaczyska!

– Niech Bóg prowadzi!

Zaskrzypiały wiosła i plusnęły o wodę, bajdaki popłynęły. Ogień palący się na brzegu począł oddalać się szybko. Przez długi czas Skrzetuski widział jeszcze sędziwą postać chorążego oświeconą płomieniem stosu i jakiś smutek ścisnął mu nagle serce. Niesie go ta woda, niesie, ale oddala od serc życzliwych i od ukochanej, od krain znanych; niesie go nieubłaganie jak przeznaczenie, ale w dzikie strony, w ciemność...

Wypłynęli z ujścia Taśminowego na Dniepr.

Wiatr świstał, wiosła wydawały plusk jednostajny a smutny. Przewoźnicy poczęli śpiewać:

> *Oj, to te pili, pilili,*
> *Ne tumany ustawali.*

Skrzetuski obwinął się w burkę i położył na posłaniu, które umocili dla niego żołnierze. Począł myśleć o Helenie, o tym, że ona dotąd nie w Łubniach, że Bohun został, a on odjeżdża. Obawa, złe przeczucia, troski obsiadły go jak kruki. Począł mocować się z nimi, aż się znużył, myśli mu się mąciły, zmieszały jakoś dziwnie z poświstem wiatru, z pluskiem wioseł, z pieśniami rybaków – i usnął.

IX

Nazajutrz zbudził się świeży, zdrów i z weselszą myślą. Pogoda była cudna. Szeroko rozlane wody marszczyły się w drobne zmarszczki od lekkiego i ciepłego powiewu.

Brzegi były w tumanie i zlewały się z płaszczyzną wód w jedną nieprzejrzaną równinę. Rzędzian, zbudziwszy się i przetarłszy oczy, aż się przestraszył. Spojrzał zdziwionymi oczyma dookoła, a nie widząc nigdzie brzegu rzekł:

– O dla Boga! mój jegomość, to my już chyba na morzu jesteśmy...

– Rzeka to tak potężna, nie morze – odpowiedział Skrzetuski – a brzegi obaczysz, gdy mgła opadnie.

– Myślę, że niedługo już nam i na Turecczyznę wędrować przyjdzie.

– Powędrujemy, jeśli nam każą; widzisz zresztą, że nie sami płyniemy.

Jakoż w promieniu oka widać było kilkanaście bajdaków, dombaz, czyli tumbasów, i wąskich czarnych czółen kozackich obszytych sitowiem, a zwanych pospolicie czajkami. Jedne z tych statków płynęły z wodą unoszone bystrym prądem, inne pięły się pracowicie w górę rzeki, wspomagane wiosłami i żaglem. Wiozły one rybę, wosk, sól i suszone wiśnie do miast brzegowych lub też wracały z okolic zamieszkałych obładowane zapasami żywności dla Kudaku i towarem, który chętny znajdował pokup na Kramnym Bazarze w Siczy. Brzegi Dnieprowe były już od ujścia Pszoły zupełną pustynią, na której gdzieniegdzie tylko bielały kozackie zimowniki, ale rzeka stanowiła gościniec łączący Sicz z resztą świata, więc też i ruch bywał na niej dość znaczny, zwłaszcza gdy przybór wody ułatwiał żeglugę i gdy nawet porohy prócz Nienasytca stawały się dla statków idących w dół rzeki możliwe do przebycia.

Namiestnik przypatrywał się z ciekawością temu życiu rzecznemu, a tymczasem bajdaki jego mknęły szybko ku Kudakowi. Mgła opadła, brzegi zarysowały się wyraźnie. Nad głowami płynących ulatywały miliony ptactwa wodnego, pelikanów, dzikich gęsi, żurawi, kaczek i czajek, kulonów i rybitew; w oczeretach przybrzeżnych słychać było taki gwar, takie kotłowanie się wody i szum skrzydeł, że rzekłbyś, iż odbywają się tam sejmy lub wojny ptasie.

Brzegi za Krzemieńczugiem stały się niższe i otwarte.

– Patrz no jegomość! – wykrzyknął nagle Rzędzian – dyć to niby to słońce piecze, a śnieg leży na polach.

Skrzetuski spojrzał: istotnie, jak okiem sięgnął, jakiś biały pokład błyszczał w promieniach słońca po obu stronach rzeki.

– Hej, starszy! a co to się tam bieli? – spytał retmana.

– Wiszni, pane! – odpowiedział starszy.

Były to istotnie lasy wiśniowe złożone z karłowatych drzew, którymi oba brzegi szeroko były za ujściem Pszoły porośnięte. Owoc ich, słodki i wielki, dostarczał jesienią pożywienia ptactwu, zwierzętom i ludziom zbłąkanym w pustyni, a zarazem stanowił przedmiot handlu, który wożono bajdakami aż do Kijowa i dalej. Teraz lasy osypane były kwieciem. Gdy zbliżyli się do brzegu, by ludziom wiosłującym dać wypoczynek, namiestnik z Rzędzianem wysiedli chcąc się bliżej owym gajom przypatrzyć. Ogarnął ich tak upajający zapach, iż zaledwie mogli oddychać. Mnóstwo płatków leżało już na ziemi. Miejscami drzewka stanowiły gąszcz nieprzenikniony. Między wiśniami rosły także obficie dzikie karłowate migdały, okryte kwieciem różowym, wydającym jeszcze silniejszy zapach. Miliony trzmielów, pszczół i barwnych motylów unosiły się nad owym pstrym morzem kwiatów, którego końca nie można było dojrzeć.

– Cuda to, panie, cuda! – mówił Rzędzian. – I czemu tu ludzie nie mieszkają? Zwierza tu także widzę dostatek.

Jakoż między krzakami wiśniowymi smykały zające szare, białe i niezliczone stada wielkich błękitnonogich przepiórek, których kilka Rzędzian z guldynki ustrzelił, ale ku wielkiemu umartwieniu dowiedział się potem od ,,starszego'', że mięso ich jest trucizną.

Na miękkiej ziemi widać też było ślady jeleni i suhaków, a z dala dochodziły odgłosy podobne do rechtania dzikich świń.

Podróżnicy napatrzywszy się i odpocząwszy ruszyli dalej. Brzegi to wznosiły się, to stawały się płaskie odkrywając widok na śliczne dąbrowy, lasy, uroczyska, mogiły i rozłożyste stepy. Okolica wydawała się tak przepyszną, że Skrzetuski mimo woli powtarzał sobie pytanie Rzędziana: czemu tu ludzie nie mieszkają? Ale na to trzeba było, by jaki drugi Jeremi Wiśniowiecki objął te pustynie; urządził i bronił od napadów Tatarów i Niżowych.Miejscami rzeka tworzyła łachy, zakręty, zalewała jary, biła spienioną falą o skały brzeżne i wypełniała wodą ciemne jaskinie skalne. W takich to jaskiniach i zakrętach bywały kryjówki i schowania kozacze. Ujścia rzek, pokryte lasem sitowia, oczeretów i szuwarów, aż czerniły się od mnogości ptactwa, słowem: świat dziki, przepaścisty, miejscami zapadły a pusty i tajemniczy roztoczył się przed oczyma naszych wędrowców.

Żegluga stała się przykrą, bo z powodu ciepłego dnia pokazywały się roje zjadliwych komarów i rozmaitych nie znanych na suchym stepie insektów, a niektóre z nich, na palec grube, ciurkiem krew po ukąszeniu puszczały.

Wieczorem przybyli do wyspy Romanówki, której ognie z daleka było widać, i zatrzymali się na nocleg. Rybacy, którzy przybiegli popatrzyć na poczet namiestnika, mieli koszule, twarz i ręce całkiem pomazane dziegciem dla obrony od ukąszeń. Byli to ludzie grubych obyczajów i dzicy; na wiosnę zjeżdżali się tu tłumnie dla połowu i wędzenia ryb, które potem rozwozili do Czehryna, Czerkas, Perejasławia i Kijowa. Rzemiosło ich było trudne, ale zyskowne z powodu obfitości ryb, które latem stawały się nawet klęską tych okolic, zdychając bowiem dla braku wody po łachach i tak zwanych „cichych kątach", zarażały zgnilizną powietrze.

Dowiedział się od rybaków namiestnik, że wszyscy Niżowcy, którzy również zajmowali się tu połowem, od kilku dni opuścili wyspę i udali się na Niż, wezwani przez atamana koszowego. Co noc też widywano z wyspy ognie, które palili na stepie zbiegowie na Sicz podążający. Rybacy wiedzieli, że gotuje się wyprawa „na Lachiw", i wcale nie ukrywali się z tym przed namiestnikiem. Widział tedy pan Skrzetuski, że jego ekspedycja może istotnie jest spóźnioną; może, nim dojedzie do Siczy, pułki mołojców ruszą już na północ, ale kazano mu jechać, więc, jako prawy żołnierz, nie rozumował i postanowił dotrzeć choćby w środek zaporoskiego obozu.

Nazajutrz rano wyruszyli w dalszą drogę. Pominęli cudny Tareński Róg, Suchą Górę i Koński Ostróg sławny ze swoich bagien i mnóstwa gadzin, które go niezdatnym do mieszkania czyniły. Wszystko tu już, i dzikość okolicy, i zwiększony pęd wód, zwiastowało bliskość porohów. Aż wreszcie wieża kudacka zarysowała się na widnokręgu – pierwsza część podróży była skończona.

Namiestnik jednak nie dostał się tego wieczora do zamku, bo pan Grodzicki zaprowadził taki porządek, że gdy przed zachodem słońca wybito hasło, nie wpuszczano nikogo z zamku i do zamku i gdyby nawet sam król przyjechał, musiałby nocować w Słobódce stojącej pod wałami fortecy.

Tak też uczynił i namiestnik. Nocleg to był niezbyt wygodny, bo chaty w Słobódce, których znajdowało się ze sześćdziesiąt, ulepione z gliny, tak były szczupłe, iż do niektórych okrakiem trzeba było włazić. Innych też nie opłaciło się budować, bo je forteca za każdym napadem tatarskim w perzynę obracała, a to dlatego, by nie dawały napastnikom zasłony i bezpiecznego do wałów przystępu. Mieszkali w onej Słobódce ludzie „zachozi", to jest przybłędowie z Polski, Rusi, Krymu i Wołoszy. Każden tu był niemal innej wiary, ale tam o to nikt nie pytał. Gruntów nie wyrabiali dla niebezpieczeństwa od ordy, żywili się rybą i zbożem dostawianym z Ukrainy, pili palankę z prosa, a trudnili się rzemiosłami, dla których w zamku ich ceniono.

Namiestnik oka prawie zmrużyć nie mógł dla nieznośnego zapachu końskich skór, z których rzemienie w Słobódce wyprawiano. Nazajutrz świtaniem, jak tylko wydzwoniono i na trąbach wygrano „rozbudzenie", dał znać do zamku, iż poseł książęcy przybył i prosi o przyjęcie. Grodzicki, który świeżo miał w pamięci wizytę książęcą, sam na jego spotkanie wyszedł. Był to człowiek pięćdziesięcioletni, jednooki jak cyklop i posępny, bo siedząc w pustyni na końcu świata i nie widując ludzi zdziczał, a sprawując nieograniczoną władzę nabrał powagi i surowości. Twarz mu przy tym zeszpeciła ospa, a ozdobiły nacięcia szabel i blizny od strzał tatarskich, podobne do białych piętn na ciemnej skórze. Był to jednak żołnierz szczery, czujny jak żuraw, który ustawicznie oczy miał w stronę Tatarów i Kozaków wytężone. Pijał tylko wodę, nie sypiał, jak siedm godzin na dobę, częstokroć zrywał się w nocy, by obaczyć, czy straże dobrze wałów pilnują, i za najmniejsze niedbalstwo porywał na śmierć żołnierzy. Dla Kozaków wyrozumiały, choć groźny, zyskał sobie ich szacunek. Gdy zimą głodno bywało na Siczy, zbożem ich wspomagał. Był to Rusin pokroju tych, którzy swego czasu z Przecławem Lanckorońskim i Samkiem Zborowskim w stepy chodzili.

– To tedy waszmość na Sicz jedziesz? – pytał Skrzetuskiego wprowadziwszy go poprzednio do zamku i uczęstowawszy gościnnie.

– Na Sicz. Jakie waszmość, mości komendancie, masz stamtąd nowiny?

– Wojna! Ataman koszowy ze wszystkich ługów, rzeczek i wysp ściąga Kozaków. Zbiegi z Ukrainy idą, którym przeszkadzam, jak mogę. Wojska tam już jest na trzydzieści tysięcy albo i więcej. Gdy na Ukrainę ruszą, gdy się z nimi grodowi Kozacy i czerń połączą, będzie ich sto tysięcy.

– A Chmielnicki?

– Lada dzień z Krymu z Tatarami spodziewany. Może już jest; prawdę rzec, niepotrzebnie waszmość do Siczy chcesz jechać, bo wkrótce tu ich się doczekasz; że zaś Kudaku nie miną ani go za sobą nie zostawią, to pewna.

– A obronisz się waszmość?

Grodzicki popatrzył na namiestnika posępnie i odrzekł dobitnym, spokojnym głosem:

– A ja się nie obronię...

– Jak to?

– Bo prochów nie mam. Mało dwadzieścia czółen posłałem, by mi choć trochę przysłano – i nie przysłano. Nie wiem-li: przejęto gońców – czy sami nie mają – wiem, że dotąd nie przysłano. Mam na dwa tygodnie – na dłużej nie. Gdybym miał dosyć, pierwej bym Kudak i siebie w powietrze wysadził, nimby tu noga kozacza postała. Kazano mi tu leżeć – leżę, kazano czuwać – czuwam, kazano zęby wyszczerzać – wyszczerzam, a gdy zginąć przyjdzie – raz maty rodyła – i to potrafię.

– A samże waszmość nie możesz prochów robić?

– Od dwóch już miesięcy Zaporożcy saletry mi nie puszczają, którą od Czarnego Morza przywozić trzeba. Wszystko jedno. Zginę!

– Uczyć się nam od was, starych żołnierzów. A gdybyś sam waszmość po prochy ruszył?

– Mosanie, ja Kudaku nie zostawię i zostawić nie mogę; tu mi było życie, tu niech śmierć będzie. Waść nie myśl także, że na bankiety i wspaniałe recepcje jedziesz, jakimi gdzie indziej posłów witają, albo że cię tam godność poselska osłoni. Toż oni własnych atamanów mordują i od czasu, jak tu siedzę, nie pamiętam, by który sczezł swoją śmiercią. Zginiesz i ty.

Skrzetuski milczał.

– Widzę, że duch w waćpanu gaśnie. To lepiej nie jedź.

– Mój mości komendancie – rzekł na to z gniewem namiestnik wymyślże co lepszego, by mnie przestraszyć, bo to, co mi powiadasz, jużem słyszał z dziesięć razy, a kiedy mi radzisz nie jechać, to widzę, sam byś na moim miejscu nie jechał – zważ przeto, czy ci nie tylko prochów, ale i fantazji do obrony Kudaku nie zabraknie.

Grodzicki, zamiast się rozgniewać, spojrzał jaśniej na namiestnika.

– Zubastaja szczuka! – mruknął po rusińsku. – Przebacz mi waszmość. Z odpowiedzi twojej miarkuję, że potrafisz *dignitatem* księcia i stanu szlacheckiego utrzymać. Dam ci tedy parę czajek, bo bajdakami porohów nie przejedziesz.

– O to też przybyłem prosić waszmości.

– Koło Nienasytca każesz je lądem ciągnąć, bo choć woda duża, ale tam nigdy przejechać nie można. Ledwie się jakie małe czółenko przemknie. A gdy już będziesz na niskich wodach, tedy się pilnuj, by cię nie zaskoczono, i pamiętaj, że żelazo a ołów od słów wymowniejsze. Tam tylko śmiałych ludzi cenią. Czajki będą na jutro gotowe, każę tylko drugie rudle poprzyprawiać, bo jednego na porohach mało.

To rzekłszy Grodzicki wyprowadził z izby namiestnika, by mu zamek i jego porządki pokazać. Wszędy panował wzorowy ład i karność. Straże dniem i nocą gęsto czuwały na wałach, które jeńcy tatarscy musieli bez przestanku wzmacniać i poprawiać.

– Co rok na łokieć wyżej wału sypię – rzekł pan Grodzicki – toteż tak już urósł, że gdybym miał prochów dostatek i we sto tysięcy nic by mi nie zrobili; ale bez strzelby nie obronię, gdy przemoc przyjdzie.

Forteca była istotnie nie do zdobycia, bo prócz armat broniły jej Dnieprowe przepaście i niedostępne skały pionowo zeskakujące w wodę; nie potrzebowała nawet wielkiej załogi. Toteż w zamku nie stało więcej nad sześćset ludzi, ale za to co najprzebrańszego żołnierza, uzbrojonego w muszkiety i samopały. Dniepr, płynąc w tym miejscu ściśniętym korytem, tak był wąski, że rzucona z wałów strzała przelatywała daleko na drugi brzeg. Działa zamkowe panowały nad oboma brzegami i nad całą okolicą. Prócz tego o pół mili od zamku stała wysoka wieża, z której ośm mil wokoło widać było, a w niej stu żołnierzy, do których pan Grodzicki każdego dnia zaglądał. Ci, spostrzegłszy w okolicy lud jaki, dawali natychmiast znać do zamku, a wówczas bito w dzwony i cała załoga wnet stawała pod bronią.

– Prawie tygodnia nie ma – mówił pan Grodzicki – bez jakowegoś alarmu, bo Tatarzy jak wilki stadami często po kilka tysięcy tu się włóczą, których z dział strychujemy jak można, a częstokroć tabuny dzikich koni straże biorą za Tatarów.

– I nie przykrzy się waszmości siedzieć na takim bezludziu? – pytał pan Skrzetuski.

– Choćby mi też na pokojach królewskich miejsce dano, to bym tu wolał. Więcej ja stąd świata widzę niżeli król ze swego okna w Warszawie.

Jakoż istotnie z wałów widać było niezmierną przestrzeń stepów, które teraz wydawały się jednym morzem zieloności; na północ ujście Samary, a na południe cały bieg Dnieprowy, skały, przepaście, lasy, aż do pian drugiego porohu, Surskiego.

Pod wieczór zwiedzili jeszcze wieżę, gdyż Skrzetuski pierwszy raz widząc tę zaginioną w stepach fortecę wszystkiego był ciekawy. Tymczasem przygotowywano dla niego w Słobódce czajki, które opatrzone rudlami po obu końcach, stawały się zwrotniejsze. Nazajutrz rankiem miał wyruszyć. Ale przez noc nie kładł się prawie wcale spać rozmyślając, co mu czynić przystoi wobec niechybnej zguby, którą mu groziło posłowanie do straszliwej Siczy. Życie uśmiechało mu się wprawdzie, bo był młody i kochał, i miał żyć obok ukochanej; wszelako od życia więcej honor i sławę kochał. Ale przyszło mu do głowy, że wojna bliska, że Helena czekając na niego w Rozłogach może być ogarnięta najokropniejszym pożarem, wystawiona na zapędy nie tylko Bohuna, ale rozpętanej i dzikiej czerni, więc duszę porywała mu trwoga o nią i ból. Stepy musiały już podeschnąć, można by już pewno do Łubniów z Rozłogów jechać, a tymczasem on sam kazał Helenie i kniahini na swój powrót czekać, bo nie spodziewał się, by burza mogła wybuchnąć tak prędko, nie wiedział, czym grozi jazda do Siczy. Chodził więc teraz szybkimi kroki po zamkowej izbie, brodę targał i ręce łamał. Co miał począć? jak postąpić? W myśli widział już Rozłogi w ogniu, otoczone wyjącą czernią, więcej do szatanów niż do ludzi podobną. Własne jego kroki odbijały się posępnym echem pod sklepieniem zamkowym, a jemu wydało się, że to już złe moce po Helenę idą. Na wałach trąbiono gaszenie świateł, a jemu zdawało się, że to odgłos Bohunowego rogu, i zębami zgrzytał, i za głownię szabli imał. Ach! czemuż to on naparł się tej ekspedycji i Bychowca jej pozbawił!

Zauważył tę alterację pana Rzędzian śpiący w progu, więc wstał, oczy przetarł, objaśnił pochodnie palące się w żelaznych obręczach i począł kręcić się po komnacie chcąc zwrócić uwagę pana.

Ale namiestnik utonął całkowicie w swoich bolesnych myślach i chodził dalej, budząc krokami uśpione echa.

– Jegomość! hej, jegomość!... – rzekł Rzędzian.

Skrzetuski popatrzył na niego szklanym wzrokiem. Nagle zbudził się z zamyślenia.

– Rzędzian, boisz ty się śmierci? – spytał.

– Kogo? jak to śmierci? co jegomość mówi?

– Bo kto na Sicz jedzie, ten nie wraca.

– A to czemu jegomość jedzie?

– Moja wola, ty się w to nie wtrącaj, ale ciebie mi żal, boś dzieciuch, a chociażeś frant, tam się frantostwem nie wykręcisz. Wracaj do Czehryna, a potem do Łubniów.

Rzędzian zaczął się drapać w głowę.

– Mój jegomość, jużci, śmierci się boję, bo kto by się jej nie bał, to by się Boga nie bał, gdyż jego to wola żywić kogoś albo umorzyć; ale skoro jegomość dobrowolnie na śmierć leziesz, to już jegomościn będzie grzech, jako pana, nie mój, jako sługi, przeto ja jegomości nie opuszczę, bom też nie chłop żaden, jeno szlachcic, choć ubogi, ale też nie bez ambicji.

– Wiedziałem, żeś dobry pachołek, powiem ci jednak: nie chcesz po dobrej woli jechać, pojedziesz z rozkazu, bo już inaczej nie może być.

– Choćby mnie jegomość zabił, nie pojadę. Co to jegomość sobie myśli, żem jest Judasz jaki czy co, żebym jegomości miał na śmierć wydawać?

Tu Rzędzian podniósł ręce do oczu i począł buczeć głośno, widział więc pan Skrzetuski, że tą drogą do niego nie trafi, a rozkazywać groźnie nie chciał, bo mu było chłopca żal.

– Słuchaj – rzekł do niego – pomocy mi żadnej nie dasz, ja przecie także dobrowolnie głowy pod miecz kłaść nie będę, a do Rozłogów listy zawieziesz, na których mnie więcej jak na samym żywocie zależy. Powiesz tam jejmości i kniaziom, by zaraz, bez najmniejszej zwłoki, panienkę do Łubniów odwieźli, bo ich inaczej rebelia zaskoczy – sam też dopilnujesz, by się to stało. Ważną ci funkcję powierzam, przyjaciela godną, nie sługi.

– To niech jegomość kogo innego wyszle; z listem każdy pojedzie.

– A kogo ja tu mam zaufanego? czyś zgłupiał! To ci powtarzam: uratuj mi po dwakroć życie, a jeszcze mi takowej przysługi nie oddasz, gdyż w męce żyję myśląc, co może się stać, i od boleści skóra na mnie potnieje.

– O dla Boga! widzę, że muszę jechać, ale mi tak jegomości żal, że choćbyś mi jegomość ten kropiasty pas darował, zgoła bym się nie pocieszył.

– Będziesz pas miał, jeno spraw się dobrze.

– Nie chcę ja i pasa, byleś mi jegomość jechać z sobą dozwolił.

– Jutro wrócisz czajką, którą pan Grodzicki do Czehryna wysyła, dalej bez zwłoki ni odpoczynku ruszysz prosto do Rozłogów. Tam kniahini nic nie mów, czy mi co grozi, ani panience, proś tylko, by zaraz, choćby konno, do Łubniów jechały, choćby bez tobołów żadnych. Oto masz trzos na drogę, listy zaraz ci napiszę.

Rzędzian padł do nóg namiestnika.

– Panie mój, zali nie mam cię ujrzeć więcej?

– Jak Bóg da, jak Bóg da! – odparł podnosząc go namiestnik.
– Ale w Rozłogach wesołą twarz pokazuj. Teraz idź spać.

Reszta nocy zeszła Skrzetuskiemu na pisaniu listów i żarliwej modlitwie, po której zaraz przyleciał do niego anioł uspokojenia. Tymczasem noc zbladła i świt ubielił wąskie okienka od wschodu. Dniało – aż i różowe blaski wkradły się do komnaty. Na wieży i zamku poczęto grać poranne „wstawaj". Wkrótce potem Grodzicki pojawił się w komnacie.

– Mości namiestniku, czajki gotowe.

– I jam też gotów – rzekł spokojnie Skrzetuski.

X

Lotne czajki mknęły z wodą jak jaskółki, niosąc młodego rycerza i jego losy. Z powodu wysokich wód porohy nie przedstawiały wielkiego niebezpieczeństwa. Minęli Surski, Łochanny, szczęśliwa fala przerzuciła ich przez Woronową Zaporę, zgrzytnęły trochę czółna na Kniażym i Strzelczym, ale jeno się otarły, nie rozbiły, aż wreszcie w oddali ujrzeli piany i wiry strasznego Nienasytca. Tu już trzeba było wysiadać i czółna lądem ciągnąć. Praca długa i ciężka, zwykle zabierająca dzień cały. Na szczęście, widocznie po dawnych przeprawach, na całym brzegu leżało mnóstwo kloców, które podkładano pod czółna dla łatwiejszego toczenia ich po ziemi. W całej okolicy i na stepach nie było widać żywego ducha na rzece ani jednej czajki, bo już nie mogły płynąć do Siczy inne, jak te jedynie, które pan Grodzicki przez Kudak przepuścił, a pan Grodzicki umyślnie odciął Zaporoże od reszty świata. Ciszę przerywał więc tylko huk fali o skały Nienasytca. Przez czas, gdy ludzie toczyli czółna, pan Skrzetuski przypatrywał się temu dziwowisku natury. Straszny widok uderzył jego oczy. Przez całą szerokość rzeki biegło w poprzek siedm grobel skalistych sterczących nad wodą, czarnych, poszarpanych przez fale, które powyłamywały w nich jakoby bramy i przejścia. Rzeka całym ciężarem wód tłukła o owe groble i odbijała się o nie, więc rozszalała, wściekła, zbita na białą, spienioną miazgę, usiłowała je przeskoczyć jak rumak rozhukany. Ale odparta raz jeszcze, nim mogła lunąć przez otwory, rzekłbyś: gryzła zębem skały, skręcała się w bezsilnym gniewie w potworne wiry, wybuchała słupami w górę, wrzała jak ukrop i ziała ze zmęczenia jak dziki zwierz. A potem znów huk jakby stu dział, wycie całych stad wilków, chrapanie, wysilenia i przy każdej grobli taż sama walka, tenże sam zamęt. Nad otchłanią wrzask ptactwa, jakby przerażonego tym widokiem, między groblami posępne cienie skał drgające na kołbani na kształt złych duchów.

Ludzie ciągnący czółna, lubo przyzwyczajeni, żegnali się pobożnie, przestrzegając namiestnika, by się zbyt nie zbliżał do brzegu. Były bowiem podania, że kto zbyt długo patrzył na Nienasytec, ten w końcu ujrzał coś takiego, od czego rozum mu się mieszał; twierdzono również, że czasem z wirów wynurzały się czarne, długie ręce i chwytały nieostrożnych, którzy zanadto się zbliżyli, a wtedy straszne śmiechy rozlegały się w przepaściach. Nocami nawet Zaporożcy nie śmieli czółen przeciągać.

Do bractwa na Niżu nikt nie mógł być jako towarzysz przyjęty, kto porohów samotnie czółnem nie przebył, ale dla Nienasytca czyniono wyjątek, gdyż skały jego nigdy nie bywały zalewane. O jednym Bohunie ślepcy śpiewali, jakoby i przez Nienasytec się przekradł, wszelako nie dawano temu wiary.

Przeciąganie czółen zajęło blisko dzień czasu i słońce poczęło zachodzić, gdy namiestnik wsiadł znów do łodzi. Za to następne porohy przebyli z łatwością, bo całkiem były pokryte, i wreszcie wpłynęli na ,,ciche wody niżowe".

Po drodze widział pan Skrzetuski na uroczyszczu Kuczkasów olbrzymią mogiłę z białych kamieni, którą książę na pamiątkę swego pobytu kazał usypać, a o której pan Bogusław Maszkiewicz w Łubniach mu opowiadał. Do Siczy stąd nie było już daleko, ale że namiestnik nie chciał nocą wjeżdżać w czertomelicki labirynt, postanowił więc zanocować na Chortycy.

Chciał także spotkać jaką żywą duszę zaporoską i dać uprzednio znać o sobie, by wiedziano, iż poseł, a nie kto inny przyjeżdża. Chortyca jednak zdawała się być pustą, co niemało zdziwiło namiestnika, wiedział bowiem od Grodzickiego, że tam zawsze stawała załoga kozacka od inkursji tatarskiej. Puścił się nawet sam z kilkoma ludźmi dość daleko od brzegu na zwiady, ale całej wyspy przejść nie mógł, miała bowiem przeszło milę długości, a noc zapadała już ciemna i niezbyt pogodna, wrócił więc do czajek, które tymczasem powyciągano na piasek i porozpalano ognie na nocleg od komarów.

Większa część nocy zeszła spokojnie. Semenowie i przewodnicy pośpili się przy ogniach – czuwały tylko straże, a z nimi i namiestnik, którego od wyjazdu z Kudaku dręczyła straszna bezsenność. Czuł także, że trawi go gorączka. Chwilami zdawało mu się, że słyszy zbliżające się kroki z głębi wyspy, to znów jakieś dziwne odgłosy podobne do odległego beczenia kóz. Ale myślał, że ucho go zwodzi.

Nagle, dobrze już ku świtaniu, stanęła przed nim jakaś ciemna postać.

Był to czeladnik ze straży.

– Panie, idą! – rzekł pośpiesznie.

– Kto taki?

– Pewnie Niżowi: idzie ich ze czterdziestu.

– Dobrze. To niewielu. Zbudź ludzi! Ognia podpalić!

Semenowie wnet porwali się na nogi. Podsycony płomień buchnął w górę i oświecił czajki i garść żołnierzy namiestnika. Inni strażnicy przybiegli również do koła.

Tymczasem nieregularne kroki gromady ludzi dawały się już rozróżnić wyraźnie; kroki te zatrzymały się w pewnym oddaleniu; natomiast jakiś głos spytał z akcentem groźby:

– A kto na brzegu?

– A wy kto? – odparł wachmistrz.

– Odpowiadaj, wraży synu, a nie, to z samopału zapytam!

– Jego wysokość pan poseł od J. O. księcia Jeremiego Wiśniowieckiego do atamana koszowego – wygłosił donośnie wachmistrz.

Głosy w gromadzie umilkły; widocznie trwała tam krótka narada.

– A chodź jeno sam tu! – zawołał wachmistrz – nie bój się. Posłów nie biją, ale i posły nie biją!

Kroki znów ozwały się i po chwili kilkadziesiąt postaci wynurzyło się z cienia. Po śniadej cerze, niskim wzroście i kożuchach wełną do góry namiestnik od pierwszego wejrzenia poznał, że po większej części byli to Tatarzy; Kozaków znajdowało się tylko kilkunastu. Przez głowę pana Skrzetuskiego przeleciała jak błyskawica myśl, że skoro Tatarzy są na Chortycy, więc Chmielnicki musiał już wrócić z Krymu.

Na czele gromady stał stary Zaporożec olbrzymiego wzrostu, o twarzy dzikiej i okrutnej. Ten zbliżywszy się do ogniska spytał:

– A który tu poseł?

Silny zapach gorzałki rozszedł się dookoła – Zaporożec był widocznie pijany.

– Który tu poseł? – powtórzył.

– Jam jest – rzekł dumnie pan Skrzetuski.

– Ty?

– A cóżem ci brat, że mnie „ty" mówisz?

– Znaj, grubianinie, politykę! – poderwał wachmistrz. – Mówi się: Jaśnie wielmożny pan poseł!

– Na pohybel że wam, czortowy syny! szczob was Sierpiahowa smert! jasno wielmożny syny! A wy po co do atamana?

– Nie twoja sprawa! wiedz jeno, że szyja twoja w tym, bym się do atamana najprędzej dostał.

W tej chwili drugi Zaporożec wysunął się z gromady.

– My tu z woli atamana – rzekł – pilnujem, by się nikt od Lachiw nie zbliżał, a kto się zbliży, mamy wiązać i dostawiać, co też uczynim.

– Kto dobrowolnie jedzie, tego nie będziesz wiązał.

– Budu, bo takij nakaz.

– A wiesz, chłopie, co to osoba posła? a wiesz, kogo tu przedstawiam?

Wtedy stary olbrzym przerwał:

– Zawedem posła, ałe za borodu – ot tak!

To rzekłszy sięgnął ręką do brody namiestnika.

Ale w tej chwili jęknął i jakby gromem rażony, zwalił się na ziemię.

Namiestnik roztrzaskał mu głowę czekanem.

– Koli, koli! – zawyły wściekłe głosy w gromadzie.

Semenowie książęcy sypnęli się na ratunek swego wodza; huknęły samopały, wrzaski: ,,Koli! koli!'', zlały się ze szczękiem żelaza. Wszczęła się bitwa bezładna. Zdeptane w zamieszaniu ogniska zgasły i ciemność ogarnęła walczących. Wkrótce jedni i drudzy zwarli się tak, że zabrakło miejsca do cięcia, a noże, pięści i zęby zastąpiły szable.

Nagle z głębi wyspy ozwały się liczne nowe nawoływania i krzyki; napastnikom nadchodziła pomoc.

Chwila jeszcze, a byłaby przyszła za późno, gdyż karni semenowie brali już górę nad ciżbą.

– Do czółen! – krzyknął grzmiącym głosem namiestnik.

Pocztowi wykonali rozkaz w mgnieniu oka. Na nieszczęście czajki, zbyt silnie wciągnięte na piasek, nie dawały się teraz zepchnąć w wodę.

Tymczasem nieprzyjaciel skoczył z furią ku brzegowi.

– Ognia! – skomenderował pan Skrzetuski.

Salwa z muszkietów wnet powstrzymała napastników, którzy zmieszali się, skłębili i cofnęli w nieładzie zostawiając kilkanaście ciał rozciągniętych na piasku; niektóre z tych ciał rzucały się konwulsyjnie, na kształt ryb wyłowionych z wody i porzuconych na brzegu.

Jednocześnie przewoźnicy, wspomagani przez kilkunastu semenów, wsparłszy wiosła o ziemię dobywali ostatnich sił, by zepchnąć statki na wodę – ale na próżno.

Nieprzyjaciel rozpoczął atak z daleka. Pluskanie kul po wodzie zmieszało się ze świstem strzał i jękami rannych.

Tatarzy ałłachując coraz przeraźliwiej zachęcali się wzajemnie; odpowiadały im krzyki Kozaków: „Koli! koli!", i spokojny głos pana Skrzetuskiego powtarzający coraz częściej komendę:

– Ognia!

Pierwszy brzask oświecił bladym światłem walkę. Od strony lądu widać było ciżbę Kozaków i Tatarów, jednych z twarzami przy kolbach „piszczeli", drugich przegiętych w tył i ciągnących cięciwy łuków; od strony wody dwie czajki dymiące i świecące ustawicznymi salwami wystrzałów. W środku leżały ciała spokojnie już porozciągane po piasku.

W jednym z czółen stał pan Skrzetuski, wyższy nad innych, dumny, spokojny, z porucznikowskim buzdyganem w ręku i z gołą głową, bo mu strzała tatarska zerwała czapkę.

Wachmistrz zbliżył się ku niemu i szepnął:

– Panie, nie wytrzymamy – kupa za wielka!

Ale namiestnikowi chodziło już o to tylko, by poselstwo swoje krwią przypieczętować, pohańbienia godności nie dopuścić i zginąć nie bez sławy. Dlatego też, podczas gdy semenowie poczynili sobie z worów z żywnością rodzaj zasłon, spoza których razili nieprzyjaciela, on stał widny i na pociski wystawiony.

– Dobrze! – rzekł – wyginiem do ostatniego.

– Wyginiem, bat'ku! – krzyknęli semenowie.

– Ognia!

Czajki znów zadymiły. Z głębi wyspy poczęły napływać nowe tłumy zbrojne w spisy i kosy. Napastnicy rozdzielili się na dwie kupy. Jedna podtrzymywała ogień, druga, złożona z dwustu przeszło mołojców i Tatarów, czekała tylko chwili stosownej do ręcznego ataku. Jednocześnie z szuwarów wyspy wysunęły się cztery czółna, zwane podjizdkami, które miały uderzyć na namiestnika z tyłu i z obu boków.

Zrobiło się już widno zupełnie. Dymy tylko porozciągały się długimi pasmami w spokojnym powietrzu i przesłaniały pobojowisko.

Namiestnik kazał zwrócić się dwudziestu semenom ku atakującym statkom, które gnane wiosłami, pędziły z chyżością ptactwa po spokojnej wodzie rzecznej. Ogień kierowany ku Tatarom i Kozakom, idącym z głębi wyspy, osłabł przez to znacznie.

Tego też zdawali się czekać.

Wachmistrz znów zbliżył się ku namiestnikowi.

– Panie! Tatarzy biorą handżary w zęby; zaraz rzucą się na nas.

Jakoż trzystu blisko ordyńców z szablami w ręku, z nożami w zębach gotowało się do ataku. Towarzyszyło im kilkudziesięciu Zaporożców zbrojnych w kosy.

Atak miał się rozpocząć ze wszystkich stron, bo napastnicze czółna przypłynęły już na strzał. Boki ich zakwitły dymami. Kule jak grad poczęły się sypać na ludzi namiestnika. Obie czajki napełniły się jękami. Po upływie kilkunastu minut połowa semenów poległa, reszta broniła się jeszcze rozpaczliwie. Twarze ich były sczerniałe od dymu, ręce ustawały, wzrok mącił się, krew zalewała oczy, rury muszkietów poczynały parzyć dłonie. Większa część była rannych.

W tej chwili wrzask straszny i wycie rozdarło powietrze. To ordyńcy ruszyli do ataku.

Dymy, spędzone ruchem masy ciał, rozproszyły się nagle i odsłoniły oczom dwie czajki namiestnika pokryte czarniawym tłumem Tatarów, niby dwa trupy końskie rozdzierane przez stada wilków. Tłum ten parł, kotłował się, wył, wspinał, zdawał się walczyć sam z sobą i ginął. Kilkunastu semenów dawało jeszcze odpór, a pod masztem stał pan Skrzetuski, z zakrwawioną twarzą, ze strzałą utkwioną aż po brzechwę w lewym ramieniu, i bronił się z wściekłością. Postać jego wydawała się olbrzymią wśród otaczającego go tłumu, szabla migotała jak błyskawica. Uderzeniom odpowiadały jęki i wycie. Wachmistrz z drugim semenem pilnowali mu obu boków i tłum cofał się chwilami z przerażeniem przed tą trójką, ale pchany z tyłu, pchał się sam i marł pod ciosami szabel.

– Żywych brać do atamana! do atamana! – wrzeszczały głosy w tłumie.

– Poddaj się!

Ale pan Skrzetuski poddawał się już tylko Bogu, bo oto pobladł nagle, zachwiał się i runął na dno statku.

– Proszczaj, bat'ku! – ryknął z rozpaczą wachmistrz.

Ale po chwili padł także. Ruchliwa masa napastników pokryła czajki zupełnie.

XI

W chacie kantarzeja wojskowego na przedmieściu Hassan-Basza w Siczy siedziało przy stole dwóch Zaporożców pokrzepiając się palanką z prosa, którą czerpali ustawicznie z drewnianego szaflika stojącego na środku stołu. Jeden, stary, już prawie zgrzybiały, był to Fyłyp Zachar, sam kantarzej, drugi Anton Tatarczuk, ataman czehryńskiego kurzenia, człowiek około lat czterdziestu, wysoki, silny, z dzikim wyrazem twarzy i skośnymi, tatarskimi oczyma. Obaj mówili z sobą z cicha, jakby w obawie, żeby ich kto nie podsłuchał.

– Więc to dziś? – spytał kantarzej.

– Ledwie nie zaraz – odpowiedział Tatarczuk. – Czekają tylko na koszowego i Tuhaj-beja, który z samym Chmielem pojechał na Bazawłuk, bo tam stoi orda. „Towarzystwo” zebrało się już na majdanie, a kurzeniowi jeszcze przed wieczorem zbiorą się na radę. Nim noc nastanie, będzie wszystko wiadomo.

– Hm! może być źle! – mruknął stary Fyłyp Zachar.

– Słysz, kantarzeju, a ty widział, że było pismo i do mnie?

– Jużci, widziałem, bom sam listy odnosił do koszowego, a jam człowiek piśmienny. Znaleźli przy Lachu trzy pisma; jedno do samego koszowego, drugie do ciebie, trzecie do młodego Barabasza. Wszyscy już w Siczy wiedzą o tym.

– A kto pisał? nie wiesz?

– Do koszowego pisał książę, bo na liście była pieczęć, kto do was, nie wiadomo.

– Sochroni Bih!

– Jeślić cię tam jawnie przyjacielem Lachów nie nazywają, to nic nie będzie.

– Sochroni Bih! – powtórzył Tatarczuk.

– Widać się poczuwasz.

– Tfu! Do niczego się nie poczuwam.

– Może też koszowy wszystkie listy skręci, bo mu i o własny łeb chodzi. Było tak dobrze do niego pismo jak do was.

– A może.

– Ale jeśli się poczuwasz, to...

Tu stary kantarzej zniżył głos jeszcze bardziej:

– Uchodź!

– Ale jak? i gdzie? – pytał niespokojnie Tatarczuk. – Koszowy na wszystkich ostrowach straż postawił, żeby się nikt do Lachów nie wymknął i nie dał znać, co się dzieje. Na Bazawłuku pilnują Tatarzy. Ryba się nie przeciśnie, ptak nie przeleci.

– To się skryj w samej Siczy, gdzie możesz.

– Znajdą. Chyba ty mnie schowasz między beczkami w bazarze? Ty mój krewniak!

– I brata rodzonego nie chowałbym. Boisz się śmierci, to się upij; pijany ani poczujesz.

– A może w listach nic nie ma?

– Może...

– Ot, bieda! ot, bieda! – rzekł Tatarczuk. – Nie poczuwam się do niczego. Ja dobry mołojec, Lachom wróg. Ale choćby i nic w liście nie było, czort wie, co Lach powie przed radą? Może mnie zgubić.

– To serdyty Lach; on nic nie powie!

– Byłeś dziś u niego?

– Byłem. Pomazałem mu rany dziegciem; nalałem gorzałki z popiołem w gardło. Będzie zdrów. To serdyty Lach! Mówią, że Tatarów narznął na Chortycy, nim go wzięli, jak świń. Ty o Lacha bądź spokojny.

Ponury odgłos kotłów, w które bito na koszowym majdanie, przerwał dalszą rozmowę. Tatarczuk usłyszawszy ten odgłos drgnął i zerwał się na równe nogi. Nadzwyczajny niepokój malował się w jego twarzy i ruchach.

– Biją wezwanie na radę – rzekł łowiąc ustami oddech. – Sochroni Bih! Ty, Fyłyp, nie mów, o czym ja z tobą tu gadał. Sochroni Bih!

To rzekłszy Tatarczuk chwycił szaflik z palanką, przechylił go obiema rękoma do ust i pił, pił, jakby chciał się na śmierć zapić.

– Chodźmy! – rzekł kantarzej.

Odgłos kotłów huczał coraz donośniej.

Wyszli. Przedmieście Hassan-Basza oddzielone było od majdanu tylko wałem opasującym kosz właściwy i bramą z wysoką basztą, na której widać było paszcze zatoczonych dział. W środku przedmieścia stał dom kantarzeja i chaty atamanów kramnych, naokół zaś dość obszernego placu szopy, w których mieściły się kramy. Były to w ogóle nędzne budowy klecone z bierwion dębowych, których w obfitości dostarczała Chortyca, a poszyte gałęziami i oczeretem. Same chaty, nie wyłączając kantarzejowej, podobniejsze były do szałasów, bo tylko dachy ich wznosiły się nad ziemią. Dachy te były czarne i zakopcone, gdyż jeśli w chacie palono ogień, dym wydobywał się nie tylko górnym otworem dachu, ale i przez całe poszycie, a wówczas można było mniemać, że to nie chata, jeno kupa gałęzi i oczeretów, w której wytapiają smołę. W chatach panowała wieczna ciemność, dlatego podtrzymywano w nich ustawicznie ogień z łuczywa i ze skarp dębowych. Szop kramnych było kilkadziesiąt i dzieliły się na kurzeniowe, to jest stanowiące własność pojedynczych kurzeniów, i gościnne, w których w chwilach spokoju handlowali niekiedy Tatarzy i Wołosi, jedni skórami, tkaninami wschodnimi, bronią i wszelkiego rodzaju zdobyczą, inni przeważnie winem. Ale gościnne kramy rzadko były zajęte, gdyż kupno zmieniało się najczęściej w tym dzikim gnieździe na rabunek, od którego kantarzej ani kramni atamanowie nie mogli tłumów powstrzymać. Między szopami stało także trzydzieści ośm szynków kurzeniowych, a przed nimi leżeli zawsze wśród śmieci, wiórów, kłód dębowych i kup końskiego nawozu półmartwi z przepicia się Zaporożcy, jedni w kamiennym śnie pogrążeni, drudzy z pianą na ustach, w konwulsjach lub atakach delirium. Inni, półpijani, wyjąc kozackie pieśni, spluwając, bijąc się lub całując, przeklinając kozaczy los lub płacząc na kozaczą biedę, deptali po głowach i piersiach leżących. Dopiero z chwilą gdy wyruszyła jaka wyprawa na Tatarów lub Ruś, nakazywano trzeźwość i wówczas należących do wyprawy śmiercią karano za pijaństwo. Ale w zwykłych czasach, zwłaszcza na Kramnym Bazarze, prawie wszyscy byli pijani: kantarzej i atamanowie kramni, sprzedający i kupujący. Kwaśny zapach nieszumowanej wódki w połączeniu z zapachem smoły, ryb, dymu i końskich skór nasycał wiecznie powietrze na całym przedmieściu, które w ogóle pstrocizną kramów przypominało jakąś mieścinę turecką lub tatarską. Sprzedawano w nich wszystko, co się gdziekolwiek w Krymie, na Wołoszczyźnie lub wybrzeżach anatolskich dało zrabować. Więc jaskrawe tkaniny wschodnie, lamy, altembasy, złotogłowia, sukno, cyc, drelich i płótno, potrzaskane działa spiżowe i żelazne, skóry, futra, suszoną rybę, wiśnie i bakalie tureckie, naczynia kościelne, mosiężne półksiężyce złupione z minaretów i pozłacane krzyże zdarte z cerkwi, proch i broń sieczną, kije do spis i siodła. A między tą mieszaniną przedmiotów i barw kręcili się ludzie poprzybierani w szczątki najrozmaitszej odzieży, latem półnadzy, zawsze półdzicy, okopceni od dymu, czarni, uwalani w błocie, pełni ciekących ran od ukąszeń olbrzymich komarów, których miriady unosiły się nad Czertomelikiem, i jako się rzekło wyżej: wiecznie pijani.

W tej chwili całe Hassan-Basza jeszcze pełniejsze było ludzi niż zwykle; zamykano kramy i szynki, wszyscy zaś śpieszyli na majdan siczowy, na którym miała się odbywać rada. Fyłyp Zachar i Anton

Tatarczuk szli z innymi, ale ten ostatni ociągał się, szedł leniwo i pozwalał się wyprzedzać tłumom. Coraz żywszy niepokój malował się w jego twarzy. Tymczasem przeszli przez most na fosie, następnie przez bramę i znaleźli się na obszernym obronnym majdanie, otoczonym przez trzydzieści ośm wielkich drewnianych budynków. Były to kurzenie, a raczej domy kurzeniowe, rodzaj koszar wojskowych, w których mieszkali Kozacy. Kurzenie owe, jednej wielkości i miary, niczym nie różniły się od siebie, chyba nazwami, przybranymi od rozmaitych miast ukraińskich, od których brały nazwę także i pułki. W jednym kącie majdanu wznosił się dom radny; zasiadali w nim atamani pod wodzą koszowego, tłumy zaś, czyli tak zwane „towarzystwo" obradowało pod gołym niebem, wysyłając co chwila deputacje do starszyzny, a czasem wdzierając się gwałtem do radnego domu i terroryzując obrady. Na majdanie ciżba już była ogromna, poprzednio bowiem ataman koszowy pościągał do Siczy wszystkie wojska rozproszone po wyspach, rzeczkach i ługach, „towarzystwo" zatem było liczniejsze niż zwykle. Słońce kłoniło się ku zachodowi, więc wcześnie zapalono kilkanaście beczek ze smołą; tu i owdzie stały także beczki z wódką, które każdy kurzeń dla siebie wytaczał, a które niemało dodawały energii obradom. Porządku między kurzeniami pilnowali esaułowie zbrojni w tęgie kije dębowe dla hamowania obradujących i w pistolety dla obrony własnego życia, które często bywało w niebezpieczeństwie.

Fyłyp Zachar i Tatarczuk weszli prosto do domu obrad, gdyż jeden, jako kantarzej, drugi, jako ataman kurzeniowy, mieli prawo zasiadać między starszyzną. W izbie radnej był tylko jeden mały stół, przed którym siedział pisarz wojskowy. Atamanowie i koszowy mieli swoje miejsca na skórach pod ścianami. Ale w tej chwili miejsca nie były jeszcze zajęte. Koszowy chodził wielkimi krokami po izbie, kurzeniowi zaś, zebrani w małe gromadki, rozmawiali z cicha, przerywając sobie kiedy niekiedy głośniejszymi klątwami. Tatarczuk zauważył, że znajomi nawet i przyjaciele udają, iż go nie widzą, zbliżył się przeto zaraz do młodego Barabasza, który mniej więcej w takim samym był położeniu. Inni spoglądali na nich spode łbów, z czego młody Barabasz niewiele sobie robił nie rozumiejąc dobrze, o co idzie. Był to człowiek wielkiej piękności i nadzwyczajnej siły, której jedynie zawdzięczał swój stopień kureniowego atamana, bo zresztą słynął w całej Siczy ze swej głupoty. Zjednała mu ona przydomek Durnego atamana i przywilej budzenia śmiechów każdym słowem między starszyzną.

– Poczekawszy trochę, taj może i pójdziem z kamieniem u szyi w wodę! – szepnął mu Tatarczuk.

– A bo co? – spytał Barabasz.

– A to nie wiesz o listach?

– Trastia joho maty mordowała! Czy to ja pisałem jakie listy?

– Obacz, jak spoglądają na nas spode łbów.

– Kołyb ja kotoroho w łob, to by nie patrzył, boby mu ślepie wypłynęły.

Tymczasem krzyki z zewnątrz dały znać, że coś zaszło. Jakoż drzwi izby radnej otwarły się szeroko i wszedł Chmielnicki z Tuhaj-bejem. Ich to witano tak radośnie. Kilka miesięcy temu Tuhaj-bej, jako najwaleczniejszy z murzów i postrach Niżowców, był przedmiotem strasznej nienawiści w Siczy – teraz „towarzystwo” rzucało czapki w górę na jego widok, uważając go jako dobrego przyjaciela Chmielnickiego i Zaporożców.

Tuhaj-bej wszedł naprzód, a za nim Chmielnicki z buławą w ręku, jako hetman wojsk zaporoskich. Godność tę piastował od czasu, jak wrócił z Krymu z wyjednanymi od chana posiłkami. Tłumy porwały go wówczas na ręce i odbiwszy skarbnicę wojskową przyniosły mu buławę, chorągiew i pieczęć, które zwykle przed hetmanem noszono. To też zmienił się niemało. Widać było, że nosi w sobie straszliwą siłę całego Zaporoża. Nie był to już Chmielnicki pokrzywdzony, uciekający na Sicz przez Dzikie Pola, ale Chmielnicki hetman, krwawy demon, olbrzym, mściciel własnej krzywdy na milionach.

A jednak nie zerwał łańcuchów, włożył tylko nowe, cięższe. Widać to było z jego stosunku z Tuhaj-bejem. Ten hetman Zaporoża w sercu Zaporoża brał drugie miejsce za Tatarem, znosił w pokorze jego dumę i pogardliwe nad wszelki wyraz obejście. Był to stosunek lennika do zwierzchniego pana. Ale tak musiało być. Chmielnicki cały swój kredyt u Kozaków zawdzięczał Tatarom i łasce chanowej, której przedstawicielem był dziki i wściekły Tuhaj-bej. Ale Chmielnicki umiał godzić dumę, rozsadzającą mu pierś, z pokorą tak dobrze, jak odwagę z chytrością. Był to lew i lis, orzeł i wąż. Pierwszy to raz od początku kozaczyzny Tatar poczynał sobie jak pan w środku Siczy – ale takie czasy przyszły. „Towarzystwo" rzucało przecie czapki w górę na widok pohańca. Takie czasy nadeszły.

Narada się rozpoczęła. Tuhaj-bej zasiadł w środku na grubszym pęku skór i podwinąwszy nogi począł gryźć suszone ziarnka słoneczników i wypluwać zżute skorupki przed siebie na środek izby. Po prawej jego stronie zasiadł Chmielnicki z buławą, po lewej koszowy, a atamani i deputacja od „towarzystwa" dalej pod ścianami. Uciszyły się rozmowy, z zewnątrz tylko przychodził gwar i głuchy szum tłuszczy, obradującej pod gołym niebem, podobny do szumu fal. Chmielnicki począł mówić:

– Mości panowie! Z łaski, przychylności i dyszkrecji najjaśniejszego carza krymskiego, pana wielu ludów, pokrewnego ciałom niebieskim, z pozwolenia miłościwego króla polskiego Władysława, naszego pana, i dobrej ochoty odważnych wojsk zaporoskich, ufni w naszą niewinność i sprawiedliwość bożą idziemy pomścić strasznych i okrutnych krzywd naszych, które po chrześcijańsku cierpieliśmy, pókiśmy mogli, od nieszczerych Lachów, komisarzy, starostów i ekonomów, całej szlachty i Żydów. Nad którymi krzywdami jużeście, mości panowie, i całe wojsko zaporoskie wiele łez wyleli i mnie dlatego buławę dali, abym się za niewinność naszą i całych wojsk snadniej mógł upominać. Co ja, uważając za wielką łaskę, mości panów dobrodziei moich, najjaśniejszego carza o pomoc prosić jechałem, którą nam ofiarował. Ale będąc w gotowości i ochocie niemałom się zasmucił słysząc, iż mogą być między nami zdrajcy, którzy z nieszczerymi Lachami w komitywę wchodzą i o naszej gotowości im donoszą – co jeśliby tak było, tedy ukarani być mają wedle woli i dyszkrecji mości panów. A my prosim, abyście listów wysłuchali, które tu poseł od niedruga naszego, księcia Wiśniowieckiego, przywiózł, nie posłem, ale szpiegiem będąc i gotowość naszą i dobrą ochotę Tuhaj-beja, naszego przyjaciela, chcąc podpatrzyć i przed Lachami zdradzić. Co abyście także osądzili, jeśli ma być ukarany, jak i ci, do których listy przywiózł, a o których koszowy, jako wierny przyjaciel mój, Tuhaj-beja i całego wojska, zaraz nas uwiadomił.

Chmielnicki umilkł; gwar za oknami powiększał się coraz bardziej, więc pisarz wojskowy wstał i zaczął czytać naprzód pismo książęce do koszowego atamana, zaczynające się od słów: ,,My po bożej myłości kniaź i hospodyn na Łubniach, Chorolu, Przyłuce, Hadziaczu etc., wojewoda ruski etc., starosta etc.'' Pismo było czysto urzędowe. Książę zasłyszawszy, iż wojska z ługów są ściągane, pytał atamana, czyby to była prawda, i wzywał go zarazem, aby tego dla spokojności krajów chrześcijańskich zaniechał. Chmielnickiego zaś, jeśliby Sicz podburzał, aby komisarzom wydał, którzy sami się o to upomną. Drugi list był pana Grodzickiego, również do wielkiego atamana, trzeci i czwarty Zaćwilichowskiego i starego pułkownika czerkaskiego do Tatarczuka i Barabasza. We wszystkich nie znajdowało się nic, co by mogło podawać w podejrzenie osoby, do których były adresowane. Zaćwilichowski prosił jedynie Tatarczuka, aby zaopiekował się oddawcą listu i aby ułatwił mu wszystko, czego by poseł zażądał.

Tatarczuk odetchnął.

– Co mówicie, mości panowie, o tych pismach? – spytał Chmielnicki.

Kozacy milczeli. Wszelkie obrady, dopóki wódka nie rozgrzała głów, zaczynały się zawsze w ten sposób, iż żaden z atamanów nie chciał pierwszy głosu zabrać. Jako ludzie prości a chytrzy, czynili to głównie z obawy wyrwania się z głupstwem, które by mogło wnioskodawcę na śmiech narazić lub zjednać mu na całe życie szyderczy przydomek. Bo tak i bywało w Siczy, gdzie wśród największego prostactwa zmysł do przedrwiwania niesłychanie był rozwinięty, również jako obawa przed szyderstwem.

Kozacy tedy milczeli. Chmielnicki znowu głos zabrał:

– Ataman koszowy brat nasz i szczery przyjaciel. Ja atamanowi tak wierzę, jak duszy własnej, a kto by co innego powiadał, ten by sam zdradę zamyślał. Ataman stary druh i żołnierz.

To rzekłszy wstał i ucałował koszowego.

– Mości panowie! – rzekł na to koszowy – ja wojska ściągam, a hetman niech prowadzi; co do posła, kiedy go do mnie przysłali, to on mój, a kiedy mój, to wam go daruję.

– Wy mości panowie-deputacja, pokłońcie się atamanowi – rzekł Chmielnicki – bo on sprawiedliwy człowiek, i idźcie powiedzieć „towarzystwu", że jeśli kto jest zdrajca, to nie on zdrajca; on pierwszy straże postawił, on sam kazał łapać zdrajców, co by do Lachów szli. Wy, panowie-deputacja, powiedzcie, że nie on zdrajca, że on najlepszy z nas wszystkich.

Panowie-deputacja pokłonili się w pas naprzód Tuhaj-bejowi, który przez cały czas z największą obojętnością żuł swoje ziarnka słoneczników, następnie Chmielnickiemu, koszowemu – i wyszli z izby.

Po chwili wrzaski radosne za oknami dały znać, że deputacja spełniła polecenie.

– Niech żyje nasz koszowy! niech żyje koszowy! –wołały chrapliwe głosy z taką siłą, że aż ściany izby zdawały się drżeć w posadach.

Jednocześnie huknęły wystrzały z samopałów i piszczeli.

Deputacja wróciła i znowu zasiadła w kącie izby.

– Mości panowie! – rzekł Chmielnicki, gdy uciszyło się cokolwiek za oknami. – Już wy mądrze osądzili, że koszowy ataman człowiek sprawiedliwy. Ale jeśli ataman nie zdrajca, to kto zdrajca? Kto ma przyjaciół między Lachami? z kim oni w konszachty wchodzą? do kogo listy pisują? komu osobę posła zlecają? kto zdrajca?

To mówiąc Chmielnicki podnosił głos coraz wyżej i strzygł złowrogo oczyma w stronę Tatarczuka i młodego Barabasza, jakby chciał ich wskazać wyraźnie. W izbie powstał szmer, kilka głosów poczęło wołać: „Barabasz i Tatarczuk!" Niektórzy kurzeniowi powstali z miejsc, między deputacją dały się słyszeć wołania: „Na pohybel!"

Tatarczuk zbladł, a młody Barabasz począł spoglądać zdumionymi oczyma po obecnych. Leniwa myśl jego siliła się przez niejaki czas odgadnąć, za co go oskarżają, na koniec rzekł:

– Ne bude sobaka miasa isty!

To rzekłszy wybuchnął śmiechem idioty, a za nim i inni. I nagle większa część kurzeniowych poczęła się śmiać dziko, sama nie wiedząc dlaczego. Zza okna dochodziły krzyki coraz głośniejsze; widać tam wódka poczęła rozgrzewać już głowy. Szum fali ludzkiej potężniał z każdą chwilą.

Ale Anton Tatarczuk wstał i zwróciwszy się do Chmielnickiego począł mówić:

– Co ja wam zrobił, mości hetmanie zaporoski, że na śmierć moją nastajecie? W czym ja wam winien? Pisał do mnie komisar Zaćwilichowski list – taj co? To i kniaź pisał do koszowego! A czy ja odebrał list? Nie! A jakby odebrał, to co był zrobił? Ot, poszedłby do pysara i kazałby sobie przeczytać, bo ni pisaty, ni czytaty ne umiju. I wy by zawsze wiedzieli, co w liście. A Lacha ja i na oczy nie widział. Tak czy ja zdrajca? Hej, bracia Zaporożcy, Tatarczuk chodził z wami do Krymu, a jak chodzili na Wołoszę, to chodził na Wołoszę; jak chodzili pod Smoleńsk, to chodził pod Smoleńsk, bił się z wami, dobrymi mołojcami, żył z wami, dobrymi mołojcami – i krew przelewał z wami, dobrymi mołojcami i głodem marł z wami, dobrymi mołojcami, tak on nie Lach, nie zdrajca, ale Kozak, wasz brat, a jeśli pan hetman na śmierć jego nastaje, to niech powie, czemu nastaje! Co ja mu zrobił, w czym nieszczerość okazał? – a wy, bracia, pomiłujcie i sądźcie sprawiedliwie!

– Tatarczuk dobry mołojec! Tatarczuk sprawiedliwy człowiek! – ozwało się kilka głosów.

– Ty, Tatarczuk, dobry mołojec – rzekł Chmielnicki – i ja na ciebie nie nastaję, boś ty mój druh i nie Lach, ale Kozak, nasz brat.

Bo gdyby Lach był zdrajca, to ja bym się nie smucił i nie płakał, ale jeśli dobry mołojec zdrajca, mój druh zdrajca, to mnie ciężko na sercu i żal dobrego mołojca. A skoroś w Krymie i na Wołoszy, i pod Smoleńskiem bywał, to jeszcze większy twój grzech, żeś teraz nieszczerze chciał gotowość i ochotę wojsk zaporoskich przed Lachem zdradzić! Tobie pisali, byś ty mu ułatwił, czego by zażądał, a powiedzcie, mości panowie atamani, czego by Lach mógł żądać? Czy nie śmierci mojej i mojego życzliwego przyjaciela Tuhaj-Beja? Czy nie zguby wojsk zaporoskich? Tak, ty, Tatarczuk, winien i już niczego innego nie dokażesz. A do Barabasza pisał stryj jego, pułkownik czerkaski, Czaplińskiemu druh i Lachom druh, który przywileje u siebie chował, by ich wojsko zaporoskie nie dostało, co gdy tak jest, a klnę się Bogiem, że nie inaczej jest, więc wy oba winni i prościie pomiłowania atamanów, a ja z wami prosić będę, chociaż ciężka wasza wina i zdrada jawna.

Tymczasem zza okna dochodził już nie szum i gwar, ale jakby łoskot jaki burzy. Towarzystwo chciało wiedzieć, co się dzieje w izbie radnej, i wysłało nową deputację.

Tatarczuk poczuł, że jest zgubiony. Teraz przypomniał sobie, że tydzień temu przemawiał wśród atamanów przeciw oddaniu buławy Chmielnickiemu i przymierzu z Tatarami. Zimne krople potu wystąpiły mu na czoło: zrozumiał, że już nie ma ratunku. Co do młodego Barabasza, jasnym było, iż gubiąc go Chmielnicki chciał zemścić się nad starym pułkownikiem czerkaskim, który synowca swego kochał głęboko. Jednakże Tatarczuk nie chciał umierać. Nie bladłby on przed szablą, przed kulą, nawet przed palem – ale śmierć taka, jaka go czekała, przerażała go do szpiku kości, więc korzystając z chwili ciszy, która zapanowała po słowach Chmielnickiego, krzyknął przeraźliwie:

– Na imię Chrysta! bracia atamany, druhy serdeczne, nie gubcie niewinnego, toż ja Lacha nie widział, nie gadał z nim! Pomiłujcie, bracia! Nie wiem, czego by Lach ode mnie chciał, spytajcie go sami! Ja klnę się Chrystem-Spasem, Świętą-Przeczystą, świętym Mikołajem

Cudotwórcą, świętym Michałem Archaniołem, że duszę niewinną zgubicie!

– Przyprowadzić Lacha! – zawołał starszy kantarzej.

– Lacha tu! Lacha! – wołali kurzeniowi.

Wszczęło się zamieszanie; jedni rzucili się do przyległej izby, w której więzień był zamknięty, by przywieść go przed radę, inni zbliżali się groźnie do Tatarczuka i Barabasza. Pierwszy Hładki, ataman mirgorodzkiego kurzenia, krzyknął: „Na pohybel!" Deputacja powtórzyła okrzyk. Czarnota zaś skoczył ku drzwiom i otworzywszy je wołał do zgromadzonego tłumu:

– Mości panowie towarzystwo! Tatarczuk zdrajca i Barabasz zdrajca – na pohybel im!

Tłuszcza odpowiedziała wyciem straszliwym. W izbie wszczęło się zamieszanie. Wszyscy kurzeniowi powstali ze swych miejsc. Jedni wołali: „Lacha! Lacha!", inni starali się rozruch uciszyć, a wtem drzwi pod naciskiem tłumu roztworzyły się na oścież i do środka wpadła tłuszcza obradująca na dworze. Straszliwe postacie, upojone wściekłością, napełniły izbę wrzeszcząc, wywijając rękoma, zgrzytając zębami i zionąc zapach gorzałki: „Smert Tatarczuku! i Barabaszu na pohybel! Dawajcie zdrajców! na majdan z nimi!" – krzyczały pijane głosy. – „Bij! ubij!" – i setki rąk wyciągnęły się w tej chwili po nieszczęsne ofiary. Tatarczuk nie stawiał oporu, jęczał tylko przeraźliwie, ale młody Barabasz począł bronić się ze straszną siłą. Zrozumiał na koniec, że go chcą zamordować; strach, rozpacz i wściekłość odbiły się na jego twarzy: piana okryła mu wargi, z piersi wydobył się ryk zwierzęcy. Po dwakroć wyrywał się z rąk oprawców i po dwakroć ręce ich chwytały go za ramiona, za piersi, za brodę i osełedec; on szamotał się, kąsał, ryczał, upadał na ziemię i znów podnosił się, okrwawiony, straszny. Podarto na nim ubranie, wyrwano mu osełedec z głowy, wybito oko, na koniec przygniecionemu do ściany złamano rękę. Wówczas padł. Oprawcy porwali go za nogi i wraz z Tatarczukiem wywlekli na majdan. Tam dopiero, przy blasku smolistych beczek i stosów ognia, rozpoczęła się doraźna egzekucja.

Kilka tysięcy ludzi rzuciło się na skazanych i darło ich w sztuki wyjąc i walcząc z sobą o przystęp do ofiar. Deptano ich nogami, wyrywano kawały ciała; ciżba tłoczyła się koło nich tym strasznym konwulsyjnym ruchem rozszalałych mas. Chwilami krwawe ręce podnosiły w górę dwie bezkształtne, niepodobne już do ludzkich postaci bryły, to znowu ciskano je na ziemię. Dalej stojący wrzeszczeli wniebogłosy: jedni, żeby wrzucić ofiary w wodę, drudzy, by je włoczyć w beczki palącej się smoły. Pijani rozpoczęli bójkę ze sobą. Z szaleństwa zapalono dwie kufy z wódką, które oświeciły tę piekielną scenę drgającym, błękitnym światłem. Z nieba patrzył na nią także księżyc cichy, jasny, pogodny.

Tak „towarzystwo" karało swoich zdrajców.

A w izbie radnej, z chwilą jak kozactwo wywlekło za drzwi Tatarczuka i młodego Barabasza, uciszyło się znowu i atamani zajęli dawne miejsca pod ścianami, bo z przyległego alkierza przyprowadzono więźnia.

Cień padał na jego twarz, gdyż i ogień na kominie przygasł— i w półświetle widać było tylko wyniosłą postać trzymającą się prosto i dumnie, choć ręce jej związane były łykem. Ale Hładki dorzucił wiązkę łuczywa, po chwili bujny płomień strzelił w górę i oblał jasnym światłem oblicze więźnia, który zwrócił się ku Chmielnickiemu.

Ujrzawszy go Chmielnicki drgnął.

Więzień – był to pan Skrzetuski.

Tuhaj-bej wypluł łuskwiny słoneczników i mruknął po rusińsku:

– Ja toho Lacha znaju – on buw u Krymu.

– Na pohybel mu! – zawołał Hładki.

– Na pohybel! – powtórzył Czarnota.

Chmielnicki opanował już wrażenie. Powiódł tylko oczyma po Hładkim i Czarnocie, którzy pod wpływem tego wzroku umilkli, następnie zwróciwszy się do koszowego rzekł:

– I ja jeho znaju.

– Ty skąd? – spytał koszowy Skrzetuskiego.

– W poselstwiem jechał do ciebie, atamanie koszowy, gdy mnie zbójcy na Chortycy napadli i wbrew obyczajom, obserwowanym u najdzikszych narodów, ludzi mi wybili, a mnie, nie bacząc na godność mą poselską i urodzenie, zranili, znieważyli i jako jeńca tu przywiedli, o co pan mój, J.O. książę Jeremi Wiśniowiecki, będzie się umiał u ciebie, atamanie koszowy, upomnieć.

– A czego ty nieszczerość swoją okazał? czemu ty dobrego mołojca obuchem rozszczepił? czemu ty ludzi nabił, we czworo tyle, ile was wszystkich było? A ty z listem do mnie jechał, by na gotowość naszą spoglądać i Lachom o niej donosić? Wiemy także, że ty i do zdrajców wojska zaporoskiego miał listy, aby z nimi zgubę wszystkiego wojska knować, za czym nie jako poseł, ale jako zdrajca będziesz przyjęty i sprawiedliwie ukarany.

– Mylisz się, atamanie koszowy, i ty, mości hetmanie samozwańczy – rzekł namiestnik zwracając się do Chmielnickiego. – Jeślim listy miał, to czyni tak każden poseł, który w obce strony jedzie, że od znajomych do znajomych listy bierze, by i sam miał przez to komitywę. A jam tu jechał z pismem książęcym nie zgubę waszą knować, ale od takowych was postępków powstrzymać, które nieznośny paroksyzm na Rzeczpospolitą, a na was i na całe wojsko zaporoskie ostatnią zagładę ściągną. Na kogóż to bowiem bezbożną rękę podnosicie? Przeciw komu wy, co się obrońcami chrześcijaństwa nazywacie, z pogany przymierze czynicie? Przeciw królowi, przeciw stanowi szlacheckiemu i całej Rzeczypospolitej. Wy przeto, nie ja, zdrajcami jesteście, i to wam powiadam, iż jeśli pokorą i posłuszeństwem nie zgładzicie win waszych, tedy biada wam! Zaliż dawne to czasy Pawluka i Nalewajki? Zali wyszła już wam z pamięci ich kara? Pomnijcie tedy, że *patientia* Rzeczypospolitej już wyczerpana i miecz wisi nad głowami waszymi.

– Łajesz, wraży synu, by się wykręcić i śmierci ujść! – zawołał koszowy. – Aleć ci nie pomoże ni groźba, ni wasza łacina lacka.

Inni też atamanowie poczęli zębami zgrzytać i trzaskać w szable, a pan Skrzetuski podniósł głowę jeszcze wyżej i tak mówił:

– Nie myśl, atamanie koszowy, bym się śmierci obawiał albo żywota bronił, albo się z mej niewinności wywodził. Szlachcicem będąc, od równych tylko sobie sądzon być mogę i nie przed sędziami tu stoję, jeno przed zbójcami, nie przed szlachtą, jeno przed chłopstwem, nie przed rycerstwem, jeno przed barbarzyństwem, i wiem dobrze, że się od śmierci nie wybiegam, którą wy też dopełnicie miary swej nieprawości. Przede mną jest śmierć i męka, ale za mną moc i zemsta całej Rzeczypospolitej, przed którą drżyjcie wszyscy.

Jakoż wyniosła postawa, wzniosłość mowy i imię Rzeczypospolitej silne zrobiły wrażenie. Atamanowie spoglądali na siebie milcząc. Przez chwilę wydało im się, że przed nimi stoi nie jeniec, ale groźny poseł potężnego narodu. Tuhaj-bej zaś mruknął:

– Serdytyj Lach!

– Serdytyj Lach! – powtórzył Chmielnicki.

Gwałtowne dobijanie się do drzwi przerwało dalszą ich rozmowę. Na majdanie egzekucja szczątków Tatarczuka i Barabasza była właśnie skończona; ,,towarzystwo" wysyłało nową deputację.

Kilkunastu Kozaków, okrwawionych, zziajanych, okrytych potem, pijanych, weszło do izby. Stanęli przy drzwiach i wyciągając ręce jeszcze dymiące od krwi poczęli mówić:

– Towarzystwo kłania się panom starszyźnie – tu pokłonili się wszyscy w pas – i prosi, żeby im wydać tego Lacha, szczob z nym poihraty, jak z Barabaszom i Tatarczukom.

– Wydać im Lacha! – krzyknął Czarnota.

– Nie wydawać – wołał inny. – Niech czekają! On poseł!

– Na pohybel mu! – ozwały się różne głosy.

Następnie ucichli wszyscy czekając, co powiedzą koszowy i Chmielnicki.

– Towarzystwo prosi; a nie, to samo weźmie – powtórzyli deputaci.

Zdawało się, że pan Skrzetuski zgubiony jest bez ratunku, gdy wtem Chmielnicki pochylił się do ucha Tuhaj-beja.

– To twój jeniec – szepnął – jego Tatarzy wzięli, on twój. Dasz-li go sobie zabrać? To bogaty szlachcic, a i bez tego kniaź Jarema złotem za niego zapłaci.

– Dawajcie Lacha! – wołali coraz groźniej Kozacy.

Tuhaj-bej przeciągnął się na swoim siedzeniu i wstał. Twarz zmieniła mu się w jednej chwili, oczy rozszerzyły się jak u żbika, zęby poczęły błyskać. Nagle skoczył jak tygrys przed mołojców dopominających się o jeńca.

– Precz, capy, psy niewierne! niewolnicy! swynojady! – ryknął chwytając za brody dwóch Zaporożców i targając nimi z wściekłością. – Precz, pijanice, bydlęta nieczyste! gady plugawe! wy mnie jasyr zabierać przyszli, a ot, ja wam tak!... capy! – To mówiąc, targał za brody coraz innych mołojców, na koniec zwaliwszy jednego począł go deptać nogami. – Na twarz, niewolnicy, bo was w jasyr zapędzę, bo Sicz całą nogami tak zdepczę jak was! z dymami puszczę, ścierwem waszym pokryję!

Deputaci cofali się przerażeni – straszliwy przyjaciel pokazał, co umie.

I dziwna rzecz: na Bazawłuku stało tylko sześć tysięcy ordy! Prawda, że za nimi stał jeszcze chan z całą potęgą krymską, ale w samej Siczy było kilkanaście tysięcy mołojców prócz tych, których Chmielnicki wysłał był już na Tomakówkę – a jednakże ani jeden głos protestacji nie podniósł się przeciw Tuhaj-bejowi. Zdawać by się mogło, że sposób, w jaki groźny murza obronił jeńca, był jedynie skuteczny, że trafił od razu do przekonania Zaporożców, którym tatarska pomoc była w tej chwili niezbędną. Deputacja wypadła na majdan krzycząc do tłumów, że nie będą z Lachem igrały, bo to jeniec Tuhaj-beja, a Tuhaj-bej, każe rozserdywsia! ,,Brody nam powyrywał!'' – wołali. Na majdanie też poczęto zaraz powtarzać: ,,Tuhaj-bej rozserdywsia!'' ,,Rozserdywsia! – wołały żałośnie tłumy – rozserdywsia! rozserdywsia!'' – a w kilka chwil jakiś przeraźliwy głos jął śpiewać koło ogniska:

Hej, hej!
Tuhaj-bej
Rozserdywsia duże!
Hej, hej,
Tuhaj-bej
Ne serdysia, druże!

Wnet tysiące głosów powtórzyło: „Hej, hej! Tuhaj-bej" – i oto powstawała jedna z tych pieśni, które potem, rzekłbyś, wicher roznosił po całej Ukrainie i trącał nimi o struny lir i teorbanów.

Ale nagle i pieśń została przerwana, bo przez bramę od strony Hassan-Basza wpadło kilkunastu ludzi i przedzierając się przez tłum, krzycząc: „Z drogi! z drogi!", dążyło co sił w stronę radnego domu. Atamani zabierali się już do wyjścia, gdy nowi ci goście wpadli do izby.

– Pyśmo do hetmana! – wołał stary Kozak.

– Skąd wy?

– My czehryńcy. Dzień i noc z pyśmom jidem. Oto jest.

Chmielnicki wziął list z rąk Kozaka i począł czytać. Nagle twarz zmieniła mu się, przerwał czytanie i rzekł donośnym głosem:

– Mości panowie atamani! Hetman wielki wysyła syna Stefana z wojskiem na nas. Wojna!

W izbie powstał dziwny szmer; nie wiadomo, czy szmer radości, czy przerażenia. Chmielnicki wystąpił na środek izby, wsparł się pod boki, oczy jego miotały błyskawice, a głos brzmiał groźnie i rozkazująco:

– Kurzeniowi do kurzeniów! Uderzyć z dział na wieży! Rozbić beczki z wódką! Jutro świtaniem ruszamy!

Od tej chwili kończyły się na Siczy obrady zbiorowe, rządy atamanów, sejmy i przewaga „towarzystwa". Chmielnicki brał w ręce nieograniczoną władzę. Oto przed chwilą z obawy, aby głos jego nie został nie wysłuchany przez burzliwe „towarzystwo", musiał jeńca podstępem bronić i podstępem gubić niechętnych; teraz był panem życia i śmierci wszystkich. Tak zawsze bywało. Przed i po wyprawie, choćby hetman już był obrany, tłum narzucał jeszcze atamanom i koszowemu swoją wolę, której niebezpiecznie było się opierać. Ale gdy tylko wyprawa została otrąbioną, ,,towarzystwo'' stawało się wojskiem podległym wojskowej dyscyplinie, kurzeniowi oficerami, a hetman wodzem-dyktatorem.

Dlatego też usłyszawszy rozkazy Chmielnickiego atamanowie wypadli natychmiast do swoich kurzeniów. Narada była skończona.

Po chwili huk dział z bramy prowadzącej z Hassan-Basza do siczowego majdanu zatrząsł ścianami izby i rozległ się posępnym echem po całym Czertomeliku, zwiastując wojnę.

Rozpoczynał on także epokę w dziejach dwóch narodów, ale o tym nie wiedzieli ni pijani siczowcy, ni sam hetman zaporoski.

XII

Chmielnicki ze Skrzetuskim poszli na nocleg do koszowego, a z nimi i Tuhaj-bej, któremu za późno było wracać na Bazawłuk. Dziki bej traktował namiestnika jako jeńca, który miał być za wysoką cenę wykupiony, zatem nie jak niewolnika i z respektem większym nawet może niż Kozaków, bo go w swoim czasie jako książęcego posła na dworze chanowym widywał. Co widząc koszowy zaprosił go do swej chaty i również zmienił z nim postępowanie. Stary ataman był to człowiek duszą i ciałem oddany Chmielnickiemu, który go zawojował i owładnął; owóż zauważył, że Chmielnickiemu chodziło widocznie podczas narad o ocalenie jeńca. Ale zdziwił się jeszcze bardziej, gdy zaledwie zasiedli w chacie, Chmielnicki zwrócił się do Tuhaj-beja.

– Tuhaj-beju! – rzekł – ile myślisz wziąć wykupna za tego jeńca?

Tuhaj-bej popatrzył na Skrzetuskiego i rzekł:

– Tyś mówił, że to znaczny człowiek, a ja wiem, że to poseł strasznego kniazia, a straszny kniaź kocha swoich. Bismillach! jeden zapłaci i drugi zapłaci – razem...

Tu Tuhaj-bej zamyślił się:

– Dwa tysiące talerów.

Chmielnicki na to:

– Dam ci dwa tysiące talerów.

Tatar milczał przez chwilę. Jego skośne oczy zdawały się na wskroś przenikać Chmielnickiego.

– Ty dasz trzy – rzekł.

– Dlaczego mam dać trzy, gdyś sam dwu żądał?

– Bo jeśli go chcesz mieć, to tobie na tym zależy, a jeśli ci zależy, to dasz trzy.

– On mnie życie ocalił.

– Ałła! to warte tysiąc więcej.

Tu Skrzetuski wtrącił się do targu.

– Tuhaj-beju – rzekł z gniewem. – Z książęcego skarbca nie mogę ci nic obiecywać, ale choćbym miał fortunę własną poszarpać, to sam dam trzy. Mam też blisko tyle u księcia na prowizji i wioskę dobrą, co starczy. A temu hetmanowi nie chcę wolności i zdrowia zawdzięczać.

– A skąd ty wiesz, co ja z tobą uczynię? – rzekł Chmielnicki.

A potem zwróciwszy się do Tuhaj-beja mówił:

– Wojna się rozpocznie. Poślesz do kniazia, ale nim poseł wróci, dużo wody w Dnieprze upłynie, a ja ci jutro na Bazawłuk odwiozę sam pieniądze.

– Daj cztery, to i nie będę z Lachem gadał – odparł niecierpliwie Tuhaj-bej.

– Dam cztery, na twoje słowo.

– Mości hetmanie – rzekł koszowy – chcesz, to ci zaraz wyliczę. Mam tu pod ścianą może i więcej.

– Jutro powieziesz na Bazawłuk – rzekł Chmielnicki.

Tuhaj-bej przeciągnął się i ziewnął.

– Spać mi się chce – rzekł. – Jutro też przede dniem na Bazawłuk muszę ruszyć. Gdzie mam spać?

Koszowy ukazał mu pęk skór owczych pod ścianą.

Nagroda dla ucznia / uczennicy klasy VIII...

Polskiej Szkoły Dokształcającej ZPA

Agnieszki Chądzyńskiej
....

Za pilność w nauce i wzorowe zachowanie
podczas edukacji w Polskiej Szkole

Nauczyciel   Dyrektor   ZPA

Maria Suchocka
Principal

Perth Amboy , dnia 13 maja , 2011

Tatar rzucił się na posłanie. Po niejakim czasie począł chrapać jak koń.

Chmielnicki przeszedł się kilkakrotnie po wąskiej izbie i rzekł:

– Sen ucieka mnie od powiek. Nie usnę. Daj się czego napić, mości koszowy.

– Gorzałki czy wina?

– Gorzałki. Nie usnę.

– Na niebie już Kurki – rzekł koszowy.

– Późno! Idź i ty spać, stary druhu. Napij się i idź.

– Na sławę i szczęście!

– Na szczęście!

Koszowy obtarł gębę rękawem, następnie podał rękę Chmielnickiemu i odszedłszy w drugi koniec izby zakopał się niemal w owcze skóry, krew bowiem miał już przez wiek ostudzoną.

Wkrótce chrapanie jego zawtórowało chrapaniu Tuhaj-beja.

Chmielnicki siedział za stołem pogrążony w milczeniu.

Nagle rozbudził się, spojrzał na Skrzetuskiego i rzekł:

– Mości namiestniku, jesteś wolny.

– Wdzięczenem ci, mości hetmanie zaporoski, luboć nie ukrywam, że wolałbym komu innemu za wolność dziękować.

– Tedy nie dziękuj. Ocaliłeś mi życie, jam ci też dobrem odpłacił, teraz kwita. A i to ci muszę jeszcze powiedzieć, iż cię zaraz nie puszczę, chyba mi słowo rycerskie dasz, iż wróciwszy nie powiesz ni słowa ani o naszej gotowości, ani o siłach, ani o niczym, coś tu w Siczy widział.

– Widzę jedno to, żeś mi niepotrzebnie *fructum* wolności dał posmakować, bo ci takiego słowa nie dam, gdyż dając je, tak bym właśnie postąpił jako ci, którzy do nieprzyjaciela przechodzą.

– Gardło moje i zdrowie całego wojska zaporoskiego w tym, aby się na nas hetman wielki ze wszystkimi siłami nie ruszył, czego by nie omieszkał, gdybyś go o potędze naszej powiadomił, nie dziw się więc, że jeśli słowa nie chcesz dać, to cię nie puszczę, póki o siebie bezpiecznym nie będę. Wiem, na com się porwał; wiem, jako straszna jest siła przeciw mnie: obaj hetmani, twój straszny kniaź, któren sam za całe wojsko stanie, a Zasławscy, a Koniecpolscy, a wszystkie owe królewięta, które na szyi kozackiej nogę trzymają! Zaprawdę, niemałom ja musiał napracować się i listów rozpisać, nim zdołałem ich czujność uśpić – toć nie mogę teraz dozwolić, byś ją rozbudził. Gdy i czerń, i Kozacy grodowi, i wszyscy uciśnieni w wierze i wolności tak się po mojej opowiedzą stronie, jako wojsko zaporoskie i miłościwy chan krymski, tuszę, że nieprzyjaciołom sprostam, bo i moja siła znaczną będzie, ale najwięcej ufam Bogu, który widział krzywdy, a patrzył na niewinność moją.

Tu Chmielnicki wychylił szklankę wódki i zaczął chodzić niespokojnie koło stołu, pan Skrzetuski zaś zmierzył go oczyma i rzekł z mocą:

– Nie bluźnijże, hetmanie zaporoski, na Boga i Jego najwyższą opiekę się powołując, bo zaiste gniew tylko boży i prędsze karanie na siebie ściągniesz. Tobież to godzi się Najwyższego na swą obronę wzywać? Tobie, którem dla swych krzywd i prywatnych zatargów taką straszliwą burzę podnosisz i płomień wojny domowej rozpalasz, i z pogany przeciw chrześcijanom się łączysz? Cóż się bowiem stanie? Zwyciężysz-li czy będziesz zwyciężony, morze ludzkiej krwi i łez wylejesz, gorzej szarańczy kraj spustoszysz, krew własną poganom w jasyr oddasz, Rzeczpospolitą wstrząśniesz, na majestat rękę podniesiesz, ołtarze Pańskie pohańbisz, a wszystko dlatego, że Czapliński futor ci zabrał, że ci po pijanemu wygrażał! Na cóż się więc nie targniesz? Czego dla prywaty nie poświęcisz? Boga wzywasz? – a ja zaprawdę, choć jestem w twojej mocy, chociaż mnie żywota i wolności pozbawić możesz – powiadam ci: szatana ty, nie Boga na pomoc wzywaj, bo tylko jedno piekło sekundować ci może!

Chmielnicki spąsowiał – za rękojeść się porwał i patrzył tak na namiestnika jak lew, który wnet ma ryknąć i rzucić się na swą ofiarę – ale się pohamował. Szczęściem nie był jeszcze pijany. Może też nagle ogarnął go jakiś niepokój, może jakieś głosy zawołały mu w duszy: „Zawróć z drogi" – bo nagle, jakby się chciał przed własnymi myślami bronić lub samego siebie przekonywać, tak mówić począł:

– Od innego nie ścierpiałbym takiej mowy, ale i ty bacz, aby twa śmiałość mej cierpliwości nie pożarła. Piekłem mnie straszysz, o prywatę i zdradę mnie pomawiasz, a skądże wiesz, jeśli własne tylko krzywdy mścić idę? Gdzież to bym znalazł pomocników, gdzie owe tysiące, które się już za mną opowiedziały i opowiedzą, gdybym jeno własnych ucisków chciał dochodzić? Spójrz, co się dzieje na Ukrainie? Hej! ziemia bujna, ziemia matka, ziemia rodzona! A kto w niej jutra pewien? kto w niej szczęśliw? kto wiary nie pozbawion, z wolności nie obran, kto w niej nie płacze i nie wzdycha? Sami jeno Wiśniowieccy a Potoccy, Zasławscy, a Kalinowscy, a Koniecpolscy, i szlachty garść! Dla nich starostwa, dostojeństwa, ziemia i ludzie, dla nich szczęście i złota wolność, a reszta narodu ręce we łzach do nieba wyciąga czekając bożego zmiłowania, bo i królewskie nie pomoże! Ileż to szlachty nawet nieznośnego ich ucisku wytrzymać nie mogąc na Sicz ucieka, jako ja sam uciekłem! Nie chcę też wojny z królem, nie chcę z Rzeczpospolitą! Ona mać, on ojciec! Król miłościwy pan, ale królewięta! Z nimi nam nie żyć; ich to zdzierstwa, ich to arendy, stawszczyzny, pojemszczyzny, suchomielszczyzny, oczkowe i rogowe; ich to tyrania i uciski przez Żydów czynione o zemstę do nieba wołają. Jakiejże to wdzięczności doznało wojsko zaporoskie za tak wielkie zasługi w licznych wojnach oddane? Gdzie przywileje kozackie? Król dał, królewięta odjęli. Nalewajko poćwiertowan! Pawluk w miedzianym wole spalon! Krew nie obeschła po ranach, które nam szabla Żółkiewskiego i Koniecpolskiego zadała! Łzy nie obeschły po pobitych, ściętych, na pal wsadzonych – a teraz – patrz! co świeci na niebie – tu Chmielnicki wskazał przez okienko na płonącą kometę – gniew boży! bicz boży!... Więc jeśli ja mam nim być na ziemi – to dziej się wola boża! wezmę ten ciężar na barki.

To rzekłszy ręce ku górze wyciągnął i zdawał się płonąć cały jak wielka pochodnia zemsty i drżeć począł, a potem padł na ławę jakby ciężarem swych przeznaczeń przygnieciony.

Nastało milczenie przerywane tylko chrapaniem Tuhaj-beja i koszowego, a w jednym kącie chaty świerszcz ćwirkał żałośnie.

Namiestnik siedział ze spuszczoną głową. Rzekłbyś: szukał odpowiedzi na słowa Chmielnickiego, tak ciężkie, jak bryły granitu; na koniec tak mówić począł głosem cichym i smutnym:

– Ach! choćby to była i prawda, ktoś ty, hetmanie, jest, abyś się sędzią i katem kreował? Jakież cię okrucieństwo, jaka pycha unosi! Czemu ty Bogu sądu i kary nie zostawisz? Jać złych nie bronię, krzywd nie pochwalam, ucisków prawem nie mianuję, ale wejrzyjże i ty w siebie, hetmanie! Na ucisk od królewiąt narzekasz, mówisz, że króla ni prawa słuchać nie chcą, dumę ich ganisz, a czy sam jej próżen jesteś? Czy sam nie ściągasz ręki na Rzeczpospolitą, prawo i majestat? Tyranię paniąt i szlachty widzisz, ale tego nie widzisz, że gdyby nie ich piersi, nie ich pancerze, nie ich moc, nie ich zamki, nie ich działa i hufce, tedyby ta ziemia, mlekiem i miodem płynąca, pod stokroć cięższym jarzmem tureckim albo tatarskim jęczała! Kto bowiem by jej bronił? Czyją to opieką i mocą dzieci wasze w janczarach nie służą, a niewiasty do sprośnych haremów nie są porywane? Kto osadza pustynie, zakłada wsie i miasta, wznosi świątynie boże?

Tu głos pana Skrzetuskiego potężniał coraz bardziej, a Chmielnicki utkwił ponuro oczy we flaszę z wódką, zaciśnięte pięście na stole położył i milczał, jakby się sam ze sobą pasował.

– I któż są oni? – mówił dalej pan Skrzetuski – czy to tu z Niemiec przyszli albo od Turek? Nie krew-że to z krwi, nie kość z kości waszej? Nie wasza-że to szlachta, nie wasi książęta? Co gdy tak jest, tedy ci biada, hetmanie; bo ty młodszych braci na starszych uzbrajasz i parrycydów z nich czynisz. O dla Boga! choćby też i źli byli, choćby wszyscy, co przecie nie jest, deptali prawa, gwałcili przywileje – niechże ich Bóg sądzi w niebie, a sejmy na ziemi, ale nie ty, hetmanie! Możesz-li bowiem rzec, że między wami są tylko sprawie-dliwi? zaliście nigdy nie przewinili, zali macie prawo rzucić kamie-niem na cudzą zmazę? A żeś mię pytał: gdzie są przywileje kozackie? – tedy ci odpowiem: Nie królewięta je zdarli, ale Zaporożcy, ale Łoboda, Sasko, Nalewajko i Pawluk, o którym zmyślasz, że był w wo-le miedzianym usmażon, bo wiesz dobrze, że tak nie było! Zdarły je bunty wasze, zdarły niespokojności i napady, na kształt tatarskich czynione. Kto Tatarów w granice Rzeczypospolitej puszczał, by do-piero na powracających i łupem obciążonych dla zysku napadać? – wy! Kto – przebóg! – lud chrześcijański, własny w jasyr oddawał? Kto największe warcholy czynił? – wy! Przed kim ni szlachcic, ni kupiec, ni kmieć nie jest bezpieczny?–przed wami! Kto wojny domo-we rozpalał, z dymem puszczał wsie i miasta ukrainne, łupił świąty-nie boże, gwałcił niewiasty – wy i wy! Czego tedy chcesz? Czy aby wam przywileje na wojnę domową, rozbój i łupiestwo zostały wyda-ne? Zaiste więcej wam przebaczono, niźli odjęto! Chciano *membra putrida* leczyć, nie wycinać, i nie wiem – jest-li na świecie potencją prócz Rzeczypospolitej, która by taki wrzód we własnym łonie tole-rując, tyle cierpliwości i klemencji znalazła! A w odwet za to jaka wdzięczność? Ot, tu śpi twój sprzymierzeniec, ale Rzeczypospolitej wróg zaciekły; twój przyjaciel, ale nieprzyjaciel krzyża i chrześcijańst-wa, nie królewiątko ukrainne, ale murza krymski!... z nim to pój-dziesz palić własne gniazdo, z nim sądzić braci! Ale on też ci odtąd panować będzie, jemu strzemię podawać musisz!

Chmielnicki wychylił nową szklankę wódki.

– Gdyśmy z Barabaszem czasu swego u króla miłościwego byli – odparł ponuro – i gdyśmy na krzywdy i uciski nasze płakali, pan nasz rzekł: ,,A to nie macie samopałów i szabli przy boku?''

– Gdybyś przed Królem królów stanął, ten by rzekł: ,,Aza przeba-czyłeś nieprzyjaciołom swoim, jakom ja swoim przebaczył?''

– Z Rzeczpospolitą wojny nie chcę!

– Jeno jej miecz do gardła przykładasz!

– Idę Kozaków z waszych okowów uwolnić.

153

– By ich w tatarskie łyka skrępować!

– Wiary chcę bronić.

– Z pohańcem w parze.

– Precz że ty, boś nie jest głosem sumienia mego! Precz! mówię ci!

– Krew przelana ci zaciąży, łzy ludzkie oskarżą, śmierć cię czeka, sąd czeka!

– Puszczyk! – zawołał z wściekłością Chmielnicki i nożem przed piersią namiestnikową błysnął.

– Zabij! – rzekł pan Skrzetuski.

I znowu nastała chwila ciszy, znowu słychać było tylko chrapanie śpiących i żałosne skrzypienie świerszcza.

Chmielnicki stał przez chwilę z nożem przy piersi Skrzetuskiego; nagle się wstrząsnął, opamiętał, nóż upuścił, a natomiast porwawszy gąsiorek z wódką pić począł. Wypił aż do dna i siadł ciężko na ławie.

– Nie mogę go pchnąć! – mruczał – nie mogę! Późno już... czy to już świt?... Ale i z drogi zawracać późno... Co ty mnie o sądzie i krwi mówisz?

Poprzednio wypił już wiele, teraz wódka uderzała mu do głowy; stopniowo coraz bardziej tracił przytomność.

– Jaki tam sąd? co? Chan obiecał mi posiłki. Tuhaj-bej tu śpi! Jutro mołojcy ruszą... Z nami święty Michał-zwycięzca!... A jeśli-by...jeśliby...to... Ja cię wykupił u Tuhaj-beja – ty to pamiętaj i po-wiedz... Ot! Boli coś... boli! Z drogi zawracać... późno!... sąd... Nale-wajko... Pawluk...

Nagle wyprostował się, oczy z przerażeniem wytrzeszczył i zakrzyk-nął:

– Kto tu?

– Kto tu? – powtórzył na wpół rozbudzony koszowy.

Ale Chmielnicki głowę na piersi spuścił, kiwnął się raz, drugi, mruknął: ,,Jaki sąd?..." – i usnął.

Pan Skrzetuski od ran niedawno otrzymanych i wzruszenia roz-mowy pobladł bardzo i zesłabł, więc pomyślał, że to może śmierć nadlatuje, i zaczął się modlić głośno.

154

XIII

Nazajutrz rankiem piesze i konne wojska kozackie ruszyły z Siczy. Lubo krew nie splamiła jeszcze stepów, wojna była już rozpoczęta. Pułki szły za pułkami; rzekłbyś: szarańcza przygrzana słońcem wiosennym wyroiła się z oczeretów Czertomeliku i leci na ukraińskie niwy. W lesie za Bazawłukiem czekali już gotowi do pochodu ordyńcy. Sześć tysięcy co przebrańszych wojowników, zbrojnych nierównie lepiej od zwykłych czambułowych rabusiów, stanowiło pomoc, którą chan przysłał Zaporożcom i Chmielnickiemu. Mołojcy na ich widok wyrzucili czapki w górę. Zagrzmiały rusznice i samopały. Wrzaski kozackie pomieszane z hałłakowaniem tatarskim uderzyły o sklepienie niebios. Chmielnicki i Tuhaj-bej, obaj pod buńczukami, skoczyli ku sobie końmi i powitali się ceremonialnie.

Sprawiono szyk pochodowy ze zwykłą Tatarom i Kozakom chyżością, po czym wojska ruszyły naprzód. Ordyńcy zajęli oba skrzydła kozackie, środek zawalił Chmielnicki z jazdą, za którą postępowała straszna piechota zaporoska, dalej „puszkary" z armatami, dalej tabor, wozy, na nich służba obozowa, zapasy żywności, wreszcie czabanowie z zapaśnymi stadami i bydłem.

Przebywszy bazawłucki las pułki wypłynęły na stepy. Dzień był pogodny. Stropu nieba nie plamiła żadna chmurka. Lekki wiatr podmuchiwał z północy ku morzu, słońce grało na spisach i kwiatach pustyni. Roztoczyły się przed wojskiem Dzikie Pola jako morze bez końca, a na ten widok radość ogarnęła kozacze serca. Wielka malinowa chorągiew z Archaniołem zniżyła się po kilkakroć, witając step rodzimy, a za jej przykładem pochyliły się wszystkie buńczuki i pułkowe znamiona. Jeden okrzyk wyrwał się ze wszystkich piersi.

Pułki rozwinęły się swobodnie. „Dowbysze" i teorbaniści wyjechali na czoło wojska; huknęły kotły, zadźwięczały litaury i teorbany, a do wtóru im pieśń przez tysiące głosów śpiewana wstrząsnęła powietrzem i stepem:

Hej wy stepy, wy ridnyje,
Krasnym cwitom pysanyje,
Jako more szyrokije!

Teorbaniści puścili cugle i przechyleni w tył na kulbakach, z oczyma utkwionymi w niebo, uderzali o struny teorbanów; litaurzyści wyciągnąwszy ręce nad głowami bili w swoje miedziane kręgi, dowbysze grzmieli w kotły, a te wszystkie odgłosy wraz z monotonnymi słowami pieśni i przeraźliwym, niesfornym świstem piszczałek tatarskich zlały się w jakąś nutę ogromną, dziką a smętną jak sama pustynia. Upojenie ogarnęło wszystkie pułki; głowy chwiały się w takt pieśni i wreszcie zdawało się, że cały step rozśpiewany kołysze się razem z ludźmi i końmi, i chorągwiami. Spłoszone stada ptactwa zerwały się ze stepu i leciały przed wojskiem jak drugie wojsko powietrzne.

Chwilami pieśń i muzyka milkły, a wówczas słychać było łopot chorągwi, tętent i parskanie koni i skrzypienie wozów taborowych podobne do krzyku łabędzi lub żurawi.

Na czele, pod wielką chorągwią malinową i pod buńczukiem, jechał Chmielnicki przybrany w czerwień, na białym koniu, z pozłocistą buławą w ręku.

Cały tabor poruszał się z wolna i ciągnął na północ pokrywając jak groźna fala – rzeczki, dąbrowy i mogiły, napełniając szumem i gwarem pustosz stepową.

A od Czehryna, z północnego krańca pustyni, płynęła przeciw tej fali inna fala wojsk koronnych pod wodzą młodego Potockiego. Tu Zaporożcy i Tatarzy szli jakoby na wesele, z pieśnią radosną na ustach; tam poważna husaria postępowała w posępnym milczeniu, idąc niechętnie na tę walkę bez sławy. Tu pod malinową chorągwią stary, doświadczony wódz potrząsał groźnie buławą, jakby pewien zwycięstwa i zemsty; tam na czele jechał młodzieniec z twarzą zamyśloną, jakby świadom swych smutnych a bliskich przeznaczeń.

Dzieliła ich jeszcze wielka przestrzeń stepu.

Chmielnicki nie śpieszył się. Liczył bowiem, że im bardziej pogrąży się młody Potocki w pustynię, im dalej odsunie się od obu hetmanów, tym łatwiej będzie mógł być pokonany. A tymczasem coraz nowi zbiegowie z Czehryna, Powołoczy i wszystkich brzegowych miast ukraińskich zwiększali codziennie siły zaporoskie przynosząc zarazem wieści z przeciwnego obozu. Dowiedział się z nich Chmielnicki, że stary hetman wysłał syna z dwoma tylko tysiącami jazdy lądem, a zaś sześć tysięcy semenów i tysiąc niemieckiej piechoty bajdakami Dnieprem. Obie te siły miały rozkaz stałą z sobą utrzymać łączność, ale rozkaz został już pierwszego dnia złamany, bo bajdaki, porwane bystrym prądem Dnieprowym, wyprzedziły znacznie husarię idącą brzegiem, której pochód opóźniały niezmiernie przeprawy przez wszystkie rzeczki wpadające do Dniepru.

Chmielnicki więc pragnąc, by ten rozdział powiększył się jeszcze bardziej, nie śpieszył się. Trzeciego dnia pochodu zaległ taborem koło Komyszej Wody i odpoczywał.

Tymczasem podjazdy Tuhaj-beja sprowadziły języka. Było to dwóch dragonów, którzy zaraz za Czehrynem zbiegli z taboru Potockiego. Pędząc dzień i noc zdołali znacznie wyprzedzić swój obóz. Stawiono ich natychmiast przed Chmielnickim.

Opowiadania ich potwierdziły to, co było już Chmielnickiemu wiadome o siłach młodego Stefana Potockiego; natomiast przynieśli mu nową wiadomość, że przywódcami semenów, płynących wraz z piechotą niemiecką na bajdakach, byli stary Barabasz i Krzeczowski.

Usłyszawszy to ostatnie nazwisko Chmielnicki porwał się na równe nogi.

– Krzeczowski? pułkownik regestrowych perejasławskich?

– On sam, jaśnie wielmożny hetmanie! – odpowiedzieli dragoni.

Chmielnicki zwrócił się do otaczających go pułkowników.

– W pochód! – zakomenderował grzmiącym głosem.

W niespełna godzinę później tabor ruszył naprzód, chociaż słońce już zachodziło i noc nie obiecywała być pogodną. Jakieś straszne, rude chmurzyska porozwalały się na zachodniej stronie nieba, podobne do smoków, do lewiatanów, i zbliżały się ku sobie, jakby chcąc stoczyć walkę.

Tabor posuwał się w lewo, ku brzegowi Dniepru. Szli teraz cicho, bez pieśni, bez bicia w kotły, w litaury, i szybko, o ile pozwalały im trawy, tak bujne w tej okolicy, że pogrążone w nich pułki chwilami traciły się z oczu, a różnobarwne chorągwie zdawały się same płynąć po stepie. Jazda torowała drogę wozom i piechocie, które postępując z trudnością, wkrótce pozostały znacznie w tyle. Tymczasem noc pokryła stepy. Ogromny czerwony księżyc wytoczył się z wolna na niebo, ale przesłaniany co chwila chmurami rozpalał się i gasł jak lampa tłumiona powiewami wiatru.

Było już dobrze z północy, gdy oczom Kozaków i Tatarów ukazały się czarne, olbrzymie masy odrzynające się wyraźnie na ciemnym tle nieba.

Były to mury Kudaku.

Podjazdy zakryte ciemnością zbliżyły się pod zamek tak ostrożnie i cicho, jak wilcy lub ptactwo nocne. A nuż można by ubiec niespodzianie senną fortecę!

Ale nagle błyskawica na wałach rozdarła ciemności, huk straszliwy wstrząsnął skałami Dniepru i kula ognista zatoczywszy jaskrawy łuk na niebie upadła w trawy stepowe.

To posępny cyklop Grodzicki dawał znać, że czuwa.

– Pies jednooki! – mruknął do Tuhaj-beja Chmielnicki – widzi w nocy.

Kozacy pominęli zamek – o którego wzięciu w chwili, gdy przeciw nim samym ciągnęły wojska koronne, nie mogli myśleć – i ruszyli dalej. Ale pan Grodzicki walił za nimi z dział, aż się mury zamkowe trzęsły, nie tyle, by im szkody przyczynić, gdyż przechodzili w znacznej odległości, ale aby ostrzec wojska nadpływające Dnieprem, które mogły znajdować się już niedaleko.

Przede wszystkim jednak huk dział kudackich odbił się w sercu i uszach pana Skrzetuskiego. Młody rycerz, prowadzony z rozkazu Chmiela z taborem kozackim, drugiego dnia zachorował ciężko. W walce na Chortycy nie otrzymał on wprawdzie żadnej śmiertelnej rany, ale utracił tyle krwi, że niewiele w nim życia zostało. Rany jego, opatrzone po kozacku przez starego kantarzeja, otworzyły się, owładnęła nim gorączka i nocy owej leżał wpółprzytomny na kozackiej teledze, nie wiedząc o świecie bożym. Zbudziły go dopiero działa kudackie. Roztworzył oczy, podniósł się na wozie i począł rozglądać się naokoło. Kozacki tabor przemykał się w ciemnościach jak korowód mar, a zamek huczał i świecił różowymi dymami; kule ogniste podskakiwały po stepie charkocząc i warcząc jak psy rozzłoszczone, więc na ten widok taka żałość, taka tęsknota ogarnęły pana Skrzetuskiego, że gotów był i umrzeć zaraz, byle choć duszą ulecieć do swoich. Wojna! wojna! a oto on w obozie wrogów bezbronny, chory, z woza nie mogący się podnieść. Rzeczpospolita w niebezpieczeństwie, on zaś nie leci jej ratować! A tam, w Łubniach, wojska pewno już ruszają. Książę z błyskawicami w oczach lata przed szeregami, a w którą stronę buławą skinie, tam wnet trzysta kopii jakby trzysta gromów uderzy. Tu rozmaite znajome twarze zaczęły namiestnikowi stawać przed oczy. Mały Wołodyjowski leci na czele dragonów ze swoją cienką szabelką w ręku, ale to fechmistrz nad fechmistrze: z kim ją skrzyżuje, ten jakby leżał w mogile; tam znów pan Podbipięta wznosi swój katowski Zerwikaptur! Zetnie trzy głowy czy nie zetnie? Ksiądz Jaskólski ogania chorągwie i modli się z rękami do góry, lecz to dawny żołnierz, więc nie mogąc wytrzymać huknie czasem: „Bij, zabij!" A owo pancerni kładą już glewie w pół końskiego ucha, pułki ruszają naprzód, rozpędzają się, pędzą, bitwa, zawierucha!

Nagle widzenie się zmienia. Przed namiestnikiem staje Helena blada, z rozpuszczonym włosem i woła: „Ratuj, bo mnie Bohun goni!" Pan Skrzetuski zrywa się z wozu, aż jakiś głos, ale już rzeczywisty, mówi do niego:

– Leżże, detyno, bo zwiążę.

To esauł taborowy, Zachar, któremu Chmielnicki kazał pilnować namiestnika jak oka w głowie, układa go na powrót na wozie, okrywa końską skórą i pyta jeszcze:

– Szczo z toboju?

Więc pan Skrzetuski przytomnieje zupełnie. Mary pierzchają. Wozy ciągną samym brzegiem Dnieprowym. Chłodny powiew dochodzi od rzeki i noc blednie. Ptactwo wodne rozpoczyna gwar poranny.

– Słuchaj, Zachar! to my już minęli Kudak? – pyta pan Skrzetuski.

– Minęli! – odpowiada Zaporożec.

– A dokąd ciągniecie?

– Ne znaju. Bytwa, każe, bude, ałe ne znaju.

Na te słowa serce uderzyło radośnie w piersiach pana Skrzetuskiego. Sądził on, że Chmielnicki będzie oblegał Kudak i że od tego wojnę zacznie. Tymczasem pośpiech, z jakim Kozacy szli naprzód, pozwalał wnosić, że wojska koronne były już blisko i że właśnie Chmielnicki dlatego pominął fortecę, by nie być zmuszonym do bitwy pod jej działami. „Dziś jeszcze może wolny będę" – pomyślał namiestnik i wzniósł oczy dziękczynnie ku niebu.

XIV

Huk dział kudackich słyszały również wojska płynące bajdakami pod wodzą starego Barabasza i Krzeczowskiego.

Składały się one z sześciu tysięcy Kozaków regestrowych i jednego regimentu wybornej piechoty niemieckiej, której pułkownikował Hans Flik.

Pan Mikołaj Potocki długo się wahał, zanim Kozaków przeciw Chmielnickiemu wyprawił, ale że Krzeczowski miał na nich wpływ ogromny, a Krzeczowskiemu hetman ufał bez granic, więc tylko semenom kazał przysięgę wierności złożyć i – wyprawił ich w imię boże.

Krzeczowski, żołnierz pełen doświadczenia i wielce w poprzednich wojnach wsławiony, był klientem domu Potockich, którym wszystko zawdzięczał: i pułkownikostwo, i szlachectwo, gdyż mu je na sejmie wyrobili, i na koniec obszerne posiadłości położone przy zbiegu Dniestru i Ladawy, które dożywotnio od nich trzymał.

Tyle tedy węzłów łączyło go z Rzecząpospolitą i z Potockimi, że cień nieufności nie mógł zrodzić się w duszy hetmańskiej. Był to przy tym człowiek w sile dni, bo zaledwie pięćdziesiąt lat liczący, i wielka przyszłość otwierała się przed nim na usługach krajowi. Niektórzy chcieli w nim widzieć następcę Stefana Chmieleckiego, który rozpocząwszy zawód jako prosty rycerz stepowy skończył go jako wojewoda kijowski i senator Rzeczypospolitej. Od Krzeczowskiego zależało pójść tą samą drogą, na którą pchało go męstwo, dzika energia i niepohamowana ambicja, głodna zarówno bogactw, jak i dostojeństw. Gwoli tej to ambicji silnie przed niedawnym czasem zabiegał o starostwo lityńskie, a gdy na koniec otrzymał je pan Korbut, Krzeczowski głęboko zakopał w sercu zawód, ale prawie że odchorował z zawiści i zmartwienia. Teraz zdawał mu się los na nowo uśmiechać, gdyż otrzymawszy od hetmana wielkiego tak ważną funkcję wojskową, śmiało mógł liczyć, że imię jego obije się o uszy królewskie. A było to rzeczą ważną, bo następnie należało tylko pokłonić się panu, aby otrzymać przywilej z miłymi duszy szlacheckiej słowami: „Bił nam czołom i prosył, szczob jeho podaryty, a my pomniawszy jeho usługi, dajem" etc. Tą drogą zdobywało się na Rusi bogactwa i dostojeństwa; tą drogą ogromne obszary pustych stepów, które przedtem należały do Boga i Rzplitej, przechodziły w ręce prywatne; tą drogą chudopachołek na pana wyrastał i mógł krzepić się nadzieją, że potomkowie jego między senatory zasiędą.

Krzeczowskiego gryzło jeno to, że w owej powierzonej mu funkcji musiał dzielić władzę z Barabaszem, ale był to podział tylko nominalny. W rzeczywistości stary pułkownik czerkaski, zwłaszcza w ostatnich czasach, tak się postarzał i zgrzybiał, że już ciałem jedynie do tej ziemi należał, a dusza jego i umysł pogrążone były ustawicznie w odrętwieniu i martwocie, które zwykle śmierć prawdziwą poprzedzają. Z początku wyprawy rozbudził się i począł się krzątać dość raźnie, rzekłbyś: na odgłos surm wojennych stara żołnierska krew poczęła w nim krążyć silniej, bo był to przecie czasu swego wsławiony rycerz i wódz stepowy; ale zaraz po wyruszeniu ukołysał go plusk wioseł, uśpiły pieśni semenów i łagodny ruch bajdaków, więc zapomniał o świecie bożym. Krzeczowski wszystkim rządził i zawiadywał, Barabasz zaś budził się tylko do jedzenia; najadłszy się pytał ze zwyczaju o to i owo – zbywano go lada jaką odpowiedzią, w końcu wzdychał i mawiał: „Ot, rad by ja z inną wojną do mogiły się kłaść, ale wola boża!"

Tymczasem łączność z wojskiem koronnym, idącym pod wodzą Stefana Potockiego, została od razu przerwana. Krzeczowski narzekał, że husaria i dragonia za wolno idą, że nadto u przepraw marudzą, że młody syn hetmański nie ma wojskowego doświadczenia, ale z tym wszystkim kazał wiosłować i płynąć naprzód.

Bajdaki płynęły więc z biegiem Dnieprowym ku Kudakowi, oddalając się coraz bardziej od wojsk koronnych.

Nareszcie pewnej nocy zasłyszano huk dział.

Barabasz spał i nie obudził się; natomiast Flik, który płynął naprzód, wsiadł w podjazdkę i udał się do Krzeczowskiego.

– Mości pułkowniku – rzekł – to kudackie armaty. Co mam czynić?

– Zatrzymaj waść bajdaki. Zostaniemy przez noc w oczeretach.

– Chmielnicki widocznie zamek oblega. Moim zdaniem, należałoby pośpieszyć z odsieczą.

– Ja waści o zdanie nie pytam, jeno rozkaz daję. Przy mnie komenda.

– Mości pułkowniku!...

– Stać i czekać! – rzekł Krzeczowski.

Ale widząc, że energiczny Niemiec szarpie swoją żółtą brodę i ustępować bez racji nie myśli, dodał łagodnie:

– Kasztelan do jutra rana może z jazdą nadciągnąć, a fortecy przez jedną noc nie wezmą.

– A jeśli nie nadciągnie?

– Będziem czekać choćby dwa dni. Waść nie znasz Kudaku! Połamią oni sobie zęby o jego mury, a ja bez kasztelana na odsiecz nie będę ciągnął, bo i prawa do tego nie mam. Jego to rzecz.

Wszelko słuszność zdawała się być po stronie Krzeczowskiego, więc Flik nie nalegał dłużej i oddalił się do swoich Niemców. Po chwili bajdaki poczęły zbliżać się ku prawemu brzegowi i zasuwać w oczerety, które więcej jak na staję pokrywały szeroko w tym miejscu rozlaną łachę. Na koniec plusk wioseł ustał, statki skryły się całkowicie w szuwarach, a rzeka zdawała się być pustą zupełnie: Krzeczowski zakazał palenia ogni, śpiewania pieśni i rozmów, więc okolicę zaległa cisza przerywana tylko dalekim odgłosem dział kudackich.

Wszelako na statkach nikt prócz jednego Barabasza nie zmrużył oka. Flik, człowiek rycerski i boju chciwy, chciałby ptakiem lecieć pod Kudak. Semenowie pytali się siebie z cicha: co też się może zdarzyć z fortecą? Wytrzyma czy nie wytrzyma? A tymczasem huk wzmagał się coraz bardziej. Wszyscy byli przekonani, że zamek odpiera szturm gwałtowny. ,,Chmiel nie żartuje, ale i Grodzicki nie żartuje!" – szeptali Kozacy. A co to będzie jutro?

To samo pytanie zadawał sobie prawdopodobnie Krzeczowski, który siadłszy na przedzie swego bajdaku zamyślił się głęboko. Chmielnickiego znał on dobrze i dawno, uważał go zawsze aż dotąd za człowieka nadzwyczajnych zdolności, któremu tylko pola brakło, by wyleciał jak orzeł w górę, a teraz Krzeczowski zwątpił o tym. Działa grzmiały ciągle, a zatem chyba Chmielnicki naprawdę Kudak oblegał?

,,Jeśli tak jest – myślał Krzeczowski – to to jest człowiek zgubiony!"

Jak to? Więc podniósłszy Zaporoże, zapewniwszy sobie pomoc chanową, zebrawszy siły, jakimi żaden z watażków dotychczas nie rozporządzał, zamiast iść co najśpieszniej na Ukrainę, zamiast pobudzić czerń, przeciągnąć grodowych, zgnieść co prędzej hetmanów i opanować cały kraj, nimby na obronę jego nowe wojska nadeszły, on – Chmielnicki, on – stary żołnierz, szturmuje do niezdobytej fortecy, która przez rok może go trzymać? I pozwoli na to, by najlepsze siły jego tak rozbiły się o mury Kudaku, jak fala Dnieprowa rozbija się o skały porohów? I będzie czekał pod Kudakiem, aż się hetmani wzmocnią i oblegną go jak Nalewajkę pod Sołonicą?...

– To człowiek zgubiony! – powtórzył raz jeszcze pan Krzeczowski. – Właśni Kozacy go wydadzą. Nieudany szturm wywoła zniechęcenie i popłoch. Iskra buntu zagaśnie w samym zarodku, a Chmielnicki nie będzie straszniejszy niż miecz, który się ułamał przy rękojeści.

– To głupiec!

„*Ergo?* – pomyślał pan Krzeczowski – *ergo*, jutro wysadzę na brzeg moich semenów i Niemców, a następnej nocy na osłabionego szturmami niespodziewanie uderzę. Zaporożców w pień wyrżnę, a Chmielnickiego, związanego, pod nogi hetmańskie rzucę. Jego to własna wina, bo mogło się zdarzyć inaczej.”

Tu rozkiełznana ambicja pana Krzeczowskiego wzbiła się na sokolich skrzydłach w górę. Wiedział on dobrze, że młody Potocki żadną miarą do jutrzejszej nocy przyciągnąć nie może, więc kto urwie głowę hydrze? Krzeczowski! Kto zgasi bunt, który straszliwym pożarem mógłby ogarnąć całą Ukrainę? Krzeczowski! Może stary hetman będzie krzyw trochę, że się to stanie bez udziału synala, ale się wysapie prędko, a tymczasem wszystkie promienie sławy i łaski królewskiej oświecą czoło zwyciężcy.

Nie! Trzeba się jednak będzie podzielić sławą ze starym Barabaszem i z Grodzickim! Pan Krzeczowski zasępił się mocno, ale wnet wypogodził się. Wszakże tę starą kłodę, Barabasza, lada dzień zakopią w ziemię, a Grodzicki, byle mógł w Kudaku siedzieć i Tatarów kiedy niekiedy z dział przepłoszyć, niczego więcej nie pragnie; pozostaje jeden Krzeczowski.

Byle hetmaństwo ukrainne mógł otrzymać!

Gwiazdy migotały na niebie, a pułkownikowi zdawało się, że to klejnoty w buławie; wiatr szumiał w oczeretach, a jemu zdało się, że to szumi buńczuk hetmański.

Działa Kudaku grzmiały ciągle.

„Chmielnicki da gardło pod miecz – myślał dalej pułkownik – ale to jego własna wina! Mogło być inaczej! Gdyby poszedł od razu na

Ukrainę!... Mogło być inaczej! Tam wre i huczy wszystko, tam leżą prochy czekające tylko na iskrę. Rzeczpospolita jest potężna, ale na Ukrainie sił nie ma, a król niemłody, schorowany!

Jedna wygrana przez Zaporożców bitwa sprowadziłaby nieobliczone skutki..."

Krzeczowski ukrył twarz w dłoniach i siedział nieruchomy, a tymczasem gwiazdy staczały się niżej i niżej i zachodziły z wolna na step. Przepiórki ukryte w trawach poczęły się nawoływać. Niezadługo miało zaświtać.

Na koniec rozmyślania pułkownika skrzepły w niewzruszony zamiar. Jutro uderzy na Chmielnickiego i zetrze go w proch. Po jego trupie dojdzie do bogactw i dostojeństw, stanie się narzędziem kary w ręku Rzeczypospolitej, jej obrońcą, w przyszłości jej dygnitarzem i senatorem. Po zwycięstwie nad Zaporożem i Tatarami nie odmówią mu niczego.

A jednak – nie dano mu starostwa lityńskiego.

Na to wspomnienie Krzeczowski ścisnął pięście. Nie dano mu starostwa mimo potężnego wpływu jego protektorów Potockich, mimo jego zasług wojennych, dlatego tylko, że był *homo novus*, a jego przeciwnik od kniaziów ród wywodził. W tej Rzeczypospolitej nie dość było zostać szlachcicem, należało jeszcze czekać, by to szlachectwo pokryło się pleśnią jak wino, by zardzewiało jak żelazo.

Chmielnicki jeden mógł zaprowadzić nowy porządek rzeczy, któremu bogdaj że i sam król by sprzyjał – ale, nieszczęśnik, wolał oto rozbijać głowę o skały kudackie.

Pułkownik uspokajał się z wolna. Odmówili mu raz starostwa – cóż z tego? Tym bardziej będą się starali go wynagrodzić, zwłaszcza po zwycięstwie i zgaszeniu buntu, po uwolnieniu od wojny domowej Ukrainy, ba! całej Rzeczypospolitej! Wówczas niczego mu nie odmówią, wówczas nie będzie potrzebował nawet i Potockich...

Senna głowa schyliła mu się na piersi – i usnął marząc o starostwach, o kasztelaniach, o nadaniach królewskich i sejmowych...

Gdy się zbudził, był brzask. Na bajdakach spało jeszcze wszystko. W dali połyskiwały w bladym, rozpierzchłym świetle wody Dnieprowe. Naokoło panowała absolutna cisza. Ta właśnie cisza zbudziła go.

Działa kudackie przestały huczeć.

„Co to? – pomyślał Krzeczowski. – Pierwszy szturm odparty? czy może Kudak wzięty?"

Ale to niepodobna!

Nie! po prostu zbici Kozacy leżą gdzieś z dala od zamku i rany liżą, a jednooki Grodzicki pogląda na nich przez strzelnicę, rychtując na nowo działa.

Jutro szturm powtórzą i znowu zęby połamią.

Tymczasem rozedniało. Krzeczowski zbudził ludzi na swym bajdaku i posłał czółno po Flika.

Flik przybył niebawem.

– Mości pułkowniku! – rzekł mu Krzeczowski – jeśli do wieczora kasztelan nie nadciągnie, a z nocą szturm się powtórzy, ruszymy fortecy w pomoc.

– Moi ludzie gotowi – odparł Flik.

– Rozdajże im prochy i kule.

– Rozdane.

– W nocy wysiędziemy na brzeg i ruszymy jak najciszej stepem. Zejdziemy ich niespodzianie.

– *Gut, sehr gut!* ale czyby się nie przysunąć trochę bajdakami? Do fortecy mil ze cztery. Trochę daleko dla piechoty.

– Piechota siędzie na konie semenów.

– *Sehr gut!*

– Ludzie niech leżą cicho w sitowiach, na brzeg nie wychodzą i hałasów nie sprawują. Ogniów nie palić, bo dymy by nas zdradziły. Nie powinni o nas wiedzieć.

– Mgła taka, że i dymów nie ujrzą.

Rzeczywiście rzeka, łacha porośnięta oczeretem, w której stały bajdaki, i stepy były pokryte, jak okiem sięgnąć, białym, nieprzeniknionym tumanem. Ale że był to dopiero świt, więc mgły mogły jeszcze opaść i odsłonić stepowe przestrzenie.

Flik odjechał. Ludzie na bajdakach budzili się z wolna; wnet ogłoszono rozkazy Krzeczowskiego, by się zachować cicho – więc zabierali się do rannego posiłku bez żołnierskiego gwaru. Kto by przechodził brzegiem lub płynął środkiem rzeki, aniby się domyślił, że w przyległej łasze ukrywa się kilka tysięcy ludzi. Koniom dawano jeść z ręki, by nie rżały. Bajdaki zakryte mgłą leżały przyczajone w lesie szuwarów. Gdzieniegdzie tylko przemykała się mała pidjizdka o dwóch wiosłach, rozwożąca suchary i rozkazy, zresztą wszędzie panowało grobowe milczenie.

Nagle w trawach, trzcinach, szuwarach i zaroślach przybrzeżnych, naokoło całej łachy, rozległy się dziwne, a bardzo liczne głosy wołające:

– Pugu! Pugu!

Cisza...

– Pugu! Pugu!

I znowu nastało milczenie, jak gdyby owe głosy wołające na brzegach oczekiwały na odpowiedź.

Ale odpowiedzi nie było. Wołania zabrzmiały po raz trzeci, ale szybsze i niecierpliwsze:

– Pugu! Pugu! Pugu!

Wówczas od strony statków rozległ się wśród mgły głos Krzeczkowskiego:

– A kto taki?

– Kozak z ługu!

Semenom ukrytym na bajdakach serca zabiły niespokojnie. Tajemnicze owo wołanie było im znane dobrze. W ten sposób Zaporożcy porozumiewali się z sobą na zimownikach, w ten także sposób w czasie wojen zapraszali na rozmowę braci Kozaków regestrowych i grodowych, między którymi bywało wielu należących sekretnie do bractwa.

Głos Krzeczowskiego rozległ się znowu:

– Czego chcecie?

– Bohdan Chmielnicki, hetman zaporoski, oznajmia, że działa na łachę są obrócone.

– Powiedzcie hetmanowi zaporoskiemu, że nasze obrócone są na brzegi.

– Pugu! Pugu!

– Czego jeszcze chcecie?

– Bohdan Chmielnicki, hetman zaporoski, prosi na rozmowę swojego przyjaciela, pana Krzeczowskiego pułkownika.

– Niech jeno da zakładników.

– Dziesięciu kurzeniowych.

– Zgoda!

W tej chwili brzegi łachy zakwitły jakby kwieciem Zaporożcami, którzy popowstawali spośród traw, między którymi leżeli ukryci. Z dala od stepów nadciągała ich konnica i armaty, ukazały się dziesiątki i setki chorągwi, znamion, buńczuków. Szli ze śpiewaniem i biciem w kotły. Wszystko to razem podobniejsze było do radosnego powitania niż do zetknięcia się wrogich potęg.

Semenowie z bajdaków odpowiedzieli okrzykami. Tymczasem przybyły czółna wiozące atamanów kurzeniowych. Krzeczowski wsiadł w jedno z nich i odjechał na brzeg. Tam podano mu konia i przeprowadzono natychmiast do Chmielnickiego.

Chmielnicki ujrzawszy go uchylił czapki, a następnie powitał go serdecznie.

– Mości pułkowniku! – rzekł – stary przyjacielu mój i kumie! Gdy pan hetman koronny kazał ci mnie łapać i do obozu odstawić, tyś tego uczynić nie chciał, jeno mię ostrzegłeś, bym się ucieczką salwował, dla którego uczynku winienem ci wdzięczność i miłość braterską.

To mówiąc rękę uprzejmie wyciągał, ale czarniawa twarz Krzeczowskiego pozostała jak lód zimna.

– Teraz zaś, gdyś się wyratował, mości hetmanie – rzekł – rebelię podniosłeś.

– O swoje to, twoje i całej Ukrainy krzywdy idę się upomnieć z przywilejami królewskimi w ręku i w tej nadziei, że pan nasz miłościwy za złe mi tego nie poczyta.

Krzeczowski począł patrzyć bystro w oczy Chmielnickiemu i rzekł z przyciskiem:

– Kudak obległeś?

– Ja? Chybabym był z rozumu obran! Kudak minąłem i anim wystrzelił, choć mnie stary ślepiec armatami stepom oznajmiał. Mnie na Ukrainę było pilno, nie do Kudaku, a do ciebie było mi pilno, do starego druha, dobrodzieja.

– Czego ty ode mnie chcesz?

– Jedź ze mną trochę w step, to się rozmówim.

Ruszyli końmi i pojechali. Bawili z godzinę. Po powrocie twarz Krzeczowskiego była blada i straszna. Wnet też zaczął żegnać się z Chmielnickim, który rzekł mu na drogę:

– Dwóch nas będzie na Ukrainie, a nad nami jeno król i nikt więcej.

Krzeczowski wrócił do bajdaków. Stary Barabasz, Flik i starszyzna oczekiwali go niecierpliwie.

– Co tam? co tam? – pytano go ze wszystkich stron.

– Wysiadać na brzeg! – odpowiedział rozkazującym głosem Krzeczowski.

Barabasz podniósł senne powieki; jakiś dziwny płomień błysnął mu w oczach.

– Jak to? – rzekł.

– Wysiadać na brzeg! Poddajem się!

Fala krwi buchnęła na bladą i pożółkłą twarz Barabasza. Wstał z kotła, na którym siedział, wyprostował się i nagle ten zgięty, zgrzybiały starzec zmienił się w olbrzyma pełnego życia i siły.

– Zdrada! – ryknął.

– Zdrada! – powtórzył Flik chwytając za rękojeść rapiera.

Ale nim go wydobył, pan Krzeczowski świsnął szablą i jednym zamachem rozciągnął go na pomoście.

Następnie skoczył z bajdaku w podjazdkę tuż stojącą, w której siedziało czterech Zaporożców z wiosłami w ręku, i krzyknął:

– Między bajdaki!

Czółno pomknęło jak strzała, pan Krzeczowski zaś stojąc w środku, z czapką na okrwawionej szabli, z oczyma jak płomienie, krzyczał potężnym głosem:

– Dzieci! nie będziem swoich mordować! Niech żyje Bohdan Chmielnicki, hetman zaporoski!

– Niech żyje! – powtórzyły setne i tysięczne głosy.

– Na pohybel Lachom!

– Na pohybel!

Wrzaskom z bajdaków odpowiadały okrzyki Zaporożców na brzegach. Ale wielu ludzi ze statków stojących dalej nie wiedziało jeszcze, o co chodzi; dopiero gdy wszędzie rozbiegła się wieść, że pan Krzeczowski przechodzi do Zaporożców, prawdziwy szał radości ogarnął semenów. Sześć tysięcy czapek wyleciało w górę, sześć tysięcy rusznic huknęło wystrzałami. Bajdaki zatrzęsły się pod stopami mołojców. Powstał tumult i zamieszanie. Wszelako radość owa musiała być krwią oblana, bo stary Barabasz wolał zginąć niż zdradzić chorągiew, pod którą wiek życia przesłużył. Kilkudziesięciu ludzi czerkaskich opowiedziało się przy nim i wszczęła się bitwa krótka, straszna – jak wszystkie walki, w których garść ludzi pożądająca nie łaski, ale śmierci, broni się tłumom. Ani Krzeczowski, ani nikt z Kozaków nie spodziewał się takiego oporu. W starym pułkowniku rozbudził się dawny lew. Na wezwanie, by broń złożył, odpowiadał strzałami – i widziano go na przodzie z buławą w ręku, z rozwianymi białymi włosami, wydającego rozkazy grzmiącym głosem i z młodzieńczą energią. Statek jego otoczono ze wszystkich stron. Ludzie z tych bajdaków, które nie mogły się docisnąć, wskakiwali w wodę i płynąc lub brodząc między oczeretami, chwytając następnie za krawędź statku, wdzierali się nań z wściekłością. Opór był krótki. Wierni Barabaszowi semenowie, skłuci, zrąbani lub porozrywani rękami, zalegli trupem pomost – stary z szablą w ręku bronił się jeszcze. Krzeczowski przedarł się ku niemu.

– Poddaj się! – krzyknął.

– Zdrajco! na pohybel! – odparł Barabasz i wzniósł szablę do cięcia.

Krzeczowski cofnął się szybko w tłum.

– Bij! – zawołał do Kozaków.

Ale zdawało się, że nikt nie chce pierwszy podnieść ręki na starca. Na nieszczęście jednak pułkownik pośliznął się we krwi i upadł.

Leżący nie wzbudzał już tego szacunku czy też przestrachu i wnet kilkanaście ostrz pogrążyło się w jego ciało. Starzec zdołał tylko wykrzyknąć: „Jezus Maria!"

Zaczęto siekać leżącego i rozsiekano w kawałki. Uciętą głowę przerzucano z bajdaku do bajdaku, bawiąc się nią jak piłką dopóty, dopóki po niezręcznym rzuceniu nie wpadła w wodę.

Pozostawali jeszcze Niemcy, z którymi trudniejsza była sprawa, bo regiment składał się z tysiąca starego i wyćwiczonego w różnych wojnach żołnierza.

Dzielny Flik poległ wprawdzie z ręki Krzeczowskiego, ale na czele regimentu pozostał Johan Werner, podpułkownik, weteran jeszcze z trzydziestoletniej wojny.

Krzeczowski pewny był prawie zwycięstwa, gdyż bajdaki niemieckie otoczone były ze wszystkich stron kozackimi, chciał jednak zachować dla Chmielnickiego tak znaczny zastęp niezrównanej i doskonale uzbrojonej piechoty, dlatego wolał z nimi rozpocząć układy.

Zdawało się przez jakiś czas, że Werner zgadza się na nie, gdyż rozmawiał spokojnie z Krzeczowskini i słuchał uważnie wszelkich obietnic, jakich mu przeniewierczy pułkownik nie szczędził. Żołd, z którym Rzeczpospolita była zalegała, miał być natychmiast za ubiegły czas i za rok jeszcze z góry wypłacony. Po roku knechtowie mogli się udać, gdzie by chcieli, choćby nawet do obozu koronnego.

Werner niby namyślał się, ale tymczasem wydał cicho rozkazy, by bajdaki przysunąć do siebie tak, aby utworzyły jedno zwarte koło. Na okręgu tego koła stanął mur piechurów, ludzi rosłych i silnych, przybranych w żółte kolety i takiejże barwy kapelusze, w zupełnym szyku bojowym, z lewą nogą wysuniętą naprzód do strzału i z muszkietami przy prawym boku. Werner z obnażoną szpadą w ręku stał w pierwszym szeregu i namyślał się długo.

Na koniec podniósł głowę.

– *Herr Hauptmann!* – rzekł – zgadzamy się!

– Nie stracicie na nowej służbie! – zawołał z radością Krzeczowski.

– Ale pod warunkiem...

– Zgadzam się z góry.

– Jeśli tak, to i dobrze. Nasza służba u Rzeczypospolitej kończy się w czerwcu. Od czerwca pójdziemy do was.

Przekleństwo wyrwało się z ust Krzeczowskiego, powstrzymał jednak wybuch.

– Czy kpisz, mości lejtnancie? – spytał.

– Nie! – odparł z flegmą Werner. – Nasza cześć żołnierska każe nam układu dotrzymać. Służba kończy się w czerwcu. Służymy za pieniądze, ale nie jesteśmy zdrajcami. Inaczej nikt by nas nie najmował, a i wy sami nie ufalibyście nam, bo kto by wam ręczył, że w pierwszej bitwie nie przejdziem znowu do hetmanów?

– Czego tedy chcecie?

– Byście nam dali odejść.

– Nie będzie z tego nic, szalony człowiecze! Każę was w pień wyciąć.

– A ilu swoich stracisz?

– Noga z was nie ujdzie.

– Połowa z was nie zostanie.

Obaj mówili prawdę; dlatego Krzeczowski, chociaż flegma Niemca wzburzyła w nim wszystką krew, a wściekłość poczynała go dławić, nie chciał jeszcze rozpoczynać bitwy.

– Nim słońce zejdzie z łachy – zawołał – namyślcie się, po czym każę cynglów ruszać.

I odjechał pośpiesznie w swojej podjazdce, by się z Chmielnickim naradzić.

Nastała chwila oczekiwania. Bajdaki kozackie otoczyły ciaśniejszym pierścieniem Niemców, którzy zachowywali chłodną postawę, jaką tylko stary i bardzo wyćwiczony żołnierz zdoła zachować wobec niebezpieczeństwa. Na groźby i obelgi wybuchające co chwila z kozackich bajdaków odpowiadali pogardliwym milczeniem. Był to prawdziwie imponujący widok tego spokoju wśród coraz silniejszych wybuchów wściekłości ze strony mołojców, którzy potrząsając groźnie spisami i „piszczelami", zgrzytając zębem i klnąc oczekiwali niecierpliwie hasła do boju.

Tymczasem słońce skręcając od południa ku zachodniej stronie nieba zdejmowało z wolna swoje złote blaski z łachy, która stopniowo pogrążała się w cieniu.

Na koniec pogrążyła się zupełnie.

Wówczas zagrała trąbka, a zaraz potem głos Krzeczowskiego ozwał się z daleka:

– Słońce zeszło! Czy już namyśliliście się?

– Już – odparł Werner i zwróciwszy się ku żołnierzom machnął obnażoną szpadą.

– *Feuer!* – skomenderował spokojnym, flegmatycznym głosem.

Huknęło! Plusk ciał wpadających do wody, okrzyki wściekłości i gorączkowa strzelanina odpowiadały na głos niemieckich muszkietów. Armaty zatoczone na brzeg ozwały się basem i poczęły ziać kule na niemieckie bajdaki. Dymy przesłoniły łachę zupełnie – i tylko wśród krzyków, huku, poświstu strzał tatarskich, grzechotania „piszczeli" i samopałów regularne salwy muszkietów zwiastowały, że Niemcy bronią się ciągle.

O zachodzie słońca bitwa wrzała jeszcze, ale zdawała się słabnąć. Chmielnicki w towarzystwie Krzeczowskiego, Tuhaj-beja i kilkunastu atamanów przyjechał na sam brzeg rekognoskować walkę. Rozdęte jego nozdrza wciągały dym z prochu, a uszy napawały się z lubością wrzaskiem tonących i mordowanych Niemców. Wszyscy trzej wodzowie patrzyli na rzeź jakby na widowisko, które zarazem stanowiło pomyślną dla nich wróżbę.

Walka ustawała. Wystrzały umilkły, a natomiast coraz głośniejsze okrzyki kozackiego tryumfu biły o niebo.

– Tuhaj-beju! – rzekł Chmielnicki – to dzień pierwszego zwycięstwa.

– Jasyru nie ma! – odburknął murza – nie chcę takich zwycięstw!

– Weźmiesz go na Ukrainie. Cały Stambuł i Galatę napełnisz swymi jeńcami!

– Wezmę choć ciebie, jak nie będzie kogo!

To rzekłszy dziki Tuhaj roześmiał się złowrogo, po chwili zaś dodał:

– Jednakże chętnie byłbym wziął tych „franków".

Tymczasem bitwa ustała zupełnie. Tuhaj-bej zawrócił konia ku obozowi, a za nim i inni.

– No! teraz na Żółte Wody! – zawołał Chmielnicki.

XV

Namiestnik słysząc bitwę wyczekiwał ze drżeniem jej końca sądząc początkowo, że Chmielnicki potyka się ze wszystkimi siłami hetmanów.

Ale pod wieczór stary Zachar wyprowadził go z błędu. Wieść o zdradzie semenów pod wodzą Krzeczowskiego i wycięciu Niemców wzburzyła do głębi duszy młodego rycerza, była bowiem zapowiedzią przyszłych zdrad, a namiestnik wiedział doskonale, że niemała część wojsk hetmańskich składa się przeważnie z Kozaków.

Udręczenia namiestnika wzrastały, a tryumf w zaporoskim obozie dorzucał jeszcze do nich goryczy. Wszystko zapowiadało się jak najgorzej. O księciu nie było wieści, a hetmani popełnili widocznie straszliwy błąd, gdyż zamiast ruszyć wszystką potęgą ku Kudakowi albo zresztą czekać nieprzyjaciela w warownych obozach na Ukrainie, rozdzielili siły, osłabili się dobrowolnie, dali szerokie pole wiarołomstwu i zdradzie. W obozie zaporoskim mówiono wprawdzie już poprzednio o panu Krzeczowskim i osobnym wysłaniu wojsk pod wodzą Stefana Potockiego, ale namiestnik nie dawał wiary tym wieściom. Sądził, że to są silne podjazdy, które w porę będą cofnięte. Tymczasem stało się inaczej. Chmielnicki wzmocnił się przez zdradę Krzeczowskiego kilkoma tysiącami ludzi, a nad młodym Potockim zawisło straszliwe niebezpieczeństwo. Pozbawionego pomocy i zabłąkanego w pustyniach łatwo teraz mógł Chmielnicki otoczyć i zgnieść zupełnie.

W bólach od ran, w niepokoju, w czasie nocy bezsennych pocieszał się Skrzetuski tylko myślą o księciu. Gwiazda Chmielnickiego musi przecie zblednąć, gdy książę podniesie się w swoich Łubniach. A któż może wiedzieć, czy on już nie połączył się z hetmany? Jakkolwiek znaczne były siły Chmielnickiego, jakkolwiek początki pochodu pomyślne, jakkolwiek szedł z nim Tuhaj-bej, a w razie niepowodzenia obiecał ruszyć w pomoc sam „carz" krymski, Skrzetuskiemu ani w głowie nie powstała myśl, by ta zawierucha mogła trwać długo, by jeden Kozak mógł wstrząsnąć całą Rzeczpospolitą i złamać groźną jej siłę. „U progów ukrainnych ta fala się rozbije" – myślał namiestnik. Jakże to bowiem kończyły się wszystkie bunty kozacze? Wybuchały jak płomień i gasły po pierwszym zetknięciu się z hetmanami. Tak było aż dotąd. Gdy z jednej strony stawało do boju gniazdo drapieżników niżowych, z drugiej potęga, której brzegi oblewały dwa morza – rozwiązanie łatwym było do przewidzenia. Burza nie może być trwałą, więc przejdzie – i nastanie pogoda. – Ta myśl krzepiła pana Skrzetuskiego i można rzec, utrzymywała go na nogach, bo zresztą ciążyło na nim brzemię tak ciężkie, jakiego nigdy dotąd w życiu nie dźwigał. Burza, choć przejdzie, może spustoszyć pola, zburzyć domy i naczynić szkód niepowetowanych. Oto z przyczyny tej burzy on sam mało życia nie stracił, sił się zbawił i popadł w gorzką niewolę właśnie wówczas, gdy mu na wolności tyle prawie, ile na samym życiu zależało. Jakże tedy od zawieruchy mogły ucierpieć istoty słabsze, nie umiejące się bronić? Co tam działo się w Rozłogach z Heleną?

Ale Helena musiała być już w Łubniach. Namiestnik widywał ją we snach otoczoną przez twarze życzliwe, przyhołubioną przez samego księcia i księżnę Gryzeldę, podziwianą przez rycerzy – a jeno tęskną za swoim usarzem, który gdzieś przepadł na Siczy. Ale przyjdzie wreszcie chwila, że usarz wróci. Oto sam Chmielnicki przyrzekł mu wolność – a zresztą fala kozacka płynie i płynie do progów Rzeczypospolitej; gdy się rozbije, będzie koniec zmartwieniom, zgryzotom i niepokojom.

Fala płynęła rzeczywiście. Chmielnicki nie zwłócząc ruszył obóz i ciągnął na spotkanie syna hetmańskiego. Siła jego już była rzeczywiście groźną, bo wraz z semenami Krzeczowskiego i czambułem Tuhaj-beja wiódł blisko 25 000 wyćwiczonych i boju chciwych wojowników. O siłach Potockiego nie było pewnych wiadomości. Zbiegowie mówili, że prowadzi dwa tysiące ciężkiej jazdy i kilkanaście armatek. Bitwa w tej proporcji sił mogła być wątpliwą, bo jeden atak straszliwej husarii wystarczał często do zgniecenia dziesięćkroć liczniejszych zastępów. Tak pan Chodkiewicz, hetman litewski, w trzy tysiące husarzy starł czasu swego pod Kircholmem na proch ośmnaście tysięcy wybranej piechoty i jazdy szwedzkiej; tak pod Kłuszynem jedna chorągiew pancerna w szalonej furii rozniosła kilka tysięcy angielskich i szkockich najemników. Chmielnicki pamiętał o tym, więc szedł, wedle słów ruskiego kronikarza, z wolna i ostrożnie: „mnogimi umu swojego oczyma, jako łowiec chytry, na wszystkie strony poglądając i straże na milę i dalej od obozu mając". Tak zbliżył się ku Żółtej Wodzie. Złapano znowu dwóch języków. Ci potwierdzili szczupłość sił koronnych i donieśli, iż kasztelan przeprawił się już przez Żółtą Wodę. Zasłyszawszy to Chmielnicki stanął jak wryty na miejscu i okopał się wałami.

Serce biło mu radośnie. Jeżeli Potocki odważy się na szturm, tedy musi być pobity. Kozacy nie umieją dostać w polu pancernym, ale zza wału biją się doskonale i w tak wielkiej przewadze sił szturmy niechybnie odeprą. Chmielnicki liczył na młodość i niedoświadczenie Potockiego. Ale przy młodym kasztelanie był doświadczony żołnierz, starościc żywiecki pan Stefan Czarniecki, pułkownik usarski. Ten spostrzegł niebezpieczeństwo i skłonił kasztelana, by cofnął się na powrót za Żółtą Wodę.

Chmielnickiemu nie pozostało nic innego, jak ruszyć za nimi. Drugiego dnia przeprawiwszy się przez topieliska żółtowodzkie oba wojska stanęły sobie oko w oko.

Ale żaden z wodzów nie chciał uderzyć pierwszy. Nieprzyjazne obozy poczęły pośpiesznie otaczać się szańcami. Była to sobota, dzień 5 maja. Cały dzień deszcz lał obficie. Chmury zawaliły tak niebo, iż od południa panował mrok jakoby w dniu zimowym. Pod wieczór ulewa zwiększyła się jeszcze.

Chmielnicki ręce zacierał z radości.

– Niech jeno step rozmięknie – mówił do Krzeczowskiego – a nie będę się wahał wstępnym bojem i z usarią się potykać, gdyż oni w swych ciężkich zbrojach w błocie potoną.

A deszcz padał i padał, jakby samo niebo chciało Zaporożu przyjść w pomoc.

Wojska okopywały się leniwie i posępnie wśród strug wody. Ogni nie można było rozpalić. Kilka tysięcy ordyńców wyszło z obozu pilnować, aby tabor polski korzystając z mgły, fali i nocy nie próbował się wymknąć. Po czym zapadła cisza głęboka. Słychać było tylko szelest ulewy i szum wiatru. Zapewne też nikt nie spał w obu obozach.

Nad ranem trąby zagrały w polskim obozie długo i żałośnie, jakby na trwogę, potem bębny tu i owdzie zaczęły warczeć. Dzień wstawał smutny; ciemny, wilgotny, nawałnica ustała, ale padał jeszcze drobny deszczyk, jakoby przesiewany przez sito.

Chmielnicki kazał uderzyć z działa.

Za nim wnet ozwało się drugie, trzecie, dziesiąte i gdy z obozu do obozu zaczęła się zwykła z armat „korespondencja", pan Skrzetuski rzekł do swego kozackiego anioła stróża:

– Zachar, wyprowadź mnie na szaniec, abym zaś mógł widzieć, co się dzieje.

Zachar sam był ciekawy, więc nie stawiał oporu. Poszli na wysoki narożnik, skąd widać było jak na dłoni zaklęsłą nieco dolinę stepową, topieliska żółtowodzkie i oba wojska. Ale zaledwie pan Skrzetuski spojrzał, wraz się uchwycił za głowę i wykrzyknął:

– Na Boga żywego! toż to jest podjazd, nic więcej!

Rzeczywiście, wały obozu kozackiego rozciągały się blisko na ćwierć mili, gdy tymczasem polski wyglądał w porównaniu z nim jakby szańczyk tylko. Nierówność sił była tak wielka, że zwycięstwo Kozaków nie mogło być wątpliwym.

Ból ścisnął serce namiestnika. Nie nadeszła więc jeszcze godzina upadku dla pychy i buntu, a ta, co nadejdzie, ma być nowym jego tryumfem! Tak się przynajmniej zdawało.

Harce pod ogniem dział były już rozpoczęte. Z narożnika widać było pojedynczych jeźdźców albo gromadki ich ścierające się z sobą. To Tatarzy harcowali z semenami Potockich przybranymi w granatowe i żółte barwy. Jeźdźcy dopadali do siebie i odskakiwali szybko, zajeżdżali się wzajemnie z boków, godzili w siebie z pistoletów i łuków lub włóczniami, starali się chwytać wzajemnie na arkany. Utarczki owe wydawały się z daleka raczej zabawą i tylko konie biegające tu i owdzie bez jeźdźców po błoniu wskazywały, że tam przecie chodzi o śmierć i życie.

Tatarów wysypywało się coraz więcej. Wkrótce błonie zaczerniło się od zbitych ich mas; wówczas też i z obozu polskiego poczęły wysuwać się coraz nowe chorągwie i ustawiać się w szyku bojowym przed okopem. Było tak blisko, że pan Skrzetuski bystrym swym wzrokiem odróżnić mógł wyraźnie znaki, buńczuki, a nawet rotmistrzów i namiestników, którzy stawali końmi trochę bokiem przy chorągwiach.

Serce poczęło w nim skakać, na bladą twarz biły rumieńce i jak gdyby mógł znaleźć wdzięcznych słuchaczów w Zacharze i Kozakach stojących przy działach na narożniku, wołał z uniesieniem, w miarę jak chorągwie wysuwały się zza okopu:

– To dragonia pana Bałabana! widziałem ich w Czerkasach!

– To wołoska chorągiew; krzyż mają w znaku!

– O! ono piechota zstępuje z wałów!

Po czym jeszcze z większym uniesieniem, otworzywszy ręce:

– Usaria! usaria pana Czarnieckiego!

Istotnie ukazała się i husaria, a nad nią chmura skrzydeł i sterczący w górę las włóczni zdobnych w złotawe kitajki i w długie zielono-czarne proporce. Wyjechali szóstkami z okopu i ustawili się pod wałem, a na widok ich spokoju, powagi i sprawności aż łzy radosne ukazały się w oczach pana Skrzetuskiego i zaćmiły mu wzrok na chwilę.

Choć siły były tak nierówne, choć naprzeciwko tych kilku chorągwi czerniała cała ława Zaporożców i Tatarów, którzy jak zwykle, zajęli skrzydła, choć szyki ich tak rozciągnęły się po stepie, że końca ich trudno było dojrzeć, pan Skrzetuski wierzył już w zwycięstwo. Twarz mu się śmiała, siły wróciły, oczy wytężone na błonia strzelały ogniem, jeno na miejscu ustać nie mógł.

– Hej, detyno! – mruknął stary Zachar – chciałaby dusza do raju!

Tymczasem kilka luźnych oddziałów tatarskich z krzykiem i hałakowaniem rzuciło się naprzód. Z obozu odpowiedziano strzałami. Ale był to tylko postrach. Tatarzy nie dobiegłszy nawet do polskich chorągwi pierzchnęli na obie strony ku swoim i znikli w tłumie.

Wtem ozwał się wielki bęben siczowy, a na jego głos wnet olbrzymi półksiężyc kozacko-tatarski ruszył z kopyta naprzód. Chmielnicki próbował widocznie, czy jednym zamachem nie zdoła zgnieść owych chorągwi i zająć obozu. W razie popłochu byłoby to możliwym. Wszelako nic podobnego nie okazywało się między polskimi chorągwiami. Stały one spokojnie, rozwinięte w dość długą linię, której tył zasłaniał okop, boki zaś działa taborowe, także można było na nią uderzyć tylko z frontu. Przez chwilę zdawało się, że przyjmą bitwę na miejscu, ale gdy półksiężyc przebiegł już połowę błonia, ozwały się w okopie trąbki do ataku – i nagle płot kopii sterczących aż dotąd ku górze zniżył się od razu do głów końskich.

– Usaria uderza! – krzyknął pan Skrzetuski.

Jakoż pochylili się w siodłach i ruszyli naprzód, a zaraz za nimi dragońskie chorągwie i cała linia bojowa.

Uderzenie husarzy było straszne. W pierwszym impecie trafili na trzy kurzenie, dwa steblowskie i mirhorodzki – i starli je w mgnieniu oka. Wycie doszło aż do uszu pana Skrzetuskiego. Konie i ludzie, zwaleni z nóg olbrzymim ciężarem żelaznych jeźdźców, padli jak łan pod tchnieniem burzy. Opór trwał tak krótko, że Skrzetuskiemu zdało się, iż jakiś olbrzymi smok połknął jednym haustem te trzy pułki. A był to przecie najzaciętszy żołnierz siczowy. Przerażone szumem skrzydeł konie zaczęły roznosić popłoch w szeregach zaporoskich. Pułki: irklejewski, kałnibołocki, miński, szkuryński i titorowski zmieszały się zupełnie, a naciskane przez masy pierzchających jęły i same ustępować bezładnie. A tymczasem dragonia dognała husarzy i rozpoczęła wraz z nimi krwawe żniwo. Kurzeń wasiuryński pierzchnął po zaciętym, ale krótkim oporze i gnał w dzikim popłochu aż do samych okopów kozackich. Środek sił Chmielnickiego chwiał się coraz bardziej i bity, spędzany w bezładne gromady, cięty mieczami, party żelazną nawałą, nie mógł uchwycić chwili, by przystanąć i sprawić się na nowo.

– Czorty, ne Lachy! – krzyknął stary Zachar.

Skrzetuski był jakby w obłąkaniu. Chorym będąc, nie umiał panować nad sobą, więc śmiał się i płakał jednocześnie, a chwilami krzyczał słowa komendy, jakby sam chorągiew prowadził. Zachar trzymał go za poły i innych w pomoc musiał wołać.

Bitwa przybliżyła się tak do taboru kozackiego, że niemal twarze można już było rozeznać. Z okopów bito z dział, ale kule kozackie, kładąc zarówno swoich, jak nieprzyjaciół, powiększały jeszcze zamieszanie.

Husaria natknęła się na kurzeń paszkowski, który stanowił gwardię hetmańską i w środku którego był sam Chmielnicki. Nagle krzyk straszny rozległ się po wszystkich szeregach zaporoskich: wielka chorągiew malinowa zachwiała się i padła.

Ale w tej chwili Krzeczowski na czele pięciu tysięcy swoich semenów ruszył do boju. Siedząc na bułanym ogromnym koniu leciał w pierwszym szeregu, bez czapki, z szablą nad głową, zgarniając przed sobą rozproszonych Niżowców, którzy spostrzegłszy nadchodzącą pomoc, choć i bez ordynku wracali do ataku. Bitwą zawrzała w środku linii na nowo.

Na obu skrzydłach szczęście również nie dopisało Chmielnickiemu. Tatarzy, po dwakroć odparci przez wołoskie chorągwie i semenów Potockich, stracili całkiem ochotę do boju. Pod Tuhaj-bejem ubito dwa konie. Zwycięstwo przechyliło się stanowczo na stronę młodego Potockiego.

Bitwa jednak nie trwała już długo. Ulewa, która od niejakiego czasu wzrastała coraz bardziej, wkrótce zwiększyła się do tego stopnia, że przez fale dżdżowe świata nie było widać. Już nie strugi, ale potoki deszczu spadały na ziemię z otwartych upustów niebieskich. Step zmienił się w jezioro. Zrobiło się tak ciemno, że o kilka kroków człowiek człowieka nie odróżniał. Szum deszczu głuszył komendę. Zamoczone muszkiety i samopały umilkły. Samo niebo położyło koniec rzezi.

Chmielnicki, przemoczony do nitki, wściekły wpadł do swego taboru. Nie przemówił do nikogo ani słowa. Rozbito mu namiocik ze skór wielbłądzich, pod który schroniwszy się siedział samotny przeżuwając gorzkie myśli.

Ogarniała go rozpacz. Teraz dopiero pojął, jakiego to jął się dzieła. Oto był pobity, odparty, niemal złamany w bitwie z tak małymi siłami, że słusznie mógł je za podjazd uważać. Wiedział on, jak wielką była siła odporna wojsk Rzeczypospolitej, i brał to w rachubę, gdy się na wojnę odważył, a przecie przeliczył się. Tak przynajmniej zdawało mu się w tej chwili, więc chwytał się za podgolony łeb i pragnął rozbić go o pierwsze spotkane działo. Cóż dopiero, gdy przyjdzie mieć sprawę z hetmanami i z całą Rzecząpospolitą?

Rozmyślania przerwało wejście Tuhaj-beja.

Oczy Tatara pałały wściekłością, twarz była blada, a zęby błyskały zza warg nieobrosłych wąsem.

– Gdzie łupy? gdzie jeńcy? gdzie głowy wodzów? gdzie zwycięstwo? – pytał ochrypłym głosem.

Chmielnicki zerwał się z miejsca.

– Tam! – odparł gromko, ukazując w stronę koronnego taboru.

– Idźże tam! – ryknął Tuhaj-bej – a nie pójdziesz, to cię na sznurze do Krymu powiodę.

– Pójdę! – rzekł Chmielnicki – pójdę dziś jeszcze! łupy wezmę i jeńców wezmę, ale ty zdasz sprawę chanowi, bo łupu chcesz, a boju unikasz!

– Psie! – zawył Tuhaj – ty gubisz wojsko chanowe!

I chwilę stali naprzeciw siebie, parskając nozdrzami jak dwa odyńce.

Ochłonął pierwszy Chmielnicki.

– Tuhaj-beju, uspokój się! – rzekł. – Fala przerwała bitwę, gdy Krzeczowski złamał już dragonię. Ja ich znam! Jutro już z mniejszą furią bić się będą. Step rozmięknie do reszty. Husaria ulegnie. Jutro wszyscy będą nasi.

– Rzekłeś! – burknął Tuhaj-bej.

– I dotrzymam. Tuhaj-beju, mój przyjacielu, chan mi cię na pomoc przysłał, nie na biedę.

– Przyrzekałeś zwycięstwa, nie klęski.

– Wzięto trochę jeńców z dragonii, których ci oddam.

– Oddaj. Każę ich na pal powbijać.

– Nie czyń tego. Puść ich wolno. To ludzie ukrainni spod chorągwi Bałabana, poślem ich, by dragonów na naszą stronę przeciągnęli. Będzie tak jak z Krzeczowskim.

Tuhaj-bej udobruchał się; spojrzał bystro na Chmielnickiego i mruknął:

– Wężu...

– Chytrość tyle co męstwo warta. Jeśli dragonów do zdrady namówim, noga z taboru nie ujdzie – rozumiesz!

– Potockiego ja wezmę.

– Dam ci go – i Czarnieckiego także.

– Daj teraz gorzałki, bo zimno.

– Zgoda.

W tej chwili wszedł Krzeczowski. Pułkownik był ponury jak noc. Przyszłe pożądane starostwa, kasztelanie, zamki i skarby zasunęły się jakby mgłą po dzisiejszej bitwie. Jutro mogą zniknąć całkowicie, a może z owej mgły wynurzy się zamiast nich stryczek lub szubienica. Gdyby nie to, że pułkownik wyciąwszy Niemców hetmańskich spalił za sobą mosty – byłby z pewnością teraz rozmyślał, jak z kolei zdradzić Chmielnickiego, a przejść z semenami do obozu Potockiego.

Ale było to już niemożebne.

Siedli tedy we trzech nad gąsiorem gorzałki i poczęli pić w milczeniu. Szum ulewy ustawał z wolna.

Zmierzchało.

Pan Skrzetuski, wyczerpany z radości, osłabły, blady, leżał nieruchomie na teledze. Zachar, który go pokochał, kazał swoim Kozakom rozpiąć i nad nim wojłokowy daszek. Namiestnik słuchał posępnego szumu ulewy, ale w duszy było mu widno, jasno, błogo. Oto jego husarze pokazali, co umieją, oto jego Rzeczpospolita dała opór godny swego majestatu, oto pierwszy impet kozackiej burzy rozbił się już na ostrzach włóczni wojsk koronnych. A przecie są jeszcze hetmani, jest książę Jeremi i tylu panów, tyle szlachty, tyle potęgi, nad tym wszystkim zaś król – *primus inter pares*.

Duma podnosiła piersi pana Skrzetuskiego, jak gdyby cała ta potęga była w nim teraz.

W poczuciu jej, po raz pierwszy od czasu utraty wolności na Siczy, poczuł pewną litość nad Kozakami: ,,Winni są, ale i zaślepieni, gdy z motyką na słońce się porwali'' – pomyślał. Winni są, ale nieszczęśliwi, gdy dali się porwać jednemu człowiekowi, który ich na oczywistą zgubę prowadzi.

Potem myśl jego wędrowała dalej. Nastanie spokój, a wówczas każdy o swym prywatnym szczęściu będzie miał prawo pomyśleć. Tu pamięcią i duszą zawisnął nad Rozłogami. Tam w bliskości lwiej jamy, musi być cicho jak makiem zasiał. Tam bunt nigdy głowy nie podniesie, a choćby podniósł – Helena już w Łubniach niezawodnie.

Nagle huk dział przerwał złote nici jego rozmyślań.

To Chmielnicki upiwszy się wyprowadził znowu pułki do ataku.

Ale skończyło się na grze z dział, Krzeczowski pohamował hetmana.

Nazajutrz była niedziela. Cały dzień zeszedł spokojnie i bez wystrzału. Obozy leżały naprzeciw siebie jakby obozy dwóch wojsk sprzymierzonych.

Skrzetuski przypisywał tę ciszę zniechęceniu Kozaków. Niestety! nie wiedział, że tymczasem Chmielnicki „mnogimi oczyma swego umu patrząc przed siebie" pracował nad przeciągnięciem na swą stronę dragonów Bałabana.

W poniedziałek bitwa zawrzała od świtu. Skrzetuski patrzył na nią jak i pierwej, z uśmiechniętą, wesołą twarzą. I znowu pułki koronne wystąpiły przed okop; tym jednak razem nie puszczając się do ataku dawały wstręt nieprzyjacielowi z miejsca. Step rozmoknął nie tylko na powierzchni, jak pierwszego dnia bitwy, ale do głębi. Ciężka jazda nie mogła się prawie poruszać, co od razu dało przewagę lotnym chorągwiom zaporoskim i tatarskim. Uśmiech z wolna ginął z ust Skrzetuskiego. Pod polskim okopem nawałnica atakujących pokryła prawie zupełnie wąskie pasmo chorągwi koronnych. Zdawało się, że lada moment łańcuch ów rozerwany zostanie i rozpocznie się atak wprost do okopów. Pan Skrzetuski nie widział ani połowy tego animuszu, tej ochoty bojowej, z jaką chorągwie walczyły dnia pierwszego. Broniły się i dziś z zaciętością, ale nie uderzyły pierwsze, nie rozbijały w puch kurzeniów, nie zmiatały pola przed sobą jak huragan. Grunt stepowy, rozmiękły nie na powierzchni tylko, ale do głębi, uniemożliwiał furię i rzeczywiście przygwoździł ciężką jazdę pod okopem. Rozpęd stanowił jej siłę i rozstrzygał o zwycięstwie, a tymczasem teraz musiała stać w miejscu. Chmielnicki zaś wprowadzał coraz nowe pułki do boju. Sam był wszędzie. Każdy kurzeń osobiście wiódł do ataku i wycofywał się dopiero tuż przed szablami nieprzyjaciół. Zapał jego udzielał się stopniowo Zaporożcom, więc choć padali gęstym trupem, biegli na wyścigi pod okop z krzykiem i wyciem. Uderzali się o mur żelaznych piersi, o ostrza włóczni i rozbici, zdziesiątkowani, wracali znowu do ataku. Pod tym naporem chorągwie poczęły się kolebać, uginać, miejscami cofać, tak właśnie jak zapaśnik, chwycony w żelazne ramiona przeciwnika, to słabnie, to się znów wysila i wzmaga.

Przed południem wszystkie niemal siły zaporoskie były w ogniu i w bitwie. Walka wrzała tak zacięcie, że między dwoma liniami walczących utworzył się jak gdyby nowy wał: trupów końskich i ludzkich.

Co chwila do okopów kozackich wracały z bitwy gromady wojowników rannych, pokrwawionych, pokrytych błotem, zziajanych, upadających ze zmęczenia. Ale wracali że śpiewaniem na ustach. Z twarzy ich bił żar bitwy i pewność zwycięstwa. Mdlejąc wołali jeszcze: ,,Na pohybel!'' Załoga zostawiona w obozie rwała się do boju.

Pan Skrzetuski sposępniał. Chorągwie polskie poczęły się zmykać z pola do okopów. Nie mogły już wytrzymać, a w odwrocie ich znać było gorączkowy pośpiech. Na ten widok dwadzieścia kilka tysięcy ust wrzasnęło radośnie. Impet ataku zdwoił się. Zaporożcy siedli na kark semenom Potockich, którzy zasłaniali odwrót.

Ale armaty i grad kul muszkietowych odrzuciły ich w tył. Bitwa na chwilę ustała. W obozie polskim rozległ się odgłos trąbki parlamentarskiej.

Chmielnicki jednak nie chciał już parlamentować. Dwanaście kurzeniów zsiadło z koni, by wspólnie z piechotą i Tatarami rozpocząć szturm do wałów.

Krzeczowski w trzy tysiące piechoty miał im przyjść w pomoc w chwili stanowczej. Wszystkie kotły, bębny, litaury i trąby ozwały się naraz, głusząc okrzyki i salwy muszkietów.

Pan Skrzetuski ze drżeniem patrzył na głębokie szeregi niezrównanej piechoty zaporoskiej biegnącej ku wałom i otaczającej je coraz ciaśniejszym pierścieniem. Długie smugi białego dymu wybuchały ku niej z okopów, jakby jakaś olbrzymia pierś chciała oddmuchnąć tę szarańczę cisnącą się nieubłaganie ze wszystkich stron. Kule armatnie ryły w niej bruzdy, strzały samopałów stały się coraz szybsze. Huk nie ustawał ani na chwilę mrowie topniało w oczach, skręcało się miejscami konwulsyjnie jak olbrzymi wąż zraniony, ale szło naprzód. Już, już dobiegają! już są pod okopem! – armaty już im szkodzić nie mogą! Pan Skrzetuski przymknął powieki. I teraz pytania szybkie jak błyskawice przelatywały mu przez głowę: gdy otworzy oczy, czy dojrzy jeszcze polskie proporce na wałach? Dojrzy – nie dojrzy? Tam gwar coraz większy, tam wrzask jakiś niezwykły. Musiało się coś stać! Krzyki dochodzą ze środka obozu.

Co to jest? Co się stało?

– Boże wszechmocny!

Okrzyk ten wyrwał się z ust pana Skrzetuskiego, gdy otworzywszy oczy ujrzał na wałach zamiast wielkiej złotej chorągwi koronnej malinową z Archaniołem.

Obóz był zdobyty.

Wieczorem dopiero dowiedział się od Zachara namiestnik o całym przebiegu szturmu. Nie próżno Tuhaj-bej nazywał Chmielnickiego wężem, bo oto w chwili najzaciętszej obrony podmówiona przez niego Bałabanowa dragonia przeszła do Kozaków i rzuciwszy się z tyłu na swoje chorągwie dopomogła do wytępienia ich ze szczętem.

Wieczorem widział namiestnik jeńców i był przy śmierci młodego Potockiego, który mając gardło przebite strzałą żył tylko kilka godzin po bitwie i umarł na ręku pana Stefana Czarnieckiego: „Powiedzcie ojcu... – szeptał w ostatniej chwili młody kasztelan – powiedzcie ojcu – żem... jako rycerz...", i nie mógł nic więcej dodać. Dusza jego opuściła ciało i uleciała ku niebu. Skrzetuski długo potem pamiętał tę bladą twarz i te błękitne oczy wzniesione w chwili śmierci. Pan Czarniecki ślub czynił nad stygnącym ciałem, że da-li mu Bóg wolność odzyskać, a potokami krwi śmierć przyjaciela i hańbę klęski obmyje. I ani łza nie ciekła po surowym jego obliczu, bo to był rycerz żelazny, wielce już czynami odwagi wsławiony i człowiek żadnym nieszczęściem nie ugięty. Jakoż śluby spełnił. Teraz zamiast desperacji się poddawać, pierwszy krzepił Skrzetuskiego, któren cierpiał strasznie nad klęską i hańbą Rzeczypospolitej. „Rzeczpospolita niejedną klęskę poniosła – mówił pan Czarniecki – ale ma ona w sobie siłę niespożytą. Nie złamała jej dotąd żadna potęga, nie złamią i bunty chłopów, których sam Bóg pokarze, gdyż występując przeciw zwierzchności, Jego to woli się oponują. A co do klęski, prawda, iż jest żałosną – ale któż tę klęskę poniósł? hetmani? wojska koronne? – nie! Po odłączeniu się i zdradzie Krzeczowskiego od-·dział ów, któren prowadził Potocki, tylko za podjazd mógł być uważany. Bunt niechybnie rozejdzie się po całej Ukrainie, gdyż chłopstwo tam harde i do boju wprawione, aleć bunt tam to przecie nie pierwszyzna. Zgaszą go hetmani z księciem Jeremim, których siły nieporuszone dotąd stoją – im zaś potężniej wybuchnie, tym raz zgaszony, na dłużej, a może na zawsze ucichnie. Małej wiary i małego serca człowiekiem byłby ten, kto by mógł przypuszczać, iż jakiś watażka kozacki na współkę z jednym murzą tatarskim naprawdę mogą potężnemu narodowi zagrozić. Źle by było z Rzecząpospolitą, gdyby prosta zawierucha chłopska miała stanowić o jej losie, o jej egzystencji. Zaiste z pogardą ciągnęliśmy na oną wyprawę – kończył pan Czarniecki – a choć podjazd nasz starto, mniemam, że hetmani nie mieczem, nie bronią, ale batogami mogą ten bunt przytłumić."

I gdy tak mówił, zdawało się, że to mówi nie jeniec, nie żołnierz po przegranej bitwie, ale dumny hetman pewny jutrzejszego zwycięstwa. Ta wielkość duszy i wiara w Rzeczpospolitą spłynęły jako balsam na rany namiestnika. Patrzył on z bliska na potęgę Chmielnickiego, więc go też i oślepiła trochę, tym bardziej że aż dotąd szły za nią powodzenia. Ale pan Czarniecki musiał mieć słuszność. Siły hetmanów stoją jeszcze nieporuszone, a za nimi cała potęga Rzeczypospolitej, zatem prawa, władzy i woli boskiej. Odchodził tedy namiestnik bardzo na duszy pokrzepiony i weselszy, a odchodząc spytał jeszcze pana Czarnieckiego, czyby nie chciał zaraz układów z Chmielnickim o wolność rozpocząć.

– Tuhaj-bejowym jestem jeńcem – rzekł pan Stefan – jemu też okup zapłacę, a z tym watażką nie chcę mieć do czynienia i katu go oddaję.

Zachar, który panu Skrzetuskiemu ułatwił widzenie się z więźniami, odprowadzając go do telegi, również go po drodze pocieszał:

– Nie z młodym Potockim trudno – mówił – z hetmany będzie trudno. Dzieło dopiero poczęte, a jaki będzie koniec – Bóg wie!

Hej, nabrali Kozacy i Tatarzy polskiego dobra, ale wziąć a zachować – inna rzecz. A ty się, detyno, nie martw, nie sumuj, bo i tak wolność odzyskasz – ty ruszysz do swoich, a stary będzie już tużył po tobie. Na starość najgorzej samemu na świecie. Z hetmany będzie trudno, oj! trudno!

Rzeczywiście, zwycięstwo, jakkolwiek świetne, nie rozstrzygało bynajmniej sprawy na korzyść Chmielnickiego. Mogło mu ono nawet wypaść na niekorzyść, bo łatwo było przewidzieć, że teraz hetman wielki, mszcząc śmierć syna, ze szczególną zawziętością nastawać będzie na Zaporożców i niczego nie omieszka, żeby ich zgnieść od razu. Hetman wielki oto żywił pewną niechęć do księcia Jeremiego, która choć pokrywana grzecznością, niemniej objawiała się dość często w rozmaitych okolicznościach. Chmielnicki wiedząc o tym doskonale, przypuszczał, że teraz niechęć ta ustanie, i że teraz pan krakowski pierwszy wyciągnie rękę do zgody, która zapewni mu pomoc wsławionego wojownika i jego potężnych zastępów. A z tak połączonymi siłami, pod takim wodzem, jak książę, Chmielnicki jeszcze mierzyć się nie śmiał, bo sobie jeszcze dostatecznie nie ufał. Postanowił więc śpieszyć się, by razem z wieścią o klęsce żółtowodzkiej stanąć na Ukrainie i uderzyć na hetmanów, nimby pomoc książęca nadejść mogła.

Nie dał więc wypoczynku wojskom i drugiego dnia po bitwie świtaniem ruszono w pochód. Pochód to był tak szybki, jak gdyby hetman uciekał. Rzekłbyś, że powódź step zalewa i pędzi naprzód, i wzbiera wszystkimi wodami po drodze. Mijano lasy, dąbrowy, mogiły, przeprawiano się przez rzeki bez wytchnienia. Siły kozackie wzrastały po drodze, bo coraz nowe gromady chłopów uciekających z Ukrainy łączyły się z nimi ustawicznie. Chłopi przynosili i wieści o hetmanach – ale sprzeczne. Jedni mówili, że książę siedzi jeszcze za Dnieprem; inni, że już się połączył z wojskami koronnymi. Natomiast wszyscy twierdzili, że Ukraina już w ogniu. Chłopi nie tylko uciekali na spotkanie Chmielnickiego w Dzikie Pola, ale palili wsie i miasta, rzucali się na swych panów i uzbrajali powszechnie. Wojska koronne biły się już od dwóch tygodni. Wycięto Steblew, pod De- renhowcami zaś przyszło do krwawej bitwy. Kozacy grodowi gdzie- niegdzie już przerzucili się na stronę czerni, a wszędzie czekali tylko hasła. Chmielnicki liczył na to wszystko i śpieszył się tym bardziej.

Na koniec stanął u proga. Czehryn otworzył mu wrota na rozcież. Załoga kozacka przeszła natychmiast pod jego chorągiew. Zburzo- no dom Czaplińskiego, wyrżnięto garść szlachty szukającej schronie- nia w mieście. Radosne krzyki, bicie we dzwony i procesje nie usta- wały ani na chwilę. Pożar ogarnął zaraz całą okolicę. Co żyło, chwy- tało za kosy, piki i łączyło się z Zaporożem. Tłumy niezmierne cze- rni spływały do obozu ze wszystkich stron – doszły także i radosne, bo pewne wieści, że książę Jeremi ofiarował wprawdzie pomoc het- manom, ale jeszcze się z nimi nie połączył.

Chmielnicki odetchnął.

Ruszył bez zwłoki naprzód i szedł już wśród buntu, rzezi i ognia. Świadczyły o tym zgliszcza i trupy. Szedł jak lawina niszcząc wszystko po drodze. Kraj przed nim powstawał, za nim pustoszał. Szedł jak mściciel, jak legendowy smok. Kroki jego wyciskały krew, oddech wzniecał pożary.

W Czerkasach zatrzymał się z głównymi siłami, wysławszy naprzód Tatarów pod Tuhaj-bejem i dzikiego Krzywonosa, którzy dognali hetmanów pod Korsuniem i uderzyli na nich bez wahania. Ale śmia- łość drogo musieli spłacić. Odparci, zdziesiątkowani, zbici na miaz- gę, cofnęli się w popłochu.

Chmielnicki zerwał się i szedł im w pomoc. Po drodze doszła go wieść, że pan Sieniawski w kilka chorągwi połączył się z hetmanami, którzy opuścili Korsuń i ciągną do Bohusławia. Było to prawdą. Chmiel zajął Korsuń bez oporu i pozostawiwszy w nim wozy, zapasy żywności, słowem cały tabor, komunikiem pognał się za nimi.

Nie potrzebował gonić długo, gdyż nie uszli jeszcze daleko. Pod Krutą Bałką przednie jego straże natknęły się na polski tabor.

Panu Skrzetuskiemu nie było danym widzieć bitwy, gdyż wraz z ta- borem został w Korsuniu. Zachar umieścił go w rynku, w domu pana

Zabokrzyckiego, którego czerń poprzednio powiesiła – i postawił straż z niedobitków mirhorodzkiego kurzenia, bo tłuszcza ciągle rabowała domy i mordowała każdego, kto się jej wydał Lachem. Przez wybite okna widział pan Skrzetuski gromady pijanych chłopów, krwawych, z pozawijanymi rękawami u koszul, włóczących się od domu do domu, od sklepu do sklepu i przeszukujących wszystkie kąty, strychy, poddasza; od czasu do czasu wrzask straszliwy oznajmiał, że znaleziono szlachcica, Żyda, mężczyznę, kobietę lub dziecię. Wyciągano ofiarę na rynek i pastwiono się nad nią w sposób najstraszliwszy. Tłuszcza biła się ze sobą o resztki ciał, obmazywała sobie z rozkoszą krwią twarze i piersi, okręcała szyje dymiącymi jeszcze trzewiami. Chłopi chwytali małe Żydzięta za nogi i rozdzierali wśród szalonego śmiechu tłumów. Rzucano się i na domy otoczone strażą, w których zamknięci byli znakomitsi jeńcy, zostawieni przy życiu dlatego, że spodziewano się po nich znacznego okupu. Wówczas Zaporożcy lub Tatarzy stojący na straży odpierali tłum, grzmocąc po łbach napastników drzewcami od pik, łukami lub batami z byczej skóry. Tak było przy domu pana Skrzetuskiego. Zachar kazał ćwiczyć chłopstwo bez miłosierdzia, a mirhorodcy spełniali z rozkoszą rozkaz. Niżowi bowiem przyjmowali chętnie w czasie buntów pomoc czerni, ale pogardzali nią bez porównania więcej od szlachty. Przecie nie próżno zwali się: „s z l a c h e - t n e u r o ż o n y m i K o z a k a m i!" Sam Chmielnicki darowywał potem niejednokrotnie znaczną ilość czerni Tatarom, którzy gnali ją do Krymu i stamtąd sprzedawali do Turcji i Azji Mniejszej.

Tłum więc szalał na rynku i dochodził do tak dzikiego opętania, że w końcu począł się wzajemnie mordować. Dzień zapadał. Zapalono całą jedną stronę rynku, cerkiew i dom parocha. Szczęściem wiatr zwiewał ogień ku polu i przeszkadzał szerzeniu się pożaru. Ale łuna olbrzymia oświeciła rynek tak jasno jak promienie słoneczne. Zrobiło się gorąco nie do wytrzymania. Z dala dochodził straszliwy huk dział – widocznie bitwa pod Krutą Bałką stawała się coraz zaciętsza.

– Gorąco tam musi być naszym! – mruczał stary Zachar. – Hetmani nie żartują. Hej! pan Potocki szczery żołnir.

Potem wskazał przez okno na czerń.

– No! – rzekł – oni teraz hulają, ale jeśli Chmiel będzie pobity, to i nad nimi pohulają!

W tej chwili rozległ się tętent i na rynek wpadło na spienionych koniach kilkudziesięciu jeźdźców. Twarze ich sczerniałe od prochu, odzież w nieładzie i poobwiązywane szmatami głowy niektórych świadczyły, iż pędzą wprost z bitwy.

– Ludy! kto w Boha wiryt, spasajtes! Lachy bijut naszych! – krzyknęli wniebogłosy.

Podniósł się wrzask i zamieszanie. Tłum rozkołysał się jak fala targnięta wichrem. Nagle dziki popłoch opanował wszystkich. Rzucono się do ucieczki, ale że ulice były zatłoczone wozami, a jedna część rynku w ogniu, więc nie było gdzie uciekać.

Czerń poczęła się tłoczyć, krzyczeć, bić, dusić i wyć o miłosierdzie, choć nieprzyjaciel był jeszcze daleko.

Namiestnik zasłyszawszy, co się dzieje, mało nie oszalał z radości, począł biegać po izbie jak obłąkany, rękami bić się w piersi z całej siły i wołać:

– Wiedziałem, że tak się stanie! wiedziałem! jakom żyw! To z hetmany sprawa! to z całą Rzecząpospolitą! Godzina kary nadeszła! Co to?

Znów rozległ się tętent i tym razem do kilkuset jeźdźców, samych Tatarów, pojawiło się na rynku. Uciekali widocznie na ślepo. Tłum zastępował im drogę, oni rzucili się w tłum, tratowali go, bili, rozpędzali, siekli, prąc końmi ku gościńcowi wiodącemu do Czerkas.

– Uciekają jak wicher! – zawołał Zachar.

Ledwo wymówił, przeleciał drugi oddział, za nim trzeci. Zdawało się, że ucieczka jest powszechną. Straże przy domach poczęły kręcić się i również okazywać chęć ucieczki. Zachar wypadł przed ganek.

– Stać! – krzyknął na swych mirhorodców.

Dym, gorąco, zamieszanie; tętent koni, głosy trwogi, wycie tłumów oświeconych pożarem, wszystko to zlało się w jeden piekielny obraz; na który namiestnik z okna spoglądał.

– Co tam za pogrom być musi! co tam za pogrom! – wołał do Zachara nie zważając, iż ten radości jego nie mógł podzielać.

Tymczasem znów oddział uciekających przemknął się jak błyskawica.

Huk dział wstrząsnął posadami domów korsuńskich.

Nagle jakiś głos przeraźliwy tuż pod domem począł krzyczeć:

– Ratujcie się! Chmiel zabit! Krzeczowski zabit! Tuhaj-bej zabit!

Na rynku nastał prawdziwy koniec świata.

Ludzie w obłąkaniu rzucali się w płomienie. Namiestnik padł na kolana i ręce wzniósł do góry.

– Boże wszechmocny! Boże wielki i sprawiedliwy – chwała Tobie na wysokościach!

Zachar przerwał mu modlitwę wpadłszy z przedsieni do izby.

– A bywaj no, detyno! – zawołał zdyszany – wyjdź i obiecnij łaskę mirhorodcom, bo chcą uchodzić, a jak ujdą, czerń tu wpadnie!

Skrzetuski wyszedł na ganek. Mirhorodcy kręcili się niespokojnie przed domem okazując niekłamaną ochotę opuścić stanowisko i pierzchnąć gościńcem wiodącym do Czerkas. Strach opanował wszystkich w mieście. Raz w raz nowe oddziały rozbitków nadlatywały jakby na skrzydłach od strony Krutej Bałki. Uciekali chłopi, Tatarzy, Kozacy grodowi i zaporoscy w największym pomieszaniu. A jednak główne siły Chmielnickiego musiały jeszcze dawać opór, bitwa nie musiała być jeszcze zupełnie rozstrzygniętą, gdyż działa grały ze zdwojoną siłą.

Skrzetuski zwrócił się ku mirhorodcom.

– Za to, iżeście strzegli wiernie osoby mojej – rzekł wyniośle – nie potrzebujecie ucieczką się ratować, gdyż obiecuję wam instancję i łaskę u hetmana.

Mirhorodcy co do jednego odkryli głowy, a on ujął się pod boki i spoglądał dumnie na nich i na rynek, który pustoszał coraz bardziej. Co za zmiana losu! Oto pan Skrzetuski, niedawno jeniec wleczony za kozackim taborem, stał teraz między zuchwałym kozactwem jako pan między poddaństwem, jako szlachcic między gminem, jako husarz z pancernego znaku między obozowymi ciury. On – jeniec – łaskę teraz obiecywał – i głowy odkrywały się na jego widok, a pokorne głosy wołały tym posępnym, przeciągłym, oznaczającym przestrach i poddanie się tonem:

– Pomyłujte, pane!

– Jakom powiedział, tak się stanie! – rzekł namiestnik.

Jakoż istotnie pewien był swej instancji u hetmana, któremu był znajomy, bo nieraz do niego listy od księcia Jeremiego woził i względy jego umiał pozyskać. Stał tedy trzymając się pod boki i radość biła mu z oblicza oświeconego blaskiem pożaru.

„Ot, wojna skończona! ot, fala u progu rozbita! – myślał. – Pan Czarniecki miał słuszność: niepożytą jest siła Rzeczypospolitej, niezachwianą jej potęga."

A gdy tak myślał, duma rozsadzała mu piersi; nie niska duma płynąca ze spodziewanego nasycenia zemsty, z upokorzenia wroga ani z odzyskania wolności, której za chwilę już się spodziewał, ani z tego, że czapkowano przed nim teraz, ale czuł się dumnym, że jest synem tej Rzeczypospolitej zwycięskiej, przepotężnej, o której bramy wszelka złość, wszelki zamach, wszelkie ciosy tak rozbijają się i kruszą, jako mocy piekielne o bramy nieba. Czuł się dumnym jako szlachcic-patriota, że w zwątpieniu został pokrzepion, a w wierze nie zawiedzion. Zemsty już nie pragnął.

„Pogromiła jak królowa, wybaczy jak matka" – myślał.

Tymczasem huk dział zmienił się w grzmot nieustający.

Kopyta końskie zaszczękały znów po pustych ulicach. Na rynek wleciał jak piorun, na nie osiodłanym koniu Kozak bez czapki, w jednej koszuli, z twarzą rozciętą mieczem i buchającą krwią. Wleciał, konia osadził, ręce rozkrzyżował i chwytając oddech otwartymi usty krzyczeć począł:

– Chmiel bije Lachiw! Pobyty jasno welmożny·pany, hetmany i pułkownyki, łycari i kawalery.

To rzekłszy zachwiał się i na ziemię runął. Mirhorodcy skoczyli mu na pomoc.

Płomień i bladość przeleciały przez oblicze pana Skrzetu-skiego.

– Co on mówi? – rzekł gorączkowo do Zachara. – Co się stało? Nie może to być. Na Boga żywego! nie może to być!

Cisza! tylko płomienie syczą na przeciwległej stronie rynku, trzaskają snopy iskier, a czasem przepalone domostwo runie z łoskotem.

Aż oto nowi jacyś gońce lecą.

– Pobyty Lachy! pobyty!

Za nimi ciągnie oddział Tatarów – idą z wolna, bo otaczają pieszych, widocznie jeńców.

Pan Skrzetuski oczom nie wierzy. Poznaje doskonale na jeńcach barwę hetmańskiej husarii – więc w ręce plaszcze i jakimś dziwnym, nieswoim głosem powtarza uporczywie:

– Nie może być! nie może być!

Huk armat słychać jeszcze. Bitwa nie skończona. Przez wszystkie nie popalone ulice napływają jednak tłumy Zaporożców i Tatarów. Twarze ich czarne, piersi dyszą ciężko – ale wracają jakby upojeni, śpiewają pieśni!

Tak wracają żołnierze po zwycięstwie.

Namiestnik pobladł jak trup.

– Nie może być – powtarzał coraz chrapliwiej – nie może być... Rzeczpospolita...

Nowy przedmiot zwraca jego uwagę.

Wchodzą semenowie Krzeczowskiego niosąc całe pęki chorągwi. Przyjeżdżają na środek rynku i rzucają je na ziemię.

Niestety – polskie.

Huk armat słabnie, w oddali słychać turkot nadchodzących wozów. Jedzie naprzód jedna wysoka kozacka telega, za nią szereg innych, wszystkie otoczone przez Kozaków paszkowskiego kurzenia, w żółtych czapkach; przechodzą tuż koło domu, przy którym mirhorodcy. Pan Skrzetuski rękę do czoła przytknął, bo go blask pożaru oślepił, i wpatrzył się w postacie jeńców siedzących na pierwszym wozie.

Nagle cofnął się w tył, rękami począł bić powietrze jak człowiek trafiony strzałą w piersi, z ust zaś wyrwał mu się krzyk straszny, nadludzki:

– Jezus Maria! to hetmani!

I padł na ręce Zachara, oczy zaszły mu blachmanem, a twarz stężała i zakrzepła, tak jak u ludzi umarłych.

W kilka chwil później trzech jeźdźców na czele niezliczonych pułków wjeżdżało na rynek korsuński. Środkowy, ubrany w czerwień, siedział na białym koniu i wspierając się pod bok pozłocistą buławą spoglądał dumnie jak król.

Był to Chmielnicki. Po obu jego stronach jechali Tuhaj-bej i Krzeczowski.

Rzeczpospolita leżała w prochu i krwi u nóg Kozaka.

XVI

Upłynęło kilka dni. Ludziom zdawało się, że sklepienie niebieskie runęło nagle na Rzeczpospolitą. Żółte Wody, Korsuń, zniesienie wojsk koronnych, zawsze dotąd w walkach z Kozakami zwycięskich, wzięcie hetmanów, pożar straszliwy na całej Ukrainie, rzezie, mordy niesłychane od początku świata – wszystko to zwaliło się tak nagle, że ludzie prawie wierzyć nie chcieli, aby tyle klęsk mogło przyjść na jeden kraj od razu. Wielu też nie wierzyło, inni odrętwieli z przerażenia, inni dostali obłąkania, inni przepowiadali przyjście antychrysta i bliskość sądu ostatecznego. Przerwały się wszystkie węzły społeczne, wszelkie stosunki ludzkie i rodzinne. Ustała wszelka władza, znikły różnice między ludźmi. Piekło odczepiło z łańcuchów wszystkie zbrodnie i puściło je na świat, by pohulały: więc mord, grabież, wiarołomstwo, rozbestwienie się, gwałt, rozbój i szaleństwo zastąpiło pracę, uczciwość, wiarę i sumienie. Zdawało się, że odtąd ludzkość już nie dobrem, ale złem tylko żyć będzie; że się przeinaczyły serca i umysły i poczytują to za święte, co dawniej było bezecnym, a za

195

bezecne, co dawniej było świętym. Słońce nie świeciło już nad ziemią, bo je zasłaniały dymy pożarów, a nocami zamiast gwiazd i księżyca świeciły pożogi. Płonęły miasta, wsie, kościoły, dwory, lasy. Ludzie przestali mówić, jeno jęczeli albo wyli jak psy. Życie straciło wartość. Tysiące ginęły bez echa, bez wspomnienia. A z tych wszystkich klęsk, mordów, jęków, dymów i pożarów podnosił się tylko jeden człowiek coraz wyżej i wyżej, olbrzymiał coraz straszliwiej, zaciemniał już niemal światło dzienne, rzucał cień od morza do morza. Był to Bohdan Chmielnicki.

Dwieście tysięcy ludzi zbrojnych i upojonych zwycięstwy stało teraz gotowych na jego skinienie. Czerń powstawała wszędzie; Kozacy grodowi łączyli się z nim po wszystkich miastach. Kraj od Prypeci do krańców pustyń był w ogniu. Powstanie szerzyło się w województwach: ruskim, podolskim, wołyńskim, bracławskim, kijowskim i czernihowskim. Potęga hetmana rosła co dzień. Nigdy Rzeczpospolita nie wystawiła przeciw najstraszniejszemu wrogowi połowy tych sił, którymi on teraz rozporządzał. Równych nie miał w gotowości i cesarz niemiecki. Burza przeszła wszelkie oczekiwania. Sam hetman początkowo nie rozeznawał własnej potęgi i nie rozumiał, jak wyrósł już wysoko. Sprawiedliwością, prawem i wiernością dla Rzplitej jeszcze się osłaniał, bo nie wiedział, że te wyrazy, jako czcze wyrazy, mógł już deptać. Wszelako w miarę sił wzrastał w nim i ów niezmierny, bezwiedny egoizm, któremu równego historia nie przedstawia. Pojęcia złego i dobrego, zbrodni i cnoty, gwałtu i sprawiedliwości zlały się w duszy Chmielnickiego w jedno z pojęciami własnej krzywdy lub własnego dobra. Ten mu był cny, kto był z nim; ten zbrodniarz, kto przeciw niemu. Gotów był biadać na słońce i poczytywać to sobie za osobistą krzywdę, gdyby nie świeciło wówczas, gdy on potrzebował. Ludzi, wypadki i świat cały mierzył własnym ja. I mimo całej chytrości, całej hipokryzji hetmana była jakaś potworna dobra wiara w takim jego poglądzie. Wypływały zeń wszystkie występki Chmielnickiego, ale i czyny dobre; bo jeśli nie znał miary w znęcaniu się i okrucieństwie nad wrogiem, natomiast umiał być wdzięcznym za wszystkie, choćby mimowolne usługi, które mu oddawano.

Tylko gdy był pijany, wówczas zapominał i o dobrodziejstwach i rycząc z szaleństwa wydawał spienionymi usty krwawe rozkazy, których żałował później. A w miarę jak rosło jego powodzenie, pijany bywał coraz częściej, bo coraz większy ogarniał go niepokój. Zdawać by się mogło, że tryumfy zaprowadziły go na takie wyżyny, na które sam wstąpić nie chciał. Jego potęga przerażała innych, ale i jego samego. Olbrzymia rzeka buntu porwawszy go niosła z błyskawicową szybkością i nieubłaganie, ale dokąd? Jak się to wszystko miało skończyć? Poczynając bunt w imię krzywd własnych, mógł ten kozacki dyplomata liczyć, że po pierwszych powodzeniach lub nawet po klęskach rozpocznie układy, że zaofiarują mu przebaczenie, zadośćuczynienie i nagrodę za krzywdy i szkody. Znał on dobrze Rzeczpospolitą, jej cierpliwość tak nieprzebraną jako morze, jej miłosierdzie nie znające granic i miary, które płynęło nie tylko ze słabości, boć przecie Nalewajce, otoczonemu już i zgubionemu, jeszcze ofiarowano przebaczenie. Wszelako teraz, po zwycięstwie na Żółtych Wodach, po zniesieniu hetmanów, po rozpaleniu wojny domowej we wszystkich południowych województwach, rzeczy zaszły zbyt daleko, wypadki przerosły wszelkie oczekiwanie – teraz walka musiała się toczyć na śmierć i życie.

A na czyją stronę miało paść zwycięstwo?

Chmielnicki pytał wróżbitów i gwiazd się radził, i sam wytężał oczy w przyszłość – ale widział przed sobą tylko ciemność. Więc czasem straszny niepokój podnosił mu włosy na głowie, a z piersi zrywała się rozpacz jak wicher. Co będzie, co będzie? Bo Chmielnicki patrząc bystrzej od innych rozumiał zarazem lepiej od wielu, że Rzeczpospolita nie umie użyć swych sił i sama o nich nie wie, ale jest potęgą olbrzymią. Gdyby jaki człowiek schwycił w ręce tę potęgę, wtedy kto by mu się oparł? A któż mógł zgadnąć,czy straszne niebezpieczeństwo, czy bliskość przepaści i zguby nie potłumi zamieszek, niezgody wewnętrznej, prywaty, zawiści panów, warcholstwa, gadanin sejmowych, swawoli szlacheckiej, bezsilności króla. Wtedy by pół miliona samego tylko herbowego ludu mogło wyruszyć w pole i zgnieść Chmielnickiego, choćby go nie tylko chan krymski, ale i sam sułtan turecki wspomagał.

O tej uśpionej potędze Rzplitej wiedział prócz Chmielnickiego i zmarły król Władysław i dlatego całe życie pracował nad tym, by z największym w świecie mocarzem rozpocząć walkę na śmierć, bo tylko w ten sposób potęga owa przywołaną do życia być mogła. Gwoli temu przekonaniu nie wahał się król rzucać iskier i na prochy kozackie. Było-li przeznaczonym istotnie Kozakom wywołać tę powódź, by w niej utonąć nareszcie?

Chmielnicki rozumiał i to także, jak mimo całej słabości strasznym był odpór tej Rzeczypospolitej. W taką bezładną, źle powiązaną, rozdartą, swawolną, nierządną biły przecie najgroźniejsze ze wszystkich fale tureckie i rozbijały się o nią jak o skałę. Tak było pod Chocimiem, na co własnymi niemal oczyma patrzył. Jednak ta Rzeczpospolita nawet w chwilach swej słabości zatykała swe chorągwie na wałach obcych stolic. Jakiż tedy da odpór? czego nie dokaże przywiedziona do rozpaczy, gdy będzie musiała umrzeć albo zwyciężyć?

Wobec tego każdy tryumf Chmielnickiego był nowym dla niego niebezpieczeństwem, bo zbliżał chwilę przebudzenia się lwa drzemiącego i czynił bardziej niemożliwymi układy. W każdym zwycięstwie leżała przyszła klęska, w każdym upojeniu – na dnie gorycz. Teraz na burzę kozacką miała przyjść burza Rzeczypospolitej. Chmielnickiemu wydawało się, że już słyszy jej głuchy, daleki huk.

Oto z Wielkopolski, Prus, rojnego Mazowsza, Małopolski i Litwy nadejdą tłumy wojowników – trzeba im tylko wodza.

Chmielnicki wziął w niewolę hetmanów, ale i przez tę szczęśliwość przeglądała jakby zasadzka losu. Hetmani byli doświadczonymi wojownikami, ale żaden z nich nie był człowiekiem, jakiego wymagała ta chwila grozy, przerażenia, klęski.

Wodzem mógł być teraz jeden tylko człowiek.

Zwał się on: książę Jeremi Wiśniowiecki.

Właśnie dlatego, że hetmani poszli w niewolę, wybór prawdopodobnie miał paść na księcia. Chmielnicki nie wątpił o tym na równi ze wszystkimi. A tymczasem do Korsunia, w którym hetman zaporoski zatrzymał się po bitwie dla odpoczynku, dolatywały z Zadnieprza wieści, że straszny książę ruszył już z Łubniów, że po drodze depce bunt niemiłosiernie, że po przejściu jego znikają wsie, słobody, chutory i miasteczka, natomiast jeżą się krwawe pale i szubienice. Przestrach dwoił i troił liczbę sił jego. Mówiono, że prowadzi piętnaście tysięcy wojowników najlepszego wojska, jakie być mogło w całej Rzeczypospolitej.

W obozie kozackim spodziewano się go lada chwila. Wkrótce po bitwie pod Krutą Bałką okrzyk: ,,Jarema idzie!'', rozległ się między Kozakami i rzucił popłoch między czerń, która poczęła ślepo uciekać. Popłoch ten zastanowił głęboko Chmielnickiego.

Miał teraz do wyboru: albo ruszyć z całą potęgą przeciw księciu i szukać go na Zadnieprzu, albo zostawiwszy część sił na zdobywanie zamków ukrainnych ruszyć w głąb Rzeczypospolitej.

Wyprawa na księcia była niebezpieczną. Mając do czynienia z tak wsławionym wodzem Chmielnicki, mimo całej przewagi swych sił, mógł ponieść klęskę w walnej bitwie i wówczas wszystko byłoby stracone od razu. Czerń, która stanowiła ogromną większość, złożyła świadectwo, że zmyka na samo imię Jaremy. Trzeba było czasu, żeby ją zmienić w wojsko mogące stawić czoło książęcym regimentom.

Z drugiej strony książę prawdopodobnie nie przyjąłby walnej bitwy, ale poprzestał na obronie w zamkach i częściowej wojnie, która w takim razie musiałaby trwać całe miesiące, jeżeli nie lata, a przez ten czas Rzeczpospolita zebrałaby niechybnie nowe siły i ruszyła w pomoc księciu.

Chmielnicki więc postanowił pozostawić Wiśniowieckiego na Zadnieprzu, a samemu umocnić się na Ukrainie, zorganizować swe siły i następnie ruszywszy do Rzeczypospolitej zmusić ją do układów. Liczył on na to, że gaszenie buntu na samym tylko Zadnieprzu zajmie na długo wszystkie siły książęce, a jemu da wolne pole. Bunt zaś na Zadnieprzu obiecywał sobie podsycać wysyłając pojedyncze pułki w pomoc czerni.

Na koniec sądził, że będzie można łudzić księcia układami i zwłóczyć czekając, póki się jego siły nie wykruszą. W tym celu przypomniał sobie Skrzetuskiego.

W kilka dni tedy po Krutej Bałce, a w sam dzień popłochu między czernią kazał przyzwać przed siebie pana Skrzetuskiego.

Przyjął go w domu starościńskim w asystencji jednego tylko pana Krzeczowskiego, który Skrzetuskiemu był z dawna znajomy, i powitawszy łaskawie, choć nie bez wyniosłości odpowiedniej dzisiejszej jego szarży, rzekł:

– Mości poruczniku Skrzetuski, za usługę, którą mi wyświadczyłeś, wykupiłem cię od Tuhaj-beja i obiecałem wolność. Teraz godzina nadeszła. Dam ci piernacz, byś mógł swobodnie przejechać, jeśliby cię wojska jakie spotkały, i straż do obrony od czerni. Możesz wracać do swego księcia.

Skrzetuski milczał. Żaden uśmiech radości nie pojawił się na jego twarzy.

– Możeszże ruszyć w drogę? bo widzę, że ci coś choroba z oczu przegląda?

Rzeczywiście pan Skrzetuski wyglądał jak cień. Rany i ostatnie wypadki zwaliły z nóg tego olbrzymiego młodziana, który takie teraz miał pozory, jakby nie obiecywał jutra dożyć. Twarz mu pożółkła, a czarna broda, nie strzyżona od dawna, podnosiła jeszcze mizerię oblicza. Pochodziło to z utrapień wewnętrznych. Rycerz omal się nie zagryzł. Wleczony za obozem kozackim, był przecie świadkiem wszystkiego, co się od wyruszenia z Siczy zdarzyło. Widział hańbę i klęskę Rzeczypospolitej, hetmanów w niewoli; widział tryumfy kozackie, piramidy poukładane z głów odciętych poległym żołnierzom, szlachtę wieszaną za żebra, odrzynane piersi niewiast, profanacje panien, widział rozpacz odwagi, ale i nikczemność strachu – widział wszystko – przecierpiał wszystko i cierpiał tym bardziej, że mu w głowie i piersiach utkwiła nożem myśl, że to on sam pośredni sprawca, bo przecie on, nie kto inny, oderżnął Chmielnickiego od powroza. Ale czy mógł się spodziewać rycerz chrześcijański, że ratunek podany bliźniemu takie wyda owoce? Więc ból jego nie miał dna.

A gdy się siebie spytał, co się dzieje z Heleną, i gdy pomyślał, co mogło się zdarzyć, jeśli złe losy zatrzymały ją w Rozłogach, to ręce ku niebu wyciągał i wołał głosem, w którym drgała bezdenna rozpacz i prawie groźba: „Boże! weźże duszę moją, bo już tu mam więcej, niżem zasłużył!" Potem postrzegał się, że bluźni, więc na twarz padał i prosił o ratunek, o przebaczenie, o zmiłowanie nad ojczyzną i nad onym gołębiem niewinnym, co może tam na próżno wzywał bożej i jego pomocy. Krótko mówiąc, przebolał tak, że go już teraz nie uradowała darowana wolność, a ten hetman zaporoski, ten tryumfator, który chciał być wspaniałym łaskę mu swoją okazując, nie imponował mu już zgoła; w czym spostrzegłszy się Chmielnicki zmarszczył się i rzekł:

— Śpiesz że się korzystać z łaski, abym zaś się nie rozmyślił, gdyż cnota tylko moja i ufność w dobrą sprawę czyni mnie tak nieopatrznym, że wroga sobie przysparzam, bo to wiem dobrze, że przeciw mnie walczyć będziesz.

Na to pan Skrzetuski:

— Jeśli Bóg da sił.

I spojrzał tak na Chmielnickiego, że aż mu w głąb duszy zajrzał, a hetman wzroku tego znieść nie mogąc utkwił oczy w ziemię i dopiero po chwili ozwał się:

— Mniejsza z tym. Zbyt potężny jestem, by mi jeden cherlak coś znaczył. Opowiesz też księciu, swojemu panu, coś tu widział, i przestrzeżesz go, by sobie mniej zuchwale poczynał, bo gdy mnie cierpliwości nie stanie, to go odwiedzę na Zadnieprzu, a nie wiem, czyby mu była miłą moja wizyta.

Skrzetuski milczał.

— Mówiłem i powtarzam raz jeszcze — mówił dalej Chmielnicki — nie z Rzecząpospolitą, ale z paniety wojnę prowadzę, a książę między nimi w pierwszym rzędzie. Wróg to mój i ludu ruskiego, odszczepieniec od naszego Kościoła i okrutnik. Słyszę, bunt we krwi gasi: niechże baczy, by swojej nie przelał.

Tak mówiąc podniecał się coraz bardziej, aż też krew jęła mu do twarzy uderzać, a oczy ciskały płomienie. Widno było, że go chwyta paroksyzm gniewu i złości, w których tracił pamięć i przytomność całkowicie.

– Na powrozie każę go tu Krzywonosowi przywieźć! – krzyczał – pod nogi go sobie zegnę, na konia po jego grzbiecie wsiadać będę!

Skrzetuski patrzył z góry na miotającego się Chmielnickiego, po czym odrzekł spokojnie:

– Zwycięż go wprzódy.

– Jaśnie wielmożny hetmanie! – rzecze Krzeczowski – niechże ten zuchwały szlachcic już jedzie, bo nie wypada dla twojej godności, byś się gniewem przeciw niemu unosił, a gdy mu wolność obiecałeś, liczy on na to, że albo słowo złamiesz, albo jego inwektyw słuchać musisz.

Chmielnicki opamiętał się, posapał chwilę, po czym rzekł:

– Niechże tedy jedzie, abyś zaś wiedział, iż Chmielnicki dobrem za dobre płaci, dać mu piernacz, jakom rzekł, i sorokę Tatarów, którzy go do samego obozu odprowadzą.

Po czym zwracając się do Skrzetuskiego dodał:

– Ty zaś wiedz, że teraz kwita. Polubiłem cię mimo twej zuchwałości, ale gdy się jeszcze raz w moje ręce dostaniesz, nie wywiniesz się.

Skrzetuski wyszedł z Krzeczowskim.

– Gdy cię hetman puszcza z całą szyją – rzekł Krzeczowski – i możesz jechać, gdzie chcesz, tedy ci powiem po starej znajomości: salwuj się choćby do Warszawy, nie na Zadnieprze, bo stamtąd żywa noga wasza nie ujdzie. Wasze czasy minęły. Gdybyś miał rozum, do nas byś przystał, ale wiem, że próżno ci to mówić. Poszedłbyś wysoko, jak my pójdziemy.

– Na szubienicę – mruknął Skrzetuski.

202

– Nie chcieli mnie dać starostwa lityńskiego, a teraz sam nie jedno, ale dziesięć wezmę. Wypędzimy precz panów Koniecpolskich a Kalinowskich, a Potockich, a Lubomirskich, i Wiśniowieckich, Zasławskich i wszystką szlachtę i sami się ich majętnościami podzielimy, co też i po bożej musi być myśli, gdy nam już dwie tak znaczne dał wiktorie.

Skrzetuski nie słuchając gadaniny pułkownika zamyślił się o czym innym, ten zaś mówił dalej:

– Gdym po bitwie i naszej wiktorii widział w Tuhajowej kwaterze w łyczkach mego pana i dobrodzieja J.W. hetmana koronnego, zaraz on mnie niewdzięcznikiem i Judaszem mianować raczył. A ja mu na to: „J.W. wojewodo! nie jestem ja niewdzięcznikiem, bo gdy już w twoich zamkach i dobrach zasiędę – przyrzecz mi jeno, że się nie będziesz napijał – to cię podstarościm swoim zrobię." Ho! ho! obłowi się Tuhaj-bej na tych ptakach, które połapał – i dlatego ich szczędzi – gdyby nie to, inaczej byśmy z Chmielnickim z nimi pogadali. Ale ot! wóz dla ciebie gotowy i Tatary już w ordynku. Gdzie tedy życzysz jechać?

– Do Czehryna.

– Jak sobie pościelesz, tak się wyśpisz. Ordyńcy odwiodą cię choćby do samych Łubniów, bo taki mają rozkaz. Staraj się jeno, żeby ich twój książę na pal nie kazał powsadzać, co by z Kozakami pewno uczynił, dlatego też i dali ci Tatarów. Hetman ci i konia twego kazał oddać. Bywajże zdrów, a wspominaj nas dobrze i księciu kłaniaj się od naszego hetmana, a jeśli będziesz mógł, to go namów, by przyjechał Chmielnickiemu się pokłonić. Może łaskę znajdzie. Bywaj zdrów!

Skrzetuski siadł na wóz, który ordyńcy otoczyli zaraz dokoła – i ruszono w drogę. Przez rynek trudno było przejechać, bo cały zapchany był Zaporożcami i czernią. Jedni i drudzy warzyli sobie kaszę śpiewając pieśni o zwycięstwie żółtowodzkim i korsuńskim, ułożone już przez ślepców-lirników, których mnóstwo pościągało zewsząd do obozu. Między ogniami obejmującymi kotły z kaszą leżały tu i owdzie ciała pomordowanych kobiet, nad którymi odbywała się w nocy orgia, lub sterczały piramidki z głów uciętych po bitwie zabitym i rannym żołnierzom. Ciała owe i głowy poczynały się już psuć i wydawać zgniły zapach, który jednakże nie zdawał się być wcale przykrym dla zgromadzonych tłumów. Miasto nosiło na sobie ślady spustoszeń i dzikiej swawoli Zaporożców; okna i drzwi były powyrywane; zdruzgotane szczątki tysiącznych przedmiotów pomieszane z kwapiem i słomą zawalały rynek. Okapy domów przybrane były wisielcami, po większej części z żydostwa, a tłuszcza bawiła się tu i ówdzie, czepiając się nóg wisielców i huśtając się na nich.

W jednej stronie rynku czerniały zgliszcza pogorzałych domów, a między nimi farnego kościoła; od zgliszcz biło jeszcze gorąco i podnosiły się dymy. Woń spalenizny przenikała powietrze. Za spalonymi domami stał kosz, obok którego pan Skrzetuski musiał przejeżdżać, i tłumy jasyru pilnowane przez gęste straże tatarskie. Kto się z okolic Czehryna, Czerkas i Korsunia nie zdołał schronić lub nie padł pod siekierą czerni, ten poszedł w łyka. Byli więc między jeńcami i żołnierze wzięci w niewolę w obu bitwach, i mieszkańcy okoliczni, którzy się dotąd nie mogli lub nie chcieli do buntu przyłączyć, ludzie ze szlachty osiadłej lub ze szlacheckiego gminu, podstarościowie, oficjaliści, chutornicy, drobna szlachta z zaścianków, obojej płci i dzieci. Starców nie było, bo ich, jako niezdatnych na sprzedaż, Tatarzy wymordowali. Pozagarniali oni również całe wsie i osady ruskie, czemu Chmielnicki nie śmiał się sprzeciwić. W wielu miejscowościach zdarzyło się, że mężowie poszli do obozu kozackiego, a w nagrodę za to Tatarzy popalili ich chaty i pobrali żony i dzieci. Ale w ogólnym rozpętaniu się i zdziczeniu dusz nikt o to nie pytał, nikt się nie upominał. Czerń, która chwytała za broń, wyrzekała się wiosek rodzinnych, żon i dzieci. Brali im żony, brali i oni – i lepsze, bo „Laszki", które po nasyceniu się ich wdziękami mordowali lub odprzedawali ordyńcom. Między jeńcami nie brakło też mołodyć ukraińskich, powiązanych po trzy, po cztery na jednym stryczku wraz z pannami szlacheckich domów. Niewola i niedola równała stany. Widok tych istot wstrząsał do głębi duszę i budził żądzę zemsty. Poobdzierane, półnagie, narażone na sromotne żarty pohańców włóczących się gromadami przez ciekawość po majdanie, potrącane, bite lub całowane ohydnymi usty, traciły pamięć, wolę. Niektóre szlochały lub zawodziły głośno, inne z oczyma w słup, z obłąkaniem w twarzy i otwartymi ustami poddawały się biernie wszystkiemu, co je spotykało. Tu i owdzie zrywał się wrzask jeńca mordowanego bez litości za wybuch rozpacznego oporu. Świst bizunów z byczej skóry rozlegał się między gromadami mężczyzn i zlewał się z okrzykami boleści i piskiem dzieci, ryczeniem bydła i rżeniem koni. Jasyr nie był jeszcze rozdzielony i ustawiony w pochodowym porządku, więc wszędzie panowało największe zamieszanie. Wozy, konie, bydło rogate, wielbłądy, owce, kobiety, mężczyźni, stosy złupionych ubiorów, naczyń, makat, broni, wszystko to natłoczone w jeden ogromny tabor oczekiwało dopiero podziału i ordynku. Raz w raz podjazdy przypędzały nowe gromady ludzi i bydła, naładowane promy płynęły przez Roś, z głównego zaś kosza przybywali coraz nowi goście, by nasycać oczy widokiem zebranych bogactw. Niektórzy pijani kumysem lub gorzałką, poprzebierani w dziwaczne stroje, bo w ornaty, komże, ruskie riasy lub nawet suknie kobiece, poczynali już spory, kłótnie i jarmarczny wrzask o to, co komu będzie należało. Czabanowie tatarscy siedząc na ziemi między stadami zabawiali się: jedni wygwizdywaniem na piszczałkach przeraźliwych melodii, inni grą w kości i okładaniem się wzajemnie kijami. Gromady psów, które przyciągnęły tu za swymi panami, ujadały i wyły żałośnie.

Pan Skrzetuski minął wreszcie tę gehennę ludzką pełną jęków, łez, niedoli i piekielnych wrzasków; myślał tedy, że już odetchnie swobodniej, aliści zaraz za taborem nowy straszny widok uderzył jego oczy. W dali szarzał kosz właściwy, od którego dochodziło ustawiczne rżenie koni, i mrowił się tysiącami Tatarów, bliżej zaś na polu, tuż koło gościńca wiodącego do Czerkas, młodzi wojownicy zabawiali się strzelaniem dla wprawy z łuków do jeńców słabszych lub chorych, którzy by nie mogli wytrzymać długiej drogi do Krymu. Kilkadziesiąt ciał leżało wyrzuconych już na drogę i podziurawionych jak sita: niektóre z nich drgały jeszcze konwulsyjnie. Ci, do których strzelano, wisieli przywiązani za ręce do drzew przydrożnych. Były między nimi i stare kobiety. Śmiechom zadowolenia po trafnych strzałach towarzyszyły okrzyki:

– Jaksze, iegit! – Dobrze, chłopcy!

– Uk jaksze koł! – Łuk w dobrych rękach!

Koło głównego kosza oprawiano tysiące bydła i koni na pokarm wojownikom. Ziemia była zlana krwią. Mdłe wyziewy surowizny tłumiły oddech w piersiach, a między kupami mięsa kręcili się czerwoni ordyńcy z nożami w ręku. Dzień był skwarny, słońce piekło. Ledwie po godzinie drogi wydostał się pan Skrzetuski wraz ze swoją eskortą na czyste pola, ale z oddali dochodził długo jeszcze z głównego kosza gwar i ryk bydła. Po drodze widniały ślady przejścia drapieżników. Tu i owdzie popalone sadyby, sterczące kominy futorów, potratowana ruń zbóż, drzewa połamane, sady wiśniowe przy chatach wycięte na ogień. Na gościńcu raz w raz leżały to trupy końskie, to ludzkie, pokaleczone okropnie, sine, nabrzmiałe, a na nich i nad nimi stada wron i kruków zrywające się z wrzaskiem i szumem przed ludźmi. Krwawe dzieło Chmielnickiego rzucało się wszędzie w oczy i trudno było zrozumieć, przeciw komu ten człowiek rękę podniósł, bo jego własny kraj jęczał przede wszystkim pod brzemieniem niedoli.

W Mlejowie spotkali podjazdy tatarskie pędzące nowe tłumy jeńców. Horodyszcze było spalone do cna. Sterczała tylko murowana dzwonnica kościelna i stary dąb stojący na środku rynku, pokryty strasznym owocem, bo wisiało na nim kilkadziesiąt małych Żydziąt powieszonych przed trzema dniami. Wymordowano tu również dużo szlachty z Konoplanki, Starosiela, Więzówka, Bałakleja i Wodaczewa. Samo miasteczko było puste, bo mężczyźni poszli do Chmielnickiego, a niewiasty, dzieci i starcy uciekli do lasów przed spodziewanym najściem wojsk księcia Jeremiego. Z Horodyszcza jechał pan

Skrzetuski na Śmiłę, Żabotyn i Nowosielce do Czehryna, zatrzymując się tylko tyle po drodze, ile trzeba było na wypoczynek dla koni. Wjechali do miasta na drugi dzień z południa. Wojna oszczędziła miasto, niektóre tylko domy były zburzone, a między nimi Czaplińskiego z ziemią zrównany. W grodzie stał podpułkownik Naokołopalec, a z nim tysiąc mołojców, ale i on, i mołojcy, i cała ludność żyła w największym przerażeniu, gdyż tu, jak i wszędzie po drodze, wszyscy byli pewni, że książę lada chwila nadciągnie i wywrze zemstę, o jakiej świat nie słyszał. Nie wiadomo było, kto puszcza te wieści, skąd one przychodzą; może je tworzył przestrach, dość, że ustawicznie powtarzano to, że książę płynie już Sułą, to znów, że już jest nad Dnieprem, że spalił Wasiutyńce, że wyciął ludność w Borysach, i każde zbliżenie się jeźdźców lub pieszego ludu wywoływało popłoch bez granic. Pan Skrzetuski chwytał chciwie te wieści, bo rozumiał, że choćby nie były prawdziwe, to jednak tamowały szerzenie się buntu na Zadnieprzu, nad którym ręka książęca ciążyła bezpośrednio.

Skrzetuski chciał dowiedzieć się czegoś pewniejszego od Naokołopalca, ale pokazało się, że podpułkownik na równi z innymi nic nie wiedział o księciu i jeszcze sam byłby rad zasięgnąć jakich wiadomości od Skrzetuskiego. A ponieważ przeciągnięto na tę stronę wszystkie bajdaki, czółna i podjazdki, więc i zbiegowie z drugiego brzegu nie przybywali do Czehryna.

Skrzetuski więc nie bawiąc dłużej w Czehrynie kazał się przeprawić i ruszył bez zwłoki do Rozłogów. Pewność, że wkrótce sam przekona się, co stało się z Heleną, i nadzieja, że może jest ocalona albo też ukryła się wraz ze stryjną i kniaziami w Łubniach, wróciła mu siły i zdrowie. Przesiadł się z wozu na koń i gnał bez litości swoich Tatarów, którzy uważając go za posła, a siebie za przystawów oddanych pod jego komendę, nie śmieli mu stawić oporu. Lecieli tedy, jakby ich goniono, a za nimi złote kłęby kurzawy wzbijanej kopytami bachmatów. Mijali sadyby, chutory i wioski. Kraj był pusty, siedziby ludzkie wyludnione tak, że długo nie mogli spotkać żywej duszy. Prawdopodobnie też kryli się wszyscy przed nimi. Tu i owdzie kazał pan Skrzetuski szukać w sadach, pasiekach, po zapolach i strzechach stodół, ale nie mogli znaleźć nikogo.

Dopiero za Pohrebami jeden z Tatarów dostrzegł jakąś postać ludzką usiłującą skryć się między szuwarami obrastającymi brzegi Kahamliku.

Tatarzy skoczyli ku rzece i w kilka minut później przywiedli przed pana Skrzetuskiego dwóch ludzi całkiem nagich.

Jeden z nich był to starzec, drugi wysmukły, może piętnasto- lub szesnastoletni wyrostek. Obaj kłapali zębami ze strachu i długi czas nie mogli ni słowa przemówić.

– Skąd wy? – spytał pan Skrzetuski.

– My znikąd, panie! – odpowiedział statrzec. – Po prośbie chodzim – z lirą, a ot ten niemowa mnie prowadzi.

– Skąd idziecie teraz? z jakiej wsi? Mów śmiało, nic ci nie będzie.

– My, panie, po wszystkich wsiach chodzili, aż nas tu jakiś czort obdarł.

Buty mieli dobre – wziął, czapki mieli dobre – wziął, sukmany z litości ludzkiej dobre – wziął, i liry nie zostawił.

– Pytam się, kpie: z jakiej wsi idziesz?

– Ne znaju, pane – ja did. Ot my nadzy, nocą marzniem, we dnie szukamy litościwych, co by okryli i nakarmili, my głodni!

– Słuchaj tedy, chłopie: odpowiadaj, o co pytam, bo każę powiesić.

– Ja niczoho ne znaju, pane. Kołyb ja szczo, abo szczo, abo bude szczo, to nechaj mini – oto szczo!

Widocznym było, że dziad nie mogąc sobie zdać sprawy, co by za jeden był ten, kto go pyta, postanowił nie dawać żadnych odpowiedzi.

– A w Rozłogach byłeś? tam gdzie kniaziowie Kurcewicze mieszkają?

– Ne znaju, pane.

– Powiesić go! – krzyknął pan Skrzetuski.

– Buw, pane! – zawołał dziad widząc, że nie ma żartów.

– Coś tam widział?

– My tam byli pięć dni temu, a potem w Browarkach słyszeli, że tam łycari prijszły.

– Jacy rycerze?

– Ne znaju, pane! Odin każe – Lachy; drugi każe – Kozaki.

– W konie! – krzyknął na Tatarów pan Skrzetuski.

Poczet pomknął. Słońce zachodziło zupełnie jak wówczas, gdy namiestnik po spotkaniu Heleny i kniahini na drodze jechał obok nich przy Rozwanowej karocy. Kahamlik tak samo świecił purpurą, dzień kładł się do snu jeszcze cichszy, pogodniejszy, cieplejszy. Tylko wówczas jechał pan Skrzetuski z piersią pełną szczęścia i budzących się lubych uczuć, a teraz pędził jak potępieniec gnany wichrem niepokoju i złych przeczuć. Głos rozpaczy wołał mu w duszy: ,,To Bohun ją porwał! już jej nie ujrzysz więcej!'',a głos nadziei: ,,To książę! ocalona!'' I te głosy tak go rozrywały między siebie, że ledwo nie rozerwały mu serca. Pędzili resztą sił końskich. Upłynęła jedna godzina i druga. Księżyc zeszedł i wytaczając się coraz wyżej, bladł coraz bardziej. Konie pokryły się pianą i chrapały ciężko. Wpadli w las, mignął jak błyskawica, wpadli w jar, za jarem tuż Rozłogi. Chwila jeszcze, a losy rycerza się rozstrzygną. Tymczasem wiatr świszcze mu w uszach od pędu, czapka spadła mu z głowy, koń pod nim jęczy, jakby miał paść zaraz. Chwila jeszcze, skok jeszcze i jar się roztworzy. Już! już!

Nagle krzyk nieludzki, straszny wyrwał się z piersi pana Skrzetuskiego.

Dwór, lamusy, stajnie, stodoły, częstokół i sad wiśniowy – wszystko znikło. Blady księżyc oświecał wzgórze, a na nim kupę czarnych zgliszcz, które przestały już nawet i dymić.

Milczenia nie przerywał żaden odgłos.

Pan Skrzetuski stanął przed fosą niemy, ręce tylko do góry podniósł, patrzył, patrzył i głową jakoś dziwnie potrząsał. Tatarzy wstrzymali konie. On zsiadł, odszukał resztek spalonego mostu, przeszedł rów po belce poprzecznej i siadł na kamieniu leżącym na środku majdanu. Siadłszy począł się oglądać dokoła jak człowiek, który pierwszy raz na jakowym miejscu będąc usiłuje się z nim zapoznać. Opuściła go przytomność. Nie wydał ani jęku. Po chwili, ręce na kolanach wsparłszy, głowę spuścił i pozostał w nieruchomej postawie, tak że mogło się zdawać, że usnął. Jakoż jeśli nie usnął, to odrętwiał – i przez głowę zamiast myśli przelatywały mu tylko niejasne obrazy. Widział więc naprzód Helenę taką, jaką ją był pożegnał przed ostatnią podróżą, jeno twarz miała jakby przesłoniętą przez mgłę, tak jej rysów nie można było rozpoznać. On ją chciał z tego mglistego obłoku wydostać i nie mógł. Więc odjechał z ciężkim sercem. Potem przez głowę mignął mu rynek czehryński, stary Zaćwilichowski i bezczelna twarz Zagłoby; twarz ta ze szczególnym uporem stawała mu przed oczyma, aż wreszcie zastąpiło ją ponure oblicze Grodzickiego. Potem widział jeszcze Kudak, porohy, walkę na Chortycy, Sicz, całą podróż i wszystkie wypadki, aż do dnia ostatniego, aż do ostatniej, godziny. Ale dalej już ciemność! Co się z nim teraz działo, nie rozpoznawał. Miał tylko jakieś niewyraźne poczucie, że do Heleny do Rozłogów jedzie, ale sił mu brakło, więc odpoczywa na zgliszczach. Chciałby już, ot, podnieść się i jechać dalej, ale jakieś niezmierne osłabienie przykuwa go do miejsca, tak jakby mu stufuntowe kule do nóg poprzywiązywano.

Siedział więc i siedział. Noc upływała. Tatarzy roztasowali się na nocleg i rozłożywszy ogieniek poczęli przypiekać przy nim kawały końskiego ścierwa; następnie, nasyceni, pokładli się na ziemi.

Ale nie upłynęła i godzina, gdy zerwali się na równe nogi.

Z dala dochodził gwar podobny do odgłosów, jakie wydaje wielka liczba jazdy idącej śpiesznym marszem.

Tatarzy zatknęli co prędzej na żerdź białą płachtę i podsycili obficie płomień, tak aby z dala mogli być rozpoznani, jako wysłańcy pokojowi.

Tętent koni, parskanie i brzęk szabel zbliżał się coraz bardziej i wkrótce na drodze ukazał się oddział jazdy, który wnet otoczył Tatarów.

Rozpoczęła się krótka rozmowa. Tatarzy wskazali na postać siedzącą na wzgórzu, którą zresztą widać było doskonale, bo padało na nią światło miesiąca, i oświadczyli, że prowadzą posła, a od kogo, to on najlepiej powie. Wówczas dowódca oddziału wraz z kilku towarzyszami udał się na wzgórze, ale zaledwie zbliżył się i spojrzał w twarz siedzącemu, gdy ręce rozkrzyżował i wykrzyknął:

– Skrzetuski! Na Boga żywego, to Skrzetuski!

Namiestnik ani drgnął.

– Mości namiestniku, nie poznajeszże mnie? Jam jest Bychowiec. Co ci jest?

Namiestnik milczał.

– Zbudźże się, na Boga! Hej, towarzysze, bywajcie no!

Istotnie był to pan Bychowiec, który szedł w awangardzie przed wszystką potęgą księcia Jeremiego.

Tymczasem nadciągnęły i inne pułki. Wieść o odnalezieniu Skrzetuskiego rozbiegła się piorunem po chorągwiach, więc wszyscy śpieszyli powitać miłego towarzysza. Mały Wołodyjowski, dwaj Śleszyńscy, Dzik, Orpiszewski, Migurski, Jakubowicz, Lenc, pan Longinus Podbipięta i mnóstwo innych oficerów biegło na wyścigi na wzgórze. Ale próżno przemawiali do niego, wołali po imieniu, szarpali za ramiona, usiłowali podnieść – pan Skrzetuski patrzył na nich szeroko otwartymi oczyma i nie rozpoznawał nikogo. A raczej przeciwnie! zdawało się, że ich rozpoznaje, tylko że są mu już zupełnie obojętni. Wtedy ci, co wiedzieli o jego miłości dla Heleny, a prawie wszyscy już wiedzieli, przypomniawszy sobie, w jakim to właśnie są miejscu, spojrzawszy na czarne zgliszcza i siwe popioły zrozumieli wszystko.

– Od boleści się zapamiętał – szeptał jeden.

– Desperacja *mentem* mu pomieszała – dodał inny.

– Zaprowadźcie go do księdza. Może jak jego zobaczy, to się ocknie!

Pan Longinus ręce łamał. Wszyscy otoczyli kołem namiestnika i poglądali na niego ze współczuciem. Niektórzy obcierali łzy ręka-

211

wicami, inni wzdychali żałośnie. Aż nagle z koła wysunęła się jakaś wyniosła postać i zbliżywszy się z wolna do namiestnika położyła mu na głowie obie ręce.

Był to ksiądz Muchowiecki.

Wszyscy umilkli i poklękali jakby w oczekiwaniu cudu, ale ksiądz cudu nie czynił, jeno wciąż trzymając ręce na głowie Skrzetuskiego podniósł oczy ku niebu pełnemu blasków miesięcznych i począł mówić głośno:

– *Pater noster, qui es in coelis! sanctificetur nomen Tuum, adveniat regnum Tuum, fiat voluntas Tua!...*

Tu przerwał i po chwili powtórzył głośniej i uroczyściej:

–*...Fiat voluntas Tua!...*

Cisza zapanowała głęboka.

–*...Fiat voluntas Tua!...* – powtórzył ksiądz po raz trzeci.

Wtedy z ust Skrzetuskiego wyszedł głos niezmiernego bólu, ale i rezygnacji:

– *Sicut in coelo, et in terra!*

I rycerz rzucił się na ziemię ze szlochaniem.

XVII

Aby wyjaśnić, co zaszło w Rozłogach, należy nam się cofnąć nieco w przeszłość, aż do owej nocy, w której pan Skrzetuski wyprawił Rzędziana z listem z Kudaku do starej kniahini. List zawierał usilną prośbę, by kniahini zabrawszy Helenę jechała jak najśpieszniej do Łubniów pod opiekę księcia Jeremiego, gdyż wojna rozpocznie się lada chwila. Rzędzian siadłszy na czajkę, którą pan Grodzicki z Kudaku po prochy wyprawił, ruszył w drogę i odbywał ją wolno, bo płynęli w górę rzeki. Pod Krzemieńczugiem spotkali wojska płynące pod wodzą Krzeczowskiego i Barabasza, przez hetmanów przeciw Chmielnickiemu wyprawione. Rzędzian widział się z Barabaszem, któremu zaraz opowiedział, jakie niebezpieczeństwa z jazdy na Sicz dla pana Skrzetuskiego wyniknąć mogą. Prosił zatem starego pułkownika, by po spotkaniu się z Chmielnickim nie omieszkał silnie upomnieć się o posła. Po czym ruszył dalej.

Do Czehryna przybyli świtaniem. Tu zaraz otoczyły ich straże semenów pytając, co by byli za jedni. Odpowiedzieli, że z Kudaku od pana Grodzickiego z listem do hetmanów jadą. Mimo to wezwano starszego z czajki i Rzędziana, by szli opowiedzieć się pułkownikowi.

– Jakiemu pułkownikowi? – pytał starszy.

– Panu Łobodzie – odpowiedzieli esaułowie ze straży – któremu hetman wielki rozkazał wszystkich przybywających od Siczy do Czehryna zatrzymywać i badać.

Poszli. Rzędzian szedł śmiało, gdyż nie spodziewał się niczego złego, wiedząc, że tu już rozciąga się moc hetmańska. Zaprowadzono ich blisko Dzwonieckiego Węgła, do domu pana Żeleńskiego, w którym była kwatera pułkownika Łobody. Ale powiedziano im, że pułkownik jeszcze świtaniem do Czerkas wyjechał i że zastąpi go podpułkownik. Czekali więc dość długo, aż na koniec drzwi się otworzyły i oczekiwany podpułkownik ukazał się w izbie.

Na jego widok zadrżały pod Rzędzianem kolana.

Był to Bohun.

Moc hetmańska rozciągała się wprawdzie jeszcze w Czehrynie, ale że Łoboda i Bohun nie przeszli dotąd do Chmielnickiego, a natomiast, przeciwnie, głośno opowiadali się przy Rzeczypospolitej, przeto hetman wielki im właśnie wyznaczył postój w Czehrynie i strażować tam rozkazał.

Bohun siadł za stołem i począł badać przybyłych.

Starszy, który wiózł list pana Grodzickiego, odpowiedział za siebie i za Rzędziana. Po obejrzeniu listu młody podpułkownik począł troskliwie wypytywać, co w Kudaku słychać, i widocznym było, iż miał wielką ochotę wywiedzieć się, z czym pan Grodzicki do hetmana wielkiego ludzi i czajkę wysyłał. Ale starszy nie umiał mu na to odpowiedzieć, a list był sygnetem pana Grodzickiego przywarty. Wybadawszy ich tedy Bohun już miał odprawiać i do kalety sięgał, aby zaś napiwek od niego mieli, gdy wtem drzwi się otwarły i pan Zagłoba wleciał jak piorun do izby.

– Słuchaj, Bohun! – wołał – zdrajca Dopuło najlepszy trojniak utaił. Poszedłem z nim do piwnicy – patrzę: siano, nie siano wedle węgła. Pytam: co jest? rzeknie: suche siano! Kiedy nie spojrzę bliżej, aż tu łeb od gąsiorka wygląda jak Tatar z trawy. O! Taki synu! mówię, podzielimy się robotą, ty zjesz siano, boś wół, a ja miód wypiję, bom człowiek. Przyniosłem też gąsiorek na godziwą próbę, daj jeno kubków.

To rzekłszy pan Zagłoba jedną ręką pod bok się ułapił, drugą podniósł gąsiorek nad głową i śpiewać począł:

Hej, Jaguś, hej, Kunduś, daj jeno szklanic,
Daj autem i pysia, nie zważaj na nic.

Tu pan Zagłoba przerwał nagle, ujrzawszy Rzędziana, postawił gąsiorek na stole i rzekł:

– O, jak mnie Bóg miły! toż to pachołek pana Skrzetuskiego!

– Czyj? – spytał śpiesznie Bohun.

– Pana Skrzetuskiego, namiestnika, któren do Kudaku pojechał, a mnie tu przed wyjazdem takim miodem łubniańskim częstował, że niech się każdy inny spod wiechy schowa. Co zaś się z twoim panem dzieje? co? Zdrów-li?

– Zdrów i kazał się waszmości kłaniać – rzekł zmieszany Rzędzian.

– Wielkiej to jest fantazji kawaler. A ty jakże się w Czehrynie znalazłeś! Czemu cię to pan z Kudaku odesłał?

– Pan jako pan – rzecze na to pacholik – ma swoje sprawy w Łubniach, za którymi mnie wrócić kazał, bo i nie miałem co robić w Kudaku.

Przez cały ten czas Bohun patrzył bystro na Rzędziana; nagle rzekł:

– Znam i ja twego pana, widziałem go w Rozłogach.

Rzędzian przekrzywił głowę i nadstawiwszy ucha, niby to nie dosłyszawszy, spytał:

– Gdzie?

– W Rozłogach.

– To Kurcewiczów – rzekł Zagłoba.

– Czyje? – pytał znów Rzędzian.

– Widzę, żeś coś ogłuchł – zauważył sucho Bohun.

– Bom się też nie wyspał.

– To się jeszcze wyśpisz. Powiadasz tedy, że twój pan wysłał cię do Łubniów?

– A jakże.

– Pewnie tam ma jaką podwikę – wtrącił pan Zagłoba – do której afekt przez ciebie przesyła.

– Czy ja tam wiem, mój jegomość!... może ma, a może i nie ma – rzecze Rzędzian.

Następnie skłonił się Bohunowi i panu Zagłobie.

– Niech będzie pochwalony – rzekł zabierając się do odejścia.

– Na wieki! – odparł Bohun. – Poczekaj no, ptaszku, nie śpiesz się. A czemuś to ty przede mną tail, żeś jest pacholikiem pana Skrzetuskiego?

– A bo mnie jegomość nie pytał, a ja sobie myślę: co mam o byle czym mówić? Niech będzie pochwalo...

– Poczekaj, mówię. Listy jakowe od pana wieziesz?

– Pańska rzecz pisać, a moja, jako sługi, oddać, ale jeno temu, do kogo są pisane, zaczem niech mi będzie wolno pożegnać waszmość panów.

Bohun zmarszczył swe sobole brwi i w ręce klasnął. Natychmiast dwóch semenów wpadło do izby.

– Obszukać go! – zawołał, wskazując na Rzędziana.

– Jakom żyw, gwałt mi się tu dzieje! – wrzeszczał Rzędzian. –Jam jest też szlachcic, choć sługa, a waszmość panowie w grodzie za ten postępek będziecie odpowiadali.

– Bohun! zaniechaj go! – wtrącił pan Zagłoba.

Ale tymczasem jeden z semenów znalazł w Rzędzianowym zanadrzu dwa listy i oddał je podpułkownikowi. Bohun kazał zaraz pójść precz semenom, bo nie umiejąc czytać nie chciał się z tym przed nimi zdradzić. Po czym, zwróciwszy się do Zagłoby rzekł:

– Czytaj, a ja na pachołka uważać będę.

Zagłoba przymknął lewe oko. na którym miał skałkę, i czytał adres:

– „Mnie wielce miłościwej pani i jejmości dobrodzice J. O. kniahini Kurcewiczowej w Rozłogach."

– Toś ty, rarożku, do Łubniów jechał i nie wiesz, gdzie Rozłogi? – rzekł Bohun poglądając strasznym wzrokiem na Rzędziana.

– Gdzie mi kazali, tamem jechał! – odparł pachołek.

– Mam-li otworzyć? *Sigillum* szlacheckie święta rzecz – zauważył Zagłoba – Mnie tu hetman wielki dał prawo wszelakie pisma przeglądać. Otwieraj i czytaj.

Zagłoba otworzył i czytał:

– „Mnie wielce miłościwa pani, etc. Donoszę W. M. Pani, jakom już w Kudaku stanął, skąd, daj Boże szczęśliwie, dzisiejszego rana na Sicz jechał będę, a teraz nocą tu piszę, od niespokojności spać nie mogąc, aby was zaś jaka przygoda od tego zbója Bohuna i jego hultajów nie spotkała. A że mnie tu i pan Krzysztof Grodzicki powiadał, że rychło patrzyć, jak wielka wojna wybuchnie, od której się też i czerń podniesie, przeto zaklinam i błagam W. M. Panią, byś *eo instante*, choćby i stepy nie wyschły, choćby wierzchem, zaraz z kniaziówną do Łubniów jechać raczyła i tego nie poniechała, gdyż ja na czas wrócić nie zdołam. Którą prośbę racz W. M. Pani zaraz spełnić, abym o szczęśliwość mnie przyrzeczoną mógł być bezpiecznym i za powrotem się rozradować. A co masz W. M. Pani z Bohunem kunktować i mnie przyrzekłszy dziewkę, jemu ze strachu piaskiem w oczy rzucać, to lepiej *sub tutelam* księcia, mego pana, się schronić, któren *praesidium* do Rozłogów wysłać nie omieszka, a tak i majętność ocalicie. Przy czym mam zaszczyt etc., etc."

– Hm! mości Bohunie – rzekł pan Zagłoba – usarz coś rogi ci chce przyprawić. Tościa do jednej dziewki szli w koperczaki? Czemuś nie mówił? Aleć się pociesz, bo i mnie się raz zdarzyło...

Nagle rozpoczęta facecja skonała na ustach pana Zagłoby. Bohun siedział nieporuszenie przy stole, ale twarz jego była jakby konwulsjami ściągnięta, blada, oczy zamknięte, brwi sfałdowane. Działo się z nim coś strasznego.

– Co tobie? – spytał pan Zagłoba.

Kozak począł gorączkowo ręką machać, a z ust jego wyszedł przyciszony, chrapliwy głos:

– Czytaj, czytaj drugie pismo.

– Drugie jest do kniaziówny Heleny.

– Czytaj, czytaj!

Zagłoba zaczął:

– „Najsłodsza, umiłowana Halszko, serca mego pani i królowo! Gdy po służbie książęcej jeszcze niemały czas w tych stronach zostać muszę, piszę tedy do stryjny, abyście do Łubniów zaraz jechały, w których żadna twej niewinności szkoda zdarzyć się od Bohuna nie może i wzajemny afekt nasz na szwank narażon nie będzie..."

– Dosyć! – krzyknął nagle Bohun i porwawszy się w szale od stołu skoczył ku Rzędzianowi.

Obuch zawarczał w jego ręku i nieszczęsny pacholik, uderzony wprost w piersi, jęknął tylko i zwalił się na podłogę. Obłęd porwał Bohuna: rzucił się na pana Zagłobę, wyrwał mu listy i schował je w zanadrze.

Zagłoba porwawszy gąsiorek z miodem skoczył ku piecowi i krzyczał:

– W imię Ojca i Syna, i Ducha Świętego! Człeku, czyś ty się wściekł? czyś oszalał? Uspokójże się, zmityguj! Wsadźże łeb w wiadro, do stu diabłów!... słyszyszże mnie!

– Krwi, krwi! – wył Bohun.

– Czy ci się rozum pomieszał? Wsadźże łeb w wiadro, mówię ci! Masz już krew, rozlałeś ją, i to niewinnie. Już ten nieszczęsny wyrostek nie dysze. Diabeł cię opętał – alboś sam diabeł z ostatkiem. Opamiętajże się, a nie, to jechał cię sęk, pogański synu!

Tak krzycząc pan Zagłoba przesunął się z drugiej strony stołu ku Rzędzianowi i schyliwszy się nad nim, jął go macać po piersiach i rękę mu do ust przykładać, z których krew się rzuciła obficie.

Bohun uchwycił się tymczasem za głowę i skowyczał jak ranny wilk. Potem padł na ławę nie przestając skowyczeć, bo się w nim dusza z wściekłości i bólu rozdarła. Nagle zerwał się, dobiegł do drzwi, wywalił je nogą i wypadł do sieni.

– Lećże na złamanie karku! – mruknął do siebie pan Zagłoba. – Leć i rozbij łeb o stajnię albo stodołę, chociaż, jako rogal, bóść śmiało możesz. A to furia! Jeszczem też nic podobnego w życiu nie widział. Zębami tak kłapał jak pies na zalotach. Ale ten pachołek żywie jeszcze, nieboŻątko. Dalibóg, jeżeli mu ten miód nie pomoże, to chyba zełgał, że szlachcic.

Tak mrucząc pan Zagłoba wsparł głowę Rzędziana na swych kolanach i począł mu z wolna sączyć trojniak do ust zsiniałych.

– Obaczymy, czy masz dobrą krew w sobie – mówił dalej do omdlałego – gdyż żydowska, podlana miodem albo-li winem, warzy się; chłopska, jako leniwa i ciężka, idzie na spód, a jeno szlachecka animuje się i wyborny tworzy likwor, który ciału daje męstwo i fantazję. Innym też nacjom różne dał Pan Jezus napitki, aby zaś każda miała swoją stateczną pociechę.

Rzędzian jęknął słabo.

– Aha, chcesz więcej! Nie, panie bracie, pozwólże i mnie... ot, tak! A teraz, gdyś już dał znak życia, chyba cię przeniosę do stajni i położę gdzie w kącie, aby cię ten smok kozacki do reszty nie rozdarł, gdy wróci. Niebezpieczny to jest przyjaciel – niechże go diabli porwą, bo widzę, że rękę chyższą ma od rozumu.

To rzekłszy pan Zagłoba podniósł Rzędziana z ziemi z łatwością, znamionującą niezwykłą siłę, i wyszedł do sieni, a następnie na podwórzec, na którym kilkunastu semenów grało w kości na rozesłanym na ziemi kilimku. Ujrzawszy go powstali, on zaś rzekł:

– Chłopcy, a wziąć no mi tego pachołka i położyć na sianie. Niech też który skoczy po cyrulika.

Rozkaz spełniono natychmiast, bo pan Zagłoba, jako przyjaciel Bohuna, wielkie miał zachowanie u Kozaków.

– A gdzie to pułkownik? – spytał.

– Kazał sobie dać konia i pojechał do kwatery pułkowej, a nam też kazał być w gotowości i konie mieć posiodłane.

– To i mój gotowy?

– Gotowy.

– To dawaj. Znajdę tedy pułkownika przy pułku?

– A oto i on nadjeżdża.

Rzeczywiście, przez sklepioną ciemną bramę domostwa widać było Bohuna nadjeżdżającego z rynku, za nim zaś ukazały się z dala spisy stu kilkudziesięciu mołojców widocznie gotowych do pochodu.

– Na koń! – wołał przez sień Bohun na pozostałych na podwórcu semenów.

Wszyscy ruszyli się co żywo. Zagłoba wyszedł przed bramę i spojrzał uważnie na młodego watażkę.

– W pochód ruszasz? – spytał go.

– Tak jest.

– A dokąd czort prowadzi?

– Na wesele.

Zagłoba przysunął się bliżej.

– Bój się Boga, synku! Hetman kazał ci miasta strzec, a ty i sam jedziesz, i semenów wyprowadzasz. Rozkaz złamiesz. Tu tłumy czerni czekają tylko chwili sposobnej, by się na szlachtę rzucić – miasto zgubisz, na gniew hetmański się narazisz.

– Na pohybel miastu i hetmanowi!

– O głowę twoją idzie.

– Na pohybel i mojej głowie!

Zagłoba poznał, że próżno było gadać z Kozakiem. Zaciął się i choćby siebie i innych miał pogrześć, swego musiał dokazać. Domyślał się też Zagłoba, dokąd wyprawa miała ruszyć, ale sam nie wiedział, co z sobą począć: jechać z Bohunem czy zostać? Jechać było niebezpiecznie, bo znaczyło toż samo, co wrazić się w wojennych surowych czasach w awanturniczą, gardłową sprawę. A zostać? Czerń istotnie czekała tylko wieści z Siczy, chwili hasła do rzezi. A może by i nie czekała nawet, gdyby nie tysiąc semenów Bohuna i jego wielka powaga na Ukrainie. Mógł się wprawdzie pan Zagłoba schronić i do obozu hetmanów, ale miał swoje powody, dla których tego nie czynił. Była-li to kondemnatka za jakie zabójstwo czy też mankamencik w księgach, on sam jeden tylko wiedział; dość, że nie chciał w oczy leźć. Żal mu było Czehryna porzucać! Tak mu tu było dobrze, tak tu nikt o nic nie pytał, tak już pan Zagłoba zżył się tu ze wszystkimi, i ze szlachtą, i z ekonomami starościńskimi, i ze starszyzną kozacką! Prawda, że starszyzna rozjechała się teraz, a szlachta siedziała cicho po kątach, bojąc się burzy, ale przecie był Bohun, kompan nad kompany, bibosz nad bibosze. Poznawszy się przy szklenicy zbratali się z Zagłobą od razu. Odtąd nie widziano jednego bez drugiego. Kozak sypał złotem za dwóch, szlachcic łgał, i obu, jako niespokojnym duchom, dobrze było z sobą.

Gdy tedy teraz przyszło albo pozostać w Czehrynie i pod nóż czerni iść, albo jechać z Bohunem, pan Zagłoba zdecydował się na to ostatnie.

– Kiedyś taki desperat – rzekł – to pojadę i ja z tobą. Może ć się przydam albo pohamuję, gdy będzie trzeba. Już my tak dopasowali ze sobą jako hetka z pętelką, alem się tego wszystkiego nie spodziewał.

Bohun nie odrzekł nic. W pół godziny później dwustu semenów stanęło w pochodowym ordynku. Bohun wyjechał na czoło, a z nim i pan Zagłoba. Ruszyli. Chłopi, stojący tu i owdzie kupami na rynku, spoglądali na nich spode łbów i szeptali zgadując, gdzie jadą, czy wrócą prędko, czy nie wrócą. Bohun jechał milczący, zamknięty w sobie, tajemniczy a posępny jak noc. Semenowie nie pytali, gdzie ich wiedzie. Za nim gotowi byli iść choćby na kraj świata.

Po przeprawie przez Dniepr wjechali na gościniec łubniański. Konie szły rysią, wzbijając tumany kurzawy, ale że dzień był skwarny, suchy, wkrótce pokryły się pianą. Zwolnili tedy biegu i rozciągnęli się długim, przerywanym pasmem po gościńcu. Bohun wysunął się naprzód, pan Zagłoba zrównał się z nim chcąc zacząć rozmowę.

Twarz młodego watażki była spokojniejsza, jeno smutek śmiertelny malował się na niej widocznie. Rzekłbyś: dal, w której wzrok ginął po północnej stronie, za Kahamlikiem, bieg konia i powietrze stepowe uciszyły w nim tę burzę wewnętrzną, która się zerwała po przeczytaniu listów wiezionych przez Rzędziana.

– Żar z nieba leci – rzekł pan Zagłoba – aż słoma w butach parzy. I w płóciennym kitlu za gorąco, bo wiatru wcale nie ma. Bohun, słuchaj no, Bohun!

Watażka spojrzał swymi głębokimi, czarnymi oczyma, jakby ze snu zbudzony.

– Uważ no, synku – mówił pan Zagłoba – aby cię melankolia nie zajadła, która gdy z wątroby, gdzie jest właściwe jej siedlisko, do głowy uderzy, snadnie rozum pomieszać może. Nie wiedziałem, że tak romansowy z ciebie kawaler. Musiałeś się w maju rodzić, a to jest miesiąc Wenery, w którym taka jest lubość aury, że nawet wiór ku drugiemu wiórowi afekt czuć poczyna, ludzie zaś w onym miesiącu urodzeni większą od innych mają w kościach do białogłów ciekawość. Wszelako ten wygrał, kto się pohamować potrafi, dlatego też radzę ci: lepiej ty zemsty poniechaj. Do Kurcewiczów słuszny możesz mieć rankor, ale albo to jedna dziewka na świecie?

Bohun, jak gdyby nie Zagłobie, jeno własnemu żalowi odpowiadając, ozwał się głosem do zawodzenia niż do mowy podobniejszym:

– Jedna ona zazula, jedna na świecie!

– Choćby też i tak było, to skoro ona do innego kuka, nic ci z tego. Słusznie mówią, że serce jest to wolentarz, któren pod jakim chce znakiem służyć, pod takim służy. Zważ przy tym, że dziewka to jest wielkiej krwi, bo Kurcewicze, słyszę, od książąt ród wywodzą... Wysokie to progi.

– Do czorta-że wasze progi, wasze rody, wasze pergaminy! – tu watażka uderzył z całą siłą w głównię szabli: – ot, mnie ród! ot, mnie prawo i pergamin! ot, mnie swat i drużba! O zdrajcy! o wraża krew przeklęta! Dobry wam był Kozak, druh był i brat: do Krymu z nim chodzić, dobro tureckie brać, łupem się dzielić. Ej, hołubili i synkiem zwali, i dziewkę przyrzekli, a teraz co? Przyszedł szlachcic, Laszek cacany, i ot, Kozaka, synka i druha, odstąpili – duszę wydarli, serce wydarli, innemu donia, a ty choć ziemię gryź, ty Kozacze, terpy! terpy!...

Watażce głos zadrgał; zęby ścisnął, pięściami o pierś szeroką tętnić począł, aż echo jak z podziemia z niej wychodziło.

Nastała chwila milczenia. Bohun oddychał ciężko. Ból i gniew targały na przemian zdziczałą, nie znającą hamulca duszę Kozaka. Zagłoba czekał, aż się zmorduje i uspokoi.

– Co tedy chcesz czynić, junaku nieszczęsny? jak postąpisz?

– Jak Kozak – po kozacku!

– Hm, już widzę, co to będzie. Ale mniejsza z tym. Jedno ci tylko powiem, że to jest państwo wiśniowieckie i do Łubniów niedaleko. Pisał pan Skrzetuski onej kniahini, żeby się tam z dziewką schroniła, to znaczy, że one są pod książęcą opieką, a książę srogi lew...

– I chan lew, a ja mu w gardziel włazić i ogniem w ślepie świecił.

– Co ty, szalona głowo, księciu chcesz wojnę wypowiadać?

– Chmiel i na hetmanów się porwał. Co mnie wasz książę!

Pan Zagłoba stał się jeszcze niespokojniejszy.

– Tfu! do diabła. A to po prostu rebelią pachnie! *vis armata, raptus puellae* i rebelia – to niby kat, szubienica i stryczek. Dobra szóstka: możesz nią zajechać, jeśli nie daleko, to wysoko. Kurcewicze też bronić się będą.

– Taj co? Albo mnie pohybel, albo im! Ot, ja duszu by zhubyw za nich, za Kurcewiczów, oni mi byli bracia, a stara kniahini mać, której ja w oczy jak pies patrzył! A jak Wasyla Tatary złapały, tak kto do Krymu poszedł? kto go odbił? – ja! Kochał ich i służył im jak rab, bo myślał, że tę dziewczynę wysłużę. A oni za to prodały, prodały mene jak raba, na złoju dolu i na neszczastje... Wygnali precz – no, tak i pójdę, tylko się wprzód pokłonię; za sól·i chleb, com u nich jadł, po kozacku zapłacę – i pójdę, bo swoją drogę znaju.

– I gdzie pójdziesz, gdy z księciem zaczniesz? do Chmiela obozu?

– Żeby mnie tę dziewkę dali, ja by był wasz lacki brat, wasz druh, wasza szabla, dusza wasza zaklataja, wasz pies. I wziąłby swoich semenów, innych z Ukrainy skrzyknął, taj na Chmiela i na rodzonych braci zaporoskich ruszył i kopytami rozniósł. A chciałby za to nagrody? – nie! Ot, wziąłby dziewczynę i za Dniepr ruszył na boży step, na dzikie ługi, na ciche wody i mnie by było dosyć, a teraz...

– Teraześ się wściekł.

Watażka nic nie odrzekł, konia nahajem uderzył i pomknął naprzód, a pan Zagłoba począł rozmyślać, w jakie to tarapaty się dostał. Nie ulegało wątpliwości, że Bohun zamierzał na Kurcewiczów napaść, krzywdę swą pomścić i dziewczynę przemocą zabrać. I w tej imprezie byłby mu jeszcze pan Zagłoba kompanii dotrzymał. Na Ukrainie trafiały się takie sprawy często, a czasem i uchodziły płazem. Wprawdzie, gdy gwałtownik nie był szlachcicem, rzecz wikłała się i stawała się niebezpieczniejszą, ale za to wymiar sprawiedliwości na Kozaku był trudny, bo gdzie go było szukać i łapać? Po przestępstwie zbiegał w dzikie stepy, gdzie ręka ludzka nie sięgała – i tyle go widziano – a gdy wybuchła wojna, gdy Tatarzy kraj naszli, wtedy przestępca wypływał znowu, bo wtedy spały prawa. Tak mógł uchronić się od odpowiedzialności i Bohun, a pan Zagłoba nie potrzebował mu przecie czynnie pomagać i brać na siebie połowy winy. Nie byłby wreszcie tego w żadnym razie czynił, bo choć mu Bohun był przyjacielem, wszelako nie wypadało Zagłobie, szlachcicowi, w komitywę z Kozakiem przeciw szlachcie wchodzić, zwłaszcza że pana Skrzetuskiego znał i pił z nim. Pan Zagłoba był warchoł nie lada, ale jego warcholstwo miało pewną miarę. Hulać po karczmach czehryńskich z Bohunem i inną starszyzną kozacką, zwłaszcza za ich pieniądze – i owszem; wobec gróźb kozackich dobrze nawet było takich ludzi mieć przyjaciółmi. Pan Zagłoba o skórę swą, choć tu i owdzie poszczerbioną, dbał wielce – aż naraz spostrzegł, że i przez tę przyjaźń wlazł w okrutne błoto. Bo było jasnym, że jeśli Bohun dziewczynę, narzeczoną książęcego porucznika i ulubieńca, porwie, to z księciem zadrze, a wtedy nie pozostanie mu nic innego, jak do Chmielnickiego uciec i do buntu się przyłączyć. Na to kładł pan Zagłoba w myśli stanowcze co do swojej osoby *veto*, bo do buntu przyłączać się dla pięknych oczu Bohuna nie miał wcale zamiaru, a w dodatku księcia bał się jak ognia.

– Tfu! tfu! – mruczał sobie teraz – diabłam za ogon kręcił, a on mnie będzie teraz za łeb kręcił – i ukręci. Niech piorun trzaśnie tego watażkę z białogłowską twarzą, a tatarską ręką! Otom się wybrał na wesele, czyste psie wesele, jak mnie Bóg miły! Niech piorun trzaśnie wszystkich Kurcewiczów i wszystkie podwiki! Co mnie do nich?... już mnie one niepotrzebne. Na kim się zmełło, na mnie się skrupi. I za co? czy to ja się chcę żenić? Niech się diabeł żeni, mnie wszystko jedno; co ja mam do roboty w tej imprezie! Pójdę z Bohunem, to mnie Wiśniowiecki ze skóry obedrze; pójdę od Bohuna, to mnie chłopi zatłuką albo i on sam nie czekając. Najgorzej to z grubiany się bratać. Dobrze mi tak! Wolałbym być tym koniem, na którym siedzę, niż Zagłobą. Na błaznam kozackiego wyszedł, przy paliwodzie się wieszałem, słusznie przeto na obie strony skórę mi wytatarują.

Tak rozmyślając spocił się bardzo pan Zagłoba i w jeszcze gorszy wpadł humor. Upał był wielki, koń ciężko niósł, bo dawno nie chodził, a pan Zagłoba był człowiek korpulentny. Miły Boże, co by był za to dał, żeby teraz w chłodku, w gospodzie, nad szklenicą zimnego piwa siedzieć, nie po upale się kołatać i pędzić spalonym stepem!

Chociaż Bohun przynaglał, zwolnili jednak biegu, bo żar był straszny. Popaśli trochę konie, przez ten czas zaś Bohun z esaułami rozmawiał, widocznie dawał im rozkazy, co mają czynić, bo dotychczas nie wiedzieli nawet, gdzie jadą. Do uszu Zagłoby doszły ostatnie słowa rozkazu:

– Czekać wystrzału.

– Dobrze, bat'ku!

Bohun zwrócił się nagle ku niemu:

– Ty jedziesz ze mną naprzód.

– Ja? – rzekł Zagłoba z widocznym złym humorem – ja cię tak kocham, żem już jedną połowę duszy dla ciebie wypocił, czemu bym nie miał i drugiej wypocić? My jak kontusz i podszewka; mam nadzieję, że nas diabli razem wezmą, co mi jest wszystko jedno, bo już myślę, że i w piekle nie może być goręcej.

– Jedźmy.

– Na złamanie karku.

Ruszyli naprzód, a za nimi wkrótce i Kozacy. Ale ci ostatni postępowali z wolna, tak iż wkrótce znacznie zostali w tyle – a w końcu znikli z oczu.

Bohun z Zagłobą jechali obok siebie w milczeniu, obaj zamyśleni głęboko. Zagłoba targał wąsy i widocznym było, że pracuje ciężko głową; może sobie układał, jakim by sposobem mógł się z całej tej sprawy salwować. Chwilami mruczał coś do siebie półgłosem, to znów na Bohuna spoglądał, na którego twarzy malowały się na przemian to niepohamowany gniew, to smutek.

„Dziw – myślał sobie Zagłoba – że taki gładysz, a i dziewki nawet sobie nie umiał skonwinkować. Kozak jest – to prawda – ale rycerz znamienity i podpułkownik, któren też, prędzej później, jeśli tylko do rebelii nie przystanie, będzie nobilitowany, co wcale od niego zależy. A już pan Skrzetuski, zacny kawaler – i przystojny, ale z tym malowanym watażką na urodę i porównać się nie może. Hej, wezmą też się oni za łby, jak się spotkają, bo obaj zabijaki nie lada."

– Bohun, znasz-li dobrze pana Skrzetuskiego? – spytał nagle Zagłoba.

– Nie – odparł krótko watażka.

– Ciężką będziesz miał z nim przeprawę. Widziałem go też, jak sobie Czaplińskim drzwi otwierał. Goliat to jest i do wypitki, i do wybitki.

Watażka nie odpowiedział i znowu obaj pogrążyli się we własne myśli i własne frasunki, którym wtórując pan Zagłoba powtarzał od czasu do czasu: „Tak, tak, nie ma rady!" Upłynęło kilka godzin. Słońce powędrowało gdzieś het, na zachód ku Czehrynowi; od wschodu powiał wietrzyk chłodny. Pan Zagłoba zdjął kołpaczek rysi, przeciągnął ręką po spoconej głowie i powtórzył raz jeszcze:

– Tak, tak, nie ma rady!

Bohun obudził się jak ze snu.

– Co rzekłeś? – spytał.

– Mówię, że już zaraz ciemno będzie. Czy daleko jeszcze?

– Niedaleko.

Po godzinie ściemniło się rzeczywiście. Ale już też wjechali w jar lesisty, wreszcie na końcu jaru błysnęło światełko.

– To Rozłogi! – rzekł nagle Bohun.

– Tak! Brr! coś jakoś chłodno w tym jarze.

Bohun wstrzymał konia.

– Czekaj! – rzekł.

Zagłoba spojrzał na niego. Oczy watażki, które miały tę własność, że świeciły w nocy, pałały teraz jak dwie pochodnie.

Obaj przez długi czas stali nieruchomie na skraju jaru. Na koniec z dala dało się słyszeć parskanie koni.

To Kozacy Bohunowi nadjeżdżali z wolna z głębi lasu.

Esauł zbliżył się po rozkazy, które Bohun wyszeptał mu do ucha, po czym Kozacy zatrzymali się znowu.

– Jedźmy! – rzekł do Zagłoby Bohun.

Po chwili ciemne masy budowli dworskich, lamusy i żurawie studzienne zarysowały się przed ich oczyma. We dworze było cicho. Psy nie szczekały. Wielki, złoty księżyc świecił nad domostwami. Z sadu dochodził zapach kwiatów wiśni i jabłoni; wszędzie tak było spokojnie, noc tak cudna, że zaiste brakło tylko tego, aby jaki teorban ozwał się gdzieś pod oknami pięknej księżniczki.

W niektórych oknach było jeszcze światło.

Dwaj jeźdźcy zbliżyli się do bramy.

– Kto tam? – ozwał się głos nocnego stróża.

– Nie poznajesz mnie, Maksym?

– To wasza miłość. Sława Bohu!

– Na wiki wikiw. Otwieraj. A co tam u was?

– Wszystko dobrze. Wasza miłość dawno nie była w Rozłogach.

Zawiasy bramy zaskrzypiały przeraźliwie, most spadł na fosę i dwaj jeźdźcy wjechali na majdan.

– A słuchaj, Maksym: nie zamykaj bramy i nie podnoś mostu, bo zaraz wyjeżdżam.

– To wasza miłość jak po ogień?

– Tak jest. Konie przywiąż do palika.

XVIII

Kurcewiczowie nie spali jeszcze. Jedli wieczerzę w owej sieni napełnionej zbroją, która szła przez całą szerokość domu od majdanu aż do sadu z drugiej strony. Na widok Bohuna i pana Zagłoby zerwali się na równe nogi. Na twarzy kniahini odbiło się nie tylko zdziwienie, ale nieukontentowanie i przestrach zarazem. Młodych kniaziów było tylko dwóch: Symeon i Mikołaj.

– Bohun! – rzekła kniahini. – A ty tu co robisz?

– Przyjechał się wam pokłonić, maty. A co, nie radziście mi?

– Radam ci, rada, jeno się dziwię, żeś przybył, bo słyszałam, że w Czehrynie stróżujesz. A kogo to nam Bóg z tobą zesłał?

– To jest pan Zagłoba, szlachcic, mój przyjaciel.

– Radziśmy waszmości – rzekła kniahini.

– Radziśmy – powtórzyli Symeon i Mikołaj.

– Mościa pani! – rzecze szlachcic. – Prawda, że gość nie w porę gorszy od Tatarzyna, aleć i to wiadomo, że kto do nieba chce iść, ten musi podróżnego w dom przyjąć, głodnego nakarmić, spragnionego napoić...

– Siadajcie tedy, jedzcie i pijcie – mówiła stara kniahini. – Dziękujemy, żeście przyjechali. No, no, Bohun, alem się ciebie nie spodziewała, chyba że sprawę masz do nas?

– Może i mam – rzekł z wolna watażka.

– Jaką? – pytała niespokojnie kniahini.

– Przyjdzie pora, to pogadamy. Dajcie odpocząć. Z Czehryna prosto jadę.

– To widać było ci pilno do nas?

– A gdzie by mnie miało być pilno, jeśli nie do was? A kniaziówna-donia zdrowa?

– Zdrowa – rzekła sucho kniahini.

– Chciałbym też nią oczy ucieszyć.

– Helena śpi.

– To szkoda. Bo ja długo nie zabawię.

– A gdzie jedziesz?

– Wojna, maty! Nie ma na nic czasu. Lada chwila hetmani w pole wyprawią, a żal będzie Zaporożców bić. Mało to razy my z nimi jeździli po dobro tureckie – prawda, kniaziowie? – po morzu pływali, sól i chleb razem jedli, pili i hulali, a teraz my im wrogi.

Kniahini spojrzała bystro na Bohuna. Przez głowę przeszła jej myśl, że może Bohun ma zamiar połączyć się z rebelią i przyjechał jej synów wybadać.

– A ty co myślisz robić? – spytała.

– Ja, maty? a cóż? ciężko swoich bić, ale trzeba.

– Tak i my uczynimy – rzekł Symeon.

– Chmielnicki zdrajca! – dodał młody Mikołaj.

– Na pohybel zdrajcom! – rzekł Bohun.

– Niech im kat świeci! – dokończył Zagłoba.

Bohun znów mówić począł:

– Tak to na świecie. Kto ci dziś przyjacielem, jutro Judaszem. Nikomu nie można wierzyć na świecie.

– Jeno dobrym ludziom – rzekła kniahini.

– Pewnie, że dobrym ludziom można wierzyć. Dlatego ja też wam wierzę i kocham was, bo wyście dobrzy ludzie, nie zdrajcy...

Było coś tak dziwnego i strasznego w głosie watażki, że przez chwilę zapanowało głębokie milczenie. Pan Zagłoba patrzył na kniahinię i mrugał swoim zdrowym okiem, a kniahini utkwiła wzrok w Bohunie.

Ten mówił dalej:

– Wojna nie żywi ludzi, jeno morzy, dlatego chciał ja was jeszcze widzieć, zanim ruszę. Kto wie, czy wrócę, a wy by mnie żałowali, bo wy moje druhy serdeczne... nieprawda?

– Tak nam dopomóż Bóg! Od małego cię znamy.

– Ty nasz brat – dodał Symeon.

– Wy kniazie, wy szlachta, a wy Kozakiem nie gardzili, w dom przygarnęli i krewną-donię obiecali, bo wy wiedzieli, że dla Kozaka bez niej ni życia, ni bycia, tak się i zmiłowali nad Kozakiem.

– Nie ma o czym i mówić – rzekła śpiesznie kniahini.

– Nie, maty, jest o czym mówić, bo wy moi dobrodzieje, a ja też prosił tego oto szlachcica, przyjaciela mego, żeby mnie za syna wziął i do herbu przypuścił, aby wy nie mieli wstydu oddając krewniaczkę Kozakowi. Na co pan Zagłoba się zgodził i my oba będziem się starać o pozwolenie u sejmu, a po wojnie pokłonię się panu hetmanowi wielkiemu, któren na mnie łaskaw, może poprze; on przecie i Krzeczowskiemu nobilitację wyrobił.

– Bóg ci dopomóż – rzekła kniahini.

– Wy szczerzy ludzie, i ja wam dziękuję. Ale przed wojną chciałbym jeszcze raz z waszych ust usłyszeć, że wy mnie donię dajecie i że słowo wasze zdzierżycie. Słowo szlacheckie nie dym – a wy przecie szlachta, wy kniazie.

Watażka mówił głosem powolnym i uroczystym, ale w mowie jego drgała zarazem jakby groźba zapowiadająca, że trzeba się zgodzić na wszystko, czego żądał.

Stara kniahini spojrzała na synów, ci na nią, i przez chwilę trwało milczenie. Nagle raróg siedzący na berle pod ścianą zakwilił, choć do świtu było jeszcze daleko; za nim ozwały się inne; wielki berkut zbudził się, strząsnął skrzydła i krakać począł.

Łuczywo palące się w grubach przygasło. W izbie zrobiło się ciemnawo i ponuro.

– Mikołaj, popraw ogień – rzekła kniahini.

Młody kniaź dorzucił łuczywa.

– Cóż? przyrzekacie? – pytał Bohun.

– Musimy Heleny spytać.

– Niech ona mówi za siebie, wy za siebie. Przyrzekacie?

– Przyrzekamy – rzekła kniahini.

– Przyrzekamy – powtórzyli kniaziowie.

Bohun wstał nagle i zwróciwszy się do Zagłoby, rzekł donośnym głosem:

– Mości Zagłobo! Pokłoń się i ty o dziewkę; może i tobie przyrzekną.

– Co ty, Kozacze, upił się?! – zawołała kniahini.

Bohun zamiast odpowiedzi wydobył list Skrzetuskiego i zwróciwszy się do Zagłoby, rzekł:

– Czytaj.

Zagłoba wziął list i począł go czytać wśród głuchego milczenia.

Gdy skończył, Bohun skrzyżował ręce na piersiach.

– Komu tedy dziewkę dajecie? – spytał.

– Bohun!

Głos watażki stał się podobny do syku węża.

– Zdrajcy, oczajdusze, psiawiary, judasze!...

– Hej, synkowie, do szabel! – krzyknęła kniahini.

Kurcewicze skoczyli piorunem ku ścianom i porwali za broń.

– Mości panowie, spokojnie! – zawołał Zagłoba.

Ale nim domówił, Bohun wyrwał pistolet zza pasa i wystrzelił.

– Jezus! Jezus!... – jęknął kniaź Symeon, postąpił krok naprzód, rękoma jął bić powietrze i upadł ciężko na ziemię.

– Służba, na pomoc! – wołała rozpaczliwie kniahini.

Ale w tejże chwili na dziedzińcu i od strony sadu huknęły inne wystrzały, drzwi i okna wyleciały z łoskotem i kilkudziesięciu semenów wpadło do sieni.

– Na pohybel! – zabrzmiały dzikie głosy.

Na majdanie ozwał się dzwon na trwogę. Ptactwo w sieni poczęło wrzeszczeć; hałas, strzelanina i krzyki zastąpiły niedawną ciszę uśpionego dworu. Stara kniahini rzuciła się, wyjąc jak wilczyca, na ciało

230

Symeona drgające w ostatnich konwulsjach, ale wnet dwóch semenów porwało ją za włosy i odciągnęło na stronę, a tymczasem młody Mikołaj, przyparty w kąt sieni, bronił się z wściekłością i lwią odwagą.

– Procz! – krzyknął nagle Bohun na otaczających go Kozaków.
– Procz! – powtórzył grzmiącym głosem.

Kozacy cofnęli się. Sądzili, że watażka chce ocalić życie młodzieńcowi. Ale Bohun z szablą w ręku sam rzucił się na kniazia.

Rozpoczęła się straszna pojedyncza walka, na którą kniahini, trzymana za włosy przez cztery żelazne dłonie, patrzyła pałającymi oczyma i z otwartymi usty. Młody kniaź zwalił się jak burza na Kozaka, który, cofając się z wolna, wywiódł go na środek sieni. Nagle przysiadł, odbił potężny cios i z obrony przeszedł do ataku.

Kozacy zatrzymawszy dech w piersiach pospuszczali szable na dół i stali jak wryci, śledząc oczyma przebieg walki.

W ciszy słychać było tylko oddech i sapanie walczących, zgrzyt zębów i świst lub ostry dźwięk uderzających o siebie mieczów.

Przez chwilę zdawało się, że watażka ulegnie olbrzymiej sile i zaciętości młodzieńca, gdyż znowu począł się cofać i słaniać. Twarz przeciągnęła mu się jakby z wysilenia. Mikołaj podwoił ciosy, szabla jego otaczała Kozaka nieustannym wężem błyskawic, kurzawa wstała z podłogi i przesłoniła obłokiem walczących, ale przez jej kłęby semenowie dojrzeli krew spływającą po twarzy watażki.

Nagle Bohun uskoczył w bok, kniaziowe ostrze trafiło w próżnię. Mikołaj zachwiał się od zamachu i pochylił naprzód, a w tej samej chwili Kozak ciął go w kark tak straszliwie, że kniaź zwalił się jakby gromem rażony.

Krzyki radosne Kozaków pomieszały się z nieludzkim wrzaskiem kniahini. Zdawało się, że od wrzasków powała pęknie. Walka była skończona, kozactwo rzuciło się na broń zawieszoną na ścianach i poczęło ją zdzierać wyrywając sobie wzajemnie kosztowniejsze szable i handżary, depcąc po trupach kniaziów i własnych towarzyszów, którzy legli z ręki Mikołaja. Bohun pozwalał na wszystko. Stał on we drzwiach prowadzących do komnat Heleny, zagradzając drogę, i oddychał ciężko ze zmęczenia. Twarz miał bladą i pokrwawioną, gdyż dwa razy ostrze kniazia dotknęło jego głowy. Błędny wzrok jego przenosił się z trupa Mikołaja na trupa Symeona, a czasem padał na zsiniałe oblicze kniahini, którą mołojcy, trzymając za włosy, przyciskali kolanami do ziemi, bo się rwała z ich rąk do trupów dzieci. Wrzask i zamieszanie w sieni powiększało się z każdą chwilą. Kozacy ciągnęli na powrozach czeladź Kurcewiczów i mordowali ją bez litości. Podłoga była zalana krwią, sień zapełniona trupami, dymem od wystrzałów, ściany już obdarte, ptactwo nawet pobite.

Nagle drzwi, pod którymi stał Bohun, otworzyły się na rozcież. Watażka obrócił się i cofnął nagle.

We drzwiach ukazał się ślepy Wasyl, a obok niego Helena ubrana w białe giezło, blada sama jak giezło, z oczyma rozszerzonymi z przerażenia, z otwartymi usty.

Wasyl niósł krzyż, który trzymał na wysokości twarzy w obu dłoniach. Wśród zamieszania panującego w sieni, wobec trupów, krwi rozlanej kałużami na podłodze, połysku szabel i rozpłomienionych źrenic dziwnie uroczyście wyglądała ta postać wysoka, wynędzniała, z siwiejącym włosem i czarnymi jamami zamiast oczu. Rzekłbyś: duch albo trup, który zrzucił całun i przychodzi karać zbrodnię.

Krzyki umilkły. Kozacy cofali się przerażeni. Ciszę przerwał spokojny, ale bolesny i jęczący głos kniazia:

– W imię Ojca i Spasa, i Ducha, i Świętej-Przeczystej! Mężowie, którzy przychodzicie z dalekich stron, zali przychodzicie w imię boże?

Albowiem: „Błogosławiony mąż w drodze, który idąc opowiada słowo boże."

A wy zali dobrą nowinę niesiecie? zali jesteście apostołami?

Cisza śmiertelna zapanowała po słowach Wasyla, on zaś zwrócił się z wolna, z krzyżem w jedną stronę, następnie w drugą i mówił dalej:

– Gorze wam, bracia, bo którzy dla zysku lub zemsty wojnę czynią, mają być potępieni na wieki...

...Módlmy się, abyśmy zaznali miłosierdzia. Gorze wam, bracia, gorze mnie! O! o! o!

Jęk wyrwał się z piersi kniazia.

– Hospody pomyłuj! – ozwały się głuche głosy mołojców, którzy pod wpływem nieopisanego strachu poczęli się żegnać przerażeni.

Nagle dał się słyszeć dziki, przeraźlwy krzyk kniahini:

– Wasyl, Wasyl!...

Było w jej głosie coś tak rozdzierającego, jakby to był ostatni głos rwącego się życia. Jakoż gniotący ją kolanami mołojcy uczuli, że już nie usiłuje się wyrwać z ich rąk.

Kniaź drgnął, ale wnet zastawił się krzyżem od strony, z której dochodził głos, i odrzekł:

– Duszo potępiona, wołająca z głębokości, gorze ci!

– Hospody pomyłuj! – powtórzyli Kozacy.

– Do mnie, semenowie! – zawołał w tej chwili Bohun i zachwiał się na nogach.

Kozacy skoczyli i podparli go pod ramiona.

– Bat'ku! tyś ranny?

– Tak jest! Ale to nic! Krew mnie uszła. Hej, chłopcy! strzec mi tej doni jak oka w głowie... Dom otoczyć, nikogo nie wypuszczać... Kniaziówno...

Nie mógł więcej mówić, wargi mu zbielały, a oczy zaszły mgłą.

– Przenieść atamana do komnat! – zawołał pan Zagłoba, który wylazłszy z jakiegoś kąta, niespodzianie pojawił się przy Bohunie. – To nic, to nic – mówił, zmacawszy palcami rany. – Jutro zdrów będzie. Już ja się nim zajmę. Chleba z pajęczyną mi ugnieść. Wy, chłopcy, ruszajcie sobie do diabła, pohulać z dziewkami w czeladnej, bo nic tu po was, a dwóch niech zaniesie atamana. Bierzcie go. Ot, tak. Ruszajcieże, do licha, czego stoicie? Domu mi pilnować – ja sam będę doglądał.

Dwóch semenów poniosło Bohuna do przyległej izby, reszta wyszła z sieni. Zagłoba zbliżył się do Heleny i mrugając mocno okiem, rzekł szybko a cicho:

– Jam przyjaciel pana Skrzetuskiego, nie bój się. Odprowadź jeno spać swojego proroka i czekaj na mnie.

To rzekłszy wyszedł do izby, w której dwóch esaułów złożyło na sofie tureckiej Bohuna. Wnet wysłał ich po chleb i pajęczynę, a gdy je przyniesiono z czeladnej, zajął się opatrunkiem młodego atamana z całą biegłością, jaką wówczas każdy szlachcic posiadał, a której nabywał sklejając łby porozbijane w pojedynkach lub na sejmikach.

– A powiedzcie też semenom – rzekł do esaułów – że jutro ataman zdrów będzie jak ryba, żeby się zaś o niego nie troszczyli. Oberwał, bo oberwał, ale gracko się spisał i jutro jego wesele, chociaż i bez popa. Jeśli jest w domu piwniczka, to sobie możecie pozwolić. Ot, już i ranki przewiązane. Idźcie teraz, by ataman miał spokój.

Esaułowie ruszyli ku drzwiom.

– A nie wypijcie tam całej piwnicy! – rzekł jeszcze pan Zagłoba.

I siadłszy przy wezgłowiu watażki, wpatrzył się w niego uważnie.

– No, czort cię nie weźmie od tych ran, chociażeś dostał dobrze. Ze dwa dni ni ręką, ni nogą nie ruszysz – mruczał sam do siebie, patrząc na bladą twarz i zamknięte oczy Kozaka. – Szabla nie chciała katu krzywdy zrobić, boś ty jego własność i od niego się nie wywiniesz. Gdy cię powieszą, diabeł zrobi z ciebie kukłę dla swoich dzieci, boś gładki. Nie, braciszku, pijesz ty dobrze, ale ze mną dłużej nie będziesz pił. Szukaj ty sobie kompanii między rakarzami, bo widzę, że lubisz dusić, ale ja nie będę z tobą szlacheckich dworów po nocach napadał. Niech ci kat świeci! niech ci świeci!

Bohun jęknął z cicha.

– O, jęcz, o, wzdychaj! Jutro będziesz lepiej wzdychał. Poczekajże, tatarska duszo, kniaziówny ci się zachciało? Ba, nie dziwię ci się, dziewka specjał, ale jeśli ty go pokosztujesz, to niech mój dowcip psi zjedzą. Pierwej mi też włosy na dłoni wyrosną...

Gwar zmieszanych głosów doszedł z majdanu do uszu pana Zagłoby.

– Aha, pewnie się już do piwniczki dobrali – mruknął. – Popijcie się jak bąki, żeby się wam dobrze spało, już ja będę czuwał za was wszystkich, choć nie wiem, jeżeli radzi jutro z tego będziecie.

234

To rzekłszy wstał zobaczyć, azali i rzeczywiście mołojcy zabrali już znajomość z kniaziowską piwnicą, i wszedł naprzód do sieni. Sień wyglądała strasznie. Na środku leżały sztywne już ciała Symeona i Mikołaja, a w kącie trup kniahini w postawie siedzącej i skulonej, tak jak ją przygniotły kolana mołojców. Oczy jej były otwarte, zęby wyszczerzone. Ogień palący się w grubach napełniał całą sień mdłym światłem drgającym na kałużach krwi; głąb mroczyła się cieniem. Pan Zagłoba zbliżył się do kniahini, zobaczyć, czy nie oddycha jeszcze, i położył jej rękę na twarzy, ale twarz ta była już zimna – więc wyszedł pośpiesznie na majdan, bo go w tej izbie strach brał. Na majdanie Kozacy zaczęli już hulankę. Ognie były porozpalane, a przy ich blasku ujrzał pan Zagłoba stojące beczki miodu, wina i gorzałki z poodbijanymi górnymi dnami. Kozacy czerpali z nich jak u studni i pili na śmierć. Inni, rozgrzani już trunkiem, gonili się za mołodyciami z czeladnej, z których jedne, zdjęte strachem, szamotały się lub uciekały na oślep, skacząc przez ogień; inne wśród wybuchów śmiechu i wrzasków pozwalały chwytać się i ciągnąć do beczek lub do ognisk, przy których tańczono kozaka. Mołojcy rzucali się jak opętani w prysiudach, przed nimi dziewczyny drobiły to posuwając się w podrygach naprzód, to cofając się przed gwałtownymi ruchami tancerzy. Widzowie bili w blaszane półkwaterki lub śpiewali. Krzyki: „u-ha!", rozlegały się coraz głośniej przy wtórze szczekania psów, rżenia koni i ryku wołów, które rżnięto na ucztę. Naokoło ognisk, w głębi, widać było stojących chłopów z Rozłogów, pidsusidków, którzy na odgłos strzałów i krzyków nadbiegli tłumnie ze wsi, aby zobaczyć, co się dzieje. Nie myśleli oni bronić kniaziów, bo Kurcewiczów nienawidzono we wsi, patrzyli więc tylko na rozhulanych Kozaków trącając się łokciami, szepcąc między sobą i zbliżając się coraz bardziej do beczek z wódką i miodem. Orgia stawała się coraz wrzaskliwsza, pijatyka wzrastała, mołojcy nie czerpali z beczek blaszankami, ale zanurzali w nie głowy po szyje, tańcząc dziewczęta oblewano wódką i miodem; twarze były rozpalone, ze łbów bił opar; niektórzy zataczali się już na nogach. Pan Zagłoba wyszedłszy na ganek rzucił okiem na pijących, po czym uważnie wpatrzył się w niebo.

– Pogoda; ale ciemno! – mruknął – gdy księżyc zajdzie, choć w pysk daj...

To rzekłszy zszedł z wolna ku beczkom i pijącym mołojcom.

– A dalej, chłopcy! – zawołał – a dalej, nie żałujcie sobie. Hajda! hajda! Nie ścierpną wam zęby. Kiep ten, co się dziś nie upije za zdrowie atamana. Dalej do beczek! dalej do dziewczyn! – u-ha!

– U-ha! – zawyli radośnie Kozacy.

Zagłoba rozejrzał się na wszystkie strony.

– O takie syny, nitkopłuty, harhary, oczajdusze! – wykrzyknął nagle – to sami pijecie jak zdrożone konie, a tamtym, co strażują koło domu, nic? Hej tam, zmienić mi ich natychmiast.

Rozkaz spełniono bez wahania i w mgnieniu oka kilkunastu pijanych mołojców rzuciło się, by zastąpić strażników, którzy dotychczas nie brali udziału w hulatyce. Ci nadbiegli wnet z łatwą do zrozumienia skwapliwością.

– Hajda, hajda! – zawołał Zagłoba, ukazując im beczki z napitkami.

– Diakujem, pane! – odparli, zanurzając blaszanki.

– Za godzinę zluzować mi i tamtych.

– Słucham – odpowiedział esauł.

Semenom wydało się to zupełnie naturalnym, że w zastępstwie Bohuna objął komendę pan Zagłoba. Tak już zdarzało się nieraz i mołojcy radzi temu bywali, bo szlachcic pozwalał im zawsze na wszystko.

Strażnicy pili więc wraz z innymi, pan Zagłoba zaś wszedł w rozmowę z chłopami z Rozłogów.

– Chłopie! – pytał starego pidsusidka – a daleko stąd do Łubniów?

– Oj, daleko, pane! – odparł chłop.

– Na rano można by stanąć?

– Oj, nie stanie; pane!

– A na południe?

– Na południe prędzej.

– A którędy jechać?

– Prosto do gościńca.

– To jest gościniec?

– Kniaź Jarema kazał, żeby był, to i jest.

Pan Zagłoba mówił umyślnie bardzo głośno, aby wśród krzyków i gwaru spora garść semenów mogła go słyszeć.

– Dajcie i im gorzałki – rzekł do mołojców, ukazując na chłopów – ale wprzód dajcie mnie miodu, bo chłodno.

Jeden z semenów zaczerpnął z beczki trojniaku w garncową blaszankę i podał ją na czapce panu Zagłobie.

Szlachcic wziął ostrożnie we dwie ręce, aby płyn się nie rozlał, przytknął garncówkę do wąsów i przechyliwszy w tył głowę jął pić wolno, ale bez wytchnienia.

Pił, pił – aż mołojcy poczęli się dziwić:

– Baczyw ty? – szeptali jeden do drugiego. – Trastia joho mordowała!

Tymczasem głowa pana Zagłoby przechylała się z wolna w tył, wreszcie przechyliła zupełnie, aż na koniec garncówkę od poczerwieniałej twarzy odjął, wargę wysunął, brwi podniósł i mówił jakby sam do siebie:

– O! wcale niezły – odstały. Zaraz widać, że niezły. Szkoda takiego miodu na wasze chamskie gardła. Dobra by była dla was i braha. Srogi miód, srogi, czuję, że mi ulżyło i żem się trochę pocieszył.

Jakoż ulżyło panu Zagłobie rzeczywiście, w głowie mu pojaśniało, nabrał fantazji i widocznym było, że krew jego, podlana miodem, utworzyła on wyborny likwor, o którym sam powiadał, a od którego na całe ciało rozchodzi się męstwo i odwaga.

Skinął Kozakom ręką, że mogą dalej pić, i odwróciwszy się przeszedł wolnym krokiem cały dziedziniec, obejrzał uważnie wszystkie kąty, przeszedł most na fosie i skręcił wedle częstokołu, aby zobaczyć, czy straże dobrze pilnują domostwa.

Pierwszy strażnik spał, drugi, trzeci i czwarty również. Byli pomęczeni drogą, a przy tym przyszli już pijani na miejsce i pospali się od razu.

– Mógłbym jeszcze i którego z nich wykraść, abym zaś miał pacholika do posług – mruknął pan Zagłoba.

To rzekłszy wrócił wprost do dworu, wszedł znowu do złowrogiej sieni, zajrzał do Bohuna, a widząc, że watażka nie daje znaku życia, cofnął się ku drzwiom Heleny i otworzywszy je z cicha, wszedł do komnaty, z której dochodził szmer jakoby modlitwy.

Właściwie była to komnata kniazia Wasyla, Helena jednak była przy kniaziu, w pobliżu którego czuła się bezpieczniejszą. Ślepy Wasyl klęczał przed obrazem Świętej-Przeczystej, przed którym paliła się lampka, Helena obok niego; oboje modlili się głośno. Ujrzawszy Zagłobę, zwróciła nań przerażone oczy. Zagłoba położył palec na ustach.

– Mościa panno – rzekł – jam przyjaciel pana Skrzetuskiego.

– Ratuj! – odpowiedziała Helena.

– Po tom też tu przyszedł; zdaj się na mnie.

– Co mam czynić?

– Trzeba uciekać, póki ten czort bez zmysłów leży.

– Co mam czynić?

– Wdziej na się ubiór męski i jak zapukam we drzwi, wyjdź.

Helena zawahała się. Nieufność błysnęła w jej oczach.

– Mamże waćpanu wierzyć?

– A co masz lepszego?

– Prawda, prawda jest. Ale mi przysiąż, że nie zdradzisz.

– Rozum się waćpannie pomieszał. Ale kiedy chcesz, przysięgnę. Tak mi dopomóż Bóg i święty krzyż. Tu twoja zguba, ocalenie w ucieczce.

– Tak jest, tak jest.

– Wdziej męski ubiór co prędzej i czekaj.

– A Wasyl?

– Jaki Wasyl?

– Brat mój obłąkany – rzekła Helena.

– Tobie grozi zguba, nie jemu – odparł Zagłoba. – Jeśli on obłąkany, to on dla Kozaków święty. Jakoż widziałem, że go mają za proroka.

– Tak jest. Bohunowi nic on nie zawinił.

– Musimy go zostawić, inaczej zginiemy – i pan Skrzetuski z nami. Śpiesz się waćpanna.

Z tymi słowy pan Zagłoba opuścił izbę i udał się wprost do Bohuna.

Watażka blady był i osłabiony, ale oczy miał otwarte.

– Lepiej ci? – spytał Zagłoba.

Bohun chciał przemówić i nie mógł.

– Nie możesz mówić?

Bohun poruszył głową na znak, że nie może, ale w tej samej chwili cierpienie wyryło się na jego twarzy. Rany od ruchu zabolały go widocznie.

– To i krzyczeć byś nie mógł?

Bohun oczyma tylko dał znać, że nie.

– Ani się ruszyć?

Ten sam znak.

– To i lepiej, bo nie będziesz ani mówił, ani krzyczał, ani się ruszał, a ja tymczasem z kniaziówną do Łubniów pojadę. Jeśli ci jej nie zdmuchnę, to się pozwolę starej babie w żarnach na osypkę zemleć. Jak to, łajdaku? myślisz, że nie mam dosyć twojej kompanii, że się będę dłużej z chamem pospolitował? O niecnoto, myślałeś, że dla twego wina, dla twoich kości i twoich chłopskich amorów zabójstwa będę czynił i do rebelii z tobą pójdę?

Nie, nic z tego, gładyszu!

W miarę jak pan Zagłoba perorował, czarne oczy watażki roztwierały się szerzej i szerzej. Czy śnił? czy była to jawa? czy żart pana Zagłoby?

A pan Zagłoba mówił dalej:

– Czegoż ślepie wytrzeszczasz jak kot na sperkę? Czy myślisz, że tego nie uczynię? Może się każesz pokłonić komu w Łubniach?

Może cyrulika ci stamtąd przysłać? a może mistrza u księcia pana zamówić?

Blada twarz watażki stała się straszną. Zrozumiał, że Zagłoba prawdę mówi, z oczu strzeliły mu gromy rozpaczy i wściekłości, na twarz uderzył płomień.

Jedno nadludzkie wysilenie – podniósł się i z ust wyrwał mu się krzyk:

– Hej, semen...

Nie skończył, gdyż pan Zagłoba z szybkością błyskawicy zarzucił mu na głowę jego własny żupan i w jednej chwili okręcił ją całkowicie – po czym obalił go na wznak.

– Nie krzycz, bo ci to zaszkodzi – mówił z cicha, sapiąc mocno.– Mogłaby cię jutro głowa rozboleć, przeto jako dobry przyjaciel, mam o tobie staranie. Tak, tak, będzie ci i ciepło, i zaśniesz smacznie, i gardła nie przekrzyczysz. Abyś zaś opatrunku nie zdarł, to ci ręce zawiążę, a wszystko *per amicitiam*, abyś mnie wspominał wdzięcznie.

To rzekłszy obwinął pasem ręce Kozaka, zaciągnął węzeł; drugim, swoim własnym, skrępował mu nogi. Watażka nic już nie czuł, bo zemdlał.

– Choremu przystoi leżeć spokojnie – mówił – aby mu humory do głowy nie biły, od czego *delirium* przychodzi. No, bądź zdrów; mógłbym cię nożem pchnąć, co może byłoby z lepszym moim pożytkiem, ale mi wstyd po chłopsku mordować. Co innego, jeśli się zatkniesz do rana, bo to się już niejednej świni przygodziło. Bądźże zdrów. *Vale et me amantem redama.* Może się i spotkamy kiedy, ale jeśli ja się będę o to starał, to niech mnie ze skóry obedrą i podogonia z niej porobią.

Rzekłszy to pan Zagłoba wyszedł do sieni, przygasił ogień w grubach i zapukał do Wasylowej komnaty.

Smukła postać wysunęła się z niej natychmiast.

– Czy to waćpanna? – spytał Zagłoba.

– To ja.

– Chodźże, byleśmy się do koni dobrali. Ale oni tam pijani wszyscy, noc ciemna. Nim się rozbudzą, będziemy daleko. Ostrożnie, tu kniazie leżą!

– W imię Ojca i Syna, i Ducha – szepnęła Helena.

XIX

Dwaj jeźdźcy jechali cicho i wolno przez lesisty jar przytykający do dworu w Rozłogach. Noc zrobiła się bardzo ciemna, bo księżyc zaszedł od dawna, a do tego chmury okryły horyzont. W jarze nie widać było na trzy kroki przed końmi, które też potykały się co chwila o korzenie drzew idące w poprzek przez drogę. Jechali długi czas z największą ostrożnością, aż dopiero gdy dojrzeli już koniec jaru i step otwarty, oświecony nieco szarym odbłyskiem chmur, jeden z jeźdźców szepnął:

– W konie!

Pomknęli jak dwie strzały wypuszczone z łuków tatarskich i tylko tętent koni biegł za nimi. Ciemny step zdawał się uciekać spod nóg końskich. Pojedyncze dęby, stojące tu i owdzie przy gościńcu, migały jak widma i lecieli tak długo, długo, bez odpoczynku i wytchnienia, aż wreszcie konie postulały uszy i poczęły chrapać ze zmęczenia; bieg ich stał się ociężały i wolniejszy.

– Nie ma rady, trzeba zwolnić koniom – rzekł grubszy jeździec.

A właśnie już też i świt począł spychać noc ze stepu. Coraz większe przestrzenie wychylały się z cienia, rysowały się blado stepowe bodiaki, dalekie drzewa, mogiły: w powietrze wsiąkało coraz więcej światła. Białawe blaski rozświeciły i twarze jeźdźców.

Byli to pan Zagłoba i Helena.

– Nie ma rady, trzeba zwolnić koniom – powtórzył pan Zagłoba. – Wczoraj przyszły z Czehryna do Rozłogów bez wytchnienia. Długo tak nie wytrzymają, a boję się, by nie padły. Jakże się waćpanna czujesz?

Tu pan Zagłoba spojrzał na swoja towarzyszkę i nie czekając jej odpowiedzi zawołał:

– Pozwólże mi się waćpanna przy dniu obejrzeć. Ho, ho! czy to po braciach ubranie? Nie ma co mówić: bardzo foremny z waćpanny kozaczek. Jeszczem też takiego pachołka, póki żyję, nie miał – ale tak myślę, że mi go pan Skrzetuski odbierze. A to co? O dla Boga, zwińże waćpanna te włosy, boć się nikt co do płci twej białogłowskiej nie omyli.

Rzeczywiście po plecach Heleny spływał potok czarnych włosów rozwiązanych przez szybki bieg i wilgoć nocną.

– Dokąd jedziemy? – pytała związując je obiema rękami i usiłując wsunąć je pod kołpaczek.

– Gdzie oczy niosą.

– To nie do Łubniów?

Na twarzy Heleny odbił się niepokój, a w bystrym spojrzeniu, jakie rzuciła na pana Zagłobę, malowała się rozbudzona na nowo nieufność.

– Widzisz waćpanna, mam ja swój rozum i wierzaj, żem wszystko dobrze wykalkulował. A kalkulacja moja jest na następnej mądrej maksymie oparta: nie uciekaj w tę stronę, w którą cię gonić będą. Owóż, jeśli gonią nas już w tej chwili, to nas gonią w stronę Łubniów, bom też głośno się wczoraj o drogę wypytywał i Bohunowi na odjezdnym zapowiedziałem, że tam uciekać będziemy. *Ergo*: uciekamy ku Czerkasom. Jeśli nas gonić zaczną, to nieprędko, bo dopiero wtedy, gdy się przekonają, że nas na drodze łubniańskiej nie ma, a to im ze dwa dni czasu zajmie. Tymczasem my będziemy w Czerkasach, gdzie teraz stoją chorągwie polskie pana Piwnickiego i Rudominy. A w Korsuniu cała potęga hetmańska. Rozumiesz waćpanna?

– Rozumiem i póki życia mego, póty wdzięczności dla waćpana. Nie wiem, kto jesteś, skądeś się w Rozłogach znalazł, ale myślę, że cię Bóg zesłał na obronę moją i na ratunek, bo byłabym się pierwej nożem pchnęła, niżbym miała iść w moc tego zbója.

– Smok to jest na niewinność waćpanny srodze zażarty.

– Co ja mu uczyniłam, nieszczęśliwa, że mnie prześladuje? Z dawna go znałam i z dawna miałam go w nienawiści; z dawna bojaźń we mnie tylko wzbudzał. Czy to ja jedna na świecie, że mnie umiłował, że przeze mnie tyle krwi rozlał, że pomordował mi braci?... Boże, gdy wspomnę, krew we mnie krzepnie. Co ja pocznę? gdzie się przed nim schronię? Waćpan się nie dziw moim narzekaniom, bom nieszczęsna, bo mnie i wstyd tych afektów, bo stokroć wolałabym śmierć.

Policzki Heleny oblały się płomieńmi, na które stoczyły się dwie łzy wyciśnięte przez gniew i wzgardę, i ból.

– Nie będę się o to spierał – rzekł pan Zagłoba – że wielkie nieszczęście spotkało wasz dom, ale pozwól waćpanna sobie powiedzieć, iż twoi krewniacy w części sami sobie winni. Nie trzeba było Kozakowi ręki twojej obiecywać, a potem go zdradzać, co gdy się wydało, już on tak się rozsierdził, iż żadna perswazja moja nic nie pomogła. Żal mnie też twoich braci pobitych, a osobliwie tego najmłodszego, boć to był dzieciuch prawie, ale zaraz widać było, że wyrośnie na wielkiego kawalera.

Helena poczęła płakać.

– Nie przystoją łzy tym szatkom, które waćpanna nosisz, otrzyj je tedy i tak sobie powiedz, że to była wola boża. Bóg też ukarze zabójcę, który już nawet został ukarany, gdy na próżno krew przelał, a waćpannę, jedyny i główny cel swych namiętnościów, utracił.

Tu pan Zagłoba umilkł, po chwili zaś rzekł:

– Ej, dałżeby on mi łupnia – miły Boże – gdyby mię tylko w ręce dostał! Na jaszczur skórę by mi wyprawił. Waćpanna nie wiesz, żem ja już w Galacie od Turków palmę otrzymał, ale też mam dosyć, drugiej nie pragnę i dlatego nie do Łubniów, tylko ku Czerkasom zdążam. Dobrze by było do księcia się schronić, ale nużby dogonili? Słyszałaś waćpanna, że gdym konie od palika odwiązywał, pachołek Bohunów się obudził. A nuż larum podniósł? Tedyby zaraz do pościgu byli gotowi i złapaliby nas w godzinę – bo oni tam mają kniaziowskie świeże konie, a ja nie miałem czasu wybierać. Bestia to jest dzika ten Bohun, mówię waćpannie. Takem go sobie zbrzydził, że wolałbym diabła zobaczyć niż jego.

– Boże nas broń od jego rąk.

– Sam on się zgubił. Czehryn wbrew rozkazowi hetmańskiemu opuścił, z księciem wojewodą ruskim zadarł. Nie pozostaje mu nic innego, jak do Chmielnickiego umykać. Ale straci on na fantazji, jeśli Chmielnicki pobit będzie, a to się mogło już zdarzyć. Rzędzian spotkał za Krzemieńczugiem wojska płynące pod Barabaszem i Krzeczowskim na Chmiela, a oprócz tego pan Stefan Potocki lądem z usarią pociągnął; ale Rzędzian w Krzemieńczugu dziesięć dni dla naprawy czajki przesiedział, więc nim do Czehryna dociągnął, bitwa musiała się zdarzyć. Lada chwila czekaliśmy wiadomości.

– To więc Rzędzian z Kudaku listy przywiózł? – pytała Helena.

– Tak jest, były listy od pana Skrzetuskiego do kniahini i do waćpanny, ale Bohun je przejął, z nich się wszystkiego dowiedział, więc zaraz Rzędziana rozszczepił i na Kurcewiczach mścić się pociągnął.

– O, nieszczęsne pacholę! Przeze mnie to on krew wylał.

– Nie frasuj się waćpanna. Żyw będzie.

– Kiedyż to się stało?

– Wczoraj rano. U Bohuna człeka zabić, to jak drugiemu kubek wina łyknąć. A ryczał tak po przeczytaniu listów, że się cały Czehryn trząsł.

Rozmowa przerwała się na chwilę. Już też zrobiło się i widno zupełnie. Różana zorza bramowana jasnym złotem, opalami i purpurą płonęła na wschodniej stronie nieba. Powietrze było świeże, rzeźwe; konie poczęły prychać wesoło.

– No, ruszajmy z Bogiem, a żywo! Szkapy odpoczęły, czasu zaś do stracenia nie mamy – rzekł pan Zagłoba.

Puścili się znów cwałem i lecieli z pół mili bez wypoczynku. Nagle naprzeciw nich, ukazał się jakiś punkt ciemny, który zbliżał się z nadzwyczajną szybkością.

– Co to może być? – rzekł pan Zagłoba. – Zwolnijmy. To człek na koniu.

Istotnie jakiś jeździec zbliżał się całym pędem i pochylony na siodle, z twarzą ukrytą w grzywie końskiej, smagał jeszcze nahajem swego źrebca, który zdawał się ziemi nie tykać.

– Co to za diabeł może być i czego tak leci? Ależ leci! – rzekł pan Zagłoba dobywając z olster pistoletu, aby być gotowym na wszelki wypadek.

Tymczasem goniec zbliżył się już na kroków trzydzieści.

– Stój! – huknął pan Zagłoba wymierzając pistolet. – Ktoś jest?

Jeździec zdarł konia i podniósł się na siodle, ale zaledwie spojrzał, gdy krzyknął:

– Pan Zagłoba!

– Pleśniewski, sługa starościński z Czehryna? A ty tu co robisz? gdzie lecisz?

– Mości panie! zawracaj i ty ze mną! Nieszczęście! Gniew boży, sąd boży!

– Co się stało? Gadaj.

– Czehryn już zajęty przez Zaporożców. Chłopy szlachtę rżną, sąd boży.

– W imię Ojca i Syna! Co gadasz... Chmielnicki?...

– Pan Potocki pobity, pan Czarniecki w niewoli. Tatary idą z Kozakami. Tuhaj-bej!

– A Barabasz i Krzeczowski?

– Barabasz zginął, Krzeczowski połączył się z Chmielnickim. Krzywonos jeszcze wczoraj w nocy ruszył na hetmanów, Chmielnicki dziś do dnia. Siła straszna. Kraj w ogniu, chłopstwo wszędy powstaje, krew się leje! Uciekaj waćpan!

Pan Zagłoba oczy wybałuszył, usta otworzył i zdumiał tak, że słowa nie mógł przemówić.

– Uciekaj waćpan! – powtórzył Pleśniewski.

– Jezus Maria! – jęknął pan Zagłoba.

– Jezus Maria! – powtórzyła Helena i wybuchnęła płaczem.

– Uciekajcie, bo czasu nie ma.

– Gdzie? dokąd?

– Do Łubniów.

– A ty tam dążysz?

– Tak jest. Do księcia wojewody.

– A niechże to kaduk porwie! – zawołał pan Zagłoba. – A hetmani gdzie są?

– Pod Korsuniem. Ale Krzywonos już pewnie się bije z nimi.

– Krzywonos czy Prostonos, niechże go zaraza ukąsi! To tam nie ma po co jechać?

– Jako lwu w paszczę, na zgubę waćpan leziesz.

– A ciebie kto wysłał do Łubniów? Twój pan?

– Pan z życiem uszedł, a mnie kum mój, co go mam między Zaporożcami, życie ocalił i uciec pomógł. Do Łubniów sam z własnej myśli jadę, bo i nie wiem, gdzie się schronić.

– A omijaj Rozłogi, bo tam Bohun. On także do rebelii chce się zapisać.

– O dla Boga! Rety! W Czehrynie mówili, że jeno patrzyć, jak i na Zadnieprzu chłopstwo się podniesie!

– Być to może, być to może! Ruszajże w swoją drogę, gdzie się podoba, bo ja mam dość o swojej skórze myśleć.

– Tak i uczynię! – rzekł Pleśniewski i uderzywszy konia nahajem, ruszył.

– A omijaj Rozłogi! – krzyknął mu na drogę Zagłoba – jeśli zaś spotkasz Bohuna, nie gadaj, żeś mię widział, słyszysz?

– Słyszę – odparł Pleśniewski. – Z Bogiem!

I popędził, jakby już goniony.

– No! – rzekł Zagłoba – masz diable kubrak! Wykręcałem się sianem z różnych okazji, ale w takich jeszcze nie byłem. Z przodu Chmielnicki, z tyłu Bohun, co gdy tak jest, nie dałbym jednej złamanej orty ani za swój przód, ani za tył, ani za całą skórę. Głupstwom pono zrobił, żem do Łubniów z waćpanną nie uciekał, ale o tym nie czas mówić. Tfu! tfu! tfu! Cały mój dowcip niewart teraz tego, żeby nim buty wysmarować. Co uczynić? gdzie się udać? W całej tej Rzeczypospolitej nie ma widać już kąta, w którym by człowiek swoją, nie darowaną śmiercią mógł zejść ze świata. Dziękuję za takie podarunki: niech je inni biorą!

– Mości panie! – rzekła Helena. – To wiem, że moi dwaj bracia, Jur i Fedor, są w Zołotonoszy: może od nich będzie jakowy ratunek?

– W Zołotonoszy? Czekajże waćpanna. Poznałem i ja w Czehrynie pana Unierzyckiego, który pod Zołotonoszą ma majętność Kropiwnę i Czernobój. Ale to daleko stąd, dalej jak do Czerkas. Cóż robić?... kiedy nie ma gdzie indziej, to uciekajmy i tam. Ale trzeba będzie zjechać z gościńca, stepem i lasami przebierać się bezpieczniej. Żeby tak choć na tydzień przyczaić się gdzie, bodaj i w lasach, może przez ten czas hetmani z Chmielnickim skończą i będzie pogodniej na Ukrainie.

– Nie po to nas Bóg z rąk Bohunowych ocalił, abyśmy zginąć mieli. Ufaj waćpan.

– Czekaj waćpanna. Jakoś duch wstępuje we mnie znowu. Bywało się w różnych okazjach. Wolnym czasem opowiem waćpannie, co mnie w Galacie spotkało, z czego wraz zmiarkujesz, że i wtedy krucho było ze mną, a przecieżem się własnym dowcipem z tamtych terminów salwował i wyszedłem cało, chociaż mi broda, jak to widzisz, posiwiała. Ale musimy zjechać z gościńca. Skręć waćpanna... tak właśnie. Waćpanna tak koniem powodujesz, jak najsprawniejszy kozaczek. Trawy wysokie, żadne oko nas nie dojrzy.

Rzeczywiście trawy, w miarę jak się zagłębiali w step, stawały się coraz wyższe, tak że w końcu utonęli w nich zupełnie. Ale koniom ciężko było iść w tej plątaninie ździebeł cieńszych i grubszych, a czasem ostrych i kaleczących. Wkrótce też zmęczyły się tak, że ustały zupełnie.

– Jeśli chcemy, by nam służyły one szkapiny dłużej – mówił Zagłoba – trzeba zsiąść i rozsiodłać je. Niechby się wytarzały i podjadły trochę: inaczej nie pójdą. Miarkuję, że niedługo do Kahamliku się dostaniemy. Rad bym już tam był; nie masz jak oczerety: jak się schowasz, sam diabeł cię nie znajdzie. Byleśmy tylko nie zbłądzili!

To rzekłszy zsiadł z konia i Helenie zsiąść pomógł; następnie jął zdejmować terlice i wydobywać zapasy żywności, w które się był przezornie w Rozłogach zaopatrzył.

– Należy się pokrzepić – rzekł – bo droga daleka. Zróbże waćpanna jakie wotum do św. Rafała, byśmy ją szczęśliwie odbyli. Przecie w Zołotonoszy jest stara warowienka, może i prezydium w niej jakie stoi. Pleśniewski mówił, że i na Zadnieprzu chłopi się podniosą. Hm! być może, skory tu wszędy lud do buntu, ale na Zadnieprzu spoczywa ręka księcia wojewody, a diablo ciężka to ręka! Bohun zdrowy ma kark, ale jeśli ta ręka nań spadnie, to się przecie ugnie do samej ziemi, co daj Boże, amen. Jedzże waćpanna.

Pan Zagłoba wydobył zza cholewy sztuciec i podał go Helenie, następnie ułożył przed nią na czapraku pieczeń wołową i chleb.

– Jedzże waćpanna – rzekł – „kiedy w brzuchu pusto, w głowie groch z kapustą..." „Chcesz nie podrwić głową, jedz pieczeń wołową." My zaś już raz podrwili, bo pokazuje się, że lepiej było do Łubniów uciekać, ale stało się. Książę też pewnie z wojskiem do Dniepru ruszy na pomoc hetmanom. Strasznych to czasów dożyliśmy, gdyż wojna domowa to ze wszystkiego złego najgorsze. Nie będzie kąta dla spokojnych ludzi. Lepiej mi było księdzem zostać, do czego miałem i powołanie, bom człek spokojny i wstrzemięźliwy, ale fortuna inaczej zrządziła. Mój Boże, mój Boże! byłbym sobie teraz kanonikiem krakowskim i śpiewałbym godzinki w stallach, bo mam głos bardzo piękny. Ale cóż! Z młodu podobały mi się podwiki! Ho! ho! nie uwierzysz waćpanna, jaki był ze mnie gładysz. A com się na którą spojrzał, to jakby w nią piorun trzasł. Żeby mi tak dwadzieścia lat mniej, miałby się z pyszna pan Skrzetuski. Bardzo foremny z waćpanny kozaczek. Nie dziwić się młodym, że wedle ciebie zabiegają i że się o ciebie za łby biorą. Pan Skrzetuski – zabijaka to także nie lada. Byłem świadkiem, jak mu Czapliński okazję dawał, a on, prawda, że miał w głowie, ale kiedy nie porwie go za łeb i – z przeproszeniem waćpanny –za hajdawery, kiedy nie grzmotnie nim o drzwi – to mówię waćpannie, że mu wszystkie kości z zawiasów wyszły. Stary Zaćwilichowski powiadał mi też o waćpanny narzeczonym, iż wielki z niego rycerz, księcia wojewody ulubiony, ale i ja sam poznałem zaraz, iż żołnierz to powagi niepośledniej i eksperiencji nad wiek. Gorąco się robi. Chociaż miła mi waćpanny kompania, ale dałbym nie wiem co, żeby już być w Zołotonoszy. Widzę, że we dnie trzeba nam będzie w trawach siedzieć, a nocą jechać. Nie wiem jeno, czy waćpanna takie trudy wytrzymasz?

– Jam zdrowa, wszystkie trudy wytrzymam. Możemy jechać choćby i zaraz.

– Całkiem nie białogłowska w waćpannie fantazja. Konie się wytarzały, więc i pokulbaczę je zaraz, żeby na wszelki przypadek były gotowe. Nie będę się czuł bezpiecznym, póki kahamlickich oczeretów i zarośli nie zobaczę. Żebyśmy byli z gościńca nie zjeżdżali, to byśmy się byli bliżej Czehryna na rzekę natknęli, ale w tym miejscu będzie do niej od gościńca z mila drogi. Tak przynajmniej miarkuję. Przeprawimy się zaraz na drugą stronę rzeki. Powiem waćpannie, że okrutnie spać mi się chce. Wczorajszą noc całą przebaraszkowało się w Czehrynie, wczorajszego dnia do Rozłogów licho mnie z Kozakiem niosło, a dzisiejszej nocy znowu z Rozłogów odnosi. Spać mi się tak chce, że i do rozmowy straciłem ochotę, a choć milczeć nie mam zwyczaju, bo filozofowie mówią, że kot powinien być łowny, a chłop mowny, jednakże widzę, że język mi jakoś zleniwiał. Przepraszam tedy waćpannę, jeśli się zdrzemnę.

– Nie ma za co – odpowiedziała Helena.

Pan Zagłoba niepotrzebnie wprawdzie oskarżał swój język o lenistwo, bo od świtu mełł nim bez przestanku, ale spać chciało mu się istotnie. Jakoż gdy siedli znowu na koń, począł zaraz drzemać i żydy wozić na kulbace, a na koniec usnął na dobre. Uśpił go trud i szum traw rozchylanych piersiami końskimi. Helena zaś oddała się myślom, które w jej głowie wichrzyły się jak stado ptactwa. Dotychczas wypadki tak szybko następowały po sobie, że dziewczyna nie umiała zdać sobie sprawy ze wszystkiego, co ją spotkało. Napad, straszne sceny mordu, strach, niespodziany ratunek i ucieczka – wszystko to przewaliło się jak burza w ciągu jednej nocy. A przy tym zaszło tyle rzeczy niezrozumiałych! Kto był ten, co ją ratował? Powiedział jej wprawdzie swe nazwisko, ale to nazwisko w niczym nie objaśniło powodów jego postępku. Skąd się wziął w Rozłogach? Mówił, że przyjechał z Bohunem, więc widocznie trzymał z nim kompanię, był mu znajomym i przyjacielem. Ale w takim razie dlaczego ją ratował narażając się na największe niebezpieczeństwo i straszną zemstę Kozaka? Żeby to zrozumieć, trzeba było znać dobrze pana Zagłobę i jego niespokojną głowę przy dobrym sercu. Helena zaś znała go od sześciu godzin. I oto ten nieznajomy człowiek z bezczelną twarzą warchoła i opoja jest jej zbawcą. Gdyby go spotkała trzy dni temu, wzbudziłby w niej wstręt i nieufność, a teraz patrzy nań jak na swego dobrego anioła i ucieka z nim – dokąd? Do Zołotonoszy– lub gdzie indziej, sama dobrze jeszcze nie wie. Co za zmiana losu! Wczoraj jeszcze kładła się do snu pod spokojnym dachem rodzinnym, dzisiaj jest w stepie, na koniu, w męskich szatach, bez domu i bez przytułku. Za nią straszliwy watażka godzący na jej cześć, na jej miłość; przed nią pożar buntu chłopskiego, wojna domowa, wszystkie jej zasadzki, trwogi i okropności. A cała ufność w tym człowieku? Nie! jeszcze w kimś, potężniejszym nad gwałtowników, nad wojny, mordy i pożogi...

Tu dziewczyna podniosła oczy do nieba:

– Ratujże Ty mnie, Boże wielki a miłosierny, ratuj sierotę, ratuj nieszczęsną, ratuj zabłąkaną! Bądź wola Twoja, ale stań się miłosierdzie Twoje!

A przecie już stało się miłosierdzie, bo oto wyrwana jest z rąk najokropniejszych, cudem bożym, niezrozumiałym ocalona. Niebezpieczeństwo nie minęło jeszcze, ale może i zbawienie niedalekie. Kto wie, gdzie jest ten, którego sercem wybrała. Z Siczy musiał już wrócić, może jest gdzie na tym samym stepie. Będzie jej szukał i odnajdzie, a wtedy radość zastąpi łzy, wesele – smutek, groźby i trwogi miną raz na zawsze – przyjdzie spokój i pocieszenie. Dzielne, proste serce dziewczyny napełniło się ufnością i step szumiał słodko naokoło, a powiew, który tymi trawami kołysał, nawiewał zarazem myśli słodkie do jej głowy. Nie taka ona przecie sierota na tym świecie, gdy oto przy niej jeden dziwny, nieznany opiekun – a drugi, znany i kochany, zatroszczy się o nią, nie opuści, przyhołubi raz na zawsze. A to jest człowiek żelazny, mocniejszy i potężniejszy od tych, którzy na nią dybią w tej chwili.

Step szumiał słodko, z kwiatów wychodziły zapachy silne i upajające, czerwone głowy bodiaków, purpurowe kistki roztocza, białe perły mikołajków i pióra bylicy pochylały się ku niej, jakby w tym kozaczku przebranym, o długich warkoczach, mlecznej twarzy i kraśnych ustach rozpoznawały siostrę-dziewczynę. Chyliły się tedy ku niej, jakby chciały mówić: ,,Nie płacz, krasnodiwo, my także na opiece bożej!" Jakoż uspokojenie przychodziło do niej od stepu coraz większe. Zacierały się obrazy mordu i pogoni w umyśle, a natomiast ogarniała ją jakaś niemoc, ale słodka, sen począł kleić i jej powieki, konie szły wolno – ruch ją kołysał. Usnęła.

XX

Obudziło ją szczekanie psów. Otworzywszy oczy ujrzała w dali przed sobą dąb wielki, cienisty, zagrodę i żuraw studzienny. Wnet zbudziła towarzysza.

– Mości panie, zbudź się waszmość!

Zagłoba otworzył oczy.

– A to co? A my gdzie przyjechali?

– Nie wiem.

– Czekajże wasanna. To jest zimownik kozacki.

– Tak i mnie się widzi.

– Pewnie tu czabanowie mieszkają. Niezbyt miła kompania. Czego te psy ujadają, żeby ich wilcy ujedli! Widać konie i ludzi pod zagrodą. Nie ma rady, trzeba zajechać, żeby nie ścigali, jak ominiem. Musiałaś i waćpanna się zdrzemnąć.

– Tak jest.

– Raz, dwa, trzy, cztery konie osiodłane – czterech ludzi pod zagrodą. No, niewielka potęga. Tak jest, to czabanowie. Coś żywo rozprawiają. Hej tam, ludzie! a bywaj no tu!

Czterech Kozaków zbliżyło się natychmiast. Byli to istotnie czabanowie od koni, czyli koniuchowie, którzy latem stad wśród stepów pilnowali. Pan Zagłoba zauważył natychmiast, że jeden z nich miał tylko szablę i piszczel, trzej inni zbrojni byli w szczęki końskie poprzywiązywane do kijów, ale wiedział i to także, że tacy koniuchowie bywają to ludzie dzicy i często dla podróżnych niebezpieczni.

Jakoż wszyscy czterej zbliżywszy się poglądali spode łba na przybyłych. W brązowych twarzach ich nie było najmniejszego śladu życzliwości.

– Czego chcecie? – pytali nie zdejmując czapek.

– Sława Bohu – rzekł pan Zagłoba.

– Na wiki wikiw. Czego chcecie?

– A daleko do Syrowatej?

– Nie znajem nikakij Syrowatej.

– A ówże zimownik jak się zwie?

– Huśla.

– Dajcie no koniom wody.

– Nie ma wody, wyschła. A wy skąd jedziecie?

– Z Kriwoj Rudy.

– A dokąd?

– Do Czehryna.

Czabanowie spojrzeli po sobie.

Jeden z nich, czarny jak żuk i kosooki, począł wpatrywać się w pana Zagłobę, wreszcie rzekł:

– A czego wy z gościńca zjechali?

– Bo upał.

Kosooki położył rękę na lejcach pana Zagłoby.

– Zleź no, panku, z konia. Do Czehryna nie masz po co jechać.

– I czemuż to? – spytał spokojnie pan Zagłoba.

– A widzisz ty tego mołojca? – rzekł kosooki ukazując jednego z czabanów.

– Widzę.

– On z Czehryna prijichaw. Tam Lachiw riżut.

– A wiesz ty, chłopie, kto do Czehryna za nami jedzie?

– Kto takij?

– Kniaź Jarema!

Zuchwałe twarze czabanów spokorniały w jednej chwili. Wszyscy jakby na komendę poodkrywali głowy.

– A wiecie wy, chamy – mówił dalej pan Zagłoba – co Lachy robią z takimi, co riżut? Oni takich wiszajut! A wiecie, ile kniaź Jarema wojska prowadzi? a wiecie, że on nie dalej, jak pół mili stąd? A co, psie dusze? Dudy w miech? Jak to wy nas tu przyjęli? Studnia wam wyschła? wody dla koni nie macie? A, basałyki! a, kobyle dzieci! pokażę ja wam!

– Ne serdyteś, pane! Studnia wyschła. My sami do Kahamliku jeździm poić i wodę dla siebie nosimy.

– A, skurczybyki!

– Prostyte, pane. Studnia wyschła. Każecie, to skoczym po wodę.

– Obejdzie się bez was, sam pojadę z pachołkiem. Gdzie tu Kahamlik? – spytał groźnie.

– Ot, dwie staje stąd! – rzekł kosooki pokazując na pas zarośli.

– A do gościńca czy tędy muszę wracać, czy brzegiem dojedzie?

– Dojedzie, pane. Milę stąd rzeka do gościńca skręca.

– Pachołek, ruszaj przodem! – rzekł pan Zagłoba zwracając się do Heleny.

Mniemany pachołek skręcił konia na miejscu i poskoczył.

– Słuchać! – rzekł Zagłoba zwracając się do chłopów. – Jeśli tu podjazd przyjdzie, powiedzieć, żem brzegiem do gościńca pojechał.

– Dobrze, pane.

W kwadrans później Zagłoba jechał znów obok Heleny.

– W porę im księcia wojewodę wymyśliłem – rzekł przymrużając oko pokryte bielmem. – Będą teraz siedzieli cały dzień i czekali podjazdu. Drżączka ich porwała na samo imię książęce.

– Widzę, że waszmość tak obrotny masz dowcip, iż z każdej biedy ratować się potrafisz – rzekła Helena – i Bogu dziękuję, że mi zesłał takiego opiekuna.

Szlachcicowi poszły po sercu te słowa, uśmiechnął się, ręką brodę pogładził i rzekł:

– A co? ma Zagłoba głowę na karku? Chytrym jak Ulisses i to muszę waćpannie powiedzieć, iż gdyby nie ta chytrość, dawno by mnie krucy zdziobali. Ale cóż robić? trzeba się ratować. Oni w bliskość księcia snadnie uwierzyli, boć to jest prawdziwa rzecz, że dziś, jutro on się w tych stronach zjawi z mieczem ognistym jak archanioł. A żeby tak i Bohuna po drodze gdzie rozcisnął, ofiarowałbym się boso do Częstochowy. Choćby też byli oni czabanowie i nie uwierzyli, samo przypomnienie mocy książęcej wystarczało, by ich od napaści na nasze zdrowie powstrzymać. Wszelako powiem waćpannie, że zuchwałość ich niedobre to dla nas *signum*, bo to znaczy, że już się tu chłopstwo o wiktoriach Chmielnickiego zwiedziało i coraz się będzie stawać zuchwalsze. Musimy teraz pustek się trzymać i do wsiów mało zaglądać, bo niebezpiecznie. Dajże Boże jak najprędzej księcia wojewodę, bośmy się w taką matnię dostali, że jakom żyw, gorszej trudno wymyślić.

Trwoga znów ogarnęła Helenę, pragnąc więc wydobyć jakie słowo nadziei z ust pana Zagłoby, rzekła:

– Już ja teraz ufam, że waszmość i siebie, i mnie ocalisz.

– To się rozumie – odpowiedział stary wyga – głowa od tego, żeby o skórze myślała. A waćpannę takem już polubił, że za nią jako za własną córką będę obstawał. Najgorsze tylko to, że prawdę rzekłszy, sami nie wiemy, gdzie uciekać, boć i ta Zołotonosza niezbyt to pewne *asilum*.

– To wiem na pewno, że bracia są w Zołotonoszy.

– Są albo ich nie ma, bo mogli wyjechać, a do Rozłogów pewnie nie tą drogą, którą my jedziemy, wracają. Więcej ja liczę na tamtejsze prezydium. Żeby tak choć z pół chorągiewki albo z pół regimenciku w zameczku! Ale ot i Kahamlik. Tymczasem przynajmniej oczerety pod bokiem. Przeprawimy się na drugą stronę i zamiast z biegiem ku gościńcowi ciągnąć, pociągniemy w górę, żeby ślad pomylić. Prawda, że zbliżymy się do Rozłogów, ale nie bardzo...

– Zbliżymy się do Browarków – rzekła Helena – przez które do Zołotonoszy się jedzie.

– To i lepiej. Stój no waćpanna.

Napoili konie. Następnie pan Zagłoba zostawiwszy Helenę dobrze ukrytą w zaroślach pojechał wyszukać brodu, który znalazł z łatwością, bo leżał o kilkadziesiąt zaledwie kroków od miejsca, do którego przyjechali. Właśnie tamtędy owi czabanowie przepędzali konie na drugą stronę rzeki, która zresztą cała była dość płytka, jeno brzegi miała mało dostępne, bo zarosłe i błotniste. Przeprawiwszy się tedy na drugą stronę, ruszyli śpiesznie w górę rzeki i jechali bez wytchnienia aż do nocy. Droga była ciężka, bo do Kahamliku wpadało mnóstwo strumieni, które rozlewając się szerzej przy ujściach, tworzyły tu i owdzie trzęsawice i topieliska. Trzeba było co chwila wyszukiwać brodów lub przedzierać się przez zarośla trudne do przebycia dla jezdnych. Konie pomęczyły się okrutnie i zaledwie wlokły za sobą nogi. Chwilami zapadały tak, że Zagłobie zdawało się, iż nie wylezą już więcej. Na koniec wydostali się na wysoki, suchy brzeg, porosły dębiną. Ale już też noc była głęboka i ciemna bardzo. Dalsza podróż stała się niepodobieństwem, bo w ciemnościach można było trafić na chłonące bagna i zginąć, więc pan Zagłoba postanowił czekać ranka.

Rozsiodłał konie, popętał je i puścił na pastwisko, po czym jął zbierać liście, wymościł z nich posłanie, zasłał czaprakami i okrywszy burką rzekł do Heleny:

– Połóż się waćpanna i śpij, bo nie masz nic lepszego do zrobienia. Rosa ci oczki przemyje, to i dobrze. Ja też przyłożę głowę do terlicy, bo już kości nie czuję w sobie. Ognia nie będziem palili, gdyż światło by nam tu jakich czabanów ściągnęło. Noc krótka, świtaniem ruszymy dalej. Śpij waćpanna spokojnie. Nakluczyliśmy jak zające, niewiele po prawdzie drogi zrobiwszy, ale też takeśmy zatarli za sobą ślady, że zje diabła, kto nas odnajdzie. Dobranoc waćpannie!

– Dobranoc waćpanu!

Smukły kozaczek ukląkł i modlił się długo, podnosząc oczy do gwiazd, a pan Zagłoba wziął na plecy terlicę i poniósł ją nieco opodal, gdzie sobie upatrzył miejsce do spania. Brzeg dobrze był wybrany do noclegu, bo wysoki i suchy, zatem bez komarów. Gęste liście dębów mogły stanowić niezłą ochronę od deszczu.

Helena długo nie mogła zasnąć. Wypadki ubiegłej nocy stanęły jej zaraz jako żywe w pamięci, z ciemności wychyliły się twarze po-mordowanych: stryjny i braci. Zdawało się jej, że jest razem z ich trupami w owej sieni zamknięta i że do tej sieni zaraz wejdzie Bo-hun. Widziała jego oblicze wybladłe i sobole brwi czarne, bólem ściągnięte, i oczy w siebie utkwione. Trwoga ogarnęła ją niewymow-na. A nuż nagle w tych ciemnościach, które ją otaczają, ujrzy na-prawdę dwoje świecących oczu...

Księżyc przelotem wyjrzał zza chmur, pobielił garścią promieni dąbrowę i ponadawał fantastyczne kształty pniom i gałęziom. Der-kacze ozwały się po łąkach, przepiórki na stepach; czasem docho-dziły jakieś dziwne, dalekie odgłosy ptaków czy zwierząt nocnych. Bliżej prychały konie, które gryząc trawę i skacząc w pętach, od-dalały się coraz więcej od śpiących. Ale te wszystkie głosy uspokajały Helenę, bo rozpraszały fantastyczne widzenia i przenosiły ją w rze-czywistość; mówiły jej, że ta sień, która ciągle stawała jej przed oczy-ma, i te trupy krewnych, i ten Bohun blady, z zemstą w oczach, to złuda zmysłów, urojenie strachu, nic więcej. Przed kilku dniami myśl o takiej nocy pod gołym niebem, w pustyni, przerażałaby ją śmiertelnie; dziś musiała sobie przypominać, że istotnie jest nad Kahamlikiem, daleko od swej komnaty dziewiczej, aby się uspokoić.

Grały jej tedy do snu derkacze i przepiórki, migotały gwiazdy, gdy powiew poruszył gałęzie, brzęczały chrząszcze na dębowych liściach – i usnęła wreszcie. Ale noce w pustyni mają także swoje niespodzianki. Szaro już było, gdy uszu jej doszły z dala jakieś straszne głosy, jakieś harkotania, wycia, chrapania, później kwik tak bolesny i przeraźliwy, że krew ścięła się w jej żyłach. Zerwała się na równe nogi okryta zimnym potem, przerażona i nie wiedząca, co czynić. Nagle w oczach jej mignął Zagłoba, który leciał bez czapki w stronę tych głosów, z pistoletami w ręku. Po chwili rozległ się jego głos: „U-ha! u-ha! siromacha!" – huknął wystrzał i wszystko umilkło. Helenie zdawało się, że wieki czeka; na koniec przecie poniżej brzegu usłyszała znów Zagłobę.

– A żeby was psi pojedli! żeby was ze skóry obdarto! żeby was Żydzi na kołnierzach nosili!

W głosie Zagłoby brzmiała prawdziwa desperacja.

– Mości panie, co się stało? – pytała dziewczyna.

– Wilcy konie porżnęli.

– Jezus Maria! oba?

– Jeden zarżnięty, drugi skaleczon tak, że stajania nie ujdzie. W nocy odeszły nie dalej, jak trzysta kroków i już po nich.

– Cóż teraz poczniem?

– Co poczniem? Wystrużemy sobie kije i siądziemy na nie. Czy ja wiem, co poczniem? Ot, czysta desperacja! Mówię waćpannie, że diabeł wyraźnie zawziął się na nas – co i nic dziwnego, bo musi on być Bohunowi przyjacielem albo zgoła krewnym. Co poczniem? Jeśli wiem, to niech się w konia zmienię, przynajmniej waćpanna będziesz miała na czym jechać. Szelmą jestem, jeśli kiedy byłem w podobnej imprezie.

– Pójdziemy pieszą...

– Dobrze to waćpannie przy jej dwudziestu leciech, ale nie mnie przy mojej cyrkumferencji chłopską modą podróżować. Choć i to źle mówię, bo tu lada chłop na szkapę się zdobędzie, a psi tylko chodzą na piechotę. Czysta desperacja, jak mnie Bóg miły. Jużci, nie będziem tu siedzieć, tylko pójdziemy, ale kiedy zajdziemy do onej Zołotonoszy? – nie wiem. Jeśli uciekać nawet i na koniu niemiło, to na piechotę ostatnia rzecz. Tedy przygodziło się już nam, co się mogło najgorszego przygodzić. Kulbaki musimy zostawić, a co do gęby włożyć, to na własnym karku dźwigać.

– Nie pozwolę ja na to, abyś waćpan sam dźwigał, a co będzie trzeba, to i ja też poniosę.

Zagłoba udobruchał się widząc takową determinację dziewczyny.

– Moja mościa panno – rzekł – a toż chyba byłbym Turkiem albo poganinem, gdybym na to pozwolił! Nie do dźwigania to te bieluchne rączki, nie do dźwigania te strzeliste pleczyki. Jakoś Bóg da, że i sam poradzę, jeno wypoczywać często muszę, bo nadtom był zawsze wstrzemięźliwy w jedle i napoju, od czego mam teraz dech krótki. Weźmiemy czapraki do spania i żywności trochę, a zresztą niewiele już jej zostanie licząc, że zaraz trzeba się dobrze pokrzepić.

Jakoż zabrali się do posiłku, przy którym pan Zagłoba porzuciwszy swą zachwalaną wstrzemięźliwość starał się o dech długi. Koło południa przyszli nad bród, którym widocznie od czasu do czasu przejeżdżali ludzie i wozy, bo po obu brzegach były ślady kół i kopyt końskich.

– Może to droga do Zołotonoszy? – rzekła Helena.

– Ba, nie ma się kogo spytać.

Ledwie pan Zagłoba skończył mówić, gdy z oddali doszedł ich uszu głos ludzki.

– Czekaj waćpanna, ukryjmy się – szepnął Zagłoba.

Głos zbliżał się coraz bardziej.

– Widzisz co waćpan? – spytała Helena.

– Widzę.

– Kto się zbliża?

– Dziad-ślepiec z lirą. Wyrostek go prowadzi. Teraz buty zdejmują. Przejdą ku nam przez rzekę.

Po chwili pluskanie wody oznajmiło, że istotnie przechodzą.

Zagłoba wraz z Heleną wyszli z ukrycia.

– Sława Bohu! – rzekł głośno szlachcic.

– Na wiki wikiw – odpowiedział dziad. – A kto tam jest?

– Chrześcijanie. Nie bój się, dziadu, naści ortę.

– Szczob wam światyj Mikołaj daw zdorowla i szczastje.

– A skąd, dziadu, idziecie?

– Z Browarków.

– A ta droga dokąd prowadzi?

– Do chutoriw, pane, do seła...

– A do Zołotonoszy nią dojdzie?

– Można, pane.

– Dawnoście wyszli z Browarków?

– Wczoraj rano, pane.

– A w Rozłogach byliście?

– Byli. Ale powiadają, że tam łycary prijszli, szczo bitwa buła.

– Któż to powiadał?

– W Browarkach powiadali. Tam jeden z kniaziowej czeladzi przyjechał, a co powiadał, strach!

– A wyście go nie widzieli?

– Ja, pane, nikogo nie widzę, ja ślepy.

– A ówże wyrostek?

– On widzi, ale on niemowa, ja jeden jego rozumiem.

– Daleko też stąd do Rozłogów, bo my tam właśnie idziemy?

– Oj! daleko!

– Więc powiadacie, żeście byli w Rozłogach?

– Byli, pane.

– Tak? – rzekł pan Zagłoba i nagle chwycił za kark wyrostka.

– Ha, łotry, złodzieje, łajdaki, na przeszpiegi chodzicie, chłopów do buntu podmawiacie! Hej, Fedor, Olesza, Maksym, brać ich, obedrzeć do naga i powiesić albo utopić! Bij ich, to buntownicy, szpiegi, bij, zabijaj!

Począł szarpać wyrostka i potrząsać nim silnie, i krzyczeć coraz głośniej. Dziad rzucił się na kolana prosząc o miłosierdzie, wyrostek wydawał przeraźliwe głosy właściwe niemowom, a Helena spoglądała ze zduminiem na ową napaść.

– Co waćpan robisz? – pytała nie wierząc własnym oczom.

Ale pan Zagłoba wrzeszczał, przeklinał, poruszał całe piekło, wzywał wszystkich nieszczęść, klęsk, chorób – groził wszelkimi rodzajami mąk i śmierci.

Kniaziówna myślała, że mu się rozum pomieszał.

– Umykaj! – wołał na nią – nie przystoi ci patrzyć na to, co się tu stanie, umykaj, mówię.

Nagle zwrócił się do dziada:

– Zdejmuj przyodziewek, capie, a nie, to cię tu potnę na sztuki.

I obaliwszy wyrostka na ziemię począł go własnymi rękami obdzierać. Dziad, przerażony, zrzucił co prędzej lirę, torbę i świtkę.

– Zdziewaj wszystko!... bogdaj cię zabito! – wrzeszczał Zagłoba.

Dziad począł ściągać koszulę.

Kniaziówna widząc, na co się zanosi, oddaliła się śpiesznie, aby swej skromności widokiem nagich członków nie obrazić, a za uciekającą goniły jeszcze przekleństwa Zagłoby.

Oddaliwszy się znacznie, zatrzymała się nie wiedząc sama, co począć. W pobliżu leżał pień obalonego przez wichry drzewa, siadła więc na nim i czekała. Do uszu jej dochodziły wrzaski niemowy, jęki dziada i warchoł czyniony przez pana Zagłobę.

Wreszcie umilkło wszystko. Słychać było tylko świergotanie ptaków i szmer liści. Po chwili dało się słyszeć sapanie i ciężki chód ludzki.

Był to pan Zagłoba.

Na ramieniu niósł przyodziewek zdarty z dziada i pacholęcia, w ręku dwie pary butów i lirę. Zbliżywszy się począł mrugać swoim zdrowym okiem, uśmiechać się i sapać.

Widocznie był w doskonałym humorze.

– Żaden woźny w trybunale nie nakrzyczy się tak, jakom się ja nakrzyczał! – rzekł. – Ażem ochrypł. Ale mam, czegom chciał. Wypuściłem ich nagich, jak ich matka porodziła. Jeśli mnie sułtan nie zrobi baszą albo hospodarem wołoskim, to jest niewdzięcznikiem, gdyż przysporzyłem dwóch tureckich świętych. O łajdaki! prosili, by im też choć koszule zostawić! Alem im rzekł, iż dość powinni być wdzięczni, że ich przy żywocie zostawiam. A zobacz no waćpanna. Wszystko nowe, i świty, i buty, i koszule. Maż tu być porządek w tej Rzeczypospolitej, gdy chamstwo tak zbytkownie się ubiera? Ale oni byli na odpuście w Browarkach, gdzie niemało zebrali grosiwa, toż sobie kupili wszystko nowe na jarmarku. Niejeden szlachcic tyle nie wyorze w tym kraju, ile dziad wyżebrze. Odtąd porzucam rycerskie rzemiosło, a będę dziadów na gościńcach obdzierał, bo widzę, że *eo modo* prędzej do fortuny dojść można.

– Ale na jakiż pożytek waćpan to uczyniłeś? – pytała Helena.

– Na jaki pożytek? Waćpanna tego nie rozumiesz? tedy poczekaj trochę, zaraz się ów pożytek widocznie waćpannie ukaże.

To rzekłszy wziął połowę zdartego przyodziewku i oddalił się w krze zarastające brzegi. Po niejakim czasie w krzach ozwały się dźwięki liry, a następnie ukazał się... już nie pan Zagłoba, ale prawdziwy did ukraiński z bielmem na jednym oku, z siwą brodą. Did zbliżył się do Heleny śpiewając ochrypłym głosem:

> *Sokołe jasnyj, brate mij ridnyj,*
> *Ty wysoko litajesz,*
> *Ty szyroko widajesz.*

Kniaziówna klasnęła w ręce i po raz pierwszy od ucieczki z Rozłogów uśmiech rozjaśnił jej śliczną twarz.

– Gdybym nie wiedziała, że to waćpan, zgoła bym go nie poznała!

– A co? – rzekł pan Zagłoba. – Pewnie i na zapusty nie widziałaś waćpanna lepszej maszkary. Przejrzałem się też w Kahamliku i jeślim widział kiedy foremniejszego dziada, niech mnie na własnej torbie powieszą! Na pieśniach też mnie nie zbraknie. Co waćpanna wolisz? Może o Marusi Bohusławce, o Bondariwnie albo o Sierpiahowej śmierci? Mogę i to. Szelmą jestem, jeśli na kawałek chleba między największymi hultajami nie zarobię.

– Już teraz rozumiem waszmościów uczynek, dlaczegoś szatki ze-wlókł z tych biedaków, a to by drogę w przebraniu bezpieczniej odbyć.

– Rozumie się – rzecze pan Zagłoba. – Cóż bo waćpanna myślisz? Tu, na Zadnieprzu, lud gorszy niż gdzie indziej i tylko ręka księcia hultajów od swywoli powstrzymuje, a teraz, gdy się zwiedzą o wojnie z Zaporożem i o wiktoriach Chmielnickiego, tedy żadna moc ich od rebelii nie powstrzyma. Widziałaś waćpanna owych czabanów, któ-rzy się już do naszej skóry chcieli zabierać. Jeśli prędko hetmany Chmielnickiego nie zetrą, to za dzień, za dwa cały kraj będzie w og-niu – i jakże ja waćpannę wówczas przez kupy zbuntowanego chłop-stwa przeprowadzę? A mielibyśmy wpaść w ich ręce, to lepiej było dla waćpanny w Bohunowych pozostać.

– O, nie może to być! Wolę śmierć! – przerwała kniaziówna.

– Ja zaś wolę życie, bo śmierć to na raz sztuka, od której się żadnym dowcipem nie wykręcisz. Ale tak myślę, że Bóg nam zesłał tych dzia-dów. Takem ich przestraszył, że książę z całym wojskiem blisko, jak i owych czabanów. Będą ze trzy dni od strachu goli w oczeretach siedzieli. A my tymczasem w przebraniu jakoś do Zołotonoszy się przebierzem, znajdziemy braci waćpanny i pomoc – dobrze; nie, to pójdziem dalej, aż do hetmanów, albo na księcia będziem czekać, a wszystko w przezpieczności, bo dziadom od chłopów i od Kozaków żaden strach. Moglibyśmy przez obozy Chmielnickiego zdrowo głowy przenieść. Tylko jednych Tatarów *vitare* nam należy, bo oni by wać-pannę jako pachołka młodego w jasyr wzięli.

– To i ja tedy przebrać się muszę?

– Tak jest, zrzuć waćpanna z siebie kozaczka, a w wyrostka chłop-skiego się przedzierzgnij. Trochęś jak na chamskie dziecko za gład-ka, ja także na dida, ale to nic. Wiater opali liczko waćpanny, a mnie od chodzenia brzuch spadnie. Wszystką tłustość z siebie wypocę. Gdy mnie Wołosi oko wypalili, myślałem, iż zgoła okrutna przygoda mię nachodzi, a widzę teraz, że mi się to właśnie przyda, bo dziad nie ślepiec byłby podejrzanym. Będziesz mnie waćpanna za rękę prowadzić, a zwij mnie Onufrij, bo takowe jest moje dziadowskie imię. Teraz zaś się przebierz co prędzej, bo nam czas w drogę, która, ile że na piechotę, dłużyć się będzie.

Pan Zagłoba odszedł, a Helena wnet jęła się przebierać za dziadowskie pacholę. Wypluskawszy się w rzece, zrzuciła żupanik kozacki, a wdziała świtkę chłopską i kapelusz ze słomy, i sakwy podróżne. Szczęściem, wyrostek ów obdarty przez Zagłobę smukłym był, więc pasowało na nią wszystko dobrze.

Zagłoba wróciwszy obejrzał ją uważnie i rzekł:

– Mój Boże, niejeden rycerz chętnie by zbył staniku swego, byle go taki pachołek prowadził, a już jednego husarza znam, któren by to na pewno uczynił. Tylko już z tymi włosami trzeba koniecznie coś uczynić. Widziałem ja w Stambule urodziwe pacholęta, ale takiego nie widziałem.

– Daj Boże, aby mi na złe nie wyszła gładkość moja! – rzekła Helena.

Ale uśmiechała się jednak, bo jej niewieście uszy mile łechtał podziw pana Zagłoby.

– Gładkość nigdy na złe nie wychodzi, a ja tego pierwszym przykładem, bo gdy mnie Turcy w Galacie oko wypalili, chcieli wypalić i drugie, gdy mnie żona tamecznego baszy uratowała, a to dla nadzwyczajnej mojej urody, której ostatki możesz jeszcze waćpanna oglądać.

– A mówiłeś waćpan, iż to Wołosi mu oczy wypalili?

– Bo Wołosi, ale poturczeni i w Galacie u baszy służący.

– Przecie waćpanu nawet i tego jednego nie wypalili?

– Jeno mi od gorącości żelaza bielmem zaszło. Wszystko to jedno. Cóż tedy waćpanna z warkoczami swymi chcesz uczynić?

– A cóż? trzeba obciąć.

– A trzeba. Ale jak?

– Waćpanową szablą.

– Dobrze to szablą głowę uciąć, ale włosy to już nie wiem, *quo modo?*

– Wiesz waćpan co? Siądę ja przy tym zwalonym pniu, a włosy przez pień przełożę, waćpan zaś tniesz i utniesz. Jeno mi głowy nie utnij.

– O to się waćpanna nie bój. Nieraz ja knoty u świec po pijanemu obcinałem, samej świecy nie zaciąwszy. Nie uczynię i waćpannie krzywdy, chociaż takowa prezentacja dla mnie pierwsza.

Helena siadła koło pnia i rzuciwszy w poprzek swe ogromne, czarne włosy podniosła oczy ku panu Zagłobie.

– Gotowam – rzekła – tnij waćpan.

I uśmiechała się do niego trochę smutno, bo jej żal było owych włosów, które przy głowie ledwie by w dwie piędzie można ująć. A i panu Zagłobie było jakoś niesporo. Okraczył pień dla lepszego cięcia i mruczał:

– Tfu! tfu! wolałbym zostać cyrulikiem i oseledce Kozakom podgalać. Zdaje mi się, żem jest mistrzem i że do katowskiej przystępuję roboty, gdyż wiadomo waćpannie, że oni czarownicom włosy na głowie obcinają, aby zaś diabeł się w nich nie utaił i swoją mocą efektu torturów nie zepsował. Aleś waćpanna nie czarownica, przeto i ten postępek paskudnym mi się wydaje, za który jeśli mi pan Skrzetuski uszu nie obetnie, to mu *imparitatem* zadam. Dalibóg, że mnie mrowie chodzi po ręku. Zamruż przynajmniej waćpanna oczy.

– Już! – rzekła Helena.

Pan Zagłoba podniósł się w górę, jakby się na strzemionach do cięcia wznosił. Płytkie żelazo świsnęło w powietrzu i natychmiast długie, czarne sploty zsunęły się po gładkiej korze pnia na ziemię.

– Już – rzekł z kolei Zagłoba.

Helena podniosła się żywo i natychmiast krótko obcięte włosy rozsypały się czarnym koliskiem koło jej twarzy, na którą biły rumieńce wstydu, bo w owych czasach ucięcie warkocza dziewczynie poczytywano za hańbę wielką, więc była to z jej strony ciężka ofiara, którą z konieczności tylko przenieść mogła.

Nawet i łzy pokazały się w jej oczach, a pan Zagłoba, niekontent z siebie, wcale jej nie pocieszał.

– Zdaje mi się, żem się na coś bezecnego odważył – rzekł – i powtarzam waćpannie, że pan Skrzetuski, jeżeli jest godnym kawalerem, uszy mi za to obciąć powinien. Ale nie można było inaczej, boćby *sexus* waćpanny zaraz odgadnięto. Teraz przynajmniej pójdziemy śmiało. Rozpytałem się też dziada o drogę, przyłożywszy mu sztych do gardła. Wedle tego, co powiadał, ujrzymy na stepie trzy dęby, koło których będzie wilczy jar, a wedle jaru droga na Demianówkę ku Zołotonoszy. Mówił, że i czumakowie drogą jeżdżą, będzie się można przysiąść na wozie. Ciężkie my to chwile z waćpanną przeżywamy, które wiecznie wspominać będziem. Teraz ot, trzeba się będzie i z szablami rozstać, bo nie przystoi dziadowi ni jego pacholęciu mieć szlacheckie oznaki przy sobie. Wetknę je pod ten pień; może Bóg da, że kiedyś odnajdę. Dużo wypraw ta szabla widziała i wielkich przewag była przyczyną. Wierzaj mi waćpanna, że dotąd byłbym już regimentarzem, gdyby nie *invidia* i złość ludzka, która mnie o miłość do gorących napojów posądzała. Tak to zawsze na świecie. W niczym nie masz sprawiedliwości! Żem nie lazł, jak kto głupi, na zgubę i z męstwem umiałem jako drugi Cunctator łączyć roztropność, tedy pierwszy pan Zaćwilichowski powiadał, że mnie tchórz oblatywał. Dobry on człowiek, ale zły język. Jeszcze niedawno dogryzał mi, żem się z Kozaki bratał, a gdyby nie owo bratanie, pewnie byś waćpanna mocy Bohunowej nie uszła.

Tak rozmawiając powtykał pan Zagłoba szable pod pień, nakrył je zielskiem i trawą, następnie przewiesił przez plecy sakwy i teorban, wziął w rękę dziadowski kij sadzony krzemieniami, machnął nim raz i drugi, po czym rzekł:

– No, niezłe i to, można jakowemu psu albo i wilkowi świeczki w ślepiach zapalić i zęby porachować. Najgorsze ze wszystkiego, że trzeba iść piechotą, ale nie ma rady! Chodźmy!

Poszli.

Pacholę czarnowłose przodem, dziad za nim. Dziad mruczał i przeklinał, bo mu było gorąco iść piechotą, chociaż po stepie wiatr przeciągał. Wiatr ten opalał i czynił smagłym lice ślicznego pacholęcia. Wkrótce trafili na jar; na którego dnie biła krynica sącząc swe przeczyste wody do Kahamliku. Koło tego jaru, niedaleko rzeki, rosły na mogile trzy potężne dęby; ku nim zaraz skręcili nasi podróżni. Zaraz też trafili na ślady drogi, która żółciła się na stepie od kwiecia wyrosłego na bydlęcym nawozie. Droga była pusta, ani czumaka na niej, ani mazi, ani siwych wołów wolno idących. Gdzieniegdzie leżały tylko kości bydlęce, porozwłóczone przez wilki i wybielone na słońcu. Podróżni szli ciągle, wypoczywali jeno w dąbrowach cienistych. Czarnowłose pacholę układało się do snu na zielonej murawie, a dziad czuwał. Przechodzili też i przez ruczaje, a gdzie brodu nie było, to go szukali chodząc długo brzegiem. Czasem też dziad przenosił pacholę na ręku z siłą dziwną w człeku, który już chodził po żebranym chlebie. Ale był to barczysty dziad! Tak wlekli się znowu aż do wieczora, aż wreszcie pachołek usiadł przy drodze w lesie dębowym i rzekł:

– Już mi i tchu brak, i siły zbyłam. Nie pójdę dalej. Tu się położę i zamrę.

Dziad zakłopotał się srodze.

– O, to przeklęte pustkowie! – rzekł – ani futora, ani sadyby na drodze, ani żywego człeka. Ale nie możemy tutaj na noc zostawać. Wieczór już zapada, za godzinę ciemno będzie – a posłuchaj jeno waćpanna!

Tu dziad umilkł i przez chwilę panowała cisza głęboka.

Ale nagle przerwał ją daleki, posępny głos, który zdawał się wychodzić z wnętrzności ziemi, a rzeczywiście wychodził z jaru leżącego niedaleko drogi.

– To wilcy – rzekł pan Zagłoba. – Zeszłej nocy mieliśmy konie, to nam konie zjedli, teraz by do nas samych się zabrali. Trzymam ci ja wprawdzie pistolet pod świtką, ale mi prochu nie wiem, czy na dwa razy stanie, a nie chciałbym służyć za marcepan na wilczym weselu. Słyszysz waćpanna – znowu!

Wycie istotnie rozległo się znowu i zdawało się bliższym.

– Wstawaj, detyno! – rzekł dziad. – A nie możesz iść, to cię poniosę. Cóż robić! Widzę, że zanadto polubiłem waćpannę, ale to pewnie dlatego, że żyjąc w stanie bezżennym, własnych prawych potomków zostawić nie mogłem, a jeśli mam nieprawe, to są bisurmanami, bom w Turczech długo przebywał. Na mnie też kończy się ród Zagłobów herbu Wczele. Waćpanna się starością moją zaopiekujesz, ale teraz wstawaj albo-li siadaj mi na plecy, na barana.

– Nogi mi tak ociężały, że już i ruszyć się nie mogę.

– A chwaliłaś się waćpanna swoją siłą! Ale cicho no! cicho! Jak mi Bóg miły, tak słyszę szczekanie psów. Tak jest, to psi, nie wilcy. Tedy niedaleko musi być Demianówka, o której mnie dziad powiadał. Chwała bądź Bogu najwyższemu! Jużem myślał, czyby ognia nie napalić od wilków, ale byśmy się pewnie pospali, bośmy oboje znużeni. Tak jest, to psi. Słyszysz?

– Chodźmy – rzekła Helena, której nagle sił przybyło.

Jakoż zaledwie wyszli z lasu, pokazały się o kilka stajań ognie licznych chat. Dojrzeli także trzy kopułki cerkwi pobite świeżymi gontami, które świeciły jeszcze w pomroce od ostatnich blasków zorzy wieczornej. Szczekanie psów dochodziło coraz wyraźniej.

– Tak jest, to Demianówka, nie może być nic innego – rzekł pan Zagłoba.

– Dziadów wszędy chętnie przyjmują, może zdarzy się i nocleg, i wieczerza, a może dobrzy ludzie dalej podwiozą. Czekajże waćpanna, to jest książęca wieś, więc pewnie i podstarości w niej mieszka. I spoczniem, i wieści zasięgniem. Książę już musi być w drodze. Może poratowanie prędzej się zdarzy, niż się waćpanna spodziewasz! Ale! pamiętajże, żeś niemowa. Zaczynam już w piętkę gonić, gdyż kazałem ci się zwać Onufrym, a skoro jesteś niemową, nie możesz mnie nijak nazywać. Ja sam będę gadał za ciebie i za siebie, a chwalić Boga, po chłopsku tak dobrze mówię jak i po łacinie. Dalej, dalej! Ot! już i pierwsze chaty niedaleko. Mój Boże! kiedyż się już skończy nasze tułactwo! Żebyśmy choć piwa grzanego mogli dostać, chwaliłbym Pana Boga i za to.

Pan Zagłoba umilkł i przez czas niejaki szli cicho koło siebie. Po czym znów mówić począł:

– Pamiętajże waćpanna, żeś niemowa. Gdy cię ktoś o co spyta, zaraz mu pokaż na mnie i rzeknij: „Hum, hum, hum! nija, nija!" Waćpanna, uważałem, wiele masz roztropności, a to przecie o naszą skórę chodzi. Chybabyśmy przypadkiem na hetmańskie albo książęce chorągwie trafili, wtedy zaraz ogłosimy, kto jesteśmy, zwłaszcza jeśli się znajdzie oficer grzeczny i pana Skrzetuskiego znajomy. Prawda, żeś to waćpanna pod opieką książęcą, tedy nie masz się czego żołnierzów obawiać. O! a to co za ogniska tam w dołku buchają? Aha, kują, to kuźnia! Ale widzę i ludzi przy niej niemało, pójdźmy tam.

Istotnie, w rozpadlinie stanowiącej przedsionek jaru stała kuźnia, z której komina sypały się snopy i kłęby złotych iskier, a przez otwarte drzwi i przez liczne dziury wiercone w ścianach buchało jaskrawe światło przesłaniane chwilami przez ciemne postacie kręcące się we wnętrzu. Na zewnątrz, przed kuźnią, widać było także w pomroce nocnej kilkadziesiąt postaci stojących kupkami. Młoty w kuźnicy biły w takt, aż echo rozlegało się dokoła, a odgłos ten mieszał się ze śpiewami przed kuźnią, z gwarem rozmów, ze szczekaniem psów. Widząc to wszystko pan Zagłoba skręcił zaraz w ów jar, zabrząknął w lirę i począł śpiewać:

> Ej, tam na hori
> Żenci żnut',
> A popid horoju,
> Popid zełenoju,
> Kozaki idut'.

Tak śpiewając zbliżył się do gromady ludzi stojących przed kuźnią. Rozejrzał się: byli to chłopi, po większej części pijani. Prawie wszyscy trzymali w ręku drągi. Na niektórych z tych drągów widniały kosy poobsadzane sztorcem i ostrza spis. Kowale w kuźni pracowali właśnie nad wyrobem tych ostrz i odginaniem kos.

268

– Ej, did! did! – poczęto wołać w gromadzie.

– Sława Bohu! – rzekł pan Zagłoba.

– Na wiki wikiw.

– Skażyte ditki, wże je Demianiwka?

– Demianiwka. Abo szczo?

– Bo mnie po drodze mówili – ciągnął dalej dziad – że tu dobrzy ludzie mieszkają, co dziada przygarną, nakarmią, napoją, przenocują i hroszi dadut. Ja stary, daleką drogę odbył, a chłopiec to już dalej krokiem nie może. On biedny, niemowa, mnie starego prowadzi, bo nie widzę, ślepiec ja nieszczęsny. Bóg was pobłogosławi, dobrzy ludzie, i święty Mikołaj cudotwórca pobłogosławi, i święty Onufrij pobłogosławi. W jednym oku trochę mi światła bożego zostało; a drugie ciemne na wieki; tak z teorbanem chodzę, pieśni śpiewam i żyję jak ptaki, tym co z rąk dobrych ludzi spadnie.

– A skąd wy, didu?

– Oj, z daleka, z daleka! Ale pozwólcie spocząć, bo widzę, pod kuźnią jest ława. Siadaj i ty, nieboże – mówił dalej, ukazując ławkę Helenie. – My aż znad Ladawy, dobrzy ludzie. Ale z domu dawno, dawno wyszli, a teraz z Browarków, z odpustu idziemy.

– A co tam słyszeli dobrego? – pytał stary chłop z kosą w ręku.

– Słyszeli, słyszeli, ale czy co dobrego, nie wiemy. Ludzi tam naschodziło się mnogo. O Chmielnickim mówili, że hetmańskiego syna i jego łycariw zwojował. Słyszeli także, że na ruskim brzegu chłopi na panów się podnoszą.

Gromada otoczyła zaraz Zagłobę, który siedząc obok kniaziówny, od czasu do czasu w struny liry uderzał.

– To wy, ojcze, słyszeli, że się podnoszą?

– A jakże. Nieszczęśliwa bo nasza chłopska dola!

– Ale mówią, że koniec będzie?

– W Kijowie pismo od Chrysta na ołtarzu znaleźli, że będzie wojna straszna i okrutna i wielkie krwi przelanie na całej Ukrainie.

Półkole otaczające ławę, na której siedział pan Zagłoba, ścieśniło się jeszcze bardziej.

– Mówicie, że pismo było?

– Było, jako żywo! O wojnie, o krwi przelaniu... Ale nie mogę mówić więcej, bo mi staremu, biednemu, w gardle już zaschło.

– Macie, ojcze, miarkę gorzałki, a mówcie, coście na świecie słyszeli. Wiemy i my, że dziady wszędy bywają i wszystko znajut. Bywały już u nas, taj kazały, szczo na paniw przyjdzie od Chmiela czarna godzina. No, tak my kosy i spisy kazali sobie robić, aby nie byli ostatni, ale teraz nie wiemy, zaczynać-li już czy pisma od Chmiela czekać.

Zagłoba wychylił miarkę, posmakował, potem pomyślał chwilę i rzekł:

– A kto wam mówi, że czas zaczynać?

– My sami chcemy.

– Zaczynać! zaczynać! – ozwały się liczne głosy. – Koły Zaporożci paniw pobyły, tak zaczynać!

Kosy i spisy zatrzęsły się w krzepkich rękach i wydały brzęk złowrogi.

Potem nastała chwila milczenia, jeno młoty w kuźnicy biły. Przyszli rezunowie czekali, co powie did. Dziad myślał, myślał, wreszcie spytał:

– Czyi wy ludzie?

– My kniazia Jaremy.

– A kogóż wy będziecie rizaty?

Chłopi spojrzeli po sobie.

– Jego? – spytał dziad.

– Ne zderżymo...

– Oj, ne zderżyte, ditki, ne zderżyte. Bywał ja i w Łubniach i widział kniazia na własne oczy. Straszny on! Kiedy krzyknie, drzewa drżą w lesie, a jak nogą tupnie, jar się robi. Jego i korol boitsia, i hetmany słuchają, i wszyscy się jego boją. A wojska więcej u niego niż u chana i u sułtana. Ne zderżyte, ditki, ne zderżyte. Nie wy jego poszukacie, ale on was poszuka. A jeszcze tego nie wiecie, co ja wiem, że jemu wszystkie Lachy przyjdą w pomoc, a to znajte: szczo Lach, to szabla!

Ponure milczenie zapanowało w gromadzie; dziad brząknął znów w teorban i mówił dalej, podniósłszy twarz ku księżycowi:

– Idzie kniaź, idzie, a przy nim tyle krasnych kit i chorągwi, ile gwiazd na niebie, a bodiaków na stepie. Leci przed nim wiater i jęczy, a znajete, ditki, dlaczego on jęczy? Nad waszą dolą on jęczy. Leci przed nim śmierć-matka z kosą i dzwoni, a wiecie, dlaczego dzwoni? Na wasze szyje dzwoni.

– Hospody, pomyłuj! – ozwały się ciche, przerażone głosy.

I znowu słychać było tylko bicie młotów.

– Kto tu kniaziowy komysar? – pytał dziad.

– Pan Gdeszyński.

– A gdzie on?

– Uciekł.

– A czemu on uciekł?

– Bo słyszał, że dla nas spisy taj kosy kują, tak się przeląkł i uciekł.

– Tym gorzej, bo on o was kniaziowi doniesie.

– Coś ty, didu, kraczesz jak kruk! – rzekł stary chłop. – A tak my i wierzymy, że na paniw czarna godzina nadchodzi. I nie będzie ich ani na ruskim, ani na tatarskim brzegu, ni panów, ni kniaziów, tylko Kozaki, wolni ludzie będą – i nie będzie ni czynszu, ni czopowego, ni suchomielszczyzny, ni przewozowego, i nie będzie Żydów, bo tak stoi w piśmie od Chrystusa, o którym ty sam powiadał. A Chmiel taki, jak i kniaź mocny. Naj sia poprobujut.

– Dajże mu Boże! – mówił did. – Ciężka nasza chłopska dola, a dawniej inaczej bywało.

– Czyja ziemia? kniazia; czyj step? kniazia; czyj las? czyje stada? kniazia; a dawniej był boży las, boży step; kto przyszedł pierwszy, to wziął i nikomu nie był powinien. Teraz wsio paniw a kniaziej...

– Dobra wasza, ditki – rzekł dziad – ale ja wam jedną rzecz powiem. Sami wiecie, że tu kniaziowi nie zdzierżycie, więc oto, co powiem: kto chce paniw rizaty, niech się tu nie ostaje, póki się Chmiel z kniaziem nie popróbuje, ale niech do Chmiela ucieka – i to zaraz jutro, bo kniaź już w drodze. Jeśli jego pan Gdeszyński do Demianówki namówi, to nie będzie on kniaź was tu żywił, ale do ostatniego wybije – tak wy do Chmiela uciekajcie. Im was więcej tam będzie, tym Chmiel łatwiej sobie poradzi. O! a ciężką on ma przed sobą robotę. Hetmany naprzód i wojsk koronnych bez liku, a potem kniaź od hetmanów mocniejszy. Lećcie wy, ditki, pomagać Chmielowi i Zaporożcom, bo oni, nieborzęta, nie wydzierżą – a przecie za waszą to oni swobodę i za wasze dobro z panami się biją. Lećcie, to się i przed kniaziem ocalicie, i Chmielowi pomożecie.

– Wże prawdu każe! – ozwały się głosy w gromadzie.

– Dobrze mówi.

– Mudryj did!

– To ty widział kniazia w drodze?

– Widzieć, nie widziałem, alem w Browarkach słyszał, że już ruszył z Łubniów; pali i ścina, gdzie jedną spisę znajdzie: ziemię i niebo zostawia.

– Hospody pomyłuj!

– A gdzie nam Chmiela szukać?

– Po to ja tu, ditki, przyszedł, żeby wam powiedzieć, gdzie Chmiela szukać. Pójdźcie wy, dzieci, do Zołotonoszy, a potem do Trechtymirowa pójdziecie i tam już Chmiel będzie na was czekał, tam się też ze wszystkich wsiów, sadyb i chutorów ludzie zbiorą, tam i Tatary przyjdą, bo inaczej kniaź wszystkim wam by po ziemi, po matce, chodzić nie dał.

– A wy, ojcze, pójdziecie z nami?

– Pójść, nie pójdę, bo stare nogi ziemia już ciągnie. Ale mnie telegę zaprzężcie, taj pojadę z wami. A przed Zołotonoszą pójdę naprzód zobaczyć, czy tam pańskich żołnirów nie ma. Jak będą, to ominiemy i prosto na Trechtymirów pociągniem. Tam już kozacki kraj. A teraz mnie jeść i pić dajcie, bom ja stary głodny i pachołek mój głodny. Jutro rano ruszymy, a po drodze o panu Potockim i o kniaziu Jaremie wam zaśpiewam. Oj, srogie to lwy! Wielkie będzie przelanie krwi na Ukrainie, niebo czerwieni się okrutnie, a i miesiąc jakoby we krwi pływa. Proście wy, ditki, zmiłowania boże-

272

go, bo niejednemu nie chodzić już długo po bożym świecie. Słyszał ja też, że upiory z mogił wstają i wyją.

Jakiś przestrach ogarnął zgromadzone chłopstwo. Mimo woli zaczęli się oglądać i żegnać, i szeptać między sobą. Na koniec jeden wykrzyknął:

– Do Zołotonoszy!

– Do Zołotonoszy! – powtórzyli wszyscy, jakby tam właśnie była ucieczka i ocalenie.

– W Trechtymirów!

– Na pohybel Lachom i panom!

Nagle młody jakiś kozaczek wystąpił naprzód, potrząsnął spisą i krzyknął:

– Bat'ki! a kiedy jutro do Zołotonoszy idziem, to dziś chodźmy na komisarski dwór!

– Na komisarski dwór! – krzyknęło od razu kilkadziesiąt głosów.

– Spalić! dobro zabrać!

Ale dziad, który dotąd głowę miał spuszczoną na piersi, podniósł ją i rzekł:

– Ej, ditki, nie chodźcie wy na komisarski dwór i nie palcie go, bo będzie łycho. Kniaź tu może gdzie blisko z wojskiem krąży; łunę zobaczy, to przyjdzie i będzie łycho. Lepiej wy mnie jeść dajcie i nocleg pokażcie. Siedzieć wam cicho, nie hulaty po pasikam.

– Prawdu każe! – odezwało się kilka głosów.

– Prawdu każe, a ty, Maksym, durny!

– Chodźcie, ojcze, do mnie na chleb i sól, i na miodu kwaterkę, a podjecie, to pójdziecie spać na siano do odryny – rzekł stary chłop zwracając się do dziada.

Zagłoba wstał i pociągnął Helenę za rękaw świtki. Kniaziówna spała.

– Zmordowało się pacholę, to choć i przy młotach usnęło – rzekł pan Zagłoba.

A w duszy pomyślał sobie:

„O słodka niewinności, która wśród spis i nożów spać możesz! Widać, anieli niebiescy cię strzegą, a przy tobie i mnie ustrzegą."

Zbudził ją i poszli ku wsi, która leżała nieco opodal. Noc była pogodna, cicha – goniło ich echo bijących młotów. Stary chłop szedł naprzód, by drogę w ciemnościach pokazać, a pan Zagłoba udając, że pacierz odmawia, mruczał monotonnym głosem:

– O hospody Boże, pomyłuj nas hrisznych...Widzisz waćpanna!... Świataja-Preczystaja... Cóż byśmy zrobili nie mając chłopskiego przebrania?... Jako wże na zemli i dosza ku nebesech... Jeść dostaniemy, a jutro pojedziemy ku Zołotonoszy miasto iść piechotą... Amin, amin, amin... Można się spodziewać, że Bohun trafi tu naszym śladem, bo go nie oszukają nasze fortele... Amin, amin!... Ale już będzie za późno, bo w Prochorówce Dniepr przejedziemy, a tam już moc hetmańska... Diawoł błahougodnyku ne straszen. Amin... Tu za parę dni kraj będzie w ogniu, niech tylko książę za Dniepr ruszy... Amin... Żeby ich czarna śmierć wydusiła, niech im kat świeci... Słyszysz no waćpanna, jako tam wyją pod kuźnią? Amin... Ciężkie na nas przyszły terminy, ale kpem jestem, jeśli waćpanny z nich nie wydobędę, choćbyśmy mieli do samej Warszawy uciekać.

– A co tam mruczycie, ojcze? – pytał chłop.

– Nic, modlę się za wasze zdrowie. Amin, amin...

– A ot, i moja chata...

– Sława Bohu.

– Na wiki wikiw.

– Proszę na chleb-sól.

– Bóg nagrodzi.

W kilka chwil później dziad pokrzepiał się silnie baraniną popijając obficie miodem, a nazajutrz rano ruszył wraz z pacholęciem wygodną telegą ku Zołotonoszy, eskortowany przez kilkudziesięciu konnych chłopów zbrojnych w spisy i kosy.

Jechali na Kawrajec, Czarnobaj i Kropiwnę. Po drodze widzieli, że wrzało już wszystko. Chłopi wszędzie zbroili się, kuźnice po jarach pracowały od rana do nocy i tylko straszna potęga, straszne imię księcia Jeremiego wstrzymywało jeszcze krwawy wybuch.

Tymczasem za Dnieprem burza rozszalała się z całą wściekłością. Wieść o klęsce korsuńskiej rozbiegła się lotem błyskawicy po całej Rusi, więc zrywał się, kto żył.

XXI

Bohuna znaleźli semenowie następnego rana po ucieczce Zagłoby na wpół zduszonego w żupanie, w który pan Zagłoba go obwinął, ale że ran nie miał ciężkich, wkrótce przyszedł do przytomności. Przypomniawszy sobie wszystko, co się stało, wpadł we wściekłość, ryczał jak dziki zwierz, krwawił ręce na własnym krwawym łbie i nożem godził w ludzi, tak że semenowie nie śmieli do niego przystąpić. Wreszcie nie mogąc się jeszcze na kulbace utrzymać, kazał przywiązać między dwa konie kolebkę żydowską i wsiadłszy w nią, pognał jak szalony w stronę Łubniów, sądząc, że tam udali się zbiegowie. Leżąc tedy w betach żydowskich, w puchu i własnej krwi, rwał stepem jak upiór, który przed brzaskiem rannym do mogiły ucieka, a za nim pędzili wierni semenowie w tej myśli, że na oczywistą śmierć pędzą. Lecieli tak aż do Wasiłówki, w której stało na załodze sto piechoty węgierskiej, książęcej. Dziki watażka, jakby mu życie zbrzydło, uderzył na nią bez wahania, sam pierwszy rzucił się w ogień i po kilkugodzinnej walce wyciął ją w pień z wyjątkiem kilku żołnierzy, których oszczędził, aby mękami zeznania z nich wydobyć. Dowiedziawszy się od nich, że żaden szlachcic nie uciekał tą stroną z dziewczyną, sam nie wiedział, co począć, i darł na sobie bandaże z bólu. Iść dalej było już niepodobieństwem, gdyż wszędzie ku Łubniom stały pułki książęce, które mieszkańcy zbiegli w czasie bitwy z Wasiłówki musieli już ostrzec o napaści. Porwali więc wierni semenowie osłabłego z wściekłości atamana i prowadzili nazad do Rozłogów. Wróciwszy nie zastali już i śladów ze dworu, bo go chłopi miejscowi zrabowali i spalili wraz z kniaziem Wasylem, sądząc, że w razie gdyby się kniaziowie albo książę Jeremi mścić chcieli, z łatwością zwalą winę na Kozaków i Bohuna. Spalono przy tym wszystkie zabudowania, wycięto sad wiśniowy, wybito wszystką czeladź, bo chłopstwo mściło się bez litości za twarde rządy i ucisk, jakiego od Kurcewiczów doznawało. Zaraz za Rozłogami wpadł w ręce Bohuna Pleśniewski, który od Czehryna z wieścią o klęsce żółtowodzkiej jechał. Ten pytany, dokąd i z czym jedzie, gdy plątał się i nie dawał jasnych odpowiedzi, wpadł w podejrzenie, a przypieczony ogniem, wyśpiewał, co wiedział i o klęsce, i o panu Zagłobie, którego poprzedzającego dnia spotkał. Uradowany watażka odetchnął. Powiesiwszy Pleśniewskiego puścił się dalej, już prawie pewny, że mu Zagłoba nie ujdzie. Jakoż czabanowie dostarczyli nowych wskazówek, ale za to za brodem wszelkie ślady jak w wodę wpadły. Na dziada obdartego przez pana Zagłobę ataman nie mógł się natknąć, bo ten posunął się już niżej z biegiem Kahamliku i zresztą tak był przerażony, że krył się jak lis w oczeretach.

Tymczasem upłynęły znowu dzień i noc, a że pościg w stronę Wasiłówki zajął również ze dwa dni, Zagłoba miał więc ogromny czas za sobą. Co tedy było robić?

W tym trudnym razie przyszedł Bohunowi z radą i pomocą esauł, stary wilk stepowy, przyzwyczajony od młodości do tropienia Tatarów w Dzikich Polach.

– Bat'ku – rzekł – uciekali oni do Czehryna i mądrze uciekali, bo zyskali na czasie – ale gdy się o Chmielu i żółtowodzkiej batalii od Pleśniewskiego dowiedzieli, zmienili drogę. Ty, bat'ku, sam widział, że zjechali z gościńca i w bok się rzucili.

– W step?

– W stepie ja by ich, bat'ku, znalazł, ale oni poszli ku Dnieprowi, by się do hetmanów dostać, więc poszli albo na Czerkasy, albo na Zołotonoszę i Prochorówkę... a jeśli i ku Perejasławiu poszli, chociaż nie dumaju, to i tak ich znajdziemy. Nam by, bat'ku, trzeba jednemu do Czerkas, drugiemu do Zołotonoszy na czumacką drogę

– i prędko, bo jak się przez Dniepr przeprawią, to do hetmanów zdążą albo ich Tatary Chmielnickiego ogarną.

– Ruszajże ty do Zołotonoszy, ja do Czerkas pociągnę.

– Dobrze, baťku.

– A pilnuj dobrze, bo to chytry lis.

– Oj, i ja chytry, baťku.

Tak ułożywszy plan pogoni, skręcili natychmiast, jeden ku Czerkasom, drugi wyżej, ku Zołotonoszy. Wieczorem tegoż samego dnia stary esauł Anton dotarł do Demianówki.

Wieś była pusta, zostały tylko same baby, gdyż wszyscy mężczyźni ruszyli za Dniepr do Chmielnickiego. Widząc zbrojnych, a nie wiedząc, kto by byli, baby pokryły się po strzechach i stodołach. Anton długo musiał szukać, nim odnalazł staruszkę, która nie obawiała się już niczego, nawet i Tatarów.

– A gdzie chłopy, matko? – pytał Anton.

– A czy ja wiem! – odparła ukazując żółte zęby.

– My Kozaki, matko, nie bójcie się, my nie od Lachiw.

– Lachiw?... szczob ich łycho!

– Wy nam życzycie?... prawda?

– Wam? – Starucha zastanowiła się chwilę. – A was szczoby bolaczka!

Anton nie wiedział, co ma począć, gdy nagle drzwi jednej chaty skrzypnęły i młodsza, ładna kobieta wyszła na podwórko.

– Ej, mołojcy, słyszała ja, szczo wy ne Lachy.

– Tak jest.

– A wy od Chmiela?

– Tak jest.

– Ne od Lachiw?

– Ni.

– A czego wy o chłopów pytali?

– Ot, tak pytali, czy już poszli.

– Poszli, poszli!

– Sława Bohu! A powiedz no, mołodycio, nie uciekał tu tędy jeden szlachcic, Lach przeklęty, z córką?

– Szlachcic? Lach? ja nie baczyła.

– Nikogo tu nie było?

– Buw did. On chłopów namówił, żeby do Chmiela, do Zołotonoszy poszli, bo mówił, że tu kniaź Jarema przyjdzie.

– Gdzie?

– A tutki. A potem do Zołotonoszy ma ciągnąć, to mówił did.

– I did namówił chłopów do buntu?

– A did.

– A sam był?

– Nie. Z niemową.

– A jak wyglądał?

– Kto ?

– Did.

– Oj, stary, stareńki, na lirze grał i na paniw płakał. Ale ja jego nie
widziała.

– I on chłopów do buntu namawiał? – pytał raz jeszcze Anton.

– A on.

– Hm! ostańcie z Bogiem, mołodycio.

– Jedźcie z Bogiem.

Anton zastanowił się głęboko. Gdyby ten dziad był przebranym Zagłobą, dlaczego by, u licha, chłopów do Chmielnickiego namawiał?
Zresztą skąd by przebrania wziął? Gdzie by koni zbył? Uciekał przecie
konno. Ale przede wszystkim dlaczego by chłopów do buntu namawiał
i o przyjściu księcia ich ostrzegał? Szlachcic by nie ostrzegał i przede
wszystkim sam się pod moc książęcą schronił. A jeśli książę idzie do
Zołotonoszy, w czym nie masz nic niepodobnego, to za Wasiłówkę
niezawodnie zapłaci. Tu Anton wzdrygnął się, bo nagle kół nowy we
wrotach wydał mu się kubek w kubek do pala podobny.

– Nie! Ten dziad to był tylko dziad i nic więcej. Nie ma co gonić
do Zołotonoszy, chyba uciekać w tamtą stronę.

Ale uciekłszy, co dalej robić? Czekać – to książę może nadejść; iść
do Prochorówki i za Dniepr się przeprawić – to znaczy na hetmanów wpaść.

Staremu wilkowi stepowemu stało się jakoś ciasno na szerokich stepach. Uczuł także, że wilkiem będąc, na lisa w panu Zagłobie trafił.

Nagle uderzył się w czoło.

A czemu ten did chłopów powiódł do Zołotonoszy, za którą była Prochorówka, a za nią, za Dnieprem, hetmani i cały obóz koronny?

Anton postanowił bądź co bądź jechać do Prochorówki.

Jeśli przybywszy na brzeg usłyszy, iż po drugiej stronie stoją wojska hetmańskie, to się nie będzie przeprawiał, jeno w dół rzeki pójdzie i naprzeciw Czerkas z Bohunem się połączy. Zresztą wieści o Chmielnickim po drodze zasięgnie. Antonowi było już wiadomo z relacji Pleśniewskiego, że Chmielnicki Czehryn zajął, że Krzywonosa już na hetmanów wysłał, a sam z Tuhaj-bejem zaraz miał ruszyć za nim. Anton więc, jako żołnierz doświadczony i położenie miejsc dobrze znający, pewien był, iż bitwa musiała być już stoczona. W takim razie należało wiedzieć, czego się trzymać. Jeśli Chmielnicki był pobity, tedy wojska hetmańskie rozlały się w pogoni po całym Podnieprzu i w takim razie Zagłoby nie ma co już szukać. Ale jeśli Chmielnicki pobił?... Co prawda, Anton nie bardzo w to wierzył. Łatwiej pobić syna hetmańskiego jak hetmana; łatwiej podjazd jak całe wojsko.

„Et – myślał stary Kozak – nasz ataman lepiej by zrobił, żeby o własnej skórze, nie o dziewczynie myślał. Pod Czehrynem można by się przez Dniepr przeprawić; a stamtąd, póki czas, na Sicz umknąć. Tu, między księciem Jaremą a hetmanami, ciężko mu teraz będzie usiedzieć."

Tak rozmyślając posuwał się szybko wraz ze swymi semenami w kierunku Suły, którą przebyć zaraz za Demianówką musiał, chcąc do Prochorówki się dostać. Dojechali do Mohylnej, nad samą rzeką leżącej. Tu los posłużył Antonowi, bo jakkolwiek Mohylna, również jak i Demianówka była pusta, zastał jednak promy gotowe i przewoźników, którzy przeprawiali chłopstwo uciekające ku Dnieprowi. Zadnieprze nie śmiało samo pod ręką książęcą powstać, ale za to ze wszystkich wsi, osad i słobód chłopstwo uciekało, by się z Chmielnickim połączyć i pod jego znaki zaciągnąć. Wieść o zwycięstwie Zaporoża pod Żółtymi Wodami przeleciała jak ptak przez całe Zadnieprze. Dziki lud nie mógł usiedzieć spokojnie, chociaż tam właśnie żadnych prawie ucisków nie doznawał, bo jako się rzekło, książę, niemiłosierny dla buntów, był prawdziwym ojcem spokojnych osiedleńców, komisarze zaś jego bali się czynić krzywd powierzonemu sobie ludowi. Ale lud ten, niedawno ze zbójców w rolników zmieniony, przykrzył sobie prawo, surowość rządów i porządek, uciekał więc tam, kędy nadzieja dzikiej swobody zabłysła. W wielu wioskach uciekły do Chmielnickiego nawet i baby. W Czabanówce i w Wysokiem wyszła cała ludność spaliwszy za sobą chaty, aby nie było gdzie wracać. W tych wioskach, w których zostało jeszcze trochę ludu, zbrojono się na gwałt.

Anton począł wypytywać zaraz przewoźników, czyliby wieści z Zadnieprza nie mieli. Wieści były, ale sprzeczne, pomieszane, niejasne. Mówiono, że Chmiel bije się z hetmany; lecz jedni twierdzili, że pobit, drudzy, że zwycięski. Jakiś chłop uciekający ku Demianówce mówił, że hetmani wzięci w niewolę. Przewoźnicy podejrzewali, że to szlachcic przebrany, ale nie śmieli go zatrzymać, bo słyszeli także, że książęce wojska niedaleko. Jakoż strach mnożył wszędzie liczbę wojsk książęcych i czynił z nich wszędobylskie zastępy, gdyż pewno nie było w tej chwili ani jednej wioski na całym Zadnieprzu, w której by nie mówiono, że książę tuż, tuż. Anton spostrzegł, że wszędzie biorą jego oddział za podjazd kniazia Jaremy.

Ale wnet uspokoił przewoźników i począł ich wypytywać o chłopów demianowskich.

– A jakże. Byli, my ich przeprawili na drugą stronę – rzekł przewoźnik.

– A dziad był z nimi?

– Był.

– I niemowa z dziadem? małe pacholę?

– Jako żywo.

– Jak wyglądał dziad?

– Niestary, gruby, oczy miał jak u ryby, na jednym bielmo.

– To on! – mruknął Anton i pytał dalej: – A pacholę?

– Oj! otcze atamane! każe prosto cheruwym. Takoho my i ne baczyły.

Tymczasem dopłynęli do brzegu.

Anton wiedział już, czego się trzymać.

– Ej! przywieziemy mołodycię atamanowi – mruczał sam do siebie.

Potem zwrócił się do semenów:

– W konie.

Pomknęli jak stado spłoszonych dropiów, choć droga była trudna, bo kraj w jary popękany. Ale wjechali w jeden wielki, na którego dnie przy krynicy był jakoby gościniec przez naturę uczyniony. Jar szedł aż do Kawrajca, lecieli więc kilkadziesiąt stajań bez wypoczynku, a Anton na najlepszym koniu naprzód. Już było widać szerokie ujście jaru, gdy nagle Anton osadził konia, aż mu zadnie kopyta zazgrzytały na kamieniach.

– Szczo ce?

Ujście zaćmiło się nagle ludźmi i końmi. Jakaś jazda wchodziła w parów i formowała się szóstkami. Było ich ze trzysta koni. Anton spojrzał i lubo stary był wojownik, wszelkich niebezpieczeństw zwyczajny, przecie serce zadygotało mu w piersi, a na lice wystąpiła bladość śmiertelna.

Poznał dragonów księcia Jeremiego.

Uciekać było za późno, ledwie dwieście kroków dzieliło zastęp Antona od dragonów, a zmęczone konie semenów nie uszłyby daleko przed pogonią. Tamci też dostrzegłszy ich puścili się z miejsca rysią. Po chwili otoczono semenów ze wszystkich stron.

– Co wy za ludzie? – spytał groźno porucznik.

– Bohunowi! – rzekł Anton widząc, że trzeba prawdę mówić, bo sama barwa zdradzi. Ale poznawszy porucznika, którego widywał w Perejasławiu, wykrzyknął zaraz z udaną radością:

– Pan porucznik Kuszel! Sława Bohu!

– A to ty, Anton! – rzekł porucznik przyjrzawszy się esaułowi. – Co wy tu robicie? Gdzie wasz ataman?

– Każe, pane, hetman wielki wysłał naszego atamana do księcia wojewody prosząc o pomoc, tak ataman pojechał do Łubniów, a nam tu kazał włóczyć się po wsiach, by zbiegów łapać.

Anton łgał jak najęty, ale ufał w to, że skoro chorągiew dragońska idzie od strony Dniepru, nie może przeto jeszcze wiedzieć ani o napaści na Rozłogi, ani o bitwie pod Wasiłówką, ani o żadnych imprezach Bohunowych.

Wszelako porucznik rzekł:

– Rzekłby kto, do rebelii chcecie się przekraść.

– Ej! pane poruczniku – rzekł Anton – żeby my chcieli do Chmiela, tak by my nie byli z tej strony Dniepru.

– Prawda jest – rzecze Kuszel – prawda oczywista, której ci nie mogę negować. Ale ataman nie zastanie księcia wojewody w Łubniach.

– O! a gdzież kniaź?

– Był w Przyłuce. Może dopiero wczoraj do Łubniów ruszył.

– To i szkoda. Ataman ma pismo od hetmana do kniazia, a z przeproszeniem waszej miłości, czy to wasza miłość z Zołotonoszy wojsko prowadzi?

– Nie. My stali w Kalenkach, a teraz dostali rozkaz, jak i wszystko wojsko, żeby do Łubniów ściągać, skąd książę całą potęgą wyruszy. A wy dokąd idziecie?

– Do Prochorówki, bo tam chłopstwo się przeprawia.

– Dużo już uciekło?

– Oj, bahato! bahato!

– No, to jedźcie z Bogiem.

– Dziękujemy pokornie waszej miłości. Niech Bóg prowadzi.

Dragoni rozstąpili się i poczet Antona wyjechał spośród nich ku ujściu jaru. Minąwszy ujście Anton stanął i słuchał pilnie, a gdy już dragoni zniknęli mu z oczu i ostatnie echa po nich przebrzmiały, zwrócił się do swoich semenów i rzekł:

– Wiecie, durnie, że gdyby nie ja, to by wy za trzy dni na palach w Łubniach pozdychali. A teraz w konie, choćby ostatni dech z nich wyprzeć!

I ruszyli z kopyta.

„Dobra nasza! – myślał Anton – podwójnie dobra nasza: raz, żeśmy skórę całą unieśli, a po wtóre, że ci dragoni nie szli z Zołotonoszy i że Zagłoba minął się z nimi, bo gdyby ich był napotkał, tedy byłby już przed wszelką pogonią bezpieczny."

Jakoż istotnie był to termin dla pana Zagłoby nader niepomyślny, w którym fortuna zgoła mu nie dopisała, że się nie natknął na pana Kuszla i jego chorągiewkę, gdyż byłby od razu ocalony i wolen od wszelkiej obawy.

Tymczasem w Prochorówce uderzyła w niego jak piorun wieść o klęsce korsuńskiej. Już po drodze do Zołotonoszy po wsiach i chutorach chodziły słuchy o wielkiej bitwie, nawet o zwycięstwie Chmiela, ale pan Zagłoba nie dawał im wiary, wiedział bowiem z doświadczenia, że między ludem wieść każda rośnie i rośnie do niebywałych rozmiarów i że zwłaszcza o przewagach kozackich lud ten chętnie cuda sobie opowiada. Ale w Prochorówce trudno było już dłużej wątpić. Prawda straszna i złowroga biła obuchem w głowę. Chmiel tryumfował, wojsko koronne było zniesione, hetmani w niewoli, cała Ukraina w ogniu.

Pan Zagłoba w pierwszej chwili stracił głowę. Był bowiem w strasznym położeniu. Fortuna nie dopisała mu i po drodze, bo w Zołotonoszy nie znalazł żadnej załogi. Miasto wrzało przeciw Lachom, a stara forteczka była opuszczona. Nie wątpił on ani chwili, że Bohun szuka go i że prędzej czy później trafi na jego ślady. Kluczył wprawdzie szlachcic jak ścigany szarak, ale znał na wylot ogara, który go ścigał, i wiedział, że ogar ten nie da się zbić z tropu. Miał więc pan Zagłoba poza sobą Bohuna, przed sobą morze chłopskiego buntu, rzezie, pożogi, zagony tatarskie, tłumy rozbestwione.

Uciekać w takim położeniu było to zadanie prawie niepodobne do spełnienia, zwłaszcza uciekać z dziewczyną, która, lubo przebrana za dziadowskie pacholę, zwracała wszędy uwagę swoją nadzwyczajną pięknością.

Zaiste, było od czego głowę stracić.

Ale pan Zagłoba nigdy na długo jej nie tracił. Wśród największego zamętu w mózgownicy widział doskonale to jedno, a raczej czuł najwyraźniej, że Bohuna boi się sto razy więcej jak ognia, wody, buntu, rzezi i samego Chmielnickiego. Na samą myśl, że mógłby dostać się w ręce strasznego wataźki, skóra na panu Zagłobie cierpła. „Ten by mi dał łupnia! – powtarzał sobie co chwila. – A tu przede mną morze buntu!"

Pozostawał jeden sposób ocalenia: porzucić Helenę i zostawić ją na bożej woli, ale tego pan Zagłoba uczynić nie chciał.

– Nie może być – mówił do niej – musiałaś mi waćpanna czegoś zadać, co będzie miało ten skutek, że mi przez waćpannę skórę na jaszczur wyprawią.

Ale porzucić jej nie chciał i do głowy nawet nie dopuszczał tej myśli. Cóż więc miał robić?

„Ha! – myślał – księcia szukać nie czas! Przede mną morze, więc dam nurka w ono morze, przynajmniej się skryję, a Bóg da, to i na drugi brzeg przepłynę."

I postanowił przeprawić się na prawy brzeg Dnieprowy.

Ale w Prochorówce nie było to rzeczą łatwą. Pan Mikołaj Potocki pozabierał jeszcze dla Krzeczowskiego i wyprawionych z nim wojsk wszystkie dumbasy, szuhaleje, promy, czajki i pidjizdki, to jest mniejsze czółna i łodzie, począwszy od Perejasławia aż do Czehryna. W Prochorówce był tylko jeden dziurawy prom. Na ten prom czekały tysiące ludzi zbiegłych z okolicznego Zadnieprza. W całej wiosce zajęte były wszystkie chaty, obory, stodoły, chlewy, i drożyzna niesłychana. Pan Zagłoba naprawdę musiał lirą a pieśnią na kawałek chleba zarabiać. Przez całą dobę nie mogli się przeprawić, bo prom zepsuł się dwa razy, musiano go więc naprawiać. Noc spędzili z Heleną siedząc na brzegu rzeki razem z gromadami pijanego chłopstwa, przy ogniskach. A noc była wietrzna i chłodna. Kniaziówna upadała ze znużenia i bólu, bo chłopskie buty poczyniły jej rany na nogach. Bała się, czy nie zachoruje obłożnie. Twarz jej sczerniała i zbladła, cudne oczy przygasły, co chwila dobijała ją obawa, że może być poznana pod przebraniem albo że niespodzianie nadejdzie pogoń Bohunowa. Tejże nocy nakarmiono jej oczy strasznym widokiem. Chłopi sprowadzili od ujścia Rosi kilku szlachty chcących przed nawałą tatarską schronić się do państwa Wiśniowieckiego i pomordowali ich nad brzegiem okrutnie. Wiercono im świdrami oczy, a głowy gnieciono między kamieniami. Prócz tego w Prochorówce było dwóch Żydów z rodzinami. Tych rozszalała tłuszcza wrzuciła do Dniepru, a gdy nie chcieli zaraz iść na dno, pogrążono ich samych, Żydowice i Żydzięta, za pomocą długich osęków. Towarzyszyły temu wrzaski i pijaństwo. Podchmieleni mołojcy gzili się z podchmielonymi mołodyciami. Straszne wybuchy śmiechu brzmiały złowrogo na ciemnych brzegach Dnieprowych! Wiatr rozrzucał ogniska, czerwone głownie i iskry, porwane wichurą, leciały konać na fali. Chwilami zrywał się popłoch. Od czasu do czasu jakiś głos pijacki, ochrypły wołał w ciemnościach: „Ludy, spasajtes, Jarema ide!!" I tłum rzucał się na oślep ku brzegowi, tratował się, spychał w wodę. Raz mało nie roztratowano Zagłoby i kniaziówny. Była to piekielna noc, a zdawała się nie mieć końca. Zagłoba wyżebrał kwartę wódki, sam pił i kniaziównę zmuszał do picia, bo inaczej zemdlałaby lub wpadła w gorączkę. Na koniec fala Dnieprowa poczęła bielić się i połyskiwać. Świtało. Dzień robił się chmurny, posępny, blady. Zagłoba chciał co prędzej przeprawić się na drugą stronę. Szczęściem i prom też naprawiono. Ale ścisk stał się przy nim okropny.

– Miejsce dla dziada, miejsce dla dziada! – krzyczał Zagłoba trzymając przed sobą między wyciągniętymi rękoma Helenę i broniąc jej od ścisku.– Miejsce dla dziada! Do Chmielnickiego i do Krzywonosa idę! Miejsce dla dziada, dobrzy ludzie, lube mołojcy, żeby was czarna śmierć wydusiła, was i dzieci wasze! Nie widzę dobrze, wpadnę w wodę, pacholę mi utopicie. Ustąpcie, ditki, żeby paraliż powytrząsał wam wszystkie członki, żebyście polegli, żebyście na palach pozdychali.

Tak wrzeszcząc, klnąc, prosząc i rozpychając tłum swymi potężnymi łokciami, wepchnął naprzód Helenę na prom, a potem wgramoliwszy się sam, zaraz począł znowu wrzeszczeć:

– Dosyć już was tu!... czego się tak pchacie?... prom zatopicie, jak was tyle się tu napcha. Dosyć, dosyć!... przyjdzie kolej i na was, a jeśli nie przyjdzie, mniejsza z tym.

– Dosyć, dosyć! – wołali ci, którzy dostali się na prom. – Na wodę! na wodę!

Wiosła wyprężyły się i prom począł oddalać się od brzegu. Bystra fala zaraz go zniosła nieco z biegiem rzeki, w kierunku Domontowa.

Przebyli już połowę szerokości koryta, gdy na prochorowskim brzegu dały się słyszeć krzyki, wołania. Zamieszanie okropne wszczęło się między tłumami, które zostały nad wodą; jedni uciekali jak szaleni ku Domontowu, drudzy wskakiwali w wodę, a inni krzyczeli, machali rękami lub rzucali się na ziemię.

– Co to? co się stało? – pytano na promie.

– Jarema! – krzyknął jeden głos.

– Jarema, Jarema! uciekajmy! – wołali inni.

Wiosła poczęły bić gorączkowo o wodę, prom mknął jak kozacka czajka po fali.

W tejże chwili jacyś konni ukazali się na prochorowskim brzegu.

– Wojska Jaremy! – wołano na promie.

Konni biegali po brzegu, kręcili się, wypytywali o coś ludzi – wreszcie poczęli krzyczeć na płynących:

– Stój! stój!

Zagłoba spojrzał i zimny pot oblał go od stóp do głowy: poznał Kozaków Bohunowych.

Rzeczywiście był to Anton ze swymi semenami.

Ale jako się rzekło, pan Zagłoba nigdy na długo głowy nie tracił; przykrył oczy ręką, niby to jako człek źle widzący wpatrywać się musiał czas jakiś, wreszcie począł krzyczeć, jakby go kto ze skóry obdzierał:

– Dzitki! to Kozacy Wiśniowieckiego! O, dla Boga i Świętej-Przeczystej! prędzej do brzegu! Już my tamtych, co zostali, odżałujemy, a porąbać prom, bo inaczej pohybel nam wszystkim!!

– Prędzej, prędzej, porąbać prom – wołali inni.

Zrobił się krzyk, wśród którego nie było słychać nawoływań od strony Prochorówki. W tej chwili prom zgrzytnął o żwir brzegowy. Chłopi poczęli wyskakiwać, ale jedni nie zdążyli jeszcze wysiąść, gdy drudzy rwali już burty promu, bili siekierami w dno. Deski i oderwane szczapy poczęły latać w powietrzu. Niszczono nieszczęsny statek z wściekłością, rwano na sztuki i kawałki, przestrach zaś dodawał siły burzącym.

A przez ten czas pan Zagłoba krzyczał:

– Rąb, tłucz, rwij, pal!... ratuj się! Jarema idzie! Jarema idzie!

Tak krzycząc wycelował swoje zdrowe oko na Helenę i począł nim mrugać znacząco.

Tymczasem z drugiego brzegu krzyki wzmogły się na widok niszczenia statku, ale że było zbyt daleko, przeto nie można było zrozumieć, co krzyczano. Wymachiwania rękami podobne były do gróźb i zwiększyły tylko pośpiech w niszczeniu.

Statek zniknął po chwili, ale nagle ze wszystkich piersi znów wyrwał się okrzyk grozy i przerażenia:

– Skaczut w wodu! płynut k'nam! – wrzeszczeli chłopi.

Jakoż naprzód jeden konny, a za nim kilkudziesięciu innych wparło konie w wodę i puściło się wpław do drugiego brzegu. Był to czyn szalonej niemal śmiałości, gdyż z wiosny wezbrana fala płynęła potężniej jak zwykle, tworząc tu i owdzie liczne wiry i zakręty. Porwane pędem rzeki konie nie mogły płynąć wprost, fala poczęła je znosić z nadzwyczajną szybkością.

– Nie dopłyną! – krzyczeli chłopi.

– Potoną!

– Sława Bohu! O! o! już koń jeden zanurzył się.

– Na pohybelże im!

Konie przepłynęły trzecią część rzeki, ale woda znosiła je w dół coraz silniej. Widocznie poczęły tracić siły, z wolna też zanurzały się coraz głębiej. Po chwili siedzący na nich mołojcy byli już do pasa w wodzie. Przeszedł czas jakiś. Nadbiegli chłopi z Szelepuchy patrzyć, co się dzieje: już tylko łby końskie wyglądały nad falą, a mołojcom woda dochodziła do piersi. Ale też przepłynęli już pół rzeki. Nagle jeden łeb i jeden mołojec zniknął pod wodą, za nim drugi, trzeci, czwarty, piąty... liczba płynących zmniejszała się coraz bardziej. Po obu stronach rzeki zapanowało w tłumach głuche milczenie, ale szli wszyscy z biegiem wody, żeby widzieć, co się stanie. Już dwie trzecie rzeki przebyte, liczba płynących zmniejszyła się jeszcze, ale słychać już ciężkie chrapanie koni i głosy zachęcające mołojców; już widać, że niektórzy dopłyną.

Nagle głos Zagłoby rozległ się wśród ciszy:

– Hej! ditki! do piszczeli! na pohybel kniaziowym!

Buchnęły dymy, zahuczały wystrzały. Krzyk z rzeki zabrzmiał rozpaczliwie i po chwili konie, mołojcy, wszystko znikło. Rzeka była pusta, tylko gdzieś już dalej, w rozkrętach fal, zaczerniał czasem brzuch koński, czasem mignęła krasna czapka mołojca.

Zagłoba patrzył na Helenę i mrugał...

XXII

Książę wojewoda ruski, zanim pana Skrzetuskiego siedzącego na zgliszczach Rozłogów spotkał, wiedział już o klęsce korsuńskiej, gdyż mu o niej pan Polanowski, towarzysz książęcy husarski, w Sahotynie doniósł. Poprzednio bawił książę w Przyłuce i stamtąd pana Bogusława Maszkiewicza do hetmanów z listem wysłał pytając, gdzie by mu się z całą potęgą stawić rozkazali. Gdy jednak pana Maszkiewicza z odpowiedzią hetmanów długo nie było widać, ruszył książę ku Perejasławiu, wysyłając na wszystkie strony podjazdy oraz rozkazy, by te pułki, które jeszcze po Zadnieprzu tu i owdzie były rozrzucone, do Łubniów jak najśpieszniej ściągały.

Ale przyszły wieści, że kilkanaście chorągwi kozackich, na granicach ku Tatarszczyźnie w polankach stojących, rozsypało się lub też do buntu poszło. Tak więc widział książę swe siły nagle uszczuplone i zgryzł się tym niemało, bo nie spodziewał się, by ci ludzie, których tylekroć do zwycięstw prowadził, kiedykolwiek opuścić go mogli. Jednakże po spotkaniu z panem Polanowskim i po odebraniu wieści o niesłychanej klęsce takową przed wojskiem zataił i ciągnął dalej ku Dnieprowi chcąc iść na oślep w środek burzy i buntu i albo klęskę pomścić, niesławę wojsk zetrzeć, albo samemu krew rozlać. Sądził przy tym, że musiało się coś, a może i sporo wojska koronnego z pogromu ocalić. Ci, gdyby jego sześciotysięczną dywizję wzmogli, mógłby się z nadzieją zwycięstwa z Chmielnickim zmierzyć.

Stanąwszy tedy w Perejasławiu polecił małemu panu Wołodyjowskiemu i panu Kuszlowi, by swoich dragonów na wszystkie strony, do Czerkas, do Mantowa, Siekiernej, Buczacza, Stajek, Trechtymirowa i Rzyszczowa, rozesłali dla sprowadzenia wszelkich statków i promów, jakie by się w okolicy znalazły. Po czym wojsko miało się z lewego brzegu do Rzyszczowa przeprawić.

Wysłańcy dowiedzieli się od spotykanych tu i owdzie zbiegów o klęsce, ale we wszystkich onych miejscach ani jednego statku nie znaleźli, gdyż jako już było wspomniane, połowę ich hetman wielki koronny dawno dla Krzeczowskiego i Barabasza zabrał, resztę zaś zbuntowana na prawym brzegu czerń z obawy przed księciem poniszczyła. Wszelako dostał się pan Wołodyjowski samodziesięć na prawy brzeg, kazawszy z pni zbić naprędce tratwę. Tam schwytał kilkunastu Kozaków, których przed księciem stawił. Od nich dowiedział się książę o potwornych rozmiarach buntu i straszliwych owocach, jakie klęska korsuńska już zrodziła. Cała Ukraina, co do jednej głowy, powstała. Bunt rozlewał się tak właśnie, jak powódź, która tocząc się równiną, w mgnieniu oka coraz większe i większe przestrzenie zajmuje. Szlachta broniła się w zamkach i zameczkach. Ale wiele z nich już zdobyto. Chmielnicki rósł z każdą chwilą w siły. Schwytani

Kozacy podawali już kwotę jego wojsk na dwieście tysięcy ludzi, a za parę dni siły te mogły zdwoić się łatwo. Dlatego po bitwie stał jeszcze w Korsuniu, a zarazem korzystając z chwili spokoju wprowadził ład w swoje niezliczone zastępy. Czerń dzielił na pułki, wyznaczył pułkowników z atamanów i co doświadczeńszych esaułów zaporoskich – wyprawiał podjazdy lub całe dywizje dla dobywania pobliskich zamków. Zważywszy to wszystko książę Jeremi widział, iż i dla braku statków, których przygotowanie dla 6000 wojska zajęłoby kilka tygodni czasu, i dla wybujałej nad wszelką miarę potęgi nieprzyjaciela nie masz sposobu przeprawienia się za Dniepr w tych okolicach, w których obecnie zostawał. Na radzie wojennej pan Polanowski, pułkownik Baranowski, strażnik pan Aleksander Zamojski, pan Wołodyjowski i Wurcel byli zdania, by na północ ku Czernihowu ruszyć, który za głuchymi lasami leżał, stamtąd iść na Lubecz i tam dopiero ku Brahinowi się przeprawiać. Była to droga długa i niebezpieczna, bo za czernihowskimi lasami leżały ku Brahinowi olbrzymie błota, przez które i piechocie niełatwo się było przeprawiać; a cóż dopiero ciężkiej jeździe, wozom i artylerii! Księciu wszelako przypadła do smaku ta rada, pragnął tylko raz jeszcze przed tą długą, a jak się spodziewał i niepowrotną drogą, na swym Zadnieprzu tu i owdzie się ukazać, by wybuchu zaraz nie dopuścić, szlachtę pod swe skrzydła zgarnąć, grozą przejąć i pamięć owej grozy między ludem zostawić, która pod niebytność pana sama jedna miała być stróżem kraju i opiekunem tych wszystkich, co z wojskiem pociągnąć nie mogli. Prócz tego księżna Gryzelda, panny Zbaraskie, fraucymer, dwór cały i niektóre regimenta, mianowicie piechoty, były jeszcze w Łubniach, postanowił więc książę pójść na ostatnie pożegnanie do Łubniów.

Wojska ruszyły tegoż samego dnia, a na czele pan Wołodyjowski ze swymi dragonami, którzy choć wszyscy bez wyjątku Rusini, przecie w kluby dyscypliny ujęci i w żołnierza regularnego zmienieni, wiernością prawie wszystkie inne chorągwie przewyższali. Kraj był jeszcze spokojny. Gdzieniegdzie potworzyły się już kupy hultajów rabując zarówno dwory, jak i chłopów. Tych znacznie po drodze wygnieciono i na pale powbijano. Ale chłopstwo nigdzie nie powstało. Umysły wrzały, ogień był w chłopskich oczach i duszach, zbrojono się po cichu, uciekano za Dniepr. Wszelako strach panował jeszcze nad głodem krwi i mordu. To tylko za złą wróżbę na przyszłość poczytanym być mogło, że w tych nawet wioskach, w których chłopi nie puścili się dotąd do Chmiela, uciekali za zbliżaniem się wojsk książęcych, jakby w obawie, by im straszny kniaź z twarzy nie wyczytał tego, co w sumieniach się kryło, i z góry nie pokarał. Karał on jednakże tam, gdzie najmniejszą oznakę knującego się buntu znalazł, a jako naturę miał i w nagradzaniu, i w karaniu niepohamowaną, karał bez miary i litości. Można było rzec, iż po dwóch stronach Dniepru błądziły podówczas dwa upiory: jeden dla szlachty – Chmielnicki, drugi dla zbuntowanego ludu – książę Jeremi. Szeptano sobie między ludem, że gdy ci dwaj się zetrą, chyba słońce się zaćmi i wody po wszystkich rzekach poczerwienieją. Ale starcie nie było bliskim, bo ów Chmielnicki, zwycięzca spod Żółtych Wód, zwycięzca spod Korsunia, ów Chmielnicki, który rozbił w puch wojska koronne, wziął do niewoli hetmanów i teraz stał na czele setek tysięcy wojowników, po prostu bał się tego pana z Łubniów, który chciał go szukać za Dnieprem. Wojska książęce przebyły właśnie Śleporód, sam zaś książę zatrzymał się dla wypoczynku w Filipowie, gdy dano mu znać, że przybyli wysłańcy Chmielnickiego z listem i proszą o posłuchanie. Książę kazał im się stawić natychmiast. Weszło tedy sześciu Zaporożców do podstarościńskiego dworku, w którym stał książę, i weszło dość hardo, zwłaszcza najstarszy z nich, ataman Sucharuka, pamiętny na pogrom korsuński i na swą świeżą pułkownikowską szarżę. Ale gdy spojrzeli na oblicze księcia, wnet ogarnął ich strach tak wielki, że padłszy mu do nóg, nie śmieli słowa przemówić.

Książę, siedząc w otoczeniu co przedniejszego rycerstwa, kazał im podnieść się i pytał, z czym przybyli.

– Z listem od hetmana – odparł Sucharuka.

Na to książę utkwił w Kozaku oczy i rzekł spokojnie, lubo z przyciskiem na każdym słowie:

– Od łotra, hultaja i rozbójnika, nie od hetmana!

Zaporożcy pobledli, a raczej posinieli tylko, i spuściwszy głowy na piersi stali w milczeniu u drzwi.

Tymczasem książę kazał panu Maszkiewiczowi wziąć list i czytać.

List był pokorny. W Chmielnickim, lubo już po Korsuniu, lis wziął górę nad lwem, wąż nad orłem, bo pamiętał, że pisze do Wiśniowieckiego. Łasił się może, by uspokoić i tym łatwiej ukąsić, ale łasił się. Pisał, iż co się stało, z winy Czaplińskiego się stało; a że hetmanów również spotkała fortuny odmienność, tedy to nie jego, nie Chmielnickiego wina, ale złej ich doli i ucisków, jakich na Ukrainie Kozacy doznają. Prosi on jednak księcia, by się o to nie urażał i przebaczyć mu to raczył, za co on zostanie zawsze powolnym i pokornym książęcym sługą; aby zaś łaskę książęcą dla wysłanników swych zjednać i od srogości książęcego gniewu ich zbawić, oznajmia, iż towarzysza usarskiego, pana Skrzetuskiego, który na Siczy był pojman, zdrowo wypuszcza.

Tu następowały skargi na pychę pana Skrzetuskiego, że listów od Chmielnickiego nie chciał do księcia brać, czym godność jego hetmańską i całego wojska zaporoskiego wielce spostponował. Tej to właśnie pysze i poniewierce, jakie ustawicznie od Lachów Kozaków spotykały, przypisywał Chmielnicki wszystko, co się stało, począwszy od Żółtych Wód aż do Korsunia. Wreszcie list kończył się zapewnieniami żalu i wierności dla Rzeczypospolitej oraz zaleceniem pokornych służb, wedle książęcej woli.

Słuchając tego listu sami wysłańcy byli zdziwieni, nie wiedzieli bowiem poprzednio, co się w piśmie onym znajduje, a przypuszczali, że prędzej obelgi i harde wyzwania niż prośby. Jasnym im tylko było, że Chmielnicki nie chciał wszystkiego na kartę przeciw tak wsławionemu wodzowi stawić, i zamiast całą potęgą na niego ruszyć, zwlekał, pokorą łudził, oczekiwał widocznie, by się siły książęce w pochodach i walkach z pojedynczymi watahami wykruszyły, słowem: widocznie bał się księcia. Wysłańcy spokornieli więc jeszcze bardziej i w czasie czytania pilnie oczyma w twarzy książęcej czytali, czy czasem śmierci swej nie wyczytają. I choć idąc byli na nią gotowi, przecie teraz strach ich zdejmował. A książę słuchał spokojnie, jeno od chwili do chwili powieki na oczy spuszczał, jakby chcąc utajone w nich gromy zatrzymać, i widać było jak na dłoni, że gniew straszny trzyma na wodzy. Gdy skończono list, nie ozwał się ni słowa do posłańców, tylko kazał Wołodyjowskiemu wziąć ich precz i pod strażą zatrzymać, sam zaś zwróciwszy się do pułkowników ozwał się w następujące słowa:

– Wielką jest chytrość tego nieprzyjaciela, bo albo mię chce owym listem uśpić, by na uśpionego napaść, albo-li w głąb Rzeczypospolitej pociągnie, tam układ zawrze, przebaczenie od powolnych stanów i króla uzyska, a wtenczas będzie się czuł bezpiecznym, bo gdybym go dłużej chciał wojować, tedy nie on już, ale ja postąpiłbym wbrew woli Rzeczypospolitej i za rebelizanta bym uchodził.

Wurcel aż się za głowę złapał.

– O vulpes astuta!

– Co tedy radzicie czynić, mości panowie? – rzekł książę. – Mówcie śmiało, a potem ja wam swoją wolę oznajmię.

Stary Zaćwilichowski, który już od dawna, porzuciwszy Czehryn, z księciem się był połączył, rzekł:

– Niechże się stanie wedle woli waszej książęcej mości; ale jeśli radzić wolno, tedy powiem, że zwykłąś sobie bystrością wasza książęca mość intencje Chmielnickiego wyrozumiał, gdyż takie one są, a nie inne; mniemałbym przeto, że na list jego nic nie potrzeba zważać, ale księżnę panią wpoprzód ubezpieczywszy, za Dniepr iść i wojnę rozpocząć, nim Chmielnicki jakowe układy zawiąże; wstyd by to bowiem i dyshonor był dla Rzeczypospolitej, by takie insulta płazem puścić miała. Zresztą (tu zwrócił się do pułkowników) czekam zdania waciów, mego za nieomylne nie podając.

Strażnik obozowy pan Aleksander Zamojski w szablę się uderzył.

– Mości chorąży, *senectus* przez was mówi i *sapientia*. Trzeba łeb urwać tej hydrze, póki zaś się nie rozrośnie i nas samych nie pożre.

– Amen! – rzekł ksiądz Muchowiecki.

Inni pułkownicy, zamiast mówić, poczęli za przykładem pana strażnika trzaskać szablami a sapać, a zgrzytać, pan Wurcel zaś zabrał głos w ten sposób:

– Mości książę! Kontempt to nawet jest dla imienia waszej książęcej mości, iż ów łotr pisać się do waszej książęcej mości odważył, bo ataman koszowy nosi w sobie preeminencję od Rzeczypospolitej potwierdzoną i uznaną, czym nawet kurzeniowi zasłaniać się mogą. Ale to jest hetman samozwańczy, który nie inaczej, jedno za zbójcę uważany być może, w czym pan Skrzetuski chwalebnie się spostrzegł, gdy listów jego do waszej książęcej mości brać nie chciał.

– Tak też i ja myślę – rzekł książę – a ponieważ jego samego nie mogę dosięgnąć, przeto w osobach swych wysłanników ukaranym zostanie.

To rzekłszy zwrócił się do pułkownika tatarskiej nadwornej chorągwi:

– Mości Wierszułł, każ waść swoim Tatarom tych Kozaków pościnać, dla naczelnego zaś palik zastrugać i nie mieszkając go zasadzić.

Wierszułł pochylił swą rudą jak płomień głowę i wyszedł, a ksiądz Muchowiecki, który zwykle księcia hamował, ręce złożył jak do modlitwy i w oczy mu błagalnie patrzył pragnąc łaskę wypatrzyć.

– Wiem, księże, o co ci chodzi – rzekł książę wojewoda – ale nie może być. Trzeba tego i dla okrucieństw, które oni tam za Dnieprem spełniają, i dla godności naszej, i dla dobra Rzeczypospolitej. Trzeba, aby się dowodnie okazało, iż jest ktoś, co się jeszcze tego watażki nie lęka i jak zbója go traktuje, który choć pokornie pisze, przecie zuchwale postępuje i na Ukrainie jakby udzielny książę sobie poczyna, i taki paroksyzm na Rzeczpospolitą sprowadza, jakiego z dawna nie doznała.

– Mości książę, on pana Skrzetuskiego, jako pisze, odesłał – rzekł nieśmiało ksiądz.

– Dziękuję-ć w jego imieniu, że go z rezunami równasz. – Tu książę zmarszczył brwi. – Wreszcie dość o tym. Widzę – mówił dalej; zwracając się do pułkowników – że waszmościowie wszyscy *sufragia* za wojną dajecie; taka jest i moja wola. Pójdziemy tedy na Czernihów, zabierając szlachtę po drodze, a pod Brahinem się przeprawimy, za czym ku południowi ruszyć nam wypadnie. Teraz do Łubniów!

– Boże nam pomóż! – rzekli pułkownicy.

W tej chwili drzwi się otworzyły i ukazał się w nich Roztworowski, namiestnik wołoskiej chorągwi, wysłany przed dwoma dniami w trzysta koni na podjazd.

– Mości książę! – zawołał – rebelia szerzy się! Rozłogi spalone, w Wasiłówce chorągiew do nogi wybita.

– Jak? co? gdzie? – pytano ze wszystkich stron.

Ale książę skinął ręką, by milczano, i sam pytał:

– Kto to uczynił – hultaje czy jakowe wojsko?

– Mówią, że Bohun.

– Bohun?

– Tak jest.

– Kiedy się to stało?

– Przed trzema dniami.

– Szedłeś waść śladem? Dognałeś, schwytałeś języka?

– Szedłem śladem, dognać nie mogłem, gdyż po trzech dniach było za późno. Wieścim po drodze zbierał; uciekali z powrotem ku Czehrynowi, potem się rozdzielili. Połowa poszła ku Czerkasom, połowa ku Zołotonoszy i Prochorówce.

Na to pan Kuszel:

– A tom ja spotkał ten oddział, który szedł ku Prochorówce, o czym waszej książęcej mości donosiłem. Powiadali się być wysłanymi od Bohuna, by ucieczki chłopstwa za Dniepr nie dopuszczać, przeto ich puściłem wolno.

– Głupstwoś waść zrobił, ale cię nie winuję. Trudno się tu nie mylić, gdy zdrada na każdym kroku i grunt pod nogami piecze – rzekł książę.

Nagle ułapił się za głowę.

– Boże wszechmogący! – zakrzyknął – przypominam sobie, co mnie Skrzetuski powiadał, że Bohun na niewinność Kurcewiczówny się zasadził. Rozumiem teraz, czemu Rozłogi spalone. Dziewka musi być porwana. Hej, Wołodyjowski! sam tu! Weźmiesz waść pięćset koni i ku Czerkasom jeszcze raz ruszysz; Bychowiec w pięćset Wołochów niech na Zołotonoszę do Prochorówki idzie. Koni nie żałować; któren mi dziewczynę odbije, Jeremiówkę w dożywocie weźmie. Ruszać! Ruszać!

Po czym do pułkowników:

– Mości panowie, a my na Rozłogi do Łubniów!

Tu pułkownicy wysypali się spod starościńskiego dworku i skoczyli do swoich chorągwi. Rękodajni pobiegli na koń siadać; księciu też dzianeta cisawego sprowadzono, którego zwykle w pochodach zażywał. Za chwilę chorągwie ruszyły i wyciągnęły się długim, barwistym i błyszczącym wężem po filipowieckiej drodze.

Wedle kołowrotu krwawy widok uderzył żołnierskie oczy. Na płocie w chrustach widać było pięć odciętych głów kozaczych, które patrzyły na przechodzące wojska martwymi białkami otwartych oczu, a opodal, już za kołowrotem, na zielonym pagórku, rzucał się jeszcze i drgał, zasadzony na pal, ataman Sucharuka. Ostrze przeszło już pół ciała, ale długie godziny konania znaczyły się jeszcze nieszczęsnemu atamanowi, bo i do wieczora mógł tak drgać, zanimby śmierć go uspokoiła. Teraz zaś nie tylko żyw był, ale oczy straszne zawracał za chorągwiami, w miarę jak która przechodziła; oczy, które mówiły: ,,Bogdaj was Bóg pokarał, was i dzieci, i wnuki wasze do dziesiątego pokolenia, za krew, za rany, za męki! bogdajeście scześli, wy i wasze plemię! bogdaj wszystkie nieszczęścia w was biły! bogdajeście konali ciągle i ni umrzeć, ni żyć nie mogli!'' A choć to prosty był Kozak, choć konał nie w purpurze ani w złotogłowiu, ale w sinym żupaniku, i nie w komnacie zamkowej, ale pod gołym niebem, na palu, przecie owa męka jego, owa śmierć krążąca mu nad głową taką okryły go powagą, taką siłę włożyły w jego spojrzenie, takie morze nienawiści w jego oczy, iż wszyscy dobrze zrozumieli, co chciał mówić – i chorągwie przejeżdżały w milczeniu koło niego, a on w złotych blaskach południa górował nad nimi i świecił na świeżo ostruganym palu jako pochodnia...

Książę przejechał, okiem nie rzuciwszy, ksiądz Muchowiecki krzyżem nieszczęsnego przeżegnał i już mijali wszyscy, aż jakieś pachołę spod usarskiej chorągwi, nie pytając się nikogo o pozwolenie, zatoczyło konikiem na wzgórze i przyłożywszy pistolet do ucha ofiary, jednym strzałem skończyło jej mękę. Zadrżeli wszyscy na tak zuchwały i wykraczający przeciw wojennej dyscyplinie postępek i znając surowość księcia zgoła już za zgubionego pachołka uważali; ale książę nie mówił nic: czy udawał, że nie słyszy, czy też był tak w myślach pogrążony, dość, że pojechał dalej spokojnie i wieczorem dopiero kazał wołać pachołka.

Stanął wyrostek ledwie żywy przed pańskim obliczem i myślał, że właśnie ziemia rozpada mu się pod nogami. A książę spytał:

– Jak cię zowią?

– Żeleński.

– Ty strzeliłeś do Kozaka?

– Ja – wyjąkało blade jak płótno pachołę.

– Przecz-żeś to uczynił?

– Gdyż na mękę patrzeć nie mogłem.

Książę, zamiast się rozgniewać, rzekł:

– Oj, napatrzysz ty się ich postępków, że od tego widoku litość od ciebie jako anioł odleci. Ale żeś dla litości swojc zaważył życic, przeto ci skarbnik w Łubniach dziesięć czerwonych złotych wypłaci i do mojej osoby na służbę cię biorę.

Dziwili się wszyscy, iż tak skończyła się owa sprawa, ale wtem dano znać, że podjazd od bliskiej Zołotonoszy przyjechał, i umysły zwróciły się w inną stronę.

XXIII

Późnym wieczorem, przy księżycu, doszły wojska do Rozłogów. Tam pana Skrzetuskiego na swej kalwarii zastały siedzącego. Rycerz, jak wiadomo, z bólu i męki zupełnie się zapamiętał, a gdy dopiero ksiądz Muchowiecki do przytomności go wrócił, oficerowie wzięli go między siebie, witać i pocieszać zaczęli, a osobliwie pan Longinus Podbipięta, któren już od ćwierci w chorągwi Skrzetuskiego był sowitym towarzyszem. Gotów mu też był towarzyszyć we wzdychaniach i płakaniu i zaraz ślub nowy na jego intencję uczynił, że wtorki do śmierci suszyć będzie, jeśli Bóg w jakikolwiek sposób ześle namiestnikowi pocieszenie. Tymczasem poprowadzono pana Skrzetuskiego do księcia, któren w chłopskiej chacie się zatrzymał. Ten, gdy swego ulubieńca ujrzał, nie rzekł ni słowa, tylko mu ramiona otworzył i czekał. Pan Jan rzucił się natychmiast z wielkim płakaniem w owe ramiona, a książę do piersi go cisnął, w głowę całował, przy czym obecni oficerowie widzieli łzy w jego dostojnych oczach.

Po chwili dopiero mówić począł:

– Jako syna cię witam, gdyż tak myślałem, iż cię już nie ujrzę więcej. Znieśże mężnie twoje brzemię i na to pamiętaj, że tysiące będziesz miał towarzyszów w nieszczęściu, którzy potracą żony, dzieci, rodziców, krewnych i przyjaciół. A jako kropla ginie w oceanie, niechże tak twoja boleść w morzu powszechnej boleści utonie. Gdy na ojczyznę miłą tak straszne przyszły termina, kto mężem jest i miecz przy boku nosi, ten się płakaniu nad swoją stratą nie odda, ale na ratunek tej wspólnej matce pośpieszy i albo w sumieniu zyska uspokojenie, albo sławną śmiercią polęże i koronę niebieską, a z nią wiekuistą szczęśliwość posiędzie.

– Amen! – rzekł kapelan Muchowiecki.

– O mości książę, wolałbym ją zmarłą widzieć! – jęczał rycerz.

– Płaczże, bo wielką jest twoja strata, i my z tobą płakać będziem, gdyż nie do pogan, nie do dzikich Scytów ani Tatarów, jeno do braci i towarzyszów życzliwych przyjechałeś, ale tak sobie powiedz: „Dziś płaczę nad sobą, a jutro już nie moje" – bo to wiedz, iż jutro na bój ruszamy.

– Pójdę z waszą książęcą mością na kraj świata, ale pocieszyć się nie mogę, bo mi tak bez niej ciężko, że ot, nie mogę, nie mogę...

I biedny żołnierzysko to się za głowę chwytał, to palce w zęby wkładał i gryzł je, by jęki potłumić, bo go wichura rozpaczy znowu targała.

– Rzekłeś: Stań się wola Twoja! – mówił surowo ksiądz.

– Amen, amen! Woli Jego się poddaję, jeno... z bólem... nie mogę dać rady – odpowiedział przerywanym głosem rycerz.

I widać było, jak się łamał, jak się pasował, aż męka jego wszystkim łzy wycisnęła, a czulsi, jako pan Wołodyjowski i pan Podbipięta, strumienie prawdziwe wylewali. Ten ostatni ręce składał i powtarzał żałośnie:

– Braciaszku, braciaszku, pohamuj się!

– Słuchaj – rzekł nagle książę – mam wieść, że Bohun stąd ku Łubniom gonił, bo mi w Wasiłówce ludzi wysiekł. Nie desperujże naprzód, bo może on jej nie dostał, gdyż po cóż by się ku Łubniom puszczał?

– Jako żywo, może to być! –zakrzyknęli oficerowie. – Bóg cię pocieszy.

Pan Skrzetuski oczy otworzył, jakby nie rozumiał, co mówią, nagle nadzieja zaświtała i w jego umyśle, więc rzucił się jak długi do nóg książęcych.

– O mości książę! życie, krew! – wołał.

I nie mógł więcej mówić. Zesłabł tak, iż pan Longinus musiał go podnieść i posadzić na ławce, ale już znać mu było z twarzy, że się owej nadziei uchwycił jak tonący deski i że go boleść opuściła. Zaś inni rozdmuchiwali ową iskrę mówiąc, że może swoją kniaziównę w Łubniach znajdzie. Po czym przeprowadzono go do innej chaty, a następnie przyniesiono miodu i wina. Namiestnik chciał pić, ale dla ściśniętego gardła nie mógł; natomiast towarzysze wierni pili, a podpiwszy poczęli go ściskać, całować i dziwić się nad jego chudością i oznakami choroby, które na twarzy nosił.

– Jako Piotrowin wyglądasz! – mówił gruby pan Dzik.

– Musieli cię tam w Siczy insultować, jeść i pić nie dawać?

– Powiedz, coć cię spotykało?

– Kiedy indziej opowiem – mówił słabym głosem pan Skrzetuski.– Poranili mię i chorowałem.

– Poranili go! – wołał pan Dzik.

– Poranili, choć posła – odrzekł pan Śleszyński.

I obaj patrzyli na się ze zdumieniem nad zuchwałością kozacką, a potem zaczęli się ściskać z wielkiej ku panu Skrzetuskiemu przychylności.

– A widziałeś Chmielnickiego?

– Tak jest.

– Dawajcie go nam sam! – krzyczał Migurski – wnet go tu będziem bigosowali!

Na takich rozmowach zeszła noc. Nad ranem dano znać, że i ten drugi podjazd, który w dalszą drogę ku Czerkasom był posłany, wrócił. Podjazd oczywiście Bohuna nie dognał ani nie schwytał, wszelako przywiózł dziwne wiadomości. Sprowadził on wielu spotkanych na drodze ludzi, którzy przed dwoma dniami Bohuna widzieli. Ci mówili, iż watażka widocznie kogoś gonił, wszędy bowiem rozpytywał, czy nie widziano grubego szlachcica uciekającego z kozaczkiem. Przy tym śpieszył się bardzo i leciał na złamanie karku. Ludzie owi zaręczali także, że nie widzieli, aby Bohun jaką pannę uwoził, która gdyby była, tedyby się jej dopatrzyli niezawodnie, gdyż semenów niewielu przy Bohunie się znajdowało. Nowa otucha, ale i nowa troska wstąpiła w serce pana Skrzetuskiego, gdyż relacje owe były po prostu dla niego niezrozumiałe.

Nie rozumiał bowiem, dlaczego Bohun gonił początkowo w stronę Łubniów, rzucił się na prezydium wasiłowskie, a potem nagle zwrócił się w stronę Czerkas. Że Heleny nie porwał, to zdawało się być pewnym, bo pan Kuszel spotkał oddział Antonowski, w którym jej nie było, ludzie zaś sprowadzeni teraz od strony Czerkas nie widzieli jej przy Bohunie. Gdzież więc być mogła? gdzie się schroniła? Uciekła-li? Jeśli tak, to w którą stronę? Dla jakich powodów mogła uciekać nie do Łubniów, ale ku Czerkasom lub Zołotonoszy? A jednak oddziały Bohunowe goniły i polowały na kogoś koło Czerkas i Prochorówki. Ale czemu znowu rozpytywały się o szlachcica z kozaczkiem? Na wszystkie te pytania nie znajdował namiestnik odpowiedzi.

– Radźcieże, mówcie, tłumaczcie, co to się znaczy – rzekł do oficerów – bo moja głowa nic po tym!

– Przecie myślę, że ona musi być w Łubniach – rzecze pan Migurski.

– Nie może to być – odparł chorąży Zaćwilichowski – bo gdyby ona była w Łubniach, tedy Bohun co prędzej do Czehryna by się schronił, nie zaś pod hetmanów się podsuwał, o których pogromie nie mógł jeszcze wiedzieć. Jeżeli zaś semenów podzielił i gnał we dwie strony, to już, mówię waci, nie za kim innym, jeno za nią.

– A przecz o starego szlachcica i o kozaczka pytał?

– Nie potrzeba na to wielkiej *sagacitatis*, aby odgadnąć, że jeśli uciekała, to nie w białogłowskich szatach, ale chyba w przebraniu, aby śladu za sobą nie dawać. Tak tedy mniemam, iż ten kozaczek to ona.

– O, jako żywo, jako żywo! – powtórzyli inni.

– Ba, ale kto ów szlachcic?

– Tego ja nie wiem – mówił stary chorąży – ale o to można by się, i rozpytać. Musieli przecie chłopi widzieć, kto tu był i co się zdarzyło. Dawajcie no tu sam gospodarza tej chaty.

Oficerowie skoczyli i wkrótce przywiedli za kark z obory pidsusidka.

– Chłopie – rzekł Zaćwilichowski – a byłeś, gdy Kozacy z Bohunem na dwór napadli?

Chłop, jako zwykle, począł się przysięgać, że nie był, że niczego nie widział i o niczym nie wie, ale pan Zaćwilichowski wiedział, z kim ma do czynienia, więc rzekł:

– O, wierę, pogański synu, żeś ty siedział pod ławą, gdy dwór rabowali! Powiedz to innemu – ot, tu leży czerwony złoty, a tam czeladnik z mieczem stoi – obieraj! W ostatku i wieś spalimy, krzywda ubogim ludziom przez ciebie się stanie.

Dopieroż pidsusidok jął opowiadać, co widział. Gdy Kozacy hulać na majdanie przede dworem poczęli, tedy poszedł z innymi zobaczyć, co się dzieje. Słyszeli, że kniaziowa i kniazie pobici, ale że Mikołaj atamana poranił, któren też leży jak bez duszy. Co się z panną stało, nie mogli się dopytać, ale drugiego dnia świtaniem zasłyszeli, że uciekła z jednym szlachcicem, który z Bohunem przybył.

– Ot, co jest! ot, co jest! – mówił pan Zaćwilichowski. – Masz, chłopie, czerwony złoty: widzisz, żeć krzywda się nie dzieje. A ty widział tego szlachcica? czy to kto z okolicy?

– Widział ja jego, pane, ale to nietutejszy.

– A jakże wyglądał?

– Gruby, pane, jak piec, z siwą brodą. A proklinaw kak didko. Ślepy na jedno oko.

– O dla Boga! – rzecze pan Longinus – taż to chyba pan Zagłoba!... albo kto? a?

– Zagłoba? Czekaj wać! Zagłoba. Mogłoby to być! Oni w Czehrynie się z Bohunem powąchali, pili i w kości grali. Może to być. Jego to konterfekt.

Tu pan Zaćwilichowski zwrócił się znów do chłopa:

– I to ów szlachcic z panną uciekł?

– Tak jest. Tak my słyszeli.

– A wy znacie Bohuna dobrze?

– Oj! oj! pane. On tu przecie miesiącami przesiadywał.

– A może ów szlachcic za jego wolą ją uwiózł?

– Gdzie tam, pane! On Bohuna związał i żupanikiem okręcił, a pannę, mówili, porwał, że tyle ją oko ludzkie widziało. Ataman tak wył, jak siromacha. Do dnia kazał się między konie uwiązać i do Łubniów pognał, ale nie zgonił. Potem też gnał w inną stronę.

– Chwała bądź Bogu! – rzecze Migurski – to ona może być w Łubniach, bo że gonili i ku Czerkasom, to nic nie znaczy; nie znalazłszy jej tam, próbowali tu.

Pan Skrzetuski klęczał już i modlił się żarliwie.

– No, no! – mruczał stary chorąży – nie spodziewałem się po Zagłobie tego animuszu, by on z tak bitnym mężem, jako jest Bohun, zadrzeć się ośmielił. Prawda, że panu Skrzetuskiemu bardzo był życzliwy za ów trojniak łubniański, któryśmy razem w Czehrynie pili, i nieraz mnie o tym mówił, i zacnym kawalerem go nazywał... No, no! aż mnie się w głowie nie mieści, bo i za Bohunowe pieniądze wypił on przecie niemało. Ale by Bohuna miał związać, a pannę porwać – tak śmiałego postępku od niego nie wyglądałem, gdyżem miał go za warchoła i tchórza. Obrotny on jest, ale kolorysta z niego wielki, a u takich ludzi cała odwaga zwykle w gębie spoczywa.

– Niechże on sobie będzie, jaki chce, dość, że kniaziównę z rąk rozbójnickich wydostał – rzecze pan Wołodyjowski. – A że, jak widać, na fortelach mu nie zbywa, więc pewnikiem tak z nią umknie, by od nieprzyjaciół był bezpieczny.

– Jego własne gardło w tym – odpowiedział Migurski.

Po czym zwrócił się do pana Skrzetuskiego:

– Pocieszże się, towarzyszu miły!

– Jeszcze ci wszyscy będziem drużbowali!

– I popijemy się na weselu.

Zaćwilichowski dodał:

– Jeśli on uciekał za Dniepr, a o pogromie korsuńskim się dowiedział, to powinien był do Czernihowa się zwrócić, a w takim razie w drodze go dognamy.

– Za pomyślny koniec trosków i umartwień naszego przyjaciela!– zawołał Śleszyński.

Poczęto wznosić wiwaty dla pana Skrzetuskiego, kniaziówny, ich przyszłych potomków i pana Zagłoby, i tak schodziła noc. Świtaniem zatrąbiono wsiadanego – wojska ruszyły do Łubniów.

Pochód odbywał się szybko, gdyż hufce książęce szły bez taborów. Chciał był pan Skrzetuski z tatarską chorągwią naprzód skoczyć, ale zbyt był osłabiony, zresztą książę trzymał go przy swej osobie, bo życzył mieć relację z namiestnikowego posłowania do Siczy. Musiał więc rycerz sprawę zdawać, jako jechał, jak go na Chortycy napadli i do Siczy powlekli, tylko o swych certacjach z Chmielnickim zamilczał, by się nie zdawało, że sobie chwałbę czyni. Najbardziej zalterowała księcia wiadomość o tym, że stary Grodzicki prochów nie miał i że przeto długo się bronić nie obiecywał.

– Szkoda to jest niewypowiedziana – mówił – bo siła by ta forteca mogła rebelii przeszkadzać i wstrętów czynić. Mąż też to wielki jest pan Grodzicki, prawdziwe Rzeczypospolitej *decus et praesidium.* Czemuż on jednak do mnie po prochy nie przysłał? Byłbym mu był z piwnic łubniańskich udzielił.

– Sądził widać, że hetman wielki *ex officio* powinien był o tym pamiętać – rzekł pan Skrzetuski.

– A wierzę... – rzekł książę i umilkł.

Po chwili jednak mówił dalej:

– Wojennik to stary i doświadczony, hetman wielki, ale zbyt on dufał w sobie, i tym się zgubił. Wszakże on całą tę rebelię lekceważył i gdym mu się z pomocą kwapił, wcale nie chciwie mnie wyglądał. Nie chciał się z nikim sławą dzielić, bał się, że mnie wiktorię przypiszą...

– Tak i ja mniemam – rzekł poważnie Skrzetuski.

– Batogami zamierzał Zaporoże uspokoić, i ot, co się zdarzyło. Bóg pychę skarał. Pychą też to, Bogu samemu nieznośną, ginie ta Rzeczpospolita i podobno nikt tu nie jest bez winy...

Książę miał słuszność, gdyż nawet i on sam nie był bez winy. Nie tak to dawno jeszcze, jak w sprawie z panem Aleksandrem Koniecpolskim o Hadziacz książę wjechał w cztery tysiące ludzi do Warszawy, którym rozkazał, aby jeśli będzie zmuszony do przysięgi w senacie, do izby senatorskiej wpadli i wszystkich siekli. A czynił to nie przez co innego, jeno także przez pychę, która nie chciała pozwolić, by go do przysięgi pociągano, słowom nie wierząc.

Może w tej chwili przypomniał sobie oną sprawę, bo się zamyślił i jechał dalej w milczeniu, błądząc oczyma po szerokich stepach okalających gościniec – a może myślał o losach tej Rzeczypospolitej, którą kochał ze wszystkich sił swej gorącej duszy, a dla której zdawała się zbliżać *dies irae et calamitatis.*

Aż też po południu pokazały się z wysokiego brzegu Suły wydęte kopułki cerkwi łubniańskich, błyszczący dach i spiczaste wieże kościoła Św. Michała. Wojska powoli wchodziły i zeszło aż do wieczora. Sam książę udał się natychmiast na zamek, w którym, wedle naprzód wysłanych rozkazów, wszystko miało być do drogi gotowe; chorągwie zaś roztasowywały się na noc w mieście, co nie było rzeczą łatwą, bo zjazd był wielki. Wskutek wieści o postępach wojny domowej na prawym brzegu i wskutek wrzenia między chłopstwem całe szlacheckie Zadnieprze zwaliło się do Łubniów. Przyciągała szlachta z dalekich nawet okolic, z żonami, dziećmi, czeladzią, końmi, wielbłądami i całymi stadami bydła. Pozjeżdżali się także komisarze książęcy, podstarościowie, najrozmaitsi oficjaliści stanu szlacheckiego, dzierżawcy, Żydzi – słowem, wszyscy, przeciw którym bunt ostrze noża mógł zwrócić. Rzekłbyś: odprawował się w Łubniach jakiś wielki doroczny jarmark, bo nie brakowało nawet kupców moskiewskich i Tatarów astrachańskich, którzy na Ukrainę z towarem ciągnąc, tu się przed wojną zatrzymali. Na rynku stały tysiące wozów najrozmaitszego kształtu, o kołach wiązanych wiciami i o kołach bez szprych, z jednej sztuki drzewa wyciętych; teleg kozackich, szarabanów szlacheckich. Goście co przedniejsi mieścili się w zamku i w gospodach, drobiazg zaś i czeladź w namiotach obok kościołów. Porozpalano ognie na ulicach, przy których warzono jadło. A wszędy ścisk, zamieszanie i gwar jak w ulu. Najrozmaitsze stroje i najrozmaitsze barwy; żołnierstwo książęce spod różnych chorągwi: hajducy, pajucy, Żydzi w czarnych opończach, chłopstwo. Ormianie w fioletowych myckach, Tatarzy w tołubach. Pełno języków, nawoływań, przekleństw, płaczu dzieci, szczekania psów i ryku bydła. Tłumy te witały z radością nadchodzące chorągwie, bo w nich widziały pewność opieki i zbawienia. Inni poszli pod zamek wrzeszczeć na cześć księcia i księżny. Chodziły też najrozmaitsze wieści między tłumem: to że książę zostaje w Łubniach, to że wyjeżdża aż hen, ku Litwie, gdzie trzeba będzie za nim jechać; to nawet, że już pobił Chmielnickiego. A książę po przywitaniu się z małżonką i oznajmieniu o jutrzejszej drodze patrzył frasobliwie na one gromady wozów i ludzi, którzy mieli ciągnąć za wojskiem i być mu kulą u nóg, opóźniając szybkość pochodu. Pocieszał się tylko myślą, że za Brahinem, w spokojniejszym kraju, wszystko to się rozproszy, po rozmaitych kątach pochowa i ciążyć przestanie. Sama księżna z fraucymerem i dworem miała być odesłana do Wiśniowca, aby książę z całą potęgą bezpieczny i bez przeszkód mógł w ogień ruszyć. Przygotowania na zamku były już zrobione, wozy z rzeczami i kosztownościami spakowane, zapasy zgromadzone, dwór choćby zaraz do wsiadania na wozy i konie gotowy. A oną gotowość sprawiła księżna Gryzelda, która duszę w nieszczęściu miała tak wielką jak książę – i prawie mu wyrównywała energią i nieugiętością charakteru. Widok ten bardzo pocieszył księcia, choć serce rozdzierało mu się na myśl, że przychodzi opuścić gniazdo łubniańskie, w którym tyle szczęścia zażył, tyle potęgi rozwinął, tyle sławy zdobył. Zresztą smutek ten podzielali wszyscy, i wojsko, i służba, i cały dwór; bo też wszyscy byli pewni, że gdy kniaź w dalekich stronach będzie walczył, nieprzyjaciel nie zostawi Łubniów w spokojności, ale się na tych kochanych murach zemści za wszystkie ciosy, jakie z rąk książęcych poniesie. Nie brakowało więc płaczu i lamentów, osobliwie między płcią niewieścią i tymi, którzy się już tu porodzili i groby rodzicielskie zostawiali.

XXIV

Pan Skrzetuski, który pierwszy przed chorągwiami do zamku skoczył, o kniaziównę i Zagłobę pytając, oczywiście ich tu nie znalazł. Ni tu ich widziano, ani o nich słyszano, jakkolwiek były już wieści o napadzie na Rozłogi i o zniesieniu wasiłowskiego prezydium. Zamknął się tedy rycerz w swojej kwaterze, w cekhauzie, razem z zawiedzioną nadzieją – i żal, i obawa, i troski na nowo do niego przyleciały. Ale opędzał się im, jak ranny żołnierz opędza się na pobojowisku krukom i kawkom, które się ku niemu zgromadzają, by ciepłą krew pić i świeże mięso szarpać. Krzepił się myślą, że Zagłoba, tak w fortele obfity, przecie się może wykręci i do Czernihowa, po otrzymaniu wiadomości o zniesieniu hetmanów, się schroni. Przypomniał też sobie w porę owego dziada, którego jadąc do Rozłogów spotkał, a który, jak sam powiadał, przez jakiegoś czorta z odzieży wraz z pachołkiem odarty, trzy dni goły w oczeretach kahamlickich siedział bojąc się na świat wychylić. Przyszła nagle myśl panu Skrzetuskiemu, że to Zagłoba musiał dziada obedrzeć, aby dla siebie i dla Heleny przebranie zdobyć. „Nie może to inaczej być!" – powtarzał sobie namiestnik – i ulgi wielkiej na tę myśl doznawał, gdyż takie przebranie bardzo ucieczkę ułatwiało. Spodziewał się też, że Bóg, który nad niewinnością czuwa, Heleny nie opuści, a chcąc łaskę Jego tym bardziej dla niej zjednać, postanowił sam z grzechów się oczyścić. Wyszedł tedy z cekhauzu i szukał księdza Muchowieckiego, a znalazłszy go pocieszającego niewiasty, o spowiedź prosił. Ksiądz powiódł go do kaplicy, zaraz siadł do konfesjonału i słuchać począł. Wysłuchawszy, naukę dawał, budował, w wierze utwierdzał, pocieszał i gromił. A gromił w ten sens, iż nie wolno jest chrześcijaninowi w moc Bożą wątpić, a obywatelowi więcej nad swym własnym niż nad ojczyzny nieszczęściem płakać, gdyż prywata to jest swego rodzaju mieć więcej łez dla siebie niż dla publiki – i więcej swego kochania żałować niż klęsk powszechnych. Po czym te klęski, ten upadek i hańbę ojczyzny w tak wzniosłych i żałośliwych wyraził słowach, że zaraz wielką miłość dla niej w sercu rycerza rozniecił, od której własne nieszczęścia tak mu zmalały, że prawie ich dostrzec nie mógł. Oczyścił też go z zawziętości i nienawiści, jaką przeciw Kozakom w nim spostrzegł. „Których gromić będziesz – mówił – jako nieprzyjaciół wiary, ojczyzny, jako sprzymierzeńców pogaństwa, ale jako swoim krzywdzicielom przebaczysz, z serca odpuścisz – i mścić się nie będziesz. A gdy tego dokażesz, tedy widzę już, że Bóg cię pocieszy i kochanie twoje tobie odda, i spokój tobie ześle..."

Po czym go przeżegnał, pobłogosławił i wyszedł, krzyżem mu za pokutę do rana przed Chrystusem rozpiętym leżeć kazawszy.

Kaplica była pusta i ciemna, jeno dwie świece migotały przed ołtarzem, kładąc blaski różowe i złote na twarz Chrystusa wykowaną z alabastru a pełną słodyczy i cierpienia. Godziny całe upływały, a namiestnik leżał bez ruchu niby martwy – ale też czuł coraz wyraźniej, że gorycz, rozpacz, nienawiść, ból, troski, cierpienie odwijają mu się od serca, wypełzają mu z piersi i pełzną jak węże, i kryją się gdzieś w ciemnościach. Uczuł, że lżej oddycha, że jakoby wstępuje w niego nowe zdrowie, nowe siły, że w głowie robi mu się jaśniej i błogość jakaś ogarnia – słowem, przed tym ołtarzem i przed tym Chrystusem znalazł wszystko, cokolwiek mógł znaleźć człowiek tamtych wieków, człowiek wiary niewzruszonej, bez śladu i cienia zwątpienia.

Nazajutrz był też namiestnik jakby odrodzony. Rozpoczęła się praca, ruch i krętanina, bo był to dzień odjazdu z Łubniów. Oficerowie od rana mieli lustrować chorągwie, czy konie i ludzie w należytym porządku, następnie wyprowadzać na błonia i szykować do pochodu. Książę słuchał mszy świętej w kościele Św. Michała, po czym wrócił do zamku i przyjmował deputacje od greckiego duchowieństwa i od mieszczan z Łubniów i z Chorola. Zasiadł tedy na tronie w sali malowanej przez Helma, w otoczeniu co przedniejszego rycerstwa, i tu go burmistrz łubniański Hruby żegnał po rusku w imieniu wszystkich miast do dzierżawy zadnieprzańskiej należących. Prosił go naprzód, żeby nie odjeżdżał i nie zostawiał ich jako owiec bez pasterza, co słysząc inni deputaci składając ręce powtarzali: „Ne odjiżaj! ne odjiżaj!" – a gdy książę odpowiedział, iż nie może to być – padli mu do nóg, dobrego pana żałując lub udając żal, gdyż mówiono, że wielu z nich mimo całej łaskawości książęcej bardziej sprzyjało Kozakom i Chmielnickiemu. Ale zamożniejsi bali się motłochu, co do którego była obawa, że zaraz po wyjeździe księcia z wojskiem powstanie. Książę odpowiedział, że ojcem starał się im być, nie panem, i zaklinał ich, by wytrwali w wierności dla majestatu i Rzeczypospolitej, wspólnej wszystkim matki, pod której skrzydłami krzywd nie cierpieli, w spokoju żyli, w zamożność wzrastali, jarzma żadnego nie doznając, którego by postronni włożyć na nich nie zaniechali. Podobnymiż słowy pożegnał i duchowieństwo greckie, po czym nadeszła godzina wyjazdu. Dopieroż płacze i lamenty służby rozległy się po całym zamczysku. Panny z fraucymeru mdlały, a panny Anny Borzobohatej ledwie się docucić mogli. Sama księżna tylko siadała z suchymi oczyma do karety i z podniesioną głową, bo dumna pani wstydziła się pokazywać ludziom cierpienia. Tłumy zaś ludu stały pod zamkiem, w Łubniach bito we wszystkie dzwony, popi żegnali krzyżami wyjeżdżających, korowód powozów, szarabanów i wozów zaledwie mógł się przecisnąć przez zamkową bramę.

Wreszcie i sam książę siadł na konia. Chorągwie po pułkach zniżyły się przed nim, uderzono na wałach z dział; płacze, gwar ludu i okrzyki pomieszały się z głosem dzwonów, z wystrzałami, z dźwiękami trąb wojennych, z huczeniem kotłów. Ruszono.

Naprzód szły dwie tatarskie chorągwie pod Roztworowskim i Wierszułłem, potem artyleria pana Wurcla, piechoty obersztera Machnickiego, za nimi jechała księżna z fraucymerem i cały dwór, wozy z rzeczami, za nimi wołoska chorągiew pana Bychowca i wreszcie komput wojska, górne pułki ciężkiej jazdy, chorągwie pancerne i usarskie, pochód zaś zamykała dragonia i semenowie.

Za wojskiem ciągnął się nieskończony i pstry jak wąż orszak wozów szlacheckich, wiozących rodziny tych wszystkich, którzy po wyjeździe książęcym nie chcieli zostawać na Zadnieprzu.

Surmy po pułkach grały, ale serca były ściśnięte. Każdy patrząc na owe mury myślał sobie w duszy: „Miły domie, zali cię zobaczę jeszcze w życiu?" Wyjechać łatwo, ale wrócić trudno. A przecie każdy część jakowąś duszy w tych miejscach zostawiał i pamięć słodką. Więc wszystkie oczy zwracały się po raz ostatni na zamek, na miasto, na wieże kościołów i kopuły cerkwi, i dachy domów. Każdy wiedział, co tu zostawiał, a nie wiedział, co go tam czekało w owej sinej dali, ku której dążył tabor...

Żal więc był we wszystkich duszach. Miasto wołało za odjeżdżającymi głosami dzwonów, jakby prosząc i zaklinając ze swej strony, by go nie opuszczano, nie wystawiano na niepewność, na złe losy przyszłe; wołało, jakby tym żałosnym dźwiękiem dzwonów chciało się żegnać i utrwalić w pamięci...

Więc choć pochód oddalał się, głowy były ku miastu zwrócone, a we wszystkich obliczach czytałeś pytanie:

– Zali nie ostatni raz?

Tak jest! Z tego całego wojska i tłumu, z tych tysiąców, które w tej chwili szły z księciem Wiśniowieckim, ani on sam, ani nikt nie miał już ujrzeć więcej ni miasta, ni kraju.

Trąby grały. Tabor posuwał się z wolna, ale ciągle, i po niejakim czasie miasto poczęło przesłaniać się mgłą błękitną, domy i dachy zlewały się w jedną masę mocno w słońcu świecącą. Wtedy książę wypuścił naprzód konia i wjechawszy na wysoką mogiłę stanął nieruchomie i patrzył długo. Toż ten gród błyszczący teraz w słońcu i cały ten kraj widny z mogiły to było dzieło jego przodków i jego własne. Wiśniowieccy bowiem zmienili te głuche dawniej pustynie na kraj osiadły, otworzyli je ludzkiemu życiu i rzec można: stworzyli Zadnieprze. A największą część tego dzieła spełnił sam książę. On budował te kościoły, których wieże, ot, błękitnieją tam, nad miastem, on wzmógł miasto, on połączył je traktami z Ukrainą, on trzebił lasy, osuszał bagna, wznosił zamki, zakładał wsie i osady, sprowadzał mieszkańców, tępił łupieżców, bronił od inkursji tatarskich, utrzymywał spokój dla rolnika i kupca pożądany, wprowadzał panowanie prawa i sprawiedliwości. Przez niego ten kraj żył, rozwijał się i kwitnął. On był mu duszą i sercem – a teraz przyszło to wszystko porzucić.

I nie tej fortuny olbrzymiej, równej całym księstwom niemieckim, żałował książę, ale się do tego dzieła rąk własnych przywiązał; wiedział, że gdy jego tu zbraknie, wszystkiego zbraknie, że praca lat całych od razu zostanie zniszczona, że trud pójdzie na marne, dzicz się rozpęta, pożary ogarną wsie i miasta, że Tatar będzie poił konie w tych rzekach, bór porośnie na zgliszczach i że jeśli Bóg da wrócić – wszystko, wszystko wypadnie poczynać na nowo – a może już tych sił nie będzie i czasu zbraknie, i ufności takiej, jak pierwej, nie stanie. Tu zeszły lata, które były dlań chwałą przed ludźmi, zasługą przed Bogiem – a teraz chwała i zasługa mają się z dymem rozwiać...

Więc też dwie łzy stoczyły mu się z wolna na policzki.

Były to ostatnie łzy, po których zostały w tych oczach same tylko błyskawice.

Koń książęcy wyciągnął szyję i zarżał, a rżeniu temu odpowiedziały zaraz inne pod chorągwiami. Te głosy ocuciły księcia z zadumy i napełniły go otuchą. A toż zostaje mu jeszcze sześć tysięcy wiernych towarzyszów, sześć tysięcy szabel, z którymi świat mu otwarty, a których czeka jak jedynego zbawienia pognębiona Rzeczpospolita. Idylla zadnieprzańska skończona, ale tam, gdzie działa grzmią, gdzie wsie i miasta płoną, gdzie po nocach z rżeniem koni tatarskich i wrzaskiem kozackim miesza się płacz niewolników, jęki mężów, niewiast i dzieci – tam pole otwarte i sława zbawcy i ojca ojczyzny do zdobycia... Któż po ten wieniec sięgnie, któż będzie ratował tak pohańbioną, chłopskimi nogami zdeptaną, upokorzoną, konającą ojczyznę, jeśli nie on – książę, jeśli nie te wojska, które owo tam, na dole, zbrojami ku słońcu świecą i migocą?

Tabor przechodził właśnie koło stóp mogiły, a na widok księcia, stojącego z buławą w ręku na szczycie pod krzyżem, wszystkim żołnierzom wydarł się naraz z piersi okrzyk:

– Niech żyje książę! Niech żyje wódz nasz i hetman, Jeremi Wiśniowiecki!

I setki chorągwi zniżyło się do nóg jego, husarie wydały karwasza-mi dźwięk groźny, kotły huknęły do wtóru okrzykom.

Wtedy książę wydobył szablę i wzniósłszy ją wraz z oczami ku niebu tak mówił:

– Ja, Jeremi Wiśniowiecki, wojewoda ruski, książę na Łubniach i Wiśniowcu, przysięgam Tobie Boże w Trójcy świętej jedyny i Tobie Matko Najświętsza, jako podnosząc tę szablę przeciw hultajstwu, od którego ojczyzna jest pohańbiona, póty jej nie złożę, póki mi sił i życia stanie, póki hańby owej nie zmyję, każdego nieprzyjaciela do nóg Rzeczypospolitej nie zegnę, Ukrainy nie uspokoję i buntów chłopskich we krwi nie utopię. A jako ten ślub ze szczerego serca czynię, tak mi Panie Boże dopomóż – amen!

To rzekłszy stał jeszcze przez chwilę patrząc w niebo, po czym z wolna zjechał z mogiły ku chorągwiom. Wojska doszły na noc do Basani, wsi pani Krynickiej, która przyjęła księcia klęcząc we wro-tach, bo już ją byli chłopi we dworze oblegali, którym z pomocą co wierniejszej czeladzi się opędzała, gdy nagłe przyjście wojsk ocaliło ją i jej dziewiętnaścioro dzieci, a w tym samych panien czternaście. Książę, kazawszy napastników pochwytać, wysłał Poniatowskiego, rotmistrza kozackiej chorągwi, ku Kaniowu, który tejże nocy przy-wiódł pięciu Zaporożców z wasiutyńskiego kurzenia. Uczestniczyli oni wszyscy w bitwie korsuńskiej i przypieczeni ogniem, zdali do-kładną o niej księciu relację. Zapewnili również, że Chmielnicki jeszcze jest w Korsuniu. Tuhaj-bej zaś z jasyrem, z łupami i z oboma hetmanami udał się do Czehryna, skąd do Krymu miał jechać. Sły-szeli także, że Chmielnicki prosił go bardzo, aby wojsk zaporoskich nie opuszczał i przeciw księciu szedł, wszelako murza nie chciał się na to zgodzić mówiąc, iż po zniesieniu wojsk i hetmanów sami Kozacy mogą już sobie poradzić, on zaś nie będzie dłużej czekał, bo jasyr by mu wymarł. Badani o siły Chmielnickiego podawali je na dwieście tysięcy, ale dość lada jakich, a dobrych tylko pięćdziesiąt, to jest Zaporożców i Kozaków pańskich albo grodowych, którzy się do buntu przyłączyli.

Po otrzymaniu tych wiadomości pokrzepił się na duchu książę, spodziewał się bowiem także za Dnieprem znacznie w potęgę urosnąć przez szlachtę, zbiegów wojska koronnego i poczty pańskie. Za czym nazajutrz rano udał się w dalszą drogę.

Za Perejasławiem weszły wojska w olbrzymie, głuche lasy ciągnące się wzdłuż biegu Trubieży aż do Kozielca i dalej pod sam Czernihów. Był to schyłek maja – upały straszliwe. W lasach miasto chłodu było tak duszno, iż ludziom i koniom powietrza brakło do oddechu. Bydło prowadzone za taborem padało co krok lub zwietrzywszy wodę biegło ku niej jak szalone, przewracając wozy i powodując zamieszanie. Zaczęły też i konie padać, zwłaszcza w ciężkiej jeździe. Noce szczególniej były nieznośne dla niezmiernej ilości robactwa i zbyt silnego zapachu żywicy, którą z powodu upałów drzewa roniły obficiej niż zwykle.

Wleczono się tak cztery dni, na koniec piątego upał stał się nadnaturalny. Gdy przyszła noc, konie zaczęły chrapać, a bydło ryczeć żałośnie, jakoby przewidując jakieś niebezpieczeństwo, którego ludzie nie mogli się jeszcze domyślić.

– Krew wietrzą! – mówiono z taboru między tłumami uciekających rodzin szlacheckich.

– Kozacy gonią nas! bitwa będzie!

Na te słowa niewiasty podniosły lament – wieść doszła do czeladzi, wszczął się popłoch i zamieszanie – wozy jęły się prześcigać wzajemnie albo zjeżdżać z traktu na oślep w las, w którym więzły między drzewami.

Ale ludzie przysłani przez księcia przywrócili szybko porządek. Rozesłano na wszystkie strony podjazdy, by się przekonać, czy rzeczywiście jakie niebezpieczeństwo nie groziło.

Pan Skrzetuski, który na ochotnika z Wołoszą poszedł, wrócił pierwszy nad ranem, a wróciwszy udał się natychmiast do księcia.

– Co tam? – spytał Jeremi.

– Mości książę, lasy się palą.

– Podpalone?

– Tak jest. Schwytałem kilku ludzi, którzy wyznali, iż Chmielnicki wysłał ochotnika, który by za waszą książęcą mością szedł a ogień, jeśli wiatr będzie pomyślny, podkładał.

– Żywcem by nas chciał upiec, bitwy nie staczając. Dawać tu tych ludzi!

Za chwilę przyprowadzono trzech czabanów, dzikich, głupich, przestraszonych, którzy natychmiast przyznali się, że istotnie kazano im lasy podpalić. Wyznali także, że i wojska były już za księciem wyprawione, ale te szły ku Czernihowu inną drogą, bliżej Dniepru.

Tymczasem przybyły i inne podjazdy, a każdy przywiózł tęż samą wieść:

– Lasy się palą.

Ale książę nie zdawał się tym bynajmniej trwożyć.

– Pogański to sposób – rzekł – ale nic po tym! Ogień nie przejdzie za rzeki idące do Trubieży.

Jakoż istotnie do Trubieży, wzdłuż której posuwał się ku północy tabor, wpadało tyle rzeczek tworzących tu i owdzie szerokie bagna, iż nie było obawy, aby ogień mógł się przez nie przedostać. Potrzeba było chyba za każdą z nich na nowo bór podpalać.

Podjazdy sprawdziły wkrótce, iż tak i czyniono. Codziennie też sprowadzały podpalaczów, którymi ubierano sosny przydrożne.

Ogień szerzył się gwałtownie, ale wzdłuż rzeczek ku wschodowi i zachodowi, nie ku północy. Nocami niebo czerwieniło się, jak okiem dojrzał. Niewiasty śpiewały od wieczora do świtania pieśni pobożne. Przerażony dziki zwierz z płonących borów chronił się na trakt i ciągnął za taborem mieszając się ze stadami domowego bydła. Wiatr naniósł dymów, które przesłoniły cały widnokrąg. Wojska i wozy posuwały się jak we mgle gęstej, przez którą wzrok nie sięgał. Piersi nie miały czym oddychać, dym gryzł oczy – a wiatr napędzał go coraz więcej. Światło słoneczne nie mogło się przebić przez te tumany i nocami było widniej niż w dzień, bo świeciły łuny. Bór zdawał się nie mieć końca.

Wśród takich to płonących lasów i dymów prowadził Jeremi swoje wojska. Przy tym nadeszły wieści, że nieprzyjaciel idzie drugą stroną Trubieży, ale nie wiedziano, jak wielką była jego potęga – wszelako Tatarzy Wierszułła sprawdzili, że był jeszcze bardzo daleko.

Tymczasem pewnej nocy przyjechał do taboru pan Suchodolski z Bodenek, z tamtej strony Desny. Był do dawny dworzanin, rękodajny księcia, który przed kilkoma laty na wieś się przeniósł. Uciekał i on przed chłopstwem, ale przywiózł wieść, o której nie wiedziano jeszcze w wojsku.

Wielka też zrobiła się konsternacja, gdy zapytany przez księcia o nowiny, odpowiedział:

– Złe, mości książę! O pogromie hetmańskim już wiecie, zarównie jak i o śmierci królewskiej?

Książę, który siedział na małym taboreciku podróżnym przed namiotem, zerwał się na równe nogi:

– Jak to? król umarł?

– Miłościwy pan oddał ducha w Mereczu jeszcze na tydzień przed pogromem korsuńskim – rzekł Suchodolski.

– Bóg w miłosierdziu swoim nie dał mu dożyć takiej chwili! – odpowiedział książę, po czym za głowę się wziąwszy mówił dalej: – Straszne to czasy nadchodzą na tę Rzeczpospolitą. Konwokacje i elekcje – *interregnum*, niezgody i machinacje zagraniczne teraz, gdy potrzeba by, aby cały naród w jeden miecz w jednych ręku się zmienił. Bóg chyba odwrócił od nas oblicze swoje i w gniewie swym za grzechy chłostać nas zamierza. Toż tę pożogę sam tylko król Władysław mógł ugasić, gdyż dziwną on miał miłość między kozactwem, a prócz tego wojenny był pan.

W tej chwili kilkunastu oficerów, między nimi Zaćwilichowski, Skrzetuski, Baranowski, Wurcel, Machnicki i Polanowski, zbliżyło się do księcia, który rzekł:

– Mości panowie, król umarł!

Głowy odkryły się jak na komendę. Twarze spoważniały. Wieść tak niespodziana mowę wszystkim odjęła. Po chwili dopiero wybuchnął żal powszechny.

– Wieczne odpocznienie racz mu dać, Panie! – rzekł książę.

– I światłość wiekuista niechaj mu świeci na wieki!

Wkrótce potem ksiądz Muchowiecki zaintonował „*Dies irae*" i wśród tych lasów, wśród tego dymu pognębienie niewypowiedziane ogarnęło serca i dusze. Wszystkim zdawało się, jakby jakaś oczekiwana odsiecz zawiodła, jakby już teraz wobec groźnego nieprzyjaciela sami zostali na świecie... i nie mieli na nim nikogo więcej, ino swego księcia.

Toteż wszystkie oczy zwróciły się ku niemu i nowy węzeł został między nim a żołnierstwem zawiązany.

Tegoż dnia wieczorem książę rzekł do Zaćwilichowskiego tak, iż słyszeli go wszyscy:

– Potrzeba nam króla wojownika, toteż jeśli Bóg pozwoli, byśmy dali nasze kreski na elekcji, damy je za królewiczem Karolem, któren więcej od Kazimierza ma wojennego animuszu.

– *Vivat Carolus rex*! – zawołali oficerowie.

– *Vivat*! – powtórzyły usarie, a za nimi całe wojsko.

I nie spodziewał się zapewne książę wojewoda, że te okrzyki brzmiące na Zadnieprzu, wśród głuchych lasów czernihowskich, dojdą aż do Warszawy i że mu buławę wielką koronną z rąk wytrącą.

XXV

Po dziesięciodniowym pochodzie, którego pan Maszkiewicz był Ksenofontem, i trzydniowej przeprawie przez Desnę przyszły wreszcie wojska do Czernihowa. Przed wszystkimi wszedł pan Skrzetuski z Wołoszą, którego umyślnie książę do zajęcia miasta wykomenderował, aby się mógł prędzej o kniaziównę i Zagłobę rozpytać. Ale tu również, jak i w Łubniach, ani w mieście, ani na zamku nikt o nich nie słyszał. Przepadli gdzieś bez śladu jak kamień w wodzie i rycerz sam już nie wiedział, co o tym myśleć. Gdzie się mogli schronić? Przecie nie do Moskwy ani do Krymu, ani na Sicz? Pozostawało jedno przypuszczenie, iż przeprawili się przez Dniepr, ale w takim razie znaleźli się od razu w środku burzy. Tam rzezie, pożogi, pijane tłumy czerni, Zaporożcy i Tatarzy, przed którymi nawet i przebranie Heleny nie chroniło, bo dzicz pogańska chętnie zagarniała w jasyr chłopców dla wielkiego na nich na targach stambulskich pokupu. Przychodziło nawet do głowy panu Skrzetuskiemu straszliwe podejrzenie, że może umyślnie Zagłoba w tamtą stronę ją powiódł, ażeby Tuhaj-bejowi ją sprzedać, który mógł hojniej od Bohuna go nagrodzić – i ta myśl prawie go o szaleństwo przyprawiała, ale uspokajał go w tym znacznie pan Longinus Podbipięta, który Zagłobę poznał dawniej od Skrzetuskiego.

– Braciaszku, mości namiestniku – mówił – wybijże sobie to z głowy. Jużże ten szlachcic tego nie uczynił! Było i u Kurcewiczów dosyć skarbów, które by mu Bohun chętnie odstąpił, taż gdyby chciał dziewczynę gubić, gardła by nie narażał i do fortuny doszedł.

– Prawda jest – mówił namiestnik – ale czemuż za Dniepr, a nie do Łubniów lub do Czernihowa z nią uciekał?

– Jużże ty się uspokój, mileńki. Ja tego Zagłobę znam. Pił on ze mną i zapożyczał się u mnie. O pieniądze on nie dba ani o swoje, ani o cudze. Swoje ma, to straci, cudzych nie odda – ale żeby miał na takie postępki się puszczać, tego po nim się nie spodziewam.

– Lekki to jest człek, lekki – mówił Skrzetuski.

– To może i lekki, ale i frant, który każdego w pole wywiedzie i ze wszystkich niebezpieczeństw się wykręci. A jako tobie ksiądz prorockim duchem przepowiedział, iż ci ją Bóg powróci – tak i będzie, gdyż słuszna to jest, aby wszelki szczery afekt był wynagrodzony, którą ufnością pocieszaj się, jako ja się pocieszam.

Tu pan Longinus sam począł wzdychać ciężko, a po chwili dodał:

– Popytajmyż się jeszcze w zamku, może oni choć przechodzili tędy.

I pytali się wszędzie, ale na próżno – nie było żadnego śladu nawet i przejścia zbiegów. W zamku pełno było szlachty z żonami i dziećmi, która się tu przed Kozakami zawarła. Książę namawiał ich, by szli z nim razem, i przestrzegał, że Kozacy idą za nim w tropy. Nie śmieli oni uderzyć na wojsko, ale było prawdopodobnym, że po odejściu księcia pokuszą się o zamek i miasto. Szlachta jednak w zameczku dziwnie była zaślepiona.

– Bezpieczni my tu jesteśmy za lasami – odpowiadali księciu. – Nikt tu do nas nie przyjdzie.

– A przecie ja owe lasy przeszedłem – mówił książę.

– To wasza książęca mość przeszła, ale hultajstwo nie przejdzie. Ho! ho! nie takie to lasy.

I nie chcieli iść trwając w swoim zaślepieniu, które potem srodze przypłacili, gdyż po odejściu księcia rychło nadciągnęli Kozacy. Zamek bronił się mężnie przez trzy tygodnie, po czym został zdobyty i wszyscy w nim w pień wycięci. Kozacy dopuszczali się strasznych okrucieństw, rozdzierając dzieci, paląc niewiasty na wolnym ogniu – i nikt nie zemścił się nad nimi.

Książę tymczasem, przyszedłszy do Lubecza nad Dniepr, tam wojsko dla odpoczynku rozłożył, sam zaś z księżną, dworem i ciężarami jechał do Brahina, położonego wśród lasów i błot nieprzebytych. W tydzień później przeprawiło się i wojsko. Ruszono następnie do Babicy pod Mozyr – i tam w święto Bożego Ciała wybiła godzina rozstania się, bo księżna z dworem miała jechać do Turowa, do pani wojewodziny wileńskiej, ciotki swojej, książę zaś z wojskiem w ogień ku Ukrainie.

Na ostatnim pożegnalnym obiedzie byli oboje księstwo, fraucymer i co przedniejsze towarzystwo. Ale wśród panien i kawalerów nie było zwykłej wesołości, bo niejedno tam żołnierskie serce krajało się na myśl, że za chwilę trzeba będzie porzucić tę wybraną, dla której by się chciało żyć, bić i umierać, niejedne jasne lub ciemne oczy dziewczęce zachodziły łzami z żalu, iż on odjedzie na wojnę, między kule i miecze, między Kozaki i dzikie Tatary... odjedzie i może nie wróci...

Toteż gdy książę przemówił żegnając żonę i dwór, panniątka zapiszczały jedna w drugą żałośnie jak kocięta, rycerze zaś, jako to silniejszego ducha, powstali z miejsc swoich i chwyciwszy za głownie szabel krzyknęli razem:

– Zwyciężymy i powrócimy!

– Dopomóż wam Bóg! – odpowiedziała księżna.

Na to rozległ się okrzyk, aż okna i ściany się zatrzęsły:

– Niech żyje księżna pani! niech żyje matka nasza i dobrodziejka!

– Niech żyje! niech żyje!

Kochali ją też żołnierze za jej przychylność dla rycerstwa, za jej wielką duszę, hojność i łaskawość, za opiekę nad ich rodzinami. Kochał ją nad wszystko książę Jeremi, bo to były dwie natury jakby dla siebie stworzone, kubek w kubek do siebie podobne, obie ze złota i spiżu ulane.

Więc wszyscy szli ku niej i każdy klękał z kielichem przed jej krzesłem, a ona za głowę każdego ścisnąwszy, kilka słów łaskawych przemówiła. Skrzetuskiemu zaś rzekła:

– Niejeden tu podobno rycerz szkaplerzyk albo wstążeczkę na waletę dostanie, a że nie masz tu tej, od której byś waćpan najbardziej pragnął, przeto przyjm ode mnie jakby od matki.

To rzekłszy zdjęła krzyżyczek złoty turkusami usiany i zawiesiła go na szyi rycerza, któren rękę jej ze czcią ucałował.

Znać było, że i książę był bardzo kontent z tego, co pana Skrzetuskiego spotkało, gdyż w ostatnich czasach jeszcze bardziej go polubił za to, iż godność książęcą, posłując na Siczy, ochronił – i listów od Chmielnickiego brać nie chciał. Tymczasem ruszono się od stołu. Panny, chwyciwszy w lot słowa księżny do pana Skrzetuskiego wyrzeczone i biorąc je za zgodę i pozwolenie, zaraz też poczęły wydobywać: ta szkaplerz,ta szarfę ta krzyżyk – co widząc rycerze obces każdy do swojej, jeśli nie wybranej, to przynajmniej do najmilszej. Sunął tedy Poniatowski do Żytyńskiej, Bychowiec do Bohowitynianki, bo tę sobie w ostatnich czasach upodobał, Roztworowski do Żukówny, rudy Wierszułł do Skoropackiej, oberszter Machnicki, choć stary, do Zawiejskiej; jedna tylko Anusia Borzobohata-Krasieńska, choć najpiękniejsza ze wszystkich, stała pod oknem sama i opuszczona. Lice jej zarumieniło się, oczki nakryte powiekami strzelały z ukosa, jakby gniewem a zarazem i prośbą, by jej nie czyniono takiego afrontu, zaś zdrajca Wołodyjowski zbliżył się i rzekł:

– Chciałem też i ja prosić pannę Annę o jakową pamiątkę, alem się tej chęci wyrzekł, gdyżem tak mniemał, że dla zbyt wielkiego tłoku się nie docisnę.

Policzki Anusi zapałały jeszcze ogniściej, wszelako bez chwili namysłu odrzekła:

– Z innych byś waćpan rąk, nie z moich, chciał pamiątki, ale jej nie dostaniesz, bo tam jeśli nie za ciasno, to dla waszeci za wysoko.

Cios był dobrze wymierzony i podwójny, bo po pierwsze – zawierał przymówkę do małego wzrostu rycerza, a po wtóre – do jego afektu dla księżniczki Barbary Zbaraskiej. Pan Wołodyjowski kochał się naprzód w starszej Annie, ale gdy tę zaswatano, przebolał i w cichości ofiarował serce Barbarze sądząc, że nikt się tego nie domyśla. Więc też, gdy o tym od Anusi zasłyszał, choć to niby szermierz pierwszej wody i na szable, i na słowa, skonfundował się tak, że języka w gębie zapomniał, i tylko jąkał nie do rzeczy:

– Waćpanna także mierzysz wysoko, bo tak właśnie, jak głowa pana... Podbipięty...

– Wyższy on istotnie od waćpana i mieczem, i polityką – odparła rezolutna dziewczyna. – Dziękuję-ć też, żeś mi go przypomniał. Dobrze i tak!

To rzekłszy zwróciła się ku Litwinowi:

– Mości panie, zbliż się jeno waćpan. Chcę też i ja mieć swojego rycerza, a już nie wiem, czybym mogła na mężniejszej piersi oną szarfę przewiązać.

Pan Podbipięta oczy wytrzeszczył jakby nie wierząc sobie, czy dobrze słyszy, nareszcie jak rzuci się na kolana, aż podłoga zatrzeszczała:

– Dobrodziko moja! dobrodziko!

Anusia przewiązała szarfę, a potem małe rączki jej znikły całkiem pod płowymi wąsami pana Longina, rozległo się tylko mlaskanie i mruczenie, którego słuchając pan Wołodyjowski rzekł do porucznika Migurskiego:

– Przysiągłbyś, że niedźwiedź pszczoły psowa i miód wyjada.

Po czym odszedł z pewną złością, bo czuł w sobie Anusine żądło, a przecie kochał się w niej także swego czasu.

Ale już też i książę począł się z księżną żegnać – i w godzinę później dwór ruszył do Turowa, wojska zaś ku Prypeci.

W nocy na przeprawie, gdy budowano tratwy do przeniesienia dział, a usarie pilnowały robót, rzekł pan Longinus do Skrzetuskiego:

– Ot, braciaszku, nieszczęście!

– Coć się stało? – pytał namiestnik.

– A to te wieści z Ukrainy!

– Jakie?

– Powiadali przecie Zaporożcy, że Tuhaj-bej odszedł z ordą do Krymu.

– To i cóż z tego? Na to przecie nie będziesz płakał.

– Owszem, braciaszku, boś mnie powiedział – i miałeś słuszność – co? – że kozackich głów liczyć nie mogę, a skoro Tatarzy odeszli, tak skądże ja wezmę trzech głów pogańskich? gdzie ich szukać będę? A mnie one, ach, jak potrzebne!

Skrzetuski, choć sam strapiony, uśmiechnął się i odrzekł:

– Zgaduję, o co ci chodzi, bom widział, jak cię dziś na rycerza pasowano.

Na to pan Longinus ręce złożył:

– Tak, bo po cóż dłużej i skrywać, polubiłem, braciaszku, polubiłem... Ot, nieszczęście!

– Nie martw się. Nie wierzę ja w to, by Tuhaj-bej już odszedł, a zresztą będziesz miał pogaństwa jak tych komarów nad głową.

Rzeczywiście całe chmury komarów unosiły się nad końmi i ludźmi, bo wojska weszły w kraj błot nieprzebytych, lasów bagnistych, łąk rozmiękłych, rzek, rzeczek i strumieni, w kraj pusty, głuchy, jedną puszczą szumiący, o którego mieszkańcach mawiano w owych czasach:

> *Dał dla córeczki*
> *Szlachcic Hołota*
> *Dziegciu dwie beczki,*
> *Grzybów wianuszek,*
> *Wiunów garnuszek*
> *I lechę błota.*

Na błocie owym rosły wprawdzie nie tylko grzyby, ale wbrew owym rytmom i wielkie fortuny pańskie. Wszelako w tej chwili ludzie książęcy, którzy w znacznej części wychowali się i wyrośli na suchych, wysokich stepach zadnieprzańskich, nie chcieli oczom własnym wierzyć. Wszakżeż i tam były miejscami bagna i lasy, ale tu cały kraj zdawał się jednym bagnem. Noc była pogodna, jasna – i przy blasku księżyca, jak okiem sięgnąć, nie zajrzałeś sążnia suchego gruntu. Kępy tylko czerniły się nad wodą, lasy zdawały się z wody wyrastać, woda chlupotała pod nogami końskimi, wodę wyciskały koła wozów i armat.Wurcel wpadł w desperację. ,,Dziwny pochód – mówił – pod Czernihowem groził nam ogień, a tu woda nas zalewa.'' Rzeczywiście ziemia wbrew przyrodzeniu nie dawała tu stałej podpory nogom, ale gięła się, trzęsła, jakby się chciała rozstąpić i pochłonąć tych, co się po niej poruszali.

Wojska przez Prypeć przeprawiały się cztery dni, potem niemal codziennie trzeba było przebywać rzeki i rzeczułki płynące w rozkisłym gruncie. A nigdzie mostu. Lud cały na łodziach, w szuhalejach. Po kilku dniach wszczęły się i mgły, i deszcze. Ludzie dobywali ostatnich sił, by się na koniec wydostać z tych zaklętych okolic. A książę śpieszył, pędził. Kazał walić całe lasy, układać drogi z okrąglaków i szedł naprzód. Żołnierz też widząc, jak nie szczędził sił własnych, jak od rana do nocy był na koniu, wojska sprawował, nad pochodem czuwał, wszystkim osobiście zawiadywał – nie śmiał szemrać, choć trud był prawie nad siły. Od rana do nocy lgnąć i moknąć – oto był wspólny los wszystkich. Koniom róg począł złazić z kopyt, wiele ich od armat odpadło, więc piechota i dragoni Wołodyjowskiego sami ciągnęli działa. Najgórniejsze pułki, jako usarie Skrzetuskiego, Zaćwilichowskiego i pancerni, brali się do siekier dla moszczenia dróg. Był to sławny pochód o chłodzie, wodzie i głodzie, w którym wola wodza i zapał żołnierzy łamały wszystkie przeszkody. Nikt tędy dotychczas nie odważył się z wiosny, przy rozlaniu wód, wojsk prowadzić. Szczęściem pochód nie był ani razu żadnym napadem przerwany. Lud tam cichy, spokojny, nie myślał o buncie, a choć później podburzany przez Kozaków i zachęcany przykładem, nie chciał garnąć się pod ich znaki. Toż i teraz spoglądał sennym okiem na przechodzące zastępy rycerzy, którzy wynurzali się z borów i bagien, jakby zaklęci, a przechodzili jak sen; dostarczał przewodników, spełniał cicho i posłusznie wszystko, czego od niego żądano.

Co widząc książę powściągał surowie wszelką swawolę żołnierską i nie płynęły zł wojskiem jęki ludzkie, przekleństwa i narzekania, a gdy po przejściu wojsk została w jakiej dymnej wiosce wieść, że to kniaź Jarema przechodził, ludzie potrząsali głowami. „Wże win dobryj!" – mówili sobie z cicha.

Na koniec po dwudziestu dniach nadludzkich trudów i wysileń wychyliły się wojska książęce w kraj zbuntowany. „Jarema ide! Jarema ide!" – rozlegało się po całej Ukrainie, aż hen, po Dzikie Pola, do Czehryna i Jahorliku. „Jarema ide!" – rozlegało się po miastach, wsiach, chutorach i pasiekach i na tę wieść kosy, widły i noże wypadały z rąk chłopskich, twarze bladły, kupy swawolne pomykały nocami ku południowi jak stada wilków przed odgłosem rogów myśliwskich; Tatar zabłąkany dla grabieży zeskakiwał z konia i ucho co chwila do ziemi przykładał; w nie zdobytych jeszcze zamkach i zameczkach bito w dzwony i śpiewano *Te Deum laudamus!*

A ów groźny lew położył się na progu zbuntowanego kraju i odpoczywał.

Siły zbierał.

XXVI

Tymczasem Chmielnicki, postawszy czas jakiś w Korsuniu, do Białocerkwi się cofnął i tam stolicę swą założył. Orda zapadła koszem z drugiej strony rzeki, rozpuszczając zagony po całym województwie kijowskim. Niepotrzebnie się też martwił pan Longinus Podbipięta, że mu głów tatarskich nie stanie. Pan Skrzetuski słusznie przewidywał, że Zaporożcy, schwytani przez pana Poniatowskiego pod Kaniowem, fałszywą dali wiadomość: Tuhaj-bej nie tylko nie odszedł, ale nawet do Czehryna się nie ruszał. Co więcej, nowe czambuły nadciągnęły ze wszystkich stron. Przyszli carzykowie: azowski i astrachański, którzy nigdy przedtem w Polsce nie bywali, w cztery tysiące wojowników; przyszło dwanaście tysięcy hordy nohajskiej, dwadzieścia tysięcy biłgorodzkiej i budziackiej, wszystko zaklęci ongi Zaporoża i kozactwa nieprzyjaciele, dziś bracia i na krew chrześcijańską zaprzysięgli sprzymierzeńcy. Na koniec przybył i sam chan Islam Girej z dwunastoma tysiącami Perekopców. Cierpiała od tych przyjaciół cała Ukraina, cierpiał nie tylko stan szlachecki, ale i lud ruski, któremu palono wioski, zabierano dobytek, a samych chłopów, niewiasty i dzieci pędzono w jasyr. W tych czasach mordu, pożogi i krwi wylania jeden tylko dla chłopa był ratunek: uciec do obozu Chmielnickiego. Tam z ofiary stawał się zbójem i sam własną ziemię niszczył, ale przynajmniej żywota był bezpieczny. Nieszczęsny kraj!... Gdy bunt w nim wybuchł, pokarał go naprzód i spustoszył pan Mikołaj Potocki, potem Zaporożcy i Tatarzy, którzy niby dla oswobodzenia go przyszli, a teraz zawisł nad nim Jeremi Wiśniowiecki.

Uciekał też, kto mógł, do obozu Chmielnickiego, uciekała nawet i szlachta, gdy innego środka ocalenia nie było. Dzięki temu Chmielnicki rósł w siły i że nie zaraz ruszył w głąb Rzeczypospolitej, że leżał długo w Białocerkwi, to przeważnie dlatego, by ład w te rozhukane i dzikie żywioły wprowadzić.

Jakoż w żelaznym jego ręku zmieniały się one szybko w bojową potęgę. Kadry z wyćwiczonych Zaporożców były gotowe, podzielono czerń na pułki, wyznaczono pułkowników z dawnych atamanów koszowych, pojedyncze oddziały wysyłano na zdobywanie zamków, by je do boju zaprawić. A bitny to był z natury lud, do wojny tak jak żaden inny sposobny, do broni przywykły, przez napady tatarskie z ogniem i krwawym obliczem wojny oswojony.

Poszło więc dwóch pułkowników, Handża i Ostap, na Nesterwar, który zdobyli, ludność żydowską i szlachecką w pień wycięli. Czetwertyńskiemu kniaziowi własny jego młynarz głowę na progu zamkowym odciął, a z księżny – Ostap niewolnicę swoją uczynił. Szli inni w inne strony i powodzenie towarzyszyło ich orężowi, bo strach serca Lachom odjął – strach „temu narodowi niezwyczajny", któren broń z rąk wytrącał i sił zbawiał.

Nieraz, bywało, pułkownicy nagabywali Chmielnickiego: „Czemu zaś ku Warszawie nie ruszasz, ale spoczywasz, z czarownicami czary odprawujesz i gorzałką się zalewasz, a Lachom się obaczyć od strachu i wojska zebrać pozwalasz?" Nieraz też czerń pijana wyła po nocach, oblegała kwaterę Chmielnickiego żądając, by ją na Lachiw prowadził. Chmielnicki podniósł bunt i dał mu siłę straszliwą, ale teraz jął miarkować, że już siła owa jego samego pcha ku nieznanej przyszłości, więc często chmurnym okiem w oną przyszłość spoglądał i zbadać ją usiłował – i sercem wobec niej się trwożył.

Jako się rzekło, wśród tych pułkowników i atamanów on jeden wiedział, ile jest straszliwej potęgi w pozornej bezsilności Rzeczypospolitej. Podniósł bunt, zbił pod Żółtymi Wodami, zbił pod Korsuniem, starł wojska koronne – a co dalej?

Zbierał tedy pułkowników do rady i wodząc po nich krwawymi oczyma, przed którymi drżeli wszyscy, stawiał im ponuro toż samo pytanie:

– Co dalej? czego wy chcecie?

– Iść do Warszawy? to tu kniaź Wiśniowiecki przyjdzie, żony i dzieci wasze jako piorun pobije, ziemię a wodę tylko zostawi, a potem i on za nami do Warszawy z całą potęgą szlachecką, która się do niego przyłączy, pociągnie – i we dwa ognie wzięci, zginiem, jeśli nie w bitwach, to na palach...

– Na przyjaźń tatarską liczyć nie można. Oni dziś z nami, jutro przeciw nam się odwrócą i do Krymu popędzą albo panom nasze głowy sprzedadzą.

– Ano, co dalej, mówcie! Iść na Wiśniowieckiego? to on siłę naszą i tatarską całą na sobie zadzierży, a przez ten czas wojska się zbiorą i z głębi Rzeczypospolitej w pomoc mu ruszą. Wybierajcie...

I potrwożeni pułkownicy milczeli, a Chmielnicki mówił:

– Czemużeście to zmaleli? czemu więcej nie przecie na mnie, bym ku Warszawie ciągnął? Gdy tedy nie wiecie, co czynić, na mnie to zdajcie, a Bóg da, swoją i wasze głowy ocalę i kontentację dla wojska zaporoskiego i wszystkich Kozaków otrzymam.

Jakoż pozostawał jeden sposób: układy. Chmielnicki dobrze wiedział, ile tą drogą można w Rzeczypospolitej wymóc; liczył, że sejmy prędzej na znaczną kontentację się zgodzą niż na podatki, zaciągi i wojnę, która musiałaby być i długą, i trudną. Wiedział wreszcie, że w Warszawie jest potężna partia, a na jej czele sam król, o którego śmierci wieść jeszcze nie doszła, i kanclerz, wielu panów, którzy radzi by wzrost olbrzymich fortun magnackich na Ukrainie powstrzymać, z Kozaków siłę dla rąk królewskich stworzyć, wieczysty pokój z nimi zawrzeć i one tysiące zebrane do postronnej wojny użyć. W tych warunkach mógł i dla siebie Chmielnicki znamienitą szarżę zyskać, buławę hetmańską z królewskiego ramienia otrzymać i dla Kozaków nieprzeliczone ustępstwa osiągnąć.

Oto dlaczego leżał długo pod Białocerkwią. Zbroił się, uniwersały na wszystkie strony rozsyłał, lud ściągał, całe armie tworzył, zamki pod moc swoją zagarniał, bo wiedział, że tylko z silnym układać się będą, ale w głąb Rzeczypospolitej nie ruszał.

O! gdyby na mocy układów pokój mógł zawrzeć!... Wtedy tym samym albo broń z ręki Wiśniowieckiego wytrąci, albo – jeśli kniaź jej nie złoży – to nie on, Chmielnicki, ale kniaź będzie rebelizantem, wbrew woli króla i sejmów wojnę wiodącym.

Naówczas ruszy on na Wiśniowieckiego – ale już z królewskiego i Rzeczypospolitej mandatu – i wybije wtedy ostatnia godzina nie tylko dla kniazia, ale dla wszystkich ukrainnych królewiąt, dla ich fortun i latyfundiów.

Tak myślał samozwańczy hetman zaporoski, taki gmach na przyszłość budował. Ale na rusztowaniach pod on gmach przygotowanych siadało często czarne ptactwo trosk, zwątpień, obaw – i krakało złowrogo.

Będzie-li dość silną pokojowa partia w Warszawie? zaczną-li z nim układy? Co powie sejm i senat? zatkną-li tam uszy na jęki i wołania ukrainne? zamkną oczy na łuny pożarów?...

Czy nie przeważy wpływ panów owe niezmierne latyfundia posiadających, o których ochronę im iść będzie? I czy ta Rzeczpospolita tak się już przeraziła, że mu przebaczy to, iż się z Tatary połączył?

A z drugiej strony szarpało duszę Chmielnickiego zwątpienie, czy i ów bunt nie zanadto się już rozpalił i rozwinął. Czy owe zdziczałe masy dadzą się włoczyć w jakie karby? Dobrze: on, Chmielnicki, pokój zawrze, a rezuny – pod jego imieniem – dalej mord i pożogę szerzyć będą albo się też na jego głowie swych zawiedzionych nadziei pomszczą. Toż to rzeka wezbrana, morze, burza! Straszne położenie! Gdyby wybuch był słabszy, tedyby nie układano się z nim jako ze słabym; ponieważ bunt jest potężny, więc układy siłą rzeczy mogą się rozbić.

I co będzie?

Gdy takie myśli opadły ciężką głowę hetmana, naówczas zamykał się w swej kwaterze i pił dnie całe i noce. Wówczas między pułkownikami i czernią rozchodziła się wieść: „Hetman pije" – i za przykładem jego pili wszyscy, karność się rozprzęgała, mordowano jeńców, bito się wzajemnie, rabowano łupy – rozpoczynał się sądny dzień, panowanie zgrozy i okropności. Białocerkiew zmieniała się w piekło prawdziwe.

Aż pewnego dnia do pijanego hetmana wszedł szlachcic Wyhowski, pod Korsuniem do niewoli wzięty i na sekretarza hetmańskiego awansowany. Wszedłszy począł trząść bez ceremonii opoja, aż go wreszcie porwał za ramiona, na tapczanie posadził i ocucił.

– A ce szczo takie, jakie łycho? – pytał Chmielnicki.

– Mości hetmanie, wstawaj i oprzytomniej! – odpowiedział Wyhowski. – Poselstwo przyszło!

Chmielnicki zerwał się na równe nogi i w jednej chwili otrzeźwiał.

– Hej! – wołał na pacholę kozackie siedzące w progu – delię, kołpak i buławę!

A potem do Wyhowskiego:

– Kto przyjechał? od kogo?

– Ksiądz Patroni Łasko z Huszczy od pana wojewody bracławskiego.

– Od pana Kisiela?

– Tak jest.

– Sława Otcu i Synu, sława Swiatomu Duchu i Swiatoj-Preczystoj!! – mówił żegnając się Chmielnicki.

I twarz mu pojaśniała, wypogodziła się – rozpoczynano z nim układy.

Ale tegoż dnia przyszły i wieści wprost przeciwne pokojowemu poselstwu pana Kisiela.

Doniesiono, iż książę wypocząwszy wojsku, strudzonemu pochodem przez lasy i błota, wstąpił w kraj zbuntowany; że bije, pali, ścina; że podjazd wysłany pod Skrzetuskim rozbił dwutysięczną watahę Kozaków i czerni – i wytępił ją co do nogi; że sam książę wziął szturmem Pohrebyszcze, majętność książąt Zbaraskich – i ziemię a wodę tylko zostawił. Opowiadano przerażające rzeczy o tym szturmie i zdobyciu Pohrebyszcz – było to bowiem gniazdo najzaciętszych rezunów. Książę miał powiedzieć do żołnierzy: ,,Mordujcie ich tak, by czuli, że umierają.'' Więc też żołnierstwo najdzikszych dopuszczało się okrucieństw. Z całego miasta nie ocalała jedna żywa dusza. Siedmiuset jeńców powieszono, dwustu wbito na pale. Mówiono również o wierceniu oczu świdrami, o paleniu na wolnym ogniu. Bunt zgasł od razu w całej okolicy. Mieszkańcy albo pouciekali do Chmielnickiego, albo przyjmowali pana łubniańskiego na klęczkach, z chlebem i solą, wyjąc o miłosierdzie. Pomniejsze watahy wszystkie były starte – a w lasach, jak twierdzili zbiegowie z Samhorodka, Spiczyna, Pleskowa i Wachnówki, nie było jednego drzewa, na którym by Kozak nie wisiał.

I działo się to wszystko pod bokiem Białocerkwi i krociowej armii Chmielnickiego.

Toteż Chmielnicki, gdy się o tym dowiedział, począł ryczeć jak ranny tur. Z jednej strony układy, z drugiej miecz. Jeśli ruszy na księcia, będzie to oznaką, że nie chce układów proponowanych przez pana z Brusiłowa.

Jedyna nadzieja pozostawała w Tatarach. Chmielnicki zerwał się i ruszył do Tuhaj-bejowej kwatery.

– Tuhaj-beju, mój przyjacielu! – rzekł po oddaniu zwykłych salamów – jakoś mnie pod Żółtą Wodą i pod Korsuniem ratował, tak i teraz mnie ratuj. Przyszedł tu poseł od wojewody bracławskiego z pismem, w którym mnie wojewoda obiecuje kontentację, a wojsku zaporoskiemu powrócenie do dawnych swobód pod warunkiem, żebym wojny zaprzestał, co ja uczynić muszę chcąc swoją szczerość i dobrą chęć pokazać. A tymczasem przyszły tu wieści od niedruga mojego, księcia Wiśniowieckiego, że Pohrebyszcze wyciął i nikogo nie żywił – i dobrych mołojców moich wycina, na pale wbija i – świdrami oczy wierci. Na którego ja ruszyć nie mogąc, do ciebie z pokłonem przyszedłem, abyś ty na tego mojego i swojego niedruga z Tatary ruszył, gdyż inaczej wkrótce on tu na nasze obozy nastąpi.

Murza siedząc na kupie kobierców pobranych pod Korsuniem lub złupionych po dworach szlacheckich kiwał się czas jakiś w tył i naprzód, oczy zamrużył jakby dla lepszego namysłu, nareszcie odrzekł:

– Ałła! Ja tego uczynić nie mogę.

– Czemu? – pytał Chmielnicki.

– Bom i tak już dosyć dla ciebie bejów i czausów pod Żółtą Wodą i pod Korsuniem wytracił; po cóż mam jeszcze tracić? Jarema to wielki wojownik! Ruszę na niego, gdy i ty ruszysz, ale sam nie. Nie głupim w jednej bitwie wszystko, com dotąd zyskał, utracić; lepiej mi czambuły po łup i jasyr wysyłać. Dosyć ja już dla was, psów niewiernych, uczynił. I sam nie pójdę, i chanowi będę odradzał. Rzekłem.

– Pomoc mi zaprzysiągłeś!

– Tak jest, alem przysięgał obok ciebie, nie za ciebie wojować. Idźże ty precz!

– Jam ci jasyr z mego własnego ludu pozwolił, łupy oddał, hetmanów oddał.

– Bo gdybyś nie oddał, to bym ja, ciebie im oddał.

– Do chana pójdę.

– Idźże precz, capie, mówię ci.

I kończaste zęby murzy już zaczęły błyskać spod warg. Chmielnicki poznał, że nie ma co tu robić, a dłużej nastawać niebezpiecznie, więc wstał i rzeczywiście udał się do chana.

Ale od chana takąż samą odebrał odpowiedź. Tatarzy mieli swój rozum i szukali własnej korzyści. Zamiast ważyć się na walną bitwę z wodzem, który za niezwyciężonego uchodził, woleli zagony rozpuszczać i bogacić się bez krwi przelewu.

Chmielnicki wrócił wściekły do swej kwatery i z desperacji już do gąsiora się zabierał, ale mu go Wyhowski wyrwał z ręki.

– Nie będziesz pił, mości hetmanie – rzekł. – Poseł jest, trzeba posła odprawić.

Chmielnicki wpadł w gniew straszliwy.

– Ja ciebie i posła każę na pal wbić!

– A ja ci gorzałki nie dam. Nie wstyd-że ci, gdy cię fortuna tak wysoko wyniosła, wódką się jak prostemu Kozakowi zalewać? Tfu, tfu, mości hetmanie, nie może tak być. Wieść o przybyciu posła już się rozeszła. Wojsko i pułkownicy chcą na radę. Tobie nie pić teraz, ale kuć żelazo, póki gorące – bo teraz możesz pokój zawrzeć i wszystko, co chcesz, otrzymać, potem będzie za późno, a gardło moje i twoje w tym. Wysłać tobie zaraz poselstwo do Warszawy i króla o łaskę prosić...

– Mądra ty głowa – rzekł Chmielnicki. – Każ uderzyć w dzwon na radę, a na majdanie powiedz pułkownikom, że zaraz wyjdę.

330

Wyhowski wyszedł, a po chwili ozwał się dzwon na radę, na którego głos wnet wojska zaporoskie poczęły się zbierać. Zasiedli więc dowódcy i pułkownicy: straszliwy Krzywonos, prawa Chmielnickiego ręka, Krzeczowski, miecz kozacki, stary i doświadczony Filon Dziedziała, pułkownik kropiwnicki, Fedor Łoboda perejasławski, okrutny Fedoreńko kalnicki, dziki Puszkareńko połtawski, który samym czabanom przewodził; Szumejko niżyński, ognisty Czarnota hadziacki, Jakubowicz czehryński, dalej Nosacz, Hładki, Adamowicz, Głuch, Puljan, Panicz – nie wszyscy, bo niektórzy byli na wyprawach, a niektórzy na tamtym świecie, których już książę Jeremi tam wysłał.

Tatarzy nie byli tym razem wezwani na naradę. „Towarzystwo" zebrało się obok na majdanie, cisnącą się czerń odpędzano kijami, a nawet kiścieniami, przy czym i zabójstw nie brakło.

Na koniec ukazał się i sam Chmielnicki, przybrany w czerwień, w kołpaku i z buławą w ręku. Obok niego szedł biały jak gołąb ksiądz błahoceściwy Patroni Łasko, a z drugiej strony Wyhowski z papierami w ręku.

Chmiel zasiadłszy między pułkownikami siedział przez chwilę w milczeniu, po czym zdjął kołpak na znak, iż narada się rozpoczyna, wstał i tak mówić począł:

– Mości panowie pułkownicy i atamani dobrodziejstwo! Wiadomo wam, jako dla wielkich, a niewinnie cierpianych krzywd naszych musieliśmy za broń uchwycić, a z pomocą najjaśniejszego carza krymskiego o dawne wolności i przywileje, odjęte nam bez woli króla jegomości, od paniąt się upomnieć, którą imprezę Bóg błogosławił i spuściwszy na nieszczerych tyranów naszych strach, wcale im niezwyczajny, nieprawdy i uciski ich pokarał, a nam znacznymi wiktoriami wynagrodził, za co mu wdzięcznym sercem powinniśmy dziękować. Gdy tedy pycha ich pokaraną została, należy myśleć nam, aby rozlew krwi chrześcijańskiej powstrzymać, co nam Bóg miłosierny i nasza błahoceściwa wiara nakazuje, a szabli póty z ręki nie puszczać, póki nam za wolą najjaśniejszego króla jegomości nasze dawne wolności i przywileje nie będą powrócone. Pisze mi

331

tedy pan wojewoda bracławski, iż się to może stać, co i ja tak myślę, gdyż nie my to, ale panięta, Potoccy, Kalinowscy, Wiśniowieccy i Koniecpolscy, z posłuszeństwa majestatowi i Rzeczypospolitej wyszli, których żeśmy ukarali, przeto nam się słuszna kontentacja i nagroda od majestatu i stanów należy. Proszę ja więc mości panów dobrodziejów i łaskawców moich, abyście pismo wojewody bracławskiego, mnie przez ojca Patroniego Łaska, szlachcica wiary błahocześciwej, przysłane, przeczytali i mądrze postanowili, aby rozlew krwie chrześcijańskiej był wstrzymany, a nam kontentacja uczyniona i nagroda za posłuszeństwo i wierność Rzplitej oddana.

Chmielnicki nie pytał, czy wojna ma być zaniechaną, ale żądał postanowienia, aby była zaniechaną, zaraz przeto niechętnie podnieśli szemranie, to zaś po chwili zmieniło się w krzyki groźne, którym głównie Czarnota hadziacki przewodził.

Chmielnicki milczał, patrzył tylko uważnie, skąd wychodzą protesty, i opornych sobie w pamięci notował.

Tymczasem powstał Wyhowski z listem Kisielowym w ręku. Kopię pisma poniósł Zorko, aby ją odczytać „towarzystwu", więc tam i tu zapadła cisza głęboka.

Wojewoda poczynał list w te słowa:

„Mości Panie Starszy Wojska Rzeczypospolitej Zaporoskiego, z dawna mnie miły panie i przyjacielu!

Gdy wiele jest takich, którzy o WMci jako o nieprzyjacielu Rzplitej rozumieją, ja nie tylko zostawam sam cale upewnionym o WMci wiernym ku Rzplitej afekcie, ale i innych w tym upewniam IMP Panów Senatorów, kolegów moich. Trzy rzeczy mnie upewniają: pierwsza, iż lubo od wieków wojsko Dnieprowe sławy i wolności swoich przestrzega, ale wiary swojej zawsze królom, panom i Rzplitej dotrzymywa. Druga, że naród ruski nasz w wierze swej prawowiernej tak stateczny, że woli każdy z nas zdrowie swoje pokładać niźli tę wiarę czymkolwiek naruszyć. Trzecia, że lubo różne bywają (jako i teraz się stało, żal się Boże) wnętrzne krwie rozlania, przecie jednak ojczyzna nam wszystkim jest jedna, w której się rodzimy, wolności naszych zażywamy, i nie masz prawie we wszystkim świecie inszego państwa i drugiego podobnego ojczyźnie naszej w prawach i swobodaeh. Dlatego zwykliśmy wszyscy jednostajnie tej matki naszej, Korony, całości przestrzegać; a chociaż bywają różne dolegliwości (jako to na świecie), to jednak rozum każe uważać, że łatwiej domówić się w państwie wolnym, co którego z nas boli, niźli straciwszy tę matkę, już drugiej takiej nie naleźć ani w chrześcijaństwie, ani w pogaństwie..."

Łoboda perejasławski przerwał czytanie.

– Prawdu każe – rzekł głośno.

– Prawdu każe! – powtórzyli inni pułkownicy.

– Neprawdu, bresze psia wira! – wrzasnął Czarnota.

– Milcz! sam psia wira!

– Wy zdrajcy! na pohybel wam!

– Na pohybel tobi!

– Słuchać, czytać dalej! czytać! on nasz czołowik. Słuchać, słuchać!

Burza zbierała się na dobre, ale Wyhowski jął dalej czytać, więc uciszyło się znowu.

Pisał wojewoda w dalszym ciągu, iż wojsko zaporoskie powinno mieć do niego ufność, gdyż wie dobrze, że on tej samej będąc krwi i wiary, życzliwym mu być musi; przypominał; jako w nieszczęsnym krwi wylaniu pod Kumejkami i pod Starcem udziału nie brał, następnie wzywał Chmielnickiego, aby wojny poprzestał, Tatarów odprawił albo na nich oręż obrócił – i w wierności dla Rzplitej się utrwalił. Wreszcie list kończył się w następujące słowa:

„Obiecuję waszmości, tak jakom synem Cerkwi Bożej i jako dom mój ze krwie narodu ruskiego starożytnej idzie, że sam będę pomocny do wszystkiego dobrego. Wiecie WMć bardzo dobrze, że i na mnie w tej Rzplitej (za łaską Bożą) cokolwick zależy i beze mnie ani wojna uchwalona być może, ani pokój stanowiony, a ja pierwszy wnętrznej wojny nie życzę" etc...

Powstały zaraz tedy tumulty za i przeciw, ale list w ogóle podobał się i pułkownikom, i nawet „towarzystwu". Niemniej przeto w pierwszej chwili nie można było niczego zrozumieć ani dosłyszeć dla wielkiej furii, z jaką nad pismem rozprawiano. „Towarzystwo" podobne było z dala do wielkiego wiru, w którym wrzało, kotłowało się i huczało mrowie ludzkie. Pułkownicy potrząsali piernaczami i przyskakiwali sobie z pięściami do oczu. Widziałeś twarze czerwone, rozpalone oczy, pianę na ustach, a wszystkim partyzantom dalszej wojny przewodził Erazm Czarnota, który wpadł w szał prawdziwy. Chmielnicki też patrząc na jego wściekłość bliskim był wybuchu, przed którym cichło zwykle wszystko jak przed rykiem lwa. Ale pierwej jeszcze wskoczył na ławę Krzeczowski, piernaczem machnął i krzyknął głosem do grzmotu podobnym:

– Czabanować wam, nie radzić, raby pogańskie!

– Cicho! Krzeczowski chce mówić! – krzyknął pierwszy Czarnota, który spodziewał się, iż przesławny pułkownik za wojną będzie przemawiał.

– Cicho! cicho! – wrzeszczeli inni.

Krzeczowski był niezmiernie szanowany między kozactwem, a to dla wielkich usług, które oddał, dla wielkiej głowy wojennej i – dziwna rzecz – dlatego, iż był szlachcic. Uciszyło się więc zaraz i wszyscy czekali z ciekawością, co powie; sam Chmielnicki utkwił w niego wzrok niespokojny.

Ale Czarnota mylił się przypuszczając, iż pułkownik za wojną wystąpi.

Krzeczowski bystrym swym umysłem zrozumiał, iż teraz albo nigdy mógł uzyskać od Rzplitej owe starostwa i dostojeństwa, o których marzył. Odgadł, że przy pacyfikacji Kozaków jego przed wielu innymi będą się starali ująć i zaspokoić, czemu pan krakowski, jako w niewoli będący, nie będzie mógł przeszkadzać; więc też odezwał się w takie słowa:

– Rzecz moja bić, nie radzić; ale gdy do rady przyszło, poczuwam się też do tego, abym swoje zdanie powiedział, gdyżem na taki wasz fawor, jak i inni, jeżeli nie lepiej zarobił. Po to my wojnę podniecili, aby nam nasze wolności i przywileje zostały powrócone, a pisze wojewoda bracławski, że tak być ma. Więc albo będzie, albo nie będzie. Jeśli nie będzie, tak wojna, a jeśli będzie – pokój! Po co darmo krew lać? Niech nas zaspokoją, a my czerń uspokoimy i wojna ustanie; nasz bat'ko Chmielnicki mądrze to wszystko ułożył i obmyślił, aby my po stronie najjaśniejszego króla jegomości stanęli, któren nagrodę za to nam da, a jeśli panięta się sprzeciwią, tedy pozwoli nam z nimi pohulać – i pohulamy. Tego bym tylko nie radził, by Tatarów odprawiać; niech koszem na Dzikich Polach zapadną i leżą, póki nam wóz lub przewóz.

Chmielnicki rozjaśnił twarz słysząc te słowa, a pułkownicy w ogromnej już większości poczęli wołać, by wojnę zawiesić i posłów do Warszawy wysłać, a pana z Brusiłowa prosić, by sam dla układów przybył. Czarnota krzyczał jeszcze i protestował, ale pułkownik oczy groźne w niego utkwił i rzekł:

– Ty Czarnota, hadziacki pułkowniku, o wojnę i krwi przelanie wołasz, a gdy pod Korsuniem szli na cię petyhorcy pana Dmochowskiego, toś jak pidswynok kwiczał: „Braty ridnyje, spasajte!", i uciekałeś przed całym twoim pułkiem.

– Łżesz! – wrzasnął Czarnota – jać się nie boję ni Lachiw, ni ciebie.

Krzeczowski piernacz w ręku ścisnął i ku Czarnocie skoczył; inni też poczęli pięściami okładać hadziackiego pułkownika. Tumult znowu począł się wzmagać. Na majdanie „towarzystwo" ryczało jak stado dzikich żubrów.

Wtem powstał znowu sam Chmielnicki.

– Mości panowie pułkownicy dobrodziejstwo! – rzekł. – Za czym ustanowiliście, aby posłów do Warszawy wysłać, którzy służby nasze wierne najjaśniejszemu królowi jegomości zalecą i o nagrodę prosić będą. Ale też kto chce wojny, ten ją mieć możc – nie z królem, nie z Rzecząpospolitą, bo my z nimi nigdy wojny nie prowadzili, ale z największym niedrugiem naszym, który już cały od krwi kozackiej czerwony, który pod Starcem jeszcze się w niej umazał i teraz mazać się nie przestaje, w nieżyczliwości dla wojsk zaporoskich trwając. Do którego ja pismo i posłów wysłałem prosząc, aby onej nieżyczliwości zaniechał, a on ich tyrańsko pomordował, odpowiedzią żadną mnie, starszego waszego, nie uczciwszy, przez co kontempt całemu wojsku zaporoskiemu wyrządził. A teraz z Zadnieprza przyszedł i Po-hrebyszcze w pień wyciął, niewinnych ludzi pokarał, nad którymim ja rzewnymi łzami płakał. Potem, jako mnie dziś rano dali znać, do Niemirowa on poszedł i także nikogo nie żywił. A gdy Tatarzy dla strachu i bojaźni ruszyć na niego nie chcą, rychło patrzeć, jak on tu przyjdzie, aby i nas, niewinnych ludzi, wygubić, przeciw woli przy-chylnego nam najjaśniejszego króla jegomości i całej Rzeczypospoli-tej, bo on w pysze swej o nikogo nie dba, a jako się teraz buntuje, tak zawsze się jest gotów przeciw woli jego królewskiej mości zbun-tować...

W zgromadzeniu zrobiło się bardzo cicho. Chmielnicki odsapnął i mówił dalej:

– Bóg nam nad hetmanami wiktorią nagrodził, ale on gorszy od hetmanów i od wszystkich królewiąt, diabelski syn samą nie-prawdą żyjący. Na którego gdybym ja sam ruszył, tedyby on w War-szawie przez przyjaciół swych krzyczeć nie omieszkał, iż pokoju nie chcemy, i przed jego królewską mością niewinność naszą by oskarżał. Co aby się nie stało, potrzeba, iżby król jegomość i cała Rzplita wiedziała, iż ja wojny nie chcę i cicho siedzę, a on pierw-szy na nas wojną nastaje; przeto ja ruszyć nie mogę, bo i do układów z panem wojewodą bracławskim zostać muszę, ale by on, diabelski syn, siły naszej nie złamał, trzeba mu się zastawić i potę-gę jego tak zgubić, jakeśmy pod Żółtymi Wodami i pod Korsu-niem niedrugów naszych, panów hetmanów, zgubili. O to więc proszę, abyście waszmościowie na niego na ochotnika ruszyli, a ja do króla jegomości pisać będę, iż to się stało beze mnie i dla koniecznej obrony naszej przed jego, Wiśniowieckiego, nieżycz-liwością i napaścią.

Głuche milczenie panowało w zgromadzeniu.

Chmielnicki mówił dalej:

– Który tedy z waszmościów na ów przemysł wojenny wyjdzie, temu ja wojska dosyć dam, dobrych mołojców, i armatę dam, i ludu ognistego, aby z pomocą bożą niedruga naszego mógł znieść i wiktorię nad nim otrzymać...

Ani jeden z pułkowników nie wysunął się naprzód.

– Sześćdziesiąt tysięcy wybranego komunika dam! – rzekł Chmielnicki.

Cisza.

A przecież byli to wszystko nieustraszeni wojownicy, których okrzyki wojenne odbijały się nieraz o mury Carogrodu. I może właśnie dlatego każdy z nich obawiał się utracić zdobytej sławy w spotkaniu ze straszliwym Jeremim.

Chmielnicki wodził oczyma po pułkownikach, którzy pod wpływem tego spojrzenia wzrok spuszczali ku ziemi. Twarz Wyhowskiego przybrała wyraz szatańskiej złośliwości.

– Znam ja mołojca – rzekł posępnie Chmielnicki – któren by przemówił w tej chwili i od tej wyprawy się nie wybiegał, ale go nie masz między nami...

– Bohun! – rzekł jakiś głos.

– Tak jest. Zniósł on już regiment Jaremy w Wasiłówce, jeno go poszczerbili w tej potrzebie i leży teraz w Czerkasach, ze śmiercią-matką walczy. A gdy jego nie masz, nikogo nie masz, jak widzę! Gdzie sława kozacka? gdzie Pawluki, Nalewajki, Łobody i Ostranice?

Wtem niski, gruby człowiek, z twarzą siną, ponurą, rudym jak ogień wąsem nad skrzywionymi ustami, i zielonymi oczyma, powstał z ławy, wysunął się ku Chmielnickiemu i rzekł:

– Ja pójdę.

Był to Maksym Krzywonos.

Okrzyki zabrzmiały: ,,Na sławu!'', on zaś wsparł się piernaczem w bok i tak mówił chrapliwym, urywanym głosem:

– Nie myśl, hetmanie, żeby ja się bał. Ja by od razu się podjął – ale myślał: są lepsi! Ale kiedy tak, to pójdę. Wy co? wy głowy i ręce, a u mnie nie ma głowy, tylko ręce a szabla. Raz maty rodyła! Wojna mnie mać i siostra. Wiśniowiecki reżet i ja budu; on wiszajet i ja budu. A ty mnie, hetmanie, mołojców dobrych daj, bo czernią nie z Wiśniowieckim to poczynać. Tak i pójdę – zamkiw dobuwaty, byty, rizaty, wiszaty! Na pohybel im, biłoruczkym!

Drugi ataman wysunął się naprzód.

– Ja z toboju, Maksym!

Był to Puljan.

– I Czarnota hadziacki, i Hładki mirhorodzki, i Nosacz ostręski pójdą z tobą! – rzekł Chmielnicki.

– Pójdziemy! – ozwali się jednogłośnie, bo już ich przykład Krzywonosa zachęcił i duch w nich wstąpił.

– Na Jaremu! na Jaremu! – zagrzmiały okrzyki w zgromadzeniu.

– Koli! koli! – powtórzyło „towarzystwo", i po pewnym czasie narada zmieniła się w pijatykę. Pułki wyznaczone z Krzywonosem piły na śmierć – bo też i szły na śmierć. Mołojcy sami dobrze o tym wiedzieli, ale już w ich sercach nie było strachu. „Raz maty rodyła" – powtarzali za swym wodzem i dlatego też sobie już nic nie żałowali, jako zwyczajnie przed śmiercią. Chmielnicki pozwalał i zachęcał – czerń szła za ich przykładem.

Tłumy zaczęły śpiewać pieśni w sto tysięcy głosów. Rozproszono konie powodowe, które szalejąc po obozie i wzbijając tumany kurzawy wszczęły nieopisany nieład. Goniono je z krzykiem, zgiełkiem i śmiechami; znaczne watahy włóczyły się nad rzeką, strzelały z samopałów, parły się i cisnęły do kwatery samego hetmana, który kazał je wreszcie Jakubowiczowi rozpędzać. Wszczęły się bójki i zamęt, dopóki deszcz ulewny nie zapędził wszystkich pod szałasy i wozy.

Wieczorem burza rozhulała się na niebie. Grzmoty przewalały się z jednego końca chmur w drugi, błyskania oświecały całą okolicę to białym, to czerwonym światłem.

Przy blaskach ich wyruszał z obozu Krzywonos na czele sześćdziesięciu tysięcy co przedniejszych, wybranych wojowników i czerni.

XXVII

Szedł tedy Krzywonos z Białocerkwi na Skwirę i Pohrebyszcze ku Machnówce, a gdzie przeszedł, ginęły nawet ślady ludzkiego życia. Kto do niego nie przystał, pod nożem ginął. Palono nawet zboża na pniu, lasy i sady, a książę tymczasem prowadził na swoją rękę zniszczenie. Po wycięciu Pohrebyszcz i krwawym chrzcie, jaki pan Baranowski Niemirowowi sprawił, wygniotły jeszcze wojska kilkanaście znacznych watah i stanęły obozem pod Rajgrodem, gdyż miesiąc to już upływał, jak nie zsiadały z konia, i trud je nadwątlił, i śmierć je znacznie umniejszyła. Trzeba było odpocząć, gdy ręce tych kosiarzy od krwawej kośby pomdlały. Wahał się nawet książę i rozmyślał, czyby nie pójść na czas jakiś do spokojniejszego kraju dla odpoczynku i pomnożenia wojsk, a zwłaszcza koni, które podobniejsze były do szkieletów zwierzęcych niż do żywych stworzeń, gdyż od miesiąca ziarna nie zaznały, stratowaną trawą tylko żyjąc. A wtem po tygodniowym postoju dano znać, że posiłki idą. Książę zaraz wyjechał na spotkanie – i istotnie spotkał pana Janusza Tyszkiewicza, wojewodę kijowskiego, który nadchodził w półtora tysiąca ludzi dobrych, a z nim pan Krzysztof Tyszkiewicz, podsędek bracławski, młody pan Aksak, prawie pacholę jeszcze, z dobrze okrytą własną chorągiewką usarską i wiele szlachty, jako panowie Sieniutowie, Połubińscy, Żytyńscy, Jełowiccy, Kierdeje, Bohusławscy, jedni z pocztami, drudzy bez, razem całej siły blisko dwa tysiące koni prócz czeladzi. Ucieszył się więc książę bardzo i wdzięcznie pana wojewodę do swej kwatery zaprosił, który nie mógł się oddziwić jej ubóstwu i prostocie. Bo książę, o ile w Łubniach żył po królewsku, o tyle na wyprawach, chcąc przykład dać żołnierstwu, żadnych wygód sobie nie pozwalał. Stał więc w jednej izbie, do której pan wojewoda kijowski zaledwie mógł się z powodu swej ogromnej tuszy przez wąskie drzwi przecisnąć, aż się kazał rękodajnemu z tyłu pchać. W izbie prócz stołu, ław drewnianych i tapczana okrytego skórą końską nie było nic więcej, jeno jeszcze siennik przy drzwiach, na którym sypiał pacholik zawsze do posług gotowy. Ta prostota zdziwiła bardzo wojewodę, który wygodę lubił i z kobiercami się woził. Wszedł tedy i ze zdumieniem na księcia poglądał dziwiąc się, jak mógł tak wielki duch mieścić się w takiej prostocie i takim ubóstwie. Widywał on czasem księcia na sejmach w Warszawie, był mu nawet z dala pokrewnym, ale go bliżej nie znał. Dopiero gdy z nim mówić począł, poznał zaraz, że ma z nadzwyczajnym człowiekiem do czynienia. I on, stary senator i stary żołnierz rubacha, który kolegów senatorów po ramieniu klepał, księciu Dominikowi Zasławskiemu mówił: „Mój łaskawco!", i z samym królem był poufale, nie mógł się na takową poufałość z Wiśniowieckim zdobyć, chociaż książę przyjął go uprzejmie, bo był mu wdzięczen za posiłki.

– Mości wojewodo – rzekł – Bogu chwała, iżeście przybyli ze świeżym ludem, bom też już ostatnim tchem gonił.

– Widziałem ja po żołnierzach waszej książęcej mości, iż się napracowali, niebożęta, co i mnie trapi niemało, gdyżem tu z prośbą przybył, byś wasza książęca mość na ratunek mnie pośpieszył.

– A czy pilno?

– *Periculum in mora, periculum in mora!* Nadciągnęło hultajstwa kilkadziesiąt tysięcy, a nad nimi Krzywonos, który jakom słyszał, na waszą książęcą mość był komenderowany, ale dostawszy języka, iżeś wasza książęca mość ku Konstantynowu ruszył, tam pociągnął, a teraz po drodze mnie Machnówkę obległ i takie spustoszenie poczynił, iż żaden język tego wypowiedzieć nie jest w możności.

– Słyszałem ja o Krzywonosie i tum go czekał, ale skoro mnie minął, widzę, że sam go szukać muszę. Istotnie, rzecz nie cierpi zwłoki. Siła w Machnówce jest załogi?

– Jest w zamku dwieście Niemców bardzo dobrych, którzy wytrzymają jeszcze czas jakiś. Ale co najgorzej, to iż do miasta zjechało się sporo szlachty z rodzinami, miasto zaś, jeno wałem i częstokołem obronne, długo oporu stawiać nie może.

– Istotnie, rzecz nie cierpi zwłoki – powtórzył książę.

A potem zwróciwszy się ku pacholikowi:

– Żeleński! – rzekł – biegaj po pułkowników.

Wojewoda kijowski siadł tymczasem na ławie i sapał; trochę się przy tym za wieczerzą oglądał, gdyż był głodny, a lubił jeść dobrze.

Wtem rozległy się zbrojne stąpania i weszli oficerowie książęcy – czarni, wychudli, brodaci, z pozapadanymi oczyma, ze śladami niewypowiedzianych trudów na twarzy. Skłonili się w milczeniu księciu, gościom i czekali, co powie.

– Mości panowie – rzekł książę – czy konie u toków?

– Tak jest.

– Gotowe?

– Jako zawsze.

– To dobrze. Za godzinę ruszamy na Krzywonosa.

– Hę? – rzekł wojewoda kijowski i spojrzał ze zdziwieniem na pana Krzysztofa, podsędka bracławskiego.

A książę mówił dalej:

– Imć Poniatowski i Wierszułł ruszą pierwsi. Za nimi pójdzie Baranowski z dragonią, a w godzinę żeby mi i armaty Wurcla wyszły.

Pułkownicy skłoniwszy się opuścili izbę i po chwili rozległy się trąbki grające wsiadanego. Wojewoda kijowski takiego pośpiechu się nie spodziewał, a nawet sobie nie życzył, gdyż był zmęczony i zdrożony. Liczył on na to, że z dzionek u księcia wypocznie i jeszcze zdąży – a tu przychodziło zaraz, nie śpiąc, nie jedząc, na koń siadać.

– Mości książę – rzekł – a czy zajdą żołnierze wasi do Machnówki, bo widziałem, strasznie *fatigati*, a to droga daleka.

– Niech waszą mość o to głowa nie boli. Jak na śpiewanie idą oni na bitwę.

– Widzę ja to, widzę. Siarczysty żołnierz, ale bo to... i mój lud podrożony.

– Mówiłeś wasza mość: *periculum in mora*.

– Tak jest, ale może by przez noc odpocząć. My spod Chmielnika idziemy.

– Mości wojewodo, my z Łubniów, z Zadnieprza.

– Cały dzień byliśmy w drodze.

– My cały miesiąc.

To rzekłszy książę wyszedł, by osobiście szyk pochodowy sprawić, a wojewoda oczy na podsędka, pana Krzysztofa, wytrzeszczył, dłońmi po kolanach uderzył i mówił:

– Ot, mam, czegom chciał. Dalibóg, oni mnie tu głodem zamorzą. O! to w gorącej wodzie kąpani. Przychodzę o pomoc, myślę, że po wielkich molestacjach za dwa, trzy dni ruszą, a tu i odetchnąć nie dadzą. Niechże ich kaduk porwie! Puślisko mi nogę przetarło, co mi je zdrajca pachołek źle przypiął, w brzuchu mi kruczy... niechże ich kaduk porwie! Machnówka Machnówką, a brzuch brzuchem! Jam też stary żołnierz, więcej jam może od nich wojny zażywał – ale nie tak łap, cap! To diabły, nie ludzie: nie śpią, nie jedzą – tylko się biją. Jak mi Bóg miły, tak oni nigdy nie jedzą. Widziałeś, panie Krzysztofie, tych pułkowników – czy nie wyglądają jak *spectra*? co?

– Ale fantazja u nich ognista – odpowiedział pan Krzysztof, który żołnierz był zamiłowany. – Miły Boże! ile to zamieszania i nieładu po innych obozach, gdy ruszać przyjdzie! ile bieganiny, szykowania wozów, posyłania po konie!... a tu – słyszycie waszmość? – oto już lekkie chorągwie wychodzą!

– A juści, że tak jest! Desperacja! – mówił wojewoda.

A młody pan Aksak dłonie swoje chłopięce złożył:

– Ach, wielki to wódz! ach, wielki to wojennik! – mówił z uniesieniem.

– U waści mleko pod nosem! – huknął na niego wojewoda. – Cunctator także był wielki wódz!... rozumiesz wasze?

Wtem wszedł książę:

– Mości panowie, na koń! ruszamy!

Wojewoda nie wytrzymał.

– Każże, wasza książęca mość, dać coś zjeść, bom głodny! – wykrzyknął z wybuchem złego humoru.

– A, mój mości wojewodo! – rzekł książę śmiejąc się i biorąc go w ramiona – wybaczcie, wybaczcie, całym sercem, ale na wojnie człek o tych rzeczach zapomina.

– A co, panie Krzysztofie? czy nie mówiłem, że oni nic nie jedzą? – rzecze wojewoda zwracając się do podsędka bracławskiego.

Ale wieczerza niedługo trwała i w parę godzin później nawet i piechoty wyszły już z Rajgrodu. Ciągnęły wojska na Winnicę i Lityń ku Chmielnikowi. Po drodze natknął się Wierszułł na zagonek tatarski w Sawerówce, który wraz z panem Wołodyjowskim wygnietli do szczętu, oswobodziwszy kilkaset dusz jasyru, samych prawie dziewcząt. Tamże rozpoczynał się już kraj spustoszony, pełen śladów Krzywonosowej ręki. Strzyżawka była spalona, a ludność jej wymordowana w straszny sposób. Widocznie nieszczęśnicy stawili opór Krzywonosowi, za który dziki wódz oddał ich mieczom i płomieniom. U wejścia do wsi wisiał na dębie sam pan Strzyżowski, którego ludzie Tyszkiewicza zaraz poznali. Wisiał nagi zupełnie, a na piersiach miał okropny naszyjnik złożony z głów ponawłóczonych na powróz. Były to głowy jego sześciorga dziatek i żony. W samej wsi, spalonej zresztą do szczętu, ujrzały chorągwie po obu stronach drogi długi szereg „świec" kozackich, to jest ludzi z wzniesionymi nad głową rękoma, poprzywiązywanych do żerdzi wbitych w ziemię, obwiniętych słomą, oblanych smołą i zapalonych od dłoni. Większa ich część miała poupalane tylko ręce; gdyż deszcz przeszkodził widocznie dalszemu gorzeniu. Ale straszne były to trupy z powykrzywianymi twarzami, wyciągające ku niebu czarne kikuty. Zapach zgnilizny rozchodził się dokoła. Nad słupami kotłowały się chorowody wron i kawek, które za zbliżeniem się wojska zrywały się z wrzaskiem z bliższych słupów, by siąść na dalszych. Kilka wilków pomknęło przed chorągwiami ku zaroślom. Wojska posuwały się w milczeniu straszliwą aleją i liczyły „świece". Było ich trzysta kilkadziesiąt. Minęli wreszcie ową nieszczęsną wioskę i odetchnęli świeżym powietrzem polnym. Ale ślady zniszczenia szły dalej. Była to pierwsza połowa lipca. Zboża już prawie dochodziły, spodziewano się bowiem wczesnych żniw. Ale całe łany były częścią spalone, częścią stratowane, zwikłane, wdeptane w ziemię. Zdawać by się mogło, że huragan przeszedł przez niwy. Jakoż i przeszedł po nich huragan najgroźniejszy ze wszystkich – wojny domowej. Żołnierze książęcy widzieli nieraz żyzne okolice spustoszałe po napadzie Tatarów, ale podobnej zgrozy, podobnej wściekłości zniszczenia nie widzieli nigdy w życiu. Lasy popalono tak samo jak zboża. Gdzie ogień drzew nie pożarł, tam odarł z nich ognistym językiem liść i korę, opalił oddechem, odymił, poczernił – i drzewa więc sterczały jak szkielety. Pan wojewoda kijowski patrzył i oczom nie wierzył. Miedziaków, Zhar, Futory, Słoboda – jedno zgliszcze! Gdzieniegdzie chłopi uciekli do Krzywonosa, kobiety zaś i dzieci poszły w jasyr owego zagonu ordy, który Wierszułł z Wołodyjowskim wygnietli. Na ziemi pustosz, na niebie zaś stada wron, kruków, kawek, sępów, które pozlatywały się, Bóg wie skąd, na kozacze żniwo... Ślady przejścia wojsk stawały się coraz świeższe. Napotykano raz wraz złamane wozy, trupy bydlęce i ludzkie jeszcze nie popsute, potłuczone garnki, miedziane kotły, wory z zamokłą mąką, zgliszcza jeszcze dymiące, stogi świeżo napoczęte i rozrzucone. Książę parł chorągwie ku Chmielnikowi, nie dając im odetchnąć, stary zaś wojewoda za głowę się chwytał powtarzając żałośnie:

– Moja Machnówka! moja Machnówka! widzę już, iż nie zdążymy.

Tymczasem w Chmielniku przyszła wiadomość, że nie sam stary Krzywonos, ale syn jego Machnówkę w kilkanaście tysięcy ludzi oblega i że on to naczynił tak nieludzkich spustoszeń po drodze. Miasto, wedle tego, co głosiły wieści, było już zdobyte, Kozacy dostawszy go wyrżnęli w pień szlachtę i Żydów, szlachcianki zaś pobrali do swego taboru, gdzie oczekiwał je los gorszy od śmierci. Ale zameczek pod wodzą pana Lwa bronił się jeszcze. Kozacy szturmowali go z klasztoru bernardynów, w którym wysiekli zakonników. Pan Lew, goniąc ostatkiem sił i prochów, nie obiecywał się dłużej trzymać nad jedną noc.

Zostawił więc książę piechoty, działa i główne siły wojska, którym kazał iść do Bystrzyka, sam zaś z wojewodą, panem Krzysztofem, panem Aksakiem, we dwa tysiące komunika na pomoc skoczył. Stary wojewoda już hamował, bo głowę stracił: „Machnówka przepadła, przyjdziemy za późno! lepiej poniechać, a innych miejsc bronić i w prezydia je zaopatrzyć" – powtarzał. Ale książę nie chciał słuchać. Pan podsędek bracławski naglił, a wojska rwały się do boju. „Skorośmy tu przyszli, nie odejdziemy bez krwi" – mówili pułkownicy. I ruszono naprzód.

Aż w pół mili od Machnówki kilkunastu jeźdźców pędząc co koń wyskoczy zabiegło wojsku drogę. Był to pan Lew z towarzyszami. Ujrzawszy go wojewoda kijowski odgadł natychmiast, co się stało.

– Zamek zdobyty! – krzyknął.

– Tak jest! – odpowiedział pan Lew i w tejże chwili omdlał, bo był posieczony i postrzelany, więc krew go uszła. Ale inni poczęli opowiadać, co się stało. Niemców na murach wybito do nogi, gdyż woleli umierać niż się poddawać; pan Lew przebił się przez gęstwę czerni i wyłamane bramy, wszelako w izbach na wieży broniło się kilkudziesięciu szlachty – tym należało śpieszny dać ratunek.

Ruszono więc z kopyta. Po chwili ukazało się na górze miasto i zamek, a nad nimi ciężka chmura dymów od wszczętego pożaru. Dzień już zapadał. Na niebie paliły się olbrzymie zorze purpurowe i złote, które wojska zrazu za łunę poczytały. Przy tych blaskach widać było pułki Zaporożców i zbite masy czerni płynące przez bramy na spotkanie wojsk tym śmielej, że nikt w mieście nie wiedział o przybyciu księcia, sądzono bowiem, że sam tylko wojewoda kijowski nadciąga z odsieczą. Znać wódka oślepiła ich zupełnie albo świeże zdobycie zamku natchnęło pychą niezmierną, gdyż śmiało zstąpili z góry i dopiero na równinie poczęli się szykować do bitwy z ochotą wielką, grzmiąc w kotły i litaury. Na ten widok okrzyk radości wyrwał się ze wszystkich polskich piersi, a pan wojewoda kijowski miał sposobność po raz wtóry podziwiać sprawność chorągwi książęcych. Zatrzymawszy się na widok kozactwa, stanęły od razu w szyku bojowym, ciężka jazda we środku, lekkie na skrzydłach, tak iż nic nie należało poprawiać i można było z miejsca zaczynać.

– Panie Krzysztofie, co to za lud! – rzekł wojewoda. – Od razu stanęli w ordynku. Mogliby oni i bez wodza bitwy staczać.

Książę wszelako, jako wódz przezorny, przelatywał z buławą w ręku między chorągwiami od skrzydła do skrzydła, opatrywał, ostatnie dawał rozkazy. Zorze odbijały się w jego srebrnym pancerzu i podobny był do jasnego płomienia latającego między szeregami, ile że śród ciemnych zbroic sam jeden świecił mocno.

Stanęły tedy: w środku, w pierwszej linii trzy chorągwie – pierwsza, którą sam wojewoda kijowski sprawował, druga młodego pana Aksaka, trzecia pana Krzysztofa Tyszkiewicza; za nimi, w drugiej linii, dragonia pod panem Baranowskim, a wreszcie olbrzymia husaria książęca – przy niej jako sprawca pan Skrzetuski.

Skrzydła zajęli Wierszułł, Kuszel i Poniatowski. Armaty nie było, gdyż Wurcel został w Bystrzyku.

Książę poskoczył do wojewody i buławą skinął.

– Za swoje krzywdy poczynaj wasza mość najpierwszy.

Wojewoda z kolei machnął buzdyganem – pochylili się żołnierze w kulbakach i ruszyli. A zaraz po sposobie prowadzenia chorągwi można było poznać, iż wojewoda, choć ciężki i kunktator, bo wiekiem przygnieciony, przecie żołnierz jest doświadczony i mężny. Nie zerwał on z miejsca chorągwi do największego impetu, by sił oszczędzić, ale prowadził z wolna, powiększając pęd w miarę, jak ku nieprzyjacielowi się zbliżał. Sam też biegł w pierwszym szeregu z buzdyganem w ręku, pacholik mu tylko pod ręką trzymał koncerz długi i ciężki, nie za ciężki jednak na jego rękę. Czerń też sypnęła się ku chorągwi piechotą, z kosami i cepami, by pierwszy impet powstrzymać i Zaporożcom atak ułatwić. Gdy więc nie dzieliło ich więcej nad kilkadziesiąt kroków, poznali wojewodę machnowiczanie po olbrzymim wzroście i tuszy, a poznawszy wołać poczęli:

– Hej, jaśnie wielmożny wojewodo, żniwa bliskie, czemu to poddanym wychodzić nie każesz? Czołem, jasny pane! już my ci ten brzuch przewiercimy.

I grad kul posypał się na chorągiew, ale szkody nie uczynił, bo szła już jak wicher. Zderzyli się tedy mocno. Rozległ się stukot cepów i brzęk kos o pancerze, krzyki i jęki. Kopie otwarły bramę w zbitej masie czerni, przez którą rozhukane konie wpadły jak orkan tratując, przewalając, miażdżąc. I jako na łące, gdy stanie szereg kosiarzy, bujna trawa znika przed nimi, a oni idą naprzód, machając drągami od kos, tak właśnie pod cięciami mieczów szeroka ławica czerni zwężała się, topniała, nikła, a parta piersiami końskimi, nie mogąc ustać na miejscu, poczęła się kolebać. Wreszcie zagrzmiał krzyk: „Ludy, spasajtes!", i cała masa, rzucając kosy, cepy, widły, samopały, rzuciła się w dzikim popłochu na stojące w tyle pułki Zaporożców. Ale Zaporożcy bojąc się, by uciekający tłum nie zawichrzył ich szeregów, nadstawili mu spisy, więc czerń widząc tę zaporę rzuciła się z wyciem rozpaczliwym w obie strony, wnet jednak zegnali ją na nowo Kuszel i Poniatowski, którzy od skrzydeł książęcych właśnie ruszyli.

A zaś wojewoda idąc po trupach czerni stanął w obliczu Zaporożców i gnał ku nim, oni zaś ku niemu, chcąc na impet impetem odpowiedzieć. I tak właśnie uderzyli się o siebie jako dwie fale z przeciwnych stron idące, które przy zderzeniu grzebień pienisty utworzą. Tak konie wspięły się przed końmi, jeźdźcy jak wał, a szable nad wałem jak piana. I poznał wojewoda, że to nie z czernią robota, ale z ciętym i wyćwiczonym żołnierzem zaporoskim. Dwie linie parły się wzajem, gięły, jedna drugiej przegiąć nie mogąc. Trup padał gęsty, bo tam mąż uderzał na męża, miecz na miecz. Sam wojewoda, zasadziwszy za pas buzdygan, a porwawszy koncerz od pacholika, pracował w pocie czoła, sapiąc jak miech kowalski. Przy nim dwóch panów Sieniutów, panowie Kierdeje, Bohusławscy, Jełowiccy i Połubińscy uwijali się jak w ukropie. Ale po stronie kozackiej srożył się najbardziej Iwan Burdabut, z kalnickiego pułku podpułkownik, Kozak olbrzymiej siły i statury, tym straszniejszy, że i konia miał takiego, który na równi z panem walczył. Niejeden tedy towarzysz zdarł rumaka i cofnął się, by się z owym centaurem nie spotkać, szerzącym śmierć i spustoszenie. Skoczyli ku niemu bracia Sieniutowie, ale koń Burdabutowy schwycił młodszego, Andrzeja, zębami za twarz i zmiażdżył ją w mgnieniu oka, co widząc starszy, Rafał, ciął bestię nad oczyma. Zranił ją, ale nie zabił, bo szabla na guz mosiężny na naczółku trafiła. Jemu zaś Burdabut w tej chwili wepchnął sztych pod brodę i życia go zbawił. Tak polegli obaj bracia, panowie Sieniutowie, i leżeli w pozłocistych pancerzach w kurzawie, pod kopytami rumaków; zaś Burdabut rzucił się jak płomień w dalsze szeregi i porwał zaraz kniazia Połubińskiego, szesnastoletnie pacholę, któremu odciął prawe ramię wraz z ręką. Widząc to, pan Urbański chciał pomścić śmierć krewniaka i w samą twarz Burdabutowi z pistoletu wypalił, ale chybił, ucho mu tylko odstrzelił i krwią go oblał. Straszny był wtedy Burdabut i jego koń, obaj czarni jak noc, obaj krwią zlani, obaj z dzikimi oczyma i rozdętymi nozdrzami, szalejący jak burza. Nie wybiegał się od śmierci z jego ręki i pan Urbański, któremu głowę jak kat jednym zamachem uciął, i stary, ośmdziesiątletni pan Żytyński, i dwóch panów Nikczemnych – a inni cofać się poczęli z przerażeniem; zwłaszcza że za Burdabutem błyskało sto innych szabel zaporoskich i sto spis w krwi już zmoczonych.

Dojrzał na koniec dziki wataszka wojewodę i wydawszy okropny okrzyk radości rzucił się ku niemu obalając po drodze konie i jeźdźców, a wojewoda się nie cofał. Dufając w siłę niepospolitą, sapnął jak ranny odyniec, wzniósł koncerz nad głową i wspiąwszy konia ku Burdabutowi skoczył. I byłby pewnie nadszedł ostatni kres jego, pewno już Parka w nożyce nić jego żywota schwyciła, którą potem w Okrzei przecięła, gdyby nie Silnicki, pacholik szlachecki, któren jak błyskawica na wataszkę się rzucił i wpół go chwycił, nim szablą został przeszyty. Bo gdy się Burdabut z nim zabawiał, krzyknęli panowie Kierdeje o ratunek dla wojewody; wnet skoczyło kilkadziesiąt ludzi, którzy go od watażki przedzielili, zaczem bitwa zawiązała się zacięta. Ale zmorzony pułk wojewodzin począł się już uginać pod przemocą zaporoską, cofać się i mieszać, gdy pan Krzysztof, podsędek bracławski, i pan Aksak ze świeżymi chorągwiami nadbiegli. Wprawdzie i nowe pułki zaporoskie ruszyły w tej chwili do boju, ale przecie poniżej stał jeszcze książę z dragonami Baranowskiego i husarią pana Skrzetuskiego, którzy dotychczas nie brali w potrzebie udziału.

Zawrzała więc na nowo krwawa rzeźba, a tymczasem mrok już zapadał. Lecz pożar ogarnął skrajne domy miasta. Łuna oświeciła pobojowisko i widać było doskonale obie linie, polską i kozacką, łamiące się pod górą, widać było barwy proporców i nawet twarze. Już też pan Wierszułł, pan Poniatowski i pan Kuszel byli także w ogniu i pracy, bo starszy czerń, bili się na skrzydłach kozackich, które pod ich naciskiem poczęły cofać się ku górze. Długa linia walczących wygięła się dwoma końcami ku miastu i poczęła wyginać się coraz bardziej, bo gdy skrzydła polskie awansowały, środek, party przez przeważne siły kozackie, ustępował ku księciu. Poszły trzy nowe pułki kozackie, by go rozerwać, ale w tej chwili książę pchnął dragonów pana Baranowskiego i ci pokrzepili siły walczących.

Przy księciu została sama husaria – z daleka, rzekłbyś: bór ciemny, co prosto z pola wyrasta, groźna ławica żelaznych mężów, koni i kopii. Powiew wieczorny szeleścił nad nimi proporcami, a oni stali cicho, nie rwąc się bez rozkazu do boju – cierpliwi, bo wytrawni i w tylu bitwach doświadczeni, i wiedzący, że ich udział krwawy nie minie. Między nimi książę, w srebrnej zbroi, ze złotą buławą w ręku, wytężał oczy na bitwę – a z lewej strony pan Skrzetuski trochę bokiem na końcu stojący. Rękaw, jako porucznik, na ramieniu zawinął i trzymając w potężnej, gołej do łokcia ręce koncerz zamiast buzdygana, czekał spokojnie komendy.

A książę lewą dłonią oczy przeciw pożarowi nakrył i patrzył na bitwę. Środek polskiego półksiężyca obsuwał się z wolna ku niemu, zmagany przez przemoc, bo nie na długo wsparł go pan Baranowski, ten sam, któren Niemirów wyciął. Widział więc książę jak na dłoni pracę ciężką żołnierzy. Wydłużona błyskawica szabel to wznosiła się nad czarną linią głów, to nikła w zamachach. Konie bez jeźdźców wypadały z tej ławy walczących i rżąc biegły po równinie z rozwianymi grzywami, na tle pożaru do bestii piekielnych podobne. Czasem chorągiew kraśna powiewająca nad ciżbą zapadała nagle w tłum, by nie podnieść się więcej. Ale wzrok księcia biegł poza linię walczących, aż na górę ku miastu, gdzie na czele dwóch pułków wybranych stał sam młody Krzywonos czekając na chwilę, by się rzucić w środek walczących i złamać nadwątlone szyki polskie zupełnie.

Skoczył nareszcie biegnąc ze strasznym krzykiem wprost na dragonów Baranowskiego, ale na tę chwilę czekał także i książę.

– Prowadź! – krzyknął do Skrzetuskiego.

Skrzetuski koncerz w górę podniósł i żelazna nawała ruszyła naprzód.

Nie biegli długo, bo linia bojowa zbliżyła się do nich znacznie. Dragoni Baranowskiego rozstąpili się z błyskawiczną szybkością w prawo i lewo, by przystęp husarii do Kozaków otworzyć, oni zaś runęli przez te wrota całym ciężarem na zwycięskie już sotnie Krzywonosowe.

– Jarema! Jarema! – zawołali husarze.

– Jarema! – powtórzyło całe wojsko.

Straszne imię dreszczem trwogi ścisnęło serca Zaporożców. W tej chwili dopiero poznali, iż to nie wojewoda kijowski, lecz sam książę dowodzi. Zresztą nie mogli oni stawić oporu husarii, która samym swoim ciężarem druzgotała ich tak, jak walący się mur druzgoce stojących pod nim ludzi. Jedynym ratunkiem dla nich było rozstąpić się na obie strony, puścić husarię przez siebie i z boków na nią uderzyć; ale te boki były już pilnowane przez dragonię i przez lekkie chorągwie Wierszułła, Kuszla i Poniatowskiego, którzy spędziwszy skrzydła kozackie zepchnęli je w środek. Teraz postać walki zmieniła się, bo owe lekkie chorągwie utworzyły jakby ulicę, środkiem której lecieli w szalonym zapędzie husarze gnąc, łamiąc, pchając, waląc ludzi i konie, a przed nimi uciekało z rykiem i wyciem kozactwo ku górze i miastu. Gdyby skrzydło Wierszuła zdołało się zejść ze skrzydłem Poniatowskiego, byliby otoczeni i wycięci do szczętu. Wszelako ni Wierszuł, ni Poniatowski nie mogli tego dokonać dla zbytniej nawały uciekających, bili więc tylko z boku, aż ręce od cięć im mdlały.

Młody Krzywonos, choć mężny i dziki, gdy zrozumiał, że własne niedoświadczenie przychodzi mu takiemu wodzowi, jak książę, przeciwstawić, stracił całkiem głowę i umykał na czele innych ku miastu. Uciekającego spostrzegł pan Kuszel, z boku stojący, który na krótką metę tylko widział, przyskoczył więc koniem i w pysk młodego watażkę szablą trzasnął. Nie zabił, bo ostrze wstrzymała podpinka, ale zalał go krwią i tym bardziej serca pozbawił.

Wszelako o mało sam czynu tego życiem nie przypłacił, bo w tej chwili rzucił się na niego Burdabut na czele resztek kalnickiego pułku.

Dwakroć próbował on stawić czoło husarzom, ale dwakroć, jakoby siłą nadprzyrodzoną odparty i rozgromiony, musiał ustępować wraz z innymi. W końcu sprawiwszy ostatki postanowił z boku na Kuszla uderzyć i przez jego dragonów na wolne się pole wydostać. Nim jednak zdołał ich rozerwać, zapchała się owa droga wiodąca ku miastu i górze tak dalece, że szybka ucieczka stała się niemożliwą. Husarze wobec tego natłoku ludzi wstrzymali impet i skruszywszy kopie, mieczami ciąć tłumy poczęli. Zapanowała walka zmieszana, bezładna, dzika, bezpardonowa, wrząca w tłoku, zgiełku, gorącu, wśród wyziewów ludzkich i końskich. Trup padał na trupa, kopyta końskie grzęzły w drgających ciałach. Gdzieniegdzie masy tak skłębiły się, że nie było miejsca na zamach dla szabli; tam bito się głowniami, nożami i pięściami, konie poczęły kwiczeć. Tu i owdzie ozwały się głosy: „Pomyłujte, Lachy!" Głosy te wzmagały się, mnożyły, zagłuszały brzęk mieczów, zgrzyt żelaza o kości, chrapanie i straszną czkawkę konających. „Pomyłujte, pany!" – rozlegało się coraz żałośniej, ale miłosierdzie nie świeciło nad tą ławicą walczących; jak słońce nad burzą świecił im pożar.

Jeden Burdabut na czele swoich kalnickich ludzi o miłosierdzie nie prosił. Brakło mu miejsca do walki, więc czynił sobie rum nożem. Starł się naprzód z brzuchatym panem Dzikiem i pchnąwszy go w brzuch, z konia zwalił, a ten krzyknąwszy: „O Jezu!'', już się więcej spod kopyt, które mu tratowały wnętrzności, nie podniósł. Wtedy zaraz przybyło miejsca, więc Burdabut już szablą rozrąbał głowę z hełmem towarzyszowi Sokolskiemu, potem obalił razem z końmi panów Pryjama i Certowicza; miejsce otworzyło się szersze. Młody Zenobiusz Skalski ciął go w głowę, ale szabla zwinęła mu się w ręku i uderzyła płazem, watażka zaś, jego pięścią na odlew w twarz uderzywszy, zabił na miejscu. Ludzie kalniccy szli za nim siekąc i gindżałami kłując. „Charakternik! charakternik!'' – poczęli wołać husarze. „Żelazo się jego nie ima! Mąż szalony!'' On zaś istotnie miał pianę na wąsach, a wściekłość w oczach. Dojrzał nareszcie Skrzetuskiego i poznawszy oficera po odwiniętym rękawie, runął na niego.

Wszyscy dech zatrzymali w piersiach i bitwę przerwali patrząc na walkę dwóch najstraszliwszych rycerzy. Pan Jan się bowiem wołaniem: „Charakternik!'', nie strwożył – ale gniew zawrzał mu w duszy na widok tylu spustoszeń, zgrzytnął więc zębem i z furią natarł na watażkę. Zwarli się więc, aż konie na zadach przysiadły. Rozległ się świst żelaza i nagle szabla watażki rozleciała się w kawałki pod cięciem polskiego koncerza. Już się zdawało, że żadna moc nie wyratuje Burdabuta, gdy on skoczył, szczepił się z panem Skrzetuskim tak, iż obaj jedno zdawali się tworzyć ciało – i nożem nad gardłem husarza błysnął.

Teraz Skrzetuskiemu śmierć stanęła w oczach, bo ciąć już mieczem nie mógł. Ale szybki jak błyskawica puścił miecz, który na rzemyku zawisł, a ręką za rękę watażki chwycił. Przez chwilę dwie te ręce drgały konwulsyjnie w powietrzu, ale żelazny to musiał być uścisk pana Skrzetuskiego, bo watażka zawył jak wilk i w oczach wszystkich nóż wypadł mu ze zdrętwiałych palców jak wyłuskwione ziarno z kłosa. Wtedy Skrzetuski rękę zgniecioną mu puścił i za kark ucapiwszy przygiął straszny łeb aż do kuli kulbaki, lewą zaś dłonią buzdygan zza pasa wychwycił, gruchnął raz, drugi – watażka zacharczał i spadł z konia.

Jęknęli na ten widok ludzie kalniccy i biegli pomścić – w tej chwili jednakże rzuciła się na nich husaria i wycięła co do nogi.

Na drugim zaś końcu ławy husarskiej bitwa nie ustawała ani na chwilę, bo tłok był mniejszy. Tam, przepasany Anusiną szarfą, szalał pan Longinus ze swoim Zerwikapturem. Nazajutrz po bitwie rycerze ze zdziwieniem oglądali te miejsca, a pokazując sobie ręce poodwalane wraz z ramionami, rozcięte głowy od czoła do brody, ciała rozchlastane straszliwie na dwie połowy, całą drogę ludzkich i końskich trupów, szeptali wzajem do siebie: „Patrzcie, tu walczył Podbipięta!” Sam książę trupy oglądał i choć nazajutrz bardzo był różnymi wieściami stroskany, dziwić się raczył, bo takich cięć zgoła dotąd w życiu nie widział.

Ale tymczasem walka zdawała się zbliżać ku końcowi. Ciężka jazda ruszyła znowu naprzód, goniąc przed sobą pułki zaporoskie, które pod górę ku miastu się chroniły. Reszcie uciekających przecięły odwrót chorągwie Kuszla i Poniatowskiego. Otoczeni bronili się z rozpaczą, póki nie wyginęli do nogi, lecz śmiercią swoją zbawili innych, bo gdy w dwie godziny potem pierwszy Wierszułł z nadwornymi Tatary wszedł do miasta, już tam ani jednego Kozaka nie zastał. Nieprzyjaciel korzystając z ciemności, bo deszcze zgasiły pożar, nabrał w lot czczych wozów w mieście i otaborzywszy się z szybkością Kozakom tylko właściwą, za miasto za rzekę uszedł zniszczywszy za sobą mosty.

Uwolniono owych kilkudziesięciu szlachty broniących się w zameczku. Prócz tego kazał książę Wierszułłowi pokarać mieszczan, którzy się byli z kozactwem połączyli, a sam ruszył w pogoń. Ale taboru bez armat i piechoty zdobyć nie mógł. Nieprzyjaciel zyskawszy na czasie przez spalenie mostów, gdyż rzekę daleko groblą należało obchodzić, uchodził tak szybko, iż pomęczone konie książęcej jazdy zaledwie go doścignąć mogły. Atoli Kozacy, lubo sławni z obrony w taborach, nie bronili się tak mężnie jak zwykle. Straszna pewność, iż sam książę ich ściga, tak dalece odebrała im serca, że zupełnie o swym ocaleniu zwątpili. I byłby pewnie na nich przyszedł kres, bo po całonocnej strzelaninie urwał już pan Baranowski czterdzieści wozów i dwie armaty, gdyby nie wojewoda kijowski, który się dalszej pogoni sprzeciwił i swoich ludzi cofnął. Przyszło o to między nim a księciem do ostrych przymówek, które wielu pułkowników słyszało.

– Czemuż to wasza mość – pytał książę – chcesz teraz nieprzyjaciela poniechać, gdyś w bitwie z taką rezolucją przeciwko niemu stawał? Sławę, której wieczorem nabyłeś, rankiem przez opieszałość swą utracisz.

– Mości książę –odparł wojewoda – nie wiem, jaki duch w was mieszka, alem ja człowiek z ciała i kości, po pracy spoczynku potrzebuję – i moi ludzie także. Zawsze ja będę na nieprzyjaciela tak szedł, jakom dziś szedł, gdy czoło stawi, ale pobitego już i uciekającego nie będę gonił.

– Wybić ich do nogi! – zakrzyknął książę.

– I cóż z tego? – rzecze wojewoda. – Tych wybijemy, przyjdzie starszy Krzywonos. Popali, poniszczy, dusz nagubi, jako ten w Strzyżawce nagubił – i za zaciekłość naszą nieszczęśni ludzie zapłacą.

– O, widzę – już zawołał z gniewem książę – że wasza mość wraz z kanclerzem i z tymi ich regimentarzami do pokojowej fakcji należysz, która by układami chciała bunt gasić, ale przez Bóg żywy! nie będzie z tego nic póki u mnie szabla w garści!

A Tyszkiewicz na to:

– Nie do fakcji ja już należę, ale do Boga, bom stary i wkrótce mi przed Nim stanąć przyjdzie. A że nie chcę, by mnie zbyt wielkie brzemię krwi w wojnie domowej przelanej obciążało, temu się, wasza książęca mość, nie dziw... Jeżeliś zaś wasza książęca mość krzyw o to, że cię regimentarstwo minęło, tedy tak powiem: z męstwa należało ci się słusznie, wszelako może i lepiej, żeć go nie dali, bo ty byś bunt, ale z nim razem i tę nieszczęsną ziemię we krwi utopił.

Jowiszowe brwi Jeremiego ściągnęły się, kark mu napęczniał, a oczy poczęły ciskać takie błyskawice, że wszyscy obecni struchleli o wojewodę, ale wtem zbliżył się szybko pan Skrzetuski i rzekł:

– Wasza książęca mość, są wieści o starszym Krzywonosie.

Zaraz więc umysł księcia w inną zwrócił się stronę i gniew na wojewodę w nim osłabł. Tymczasem wprowadzono przybyłych z wieściami czterech ludzi, w tym dwóch starych błahoczestywych księży, którzy ujrzawszy księcia rzucili się przed nim na kolana.

– Ratuj, władyko, ratuj! – powtarzali wyciągając ku niemu ręce.

– Skąd wy? – pytał książę.

– My z Połonnego. Starszy Krzywonos obległ zamek i miasto; jeśli twoja szabla nad jego karkiem nie zawiśnie, tedy zginiemy wszyscy.

Na to książę:

– O Połonnem ja wiem, iż się tam siła ludu schroniło, ale jak mnie doniesiono, najwięcej Rusinów. Zasługa to wasza przed Bogiem, iż zamiast połączyć się z buntem, opór mu dajecie, przy matce stawając, jednak boję się zdrady jakowej od was, takiej, jak w Niemirowie doznałem.

Na to posłańcy poczęli przysięgać na wszystkie świętości niebieskie, że jako zbawiciela, tak księcia wyczekują, i myśl zdrady w głowie im nawet nie postała. Jakoż i szczerze mówili. Krzywonos bowiem obległszy ich w pięćdziesiąt tysięcy ludu, poprzysiągł im zgubę dlatego właśnie, że będąc Rusinami nie chcieli się z buntem łączyć.

Książę przyrzekł im pomoc, ale ponieważ główne siły jego były w Bystrzyku, musiał więc na nie czekać. Wysłańcy odeszli z pociechą w sercu, on zaś zwrócił się do wojewody kijowskiego i rzekł:

– Przebaczcie, wasza mość! Widzę już sam, iż trzeba Krzywonosa zaniechać, aby Krzywonosa dosięgnąć. Młodszy dłużej na powróz może poczekać. Sądzę też, iż mnie nie odstąpicie w tej nowej imprezie.

– Jako żywo! – rzecze wojewoda.

Wnet ozwały się trąby oznajmiając chorągwiom zagnanym za taborem, by się ściągały na powrót. Trzeba też było spocząć i dać „oddech" koniom. Wieczorem nadciągnęła cała dywizja z Bystrzyka, a z nią poseł, pan Stachowicz, od wojewody bracławskiego. Pisał pan Kisiel do księcia list pełen uwielbienia, że jako drugi Mariusz ojczyznę z ostatniej toni ratuje, pisał też o radości, jaką przybycie księcia z Zadnieprza we wszystkich sercach wzbudziło, winszował mu zwycięstw – ale w końcu listu pokazały się przyczyny, dla których był pisany. Oto pan z Brusiłowa oświadczał, że układy rozpoczęte, że on sam z innymi komisarzami udaje się do Białocerkwi i ma nadzieję Chmielnickiego powstrzymać i ukontentować. Na koniec prosił księcia, by do czasu układów nie nastawał tak bardzo na Kozaków i o ile można, kroków wojennych zaprzestał.

Gdyby doniesiono księciu, że całe jego Zadnieprze zniszczone, a wszystkie grody z ziemią zrównane, nie bolałby tak srodze, jako się nad tym listem rozbolał. Byli przy tym obecni pan Skrzetuski, pan Baranowski, pan Zaćwilichowski, obaj Tyszkiewiczowie i Kierdeje. Książę rękoma oczy zakrył, w tył głowę przewrócił, jakoby strzałą w serce trafiony.

– Hańba! hańba! Boże! dajże mnie już polec prędzej, abym na takie rzeczy nie patrzył!

Cisza zapanowała głęboka między obecnymi, a książę mówił dalej:
– Nie chcę ja żyć w tej Rzeczypospolitej, bo dziś wstydzić się za nią przychodzi. Oto czerń kozacka i chłopska zalała krwią ojczyznę, z pogaństwem się przeciw własnej matce połączyła. Pobici hetmani, zniesione wojska, zdeptana sława narodu; zgwałcony majestat, popalone kościoły, wyrżnięci księża, szlachta, pohańbione niewiasty, a na te klęski i na tę hańbę, na której wspomnienie samo pomarliby nasi przodkowie – czymże odpowiada ta Rzeczpospolita? Oto ze zdrajcą, z hańbicielem swym, ze sprzymierzeńcem pogan układy rozpoczyna i kontentację mu obiecuje! O Boże! daj śmierć, powtarzam, bo nie żyć nam na świecie, którzy dyshonor ojczyzny czujemy i głowy dla niej niesiemy w ofierze.

Wojewoda kijowski milczał, a pan Krzysztof, podsędek bracławski, ozwał się po chwili:

– Pan Kisiel nie stanowi Rzeczypospolitej.

Książę na to:

– Nie mów mnie waszmość o panu Kisielu, bo wiem dobrze, iż ma on całą partię za sobą: utrafił on w myśl prymasa i kanclerza, i księcia Dominika, i wielu panów, którzy dziś w czasie *interregnum* rządy w Rzeczypospolitej sprawują i majestat jej przedstawiają, a raczej hańbią ją słabością wielkiego narodu niegodną, bo nie układami, ale krwią ten ogień gasić należy, bo lepiej dla narodu rycerskiego ginąć niż się upodlić i kontempt całego świata dla siebie obudzić.

I znowu książę zakrył rękoma oczy – widok był to zaś tak żałosny tego bólu i żalu, że pułkownicy zgoła nie wiedzieli, co czynić ze łzami, które im do oczu nabiegły.

– Mości książę – ośmielił się ozwać Zaćwilichowski – niechże oni szermują językiem, my mieczem będziem dalej szermowali.

– Zaiste – odpowiedział książę – i na tę myśl rozdziera się serce: co czynić nam dalej przystoi? Oto, mości panowie, słysząc o klęsce ojczyzny przyszliśmy tu przez płonące lasy i nieprzebyte błota, nie śpiąc, nie jedząc, ostatnich sił dobywając, by tę matkę naszą od zagłady i hańby ratować. Ręce mdleją nam od pracy, głód skręca kiszki, rany bolą – my zaś na trud nie baczym, byle nieprzyjaciela pohamować. Mówiono na mnie, żem krzyw, iż mnie regimentarstwo minęło. Niechże cały świat sądzi, czy godniejsi ci, co je dostali, a ja Boga i waszmościów na świadki biorę, że tak jak i wy nie dla nagrody i dostojeństw niosę krew swą w ofierze, ale z czystej ku ojczyźnie miłości. Ale gdy my ostatni dech z piersi wydajemy – cóż nam donoszą? Oto, że panowie w Warszawie, a pan Kisiel w Huszczy kontentację dla tego nieprzyjaciela obmyślają? Hańba! hańba!!!

– Zdrajca Kisiel!– zawołał pan Baranowski.

Na to pan Stachowicz, człowiek poważny i śmiały, wstał i zwracając się ku Baranowskiemu rzekł:

– Przyjacielem panu wojewodzie bracławskiemu będąc i posłując od niego, nie pozwolę, by go tu zdrajcą zwali. I jemu też broda od zgryzoty zbielała – a ojczyźnie służy tak, jak rozumie, może mylnie, ale uczciwie!

Książę nie słyszał tej odpowiedzi, bo pogrążył się w myślach i boleści. Baranowski nie śmiał też w obecności jego burdy robić; więc tylko oczy swe stalowe utkwił w panu Stachowiczu, jakby mu chciał rzec: „Znajdę cię!", i rękę na głowni miecza położył – tymczasem jednak Jeremi ocucił się z zamyślenia i rzekł ponuro:

– Nie ma tu innego wyboru, jeno albo posłuszeństwo złamać (boć w czasie bezkrólewia oni władzę sprawują), albo honor ojczyzny, dla któregośmy pracowali, poświęcić...

– Z nieposłuszeństwa wszystko zło w tej Rzeczypospolitej płynie – rzekł poważnie wojewoda kijowski.

– Więc zezwolimy na pohańbienie ojczyzny? Więc jeśli jutro nam każą, byśmy z powrozem u szyi do Tuhaj-beja i Chmielnickiego poszli, tedy i to dla posłuszeństwa uczynim?

– Veto! – ozwał się pan Krzysztof, podsędek bracławski.

– Veto! – powtórzył pan Kierdej.

Książę zwrócił się do pułkowników:

– Mówcie, starzy żołnierze! – rzekł.

Pan Zaćwilichowski głos zabrał:

– Mości książę, ja mam lat siedmdziesiąt, jestem Rusin błahoczestywy, byłem komisarzem kozackim i ojcem mnie sam Chmielnicki nazywał. Prędzej bym powinien za układami przemawiać, ale jeśli mi rzec przyjdzie: „hańba" albo „wojna", tedy jeszcze do grobu zstępując powiem: „wojna!"

– Wojna! – powtórzył pan Skrzetuski.

– Wojna, wojna! – powtórzyło kilkanaście głosów, między nimi pan Krzysztof, panowie Kierdeje, Baranowski i prawie wszyscy obecni.

– Wojna! wojna!

– Niechże się stanie wedle słów waszych – odrzekł poważnie książę – i buławą w otwarty list pana Kisiela uderzył.

XXVIII

W dzień później, gdy wojska zatrzymały się w Rylcowie, książę zawołał pana Skrzetuskiego i rzekł:

– Siły nasze słabe i zmorzone, a Krzywonos ma sześćdziesiąt tysięcy luda i jeszcze co dzień w potęgę rośnie, bo czerń do niego napływa. Na wojewodę kijowskiego też liczyć nie mogę, gdyż w duszy również on do pokojowej partii należy i choć idzie ze mną, ale niechętnie. Trzeba nam skąd posiłków. Otóż dowiaduję się, że niedaleko od Konstantynowa stoją dwaj pułkownicy: Osiński z gwardią królewską i Korycki. Weźmiesz dla bezpieczeństwa sto semenów nadwornych i pójdziesz do nich z moim listem, aby zaś się pośpieszyli i bez zwłoki do mnie przyszli, bo za parę dni na Krzywonosa uderzę. Z wszelkich funkcji nikt mi się lepiej od ciebie nie wywiązuje, dlatego też ciebie posyłam – a to jest ważna rzecz.

Pan Skrzetuski skłonił się i tegoż wieczoru ku Konstantynowu ruszył na noc, by przejść niepostrzeżenie, bo tu i owdzie kręciły się Krzywonosowe podjazdy albo kupy czerni, która czyniła zbójeckie zasadzki po lasach i gościńcach, książę zaś nakazał bitew unikać, aby zwłoki nie było. Idąc tedy cicho, świtaniem doszedł do Wiszowatego Stawu, gdzie się na obu pułkowników natknął i w sercu się na widok ich mocno uradował. Osiński miał gwardię dragońską wyborną, na cudzoziemski ład wyćwiczoną, i Niemców. Korycki zaś tylko piechotę niemiecką z samych prawie weteranów z trzydziestoletniej wojny złożoną. Był to żołnierz tak straszny i sprawny, że w ręku pułkownika jako jeden miecz działał. Oba pułki były przy tym obficie pokryte i w strzelbę zaopatrzone. Usłyszawszy, że do księcia mają iść, podnieśli zaraz radosne okrzyki, bo tęsknili za bitwami, a wiedzieli, że pod żadną komendą tylu ich nie będą zażywać. Na nieszczęście, obaj pułkownicy dali odpowiedź odmowną, gdyż obaj należeli do komendy księcia Dominika Zasławskiego i mieli wyraźne rozkazy, by się z Wiśniowieckim nie łączyli. Na próżno pan Skrzetuski tłumaczył im, jakiej by to sławy mogli nabyć pod takim wodzem służąc i jak wielkie krajowi oddać przysługi – nie chcieli słuchać twierdząc, iż subordynacja ma być dla wojskowych ludzi najpierwszym prawem i obowiązkiem. Mówili natomiast, że w takim tylko razie mogliby się z księciem połączyć, gdyby ocalenie ich pułków tego wymagało. Odjechał więc pan Skrzetuski mocno strapiony, bo wiedział, ile księciu będzie bolesnym nowy ten zawód i jak dalece wojska jego są istotnie znużone i wyczerpane pochodami, ustawicznym ścieraniem się z nieprzyjacielem, tępieniem pojedynczych watah, wreszcie ustawicznym czuwaniem, głodem i niewywczasem. Mierzyć się w podobnych warunkach z dziesięćkroć liczniejszym nieprzyjacielem było prawie niepodobieństwem, widział więc jasno pan Skrzetuski, że zwłoka w działaniach wojennych przeciw Krzywonosowi musi nastąpić, bo trzeba będzie dać dłuższą folgę wojsku i czekać na napływ świeżej szlachty do obozu.

Tymi myślami przejęty pan Skrzetuski wracał na powrót do księcia na czele swoich semenów, a musiał iść cicho, ostrożnie i tylko nocą, aby uniknąć i podjazdów Krzywonosowych, i licznych luźnych band złożonych z kozactwa i czerni, nieraz bardzo potężnych, które grasowały w całej okolicy paląc dwory, wycinając szlachtę i łowiąc uciekających po gościńcach. Tak przeszedł Bakłaj i wjechał w bory Mszynieckie, gęste, pełne zdradliwych jarów i rozłogów. Szczęściem, po niedawnych deszczach służyła mu piękna pogoda w tej podróży. Noc była pyszna, lipcowa, bez księżyca, ale usiana gwiazdami. Semenowie szli wąską dróżką leśną, prowadzeni przez służałych borowych mszynieckich, ludzi bardzo pewnych i znających swoje bory doskonale. W lesie panowała cisza głęboka, przerywana tylko trzaskiem suchych gałązek pod kopytami końskimi – gdy nagle do uszu pana Skrzetuskiego i semenów doszedł daleki jakiś szmer podobny do śpiewu przerywanego okrzykami.

– Stój! – rzekł cicho pan Skrzetuski i zatrzymał linię semenów. – Co to jest?

Stary borowy przysunął się ku niemu.

– To, panie, wariaty chodzą teraz po lesie i krzyczą, ci, co im się od okropności w głowie pomieszało. My wczoraj spotkali jedną szlachciankę, co chodzi, panie, chodzi, po sosnach patrzy i woła: „Dzieci! dzieci!" Widno, jej chłopi dzieci porżnęli. Na nas też oczy wytrzeszczyła i poczęła piszczeć, że aż nogi pod nami zadrżały. Mówią, że po wszystkich lasach takich jest dużo.

Pana Skrzetuskiego, choć był rycerzem bez trwogi, dreszcz przeszedł od stóp do głów.

– A może to wilcy wyją? Z daleka rozeznać nie można – rzekł.

– Gdzie tam, panie! Wilków teraz w lesie nie ma; wszystkie poszły do wsi, gdzie mają trupów dostatek.

– Straszne czasy – odrzekł na to rycerz – w których wilcy we wsiach mieszkają, a w lasach obłąkani ludzie wyją! Boże! Boże!

Przez chwilę zapanowała znów cisza, słychać było tylko szum zwykły w wierzchołkach sosen, ale po chwili owe dalekie odgłosy wzmogły się i stały wyraźniejsze.

– Hej! – rzekł nagle borowy. – Tam na to patrzy, że jakaś większa kupa ludzi jest. Waszmościowie tu postójcie albo idźcie wolno naprzód, a my pójdziem z towarzyszem obaczyć.

– Idźcie – rzekł pan Skrzetuski. – Tu będziem czekali.

Borowi znikli. Nie było ich z godzinę; już pan Skrzetuski zaczął się niecierpliwić, a nawet podejrzewać, czy mu jakiej zdrady nie gotują, gdy nagle jeden wynurzył się z ciemności.

– Są, panie! – rzekł zbliżając się do Skrzetuskiego.

– Kto?

– Chłopy rezuny.

– A siła ich jest?

– Będzie ze dwustu. Nie wiadomo, panie, co począć, bo leżą w wąwozie, przez który droga nam wypada. Ognie palą, jeno blasku nie widać, bo w dole. Straży nijakich nie mają: można do nich podejść na strzeleniu z łuku.

– Dobrze! – rzekł pan Skrzetuski i zwróciwszy się do semenów począł dwom starszym wydawać rozkazy.

Wnet orszak ruszył żywo przed siebie, ale tak cicho, że tylko trzaskanie gałązek mogło zdradzić pochód; strzemię nie zadzwoniło o strzemię, szabla nie zabrzękła, konie, zwyczajne podchodzeń i napadów, szły wilczym chodem bez parskania i rżenia. Przybywszy na miejsce, gdzie droga skręcała się nagle, semenowie ujrzeli zaraz z dala ognie i niewyraźne postacie ludzkie. Tu pan Skrzetuski podzielił ich na trzy oddziały, z których jeden pozostał na miejscu, drugi poszedł krawędzią wzdłuż wąwozu, by zamknąć przeciwległe ujście, a trzeci, zsiadłszy z koni i czołgając się na brzuchach, położył się na samej krawędzi, tuż nad chłopskimi głowami.

Pan Skrzetuski, który znajdował się w owym środkowym oddziele, spojrzawszy w dół widział jak na dłoni, w odległości dwudziestu lub trzydziestu kroków, całe obozowisko: ognisk paliło się dziesięć, ale nie płonęły zbyt jaskrawo, wisiały w nich bowiem kotły z jedzeniem. Zapach dymu i warzonych mięs dochodził wyraźnie do nozdrzy pana Skrzetuskiego i semenów. Naokół kotłów stali lub leżeli chłopi pijąc i gwarząc. Niektórzy mieli w ręku flasze z wódką, inni wspierali się na spisach, na których ostrzach osadzone były, jako trofea, ścięte głowy mężczyzn, kobiet i dzieci. Blask ognia odbijał się w ich martwych źrenicach i wyszczerzonych zębach; tenże sam blask oświecał twarze chłopskie dzikie, okrutne. Tuż pod samą ścianą jaru kilkunastu z nich spało chrapiąc głośno; inni gwarzyli, inni poprawiali ogniska, które strzelały wówczas do góry snopami złotych iskier. Przy największym ognisku siedział, zwrócony plecami do ściany wąwozu i do pana Skrzetuskiego, barczysty stary dziad – i brzdąkał na lirze; naokoło niego skupiło się półkolem ze trzydziestu rezunów.

Do uszu pana Skrzetuskiego doszły następujące słowa:

– Hej, didu! pro Kozaka Hołotu!

– Nie! – wołali inni – pro Marusiu Bohusławku!

– Do czorta z Marusią! o panu z Potoka, o panu z Potoka! – wołały najliczniejsze głosy.

Did uderzył silniej w lirę, odchrząknął i począł śpiewać:

> *Stań, obernysia, hlań, zadywysia, kotory majesz mnoho,*
> *Że riwny budesz tomu, w kotoroho ne majesz niczoho,*
> *Bo toj sprawujet; szczo wsim kierujet, sam Boh myłostywe,*
> *Wsi naszy sprawy na swojej szali ważyt sprawedływe.*
> *Stań, obernysia, hlań, żadywysia, kotory wysoko*
> *Umom litajesz, mudrosty znajesz, szyroko, hłuboko...*

Tu did przerwał na chwilę i westchnął, a za nim poczęli wzdychać i chłopi. Coraz też ich więcej zbierało się koło niego – a i pan Skrzetuski, choć wiedział, że już wszyscy jego ludzie muszą być w pogotowiu, nie dawał hasła do napadu. Ta noc cicha, płonące ogniska, dzikie postacie i pieśń o panu Mikołaju Potockim, jeszcze nie dośpiewana, wzbudziły w rycerzu jakieś dziwne myśli, jakieś uczucia i tęsknotę, z których sam sobie sprawy zdać nie umiał. Nie zagojone rany jego serca otworzyły się, ścisnął go żal głęboki za niedawną przeszłością, za utraconym szczęściem, za owymi chwilami ciszy i pokoju. Zadumał się i rozżalił – a tymczasem did śpiewał dalej:

> *Stań, obernysia, hlań, zadywysia, kotory wojujesz,*
> *Łukom striłamy, porochom, kulami i meczem szyrmujesz,*
> *Bo też rycere i kawalere pered tym buwały,*
> *Tym wojowały, od tohoż mecza sami umirały!*
> *Stań, obernysia, hlań, zadywysia i skiń z sercia butu,*
> *Nawerny oka, kotory z Potoka idesz na Sławutu.*
> *Newynnyje duszy beresz za uszy, wolnosť odejmujesz,*
> *Korola ne znajesz, rady ne dbajesz, sam sobie sejmujesz.*
> *Hej, porażajsia, ne zapalajsia, bo ty rejmentarujesz,*
> *Sam bułаwoju, w sem polskim kraju, jak sam choczesz, kierujesz.*

Did znów ustał, a wtem kamyk wysunął się spod opartej na nim ręki jednemu z semenów i począł się toczyć z szelestem na dół. Kilku chłopów zakryło oczy rękoma i poczęło patrzyć bystro w górę ku lasowi; wtedy pan Skrzetuski uznał, iż czas nadszedł, i wypalił w środek tłumu z pistoletu.

– Bij! morduj! – krzyknął i trzydziestu semenów dało ognia tak prawie, jak w twarz chłopstwu, a po wystrzeleniu, z szablami w ręku, zsunęli się błyskawicą po pochyłej ścianie wąwozu między przerażonych i zmieszanych rezunów.

– Bij! morduj! – zabrzmiało przy jednym ujściu wąwozu.

– Bij! morduj! – powtórzyły dzikie głosy przy drugim.

– Jarema! Jarema!

Napad tak był niespodziany, przerażenie tak straszne, iż chłopstwo, choć zbrojne, prawie żadnego nie dawało oporu. Już i tak opowiadano w obozach zbuntowanej czerni, że Jeremi przy pomocy złego ducha może być i bić jednocześnie w kilku miejscach, a teraz to imię spadłszy na nie oczekujących niczego i bezpiecznych – istotnie jak imię złego ducha – wytrąciło im broń z ręki. Zresztą spisy i kosy nie dały się użyć w ciasnym miejscu, więc też przyparci jak stado owiec do przeciwległej ściany jaru, rąbani szablami przez łby i twarze, bici, przebijani, deptani nogami, wyciągali z szaleństwem strachu ręce i chwytając nieubłagane żelazo ginęli. Cichy bór napełnił się złowrogim wrzaskiem bitwy. Niektórzy starali się ujść przez prostopadłą ścianę jaru i drapiąc się, kalecząc sobie ręce spadali na sztychy szabel. Niektórzy ginęli spokojnie, inni ryczeli litości, inni zasłaniali twarze rękoma, nie chcąc widzieć chwili śmierci, inni znów rzucali się na ziemię twarzą na dół, a nad świstem szabel, nad wyciem konających górował krzyk napastników: „Jarema! Jarema!" – krzyk, od którego włosy powstawały na chłopskich głowach i śmierć tym straszniejszą się wydawała.

A dziad gruchnął w łeb lirą jednego z semenów, aż się przewrócił, drugiego złapał za rękę, by cięciu szablą przeszkodzić, i ryczał ze strachu jak bawół. Inni spostrzegłszy go biegli rozsiekać, aż przypadł i pan Skrzetuski:

– Żywcem brać! żywcem brać! – krzyknął.

– Stój! – ryczał dziad – jam szlachcic przebrany! *Loquor latine!* Jam nie dziad! Stójcie, mówię wam, zbóje, skurczybyki, kobyle dzieci, oczajdusze, łamignaty, rzezimieszki!

Ale dziad nie skończył jeszcze litanii, gdy pan Skrzetuski w twarz mu spojrzał i krzyknął, aż się ściany parowu echem ozwały:

– Zagłoba!

I nagle rzucił się na niego jak dziki zwierz, wpił mu palce w ramiona, twarz przysunął do twarzy i trzęsąc nim jak gruszką wrzasnął:

– Gdzie kniaziówna, gdzie kniaziówna?

– Żyje! zdrowa! bezpieczna! – odkrzyknął dziad. – Puść waćpan, do diabła, bo duszę wytrzęsiesz.

Wtedy tego rycerza, którego pokonać nie mogła ani niewola, ani rany, ani boleść, ani straszliwy Burdabut, pokonała wieść szczęsna. Ręce mu opadły, na czoło wystąpił pot obfity, obsunął się na kolana, twarz zakrył rękoma i oparłszy się głową o ścianę jaru, trwał w milczeniu – widać, Bogu dziękował.

Tymczasem docięto reszty nieszczęsnych chłopów, kilkunastu związano, którzy katu mieli być oddani w obozie, aby zeznania z nich wydobył, zaś inni leżeli porozciągani i martwi. Bitwa ustała – zgiełk uciszył się. Semenowie zbierali się koło swego wodza i widząc go klęczącego pod skałą, poglądali na niego niespokojnie nie wiedząc, czy nie ranny. On zaś wstał, a twarz miał taką jasną, jakby mu zorze w duszy świeciły.

– Gdzie ona jest? – spytał Zagłoby.

– W Barze.

– Bezpieczna?

– Zamek to potężny, żadnej inwazji się nie boi. Ona w opiece jest u pani Sławoszewskiej i u mniszek.

– Chwała bądź Bogu najwyższemu! – rzekł rycerz – a w głosie drgało mu głębokie rozrzewnienie. – Dajże mnie waść rękę. Z duszy, z duszy dziękuję.

Nagle zwrócił się do semenów:

– Siła jest jeńców?

– Simnadciat' – odpowiedzieli żołnierze.

Na to pan Skrzetuski:

– Potkała mnie wielka radość i miłosierdzie jest we mnie: Puścić ich wolno.

Semenowie uszom swoim wierzyć nie chcieli. Tego zwyczaju nie bywało w wojskach Wiśniowieckiego.

Skrzetuski zmarszczył z lekka brwi.

– Puścić ich wolno – powtórzył.

Semenowie odeszli, ale po chwili starszy esauł wrócił i rzekł:

– Panie poruczniku, nie wierzą, iść nie śmią.

– A pęta mają rozcięte?

– Tak jest.

– Tedy ostawić ich tutaj, a sami na koń.

W pół godziny później orszak posuwał się znów wśród ciszy wąską drożyną. Zeszedł też księżyc, który poprzenikał długimi, białymi pasmami do środka boru i rozświecił ciemne głębie. Pan Zagłoba i Skrzetuski, jadąc na czele, rozmawiali z sobą.

– Mówże mnie waszmość o niej wszystko, co tylko wiesz – rzekł rycerz.

– To tedy waszmość ją z rąk Bohunowych wyrwałeś?

– A ja, jeszczem mu łeb na odjezdnym obwiązał, by krzyczeć nie mógł.

– O, toś waszmość postąpił wybornie, jak mnie Bóg miły! Ale jakżeście się do Baru dostali?

– Ej, siła by mówić, i to podobno będzie innym razem, bom okrutnie *fatigatus*, w gardle mi zaschło od śpiewania chamom. Nie masz waszmość czego się napić?

– Mam manierczynę z gorzałką – oto jest!

Pan Zagłoba uchwycił blaszankę i przechylił do ust; rozległy się długie grzdykania, a pan Skrzetuski, niecierpliwy, nie czekając ich końca pytał dalej:

– A zdroważ ona?

– Co tam! – odparł pan Zagłoba – na suche gardło każda zdrowa.

– Aleć ja o kniaziównę pytam!

– O kniaziównę? Jako łania.

– Bądźże chwała Bogu najwyższemu! Dobrze jej tam w Barze?

– Że i w niebie lepiej by jej być nie mogło. Dla jej gładkości wszystkie *corda* lgną do niej. Pani Sławoszewska tak ją miłuje, jakby właśnie rodzoną. A co tam się kawalerów w niej kocha, tego byś waszmość na różańcu nie zliczył, jeno że ona tyle o nich dba, ile ja teraz o waściną próżną manierkę, stałym ku waszmości afektem płonąc.

– Niechże jej Bóg da zdrowie, onej najmilszej! – mówił radośnie pan Skrzetuski. – Tak że to mię wdzięcznie wspomina?

– Czy waści wspomina? Mówię waćpanu, żem i sam już nie rozumiał, skąd się tam w niej powietrza na tyle wzdychań bierze. Aż się wszyscy litują, a najbardziej mniszeczki, bo je sobie przez swoją słodkość całkiem zjednała. Toż ona i mnie wyprawiła na one hazardy, których o mało zdrowiem nie przypłaciłem, żeby to koniecznie do waści iść a dowiedzieć się, czyś żyw i zdrów. Chciała też nieraz posłańców wyprawiać, ale nikt się nie chciał podjąć, więcem się w końcu zlitował i do waszegom obozu się wybrał. Jakoż gdyby nie przebranie, pewno bym głową nałożył. Ale mnie za dziada chłopy wszędy mają, bo i śpiewam bardzo pięknie.

Pan Skrzetuski aż zaniemówił z radości. Tysiąc myśli i wspomnień cisnęło mu się do głowy; Helena jak żywa stanęła mu przed oczyma, taka, jaką ją widział ostatni raz w Rozłogach przed samym na Sicz wyjazdem: więc śliczna, zarumieniona, smukła, z tymi jej oczyma czarnymi jak aksamit, pełnymi niewysłowionych ponęt. Zdawało mu się teraz, że ją widzi, że czuje ciepło bijące od jej policzków, że słyszy jej słodki głos. Wspomniał ową przechadzkę w sadzie wiśniowym i kukułkę, i te pytania, które jej zadawał, i wstyd Heleny, gdy im dwunastu chłopczyków wykukała – więc dusza prawie wychodziła z niego, serce aż mdlało z kochania i radości, przy której wszystkie przeszłe cierpienia były jakby kropla przy morzu. Sam nie wiedział, co się z nim dzieje. Chciał krzyczeć, to znów na kolana padać i znów Bogu dziękować; to wspominać, to pytać i pytać bez końca!

Wreszcie zaczął powtarzać:

– Żyje, zdrowa!

– Żyje, zdrowa! – odrzekł jak echo pan Zagłoba.

– I ona to waści wysłała?

– Ona.

– A list waść masz?

– Mam.

– Dawaj!

– Zaszyty i przecie noc. Hamuj się waść.

– Całkiem nie mogę. Sam waszmość widzisz.

– Widzę.

Odpowiedzi pana Zagłoby stawały się coraz lakoniczniejsze, w końcu kiwnął się raz, drugi – i usnął. Skrzetuski widział, że nie ma rady, więc na powrót oddał się rozmyślaniom. Przerwał je dopiero tętent koni jakiegoś znacznego oddziału jeźdźców zbliżającego się szybko. Był to Poniatowski z nadwornymi kozakami, którego książę naprzeciw wysłał z obawy, aby co złego Skrzetuskiego nie spotkało.

XXIX

Łatwo zrozumieć, jak przyjął książę relację, którą mu świtaniem pan Skrzetuski uczynił, o odmowie Osińskiego i Koryckiego. Wszystko tak się składało, iż trzeba było tak wielkiej duszy, jaką miał ów żelazny kniaź, by się nie ugiąć, nie zwątpić i rąk nie opuścić. Próżno miał olbrzymią fortunę na utrzymanie wojsk rujnować, próżno się miał miotać jak lew w sieci, próżno urywać jedna po drugiej głowy buntu, dokazywać cudów męstwa; wszystko na próżno! Nadchodziła chwila, w której musiał poczuć własną bezsilność, cofnąć się gdzieś daleko w spokojne kraje i pozostać niemym świadkiem tego, co działo się na Ukrainie. I któż to go tak ubezwładnił? – oto nie miecze kozackie, ale niechęć swoich. Czyż nie słusznie spodziewał się ruszając w maju z Zadnieprza, że gdy jako orzeł z góry na bunt uderzy, gdy w powszechnym przerażeniu i popłochu pierwszy szablę nad głową wzniesie, wnet cała Rzeczpospolita w pomoc mu przyjdzie i swą siłę, swój miecz karzący w jego ręce powierzy? Tymczasem cóż się stało? Król umarł, a po jego śmierci regimentarstwo oddano w inne ręce – jego zaś, księcia, ostentacyjnie pominięto. Było to pierwsze ustępstwo uczynione Chmielnickiemu – i nie z powodu utraconej godności cierpiała dusza księcia, ale cierpiała na myśl, że ta zdeptana Rzeczpospolita tak już upadła nisko, iż nie chce walki na śmierć, iż cofa się przed jednym Kozakiem i układami woli zuchwałą jego prawicę powstrzymać. Od chwili zwycięstwa pod Machnówką coraz gorsze wiadomości przychodziły do obozu: więc naprzód wieść o układach przez pana Kisiela przysłana, potem wieść o zalaniu Polesia wołyńskiego przez fale buntu – na koniec odmowa ze strony pułkowników, wykazująca jasno, jak dalece główny regimentarz, książę Dominik Zasławski-Ostrogski, był nieprzyjaźnie dla Wiśniowieckiego usposobiony. Właśnie podczas niebytności pana Skrzetuskiego przybył do obozu pan Korsz Zienkowicz z doniesieniem, iż całe Owruckie w ogniu już stoi. Lud tam cichy, nie rwał się do buntu, ale przyszli Kozacy pod Krzeczowskim i Półksiężycem i gwałtem zmuszali czerń, by się garnęła w ich szeregi. Dwory więc i miasteczka zostały popalone, szlachta, która nie uszła – wycięta, a między innymi stary pan Jelec, dawny sługa i przyjaciel domu Wiśniowieckich. Ułożył sobie tedy książę, że po połączeniu się z Osińskim i Koryckim zniesie Krzywonosa, a potem na północ ku Owruczowi ruszy, aby porozumiawszy się z hetmanem litewskim w dwa ognie wziąć buntowników. Ale te wszystkie plany upadały teraz z powodu zakazu danego obydwom pułkownikom przez księcia Dominika. Jeremi bowiem po wszystkich pochodach, bitwach i trudach nie był dość silny, by się z Krzywonosem mierzyć, zwłaszcza że i wojewody kijowskiego nie był pewien. Pan Janusz bowiem naprawdę duszą i sercem należał do partii pokojowej. Ugiął się on przed powagą i potęgą Jeremiego i musiał z nim iść, ale im bardziej widział ową powagę zachwianą, tym skłonniejszy był do stawienia oporu wojowniczym chęciom książęcym, co też się zaraz pokazało.

Zdawał więc sprawę pan Skrzetuski, a książę słuchał go w milczeniu. Wszystka starszyzna była obecna posłuchaniu, wszystkie twarze sposępniały na wieść o odmowie pułkowników, a oczy zwróciły się na księcia, którén rzekł:

– Więc to książę Dominik przysłał im zakaz?

– Tak jest. Pokazywali mi go na piśmie.

Jeremi wsparł się rękoma o stół i twarz ukrył w dłonie. Po chwili zaś mówił:

– Zaiste, jest to więcej, niż człowiek przenieść może. Zali ja jeden mam pracować i zamiast pomocy jeszcze impedimentów doznawać? Zali to nie mogłem hen! aż ku Sandomierzu, do swoich majętności pójść i tam spokojnie siedzieć? A przecz-żem tego nie uczynił, jeśli nie dla miłości ku ojczyźnie? Oto mi nagroda teraz za trudy, za uszczerbek w fortunie, za krew...

Kniaź mówił spokojnie, ale taka gorycz, taki ból drgał w jego głosie, że wszystkie serca ścisnęły się żalem. Starzy pułkownicy, weterani spod Putywla, Starca, Kumejków, i młodzi zwycięzcy z ostatniej wojny poglądali na niego z niewysłowioną troską w oczach, bo wiedzieli, jaką ciężką walkę stacza z samym sobą ten żelazny człowiek, jak strasznie musi cierpieć jego duma od upokorzeń, które się na niego zwaliły. On, kniaź „z bożej miłości" – on, wojewoda ruski, senator Rzeczypospolitej, musiał ustępować takim Chmielnickim i Krzywonosom; on, monarcha prawie; który niedawno jeszcze przyjmował posłów postronnych władców, musiał się cofnąć z pola chwały i zamknąć w jakim zameczku czekając na rezultat wojny, którą inni prowadzić będą, albo upokarzających układów. On, stworzony do wielkich przeznaczeń, czując siłę, by im sprostać – musiał się uznać bezsilnym... Cierpienie to razem z trudami odbiło się na jego postaci. Wychudł znacznie, oczy mu wpadły, czarna jak skrzydło kruka czupryna siwieć poczęła. Ale jakiś wielki, tragiczny spokój rozlał się po jego twarzy, bo duma broniła mu zdradzić się z cierpieniem.

– Ha, niechże tak będzie! – rzekł. – Pokażemy tej niewdzięcznej ojczyźnie, iż nie tylko wojować, ale i zginąć dla niej potrafimy. Zaiste, wolałbym sławniejszą śmiercią w jakiej innej wojnie polec niż przeciw chłopstwu w domowej zawierusze, ale trudno!

– Mości książę – przerwał wojewoda kijowski – nie mów wasza książęca mość o śmierci, bo choć nie wiadomo, co komu Bóg przeznaczył, ale przecie jeszcze może do niej daleko. Uwielbiam ja wojenny geniusz i rycerski animusz waszej książęcej mości, ale przecie nie mogę brać za złe ani vice-rexowi, ani kanclerzowi, ani regimentarzom, że tę wojnę domową starają się układami zahamować, boć się to bratnia krew w niej leje a z obopólnej zawziętości któż, jeśli nie zewnętrzny nieprzyjaciel, będzie korzystał?

Książę popatrzył długo w oczy wojewodzie i rzekł dobitnie:

– Zwyciężonym łaskę okażcie, to ją przyjmą z wdzięcznością i pamiętać będą; u zwycięzców w pogardę tylko pójdziecie. Bogdaj temu ludowi nikt nigdy krzywd nie był czynił! Ale gdy raz bunt rozgorzał, tedy nie układami, ale krwią gasić go trzeba. Inaczej hańba i zguba nam!..

– Prędsza zguba, gdy na własną rękę wojnę prowadzić będziem – odpowiedział wojewoda.

– Czy to znaczy, że wasza mość nie pójdziesz dalej ze mną?

– Mości książę! Boga na świadka biorę, że nie stanie się to ze złej ku wam woli, ale sumienie mnie mówi, iżbym na oczywistą zgubę ludzi moich nie wystawiał, boć to krew droga i przyda się jeszcze Rzeczypospolitej.

Książę zamilkł, a po chwili zwrócił się ku swoim pułkownikom:

– Wy, starzy towarzysze, nie opuścicie mnie przecie, nieprawda?

Na te słowa pułkownicy, jakoby jedną siłą i wolą popchnięci, rzucili się ku księciu. Niektórzy całowali jego szaty, inni obejmowali kolana, inni ręce ku górze podnosząc wołali:

– My przy tobie do ostatniego tchu, do ostatniej krwi!

– Prowadź! prowadź! bez żołdu służyć będziem!

– Mości książę! i mnie przy sobie umierać pozwól! –wołał zapłoniony jak panna młody pan Aksak.

Widząc to nawet wojewoda kijowski był wzruszony, a książę od jednego do drugiego chodził, ściskał każdego za głowę i dziękował. Zapał wielki ogarnął starszych i młodszych. Z oczu wojowników sypały się iskry, ręce co chwila chwytały za szable.

– Z wami żyć, z wami umierać! – mówił książę.

– Zwyciężymy! – wołali oficerowie. – Na Krzywonosa! Pod Połonne! kto chce nas opuścić, niechaj to uczyni. Obejdziemy się bez pomocy. Nie chcemy się dzielić ni chwałą, ni śmiercią!

– Mości panowie! – rzekł na to książę. –Wola jest moja, abyśmy, nim na Krzywonosa ruszymy, zażyli choć krótkiego spoczynku, któren by siły nasze mógł restaurować. Oto już trzeci miesiąc idzie, jak nie zsiadamy prawie z koni. Od trudów, niewywczasów i zmienności aury już ciało odpada nam od kości. Koni nie mamy, piechoty nasze boso chodzą. Pójdziem tedy pod Zbaraż, tam się odżywim i wypoczniem, może też coś żołnierzy skupi się do nas i z nowymi siłami ruszymy w ogień.

– Kiedy wasza książęca mość rozkaże ruszyć? – pytał stary Zaćwilichowski.

– Bez zwłoki, stary żołnierzu, bez zwłoki!

Tu książę zwrócił się do wojewody:

– A wasza miłość dokąd się chcesz udać?

– Pod Gliniany, bo słyszę, że tam się wojska kupią.

– Tedy odprowadzimy waszą mość aż do spokojnej okolicy, aby wam się przypadek jaki nie trafił.

Wojewoda nie odrzekł nic, bo mu się stało jakoś niesmaczno. On księcia opuszczał, a książę mu jeszcze troskliwość okazywał i odprowadzić go zamierzał. Była-li to ironia w słowach księcia – wojewoda nie wiedział, niemniej przeto zamiaru swego nie zaniechał, bo pułkownicy książęcy coraz niechętniej na niego patrzyli i jasnym było, że w każdym innym, mniej karnym wojsku tumult by przeciw niemu powstał.

Skłonił się więc i wyszedł; pułkownicy też porozchodzili się, każdy do swojej chorągwi, aby je do pochodu sprawić; został tylko z księciem sam Skrzetuski.

– Jaki tam żołnierz pod tymi chorągwiami? – spytał książę.

– Tak przedni, że lepszego nie znaleźć. Dragonia moderowana na niemiecki ład, a w gwardii pieszej sami weterani z trzydziestoletniej wojny. Gdym ich ujrzał, myślałem, że *triarii* rzymscy.

– Siła ich jest?

– Dwa pułki z dragonią, razem trzy tysiące ludzi.

– Szkoda, szkoda, wielkich rzeczy można by z taką pomocą dokazać!

Cierpienie widocznie odmalowało się na twarzy księcia. Po chwili rzekł jakby sam do siebie:

– Nieszczęśnie to wybrano takich regimentarzy na te czasy klęski! Ostroróg byłby dobry, gdyby wymową a łaciną można tę wojnę zażegnać; Koniecpolski, dziewierz mój, z krwi wojowników, ale młodzik bez doświadczenia, a zaś Zasławski ze wszystkich najgorszy. Znam ja jego od dawna. Człek to małego serca i miałkiego umysłu. Jego rzecz nad dzbanem drzemać i przed się na brzuch spluwać, nie wojska sprawować... Tego ja głośno nie mówię, by nie sądzono, iż mnie *invidia* podnieca, ale straszne klęski przewiduję. I to teraz, teraz właśnie, tacy ludzie wzięli ster w dłonie! Boże, Boże, odwróć ten kielich! Co się też stanie z tą ojczyzną? Gdy o tym myślę, śmierci prędkiej pragnę, bom też już zmorzon bardzo, i mówię ci: niedługo odejdę. Dusza się rwie do wojny, ale ciału sił braknie.

– Wasza książęca mość powinien byś więcej zdrowia chronić, bo całej ojczyźnie siła na nim zależy, a już też znać, że trudy bardzo waszą książęcą mość poszczerbiły.

– Ojczyzna znać inaczej myśli, gdy mnie pominięto; i teraz szablę mi z ręki wytrącają.

– Gdy Bóg da, królewicz Karol infułę na koronę zmieni, będzie wiedział, kogo wynieść, a kogo karać, wasza książęca mość zaś dość potężny jesteś, by o nikogo teraz nie dbać.

– Pójdę też swoją drogą.

Książę nie spostrzegł się może, że torem innych „królewiąt" politykę na własną rękę prowadził, ale gdyby się w tym i obaczył, byłby jej nie odstąpił, bo to jedno czuł dobrze, iż honor Rzeczypospolitej ratuje.

I znów nastała chwila milczenia, którą wkrótce przerwało rżenie koni i głosy trąbek obozowych. Chorągwie szykowały się do pochodu. Głosy te zbudziły księcia z zamyślenia, trząsnął głową, jakby cierpienie i złe myśli chciał strząsnąć, po czym rzekł:

– A drogę miałeś spokojną?

– Spotkałem w lasach mszynieckich sporą watahę chłopstwa, na dwieście ludzi, którą starłem.

– Dobrze. A jeńców wziąłeś, bo to teraz ważna rzecz?

– Wziąłem, ale...

– Ale kazałeś już ich sprawić? tak?

– Nie, wasza książęca mość! puściłem ich wolno.

Jeremi spojrzał ze zdziwieniem na Skrzetuskiego, po czym brwi jego ściągnęły się nagle.

– Cóż to? czy i ty do pokojowej partii już należysz? Co to znaczy?

– Wasza książęca mość, języka przywiozłem, bo między chłopstwem był przebrany szlachcic, który został żyw. Zaś innych puściłem, bo Bóg łaskę na mnie zesłał i pocieszenie. Karę chętnie poniosę. Ten szlachcic – to jest pan Zagłoba, który mnie wieść o kniaziównie przyniósł.

Książę zbliżył się żywo do Skrzetuskiego.

– Żyje? zdrowa?

– Bogu najwyższemu chwała! Tak jest!

– I gdzie się schroniła?

– Jest w Barze.

– To potężna forteca. Mój chłopcze! – tu książę ręce w górę wyciągnął i wziąwszy głowę pana Skrzetuskiego ucałował go kilkakroć w czoło – raduję się twoją radością, bo cię jak syna kocham.

Pan Jan ucałował serdecznie rękę książęcą i choć od dawna już byłby za niego chętnie krew przelał, przecie poczuł teraz na nowo, iż na jego rozkaz skoczyłby i w piekło gorejące. Tak ów groźny i okrutny Jeremi umiał sobie jednać serca rycerstwa.

– No, nie dziwię ci się, żeś tych chłopów puścił. Ujdzie ci to bezkarnie. Ale to ćwik ten szlachcic! To on ją tedy aż z Zadnieprza do Baru przeprowadził? Chwała Bogu! W tych ciężkich czasach i dla mnie to prawdziwa pociecha. Ćwik to, ćwik musi być nie lada! A dawaj no tu tego Zagłobę!

Pan Jan raźno ku drzwiom ruszył, ale w tej chwili rozwarły się one nagle i ukazała się w nich płomienista głowa pana Wierszułła, któren z nadwornymi Tatary na daleki podjazd był posłany.

– Mości książę! – zawołał oddychając ciężko. – Połonne Krzywonos wziął, ludzi dziesięć tysięcy w pień wyciął, niewiast, dzieci.

Pułkownicy zaczęli się znowu schodzić i cisnąć koło Wierszułła, przyleciał i wojewoda kijowski, książę zaś stał zdumiony, bo się nie spodziewał takiej wieści.

– Toż tam sama Ruś się zamknęła! To chyba nie może być!

– Jedna dusza żywa z miasta nie wyszła.

– Słyszysz wasza mość – rzekł książę zwracając się do wojewody – prowadźże układy z takim nieprzyjacielem, któren swoich nawet nie szczędzi!

Wojewoda sapnął i rzekł:

– O dusze pieskie! kiedy tak, niechże diabli porwą wszystko! Pójdę jeszcze z waszą książęcą mości!

– A toś mi brat! – rzekł książę.

– Niech żyje wojewoda kijowski! – zakrzyknął stary Zaćwilichowski.

– Niech żyje zgoda!

A książę zwrócił się znów do Wierszułła:

– Gdzie ruszą z Połonnego? nie wiadomo?

– Podobno pod Konstantynów.

– O na Boga! to pułki Osińskiego i Koryckiego są zgubione, bo z piechotą ujść nie zdążą. Trzeba urazy zapomnieć i w pomoc im ruszyć. Na koń! na koń!

Twarz książęca zajaśniała radością, a rumieniec oblał na nowo wychudłe policzki, bo droga sławy znów stanęła przed nim otworem.

XXX

Wojska minęły Konstantynów i zatrzymały się w Rosołowcach. Wyliczył bowiem książę, iż gdy Korycki i Osiński powezmą wiadomość o wzięciu Połonnego, muszą na Rosołowce się cofać, a jeśli nieprzyjaciel zechce ich gonić, to niespodzianie między całą siłę książęcą jakoby w pułapkę wpadnie i tym pewniej klęskę poniesie. Jakoż przewidywania te spełniły się w większej części. Wojska zajęły pozycje i stały cicho w gotowości do bitwy. Większe i mniejsze podjazdy rozeszły się na wszystkie strony z obozu. Książę zaś z kilku pułkami stanął we wsi i czekał. Aż wieczorem Tatarzy Wierszułła dali znać, iż od strony Konstantynowa zbliża się jakaś piechota. Usłyszawszy to książę wyszedł przede drzwi swej kwatery w otoczeniu oficerów, a z nimi kilkadziesiąt znaczniejszego towarzystwa, by patrzyć na owo wejście. Tymczasem pułki, oznajmiwszy się odgłosem trąb, zatrzymały się przede wsią, a dwaj pułkownicy biegli co prędzej, zadyszani, przed księcia, aby mu służby swoje ofiarować. Byli to Osiński i Korycki. Ujrzawszy Wiśniowieckiego, a przy nim wspaniałą świtę rycerstwa, zmieszali się bardzo, niepewni przyjęcia, i skłoniwszy się nisko czekali w milczeniu, co powie.

– Fortuna kołem się toczy i pysznych poniża – rzekł książę. – Nie chcieliście waszmościowie przyjść na zaprosiny nasze, teraz zaś sami przychodzicie.

– Wasza książęca mość! – rzekł śmiało Osiński. – Duszą całą chcieliśmy pod waszą książęcą mością służyć, ale zakaz był wyraźny. Kto go wydał, niech zań odpowiada. My prosim o przebaczenie, choć niewinni, bo jako wojskowi musieliśmy słuchać i milczeć.

– To książę Dominik rozkaz odwołał? – pytał książę.

– Rozkaz nie został odwołany – rzekł Osiński – ale już nas nie obowiązuje, gdyż jedyny ratunek i ocalenie wojsk naszych w łasce waszej książęcej mości, pod którego komendą odtąd żyć, służyć i umierać chcemy.

Słowa te, pełne siły męskiej, i postać Osińskiego jak najlepsze wywarły na księciu i towarzyszach wrażenie. Był to bowiem słynny żołnierz i choć młody jeszcze, bo nie więcej czterdziestu lat liczył, pełen już wojennej praktyki, której w armiach cudzoziemskich nabył. Każde żołnierskie oko spoczywało też na nim chętnie. Wysoki, prosty jak trzcina, z podczesanym do góry żółtym wąsem i szwedzką brodą, strojem i postawą przypominał zupełnie pułkowników z trzydziestoletniej wojny. Korycki, z pochodzenia Tatar, w niczym do niego nie był podobny. Małego wzrostu i krępy, spojrzenie miał posępne i dziwnie wyglądał w cudzoziemskim ubiorze nie licującym z jego wschodnimi rysami. Dowodził pułkiem niemieckiej wybranej piechoty i słynął zarówno z męstwa, jak z mrukliwości i żelaznej dyscypliny, w której żołnierzy swych utrzymywał.

– Czekamy rozkazów waszej książęcej mości – rzekł Osiński.

– Dziękuję za rezolucję waszmościów, a usługi przyjmuję. Wiem, iż żołnierz słuchać musi, i jeślim po waściów posyłał, to dlatego, żem o zakazie nie wiedział. Niejedną odtąd złą i dobrą chwilę z sobą przeżyjemy, ale spodziewam się także, iż waszmościowie radzi będziecie z nowej służby.

– Byleś wasza książęca mość był z nas rad i z naszych pułków.

– Dobrze! – rzekł książę. – Daleko nieprzyjaciel za wami?

– Podjazdy blisko, ale główna siła dopiero na rano by tu zdążyć mogła.

– Dobrze. Tedy mamy czas. Każcież waszmościowie przejść waszym pułkom przez majdan, niech je zobaczę, abym poznał, jakiego to przywiedliście mi żołnierza i czy siła będzie z nim można dokazać.

Pułkownicy wrócili do pułków i w kilka pacierzy weszli na ich czele do obozu. Towarzystwo spod górnych chorągwi książęcych sypnęło się jak mrowie, aby widzieć nowych towarzyszów. Szła więc naprzód dragonia królewska pod kapitanem Gizą, w ciężkich hełmach szwedzkich z wysokimi grzebieniami. Konie pod nimi podolskie, ale dobrane i dobrze wypasione, żołnierz świeży, wypoczęty, w jaskrawej i błyszczącej odzieży, wspaniale na pozór odbijał od wymizerowanych regimentów książęcych odzianych w podartą i wypłowiałą od deszczów i słońca barwę. Za nimi szedł z pułkiem Osiński, w końcu Korycki. Szmer pochwalny rozległ się między książęcym rycerstwem na widok głębokich szeregów niemieckich. Kolety na nich jednostajne, czerwone, na ramionach połyskujące muszkiety. Szli po trzydziestu w rzędzie, krokiem jednostajnym, jakby szedł jeden człowiek, silnym i grzmiącym. A wszystko chłopy rosłe, pleczyste – żołnierz stary, który w niejednym kraju i niejednym ogniu bywał, po większej części weterani z trzydziestoletniej wojny, sprawni, karni i doświadczeni.

Gdy nadeszli przed księcia, Osiński krzyknął: – *Halt!* – i pułk zatrzymał się jak w ziemię wkopany; oficerowie podnieśli trzciny do góry, a chorąży wzniósł chorągiew i chwiejąc nią, po trzykroć zniżył ją przed księciem. – *Vorwärts!* – zawołał Osiński. – *Vorwärts!* – powtórzyli oficerowie i pułk ruszył znów naprzód. Tak samo, a niemal jeszcze sprawniej zaprezentował swoich Korycki, na który widok uradowały się wszystkie serca żołnierskie, a Jeremi, znawca nad znawcami, aż się w boki wsparł z zadowolenia i patrzył, i uśmiechał się, bo właśnie piechoty mu brakło, a pewien był, że lepszej trudno by mu było w całym świecie znaleźć. Czuł się też na siłach wzmożony i spodziewał się wielkich dzieł wojennych dokonać. Towarzystwo zaś rozmawiało o różnych rzeczach wojskowych i rozmaitych żołnierzach, których po świecie widzieć można.

– Dobra jest piechota zaporoska, szczególniej do obrony zza okopu – mówił pan Śleszyński – ale ci jej wytrzymają, bo wyćwiczeńsi.

– Ba! wiele lepsi! – odparł pan Migurski.

– Wszelako to ciężki lud – rzecze pan Wierszułł. – Żeby tak na mnie, podjąłbym się z moimi Tatary we dwa dni tak ich zmorzyć, iż trzeciego już bym ich jako barany mógł wyrzynać.

– Co waść gadasz! Niemcy dobrzy żołnierze.

A na to ozwał się pan Longinus Podbipięta swoją śpiewną litewską mową:

– Jak to Bóg w miłosierdziu swoim różne nacje różnymi cnotami obdarzył. Jako słyszałem, nie masz w świecie nad naszą jazdę, a znowu ani nasza, ani węgierska piechota porównać się z niemiecką nie może.

– Bo Bóg jest sprawiedliwy – rzecze na to pan Zagłoba. – Waści na przykład dał wielką fortunę, wielki miecz i ciężką rękę, a za to mały dowcip.

– Już się do niego przypił jak końska pijawka – rzekł śmiejąc się pan Skrzetuski.

A pan Podbipięta oczy zmrużył i rzekł ze zwykłą sobie słodyczą:

– Słuchać hadko! Waści dał język, pono za długi!

– Jeśli utrzymujesz, że źle zrobił dając mi taki, jaki mam, tedy pójdziesz do piekła razem ze swoją czystością, bo woli jego chcesz kontrować.

– Et, kto tam waści przegada! Gadasz i gadasz.

– A wieszże waćpan, czym człowiek różni się od zwierząt?

– A czym?

– Oto rozumem i mową.

– Ot, dałże mu, dał! – rzecze pułkownik Mokrski.

– Jeżeli tedy waćpan nie pojmujesz, dlaczego w Polsce najlepsza jazda, a u Niemców piechota, to ja ci to wytłumaczę.

– No, dlaczego? dlaczego? – spytało kilka głosów.

– Oto, gdy Pan Bóg konia stworzył, przyprowadził go przed ludzi, żeby zaś jego dzieło chwalili. A na brzegu stał Niemiec, jako to się oni wszędy wcisną. Pokazuje tedy Pan Bóg konia i pyta się Niemca: co to jest? A Niemiec na to: *Pferd!* – Co? – powiada Stwórca – to ty na moje dzieło „pfe" mówisz? A nie będziesz ty za to, plucho, na tym stworzeniu jeździł – a jeśli będziesz, to kiepsko. To rzekłszy, Polakowi konia darował. Oto dlaczego polska jazda najlepsza, a zaś Niemcy, jak poczęli piechotą za Panem Bogiem drałować a przepraszać, tak się na najlepszą piechotę wyrobili.

– Bardzoś to waść misternie wykalkulował – rzekł pan Podbipięta.

Dalszą rozmowę przerwali nowi goście, nadbiegli z doniesieniem, iż jeszcze jakieś wojsko do obozu się zbliża, które nie może być kozackie, bo nie od Konstantynowa, ale całkiem z innej strony, od rzeki Zbrucza, nadciąga. Jakoż we dwie godziny później weszły te chorągwie z takim grzmieniem trąb i bębnów, że aż książę się rozgniewał i posłał do nich rozkaz, by byli cicho, bo nieprzyjaciel w pobliżu. Pokazało się, iż był to pan strażnik koronny Samuel Łaszcz, sławny zresztą awanturnik, krzywdziciel, warchoł i zabijaka, ale żołnierz wielki. Wiódł on ośmiuset ludzi takiego jak sam pokroju, częścią szlachty, częścią Kozaków, którzy by wszyscy, na dobrą sprawę, wisieć powinni. Ale książę Jeremi nie zrażał się swawolą tego żołnierstwa, dufając, że w jego ręku zmienić się na pokorne owieczki muszą, a zaś zaciekłością i męstwem inne braki nagrodzą. Był to tedy szczęśliwy dzień. Wczoraj jeszcze książę, zagrożony odejściem wojewody kijowskiego, już był postanowił wojnę aż do chwili przybytku sił zawiesić i do spokojniejszego kraju się na czas jakiś uchylić – dziś stał znów na czele blisko dwunastotysięcznej armii, a choć Krzywonos pięć razy tyle liczył, jednak ze względu, iż większość wojsk zbuntowanych składała się z czerni, obie siły za równe poczytywane być mogły. Teraz też książę już ani myślał o odpoczynku. Zamknąwszy się z Łaszczem, wojewodą kijowskim, Zaćwilichowskim, Machnickim i Osińskim, naradzał się nad dalszą wojną. Krzywonosowi nazajutrz postanowiono wydać bitwę, a gdyby nie nadszedł, tedy mieli iść ku niemu w odwiedziny.

Noc zapadła już głęboka, ale od czasu ostatnich deszczów, które pod Machnówką tak bardzo dokuczały żołnierzom, pogoda ustaliła się wyborna. Na ciemnym sklepieniu niebios świeciły roje gwiazd złotych. Księżyc wytoczył się wysoko i ubielił wszystkie dachy rosołowskie. W obozie nikt spać nie myślał. Wszyscy odgadli jutrzejszą bitwę i gotowali się do niej gwarząc po staremu, śpiewając i wielkie sobie rozkosze obiecując. Oficerowie i znaczniejsze towarzystwo, wszyscy w wybornych humorach, zebrali się naokół wielkiego ogniska i zabawiali się szklankami.

– Mówże zaś waćpan dalej! – wołali na Zagłobę. – Gdyście tedy przez Dniepr przeszli, cóżeście czynili i jakim sposobem dostaliście się do Baru?

Pan Zagłoba wychylił kwartę miodu i rzekł:

> – ...Sed jam nox humida coelo praecipitat,
> Suadentque sidera cadentia somnos,
> Sed si tantus amor casus cognoscere nostros,
> Incipiam...

– Moi mości panowie! gdybym zaczął wszystko szczegółowie opowiadać, tedy i dziesięciu nocy by nie starczyło, a pewnie i miodu, bo stare gardło jak stary wóz smarować trzeba. Dość, gdy waćpaństwu powiem, iżem do Korsunia, do obozu samego Chmielnickiego z kniaziówną poszedł i z tego piekła bezpieczniem ją wyprowadził.

– Jezus Maria! toś chyba waćpan czarował! – zakrzyknął pan Wołodyjowski.

– Co prawda, to czarowałem – odpowiedział pan Zagłoba – bom się też tego piekielnego kunsztu jeszcze za młodych lat od jednej czarownicy w Azji wyuczył, która zakochawszy się we mnie, wszystkie *arcana* czarnoksięskiej sztuki mi dywulgowała. Ale wiele czarować nie mogłem, bo sztuka na sztukę. Pełno tam wróżków i czarownic koło Chmielnickiego, ci tyle mu diabłów do usług posprowadzali, iż on nimi jak chłopami robi. Spać idzie, to mu diabeł musi buty ściągać; szaty mu się zakurzą, to je diabli ogonami trzepią, a on jeszcze, gdy pijany, tego lub owego w pysk, że to – powiada – źle służysz!

Pobożny pan Longinus przeżegnał się i rzekł:

– Z nimi moce piekielne, z nami niebieskie.

– Byliby też mnie czarni zdradzili przed Chmielnickim, ktom jest i kogo prowadzę, alem ich pewnym sposobem zaklął, że milczeli. Bałem się też, żeby Chmielnicki mnie nie poznał, bom się z nim w Czehrynie rok temu ze dwa razy u Dopuła zetknął; było też i kilku innych znajomych pułkowników, ale cóż? Brzuch mnie spadł, broda wyrosła do pasa, włosy do ramion, przebranie resztę zmieniło, więc nikt nie poznał.

– Toś waćpan widział samego Chmielnickiego i mówiłeś z nim?

– Czym widział Chmielnickiego? Tak, jako waszmościów widzę. Przecie on mnie jako szpiega na Podole wysłał, żebym jego manifesty chłopstwu po drodze rozdawał. Piernacz mnie dał dla bezpieczeństwa od Ordy, tak że już spod Korsunia jechałem wszędy bezpiecznie. Jak mnie chłopi albo Niżowi spotkali, tak ja im piernacz pod nos i mówię: „Powąchajcie to, ditki, i idźcie do diabła!" Kazałem też sobie dawać wszędzie jeść i pić suto, a oni dawali i podwody także, czemum był rad i już ciągle na moją niebogę kniaziównę patrzyłem, aby po takich wielkich fatygach i strachu wypoczęła. Mówię tedy waćpaństwu, że nimem dojechał do Baru, to już się tak odżywiła, że mało sobie ludziska tam w Barze oczu za nią nie powypatrywali. Jest tam wiele gładkich panien, gdyż się szlachta z dalekich okolic pozjeżdżała, ale tak im właśnie do niej, jako sowom do kraski. Miłują ją też ludzie, a i waszmościowie byście ją miłowali, gdybyście znać mogli.

– Pewnie, że nie byłoby inaczej! – rzekł mały pan Wołodyjowski.

– Ale czemużeś waszmość aż do Baru wędrował? – pytał pan Migurski.

– Bom sobie powiedział, że nie stanę, póki do bezpiecznego miejsca nie przybędę, więc też i małym zameczkom nie ufałem myśląc, że przecie bunt może do nich dojść. A do Baru choćby i doszedł, to by sobie zęby na nim połamał. Tam pan Andrzej Potocki potężnie mury obsadził i tyle dba o Chmiela, ile ja o próżną szklankę. Co waszmościowie myślicie, żem źle uczynił, tak daleko od ognia odjeżdżając? A toż mnie pewnie ów Bohun gonił, a gdyby był dogonił, tedy, mówię waszmościom, marcepan by ze mnie dla psów zrobił. Wy jego nie znacie, ale ja go znam. Niech go tam diabli porwą! Póty nie będę miał spokoju, póki jego nie powieszą. Dajże mu Boże tak szczęśliwy koniec – amen! Pewnie też nikogo sobie tak nie zakarbował, jako mnie. Brr! Gdy o tym pomyślę, aż mnie się zimno robi. Dlatego to i napitków chętniej teraz zażywam, chociaż z natury pić nie lubię.

– Co waćpan mówisz! – odezwał się pan Podbipięta – toż pijesz, brateńku, jak żuraw studzienny.

– Nie zaglądaj waćpan do studni, bo mądrego na dnie nie obaczysz. Ale mniejsza z tym. Jadąc tedy z piernaczem i manifestami Chmielnickiego, wielkich przeszkód nie doznałem. Przybywszy do Winnicy znalazłem tam chorągiew obecnego tu w obozie pana Aksaka, alem się przecie dziadowskiej skóry jeszcze nie pozbywał, bom się chłopstwa bał. Jenom się manifestów zbył. Jest tam rymarz, któren się zowie Suhak i dla Zaporożców szpiegował a wiadomości Chmielnickiemu posyłał. Przez tego manifesty odesłałem wypisawszy na nich takie sentencje, że chyba go Chmiel każe ze skóry obedrzeć, gdy je przeczyta. Ale tymczasem pod samym Barem taka mnie przygoda spotkała, żem mało przy brzegu nie utonął.

– Jakże to było? jakże?

– Spotkałem pijanych żołnierzów swawolników, którzy usłyszeli, jakem do kniaziówny mówił: „waćpanna", bom się też nie bardzo już i strzegł, jako to blisko swoich. Tak tedy: co to za dziad i co to za szczególne chłopię, do którego się mówi: „waćpanna"? Kiedy spojrzą na kniaziównę: aż tu uroda jak malowanie! Dalejże do nas! Ja w kąt moją niebogę, zastawiłem ją sobą i do szabli...

– To dziw – przerwał Wołodyjowski – żeś waćpan za dziada przebranym będąc miał szablę przy boku!

– Hę – rzekł Zagłoba – że miałem szablę? A kto waćpanu powiedział, że miałem szablę? Nie miałem, jenom żołnierską pochwycił, co leżała na stole. Bo to było w karczmie w Szypińcach. Położyłem w mgnieniu oka dwóch napastników. Ci do bandoletów! Krzyczę: „Stójcie, sobaki, bom szlachcic!" Aż tu wołają *„Alt, alt!* jedzie podjazd!" Pokazało się, że to nie był podjazd, jeno pani Sławoszewska z eskortą, którą syn w pięćdziesiąt koni odprowadzał, młode chłopię. Dopieroż tamtych pohamowali. A ja do pani z oracją. Takem ją rozczulił, że zaraz jej upusty w oczach się otworzyły. Wzięła kniaziównę do karety i ruszyliśmy do Baru. Ale myślicie, waćpaństwo, że na tym koniec? Gdzie tam!...

Nagle pan Śleszyński przerwał opowiadanie:

– Patrzcie no, waszmościowie – rzekł – czy to tam świt, czy co?

– O! nie może być! – odparł pan Skrzetuski. – Za wczesna pora.

– To w stronie Konstantynowa!

– Tak jest. Ano widzicie: coraz jaśniej.

– Jako żywo, to łuna!

Na te słowa twarze spoważniały, wszyscy zapomnieli o opowiadaniu, zerwali się na równe nogi.

– Łuna! łuna! – powtórzyło kilka głosów.

– To Krzywonos nadszedł spod Połonnego.

– Krzywonos z całą potęgą.

– Przednie straże musiały podpalić miasto lub wsie pobliskie.

A wtem zabrzmiały ciche trąbki alarmowe; jednocześnie stary Zaćwilichowski pojawił się nagle między rycerstwem.

– Mości panowie! – rzekł – przyszły podjazdy z wieściami. Nieprzyjaciel w oczach! zaraz ruszamy! Do chorągwi! do chorągwi!...

Oficerowie ruszyli co prędzej do swoich pułków. Czeladź potłumiła ogniska i po chwili ciemność zapanowała w obozie. Tylko w dali, od strony Konstantynowa, niebo czerwieniło się coraz szerzej, coraz silniej, przy którym blasku bladły i gasły stopniowo gwiazdy. I znów zabrzmiały ciche trąbki. Grano wsiadanego przez munsztuk. Niewyraźne masy ludzi i koni poczęły się poruszać. Śród ciszy słychać było tętent koni, miarowe kroki piechurów, a wreszcie głuchy turkot armat Wurcla; czasem zabrzękły muszkiety lub rozległy się głosy komendy. Było coś groźnego i złowrogiego w tym nocnym pochodzie przysłoniętym pomroką, w tych głosach, szmerach, brzękaniu żelastwa, połysku zbroic i mieczów. Chorągwie spuszczały się ku konstantynowskiej drodze i płynęły nią w stronę pożaru, podobne do jakiegoś olbrzymiego smoka czy węża pełznącego wśród ciemności. Ale pyszna lipcowa noc miała się już ku schyłkowi. W Rosołowcach poczęły kury piać podając sobie głosy przez całe miasto. Mila drogi dzieliła Rosołowce od Konstantynowa, więc zanim wojska w wolnym pochodzie przeszły połowę drogi, spoza łuny pożarnej wychyliła się i jutrzenka blada, jakby przerażona, i nasycała coraz bardziej światłem powietrze wydobywając z cienia lasy, zagaje, białą wstęgę gościńca i idące po nim wojska. Teraz wyraźnie można już było odróżnić ludzi, konie i zbite szeregi piechurów. Podniósł się ranny, chłodny wietrzyk i łopotał chorągwiami nad głowami rycerzy.

Szli naprzód Tatarzy Wierszułła, za nimi Kozacy Poniatowskiego, potem dragonia, armaty Wurcla, a piechoty i husarie na ostatku. Pan Zagłoba jechał przy Skrzetuskim, ale wiercił się jakoś na kulbace i widać było, że wobec bliskiej bitwy niepokój go ogarnia.

– Mości panie – rzekł do Skrzetuskiego szepcąc cicho, jakby się bał, by go kto nie podsłuchał.

– A co waszmość powiesz?

– Czy to husarze pierwsi uderzą?

– Mówiłeś waćpan, żeś stary żołnierz, a nie wiesz, że husarzy konserwuje się do rozstrzygnięcia bitwy w chwili, gdy nieprzyjaciel najbardziej siły wytęży.

– Wiem ci ja to, wiem, alem się chciał upewnić.

Nastała chwila milczenia. Po czym pan Zagłoba zniżył głos jeszcze bardziej i pytał dalej:

– Czy to Krzywonos z całą potęgą?

– Tak jest.

– A ile prowadzi?

– Razem z czernią sześćdziesiąt tysięcy ludzi.

– O, do diabła! – rzekł pan Zagłoba.

Skrzetuski uśmiechnął się pod wąsem.

– Nie myśl waćpan, że ja się boję – szeptał dalej Zagłoba – ale mam krótki oddech i nie lubię tłoku, bo gorąco, a jak gorąco, to już nic po mnie. Bodaj to w pojedynkę sobie radzić! Człek przynajmniej fortelów może zażyć, a tu nic i po fortelach. Nie głowa, jeno ręce wygrywają. Tu ja głupi przy panu Podbipięcie. Mam na brzuchu te dwieście czerwonych złotych, co mi je książę darował, ale wierzaj mi waszmość, że brzuch wolałbym mieć gdzie indziej. Tfu! tfu! nie lubię ja tych wielkich bitew! Niech je zaraza tłucze!

– Nic waści nie będzie. Nabierz ducha.

– Ducha? Tego ja się tylko przecie boję, że męstwo roztropność we mnie zwycięży! Nadtom zapalczywy... A miałem zły omen: gdyśmy siedzieli przy ognisku, dwie gwiazdy spadło. Kto je wie?... może która moja!

– Za dobre uczynki Bóg waszmości nagrodzi i w zdrowiu zachowa.

– Byle mi za wcześnie nagrody nie obmyślił!

– Czemużeś nie został przy taborach?

– Myślałem, że przy wojsku bezpieczniej.

– Bo i tak jest. Obaczysz waćpan, że to nic wielkiego. My już zwyczajni, a *consuetudo altera natura*. Ot, już Słucz i Wiszowaty Staw.

Istotnie wody Wiszowatego Stawu, oddzielone od Słuczy długą groblą, zabłysły w oddaleniu. Wojska zatrzymały się naraz na całej linii.

– Czy to już? – spytał pan Zagłoba.

– Książę szyk będzie sprawiał – odparł pan Skrzetuski.

– Nie lubię tłoku!... powtarzam waści... nie lubię tłoku.

– Husaria na prawe skrzydło! – rozległ się głos służbowego, który od księcia przypadł do pana Jana.

Rozwidniło się zupełnie. Łuna zbladła w blaskach wschodzącego słońca, złociste promienie odbiły się w ostrzach husarskich kopii i zdało się, że nad rycerzami płoną tysiące świec. Po sprawieniu szyków wojsko nie ukrywając się już dłużej zaśpiewało w jeden głos: „Witajcie, podwoje zbawienia!" Potężna pieśń rozbiegła się po rosach, uderzyła się o bór sosnowy i odbita echem, wzleciała ku niebu.

Nareszcie brzeg po drugiej stronie grobli zaczernił się, jak okiem sięgnąć, chmarami kozactwa; pułki płynęły za pułkami, konni Zaporożcy zbrojni w długie spisy, pieszy lud z samopałami i fale chłopstwa zbrojnego w kosy, cepy i widły. Za nimi widać było jak we mgle olbrzymi tabor niby miasto ruchome. Skrzypienie tysięcy wozów i rżenie koni dochodziło aż do uszu książęcych żołnierzy. Kozactwo jednak szło bez zwykłych wrzasków, bez wycia i zatrzymało się po drugiej stronie grobli. Dwie przeciwne potęgi patrzyły czas jakiś na się w milczeniu.

Pan Zagłoba trzymając się ciągle przy Skrzetuskim spoglądał na owo morze ludzkie i mruczał:

– Jezu Chryste, po cóżeś stworzył tyle tego tałałajstwa! To chyba sam Chmielnicki z czernią i wszystkimi wszami! Nie rozpusta-że to, powiedz mi waszmość? Czapkami nas pokryją. A tak dobrze przedtem bywało w Ukrainie! Walą się i walą! bogdaj was diabli w piekle walili. I wszystko to na naszą skórę. Bogdaj ich nosacizna zżarła!..

– Nie klnij waść. Dziś niedziela.

– A prawda, dziś niedziela, lepiej by o Bogu pomyśleć... *Pater noster qui es in coelis...* Żadnego respektu od tych łajdaków spodziewać się nie można... *Sanctificetur nomen Tuum...* Co to się będzie działo na tej grobli! ... *Adveniat regnum Tuum...* Już we mnie dech zaparło... *Fiat voluntas Tua...* Bodajeście wyzdychali, hamany mężobójcze!... Patrz no waść! Co to?

Oddział złożony z kilkuset ludzi oderwał się od czarnej masy i sunął bezładnie ku grobli.

– To harcownik – rzecze pan Skrzetuski. – Zaraz nasi ku nim wyjadą.

– Czy to już koniecznie bitwa się zacznie?

– Jak Bóg na niebie.

– Niech to diabli porwą! – (Tu zły humor pana Zagłoby nie miał już miary.) – A waść to patrzysz jakby na *teatrum* w mięsopust! –wykrzyknął z niechęcią do Skrzetuskiego – jakby nie o waści skórę chodziło!

– My już zwyczajni, mówiłem.

– I pewnie na harce ruszysz?

– Nie bardzo to przystoi rycerzom spod górnych znaków na pojedynkę z takim nieprzyjacielem się bić; nie czyni tego, kto powagę kocha. Ale w tych czasach nikt nie ma względu na godność.

– Idą już i nasi, idą! – wykrzyknął pan Zagłoba widząc kraśną linię dragonów Wołodyjowskiego posuwającą się truchtem ku grobli.

Za nimi ruszyło po kilkanaście ochotnika spod każdej chorągwi. Poszli między innymi: rudy Wierszułł, Kuszel, Poniatowski, dwóch Karwiczów; a spod husarskiego znaku pan Longinus Podbipięta.

Odległość między dwoma oddziałami zaczęła się zmniejszać gwałtownie.

– Pięknych rzeczy będziesz waść świadkiem – rzekł Skrzetuski do pana Zagłoby. – Uważ szczególnie Wołodyjowskiego i Podbipiętę. Wielcy to rycerze. Dojrzysz ich waść?

– Dojrzę.

– To patrz; sam się rozłakomisz.

XXXI

Ale wojownicy zbliżywszy się do siebie zatrzymali konie i poczęli naprzód się lżyć wzajemnie.

– Bywajcie! bywajcie! zaraz tu psy waszym padłem nakarmimy! – wołali książęcy żołnierze.

– Wasze i dla psów się nie godzi.

– Pognijecie w tym stawie, zbóje bezecni!

– Komu pisano, ten zgnije. Was tu prędzej ryby oszczypią.

– Z widłami do gnoju, chamy! Lepiej wam to przystoi niż szabla.

– Chociaż my chamy, ale synki nasze będą szlachta, bo się z waszych panienek porodzą!

Jakiś Kozak, widno zadnieprzański, wysunął się naprzód i złożywszy dłonie koło ust, wołał potężnym głosem:

– U kniazia dwie synowice! Powiedzcie mu, żeby je Krzywonosowi przysłał.

Panu Wołodyjowskiemu aż pociemniało w oczach z wściekłości, gdy to bluźnierstwo usłyszał, i w tejże chwili wypuścił konia na Zaporożca.

Poznał go z dala pan Skrzetuski stojąc na prawym skrzydle z husarzami i krzyknął na Zagłobę:

– Wołodyjowski leci! Wołodyjowski! patrz waść! tam! tam!

– Widzę! – wołał pan Zagłoba. – Już go dopadł! Już się biją! Raz! dwa! dalejże po nim! Widzę doskonale! Oho, już! To gracz, niech go las ogarnie!

Istotnie w drugim złożeniu bluźnierca padł na ziemię jak gromem rażony – i padł głową ku swoim, na złą im wróżbę.

A wtem wyskoczył drugi, ubrany w czerwony kontusz zdarty z jakiegoś szlachcica. Dopadł on pana Wołodyjowskiego trochę z boku, ale koń mu w chwili samego cięcia utknął. Pan Wołodyjowski zaś zwrócił się i wtedy to można było poznać mistrza, bo dłonią tylko samą poruszył robiąc ruch tak lekki i miękki, że prawie niewidoczny, a jednak szabla Zaporożca furknęła w górę, pan Wołodyjowski zaś za kark go ucapił i porwał wraz z koniem ku swoim.

– Braty ridnyje, spasajte! – wołał jeniec.

Ale oporu nie dawał wiedząc, że w razie najmniejszego szablą będzie natychmiast przeszyty; jeszcze konia piętami bił, by podążał. I tak go wiódł pan Wołodyjowski jak wilk kozę.

Sypnęło się na ten widok z obu stron po kilkunastu wojownika, bo więcej na wąskiej grobli nie mogło się pomieścić. Przypadali tedy do siebie pojedynczo. Mąż zwierał się z mężem, koń z koniem, szabla z szablą i był to cudny widok tego szeregu pojedynków, na które oba wojska patrzyły z największą ciekawością, wróżąc sobie z nich o dalszym powodzeniu. Poranne słońce świeciło nad walczącymi, a powietrze tak było przezroczyste, że prawie twarze można było z obu stron odróżnić. Myślałby kto patrząc z dala, że to turniej jakowy lub zabawa. Czasem jednak koń wylatywał z zamętu bez jeźdźca; czasem trup wpadał z grobli w jasną szybę wody, która rozpryskiwała się w złote iskry, a potem szła kolistą falą od brzegu coraz dalej i dalej. Rosło serce żołnierzom obu wojsk, patrzącym na męstwo swych rycerzy, i ochota do boju. Każdy ku swoim słał życzenia; nagle pan Skrzetuski w ręce klasnął, aż zadźwięczały karwasze, i wykrzyknął:

– Wierszułł zginął! padł razem z koniem... patrzcie: siedział na tym białym!

Ale Wierszułł nie zginął, chociaż istotnie padł razem z koniem, bo przewrócił obydwóch olbrzymi Puljan, dawny kozak księcia Jeremiego, dziś drugi po Krzywonosie dowódca. Był to słynny harcownik i nigdy tej gry nie opuszczał. Silny tak, iż z łatwością mógł złamać dwie od razu podkowy, uchodził za niezwyciężonego w pojedynczej walce. Przewróciwszy Wierszułła uderzył na dzielnego oficera Kuroszlachcica i przeciął go strasznie, bo prawie aż do kulbaki. Inni cofnęli się przerażeni, co widząc pan Longinus zwrócił ku niemu swoją inflancką kobyłę.

– Pohybnesz! – krzyknął Puljan widząc zuchwałego męża.

– Cóż robić? – odpowiedział pan Podbipięta wznosząc szablę do cięcia.

Nie miał on jednak swego Zerwikaptura, bo go do zbyt wielkich celów przeznaczył, aby się nim w pojedynczej walce posługiwać; zostawił go więc w rękach wiernego pachołka przy szeregu; miał zaś tylko lekką batorówkę o błękitnawej pisanej złotem klindze. Wytrzymał pierwsze jej cięcie Puljan, choć zaraz poznał, że ma z nie lada zapaśnikiem do czynienia, bo mu aż szabla w garści zadrżała; wytrzymał jednak i drugie, i trzecie, po czym, czy większą przeciwnika biegłość w szermierce poznał, czy może wobec obu stron swoją straszliwą siłą pochlubić się pragnął, czy przyparty do skraju grobli, obawiał się, aby nie być przez ogromne bydlę pana Longina do wody wepchniętym, dość, że odbiwszy ostatnie cięcie, konia z koniem bokami zestosował i wpół Litwina w potężne ramiona uchwycił.

I scepili się tak, jako dwa niedźwiedzie, gdy o samicę w czasie rui walczą; owinęli się koło siebie jak dwie sosny, które z jednego pnia wyrósłszy, wzajemnie się okręcą i prawie jedno drzewo utworzą.

Wszyscy dech wstrzymali i w milczeniu patrzyli na walkę tych zapaśników, z których każdy za największego siłacza między swymi uchodził. Oni zaś – rzekłbyś: naprawdę zrośli się w jedno ciało – bo długi czas pozostali bez ruchu. I tylko twarze ich stały się czerwone, i tylko z żył, które wyskoczyły im na czoła, z wygiętych jak łuki grzbietów można było pod tym straszliwym spokojem poznać nadludzkie wytężenie ramion, które gniotły się nawzajem w uścisku.

Na koniec obaj poczęli dygotać. Ale stopniowo twarz pana Longina stawała się coraz czerwieńsza, a twarz watażki coraz sińsza. Upłynęła jeszcze chwila. Niepokój patrzących wzrastał. Nagle milczenie przerwał głuchy, przyduszony głos:

– Puskaj...

– Nie... braciaszku!... – odpowiedział drugi głos.

Jeszcze chwila: wtem chrobotnęło coś okropnie, dał się słyszeć jęk jakby z podziemia; fala czarnej krwi buchnęła z ust Puljana i głowa mu zwisła na ramię.

Wtedy pan Longinus podniósł go z kulbaki i zanim patrzący mieli czas pomyśleć, co się stało, przerzucił go na swoje siodło, po czym ruszył rysią ku swoim.

– *Vivat!* – krzyknęli wiśniowiecczycy.

– Na pohybel! – odpowiedzieli Zaporożcy.

I zamiast się zmieszać klęską swego wodza, tym zacięciej uderzyli na nieprzyjaciół. Zawrzała walka tłumna, którą ciasnota miejsca tym zacieklejszą czyniła. I byliby mołojcy mimo całego męstwa ulegli pewnie większej szermierskiej wprawie przeciwników, gdyby nie to, że od taboru Krzywonosowego dały się nagle słyszeć trąby wołające ich do odwrotu.

Cofnęli się natychmiast, a przeciwnicy postawszy chwilę, by okazać, iż odzierżyli pole, zawrócili również ku swoim. Grobla opustoszała, zostały tylko na niej trupy ludzkie i końskie, jakby zapowiedź tego, co się dziać będzie – i czerniała ta droga śmierci między dwoma wojskami – jeno lekki powiew wiatru pomarszczył gładką powierzchnię jeziora i zaszumiał żałośnie w liściach wierzb stojących tu i owdzie nad brzegami stawu.

Tymczasem ruszyły Krzywonosowe pułki jakby nieprzejrzane okiem stada szpaków i siewek. Szła naprzód czerń, za nią sforna piechota zaporoska i sotnie konne, i ochotnicy Tatarowie, i artyleria kozacka, a wszystko bez wielkiego ładu. Pchali się jedni przez drugich, szli „na głowę" pragnąc liczbą niezmierną sforsować groblę, a potem zalać i pokryć wojsko książęce. Dziki Krzywonos wierzył w pięść i szablę, nie w sztukę wojenną, dlatego parł całą siłą do ataku i kazał pułkom idącym z tyłu popychać przednie, aby choć po niewoli iść musiały. Kule armatnie poczęły pluskać po wodzie na kształt dzikich łabędzi i nurów, nie czyniąc zresztą z powodu odległości szkody w książęcych wojskach ustawionych w szachownicę po drugiej stronie stawu. Powódź ludzka zalała groblę i szła naprzód bez przeszkody; część owej fali dosięgnąwszy rzeki szukała przez nią przeprawy i nie znajdując wracała znów ku grobli; i szli tak gęsto, że jak później mówił Osiński, po łbach konno można by było przejechać, i pokryli tak groblę, że piędzi wolnej ziemi nie zostało.

Patrzył na to Jeremi z wyższego brzegu i brwi marszczył, a z oczu szły mu złe błyskawice ku tym tłumom, widząc zaś bezład i przepychanie się Krzywonosowych pułków rzekł do oberszstera Machnickiego:

– Po chłopsku nieprzyjaciel z nami poczyna i na sztukę wojenną nie dbając obławą idzie, ale nie dojdzie.

Tymczasem, jakby wbrew jego słowom, doszli już do połowy grobli i zatrzymali się zdziwieni i zaniepokojeni milczeniem wojsk książęcych. Ale właśnie w tej chwili zrobił się ruch między tymi wojskami – i cofnęły się zostawiając między sobą a groblą obszerne puste półkole, które miało być polem walki.

Po czym piechoty Koryckiego rozstąpiły się odsłaniając zwrócone ku grobli paszcze armat Wurcla, a w kącie utworzonym przez Słucz i groblę połyskiwały w nadbrzeżnych zaroślach muszkiety Niemców Osińskiego.

I zaraz dla ludzi wojny widocznym było, na czyją tu stronę musi paść zwycięstwo. Tylko tak szalony watażka, jak Krzywonos, mógł porywać się na bitwę w takich warunkach, w których całą potęgą nie mógłby zdobyć nawet przeprawy, gdyby Wiśniowiecki chciał mu jej bronić.

Ale książę umyślnie postanowił puścić część jego sił za groblę, by ją otoczyć i zetrzeć. Wielki wódz korzystał z zaślepienia przeciwnika, który nawet i na to nie baczył, że ludziom swoim walczącym na drugim brzegu będzie mógł przychodzić w pomoc tylko wąskim przejściem, przez które znaczniejszych oddziałów niepodobna od razu przeprawić. Więc praktycy wojenni patrzyli ze zdumieniem na czyn Krzywonosa, którego nic nie zmuszało do tak szalonego kroku.

Zmuszała go tylko ambicja i pragnienie krwi. Oto watażka dowiedział się, że Chmielnicki pomimo przewagi wysłanych pod Krzywonosem sił, lękając się o rezultat bitwy z Jeremim, szedł całą potęgą swoim w pomoc. Do Krzywonosa przyszły rozkazy, by bitwy nie staczał. Ale właśnie dlatego Krzywonos postanowił ją stoczyć – i śpieszył się.

Wziąwszy Połonne rozsmakował się we krwi i nie chciał się nią dzielić, dlatego spieszył się. Straci połowę ludzi – to i cóż z tego! Ale resztą zaleje szczupłe siły książęce i w pień je wytnie. Głowę Jeremiego poniesie Chmielnickiemu w podarunku.

Tymczasem fale czerni dosięgły końca grobli, na koniec przeszły ją i rozlały się po owym półkolu zostawionym przez wojska Jeremiego. Ale w tejże chwili ukryta piechota Osińskiego dała im w bok ognia; z armat Wurcla wykwitły długie smugi dymu, ziemia zatrzęsła się od huku i bitwa rozpoczęła się na całej linii.

Dymy przesłoniły brzegi Słuczy, staw, groble i samo pole, tak iż nic nie było widać; czasem tylko zamigotały czerwone barwy dragonów, czasem błysnęły grzebienie nad lecącymi hełmami i wrzało w onej chmurze okropnie. W mieście bito we wszystkie dzwony, których jęk żałosny mieszał się z basowym rykiem armat. Z taboru waliły ku grobli coraz nowe i nowe pułki. Te zaś, które ją przeszły i dostały się na drugą stronę stawu, rozciągnąwszy się w mgnieniu oka w długą linię, uderzyły z wściekłością na książęce chorągwie. Bitwa rozciągnęła się od jednego końca stawu aż do skrętu rzeki i błotnistych łąk, ówczesnego mokrego lata zalanych.

Czerń i Niżowi musieli zwyciężyć lub zginąć mając za sobą wodę, ku której spierały ją ataki piechoty i jazdy książęcej.

Gdy husaria ruszyła naprzód, pan Zagłoba, choć oddech miał krótki i tłoku nie lubił, skoczył przecie z innymi, bo zresztą i nie mógł inaczej uczynić bez narażenia się na stratowanie. Leciał tedy przymknąwszy oczy, a w głowie latały mu z błyskawicową szybkością myśli: „Na nic fortele! na nic fortele! głupi wygrywa, mądry ginie!" Potem ogarnęła go złość na wojnę, na Kozaków, na husarzy i na wszystkich w świecie. Zaczął kląć – i modlić się. Powietrze świszczało mu w uszach, tamowało oddech w piersi! – nagle uderzył się o coś koniem, poczuł opór, więc otworzył oczy – i cóż ujrzał: oto kosy, szable, cepy, mnóstwo rozpalonych twarzy, oczu, wąsów... a wszystko to niewyraźne, nie wiadomo czyje, wszystko drgające, skaczące, wściekłe. Wtedy porwała go ostatnia pasja na tych nieprzyjaciół, że nie uciekli do diabła, że leźli w oczy i że zmuszali go do bitwy. „Chcecie, to macie!" – pomyślał i począł ciąć ślepo na wszystkie strony. Czasem przecinał powietrze, a czasem czuł, iż ostrze mu grzęźnie w coś miękkiego. Jednocześnie czuł, że jeszcze żyje, i to dodawało mu nadzwyczajnie otuchy. „Bij! zabij!" – ryczał jak bawół – na koniec owe wściekłe twarze znikły mu z oczu, a natomiast ujrzał mnóstwo pleców, wierzchów od czapek, a krzyki mało mu uszu nie rozdarły.

„Zmykają? – przemknęło mu przez głowę. – Tak jest!"

Wtedy odwaga wezbrała w nim bez miary.

– Złodzieje! – krzyknął. – Tak to szlachcie stawacie?

I skoczył między uciekających, minął wielu i zamieszawszy się w gęstwinie, z większą już przytomnością pracować począł. Tymczasem towarzysze jego przyparli Niżowców do brzegów Słuczy, porośniętych dość gęsto drzewami, i gnali ich wzdłuż brzegu do grobli, nikogo żywcem nie biorąc, bo czasu nie stawało.

Nagle pan Zagłoba poczuł, że koń poczyna się pod nim rozpierać, a jednocześnie spadło nań coś ciężkiego i obwinęło mu całą głowę, tak iż otoczyła go ciemność zupełna.

– Mości panowie! ratujcie! – krzyknął bijąc piętami konia.

Rumak jednak, widocznie zmorzony ciężarem jeźdźca, jęczał tylko i stał w miejscu.

Pan Zagłoba słyszał wrzask, krzyki przelatujących koło siebie jeźdźców, potem cały ten huragan przeleciał i naokół nastała względna cisza.

I znowu myśli, tak szybkie jak strzały tatarskie, poczęły mknąć przez jego głowę.

„Co to jest? co się stało? Jezus Maria! wzięto mnie w niewolę!"

I na czoło wystąpiły mu krople zimnego potu. Widocznie owinięto mu głowę tak samo, jak on niegdyś Bohunowi. Ten ciężar, który czuje na ramieniu – to dłoń hajdamacka. Ale czemuż go nie prowadzą lub nie zabijają? czemu stoi w miejscu?

– Puszczaj, chamie! – krzyknął wreszcie przyduszonym głosem.

Milczenie.

– Puszczaj, chamie! Daruję cię zdrowiem!

Żadnej odpowiedzi.

Pan Zagłoba raz jeszcze uderzył piętami w boki konia, ale znowu bez skutku. Zatknięte bydlę rozkraczyło się tylko szerzej i stało w miejscu.

Wówczas ostatnia pasja pochwyciła nieszczęsnego jeńca i dobywszy noża z pochwy wiszącej mu na brzuchu dał straszne pchnięcie w tył za siebie.

Ale nóż przeciął tylko powietrze.

Wtedy Zagłoba porwał obu rękoma za ową zasłonę obwijającą mu głowę i zerwał ją w mgnieniu oka.

Co to jest?

Hajdamaków nie ma. Naokół pusto. Z dala tylko widać w dymie przelatujących kraśnych dragonów Wołodyjowskiego, a o kilkanaście staj dalej migocą zbroje husarzy, którzy gnają resztki niedobitków zawracając je z pola ku wodzie.

Natomiast u nóg pana Zagłoby leży pułkowa chorągiew zaporoska. Widocznie uciekający Kozak cisnął ją tak, że drzewcem wsparła się na ramieniu pana Zagłoby, a płachtą pokryła mu głowę.

Ujrzawszy to wszystko i zrozumiawszy dokładnie mąż ów oprzytomniał zupełnie.

– Aha! – rzekł – zdobyłem chorągiew. Jak to? możem jej nie zdobył? Jeśli justycja nie polegnie także w tej bitwie, tedy pewien jestem nagrody. O chamy! szczęście wasze, iż mi się koń rozparł. Nie znałem się mniemając, iż fortelom mogę ufać bardziej niż męstwu. Mogę się do czegoś więcej w wojsku przydać niż do zjadania sucharów. O dla Boga! znowu tu jakaś wataha leci. Nie tędy, psubraty, nie tędy! Żeby tego konia wilcy zjedli!... Bij!... zabij!

Istotnie nowa wataha Kozaków gnała ku panu Zagłobie, wyjąc nieludzkimi głosami, a na karku jej siedzieli pancerni Polanowskiego. I byłby może pan Zagłoba znalazł śmierć pod kopytami, gdyby nie to, że husaria Skrzetuskiego wytopiwszy tych, za którymi szła w pościgu, wracała teraz, by wziąć w dwa ognie owe nadbiegające oddziały. Co widząc Zaporożcy rzucili się w wodę na to tylko, by uszedłszy mieczów znaleźć śmierć w błotach i w głębokich dołach. Inni, którzy padli na kolana błagając o litość, marli pod cięciami. Pogrom stał się straszliwy i powszechny, ale najstraszliwszy na grobli. Wszystkie oddziały, które ją przeszły, zostały starte w owym półkolu utworzonym przez wojsko książęce. Te, które jeszcze nie przeszły, ginęły pod nieustającym ogniem armat Wurcla i salwami piechoty niemieckiej. Nie mogły iść naprzód ani w tył, gdyż Krzywonos wganiał coraz nowe pułki, które pchając się, prąc idących przed sobą, zaparły jedyną drogę ucieczki. Rzekłbyś: Krzywonos zaprzysiągł sobie wygubić własnych ludzi, którzy stłaczali się, dusili, bili się pomiędzy sobą, padali, wskakiwali w wodę po obu stronach – i tonęli. Z jednego końca czerniały masy uciekających, z drugiego – masy idących naprzód, w środku – góry i wały trupów, jęki, krzyk pozbawiony dźwięków ludzkich, szał strachu, zamieszanie, chaos. Cały staw zapełnił się trupami ludzi i koni. Wody wystąpiły z brzegów.

Chwilami działa milkły. Wówczas grobla na kształt paszczy armatniej wyrzucała tłumy Zaporożców i czerni, które rozbiegały się po półkolu i szły pod miecz czekającej na nie jazdy, a Wurcel poczynał grać na nowo; deszczem żelaza i ołowiu zamykał groblę wstrzymując przypływ posiłków.

W tych krwawych zapasach upływały całe godziny.

Krzywonos, wściekły, spieniony, jeszcze nie dawał za wygraną i rzucał tysiące mołojców w paszczę śmierci.

Po drugiej zaś stronie Jeremi, ubrany w srebrne blachy, stał konno na wysokiej mogile zwanej za owych czasów Krużą Mogiłą – i patrzył.

Twarz miał spokojną, wzrok jego ogarniał całą groblę, staw, brzegi Słuczy i biegł aż do miejsca, w którym owity w błękitnawą mgłę oddalenia stał olbrzymi tabor Krzywonosowy. Oczy księcia nie schodziły z tego zbiorowiska wozów, na koniec zwrócił się do grubego wojewody kijowskiego i rzekł:

– Dziś już nie zdobędziemy taboru.

– Jak to? wasza książęca mość chciałbyś?...

– Czas prędko leci. Za późno! Patrz wasza mość, oto i wieczór.

Istotnie od chwili wyjazdu harcowników bitwa, podsycana uporem Krzywonosa, trwała już tak długo, że słońce miało czas przebiegnąć cały swój łuk codzienny i kłoniło się ku zachodowi. Lekkie, wysokie chmurki zwiastujące pogodę, a rozproszone jak stada białorunych owieczek po niebie, poczęły się czerwienić i schodzić gromadami z pól niebieskich. Dopływ kozactwa do grobli ustawał z wolna, a te pułki, które już wstąpiły na nią, cofały się w popłochu i nieładzie.

Bitwa kończyła się, a kończyła dlatego, iż rozżarte zgraje opadły w końcu Krzywonosa wołając z rozpaczą i wściekłością:

– Zdrajco! wygubisz nas! Psie krwawy! Sami cię zwiążem i Jaremie wydamy, a tak życie okupimy. Na pohybel tobie, nie nam!

– Jutro wydam wam kniazia i całe wojsko albo sam zginę – odpowiadał Krzywonos.

Ale spodziewane to „jutro" miało dopiero nastąpić, a obecne „dziś" było dniem pogromu i klęski. Kilka tysięcy najdzielniejszych niżowych mołojców nie licząc czerni poległo na polu bitwy lub potopiło się w stawie i w rzece. Blisko dwa tysiące wzięto w niewolę. Poległo czternastu pułkowników nie licząc sotników, esaułów i rozmaitej starszyzny. Drugi po Krzywonosie wódz, Puljan, żywcem lubo ze strzaskanymi żebrami, dostał się w moc nieprzyjaciół.

– Jutro wszystkich wyrzeżem! – powtarzał Krzywonos. – Gorzałki ni jadła pierwej w gębę nie wezmę.

A tymczasem w przeciwnym obozie rzucano zdobyte chorągwie pod nogi strasznego księcia. Każdy ze zdobywców ciskał swoją, tak iż utworzył się z nich stos niemały, było bowiem wszystkich czterdzieści. A gdy z kolei przechodził pan Zagłoba, zwalił swoją z taką mocą i hukiem, że aż ratyszcze pękło, co widząc książę zatrzymał go i pytał:

– A waść to własnymi rękami zdobyłeś ów znak?

– Do usług waszej książęcej mości!

– Widzę tedy, żeś nie tylko Ulisses, lecz i Achilles.

– Prosty ja żołnierz, jeno pod Aleksandrem Macedońskim służę.

– Ponieważ lafy waść nie bierzesz, niechże ci skarbnik jeszcze dwieście czerwonych złotych za tak cnotliwy twój proceder wypłaci.

Pan Zagłoba za kolana księcia chwycił i rzekł:

– Wasza książęca mość! większa to łaska niż moje męstwo, które rade by się we własnej modestii ukryć.

Zaledwie widzialny uśmiech błąkał się po czarniawej twarzy pana Skrzetuskiego, ale rycerz milczał i później nawet ani księciu, ani nikomu o niespokojnościach pana Zagłoby przed bitwą nie wspomniał; zaś pan Zagłoba odszedł z miną tak sierdzistą, że widząc go żołnierze spod innych chorągwi pokazywali go palcami, mówiąc:

– Ten ci to jest, co dziś najwięcej dokazywał.

Noc zapadła. Po obu stronach rzeki i stawu zapłonęły tysiące ognisk i dymy jako kolumny wzniosły się ku niebu. Strudzony żołnierz krzepił się jadłem, gorzałką lub ducha sobie do jutrzejszej bitwy dodawał opowiadając czyny dzisiejszej. Ale najgłośniej rozprawiał pan Zagłoba chwaląc się tym, czego dokazał, i tym, czego by mógł dokazać, gdyby mu się koń nie rozparł.

– Już to mówię waszmościom – rzekł zwracając się do oficerów książęcych i szlachty spod chorągwi Tyszkiewicza – że wielkie bitwy dla mnie nie nowina; doświadczyłem ich niemało i na Multanach, i w Turczech, ale żem pole zależał, bałem się – nie nieprzyjaciół, bo kto by się tam chamstwa bał! – ale własnej zapalczywości, gdyż zaraz myślałem, iż mnie zbyt daleko uniesie.

– Jakoż i uniosła waści.

– Jakoż i uniosła! Spytajcie pana Skrzetuskiego! Jakem tylko ujrzał pana Wierszułła padającego z koniem, zaraz chciałem nie pytając na pomoc mu skoczyć. Ledwo mnie towarzysze powstrzymali.

– Tak jest! – rzecze pan Skrzetuski – musieliśmy waści hamować:

– Ale – przerwał Karwicz – gdzie jest Wierszułł?

– Pojechał już na podjazd; nie zna on spoczynku.

– Uważcie tedy, mości panowie – mówił pan Zagłoba niekontent, że mu przerwano opowiadanie – jakom tę chorągiew zdobył...

– To Wierszułł nie ranny? – pytał znów Karwicz.

–...Nie pierwszą to już zdobyłem w życiu, ale żadna nie przyszła mi z taką pracą...

– Nie ranny, jeno potłuczony – odpowiedział pan Azulewicz, Tatar – i wody się napił, bo padł głową do stawu.

– To się dziwię, że ryby nie pozdychały – rzekł z gniewem pan Zagłoba – bo od takiej ognistej głowy musiała się woda zagotować.

– Wszelako wielki to kawaler!

– Nie tak zbyt wielki, skoro dość było na niego pół-Jana. Tfu, z waszmościami dogadać się nie można! Moglibyście się też ode mnie nauczyć, jak zdobywać chorągwie na nieprzyjacielu...

Dalszą rozmowę przerwał młodziuchny pan Aksak, który w tej chwili zbliżył się do ogniska.

– Nowiny przynoszę waszmościom! – rzekł dźwięcznym, półdziecięcym głosem.

– Niańka pieluch nie uprała, kot mleko zjadł i farfurka się stłukła – mruknął pan Zagłoba.

Ale pan Aksak nie zważał na tę przymówkę do swego chłopięcego wieku i rzekł:

– Puljana ogniem pieką...

– Będą psi mieli grzanki! – przerwał pan Zagłoba.

–...I czyni zeznania. Układy zerwane. Pan z Brusiłowa mało nie szaleje. Chmiel idzie z całą potęgą w pomoc Krzywonosowi.

– Chmiel? cóż to Chmiel! Kto tu sobie co robi z Chmiela? Idzie Chmiel będzie piwo, beczka ortę! Drwimy z Chmiela!... – trzepał pan Zagłoba tocząc przy tym groźnie i dumnie oczyma po obecnych.

– Idzie więc Chmiel, ale Krzywonos na niego nie czekał i dlatego przegrał...

– Grał duda, grał – aż przegrał kiszki...

– Sześć tysięcy mołojców już jest w Machnówce. Wiedzie ich Bohun.

– Kto? kto? – spytał nagle zgoła innym głosem Zagłoba.

– Bohun.

– Nie może być!

– Tak zeznaje Puljan.

– Maszże, babo, placek! – zawołał żałośnie pan Zagłoba. – Prędkoż oni tu mogą być?

– We trzech dniach. Wszelako do bitwy idąc nie będą tak śpieszyć, by koni nie zegnać.

– Ale ja będę śpieszył! – mruknął szlachcic. – Anieli Pańscy, ratujcież mnie od tego łajdaka! Oddałbym chętnie moją zdobytą chorągiew, byle ten paliwoda kark skręcił, nim tu dojdzie. *Spero*, że nie będziem też tu długo czekać. Pokazaliśmy Krzywonosowi, co umiemy, a teraz czas by spoczynku zażyć. Nienawidzę tak owego Bohuna, że bez abominacji wspomnieć jego diabelskiego nazwiska nie mogę. Otom się wybrał! Nie mogłem to w Barze siedzieć? Licho mnie tu przyniosło...

– Nie trwóż się waść – szepnął Skrzetuski – bo wstyd! Między nami nic ci nie grozi.

– Nic mi nie grozi? Waść go nie znasz! On się już może gdzie między ogniami k'nam czołgnie. (Tu pan Zagłoba obejrzał się niespokojnie wokoło.) A i na waści on równie zawzięty, jak na mnie.

– Dajże mi Boże z nim się spotkać! – rzekł pan Skrzetuski.

– Jeśli to ma być łaska, to wolę jej nie doznać. Odpuszczę mu chętnie, jako chrześcijanin, wszystkie krzywdy, ale pod warunkiem, że go na dwa dni przedtem powieszą. Nie trwożę się ja, ale waść nie uwierzysz nawet, jak nadzwyczajna abominacja mnie porywa! Lubię ja wiedzieć, z kim mam do czynienia: z szlachcicem – to z szlachcicem, z chłopem – to z chłopem; ale to diabeł jakiś wcielony, z którym nie wiedzieć, czego się trzymać. Ważyłem ja się na niemałe z nim rzeczy, ale jakie oczy zrobił, gdym mu łeb obwiązywał, tego ja waści nie wypowiem i w godzinę śmierci pamiętać będę. Nie chcę budzić licha, póki śpi. Na raz sztuka. Waszmości też powiem, żeś jest niewdzięcznikiem i o tę niebogę nie dbasz...

– A to *quo modo*?

– Bo – rzecze pan Zagłoba odciągając rycerza od ogniska – waść swoim wojennym humorom i fantazji dogadzając wojujesz i wojujesz, a ona tam *lacrimis* się każdego dnia zalewa, na próżno responsu czekając. Czego by inny nie uczynił, ale już by dawno mnie wyprawił mając w sercu afekt prawdziwy i nad jej tęsknością zlitowanie.

– Myślisz tedy waść do Baru wracać?

– Choćby dziś, bo i mnie jej żal.

Pan Jan oczy tęskne ku gwiazdom podniósł i tak mówił:

– Nie pomawiajże mnie waszmość o nieszczerość, bo Bóg mi świadek, że kawałka chleba do ust nie wezmę ni nędznego ciała snem nie pokrzepię, żebym wprzód o niej nie pomyślał, a już to w sercu moim nikt stalszej nad nią rezydencji mieć nie może. A żem waszmości z responsem nie wyprawiał, to dlatego, żem sam chciał jechać, aby kochaniu folgę dać i nie zwłócząc, ślubem się wiekuistym z nią połączyć. I nie masz takowych skrzydeł na świecie ani takiego lotu, którym bym tam lecieć nie chciał, do tej niebogi mojej...

– To czemu waść nie lecisz?

– Bo mi przed bitwą tego czynić nie wypadało. Żołnierzem i szlachcicem jestem, przeto o honor dbać muszę...

– Ale dziś jest po bitwie, *ergo*... możemy ruszyć choć zaraz...

Pan Jan westchnął.

– Jutro uderzymy na Krzywonosa...

– Tego to ja, widzi waść, nie rozumiem. Pobiliście młodego

Krzywonosa, przyszedł stary Krzywonos; pobijecie starego Krzywonosa, przyjdzie młody ten tam (żeby w złą godzinę nie wymówić)... Bohun; pobijecie jego, przyjdzie Chmielnicki. Co u diabła! Jak tak pójdzie, to się lepiej waść od razu zesforuj z panem Podbipiętą; będzie dudek z czystością plus imć Skrzetuski *summa facit:* dwóch dudków i czystość. Daj no waćpan pokój, bo dalibóg! pierwszy będę kniaziównę namawiał, żeby waści rogi przyprawiła, a tam pan Jędrzej Potocki, jak ją ujrzy, to aż skrami parska; czekać tylko, jak zarży końską manierą. Tfu, u licha! żeby mi to jaki młodzik powiadał, który bitwy nie zaznał i reputację czynić sobie dopiero potrzebuje, to bym rozumiał, ale nie waść, coś się krwie ożłopał jak wilk, a pod Machnówką, jak mnie powiadano, zabiłeś jakiegoś smoka piekielnego czy ludojada. *Juro* na ten miesiąc niebieski, że waść coś tu kręcisz alboś się tak już rozłakomił, że krew wolisz niż łożnicę.

Pan Skrzetuski mimo woli na księżyc spojrzał, któren na wysokim wyiskrzonym niebie płynął, jak srebrny korab nad obozem.

– Mylisz się waść – rzekł po chwili. – Nie we krwi ja smakuję ani też na reputację zarabiam, ale nie godzi mi się porzucać towarzyszów w ciężkiej potrzebie, gdy chorągiew *nemine excepto* ma stawać. W tym honor kawalerski, a to jest święta rzecz. Co zaś do wojny, potrwa ona niezawodnie, gdyż zbyt się już rozwielmożyło tałałajstwo; wszelako, skoro Krzywonosowi idzie na pomoc Chmielnicki, to będzie przerwa. Albo jutro Krzywonos pole nam da, albo nie. Jeśli da, to z pomocą bożą słuszne otrzyma ćwiczenie, a potem musimy iść do spokojniejszego kraju, by też tchu trochę piersiami złapać. Wszak to już dwa miesiące przeszło, jak nie śpimy, nie jemy, jeno się bijem i bijem dzień i noc, dachu nad głową nie mając, na wszystkie nawałności elementów narażeni. Książę to wielki wódz, ale i roztropny. Nie porwie się on tak na Chmielnickiego w kilka tysięcy ludzi przeciw krociom. Wiem też, że pójdzie ku Zbarażu, tam się odżywi, żołnierzów nowych pozbiera, szlachta się z całej Rzeczypospolitej do niego zbiegnie – i dopieroż na walną rozprawę ruszymy.

Jutro tedy ostatni dzień pracy, a pojutrze będę już mógł z waszmością z czystym sercem do Baru ruszyć. I to jeszcze waści dla uspokojenia dodam, że ów Bohun żadną miarą na jutro nie zdąży i w bitwie nie weźmie udziału, a choćby też i wziął, mam nadzieję, że jego chłopska gwiazda nie tylko przy książęcej, ale i przy mojej rycerskiej zblednie.

– Belzebub to jest wcielony. Mówiłem waści, że nie lubię tłoku, ale on gorszy od tłoku, choć *repeto*, że nie tyle bojaźni, ile wstrętu do niego przezwyciężyć nie mogę. Ale dobrze. Mniejsza z tym! Jutro tedy garbowanie chłopskich grzbietów, a potem drała do Baru! Oj! będziaż się te śliczne oczy śmiały na waćpana *conspectus*! Oj! będzieże się to liczko płonić. A już to powiem waści, że i mnie do niej tęskno, bo ją jako ojciec miłuję. I nie dziw. Synów *legitime natos* nie mam, fortuna daleko, bo aż w Turczech, gdzie mi ją pogańscy komisarze kradną, i żyję jako sierota na tym świecie, a na starość chyba do pana Podbipięty, do Myszykiszek na rezydenta pójdę.

– Będzie to inaczej, niech waści głowa nie boli. Za to, coś dla nas uczynił, już też ci nadto wdzięczności okazać nie możem.

Dalszej rozmowie przeszkodził jakiś oficer, który przechodząc tuż obok spytał:

– A kto tam stoi?

– Wierszułł! – zawołał pan Skrzetuski poznając po głosie. – Z podjazdu?

– Tak jest. A teraz od księcia.

– Co tam słychać?

– Bitwa jutro. Nieprzyjaciel groblę poszerza, mosty na Styrze i na Słuczy stawi chcąc się do nas dostać koniecznie.

– A cóż książę na to?

– Książę powiedział: dobrze!

– I nic więcej?

– Nic. Nie kazał przeszkadzać, a tam siekiery aż huczą! Do rana będą pracować.

– Języka dostałeś?

– Porwałem siedmiu. Wszyscy zeznają, iż o Chmielnickim słyszeli, że idzie, ale podobno jeszcze daleko. Co za noc!

– Widno jak w dzień. A jak ci tam po upadku?

– Kości bolą. Idę podziękować naszemu Herkulesowi, a potem spać, bom strudzon. Żeby choć ze dwie godziny podrzemać!

– Dobranoc!

– Dobranoc!

– Pójdź i waszmość – rzekł pan Skrzetuski do Zagłoby – bo późno, a jutro praca.

– A pojutrze podróż – przypomniał pan Zagłoba.

Poszli i odmówiwszy pacierze pokładli się koło ognia.

Wkrótce też ogniska poczęły gasnąć jedne po drugich. Obóz obwijała ciemność i tylko księżyc rzucał nań srebrne blaski, którymi rozświecał coraz to nowe grupy śpiących. Ciszę przerywało tylko ogólne potężne chrapanie i nawoływania strażników czuwających za obozem.

Ale sen nie na długo skleił ciężkie powieki żołnierzy. Zaledwie pierwszy brzask zabielił cienie nocy, gdy we wszystkich końcach obozu zabrzmiały trąbki na „wstawaj”!

W godzinę potem książę ku wielkiemu zdziwieniu rycerstwa cofał się na całej linii.

XXXII

Ale było to cofanie się lwa, który potrzebuje miejsca do skoku. Książę umyślnie puścił Krzywonosa za przeprawę, by tym większą zadać mu klęskę. W samym początku bitwy uderzył po koniu i począł niby uciekać, co widząc Niżowcy i czerń rozerwali swe szyki, aby go dogonić i otoczyć. Wtedy książę zwrócił się nagle i całą jazdą od razu na nich uderzył tak strasznie, że ani przez chwilę oporu dać nie mogli. Gnano ich tedy milę do przeprawy, potem przez mosty, groble i pół mili aż do taboru, siekąc i mordując bez miłosierdzia, a bohaterem dnia tego był szesnastoletni pan Aksak, któren pierwszy uderzył i pierwszy popłoch rozniósł. Z takim też tylko wojskiem, starym i wyćwiczonym, mógł książę na podobne puszczać się fortele i ucieczkę zmyślać, która w każdych innych szykach mogła na prawdziwą się zmienić. Ale za to drugi ten dzień daleko cięższą jeszcze skończył się dla Krzywonosa klęską. Pobrano wszystkie polowe działa, mnóstwo chorągwi, między nimi kilkanaście koronnych wziętych przez Zaporożców pod Korsuniem. Gdyby piechoty Koryckiego, Osińskiego i armaty Wurcla mogły za jazdą nadążyć, wzięto by za jednym zamachem i tabor. Ale nim nadeszły, zrobiła się noc i nieprzyjaciel oddalił się już znacznie, tak że go niepodobna było dosięgnąć. Wszelako Zaćwilichowski zdobył połowę taboru, a w nim ogromne zapasy broni i żywności. Czerń już po dwakroć porywała Krzywonosa chcąc go księciu wydać i zaledwie obietnicą natychmiastowego powrotu do Chmielnickiego zdołał się z jej rąk uratować. Uciekał też z pozostałą połową taboru, zdziesiątkowany, zbity, zrozpaczony, i nie oparł się aż w Machnówce, dokąd nadszedłszy Chmielnicki kazał go w chwili pierwszego gniewu za szyję do armaty na łańcuchu przykuć.

I dopiero gdy pierwszy gniew minął, wspomniał hetman zaporoski, że przecie nieszczęsny Krzywonos cały Wołyń krwią oblał, że Połonne zdobył, tysiące dusz szlacheckich na tamten świat wysłał, a ciała zostawił bez pogrzebu, i wszędy był zwycięski, dopóki się z Jeremim nie spotkał. Za te zasługi ulitował się nad nim hetman zaporoski i nie tylko od armaty go zaraz kazał odczepić, ale do dowództwa go przywrócił i na Podole na nowe zdobycze i rzezie wysłał.

A tymczasem książę ogłosił swemu wojsku tyle pożądany wypoczynek. W ostatniej bitwie poniosło też i ono znaczne straty, zwłaszcza przy szturmach jazdy na tabor, zza którego bronili się Kozacy równie zaciecie, jak zręcznie. Poległo wówczas do pięciuset żołnierza. Pułkownik Mokrski, ciężko ranny, wkrótce ducha wyzionął; postrzelony był, lubo nieszkodliwie, i pan Kuszel, i Polanowski, i młody pan

Aksak, a pan Zagłoba, którén oswoiwszy się z tłokiem, mężnie razem z innymi stawał, uderzony dwukrotnie cepem, rozchorzał na krzyże i ruszyć się nie mogąc, na powózce Skrzetuskiego jak martwy leżał.

Pomieszał więc los zamiar jechania do Baru, bo nie mogli ruszyć zaraz, tym bardziej że książę pana Skrzetuskiego na czele kilku chorągwi aż pod Zasław wysłał, by tam zebrane kupy czerni wydusił. Poszedł rycerz, słowa o Barze przed księciem nie wspomniawszy, i przez pięć dni palił i ścinał, póki okolicy nie oczyścił.

Na koniec i ludzie strudzili się już bardzo nieustanną walką, dalekimi pochodami, zasadzkami, czuwaniem, postanowił więc wracać do księcia, o którym miał wiadomość, że do Tarnopola się udał.

Wigilią powrotu, zatrzymawszy się w Suchorzyńcach nad Chomorem, rozłożył pan Jan chorągwie po wsi, a sam stanął na nocleg w chacie chłopskiej, ponieważ zaś wielce był niewywczasem i pracą wyczerpany, zasnął zaraz i spał kamiennym snem całą noc.

Nad ranem, wpół senny jeszcze, wpół przebudzony, jął majaczyć i marzyć. Dziwne obrazy poczęły mu się przesuwać przed oczyma. Więc zdawało mu się naprzód, że jest w Łubniach, jakby z nich nigdy nie wyjeżdżał, że śpi w swojej izbie w cekhauzie i że Rzędzian, jako zwykle rankiem, krząta się koło jego odzieży i do wstawania mu ją przygotowywa.

Z wolna jednakże jawa poczęła rozpraszać przywidzenia. Przypomniał sobie rycerz, iż jest w Suchorzyńcach, nie w Łubniach – jedna tylko postać pacholika nie rozpływała się we mgłę. I widział go ciągle pan Skrzetuski siedzącego pod oknem na zydlu i zajętego smarowaniem rzemieni u pancerza, które od upału pokurczyły się były znacznie.

Wszakże ciągle jeszcze myślał, że to senna mara broi, więc przymknął na nowo oczy.

Po chwili otworzył je. Rzędzian siedział ciągle pod oknem.

– Rzędzian! – krzyknął pan Jan – tyżeś to, czyli twój duch?

A chłopak przestraszył się nagłego wołania, więc pancerz upuścił z brzękiem na podłogę, ręce rozstawił i rzekł:

– O dla Boga! czego to jegomość tak krzyczy? Zaś tam jaki duch! Żyw jestem i zdrowy.

– I wróciłeś?

– Albo to mnie jegomość wypędzał?

– Pójdź tu do mnie, niech cię uścisnę!

Wierny pacholik przypadł do pana i za kolana objął, a zaś pan Skrzetuski całował go w głowę z radością wielką i powtarzał:

– Żyw jesteś! żyw jesteś!

– O mój jegomość! od radości mówić nie mogę, że też jegomościne ciało jeszcze w zdrowiu oglądam... O dla Boga!... ino jegomość tak wrzasnął, że ażem pancerz upuścił... Rzemieniska się pokurczyły... widać nijakiej posługi jegomość nie miał... Chwałaż ci, Boże, chwała... o moje panisko kochane!

– Kiedyżeś przyjechał?

– A dziś w nocy.

– I czemużeś mnie nie obudził?

– O! miałbym budzić?! Rano przyszedłem szatki wziąć...

– Skądeś przyjechał?

– A z Huszczy.

– Cóżeś tam robił? co się z tobą działo? Mów, opowiadaj!

– To, widzi jegomość, przyjechali Kozacy do Huszczy pana wojewodę bracławskiego rabować i palić, a ja tam już pierwej byłem, bom tam z ojcem Patronim Łaską przyjechał, któren mnie od Chmielnickiego do Huszczy zabrał; bo jego do Chmielnickiego pan wojewoda z listami przysłał. Więc ja się z nim zabrałem z powrotem, a teraz Kozacy Huszczę spalili i ojca Patroniego za jego serce ku nam zamordowali, co by pewnie i pana wojewodę potkało, gdyby się tam znajdował, choć on także błahocześciwy i wielki ich dobrodziej...

– Mówże tedy jasno i nie mieszaj, bo zrozumieć nie mogę. Toś ty u Kozaków, u Chmiela, przesiadywał czy jak?

– Jużci, że u Kozaków. Bo jak mnie ogarnęli w Czehrynie, tak mnie mieli za swego i trzymali. Niech no się jegomość ubiera... Mój

Boże, a takie wszystko poniszczone, że i w rękę nie ma co wziąć! Bodajże cię!... Mój jegomość, już też niech się jegomość nie sierdzi, żem ja tego listu, co jegomość z Kudaku pisał, w Rozłogach nie oddał; ale mi go ten złodziej Bohun wydarł; i gdyby nie ów gruby szlachcic, to i żywota bym zbył.

– Wiem, wiem. Nie twoja wina. Ten gruby szlachcic jest w obozie. On mi wszystko opowiadał tak właśnie, jak było. A też i pannę Bohunowi wykradł, która w dobrym zdrowiu w Barze żywie.

– O! to chwała Bogu! wiedziałem też, że jej Bohun nie dostał. To już pewno weselisko niezadługo.

– Pewnie, że tak. Stąd zaraz ruszymy wedle ordynansu do Tarnopola, a stamtąd do Baru.

– Bogu najwyższemu dzięki. Chybaż on się powiesi – ów Bohun – ale już jemu czarownica przepowiadała, że on tej, o której myśli, nigdy nie dostanie i że Lach ją posiędzie, a ten Lach to pewnie jegomość.

– Skądże ty o tym wiesz?

– Bom słyszał. Muszę już ja dokumentnie wszystko jegomości opowiedzieć, a jegomość niech się tymczasem ubiera, bo też i śniadanie dla nas warzą. Owóż, jakem wyjechał tą czajką z Kudaku, takeśmy jechali okrutnie długo, bo pod wodę, a do tego popsowała nam się czajka i trzeba było naprawiać. Jedziemy tedy, jedziemy, mój jegomość, jedziemy...

– Jedziecie, jedziecie!.. – przerwał zniecierpliwiony pan Jan.

– I przyjechaliśmy do Czehryna. A co mnie tam spotkało, to już jegomość wie.

– To już wiem.

– Owóż leżę ja w stajni, świata bożego nie widzę. A wtem przyszedł Chmielnicki, zaraz po odjeździe Bohunowym, z okrutną siłą zaporoską. A że to poprzednio pan hetman wielki pokarał czehryńców za afekt dla Zaporożców i wiele ludzi było w mieście pobitych i poranionych, więc oni myśleli, że ja także z tych, i dlatego nie tylko mnie nie dobili, ale jeszcze dali wygodę, opatrunek i Tatarom wziąć nie dozwolili, chociaż oni im na wszystko pozwalają. Przyszedłszy ja tedy do przytomności, myślę, co mam robić? A ci złodzieje pod Korsuń przez ten czas poszli i tam panów hetmanów pobili. O mój jegomość, co moje oczy widziały, tego nie wypowiedzieć! Oni zaś nic nie ukrywali, wstydu nijakiego nie znając i że to za swego mię mieli. A ja myślę: uciekać czy nie uciekać? Alem widział, że bezpieczniej zostać, póki się lepsza okazja nie trafi. Kiedy to zaczęli zwozić spod Korsunia makaty, rzędy, srebra, kredensy, klejnoty... oj! oj! mój jegomość – mało że mi się serce nie rozpukło i oczy z głowy nie wylazły. To ci tacy zbóje sześć łyżek srebrnych za talera, a potem za kwartę wódki sprzedawali, a guz złoty albo zapinkę, albo trzęsienie od czapki to mogłeś i za pół kwarty dostać. Tak ja sobie myślę: co mam po próżnicy siedzieć?... niechże skorzystam! Da-li Bóg wrócić kiedy do Rzędzian, na Podlasie, gdzie rodziciele mieszkają, to im oddam, bo oni tam mają proces z Jaworskimi, co już pięćdziesiąt lat trwa, a nie ma za co go dłużej prowadzić. Więc nakupiłem, mój jegomość, tyle wszelakiego dobra, żem na dwa konie ładować musiał mając to sobie za pocieszenie w smutkach moich, bo mi za jegomością okrutnie było tęskno.

– Oj, Rzędzian, zawsześ jednaki! Ze wszystkiego musisz mieć korzyść.

– Że mnie Bóg pobłogosławił, to cóż złego? Ja przecie nie kradnę, a że mnie jegomość dał trzosik na drogę do Rozłogów, to oto jest! Moje prawo oddać, bom też do Rozłogów nie dojechał.

Tak mówiąc pacholik odpiął pas, wyjął trzosik i położył go przed rycerzem, a pan Skrzetuski uśmiechnął się i rzekł:

– Kiedy ci tak dobrze szło, toś pewnie ode mnie bogatszy, ale już trzymaj i ten trzosik.

– Dziękuję pokornie jegomości. Zebrało się trochę – boża łaska! Będą się rodziciele cieszyli i dziaduś, co ma dziewięćdziesiąt lat. A już Jaworskich to chyba do ostatniego grosza sprocesują i z torbami ich puszczą. Jegomość też skorzysta, bo już tego pasa kropiastego, co mi jegomość w Kudaku obiecał, nie będę przypominał, choć mi się bardzo udał.

– Boś już przypomniał! o taki synu! Prawdziwy z ciebie *lupus insatiabilis*! Nie wiem ja, gdzie ten pas, aleć skorom obiecał, to dam, nie ten, to inny.

– Dziękuję pokornie jegomości – rzekł pacholik obejmując pańskie kolana.

– Mniejsza z tym! Prawże dalej, coć spotkało.

– Bóg tedy dał korzyść między rozbójnikami. Jeno tym się trapiłem, żem nie wiedział, co się z jegomością dzieje, i tym, że Bohun pannę zagarnął. Aż tu dają znać, że on w Czerkasach leży, ledwie żyje, bo przez kniaziów poszczerbion. Tak ja do Czerkas: jak to jegomość wie, że umiem plaster przyłożyć i rany opatrzyć. A już mnie z tego znali. Tak mnie tam Doniec pułkownik wysłał i sam ze mną pojechał, bym onego zbója opatrywał. Dopieroż mi ciężar z serca spadł, bom się dowiedział, że nasza panna uszła z onym szlachcicem. Poszedłem tedy do Bohuna. Myślę: pozna, nie pozna? A on w gorączce leżał, więc z początku nie poznał. Później zaś poznał i mówi mi: „Tyś z listem do Rozłogów jechał?" Rzeknę: „Ja." A on znowu: „Tom ja ciebie w Czehrynie rozszczepił?" „Tak jest." „To ty (prawi) służysz panu Skrzetuskiemu?" Dopiero kiedy nie zacznę łgać: „Nikomu ja już (mówię) nie służę. Więcej ja krzywd niż dobrego w tej służbie zaznał, więc wolałem na swobodę do Kozaków pójść, a waszmości już dziesięć dni pilnuję i do zdrowia doprowadzę!" Więc on uwierzył i do wielkiej ze mną konfidencji przyszedł. Dowiedziałem się też od niego, że Rozłogi spalone, że kniaziów dwóch zabił, a inni zasłyszawszy o tym chcieli naprzód do naszego księcia iść, ale że nie mogli, więc do wojska litewskiego uciekli. Ale najgorzej, jak tego grubego szlachcica wspomniał, to tak zębami, mówię jegomości, zgrzytał, jakby kto orzechy gryzł.

– Długo chorował?

– Długo, długo, bo zrazu mu się rany goiły, potem się zaś otwierały, gdyż się z początku nie zaszanował. Mało ja się to nocy przy nim wysiedziałem (żeby go usiekli!), jak przy kim dobrym. A trzeba jegomości wiedzieć, żem ja sobie na zbawienie duszy

poprzysiągł, że mu za moją krzywdę zapłacę, i tego ja, mój jegomość, dotrzymam, choćbym całe życie miał za nim chodzić, bo
mnie niewinnego tak sponiewierał i potłukł jako psa, a ja też nie
żaden cham jestem. Już on musi zginąć z mojej ręki, chyba go kto
inny wcześniej zabije. To mówię jegomości, że ze sto razy miałem
okazję, bo często nikogo przy nim nie było prócz mnie. Myślałem
sobie tedy: zali mam go pchnąć czy nie? – Ale mi było wstyd tak
go żgać w łożu leżącego.

– To ci się chwali, żeś go *aegrotum et inarmem* nie mordował.
Chłopska byłaby to sprawa, nie szlachecka.

– Ano, widzi jegomość, ja też tak samo myślałem. Jeszczem sobie
wspomniał, że jak mnie z domu rodziciele wyprawiali, tak mnie
dziaduś przeżegnał i powiada: „Pamiętaj, kpie, żeś szlachcic, i ambi-
cję miej, wiernie służ, ale poniewierać się nie daj." Mówił też, że jak
szlachcic po chłopsku sobie postąpi, to Pan Jezus płacze. A jam
spamiętał termin i tego się wystrzegam. Musiałem więc okazji poniechać. A tu konfidencja coraz to większa! Nieraz pyta mnie: „Czym ja
tobie nagrodzę?" To ja: „Czym waszmość będziesz chciał." I nie
mogę się skarżyć, opatrzył mnie hojnie, a ja też wziąłem, bo myślę
sobie: po co ma w zbójeckich rękach zostawać? Przez niego i inni
też mi dawali, bo mówię jegomości, że tam żaden tak kochany nie
jest jako on, i od Niżowych, i od czerni, chociaż w całej Rzeczypospolitej nie masz szlachcica, który by taki kontempt dla czerni miał,
jak on...

Tu Rzędzian począł głową kręcić, jakby sobie coś przypomniał
i czemuś się dziwił, a po chwili tak dalej mówić począł:

– Dziwny to jest człek i trzeba przyznać, że ma wcale szlachecką
fantazję. A tę pannę to on miłuje! miłuje! mocny Boże! Jak tylko
trochę ozdrowiał, przychodziła do niego Dońcówna, żeby mu to
wróżyć. I wróżyła, ale nic dobrego. Bezecna to olbrzymka, z diabłami w komitywę wchodzi... ale dziewczysko hoże. Jak się zaśmie-
je, to przysiągłbyś, że kobyła na łące rży. Zębiska białe pokazuje,
taka mocna, że pancerz może rozedrzeć, a jak chodzi, aż się

ziemia trzęsie. I widać z dopuszczenia bożego coś sobie do mnie upatrzyła, że jej się uroda moja podobała. To, bywało, nie przejdzie koło mnie, żeby mnie za łeb albo za rękaw nie pociągnąć albo nie szturchnąć – i nieraz mówi: „Chodź!" A jam się bał, żeby mi czarny gdzie na osobności karku nie skręcił, bo zaraz by wszystko, com zebrał, przepadło. Więc jej odpowiadam: „Mało to masz innych!" A ona: „Udałeś mi się, chociażeś dzieciuch! udałeś mi się." „Poszła precz, basetlo!" To ona znów: „Udałeś mi się! udałeś mi się!"

– I widziałeś wróżby?

– Widziałem, słyszałem. Dymiska jakieś, syki, piski, jakieś cienie, ażem truchlał. Ona zaś, w środku stojąc, brwi czarne w kozła postawi i powtarza: „Lach przy niej! Lach przy niej! czyłu! huku – czyłu... Lach przy niej!" To znów pszenicy na sito nasypie i patrzy, a ziarnka to tak chodzą jak robactwo i: „Czyłu! huku! czyłu! Lach przy niej!"

– Ej! mój jegomość! żeby to nie taki zbój, to by żal było patrzeć na tę jego desperację po każdej wróżbie. Bywało, zblednie jak giezło, na wznak padnie, ręce nad głową załamie i zawodzi, i skowyta, i prosi się, i przeprasza panienkę, że jako gwałtownik do Rozłogów przyszedł, że braci jej pobił: „Gdzie ty, zazula? gdzie ty, jedyna? (prawi) – ja by na ręku ciebie nosił, a teraz nie żyć mnie bez ciebie!... Już ja cię (prawi) ręką nie tknę, twój rab będę, byle oczy na cię patrzyły." To znów pana Zagłobę wspomni i zgrzyta, i zębami łoże kąsa, póki go sen nie obali, ale jeszcze i przez sen jęczy a wzdycha.

– Ale nigdy mu dobrze nie wróżyła?

– Już potem nie wiem, mój jegomość, bo on ozdrowiał, a ja się też od niego odczepiłem. Przyjechał ksiądz Łasko, więc mnie Bohun to zrobił, że mogłem z nim do Huszczy jechać. Oni tam, zbóje, wiedzieli, że dobra wszelakiego trochę mam, a jam też nie ukrywał, że jadę rodzicieli wspomóc.

– I nie zrabowali cię?

– Może byliby to uczynili, ale szczęściem, Tatarów wtedy nie było, a Kozacy nie śmieli dla strachu przed Bohunem. Zresztą już oni mnie całkiem za swego mają. Kazał mi przecie sam Chmielnicki słuchać a donosić, co się będzie u wojewody bracławskiego mówiło, jeśli się jacy panowie zjadą... Niech mu tam kat świeci! Przyjechałem tedy do Huszczy, aż tu przyszły podjazdy Krzywonosowe i ojca Łaska zabiły, a jam połowę swojego dobra zakopał, a z połową tu uciekłem zasłyszawszy, że jegomość gromi koło Zasławia. Bogu najwyższemu niech będzie chwała, żem jegomości w dobrym zdrowiu i humorze zastał i że się jegomości weselisko szykuje... To już będzie koniec wszystkiego złego. Mówiłem ja tym złodziejom, co na księcia, naszego pana, szli, że już nie wrócą. Mają teraz! Może też i wojna się już skończy.

– Gdzie tam! Teraz się z samym Chmielnickim dopiero zacznie.

– A jegomość będzie po weselu wojował?

– Zaś myślałeś, że mnie tchórz po weselu obleci?

– Ej, nie myślałem! Wiem ja, że kogo obleci, to jegomości nie obleci, jeno tak się pytam, bo jak rodzicielom odwiozę to, com zebrał, chciałbym też z jegomością pójść. Może też Bóg mi dopomoże z mojej krzywdy się Bohunowi wypłacić, bo kiedy zdradą nie przystoi, to gdzież ja jego znajdę, jeśli nie w polu: On się nie będzie chował...

– Takiś zawzięty?

– Każdy niech będzie przy swoim. A ja, jakom sobie obiecał, tak i do Turek bym za nim pojechał. Już nie może inaczej być. A teraz ja z jegomością do Tarnopola pojadę, a potem na wesele. Ale czemu to jegomość do Baru na Tarnopol jedzie? Wżdyć to nie po drodze.

– Bo muszę chorągwie odprowadzić.

– Rozumiem, mój jegomość.

– Teraz daj co zjeść – rzekł pan Skrzetuski.

– Już ja o tym myślałem. Brzuch to grunt.

– Zaraz po śniadaniu ruszymy.

– To i chwała Bogu, choć koniska mam zmizerowane okrutnie.

– Każę ci dać powodnego. Będziesz już na nim jeździł.

– Dziękuję pokornie jegomości! – rzekł Rzędzian uśmiechając się z zadowoleniem na myśl, że licząc trzosik i pas kropiasty, trzeci to już go dar spotyka.

XXXIII

Jechał więc pan Skrzetuski na czele chorągwi książęcych do Zbaraża, nie do Tarnopola, bo przyszedł nowy ordynans, że tam ma iść, a po drodze opowiadał wiernemu pacholikowi swoje własne przygody, jako w niewolę na Siczy był pojman, jako długo w niej przebył i ile przecierpiał, zanim go Chmielnicki wypuścił. Szli wolno, bo choć wozów i ciężarów nie prowadzili, wszelako droga wypadła im krajem tak zniszczonym, że o żywność dla ludzi i koni z największym trudem trzeba się było starać. Gdzieniegdzie spotykali gromady ludzi wynędzniałych, zwłaszcza kobiet z dziećmi, które Boga prosiły o śmierć lub nawet o niewolę tatarską, gdyż przynajmniej jeść by im w pętach dawano. A był to przecież czas żniw w tej bujnej, mlekiem i miodem płynącej ziemi, ale podjazdy Krzywonosowe zniszczyły wszystko, co się tylko zniszczyć dało, a resztki mieszkańców żywiły się korą drzewną. Dopiero w pobliżu Jampola weszli rycerze w kraj wojną jeszcze nie tyle zmordowany i już mając wywczasy lepsze i spyży obfitość, szli śpiesznymi pochodami ku Zbarażowi, do którego w pięć dni od wyruszenia z Suchorzyniec dojechali.

W Zbarażu zjazd był wielki. Książę Jeremi zatrzymał się tam z całym wojskiem, a prócz tego zjechało się żołnierstwa i szlachty niemało. Wojna wisiała w powietrzu, o niej tylko mówiono; miasto i okolica roiły się zbrojnym ludem. Partia pokojowa w Warszawie, podtrzymywana w nadziejach swych przez pana Kisiela, wojewodę bracławskiego, nie wyrzekła się wprawdzie jeszcze układów i zawsze wierzyła, iż można będzie nimi burzę zażegnać, ale zrozumiała jedno, że układy natenczas tylko skutek mieć mogą, gdy na poparcie ich stanie potężna armia. Toteż konwokacja odbyła się wśród gróźb wojennych i grzmotów, jakie zwykły burzę poprzedzać. Ogłoszono pospolite ruszenie, ściągano wojska kwarciane, a choć kanclerz i regimentarze jeszcze wierzyli w pokój, przecie humor wojenny przeważał w duszach szlacheckich. Pogromy dokonane przez Wiśniowieckiego rozpaliły wyobraźnię. Umysły płonęły żądzą zemsty nad chłopstwem i żądzą odwetu za Żółte Wody, za Korsuń, za krew tylu tysięcy męczeńską śmiercią zmarłych, za hańbę i upokorzenia... Imię strasznego księcia rozbłysło słonecznym blaskiem sławy – było na wszystkich ustach, we wszystkich sercach, a z tym imieniem w parze rozlegało się od brzegów Bałtyku aż po Dzikie Pola złowrogie słowo: Wojna!

Wojna! wojna! Zwiastowały ją i znaki na niebie, i rozpłomienione twarze ludzkie, i błyskania mieczów, i nocne wycia psów przed chatami, i rżenie koni krew wietrzących. Wojna! Herbowy lud po wszystkich ziemiach, powiatach, dworach i zaściankach wyciągał stare zbroice i miecze z lamusów, młodzież śpiewała pieśni o Jeremim, a niewiasty modliły się przed ołtarzami. I ruszyły się zbrojne ludyszcza, zarówno w Prusiech, Inflantach, jak w Wielkopolsce i rojnym Mazowszu, aż hen! do bożych szczytów tatrzańskich i ciemnych borów Beskidu.

I wojna leżała w sile rzeczy. Rozbójniczy ruch Zaporoża i ludowe powstanie ukraińskiej czerni potrzebowały jakichś wyższych haseł niż rzeź i rozbój, niż walka z pańszczyzną i z magnackimi latyfundiami. Zrozumiał to dobrze Chmielnicki i korzystając z tlejących rozdrażnień, z obopólnych nadużyć i ucisków, jakich nigdy w onych surowych czasach nie brakło, socjalną walkę zmienił w religijną, rozniecił fanatyzm ludowy i zaraz w początkach przepaść między oboma obozami wykopał – przepaść, którą nie pergaminy i układy, ale krew tylko mogła wypełnić.

I pragnąc z duszy układów, siebie tylko i własną potęgę chciał ubezpieczyć – a potem?... Co miało być potem, hetman zaporoski nie myślał, w przyszłość nie patrzył i nie dbał o nią.

Nie wiedział jednak, że owa stworzona przezeń przepaść tak jest wielka, iż żadne układy nie wyrównają jej nawet na taki czas, jakiego on sam, Chmielnicki, mógł potrzebować. Bystry polityk nie odgadł, iż nie będzie mógł w spokoju krwawych owoców swego żywota spożywać.

A jednak łatwo to było zgadnąć, że gdzie naprzeciw siebie staną uzbrojone krocie, tam pergaminem do spisywania aktów będą błonia, a piórami miecze i włócznie.

Toczyły się tedy wypadki siłą rzeczy ku wojnie – i nawet ludzie prości, instynktem tylko wiedzeni, odgadywali, że nie może być inaczej, a w całej Rzeczypospolitej coraz więcej oczu zwracało się na Jeremiego, który od początku wojnę na śmierć i życie głosił. W cieniu tej olbrzymiej postaci nikli coraz bardziej kanclerz i wojewoda bracławski, i regimentarze, a między nimi potężny książę Dominik, głównym mianowany wodzem. Nikła ich powaga, znaczenie i malała karność dla władzy, którą piastowali. Kazano wojsku i szlachcie ściągać ku Lwowu, a potem ku Glinianom, jakoż i szły coraz większe zastępy. Ściągała się kwarta, za nią ziemianie pobliższych województw, ale zaraz nowe wypadki poczęły grozić powadze Rzeczypospolitej. Oto nie tylko mniej karne chorągwie pospolitego ruszenia, nie tylko prywatne, ale i regularne kwarciane, stanąwszy na miejscu zboru, wypowiadały posłuszeństwo regimentarzom i wbrew rozkazom ruszały do Zbaraża, aby się oddać pod rozkazy Jeremiego. Tak naprzód uczyniły województwa kijowskie i bracławskie, których szlachta już przedtem w znacznej części pod Jeremim służyła, za nimi poszły ruskie, lubelskie, za nimi wojska koronne – i już nietrudno było powiedzieć, że wszystkie inne pójdą ich śladem.

Pominięty a zapomniany umyślnie Jeremi siłą rzeczy stawał się hetmanem i naczelnym wodzem całej potęgi Rzeczypospolitej. Szlachta i wojsko oddane mu duszą i ciałem czekało tylko jego skinienia. Władza, wojna, pokój, przyszłość Rzeczypospolitej spoczęły w jego ręku.

I rósł jeszcze z każdym dniem, bo każdego dnia nowe waliły do niego chorągwie, i tak zolbrzymiał, że cień jego począł padać nie tylko na kanclerza i regimentarzy, ale na senat, na Warszawę i całą Rzeczpospolitą.

W niechętnych mu kołach kanclerskich w Warszawie i w regimentarskim obozie, w otoczeniu księcia Dominika i u wojewody bracławskiego poczęto przebąkiwać o jego niepomiernej ambicji i zuchwałości; przypomniano sprawę o Hadziacz, jako to zuchwały kniaź przyjechał w cztery tysiące ludzi do Warszawy i wszedłszy do senatu, gotów był rąbać wszystkich, samego króla nie wyłączając.

Czegóż od takiego człowieka się spodziewać i jakimże musi być teraz – mówiono – po owym Ksenofontowym odwrocie z Zadnieprza, po wszystkich przewagach wojennych i tylu wiktoriach, które go tak niezmiernie wysławiły? W jakąż nieznośną pychę musiał go wznieść ów fawor żołnierstwa i szlachty? Kto mu się dziś oprze? Co się stanie z Rzecząpospolitą, gdy jeden obywatel do takiej potęgi dochodzi, że może deptać wolę senatu, odejmować władzę wyznaczonym przez Rzeczpospolitą wodzom? Zali on istotnie królewicza Karola koroną ozdobić zamierza? Mariusz on jest, to prawda, ale daj Bóg, żeby w nim nie było Marka Koriolana lub Katyliny, gdyż pychą i ambicją obydwom wyrównywa.

Tak mówiono w Warszawie i w kołach regimentarskich, szczególnie u księcia Dominika, z którym emulacja Jeremiego niemałe już szkody Rzeczypospolitej przyniosła – a ów Mariusz siedział tymczasem w Zbarażu, chmurny, niezbadany. Świeże zwycięstwa nie rozpromieniły mu twarzy. Gdy, bywało, nowa jaka chorągiew kwarciana albo powiatowa pospolitego ruszenia przytoczyła się do Zbaraża, to wyjeżdżał naprzeciw, jednym rzutem oka oceniał jej wartość i zaraz w zadumę popadał. Żołnierze z krzykiem garnęli się do niego, padali przed nim na kolana wołając: Witaj, wodzu niezwyciężony! Herkulesie słowieński! do gardła stać przy tobie będziem! – on zaś odpowiadał: Czołem waszmościom! Na Chrystusowym my wszyscy ordynansie, a moja szarża za niska, bym był szafarzem krwi waszmościów!– i wracał do siebie, od ludzi uciekał, w samotności z myślami się łamiąc. Tak upływały dnie całe. A tymczasem miasto wrzało rojami coraz to nowego żołnierstwa. Pospolitacy pili od rana do nocy, chodząc po ulicach, wyprawiając hałasy i burdy z oficerami cudzoziemskiego autoramentu. Regularny żołnierz czując również cugle dyscypliny rozwolnione używał na winie, jedle i kościach. Codziennie nowi goście, więc nowe uczty i zabawy z mieszczankami. Wojska zawaliły wszystkie ulice, stały i po wsiach okolicznych, a co za rozmaitość koni, oręża, ubiorów, piór, kolczug, misiurek, barw rozmaitych województw! Rzekłbyś: odpust jaki walny, na który połowa Rzeczypospolitej zjechała. Leci więc czasem kareta pańska, pozłocista lub purpurowa, koni przy niej sześć lub ośm z piórami, pajucy z węgierska lub po niemiecku, nadworni janczarowie, Kozacy, Tatarzy; tam znów kilku towarzyszów świecących jedwabiem i aksamitami, bez pancerzy, rozpiera tłumy końmi anatolskimi lub perskimi. Trzęsienia u czapek i zapinki pod szyją migają ognikami od brylantów i rubinów – a wszystko ustępuje im z drogi dla powagi znaku. Tam znów przed gankiem puszy się oficer od łanowej piechoty, w świeżym, błyszczącym kolecie, z długą trzciną w ręku i pychą na twarzy, a mieszczańskim sercem w piersi; ówdzie migają grzebieniaste hełmy dragonów, kapelusze niemieckiej piechoty, rogatywki pospolitego ruszenia, kapuzy, kołpaki rysie. Czeladź w rozmaitych barwach uwija się jak w ukropie na posługach. Tu i owdzie ulica zapchana wozami; tam wozy wchodzą dopiero, skrzypiąc niemiłosiernie, wszędy pełno krzyków, nawoływań: „Z drogi", przekleństw czeladzi, zwad, bójek, rżenia koni. Co mniejsze uliczki tak zawalone słomą, sianem, że i przecisnąć się niepodobna.

A wśród tych świetnych strojów migających wszystkimi barwami tęczy, śród jedwabiów, aksamitów, tyftyków, altembasów, migotania brylantów jakże dziwnie wyglądają pułki Wiśniowieckiego, wynędzniałe, obdarte, wychudzone, w zardzewiałych pancerzach, spłowiałych barwach i podartych mundurach! Towarzysze spod najpoważniejszych znaków wyglądają jak dziady, gorzej czeladzi innych pułków, ale wszyscy czołem przed tymi łachmanami, przed tą rdzą i tą mizerią, bo to znamiona bohaterów. Wojna, zła matka, własne dzieci jako Saturn pożera, a których nie pożre, to poobgryza jak pies kości. Te spłowiałe barwy – to dżdże nocne, to pochody wśród nawałności elementów albo słonecznej spiekoty; ta rdza na żelezie to krew nie starta, swoja albo nieprzyjacielska, albo obie razem. Toteż wiśniowieccycy wszędzie rej wiodą. Oni opowiadają po szynkowniach i kwaterach, a inni tylko słuchają. I czasem którego ze słuchających aż porwie spazm za gardło, rękami po lędźwiach się uderzy i krzyknie: „A niechże waściów kule biją! chybaście diabły, nie ludzie!" A wiśniowiecczycy: Nie nasza to zasługa, ale takiego wodza, któremu równego nie wydał jeszcze *orbis terrarum.* Więc wszystkie uczty kończą się okrzykami: *Vivat* Jeremi! *vivat* książę wojewoda! wódz nad wodze i hetman nad hetmany!..

Szlachta, gdy się popije, wypada na ulice i z rusznic a muszkietów pali, a że wiśniowiecczycy ostrzegają ją, że do czasu tylko swoboda, że przyjdzie chwila, gdy książę ich weźmie w ręce i taką dyscyplinę zaprowadzi, o jakiej jeszcze nie słyszeli, więc tym bardziej owego czasu używają. *Gaudeamus,* póki wolno! – wołają. – Gdy pora na posłuch przyjdzie, będziem słuchali, bo jest kogo, bo to nie »dziecina«, nie »łacina«, nie »pierzyna«! I nieszczęśliwy książę Dominik najgorzej zawsze wychodził, bo mełły go na otręby języki żołnierskie. Opowiadano, jako się po całych dniach modli, a wieczorem wisi na uchu dzbana i co na brzuch splunie, to jedno oko otworzy i pyta: Co takiego? Mówiono także, że na noc „jalapam" zażywa i że tyle bitew widział, ile ma ich na kobiercach holenderską sztuką wyhaftowanych. Już tam nikt go nie bronił i nikt nie żałował, a najbardziej kąsali ci, którzy w jawnej z karnością wojskową stanęli niezgodzie.

Wszelako i nad tymi jeszcze celował w przekąsach i wyśmiewaniu pan Zagłoba. Już on się był ze swego bólu w krzyżach wyleczył i teraz był w swoim żywiole. Ile zaś zjadał i wypijał, daremnie spisywać, bo rzecz wiarę ludzką przechodzi. Chodziły za nim i otaczały go ustawicznie kupy żołnierzy i szlachty, a on rozprawiał, opowiadał i drwił z tych, którzy go podejmowali. Patrzył też z góry, jako stary żołnierz, na owych, którzy szli na wojnę, i z całą wyższością doświadczenia mawiał im:

– Tyle waszmościów moderunki wojny zaznały, ile mniszki mężów; szaty macie świeże i larendogrą pachną, ale choć to piękny zapach, wszelako w pierwszej bitwie postaram się od waszmościów pod wiatr trzymać. Oj, kto nie wąchał wojennego czosnku, nie wie, jakie on łzy wyciska! Nie przyniesie jejmość rano piwa grzanego ani polewki winnej! Poopadają waszmościom brzuchy, zeschniecie się jak twaróg na słońcu. Możecie mnie wierzyć. Eksperiencja grunt! Bywało się w różnych okazjach, bywało! zdobyło się niejedną chorągiewkę, ale już to muszę waszmościom powiedzieć, że żadna nie przyszła mi tak ciężko, jako ta pod Konstantynowem. Niech diabli porwą tych Zaporożców! Siódme poty, mówię waszmościom, ze mnie poszły, nimem za ratyszcze uchwycił. Spytajcie pana Skrzetuskiego, tego, który Burdabuta zabił, on to na własne oczy widział i admirował. Ale też teraz krzyknijcie jeno Kozakowi nad uchem: „Zagłoba!" – obaczycie, co wam powie. Ale co tu waszmościom prawić, którzyście jeno *muscas* po ścianach packą bili, więcej nikogo.

– Jakże to było? jakże? – pytali młodzi.

– A cóż to waszmościowie chcecie, żeby mi się język od kręcenia się w gębie zapalił jako oś w wozie?

– To trzeba polać! wina! – wołała szlachta.

– Chyba że tak! – odpowiadał pan Zagłoba i rad, że znalazł wdzięcznych słuchaczów, opowiadał im wszystko *ab ovo*, od podróży do Galaty i od ucieczki z Rozłogów aż do zdobycia chorągwi pod Konstantynowem, oni zaś słuchali z otwartymi ustami, czasem mruczeli, gdy sławiąc własne męstwo, zanadto ich niedoświadczenie poniewierał, ale zapraszali i poili co dzień w innej kwaterze.

Bawiono się tedy wesoło i huczno w Zbarażu, aż się stary Zaćwilichowski i inni poważniejsi dziwili, że książę tak długo na owe gody pozwalał; on zaś siedział ciągle w swojej kwaterze; widać umyślnie żołnierstwu folgę dał, by przed nowymi bojami wszystkiego dobrego zażyło. Tymczasem przyjechał Skrzetuski i zaraz wpadł jak w wir, jak w ukrop jaki. Chciało się też i jemu odpoczynku w kole towarzyszów posmakować, ale jeszcze bardziej chciało mu się do Baru, do kochanej jechać i wszystkich zgryzot dawnych, wszystkich obaw i utrapień w jej słodkim objęciu zapomnieć. Więc nie zwłócząc, do księcia szedł, by zdać sprawę z wyprawy pod Zasław i pozwolenie na wyjazd uzyskać.

Znalazł księcia zmienionego do niepoznania, aż się widokiem

jego przeraził – i w duchu się pytał: „Tenże to jest wódz, któregom pod Machnówką i Konstantynowem widział?" – Bo też przed nim stał człowiek brzemieniem trosk pochylony, z wpadłymi oczyma i spieczonymi usty, jakoby ciężką chorobą wewnętrzną trapiony. Zapytany o zdrowie odrzekł krótko i sucho, że jest zdrowy, rycerz zaś dłużej pytać nie śmiał; więc zdawszy sprawę z podjazdu zaraz jął prosić, by mógł na dwa miesiące chorągiew opuścić, dopóki by się nie ożenił i żony do Skrzetuszewa nie odwiózł.

Na to książę jakby się ze snu obudził. Zwykła mu dobroć rozlała się po chmurnym obliczu i przygarnąwszy pana Skrzetuskiego rzekł:

– Koniec więc twojej męki. Jedź, jedź, niech cię błogosławi Bóg. Sam bym chciał być na twym weselu, bom to i Kurcewiczównie, jako córce Wasyla, i tobie, jako przyjacielowi, powinien, ale w tych czasach już mi to niepodobieństwo się ruszyć. Kiedy chcesz jechać?

– Wasza książęca mość, choćby dziś!

– To jedź jutro. Nie możesz sam jechać. Dam ci trzystu Wierszułłowych Tatarów, abyś zaś ją bezpiecznie odprowadził. Z nimi najprędzej dojedziesz, a potrzebni ci będą, bo tam kupy hultajstwa się włóczą. Dami ci i list do pana Jędrzeja Potockiego, ale nim go napiszę, nim Tatarzy przyjdą, nim się wreszcie ty wybierzesz, do jutra wieczór zejdzie.

– Jak wasza książęca mość rozkaże. Ale jeszcze śmiem prosić, aby Wołodyjowski i Podbipięta mogli także ruszyć ze mną.

– Dobrze. Przyjdźże jeszcze jutro na pożegnanie i błogosławieństwo. Chciałbym też i twojej kniaziównie jaki upominek posłać. Zacna to krew. Bądźcieże szczęśliwi, boście siebie warci.

Rycerz już klęczał i obejmował kolana ukochanego wodza, któren jeszcze powtórzył kilkakrotnie:

– Niech ci Bóg szczęści! niech ci Bóg szczęści! No, przyjdź jeszcze jutro.

Ale rycerz nie podnosił się i nie odchodził, jakby chciał jeszcze o coś prosić, na koniec wybuchnął:

– Wasza książęca mość!

– A co jeszcze powiesz? – pytał łagodnie książę.

– Wasza książęca mość wybaczy śmiałości, ale... mnie się serce kraje i od żalu wielkiego śmiałość przychodzi: co waszej książęcej mości jest? Zali troski gnębią czy choroba?

Książę położył mu rękę na głowie.

– Ty tego wiedzieć nie możesz! – rzekł ze słodyczą w głosie. – Przyjdź jeszcze jutro.

Pan Skrzetuski wstał i odszedł ze ściśniętym sercem.

Wieczorem przyszedł do jego kwatery stary Żaćwilichowski, a z nim mały Wołodyjowski, pan Longinus Podbipięta i pan Zagłoba. Zasiedli za stołem, a wtem Rzędzian wszedł do izby niosąc kusztyki i antałek.

– W imię Ojca i Syna! – zawołał pan Zagłoba. – To widzę, waści pachół zmartwychwstał.

Rzędzian zbliżył się i za kolana go objął.

– Nie zmartwychwstałem ja, alem nie umarł, dzięki pono temu, żeś mnie jegomość ratował.

A pan Skrzetuski na to:

– I do Bohuna potem na służbę przystał.

– To będzie miał w piekle promocję – rzekł pan Zagłoba, a potem zwracając się do Rzędziana: – Nie musiałeś ty tam w tej służbie rozkoszy zażyć; naści talara na pociechę.

– Dziękuję pokornie jegomości – rzekł Rzędzian.

– On! – zawołał pan Skrzetuski – to frant na cztery nogi kuty. U Kozaków łup wykupował, a co ma, tego byśmy obaj z waćpanem nie kupili, choćbyś waćpan wszystkie swoje posiadłości w Turczech sprzedał.

– To tak? – rzekł pan Zagłoba. – Trzymajże sobie mego talara i rośnij, lube drzewko, bo jeśli nie na Bożą Mękę, to choć na szubienicę się przydasz. Dobrze temu pachołkowi z oczu patrzy. (Tu pan Zagłoba chwycił za ucho Rzędziana i targając je lekko, mówił dalej.) Lubię frantów i toć prorokuję, że wyjdziesz na człowieka, jeśli bydlęciem nie zostaniesz. A jak cię tam twój pan, Bohun, wspomina, co?

A Rzędzian uśmiechnął się, bo mu pochlebiły słowa i kares, i odparł:

– O mój jegomość, a jak on jegomości wspomina, to aż skry zębami krzesze.

– Idź do diabła! – zawołał z nagłym gniewem pan Zagłoba. – Co mi tu będziesz bredził!

Rzędzian wyszedł, oni zaś poczęli rozmawiać o jutrzejszej podróży i o szczęśliwości niezmiernej, jaka pana Jana czeka. Miód poprawił wprędce humor panu Zagłobie, który zaraz zaczął Skrzetuskiemu domawiać i o chrzcinach napomykać, to znowu o zapałach pana Jędrzeja Potockiego dla kniaziówny. Pan Longinus wzdychał. Pili i radowali się w duszy. Aż wreszcie rozmowa weszła na koniunktury wojenne i na księcia. Skrzetuski, który kilkanaście dni w obozie nie był, pytał:

– Powiedzcież mi waszmościowie, co się naszemu księciu stało? Toż to inny człowiek. Już ja tego wszystkiego nie rozumiem. Bóg mu dawał wiktorię za wiktorią. Że go tam przy regimentarstwie pominęli, to i cóż? to za to teraz wszystko wojsko do niego się wali, tak że bez niczyjej łaski hetmanem zostanie i Chmielnickiego zetrze... a on widać czegoś się trapi i trapi!...

– Może mu się pedogra zaczyna – rzecze pan Zagłoba – jak mnie czasem w wielkim palcu łupnie, to przez trzy dni mam melankolię.

– A ja wam, brateńki, powiem – rzekł kiwając głową pan Podbipięta. – Nie słyszałem ja tego sam od księdza Muchowieckiego, alem słyszał, że tak komuś mówił, dlaczego książę udręczon... Ja tam sam nie mówię: łaskawy to pan, dobry i wielki wojownik... co mnie tam jego sądzić, ale jakoby ksiądz Muchowiecki... zresztą czy ja wiem, czy co?

– No, patrzcieże waszmościowie na tego Litwina! – zawołał pan Zagłoba.

– Nie mam ja dworować z niego, kiedy on ludzkiej mowy nie zna! Cóżeś waszmość chciał powiedzieć? Kołujesz, kołujesz jako zając wedle kotliny, a w sedno nie możesz utrafić.

– Cóżeś waszmość naprawdę słyszał? – spytał pan Jan.

– At! kiedy bo to... jakoby mówili, że książę za dużo krwi rozlał. Wielki to wódz, ale miary w karaniu nie zna i teraz podobno wszystko widzi czerwono – w dzień czerwono i w noc czerwono, jakoby go czerwony obłok otaczał...

– Nie praw waść głupstw! – huknął z gniewem stary Zaćwilichowski. – Babskie to plotki! Nie było dla hultajstwa lepszego pana czasu pokoju, a że dla buntowników litości nie zna, to i cóż? To zasługa, nie grzech. Jakichże to mąk, jakich kar byłoby zanadto dla tych, którzy tę ojczyznę we krwi utopili, którzy Tatarom własny lud w niewolę wydawali nie chcąc znać Boga, majestatu, ojczyzny, zwierzchności? Gdzie mi waszmość pokażesz monstra podobne? gdzie takie okrucieństwa, jakich się oni dopuszczali nad niewiastami i małymi dziećmi? gdzie takie zbrodnie potworne? I na to pala a szubienicy zanadto?! Tfu, tfu! waść masz żelazną rękę, ale serce niewieście. Widziałem, jakeś stękał, gdy Puljana przypiekali, i mówiłeś, że wolałbyś go był na miejscu ubić. Ale książę nie jest baba, wie, jak nagradzać, jak karać. Co mi tu waść będziesz koszałki prawił.

– Toż ja mówiłem, ojcze, że nie wiem – tłumaczył się pan Longinus.

Ale staruszek sapał jeszcze długo i ręką po mlecznej czuprynie się gładził, i mruczał:

– Czerwono! hm! czerwono!... to zaś coś nowego! W głowie temu, co to wymyślił, zielono, nie czerwono!

Nastała chwila ciszy, tylko przez okna dochodził wrzask hulaszczej szlachty.

Mały Wołodyjowski przerwał panujące w izbie milczenie.

– Cóż wy, ojcze, myślicie? co może być naszemu panu?

– Hm! – rzekł starzec. – Ja mu nie konfident, więc nie wiem. Nad czymś on się namyśla, sam ze sobą się łamie. Duszne to jakieś walki, nie może być inaczej – a im dusza większa, tym męka cięższa...

I nie mylił się stary rycerz, bo oto w tej chwili ów książę, wódz, zwycięzca leżał w prochu w swojej kwaterze przed krucyfiksem i toczył jedną z najzaciętszych walk w swym życiu.

Straże na zamku zbaraskim obwoływały północ, a Jeremi ciągle jeszcze rozmawiał z Bogiem i z własną duszą wyniosłą. Rozum, sumienie, miłość dla ojczyzny, duma, poczucie własnej siły i wielkich przeznaczeń zmieniły się w jego piersi w zapaśników i wiodły ze sobą bój zacięty, od którego pękała pierś, pękała głowa i ból targał wszystkie jego członki. Oto wbrew woli prymasa, kanclerza, senatu, regimentarzów, wbrew woli rządu szły do tego zwycięzcy wojska kwarciane, szlachta, cudze chorągwie prywatne, słowem cała Rzeczpospolita oddawała mu się w ręce, uciekała się pod jego skrzydła – losy swoje powierzała jego geniuszowi i przez najlepszych swych synów wołała: ,,Ratuj, bo ty jeden ratować możesz!'' Jeszcze miesiąc, jeszcze dwa, a pod Zbarażem stanie sto tysięcy wojowników gotowych na bój śmiertelny ze smokiem wojny domowej. Tu obrazy przyszłości oblane jakimś niezmiernym światłem sławy i potęgi poczęły się przesuwać przed oczyma kniazia. Zadrżą ci, którzy go pominąć i upokorzyć chcieli – a on porwie te żelazne hufce rycerstwa i powiedzie je w stepy ukraińskie do takich zwycięstw, do takich tryumfów, o jakich dzieje jeszcze nie słyszały. I kniaź czuje w sobie siłę odpowiednią – z ramion strzelają mu skrzydła, jakby skrzydła świętego Michała Archanioła. Oto zmienia się w tej chwili w jakiegoś olbrzyma, którego zamek cały, cały Zbaraż, cała Ruś objąć nie może. Na Boga! on zetrze Chmielnickiego! on zdepce bunt – on spokój ojczyźnie powróci! Widzi rozległe błonia, krocie wojsk, słyszy huk armat... Bitwa! bitwa! pogrom niesłychany, niebywały! Krocie ciał, krocie chorągwi zaściełają step zbroczony, a on tratuje po cielsku Chmielnickiego i trąby grają zwycięstwo, a głos leci od mórz do mórz... Kniaź zrywa się i ręce do Chrystusa wyciąga, a naokół jego głowy płonie jakieś czerwone światło. ,,Chryste! Chryste! – woła – Ty wiesz! Ty widzisz, iż ja to uczynić potrafię, rzeknij mi, iżem powinien!''

Ale Chrystus głowę na piersi zwiesił i milczy, taki bolesny, jakby go dopiero przed chwilą rozpięto. ,,Na chwałę to Twoją! – woła książę – »non mihi! non mihi! sed nomini Tuo da gloriam!« Na chwałę wiary i Kościoła, całego chrześcijaństwa! O Chryste! Chryste!" I nowy obraz mknie przed oczyma bohatera. Nie na zwycięstwie nad Chmielnickim kończy się ta droga. Kniaź, bunt pożarłszy, jego się ciałem jeszcze utuczy, jego siłami zolbrzymieje, krocie Kozaków do krociów szlachty przyłączy i pójdzie dalej: na Krym uderzy, straszliwszego smoka w jego własnej jamie dosięgnie, krzyż zatknie tam, gdzie dotąd nigdy dzwony wiernych na modlitwę nie wzywały.

Albo też pójdzie w te ziemie, które raz już kniazie Wiśniowieccy kopytami końskimi stratowali, i granice Rzeczypospolitej, a z nimi Kościoła, do ostatnich krańców ziemi rozciągnie...

Gdzie to koniec tego pędu? gdzie koniec sławy, siły, potęgi? – Nie masz go wcale...

Do komnaty zamkowej wpada białe światło miesiąca, ale zegary biją późną godzinę i kury pieją. Dzień zejdzie już niedługo, ale będzie-li to dzień, w którym obok słońca na niebie nowe słońce na ziemi zaświeci?

. . . .

Tak jest! – Dzieckiem byłby książę, nie mężem, gdyby tego nie uczynił, gdyby dla jakich bądź powodów przed głosem tych przeznaczeń się cofał. Oto czuje już pewien spokój, który widocznie na niego zlał Chrystus miłosierny – niechże będzie za to pochwalon! – Już myśli trzeźwiej, lżej i oczyma duszy położenie ojczyzny i wszystkich spraw jasno ogarnia. Polityka kanclerza i tych tam panów z Warszawy, również jako wojewody bracławskiego, jest zła i dla ojczyzny zgubna. Zdeptać naprzód Zaporoże, ocean krwi z niego wytoczyć, złamać je, zniweczyć, zgnieść, zwyciężyć, a potem dopiero przyznać pokonanym wszystko – ukrócić wszelkie nadużycia, wszelkie uciski, zaprowadzić ład, spokój; mogąc dobić – do życia wrócić – oto droga jedynie tej wielkiej i wspaniałej Rzeczypospolitej godna. Może dawniej, dawniej, można było obrać inną – dziś – nie! Do czegóż mogą bowiem doprowadzić układy, gdy naprzeciw siebie stoją krocie tysięcy zbrojnych, a choćby je zawarto – jakąż siłę mieć mogą? Nie! nie!

to senne mary, to urojenia, to wojna rozciągnięta na wieki całe, to morze łez i krwi na przyszłość! Niech się uchwycą tamtej jedynej drogi, wielkiej, szlachetnej, potężnej – a on niczego więcej nie będzie ni chciał, ni pożądał. Osiędzie na powrót w swych Łubniach i będzie czekał cicho, póki go przeraźliwe trąby Gradywa na nowo do czynu nie powołają...

Niech się uchwycą! – Ale kto! Senat? sejmy burzliwe? kanclerz? prymas czy regimentarze? Kto prócz niego tę wielką myśl rozumie? i kto wykonać ją może? niech się znajdzie taki – to zgoda!... Ale gdzie jest taki? kto ma siłę? – On jeden – nikt więcej! – Do niego idzie szlachta, do niego ściągają wojska, w jego ręku miecz Rzeczypospolitej. Przecie Rzecząpospolitą, nawet gdy pan jest na tronie, a cóż dopiero, gdy pana nie ma, rządzi wola tegoż narodu. Ona to *suprema lex!* A wypowiada się nie tylko na sejmach, nie tylko przez posłów, senat i kanclerzy, nie tylko przez pisane prawa i manifesty, ale jeszcze silniej, jeszcze dobitniej, jeszcze wyraźniej – czynem. Kto tu rządzi? Stan rycerski – a oto ten stan rycerski ściąga się do Zbaraża i mówi mu: „Tyś jest wodzem". Cała Rzeczpospolita bez wotów władzę mu oddaje siłą faktów i powtarza: „Tyś jest wodzem". I on miałby się cofać? Jakiejże jeszcze nominacji potrzebuje? Od kogo ma jej czekać? Czy od tych, którzy Rzeczpospolitą zgubić – a jego upokorzyć usiłują?

Za co? za co? Czy za to, że gdy wszystkich ogarnęła panika, że gdy hetmani w jasyr poszli, wojska zginęły, panowie kryli się po zamkach, a Kozak postawił nogę na piersi Rzeczypospolitej, on jeden tylko zepchnął tę stopę i podnosił z prochu zemdlałą głowę tej matki – poświęcił dla niej wszystko, życie, fortunę, uratował od hańby, od śmierci – on zwycięzca?!

Kto tu zasłużeńszy, niech tedy bierze tę władzę! Komu się słuszniej należy, niech w tego rękach spocznie. On chętnie zrzeknie się tego ciężaru, chętnie Bogu i Rzeczypospolitej powie: Puśćcie sługę w pokoju, bo oto znużon już bardzo i sił zbawion, a przy tym i tego pewien, że pamięć jego ni grób nie zaginie.

Ale gdy nie masz nikogo takiego – po dwakroć i trzykroć byłby dziecięciem, nie mężem, gdyby tej władzy, tej słonecznej drogi, tej świetnej, ogromnej przyszłości, w której jest ratunek Rzeczypospolitej, jej sława, potęga, szczęście, miał się wyrzekać.

I dlaczego?

Kniaź znowu głowę dumnie podniósł i płonący wzrok jego padł na Chrystusa, ale Chrystus głowę na piersi zwiesił i milczał taki bolesny, jakby go dopiero przed chwilą rozpięto...

Dlaczego? Bohater skronie rozpalone rękoma przycisnął... Może i jest odpowiedź. Co znaczą te głosy, które wśród złotych i tęczowych widzeń sławy, wśród szumu przyszłych zwycięstw, śród przeczuć wielkości i potęgi tak nieubłaganie wołają mu do duszy: „Ach! stój, nieszczęsny!" Co znaczy ów niepokój, który nieustraszoną pierś jego dreszczem jakiejś trwogi przejmuje? Co znaczy, że gdy on najjaśniej i najdowodniej okazuje sobie, że władzę wziąć powinien, coś mu tam w przepaściach sumienia szepce: „Sam się łudzisz, duma cię uwodzi, szatan pychy królestwa ci obiecuje?"

I znów straszna walka zawrzała w duszy księcia, znów porwał go wicher trwogi, niepewności i zwątpień.

Co czyni szlachta, która do niego zamiast do regimentarzy ciągnie? Prawo depce. Co czyni wojsko? Dyscyplinę łamie. I on, obywatel, on, żołnierz, ma stawać na czele bezprawia? ma je swoją powagą okrywać? ma pierwszy dawać przykład niekarności, samowoli, nieposzanowania praw, i to wszystko dlatego tylko, by władzę o dwa miesiące pierwej zagarnąć, boć jeśli królewicz Karol na tron obrany będzie – to i tak ta władza go nie minie? On to ma dawać tak straszliwy przykład wiekom potomnym? Cóż bowiem się stanie? Dziś tak uczyni Wiśniowiecki, jutro Koniecpolski, Potocki, Firlej, Zamojski lub Lubomirski! A gdy każdy bez uwagi na prawo i karność, gwoli własnej ambicji działać rozpocznie, gdy dzieci pójdą wzorem ojców i dziadów, jakaż to przyszłość czeka ów kraj nieszczęsny? Robactwo samowoli, nierząd, prywaty toczą już i tak pień tej Rzeczypospolitej; pod siekierą wojny domowej próchno się sypie, uschłe gałęzie z drzewa odpadają – co się stanie, gdy ci, którzy chronić je powinni i strzec jak źrenicy oka – sami ogień podkładać będą? Co się stanie? Jezu! Jezu!

Chmielnicki też dobrem publicznym się osłania i nie czyni nic innego, jeno przeciw prawu i zwierzchności powstaje.

Kniazia dreszcz przeszedł od stóp do głowy. Ręce załamał: „Zali ja mam być drugim Chmielnickim – o Chryste!"

Ale Chrystus głowę na piersi zwiesił i milczał taki bolesny, jakby go dopiero przed chwilą rozpięto.

Kniaź szarpał się dalej. Jeśli on władzę weźmie, a kanclerz, senat i regimentarze zdrajcą i buntownikiem go ogłoszą – to co będzie? Druga wojna domowa? A przy tym czy to Chmielnicki jest największym i najgroźniejszym wrogiem tej Rzeczypospolitej? Wszak nieraz biły w nią jeszcze większe potęgi, wszak gdy dwieście tysięcy żelaznych Niemców szło pod Grunwaldem na pułki Jagiełłowe, gdy pod Chocimiem pół Azji stanęło do boju, zguba jeszcze bliższą się zdawała – a cóż się stało z tymi wrogimi potęgami? Nie! Rzeczpospolita wojen się nie lęka i nie wojny ją zgubią! Ale czemuż to wobec takich zwycięstw, takiej utajonej siły, takiej sławy ona, która pogromiła Krzyżaków i Turków... taka jest słaba i niedołężna, że przed jednym Kozakiem przyklękła? że sąsiedzi rwą jej granice, że wyśmiewają ją narody, że głosu jej nikt nie słucha, o gniew jej nie dba, a wszyscy zgubę przewidują?

Ach! to właśnie duma i ambicja magnatów, to czyny na własną rękę, to samowola tego przyczyną. Wróg najgorszy to nie Chmielnicki, ale nieład wewnętrzny, ale swawola szlachty, ale szczupłość i niekarność wojska, burzliwość sejmów, niesnaski, rozterki, zamęt, niedołęstwo, prywata i niekarność – niekarność przede wszystkim. Drzewo gnije i próchnieje od środka. Rychło czekać, jak pierwsza burza je zwali – ale parrycyda ten, kto do takiej roboty ręce przykłada, przeklęty ten, kto przykład daje, przeklęty on i dzieci jego do dziesiątego pokolenia!!...

Idźże teraz, zwycięzco spod Niemirowa, Pohrebyszcz, Machnówki i Konstantynowa; idź kniaziu-wojewodo, idź, odejmij władzę regi-mentarzom, zdepcz prawo i zwierzchność i dawaj przykład potom-nym, jak w matce targać wnętrzności.

Strach, rozpacz i obłąkanie wybiło się na twarzy kniazia... Krzyk-nął okropnie i chwyciwszy się rękami za czuprynę padł w proch przed Chrystusem.

I kajał się kniaź, i bił dostojną głową w kamienną posadzkę; a z piersi jego wydobywał się głuchy głos:

– Boże! bądź miłościw mnie grzesznemu! Boże! bądź miłościw mnie grzesznemu! Boże! bądź miłościw mnie grzesznemu!..

Różana jutrznia wstała już na niebie, a potem przyszło złote słoń-ce i oświeciło salę. W gzymsach począł się świergot wróbli i jaskółek. Kniaź wstał i poszedł zbudzić pacholika Żeleńskiego śpiącego z dru-giej strony drzwi.

– Biegaj – rzekł mu – do ordynansowych i każ im zwołać tu do mnie pułkowników, którzy stoją w zamku i w mieście, tak kwar-cianych, jak i z pospolitego ruszenia.

We dwie godziny później sala poczęła się napełniać wąsatymi i brodatymi postaciami wojowników. Z książęcych ludzi przyszedł stary Zaćwilichowski, Polanowski, Skrzetuski z panem Zagłobą, Wur-cel, oberszter Machnicki, Wołodyjowski, Wierszułł, Poniatowski, wszyscy niemal oficerowie aż do chorążych prócz Kuszla, któren był ku Podolu na podjazd wysłany. Z kwarty byli obecni Osiński i Kory-cki. Wielu znaczniejszej szlachty z pospolitego ruszenia nie można było z pierzyn powyciągać, ale przecie i tych zebrała się garść niema-ła – a między nimi personaci z różnych ziem, od kasztelanów aż do podkomorzych... Brzmiały szmery, rozmowy i szumiało jak w ulu, a wszystkie oczy były zwrócone na drzwi, przez które miał się książę ukazać.

Wtem umilkło wszystko. Książę wszedł.

Twarz miał spokojną, pogodną – i tylko zaczerwienione bez-sennością oczy i ściągnięte rysy świadczyły o przebytej walce. Ale przez ową pogodę, a nawet słodycz przewijała się powaga i nie-ugięta wola.

– Mości panowie! – rzekł. – Dzisiejszej nocy rozmawiałem z Bo-giem i własnym sumieniem, co mnie uczynić należy: oznajmuję przeto waszmościom, a wy oznajmijcie całemu rycerstwu, iż dla dob-ra ojczyzny i zgody potrzebnej w czasach klęski poddaję się pod komendę regimentarzów.

Głuche milczenie zapanowało w zgromadzeniu.

W południe tegoż dnia na podwórcu zamkowym stało trzystu Wierszułłowych Tatarów, gotowych do drogi z panem Skrzetu-skim, a na zamku książę wyprawiał obiad starszyźnie wojskowej, który zarazem miał być pożegnalną ucztą dla naszego rycerza. Posadzono go tedy przy księciu, jako ,,pana młodego'', a za nim zaraz siedział pan Zagłoba, gdyż wiedziano, iż jego to sprawność i odwaga ocaliły ,,pannę młodą'' z ostatniej toni. Książę był wesół, bo brzemię z serca zrzucił, i wznosił kielichy na pomyślność przy-szłego stadła. Ściany i okna drżały od okrzyków rycerzy. W przed-pokojach czyniła wrzawę służba, między którą Rzędzian rej wo-dził.

– Mości panowie! – rzekł książę – niechże ten trzeci kielich bę-dzie dla przyszłej konsolacji. Walne to gniazdo. Daj Bóg, aby jabłka nie popadały daleko od jabłoni. Niech z tego Jastrzębca godne rodzica Jastrzębczyki się rodzą!

– Niech żyją! niech żyją!

– Na podziękowanie! – wołał Skrzetuski wychylając ogromny kie-lich małmazji.

– Niech żyją! niech żyją!

– *Crescite et multiplicamini!*

– Jużeś to waszmość z pół chorągiewki powinien wystawić! – rzekł śmiejąc się staruszek Zaćwilichowski.

– Zaskrzetuszczy wojsko z kretesem! już ja go znam! – krzyknął Zagłoba.

Szlachta ryknęła śmiechem. Wino szło do głów. Wszędy widać było czerwone twarze, ruszające się wąsy, a humory stawały się z każdą chwilą lepsze.

– Kiedy tak – wołał rozochocony pan Jan – to już się waszmościom muszę przyznać, że mi kukułka dwunastu chłopczysków wykukała.

– Dalibóg! wszystkie bociany od roboty pozdychają! – wołał pan Zagłoba.

Szlachta odpowiedziała nowym wybuchem śmiechu i śmiali się wszyscy, aż się sala jakoby grzmotem rozlegała.

Wtem w progu sali ukazało się jakieś posępne widmo okryte kurzem – i na widok stołu, uczty i rozpromienionych twarzy zatrzymało się we drzwiach, jakby wahając się, czy wejść dalej.

Książę dostrzegł je pierwszy, brwi zmarszczył, oczy przesłonił i rzekł:

– A kto tam? A! to Kuszel! Z podjazdu! Co słychać? jakie nowiny?

– Bardzo złe, mości książę – rzekł dziwnym głosem młody oficer.

Nagła cisza zapanowała w zgromadzeniu, jakby je kto urzekł. Kielichy niesione do ust zawisły w połowie drogi, wszystkie oczy zwróciły się na Kuszla, na którego zmęczonej twarzy malowała się boleść.

– Lepiej byś tedy ich waść nie powiadał, gdym przy kielichu wesół – rzekł książę – ale gdyś już zaczął, to dokończ.

– Mości książę, wolałbym i ja nie być puszczykiem, bo mi ta wiadomość przez usta nie chce się przecisnąć.

– Co się stało? Mów!

– Bar... wzięty!

KONIEC TOMU PIERWSZEGO

TOM II

I

Pewnej pogodnej nocy na prawym brzegu Waładynki posuwał się w kierunku Dniestru orszak jeźdźców złożony z kilkunastu ludzi.

Szli bardzo wolno, prawie noga za nogą. Na samym przedzie, o kilkadziesiąt kroków przed innymi, jechało dwóch jakoby w przedniej straży, ale widocznie nie mieli żadnego do strażowania i czujności powodu, bo przez cały czas rozmawiali ze sobą, zamiast dawać baczenie na okolicę – i zatrzymując co chwila konie, oglądali się na resztę orszaku, a wówczas jeden z nich wołał:

– Pomału tam! pomału!

I orszak zwalniał jeszcze kroku zaledwie posuwając się naprzód.

Na koniec wysunąwszy się zza wzgórza, które osłaniało go swym cieniem, orszak ów wszedł na przestwór oblany światłem księżyca i wtedy to można było zrozumieć ostrożność pochodu: oto w środku karawany idące obok siebie dwa konie dźwigały przywiązaną do siodełek kołyskę, w kołysce zaś leżała jakaś postać.

Srebrne promienie oświecały bladą jej twarz i zamknięte oczy.

Za kołyską jechało dziesięciu zbrojnych. Po spisach bez proporców można w nich było poznać Kozaków. Niektórzy prowadzili konie juczne, inni jechali luzem, ale o ile dwaj jadący na przedzie zdawali się nie zwracać najmniejszej uwagi na okolicę, o tyle ci oglądali się niespokojnie i trwożliwie na wszystkie strony.

A jednak okolica zdawała się być zupełną pustynią.

Ciszę przerywały tylko uderzenia kopyt końskich i wołanie jednego z dwóch jadących na przedzie jeźdźców, który od czasu do czasu powtarzał swą przestrogę:

– Pomału! ostrożnie!

Na koniec zwrócił się do swego towarzysza.

– Horpyna, daleko jeszcze? – spytał.

Towarzysz, którego zwano Horpyną, a który w istocie był przebraną po kozacku olbrzymią dziewką, popatrzył w gwieździste niebo i odrzekł:

– Niedaleko. Będziemy przed północą. Miniemy Wraże Uroczyszcze, miniemy Tatarski Rozłóg, a tam już zaraz Czortowy Jar. Oj! źle by tam przejeżdżać po północy, nim kur zapieje. Mnie można, ale wam źle by było, źle! – Pierwszy jeździec wzruszył ramionami.

– Wiem ja – rzekł – że tobie czort bratem, ale na czorta są sposoby.

– Czort nie czort, a sposobu nie ma – odparła Horpyna. – Żeby ty, sokole, na całym świecie schowania dla swojej kniaziówny szukał, to by ty lepszego nie znalazł. Już i tędy nikt po północku nie przejdzie, chyba ze mną, a w jarze jeszcze żywy człowiek nogi nie postawił. Chce kto wróżby, to przed jarem stoi i czeka, póki nie wyjdę. Nie bój ty się. Nie przyjdą tam ani Lachy, ani Tatary, ani nikt, nikt. Czortowy Jar straszny, sam zobaczysz.

– Niech sobie będzie straszny, a ja mówię, że przyjdę, ile razy zechcę.

– Byleś w dzień przychodził.

– Kiedy zechcę. A stanie czort w poprzek, to za rogi wezmę.

– Ech, Bohun! Bohun!

– Ej, Dońcówna, Dońcówna! ty się o mnie nie troszcz. Weźmie mnie czort czy nie weźmie, to nie twoja sprawa, ale to ci powiadam: radź ty sobie ze swoimi czortami, jak chcesz, byle na kniaziównę bieda nie przyszła, bo jeśli jej się co stanie, to ciebie z moich rąk ni czorty, ni upiory nie wydrą.

– Raz mnie już topili, jeszcze jak my nad Donem z bratem mieszkali, drugi raz już mi w Jampolu mistrz głowę golił, a dlatego mi nic.

Ale to inna rzecz. Ja z przyjaźni dla ciebie będę jej strzegła, by jej i włos na głowie od duchów nie spadł, a przed ludźmi u mnie bezpieczna. Już ci się ona nie wymknie.

– A ty, sowo! jeśli tak mówisz, to czemu ty mnie wróżyła na biedę, czemu ty mi hukała nad uchem: „Lach przy niej! Lach przy niej!"?

– To nie ja mówiła, to duchy. Ale się może zmieniło. Jutro ci powróżę na wodzie w kole młyńskim. Na wodzie wszystko dobrze widać, jeno trzeba długo patrzyć. Sam zobaczysz. Ale ty wściekły pies: powiedzieć ci prawdę, to się sierdzisz i za obuch łapiesz...

Rozmowa urwała się, słychać było tylko uderzenia kopyt o kamienie i jakieś głosy dochodzące od strony rzeki, podobne do sykania koników polnych.

Bohun nie zwrócił najmniejszej uwagi na owe głosy, które jednak wśród nocy mogły dziwić – podniósł twarz ku księżycowi i zamyślił się głęboko.

– Horpyna – rzekł po chwili.

– Czego?

– Ty czarownica, ty musisz wiedzieć: czy prawda, że jest takie ziele, że jak się go kto napije, to musi pokochać? Lubystka czy jak?

– Lubystka. Ale na twoją biedę nic i lubystka nie poradzi. Jeśliby kniaziówna innego nie kochała, to tylko dać jej się napić, ale jeśli kocha, to wiesz, co się stanie?

– Co?

– To jeszcze bardziej tego innego pokocha.

– Przepadnijże ty ze swoją lubystką ! Umiesz ty źle wróżyć, a poradzić nie umiesz.

– To słuchaj: znam ja inne ziele, co w ziemi rośnie. Kto się go napije, dwa dni i dwie noce jak pień leży, o świecie nie wie. Tego ja jej ziela dam – a potem...

Kozak zatrząsł się na siodle i utkwił w czarownicy swe świecące w ciemności oczy.

– Co ty kraczesz? – spytał.

– Taj hodi! – zawołała wiedźma i wybuchnęła ogromnym, podobnym do rżenia klaczy, śmiechem.

Śmiech ów rozległ się złowrogim echem w rozpadlinach jarów.

– Suko! – rzekł watażka.

Po czym oczy jego gasły stopniowo, popadał znów w zamyślenie, na koniec począł mówić, jakby sam do siebie:

– Nie, nie! Kiedy my Bar brali, ja pierwszy wpadł do klasztoru, by jej przed pijanicami bronić i łeb strzaskać każdemu, kto by się jej dotknął, a ona się nożem pchnęła i teraz o bożym świecie nie wie. Dotknę jej ręką, to się znów pchnie albo do rzeki skoczy, nie upilnujesz, nieszczęsny!

– Ty w duszy Lach, nie Kozak, kiedy po kozacku nie chcesz dziewczyny zniewolić...

– Żeby ja był Lach! – zawołał Bohun – żeby ja był Lach!

I za czapkę obu rękoma się chwycił, bo jego samego ból chwycił.

– Musiała cię urzec ta Laszka – mruknęła Horpyna.

– Ej, chyba urzekła! – odrzekł żałośnie. – Niechby mnie pierwsza kula nie minęła, niechbym na palu sobacze życie skończył... Jednej ja chcę na świecie i ta jedna mnie nie chce!

– Durny! – zawołała z gniewem Horpyna – toć ty ją masz!

– Stulże ty pysk! – zawołał z wściekłością Kozak. – A jak się ona zabije, to co? ciebie rozerwę, siebie rozerwę, łeb o kamień rozbiję, ludzi będę gryzł jak pies! Ja by duszę za nią oddał, sławę kozacką oddał, uciekłby za Jahorlik hen! od pułków za świat, aby z nią, z nią żyć, przy niej zdychać... Ot, co! A ona się nożem pchnęła. I przez kogo? przeze mnie! Nożem się pchnęła! słyszysz?

– Nic jej nie będzie. Nie umrze.

– Jakby umarła, to ja by ciebie ćwiekami do drzwi przybił.

– Mocy ty żadnej nad nią nie masz.

– Nie mam, nie mam. Ja by wolał, żeby ona mnie nożem pchnęła; niechby i zabiła, byłoby lepiej.

– Głupia Laszka. Ot by po dobrej woli przyhołubiła się do ciebie. Gdzie lepszego znajdzie?

– Spraw ty to, a ja ci garnek dukatów nasypię, a pereł drugi. My w Barze wzięli łupu niemało i przedtem brali.

– Ty bogaty jak kniaź Jarema – i sławny. Ciebie, mówią, sam Krzywonos się boi.

Kozak ręką machnął.

– Co mnie z tego, koły serdcie bołyt...

I znowu zapadło milczenie. Brzeg rzeki stawał się coraz dzikszy, pustszy. Białe światło księżyca nadawało fantastyczne kształty drzewom i skałom. Na koniec Horpyna rzekła:

– Tu Wraże Uroczyszcze. Trzeba razem jechać.

– Czemu?

– Tu niedobrze.

Zatrzymali konie i po chwili orszak idący z tyłu złączył się z nimi. Bohun wspiął się na strzemionach i zajrzał w kołyskę.

– Spyt? – spytał.

– Spyt – odpowiedział stary Kozak – sładko jak detyna.

– Ja jej na sen dała – odrzekła wiedźma.

– Pomału, ostorożno – mówił Bohun wlepiając oczy w uśpioną – szczoby wy jej nie rozbudyły. Misiac jej prosto w łyczko zahladaje, serdeńku mojemu.

– Tycho śwityt, nie rozbudyt – szepnął jeden z mołojców.

I orszak ruszył dalej. Wkrótce przybyli nad Wraże Uroczyszcze. Było to wzgórze leżące tuż przy rzece, niskie i obłe, jak leżąca na ziemi okrągła tarcza. Księżyc zalewał je zupełnie światłem, rozświecając białe, porozrzucane po całej jego przestrzeni kamienie. Gdzieniegdzie leżały one pojedynczo, gdzieniegdzie tworzyły kupy, jakoby szczątki jakichś budowli, zburzonych zamków i kościołów. Miejscami sterczały płyty kamienne pozasadzane końcem w ziemi na kształt nagrobków na cmentarzyskach. Całe wzgórze podobne było do jednego wielkiego rumowiska. I może niegdyś, dawno, za czasów Jagiełłowych, krzewiło się tu życie ludzkie; dziś wzgórze owo i cała okolica, aż po Raszków, była głuchą pustynią, w której gnieździł się tylko dziki zwierz, a nocami duchy przeklęte odprawiały swoje korowody.

Jakoż zaledwie orszak wspiął się do połowy wysokości wzgórza, trwający dotychczas lekki powiew zmienił się w prawdziwy wicher, który począł oblatywać wzgórze z jakimś posępnym, złowróżbnym świstem, i wówczas mołojcom wydało się, że między owymi rumowiskami odzywają się jakieś ciężkie westchnienia, jakby wychodzące z ugniecionych piersi, jakieś żałosne jęki, jakieś śmiechy, płacze i kwilenia dzieci. Całe wzgórze poczęło się ożywiać, wołać różnymi głosami. Zza kamieni zdawały się wyglądać wysokie, ciemne postacie; cienie dziwacznych kształtów prześlizgiwały się cicho między głazami; w dali, w pomroce błyskały jakieś światełka podobne do oczu wilczych; na koniec z drugiego końca wzgórza, spomiędzy najgęstszych kup i zawalisk, ozwało się niskie, gardłowe wycie, któremu zawtórowały zaraz inne.

– Siromachy? – szepnął młody Kozak zwracając się do starego esauła.

– Nie, to upiory – odpowiedział esauł jeszcze ciszej.

– O! Hospody pomyłuj! – zawołali z przerażeniem inni zdejmując czapki i żegnając się pobożnie.

Konie poczęły tulić uszy i chrapać. Horpyna jadąca na czele orszaku mruczała półgłosem niezrozumiałe słowa, jak gdyby pacierz diabelski. Dopiero gdy przybyli na drugi kraniec wzgórza, odwróciła się i rzekła:

– No, już. Tu już dobrze. Trzymać ja je musiała zaklęciem, bo bardzo głodne.

Westchnienie ulgi wyrwało się ze wszystkich piersi. Bohun z Horpyną wysunęli się znów naprzód, a mołojcy, którzy przed chwilą tłumili oddech, poczęli szeptać do siebie i rozmawiać. Każdy przypomniał sobie, co mu się kiedy z duchami lub upiorami przytrafiło.

– Żeby nie Horpyna, to my by nie przeszli – mówił jeden.

– Mocna wid'ma.

– A nasz ataman i did'ka nie boitsia. Nie patrzył, nie słuchał, jeno się na swoją mołodycię oglądał.

438

– Żeby jemu się to zdarzyło, co mnie, to by nie był taki bezpieczny – rzekł stary esauł.

– A co się wam zdarzyło, ojcze Owsiwuju?

– Jechał ja raz z Reimentarówki do Hulajpola, a jechał nocą koło mogił. Wtem baczu, hyc coś z tyłu z mogiły na kulbakę. Obejrzę się: dziecko – sineńkie, bladeńkie!... Widno Tatary z matką w jasyr prowadzili i umarło bez chrztu. Oczki mu goreją jak świeczki i kwili, kwili! Skoczyło mi z kulbaki na kark, aż tu czuję: kąsa za uchem. O Hospody! upiór. Alem to na Wołoszy długo sługiwał, gdzie upiorów więcej niż ludzi i tam są na nie sposoby. Zeskoczyłem z konia i gindżałem w ziemię. „Zgiń! przepadnij!", a ono jęknęło, chwyciło się za głownię od gindżała i po ostrzu spłynęło pod murawę. Przeciąłem ziemię na krzyż i pojechałem.

– To na Wołoszy tyle upiorów, ojcze?

– Co drugi Wołoch, to po śmierci będzie upiór – i wołoskie najgorsze ze wszystkich. Tam ich nazywają brukołaki.

– A kto mocniejszy, ojcze: did'ko czy upiór?

– Did'ko mocniejszy, ale upiór zawziętszy. Did'ka jak potrafisz zażyć, to ci będzie służył, a upiory do niczego, tylko za krwią wietrzą. Ale zawsze did'ko nad nimi ataman.

– A Horpyna nad did'kami reimentaruje.

– Pewnie, że tak. Póki jej życia, póty reimentarstwa. No, żeby ona nie miała nad nimi władzy, to by jej ataman swojej zazuli nie oddał, bo brukołaki na dziewczyńską krew najłakomsze.

– A ja słyszał, że ony do duszy niewinnej nie mają przystępu.

– Do duszy nie mają, ale do ciała mają.

– Oj! szkoda by krasawicy! Krew to z mlekiem! Wiedział nasz bat'ko, co w Barze brać.

Owsiwuj językiem klasnął.

– Nie ma co mówić. Zołotaja Laszka...

– A mnie jej, ojcze, żal – mówił młody Kozak. – Jak my ją w kołyskę kładli, to rączki białe składała, a tak prosyła i prosyła: Ubij, każe, ne huby, każe, neszczastływoj!

– Nie będzie jej źle.

Dalszą rozmowę przerwało zbliżenie się Horpyny.

– Hej, mołojcy – rzekła wiedźma – to Tatarski Rozłóg, ale nie bójcie się, tu tylko jedna noc w roku straszna, a Czortowy Jar i mój chutor już zaraz.

Jakoż wkrótce dały się słyszeć szczekania psów. Orszak wszedł w gardło jaru biegnącego prostopadle od rzeki, a tak wąskiego, że ledwie czterech konnych mogło w nim obok siebie postępować. Na dnie owej rozpadliny płynęła krynica mieniąc się w świetle księżycowym jak wąż i biegnąc wartko do rzeki. Ale w miarę jak orszak posuwał się naprzód, strome i urwiste ściany rozszerzały się coraz bardziej, tworząc dość obszerny rozłóg wznoszący się lekko w górę i zamknięty z boków skałami. Grunt gdzieniegdzie pokryty był wysokimi drzewami. Wiatr tu nie wiał. Długie, czarne cienie kładły się od drzew na ziemię, a na przestrzeniach oblanych światłem księżyca świeciły mocno jakieś białe, okrągłe lub wydłużone przedmioty, w których mołojcy ze strachem poznali czaszki i piszczele ludzkie. Oglądali się też z nieufnością naokół, znacząc od czasu do czasu krzyżami piersi i czoła. Wtem w dali błysło spomiędzy drzew światełko, a jednocześnie nadbiegły dwa psy, straszne, ogromne, czarne, ze świecącymi oczyma, szczekając i wyjąc na widok ludzi i koni. Na głos Horpyny uciszyły się wreszcie i poczęły obiegać wokoło jeźdźców chrapiąc przy tym i charcząc ze zdyszenia.

– Niesamowite – szeptali mołojcy.

– To nie psy – mruknął stary Owsiwuj głosem zdradzającym głębokie przekonanie.

Tymczasem zza drzew ukazała się chata, za nią stajnia, dalej zaś i wyżej jeszcze jedna ciemna budowla. Chata na pozór była porządna i duża, w oknach jej błyszczało światło.

– To moja sadyba – rzekła do Bohuna Horpyna – a tamto młyn, co zboża nie miele, jeno nasze, ale ja worożycha, z wody na kole wróżę. Powróżę i tobie. Mołodycia w świetlicy będzie mieszkać, ale kiedy chcesz ściany przybrać, to ją trzeba na drugą stronę tymczasem przenieść. Stójcie i z koni!

Orszak zatrzymał się, Horpyna zaś poczęła wołać:

– Czeremis! huku! huku! Czeremis!

Jakaś postać z pękiem zapalonego łuczywa w ręku wyszła przed chatę i wzniósłszy ogień w górę poczęła w milczeniu przypatrywać się obecnym.

Był to stary człek, potwornie szpetny, mały, prawie karzeł, z płaską, kwadratową twarzą i skośnymi, podobnymi do szczelin oczyma.

– Co ty za czort? – spytał go Bohun.

– Ty jego nie pytaj – rzekła olbrzymka – on ma język obcięty.

– Pójdź tu bliżej.

– Słuchaj – mówiła dalej dziewka – a może by mołodycię do młyna zanieść? Tu mołojcy będą przybierać świetlicę i ćwieki wbijać, to się rozbudzi.

Kozacy zsiadłszy z koni poczęli odwiązywać ostrożnie kołyskę. Sam Bohun czuwał nad wszystkim z największą troskliwością i sam dźwignął w głowach kołyskę, gdy przenoszono ją do młyna. Karzeł, idąc naprzód, świecił łuczywem. Kniaziówna, napojona przez Horpynę odwarem ziół usypiających, nie rozbudziła się wcale, tylko powieki drgały jej cokolwiek od światła łuczywa. Twarz jej nabierała życia od tych czerwonych błysków. Może też kołysały dziewczynę sny cudne, bo się uśmiechała słodko w czasie tego pochodu podobnego do pogrzebu. Bohun patrzył na nią i zdawało mu się, że serce chyba mu rozsadzi żebra w piersiach. – Myłeńka moja, zazula moja! – szeptał cicho i groźnie, choć piękne lica watażki złagodniały i płonęły wielkim ogniem miłości, która go ogarnęła i ogarniała coraz bardziej, tak jak zapomniany przez wędrowca płomień ogarnia dzikie stepy.

Idąca obok Horpyna mówiła:

– Gdy się z tego snu rozbudzi, zdrowa będzie. Rana się jej goi, zdrowa będzie...

– Sława Bohu! sława Bohu! – odpowiadał watażka.

Tymczasem mołojcy poczęli przed chatą zdejmować ogromne juki z sześciu koni i wyładowywać zdobycz wziętą w makatach, kobiercach i innych kosztownościach w Barze. Rozpalono w świetlicy obfity ogień i gdy jedni znosili coraz to nowe opony, inni przystosowywali je do drewnianych ścian izby. Bohun nie tylko pomyślał o klatce bezpiecznej dla swego ptaka, ale postanowił ją przybrać, by ptakowi niewola nie zdawała się zbyt nieznośną. Wkrótce też nadszedł ze młyna i sam pilnował roboty. Noc upływała i księżyc zdjął już swoje białe światło z wierzchołków skał, a w świetlicy słychać jeszcze było przytłumione stukanie młotów. Prosta izba stawała się coraz podobniejsza do komnaty. Na koniec, gdy już ściany były obwieszone, a tok wymoszczony, przyniesiono na powrót senną kniaziównę i złożono ją na miękkich wezgłowiach.

Potem uciszyło się wszystko. Tylko w stajni jeszcze przez jakiś czas rozlegały się wśród ciszy wybuchy śmiechu podobne do końskiego rżenia: to młoda wiedźma baraszkując na sianie z mołojcami rozdawała im kułaki i całusy.

II

Słońce było już wysoko na niebie, gdy nazajutrz dzień kniaziówna otworzyła ze snu oczy.

Wzrok jej padł naprzód na pułap i zatrzymał się na nim długo, po czym obiegł całą komnatę. Wracająca przytomność walczyła jeszcze w dziewczynie z resztkami snu i marzeń. Na twarzy jej odmalowało się zdziwienie i niepokój. Gdzie jest? skąd się wzięła i w czyjej jest mocy? Czy śni jeszcze, czy widzi na jawie? Co znaczy ten przepych, który ją otacza? Co się z nią działo dotąd? W tej chwili straszne sceny wzięcia Baru stanęły nagle przed nią jakby żywe. Przypomniała sobie wszystko: rzeź tysięcy narodu, szlachty, mieszczan, księży, zakonnic i dzieci – pomazane krwią twarze czerni, szyje i głowy poobwijane w dymiące jeszcze trzewia, pijane wrzaski, ów sądny dzień wycinanego w pień miasta – na koniec zjawienie się Bohuna i porwanie. Przypomniała sobie i to, jak w chwili rozpaczy padła na nóż nadstawiony własną ręką – i zimny pot operlił teraz jej skronie. Widać nóż ześliznął się jej po ramieniu, bo czuje tylko trochę bólu, ale zarazem czuje, że żyje, że wraca jej siła i zdrowie, pamięta wreszcie, że długo, długo wieziono ją gdzieś w kołysce. Ale gdzie jest teraz? Czy w zamku jakim, czy uratowana, odbita, bezpieczna? I znowu obiega oczyma komnatę. Okienka w niej jak w chacie chłopskiej małe, kwadratowe, i świata przez nie nie widać, bo zamiast szyb zasłaniają je błony białe. Byłażby to rzeczywiście chata chłopska? Ale nie może być, bo świadczy przeciw temu niezmierny przepych wewnętrzny. Zamiast pułapu zwiesza się nad dziewczyną jedna ogromna opona z purpurowego jedwabiu w złote gwiazdy i księżyce; ściany niezbyt przestronne, ale całkiem przybrane w makaty; na podłodze leży różnowzory kobierzec, jakby żywymi kwiatami usłany. Okap na kominie pokryty perskim tyftykiem, wszędy złote frędzle, jedwabie, aksamity, począwszy od ścian pułapu aż do poduszek, na których spoczywa jej głowa. Jasne światło dzienne, przesiąkając przez błony okienek, rozświeca wnętrze, ale i gubi się w tych purpurach, ciemnych fioletach i szafirach aksamitu tworząc jakąś uroczą tęczową pomrokę. Kniaziówna dziwi się, oczom nie wierzy. Czy to czary jakie, czy nie wojska księcia Jeremiego odbiły ją z rąk kozackich i złożyły w którym z książęcych zamków?

Dziewczyna złożyła ręce.

– Święta-Przeczysta! spraw, aby tak się stało, aby pierwsza twarz, która się we drzwiach ukaże, była twarzą obrońcy i przyjaciela.

Wtem przez ciężką lamową kotarę doszły do niej płynące z daleka dźwięki teorbanu i jednocześnie jakiś głos począł nucić do wtóru znaną pieśń:

> *Oj, cei lubosti*
> *Hirsze od słabosti!*
> *Słabosť perebudu,*
> *Zdorowże ja budu,*
> *Wirnoho kochania*
> *Po wik ne zabudu.*

Kniaziówna podniosła się na łożu, ale w miarę jak słuchała, oczy jej otwierały się coraz szerzej z przerażenia; wreszcie krzyknęła strasznie i rzuciła się jak martwa na poduszki.

Poznała głos Bohuna.

Ale krzyk jej przedostał się widocznie również przez ściany świetlicy, bo po chwili ciężka kotara zaszeleściała i sam watażka ukazał się w progu.

Kurcewiczówna zakryła oczy rękoma, a zbielałe i trzęsące się jej wargi powtarzały jakby w gorączce:

– Jezus Maria! Jezus Maria!

A jednak widok, który ją tak przeraził, byłby uradował niejedne oczy dziewczęce, bo aż łuna biła od ubioru i twarzy tego mołojca. Diamentowe guzy jego żupana migotały jak gwiazdy na niebie, nóż i szabla skrzyły się od klejnotów, żupan ze srebrnej lamy i czerwony kontusz podwoiły piękność jego smagłego oblicza – i tak stał przed nią, wysmukły, czarnobrewy, przepyszny, najpiękniejszy ze wszystkich mołojców Ukrainy.

Ale oczy miał zamglone jakby gwiazdy tumanem przysłonięte i patrzył na nią prawie z pokorą, a widząc, że strach nie ustępuje z jej twarzy, począł mówić niskim i smutnym głosem:

– Nie bój się, kniaziówno!

– Gdziem jest? gdziem jest? – pytała poglądając na niego przez palce.

– W bezpiecznym miejscu, daleko od wojny. Nie bój się, duszo ty moja miła. Ja cię tu z Baru przywiózł, żeby się tobie krzywda nie stała od ludzi albo od wojny. Już tam nikogo w Barze nie żywili Kozacy, tyś jedna żywa wyszła.

– Co tu waćpan robisz? dlaczego mnie prześladujesz?

– Ja ciebie prześladuję! Mój Boże miły! – i watażka ręce rozłożył, i począł głową kiwać jak człowiek, którego wielka niesprawiedliwość spotyka.

– Ja się waćpana boję okrutnie.

– I czemu się boisz? Jeśli każesz, ode drzwi się nie ruszę: ja rab twój. Mnie tu na progu siedzieć i w oczy ci patrzyć. Ja ci zła nie chcę: za co ty mnie nienawidzisz? Hej, Boże miły! ty się w Barze nożem pchnęła na mój widok, choć ty mnie dawno znała i wiedziała, że ja cię bronić idę. Toć ja nie obcy człowiek dla ciebie, ale druh serdeczny, a ty się nożem pchnęła, kniaziówno! Blade policzki kniaziówny oblały się nagle krwią.

– Bom wolała śmierć niż hańbę – rzekła – i przysięgam, że jeśli mnie nie uszanujesz, to się zabiję, choćbym też i duszę zgubić miała.

Z oczu dziewczyny strzelił ogień – i widział watażka, że nie ma co żartować z tą krwią Kurcewiczowską, książęcą, bo w uniesieniu dotrzyma tego, czym grozi, a drugim razem lepiej nadstawi noża.

Więc nie odrzekł nic, tylko postąpił parę kroków pod okno i siadłszy na ławie pokrytej złotą lamą, zwiesił głowę.

Przez chwilę trwało milczenie.

– Bądź ty spokojna – rzekł. – Póki ja trzeźwy, póki mnie gorzałka-matka głowy nie zapali, póty ty dla mnie jak obraz w cerkwi. A od czasu jak ja ciebie w Barze znalazł, przestałem pić. Przedtem ja pił, pił, biedę moją gorzałką-matką zalewał. Co było robić? Ale teraz do ust nie wezmę ni słodkiego wina, ni palanki.

Kniaziówna milczała.

– Popatrzę na cię – mówił dalej – oczy krasnym liczkiem ucieszę, taj pójdę.

– Wróć mnie wolność! – rzekła dziewczyna.

– Albo ty w niewoli? Ty tu pani. I gdzie chcesz wracać? Kurcewiczowie wyginęli, ogień pożarł wsie i grody, kniazia w Łubniach nie ma, idzie on na Chmielnickiego, a Chmielnicki na niego, wszędy wojna, krew się leje, wszędy pełno Kozaków i ordyńców, i żołnierstwa. Kto cię uszanuje? kto się ciebie użali, kto cię obroni, jeśli nie ja?

Kniaziówna oczy ku górze wzniosła, bo wspomniała, że przecie jest ktoś na świecie, kto by przygarnął i użalił się, i obronił – ale nie chciała wymówić jego nazwiska, by lwa srogiego nie drażnić – jednocześnie zaś głęboki smutek ścisnął jej serce. Czy jeszcze żyje ten, za którym tęskniła jej dusza? Będąc w Barze wiedziała, że żyje, bo zaraz po wyjeździe Zagłoby doszło jej uszu nazwisko pana Skrzetuskiego wraz z wieściami o zwycięstwach groźnego księcia. Ale od tej pory ileż to już upłynęło dni i nocy, ile mogło się zdarzyć bitew, ile dosięgnąć go niebezpieczeństw! Wieści o nim mogły ją teraz dochodzić tylko przez Bohuna, którego pytać nie chciała i nie śmiała.

Więc głowa opadła jej na poduszki:

– Zali mam więźniem tu pozostać? – pytała z jękiem. – Com ja waćpanu uczyniła, że chodzisz za mną jak nieszczęście?

Kozak podniósł głowę i począł mówić tak cicho, że zaledwie było go słychać:

– Co ty mnie uczyniła, nie znaju, ale to znaju, że jeśli ja tobie nieszczęście, to i ty mnie nieszczęście. Żeby ja ciebie nie pokochał, byłby ja wolny jak wiatr w polu i na sercu swobodny, i na duszy swobodny, a sławny jak sam Konasewicz Sahajdaczny. Twoje to liczko mnie nieszczęście, twoje to oczy mnie nieszczęście; ni mnie wola miła, ni sława kozacza! Co mnie były krasawice, póki ty z dziecka na pannę nie wyrosła! Raz ja wziął galerę z najkraśniejszymi mołodyciami, bo je sułtanowi wieźli – i żadna serca nie zabrała. Poigrały Kozaki-braty, a potem ja każdej kamień kazał do szyi i w wodę. Nie bał ja się nikogo, nie dbał o nic – wojną na pogan chodził, łup brał – i jak kniaź w zamku, tak ja był na stepie. A dziś co? Ot, siedzę tu – i rab, o dobre słowo u ciebie żebrzę i wyżebrać nie mogę – i nie słyszał go nigdy, nawet i wtedy, gdy cię bracia i stryjna za mnie swatali. Oj, żeby ty, dziewczyno, była dla mnie inna, żeby ty była inna, nie stałoby się to, co się stało; nie byłby ja twoich krewnych pobił, nie byłby ja się z buntem i chłopami bratał, ale przez ciebie ja rozum stracił. Ty by mnie, gdzie chciała, zawiodła – ja by ci krew oddał, duszę by oddał. Ja teraz ot, cały we krwi szlacheckiej ubroczon, ale dawniej ja tylko Tatarów bił, a tobie łup przywoził – żeby ty w złocie i klejnotach chodziła jak cherubym bożyj – czemu ty mnie wtedy nie kochała? Oj, ciężko, oj, ciężko! żal sercu mojemu. Ni z tobą żyć, ni bez ciebie, ni z dala, ni z bliska – ni na górze, ni na dolinie – hołubko ty moja, serdeńko ty moje! No, daruj ty mnie, że ja przyszedł po ciebie do Rozłogów po kozacku, z szablą i ogniem, ale ja był pijany gniewem na kniaziów i gorzałkę po drodze pił – zbój nieszczęsny. A potem, jak ty mi uciekła, tak ja po prostu jak pies wył i rany bolały, i jeść nie chciał, i śmierci-matki prosił, żeby zabrała – a ty chcesz, by ja cię teraz oddał, by utracił cię na nowo – hołubko ty moja, serdeńko ty moje!

Watażka przerwał, bo mu głos urwał się w gardle i stał się prawie jęczący, a twarz Heleny to rumieniła się, to bladła. Im więcej niezmiernej miłości było w słowach Bohuna, tym większa przepaść otwierała się przed dziewczyną, bez dna, bez nadziei ratunku.

A Kozak odpoczął chwilę, opanował się i tak dalej mówił:

– Proś, czego chcesz. Ot, patrz, jak ta izba przybrana – to moje, to łup z Baru, na sześciu koniach ja dla ciebie to przywiózł – proś, czego chcesz – złota żółtego, szat świecących, klejnotów jasnych, rabów pokornych. Ja bogaty, swego mam dość i Chmielnicki mnie dobra nie pożałuje, i Krzywonos nie pożałuje, ty będziesz jak księżna Wiśniowiecka, zamków ci nazdobywam, pół Ukrainy ci daruję – bo choć ja Kozak, nie szlachcic, ale ataman buńczuczny, pode mną dziesięć tysięcy mołojców chodzi, więcej niż pod kniaziem Jaremą. Proś, czego chcesz, byleś nie chciała uciekać ode mnie – byleś została ze mną, hołubko, a pokochała!

Kniaziówna podniosła się na poduszkach, bardzo blada – ale jej słodka, przecudna twarz wyrażała taką niezłomną wolę, dumę i siłę, że ta gołąbka podobniejszą była w tej chwili do orlęcia.

– Jeśli waćpan mej odpowiedzi czekasz – rzekła – to wiedz, iż choćbym miała wiek w twojej niewoli przejęczeć, nigdy, nigdy cię nie pokocham, tak mi dopomóż Bóg!

Bohun pasował się przez chwilę sam ze sobą.

– Ty mi takich rzeczy nie mów! – rzekł chrapliwym głosem.

– Ty mi o swym kochaniu nie mów, bo mi od niego wstyd, gniew i obraza. Jam nie dla ciebie.

Watażka wstał.

– A dla kogo-że ty, kniaziówno Kurcewiczówno? a czyja by ty była w Barze, żeby nie ja?

– Kto mnie życie ratuje, by mi dać hańbę i niewolę, ten mój wróg, nie przyjaciel.

– I ty myślisz, żeby cię chłopy zabiły? Strach myśleć!...

– Nóż by mnie zabił, tyś mi go wydarł!

– I nie oddam, bo ty musisz być moja – wybuchnął Kozak.

– Nigdy! wolę śmierć.

– Musisz i będziesz.

– Nigdy.

– No, żeby ty nie była ranna, to po tym, co ty mi rzekła, ja by dziś jeszcze pchnął mołojców do Raszkowa i mnicha za łeb kazał przyprowadzić, a jutro ja by był twój mąż. Taj co? Męża grzech nie kochać i nie przyhołubić! Hej! Ty panno wielmożna, tobie miłość kozacka obraza i gniew. A kto ty taka, że ja dla ciebie chłop? Gdzie twoje zamki i bojary, i wojska? Czemu tobie gniew? czemu tobie obraza? Ja cię wojną wziął, ty branka. Oj, żeby ja był chłop, ja by cię nahajem po białych plecach rozumu nauczył i bez księdza by się twoją krasą nasycił – żeby ja był chłop, nie rycerz!

– Anieli niebiescy, ratujcie mnie! – szepnęła kniaziówna.

A tymczasem coraz większa wściekłość wzbierała na twarzy Kozaka i gniew chwytał go za włosy.

– Ja wiem – mówił – czemu tobie obraza, czemu ty mi odporna! Dla innego chowasz swój wstyd dziewiczy – ale nic z tego, jakom żyw, jakom Kozak! Szlachcic hołota! oczajdusza! Lach nieszczery! Na pohybel-że jemu! Ledwie spojrzał, ledwie w tańcu zakręcił i całą wziął, a ty, Kozacze, cierp, łbem tłucz. Ale ja jego dostanę i ze skóry każę go obedrzeć, ćwiekami nabić. Wiedz ty, że idzie Chmielnicki na Lachów, a ja idę z nim i twego hołubka odnajdę, choćby pod ziemią, a jak wrócę, to ci wrażą jego głowę na gościniec pod nogi kinę.

Helena nie słyszała ostatnich słów atamana. Ból, gniew, rany, wzruszenie, przestrach zbawiły ją sił – i słabość niezmierna rozeszła się po wszystkich jej członkach, oczy i myśli jej zgasły – i padła zemdlona.

Wataźka stał czas jakiś blady z gniewu, z pianą na ustach; wtem dostrzegł tę martwą głowę zwieszoną w tył bezwładnie i z ust jego wyrwał się ryk prawie nieludzki:

– Wże po nej! Horpyna! Horpyna! Horpyna!

I na ziemię runął.

Olbrzymka wpadła co duchu do świetlicy.

– Szczo z toboju?

– Ratuj! ratuj! – wołał Bohun. – Zabił ja ją, duszu moju, świtło moje!

– Szczo ty, zduriw?

– Zabił, zabił! – jęczał wataźka i ręce nad głową łamał.

Ale Horpyna zbliżywszy się do kniaziówny wnet poznała, że to nie śmierć, jedno omdlenie ciężkie, i wyprawiwszy za drzwi Bohuna zaczęła ją ratować.

Kniaziówna otworzyła po chwili oczy.

– No, doniu, nic ci – mówiła czarownica. – Ty się widać jego przelękła i pomroka cię chwyciła, ale pomroka przejdzie, a zdrowie przyjdzie. Ty jak orzech dziewczyna, tobie długo jeszcze na świecie żyć i szczęścia używać.

– Ktoś ty jest? – spytała słabym głosem kniaziówna.

– Ja? sługa twoja, bo on tak kazał.

– Gdzie ja jestem?

– W Czortowym Jarze. Szczera tu pustynia, nikogo tu nie zobaczysz prócz niego.

– Czy i ty tu mieszkasz?

– Tu nasz chutor. Ja Dońcówna, brat mój pod Bohunem pułkownikuje, dobrych mołojców wodzi, a ja tu siedzę – i będę ciebie pilnowała w tej komnacie złocistej. Z chaty terem! aż łuna bije! to on dla cię wszystko to przywiózł.

Helena popatrzyła w hożą twarz dziewki i twarz ta wydała jej się pełną szczerości.

– A będziesz ty dobra dla mnie?

Białe zęby młodej wiedźmy zabłysły w uśmiechu.

– Będę. Zaśbym nie była! – rzekła – ale i ty bądź dobrą dla atamana. On sokół, on sławny mołojec, on ci...

Tu wiedźma schyliła się do ucha Heleny i zaczęła jej coś szeptać, w końcu wybuchnęła śmiechem.

– Precz! – krzyknęła kniaziówna.

III

Rankiem w dwa dni później Dońcówna z Bohunem siedzieli pod wierzbą wedle młyńskiego koła i patrzyli na pieniącą się na nim wodę.

– Będziesz jej pilnowała, będziesz jej strzegła, oka z niej nie spuścisz, żeby nigdy z jaru nie wychodziła! – mówił Bohun.

– U jaru ku rzece wąska szyja, a tu miejsca dosyć. Każ szyję kamieniami zasypać, a będziem tu jak w garnku na dnie; jak mnie będzie trzeba, to sobie wyjście znajdę.

– Czymże wy tu żyjecie?

– Czeremis pod skałami kukurydzę sadzi, wino sadzi i ptaki w sidła łapie. Z tym, co ty przywiózł, nie będzie jej niczego brakowało, chyba ptasiego mleka. Nie bój się, już ona z jaru nie wyjdzie i nikt się o niej nie dowie, byle twoi ludzie nie rozgadali, że ona tu jest.

– Ja im kazał przysiąc. Oni wierni mołojcy, nie rozgadają, choćby z nich pasy darli. Ale ty sama mówiła; że tu ludzie przychodzą do ciebie jako do worożychy.

– Czasem z Raszkowa przychodzą, a czasem, jak zasłyszą, to i Bóg wie skąd. Ale zostają przy rzece, do jaru nikt nie wchodzi, bo się boją. Ty widział kości. Byli tacy, co chcieli przyjść, to ich kości leżą.

– Ty ich mordowała?

– Kto mordował, to mordował! Chce kto wróżby, czeka u jaru, a ja do koła idę. Co zobaczę w wodzie, to pójdę i powiem. Zaraz i dla ciebie będę patrzyła, jeno nie wiem, czy się co pokaże, bo nie zawsze widać.

– Byleś co złego nie obaczyła.

– Jak będzie co złego, to nie pojedziesz. I tak byś lepiej nie jechał.

– Muszę. Do mnie Chmielnicki pismo do Baru pisał, żeby ja wracał, i Krzywonos przykazywał. Teraz na nas Lachy z wielką siłą idą, więc i my musimy do kupy.

– A kiedy wrócisz?

– Ne znaju. Będzie wielka bitwa, jakiej jeszcze nie bywało. Albo nam śmierć, albo Lachom. Jeśli nas pobiją, to tu się schronię, jeśli my pobijemy, to wrócę po moją zazulę i do Kijowa z nią pojadę.

– A jak zginiesz?

– Od tego ty worożycha, żebym wiedział.

– A jak zginiesz?

– Raz maty rodyła.

– Ba! A co ja mam z dziewczyną wtedy robić! Głowę jej ukręcić czy jak?

– Dotknij ty jej ręką, a ja cię każę wołami na pal nawlec.

Watażka zamyślił się ponuro.

– Jeśli zginę, tak ty jej powiedz, żeby mnie ona prostyła.

– Hej, newdiaczna to Laszka, że za takie kochanie cię nie kocha. Żeby tak na mnie, ja by ci nie była oporna – hu! hu!

To mówiąc, Horpyna trąciła po dwakroć kułakiem w bok watażkę i pokazała mu wszystkie zęby w uśmiechu.

– Idźże ty do czorta! – rzekł Kozak.

– No, no! wiem ja, że ty nie dla mnie.

Bohun zapatrzył się w spienioną wodę na kole, jakby sam chciał sobie wróżyć.

– Horpyna? – rzekł po chwili.

– A co?

– Jak ja pojadę, czy ona będzie za mną tużyła?

– Kiedy ty nie chcesz jej po kozacku zniewolić, to może i lepiej, że sobie pojedziesz.

– Ne choczu, ne mohu, nie smiju! Ja wiem, że ona by umarła.

– To może i lepiej, że pojedziesz. Póki ona cię widzi, nie chce cię i znać, ale jak posiedzi ze mną i z Czeremisem miesiąc, dwa – będziesz jej zaraz milszy.

– Żeby ona była zdrowa, tak wiem, co by ja zrobił. Sprowadziłby popa z Raszkowa i kazał sobie ślub dać, ale teraz się boję, bo jak się przelęknie – duszę odda. Samaś widziała.

– Dajże ty pokój! A po co tobie pop i ślub? Nieszczery ty Kozak – nie! Ja tu nie chcę ni popa, ni księdza. W Raszkowie stoją Tatarzy dobrudzcy, jeszcze by ty ich na kark nam sprowadził, a jakby sprowadził, tak tyle by widział kniaziównę. Co tobie do głowy przyszło? Jedźże sobie i wracaj.

– A ty patrz w wodę i mów, co ujrzysz. Mów prawdę, a nie łżyj, choćby ty mnie nieżywego ujrzała.

Dońcówna zbliżyła się do koryta młyńskiego i podniosła drugą zastawę wstrzymującą wodę krynicznego wodospadu; wnet wartka fala napłynęła zdwojonym pędem przez koryto; koło zaczęło się obracać szybciej, aż wreszcie zakrył je pył wodny; zbita na miazgę piana kłębiła się pod kołem jak ukrop.

Wiedźma wbiła swoje czarne oczy w owe wary i chwyciwszy się za warkocze koło uszu, poczęła wołać:

– Huku! huku! pokaż się! W kole dębowym, w pianie białej, w tumanie jasnym, zły ty czy dobry, pokaż się!

Bohun zbliżył się i siadł przy niej. Twarz jego wyrażała obawę i gorączkową ciekawość

– Widzę! – krzyknęła wiedźma.

– Co widzisz?

– Śmierć mojego brata. Dwa woły Dońca na pal naciągają.

– Do czorta z twoim bratem! – mruknął Bohun, który czego innego chciał się dowiedzieć.

Przez chwilę słychać było tylko hurgot koła obracającego się jakby z wściekłością.

– Sina u mego brata głowa, sineńka, kruki go dziobią! – rzekła wiedźma.

– Co więcej widzisz?

– Nic... O, jaki siny! Huku! Huku! w kole dębowym, w pianie białej, w tumanie jasnym, pokaż się!... Widzę.

– A co?

– Bitwa! Lachy uciekają przed mołojcami.

– A ja gonię?

– Widzę i ciebie. Ty się z małym rycerzem potykasz. Hur! hur! hur! Ty się małego rycerza strzeż.

– A kniaziówna?

– Nie ma jej. Widzę cię znowu, a przy tobie ktoś, kto cię zdradzi. Twój druh nieszczery.

Bohun pożerał oczyma to piany, to Horpynę – i jednocześnie pracował głową, by pomóc wróżbom.

– Jaki druh?

– Nie widzę. Nie wiem, stary czy młody.

– Stary! pewno stary!

– Może i stary.

– To wiem, kto to. On mnie już raz zdradził. Stary szlachcic z siwą brodą i z białym okiem. Na pohybel-że jemu! Ale on mnie nie druh.

– On dybie na ciebie. Widzę znowu. Czekaj! jest i kniaziówna! jest, w wianku rucianym, w białej sukni, nad nią jastrząb.

– To ja.

– Może i ty. Jastrząb... Czy sokół? Jastrząb!

– To ja.

– Czekaj. Już nie widać... W kole dębowym, w pianie białej... O! o! mnogo wojska, mnogo mołojców, oj, mnogo jak drzew w lesie, jak bodiaków w stepie, a ty nad wszystkimi, przed tobą trzy buńczuki noszą.

– A kniaziówna przy mnie?

– Nie ma jej, ty w obozie.

Znowu nastała chwila milczenia. Koło huczało, aż się cały młyn trząsł.

– Hej, co tu krwi, co tu krwi! co trupów, wilcy nad nimi, krucy nad nimi! – zaraza nad nimi. Same trupy! same trupy! hen! hen! tylko trupy, nie widać nic, tylko krew!

Nagle powiew wiatru zwiał tuman z koła – a jednocześnie wyżej nad młynem ukazał się potworny Czeremis z wiązką drzewa na plecach.

– Czeremis, załóż stawidło! – zawołała dziewka.

To rzekłszy poszła umywać ręce i twarz w strudze, a karzeł zahamował tymczasem wodę.

Bohun siedział zamyślony. Zbudziło go dopiero nadejście Horpyny.

– Ty nic więcej nie widziała? – spytał ją.

– Co się pokazało, to się pokazało, nic więcej nie obaczę.

– A nie łżesz?

– Na głowę brata, prawdę mówiłam. Jego na pal wsadzą. Wołami za nogi naciągną. Mnie jego żal. Hej, nie jemu jednemu śmierć pisana! Co się trupów pokazało! nigdy tyle nie widziałam – będzie wielka wojna na świecie.

– A ją ty widziała z jastrzębiem nad głową?

– Tak jest.

– I ona była w wianku?

– W wianeczku i w białej sukni.

– A skąd ty wiesz, że ten jastrząb to ja? Ja tobie o tym młodym Lachu szlachcicu powiadał – może to on.

Dziewka zmarszczyła brwi i zadumała się.

– Nie – rzekła po chwili wstrząsając głową – kołyby buw Lach, to by buw oreł.

– Sława Bohu! sława Bohu! Pójdę ja teraz do mołojców, żeby konie do drogi gotowali. W nocy ruszymy.

– Tak i koniecznie pojedziesz.

– Chmiel przykazywał i Krzywonos przykazywał. Ty dobrze widziała, że będzie wielka wojna, bo to samo ja w Barze w piśmie od Chmiela czytał.

Bohun wprawdzie nie umiał czytać, ale wstydził się tego, bo nie chciał za prostaka uchodzić.

– To i jedź – rzekła wiedźma – Ty szczęśliwy – hetmanem zostaniesz: ja ot, tak nad tobą trzy buńczuki widziała, jako te palce widzę!

– I hetmanem zostanę, i kniaziównę za żinku wezmę – mnie nie chłopkę brać.

– Z chłopką ty by inaczej gadał – ale tej ci wstyd. Ty powinien być Lachem.

– Jaże ne hirszy.

To rzekłszy Bohun poszedł do stajni, do mołojców – a Horpyna jedzenie warzyć.

Wieczorem konie były gotowe do drogi, ale watażce niesporo było odjeżdżać. Siedział na pęku kobierców w świetlicy, z teorbanem w ręku i patrzył na swoją kniaziównę, która już podniosła się z łoża, ale zasunąwszy się w drugi kąt izby odmawiała cicho różaniec nie zwracając żadnej uwagi na watażkę, tak jakby go wcale w świetlicy nie było. On, przeciwnie, śledził spod ściany oczyma każdy jej ruch, łowił uszami każde westchnienie – i sam nie wiedział, co ze sobą zrobić. Co chwila otwierał usta, by rozpocząć rozmowę, i słowa nie chciały mu wychodzić z gardła. Onieśmielała go twarz blada, milcząca; z wyrazem pewnej surowości w brwiach i ustach. Tego wyrazu nie widywał poprzednio na niej Bohun. I mimo woli przypomniał sobie podobne wieczory w Rozłogach, i stanęły mu w myśli jakoby żywe: jako siadali on i Kurcewicze naokół dębowego stołu. Stara kniahini łuszczyła słoneczniki, kniazie rzucali kości z kubka – on wpatrywał się w śliczną kniaziównę, tak jak i teraz się wpatruje. Ale wówczas bywał szczęśliwy, wówczas gdy opowiadał swe wyprawy z siczowymi – ona słuchała i czasem jej czarne oczy spoczywały na jego twarzy, a rozchylone usta malinowe świadczyły, z jakim słucha zajęciem. Teraz ani spojrzała. Wówczas, bywało, gdy grywał na teorbanie, ona i słuchała, i patrzyła, a jemu aż serce tajało. I dziw nad dziwy: on przecie teraz jej pan, on ją wziął zbrojną ręką, ona jego branka, jego niewolnica – może jej rozkazywać, a przecie wówczas czuł się i bliższym jej, i równiejszym jej stanem! Kurcewicze byli jego bracia, więc ona, ich siostra, była mu nie tylko zazulą, sokołem, najmilszą czarnobrewą, ale jakby i krewniaczką. A teraz siedzi przed nim pani dumna, chmurna, milcząca, niemiłosierna. Ej, gniew w nim wrze! Pokazałby on jej, co to Kozaka poniewierać, ale on tę niemiłosierną panią kocha – krew by za nią wytoczył, a ile razy gniew go za pierś pochwyci – to jakby jakaś niewidzialna ręka chwyta go za czub, jakiś głos huknie w ucho: „Stój!" Zresztą, ot, wybuchał już jak płomień i potem łbem tłukł o ziemię. Tyle było z tego. Więc wije się Kozaczysko, bo czuje, że on jej cięży w tej izbie. Niechby się uśmiechnęła, słowo dobre dała – to padłby jej do nóg i pojechał do czorta, by całą swoją zgryzotę, gniew, poniewierkę w lackiej krwi utopić. A tu on jak niewolnik przed tą kniaziówną. Żeby to on jej dawniej nie znał, żeby to była Laszka wzięta z pierwszego szlacheckiego dworu, miałby więcej śmiałości – ale to kniaziówna Helena, o którą on się Kurcewiczom kłaniał, za którą i Rozłogi, i wszystko, co miał, chciał oddać. Tym mu większy wstyd chłopem być przy niej, tym mniej do niej śmiały.

Czas upływa, sprzed chaty dochodzi szmer rozmów mołojców, którzy pewnie już na kulbakach siedzą i na atamana czekają, a ataman w męce. Jasny płomień łuczywa pada na jego twarz, na bogaty kontusz i na teorban – a ona żeby choć spojrzała! Atamanowi i gorzko, i gniewno, i tęskno, i głupio. Chciałby się pożegnać czule, a boi się tego pożegnania, że nie będzie takie, jakiego by z duszy pragnął, boi się, że odejdzie z goryczą, z gniewem, z bólem.

Ej, żeby to nie była kniaziówna Helena, kniaziówna Helena nożem pchnięta, śmiercią z własnej ręki grożąca, a miła, a miła! im okrutniejsza i dumniejsza, tym milsza!...

Wtem koń zarżał za oknem.

Watażka zebrał odwagę.

– Kniaziówno – rzekł – już mnie czas w drogę.

Helena milczała.

– A ty mnie nie powiesz: z Bogiem?

– Jedź waćpan z Bogiem! – rzekła poważnie.

Kozakowi ścisnęło się serce: powiedziała to, czego chciał; ale on chciał inaczej.

– No, wiem ja – rzekł – że ty na mnie gniewna, że ty mnie nienawidzisz, ale to ci powiem, że inny gorszy by był dla ciebie ode mnie. Ja cię tu przywiózł, bo nie mógł inaczej, ale co ja ci złego zrobił? Czy nie obchodził się z tobą, jak się godziło, jak z korolewną? Sama powiedz. Czy to ja już taki zbój, że ty mnie dobrego słowa nie dasz? A przecie ty w mojej mocy.

– W bożej jestem mocy – rzekła z tąż samą jak i poprzednio powagą – ale że waćpan się przy mnie hamujesz, dziękuję i za to.

– To już pojadę chociaż z takim słowem. Może pożałujesz, może zatęsknisz!

Helena milczała.

– Żal cię tu samą zostawiać – mówił Bohun – żal odjeżdżać, ale mus. Lżej by było, żeby ty się uśmiechnęła, żeby krzyżyk ze szczerego serca dała. Co ja mam uczynić, żeby cię przejednać?

– Wróć mi wolność, a Bóg ci wszystko odpuści i ja ci odpuszczę i błogosławić ci będę.

– No, może jeszcze będziesz – rzekł Kozak – może ty jeszcze pożałujesz, żeś taka była dla mnie sroga.

Bohun chciał kupić chwilę pożegnania choćby za półobietnicę, której dotrzymać nie myślał – i dokazał swego, bo światło nadziei błysnęło w oczach Heleny i surowość z jej twarzy znikła. Splotła dłonie przy piersiach i utkwiła w niego wzrok jasny.

– Byłżebyś ty...

– No, ne znaju... – rzekł cicho Kozak, bo go i wstyd, i litość chwyciły jednocześnie za gardło. – Teraz ja nie mogę, nie mogę... – orda w Dzikich Polach leży, czambuły wszędy chodzą – od Raszkowa dobrudzcy Tatarzy idą – ne mohu, bo strach, ale jak wrócę. Ja przy tobie detyna. Ty ze mną, co chcesz, zrobisz. Ne znaju!... ne znaju!...

– Niech cię Bóg natchnie, niechże cię Święta-Przeczysta natchnie... Jedź z Bogiem!

I wyciągnęła ku niemu rękę. Bohun skoczył i wpił w nią wargi – nagle podniósł głowę, napotkał jej wzrok poważny – i rękę puścił. Natomiast cofając się ku drzwiom bił pokłony w pas, po kozacku, bił jeszcze we drzwiach, i wreszcie zniknął za kotarą.

Wkrótce przez okna doszedł żywszy gwar rozmowy, brzęk broni, a później słowa pieśni rozłamanej na kilkanaście głosów:

> *Bude sława sławna*
> *Pomeż Kozakami,*
> *Pomeż druhami,*
> *Na dowhija lita,*
> *Do kińca wika...*

Głosy i tętent oddalały się i cichły coraz bardziej.

IV

– Cud jawny już Pan Bóg raz nad nią okazał – mówił pan Zagłoba do Wołodyjowskiego i Podbipięty siedząc w kwaterze Skrzetuskiego. – Cud jawny, mówię, że mi ją pozwolił z tych rąk sobaczych wyrwać i przez całą drogę ustrzec; ufajmy, że się jeszcze nad nią i nad nami zmiłuje. Byle tylko żywa była. A tak mi coś szepce, że on ją znowu porwał. Bo, uważcie waszmościowie: przecie, jako nam języki powiadały, on po Puljanie przy Krzywonosie drugim sprawcą został – żeby go diabli sprawili! – a więc przy wzięciu Baru musiał być.

– Mógł jej nie odnaleźć w owym tłumie nieszczęsnych; przecie tam dwadzieścia tysięcy ludu wycięto – rzecze pan Wołodyjowski.

– To jego waść nie znasz. A ja bym przysiągł, iż on wiedział, że ona jest w Barze. Owóż nie może być inaczej, tylko on ją z rzezi salwował i gdzieś wywiózł.

– Niewielką nam waść pociechę powiadasz, bo na miejscu pana Skrzetuskiego wolałbym, żeby zginęła, niż żeby miała w jego plugawych rękach zostawać.

– I to nie pociecha, bo jeśli zginęła, to pohańbiona...

– Desperacja! – rzecze Wołodyjowski.

– Och, desperacja! – powtórzył pan Longinus.

Zagłoba począł szarpać wąs i brodę, na koniec wybuchnął:

– A żeby ich parchy zjadły, cały ten ród arcypieski! żeby z ich bebechów poganie cięciwy pokręcili!... Bóg stworzył wszystkie nacje, ale ich diabeł, takich synów, sodomitów! Bodaj im wszystkie ich maciory zjałowiały!

– Nie znałem ja tej słodkiej panny – mówił smutnie pan Wołodyjowski – ale wolałbym, żeby mnie samego nieszczęście pościgło.

– Raz ja ją w życiu widziałem, ale gdy ją wspomnę, z żalu żyć hadko! – rzekł pan Longinus.

– To wam! – wołał pan Zagłoba – a cóż mnie, którym ją ojcowskim afektem umiłował i z toni takiej wyprowadził?... – Cóż mnie?

– A cóż panu Skrzetuskiemu? – pytał Wołodyjowski.

I tak desperowali rycerze, a następnie pogrążyli się w milczeniu. Pierwszy ocknął się pan Zagłoba.

– Zali już nie ma rady? – spytał.

– Jeśli rady nie ma, to obowiązek jest pomścić – odpowiedział Wołodyjowski.

– Oby Bóg dał prędzej walną bitwę! – westchnął pan Longinus. – Mówią o Tatarach, że już się przeprawili i w polach koszem zapadli.

Na to pan Zagłoba:

– Nie może być, abyśmy ją, niebogę, tak zostawili, niczego dla jej ratunku nie przedsiębiorąc. Dość ja już się po świecie starych kości natłukłem, lepiej by mi teraz gdzie w spokoju w jakiej piekarni dla ciepła legiwać, ale dla tej niebogi pójdę jeszcze choćby do Stambułu, choćbym na nowo chłopską siermięgę miał włożyć i teorban wziąć, na który bez abominacji spojrzeć nie mogę.

– Waćpan tak w fortele obfity, wymyślże co – rzekł pan Podbipięta.

– Siła mnie już sposobów przez głowę przechodziło. Żeby choć połowę takich miał książę Dominik, to by już Chmielnicki, wypatroszony, za zadnie nogi na szubienicy wisiał. Mówiłem już o tym i ze Skrzetuskim, ale z nim się teraz nie można niczego dogadać. Boleść się w nim zapiekła i nurtuje go gorzej choroby. Wy jego pilnujcie, żeby mu się rozum nie pomieszał. Często się trafia, że od wielkich smutków *mens* poczyna robić jak wino, aż w końcu skiśnie.

– Bywa to, bywa! – rzekł pan Longinus.

Pan Wołodyjowski poruszył się niecierpliwie i spytał:

– Jakież tedy są waści sposoby?

– Moje sposoby? Owóż naprzód musimy się dowiedzieć, czy ona, nieboga najmilsza – niech ją anieli strzegą od wszystkiego złego! – żywa jeszcze, a dowiedzieć się możem dwojakim sposobem: albo znajdziemy między książęcymi Kozakami ludzi wiernych i pewnych, którzy się podejmą niby to do Kozaków uciec, pomieszać się między Bohunowymi ludźmi i od nich czegoś się dowiedzieć...

– Ja mam dragonów Rusinów! – przerwał Wołodyjowski. – Ja takich ludzi znajdę.

– Czekaj waść... albo złapać języka z tych hultajów, którzy Bar brali, czy czego nie wiedzą. Wszyscy oni patrzą w Bohuna jak w tęczę, że to im się jego diabelska fantazja podoba: pieśni o nim śpiewają – żeby im gardziele poropiały! – i jeden drugiemu bają o tym, co zrobił, i o tym, czego nie zrobił. Jeśli on naszą niebogę porwał, to się przed nimi nie ukryło.

– To można i ludzi posłać swoją drogą, i o języka się starać swoją drogą – zauważył pan Podbipięta.

– Trafiłeś waść w sedno. Jeśli się dowiemy, że żyje – to jest najgłówniejsza rzecz. Wtedy, skoro waszmościowie szczerym sercem Skrzetuskiemu pomagać chcecie, to oddacie się pod moją komendę, bo mam najwięcej eksperiencji. Poprzebieramy się za chłopów i postaramy się dowiedzieć, gdzie on ją ukrył – a jak raz będziemy wiedzieć; to już głowa moja w tym, że jej dostaniemy. Najwięcej ważę ja i Skrzetuski, bo Bohun nas zna, a jakby poznał – no, to by nas matki rodzone potem nie poznały, ale waszmościów obydwóch nie widział.

– Mnie widział – rzekł pan Podbipięta – ale mniejsza z tym.

– Może też jego Pan Bóg poda w nasze ręce? – zawołał pan Wołodyjowski.

– Już ja go tam nie chcę widzieć – mówił dalej Zagłoba. – Niech tam kat na niego patrzy. Trzeba ostrożnie poczynać, by całej imprezy nie popsować. Nie może to być, aby on jeden o jej ukryciu wiedział, a już to ręczę waszmościom, że bezpieczniej kogo innego się pytać.

– Może też ludzie nasi wysłani się dowiedzą. Jeśli tylko książę pozwoli, wybiorę pewnych i wyślę choćby jutro.

– Książę pozwoli, ale czy się dowiedzą, wątpię. Posłuchajcie, waszmościowie: przychodzi mnie do głowy i drugi sposób, oto, abyśmy zamiast ludzi wysyłać albo języków łapać, sami poprzebierali się po chłopsku i ruszyli nie mieszkając.

– O, nie może to być! – zakrzyknął pan Wołodyjowski.

– Czemu nie może być?

– To chyba waść służby wojennej nie znasz. Gdy chorągwie *nemine excepto* stawają, to jest święta rzecz. Choćby ojciec i matka konali, to towarzysz ci nie pójdzie wtedy permisji odjazdu prosić, bo przed bitwą to jest największy dyshonor, jakiego się żołnierz dopuścić może. Po bitwie walnej, gdy nieprzyjaciel rozproszon, można, ale nie przedtem. I uważ waść: Skrzetuskiemu pierwszemu chciało się zrywać i lecieć, i ratować, a ani pary nie puścił. Reputację on już ma, książę go kocha, a ani się odezwał, bo swój obowiązek zna. To jest, widzisz waszmość, służba publiczna, a tamto prywatna. Nie wiem, jak tam gdzie indziej, choć mniemam, że wszędzie tak samo, ale u księcia naszego wojewody niebywała rzecz: permisja przed bitwą, jeszcze u oficerów! Choćby się też i dusza podarła Skrzetuskiemu, nie poszedłby z taką propozycją do księcia.

– Rzymianin on jest i rygorysta, wiem – mówił pan Zagłoba – ale żeby tak kto księciu podszepnął, może by jemu i waszmościom z własnej woli dał permisję.

– Ani to jemu w umyśle nie postoi! Książę całą Rzeczpospolitą ma na głowie. Cóż waćpan myślisz, teraz tu najważniejsze sprawy się ważą, całego narodu tyczące, żeby on się czyjąś prywatą zajmował? A choćby też, co jest niepodobne, nie proszony permisję dał, tedy, jak Bóg na niebie, nikt by z nas teraz z obozu nie wyruszył; bo i my też pierwsze służby ojczyźnie nieszczęsnej, nie sobie powinni.

– Wiem ci ja o tym, wiem, i służbę z dawnych czasów znam, dlatego też powiedziałem waszmości, że ten sposób przeszedł mi jeno przez głowę, ale nie powiedziałem, że w niej siedzi. Zresztą, prawdę rzekłszy, póki potęga hultajska stoi nienaruszona, niewiele byśmy mogli wskórać, ale gdy będą pobici, ścigani, gdy własne gardła będą tylko ratować, wtedy i zapuścić się śmiało między nich możemy, i łatwiej wieści z nich wydobyć. Oby tylko jak najprędzej reszta wojska nadciągnęła, bo inaczej na śmierć się chyba pod tym Czołhańskim Kamieniem zamartwimy. Żeby tak przy naszym księciu była komenda, już byśmy ruszali, ale książę Dominik często gęsto widać popasa, kiedy go dotąd nie ma.

– We trzech dniach już się go spodziewają.

– Dajże go, Boże, jak najprędzej! Wszakże pan podczaszy koronny dziś nadciąga?

– Tak jest.

W tej chwili drzwi się otworzyły i wszedł Skrzetuski.

Rysy jego, rzekłbyś: boleść z kamienia wykowała, taki bił od nich chłód i spokój.

Dziwno było patrzeć na tę twarz młodą, a tak surową i poważną, jakby na niej uśmiech nigdy nie postał, i zgadłeś łatwo, że gdy ją śmierć zetnie, wiele w niej już nie zmieni. Broda wyrosła panu Janowi do pół piersi, w której to brodzie śród czarnego jak krucze pióra włosa wiły się tu i owdzie srebrne nitki.

Towarzysze i wierni przyjaciele odgadywali w nim raczej boleść, bo jej nie okazywał. Wreszcie był przytomny, na pozór spokojny, w służbie swej żołnierskiej jeszcze prawie niż zwykle pilniejszy i cały bliską wojną zajęty.

– Mówiliśmy tu o nieszczęściu waszmości, które zarazem jest i nasze – rzekł pan Zagłoba – gdyż Bóg świadkiem, niczym się pocieszyć nie możemy. Ale jałowy byłby to sentyment, gdybyśmy waćpanu łzy jeno wylewać pomagali, przeto postanowiliśmy i krew wylać, by oną niebogę, jeśli chodzi jeszcze po ziemi, z niewoli wyrwać.

– Bóg zapłać – rzecze pan Skrzetuski.

– Pójdziemy z tobą choćby do obozu Chmielnickiego – mówił pan Wołodyjowski poglądając niespokojnie na przyjaciela.

– Bóg zapłać – powtórzył pan Jan.

– Wiemy – mówił Zagłoba – żeś waćpan sobie poprzysiągł szukać jej żywej czy martwej, przeto gotowiśmy choćby dziś...

Skrzetuski siadłszy na ławie oczy wbił w ziemię i nie odrzekł nic – aż złość porwała pana Zagłobę. „Zaliby on miał zamiar jej zaniechać? – pomyślał. – Jeśli tak, niechże mu Bóg sekunduje! Nie masz, widzę, ani wdzięczności, ani pamięci na świecie. Ale znajdą się tacy, którzy będą ją jeszcze ratowali, chybabym wprzód ostatnią parę wypuścił."

W izbie zapanowało milczenie przerywane tylko westchnieniami pana Longina. Tymczasem mały Wołodyjowski zbliżył się do Skrzetuskiego i trącił go w ramię.

– Skąd wracasz? – rzekł.

– Od księcia.

– I co?

– Wychodzę na noc podjazdem.

– Daleko?

– Aż pod Jarmolińce, jeśli będzie wolna droga.

Wołodyjowski spojrzał na Zagłobę i zrozumieli się od razu.

– To ku Barowi? – mruknął Zagłoba.

– Pójdziemy z tobą.

– Musisz iść po permisję i spytać, jeśli książę innej ci roboty nie przeznaczył.

– To chodźmy razem. Mam też i o coś innego spytać.

– I my z wami – rzekł Zagłoba.

Wstali i poszli. Kwatera książęca była dość daleko, na drugim końcu obozu. W przedniej izbie zastali też pełno oficerów spod różnych chorągwi, bo wojska zewsząd nadciągały do Czołhańskiego Kamienia, wszyscy zaś biegli służby swoje księciu polecić. Pan Wołodyjowski musiał dość długo czekać, nim wraz z panem Podbipiętą przed obliczem pańskim stanąć mogli, ale za to książę od razu pozwolił i samym jechać, i dragonów Rusinów kilku wysłać, którzy by, zmyśliwszy ucieczkę z obozu, poszli do Bohunowych Kozaków i tam się o kniaziównę wypytywali. Do Wołodyjowskiego zaś rzekł:

– Sam ja funkcje różne Skrzetuskiemu wynajduję, bo widzę, że się boleść w nim zamknęła i że go stoczy, a szkoda mi go niewypowiedziana. Nic-że on wam o niej nie mówił?

– Mało co. W pierwszej chwili zerwał się, żeby między Kozaków na oślep iść, ale przypomniał sobie, że to teraz chorągwie *nemine excepto* stoją i żeśmy na ojczyzny ordynansie, którą przed wszystkim ratować trzeba, i dlatego u waszej książęcej mości wcale nie był. Bóg jeden wie, co się w nim dzieje.

– I doświadcza go też ciężko. Czuwajże wasze nad nim, bo widzę, żeś mu wiernym przyjacielem.

Pan Wołodyjowski skłonił się nisko i wyszedł, bo w tej chwili wszedł do księcia wojewoda kijowski z panem starostą stobnickim, z panem Denhofem, starostą sokalskim, i z kilku innymi dygnitarzami wojskowymi.

– I cóż? – spytał go Skrzetuski.

– Jadę z tobą, jeno wpierw muszę pójść do swojej chorągwi, bo mam kilku ludzi gdzieś wysłać.

– Chodźmy razem.

Wyszli, a za nimi pan Podbipięta, Zagłoba i stary Zaćwilichowski, który szedł do swojej chorągwi. Niedaleko namiotów chorągwi dragońskiej Wołodyjowskiego spotkali pana Łaszcza idącego, a raczej taczającego się na czele kilkunastu szlachty, gdyż i on, i towarzysze byli zupełnie pijani. Na ten widok pan Zagłoba westchnął. Pokochali się oni bowiem jeszcze pod Konstantynowem z panem strażnikiem koronnym z tej przyczyny, iż pod pewnym względem mieli natury tak podobne jak dwie krople wody. Pan Łaszcz bowiem, choć rycerz straszliwy, dla pogaństwa jak mało kto groźny, był zarazem przesławnym hulaką, ucztownikiem, kosterą, któren czas od bitew, modlitew, zajazdów i zabijatyk wolny lubił nade wszystko spędzać w kole takich ludzi jak pan Zagłoba, pić na umór i krotofil słuchać. Był to warchoł na wielką rękę, który sam jeden tyle wzniecał niepokoju, tyle razy przeciw prawu wykroczył, że w każdym innym państwie byłby dawno głową nałożył. Ciążyła też na nim niejedna kondemnata, ale on nawet w czasie pokoju niewiele sobie z nich robił, a teraz w czasie wojny tym bardziej wszystko poszło w zapomnienie. Z księciem połączył się był jeszcze pod Rosołowcami i niemałe usługi pod Konstantynowem oddał, ale od chwili odpoczynku w Zbarażu stał się prawie nieznośny przez hałasy, które wzniecał. Swoją drogą nikt by nie zliczył i nie spisał, ile pan Zagłoba wina u niego wypił, ile się nagadał i naopowiadał z wielką gospodarza uciechą, który też go codziennie zapraszał.

Ale od wieści o wzięciu Baru pan Zagłoba sposępniał, stracił humor, werwę i więcej pana strażnika nie odwiedzał. Myślał nawet pan Łaszcz, że gdzieś od wojska ów jowialny szlachcic odjechał, gdy nagle zobaczył go teraz przed sobą.

Wyciągnął tedy ku niemu rękę i rzekł:

– Witamże waćpana. Czemu to do mnie nie zajdziesz? co porabiasz?

– Panu Skrzetuskiemu towarzyszę – odparł posępnie szlachcic.

Pan strażnik nie lubił Skrzetuskiego za powagę i przezywał go sensatem, zaś o nieszczęściu jego wiedział doskonale, bo był obecny na owej uczcie w Zbarażu, w czasie której wieść przyszła o wzięciu Baru. Ale jako z natury człek wyuzdany, a do tego w tej chwili spity, nie uszanował boleści ludzkiej i chwyciwszy porucznika za guz od żupana, spytał:

– To acan za panną płaczesz?... a gładka była? co?

– Puść mnie waszmość pan! – rzekł Skrzetuski.

– Czekaj.

– Za służbą idąc nie mogę być rozkazom jego mości pana powolny.

– Czekaj! – mówił Łaszcz z uporem pijanego człowieka. – Tobie służba, nie mnie. Mnie tu nikt nic do rozkazania nie ma.

Po czym zniżywszy głos powtórzył pytanie:

– A gładka była? co?

Brwi porucznika zmarszczyły się.

– Tedy powiem waszmości panu, że bolączki lepiej by nie tykać.

– Nie tykać?... Nie bój się. Jeśli była gładka, to żyje.

Twarz Skrzetuskiego powlokła się śmiertelną bladością, ale się pohamował i rzekł:

– Mości panie... bym nie zapomniał, z kim mówię...

Łaszcz wytrzeszczył oczy.

– Co to? grozisz aspan? aspan mnie?... dla jednej gamratki?

– Ruszajże, mości strażniku, w swoją drogę! – huknął trzęsąc się ze złości stary Zaćwilichowski.

– A wy chłystki, szaraki, sługusy! – wrzeszczał strażnik. – Mości panowie, do szabel!

I wydobywszy swoją, skoczył z nią do Skrzetuskiego, ale w tymże mgnieniu oka żelazo świsnęło w ręku pana Jana i szabla strażnika furknęła jak ptak w powietrzu, on zaś sam zachwiał się z rozmachu i padł jak długi na ziemię. Pan Skrzetuski nie dobijał, jeno stał blady jak trup, jakby odurzony, a tymczasem zerwał się tumult. Z jednej strony skoczyli żołnierze strażnikowi, z drugiej dragoni Wołodyjowskiego sypnęli się jak pszczoły z ula. Rozległy się krzyki: ,,Bij! bij!'' Wielu nadlatywało nie wiedząc, o co idzie. Szable poczęły szczękać, tumult lada chwila mógł zmienić się w walną bitwę ogólną. Na szczęście towarzysze Łaszcza, widząc, iż coraz przybywało wiśniowiecczyków, wytrzeźwiawszy ze strachu, porwali pana strażnika i poczęli z nim uchodzić.

I z pewnością, gdyby pan strażnik miał do czynienia z innym, mniej karnym wojskiem, byliby go rozniéśli na szablach w drobne szmaty, ale stary Zaćwilichowski oprzytomniawszy krzyknął tylko: „Stój!" – i szable schowały się do pochew.

Niemniej zawrzało w całym obozie, a echo tumultu doszło do uszu książęcych, zwłaszcza iż pan Kuszel, będąc na służbie, wpadł do izby, w której książę z wojewodą kijowskim, ze starostą stobnickim i panem Denhofem obradował, i krzyknął:

– Mości książę, żołnierze szablami się sieką!

W tej chwili pan strażnik koronny, blady i bezprzytomny z wściekłości, ale już trzeźwy, wleciał jak bomba.

– Mości książę! sprawiedliwości! – wołał. – W tym obozie jak u Chmielnickiego, ni na krew, ni na godność względu nie mają! Szablami dygnitarzy koronnych sieką! Jeśli mi wasza książęca mość sprawiedliwości nie wymierzysz, na gardło nie skażesz, to ja sam sobie ją wymierzę.

Książę porwał się zza stołu.

– Co się stało?... kto waszmości pana napastował?

– Twój oficer... Skrzetuski.

Prawdziwe zdumienie odbiło się na twarzy księcia.

– Skrzetuski?

Nagle drzwi się otworzyły i wszedł Zaćwilichowski.

– Mości książę, ja byłem świadkiem! – rzekł.

– Ja tu nie racje dawać przyszedłem, jeno kary żądać! – wołał Łaszcz.

Książę zwrócił się ku niemu i utkwił w niego oczy.

– Powoli, powoli! – rzekł z cicha i z przyciskiem.

Było coś tak strasznego w jego oczach i przyciszonym głosie, że strażnik, choć słynny z zuchwałości, zamilkł nagle, jakby mowę stracił, a panowie aż przybledli.

– Mów waść! – rzekł książę do Zaćwilichowskiego.

Zaćwilichowski opowiedział rzecz całą, jak nieszlachetnym i niegodnym nie tylko dygnitarza, ale i szlachcica sentymentem powodowany, pan strażnik począł przeciw boleści pana Skrzetuskiego bluźnić, a następnie z szablą się na niego rzucił, jaką moderację, jego wiekowi prawdziwie niezwyczajną, okazał namiestnik, tylko na wytrąceniu napastnikowi oręża poprzestając; na koniec staruszek tak skończył:

– A jako mnie wasza książęca mość zna, iż do siedemdziesięciu lat łgarstwo warg moich nie skalało i póki żyw będę, nie skala, tak pod przysięgą jednego słowa w relacji mojej zmienić nie mogę.

Książę wiedział, że słowo Zaćwilichowskiego złotu równe, a przy tym zbyt dobrze znał Łaszcza. Ale na razie nie odrzekł nic, jeno wziął pióro i począł pisać.

Skończywszy spojrzał na pana strażnika:

– Sprawiedliwość będzie waszmości panu wymierzona – rzekł.

Pan strażnik usta otworzył i chciał coś mówić, ale słowa mu jakoś nie dopisały, więc wsparł się w bok, skłonił się i wyszedł dumnie z izby.

– Żeleński! – rzekł książę – oddasz to pismo panu Skrzetuskiemu.

Pan Wołodyjowski, który namiestnika nie odstępował, strapił się nieco widząc wchodzącego książęcego pacholika, był bowiem pewny, że wypadnie im przed księciem zaraz się stawić. Tymczasem pacholik zostawił list i nic nie mówiąc wyszedł, a Skrzetuski przeczytawszy go podał przyjacielowi.

– Czytaj – rzekł.

Pan Wołodyjowski spojrzał i wykrzyknął:

– Nominacja na porucznika!

I chwyciwszy za szyję Skrzetuskiego ucałował oba jego policzki.

Pełne porucznikostwo w husarskiej chorągwi było niemal dygnitariatem wojskowym. Tej, w której służył pan Skrzetuski, rotmistrzem był sam książę, a porucznikiem nominalnym pan Suffczyński z Sieńczy, człowiek już stary i dawno z czynnej służby wybyły. Pan Jan od dawna sprawował *de facto* obowiązki i jednego, i drugiego, co zresztą w podobnych chorągwiach, w których dwa pierwsze stopnie bywały nieraz tytularnymi tylko godnościami, przytrafiało się często. Rotmistrzem królewskiej chorągwi bywał sam król, prymasowskiej prymas, porucznikami w obydwóch wysocy dygnitarze dworscy – sprawowali zaś chorągwie istotnie namiestnicy, których z tego powodu w zwykłej mowie porucznikami i pułkownikami zwano. Takim faktycznym porucznikiem *vel* pułkownikiem był pan Jan. Ale między faktycznym sprawowaniem urzędu, między godnością w potocznej mowie dawaną a istotną była jednak wielka różnica. Obecnie na mocy nominacji pan Skrzetuski stawał się jednym z pierwszych oficerów księcia wojewody ruskiego.

Ale gdy przyjaciele rozpływali się z radości winszując mu nowego zaszczytu, twarz jego nie zmieniła się ani na chwilę i pozostała tak samo surową i kamienną; bo już nie było takich godności a dostojeństw na świecie, które by mogły ją rozjaśnić.

Wstał jednak i poszedł dziękować księciu, a tymczasem mały Wołodyjowski chodził po jego kwaterze zacierając ręce.

– No, no! – mówił – porucznik nominowany w husarskiej chorągwi! W takich młodych latach jeszcze się to chyba nikomu nie zdarzyło.

– Żeby mu Bóg wrócił tylko szczęście! – rzekł Zagłoba.

– Ot, co jest! ot, co jest! Uważaliście, że ani drgnął.

– Wolałby się on tego zrzec – rzekł pan Longinus.

– Mości panie – westchnął Zagłoba – cóż dziwnego! Ja bym oto te moje pięć palców za nią oddał, chociażem nimi chorągiew zdobył.

– Tak to, tak!

– Ale to pan Suffczyński musiał umrzeć? – zauważył Wołodyjowski.

– Pewnie, że umarł.

– Kto też namiestnictwo weźmie? Chorąży młodzik i dopiero od Konstantynowa funkcję sprawuje.

Pytanie to pozostało nie rozstrzygnięte; ale odpowiedź na nie przyniósł z powrotem sam porucznik Skrzetuski.

– Mości panie – rzekł do pana Podbipięty – książę mianował waści namiestnikiem.

– O Boże! Boże! – jęknął pan Longinus składając jak do modlitwy ręce.

– Tak samo mógłby jego inflancką kobyłę mianować – mruknął Zagłoba.

– No, a podjazd? – spytał pan Wołodyjowski.

– Jedziemy nie mieszkając – odpowiedział pan Skrzetuski.

– Siła kazał książę ludzi wziąć?

– Jedną kozacką, drugą wołoską chorągiew, razem pięciuset ludzi.

– Hej, to wyprawa, nie podjazd, ale kiedy tak, to czas nam w drogę.

– W drogę, w drogę! – powtórzył pan Zagłoba. – Może też Bóg nam dopomoże, że wieści jakowej zasięgniem.

W dwie godziny później, równo z zachodem słońca, czterej przyjaciele wyjeżdżali z Czołhańskiego Kamienia ku południowi, prawie zaś jednocześnie opuszczał obóz wraz ze swymi ludźmi pan strażnik koronny. Patrzyło na ten odjazd mnóstwo rycerstwa spod różnych chorągwi, nie szczędząc okrzyków i urągań; oficerowie cisnęli się koło pana Kuszla, któren opowiadał, z jakich przyczyn pan strażnik został wypędzony i jak się to odbyło.

– Ja mu nosiłem rozkaz księcia – mówił pan Kuszel – i wierzajcie waszmościowie, iż *periculosa* to była misja, bo gdy go wyczytał, począł tak ryczeć jak wół, gdy go żelazem cechują. Na mnie się też do nadziaka porwał, dziw, iż nie uderzył, ale zdaje się, iż przez okno ujrzał Niemców pana Koryckiego, otaczających kwaterę, i moich dragonów z bandoletami w ręku. Dopiero wziął krzyczeć: ,,Dobrze! dobrze! odejdę, kiedy mnie wypędzają!... Pójdę do księcia Dominika, który mnie wdzięczniej przyjmie! Nie będę (prawi) z dziadami służył, ale się pomszczę (krzyczał), jakem Łaszcz! jakem Łaszcz!... i z tego chłystka (prawi) muszę mieć satysfakcję!" Myślałem, że go jad zaleje – a stół to dziobał nadziakiem ze złości raz przy razie. I powiem waszmościom, żem nie jest pewien, czy się co złego panu Skrzetuskiemu nie przytrafi, bo ze strażnikiem nie ma żartów. Zawzięty to jest człek i dumny, któren jeszcze żadnej urazy płazem nie puścił, a odważny i przy tym dygnitarz.

– Co się zaś ma Skrzetuskiemu trafić *sub tutela* księcia pana! – rzekł jeden z oficerów. – I pan strażnik, choć na wszystko gotowy, będzie się rachował z taką ręką.

Tymczasem porucznik nie wiedząc nic o ślubach, jakie przeciw niemu pan strażnik czynił, oddalał się coraz bardziej od obozu na czele swego oddziału, kierując się ku Ożygowcom w stronę Bohu i Medwedówki. Chociaż już wrzesień powarzył liście na drzewach, noc była pogodna i ciepła, jak w lipcu, bo taki to już był cały ów rok, w którym prawie nie było zimy, a wiosną zakwitło wszystko już wówczas, gdy przeszłych lat legiwał jeszcze głęboki śnieg na stepach. Po dość mokrym lecie pierwsze miesiące jesieni nastały suche a łagodne, o bladych dniach i widnych księżycowych nocach. Jechali tedy po łatwej drodze; nie strażując zbytecznie, bo byli jeszcze zbyt blisko obozu, aby jaki napad miał grozić; jechali żwawo: namiestnik z kilkunastoma końmi na przedzie, a za nim Wołodyjowski, Zagłoba i pan Longinus.

– Obaczcie no, waszmościowie, jako się światło miesiąca kładzie na owym wzgórzu – szeptał pan Zagłoba – przysiągłbyś, że dzień. Mówią, że tylko w czasie wojen bywają takie noce, aby dusze wyszłe z ciał łbów sobie nie rozbijały po ciemku o drzewa, jako wróble w stodole o krokwie, i łatwiej drogę znalazły. Dziś też jest piątek, dzień Zbawiciela, w którym zjadliwe humory z ziemi nie wychodzą i złe moce nie mają przystępu do człowieka. Czuję, że mi lżej jakoś i nadzieja we mnie wstępuje.

– Żeśmy to już przecie wyjechali i jakowyś ratunek przedsiębierzem, to grunt! – rzecze Wołodyjowski.

– Najgorzej to w umartwieniu na miejscu siedzieć – mówił dalej Zagłoba – gdy na koń siędziesz, zaraz ci desperacja od trzęsienia się coraz niżej zlatuje, aż ją w końcu i zgoła wytrzęsiesz.

– Nie wierzę ja – szepnął Wołodyjowski – aby tak wszystko można wytrząść; *exemplum* afekt, który się niby kleszcz w serce wpija.

– Gdy jest szczery – rzecze pan Longinus – to choćbyś się z nim jako z niedźwiedziem borykał, zmoże cię.

To rzekłszy pan Longinus ulżył wezbranej piersi westchnieniem podobnym do sapnięcia miecha kowalskiego, zaś mały Wołodyjowski podniósł oczy ku niebu, jakby szukał między gwiazdami tej, która księżniczce Barbarze świeciła.

Konie poczęły parskać w całej chorągwi, a pocztowi odpowiadali im: ,,Zdrów, zdrów!'' – potem uciszyło się wszystko, aż jakiś tęskny głos począł śpiewać w tylnych szeregach:

> *Jedziesz na wojnę, nieboże,*
> *Jedziesz na wojnę!*
> *Noce ci będą na dworze,*
> *A dzionki znojne...*

. . . .

– Starzy żołnierze mówią, że konie zawsze prychają na dobrą wróżbę, co mnie i ojciec nieboszczyk jeszcze powiadał – rzekł Wołodyjowski.

– Coś mnie jakby w ucho szepce, że nie na próżno jedziemy – odpowiedział Zagłoba.

– Dajże Bóg, aby i porucznikowi jakowaś otucha w serce wstąpiła – westchnął pan Longinus.

Zagłoba począł głową kiwać i kręcić jak człowiek, który z jakąś myślą się nie może uporać, a na koniec ozwał się:

– Całkiem mnie co innego w głowie siedzi i muszę się już chyba przed waćpanami z tej myśli spuścić, gdyż mi jest wcale nieznośna: oto czyście waściowie nie zauważyli, że od niejakiego czasu Skrzetuski – nie wiem, może dysymiluje – ale taki jest, jakby najmniej z nas wszystkich o salwowaniu onej nieboegi myślał.

– Gdzie zaś! – odpowiedział Wołodyjowski – humor to tylko u niego taki, aby to nic nikomu nie wyznać. Nigdy on nie był inny.

472

– To swoją drogą, ale jeno sobie waszmość przypomnij: gdyśmy mu nadzieję pokazowali, mówił „Bóg zapłać!" i mnie, i waćpanu tak *negligenter*, jakby o lada jaką sprawę chodziło, a Bóg widzi, czarna by to była z jego strony niewdzięczność, bo co się ta nieboga za nim napłakała i natęskniła, tego by na wołowej skórze nie spisać. Na własne oczy to widziałem.

Wołodyjowski potrząsnął głową.

– Nie może to być, aby on jej zaniechał – rzekł – choć prawda, że pierwszym razem, gdy mu ją z Rozłogów ów diabeł porwał, desperował tak, iżeśmy się o jego *mentem* obawiali, a teraz daleko więcej okazuje upamiętania. Ale jeśli mu Bóg spokój w duszę wlał i siły dodał – to i lepiej. Jako szczerzy przyjaciele, powinniśmy się z tego cieszyć...

To rzekłszy Wołodyjowski konia spiął i posunął się naprzód ku Skrzetuskiemu, a zaś Zagłoba jechał czas jakiś w milczeniu wedle pana Podbipięty.

– Czy wasze nie tego mniemania, co i ja, że gdyby nie amory, siła złego nie stałaby się na świecie?

– Co komu Pan Bóg przeznaczył, to go i tak nie minie – odparł Litwin.

– A waćpan to nigdy g'rzeczy nie odpowiesz. To inna sprawa, a to inna. Przez cóż Troja zburzona? hę? albo to i ta wojna nie o ryżą kosę? Zachciało się Chmielowi Czaplińskiej czy też Czaplińskiemu Chmielnickiej, a my dla ich żądz grzesznych karki kręcimy.

– Bo to niepoczciwe amory; ale są i zacne, od których chwała boża się przymnaża.

– Teraześ waćpan lepiej utrafił. A prędkoż sam w onej winnicy pracować poczniesz? Słyszałem, żeć szarfą na wojnę przewiązano.

– Braciaszku!... braciaszku!...

– Ale trzy głowy na zawadzie stają, co?

– Ach! tak ono i jest!

– To ci powiem: machnij dobrze i utnij od razu: Chmielnickiemu, chanowi i Bohunowi.

– Żeby się to tylko chcieli ustawić! – odrzekł rozrzewnionym głosem pan Longin wznosząc ku niebu oczy.

Tymczasem Wołodyjowski jechał długo wedle Skrzetuskiego i spoglądał w milczeniu spod hełmu na jego martwą twarz, aż wreszcie trącił strzemieniem w jego strzemię.

– Janie – rzekł – źle, że się tak zapamiętywasz.

– Ja się nie zapamiętywam, jeno się modlę – odpowiedział Skrzetuski.

– Święta to jest i chwalebna rzecz, aleś ty nie zakonnik, byś na samej modlitwie poprzestawał.

Pan Jan zwrócił z wolna swoją męczeńską twarz ku Wołodyjowskiemu i spytał głuchym, pełnym śmiertelnej rezygnacji głosem:

– Powiedzże, Michale, co mnie pozostaje więcej, jak habit?...

– Pozostaje ci ją ratować – odpowiedział Wołodyjowski.

– Tak też i uczynię do ostatniego oddechu. Ale choćbym ją też i żywą odnalazł, zali to nie będzie za późno? Strzeż mnie, Boże, bo o wszystkim mogę myśleć, tylko nie o tym, strzeż, Boże, rozumu mojego! Już ja niczego więcej nie pragnę, jeno wyrwać ją z tych rąk potępionych, a potem niech ona znajdzie taki przytułek, jakiego i ja będę szukał. Widać woli bożej nie było... Daj mnie się modlić, Michale, a krwawiącej rany nie tykaj...

Wołodyjowskiemu ścisnęło się serce; chciał jeszcze, było, go pocieszać, o nadziei mówić, ale słowa nie chciały mu przejść przez gardło; i jechali dalej w głuchym milczeniu, tylko wargi pana Skrzetuskiego poruszały się szybko w modlitwie, przez którą chciał widocznie myśli okropne odpędzić, a małego rycerza, gdy spojrzał przy świetle księżyca na tę twarz, aż strach zdjął, bo mu się wydało, że to jest zupełnie twarz mnicha, surowa, wynędzniała przez posty i umartwienia.

A wtem ów głos znowu zaczął śpiewać w tylnych szeregach:

Znajdziesz po wojnie, nieboże,
Znajdziesz po wojnie,

Pustki z powrotem w komorze,
Ran w skórze hojnie.

V

Pan Skrzetuski szedł ze swym podjazdem w ten sposób, że we dnie wypoczywał w lasach i jarach, pilnie rozstawiając straże, a nocami tylko posuwał się naprzód. Zbliżywszy się do jakiej wioski, zwykle otaczał ją tak, aby noga nie wyszła, brał żywność, paszę dla koni, a przede wszystkim zbierał wieści o nieprzyjacielu, po czym wychodził nie czyniąc ludziom nic złego, wyszedłszy zaś zmieniał nagle drogę, aby nieprzyjaciel nie mógł się we wsi dowiedzieć, w którą podjazd udał się stronę. Celem wyprawy było: dowiedzieć się, czy Krzywonos ze swymi czterdziestoma tysiącami ludzi oblega dotąd Kamieniec, czy też rzuciwszy bezowocne oblężenie idzie w pomoc Chmielnickiemu, aby razem z nim stanąć do walnej rozprawy, a dalej: co robią dobrudzcy Tatarzy? – czy już Dniestr przeszli i połączyli się z Krzywonosem, czy z tamtej strony jeszcze leżą? Ważne to były dla obozu polskiego wiadomości i regimentarze sami powinni się byli o nie starać, ale że nie przyszło im to, jako niedoświadczonym ludziom, do głowy, przeto książę wojewoda ruski wziął na siebie ten ciężar. Jeżeliby bowiem pokazało się, że Krzywonos wraz z białogrodzkimi i dobrudzkimi hordami porzucił oblężenie nie zdobytego Kamieńca i do Chmielnickiego dążył – tedy należało jak najprędzej na tego ostatniego uderzać, zanimby do najwyższej potęgi nie wyrósł. Tymczasem generał-regimentarz, książę Dominik Zasławski-Ostrogski, nie śpieszył się i w chwili wyjazdu Skrzetuskiego dopiero za dwa lub trzy dni spodziewano się go w obozie. Widocznie ucztował swym zwyczajem po drodze i miał się dobrze, a tymczasem mijała najlepsza pora złamania potęgi Chmielnickiego i książę Jeremi rozpaczał na myśl, że jeśli wojna tak dalej prowadzoną będzie, to nie tylko Krzywonos i ordy zadniestrzańskie na czas do Chmielnickiego przybędą, ale i sam chan na czele wszystkich sił perekopskich, nohajskich i azowskich.

Jakoż i były wieści w obozie, że chan już Dniepr przebył i że w dwieście tysięcy koni dzień i noc na zachód dąży, a książę Dominik nie przybywał i nie przybywał.

Coraz też było prawdopodobniejszym, że wojska stojące pod Czołhańskim Kamieniem muszą stanąć do rozprawy z potęgą pięćkroć liczniejszą i że w razie klęski regimentarzy nic już nie przeszkodzi nieprzyjacielowi wtargnąć do serca Rzeczypospolitej, pod Kraków i Warszawę.

Krzywonos tym był niebezpieczniejszy, że na wypadek gdyby regimentarze chcieli się posunąć w głąb Ukrainy, on, idąc spod Kamieńca wprost na północ aż pod Konstantynów, mógł im zagrodzić odwrót, a w każdym razie wówczas byliby wzięci we dwa ognie. Przeto pan Skrzetuski postanowił nie tylko wywiedzieć się o Krzywonosie, ale go i powstrzymać. Przejęty ważnością swego zadania, od którego spełnienia los całego wojska w części zależał, ważył porucznik chętnie życie swoje i swoich żołnierzy; jednakowoż przedsięwzięcie owo i tak za szalone poczytywanym być by mogło, gdyby młody rycerz miał zamiar wstępnym bojem w pięćset ludzi powstrzymać czterdziestotysięczną Krzywonosową watahę posiłkowaną przez białogrodzkie i dobrudzkie ordy. Ale pan Skrzetuski zbyt był doświadczonym żołnierzem, aby się na szaleństwa rzucać – i wiedział doskonale, że w razie bitwy w godzinę fala przejdzie po trupach jego i towarzyszów – chwycił się więc innych środków. Oto naprzód rozpuścił wieść między własnymi żołnierzami, że idą tylko jako przednia straż całej dywizji strasznego księcia, i wieść tę rozpuszczał wszędzie, we wszystkich chutorach, wioskach i miasteczkach, które wypadało mu przechodzić. Jakoż rozeszła się ona lotem błyskawicy wzdłuż Zbrucza, Smotrycza, Studzienicy, Uszki, Kałusiku, z ich biegiem dostała się do Dniestru i leciała dalej, jakby wiatrem gnana, od

Kamieńca aż do Jahorlika. Powtarzali ją baszowie tureccy w Chocimiu i Zaporożcy w Jampolu, i Tatarzy w Raszkowie. I znów rozległ się ów znany okrzyk: „Jarema idzie!", od którego zamierały serca zbuntowanego ludu, któren drżał z przerażenia, niepewny dnia ani godziny.

A nikt nie wątpił w prawdę wieści. Regimentarze uderzą na Chmiela, a Jarema na Krzywonosa – to leżało w porządku rzeczy. Sam Krzywonos uwierzył i ręce mu opadły. Co miał robić? Ruszyć na księcia? Toż pod Konstantynowem inny duch był w czerni i większe siły, a jednak zostali pobici, zdziesiątkowani, ledwie z życiem uszli. Krzywonos był pewien, że jego mołojcy będą się bili jak wściekli przeciw każdym innym wojskom Rzeczypospolitej i przeciw każdemu innemu wodzowi, ale za zbliżeniem się Jaremy – pierzchną jak stado łabędzi przed orłem, jak stepowe puchy przed wiatrem.

Czekać księcia pod Kamieńcem było jeszcze gorzej. Krzywonos postanowił rzucić się na wschód, aż hen! ku Bracławowi, ominąć swego złego ducha i dążyć do Chmielnickiego. Pewnym był wprawdzie, że tak kołując, na czas nie zdąży, ale przynajmniej na czas się o rezultacie dowie i o własnym ratunku pomyśli.

A wtem przyleciały z wiatrem nowe wieści, że Chmielnicki już pobit; puszczał je – jak i poprzednie – umyślnie pan Skrzetuski; wówczas w pierwszej chwili nie wiedział już nieszczęsny watażka, co począć.

Następnie postanowił tym bardziej na wschód ruszyć, jak najdalej się w stepy posunąć: może też spotka Tatarów i przy nich się schroni?

Ale przede wszystkim chciał się upewnić, dlatego pilnie wypatrywał między swymi pułkownikami, kogo by znalazł na wszystko gotowego a pewnego, by go z podjazdem po języka wysłać. Ale wybór był trudny, chętnych brakło, i trzeba było koniecznie znaleźć takiego człowieka, który by na wypadek dostania się w ręce nieprzyjaciela, ni pieczony ogniem, ni nawlekany na pal, ni łamany kołem, nie wydał planów ucieczki.

Na koniec Krzywonos znalazł.

Pewnej nocy kazał wołać do siebie Bohuna i rzekł mu:

– Słysz, Jurku, mój przyjacielu! Idzie na nas Jarema z potęgą wielką, zginąć przyjdzie nieszczęsnym!

– Słyszałem i ja, że idzie. My już z wami, bat'ku, o tym mówili; ale czemu nam ginąć?

– Ne zderżymo. Innemu by zdzierżyli, Jaremie nie. Mołojcy się jego boją.

– A ja się jego nie boję, ja mu pułk w Wasiłówce na Zadnieprzu wyciął.

– Wiem ja to, że ty się jego nie boisz. Twoja sława kozacka, mołojecka, warta jego kniaziowej, ale ja mu bitwy dać nie mogę, bo mołojcy nie zechcą... Przypomnij, co na radzie mówili, jako się na mnie do szabel i kiścieni rzucali, że ich na rzeź chcę prowadzić.

– To idźmy do Chmiela, tam zażyjemy krwi i zdobyczy.

– Mówią, że Chmiel już od regimentarzy pobit.

– Temu ja nie wierzę, ojcze Maksymie. Chmiel lis, bez Tatarów nie uderzy na Lachów.

– Tak i ja myślę, ale trzeba wiedzieć. Wtedy by my wrażego Jaremę obeszli i z Chmielem się połączyli, ale trzeba wiedzieć! Ot, żeby się kto Jaremy nie bał, a z podjazdem poszedł i języka porwał, ja by mu czapkę czerwonych złotych nasypał.

– Ja pójdę, ojcze Maksymie, nie czerwonych szukać, ale sławy kozackiej, mołojeckiej!

– Ty drugi po mnie ataman, a ty chcesz iść? Będziesz ty jeszcze pierwszym atamanem nad Kozakami, nad dobrymi mołojcami, bo ty się Jaremy nie boisz. Idźże ty, sokole, a potem, czego chcesz, żądaj. No, ja ci powiem: żeby ty nie poszedł, to ja by poszedł sam, ale mnie nie można.

– Nie można, bo jakbyście wy, ojcze, wyszli, tak by mołojcy krzyknęli, że hołowu spasajete, i rozlecieliby się na cały świat; a jak ja pójdę, tak im serca przybędzie.

– A siła komunika ci dać?

– Nie wezmę ja dużo, z małą watahą łatwiej się ukryć i podejść...
ale z pięciuset dobrych mołojców dajcie, a już moja głowa, że wam
języków przywiozę, i nie pocztowych, ale towarzyszów, od których
się wszystkiego dowiecie.

– Jedźże zaraz. Z Kamieńca już z dział biją na radość i na spasenie
Lacham, a na pohybel nam, niewinnym.

Bohun odszedł i zaraz jął gotować się do drogi. Mołojcy jego, jako
nieodmiennie bywało w takich okazjach, pili na zabój, „nim śmierć-
-matka przytuli", on zaś pił z nimi, aż parskał gorzałką, szalał, hulał,
następnie kazał beczkę dziegciu zatoczyć i jak był w altembasach
i sajetach, rzucił się w nią we wszystkim, zanurzył się raz, drugi, wraz
z głową – i wykrzyknął:

– Czarny ja teraz jako noc-matka, lackie oczy nie dojrzą!

I wytarzawszy się na perskich kobiercach zdobycznych, skoczył na
koń i pojechał, i za nim poczłapali śród pomroki nocnej wierni
mołojcy przeprowadzani okrzykiem:

– Na sławu! na szczastie!

Tymczasem pan Skrzetuski dotarł już do Jarmoliniec; tam trafiw-
szy na opór, sprawił krwawy chrzest mieszczanom i zapowiedziawszy,
że nazajutrz kniaź Jarema nadejdzie, dał odpoczynek strudzonym
koniom i żołnierzom.

Po czym zebrawszy na naradę towarzyszów rzekł im:

– Dotąd Bóg nam szczęści. Miarkuję też po terrorze, jaki chłopstwo ogarnia, iż zgoła mają nas za przednią straż książęcą i wierzą, że
cała potęga idzie za nami. Ale musimy pomyśleć, aby się zaś nie
obaczyli widząc, iż jedna kupa wszędzie chodzi.

– A długoż my tak będziem chodzić? – spytał pan Zagłoba.

– Póki o Krzywonosie nie będziem wiedzieć, co postanowił.

– Ba, to i na bitwę może do obozu nie zdążymy.

– Być to może... – odrzekł pan Skrzetuski.

– Mości panie, wielcem z tego nierad – rzekł szlachcic. – Za-
prawiło się trocha ręce na hultajstwie pod Konstantynowem, zdobyło się tam coś na nich. Ale to psu mucha!... palce świerzbią...

– Może tu waszeć więcej bitew zażyjesz, niż sam myślisz – odparł poważnie pan Skrzetuski.

– O! a to, *quo modo?* – pytał dość niespokojnie Zagłoba.

– Bo lada dzień możem się natknąć na nieprzyjaciela, a choć nie po to tu jesteśmy, by mu orężem drogę zagradzać, przecie wypadnie się bronić. Ale wracam do materii: trzeba nam więcej kraju zająć, aby w kilku miejscach na raz o nas wiedziano, tu i owdzie opornych wyciąć, by się groza rozniosła, a wszędy wieści puszczać; dlatego mniemam, iż wypadnie nam się rozdzielić.

– Tak i ja mniemam – rzecze Wołodyjowski – będziem im się w oczach mnożyć, i ci, co ucieknąą do Krzywonosa, o krociach będą gadali.

– Mości poruczniku, waszmość tu wodzem, tedy rozporządź – rzekł Podbipięta.

– Pójdę ja na Zinków ku Sołodkowcom, a jak będę mógł, to dalej – mówił Skrzetuski. – Waćpan, mości namiestniku Podbipięto, idź prosto na dół ku Tatarzyskom; ty, Michale, podejdź pod Kupin, a pan Zagłoba dotrze do Zbrucza koło Satanowa.

– Ja? – rzecze pan Zagłoba.

– Tak jest. Waćpan człowiek przemyślny i pełen fortelów; myślałem, że chętnie podejmiesz się tej imprezy, ale jeśli nie, to czwarty oddział weźmie Kosmacz, wachmistrz.

– Weźmie, ale pod moją komendą! – zawołał Zagłoba, którego nagle olśniła myśl, iż będzie wodzem osobnego oddziału. – Jeślim się pytał dlaczego, to, że mi się żal było z wami rozłączać.

– Czy jeno masz waćpan eksperiencję w rzeczach wojskowych? – spytał Wołodyjowski.

– Czy mam eksperiencję? Jeszcze żaden bocian nie myślał o tym, aby z waści prezent ojcu i matce zrobić, gdym ja już większe podjazdy, jako ten cały jest, wodził. Wiek życia w wojsku przesłużyłem i dotąd bym służył, gdyby nie to, że jak mnie raz spleśniały suchar w brzuchu stanął, to mi trzy lata siedział. Musiałem za bezoarem do Galaty jeździć, o której peregrynacji szczegółowo waćpanom w swoim czasie opowiem, gdyż teraz pilno mi w drogę.

– Jedź więc waćpan, a wieści przed sobą puszczaj, że Chmielnicki już pobit i że książę Płoskirów już minął – rzekł pan Skrzetuski. – Lada jakiego języka nie bierz, ale gdybyś napotkał podjazdy spod Kamieńca, to staraj się porwać takich, którzy by o Krzywonosie mogli dać wiadomość, bo ci, których mamy, dają relacje sprzeczne.

– Obym samego Krzywonosa napotkał! niechby mu przyszła chętka na podjazd wyjechać, zadałżebym mu pieprzu z imbierem! Nie bójcie się, waszmościowie, nauczę ja hultajów śpiewać – ba, nawet i tańcować!

– We trzech dniach zjedziem się na powrót w Jarmolińcach, a teraz każdy w swoją drogę! – rzekł Skrzetuski. – A ludzi proszę waszmościów oszczędzać.

– We trzech dniach w Jarmolińcach! – powtórzyli Zagłoba, Wołodyjowski i Podbipięta.

VI

Gdy pan Zagłoba znalazł się sam na czele swego oddziału, zrobiło mu się zrazu jakoś niesmaczno, a nawet wcale straszno, i dużo byłby za to dał, żeby mieć koło siebie Skrzetuskiego, Wołodyjowskiego albo pana Longina, których w duszy najmocniej podziwiał i przy których czuł się zupełnie bezpieczny, tak ślepo wierzył w ich obrotność i męstwo.

Jechał więc z początku dość posępnie na czele swego oddziału i rozglądając się podejrzliwie na wszystkie strony, myślą mierzył niebezpieczeństwa, na jakie mógł się natknąć, i mruczał:

– Zawsze raźniej by było, żeby który z nich był tutaj. Do czego Bóg kogo przeznaczył, do tego go stworzył; a ci trzej powinni byli bąkami się porodzić, bo na krwi lubią siadać. Tak im właśnie na wojnie, jako innym przy dzbanie albo jako rybom we wodzie. W to im graj.

Brzuchy mają lekkie, ale ręce ciężkie. Skrzetuskiego widziałem przy robocie i wiem, jako jest *peritus*. Tak on trzepie ludzi, jak mnichy pacierze. Jego to rzemiosło ulubione. Ów Litwin, co własnej głowy nie ma, a trzech obcych szuka, nic na szwank nie wystawia; najmniej znam tego małego fircyka, ale osa też to musi być nie lada, miarkując z tego, com pod Konstantynowem widział i co mnie Skrzetuski o nim powiadał – osa to musi być! Szczęściem, niedaleko on ode mnie ciągnie i myślę, że najlepiej zrobię, jak się z nim połączę, bo jeśli wiem, dokąd iść, to niech mnie kaczki zdepczą.

Pan Zagłoba uczuł się bardzo samotnym na świecie, aż się sam swej samotności użalił.

– Tak to, tak! – mruczał. – Każdy ma się na kogoś obejrzeć, a ja co? Ni towarzysza, ni ojca, ni matki. Sierotam jest – i kwita! W tej chwili wachmistrz Kosmacz zbliżył się ku niemu:

– Mości komendancie, dokąd idziemy?

– Dokąd idziemy? – powtórzył Zagłoba – co?

Nagle wyprostował się w siodle i wąsa pokręcił.

– Do Kamieńca, jeśli taka będzie moja wola! Rozumiesz, mości wachmistrzu?

Wachmistrz skłonił się i cofnął w milczeniu do szeregów, nie zdając sobie sprawy, dlaczego się komendant rozsierdził, pan Zagłoba zaś cisnął jeszcze okolicy kilka groźnych spojrzeń, następnie uspokoił się i mruczał dalej:

– Jeśli do Kamieńca pójdę, pozwolę sobie dać sto kijów w pięty turecką modą. Tfu! tfu! żeby który z tamtych był przy mnie, więcej czułbym w sobie ducha. Co ja pocznę ze stem ludzi? Wolałbym być już sam, bo wówczas człek w fortele dufa. A teraz za dużo nas, by fortelami wojować, a za mało do obrony. Bardzo to niefortunna myśl przyszła Skrzetuskiemu do głowy, żeby podjazd rozdzielać. I gdzie ja pójdę? Wiem, co za mną, ale kto mnie powie, co przede mną, i kto mi zaręczy, czy diabli tam jakiej pułapki nie nastawili? Krzywonos i Bohun! Dobra sfora! Żeby ich diabli obłuszczyli! Boże mnie broń przynajmniej od Bohuna. Skrzetuski życzy sobie się z nim spotkać – wysłuchaj go, Panie! Życzę mu tego, czego sobie sam życzy, bom mu przyjaciel... – amen! Dotrę do Zbrucza i wrócę do Jarmoliniec, a języków więcej im przywiodę, niż sami chcą. O to nietrudno.

Wtem Kosmacz zbliżył się ku niemu.

– Mości komendancie, jakowychś jeźdźców za wzgórzem widać.

– Niech jadą do diabła! Gdzie? gdzie?

– Ano tam, za górą. Znaki widziałem.

– Wojsko?

– Zdaje się, wojsko.

– Niech ich psi kąsają. A siła ich?

– Nie wiadomo, bo daleko. Byśmy się tu za one skały ukryli, wpadniemy na nich niespodzianie, bo tędy im droga. Jeśli potęga za wielka, to pan Wołodyjowski niedaleko, strzały usłyszy i na pomoc skoczy.

Panu Zagłobie odwaga uderzyła niespodzianie do głowy jak wino. Być może, że to desperacja dała mu taki do czynu pochop; być może nadzieja, że pan Wołodyjowski jeszcze blisko, dość, że gołą szablą błysnął, oczyma zatoczył straszliwie i zakrzyknął:

– Ukryć się za skały! Wpadniemy na nich niespodzianie! Pokażemy tym hultajom!...

Sprawni żołnierze książęcy z miejsca zawrócili pod skały i w mgnieniu oka ustawili się w szyku bojowym, gotowi do niespodzianego napadu.

Upłynęła godzina; na koniec dał się słyszeć gwar zbliżających się ludzi, echo niosło nutę wesołych pieśni, a po chwili jeszcze do uszu czatujących w zasadzce doszły odgłosy skrzypków, dud i bębenka. Wachmistrz zbliżył się znów do pana Zagłoby i rzekł:

– To nie wojsko, panie komendancie, nie Kozacy; to wesele.

– Wesele? – rzekł Zagłoba. – Zagramże ja im, niech poczekają!

To rzekłszy ruszył koniem, za nim wyjechali żołnierze i ustawili się szeregiem na drodze.

– Za mną! – krzyknął groźnie Zagłoba.

Linia ruszyła kłusem, potem galopem – i okrążywszy skałę stanęła nagle tuż przed gromadą ludzi zmieszanych i strwożonych niespodzianym widokiem.

– Stój! stój! – wołano z obu stron.

Było to istotnie chłopskie wesele. Naprzód jechali konną dudziarz, teorbanista, skrzypek i dwaj „dowbysze”, trochę już pijani, wycinając od ucha skoczne kołomyjki. Za nimi panna młoda, hoża dziewczyna w ciemnym żupanie i z włosami rozpuszczonymi na ramiona. Otaczały ją drużki śpiewające pieśni i niosące ponawlekane na ręce wieńce – a wszystkie dziewki na koniach, siedzące po męsku, wystrojone, ubrane w polne kwiaty, wyglądały z dala jak zastęp kraśnych Kozaków. W drugim szeregu jechał na dzielnym koniu pan młody wśród drużbów z wieńcami na długich, podobnych do spis tyczkach; orszak zamykali rodzice nowożeńców i goście, wszyscy konno. Jedynie beczki z gorzałką, miodem i piwem jechały na lekkich, wymoszczonych słomą wózkach, bełkocąc smakowicie po nierównej kamienistej drodze.

– Stój! Stój! – wołano z obu stron, po czym orszak weselny pomieszał się. Dziewczęta podniosły krzyk przeraźliwy i cofnęły się w tył, zaś parobcy i starsi drużbowie skoczyli naprzód, by piersiami zasłonić mołodycie przed niespodzianym napadem.

Pan Zagłoba skoczył tuż przed nich i machając szablą, świecąc nią w oczy przerażonemu chłopstwu, począł wrzeszczeć:

– Ha! skurczybyki, psie chwosty, rebelizanty! Do buntu wam się zachciało! Za Krzywonosem trzymacie, łajdaki? na przeszpiegi jeździcie? drogę wojsku tamujecie? na szlachtę ręce podnosicie? Dam ja wam, pieskie dusze bezecne! W dyby pokuć każę, na pal powbijać, o szelmy! o poganie! Teraz za wszystkie zbrodnie zapłacicie!

Stary i biały jak gołąb drużba zeskoczył z konia, zbliżył się do szlachcica i chwyciwszy go pokornie za strzemię począł kłaniać się w pas a błagać:

– Zmiłujcie się, jasny rycerzu, nie gubcie biednych ludzi, Bóg nam świadek, my niewinni, nie do buntu my idziemy; my z cerkwi, z Husiatyna, naszego krewniaka Dymitra, kowala, z bondarówną Ksenią wieńczyli. My z weselem, z korowajem...

– To niewinni ludzie, panie – szepnął wachmistrz.

– Precz mi! To szelmy! Od Krzywonosa na wesele przyszli! – huknął Zagłoba.

– Kołyb jeho trastia mordowała! – zawołał starzec. – My jego na oczy nie widzieli, my biedni ludzie. Zmiłujcie się, jasny panie, dozwólcie przejść, my nikomu zła nie czynimy, a swoją powinność znamy.

– Do Jarmoliniec w łykach pójdziecie!...

– Pójdziemy, gdzie każecie, panie! Wam rozkazywać; nam słuchać! Ale wy nam łaskę zróbcie, jasny rycerzu! przykażcie panom żołmirom, żeby oni nam zła nie czynili, a sami – wybaczcie prostakom – i ot, bijem czołem pokornie: wypijcie z nami na szczęście uwieńczonym... Wypijcie, wasza miłość, na radość prostym ludziom, jako Bóg i święta ewangelia nakazuje.

– Jeno nie myślcie, bym wam folgował, gdy wypiję! – rzekł ostro pan Zagłoba.

– Nie, panie! – zawołał z radością dziad – my nie myślim! Hej! grajki! – zakrzyknął na muzykę – zagrajcie dla jasnoho łycara, bo jasny łycar dobry, a wy mołojcy, skoczcie po miód, po słodki dla jasnego łycara; on biednych ludzi nie ukrzywdzi. Skoro, chłopci, skoro! Diakujem, pane!

Mołojcy kopnęli się co duchu do beczek, a tymczasem zawarczały bębenki, zapiszczały raźno skrzypki, dudziarz wydął policzki i począł miętosić dudę pod pachą, drużbowie potrząsali wieńcami na tykach; co widząc żołnierze poczęli się coraz bardziej przysuwać, wąsy kręcić, uśmiechać się i przez plecy mołojców na mołodycie poglądać. Zabrzmiały na nowo pieśni – i strach minął, nawet gdzieniegdzie ozwały się radosne: ,,u-ha! u-ha!''

Ale pan Zagłoba nie rozchmurzył się od razu – nawet gdy mu dano kwartę miodu, mruczał jeszcze z cicha: ,,A szelmy! a łajdaki!'' Nawet gdy już wąsy zanurzył w ciemnej powierzchni napitku, brwi jego nie rozmarszczyły się jeszcze; podniósł głowę i mrużąc oczy, mlaskając wargami, począł smakować trunek – następnie zdziwienie, ale i oburzenie odbiło się na jego twarzy.

– Co to za czasy! – mruknął. – Chamy taki miód piją ! Boże, Ty to widzisz i nie grzmisz?

To rzekłszy przechylił kwartę i wypróżnił ją do dna.

Tymczasem przyszli ośmieleni weselnicy prosić go całą gromadą, by zła nie czynił i puścił wolno, a między nimi przyszła i panna młoda, Ksenia nieśmiała, drżąca, ze łzami w oczach, a zapłoniona i śliczna jak zorza. Zbliżywszy się złożyła ręce: ,,Pomyłujte, pane!'' – i całowała żółty but pana Zagłoby. Serce w szlachcicu od razu jak wosk zmiękło.

Popuściwszy skórzanego pasa począł w nim grzebać, a wygrzebawszy ostatnie czerwone złote, które mu swego czasu dał książę, rzekł do Kseni:

– Naści! Niechże ci Bóg błogosławi, jako i wszelkiej niewinności.

Tu wzruszenie nie pozwoliło mu mówić więcej, bo mu owa wysmukła czarnobrewa Ksenia przypomniała kniaziównę, którą kochał po swojemu pan Zagłoba. ,,Gdzie ona teraz, nieboga, i czy jej tam pilnują święci anieli?'' – pomyślał i całkiem był już rozczulony, gotów z każdym ściskać się i bratać.

Weselnicy zaś widząc jego wspaniały czyn poczęli hukać z radości, a śpiewać, a cisnąć się do niego, całować poły, ,,Dobry on! – powtarzano w tłumie – zołotyj Lach! czerwinci daje, zła nie robyt, dobry pan! Na sławu, na szczastie!'' Skrzypek aż się trząsł, tak ciął od ucha, dudziarzowi oczy na wierzch wylazły, dowbyszom ręce ustawały. Stary bondar, tchórzem widocznie podszyty, trzymał się aż dotąd w tyle; teraz wysunął się naprzód i wraz z żoną bondarową i starą kowalichą, matką pana młodego, nuż kłaniać się w pas a do chutoru na wesele zapraszać, że to sława takiego mieć gościa i dla młodych pomyślna wróżba – że inaczej krzywda im będzie. Za nimi kłaniał się pan młody i czarnobrewa Ksenia, która choć prosta mołodycia, od razu poznała, że jej prośba najwięcej może. A drużbowie krzyczeli, że chutor niedaleko, nie będzie rycerzowi z drogi, stary zaś bondar bogaty, nie takiego miodu wytoczy. Pan Zagłoba spojrzał po żołnierzach: ruszali wszyscy wąsami jak zające, różne sobie rozkosze w tańcu i napitkach obiecując, więc – choć nie śmieli prosić, by jechać – zlitował się nad nimi pan Zagłoba – i po chwili on, drużbowie, mołodycie i żołnierze ruszyli w najpiękniejszej zgodzie do chutoru.

Chutor istotnie był niedaleko, a stary bondar bogaty, więc i wesele było szumne. I popili się wszyscy mocno, a pan Zagłoba tak się rozochocił, że do wszystkiego był pierwszy. Zaczęły się tedy dziwne obrządki. Stare baby zawiodły Ksenię do komory i zamknęły się tam z nią; bawiły długo, po czym wyszły i oświadczyły, że mołodycia – jak gołąbka, jak lilia! Wtedy radość zapanowała w zgromadzeniu, podniósł się krzyk: ,,Na sławu! na szczastie!" Kobiety jęły klaskać w ręce i krzyczeć: ,,A szczo? ne kazały!" Parobcy zaś tupali nogami i każden tańczył w pojedynkę, z kwartą w ręku, którą przed drzwiami komory ,,na sławu" wypijał. Tańczył tak i pan Zagłoba, tym tylko zacność swego urodzenia dystyngwując, że nie kwartą, ale półgarncówką pił przed drzwiami. Potem bondarowie i kowalicha wprowadzili młodego Dymitra do komory, ale że młody Dymitr ojca nie miał, więc pokłoniono się panu Zagłobie, by go zastąpił – a on zgodził się i poszedł z innymi. Przez ten czas uciszyło się w izbie, tylko żołnierze pijący na majdanie przed chatą krzyk czynili hałłakując z radości po tatarsku i pałąc z bandoletów. Lecz największa radość i hulatyka zaczęły się dopiero wówczas, gdy rodzice pojawili się na powrót w izbie. Stary bondar ściskał z radości kowalichę, parobcy przychodzili do bondarowej i podejmowali ją pod nogi, a niewiasty sławiły ją, że tak ustrzegła córeczki jako oka w głowie; jak hołubki i lilii, po czym puścił się z nią w tany pan Zagłoba. Poczęli więc dreptać naprzeciw siebie, a on w ręce klaskał i w prysiudach przysiadał, i tak podskakiwał, i tak podkowami bił w podłogę, że aż drzazgi z desek leciały i pot obfity spływał mu z czoła. Poszli ich śladem inni: kto mógł – w izbie, kto nie mógł – na podwórcu, mołodycie z mołojcami i z żołnierzami. Bondar coraz nowe beczki kazał wytaczać. Wreszcie wytoczyło się całe wesele z izby na majdan – zapalono stosy z suchych bodiaków i łuczywa, bo zapadła już noc głęboka, i hulaty-ka zmieniła się w pijatykę na umór; żołnierze palili z bandoletów i muszkietów jakby w czasie bitwy.

Pan Zagłoba, czerwony, spocony, chwiejący się na nogach, zapo-mniał, co się z nim dzieje, gdzie jest; przez dymy, które mu biły z czupryny, widział twarze biesiadników, ale choćby go na pal wbija-no, nie umiałby powiedzieć, kto są ci biesiadnicy. Pamiętał, że jest na weselu – ale na czyim? Ha? pewnie pana Skrzetuskiego z kniaziów-ną! Ta myśl wydała mu się najprawdopodobniejszą, utkwiła mu wre-szcie jak gwóźdź w głowie i taką napełniła go radością, że począł wrzeszczeć jak opętany: „Niech żyją! Panowie bracia, kochajmy się! – i coraz nowe spełniał półgarncówki: – W twoje ręce, panie bracie! Zdrowie naszego księcia pana! Żeby się nam dobrze działo!... Bog-daj ten paroksyzm ojczyznę minął!" – Tu zalał się łzami i potknął się idąc do beczki – i potykał się coraz więcej, bo na ziemi jakby na pobojowisku leżało mnóstwo ciał nieruchomych. „Boże! – zawołał pan Zagłoba – nie masz już męstwa w tej Rzeczypospolitej. Jeden pan Łaszcz pić potrafi, drugi Zagłoba... A reszta! Boże! Boże!" I oczy żałośnie ku niebu podniósł – wtem postrzegł, że ciała niebies-kie nie tkwią już spokojnie na kształt złotych gwoździ w firmamen-cie, ale jedne trzęsą się, jakoby chciały z oprawy wyskoczyć, drugie zataczają koła, trzecie tańczą naprzeciw siebie kozaka – więc zdu-miał się okrutnie pan Zagłoba i rzekł do swej duszy zdumionej.

– Zali ja jeden tylko nie pijany *in universo?*

Ale nagle ziemia, tak samo jak gwiazdy, zatrzęsła się szalonym wirem i pan Zagłoba runął jak długi na ziemię.

Wkrótce opadły go sny straszne. Zdało mu się, że jakieś zmory usiadły mu na piersiach, że go gniotą i przytłaczają do ziemi, że wiążą mu ręce i nogi. Jednocześnie o uszy odbijały mu się wrzaski i jak gdyby huk wystrzałów; jakieś jaskrawe światło przechodziło przez jego zamknięte powieki i raziło mu oczy blaskiem nieznośnym. Chciał się zbudzić, otworzyć oczy i nie mógł. Czuł, iż dzieje się z nim coś niezwykłego, że głowa zwiesza mu się w tył, jak gdyby go niesiono za ręce i nogi... Potem zdjął go jakiś strach; było mu źle, bardzo źle, bardzo ciężko. Wracała mu przez pół przytomność – ale dziwna – bo w towarzystwie takiej niemocy, jakiej nigdy w życiu nie doznawał. I jeszcze raz próbował się poruszyć, ale gdy mu się nie udało, rozbudził się lepiej – i odemknął powieki.

Wówczas wzrok jego napotkał parę oczów, które wpijały się w niego chciwie, a były to czarne źrenice jak węgiel i tak złowrogie, że rozbudzony już zupełnie pan Zagłoba pomyślał w pierwszej chwili, że to diabeł na niego patrzy – i znów przymknął powieki, i znów je prędko otworzył. Owe oczy patrzyły wciąż uporczywie – twarz wydała się znajomą; nagle pan Zagłoba zadygotał do szpiku kości, oblał go zimny pot, a po krzyżach przeszło mu aż do nóg tysiące mrówek.

Poznał twarz Bohuna.

VII

Zagłoba leżał związany w kij do własnej szabli w tej samej izbie, w której odbywało się wesele, a straszliwy watażka siedział opodal na zydlu i pasł oczy przerażeniem jeńca.

– Dobry wieczór waści! – rzekł dojrzawszy otwarte powieki swej ofiary. Pan Zagłoba nie odrzekł nic, ale w jednym mgnieniu oka oprzytomniał tak, jakby kropli wina do ust nie brał, jeno mrówki doszedłszy mu do pięt wróciły się do góry, aż do głowy, a szpik w kościach stał się zimny jak lód. Mówią, że człowiek tonący w ostatnim momencie widzi jasno całą swoją przeszłość, że przypomina wszystko – i zdaje sobie sprawę z tego, co się z nim dzieje; taką jasność widzenia i pamięci posiadał w tej chwili pan Zagłoba, a ostatnim słowem tej jasności był cichy, nie wypowiedziany ustami okrzyk:

„Ten mi dopiero da łupnia!"

A watażka powtórzył spokojnym głosem:

– Dobry wieczór waszmości.

„Brr! – pomyślał Zagłoba – wolałbym, by wpadł w furię."

– Nie poznajesz mnie, panie szlachcic?

– Czołem! czołem! jak zdrowie?

– Nieźle. A waścinym to już ja się zajmę.

– Nie prosiłem Boga o takiego doktora i wątpię, abym mógł strawić twoje lekarstwa, ale dziej się wola boża.

– No, ty mnie kurował, teraz ja się tobie wywdzięczę. My stare druhy. Pamiętasz, jak ty mnie głowę obwiązywał w Rozłogach – co?

Oczy Bohuna poczęły świecić jak dwa karbunkuły, a linia wąsów przedłużała się w straszliwym uśmiechu.

– Pamiętam – rzekł Zagłoba – że mogłem cię nożem pchnąć – i nie pchnąłem.

– A ja to ciebie pchnął? albo cię myślę pchnąć? Nie! ty dla mnie lubczyk-kochańczyk; ja ciebie będę strzegł jak oka w głowie.

– Zawsze mówiłem, że zacny z ciebie kawaler – rzekł Zagłoba udając, że bierze za dobrą monetę słowa Bohuna, a jednocześnie przez głowę przeleciała mu myśl: „Już widać on mi specjał jakowyś obmyśli; nie umrę po prostu!"

– Ty dobrze mówił – ciągnął Bohun – ty także zacny kawaler; tak my się szukali i znaleźli.

– Co prawda, tom cię nie szukał, ale dziękuję za dobre słowo.

– Podziękujesz ty mi jeszcze lepiej niezadługo i ja tobie podziękuję za to, że ty mnie mołodycię z Rozłogów do Baru przywiódł. Tam ja ją znalazł, a teraz ot! na wesele by ciebie prosił, ale to nie dziś i nie jutro – teraz wojna, a ty stary człowiek, może nie dożyjesz.

Zagłoba mimo straszliwego położenia, w jakim się znajdował, nadstawił uszu.

– Na wesele? – mruknął.

– A co ty myślał? – mówił Bohun – czy to ja chłop, żeby ją bez popa niewolił, albo mnie nie stać na to, żeby ja w Kijowie ślub brał? Nie dla chłopa ty ją do Baru przywiódł, ale dla atamana i hetmana...

„Dobrze!" – pomyślał Zagłoba.

Po czym zwrócił głowę ku Bohunowi.

– Każ mnie rozwiązać... – rzekł.

– Poleż, poleż, ty w drogę pojedziesz, a ty stary, tobie odpocząć przed drogą.

– Gdzie mnie chcesz wieźć?

– Ty mój przyjaciel, tak ja cię do drugiego mojego przyjaciela zawiodę, do Krzywonosa. Już my oba pomyślimy, żeby tobie tam było dobrze.

– Będzie mi ciepło! – mruknął szlachcic i znowu mrówki poczęły mu chodzić po grzbiecie.

Na koniec począł mówić:

– Wiem, że ty do mnie rankor masz, ale niesłusznie, niesłusznie – Bóg widzi. My żyli razem i w Czehrynie niejeden gąsior wypili, bo miałem dla cię afekt ojcowski za twoją fantazję rycerską, jakiej lepszej nie znalazłeś na całej Ukrainie. Ot co! Czym ja tobie w drogę wchodził? Żebym ja był z tobą do Rozłogów wtedy nie jeździł, to byśmy do tej pory w dobrej przyjaźni żyli – a po cóżem jechał, jeśli nie z życzliwości ku tobie? I żebyś się nie był wściekł, żebyś nie był mordował onych nieszczęsnych ludzi – Bóg na mnie patrzy – nie byłbym ci wchodził w drogę. Co mnie się do cudzych spraw mieszać! Wolałbym, żeby dziewczyna była twoja niż czyja inna. Ale przy twoich tatarskich zalotach sumienie mnie ruszyło, że to przecie szlachecki dom. Sam byś nie inaczej postąpił. Mogłem cię przecie z tego świata zgładzić z większym moim pożytkiem – a przecz-żem tego nie uczynił? Bom szlachcic i wstyd mi było. Zawstydźże się i ty, bo wiem, że się nade mną chcesz znęcać. Dziewczynę i tak masz w ręku – czego ode mnie chcesz? Zalim jej nie strzegł jak oka w głowie – tego twojego dobra? Żeś ją uszanował, znać, że i w tobie jest rycerski honor i sumienie, ale jakże to jej podasz rękę, którą w mojej krwi niewinnej ubroczysz? Jako to jej powiesz: tego człeka, któren cię przez chłopstwo i tatarstwo przeprowadził, na mękim wydał? Zawstydźże się i puść mnie z tych pętów i z tej niewoli, w którą mnie zdradą pochwyciłeś. Młodyś jest i nie wiesz, coć potkać może – a za moją śmierć Bóg cię będzie karał na tym, co ci najmilsze.

Bohun wstał z zydla blady z wściekłości i zbliżywszy się do Zagłoby zaczął, mówić przyduszonym przez furię głosem:

– Wieprzu nieczysty, pasy drzeć z ciebie każę, na wolnym ogniu spalę, ćwiekami nabiję, na szmaty rozerwę!

I w przystępie szaleństwa pochwycił za nóż wiszący u pasa – przez chwilę ściskał go konwulsyjnie w pięści – już, już ostrze zaświeciło panu Zagłobie w oczach, ale watażka pohamował się, nóż wepchnął z powrotem w pochwę i zakrzyknął:

– Mołojcy!

Sześciu Zaporożców wpadło do izby.

– Wziąć to ścierwo lackie i w chlewie rzucić, a strzec jak oka w głowie.

Kozacy porwali pana Zagłobę, dwóch za ręce i za nogi, jeden z tyłu za czuprynę – i wyniósłszy z izby, przenieśli przez cały majdan, na koniec porzucili go na gnoju w stojącym opodal chlewie. Po czym drzwi się zamknęły i jeńca otoczyła zupełna ciemność – jeno przez szpary między belkami i przez dziury w poszyciu przedzierało się tu i owdzie blade światło nocne. Po chwili oczy pana Zagłoby przyzwyczaiły się do pomroki. Rozejrzał się dokoła i ujrzał, że w chlewie nie było świń ani mołojców. Rozmowy tych ostatnich dochodziły go zresztą wyraźnie przez wszystkie cztery ściany. Widocznie cały budynek obstawiony był szczelnie, ale mimo tych straży pan Zagłoba odetchnął głęboko.

Przede wszystkim żył. Gdy Bohun błysnął nad nim nożem, był pewien, że już ostatnia jego chwila wybiła – i Bogu ducha polecał, co prawda, z największym strachem. Ale widocznie Bohun postanowił go zakonserwować na śmierć nierównie wymyślniejszą. Pragnął nie tylko się zemścić, ale i nasycić się zemstą nad tym, który wydarł mu krasawicę i sławę jego mołojecką nadwerężył, a samego śmiesz-

492

nością okrył spowiwszy go jak dziecko. Była to tedy smutna dla pana Zagłoby perspektywa, ale na razie pocieszała go jednak myśl, że jeszcze żyje, że prawdopodobnie do Krzywonosa go powiodą i tam dopiero na pytki wezmą – że więc ma kilka, a może i więcej dni przed sobą; tymczasem zaś leży sobie oto w chlewie samotny i może wśród ciszy nocnej o fortelach pomyśleć.

To była jedna, dobra strona sprawy, ale gdy o złych pomyślał, znowu mrówki poczęły mu tysiącami chodzić po grzbiecie.

Fortele!...

– Gdyby tu wieprz albo świnia leżała w tym chlewie – mruczał pan Zagłoba – miałaby ich więcej niż ja, boby jej nie związali w kij do własnej szabli. Niechby Salomona tak związali, nie byłby mądrzejszy od własnych pludrów albo od mego napiętka. O Boże, Boże, za co mnie tak każesz! Na tylu ludzi na świecie tego jednego złodzieja najbardziej uniknąć pragnąłem – i takie moje szczęście, żem jego właśnie nie uniknął. Będę miał skórę wyczesaną jak świebodzińskie sukno. Żeby to inny mnie złapał, to bym deklarował, że do buntu przystaję, a potem umknął. Ale i inny by nie uwierzył, a cóż dopiero ten! Czuję, że mnie serce zamiera. Diabli mnie tu przynieśli – o Boże, Boże, ani ręką, ani nogą ruszyć nie mogę... o Boże! Boże!

Po chwili jednak pomyślał pan Zagłoba, że gdyby miał wolne ręce i nogi, łatwiej by mógł jakichkolwiek fortelów się chwycić. A nużby popróbował? Byle tylko szablę zdołał spod kolan wysunąć, reszta poszłaby łatwiej. Ale jak tu ją wysunąć? Przewrócił się na bok – źle... Pan Zagłoba zamyślił się głęboko.

Następnie począł się kołysać na własnym grzbiecie coraz prędzej i prędzej, a za każdym takim ruchem posuwał się o pół cala naprzód. Zrobiło mu się gorąco, czupryna zapociła mu się gorzej niż w tańcu i chwilami ustawał i spoczywał, chwilami przerywał pracę, bo zdało mu się, że któryś z mołojców idzie ku drzwiom – i znów rozpoczynał z nowym zapałem, na koniec przesunął się do ściany.

Wówczas począł się kiwać inaczej, bo nie od głowy ku nogom, ale z boku na bok, tak że za każdym razem uderzał z lekka w ścianę końcem szabli, która wysuwała się przez to spod kolan, przechylając się coraz bardziej ku wewnątrz, na stronę rękojeści.

Serce poczęło bić w panu Zagłobie jak młotem, bo ujrzał, że to sposób może być skuteczny.

I pracował dalej, starając się jak najciszej uderzać i tylko wówczas, gdy rozmowa mołojców głuszyła lekkie uderzenia. Przyszła nareszcie chwila, że koniec pochwy znalazł się na jednej linii z łokciem i kolanem i że dalsze kiwania się ku ścianie nie mogły go już wypychać.

Tak, ale natomiast z drugiej strony zwieszała się już znaczna część szabli, i wiele cięższa biorąc na uwagę rękojeść.

Na rękojeści był krzyżyk, jako zwykle przy karabelach; pan Zagłoba liczył na ów krzyżyk.

I po raz trzeci począł kołysać się, ale tym razem celem jego usiłowań było odwrócenie się nogami do ściany. Dopiąwszy i tego jął posuwać się wzdłuż. Szabla jeszcze tkwiła między podkolanami a rękoma, ale rękojeść zawadzała się co chwila krzyżykiem o nierówności gruntu; na koniec krzyżyk zawadził silniej – pan Zagłoba kiwnął się ostatni raz i przez chwilę radość przygwoździła go na miejscu.

Szabla wysunęła się zupełnie.

Szlachcic zdjął wówczas ręce z kolan, a chociaż dłonie miał jeszcze związane, uchwycił nimi szablę na powrót. Pochwę przytrzymał nogami i wyciągnął żeleźce.

Rozciąć pęta na nogach było teraz dziełem jednej chwili.

Trudniej było z dłońmi. Pan Zagłoba musiał ułożyć szablę na gnoju, tylcem do dołu, ostrzem do góry, i trzeć o owo ostrze postronki dopóty, dopóki ich nie rozciął.

Co gdy uczynił, był nie tylko wolny od pęt – lecz i uzbrojony.

Odetchnął też głęboko, po czym przeżegnał się i zaczął Bogu dziękować.

Ale od rozcięcia pęt do uwolnienia się z rąk Bohunowych było jeszcze bardzo daleko.

– Co dalej? – pytał samego siebie pan Zagłoba.

I nie znalazł odpowiedzi. Chlew naokoło obstawiony był mołojcami; było ich tam razem ze stu; mysz nie mogłaby się wymknąć nie postrzeżona, a cóż dopiero człowiek tak tęgi jak pan Zagłoba!

– Widzę; że zaczynam w piętkę gonić – rzekł sam do siebie – a mój dowcip tyle wart, żeby nim buty wysmarować, chociaż i smarowidła lepszego można by u Węgrzynów na jarmarku kupić. Jeśli mnie Bóg nie ześle jakiej myśli, to pójdę wronom na pieczeń, ale jeśli ześle, to się ofiaruję w czystości trwać jako pan Longinus.

Głośniejsza rozmowa mołojców za ścianą przerwała mu dalsze rozmyślania, poskoczył więc i ucho przyłożył do szpary między belkami.

Wysuszone sosnowe belki odbijały głosy jak pudło teorbanu: słowa dochodziły wyraźnie.

– A gdzie my stąd pojedziemy, ojcze Owsiwuju? – pytał jeden głos.

– Ne znaju, pewno do Kamieńca – odparł drugi.

– Ba, konie ledwo nogami włóczą; nie dojdą.

– Dlatego tu i stoimy; do rana wypoczną.

Nastała chwila milczenia, potem pierwszy głos ozwał się ciszej jak poprzednio:

– A mnie się widzi, ojcze, że ataman spod Kamieńca za Jampol ruszy.

Zagłoba wstrzymał oddech w piersi.

– Milcz, jeśli ci młoda głowa miła! – brzmiała odpowiedź.

Nastała chwila milczenia, tylko zza innych ścian dochodziło szeptanie.

– Wszędy są, wszędy pilnują! – mruknął Zagłoba.

I poszedł ku przeciwległej ścianie.

Tym razem doszedł go chrzęst żutych obroków i parskanie koni, które widocznie stały tuż, a między nimi mołojcy rozmawiali leżący, bo głosy dochodziły z dołu.

– Hej – mówił jeden – my tu jechali nie śpiąc, nie jedząc, koniom nie popasając, po to, by na pale w obozie Jaremy poszli?

– To już pewno, że on tu jest?

– Ludzie, co z Jarmoliniec uciekli, widzieli go, jako ciebie widzę. Strach, co mówią: wielki on jak sosna, we łbie dwie głownie, a koń pod nim smok.

– Hospody pomyłuj!

– Nam tego Lacha z żołnierzami zabrać i uciekać.

– Jak uciekać? Konie i tak zdychają.

– Źle, braty ridnyje. Żeby ja był atamanem, tak ja by temu Lachowi szyję uciął i do Kamieńca choć piechotą wracał.

– Jego ze sobą pod Kamieniec weźmiemy. Tam z nim atamany nasze poigrają.

– Pierwej z wami diabli poigrają – mruknął Zagłoba.

Jakoż mimo całego strachu przed Bohunem, a może właśnie dlatego, poprzysiągł sobie, że się żywcem nie da wziąć. Jest wolny od pęt, szablę ma w ręku – będzie się bronił. Rozsiekają go – to rozsiekają; ale żywcem nie wezmą.

Tymczasem parskanie i stękanie koni, widocznie nadzwyczajnie zdrożonych, zgłuszyło dalszą rozmowę, a natomiast poddało pewną myśl panu Zagłobie.

„Żebym to mógł przez tę ścianę się przedostać; a na konia niespodzianie skoczyć! – myślał. – Jest noc: nimby się obaczyli, co się stało, już bym im uszedł z oczu. Po tych jarach i rozłogach przy słońcu trudno gonić, a cóż dopiero w ciemnościach! Dajże mi Boże sposobność!"

Ale o sposobność nie było łatwo. Trzeba by chyba było ścianę rozwalić, a na to trzeba było być panem Podbipiętą – lub się podkopać jak lis, a i wówczas pewnie by usłyszeli, zobaczyli i ucapili zbiega za kark, nimby nogą strzemienia sięgnął.

Do głowy panu Zagłobie cisnęły się tysiące fortelów, ale właśnie dlatego, że ich było tysiące, żaden nie przedstawiał się jasno.

„Nie może już inaczej być, jeno skórą zapłacę" – pomyślał.

I ruszył ku trzeciej ścianie.

Nagle uderzył głową o coś twardego, zmacał: była to drabinka.

Chlew nie był świński, ale bawoli, i do połowy długości miał strych służący za skład słomy i siana. Pan Zagłoba bez chwili namysłu wylazł na górę.

Po czym siadł, odetchnął i począł z wolna wciągać za sobą drabinkę.

– No, tom jest i w fortecy! – mruknął. – Choćby też i drugą drabinę znaleźli, nieprędko się tu dostaną. Jeśli pierwszego łba, który się tu wychyli, nie rozwalę na dwoje, to się pozwolę na schab uwędzić. O do diabła! – rzekł nagle – istotnie będą mnie mogli nie tylko uwędzić, ale upiec i na łój przetopić. Ale niech tam! chcą chlew spalić – dobrze! żywcem mnie tym bardziej nie dostaną... a wszystko mi jedno, czy mnie krucy zdziobią surowego czy pieczonego. Bylem tych zbójeckich rąk uszedł, o resztę nie dbam i mam nadzieję, że jeszcze jakoś to będzie.

Pan Zagłoba łatwo przechodził widać od ostatniej rozpaczy do nadziei. Jakoż niespodzianie taka w niego wstąpiła ufność, jakby już był w obozie księcia Jeremiego. A jednak położenie jego nie poprawiło się o wiele. Siedział na strychu i mając szablę w garści, mógł istotnie długo przystępu bronić. Ot i wszystko! Ale ze strychu do wolności była droga jak z pieca na łeb – z tą jeszcze różnicą, że w dole czekały szable i spisy mołojców czyhających pod ścianami.

– Jakoś to będzie! – mruknął pan Zagłoba i zbliżywszy się do dachu począł z lekka rozrywać i unosić poszycie, aby sobie *prospectus* na świat otworzyć.

Poszło mu to z łatwością, gdyż mołojcy rozmawiali ciągle pod ścianami, chcąc zabić nudę czuwania, a przy tym wstał dość silny wiatr i głuszył powiewem śród pobliskich drzew szelest unoszonych snopków.

Po pewnym czasie dziura była gotowa – pan Zagłoba wetknął w nią głowę i począł rozglądać się naokoło.

Noc poczynała już ustępować, a na wschodnią stronę nieba wstępował pierwszy brzask dnia, więc przy bladym świetle ujrzał pan

497

Zagłoba cały majdan zapełniony końmi, przed chatą szeregi śpiących mołojców, powyciągane na kształt długich niewyraźnych linii, dalej żuraw studzienny i koryto, w którym świeciła woda, a obok nich znów szereg śpiących ludzi i kilkunastu mołojców z gołymi szablami w ręku przechadzających się wzdłuż owego szeregu.

– To moi ludzie, których w łyka wzięto – mruknął szlachcic. – Ba! – dodał po chwili – żeby to byli moi, ale to książęcy!... Dobrym byłem im wodzem, nie ma co mówić! Zawiodłem ich psu w gardło. Wstyd będzie oczy pokazać, jeśli mnie Bóg wróci wolność. A wszystko przez co? przez amory i napitki. Co mnie było do tego, że się chamy żenią? Tyle miałem do roboty na tym weselu, ile na psim. Wyrzekam się tego zdrajcy miodu, który włazi w nogi, nie w głowę. Wszystko złe na świecie z pijaństwa, bo gdyby nas byli trzeźwych napadli, byłbym jako żywo otrzymał wiktorię i Bohuna w chlewie zamknął.

Tu wzrok pana Zagłoby padł znowu na chatę, w której spał watażka, i zatrzymał się na jej drzwiach.

– O śpij, złodzieju – mruknął – śpij! niech ci się przyśni, żeć diabli łuszczą, co cię i tak nie minie. Chciałeś z mojej skóry przetak uczynić, spróbuj tu wleźć do mnie na górę, a obaczymy, czy ci twojej tak nie posiekam, że się i psom na buty nie zda. Żebym się tylko mógł stąd wyrwać! żebym się mógł wyrwać! Ale jak? Rzeczywiście zadanie było prawie nie do spełnienia. Cały majdan tak był zapchany ludźmi i końmi, że choćby pan Zagłoba zdołał wydostać się z chlewa, choćby zsunąwszy się z dachu skoczył na jednego z tych koni, które stały tuż pod chlewem, nie zdołałby żadną miarą dotrzeć nawet do wrót, a cóż dopiero wydostać się za wrota!

A jednak zdawało mu się, że dokonał większej części zadania: był wolny, uzbrojony i siedział pod strychem jakoby w fortecy.

„Cóż u licha! – czy po tom się z łyk uwolnił, żeby się na nich powiesić?"

I znowu fortele poczęły mu huczeć w głowie, ale było ich takie mnóstwo, że ani rusz wybrać.

Tymczasem szarzało coraz bardziej. Okolice chaty poczęły się wychylać z cienia, dach chaty powlókł się jakoby srebrem. Już pan Zagłoba mógł dokładniej odróżnić pojedyncze grupy na majdanie, już dojrzał czerwoną barwę swych ludzi leżących koło studni – i baranie kożuchy, pod którymi spali mołojcy wedle chaty.

Nagle jakaś postać podniosła się z szeregu śpiących i poczęła iść wolnym krokiem przez majdan, zatrzymując się tu i owdzie koło ludzi i koni; chwilkę pogadała z mołojcami pilnującymi jeńców i na koniec zbliżyła się do chlewa. Pan Zagłoba sądził w pierwszej chwili, że to jest Bohun, zauważył bowiem, że strażnicy rozmawiali z ową postacią tak jak podwładni z przełożonym.

– Ej! – mruknął – żebym to miał teraz guldynkę w ręku, nauczyłbym cię, jak to nogami się nakrywać.

W tej chwili postać owa podniosła głowę i na twarz jej padł szary blask świtu: to nie był Bohun, ale sotnik Hołody, którego pan Zagłoba poznał natychmiast, bo go znał doskonale jeszcze z tych czasów, gdy dotrzymywał Bohunowi kompanii w Czehrynie.

– Chłopcy! – rzekł Hołody – a nie śpicie?

– Nie, bat′ku, choć i chce się spać. Czas by nas zmienić.

– Zaraz was zmienią. A wraży syn nie uciekł?

– Oj, oj! Chyba dusza z niego uciekła, ojcze, bo się ani ruszył.

– Szczwana to liszka. A obaczcie no, co się z nim dzieje, bo on gotów się w ziemię zapaść.

– Zaraz! – odrzekło kilku mołojców zbliżając się ku drzwiom chlewa.

– Stoczcie też i siana ze stropu. Konie wytrzeć! Ze wschodem ruszamy.

– Dobrze, bat′ku!

Pan Zagłoba, porzuciwszy co tchu swoje stanowisko przy dziurze w dachu, przyczołgał się do otworu w stropie. Jednocześnie usłyszał skrzyp drewnianej zawory i szelest słomy pod nogami mołojców. Serce biło mu młotem w piersi, a ręką ściskał głownię szabli ponawiając sobie w duchu śluby, że prędzej da się spalić razem z chlewem lub na sieczkę pociąć niż żywcem wziąć. Spodziewał się też, że lada chwila mołojcy podniosą wrzask straszliwy, ale się omylił. Czas jakiś słychać było, jak chodzili coraz to śpieszniej po całym chlewie, nareszcie jeden ozwał się:

– Jaki tam czort? nie mogę go zmacać! My go ot, tu rzucili.

– Niesamowity czy co? Skrzesz ognia, Wasyl, ciemno tu jak w lesie.

Nastała chwila milczenia. Wasyl szukał widocznie hubki i krzesiwa, drugi zaś mołojec począł wołać z cicha:

– Pane szlachcic, odezwij się!

– Całuj psa w ucho! – mruknął Zagłoba.

Wtem żelazo poczęło szczękać o krzemień, sypnął się rój iskier i rozświecił ciemne wnętrze chlewa i głowy mołojców przybrane w kapuzy, po czym zapadła ciemność jeszcze głębsza.

– Nie ma! nie ma! – wołały gorączkowe głosy.

Wówczas jeden z mołojców poskoczył ku drzwiom.

– Bat'ku Hołody! bat'ku Hołody!

– Co takiego? – pytał sotnik ukazując się we drzwiach.

– Nie ma Lacha!

– Jak to nie ma?

– W ziemię zapadł! Nie ma nigdzie. O, Hospody pomyłuj! my ogień krzesali – nie ma!

– Nie może być. Oj, byłoby wam od atamana! Uciekł czy co? pospaliście się?

– Nie, bat'ku, my nie spali. Z chlewa on nie wyszedł naszą stroną.

– Cicho ! nie budzić atamana!... Jeśli nie wyszedł, to musi gdzieś być. A wy wszędzie szukali?

– Wszędzie.

– A na stropie?

– Jak jemu było na strop leźć, kiedy był w łykach.

– Durny ty! Żeby on się nie rozwiązał, to by tu był. Szukać na stropie.

Skrzesać ognia!

Sypnęły się znowu iskry. Wieść przeleciała wnet przez wszystkie straże. Poczęto się tłoczyć do chlewa z owym pośpiechem zwyczajnym w nagłych razach; słychać było szybkie kroki, szybkie pytania i jeszcze szybsze odpowiedzi. Rady krzyżowały się jak miecze w boju.

– Na strop! na strop!

– A pilnuj z zewnątrz!

– Nie budzić atamana, bo będzie bieda!

– Nie ma drabiny!

– Przynieść drugą!

– Nie ma nigdzie!

– Skoczyć do chaty, czy tam nie ma?

– O, Lach przeklęty!

– Leźć po węgłach na dach, dachem się przedostać.

– Nie można, bo wystaje i podbity deskami.

– Przynieść spisy. Po spisach tędy wejdziemy. A sobaka!... drabinę wciągnął!

– Przynieść spisy! – zabrzmiał głos Hołodego.

Mołojcy skoczyli po spisy, inni zaś popodnosili głowy ku stropowi. Już też rozpierzchłe światło wniknęło przez otwarte drzwi i do chlewa, a przy jego niepewnym blasku widać było kwadratowy otwór stropu, czarny i cichy.

Z dołu ozwały się pojednawcze głosy:

– No, pane szlachcic! Spuść drabinę i zleź. I tak się nie wymkniesz, po co ludzi trudzić. Zleź! zleź!

Cisza.

– Ty mądry człowiek! Żeby tobie to co pomogło, tak ty by siedział, ale że to tobie nie pomoże, tak ty zleziesz dobrowolnie – ty dobry!

Cisza.

– Zleź, a nie, to ci skórę ze łba zedrzemy, łbem na dół w gnój cię zrzucimy!

Pan Zagłoba pozostał równie głuchy na groźby, jak na pochlebstwa, i siedział w ciemnościach jak borsuk w jamie, gotując się do zaciętej obrony. Tylko szablę coraz mocniej ściskał i sapał trochę, i w duchu pacierz szeptał.

Tymczasem przyniesiono spisy, związano trzy w pęk i postawiono ostrzami ku otworowi. Panu Zagłobie przemknęła przez głowę myśl, czyby nie porwać ich i nie wciągnąć – ale pomyślał także, że dach może być za nisko i że nie zdoła ich wciągnąć zupełnie. Zresztą przyniesiono by w tej chwili inne.

Tymczasem cały chlew napełnił się mołojcami. Niektórzy świecili łuczywem, inni poznosili najrozmaitsze drągi i drabiny od wozów, które okazały się za krótkie, więc związano je co duchu rzemieniami, bo po spisach trudno istotnie było się wspinać. Jednakże znaleźli się chętni.

– Ja pójdę – wołało kilka głosów.

– Czekać na drabinę! – rzekł Hołody.

– A co szkodzi, bat'ku, popróbować po spisach?

– Wasyl wlezie! on tak jak kot chodzi.

– To próbuj.

A inni poczęli zaraz żartować:

– Ej, ostrożnie! On szablę ma, szyję utnie, obaczysz.

– Sam za łeb złapie i wciągnie, a tam cię opatrzy jak niedźwiedź. Wasyl nie dał się stropić.

– On znajé – rzekł – że niechby on mnie palcem dotknął, czorta by mu ataman dał zjeść i wy, braty.

Było to ostrzeżenie dla pana Zagłoby, który siedział cicho, ani mruknął.

Lecz mołojcy, jako to zwykle między żołnierzami, wpadli już w dobry humor, bo całe zajście poczęło ich bawić, więc dalej przymawiać Wasylowi:

– Będzie jednym durnym mniej na świecie, na białym.

– On tam nie będzie zważał, jak my jemu zapłacim za twoją szyję. On śmiały mołojec.

– Ho! ho! On niesamowity. Czort jego wie, w co on się tam już zmienił... to czarownik! Ty, Wasyl, nie wiadomo kogo tam znajdziesz w czeluści.

Wasyl, który splunął już w dłonie i obejmował właśnie nimi spisy, wstrzymał się nagle.

– Na Lacha pójdę – rzekł – na czorta nie.

Ale tymczasem związano drabiny i przystawiono je do otworu. Źle było i po nich wchodzić, bo się zaraz wygięły na związaniu i szczeble cienkie trzeszczały pod stopami, które na próbę na najniższym stawiono. Ale począł wchodzić sam Hołody, wchodząc zaś mówił:

– Ty, panie szlachcic, widzisz, że to nie żarty. Uparłeś się na górze siedzieć, to siedź, ale się nie broń, bo my cię dostaniem i tak, choćby i cały chlew mieli rozebrać. Ty miej rozum!

Na koniec głowa jego dotknęła czeluści i pogrążała się w niej zwolna. Nagle dał się słyszeć świst szabli, Kozak krzyknął strasznie, zachwiał się i padł między mołojców z rozwaloną na dwie połowy głową.

– Koli, koli! – zawrzaśnęli mołojcy.

W całym chlewie powstał straszliwy zamęt, podniosły się krzyki i wołania, które zagłuszył grzmiący głos pana Zagłoby:

– Ha, złodzieje, ludojady, ha! basałyki! do nogi was wytłukę, szelmy parszywe! Poznajcie rycerską rękę!... Ludzi uczciwych po nocy napadać! w chlewie szlachcica zamykać... ha! łotry! W pojedynkę ze mną, w pojedynkę, albo i po dwóch! Chodźcie no sam! ale łby zostawcie w gnoju, bo poucinam, jakom żyw!

– Koli, koli! – wołali mołojcy.

– Chlew spalimy!

– Ja sam spalę, bycze ogony, byle z wami!

– Po kilku! po kilku naraz! – krzyknął stary Kozak. – Trzymać drabiny, spisami podpierać, przynieść snopów na łby i dalej!... Musimy go dostać! To rzekłszy ruszył w górę, a razem z nim dwóch towarzyszów, szczeble poczęły się łamać, drabiny wygięły się jeszcze mocniej, ale przeszło dwadzieścia krzepkich rąk pochwyciło je za drągi, w górze popodpierano spisami. Inni powtykali ostrza spis w otwór, by cięcia szabli zahamować.

W kilka chwil później trzy nowe ciała spadły na głowy stojącym w dole.

Pan Zagłoba, rozgrzany tryumfem, ryczał jak bawół i zionął takie przekleństwa, jakich świat nie słyszał i od jakich dusze niezawodnie zamarłyby w mołojcach, gdyby nie to, że wściekłość poczęła ich ogarniać. Niektórzy kłuli spisami strop, inni darli się na drabinę, chociaż w czeluści czekała śmierć pewna. Nagle krzyk się zrobił przy drzwiach i do chlewa wpadł sam Bohun.

Był bez czapki, tylko w szarawarach i koszuli, w ręku miał gołą szablę, w oczach płomień.

– Przez dach, psiawiary! – krzyknął. – Poszycie rozerwać i żywcem brać.

A Zagłoba ujrzawszy go ryczał:

– Chamie, pójdź no tu tylko. Nos i uszy ci obetnę, gardła nie wezmę, bo to kata własność. A co, tchórz cię obleciał? boisz się, parobku? Związać mi tego szelmę, a łaskę znajdziecie. Cóż, wisielcze, cóż, kukło żydowska? sam tu! Wychyl jedno łba na strop! Chodź, chodź, będę ci rad, poczęstuję tak, żeć się przypomni i twój ojciec diabeł, i twoja mać gamratka!

Tymczasem krokwie dachu jęły trzeszczeć. Widocznie mołojcy dostali się nań i teraz rwali już poszycie.

Zagłoba dosłyszał, ale strach nie odjął mu sił. Był jakby spity bitwą i krwią.

,,Skoczę w kąt i tam zginę'' – pomyślał.

Ale w tej chwili na całym majdanie rozległy się strzały, a jednocześnie kilkunastu mołojców wpadło do chlewa.

– Bat'ku! bat'ku! – krzyczeli wniebogłosy – bywaj!!

Pan Zagłoba w pierwszej chwili nie zrozumiał, co się stało – i zdumiał. Spojrzy przez czeluść na dół, aż tam nikogo już nie ma. Krokwie w dachu nie trzeszczą.

– Co to jest? co się stało? – zawołał głośno. – Ha! rozumiem. Chcą chlew puścić z ogniem i z pistoletów do dachu palą.

Tymczasem na zewnątrz słychać było coraz straszniejsze wrzaski ludzkie, tętent koni. Strzały zmieszane z wyciem, szczęk żelaza. ,,Boże! to chyba bitwa!'' – pomyślał pan Zagłoba i skoczył do swojej dziury w dachu.

Spojrzał – i nogi ugięły się pod nim z radości.

Na majdanie wrzała bitwa, a raczej ujrzał pan Zagłoba straszliwy pogrom Bohunowych mołojców. Napadnięci znienacka, rażeni ogniem z pistoletów przykładanych do łbów i piersi, przyparci do płotów, do chaty i do stodoły, cięci mieczami, pchani falą piersi końskich, miażdżeni kopytami, mołojcy ginęli nie dając prawie oporu. Szeregi żołnierzy przybranych w krasne barwy siekąc zapamiętale i naciskając uciekających nie zezwoliły im się sformować ni szablą się złożyć, ni odetchnąć, ni dosiąść koni. Broniły się tylko pojedyncze kupy; inni dopinali wśród wrzawy, zamętu i dymu rozluźnione popręgi kulbak i ginęli, zanim zdołali nogą dotknąć strzemienia; inni rzucając spisy i szable zmykali pod płoty, więźli między żerdziami i przeskakiwali przez wierzch, wrzeszcząc i wyjąc nieludzkimi głosami. Zdawało się nieszczęsnym, że sam książę Jeremi spadł na nich niespodzianie jak orzeł, że druzgoce ich cała jego potęga. Nie mieli czasu się opamiętać, obejrzeć: okrzyki zwycięzców i świst szabel, i huki wystrzałów gnały ich jak burza, gorący oddech koński oblewał im karki. „Ludy, spasajtes!" – rozległo się ze wszystkich stron: – „Bij, zabij" – odpowiadali napastnicy.

I dojrzał na koniec pan Zagłoba małego pana Wołodyjowskiego, jak stojąc wedle wrot na czele kilkunastu żołnierzy, głosem i buławą wydawał innym rozkazy, a niekiedy rzucał się na swym gniadym koniu w zamęt i wówczas ledwo się złożył, ledwie się zwrócił, już padał człowiek, nawet i nie wydawszy okrzyku. O, bo mistrz to był nad mistrzami mały pan Wołodyjowski! – i żołnierz z krwi i kości, więc bitwy nie tracił z oka, ale poprawiwszy tu i owdzie, znowu się wracał – i patrzył, i poprawiał, właśnie jak ów, który kapelą kierując, czasem sam zagra, czasem grać przestaje, a nad wszystkimi ustawicznie czuwa, by każdy swoje odegrał.

Co widząc pan Zagłoba począł nogami tupać w deski stropu, aż kłęby kurzu powstały, w ręce klaskać i ryczeć:

– Bij psubraty! bij! morduj! ze skóry łup! siekaj, tnij, wal, rżnij, morduj! Dalejże w nich, dalej, na szable ich i w pień!

Tak krzyczał pan Zagłoba i rzucał się, oczy krwią mu zaszły z wysilenia i zaniewidział na chwilę, ale gdy znów wzrok odzyskał, ujrzał jeszcze piękniejszy widok – oto w kupie kilkudziesięciu mołojców pomykał na koniu jak błyskawica Bohun, bez czapki, w koszuli tylko i hajdawerach, a za nim na czele żołnierzy mały pan Wołodyjowski.

– Bij! – krzyknął Zagłoba – to Bohun! – ale głos nie doszedł.

Tymczasem Bohun z mołojcami przez płot, pan Wołodyjowski przez płot, niektórzy zostali – innym konie zwinęły się w skoku. Spojrzy Zagłoba: Bohun na równinę, pan Wołodyjowski na równinę. Wnet rozproszyli się i mołojcy w ucieczce, i żołnierze w biegu – rozpoczął się pościg pojedynczy. Zagłobie dech zamarł w piersi, oczy ledwie mu z powiek nie wyskoczą, cóż bowiem widzi? Oto jedzie już pan Wołodyjowski na karku Bohuna jak ogar na dziku, watażka zwraca głowę, nadstawia szablę!...

– Biją się! – krzyczy Zagłoba.

Chwila jeszcze i Bohun pada wraz z koniem, a pan Wołodyjowski, tratując po nim, pędzi za innymi.

Ale Bohun żyw, bo zrywa się z ziemi i pobiegł ku skałom zarośniętym chaszczami.

– Trzymaj! trzymaj! – ryczy Zagłoba – to Bohun!

Wtem pędzi nowa wataha mołojców, która aż do tej chwili przemykała się z drugiej strony skał, a teraz odkryta, szuka nowej drogi do ucieczki. Za nią w odległości pół staja pędzą żołnierze. Wataha owa dogania Bohuna, ogarnia go, porywa i uprowadza ze sobą. Na koniec ginie z oczu w zakrętach parowu, a za nią giną i żołnierze.

Na majdanie zapanowała cisza i pustka, bo nawet i żołnierze pana Zagłoby, odbici przez Wołodyjowskiego, dopadłszy koni po mołojcach pognali wraz z innymi za rozproszonym nieprzyjacielem.

Pan Zagłoba spuścił drabinę, zlazł z góry i wyszedłszy z chlewa na majdan, rzekł:

– Wolnym jest...

To rzekłszy począł rozglądać się naokoło. Na majdanie leżało mnóstwo trupów zaporoskich i kilkanaście żołnierskich. Szlachcic chodził między nimi z wolna i oglądał każdego starannie, na koniec przykląkł nad jednym.

Po chwili podniósł się z blaszaną manierką w ręku.

– Pełna – mruknął.

I przyłożywszy do ust, przechylił głowę.

– Niezła!

Znów obejrzał się naokoło i znów powtórzył, ale już wiele raźniejszym głosem:

– Wolnym jest.

Po czym poszedł do chaty, na progu natknął się na trupa starego bondara, którego mołojcy zamordowali, i zniknął we wnętrzu. Gdy wyszedł, naokół bioder, na kubraku zawalanym w nawozie świecił mu pas Bohuna gęsto przeszywany złotem, za pasem zaś nóż z wielkim rubinem w głowni.

– Bóg wynagrodził męstwo – mruczał – bo i trzosik dość pełny. Ha, zbój plugawy! mam nadzieję, że się nie wymknie! Ale ten mały fircyk! niech go kule biją! Cięta to sztuka jak osa. Wiedziałem, że dobry żołnierz, ale żeby tak sobie na Bohunie jechał, jak na łysej kobyle, tegom się po nim nie spodziewał. Że też to w tak małym ciele taki może być animusz i wigor! Bohun mógłby go u pasa na sznurku nosić jak kozik. Niechże go kule biją! albo lepiej: niech mu Bóg szczęści! Musiał Bohuna nie poznać, bo byłby go dokończył. Fu! jak tu prochem pachnie, aż w nozdrzach wierci! Alem się też z takich terminów wykręcił, w jakowych jeszcze nie bywałem! Chwała bądź Bogu!... No, no, ale żeby tak na Bohunie jechać! Muszę się temu Wołodyjowskiemu jeszcze przypatrzyć, bo chyba diabeł w nim siedzi.

Tak rozmawiając siadł pan Zagłoba na progu chlewa i czekał.

Tymczasem z dala na równinie ukazali się żołnierze wracający z pogromu, a na czele jechał pan Wołodyjowski. Ujrzawszy Zagłobę przyśpieszył biegu i zeskoczywszy z konia szedł ku niemu.

– Waćpana to jeszcze oglądam? – pytał z dala.

– Mnie we własnej osobie – rzekł pan Zagłoba. – Bóg waści zapłać, iżeś z pomocą przybył.

– Chwalić Boga, że w porę – odpowiedział mały rycerz ściskając z radością dłoń pana Zagłoby.

– Ale skądżeś się waszmość o opresji, w jakiej tu zostawałem, dowiedział?

– Chłopi dali znać z tego chutoru.

– O! a ja myślałem, że mnie zdradzili.

– Gdzie tam, to dobrzy ludzie. Ledwie z życiem uszli chłopak i dziewczyna, a co się z resztą weselników stało, nie wiedzą.

– Jeśli nie zdrajcy, to od Kozaków pobici. Chutornik leży wedle chaty. Ale mniejsza z tym. Mówże waść: czy Bohun żyw? uciekł?

– Alboż to był Bohun?

– Ten bez czapki, w koszuli i hajdawerach, któregoś waść z koniem obalił.

– Ciąłem go w dłoń; bogdaj to licho, żem go nie poznał!... Ale waść, ale waść, mości Zagłobo, cóżeś to waść najlepszego uczynił?

– Com uczynił? – powtórzył pan Zagłoba. – Chodź, panie Michale – i patrz!

To rzekłszy ujął go za rękę i wprowadził do chlewa.

– Patrz – powtórzył.

Pan Wołodyjowski nie widział przez chwilę nic, bo wszedł ze światła, ale gdy już oczy jego oswoiły się nieco z ciemnością, dojrzał ciała leżące nieruchomie na gnoju.

– A tych ludzi kto narżnął? – pytał zdziwiony.

– Ja! – rzekł Zagłoba. – Pytałeś waść, com uczynił? – więc masz!

– No! – rzekł młody oficer kręcąc głową. – A jakimże to sposobem?

– Tam się broniłem, na górze, a oni szturmowali mnie z dołu i przez dach. Nie wiem, jak długo to było, bo w bitwie człowiek czasu nie liczy. Bohun to był, Bohun ze srogą potęgą i z wyborem ludzi. Popamięta on waćpana, popamięta i mnie! Innym czasem ci opowiem, jako w niewolę popadłem, com wytrzymał i jakom Bohuna splantował, bom i na języki się z nim próbował. Alem dziś tak *fatigatus*, że ledwie na nogach się trzymam.

– No – powtórzył pan Wołodyjowski – nie ma co mówić, mężnie waść stawałeś; jeno to powiem, żeś lepszy rębacz niż wódz.

– Panie Michale – rzecze szlachcic – nie pora rozprawiać. Lepiej Bogu dziękujmy, że nam obydwom tak wielką dziś spuścił wiktorię, o której pamięć nieprędko między ludźmi zaginie.

Pan Wojodyjowski spojrzał zdumiony na Zagłobę. Jakoś dotąd wydawało mu się, że to on sam odniósł ową wiktorię, którą pan Zagłoba widocznie chciał się z nim podzielić.

Ale popatrzył tylko na szlachcica, pokręcił głową i rzekł:

– Niechże i tak będzie.

W godzinę później obaj przyjaciele na czele połączonych oddziałów wyruszyli ku Jarmolińcom.

Z ludzi Zagłoby nie brakło prawie nikogo, gdyż w śnie zaskoczeni, nie stawiali oporu, Bohun zaś, wysłany głównie po języka, kazał żywcem brać, nie mordować.

VIII

Bohun, lubo wódz mężny i przezorny, nie miał szczęścia w tej wyprawie, którą pod rzekomą dywizję księcia Jeremiego przedsięwziął. Utwierdził się tylko w przekonaniu, że książę istotnie wyruszył całą potęgą przeciw Krzywonosowi, bo tak mu powiadali wzięci w niewolę żołnierze pana Zagłoby, którzy sami wierzyli w to najświęciej, iż książę ciągnie za nimi. Nie pozostawało więc nic innego nieszczęsnemu atamanowi jak cofać się co prędzej do Krzywonosa, ale zadanie nie było łatwe. Zaledwie trzeciego dnia zebrała się koło niego wataha złożona z dwustu kilkunastu mołojców; inni albo w boju polegli, albo zostali ranni na polu potyczki, albo błąkali się jeszcze wśród jarów i oczeretów, nie wiedząc, co czynić, jak się obrócić, dokąd iść. A i ta kupa przy Bohunie nie na wiele była przydatna, bo zbita, za lada alarmem skłonna do ucieczki, zdemoralizowana, przerażona. A był to przecie wybór mołojców; lepszych żołnierzy trudno było w całej Siczy znaleźć. Ale mołojcy nie wiedzieli, z jak małą siłą pan Wołodyjowski na nich uderzył i że dzięki tylko niespodzianemu napadowi na śpiących i nieprzygotowanych taką klęskę mógł zadać, i wierzyli najświęciej, że mieli sprawę, jeśli nie z samym księciem, to przynajmniej z potężnym, kilkakroć liczniejszym podjazdem. Bohun wrzał jak ogień; cięty w rękę, stratowany, chory, pobity, i wroga zaklętego z rąk wypuścił, i sławę nadwerężył, bo już ci mołojcy, którzy w wilię klęski do Krymu, do piekła i na samego księcia byliby ślepo za nim poszli, teraz stracili wiarę, stracili ducha i o tym tylko myśleli, jak by gardła całe z pogromu wynieść. A przecie Bohun uczynił wszystko, co wódz uczynić powinien, niczego nie zaniedbał, straże opodal chutoru porozstawiał i spoczywał dlatego tylko, że konie, które spod Kamieńca prawie jednym tchem przyszły, całkiem niezdatne były do drogi. Ale pan Wołodyjowski, któremu życie młode zbiegło w podejściach i łowach na Tatarów, podszedł jak wilk nocą pod straże, pochwytał je, nim zdołały krzyknąć lub wystrzelić – i napadł tak, że oto on, Bohun, w hajdawerach tylko i w koszuli ujść potrafił. Gdy o tym wataźka myślał, świat mu czerniał w oczach, w głowie się przewracało i rozpacz kąsała mu duszę jak pies wściekły. On, który na Czarnym Morzu na galery tureckie się rzucał; on, który aż do Perekopu na karkach tatarskich dojeżdżał i chanowi w oczy pożogą ułusów świecił; on, który księciu pod ręką przy samych Łubniach regiment w Wasiłówce wyciął – musiał uciekać w koszuli i bez czapki, i bez szabli, bo i tę w spotkaniu z małym rycerzem utracił. Toteż, gdy nikt nie patrzył, na postojach i popasach, wataźka chwytał się za głowę i krzyczał: „Gdzie moja sława mołojecka, gdzie moja szabla-drużka?!" A gdy tak krzyczał, porywał go obłęd dziki i spijał się jak nieboże stworzenie, po czym na księcia chciał iść, na całą siłę jego uderzyć – i zginąć, i przepaść na wieki. On chciał – ale mołojcy nie chcieli. „Ubij, bat'ku, nie pójdziemy!" – odpowiadali ponuro na jego wybuchy i na próżno mu było w napadach szaleństwa szablą ich siec, z pistoletów twarze osmalać – nie chcieli, nie poszli.

Rzekłbyś: ziemia usuwała się spod nóg atamana; bo nie tu jeszcze był koniec jego nieszczęść. Bojąc się dla prawdopodobnej pogoni uchodzić wprost na południe i sądząc, że może Krzywonos już oblężenia zaniechał, rzucił się sam ku wschodowi i trafił na oddział pana Podbipięty. Ale czujny jak żuraw pan Longinus nie dał się zejść, pierwszy uderzył na watażkę, rozbił go tym łatwiej, że mołojcy bić się nie chcieli, i podał w ręce panu Skrzetuskiemu, a ten go najpotężniej rozgromił, tak że Bohun po długim błądzeniu w stepach w kilkanaście zaledwie koni, bez sławy, bez mołojców, bez zdobyczy i bez języków dotarł nareszcie do Krzywonosa.

Lecz dziki Krzywonos; tak straszny zwykle dla podwładnych, którym nie dopisało szczęście, tym razem nie rozgniewał się wcale. Wiedział z własnego doświadczenia, co to sprawa z Jeremim, więc przyhołubił jeszcze Bohuna, pocieszał i uspokajał, a gdy watażka zapadł na złą gorączkę, kazał go strzec i leczyć, i pilnować jak oka w głowie.

Tymczasem czterej książęcy rycerze napełniwszy kraj grozą i przestrachem stanęli szczęśliwie z powrotem w Jarmolińcach, gdzie zatrzymali się na dni kilka, by ludziom i koniom dać odpoczynek. Tam gdy stanęli w jednej kwaterze, zdawał kolejno każdy panu Skrzetuskiemu sprawę z tego, co go spotkało i czego dokonał, po czym zasiedli przy gąsiorku, aby w przyjacielskim opowiadaniu ulżyć sercom i dać folgę wzajemnej ciekawości.

Ale wówczas pan Zagłoba mało komu pozwolił przyjść do słowa. Nie chciał słuchać, pragnął, by jego tylko słuchano; jakoż pokazało się, że najwięcej miał do opowiadania.

– Mości panowie! – mówił – popadłem w niewolę – prawda jest! – ale fortuna kołem się toczy. Bohun całe życie bijał, a my dziś jego pobili. Tak to, tak! zwyczajnie na wojnie! Dziś ty garbujesz, jutro ciebie garbują. Ale Bohuna za to Bóg skarał, iż nas, śpiących smaczno snem sprawiedliwego, napadł i w tak bezecny sposób rozbudził. Ho, ho? myślał, że mnie swoim plugawym językiem przestraszy, a tu mówię waściom, jakem go przycisnął, tak zaraz stracił fantazję, zmieszał się i wygadał to, czego nie chciał. Co tu długo mówić?... żebym w niewolę nie wpadł, nie bylibyśmy mu obaj z panem Michałem klęski zadali; mówię: obaj, bo że w tym terminie *magna pars fui*, nie przestanę twierdzić do śmierci. Tak mi Boże daj zdrowie! Słuchajcie dalej moich racji: żebyśmy go z panem Michałem nie pobili, nie byłby mu podbił pięt pan Podbipięta, dalej pan Skrzetuski, a na koniec, żebyśmy go nie rozgromili, byłby on nas rozgromił – co że się nie stało, kto przyczyną?

– A z waścią to jak z liszką – rzecze pan Longinus – tu ogonem machniesz, tam się umkniesz, a zawsze się wykręcisz.

– Głupi ogar, co za ogonem bieży, bo i nie dogoni, i niczego poczciwego się nie dowącha, a w ostatku wiatr straci. Ilużeś waść ludzi postradał?

– Ot, z dwunastu wszystkiego, a kilku rannych; już tam nie bardzo nas bili.

– A waszmość, panie Michale?

– Ze trzydziestu, bom na nieprzygotowanych uderzył.

– A wasze, panie poruczniku?

– Tylu, ilu pan Longinus.

– A ja dwóch. Powiedzcież sami: kto lepszy wódz? Ot, co jest! Po cóżeśmy tu przyjechali? po służbie książęcej, wieści o Krzywonosie nałapać; otóż powiem waszmościom, że jam się pierwszy o nim dowiedział i z najlepszych ust, bo od Bohuna, i wiem, że pod Kamieńcem stoi, ale oblężenia myśli zaniechać, bo go tchórz obleciał. To wiem *de publicis*, ale wiem też jeszcze i coś innego, od czego radość wstąpi waćpaństwu w serca i o czym dotąd nie mówiłem dlatego, że chciałem, abyśmy w kupie o tym radzili; byłem też dotąd niezdrów, bo mnie fatygi obaliły i od tego zbójeckiego wiązania w kij wnętrzności we mnie rebelizowały. Myślałem, że mnie krew zaleje.

– Mówże waszmość, na miłość boską! – zawołał Wołodyjowski. – Zaliżeś co o naszej niebodze słyszał?

– Tak jest, niech jej Bóg błogosławi – rzekł Zagłoba.

Pan Skrzetuski podniósł się na całą swą wysokość i usiadł natychmiast – nastała taka cisza, że słychać było brzęczenie komarów na okienku, aż pan Zagłoba zabrał głos znowu:

– Żyje ona, wiem to na pewno, i jest w Bohunowym ręku. Moi mości panowie, straszne to ręce, ale przecie Bóg nie pozwolił, aby ją krzywda lub hańba spotkała. Moi mości panowie, to mnie sam Bohun powiadał, któren by prędzej czym innym chełpić się gotów.

– Jak to może być? jak to może być? – pytał gorączkowo Skrzetuski.

– Jeśli łżę, niech mnie piorun zapali! – odrzekł poważnie Zagłoba – bo to jest święta rzecz. Słuchajcie, co mnie Bohun mówił, gdy sobie chciał drwić ze mnie, nimem go do ostatka splantował: „Cóżeś to myślał (prawi), żeś dla chłopa ją do Baru przywiózł? że to ja chłop (prawi), abym ją siłą niewolił? Czy to mnie nie stać, by mnie w Kijowie w cerkwi ślub dali i czerńcy (powiada) żeby mi śpiewali, i żeby trzysta świec mi palili – mnie atamanowi! hetmanowi" – i nogami nade mną tupał, i nożem mi groził, bo myślał, że mnie ustraszy, alem mu powiedział, żeby psy straszył.

Skrzetuski już się opamiętał, tylko mu się mnisza twarz rozświeciła i grała na niej na powrót obawa, nadzieja, radość i niepewność.

– Gdzie ona tedy jest? gdzie jest? – pytał z pośpiechem. – Jeśliś się i tego waść dowiedział, toś z nieba spadł.

– Tego on mi nie mówił, ale mądrej głowie dość dwie słowie. Uważcie waszmościowie, że ciągle drwił za mnie, nimem go splantował, i tak znowu powiada: „Naprzód, powiada, do Krzywonosa cię zawiodę, a potem na wesele bym cię prosił, ale teraz wojna, więc to jeszcze nieprędko." Uważcie waszmościowie: jeszcze nieprędko! – zatem mamy czas! Po wtóre, uważcie także: naprzód do Krzywonosa, potem na wesele, więc żadną miarą nie ma jej u Krzywonosa, ale gdzieś dalej, gdzie wojna nie doszła.

– Złoty z waści człowiek! – zawołał Wołodyjowski.

– Myślałem tedy naprzód – mówił mile połechtany Zagłoba – że może ją do Kijowa odesłał, ale nie, bo mi rzekł, że na wesele do Kijowa z nią pojedzie; jeżeli tedy pojedzie, to znaczy, że jej tam nie ma. I za mądry on na to, by ją tam wozić, bo gdyby się Chmielnicki ku Czerwonej Rusi posunął, to Kijowa łatwo litewskie wojska mogą dostać.

– Prawda! prawda! – wykrzyknął pan Longinus. – Ot, jak mnie Bóg miły! niejeden mógłby się z waścią na rozum pomieniać.

– Jeno ja bym się nie z każdym mieniał od strachu, abym zaś boćwiny zamiast rozumu nie kupił, co by mi się między Litwą snadnie przytrafić mogło.

– Już swoje zaczyna – rzekł Longinus.

– Pozwólże waść skończyć. Tak tedy nie ma jej u Krzywonosa ni w Kijowie, więc gdzie jest?

– W tym sęk!

– Jeśli waść się domyślasz, to powiedz prędzej, bo mnie ogień pali! – krzyknął Skrzetuski.

– Za Jampolem! – rzekł Zagłoba i potoczył tryumfalnie swoim zdrowym okiem.

– Skąd waść wiesz? – pytał Wołodyjowski.

– Skąd wiem? Ot skąd: siedziałem w chlewie, bo mnie w chlewie ów zbój kazał zamknąć – żeby go wieprze za to zećpały! – a naokoło gadali ze sobą Kozacy. Przykładam tedy ucho do ściany i co słyszę?... Jeden mówi: „Teraz chyba za Jampol ataman pojedzie" – a drugi na to: „Milcz, jeśli ci młoda głowa miła..." Szyję daję, że ona jest za Jampolem.

– O! jako Bóg na niebie! – zakrzyknął Wołodyjowski.

– Na Dzikie Pola przecie jej nie zaprowadził, więc wedle mojej głowy, musiał ją ukryć gdzieś między Jampolem a Jahorlikiem. Byłem też raz w tamtych stronach, gdy się królewscy i chanowi sędzie zjeżdżali, bo w Jahorliku, jak waćpaństwu wiadomo, pograniczne sprawy się sądzą o zabrane stada, których spraw nigdy nie brak. Pełno tam jest nad całym Dniestrem jarów i zakrytych miejsc, i różnych komyszy, w których żyją w chutorach ludzie, co żadnej zwierzchności nie znają mieszkając w pustyni i bliźnich nie widując. U takich to dzikich pustelników on pewnie ją ukrył, bo mu tam było i najbezpieczniej.

– Ba! ale jak się tam dostać teraz, gdyż drogę Krzywonos zagradza – rzecze pan Longinus. – Jampol to też, jak słyszałem, gniazdo rozbójnicze.

Na to Skrzetuski:

– Choćbym i dziesięć razy gardło miał stracić, będę ją ratował. Pójdę przebrany i będę szukał – Bóg mnie pomoże – znajdę.

– Ja z tobą, Janie! – rzecze pan Wołodyjowski.

– I ja po dziadowsku z teorbanem. Wierzajcie mi waszmościowie, że najwięcej mam między wami eksperiencji, a że mnie teorban z ostatkiem obrzydł, więc wezmę dudy.

– Toż i ja się na coś przydam, braciaszki? – rzekł pan Longinus.

– I pewnie – odpowiedział pan Zagłoba. – Jak będzie nam trzeba przez Dniestr się przebrać, to waćpan będziesz nas przenosił, jako święty Krzysztof.

– Dziękuję z duszy waszmościom – rzekł Skrzetuski – i gotowość waszą chętnym przyjmuję sercem. Nie masz to w przeciwnościach nad przyjaciół wiernych, których, jak widzę, nie pozbawiła mnie Opatrzność! Dajże mnie, wielki Boże, odsłużyć waszmościom zdrowiem i mieniem!

– Wszyscy my jako jeden mąż! – wykrzyknął Zagłoba. – Bóg zgodę pochwala, i obaczycie, iż frukta naszych prac niedługo będziemy oglądali.

– To już nie pozostaje mnie nic innego – mówił po chwili milczenia Skrzetuski – jak chorągiewkę księciu odprowadzić i zaraz w kompanii ruszyć. Pójdziem Dniestrem, hen, na Jampol aż do Jahorlika, i wszędzie będziemy szukali. A gdy, jak mam nadzieję, Chmielnicki już musi być zniesiony lub nim dojdziemy do księcia, zniesiony będzie, przeto i służba publiczna nie staje nam na przeszkodzie. Pewnie chorągwie ruszą na Ukrainę, by buntu dogasić, ale się tam już bez nas obejdzie.

– A poczekajcie waszmościowie – rzecze Wołodyjowski – pewnie po Chmielnickim na Krzywonosa przyjdzie kolej, może więc razem z chorągwiami ku Jampolowi ruszymy.

– Nie, nam trzeba być pierwej – odparł Zagłoba – ale najpierwej odprowadzić chorągwie, by mieć wolne ręce. Spodziewam się też, że książę będzie z nas *contentus*.

– Szczególniej z waćpana.

– Tak jest, bo mu najlepsze wieści przywożę. Wierzaj mi waćpan, iż nagrody się spodziewam.

– Więc tedy w drogę?

– Do jutra musimy spocząć – rzekł Wołodyjowski. – Zresztą niech Skrzetuski rozkazuje: on tu wodzem; ale ja przestrzegam, iż jeśli dziś ruszymy, konie mnie wszystkie popadają.

– Wiem, że to jest niepodobieństwo – rzecze Skrzetuski – ale myślę, iż po dobrych obrokach jutro możemy.

Jakoż nazajutrz ruszono. Wedle ordynansów książęcych mieli się wrócić do Zbaraża i tam czekać dalszych rozkazów. Szli więc na Kuźmin, w bok od Felsztyna ku Wołoczyskom, skąd na Chlebanówkę wiódł stary gościniec do Zbaraża. Drogę mieli przykrą, bo padały deszcze, ale spokojną, i tylko pan Longinus, idący w sto koni naprzód, rozgromił kilka kup swawolnych, które się na tyłach wojsk regimentarskich zebrały. Dopiero w Wołoczyskach zatrzymali się znów na nocny wypoczynek.

Ale zaledwie zasnęli snem smacznym po długiej drodze, zbudził ich alarm i straże dały znać, że jakiś konny oddział się zbliża. Wnet jednak przyszła wieść, że to Wierszułłowa tatarska chorągiew, zatem swoi. Zagłoba, pan Longinus i mały Wołodyjowski natychmiast zebrali się w izbie Skrzetuskiego, a w ślad za nimi wpadł jak wicher oficer spod lekkiego znaku, zziajany, cały pokryty błotem, na którego spojrzawszy Skrzetuski wykrzyknął:

– Wierszułł!

– Jam... jest! – mówił przybyły nie mogąc oddechu złapać.

– Od księcia?

– Tak!... O tchu! tchu!...

– Jakie wieści? Już po Chmielnickim?

– Już... po... Rzeczypospolitej!..

– Na rany Chrystusa! co waść gadasz? Klęska?

– Klęska, hańba, sromota!... bez bitwy... Popłoch!... O!o!

– Uszom się nie chce wierzyć. Mówże! mów, na Boga żywego!... Regimentarze?...

– Uciekli.

– Gdzie nasz książę?

– Uchodzi... bez wojska... ja tu od księcia... rozkaz... do Lwowa natychmiast... idą za nami!

– Kto? Wierszułł, Wierszułł! Opamiętaj się, człowieku! kto?

– Chmielnicki, Tatarzy.

– W imię Ojca i Syna, i Ducha Świętego! – zawołał Zagłoba. – Ziemia się rozstępuje.

Ale Skrzetuski zrozumiał już, o co chodzi.

– Na potem pytania – rzekł – teraz na koń!

– Na koń, na koń!

Kopyta koni pod Wierszułłowymi Tatarami szczękały już przed oknami; mieszkańcy, zbudzeni nadejściem wojska, wychodzili z domów z latarkami i pochodniami w ręku. Wieść przeleciała całe miasto jak błyskawica. Wnet uderzono we dzwony na trwogę. Ciche przed chwilą miasteczko napełniło się zgiełkiem; tętentem koni, okrzykami komendy i wrzaskiem żydowskim. Mieszkańcy chcieli uchodzić wraz z wojskiem, zaprzęgano wozy, ładowano na nie dzieci, żony, pierzyny; burmistrz na czele kilku mieszczan przyszedł błagać Skrzetuskiego, by nie odjeżdżał naprzód i odprowadził mieszkańców chociaż do Tarnopola, ale pan Skrzetuski i słuchać go nie chciał mając wyraźny rozkaz co tchu ruszać do Lwowa.

Ruszyli tedy i dopiero w drodze Wierszułł ochłonąwszy opowiadał, jak i co się stało.

– Jak Rzeczpospolita Rzeczpospolitą – mówił – nigdy nie poniosła takiej klęski. Nic Cecora, nic Żółte Wody, nic Korsuń!

A Skrzetuski, Wołodyjowski, pan Longinus Podbipięta aż na karki koniom się kładli, to się za głowy brali, to ręce ku niebu podnosili.

– Rzecz ludzką wiarę przechodzi! – mówili. – Gdzież był książę?

– Opuszczony, od wszystkiego umyślnie usunięty, swoją nawet dywizją nie władał.

– Kto miał komendę?

– Nikt i wszyscy. Dawno służę, na wojnie zęby zjadłem, jeszczem takich wojsk i takich wodzów nie widział.

Zagłoba, który nie miał wielkiego afektu dla Wierszułła i mało go znał, począł głową kręcić i cmokać – na koniec rzekł:

– Mój mości panie! czyli się waćpanu w oczach tylko nie pomieszało lub czyś częściowej porażki za ogólną klęskę nie poczytał, bo to, co opowiadasz, całkiem imaginację przechodzi.

– Że przechodzi, przyznaję, i powiem więcej waści, że szyję bym sobie dał z radością uciąć, gdyby jakim cudem pokazało się, iż się mylę.

– Bo jakimżeś waść sposobem pierwszy po klęsce w Wołoczyskach stanął? Przecież nie chcę przypuścić, żebyś pierwszy dał drała? Gdzież są tedy wojska? którędy uciekają? co się z nimi stało? dlaczego uciekający nie uprzedzili waćpana? Na wszystkie owe kwestie na próżno szukam responsu.

Wierszułł w każdym innym czasie nie byłby puścił płazem takich pytań, ale w tej chwili nie mógł myśleć o niczym więcej, jak o klęsce, więc odrzekł tylko:

– Jam pierwszy stanął w Wołoczyskach, gdyż inni uchodzą na Ożygowce; a mnie książę umyślnie pchnął w stronę, gdzie się waćpanów spodziewał, aby was nawałnica nie ogarnęła, gdybyście się za późno dowiedzieli; a po wtóre dlatego, że pięćset koni, które macie, to teraz niemała dla niego pociecha, bo dywizja w większej części wyginęła lub rozproszona.

– Dziwne to rzeczy! – mruknął Zagłoba.

– Strach pomyśleć, desperacja ogarnia, serce się kraje, łzy płyną! – mówił łamiąc ręce Wołodyjowski. – Ojczyzna zgubiona, niesława po śmierci, takie wojska rozproszone!... zatracone! Nie może być inaczej, tylko koniec świata i sąd ostateczny się zbliża!

– Nie przerywajcie mu – rzekł Skrzetuski – pozwólcie, aby wszystko opowiedział.

Wierszułł zamilkł, jakby siły zbierał; przez chwilę słychać było tylko pluskanie kopyt w błocie, bo deszcz padał. Noc była jeszcze głęboka i ciemna bardzo, bo chmurna, a w tych ciemnościach, w tym dżdżu dziwnie złowrogo brzmiały słowa Wierszułła, który tak mówić począł:

– Gdybym się nie spodziewał, że w boju polegnę, to bym chyba rozum utracił. Mówiliście waszmościowie o sądzie ostatecznym – i ja tak mniemam, że wprędce on już nastąpi – gdyż wszystko się rozprzęga, złość bierze górę nad cnotą i antychryst już chodzi po świecie. Wyście nie patrzyli na to, co się stało – ale jeśli nawet relacji o tym znieść nie możecie, cóż ja, którym klęskę i niezmierną hańbę własnymi oczyma oglądał! Bóg nam dał szczęśliwy początek w tej wojnie. Nasz książę otrzymawszy pod Czołhańskim Kamieniem sprawiedliwość z pana Łaszcza, resztę puścił w niepamięć i pogodził się z ksciem Dominikiem. Cieszyliśmy się wszyscy z tej konkordii – jakoż było i błogosławieństwo boże. Książę powtórnie pogromił pod Konstantynowem i samo miasto wziął, bo je nieprzyjaciel po pierwszym szturmie opuścił. Po czym ruszyliśmy pod Piławce, choć książę nie radził tam chodzić. Ale zaraz w drodze pokazały się przeciw niemu rozmaite machinacje, niechęci, zawiści i jawne knowania. Nie słuchano go na radach, nie zważano na to, co mówił, a przede wszystkim usiłowano rozdzielić naszą dywizję, aby jej książę w ręku całej nie miał. Gdyby się sprzeciwił, zwalono by na niego klęskę, więc milczał, cierpiał, znosił. Zostały tedy lekkie znaki z rozkazu generał-regimentarza w Konstantynowie wraz z Wurclem, z armatami i z oberszterem Machnickim; odłączono pana oboźnego litewskiego Osińskiego i pułk Koryckiego, tak że przy ksciu została tylko husaria pod Zaćwilichowskim, dwa regimenty dragonów – i ja z częścią mojej chorągwi. Wszystkiego nie było nad dwa tysiące ludzi. A wtedy już go lekceważono i sam słyszałem, jak mówili klienci księcia Dominika: „Już teraz nie powiedzą po wiktorii, że za sprawą samego Wiśniowieckiego przyszła." I głośno opowiadali, że gdyby tak niezmierna sława pokryła księcia, to by i na elekcji jego kandydat, królewicz Karol, się utrzymał, a oni chcą Kazimierza: Zarazili fakcjami całe wojska tak, że poczęły się dyskursa w kołach jakby na sejmie, wysyłanie delegatów – i o wszystkim tam myślano prócz o bitwie, tak jakby nieprzyjaciel był już pogromion. A owóż, gdybym zaczął opowiadać waszmościom o tych ucztach, o tych wiwatach, o tym przepychu, wiary bym w waszych uszach nie znalazł. Niczym były hufce Pyrrusowe przy onych wojskach, całych od złota, klejnotów i strusich piór. A toż dwieście tysięcy sług i ćmy wozów szły za nami, konie padały pod ciężarem złotogłowiów i jedwabnych namiotów, wozy łamały się pod kredensami. Myślałby kto, że na zawojowanie świata całego idziemy. Szlachta z pospolitego ruszenia po całych dniach i nocach trzaskała batogami: „Ot (mówili), czym chamów uspokoimy, szabli nie dobywając." A my, starzy żołnierze, przywykli bić się, nie rozprawiać, jużeśmy na widok onej pychy niesłychanej przeczuwali coś złego. Dopieroż zaczęły się tumulty przeciw panu Kisielowi, że zdrajca, i za nim, że zacny senator. Siekano się szablami po pijanemu. Strażników obozowych nie było. Nikt ładu nie przestrzegał, nikt dowództwa nie sprawował, każden robił, co chciał, szedł, gdzie mu było lepiej, stawał, gdzie mu się zdawało, czeladź wzniecała hałasy – o Boże miłosierny! toż to był kulig, nie wyprawa wojenna, kulig, na którym *salutem Reipublicae* przetańcowano, przepito, przejedzono i przefrymarczono w ostatku!

– Jeszcze my żyjemy! – rzekł Wołodyjowski.

– I Bóg jest w niebie! – dodał Skrzetuski.

Nastała znów chwila milczenia, po czym Wierszułł mówił dalej:

– Zginiemy *totaliter*, chyba że Bóg cud uczyni, za grzechy nas chłostać przestanie i nie zasłużone miłosierdzie okaże. Chwilami ja sam nie wierzę temu, com na własne oczy oglądał, i zdaje mi się, że mnie zmora we śnie dusiła...

– Powiadaj waćpan dalej – rzekł Zagłoba – przyszliście tedy pod Piławce i co?

– I staliśmy. O czym tam regimentarze radzili, nie wiem; na sądzie ostatecznym za to odpowiedzą, bo gdyby od razu na Chmielnickiego uderzyli, byłby zniesiony i rozbity, jak Bóg w niebie, mimo nieładu, niesforności i tumultów, i braku wodza. Już tam popłoch był między czernią, już radzono, jak by Chmielnickiego i starszyznę wydać, a on sam ucieczkę zamierzał. Książę nasz od namiotu do namiotu jeździł, prosił, błagał, groził: „Uderzmy, nim Tatary nadejdą, uderzmy!" – i włosy z głowy wyrywał – a tam się jeden na drugiego oglądał – i nic, i nic! Pili, sejmikowali... Przyszły słuchy, że Tatary idą – chan w dwieście tysięcy koni – oni radzili i radzili. Książę zamknął się w namiocie, bo go całkiem spostponowali. W wojsku poczęto mówić, że kanclerz zakazał księciu Dominikowi bitwy staczać, że się układy toczą – wszczął się jeszcze większy nieład. Na koniec Tatarzy przyszli, ale Bóg nam poszczęścił pierwszego dnia, potykał się książę i pan Osiński, i pan Łaszcz stawał bardzo dobrze – spędzili ordę z pola, wysiekli znacznie – a potem...

Tu głos Wierszułłowi zamarł w piersi.

– A potem? – pytał pan Zagłoba.

– Przyszła noc straszna, niepojęta. Pamiętam, strażowałem z mymi ludźmi wedle rzeki, gdy naraz słyszę, aż w obozie kozackim biją z armat jak na wiwaty i słychać krzyki. Dopieroż przypomniało mi się, co wczoraj mówiono w obozie, że jeszcze wszystka potęga tatarska nie stanęła, tylko Tuhaj-bej z częścią. Pomyślałem więc, kiedy tam wiwatują, to już musiał i chan osobą swoją stanąć. Aż tu i w naszym obozie zaczyna się tumult. Skoczyłem sam z kilkoma ludźmi. – Co się stało? – Krzykną mi: „regimentarze uszli!" Ja do księcia Dominika – nie ma go! Do podczaszego – nie ma! do chorążego koronnego – nie ma! Jezu Nazareński!... Żołnierze latają po majdanie, krzyk, wrzask, zgiełk, głowniami świecą: gdzie regimentarze? gdzie regimentarze? A inni wołają: „Koni ! koni !" A inni: „Panowie bracia, ratujcie się! zdrada! zdrada!" Ręce do góry podnoszą, twarze obłąkane, oczy wytrzeszczone, tłoczą się, depczą, duszą, siadają na koń, lecą na oślep bez broni. Dopieroż ciskać hełmy, pancerze, broń, namioty! Aż tu jedzie książę na czele husarii w srebrnej zbroi: sześć pochodni koło niego niosą, a on stoi w strzemionach i krzyczy: „Mości panowie, jam został, kupą do mnie!" Gdzie tam! nie słyszą go, nie widzą, lecą na husarię, mieszają ją, przewracają ludzi i konie,

ledwieśmy księcia samego uratowali – potem po zdeptanych ogniskach, w ciemności, niby wezbrany potok, niby rzeka, wszystko wojsko w dzikim popłochu wypada z obozu, rozprasza się, ginie, ucieka... Nie masz już wojsk, nie masz wodzów, nie masz Rzeczypospolitej... jest tylko hańba nie zmyta i noga kozacka na szyi...

Tu pan Wierszułł jęczeć począł i konia targać, bo go szał rozpaczy
ogarnął; ten szał udzielił się innym i jechali wśród owego dżdżu
i nocy jak obłąkani.

Jechali długo. Pierwszy Zagłoba przemówił:

– Bez bitwy – o szelmy! o takie syny! pamiętacie, jak wspaniałą
postać w Zbarażu czynili? jak sobie zjeść Chmielnickiego bez pieprzu i soli obiecywali? O szelmy!

– Gdzie tam! – krzyknął Wierszułł – uciekli po pierwszej bitwie
wygranej nad Tatary i czernią, po bitwie, w której nawet pospolite
ruszenie jako lwy walczyło.

– Jest w tym palec boży – rzekł Skrzetuski – ale jest i jakowaś
tajemnica, która wyjaśnić się musi...

– Bo gdyby wojsko pierzchło, to się na świecie zdarza – rzekł
Wołodyjowski – ale tu wodze pierwsi obóz opuścili, jakby chcąc
umyślnie nieprzyjacielowi wiktorię ułatwić i wojsko na rzeź wydać.

– Tak jest! tak jest! – rzecze Wierszułł. – Mówią też, że to umyślnie
uczynili.

– Umyślnie? na rany boskie, to nie może być!..

– Mówią, że umyślnie – a dlaczego? kto dojdzie! kto zgadnie!

– Żeby ich groby przytłukły, żeby ich rody wyginęły, a jeno pamięć
niesławna po nich została! – rzekł Zagłoba.

– Amen! – rzekł Skrzetuski.

– Amen! – rzekł Wołodyjowski.

– Amen! – powtórzył pan Longinus.

– Jeden jest człowiek, który może ojczyznę jeszcze ratować, jeśli
mu buławę i resztę sił Rzeczypospolitej oddadzą, jeden jest, bo o innym już ani wojsko, ani szlachta nie będzie chciała słyszeć.

– Książę! – rzekł Skrzetuski.

522

– Tak jest.

– Przy nim będziem stać, przy nim zginiemy. Niech żyje Jeremi Wiśniowiecki! – wykrzyknął Zagłoba.

– Niech żyje! – powtórzyło kilkadziesiąt niepewnych głosów, ale okrzyk zamarł zaraz, bo w chwili, gdy ziemia rozstępowała się pod nogami, a niebo zdawało się walić na głowy, nie był czas na okrzyki i wiwaty.

Tymczasem poczęło świtać i w oddaleniu ukazały się mury Tarnopola.

IX

Pierwsi rozbitkowie spod Piławiec dotarli do Lwowa świtaniem dnia 26 września i równo z otwarciem bram miejskich straszna wieść piorunem rozleciała się po całym mieście wzbudziwszy niedowierzanie w jednych, popłoch w drugich, w innych zaś rozpaczliwą chęć obrony. Pan Skrzetuski ze swym oddziałem przybył w dwa dni później, gdy już cały gród był zapchany uciekającym żołnierstwem, szlachtą i uzbrojonym mieszczaństwem. Myślano już o obronie, gdyż lada chwila spodziewano się Tatarów, ale nie wiedziano jeszcze, kto stanie na czele i jak się do dzieła weźmie, dlatego wszędy panował bezład i popłoch. Niektórzy uciekali z miasta wywożąc rodziny i mienie, okoliczni zaś mieszkańcy szukali w nim schronienia; wyjeżdżający i wjeżdżający zawalali ulice i wzniecali tumulty o przejazd; wszędy było pełno wozów, pak, tłumoków i koni, żołnierzy spod najrozmaitszych znaków; na wszystkich twarzach czytałeś niepewność, gorączkowe oczekiwanie, rozpacz lub rezygnację. Co chwila przestrach jak wir powietrzny zrywał się niespodzianie; rozlegały się krzyki: ,,Jadą! Jadą!'' – i tłumy poruszały się jak fala; czasem biegły na oślep przed siebie, rażone szaleństwem trwogi, dopóki nie pokazało się, że to nadjeżdża nowy jakiś oddział rozbitków.

A oddziałów tych kupiło się coraz to więcej – ale jakże żałosny widok przedstawiali ci żołnierze, którzy jeszcze niedawno w złocie i piórach szli ze śpiewaniem na ustach a dumą w oczach na oną wyprawę przeciw chłopstwu! Dziś obdarci, wygłodzeni, znędzniali, pokryci błotem, na wyniszczonych koniach, z hańbą w twarzach, podobniejsi do żebraków niż do rycerzy, litość by tylko wzbudzać mogli, gdyby był czas na litość w tym mieście, na którego mury wnet mogła zwalić się cała potęga wroga. I każden z tych pohańbionych rycerzy tym jedynie się pocieszał, że tak wielu, że tyle tysięcy miał towarzyszów wstydu; wszyscy kryli się w pierwszej godzinie, by następnie ochłonąwszy rozwodzić skargi, narzekania, rzucać przekleństwa i groźby, włóczyć się po ulicach, pić po szynkowniach i powiększać tylko nieład i trwogę.

Każdy bowiem powtarzał: „Tatarzy tuż! tuż!" Jedni widzieli pożogi za sobą, inni klęli się na wszystkie świętości, iż przyszło im już odcinać się zagonom. Gromady otaczające żołnierzy słuchały z natężeniem tych wieści. Dachy i wieże kościołów usiane były tysiącami ciekawych; dzwony biły *larum*, a tłumy niewiast i dzieci dusiły się po kościołach, w których wśród świec jarzących błyszczał Przenajświętszy Sakrament.

Pan Skrzetuski przeciskał się z wolna od bramy halickiej ze swoim oddziałem przez zbite masy koni, wozów, żołnierzy, przez cechy mieszczańskie stojące pod swymi banderiami i przez pospólstwo, które ze zdziwieniem spoglądało na ową chorągiew wchodzącą nie w rozsypce, ale w szyku bojowym do miasta. Poczęto krzyczeć, że pomoc nadchodzi, i znów niczym nie usprawiedliwiona radość ogarnęła tłuszczę, która jęła się cisnąć i chwytać za strzemiona pana Skrzetuskiego. Zbiegli się też i żołnierze wołając: „To wiśniowieccycy! Niech żyje książę Jeremi!" Tłok zrobił się tak wielki, że chorągiew zaledwie noga za nogą mogła się posuwać.

Na koniec naprzeciw ukazał się oddział dragonów z oficerem na czele. Żołnierze rozgarniali tłumy, oficer zaś krzyczał: „Z drogi! z drogi!" – i płazował tych, którzy mu nie ustępowali dość rychło.

Skrzetuski poznał Kuszla.

Młody oficer powitał serdecznie znajomych.

– Co to za czasy! co to za czasy! – rzekł.

– Gdzie książę? – pytał Skrzetuski.

– Umorzyłbyś go frasunkiem, gdybyś dłużej nie przyjeżdżał. Bardzo się tu za tobą i twoimi ludźmi oglądał. Jest teraz u Bernardynów; mnie wysłano za porządkiem w mieście, ale już Grozwajer tym się zajął. Pojadę z tobą do kościoła. Tam się rada odbywa.

– W kościele?

– Tak jest. Będą księciu buławę ofiarować, bo żołnierze oświadczają, że pod innym wodzem nie chcą bronić miasta.

– Jedźmy! Mnie też pilno do księcia.

Połączone oddziały ruszyły. Po drodze Skrzetuski wypytywał się o wszystko, co działo się we Lwowie, i czyli obrona już postanowiona.

– Właśnie teraz się sprawa waży – rzecze Kuszel. – Mieszczanie chcą się bronić. Co za czasy! ludzie nikczemnych kondycji okazują więcej serca niż szlachta i żołnierze.

– A regimentarze? co się z nimi stało? Czyli są w mieście i czyli nie będą księciu przeszkód stawiali?

– Byle on sam nie stawiał! Był lepszy czas na oddanie mu buławy, teraz za późno. Regimentarze oczu nie śmieją pokazać. Książę Dominik popasał tylko w pałacu arcybiskupim i zaraz się wyniósł; i dobrze zrobił, bo nie uwierzysz, jaka jest w żołnierzach na niego zawziętość. Już go nie ma, a jeszcze ciągle krzyczą: „Dawaj go sam, wnet go rozsiekamy!" – pewnie nie byłby uszedł jakowego przypadku. Pan podczaszy koronny pierwszy tu przybył, ba! nawet i na księcia wygadywać począł, ale teraz siedzi cicho, bo i przeciw niemu powstają tumulty. Do oczu mu wszystkie winy wymawiają, a on jeno łzy połyka. W ogólności strach, co się dzieje, jakie czasy nadeszły! Mówię ci: dziękuj Bogu, żeś pod Piławcami nie był, żeś stamtąd nie uciekał, bo że nam, którzyśmy tam byli, rozum się nie pomieszał z ostatkiem – to chyba cud.

– A nasza dywizja?

– Nie ma już jej! ledwie coś zostało. Wurcla nie ma, Machnickiego nie ma, Zaćwilichowskiego nie ma. Wurcel i Machnicki nie byli po Piławcami, bo zostali w Konstantynowie. Tam ich ten Belzebub, książę Dominik, zostawił, by księcia naszego potęgę osłabić. Nie wiadomo: czy uszli, czy ich nieprzyjaciel ogarnął. Stary Zaćwilichowski przepadł jak kamień w wodzie. Daj Bóg, żeby nie zginął!

– A wszystkich żołnierzy siła się tu zebrało?

– Jest dosyć, ale co z nich!... Jeden książę mógłby sobie dać z nimi rady, gdyby chciał buławę przyjąć, bo nikogo słuchać nie chcą. Okrutnie się książę o ciebie frasował i o żołnierzy... Jedyna też to cała chorągiew. Jużeśmy cię opłakali.

– Teraz ten szczęśliwy, kogo płaczą.

Przez czas jakiś jechali w milczeniu, poglądając po tłumach, słuchając zgiełku i krzyków: „Tatary! Tatary!" W jednym miejscu ujrzeli straszny widok rozdzieranego na sztuki człowieka, którego tłum o szpiegostwo posądził. Dzwony biły ciągle.

– Czy orda prędko tu stanie? – spytał Zagłoba.

– Licho ją wie!... może dziś jeszcze. To miasto nie będzie się długo bronić, bo nie wytrzyma. Chmielnicki idzie w dwieście tysięcy Kozaków prócz Tatarów.

– Kaput! – odpowiedział szlachcic: – Lepiej nam było jechać dalej na złamanie szyi! Po co my tyle zwycięstw odnieśli?

– Nad kim?

– Nad Krzywonosem, nad Bohunem, diabeł wie nie nad kim!

– Ale! – rzekł Kuszel i zwróciwszy się do Skrzetuskiego pytał cichym głosem: – A ciebie, Janie, w niczym-że Bóg nie pocieszył? nie znalazłeś tego, czegoś szukał? nie dowiedziałeś się przynajmniej czego?

– Nie czas o tym myśleć! – zawołał Skrzetuski. – Co ja znaczę i moje sprawy wobec tego, co się stało? Wszystko marność i marność, a na końcu śmierć!

– Tak i mnie się widzi, że cały świat niedługo zginie – rzekł Kuszel.

Tymczasem dojechali do kościoła Bernardynów, którego wnętrze pałało światłem. Tłumy niezmierne stały przed kościołem, ale nie mogły się do środka dostać, bo sznur halebardników zamykał wejście puszczając tylko znaczniejszych i starszyznę wojskową.

Skrzetuski kazał drugi sznur wyciągnąć swoim ludziom.

– Wejdźmy – rzekł Kuszel. – Pół Rzeczypospolitej jest w tym kościele.

Weszli. Kuszel niewiele przesadził. Co było znakomitszego w wojsku i w mieście, zgromadziło się na naradę, więc wojewodowie, kasztelanowie, pułkownicy, rotmistrze, oficerowie cudzoziemskiego autoramentu, duchowieństwo, tyle szlachty, ile kościół mógł pomieścić, mnóstwo wojskowych niższych stopni i kilkunastu rajców miejskich z Grozwajerem na czele, który mieszczaństwem miał dowodzić. Był także obecny i książę, i pan podczaszy koronny, jeden z regimentarzy, i wojewoda kijowski, i starosta stobnicki, i Wessel, i Arciszewski, i pan oboźny litewski Osiński – ci siedzieli przed wielkim ołtarzem tak, aby *publicum* mogło ich widzieć. Radzono pośpiesznie, gorączkowo, jako zwykle w takich wypadkach: mówcy wstępowali na ławy i zaklinali starszyznę, by nie podawała miasta w ręce wraże bez obrony. Choćby i zginąć przyszło, miasto wstrzyma nieprzyjaciela, Rzeczpospolita ochłonie. Czego brak do obrony? Są mury, są wojska, jest determinacja – wodza tylko trzeba. A gdy tak mówiono, w publiczności zrywały się szmery, które przechodziły w głośne okrzyki – zapał ogarniał zgromadzonych. ,,Zginiemy! zginiemy chętnie! – wołano – hańbę piławiecką nam zmazać, ojczyznę zasłonić!'' I rozpoczynało się trzaskanie szablami, i gołe ostrza migotały przy blasku świec. A inni wołali: ,,Uciszyć się! obrady porządkiem!'' – ,,Bronić się czy nie bronić?'' – ,,Bronić! bronić!'' – wrzeszczało zgromadzenie, aż echo odbite od sklepień powtarzało: ,,Bronić się!'' – ,,Kto ma być wodzem? Kto ma być wodzem?'' – ,,Książę Jeremi – on wódz! on bohater! niech broni miasta, Rzeczypospolitej – niech mu oddadzą buławę i niech żyje!''

Wówczas z tysiąca płuc wyrwał się okrzyk tak gromki, że aż ściany zadrżały i szyby zabrzęczały w oknach kościelnych.

– Książę Jeremi! książę Jeremi! Niech żyje! niech żyje! niech zwycięża!

Zabłysło tysiące szabel, wszystkie oczy skierowały się na księcia, a on powstał spokojny, ze zmarszczoną brwią. Uciszyło się natychmiast, jakby kto makiem posiał.

– Mości panowie! – rzekł książę dźwięcznym głosem, który w tej ciszy doszedł do wszystkich uszu. – Gdy Cymbrowie i Teutoni napadli na Rzeczpospolitą rzymską, nikt nie chciał ubiegać się o konsulat, aż go wziął Mariusz. Ale Mariusz miał prawo go brać, bo nie było wodzów przez senat naznaczonych... I ja bym się w tej toni od władz nie wybiegał chcąc ojczyźnie miłej zdrowiem służyć, ale buławy przyjąć nie mogę, gdyż ojczyźnie, senatowi i zwierzchności bym ubliżył, a samozwańczym wodzem być nie chcę. Jest między nami ten, któremu Rzeczpospolita buławę oddała – jest pan podczaszy koronny...

Tu książę dalej mówić nie mógł, bo zaledwie pana podczaszego wspomniał, powstał straszliwy wrzask, szczękanie szablami: tłum zakołysał się i wybuchnął jak prochy, na które iskra padła. ,,Precz! na pohybel! *pereat!''* – rozlegało się w tłumie. ,,*Pereat! pereat!''* – brzmiało coraz potężniej. Podczaszy zerwał się z krzesła, blady, z kroplami zimnego potu na czole, a tymczasem groźne postacie zbliżały się ku stallom, ku ołtarzowi i słychać już było złowrogie: ,,Dawajcie go!'' Książę widząc, na co się zanosi, wstał i wyciągnął prawicę.

Tłumy wstrzymały się sądząc, że chce mówić; uciszyło się w mgnieniu oka.

Ale książę chciał tylko burzę i tumult zażegnać; rozlewu krwi w kościele nie dopuścić, więc gdy spostrzegł, że najgroźniejsza chwila minęła, usiadł na powrót.

O dwa krzesła dalej, przegrodzony tylko przez wojewodę kijowskiego, siedział nieszczęsny podczaszy: siwą głowę opuścił na piersi, ręce mu zwisły, a z ust wydobywały się słowa przerywane łkaniem:

– Panie! za grzechy moje przyjmuję z pokorą ten krzyż!

Starzec mógł wzbudzić litość w najtwardszym sercu, ale tłum zwykle bywa bezlitosny, więc na nowo wszczynały się hałasy, gdy nagle wojewoda kijowski powstał dając znać ręką, że chce przemówić.

Był to towarzysz zwycięstw Jeremiego, dlatego słuchano go chętnie.

On zaś zwrócił się do księcia i w najczulszych słowach zaklinał go, by buławy nie odrzucał i nie wahał się ratować ojczyzny. Gdy Rzeczpospolita ginie, niech śpią prawa, niech ją ratuje nie wódz mianowany, ale ten, który najwięcej ratować zdolny: – „Bierzże ty buławę, wodzu niezwyciężony! bierz, ratuj! nie miasto samo, ale całą Rzeczpospolitą. Oto ustami jej ja, starzec, błagam ciebie, a ze mną wszystkie stany, wszyscy mężowie, niewiasty i dzieci – ratuj! ratuj!”

Tu zdarzył się wypadek, który poruszył wszystkie serca: niewiasta w żałobie zbliżyła się do ołtarza i rzucając pod nogi księcia złote ozdoby i klejnoty klęknęła przed nim i szlochając głośno, wołała:

– Mienie ci nasze przynosim! Życie oddajem w twe ręce, ratuj! ratuj, bo giniemy.

Na ten widok senatorowie, wojskowi, a za nimi całe tłumy zaryczały ogromnym płaczem – i był jeden głos w tym kościele:

– Ratuj!

Książę zakrył oczy rękoma, a gdy podniósł twarz, i w jego źrenicach błyszczały łzy. Jednak się wahał. Co się stanie z powagą Rzeczypospolitej, jeśli on tę buławę przyjmie?

Wtem wstał podczaszy koronny.

– Jam stary – rzekł – nieszczęśliwy i przybity. Mam prawo zrzec się ciężaru, który jest nad moje siły, i włożyć go na młodsze barki... Otóż wobec tego Boga ukrzyżowanego i wszystkiego rycerstwa tobie oddaję buławę – bierz ją.

I wyciągnął oznakę ku Wiśniowieckiemu. Nastała chwila takiej ciszy, że słyszałbyś przelatującą muchę. Na koniec rozległ się uroczysty głos Jeremiego:

– Za grzechy moje... – Przyjmuję.

Wtedy szał opanował zgromadzenie. Tłumy złamały stalle, przypadały do nóg Wiśniowieckiego, ciskały kosztowności i pieniądze. Wieść rozniosła się lotem błyskawicy po całym mieście: żołnierstwo odchodziło od zmysłów z radości i krzyczało, że chce iść na Chmielnickiego, na Tatarów i sułtana. Mieszczanie nie myśleli już o poddaniu, ale o obronie do ostatniej kropli krwi. Ormianie znosili dobrowolnie pieniądze do ratusza, zanim o szacunku poczęto mówić; Żydzi w bóżnicy podnieśli wrzask dziękczynny – armaty na wałach oznajmiły grzmotem radosną nowinę; po ulicach palono z rusznic, samopałów i pistoletów. Okrzyki: ,,Niech żyje!'', trwały przez całą noc. Ktoś rzeczy nieświadom mógłby sądzić, iż to miasto tryumf jakiś czy uroczyste święto obchodzi.

A jednak lada chwila trzysta tysięcy nieprzyjaciół – armia większa od tych, jakie cesarz niemiecki lub król francuski mogli wystawić, a dziksza od zastępów Tamerlana – miała oblec mury tego grodu.

X

W tydzień później, rankiem dnia 6 października, gruchnęła po Lwowie wieść zarówno nieoczekiwana, jak straszliwa, że książę Jeremi, zabrawszy większą część wojska, opuścił potajemnie miasto i wyjechał nie wiadomo dokąd.

Tłumy zebrały się przed arcybiskupim pałacem: nie chciano początkowo wierzyć. Żołnierze twierdzili, iż jeśli książę wyjechał, to niezawodnie wyjechał na czele potężnego podjazdu, aby zlustrować okolicę. Pokazało się (mówiono), że zbiegowie fałszywe głosili wieści zapowiadając lada chwila Chmielnickiego i Tatarów, bo oto od 26 września upłynęło dni dziesięć, a nieprzyjaciela jeszcze nie widać. Książę zapewne chciał się naocznie przekonać o niebezpieczeństwie i po sprawdzeniu wieści niezawodnie powróci. Zresztą zostawił kilka regimentów i do obrony wszystko gotowe. Tak było w istocie. Wszelkie rozporządzenia zostały wydane, miejsca wyznaczone, armaty zatoczone na wały. Wieczorem przybył rotmistrz Cichocki na czele pięćdziesięciu dragonów. Natychmiast opadli go ciekawi, ale on z tłumem rozmawiać nie chciał – i udał się wprost do generała

Arciszewskiego; obaj wezwali Grozwajera i po naradzie poszli na ratusz. Tam Cichocki oświadczył przerażonym rajcom, że książę wyjechał bezpowrotnie.

W pierwszej chwili opadły wszystkim ręce i jedne zuchwałe usta wymówiły słowo: „Zdrajca!" Ale wówczas Arciszewski, stary wódz, wsławiony wielkimi czynami w służbie holenderskiej, powstał i w ten sposób do wojskowych i rajców mówić począł:

– Słyszałem słowo bluźniercze, którego bodajby nikt nie był wymówił, bo go desperacja nawet usprawiedliwić nie może. Książę wyjechał i nie wróci – tak jest! Ale jakież to prawo macie wymagać od wodza, na którego barkach zbawienie całej ojczyzny spoczywa, aby jedynie waszego miasta bronił? Co by się stało, gdyby tu ostatek sił Rzeczypospolitej otoczył nieprzyjaciel? Ni zapasów żywności, ni broni na tak wielkie wojsko tu nie ma – więc to wam powiem, a memu doświadczeniu wierzyć możecie, że im większa potęga byłaby tu zamkniętą, tym krócej obrona trwać by mogła, bo głód zwyciężyłby nas prędzej od nieprzyjaciela. Bardziej chodzi Chmielnickiemu o osobę księcia niż o wasze miasto, więc gdy się dowie, że go tu nie masz, że nowe wojska zbiera i z odsieczą przybyć może, łacniej wam będzie folgował i na układy się zgodzi. Dziś szemrzecie, a ja wam powiadam, że książę, opuściwszy ten gród, grożąc Chmielnickiemu z zewnątrz, ocalił was i dzieci wasze. Trzymajcie się, brońcie, zadzierżcie tego nieprzyjaciela czas jakiś, a i miasto ocalić możecie, i wiekopomną usługę Rzeczypospolitej oddacie, bo książę przez ten czas siły zbierze, inne fortece opatrzy, przebudzi zdrętwiałą Rzeczpospolitą i na ratunek wam pośpieszy. Jedyną on obrał zbawienia drogę, bo gdyby tu, głodem zmorzon, padł z wojskiem, tedyby już nikt nieprzyjaciela nie wstrzymał, któren poszedłby na Kraków, na Warszawę i całą ojczyznę zalał, nigdzie nie znajdując oporu. Dlatego zamiast szemrać, śpieszcie na wały bronić siebie, dzieci waszych, miasta i całej Rzeczypospolitej.

– Na wały! na wały! – powtórzyło kilka śmielszych głosów.

Grozwajer, człowiek energiczny i śmiały, ozwał się:

– Cieszy mnie determinacja ichmościów i wiedzcie, że książę nie odjechał bez obmyślenia obrony. Każdy tu wie, co ma robić, i stało się to, co się było stać powinno. Obronę mam w ręku i będę się bronił do śmierci.

Nadzieja na nowo wstąpiła w struchlałe serca, co widząc Cichocki ozwał się w końcu:

– Jego książęca mość przysyła też waćpanom wiadomość, iż nieprzyjaciel blisko. Porucznik Skrzetuski otarł się skrzydłem o dwutysięczny czambuł, który rozbił. Jeńcy mówią, że sroga potęga idzie za nimi.

Wiadomość ta wielkie wywarła wrażenie; nastała chwila milczenia; wszystkie serca zabiły żywiej.

– Na wały! – rzekł Grozwajer.

– Na wały! na wały! – powtórzyli obecni oficerowie i mieszczanie.

A wtem rumor uczynił się za oknami; słychać było zgiełk tysiąca głosów, które zlały się w jeden niezrozumiały szum, podobny do szumu fal morskich. Nagle drzwi sali otworzyły się z łoskotem, wpadło kilkunastu mieszczan i zanim obradujący mieli czas pytać, co zaszło, rozległy się wołania:

– Łuny na niebie! łuny na niebie!

– A słowo stało się ciałem! – rzekł Grozwajer – na wały!

Sala opustoszała. Po chwili huk armat wstrząsnął murami miasta oznajmiając mieszkańcom samego grodu, przedmieść i okolicznych wiosek, że nieprzyjaciel nadciągnął.

Na wschodzie niebo czerwieniło się jak okiem dojrzeć; rzekłbyś: morze ognia zbliżało się ku miastu.

*

Książę tymczasem rzucił się do Zamościa i starłszy po drodze czambulik, o którym Cichocki mieszczanom wspominał, zajął się naprawą i opatrzeniem tej potężnej z natury twierdzy, którą też w krótkim czasie niezdobytą uczynił. Skrzetuski wraz z panem Longinem i częścią chorągwi został w twierdzy przy panu Weyherze, staroście wałeckim, a książę ruszył do Warszawy, by od sejmu uzyskać środki na zaciągi nowych wojsk i zarazem wziąć udział w elekcji, która wraz miała się odprawiać. Losy Wiśniowieckiego i całej Rzplitej miały ważyć się na tej elekcji, gdyby bowiem królewicz Karol został obrany, tedyby partia wojenna wzięła górę – książę otrzymałby naczelne dowództwo wszystkich sił Rzplitej i musiałoby przyjść do walnej na śmierć i życie z Chmielnickim rozprawy. Królewicz Kazimierz lubo słynny z męstwa i pan wcale wojenny, słusznie uchodził za stronnika polityki kanclerza Ossolińskiego, zatem polityki układów z Kozakami i znacznych dla nich ustępstw. Obaj bracia nie szczędzili obietnic i wysilali się na jednanie sobie stronników; dlatego wobec równej siły obydwóch partii nikt nie mógł przewidzieć rezultatu elekcji. Stronnicy kanclerscy obawiali się, aby Wiśniowiecki dzięki rosnącej coraz sławie i miłości, jaką posiadał u rycerstwa i szlachty, nie przeważył umysłów na stronę Karola, książę zaś dla tych samych przyczyn pragnął osobiście popierać swego kandydata. Dlatego ciągnął śpiesznym pochodem do Warszawy, pewny już, że Zamość zdoła długo całą potęgę Chmielnickiego i krymską wytrzymać. Lwów, według wszelkiego prawdopodobieństwa, można było uważać za ocalony, gdyż Chmielnicki nie mógł żadną miarą bawić się długo zdobywaniem tego miasta mając przed sobą potężniejszy Zamość, który mu drogę do serca Rzplitej zamykał. Te myśli krzepiły umysł książęcy i wlewały otuchę w jego serce tylu tak strasznymi klęskami kraju strapione. Nadzieja wstąpiła weń pewna, że choćby też i Kazimierz został obrany, już wojna jest nieuniknioną i straszliwa rebelia musi w morzu krwi utonąć. Spodziewał się, że Rzeczpospolita jeszcze raz wystawi potężną armię – bo i układy były o tyle tylko możliwe, o ile poparłaby je potężna armia.

Kołysany tymi myślami, jechał książę pod zasłoną kilku chorągwi, mając przy sobie Zagłobę i pana Wołodyjowskiego, z których pierwszy klął się na wszystko, że przeprowadzi wybór księcia Karola, bo umie do szlachty braci gadać i wie, jak jej zażyć; drugi zaś eskortą księcia dowodził. W Siennicy, niedaleko Mińska, czekało księcia miłe, chociaż niespodziane spotkanie; zjechał się bowiem z księżną Gryzeldą, która z Brześcia Litewskiego do Warszawy dla bezpieczeństwa dążyła, spodziewając się przy tym słusznie, że i książę tam ściągnie. Witali się tedy serdecznie po długim niewidzeniu. Księżna, lubo duszę miała żelazną, rzuciła się z takim płaczem w objęcia męża, że utulić się przez kilka godzin nie mogła, bo, ach! jak często bywały takie chwile, że już się go nie spodziewała ujrzeć więcej; a tymczasem Bóg dał, że oto wracał sławniejszy niż kiedykolwiek, otoczon taką chwałą, jaka nikogo jeszcze z jego rodu nie opromieniała, największy z wodzów, jedyna całej Rzeczypospolitej nadzieja. Księżna odrywając się co chwila od jego piersi spoglądała przez łzy na tę twarz chudą, sczerniałą, na to czoło wyniosłe, które troski i trudy poorały w głębokie bruzdy; na oczy zaczerwienione od nocy bezsennych, i na nowo zalewała się łzami, a cały fraucymer wtórował jej z głębi wezbranych serc. Z wolna dopiero księstwo uspokoiwszy się poszli do obszernej plebanii miejscowej i tam poczęły się pytania o przyjaciół, dworzan i rycerzy, którzy jakoby do rodziny należeli i z którymi pamięć o Łubniach się zrosła. Uspokoił tedy naprzód książę troskliwość księżny o pana Skrzetuskiego tłumacząc, iż dlatego tylko w Zamościu został, iż w utrapieniach, jakie od Boga mu były zesłane, nie chciał pogrążać się w szum stołeczny i wolał w surowej służbie wojennej i w pracy leczyć rany serdeczne. Potem prezentował książę pana Zagłobę i o czynach jego opowiadał.

– Vir to jest incomparabilis – mówił – któren nie tylko Kurcewiczównę Bohunowi wydarł, ale ją przez środek obozów Chmielnickiego i Tatarów przeprowadził, potem zaś razem z nami z wielką swoją sławą najchwalebniej pod Konstantynowem stawał.

Słysząc to księżna pani nie szczędziła pochwał panu Zagłobie, kilkakrotnie mu rękę do pocałowania podając i lepszą jeszcze kontentację w stosownej porze obiecując – a vir incomparabilis kłaniał się, modestią bohaterstwo osłaniał, to znów się puszył i na fraucymer zerkał, bo choć był stary i niewiele sobie od płci białej obiecywał, przecie miło mu to było, że tyle o jego męstwie i czynach słyszała. Nie brakło jednak i smutku w tym radosnym skądinąd powitaniu, bo pominąwszy już czasy na ojczyznę ciężkie, ileż to razy na pytania księżny o różnych znajomych rycerzy książę odpowiadał: „Zabit... zabit... zaginion" – przy tym i panny zawodziły, bo niejedno tam między zabitymi drogie nazwisko wymieniono.

Tak radość mieszała się ze smutkiem, łzy z uśmiechami. Ale najbardziej strapiony był mały pan Wołodyjowski, na próżno się bowiem rozglądał i oczyma na wszystkie strony obracał: księżniczki Barbary nie było nigdzie. Co prawda, wśród trudów wojny, wśród ciągłych bojów, potyczek i pochodów już był ów kawaler trochę o niej zapomniał, gdyż i z natury o ile do miłości był łatwy, o tyle niezbyt w niej wytrwały; ale teraz, gdy ujrzał znów fraucymer, gdy mu przed oczyma stanęło jako żywe życie łubniańskie, pomyślał sobie, że milej by mu też było, gdy chwila odpoczynku nadeszła, i powzdychać, i serce na nowo zająć. Więc gdy to się nie zdarzyło, a sentyment jak na złość odżył na nowo, strapił się pan Wołodyjowski ciężko i wyglądał, jakby go deszcz ulewny zmoczył. Głowę spuścił na piersi, wąsiki, zwykle tak podkręcone w górę, że aż za nozdrza sięgały jak u chrabąszcza, zwisły mu także ku dołowi, zadarty nos się wydłużył, z twarzy znikła zwyczajna pogoda i stał milczący, nie poruszył się nawet, gdy książę z kolei jego męstwo i nadzwyczajne przewagi wychwalał. Cóż bowiem znaczyły dlań wszystkie pochwały, gdy o n a ich słyszeć nie mogła!

Aż zlitowała się nad nim Anusia Borzobohata i choć miewali między sobą sprzeczki, postanowiła go pocieszyć. W tym celu, strzygąc oczyma ku księżnie, przysuwała się nieznacznie do rycerza i wreszcie znalazła się tuż przy nim.

– Dzień dobry waćpanu – rzekła. – Dawnośmy się nie widzieli.

– Oj, panno Anno! – odrzekł melancholicznie pan Michał – siła wody upłynęło i w niewesołych czasach się znów widzimy – i nie wszyscy.

– Pewnie, że nie wszyscy: tylu rycerzy poległo!

Tu westchnęła Anusia, po chwili zaś mówiła dalej:

– I my nie w tej liczbie, jako dawniej, bo panna Sieniutówna za mąż poszła, a księżniczka Barbara została u pani wojewodziny wileńskiej.

– I pewnie także za mąż idzie?

– Nie, nie bardzo ona o tym myśli. A czemu się to waćpan o to dopytuje?

To rzekłszy Anusia przymrużyła czarne oczęta tak, iż tylko szpareczki pozostały, i spoglądała ukośnie spod rzęs na rycerza.

– Przez życzliwość dla familii – odparł pan Michał.

A Anusia na to:

– Oj, to i słusznie, bo też wielką pan Michał ma w księżniczce Barbarze przyjaciółkę. Nieraz pytała: gdzie to ów mój rycerz, któren na turnieju w Łubniach najwięcej głów tureckich zrzucił, za com mu nagrodę dawała? co on porabia? zali żyje jeszcze i o nas pamięta?

Pan Michał podniósł z wdzięcznością oczy na Anusię i po pierwsze, ucieszył się, po wtóre, dostrzegł, że Anusia wyładniała niepomiernie.

– Zali naprawdę księżniczka Barbara tak mówiła? – spytał.

– Jako żywo! I to jeszcze wspominała, jakeś waćpan przez fosę dla niej skakał, wtedy gdyś to w wodę wpadł.

– A gdzie teraz pani wojewodzina wileńska?

– Była z nami w Brześciu, a tydzień temu pojechała do Bielska, skąd do Warszawy przybędzie.

Pan Wołodyjowski drugi raz spojrzał na Anusię i nie mógł już wytrzymać.

– A panna Anna – rzekł – już do takowej gładkości doszła, że aż oczy bolą patrzeć.

Dziewczyna uśmiechnęła się wdzięcznie.

– Pan Michał tak jeno mówi, by mnie skaptować.

– Chciałem swego czasu – rzekł ruszając ramionami rycerz – Bóg widzi, chciałem i nie mogłem, a teraz panu Podbipięcie życzę, by był szczęśliwy.

– A gdzie pan Podbipięta? – spytała cicho Anusia, spuszczając oczki.

– W Zamościu ze Skrzetuskim; został już namiestnikiem w chorągwi i służby pilnować musi, ale gdyby był wiedział, kogo tu ujrzy, o! jak Bóg na niebie, byłby wziął permisję i tu z nami wielkim krokiem nadążył. Wielki to jest kawaler, na wszelką łaskę zasługujący.

– A na wojnie... nie doznał jakowego szwanku?

– Widzi mi się, że waćpanna nie o to chcesz pytać, jeno o te trzy głowy, które ściąć zamierzył?

– Nie wierzę, aby on to naprawdę zamierzył.

– A jednak wierz waćpanna, bo bez tego nie będzie nic. Nieleniwie on też szuka okazji. Pod Machnówką ażeśmy jeździli oglądać miejsce, w którym śród tłumu walczył, i sam książę z nami jeździł, bo powiem waćpannie: dużo bitew widziałem, ale takich jatek, pókim żyw, nie będę widział. Kiedy się szarfą waćpanny do bitwy przepasze – strach, co dokazuje! Znajdzie on swoje trzy głowy, bądź waćpanna spokojna.

– Niechże każdy znajdzie to, czego szuka! – rzekła z westchnieniem Anusia.

Za nią westchnął pan Wołodyjowski i wzrok podniósł ku górze, gdy nagle spojrzał ze zdziwieniem w jeden kąt izby.

Z tego kąta patrzyła na niego jakaś twarz gniewna, zapalczywa, a całkiem mu nie znana, zbrojna w olbrzymi nos i wąsiska do dwóch wiech podobne, które poruszały się szybko jakby z tłumionej pasji.

Można się było przestraszyć tego nosa, tych oczu i wąsów, ale mały pan Wołodyjowski wcale nie był łatwo płochliwy, więc jako się rzekło, zdziwił się tylko i zwróciwszy się do Anusi pytał:

– Co to za jakowaś figura, ot tam w kącie, która spogląda na mnie tak, jakby mnie z kretesem połknąć chciała, i wąsiskami rusza jako właśnie stary kot przy pacierzu.

– To? – rzekła Anusia ukazując białe ząbki – to jest pan Charłamp.

– Cóż to za poganin?

– Wcale to nie poganin, jeno z chorągwi pana wojewody wileńskiego rotmistrz petyhorski, którén nas aż do Warszawy odprowadza i tam na wojewodę ma czekać. Niech pan Michał jemu w drogę nie włazi, bo to wielki ludojad.

– Widzę ja to, widzę. Ale skoro to ludojad, przecie są tłustsi ode mnie: dlaczegoż na mnie, nie na innych zęby ostrzy?

– Bo... – rzekła Anusia i zachichotała z cicha.

– Bo co?

– Bo on się we mnie kocha i sam mi powiedział, że każdego, który by się do mnie zbliżał, w sztuki posieka, a teraz wierz mi waćpan, że się tylko przez wzgląd na obecność księstwa wstrzymuje, inaczej zaraz by poszukał okazji.

– Maszże tobie! – rzecze wesoło pan Wołodyjowski. – To tak, panno Anno? Oj! nie darmośmy, jak widzę, śpiewywali: „Jak tatarska orda, bierzesz w jasyr *corda*!" Pamiętasz waćpanna? Że też waćpanna nie możesz się ruszyć, żeby się ktoś zaraz nie zakochał!

– Takie to już moje nieszczęście! – odparła spuszczając oczki Anusia.

– Ej, faryzeusz z panny Anny! A co na to powie pan Longinus?

– Cóż ja winna, że ten pan Charłamp mię prześladuje? Ja go nie cierpię i patrzyć na niego nie chcę.

– No, no! patrz waćpanna, aby się przez nią krew nie polała. Podbipiętę choć do rany przyłożyć; ale w rzeczach sentymentu żarty z nim niebezpieczne.

– Niech mu uszy obetnie, jeszcze będę rada.

To rzekłszy Anusia zakręciła się jak fryga i furknęła na drugą stronę izby do imć Carboniego, doktora księżny, z którym zaczęła coś żywo szeptać i rozmawiać, a Włoch oczy wlepił w pułap, jakoby go ekstaza porwała.

Tymczasem Zagłoba zbliżył się do Wołodyjowskiego i począł mrugać krotofilnie swoim zdrowym okiem.

– Panie Michale – spytał – a co to za dzierlatka?

– Panna Anna Borzobohata-Krasieńska, respektowa księżny pani.

– A gładka, bestyjka, oczy jak tareczki, pysio jak malowanie, a szyjka – uf!

– Niczego, niczego!

– Winszuję waszmości!

– Dałbyś waść pokój. To narzeczona pana Podbipięty albo tak jak narzeczona.

– Pana Podbipięty?... Bójże się waćpan ran boskich! Przecie on czystość ślubował? A prócz tego, przy takiej między nimi proporcji chybaby ją za kołnierzem nosił! Na wąsach mogłaby mu siadać jak mucha – cóż znowu?

– Ej, jeszcze go ona w karby weźmie. Herkules był mocniejszy, a przecie białogłowa go usidliła.

– Byle mu tylko rogów nie przyprawiła, choć ja pierwszy o to się postaram, jakem Zagłoba!

– Będzie takich więcej jak waćpan, choć w samej rzeczy z dobrego to gniazda dziewczyna i uczciwa. Płoche to, bo młode i gładkie.

– Zacny z waści kawaler i dlatego ją chwalisz... ale że dzierlatka, to dzierlatka.

– Uroda ludzi ciągnie! *exemplum*: ten oto rotmistrz okrutnie podobno w niej rozmiłowan.

– Ba! a spójrz no waćpan na tego kruka, z którym ona rozmawia – co to za czort?

– To Włoch Carboni, doktor księżny.

– Uważ, panie Michale, jak mu się latarnia rozjaśniła i ślepie przewraca jak w *delirium*. Ej! źle z panem Longinem! Znam ja się na tym trochę, bom za młodu niejednego doświadczył... W innej porze muszę waćpanu opowiedzieć wszystkie terminy, w jakich bywałem, albo jeśli masz ochotę, to choć zaraz posłuchaj.

Pan Zagłoba począł szeptać coś do ucha małego rycerza i mrugać silniej niż zwykle, ale wtem nadeszła pora wyjazdu. Książę siadł z księżną do karety, aby przez drogę nagadać się z nią po długim niewidzeniu do woli; panny pozajmowały kolaski, a rycerstwo siadło na koń – i ruszono. Naprzód jechał dwór, a wojsko opodal z tyłu, gdyż kraj tu był spokojny i chorągwie tylko dla ostentacji, nie dla bezpieczeństwa potrzebne. Ciągnęli więc z Siennicy do Mińska, a stamtąd do Warszawy, często gęsto ówczesnym obyczajem popasając. Trakt był tak zapchany, iż zaledwie noga za nogą można się było posuwać. Wszystko dążyło na elekcję, i z okolic pobliższych, i z dalekiej Litwy; więc tu i owdzie spotykano dwory pańskie, całe orszaki pozłocistych karet, otoczone hajdukami, olbrzymimi pajukami ubranymi po turecku, za którymi postępowały nadworne roty, to węgierskie, to niemieckie, to janczarskie, to oddziały Kozaków, to wreszcie poważne znaki niezrównanej jazdy polskiej. Każdy ze znaczniejszych starał się stawić i najokazalej, i w jak najliczniejszej asystencji. Obok licznych magnackich kawalkat ciągnęły i szczuplejsze dygnitarzy powiatowych i ziemskich. Co chwila z kurzawy wychylały się pojedyncze karabony szlacheckie, obite czarną skórą, zaprzężone w parę lub cztery konie, a w każdym siedział szlachcic-personat z krucyfiksem lub obrazem Najświętszej Panny zawieszonym na jedwabnym pasie u szyi. Wszyscy zbrojni: muszkiet po jednej stronie siedzenia, szabla po drugiej, a u aktualnych lub byłych towarzyszów chorągwianych jeszcze i kopia stercząca na dwa łokcie za siedzeniem. Pod karabonami szły psy legawe lub charty, nie dla potrzeby, boć przecie nie na łowy się zjeżdżano, ale dla pańskiej rozrywki. Z tyłu luzacy prowadzili konie powodowe pokryte dekami dla ochrony bogatych siedzeń od deszczu lub kurzawy, dalej ciągnęły wozy skrzypiące, o kołach powiązanych wiciami, a w nich namioty i zapasy żywności dla sług i panów. Gdy wiatr chwilami zwiewał kurzawę z traktu na pola, cała droga odsłaniała się i mieniła jako wąż stubarwny lub jako wstęga misternie ze złota i jedwabiów utkana. Gdzieniegdzie na owej drodze brzmiały ochocze kapele wołoskie lub janczarskie, zwłaszcza przed chorągwiami koronnego i litewskiego komputu, których również w tym tłumie nie brakło, bo dla asystencji przy dygnitarzach iść musiały, a wszędy pełno było krzyku; gwaru, nawoływań, pytań i kłótni, gdy jedni drugim ustępować nie chcieli.

Raz wraz też doskakiwali konni żołnierze i słudzy i do orszaku książęcego, wzywając do ustąpienia dla takiego to a takiego dygnitarza lub pytając, kto jedzie. Ale gdy uszu ich doszła odpowiedź: „Wojewoda ruski!" – natychmiast dawali znać panom swym, którzy zostawiali drogę wolną lub jeśli byli na przedzie, zjeżdżali w bok, by widzieć przeciągający orszak. Na popasach kupiła się szlachta i żołnierze chcąc napaść ciekawe oczy widokiem największego w Rzeczypospolitej wojownika. Nie brakło też i wiwatów, na które książę wdzięcznie odpowiadał, raz, z przyrodzonej sobie ludzkości, a po wtóre, chcąc tą ludzkością kaptować stronników dla królewicza Karola, których też i nakaptował samym swym widokiem niemało.

Z równą ciekawością patrzono na chorągwie książęce, na owych „Rusinów", jak ich nazywano. Nie byli oni już tak obdarci i wynędzniali, jak po konstantynowskiej bitwie, bo książę w Zamościu dał nową barwę chorągwiom, ale zawsze poglądano na nich jak na cuda zamorskie, gdyż w mniemaniu mieszkańców bliskich okolic stolicy przychodzili z końca świata. Więc też i dziwy opowiadano o owych stepach tajemniczych i borach, w których się rodzi takie rycerstwo, podziwiano ich płeć ogorzałą, spaloną wichrami z Czarnego Morza, ich hardość spojrzenia i pewną dzikość postawy, od dzikich sąsiadów przejętą.

Ale najwięcej oczu zwracało się po księciu na pana Zagłobę, który dostrzegłszy, jaki go podziw otacza, spoglądał tak dumnie i hardo, toczył tak strasznie oczyma, iż zaraz szeptano w tłumie: „Ten to musi być rycerz między nimi najprzedniejszy!" A inni mówili: „Siła on już musiał dusz z ciał wypędzić, taki smok sierdzisty!" Gdy zaś podobne słowa dochodziły do uszu pana Zagłoby, starał się tylko o to, by jeszcze większą sierdzistością wewnętrzne ukontentowanie pokryć.

Czasem odzywał się do tłumu, czasem szydził, a najwięcej z litewskich komputowych chorągwi, w których poważne znaki nosiły złotą, a lekkie srebrną pętelkę na ramieniu. – „Naści hetkę, panie pętelko!" – wołał na ten widok pan Zagłoba – więc też niejeden towarzysz sapnął, zgrzytnął, szablą trzasnął, ale pomyślawszy, iż to żołnierz z chorągwi wojewody ruskiego tak sobie pozwala, w ostatku splunął i okazji zaniechał.

Bliżej Warszawy tłumy stały się tak gęste, iż tylko noga za nogą można się było posuwać. Elekcja obiecywała być liczniejszą jak zwykle, bo nawet szlachta z dalszych, ruskich i litewskich, okolic, która z przyczyny odległości nie byłaby dla samej elekcji przybyła, ściągała teraz do Warszawy dla bezpieczeństwa. A przecie dzień wyboru był jeszcze daleko, gdyż zaledwie pierwsze posiedzenia sejmu się rozpoczęły; ale ściągano na miesiąc i dwa naprzód, by ulokować się w mieście, tému i owemu się przypomnieć, tu i owdzie promocji poszukać, po dworach pańskich jadać i pijać, i wreszcie, by po żniwach stolicy i jej rozkoszy zażyć.

Książę poglądał ze smutkiem przez tafle karety na owe tłumy rycerstwa, żołnierzy i szlachty, na te bogactwa i przepych ubiorów, myśląc, jaką by to siłę można z nich utworzyć – ile wojska wystawić! Czemu to ta Rzeczpospolita, taka silna, ludna i bogata, dzielnym rycerstwem przepełniona, jest zarazem tak mdła, że sobie z jednym Chmielnickim i z dziczą tatarską poradzić nie umie? Czemu? Na krocie Chmielnickiego można by krociami odpowiedzieć, gdyby owa szlachta, owo żołnierstwo, owe bogactwa i dostatki, owe pułki i chorągwie chciały tak rzeczy publicznej służyć, jako prywacie służyły. ,,Cnota w Rzeczypospolitej ginie! – myślał książę – i wielkie ciało psuć się poczyna; męstwo dawne ginie i w słodkich wczasach, nie w trudach wojennych kocha się wojsko i szlachta!'' Książę miał poniekąd słuszność, ale o niedostatkach Rzeczypospolitej myślał tylko jak wojownik i wódz, któren wszystkich ludzi chciałby na żołnierzy przerobić i na nieprzyjaciela poprowadzić. Męstwo mogło się znaleźć i znalazło się, gdy stokroć większe wojny zagroziły wkrótce Rzeczypospolitej. Jej brakło jeszcze czegoś więcej, czego książę-żołnierz w tej chwili nie dostrzegł, ale co widział jego nieprzyjaciel, kanclerz koronny, bieglejszy od Jeremiego statysta.

Lecz oto w siwym i błękitnym oddaleniu zamajaczyły spiczaste wieże Warszawy, więc dalsze księcia rozmyślania rozpierzchły się, a natomiast wydał rozkazy, które oficer służbowy wnet Wołodyjowskiemu, dowódcy eskorty, odniósł. Skoczył wskutek tych rozkazów pan Michał od kolaski Anusinej, przy której dotąd koniem toczył, do ciągnących znacznie z tyłu chorągwi, aby szyk sprawić i w ordynku dalej już ciągnąć. Zaledwie jednak ujechał kilkanaście kroków, gdy usłyszał, że pędzi ktoś za nim – obejrzał się: był to pan Charłamp, rotmistrz lekkiego znaku pana wojewody wileńskiego i Anusin adorator.

Wołodyjowski wstrzymał konia, bo od razu zrozumiał, że pewnie przyjdzie do jakowegoś zajścia, a lubił z duszy takie rzeczy pan Michał; pan Charłamp zaś zrównał się z nim i z początku nic nie mówił, sapał tylko i wąsami srodze ruszał, widocznie szukając wyrazów; na koniec ozwał się:

– Czołem, czołem, panie dragan!

– Czołem, panie pocztowy!

– Jak waszmość śmiesz nazywać mnie pocztowym? – pytał zgrzytając zębami pan Charłamp – mnie, towarzysza i rotmistrza? ha?

Pan Wołodyjowski począł podrzucać obuszek, który trzymał w ręku, całą uwagę skupiwszy niby na to tylko, by po każdym młyńcu chwytać go za rękojeść – i odrzekł jakby od niechcenia:

– Bo po pętelce nie mogę poznać szarży.

– Waść całemu towarzystwu uwłaczasz, którego nie jesteś godzien.

– A to dlaczego? – pytał z głupia frant Wołodyjowski.

– Bo w cudzoziemskim autoramencie służysz.

– Uspokójże się waćpan – rzecze pan Michał – choć w dragonach służę, przeciem jest towarzysz i to nie lekkiego, ale poważnego znaku pana wojewody – możesz tedy ze mną mówić jak z równym albo jak z lepszym.

Pan Charłamp pomiarkował się trochę, poznawszy, iż nie z tak lekką, jak mniemał, osobą ma do czynienia, ale nie przestał zębami zgrzytać, bo go zimna krew pana Michała do jeszcze większej złości doprowadziła – więc rzekł:

– Jak waćpan śmiesz mi w drogę włazić?

– Ej, widzę, waszmość okazji szukasz?

– Może i szukam, i to ci powiem (tu pan Charłamp pochylił się do ucha pana Michała i kończył cichszym głosem), żeć uszy obetnę, jeśli mi przy pannie Annie będziesz zastępował drogę.

Pan Wołodyjowski znów począł podrzucać obuszek bardzo pilnie, jakby to czas był właśnie na takową zabawę, i ozwał się tonem perswazji:

– Ej, dobrodzieju, pozwól jeszcze pożyć – zaniechaj mnie!

– O, nie! nic z tego! nie wymkniesz się! – rzekł pan Charłamp chwytając za rękaw małego rycerza.

– Ja się przecie nie wymykam – mówił łagodnie pan Michał – ale teraz na służbie jestem i z ordynansem księcia pana mojego dążę. Puść waść rękaw, puść, proszę cię, bo inaczej co mnie biednemu robić?... chyba tym oto obuchem w łeb zajadę i z konia zwalę. – Tu pokorny z początku głos Wołodyjowskiego tak jakoś zasyczał jadowicie, że pan Charłamp spojrzał z mimowolnym zdziwieniem na małego rycerza i rękaw puścił.

– O! wszystko jedno! – rzekł – w Warszawie dasz mi pole, dopilnuję cię!

– Nie będę się krył, wszelako jakże to nam bić się w Warszawie? Raczże mnie waszmość nauczyć! Nie bywałem tam jeszcze w życiu moim, ja prosty żołnierz, alem słyszał o sądach marszałkowskich, które za wydobycie szabli pod bokiem króla lub *interrexa* gardłem karzą.

– Znać to, żeś waćpan w Warszawie nie bywał i żeś prostak, skoro się sądów marszałkowskich boisz i nie wiesz, że w czasie bezkrólewia kaptur sądzi, z którym sprawa łatwiejsza, a już o waścine uszy gardła mi nie wezmą, bądź pewien.

– Dziękuję za naukę i często o instrukcję poproszę, bo widzę, żeś waćpan praktyk nie lada i mąż uczony, a ja, jakom tylko infimę *minorum* praktykował, ledwie *adjectivum cum substantivo* pogodzić umiem, i gdybym waćpana chciał, broń Boże, głupim nazwać, to tyle tylko wiem, że powiedziałbym: *stultus*, a nie *stulta* ani *stultum*.

Tu pan Wołodyjowski począł znów podrzucać obuszek, pan Charłamp zaś aż zdumiał się, potem krew mu uderzyła do twarzy i szablę z pochwy wyciągnął, ale w tym samym mgnieniu oka i mały rycerz, chwyciwszy obuszek pod kolano, swoją błysnął. Przez chwilę patrzyli na się jak dwa odyńce, z rozwartymi nozdrzami i z płomieniami w oczach – lecz pan Charłamp zmiarkował się pierwszy, iż z samym wojewodą przyszłoby mu mieć sprawę, gdyby na jego oficera jadącego z rozkazem napadł – więc też i pierwszy szablisko na powrót schował.

– O! znajdę cię, taki synu! – rzekł.

– Znajdziesz, znajdziesz, boćwino! – rzekł mały rycerz.

I rozjechali się, jeden do kawalkaty, drugi do chorągwi, które znacznie się przez ten czas zbliżyły, tak iż z kłębów kurzawy dochodził już tupot kopyt po twardym trakcie. Pan Michał wnet sprawił jazdę i piechotę do porządnego pochodu i ruszył na czele. Po chwili przyczłapał ku niemu pan Zagłoba.

– Czego chciało od ciebie owo straszydło morskie? – spytał Wołodyjowskiego.

– Pan Charłamp?... Ej nic, wyzwał mnie na rękę.

– Masz tobie! – rzekł Zagłoba. – Na wylot cię swoim nosem przedziobie! Bacz, panie Michale, gdy się będziecie bili, abyś największego nosa w Rzeczypospolitej nie obciął, bo osobny kopiec trzeba by dla niego sypać. Szczęśliwy wojewoda wileński! inni muszą podjazdy pod nieprzyjaciela posyłać, a jemu ten towarzysz z daleka go zawietrzy. Ale za co cię wyzwał?

– Za to, żem przy kolasce panny Anny Borzobohatej jechał.

– Ba! trzeba mu było powiedzieć, żeby się do pana Longina do Zamościa udał. Ten by go dopiero poczęstował pieprzem z imbierem. Źle ten boćwinkarz trafił i widać mniejsze ma szczęście od nosa.

– Nie mówiłem mu nic o panu Podbipięcie – rzekł Wołodyjowski – bo nużby mnie zaniechał? Będę się na złość do Anusi z podwójnym ferworem zalecał: chcę też mieć swoją uciechę. A co my w tej Warszawie będziem mieli lepszego do roboty?

– Znajdziemy, znajdziemy, panie Michale! – rzekł mrugając oczyma Zagłoba. – Kiedy byłem za młodych lat deputatem do egzakcji od chorągwi, w której służyłem, jeździło się po całym kraju, ale takiego życia, jak w Warszawie, nigdzie nie zaznałem.

– Mówisz waćpan, że inne jak u nas na Zadnieprzu?

– Ej, co i mówić!

– Bardzom ciekaw – rzekł pan Michał. A po chwili dodał:

– A taki temu boćwinkowi wąsy podetnę, bo ma za długie!

XI

Upłynęło kilka tygodni. Szlachty na elekcję zjeżdżało się coraz więcej. W mieście dziesięćkrotnie zwiększyła się ludność, bo razem z tłumami szlachty napływało tysiące kupców i bazarników z całego świata, począwszy od Persji dalekiej aż do Anglii zamorskiej. Na Woli zbudowano szopę dla senatu, a naokół bieliło się już tysiące namiotów, którymi obszerne błonia całkiem okryte zostały. Nikt jeszcze nie umiał powiedzieć, który z dwóch kandydatów: królewicz Kazimierz, kardynał, czy Karol Ferdynand, biskup płocki – zostanie wybrany. Z obu stron wielkie były starania i usilności. Puszczano w świat tysiące ulotnych pism, opiewających zalety i wady pretendentów: obaj mieli stronników licznych i potężnych. Po stronie Karola stał, jak wiadomo, książę Jeremi, tym groźniejszy dla przeciwników, że zawsze prawdopodobnym było, iż pociągnie za sobą rozmiłowaną w nim szlachtę, od której wszystko ostatecznie zależało. Ale i Kazimierzowi sił nie brakło. Przemawiało za nim starszeństwo, po jego stronie stawały wpływy kanclerza, na jego stronę zdawał się przechylać prymas, za nim obstawała większość – magnatów, z których każden licznych miał klientów, a między magnatami i książę Dominik Zasławski-Ostrogski, wojewoda sandomierski, po Piławcach zniesławion wprawdzie bardzo i nawet sądem zagrożony, ale zawsze największy pan w całej Rzeczypospolitej, ba! nawet w całej

Europie, i mogący w każdej chwili niezmierny ciężar bogactw na szalę swego kandydata przyrzucić.

Jednakże stronnicy Kazimierza gorzkie nieraz miewali chwile zwątpienia, bo jako się rzekło, wszystko zależało od szlachty, która już od 4 października tłumnie obozowała pod Warszawą i nadciągała jeszcze tysiącami ze wszystkich stron Rzeczypospolitej, a która w niezmiernej większości opowiadała się przy księciu Karolu, pociągana urokiem imienia Wiśniowieckiego i ofiarnością królewicza na cele publiczne. Królewicz bowiem, pan gospodarny i zamożny, nie zawahał się w tej chwili poświęcić znacznych kosztów na formowanie nowych regimentów wojsk, które pod komendę Wiśniowieckiego miały być oddane. Kazimierz chętnie byłby poszedł za jego przykładem i pewnie nie chciwość go wstrzymała, ale właśnie przeciwnie – zbytnia hojność, której bezpośrednim skutkiem był niedostatek i wieczny brak pieniędzy w skarbcu. Tymczasem obaj żywe prowadzili z sobą rokowania. Codziennie latali posłańcy między Nieporętem a Jabłonną. Kazimierz w imię swego starszeństwa i miłości braterskiej zaklinał Karola, by ustąpił; biskup zaś opierał się, odpisywał, iż nie godzi mu się gardzić szczęściem, które go spotkać może, „gdyż to szczęście *in liberis suffragiis* Rzplitej i komu Pan obiecał" – a tymczasem czas płynął, sześciotygodniowy termin zbliżał się i – razem z nim – groza kozacka, bo przyszły wieści, że Chmielnicki, porzuciwszy oblężenie Lwowa, który się po kilku szturmach okupił, stanął pod Zamościem i dzień, i noc do tej ostatniej zasłony Rzeczypospolitej szturmuje.

Mówiono również, że oprócz posłów, których Chmielnicki do Warszawy wysłał z listem i oświadczeniem, iż jako szlachcic polski, za Kazimierzem głos daje, kryło się między tłumami szlachty i w samym mieście pełno przebranej starszyzny kozackiej, której nikt rozpoznać nie umiał, bo poprzybywali jako szlachta słuszna i zamożna, w niczym się od innych elektorów, zwłaszcza z ziem ruskich, nie różniąc – nawet i mową. Jedni, jak mówiono, poprzekradali się dla prostej ciekawości, aby się elekcji i Warszawie przypatrzyć, inni na przeszpiegi, dla zaciągnięcia wieści: co o przyszłej wojnie mówią, ile wojsk myśli Rzplita wystawić i jakie na zaciągi obmyśli fundusze? Może było i dużo prawdy w tym, co o owych gościach mówiono, bo między starszyzną zaporoską wielu było skozaczonych szlachciców, którzy i łaciny nieco zarwali, a przeto nie było ich po czym poznać; zresztą na dalekich stepach w ogóle nie kwitła łacina i tacy kniazie Kurcewicze nie umieli jej tak dobrze, jak Bohun i inni atamani.

Ale gadania podobne, których pełno było i na polu elekcyjnym, i w mieście, wraz z wieściami o postępach Chmielnickiego i podjazdach kozacko-tatarskich, które jakoby aż po Wisłę docierały, napełniały niepokojem i trwogą dusze ludzkie, a nieraz stawały się przyczyną tumultów. Dość było między zebraną szlachtą rzucić na kogo podejrzenie, iż jest przebranym Zaporożcem, aby go w jednej chwili, nim zdołał się usprawiedliwić, rozniesiono w drobne strzępy na szablach. W ten sposób ginąć mogli ludzie niewinni i powaga obrad była znieważana, zwłaszcza że obyczajem ówczesnym niezbyt przestrzegano i trzeźwości. Kaptur postanowiony *propter securitatem loci* nie mógł sobie dać rady z ciągłymi burdami, w których siekano się z lada powodu. Ale jeśli ludzi statecznych, przejętych miłością dobra i spokoju oraz niebezpieczeństwem, jakie ojczyźnie groziło, martwiły owe tumulty, siekaniny i pijatyki, natomiast szałapuci, kosterzy i warchołowie czuli się jakoby w swoim żywiole, uważali, że to ich właśnie czas, ich żniwo – i tym śmielej dopuszczali się różnych zdrożności.

Nie trzeba zaś mówić, że między nimi rej wodził pan Zagłoba, którą to hegemonię zapewniła mu i wielka sława rycerska, i nienasycone pragnienie poparte możnością picia, i język tak wyprawny, że żaden inny wyrównać mu nie mógł, i wielka pewność siebie, której nic zachwiać nie zdołało. Chwilami miewał on jednak napady ,,melankolii" – wówczas zamykał się w izbie lub w namiocie i nie wychodził, a jeśli wyszedł, bywał w gniewliwym humorze, skłonny do zwady i bójki naprawdę. Zdarzyło się nawet, iż w takim usposobieniu poszczerbił mocno pana Duńczewskiego, rawianina, za to tylko, iż przechodząc o jego szablę zawadził. Pana Michała tylko wówczas obecność znosił, przed którym uskarżał się, iż go tęskność za panem Skrzetuskim i za „niebogą" trawi. „Opuściliśmy ją, panie Michale, mawiał, wydaliśmy ją jako Judasze w bezbożne ręce – już wy mnie się waszym *nemine excepto* nie zasłaniajcie! Co się z nią dzieje, panie Michale? – powiedz!"

Na próżno pan Michał tłumaczył mu, że gdyby nie Piławce, to by „niebogi" szukali, ale że teraz, gdy przegrodziła ich od niej cała potęga Chmielnickiego, jest to rzecz niepodobna. Szlachcic nie dawał się pocieszyć, tylko w jeszcze większą pasję wpadał klnąc na czym świat stoi „pierzynę, dziecinę i łacinę".

Ale owe chwile smutku krótko trwały. Zwykle potem pan Zagłoba, jakoby chcąc sobie wynagrodzić czas stracony, hulał i pił jeszcze więcej niż zwykle; czas spędzał pod wiechami w towarzystwie największych opojów lub stołecznych gamratek, w czym pan Michał wiernie dotrzymywał mu towarzystwa.

Pan Michał, żołnierz i oficer wyborny, nie miał w sobie jednak ani na szeląg tej powagi, jaką np. w Skrzetuskim wyrobiły nieszczęścia i cierpienie. Obowiązek swój względem Rzeczypospolitej rozumiał Wołodyjowski w ten sposób, że bił, kogo mu kazano – o resztę nie dbał, na sprawach publicznych się nie rozumiał; klęskę wojskową gotów był zawsze opłakiwać, ale ani do głowy mu nie przyszło, że warcholstwo i tumulty tyle są rzeczy publicznej szkodliwe, ile i klęski. Był to słowem młodzik-wietrznik, który dostawszy się w szum stołeczny utonął w nim po uszy i przyczepił się jak oset do Zagłoby, bo ten był mu mistrzem w swawoli. Jeździł więc z nim i między szlachtę, której przy kielichu niestworzone rzeczy opowiadał Zagłoba kaptując zarazem stronników dla królewicza Karola, pił z nim razem, w potrzebie osłaniał go, kręcili się obaj i po polu elekcyjnym, i w mieście, jak muchy w ukropie – i nie było kąta, do którego by nie wleźli. Byli i w Nieporęcie, i w Jabłonnie, i na wszystkich ucztach, obiadach, u magnatów i pod wiechami; byli wszędy i uczestniczyli we wszystkim. Pana Michała świerzbiała młoda ręka; chciał się pokazać i okazać zarazem, że szlachta ukraińska lepsza niż inna, a żołnierze książęcy nad wszystkich. Więc jeździli umyślnie szukać awantur między Łęczycanów, jako do korda najsprawniejszych, a głównie między partyzantów księcia Dominika Zasławskiego, ku którym obaj szczególną czuli nienawiść. Zaczepiali tylko co znamienitszych rębajłów, których sława była niezachwiana i ustalona, i z góry układali zaczepki. „Waszmość dasz okazję – mawiał pan Michał – a ja potem wystąpię." Zagłoba, biegły bardzo w szermierce i do pojedynku z bratem szlachcicem wcale nie tchórz, nie zawsze zgadzał się na zastępstwo, zwłaszcza w zajściach z Zasławczykami; ale gdy z jakim łęczyckim, graczem przyszło mieć do czynienia, poprzestawał na dawaniu okazji, gdy zaś już szlachcic rwał się do szabli i wyzywał, wtedy pan Zagłoba mawiał: „Mój mospanie! już bym też nie miał sumienia, gdybym na śmierć oczywistą waćpana narażał, sam się z nim potykając; spróbuj się lepiej z tym oto moim synalkiem i uczniem, bo nie wiem, czy i jemu sprostasz." Po takich słowach wysuwał się pan Wołodyjowski ze swymi zadartymi wąsikami, zadartym nosem i miną gapia i czy go przyjmowano, czy nie, puszczał się w taniec, a że istotnie mistrz to był nad mistrzami, więc po kilku złożeniach kładł zwykle przeciwnika. Takie to sobie obaj z Zagłobą wymyślali zabawy, od których ich sława między niespokojnymi duchami i między szlachtą rosła, ale szczególniej sława pana Zagłoby, bo mówiono: „Jeśli uczeń taki, jakiż mistrz być musi!" Jednego tylko pana Charłampa Wołodyjowski nigdzie przez długi czas odnaleźć nie mógł; myślał nawet, że go może na Litwę na powrót w jakich sprawach wysłano. W ten sposób zeszło sześć blisko tygodni, w czasie których i rzeczy publiczne posunęły się znacznie naprzód. Wytężona walka między braćmi-kandydatami, zabiegi ich stronników, gorączka i wzburzenie namiętności w partyzantach, wszystko przeszło prawie bez śladu i pamięci. Wiadomo już było wszystkim, że Jan Kazimierz będzie wybrany, bo królewicz Karol bratu ustąpił i dobrowolnie zrzekł się kandydatury. Dziwna rzecz, że w tej chwili wiele głos Chmielnickiego zaważył, gdyż spodziewano się powszechnie, że podda się powadze króla, zwłaszcza takiego, który w jego myśl obrany został. Jakoż te przewidywania sprawdziły się w znacznej części. Za to dla Wiśniowieckiego, który ani na chwilę, jak ongi Kato, nie przestawał upominać, aby owa zaporoska Kartagina została zburzona – taki obrót rzeczy był nowym ciosem. Teraz musiały już wejść na porządek spraw układy. Książę wiedział wprawdzie, że te układy albo od razu nie doprowadzą do niczego, albo wkrótce siłą rzeczy zostaną zerwane, i widział wojnę w przyszłości, ale niepokój ogarniał go na myśl, jaki będzie los tej wojny. Po układach uprawniony Chmielnicki będzie jeszcze silniejszy, a Rzeczpospolita słabsza. I kto poprowadzi jej wojska przeciw tak wsławionemu, jak Chmielnicki, wodzowi? Zali nie przyjdą nowe klęski, nowe pogromy, które do ostatka siły wyczerpią? Bo książę nie łudził się i wiedział, że jemu, najżarliwszemu stronnikowi Karola, nie oddadzą buławy. Kazimierz obiecał wprawdzie bratu, że jego stronników tak jak i swoich będzie miłował, Kazimierz miał duszę wspaniałą, ale Kazimierz był stronnikiem polityki kanclerza, kto inny więc weźmie buławę, nie książę – i biada Rzplitej, jeśli to nie będzie wódz od Chmielnickiego bieglejszy! Na tę myśl podwójny ból uciskał duszę Jeremiego – bo i obawa o przyszłość ojczyzny, i to nieznośne uczucie, jakie ma człowiek, który widzi, że zasługi jego będą pominięte, że sprawiedliwość nie będzie mu oddana i że inni nad nim głowę podniosą. Nie byłby Jeremi Wiśniowieckim, gdyby nie był dumnym. On czuł w sobie siły do dźwignięcia buławy – i na nią zasłużył – więc cierpiał podwójnie.

Mówiono nawet między oficerami, że książę nie będzie czekał końca elekcji i że z Warszawy wyjedzie – ale nie była to prawda. Książę nie tylko nie wyjechał, ale odwiedził nawet królewicza Kazimierza w Nieporęcie, od którego z niezmierną łaskawością został przyjęty, po czym wrócił do miasta na dłuższy pobyt, którego wymagały sprawy wojskowe. Chodziło o uzyskanie środków na wojsko – o co pilnie nastawał książę. Przy tym za Karolowe pieniądze tworzyły się nowe regimenta dragonów i piechoty. Jedne wysłano już na Ruś, drugie dopiero należało do ładu przyprowadzić. W tym celu rozsyłał książę na wszystkie strony oficerów biegłych w rzeczach organizacji wojskowej, aby owe pułki przyprowadzali do pożądanego stanu. Został wysłany Kuszel i Wierszułł, a wreszcie przyszła kolej i na Wołodyjowskiego.

Pewnego dnia wezwano go przed oblicze księcia, któren taki mu dał rozkaz:

– Pojedziesz waść na Babice i Lipków do Zaborowa, gdzie czekają konie dla regimentu przeznaczone; tam je opatrzysz, wybrakujesz i zapłacisz panu Trzaskowskiemu, a następnie przyprowadzisz je dla żołnierzy. Pieniądze za tym moim kwitem tu w Warszawie od płatnika odbierzesz.

Pan Wołodyjowski wziął się raźno do roboty, pieniądze odebrał i tegoż dnia obaj z Zagłobą ruszyli do Zaborowa w samodziesięć i z wozem, który wiózł pieniądze. Jechali wolno, bo cała okolica z tamtej strony Warszawy roiła się od szlachty, służby, wozów i koni; wioski aż po Babice były tak zapchane, że we wszystkich chałupach mieszkali goście. Łatwo było i o przygodę w natłoku ludzi różnych humorów – jakoż mimo największych starań i skromnego zachowania się nie uniknęli jej i dwaj przyjaciele.

Dojechawszy do Babic ujrzeli przed karczmą kilkunastu szlachty, która właśnie siadała na koń, aby jechać w swoją drogę. Dwa oddziały, pozdrowiwszy się wzajemnie, już miały się pominąć, gdy nagle jeden z jeźdźców spojrzał na pana Wołodyjowskiego i nie rzekłszy słowa puścił się rysią ku niemu.

– A tuś mi, bratku! – zakrzyknął – chowałeś się, alem cię znalazł!... Nie ujdziesz mi teraz! Hej! mości panowie! – zakrzyknął na swoich towarzyszów – a czekajcie no trocha! Mam temu oficerkowi coś powiedzieć i chciałbym, abyście świadkami moich słów byli.

Pan Wołodyjowski uśmiechnął się z zadowoleniem, bo poznał pana Charłampa.

– Bóg mi świadkiem, żem się nie chował – rzekł – i sam waćpana szukałem, aby się go zapytać, czyliś rankor jeszcze dla mnie zachował, ale cóż! nie mogliśmy się spotkać.

– Panie Michale – szepnął Zagłoba – po służbie jedziesz!

– Pamiętam – mruknął Wołodyjowski.

– Stawaj do sprawy! – wrzeszczał Charłamp. – Mości panowie! Obiecałem temu młodzikowi, temu gołowąsowi, że mu uszy obetnę – i obetnę, jakem Charłamp! oba, jakem Charłamp! Bądźcie świadkami, waszmościowie, a ty, młodziku, stawaj do sprawy!

– Nie mogę, jak mnie Bóg miły, nie mogę! – mówił Wołodyjowski – pofolgujże mi wasze choć parę dni!

– Jak to nie możesz? tchórz cię obleciał? Jeśli w tej chwili nie staniesz, toć opłazuję, aż ci się dziadek i babka przypomni. O bąku! o gzie jadowity! w drogę wchodzić umiesz, naprzykrzać się umiesz, językiem kąsać umiesz, a do szabli cię nie ma!

Tu wmieszał się pan Zagłoba.

– Widzi mi się, że waszmość w piętkę gonisz – rzekł do Charłampa – i bacz, żeby cię ten bąk naprawdę nie ukąsił, bo wtedy żadne plastry nie pomogą. Tfu! do diabła, czy nie widzisz, że ten oficer za służbą jedzie? Spójrz na ten wóz z pieniędzmi, które do regimentu wieziemy, i zrozum, do kaduka, iż strażując przy skarbie ten oficer swoją osobą nie rozporządza i pola dać ci nie może. Kto tego nie rozumie, ten kiep, nie żołnierz! Pod wojewodą ruskim służym i nie takich bijaliśmy jak waćpan, ale dziś nie można, a co się odwlecze, to nie uciecze.

– Jużci pewno, że kiedy z pieniędzmi jadą, to nie mogą – rzekł jeden z towarzyszów Charłampa.

– A co mnie do ich pieniędzy! – krzyczał niepohamowany pan Charłamp – niech mi pole daje, bo inaczej płazować zacznę.

– Pola dziś nie dam, ale parol kawalerski dam – rzekł pan Michał – że się stawię za trzy lub cztery dni, gdzie chcecie, jak tylko sprawy po służbie załatwię. A nie będziecie się waszmościowie tą obietnicą kontentować, to każę cynglów ruszać, bo będę myślał, że nie ze szlachtą i nie z żołnierzami, ale z rozbójnikami mam do czynienia. Wybierajcie tedy, do wszystkich diabłów, gdyż nie mam czasu tu stać!

Słysząc to eskortujący dragoni zwrócili natychmiast rury muszkietów ku napastnikom, a ten ruch, również jak i stanowcze słowa pana Michała widoczne wywarły wrażenie na towarzyszach pana Charłampa. „Już też pofolguj – mówili mu – sameś żołnierz, wiesz, co to służba, a to pewna, że satysfakcję otrzymasz, bo to śmiała jakaś sztuka, jak i wszyscy spod ruskich chorągwi... Pohamuj się, póki prosim."

Pan Charłamp rzucał się jeszcze przez chwilę, ale wreszcie zmiarkował, że albo towarzyszów rozgniewa, albo ich na niepewną walkę z dragonami narazi, więc zwrócił się do Wołodyjowskiego i rzekł:

– Dajesz tedy parol, że się stawisz?

– Sam cię poszukam, choćby za to, że o taką rzecz dwa razy pytasz... Stawię się w czterech dniach; dziś mamy środę, niechże będzie w sobotę po południu, we dwie godzin... Obieraj miejsce.

– Tu w Babicach siła gości – rzekł Charłamp – mogłyby jakowe *impedimenta* się zdarzyć. Niechże będzie tu obok, w Lipkowie, tam już spokojnie i mnie niedaleko, bo nasze kwatery w Babicach.

– A waćpanów taka sama będzie liczna kompania jak dziś? – pytał przezorny Zagłoba.

– O, nie trzeba! – rzekł Charłamp – przyjadę tylko ja i panowie Sieliccy, moi krewni... Waszmościowie też, *spero*, bez dragonów staniecie.

– Może u was w asystencji wojskowej do pojedynku stają – rzekł pan Michał – u nas nie ma takiej mody.

– Tedy w czterech dniach, w sobotę, w Lipkowie? – rzekł Charłamp. – Znajdziem się przed karczmą, a teraz z Bogiem!

– Z Bogiem! – rzekł Wołodyjowski i Zagłoba.

Przeciwnicy rozjechali się spokojnie. Pan Michał był uszczęśliwiony z przyszłej zabawy i obiecywał sobie zrobić prezent panu Longinowi z obciętych wąsów petyhorca. Jechał więc w dobrej myśli do Zaborowa, gdzie zastał i królewicza Kazimierza, który tam na łowy przyjechał. Wszelako pan Michał z daleka tylko widział przyszłego pana, bo śpieszył się. We dwa dni sprawy ułatwił, konie obejrzał, zapłacił pana Trzaskowskiego, wrócił do Warszawy i na termin, ba! nawet o godzinę za wcześnie stanął w Lipkowie wraz z Zagłobą i panem Kuszlem, którego na drugiego świadka zaprosił.

Zajechawszy przed karczmę, którą Żyd trzymał, weszli do izby, aby gardła trochę miodem przepłukać, i przy szklenicy zabawiali się rozmową.

– Parchu, a pan jest w domu? – pytał karczmarza Zagłoba.

– Pan w mieście.

– A siła u was szlachty stoi w Lipkowie?

– U nas pusto. Jeden tylko pan stanął tu u mnie i siedzi w alkierzu – bogaty pan ze służbą i końmi.

– A czemu do dworu nie zajechał?

– Bo widać naszego pana nie zna. Zresztą dwór zamknięty od miesiąca.

– A może to Charłamp? – rzekł Zagłoba.

– Nie – rzekł Wołodyjowski. – Miał być we dwie godzin po południu.

– Ej, panie Michale, mnie się widzi, że to on.

– Co znowu!

– Pójdę, zajrzę, kto to jest. Żydzie, a dawno ten pan stoi?

– Dziś przyjechał, nie ma dwóch godzin.

– A nie wiesz, skąd on jest?

– Nie wiem, ale musi być z daleka, bo konie miał zniszczone; ludzie mówili, że zza Wisły.

– Czemu on tedy aż tu, w Lipkowie, stanął?

– Kto jego wie?

– Pójdę, zobaczę – powtórzył Zagłoba – może kto znajomy. – I zbliżywszy się do zamkniętych drzwi alkierza zapukał w nie rękojeścią i ozwał się:

– Mości panie, można wejść?

– A kto tam? – ozwał się głos ze środka.

– Swój – rzekł Zagłoba uchylając drzwi. – Z przeproszeniem waszmości, może nie w porę? – dodał wsadzając głowę do alkierza.

Nagle cofnął się, drzwiami trzasnął, jakoby śmierć zobaczył. Na twarzy jego malował się przestrach w połączeniu z największym zdumieniem, usta otworzył i spoglądał obłąkanymi oczyma na Wołodyjowskiego i Kuszla.

– Co waćpanu jest? – pytał Wołodyjowski.

– Na rany Chrystusa! cicho – rzekł Zagłoba – tam... Bohun!

– Kto? co się waści stało?

– Tam... Bohun!

Obaj oficerowie podnieśli się na równe nogi.

– Czyś waść rozum stracił? Miarkuj się: kto?

– Bohun! Bohun!

– Nie może być!

– Jakom żyw! jak tu przed wami stoję, klnę się na Boga i wszystkich świętych!

– Czegożeś się waść tak stropił? – rzekł Wołodyjowski. – Jeśli on tam jest, to Bóg podał go w nasze ręce. Uspokój się waść. Jestżeś pewny, że to on?

– Jako że z waćpanem mówię! Widziałem go, szaty przewdziewa.

– A on waćpana widział?

– Nie wiem, zdaje się, że nie.

Wołodyjowskiemu oczy zaiskrzyły się jak węgle.

– Żydzie! – rzekł z cicha, kiwając gwałtownie ręką. – Chodź tu!... Czy są drzwi z alkierza?

– Nie ma, jeno przez tę izbę.

– Kuszel! pod okno! –szepnął pan Michał. – O, już nam teraz nie ujdzie!

Kuszel nie mówiąc ni słowa wybiegł z izby.

– Przyjdź waćpan do siebie – rzekł Wołodyjowski. – Nie nad waścinym, ale nad jego karkiem zguba wisi. Co on ci może uczynić? – nic.

– Ja też jeno ze zdziwienia nie mogę ochłonąć! – odparł Zagłoba, a w duchu pomyślał: „Prawda! czego ja się mam bać? Pan Michał przy mnie – niech się Bohun boi!”

I nasrożywszy się okrutnie, chwycił za rękojeść szabli.

– Panie Michale, już on nie powinien nam ujść!

– Czy to jeno on? bo mi się jeszcze wierzyć nie chce. Co by on tu robił?

– Chmielnicki go na przeszpiegi przysłał. To najpewniejsza rzecz! Czekaj, panie Michale. Chwycimy go i postawimy kondycję: albo kniaziównę odda, albo zagrozimy mu, że go wydamy sprawiedliwości.

– Byle kniaziównę oddał, jechał go sęk!

– Ba! ale czy nas nie za mało? dwóch i Kuszel trzeci? Będzie się on bronił jak wściekły, a ludzi też ma kilku.

– Charłamp z dwoma przyjedzie – będzie nas sześciu ! dość... Cyt!

W tej chwili otworzyły się drzwi i Bohun wszedł do izby.

Nie musiał on poprzednio dostrzec zaglądającego do alkierza Zagłoby, gdyż teraz na jego widok drgnął nagle i jakoby płomień przeleciał mu przez oblicze, a ręka z szybkością błyskawicy spoczęła na głowni szabli – ale wszystko to trwało jedno mgnienie oka. Wnet ów płomień zgasł w jego twarzy, która jednak przybladła nieco.

Zagłoba patrzył nań i nie mówił nic – ataman również stał milczący; w izbie słyszałbyś przelatującą muchę i ci dwaj ludzie, których losy plątały się w tak dziwny sposób, udawali w tej chwili, że się nie znają.

Trwało to dość długo. Panu Michałowi wydało się, że upływają wieki całe.

– Żydzie – rzekł nagle Bohun – daleko stąd do Zaborowa?

– Niedaleko – odparł Żyd. – Wasza mość zaraz jedzie?

– Tak jest – rzekł Bohun i skierował się ku drzwiom izby wiodącym do sieni.

– Za pozwoleniem! – zabrzmiał głos Zagłoby.

Watażka zatrzymał się od razu, jakby w ziemię wrósł, i zwróciwszy się ku Zagłobie, wpił w niego swe czarne, straszne źrenice.

– Czego waść życzysz? – spytał krótko.

– Ej, bo mnie się zdaje, że my się skądciś znamy. A czy my się to nie na weselu w chutorze na Rusi widzieli?

– A tak jest! – rzekł hardo wataźka kładąc znowu rękę na głowni.

– Jak zdrowie służy? – pytał Zagłoba. – Bo waćpan tak jakoś nagle wtedy z chutoru wyjechał, że i pożegnać się nie miałem czasu.

– A waszmość tego żałował?

– Pewnie, że żałowałem, bylibyśmy potańcowali: kompania się zwiększyła. (Tu pan Zagłoba wskazał na Wołodyjowskiego.) Właśnie ten oto kawaler nadjechał, który rad by się był z waścią bliżej poznać.

– Dość tego! – krzyknął pan Michał wstając nagle – zdrajco, aresztuję cię!

– A to jakim prawem? – spytał ataman, podnosząc dumnie głowę.

– Boś buntownik, wróg Rzeczypospolitej i na przeszpiegi tu przyjechałeś.

– A waść coś za jeden?

– O! nie będę się tobie wywodził, ale mi się nie wymkniesz!

– Zobaczymy! – rzekł Bohun. – Nie wywodziłbym się i ja waszmości, ktom jest, gdybyś mnie jako żołnierz na szable wyzwał, ale skoro aresztem grozisz, to ci się wywiodę: oto jest list, który od hetmana zaporoskiego do królewicza Kazimierza wiozę, i nie znalazłszy go w Nieporęcie, do Zaborowa za nim jadę. Jakże to mnie będziesz teraz aresztował?

To rzekłszy Bohun spojrzał dumnie i szydersko na Wołodyjowskiego, a pan Michał zmieszał się bardzo, jak ogar, który czuje, że mu się zwierzyna wymyka, i nie wiedząc, co ma począć, zwrócił pytający wzrok na Zagłobę. Nastała ciężka chwila milczenia.

– Ha! – rzekł Zagłoba – trudno! Skoro jesteś posłańcem, tedy cię aresztować nie możemy, ale z szablą się temu oto kawalerowi nie nadstawiaj, bo jużeś raz przed nim umykał, aż ziemia jęczała.

Twarz Bohuna powlokła się purpurą, bo w tej chwili poznał Wołodyjowskiego. Wstyd i zraniona duma zagrały naraz w nieustraszonym wataźce. Wspomnienie to ucieczki paliło go jak ogień. Była to jedyna nie starta plama na jego sławie mołojeckiej, którą nad życie i nad wszystko kochał.

A nieubłagany Zagłoba ciągnął dalej z zimną krwią:

– Ledwieś i hajdawerków nie zgubił, aż litość tego kawalera tknęła, i życie ci darował. Tfu! mości mołojcze! białogłowską masz twarz, ale i białogłowskie serce. Byłeś odważny ze starą kniaziową i z dzieciuchem kniaziem, ale z rycerzem dudy w miech! Listy tobie wozić, panny porywać, nie na wojnę chodzić. Jak mnie Bóg miły, na własne oczy widziałem, jak hajdawerki oblatywały. Tfu, tfu! Ot i teraz o szabli gadasz, bo list wieziesz. Jakże to nam się z tobą potykać, gdy tym pismem się zasłaniasz? Piasek w oczy, piasek w oczy, mości mołojcze!... Chmiel dobry żołnierz, Krzywonos dobry, ale wielu jest między kozactwem drapichrustów!

Bohun posunął się nagle ku panu Zagłobie, a pan Zagłoba zasunął się również szybko za pana Wołodyjowskiego, tak że dwaj młodzi rycerze stanęli przed sobą oko w oko.

– Nie od strachu ja przed waćpanem uciekał, ale by ludzi ratować! – mówił Bohun.

– Nie wiem, dla jakich tam przyczyn umykałeś, ale wiem, żeś umykał – rzecze pan Michał.

– Wszędy dam waści pole, choćby tu zaraz.

– Wyzywasz mnie? – pytał przymrużając oczy Wołodyjowski.

– Ty mnie sławę mołojecką wziął, ty mnie pohańbił! mnie twojej krwi potrzeba.

– To i zgoda – rzekł Wołodyjowski.

– *Volenti non fit iniuria* – dodał Zagłoba. – Ale któż królewiczowi list odda?

– Niechże was głowa o to nie boli; to moja sprawa!

– Bijcie się tedy, kiedy nie może być inaczej – mówił Zagłoba. – Gdyby ci się też poszczęściło, mości watażko, z tym oto kawalerem – bacz, że ja drugi staję. A teraz chodź, panie Michale, przed sień, mam coś pilnego powiedzieć.

Dwaj przyjaciele wyszli i odwołali Kuszla spod okna alkierza, po czym Zagłoba rzekł:

– Mości panowie, zła nasza sprawa. On naprawdę ma list do królewicza – zabijemy go, to kryminał. Pomnijcie, że kaptur *propter securi-tatem loci* w dwóch milach od pola elekcji sądzi – a to wszakże *quasi* poseł! Ciężka sprawa! Musimy się chyba potem gdzie schować albo może książę nas osłoni – inaczej może być źle. A znowu puszczać go wolno – jeszcze gorzej. Jedyna to sposobność oswobodzenia naszej niebogi. Gdy go nie będzie na świecie, łatwiej jej odszukamy. Bóg sam widocznie chce jej i Skrzetuskiemu pomóc – ot, co jest! Radźmy, mości panowie.

– Waść przecie znajdziesz jaki fortel? – rzekł Kuszel.

– Już to przez mój fortel sprawiłem, że on sam nas wyzwał. Ale trzeba świadków, obcych ludzi. Moja myśl jest, aby na Charłampa zaczekać. Biorę to na siebie, że on pierwszeństwa ustąpi i w potrzebie będzie świadczył, jakośmy zostali wyzwani i musieliśmy się bronić. Trzeba się też i od Bohuna wywiedzieć lepiej, gdzie dziewczynę ukrył. Jeśli ma zginąć, nic mu po niej – może powie, gdy go zaklniemy. A nie powie – to i tak lepiej, by nie żył. Trzeba wszystko przezornie i roztropnie czynić. Głowa pęka, mości panowie.

– Któż się będzie z nim bił? – pytał Kuszel.

– Pan Michał pierwszy, ja drugi – rzekł Zagłoba.

– A ja trzeci.

– Nie może być – przerwał pan Michał – ja się jeden biję, i na tym koniec. Położy mnie, to jego szczęście – niechże jedzie zdrów.

– O! jam mu już zapowiedział – rzekł Zagłoba – ale jeśli tak waszmościowie postanowicie, to ustąpię.

– No, jego wola, czy i z waćpanem ma się bić, ale więcej z nikim.

– Chodźmy tedy do niego.

– Chodźmy.

Poszli i zastali Bohuna w głównej izbie, popijającego miód. Watażka już był spokojny zupełnie.

– Posłuchaj no, waćpan – rzekł Zagłoba – bo to są ważne sprawy, o których chcemy z tobą pomówić. Waćpan wyzwałeś tego kawalera – dobrze, ale trzeba ci wiedzieć, że skoro posłujesz, to cię prawo broni, boś do politycznego narodu, nie między dzikie bestie przyjechał. Owóż nie możemy ci dać pola inaczej, chyba przy świadkach zapowiesz, żeś sam z własnej ochoty wyzwał. Przyjedzie tu kilku szlachty, z którymi mieliśmy się pojedynkować – przed nimi to oświadczysz; my zaś damy ci kawalerski parol, że jeślić się poszczęści z panem Wołodyjowskim, tedy odjedziesz wolno i nikt ci nie będzie stawiał przeszkód, chyba że jeszcze ze mną zmierzyć się zechcesz.

– Zgoda – rzekł Bohun – powiem przy owej szlachcie i ludziom moim zapowiem, aby list odwieźli i Chmielnickiemu powiedzieli, jeśli zginę, żem ja sam wyzwał. A poszczęści mnie Bóg z tym kawalerem sławę mołojecką odzyskać, tak i waćpana jeszcze potem na szabelki poproszę.

To rzekłszy spojrzał Zagłobie w oczy, a Zagłoba zmieszał się nieco, kaszlnął, splunął i odrzekł:

– Zgoda. Gdy się z tym moim uczniem popróbujesz, poznasz, jaką ze mną będziesz miał robotę. Ale mniejsza z tym... Jest drugie *punctum*, ważniejsze, w którym do sumienia twego się odwołujemy, gdyż luboś Kozak, chcemy cię jako kawalera traktować. Waćpan porwałeś kniaziównę Helenę Kurcewiczównę, narzeczoną naszego towarzysza i przyjaciela, i trzymasz ją w ukryciu. Wiedz, że gdybyśmy cię o to zapozwali, nic by ci nie pomogło, że cię Chmielnicki posłem swoim kreował, bo to jest *raptus puellae*, gardłowa sprawa, która by tu wnet sądzona była. Ale gdy do bitwy masz iść i możesz zginąć, wejdź w siebie: co się z tą niebogą stanie, gdy zginiesz? Zali jej zła i zguby chcesz ty, który ją miłujesz? zali ją pozbawisz opieki? na hańbę i nieszczęście wydasz? zali katem jej i po śmierci jeszcze chcesz zostać?

Tu głos pana Zagłoby zabrzmiał niezwykłą mu powagą, a Bohun pobladł – i pytał:

– Czego wy ode mnie chcecie?

– Wskaż nam miejsce jej uwięzienia, abyśmy na wypadek twojej śmierci mogli ją odnaleźć i narzeczonemu oddać. Bóg będzie miał litość nad twoją duszą, jeśli to uczynisz.

Watażka wsparł głowę na dłoniach i zamyślił się głęboko, a trzej towarzysze pilnie śledzili zmiany w tej ruchliwej twarzy, która nagle oblała się takim smutkiem tkliwym, jakby na niej nigdy gniew ani wściekłość, ani żadne srogie uczucia nie grały i jakby ten człowiek tylko do kochania i tęsknoty był stworzony. Długi czas trwało milczenie, aż wreszcie przerwał je głos Zagłoby, który drżał, mówiąc następne słowa:

– Jeżeliś zaś ją już pohańbił, niechże cię Bóg potępi, a ona niech choć w klasztorze znajdzie schronienie...

Bohun podniósł oczy wilgotne, roztęsknione i tak mówił:

– Jeśli ja ją pohańbił? Ot, nie wiem, jak wy miłujecie, panowie szlachta, rycerze i kawalery, ale ja Kozak, ja ją w Barze od śmierci i hańby obronił, a potem w pustynię wywiózł – i tam jak oka w głowie pilnował, palca na nią nie skrzywił, do nóg padał i czołem bił jak przed obrazem. Kazała precz iść, tak poszedł – i nie widział jej więcej, bo wojna-matka trzymała.

– Bóg to waści na sądzie policzy! – rzekł odetchnąwszy głęboko Zagłoba.

– Ale zali ona tam bezpieczna? Tam Krzywonos i Tatary!

– Krzywonos pod Kamieńcem leży, a mnie do Chmielnickiego posłał pytać, czy pod Kudak ma iść – i już pewno poszedł, a tam, gdzie ona jest, nie ma ni Kozaków, ni Lachów, ni Tatarów – ona tam bezpieczna.

– Gdzie ona tedy?

– Słuchajcie, panowie Lachy! Niech będzie, jak chcecie – powiem ja wam, gdzie ona jest, i wydać ją każę, ale za to wy mnie dajcie kawalerski wasz parol, że jeśli mnie Bóg poszczęści, tak wy nie będziecie już jej szukać. Wy za siebie przyrzeczcie i za pana Skrzetuskiego przyrzeczcie, a ja wam powiem.

Trzej przyjaciele spojrzeli po sobie.

– My tego nie możem uczynić! – rzekł Zagłoba.

– O, jako żywo, nie możem! – wykrzyknęli Kuszel i Wołodyjowski.

– Tak? – rzekł Bohun i brwi jego ściągnęły się, a oczy zaiskrzyły.

– Czemuż to wy, panowie Lachy, nie możecie tego uczynić?

– Bo pan Skrzetuski jest nieobecny, a oprócz tego wiedz o tym, że żaden z nas szukać jej nie przestanie, choćbyś i pod ziemię ją ukrył.

– Tak wy by taki targ ze mną uczynili: ty, Kozacze, duszę oddaj, a my tobie szablą! O, nie doczekacie! A co to wy myśleli, że u mnie szabla kozacka nie ze stali, że już nade mną jak krucy nad ścierwem kraczecie? A czemu to mnie ginąć, nie wam? Wam trzeba mojej krwi, a mnie waszej! Zobaczymy, kto czyjej dostanie!

– Więc nie powiesz?

– A po co mnie mówić? Na pohybel-że wam wszystkim!

– Na pohybel tobie! Warteś, by cię na szablach roznieść.

– Spróbujcie! – rzekł watażka wstając nagle.

Kuszel i Wołodyjowski porwali się również z ławy.

Groźne spojrzenia poczęły się krzyżować, wezbrane gniewem piersi oddychały mocniej i nie wiadomo, do czego by doszło, gdyby nie Zagłoba, który, spojrzawszy w okno, wykrzyknął:

– Charłamp ze świadkami przyjechał!

Jakoż po chwili rotmistrz petyhorski wraz z dwoma towarzyszami, panami Sielickimi, weszli do izby. Po pierwszych powitaniach Zagłoba wziął ich na stronę i począł rzecz wyłuszczać.

A prawił tak wymownie, że wnet przekonał, zwłaszcza iż zapewnił, że pan Wołodyjowski prosi tylko o krótką zwłokę i wnet po walce z Kozakiem stanąć jest gotów. Tu pan Zagłoba począł opowiadać, jak stara i straszna jest nienawiść wszystkich żołnierzy księcia do Bohuna, jako on jest wrogiem całej Rzeczypospolitej i jednym z najokrutniejszych rebelizantów, wreszcie jak kniaziównę porwał, pannę ze szlacheckiego domu i narzeczoną szlachcica, któren jest zwierciadłem wszystkich cnót rycerskich. „A gdy waszmościowie szlachtą jesteście i do braterstwa się poczuwacie, wspólna tedy to jest nasza krzywda, którą się stanowi całemu w osobie jednego wyrządza – zali więc ścierpicie, aby nie była pomszczona?"

Pan Charłamp czynił w początku trudności i mówił, że skoro tak jest, to należy Bohuna natychmiast rozsiekać, „a pan Wołodyjowski niechaj po staremu ze mną staje". Musiał mu na nowo tłumaczyć pan Zagłoba dlaczego to nie może być i że nawet nie po rycersku byłoby w tylu na jednego napadać. Szczęściem, pomogli mu panowie Sieliccy, obaj ludzie rozsądni i stateczni, aż dał się na koniec uparty Litwin przekonać i na zwłokę zezwolił.

Tymczasem Bohun poszedł do swoich ludzi i powrócił z esaułem Eliaszeńkiem, któremu zapowiedział jako do bitwy dwóch szlachty wyzwał, po czym powtórzył głośno to samo wobec pana Charłampa i panów Sielickich.

– My zaś oświadczamy – rzekł Wołodyjowski – iż jeśli wyjdziesz zwycięzcą z walki ze mną, tedy od woli twej zależy, czy jeszcze zechcesz się bić z panem Zagłobą, a w żadnym razie nikt więcej cię nie będzie wyzywał ani też kupą na cię nie napadną i odjedziesz, gdzie chcesz – na co parol kawalerski dajem i waszmościów teraz przybyłych prosimy, aby ze swej strony także to przyrzekli.

– Przyrzekamy – rzekli uroczyście Charłamp i dwaj Sieliccy.

Wówczas Bohun wręczył list Chmielnickiego do królewicza Eliaszeńce i rzekł:

– Ty ceje pyśmo korolewiczu widdasz i koły ja pohybnu, tak ty skażesz i jomu, i Chmielnickomu, szczo moja wyna buła i szczo ne zdradoju mene zabyły.

Zagłoba, któren pilne miał oko na wszystko, zauważył, że na ponurej twarzy Eliaszeńki nie odbił się najmniejszy niepokój. – widać zbyt był pewny swego atamana.

Tymczasem Bohun zwrócił się dumnie do szlachty.

– No, komu śmierć, komu życie – rzekł. – Możem iść.

– Czas, czas! – odrzekli wszyscy zasadzając poły od kontuszów za pasy i biorąc pod pachy szable.

Wyszli przed karczmę i skierowali się ku rzeczce, która płynęła śród zarośli głogów, dzikich róż, tarek i choiny. Listopad postrącał wprawdzie liść z krzewin, ale gęstwa tak była zbita, że czerniała jakoby wstęga kiru, het, przez puste pola aż ku lasom. Dzień był wprawdzie blady, ale pogodny tą melancholiczną pogodą jesieni, pełną słodyczy. Słońce bramowało łagodnie złotem obnażone gałęzie drzew i rozświecało żółte wydmy piaszczyste ciągnące się nieco opodal prawego brzegu rzeczki. Zapaśnicy i ich świadkowie szli właśnie ku onym wydmom.

– Tam się zatrzymamy – rzekł Zagłoba.

– Zgoda! – odpowiedzieli wszyscy.

Zagłoba coraz był niespokojniejszy, na koniec zbliżył się do Wołodyjowskiego i szepnął:

– Panie Michale...

– A co?

– Na miłość boską, panie Michale, starajże się! W twoim teraz ręku los Skrzetuskiego, wolność kniaziówny, twoje własne życie i moje, bo broń Boże na ciebie przygody, ja sobie z tym zbójem nie dam rady.

– To czemuś go waść wyzywał?

– Słowo się rzekło. Ufałem w ciebie, panie Michale, ale ja już stary, oddech mam krótki, zatyka mnie, a ten gładysz może skakać jak cyga. Cięty to ogar, panie Michale.

– Postaram się – rzekł mały rycerz.

– Boże ci dopomóż. Nie trać ducha!

– Zaś tam!

W tej chwili zbliżył się ku nim jeden z panów Sielickich.

– Cięta jakaś sztuka ten wasz Kozak – szepnął. – Tak sobie z nami poczyna, jak równy, jeśli nie jak lepszy. Hu! co za fantazja! musiała się jego matka na jakiego szlachcica zapatrzyć.

– E! – rzekł Zagłoba – prędzej się jaki szlachcic na jego matkę zapatrzył.

– I mnie się tak widzi – rzekł Wołodyjowski.

– Stawajmy! – zawołał nagle Bohun.

– Stawajmy, stawajmy!

Stanęli. Szlachta półkolem. Wołodyjowski i Bohun naprzeciw siebie.

Wołodyjowski, jako to człowiek w takich rzeczach wytrawny, choć młody, naprzód nogą piasek zmacał, czy twardy, po czym rzucił okiem naokoło, chcąc wszystkie nierówności gruntu poznać – i widać było, że sprawy wcale nie lekceważył. Przecie przychodziło mu mieć do czynienia z rycerzem na całą Ukrainę najsławniejszym, o którym lud pieśni śpiewał i którego imię – jak Ruś szeroka – aż do Krymu było znane. Pan Michał, prosty porucznik dragonów, wiele sobie po owej walce obiecywał, bo albo śmierć sławną, albo równie sławne zwycięstwo, więc niczego nie zaniedbał, aby się godnym takiego przeciwnika okazać. Dlatego także niezwykłą miał w twarzy powagę, którą dojrzawszy Zagłoba aż przeląkł się. „Traci fantazję – pomyślał – już po nim, a zatem i po mnie!"

Tymczasem Wołodyjowski zbadawszy dokładnie grunt począł odpinać kurtę.

– Chłodno jest – rzekł – ale się rozgrzejemy.

Bohun poszedł za jego przykładem i zrzucili obaj zwierzchnie ubranie, tak że pozostali tylko w hajdawerach i w koszulach; następnie poczęli zawijać na prawej ręce rękawy.

Ale jakże marnie wyglądał mały pan Michał przy rosłym i silnym atamanie! Prawie go nie było widać. Świadkowie z niepokojem spoglądali na szeroką pierś Kozaka, na olbrzymie muskuły widne spod zawiniętego rękawa, podobne do sęków i węzłów. Zdawało się, iż to mały kogucik staje do walki z potężnym jastrzębiem stepowym. Nozdrza Bohuna rozwarły się jakby zawczasu krew wietrząc, twarz skróciła się mu tak, iż czarna grzywa zdawała się do brwi sięgać, i szabla drgała mu w ręku – oczy drapieżne utkwił w przeciwnika i czekał komendy.

A pan Wołodyjowski spojrzał jeszcze pod światło na ostrze szabli, ruszył żółtymi wąsikami i stanął w pozycji.

– Jatki tu proste będą! – mruknął do Sielickiego Charłamp.

Wtem zabrzmiał trochę drżący głos Zagłoby:

– W imię boże! zaczynajcie!

566

XII

Świstnęły szable i ostrze szczęknęło o ostrze. Wnet zmienił się plac boju, bo Bohun natarł z taką wściekłością, że pan Wołodyjowski uskoczył w tył kilka kroków i świadkowie również musieli się cofnąć. Błyskawicowe zygzaki szabli Bohuna były tak szybkie, że przerażone oczy obecnych nie mogły za nimi nadążyć – zdało im się, że pan Michał całkiem jest nimi otoczony, pokryty i że Bóg jeden chyba zdoła go wyrwać spod tej nawałności piorunów. Ciosy zlały się w jeden nieustający świst, pęd poruszanego powietrza uderzał o twarze. Furia watażki wzrastała: ogarniał go dziki szał bojowy – i parł przed sobą Wołodyjowskiego jak huragan – a mały rycerz cofał się ciągle i tylko się bronił. Wyciągnięta jego prawica nie poruszała się prawie wcale, dłoń tylko sama zataczała bez ustanku małe, ale szybkie jak myśl półkola i chwytał szalone cięcia Bohunowe, ostrze podstawiał pod ostrze, odbijał i znów się zasłaniał, i jeszcze się cofał, oczy utkwił w oczach Kozaka i śród wężowych błyskawic wydawał się spokojny, jeno na policzki wystąpiły mu plamy czerwone.

Pan Zagłoba przymknął oczy – i słyszał tylko cios za ciosem, zgrzyt za zgrzytem.

„Broni się jeszcze!" – pomyślał.

– Broni się jeszcze! – szeptali panowie Sieliccy i Charłamp.

– Już przyparty do wydmy – dodał cicho Kuszel.

Zagłoba znów otworzył oko i spojrzał.

Plecy Wołodyjowskiego opierały się prawie o wydmę, ale widocznie nie był dotąd ranny, jeno rumieńce na jego twarzy stały się żywsze, a kilka kropel potu wystąpiło mu na czoło.

Serce Zagłoby zabiło nadzieją.

„Przecie i z pana Michała gracz nad gracze – pomyślał – a i tamten znuży się nareszcie."

Jakoż twarz Bohuna stała się blada, pot perlił mu także czoło, ale opór podniecał tylko jego wściekłość: białe kły błysnęły mu spod wąsów, a z piersi wydobywało się chrapanie wściekłości.

Wołodyjowski nie spuszczał go z oka i bronił się ciągle.

Nagle poczuwszy za sobą wydmę zebrał się w sobie – już patrzącym zdawało się, że padł – on tymczasem pochylił się, skurczył, przysiadł i rzucił całą swoją osobą niby kamieniem w pierś Kozaka.

– Atakuje! – wykrzyknął Zagłoba.

– Atakuje! – powtórzyli inni.

Tak było w istocie: watażka cofał się teraz, a mały rycerz poznawszy już całą siłę przeciwnika nacierał tak żwawo, że świadkom dech zamarł w piersi: widocznie poczynał się rozgrzewać, nozdrza rozdęły mu się – małe oczki sypały skry; przysiadał i zrywał się, zmieniał w jednym mgnieniu pozycje, zataczał kręgi naokół watażki i zmuszał go do obracania się na miejscu.

– O, mistrz! o, mistrz! – wołał Zagłoba.

– Zginiesz! – ozwał się nagle Bohun.

– Zginiesz! – odpowiedział jak echo Wołodyjowski.

Wtem Kozak sztuką najbieglejszym tylko szermierzom znaną przerzucił nagle szablę z prawej ręki do lewej i dał cios od lewicy tak okropny, że pan Michał, jakby piorunem rażony, padł na ziemię.

– Jezus Maria! – krzyknął Zagłoba.

Ale pan Michał padł umyślnie i właśnie dlatego szabla Bohunowa przecięła tylko powietrze, mały rycerz zaś zerwał się jak dziki kot i całą niemal długością ostrza ciął straszliwie w odkrytą pierś Kozaka.

Bohun zachwiał się, postąpił krok, ostatnim wysileniem dał ostatnie pchnięcie; pan Wołodyjowski odbił je z łatwością, uderzył jeszcze po dwakroć w pochylony łeb – szabla wysunęła się z bezwładnych rąk Bohuna i padł twarzą na piasek, który wnet zaczerwienił się pod nim szeroką kałużą krwi.

Eliaszeńko, obecny przy bitwie, rzucił się na ciało atamana.

Świadkowie przez jakiś czas nie mogli słowa przemówić, a pan Michał milczał także; wsparł się obu rękoma na szabelce i oddychał ciężko.

Zagłoba pierwszy przerwał milczenie:

– Panie Michale, pójdź w moje objęcia! – rzekł z rozczuleniem.

Otoczyli go tedy kołem.

– Toś waść gracz pierwszej wody! Niech waści kule biją! – mówili panowie Sieliccy.

– Waść, widzę, ścichapęk! – rzekł Charłamp. – Stanę ja waszmości, żeby nie mówiono, iżem się ulękł, ale choćbyś i mnie miał waszmość tak pochlastać, zawszeć winszuję, winszuję!

– Et, dalibyście sobie waszmościowie pokój; bo w rzeczy nie macie się o co bić – mówił Zagłoba.

– Nie może być, bo tu chodzi o moją reputację – odparł petyhorzec – za którą chętnie dam gardło.

– Nic mi po waścinym gardle, zaniechajmy się lepiej – rzecze Wołodyjowski – gdyż prawdę waćpanu powiedziawszy, tom mu tam w drogę, gdzie myślisz, nie wchodził. Wejdzie tam waćpanu kto inny, lepszy ode mnie – ale nie ja.

– Jak to?

– Parol kawalerski.

– To już sobie dajcie pokój – wołali Sieliccy i Kuszel.

– Niechże i tak będzie – rzekł Charłamp otwierając ramiona.

Pan Wołodyjowski padł w nie i poczęli się całować, aż echo rozlegało się po wydmach – pan Charłamp zaś mówił:

– Niechże waści nie znam, żebyś zaś tak pochlastał podobnego wielkoludą! A i szablą umiał on też obracać.

– Anim się spodziewał, żeby taki był fechmistrz! I skąd on się mógł tego wyuczyć?

Tu uwaga powszechna zwróciła się znów na leżącego watażkę, którego Eliaszeńko obrócił przez ten czas twarzą do góry i z płaczem szukał w nim znaków życia. Twarzy Bohuna nie można było rozeznać, bo pokryły ją sople krwi, która wypłynęła z ran w głowę zadanych i wnet ścięła się na chłodnym powietrzu. Koszula na piersiach również była cała we krwi, ale dawał jeszcze znaki życia. Widocznie był w konwulsji przedśmiertnej, nogi jego drgały, a palce skrzywione na kształt szponów darły piasek. Zagłoba spojrzał i machnął ręką.

– Ma dosyć! – rzekł – żegna się ze światem.

– Aj! – rzekł jeden z Sielickich spoglądając na ciało – to już trup.

– Ba! prawie na dzwona pocięty.

– Nie lada to był rycerz – mruknął kiwając głową Wołodyjowski.

– Wiem coś o tym – dodał Zagłoba.

Tymczasem Eliaszeńko chciał dźwignąć i unieść nieszczęsnego atamana, ale że był człowiek dość wątły i niemłody, a Bohun prawie do olbrzymów należał – więc nie mógł. Do karczmy było kilka staj, a Bohun lada chwila mógł skonać; esauł widząc to zwrócił się do szlachty.

– Pany! – wołał składając ręce. – Na Spasa i Swiatuju-Preczystuju, pomożite! Ne dajte, szczob win tutki szczez jak sobaka. Ja staryj, ne zdużaju, a lude dałeko...

Szlachta spojrzała po sobie. Zawziętość, przeciw Bohunowi znikła już we wszystkich sercach.

– Pewnie, że trudno go tu jak psa zostawić – mruknął pierwszy Zagłoba.

– Skorośmy z nim na pojedynek stanęli, to już on dla nas nie chłop, ale żołnierz, któremu taka pomoc się należy... Kto ze mną poniesie, mości panowie?

– Ja – rzekł Wołodyjowski.

– To go ponieście na mojej burce – dodał Charłamp.

Po chwili Bohun leżał już na opończy, której końce pochwycili Zagłoba, Wołodyjowski, Kuszel i Eliaszeńko – i cały orszak w towarzystwie Charłampa i panów Sielickich udał się wolnym krokiem ku karczmie.

– Twarde ma życie – rzekł Zagłoba – jeszcze się rusza. Mój Boże, żeby mnie kto powiedział, że na jego niańkę wyjdę i że go będę tak niósł, myślałbym, że kpi ze mnie! Zbyt mam czułe serce, sam wiem o tym, ale trudno! Jeszcze mu i rany opatrzę. Mam nadzieję, że na tym świecie już się nie spotkamy więcej: niechże mile mię wspomina na tamtym!

– To myślisz waszmość, że on żadną miarą nie wyżyje? – pytał Charłamp.

– On? nie dałbym za jego żywot starego wiechcia. Tak już było napisano i nie mogło go minąć, bo choćby mu się było z panem Wołodyjowskim powiodło, to by moich rąk nie uszedł. Ale wolę, że się tak stało, bo już i tak krzyki są na mnie jako na mężobójcę bez litości. A co ja mam robić, jak mi kto w drogę wlezie? Panu Duńczewskiemu pięćset złotych basarunku musiałem zapłacić, a wiadomo waszmościom, że dobra ruskie nijakiej teraz intraty nie przynoszą.

– Prawda, że to waszmościów do szczętu tam splądrowano – rzekł Charłamp.

– Uff! Ciężki ten mołojec – mówił dalej Zagłoba – ażem się zasapał!... Splądrowano, bo splądrowano, ale mam też nadzieję, że nam *exulibus* sejm jakowąś prowizję obmyśli – inaczej na śmierć pochudniemy... Ciężki też on, ciężki!... Patrzcie, waszmościowie, znowu zaczyna krwawić; skocz no waćpan, panie Charłamp, do karczmy, żeby Żyd chleba z pajęczyną zagniótł. Nie pomoże to wiele temu nieborakowi, ale opatrunek chrześcijańska rzecz i lżej mu będzie umierać. Żywo, panie Charłamp!

Pan Charłamp wysunął się naprzód i gdy na koniec wniesiono watażkę do izby, Zagłoba wnet zabrał się z wielką znajomością rzeczy i wprawą do opatrunku. Krew zatamował, rany pozalepiał, po czym zwrócił się do Eliaszeńki.

– A ty, dziadu, tu niepotrzebny – rzekł. – Jedź co prędzej do Zaborowa, proś, żeby cię przed oblicze pańskie puszczono, i list oddaj, a opowiedz, coś widział, tak wszystko, jak było. Jeśli zełżesz, będę wiedział, bom królewicza jegomości zaufany, i szyję ci uciąć każę. Chmielnickiemu też kłaniaj się ode mnie, bo mnie zna i miłuje. Pogrzeb sprawimy twemu atamanowi uczciwy, a ty rób swoje, po kątach się nie włócz, bo cię gdzie zatłuką, nim się zdołasz wywieść, ktoś taki. Bywaj zdrów! ruszaj, ruszaj!

– Pozwólcie, panie, zostać choć dopóty, dopóki nie ostygnie.

– Ruszaj, mówię ci! – rzekł groźnie Zagłoba – a nie, to cię każę chłopom do Zaborowa odstawić. A kłaniaj się Chmielnickiemu.

Eliaszeńko pokłonił się w pas i wyszedł, Zagłoba zaś rzekł jeszcze do Charłampa i Sielickich:

– Wyprawiłem tego Kozaka, bo co on tu ma jeszcze do roboty?... A niechże go naprawdę gdzie zatłuką, co łatwo się może zdarzyć, to na nas by winę zwalono. Pierwsi zasławczycy i pokurcze kanclerscy wrzeszczeliby na całe gardło, że ludzie księcia wojewody wymordowali wbrew prawom boskim całe poselstwo kozackie. Ale mądra głowa na wszystko poradzi. Nie damy my się tym gładyszom, tym łuszczybochenkom, tym podwikarzom w kaszy zjeść, a i waćpanowie też świadczcie w potrzebie, jak się wszystko odbyło i że on to sam nas wyzwał. Muszę też jeszcze wójtowi tutejszemu przykazać, aby go tam jakoś pochował. Nie wiedzą tu oni, kto to taki; będą myśleli, że to szlachcic, i pochowają uczciwie. Nam też czas w drogę, panie Michale, bo trzeba jeszcze księciu wojewodzie zdać relację.

Chrapliwy oddech Bohuna przerwał dalsze słowa pana Zagłoby.

– Oho, już dusza szuka sobie drogi! – rzekł szlachcic. – Już też i ciemno się robi; po omacku pójdzie na tamten świat. Ale skoro tej naszej nieszczęsnej nieboginie pohańbił, to dajże mu Boże wieczny odpoczynek – amen!... Jedźmy, panie Michale... Z serca odpuszczam mu wszystkie winy, choć co prawda, więcej ja jemu w drogę lazłem niż on mnie. Ale teraz koniec. Bywajcie waszmościowie zdrowi, miło mi było poznać tak zacnych kawalerów. Pamiętajcie jeno świadczyć w potrzebie.

XIII

Książę Jeremi przyjął wieść o porąbaniu Bohuna dość obojętnie, zwłaszcza gdy się dowiedział, iż są ludzie nie spod jego chorągwi, gotowi w każdej chwili złożyć świadectwo, iż Wołodyjowski został wyzwany. Gdyby rzecz nie działa się na kilka dni przed ogłoszeniem wyboru Jana Kazimierza, gdyby walka kandydatów trwała jeszcze, niezawodnie nie omieszkaliby przeciwnicy Jeremiego, a na ich czele kanclerz i książę Dominik, ukuć przeciw niemu broni z tego zajścia, mimo wszelkich świadków i świadectw. Ale po ustąpieniu Karola umysły zajęte były czym innym i łatwo było zgadnąć, że cała sprawa utonie w niepamięci.

Mógł ją podnieść chyba Chmielnicki dla okazania, jakich to coraz nowych krzywd doznaje, książę jednak słusznie spodziewał się, iż królewicz przesyłając odpowiedź wspomni lub każe od siebie powiedzieć, jakim sposobem zginął wysłaniec, a Chmielnicki nie będzie śmiał wątpić o prawdzie słów królewskich.

Chodziło bowiem księciu o to tylko, by nie narobiono politycznej wrzawy z powodu jego żołnierzy. Z drugiej strony, ze względu na Skrzetuskiego rad był nawet książę z tego, co się stało, bo odzyskanie Kurcewiczówny było istotnie teraz daleko prawdopodobniejsze. Można ją było odnaleźć, odbić lub wykupić – a kosztów, choćby jak największych, pewno nie byłby oszczędzał książę, byle ulubionego rycerza z boleści wybawić i szczęście mu powrócić.

Pan Wołodyjowski szedł, było, z wielkim strachem do księcia, gdyż chociaż w ogóle mało był płochliwy, bał się jednak jak ognia każdego zmarszczenia brwi wojewody. Jakież tedy było jego zdumienie i radość, gdy książę wysłuchawszy relacji i pomyślawszy przez chwilę nad tym, co się stało, zdjął kosztowny pierścień z palca i rzekł:

– Chwalę moderację waszmościów, iżeście pierwsi go nie napadli, bo wielkie i szkodliwe mogły stąd powstać na sejmie hałasy. Ale jeśli kniaziówna się odnajdzie, to Skrzetuski będzie wam winien dozgonną wdzięczność. Dochodziły mnie słuchy, mości Wołodyjowski, że jak inni języka w gębie, tak waść szabelki w pochwie dotrzymać nie umiesz, za co należałaby ci się kara. Skoro jednak w sprawie przyjaciela stanąłeś i reputację naszych chorągwi z tak zawołanym junakiem utrzymałeś, to już weź ten pierścień, abyś miał jakową dnia tego pamiątkę. Wiedziałem, żeś dobry żołnierz i gracz na szable, aleś to podobno mistrz nad mistrze.

– On? – rzecze Zagłoba. – On by diabłu w trzecim złożeniu rogi obciął. Jeśli wasza książęca mość każe mi kiedy szyję uciąć, proszę,

573

aby nikt inny, jeno on ją odrąbał, bo przynajmniej od razu na tamten świat pójdę. On Bohuna na wpół przez pierś przeciął, a potem jeszcze go dwa razy przez rozum przejechał.

Książę kochał się w sprawach rycerskich i w dobrych żołnierzach, więc uśmiechnął się z zadowoleniem i spytał:

– Znalazłeśże waść kogo równej siły na szable?

– Jeno mnie raz Skrzetuski trochę wyszczerbił, ale też i ja jego... wtedy gdy to nas wasza książęca mość pod bramę obydwóch wsadził – a z innych może by i pan Podbipięta mi wytrzymał, bo ma siłę nadludzką – i bez mała Kuszel, gdyby miał lepsze oczy.

– Niech mu wasza książęca mość nie wierzy – rzekł Zagłoba – jemu by nikt nie wytrzymał.

– A Bohun długo się bronił?

– Ciężką miałem robotę – rzekł pan Michał. – Umiał on i do lewicy przerzucać.

– Bohun sam mnie powiadał – przerwał Zagłoba – iż się z Kurcewiczami po całych dniach dla wprawy bijał, i sam widziałem w Czehrynie, że i z innymi to czynił.

– Wiesz co, mości Wołodyjowski – rzekł z udaną powagą książę – jedź pod Zamość, wyzwij Chmielnickiego na rękę i za jednym zamachem uwolnij Rzplitą od wszystkich klęsk i kłopotów.

– Za rozkazem waszej książęcej mości pojadę, byle Chmielnicki chciał mi stanąć – odpowiedział Wołodyjowski.

Na to książę:

– My żartujemy, a świat ginie! Ale pod Zamość musicie waszmościowie naprawdę jechać. Mam wiadomości z kozackiego obozu, iż gdy tylko wybór królewica Kazimierza będzie promulgowany, Chmielnicki od oblężenia ustąpi i cofnie się aż na Ruś, co uczyni z prawdziwego lub symulowanego afektu do króla jegomości lub też dlatego, że pod Zamościem snadnie by się jego potęga mogła złamać. Wtedy musicie jechać, opowiedzieć Skrzetuskiemu, co się stało, by ruszył kniaziówny szukać. Powiedzcie mu, żeby sobie z chorągwi moich przy staroście wałeckim wybrał tylu

574

pocztowych, ilu będzie do ekspedycji potrzebował. Zresztą prześlę mu przez was permisję i dam list, bo mi jego szczęście wielce na sercu leży.

– Wasza książęca mość ojcem nas wszystkich jesteś – rzekł Wołodyjowski – dlatego po wiek życia w wiernych służbach trwać chcemy.

– Nie wiem, czyli nie głodna wkrótce u mnie będzie służba – rzekł książę – jeśli mi cała fortuna zadnieprzańska przepadnie, ale póki starczy, póty co moje, to wasze.

– O! – wykrzyknął pan Michał. – Nasze to chudopacholskie fortuny do waszej książęcej mości zawsze będą należały.

– I moja z innymi! – rzekł Zagłoba.

– Jeszcze tego nie trzeba – odparł łaskawie książę. – Mam też nadzieję, iż jeśli wszystko utracę, to Rzeczpospolita chociaż o dzieciach moich będzie pamiętała.

Książę mówiąc to widocznie miał chwilę jasnowidzenia. Rzplita bowiem w kilkanaście lat później oddała jego jedynemu synowi, co miała najlepszego – to jest koronę, ale tymczasem olbrzymia fortuna Jeremiego istotnie była zachwiana.

– Tośmy się wywinęli! – mówił Zagłoba, gdy obaj z Wołodyjowskim wyszli od księcia. – Panie Michale, możesz być pewien promocji. Pokaż no ten pierścień. Dalibóg, wart on ze sto czerwonych złotych, bo kamień bardzo piękny. Spytaj się jutro jakiego Ormianina na bazarze. Można by za takową kwotę i w jedle, i w napoju, i w innych delicjach opływać. Cóż myślisz, panie Michale? Żołnierska to maksyma: „Dziś żyję, jutro gniję!" – a sens z niej taki, że na jutro nie warto się oglądać. Krótkie życie ludzkie, krótkie, panie Michale. Najważniejsze to, że już cię będzie odtąd książę w sercu nosił. Dałby on był dziesięć razy tyle, żeby Skrzetuskiemu z Bohuna prezent zrobić, a tyś to uczynił. Możesz się spodziewać wielkich łask, wierzaj mi. Mało to książę wsiów rycerstwu dożywotnie puścił albo i zgoła podarował? Co tam taki pierścień! Pewnie i ciebie jakowa intrata spotka, a w ostatku jeszcze cię książę z jaką krewniaczką swoją ożeni.

Pan Michał aż podskoczył.

– Skąd waść wiesz, że...

– Że co?

– Chciałem powiedzieć: co też waści w głowie? Jakżeby taka rzecz stać się mogła?

– Alboż to się nie trafia? albożeś nie szlachcic? alboż to nie wszystka szlachta sobie równa? Mało to każden *magnatus* ma dalekich krewnych i krewniaczek między szlachtą, które to krewniaczki później za swych zacniejszych dworzan wydaje? Przecie podobno i Suffczyński z Sieńczy ma też jakąś daleką krewną Wiśniowieckich. Wszyscyśmy bracia, panie Michale, wszyscyśmy bracia, choć jedni drugim służym, gdyż wspólnie od Jafeta pochodzimy, a cała różnica w fortunie i urzędach, do których każdy dojść może. Podobno gdzie indziej są dyferencje znaczne między szlachtą, ale parszywa też to szlachta! Rozumiem dyferencje między psami, jako są legawce, charty misterne lub ogary głosem goniące, ale uważ, panie Michale, że ze szlachtą nie może tak być, bobyśmy psubratami, nie szlachtą byli, której hańby dla tak wdzięcznego stanu Panie Boże nie dopuść!

– Słusznie waszmość mówisz – rzecze Wołodyjowski – ale przecie Wiśniowieccy królewski to prawie ród.

– A ty, Michale, zali nie możesz być królem obran? Ja pierwszy, gdybym się uparł, tobie bym właśnie dał kreskę, jako pan Zygmunt Skarszewski, który przysięga, że za sobą samym będzie głosował, jeśli się tylko w kości nie zagra. Wszystko, chwalić Boga, u nas *in liberis suffragiis* – i chudopacholstwo to nasze, nie urodzenie, w drodze nam staje.

– Otóż to właśnie! – westchnął pan Michał.

– Cóż robić! Zrabowano nas ze szczętem i zginiemy, jeśli nam Rzplita jakowych prowentów nie obmyśli – zginiemy marnie! Cóż dziwnego, że człowiek, choć z natury i wstrzemięźliwy, lubi się napić w takich opresjach? Pójdźmy chyba, panie Michale, napić się po szklaneczce cienkusza, może się choć trochę pocieszymy.

Tak rozmawiając doszli do Starego Miasta i wstąpili do winiarni, przed którą kilkunastu pachołków trzymało szuby i burki pijącej w środku szlachty. Tam siadłszy za stołem kazali sobie podać gąsiorek i poczęli się naradzać, co im teraz po pobiciu Bohuna począć wypada.

– Jeśli się sprawdzi, że Chmielnicki, od Zamościa ustąpi i pokój nastanie, tedy kniaziówna już nasza – mówił Zagłoba.

– Trzeba by nam jak najprędzej do Skrzetuskiego. Już go też nie opuścimy, póki się dziewczyna nie odnajdzie.

– Pewnie, że razem pojedziemy. Ale teraz nie ma sposobu dostać się do Zamościa.

– To już wszystko jedno, byle nam Bóg później poszczęścił.

Zagłoba wychylił szklanicę.

– Poszczęści, poszczęści! – rzekł. – Wiesz, panie Michale, co ci powiem?

– Co takiego?

– Bohun zabit!

Wołodyjowski spojrzał ze zdziwieniem:

– Ba, któż wie lepiej ode mnie?

– Żeby ci się ręce święciły, panie Michale! Ty wiesz i ja wiem: patrzyłem, jakeście się bili, patrzę na waćpana teraz – i przecie muszę sobie ciągle powtarzać, bo mi się czasem zdaje, że to tylko sen takowy miałem. Co za troska ubyła! co za węzeł twoja szabla przecięła! – Niechże cię kule biją! Bo dalibóg, że i wypowiedzieć to się nie da. Nie, nie mogę wytrzymać! pójdź, niech cię jeszcze raz uściskam, panie Michale! Zali uwierzysz, że gdym cię poznał, pomyślałem sobie: ,,At! chłystek!" – a tu piękny chłystek, co Bohuna tak pochlastał! Nie ma już Bohuna, ni śladu, ni popiołu, zabit na śmierć, na wieki wieków amen!

Tu Zagłoba począł ściskać i całować Wołodyjowskiego, a pan Michał rozczulił się, jakby właśnie Bohuna żałował; w końcu jednak uwolnił się z objęć pana Zagłoby i rzekł:

– Nie byliśmy przy jego śmierci, a twarda to sztuka – nuż wyżyje?

– Na Boga, co waćpan mówisz! – rzekł Zagłoba. – Gotówem jutro jechać do Lipkowa i najpiękniejszy pogrzeb mu sprawić, byle tylko umarł.

– I po co waść pojedziesz? Przecie go rannego nie dobijesz. A z szablą to tak bywa: kto nie puści ducha od razu, ten najczęściej się wyliże. Szabla to nie kula.

– Nie, nie może być! Już przecie rzęzić zaczynał, gdyśmy wyjeżdżali. O, wcale nie może być! Samem mu rany opatrywał. Piersi miał roztworzone jako wierzeje. Dajmy mu już spokój, bo wypatroszyłeś go jak zająca. Nam trzeba do Skrzetuskiego jak najprędzej, jemu pomóc, jego pocieszyć, bo zamrze od zgryzoty ze szczętem.

– Albo mnichem zostanie; sam mnie to mówił.

– Co dziwnego?! I ja bym na jego miejscu to uczynił. Nie znam zacniejszego kawalera, ale też i nieszczęśliwszego nie znam. Oj, ciężko go Bóg doświadcza, ciężko!

– Przestań już waszmość – mówił trochę pijany Wołodyjowski – bo nie mogę łez utrzymać...

– A jaż to mogę? – odparł Zagłoba. – Taki zacny kawaler, taki żołnierz... a i ona! waćpan jej nie znasz... robaczek to taki kochany!...

Tu zawył pan Zagłoba niskim basem, bo istotnie bardzo kochał kniaziównę, a pan Michał wtórował mu trochę cieniej – i pili wino zmieszane ze łzami, a potem, spuściwszy głowy na piersi, siedzieli czas jakiś posępnie, aż wreszcie Zagłoba uderzył pięścią w stół.

– Panie Michale, czemu my płaczemy! Bohun zabit!

– A prawda – rzekł Wołodyjowski.

– Cieszyć się nam raczej wypada. Kpami będziemy, jeśli jej teraz nie odszukamy.

– Jedźmy – rzekł wstając pan Michał.

– Napijmy się! – poprawił Zagłoba. – Bóg da, że jeszcze ich dzieci będziem do chrztu trzymali, a wszystko dlatego, żeśmy Bohuna usiekli.

– Dobrze mu tak! – dokończył Wołodyjowski nie postrzegając się, że już pan Zagłoba dzieli się z nim zasługą uśmiercenia Bohuna.

XIV

Na koniec zabrzmiało *Te Deum laudamus* w warszawskiej katedrze i „pan siadł na majestacie", huczały działa, biły dzwony – i otucha poczęła wstępować we wszystkie serca. Przecie minął już czas bezkrólewia, czas zawichrzeń i niepokojów, tym straszniejszy dla Rzeczypospolitej, iż przypadł w chwilach powszechnej klęski. Ci, co drżeli na myśl grożących niebezpieczeństw, teraz, gdy elekcja odbyła się nad podziw zgodnie, odetchnęli głęboko. Wielom zdawało się, iż bezprzykładna wojna domowa minęła już raz na zawsze i że nowo obranemu panu pozostaje tylko sąd nad winnymi. Jakoż nadzieję tę podtrzymywało i zachowanie się samego Chmielnickiego. Kozacy pod Zamościem, szturmując zaciekle do zamku, głośno jednak oświadczali się za Janem Kazimierzem. Chmielnicki słał przez księdza Huncla Mokrskiego listy pełne poddańczej wierności, a przez innych posłańców pokorne prośby o łaskę dla siebie i wojska zaporoskiego. Wiedziano też, że król, zgodnie z polityką kanclerza Ossolińskiego, pragnie znaczne Kozakom poczynić ustępstwa. Jak niegdyś przed piławiecką klęską wojna, tak teraz pokój był na wszystkich ustach. Spodziewano się, że po tylu klęskach Rzeczpospolita odetchnie i pod nowym panowaniem ze wszystkich ran się wygoi.

Nareszcie wyjechał Śmiarowski z listem królewskim do Chmielnickiego i wkrótce rozeszła się wieść radosna, że Kozacy ustępują spod Zamościa, ustępują aż na Ukrainę, gdzie spokojnie czekać będą rozkazów królewskich i komisji, która rozpatrzeniem ich krzywd ma się zająć. Zdawało się, że po burzy tęcza siedmiobarwna zawisła nad krajem, zwiastująca ciszę i pogodę. Nie brakło wprawdzie niepomyślnych wróżb i przepowiedni, ale wobec pomyślnej rzeczywistości nie przywiązywano do nich wagi. Król pojechał do Częstochowy, by naprzód opiekunce boskiej za wybór podziękować i pod opiekę dalszą się oddać, a następnie do Krakowa na koronację. Za nim pociągnęli dygnitarze, Warszawa opustoszała, zostali w niej tylko *exules* z Rusi, którzy do swych zrujnowanych fortun wracać jeszcze nie śmieli lub też nie mieli po co.

Książę Jeremi, jako senator Rzeczypospolitej, musiał udać się z królem, Wołodyjowski zaś i Zagłoba na czele jednej chorągwi dragońskiej pociągnęli śpiesznymi pochodami do Zamościa, by Skrzetuskiemu szczęśliwą nowinę o przygodzie Bohunowej zwiastować, a następnie razem na poszukiwanie kniaziówny wyruszyć.

Pan Zagłoba opuszczał Warszawę nie bez pewnego żalu, bo w tym niezmiernym zjeździe szlachty, w gwarze elekcyjnym, w ciągłych hulankach i burdach na współkę z Wołodyjowskim czynionych było mu tak dobrze, jak rybie w morzu. Ale pocieszał się myślą, że wraca do życia czynnego, do poszukiwań, przygód i fortelów, których obiecywał sobie nie skąpić, a zresztą miał on swoją opinię o niebezpieczeństwach stołecznych, którą w następujący sposób Wołodyjowskiemu wyłuszczał:

– Prawda jest, panie Michale – mówił – że dokonaliśmy wielkich rzeczy w Warszawie, ale broń Boże dłuższego pobytu, tak, mówię ci, zniewieścielibyśmy jako ów sławny Kartagińczyk, którego słodkość aury w Kapui ze szczętem zdebilitowała. A najgorsze ze wszystkiego białogłowy. One każdego do zguby doprowadzą, bo to sobie zauważ, że nie masz nic zdradliwszego nad niewiastę. Człowiek się starzeje, ale go jeszcze ciągną...

– Et, dałbyś waćpan pokój! – przerwał Wołodyjowski.

– Sam ja to sobie często powtarzam, bo czas by był się ustatkować – jeno krew mam jeszcze zbyt gorącą. W tobie jest więcej flegmy, a we mnie sama cholera. Ale mniejsza z tym. Zaczniemy teraz inne życie. Już też, bywało, przykrzyło mi się nieraz bez wojny. Chorągiewkę mamy dobrze okrytą, a tam, pod Zamościem, dokazują jeszcze kupy swawolne, to się z nimi, idąc po kniaziównę, zabawimy. Obaczymy też Skrzetuskiego, i tego wielkoluda, tego żurawia litewskiego, tę tykę chmielową, pana Longina, bośmy go też siła czasu nie widzieli.

– Waćpan tęsknisz po nim, a jak go widzisz, to spokoju mu nie dajesz.

– Bo co się odezwie, to tak jakby twój koń ogonem ruszył; a ciągnie każde słowo jak szewc skórę. Wszystko u niego w siłę poszło, nie w głowę. Jak kogo weźmie w ramiona, to mu żebra przez skórę powyciska, nie masz zaś takowego dziecka w Rzeczypospolitej, które by go najsnadniej na hak przywieść nie mogło. Słychanaż to rzecz, żeby człek takiej fortuny taki był *hebes*?

– Zaś on naprawdę ma taką fortunę?

– On? Jakem go poznał, trzos miał taki wypchany, że się opasać nim nie mógł, i tak go nosił, jako wędzoną kiełbasę. Można nim było jak kijem machać, ani się zgiął. Sam mnie mówił, ile ma wsiów: Myszykiszki, Psikiszki, Pigwiszki, Syruciany, Ciapuciany, Kapuściany (raczej Kapuścianą – ale głowę), Bałtupie – kto by tam pamiętał te wszystkie pogańskie nazwy! Z pół powiatu do niego należy. Wielki to u boćwinków ród, Podbipiętowie.

– A nie koloryzujesz waść trocha o owych majętnościach?

– Ja nie koloryzuję, bo powtarzam to, com od niego słyszał, a on przecie póki żyje, nie zełgał, bo zresztą i na to za głupi.

– No, to będzie Anusia panią całą gębą! Ale co o nim waćpan mówisz, że głupi, na to się żadną miarą zgodzić nie mogę. Stateczny to mąż i tak roztropny, że w potrzebie nikt lepszej rady nie udzieli... a że nie frant, to trudno. Nie każdemu dał Pan Bóg tak obrotny język jak waści. Co tu gadać! wielki to rycerz i najzacniejszy człowiek, a dowód: że waćpan sam go miłujesz i rad go ujrzysz.

– Skaranie z nim boże! – mruknął Zagłoba. – Dlategom tylko rad, że mu będę panną Anną przypiekał.

– Tego ja waćpanu czynić nie radzę, bo to jest rzecz niebezpieczna... Jego choćby do rany przyłożyć, ale w takowym terminie pewnie by stracił cierpliwość.

– Niechby stracił! Uszy bym mu obciął jak panu Duńczewskiemu.

– Daj no waćpan pokój. Nieprzyjacielowi nie życzyłbym próbować.

– No, no, niech go jeno obaczę!

Życzenie to pana Zagłoby spełniło się prędzej, niż myślał. Dojechawszy do Końskowoli, postanowił Wołodyjowski zatrzymać się na odpoczynek, bo konie były już mocno zdrożone. Któż więc opisze zdziwienie obydwóch przyjaciół, gdy wszedłszy do ciemnej sieni zajazdu, w pierwszym spotkanym szlachcicu rozpoznali pana Podbipiętę.

– Jakże się waszmość masz! siła czasu! siła czasu! – wołał Zagłoba.

– A że cię to Kozacy nie usiekli w Zamościu!

Pan Podbipięta brał z kolei obydwóch w ramiona i obcałowywał po policzkach.

– Oto żeśmy się spotkali, co? – powtarzał z radością.

– Gdzie jedziesz? – pytał Wołodyjowski.

– Do Warszawy, do księcia pana.

– Księcia nie ma w Warszawie. Pojechał do Krakowa z królem jegomością, przed którym ma nieść jabłko na koronacji.

– A mnie pan Weyher do Warszawy wyprawił z listem i z zapytaniem, gdzie książęce regimenta mają iść, bo już, chwalić Boga, w Zamościu niepotrzebne.

– To i nie potrzebujesz nigdzie jechać, bo my wieziemy ordynanse.

Pan Longinus zasępił się, bo z duszy życzył sobie dotrzeć do księcia, zobaczyć dwór i szczególniej jedną małą osóbkę na tym dworze.

Zagłoba począł mrugać znacząco na Wołodyjowskiego.

– A taki do Krakowa pojadę – rzekł po chwili namysłu Litwin. – Kazali mnie list oddać, to oddam.

– Chodźmy do izby, każemy sobie piwa zagrzać – rzekł Zagłoba.

– A wy gdzie jedziecie? – pytał po drodze Longinus.

– Do Zamościa, do Skrzetuskiego.

– Porucznika nie ma w Zamościu.

– Masz babo placek! Gdzież on jest?

– Koło Choroszczyna gdzieś, gromi kupy swawolne. Chmielnicki cofnął się, ale jego pułkownicy po drodze palą, rabują i ścinają. Na tych starosta wałecki odkomenderował pana Jakuba Regowskiego, żeby ich znosił...

– I Skrzetuski jest z nim także?

– Takoż. Ale oni osobno chodzą, bo wielkie są między nimi emulacje, o których waszmościom później opowiem.

Tymczasem weszli do izby. Zagłoba kazał zagrzać trzy garnce piwa, po czym zbliżywszy się do stołu, za którym Wołodyjowski z panem Longinem już zasiedli, rzekł:

– Bo waćpan, panie Podbipięta, nie wiesz największej i szczęśliwej nowiny, żeśmy z panem Michałem Bohuna na śmierć usiekli.

Litwin aż się z ławy podniósł.

– Braciaż wy rodzeni, możeż to być?

– Jak nas tu żywych widzisz.

– I wy jego we dwóch usiekli?

– Tak jest.

– Oto nowina! a Boże, Boże! – mówił Litwin plasnąwszy w dłonie.

– Mówisz waćpan: we dwóch! jak to we dwóch?

– Bom go naprzód przez fortele do tego doprowadził, że nas wyzwał – rozumiesz wasze? – po czym pan Michał pierwszy stanął i tak go, mówię waści, pokrajał jak wielkanocne prosię, rozebrał go jak pieczonego kapłona – rozumiesz wasze?

– To waść drugi nie stawał?

– No, patrzcie się! – rzekł Zagłoba – widzę, że waść musiałeś sobie krew puszczać i ze słabości na umyśle szwankujesz. Rozumiałżeś, że będę z trupem stawał albo że leżącego już będę docinał?

– Bo mówiłeś waść, żeście go we dwóch usiekli.

Pan Zagłoba ramionami ruszył.

– Świętej cierpliwości z tym człowiekiem! Panie Michale, zali nie obydwóch nas Bohun wyzwał?

– Tak jest – rzecze Wołodyjowski.

– Pojąłeś waść teraz?

– Niech i tak będzie – odparł Longinus. – To pan Skrzetuski szukał Bohuna pod Zamościem, a jego tam już nie było.

– Jak to go Skrzetuski szukał?

– Muszę już, jak widzę, wszystko *ab ovo* waćpanom opowiedzieć, właśnie tak, jak się odbyło – rzekł pan Longinus. – Zostaliśmy tedy, jak wiecie, w Zamościu, a wy ruszyliście do Warszawy. Na Kozaków nie czekaliśmy zbyt długo. Przyszły ich chmary nieprzejrzane spode

Lwowa, że okiem wszystkich z murów nie objąłeś. Ale nasz książę tak Zamość opatrzył, że byliby pod nim dwa lata stali. Myśleliśmy, że nie będą wcale szturmowali i wielki był z tego powodu między nami smutek, bo każdy sobie rozkosze z ich klęski obiecywał, a że byli z nimi i Tatarzy, więc ja także miałem nadzieję, że mnie Pan Bóg miłosierny da moje trzy głowy...

– Proś go waćpan o jedną, proś o jedną, a dobrą – przerwał Zagłoba.

– A waćpan zawsze taki sam!... słuchać hadko – rzekł Litwin. – Myśleliśmy tedy, że nie będą szturmowali, oni tymczasem, jako to szaleni w swej zatwardziałości, zaraz wzięli się do budowania machin, a potem nuż szturmować! Pokazało się później, że Chmielnicki sam nie chciał, ale Czarnota, ich oboźny, wziął na niego napadać i mówić, że to go tchórz obleciał – że już z Lachami myśli się bratać – więc Chmielnicki pozwolił i pierwszego Czarnotę posłał. Co się działo, braciaszki, tego ja wam nie wypowiem. Świata zza dymu i zza ognia nie było widać. Poszli z początku odważnie, zasypali fosę, darli się na mury; aleśmy im tak przygrzeli, że potem i od murów, i od własnych machin pouciekali; dopiero wypadliśmy za nimi w cztery chorągwie i narżnęliśmy jak bydła.

Wołodyjowski zatarł ręce.

– Uch! żałuję, żem nie był na tym festynie – wykrzyknął z uniesieniem.

– I ja byłbym się tam przydał – rzekł ze spokojną pewnością Zagłoba.

– A już wtedy najwięcej dokazywali pan Skrzetuski i pan Jakub Regowski – mówił dalej Litwin – obaj wielcy kawalerowie, ale zgoła sobie nieprzyjaźni. Zwłaszcza pan Regowski krzywił się na Skrzetuskiego i byłby niezawodnie szukał okazji, gdyby nie to, że pan Weyher pod gardłem zabronił pojedynków. Nie rozumieliśmy z początku, o co panu Regowskiemu chodzi, aż i wyszło na wierzch, że to krewny pana Łaszcza, którego książę z powodu pana Skrzetuskiego, jak pamiętacie, z obozu wypędził. Stąd złość w Regowskim do księcia, do nas wszystkich, a zwłaszcza do porucznika, stąd i emulacja między nimi, która obu w tym oblężeniu wielką sławą okryła, bo się jeden nad drugiego wysadzał. Obaj byli pierwsi i na murach, i w wycieczkach, aż wreszcie sprzykrzyło się Chmielnickiemu szturmować i regularne rozpoczął oblężenie nie zaniedbując przy tym i fortelów, które by go do zdobycia miasta mogły doprowadzić.

– Tyle samo on albo i więcej ufa w chytrość! – rzekł Zagłoba.

– Szalony człowiek, a przy tym i *obscurus* – mówił dalej Podbipięta – sądził, że pan Weyher jest Niemiec, widać nie słyszał o wojewodach pomorskich tego nazwiska, bo napisał list chcąc starostę do zdrady namówić, jako cudzoziemca i jurgieltnika... Dopieroż mu pan Weyher odpisał, co zacz jest i jako się źle z pokusą do niego wybrał. Ten list, żeby to pokazać lepiej swój walor, chciał koniecznie starosta przez kogoś znaczniejszego, nie przez trębacza wysłać, a że to się jak na zgubę między tak dzikie bestie idzie, nie było chętnych między towarzystwem. Inni się też na godność oglądali, więc ja się podjąłem – i tu słuchajcie, bo co najciekawsze, to się dopiero zaczyna.

– Słuchamy pilnie – rzekli dwaj przyjaciele.

– Pojechałem tedy i zastałem hetmana pijanego. Przyjął mnie jadowicie, zwłaszcza gdy list przeczytał, i buławą groził – a ja polecając pokornie duszę Bogu, tak sobie wszystko myślałem: już też jeśli mnie tknie, tak mu pięścią głowę rozbiję. Co było robić, braciaszki kochane – co?

– Zacnie to było ze strony waćpana tak myśleć – rzekł z pewnym rozrzewnieniem Zagłoba.

– Ale go pułkownicy mitygowali i drogę mu do mnie zagradzali – mówił pan Longinus – a najbardziej jeden młody, tak śmiały, że go wpół brał i odciągał mówiąc: „Nie pójdziesz, bat'ku, upiłeś się." Patrzę ja, kto mnie tak broni, i dziwię się jego śmiałości, że taki z Chmielnickim konfident – aż to Bohun.

– Bohun? – wykrzyknęli Wołodyjowski i Zagłoba.

– Tak jest. Poznałem go, bom go w Rozłogach widział – i on mnie takoż. Słyszę, mówi do Chmielnickiego: „To mój znajomy."

A Chmielnicki, jako to prędka u pijaków rezolucja, odpowiada: „Kiedy on twój znajomy, synku, tak dać jemu pięćdziesiąt talarów, a ja dam respons." I dał mi respons, a co do talarów, rzekłem, by bestii nie drażnić, żeby je dla hajduków schował, bo nie moda towarzyszowi musztulków brać. Odprawili mnie z namiotu dość uczciwie, ale ledwom wyszedł, przychodzi do mnie Bohun: „My się w Rozłogach widzieli" – mówi. „Tak jest (rzekę), jenom się wtedy nie spodziewał, braciaszku, że cię w tym obozie ujrzę." – A on na to: „Nie własna wola, ale nieszczęście zagnało!" W rozmowie powiedziałem mu, jakeśmy to jego za Jarmolińcami pobili. „Jam nie wiedział, z kim mam do czynienia (rzekł mi na to), i w rękę byłem zacięty, a ludzi miałem do niczego, bo myśleli, że to sam kniaź Jarema ich bije." – „I myśmy nie wiedzieli (powiadam), bo żeby pan Skrzetuski wiedział, że to ty, tedyby jeden z was już nie żył."

– Pewnie by tak było, ale cóż on na to? – pytał Wołodyjowski.

– Zalterował się mocno i odwrócił rozmowę. Opowiadał mi, jako Krzywonos wysłał go z listami do Chmielnickiego pod Lwów, żeby wczasu trochę zażył, a Chmielnicki nie chciał go na powrót odesłać, bo go zamyślał do innych posyłek użyć, jako mającego prezencję. Na koniec pyta: „Gdzie pan Skrzetuski?" – a gdym mu powiedział, że w Zamościu, rzekł: „To się może spotkamy" – i z tym go pożegnałem.

– Już zgaduję, że go zaraz potem Chmielnicki wysłał do Warszawy – mówił Zagłoba.

– Tak jest, ale czekajże waćpan. Wróciłem tedy do fortecy i zdałem sprawę panu Weyherowi z poselstwa. Była już późna noc. Nazajutrz dzień znowu szturm, jeszcze zajadlejszy niż pierwszy. Nie miałem czasu widzieć się z panem Skrzetuskim, dopiero trzeciego dnia mówię mu, żem Bohuna widział i z nim mówił. A było przy tym siła oficerów i z nimi pan Regowski. Ten zasłyszawszy rzecze z przekąsem: „Wiem ja, że tam o pannę chodzi; jeśli waszmość taki rycerz, jak sława niesie, to masz Bohuna: wyzwij go na rękę, a już bądź pewien, że ci ten zabijaka nie odmówi. Będziem mieli z murów

586

piękny *prospectus*. Ale o was, wiśniowiecczykach, więcej (powiada) mówią, niż jest." Na to pan Skrzetuski jak spojrzy na pana Regowskiego – jakby go kto z nóg ściął! „Tak waćpan radzisz? (spyta) a dobrze! Nie wiem jeno, czybyś waszmość, który naszej cnocie przymawiasz, miał odwagę pójść między czerń wyzwać ode mnie Bohuna." A Regowski: „Odwagę mam, alem waszmości ni swat, ni brat – nie pójdę." Dopieroż inni w śmiech z pana Regowskiego.

„O! (prawią) małyś teraz, a jak o cudzą skórę chodziło, toś był wielki!" Więc Regowski, jako to ambitna sztuka, wziął na kieł i podjął się. Nazajutrz dzień poszedł z wyzwaniem – ale już Bohuna nie znalazł. Nie wierzyliśmy zrazu relacji, ale teraz dopiero po tym, coście mi waszmościowie powiedzieli, widzę, że prawda. Bohuna musiał Chmielnicki istotnie wysłać i tameście go waszmościowie usiekli.

– Tak to i było – rzecze Wołodyjowski.

– Powiedzże nam waśze – pytał Zagłoba – gdzie my teraz Skrzetuskiego znajdziemy, bo znaleźć go musimy, aby zaraz z nim po dziewczynę wyruszyć.

– Łatwo się o niego za Zamościem dopytacie, bo tam o nim głośno. Kalinę, pułkownika kozackiego, obaj z Regowskim, do rąk sobie podając, ze szczętem znieśli. Później Skrzetuski na własną rękę dwa razy czambuły tatarskie pogromił i Burłaja zniósł, i kup kilka rozbił.

– A że to Chmielnicki na to pozwala?

– Chmielnicki ich się wypiera i mówi, że wbrew jego rozkazom łupią. Inaczej by nikt w jego wierność i posłuszeństwo dla króla jegomości nie uwierzył.

– Bardzo też liche piwsko w tej Końskowoli! – zauważył pan Zagłoba.

– Za Lublinem już pójdziecie waszmościowie krajem spustoszonym – mówił dalej Litwin – bo podjazdy aż za Lublin dochodziły i Tatarowie jasyr wszędy brali, a co koło Zamościa i Hrubieszowa zagarnęli, Bóg jeden zliczy. Kilka tysięcy odbitych jeńców odesłał już

Skrzetuski do fortecy. Pracuje on tam ze wszystkich sił, na własne zdrowie nie dbając.

Tu westchnął pan Longinus i spuścił głowę w zamyśleniu, a po chwili tak dalej mówił:

– Ot, myślę, że Bóg w miłosierdziu najwyższym niechybnie pocieszy pana Skrzetuskiego i da mu to, w czym sobie szczęście upatrzył, bo wielkie są zasługi tego kawalera. W tych czasach zepsucia i prywaty, gdy każdy o sobie tylko myśli, on o sobie zapomniał. Taż on, brateńki, dawno mógł permisję od księcia pana otrzymać i jechać na szukanie kniaziówny, a zamiast tego, gdy na miłą ojczyznę paroksyzm przyszedł, ani na chwilę służby nie porzucił, z męką w sercu w ustawicznej pracy trwając.

– Rzymską on ma duszę, nie ma co mówić – rzekł Zagłoba.

– Przykład z niego brać powinniśmy.

– Szczególniej waćpan, panie Podbipięto, który na wojnie nie pożytku ojczyzny, ale trzech głów szukasz.

– Bóg patrzy w duszę moją! – rzekł pan Longinus wznosząc oczy ku niebu.

– Skrzetuskiemu już Pan Bóg wynagrodził śmiercią Bohunową – rzekł Zagłoba – i tym, że dał chwilę spokoju Rzeczypospolitej, bo teraz czas dla niego nadszedł, by o odszukaniu zguby pomyślał.

– Waćpanowie z nim pojedziecie? – pytał Litwin.

– A waszmość to nie?

– Rad bym ja z duszy serca, ale co z listami będzie? Jeden wiozę od starosty wałeckiego do króla jegomości, drugi do księcia, a trzeci właśnie od pana Skrzetuskiego, takoż do księcia, z prośbą o permisję.

– Permisję my mu wieziemy.

– Ba, ale jakże mnie listów nie odwieźć?

– Musisz waćpan jechać do Krakowa; nie może być inaczej... Zresztą powiem szczerze: rad bym w onej wyprawie po kniaziównę mieć takie pięście, jako są waścine, za plecami, ale w czym innym, toś się waść na nic nie zdał. Tam trzeba będzie symulować, a najpewniej przebrać się w świty kozackie, chłopów udawać – a waść tak w oczy leziesz swoim wzrostem, że każdy by się zaraz pytał: co to za drągal? skąd się takowy Kozak wziął? – Prócz tego waćpan i mowy ich wybornie nie umiesz. Nie, nie! Jedź waść do Krakowa, a my sami damy sobie jakoś radę.

– Tak i ja myślę – rzekł Wołodyjowski.

– Pewno, że tak musi być – odpowiedział pan Podbipięta. – Niechże wam Bóg miłosierny błogosławi i pomoże. A czy wiecie, gdzie ona ukryta?

– Bohun nie chciał powiedzieć. Wiemy jeno to, com ja podsłuchał, gdy mnie Bohun w chlewie więził, ale to dosyć.

– Jakże wy ją znajdziecie?

– Moja głowa, moja w tym głowa! – rzekł Zagłoba. – Bywałem ja w trudniejszych terminach. Teraz rzecz tylko w tym, byśmy do Skrzetuskiego najprędzej się dostali.

– Pytajcie się w Zamościu. Pan Weyher musi wiedzieć, bo on z nim koresponduje i jeńców mu pan Skrzetuski odsyła. Niech was Bóg błogosławi!

– I waćpana również – rzekł Zagłoba. – Jak będziesz w Krakowie u księcia, pokłoń się od nas panu Charłampowi.

– Któż to taki?

– To jeden Litwin nadzwyczajnej gładkości, za którym wszystkie panny z fraucymeru księżny głowy potraciły.

Pan Longinus zadrżał.

– Dobrodzieju mój, chyba kpiny?

– Bądź waćpan zdrów! Okrutnie tu liche piwsko w tej Końskowoli – zakończył pan Zagłoba mrugając na Wołodyjowskiego.

XV

Odjechał więc pan Longinus do Krakowa z sercem przeszytym strzałą, a okrutny pan Zagłoba wraz z Wołodyjowskim do Zamościa, gdzie nie zabawili dłużej jak jeden dzień, gdyż komendant, starosta wałecki, oznajmił im, że dawno już nie miał wiadomości od Skrzetuskiego, i sądził, że regimenty, które pod Skrzetuskim ruszyły, pójdą na prezydium do Zbaraża, aby tamte kraje od kup swawolnych zasłaniać. Było to tym prawdopodobniejsze, że Zbaraż, jako własność Wiśniowieckich, szczególniej był na zapędy śmiertelnych wrogów księcia wystawiony. Otwierała się więc przed panem Wołodyjowskim i Zagłobą długa i dosyć trudna droga, ale że i tak, idąc po kniaziównę, musieliby ją przebyć, było im zatem wszystko jedno, czy to prędzej, czy później nastąpi, i ruszyli w nią bez zwłoki, tyle się tylko zatrzymując, ile trzeba było dla odpoczynku lub gromienia kup rozbójniczych, które się jeszcze tu i owdzie wałęsały.

Szli krajem tak zniszczonym, że częstokroć po całych dniach żywej duszy nie mogli napotkać. Miasteczka leżały w perzynie, wsie były popalone i puste, lud wybity lub w jasyr zagarnięty. Trupy tylko spotykali po drodze, szkielety domów, kościołów, cerkwi, niedogarki chat wiejskich i psy na zgliszczach wyjące. Kto powódź tatarsko--kozacką przeżył, chronił się w głębinach leśnych i marzł z zimna lub głodem przymierał nie śmiejąc się jeszcze z lasów wychylić, nie wierząc, by nieszczęście mogło już minąć. Konie spod swej chorągwi musiał Wołodyjowski karmić korą z drzew lub na wpół spalonym zbożem, które ze zgliszczów dawnych spichrzów wydobywano. Ale szli szybko, ratując się głównie tymi zapasami, które rozbójniczym oddziałom zabierali. Był to już koniec listopada, a o ile zeszłoroczna zima przeszła z największym podziwem ludzkim bez śniegów, mrozów i lodu, tak że cały porządek natury zdawał się być przez nią odmieniony, o tyle teraźniejsza zapowiadała się ostrzej niż zwykle. Ziemia skrzepła, śniegi leżały już na polach, a brzegi rzek bramowały się rankami przezroczystą skorupą szklaną. Pogoda była sucha, blade promienie słoneczne słabo tylko ogrzewały świat w godzinach południowych; natomiast rankami i wieczorami paliły się na niebie czerwone zorze – niechybna przepowiednia rychłej i silnej zimy.

Po wojnie i głodzie miał nadejść trzeci wróg nędzy ludzkiej – mróz, a jednak ludzie wyglądali go z upragnieniem, był on bowiem pewniejszym od wszystkich układów hamulcem wojny. Pan Wołodyjowski, jako człowiek doświadczony i na wskroś Ukrainę znający, pełen był nadziei, że wyprawa po kniaziównę przyjdzie już niechybnie do skutku, bo główna przeszkoda – wojna – nie położy jej tak prędko tamy.

– Nie wierzę ja w szczerość Chmielnickiego – mówił – żeby on z afektu dla króla jegomości na Ukrainę się cofał, ale to chytry lis! Wie on, że gdy Kozacy okopać się nie mogą, to nic po nich, bo w otwartym polu, choćby i pięćkroć liczniejsi, naszym chorągwiom nie dostają. Pójdą oni teraz do zimowników, a stada poślą w śniegi. Tatarzy też potrzebują jasyr odprowadzić. Jeśli zima będzie tęga, to będziem mieli spokój aż do przyszłej trawy.

– Może i dłużej, bo wszelako mają oni respekt dla króla jegomości. Ale nam i tyle czasu nie potrzeba. Da Bóg, na zapusty wyprawimy panu Skrzetuskiemu wesele.

– Byleśmy się tylko teraz z nim nie minęli, bo nowa byłaby mitręga.

– Trzy chorągwie są przy nim, to przecie nie w korcu ziarnka szukać. Może go jeszcze pod Zbarażem dognamy, jeśli się gdzie dłużej koło hajdamaków zabawi.

– Dognać go nie możemy, ale powinniśmy mieć wieści po drodze – odrzekł Wołodyjowski.

O wieści jednak było trudno. Chłopi widzieli tu i owdzie przechodzące chorągwie, słyszeli o bitwach staczanych przez nie z rabusiami, ale nie umieli powiedzieć, czyje by były te chorągwie; że zaś mogły one być tak dobrze Regowskiego, jak Skrzetuskiego, więc dwaj przyjaciele nie mieli żadnej pewności. Natomiast doleciała ich uszu inna wieść: o wielkich niepowodzeniach kozackich przeciw wojskom litewskim. Krążyła już ona w formie pogłoski w wilię wyjazdu Wołodyjowskiego z Warszawy, ale jeszcze wątpiono, teraz zaś rozbiegła się po całym kraju ze wszelkimi szczegółami jako niezbita prawda. Za klęski zadane przez Chmielnickiego wojskom koronnym zapłaciły klęską litewskie. Dał głowę Półksiężyc, wódz stary i doświadczony, i dziki Nebaba, i potężniejszy od nich obydwóch Krzeczowski, który nie starostw i województw, nie dostojeństw i godności, ale pala się w buntowniczych szeregach dorobił. Zdało się, że jakaś dziwna Nemezis zapragnęła pomścić na nim niemiecką krew przelaną w łasze Dnieprowej, krew Flika i Wernera, gdyż wpadł właśnie w ręce niemieckiego regimentu radziwiłłowskiego i lubo postrzelany i ciężko ranny, został natychmiast na pal wbity, na którym, nieszczęsny, drgał jeszcze cały dzień, nim posępną duszę wyzionął. Taki był koniec tego, który przez swe męstwo i geniusz wojenny drugim Stefanem Chmieleckim mógł zostać, ale którego wygórowana żądza bogactw i dostojeństw pchnęła na drogę zdrad, krzywoprzysięstwa i straszliwych, godnych samego Krzywonosa mordów.

Z nim, z Półksiężycem i z Nebabą blisko dwadzieścia tysięcy mołojców położyło głowy na pobojowisku lub potopiło się w błotach Prypeci; strach więc przeleciał jak wicher nad bujną Ukrainą, bo zdało się wszystkim, że to po wielkich tryumfach, po Żółtych Wodach, Korsuniu, Piławcach, przychodzi czas na takie pogromy, jakich pod Sołonicą i Kumejkami doznały poprzednie bunty. Sam Chmielnicki, choć na szczycie sławy, choć potężniejszy niż kiedykolwiek, zląkł się, gdy się o śmierci „druha" Krzeczowskiego dowiedział, i znów czarownic zaczął o przyszłość pytać. Wróżyły różnie – wróżyły nowe wielkie wojny i zwycięstwa, i klęski – nie umiały jednak powiedzieć hetmanowi, co się z nim samym stanie.

Ale tymczasem właśnie z powodu klęski Krzeczowskiego, również jak z powodu zimy, tym pewniejszy był długi spokój. Kraj począł się koić, spustoszałe wioski zaludniać i otucha wstępowała z wolna we wszystkie zwątpiałe i przerażone serca.

Z tąż samą otuchą nasi dwaj przyjaciele po długiej i trudnej podróży dojechali szczęśliwie do Zbaraża i oznajmiwszy się w zamku, natychmiast udali się do komendanta, w którym z niemałym zdziwieniem poznali Wierszułła.

– A gdzie Skrzetuski? – pytał po pierwszych powitaniach Zagłoba.

– Nie masz go – odpowiedział Wierszułł.

– To waść masz komendę nad prezydium?

– Tak jest. Miał Skrzetuski, ale wyjechał i mnie zdał załogę aż do swego powrotu.

– A kiedy obiecał wrócić?

– Nic nie mówił, bo sam nie wiedział, jeno mi tak rzekł na odjezdnym: „Jeśliby kto do mnie przyjechał, tedy mu powiedz, żeby tu mnie czekał."

Zagłoba z Wołodyjowskim spojrzeli na siebie.

– Jak dawno pojechał? – pytał pan Michał.

– Dziesięć dni temu.

– Panie Michale – rzekł Zagłoba – niechże pan Wierszułł da nam wieczerzę, bo źle się radzi na głodno. Przy wieczerzy pogadamy.

– Z serca służę waszmościom, bom i sam też miał do stołu siadać. Zresztą pan Wołodyjowski, jako starszy oficer, bierze komendę, więc ja to jestem u niego, nie on u mnie.

– Zostań przy komendzie, panie Krzysztofie – rzekł Wołodyjowski – boś starszy wiekiem; przy tym mnie pewno jechać wypadnie.

Po chwili wieczerza była podana. Siedli, jedli, a gdy pan Zagłoba zaspokoił już nieco pierwszy głód dwoma miskami juszki, rzekł do Wierszułła:

– Nie suponujeszże waćpan, gdzie mógł jechać pan Skrzetuski?

Wierszułł kazał iść precz pachołkom posługującym do stołu i po chwili namysłu tak mówić począł:

– Suponuję, ale siła Skrzetuskiemu na tajemnicy zależy, więc nie chciałem przy służbie gadać. Korzystał on z pomyślnego czasu, bo pewnie tu do wiosny będziem w spokoju stali, i wedle moich supozycji, pojechał na poszukiwanie kniaziówny, która w Bohunowym jest ręku.

– Bohuna nie ma już na świecie – rzekł Zagłoba.

– Jak to?

Pan Zagłoba opowiedział po raz trzeci czy czwarty wszystko, jak było, bo opowiadał to zawsze z przyjemnością; Wierszułł również, jak pan Longinus, nie mógł się wydziwić zdarzeniu, na koniec rzekł:

– To Skrzetuskiemu będzie łatwiej.

– W tym rzecz, czy ją odnajdzie. A ludzi ze sobą wziął jakowych?

– Nikogo, sam pojechał z jednym Rusinkiem pacholikiem i z trzema końmi.

– To już roztropnie postąpił, bo tam tylko fortelami trzeba radzić. Do Kamieńca można by może z chorągiewką dojść, ale już w Uszycy i w Mohylowie pewno stoją Kozacy, bo tam zimowniki dobre, a w Jampolu ich gniazdo; trzeba tam iść albo z całą dywizją, albo samemu.

– A skądże waćpan wiesz, że on w tamtą właśnie stronę się udał? – pytał Wierszułł.

– Bo ona tam ukryta za Jampolem i o tym on wiedział, ale tam jarów, zapadlin, komyszy tyle, że choć i wiedząc dobrze miejsce, trudno trafić, cóż dopiero nie wiedząc! Jeździłem ja za końmi i na sądy do Jahorlika, to wiem. Żebyśmy byli razem, może by łatwiej poszło, ale jemu samemu, wątpię, wątpię... chybaby mu przypadek jakowy drogę wskazał, bo i pytać się nie będzie mógł.

– To waszmościowie chcieliście z nim jechać?

– Tak jest. Ale cóż teraz poczniemy, panie Michale! Jechać za nim czy nie jechać?

– Na waszmościn przemysł to zdaję.

– Hum! dziesięć dni, jak pojechał, nie dognamy i – co więcej – kazał czekać na siebie. Bóg też wie, jaką drogą pojechał? Mógł na Płoskirów i Bar, jako stary trakt idzie, a mógł na Kamieniec Podolski. Ciężka tu jest sprawa.

– Pamiętaj przy tym waszmość – rzekł Wierszułł – że są tylko supozycje, ale pewności nie masz, że po kniaziównę pojechał.

– Otóż to, otóż to! – rzekł Zagłoba. – Nuż ruszył tylko dlatego, by języka gdzie zasięgnąć, i potem wróci do Zbaraża, bo to przecie wiedział, że mamy iść razem, i mógł się nas teraz spodziewać, jako w najlepszy czas. Ciężka to jest deliberacja.

– Ja bym radził czekać z dziesięć dni – rzekł Wierszułł.

– Dziesięć dni na nic; albo czekać, albo wcale nie czekać.

– Ja zaś myślę, żeby nie czekać, bo i co stracimy, jeśli zaraz jutro ruszym? Nie odnajdzie kniaziówny pan Skrzetuski, to może właśnie nam Bóg poszczęści – rzekł Wołodyjowski.

– Widzisz, panie Michale, nie można tu nic lekceważyć... wasze jesteś młody i chce ci się przygód – odpowiedział Zagłoba – a tu jest to niebezpieczeństwo, że gdy jej osobno on, a osobno my szukać będziemy, łatwo rozbudzi się jakaś podejrzliwość w tamecznych ludziach. Kozactwo chytre i boi się, żeby kto nie odkrył ich zamysłów. Oni tam z baszą granicznym koło Chocimia mogą mieć konszachty lub z Tatarami za Dniestrem wedle przyszłej wojny – kto ich wie! Tedy na obcych ludzi, a zwłaszcza dopytujących o drogi, baczne będą mieć oko. Ja ich znam. Zdradzić się łatwo, a potem co?

– To tym bardziej, bo może Skrzetuski w takowe popaść terminy, w których trzeba mu będzie pomóc.

– I to także prawda.

Zagłoba zamyślił się tak mocno, że aż mu skronie drgały.

Na koniec rozbudził się i rzekł:

– Zważywszy wszystko, trzeba będzie jechać.

Wołodyjowski odetchnął z zadowoleniem.

– A kiedy?

– Wypocząwszy tu ze trzy dni, by dusza i ciało raźne były.

Jakoż nazajutrz dwaj przyjaciele poczęli już czynić przygotowania do drogi, gdy niespodzianie w wilię ich wyjazdu przybył pacholik pana Skrzetuskiego, młody kozaczek Cyga, z wieściami i listami dla Wierszułła. Usłyszawszy o tym, Zagłoba i Wołodyjowski wnet pośpieszyli do kwatery komendanta i tam czytali, co następuje:

„Jestem w Kamieńcu, do którego droga na Satanów bezpieczna. Jadę do Jahorlika z Ormianami, kupcami, których mnie pan Bukowski wskazał. Mają oni glejty tatarskie i kozackie na wolny przejazd aż do Akermanu. Pojedziemy na Uszycę, Mohylów i Jampol z bławatami, wszędy po drodze się zatrzymując, gdzie jeno ludzie żywi mieszkają; może też Bóg pomoże, że znajdziem, czego szukamy. Towarzyszom moim, Wołodyjowskiemu i panu Zagłobie, powiedz, panie Krzysztofie, by w Zbarażu na mnie czekali, jeśli im czego innego czynić nie wypadnie, bo w tę drogę, w którą jadę, większą kupą jechać nie można, a to dla wielkiej podejrzliwości Kozaków, którzy w Jampolu zimują i nad Dniestrem aż do Jahorlika konie w śniegach trzymają. Czego ja sam nie sprawię, tego byśmy i we trzech nie dokazali, a ja prędzej od nich za Ormianina ujść mogę. Podziękuj im, panie Krzysztofie, z duszy serca za ich rezolucję, którą, pókim żyw, będę pamiętał, ale czekać na nich nie mogłem, gdyż każdy dzień w męce mi schodził – i tego nie mogłem wiedzieć, czyli przyjadą, a najlepsza pora teraz jechać, gdy wszyscy kupcy po bakalie i bławatny ruszają. Pacholika wiernego odsyłam, którego miej w opiece, bo nic mi po nim, boję się zaś jego młodości, żeby się gdzie z czym nie wygadał. Pan Bukowski zaręcza za owych kupców, że poczciwi, co i ja myślę, wierząc, że wszystko w ręku Boga najwyższego, który, jeśli zechce, miłosierdzie nam swoje okaże i mękę skróci, amen."

Pan Zagłoba skończył list i spoglądał na swoich towarzyszów, oni zaś milczeli, aż w końcu Wierszułł rzekł:

– Wiedziałem, że on tam pojechał.

– A co nam czynić wypada? – pytał Wołodyjowski.

– A cóż? – rzekł Zagłoba roztwierając ręce. – Nie mamy po co już jechać. To, że on z kupcami jedzie, to dobrze, bo wszędy może zaglądać i nikogo to nie zdziwi. W każdej chacie teraz, w każdym chutorze jest co kupować, gdyż oni przecie pół Rzeczypospolitej zrabowali. Ciężko by nam było, panie Michale, za Jampol się dostać. Skrzetuski czarny jak Wołoch i snadnie za Ormianina ujść może, a ciebie zaraz by po twoich owsianych wąsikach poznali. W przebraniu chłopskim również byłoby trudno... Niechże mu Bóg błogosławi! Nic tam po nas – to muszę przyznać, chociaż mi żal, że do uwolnienia tej niebogi nie przyłożymy ręki. Wielkąśmy jednak Skrzetuskiemu oddali przysługę usiekłszy Bohuna, bo gdyby on był żyw, tedy nie ręczyłbym za zdrowie pana Jana.

Wołodyjowski bardzo był niekontent; obiecywał sobie podróż pełną przygód, a tymczasem zapowiadał mu się długi i nudny pobyt w Zbarażu.

– Może byśmy choć do Kamieńca ruszyli! – rzekł.

– A co my tam będziemy robić i z czego żyć? – odpowiedział Zagłoba. – Wszystko jedno, do których murów jak grzyby przyrośniemy, trzeba czekać i czekać, bo taka podróż dużo Skrzetuskiemu może zająć czasu. Człowiek póty młody, póki się rusza (tu pan Zagłoba opuścił melancholicznie głowę na piersi), a starzeje się w bezczynności, ale trudno... niechże się tam bez nas obejdzie. Jutro damy na solenną wotywę, by mu Bóg szczęścił. Bohunaśmy usiekli – to grunt. Każ waść konie rozjuczyć, panie Michale – trzeba czekać.

Jakoż nazajutrz zaczęły się dla dwóch przyjaciół długie, jednostajne dni oczekiwania, których ani pijatyki, ani gra w kości nie mogły urozmaicić – i ciągnęły się bez końca. Tymczasem nadeszła sroga zima. Śnieg całunem na łokieć grubym okrył blanki zbaraskie i całą ziemię; zwierz i ptactwo dzikie zbliżyły się do mieszkań ludzkich. Po całych dniach słychać było krakanie niezmiernych stad wron i kruków. Upłynął cały grudzień, po czym styczeń i luty – o Skrzetuskim nie było ani słychu.

Pan Wołodyjowski jeździł do Tarnopola szukać przygód; Zagłoba sposępniał i utrzymywał, że się starzeje.

XVI

Komisarze wysłani przez Rzeczpospolitą do traktatów z Chmielnickim dotarli wreszcie wśród największych trudności do Nowosiółek i tam zatrzymali się czekając odpowiedzi od zwycięskiego hetmana, który tymczasem bawił w Czehrynie. Siedzieli smutni i strapieni, bo przez drogę ciągle groziła im śmierć, a trudności mnożyły się na każdym kroku. Dzień i noc otaczały ich tłumy czerni zdziczałej do reszty przez mordy i wojnę – i wyły o śmierć komisarzów. Raz w raz napotykali od nikogo niezależne watahy złożone ze zbójców lub dzikich czabanów, nie mających najmniejszego pojęcia o prawach narodów, a głodnych krwi i zdobyczy. Mieli wprawdzie komisarze sto koni asystencji, którymi pan Bryszowski dowodził, prócz tego sam Chmielnicki, w przewidywaniu, co ich spotkać może, przysłał im pułkownika Dońca wraz z czterystoma mołojcami; ale eskorta ta łatwo mogła okazać się niewystarczającą, bo tłumy dziczy rosły z każdą godziną i coraz groźniejszą przybierały postawę. Kto tylko z konwoju albo ze służby oddalił się choć na chwilę od gromady, ginął bez śladu. Byli oni jako garść podróżnych otoczona przez stado zgłodniałych wilków. I tak upływały im całe dnie, tygodnie, aż na noclegu w Nowosiółkach zdawało się już wszystkim, że nadchodzi ostatnia godzina. Konwój dragoński i eskorta Dońca toczyły od wieczora formalną walkę o życie komisarzów, którzy odmawiając modlitwy za konających polecali duszę Bogu. Karmelita Łętowski dawał im kolejno rozgrzeszenie, a tymczasem zza okien wraz z powiewem wiatru dochodziły straszliwe wrzaski, odgłosy strzałów, piekielne śmiechy, szczęk kos, wołania: ,,Na pohybel!'' i o głowę wojewody Kisiela, który głównym był przedmiotem zawziętości.

Była to straszna noc a długa, bo zimowa. Wojewoda Kisiel wsparł głowę na ręku i siedział od kilku godzin nieruchomie. Nie śmierci on się lękał, bo od czasów wyruszenia z Huszczy tak już był wyczerpany, zmęczony, bezsenny, że raczej by z radością do śmierci wyciągnął ręce – ale duszę jego nurtowała bezdenna rozpacz. On to przecie, jako Rusin z krwi i kości pierwszy wziął na się rolę pacyfikatora w tej bezprzykładnej wojnie – on występował wszędy, w senacie i na sejmie, jako najgorętszy stronnik układów, on popierał politykę kanclerza i prymasa, on potępiał najsilniej Jeremiego i działał w dobrej wierze dla dobra kozactwa i Rzeczypospolitej – i wierzył całą swą gorącą duszą, że układy, że ustępstwa wszystko pogodzą, uspokoją, zabliźnią – i właśnie teraz, w tej chwili, gdy wiózł buławę Chmielnickiemu, a ustępstwa Kozaczyźnie, zwątpił o wszystkim – ujrzał oczywiście marność swoich wysileń, ujrzał pod nogami próżnię i przepaść. ,,Zali oni nie chcą niczego więcej, jeno krwi? zali nie o inną wolność, jeno o wolność rabunku i pożogi im idzie?'' – myślał z rozpaczą wojewoda i tłumił jęki, które rozrywały mu pierś szlachetną.

– Hołowu Kisielowu, hołowu Kisielowu! na pohybel! – odpowiadały mu tłumy.

I byłby chętnie poniósł im w darze wojewoda tę białą skołataną głowę, gdyby nie ta resztka wiary, że im i całej Kozaczyźnie trzeba dać coś więcej – trzeba koniecznie dla ich własnego i Rzeczypospolitej zbawienia. Niechże ich przyszłość tego żądać nauczy.

A gdy tak myślał, jakiś promień nadziei i otuchy rozświecał na chwilę te ciemności, które nagromadziła w nim rozpacz – i wmawiał sam w siebie nieszczęsny starzec, że ta czerń to przecie nie cała Kozaczyzna, nie Chmielnicki i jego pułkownicy, że z nimi to dopiero rozpoczną się układy.

Ale mogą-li one być trwałe, póki pół miliona chłopów stoi pod bronią? Nie stopniejąż one z pierwszym powiewem wiosny jak owe śniegi, które w tej chwili pokrywają step?...

Tu znów przychodziły wojewodzie na myśl słowa Jeremiego: „Łaski można dać tylko zwyciężonym” – i znów myśl jego zasuwała się w ciemność, a pod nogami otwierała się przepaść.

Tymczasem mijała północ. Wrzaski i wystrzały nieco przycichły; natomiast świst wichru powiększał się, na dworze była zamieć śnieżna; znużone tłumy widocznie poczęły rozchodzić się do domów; nadzieja wstąpiła w serca komisarzów.

Wojciech Miaskowski, podkomorzy lwowski, podniósł się z ławy, posłuchał przy oknie zasutym śniegiem i rzekł:

– Widzi mi się, że za łaską bożą jutra jeszcze dożyjemy.

– Może też i Chmielnicki nadeszle liczniejszą asystencję, bo z tą nie dojedziemy – rzekł pan Śmiarowski.

Pan Zieleński, podczaszy bracławski, uśmiechnął się gorzko:

– Kto by to rzekł, że komisarzami pokojowymi jesteśmy!

– Posłowałem nieraz do Tatar – mówił pan chorąży nowogrodzki – ale takiego posłowania nie zaznałem póki życia. Więcej w naszych osobach Rzeczpospolita kontemptu doznaje, niż pod Korsuniem i Piławcami doznała. Mówię też waszmościom: wracajmy, bo o układach nie ma co i myśleć.

– Wracajmy – powtórzył jak echo pan Brzozowski, kasztelan kijowski. – Nie może pokój stanąć, niech będzie wojna.

Kisiel podniósł powieki i utkwił szklane oczy w kasztelanie.

– Żółte Wody, Korsuń, Piławce! – rzekł głucho.

I umilkł, a za nim umilkli wszyscy – jeno pan Kulczyński, skarbnik kijowski, począł odmawiać głośno różaniec, a pan łowczy Krzetowski za głowę się obu rękoma chwycił i powtarzał:

– Co za czasy? co za czasy! Boże, zmiłuj się nad nami.

Wtem drzwi się otwarły i Bryszowski, kapitan dragonów biskupa poznańskiego, dowodzący konwojem, wszedł do izby.

– Jaśnie wielmożny wojewodo – rzekł – jakiś Kozak pragnie widzieć ichmość panów komisarzy.

– Dobrze – odrzekł Kisiel – a czerń rozeszła się już?

– Poszli; obiecali jutro wrócić.

– Bardzo nacierali?

– Okrutnie, ale Kozacy Dońca zabili ich kilkunastu. Jutro obiecali nas spalić.

– Dobrze, niech ten Kozak wejdzie.

Po chwili drzwi się otwarły i jakaś wysoka, czarnobroda postać stanęła w progu izby.

– Kto jesteś? – pytał Kisiel.

– Jan Skrzetuski, porucznik husarski księcia wojewody ruskiego.

Kasztelan Brzozowski, pan Kulczyński i łowczy Krzetowski porwali się z ław. Wszyscy oni służyli ostatniego roku z księciem pod Machnówką i Konstantynowem i znali pana Jana doskonale, Krzetowski był mu nawet powinowatym.

– Prawda! prawda! toż-że to pan Skrzetuski! – powtarzali.

– Co tu robisz? i jakeś się do nas dostał? – pytał Krzetowski biorąc go w ramiona.

– W chłopskim przebraniu, jak waszmościowie widzicie – rzekł Skrzetuski.

– Mości wojewodo – wołał kasztelan Brzozowski – toć to jest najprzedniejszy rycerz spod chorągwi wojewody ruskiego, sławny w całym wojsku.

– Witam go też wdzięcznym sercem – rzekł Kisiel – i widzę, że wielkiej to rezolucji musi być kawaler, skoro się do nas przedarł.

Po czym do Skrzetuskiego:

– Czego od nas żądasz?

– Abyście mi waszmość panowie iść ze sobą dozwolili.

– Smokowi w paszczękę leziesz... ale gdy taka waszmościna wola, oponować jej nie możemy.

Skrzetuski skłonił się w milczeniu.

Kisiel patrzył na niego ze zdziwieniem.

Surowa twarz młodego rycerza uderzyła go powagą i boleścią.

– Powiedzże mi waszmość – rzekł – jakie powody gnają cię do owego piekła, do którego nikt po dobrej woli nie idzie.

– Nieszczęście, jaśnie wielmożny wojewodo.

– Niepotrzebniem pytał – rzekł Kisiel. – Musiałeś kogoś z bliskich utracić i tam go jedziesz szukać?

– Tak jest.

– Dawnoż to się stało?

– Zeszłej wiosny.

– Jak to?... i waść dopiero teraz na poszukiwania się wybrał? Toż to rok blisko! Cóżeś waszmość dotąd porabiał?

– Biłem się pod wojewodą ruskim.

– Zaliż tak szczery pan nie chciał waści permisji udzielić?

– Ja sam nie chciałem.

Kisiel znów spojrzał na młodego rycerza; po czym nastało milczenie, które przerwał dopiero kasztelan kijowski.

– Wszystkim nam, którzyśmy z księciem służyli, znane są nieszczęścia tego kawalera, nad którymiśmy niejedną słoną kroplę z oczu uronili; a że wolał, póki była wojna, ojczyźnie służyć, zamiast swego dobra patrzeć, tym to chwalebniej z jego strony. Rzadki to jest przykład w dzisiejszych zepsutych czasach.

– Jeśli się pokaże, że moje słowo u Chmielnickiego coś znaczy, to wierzaj mi waszmość, że go nie pożałuję w waścinej sprawie – rzekł Kisiel.

Skrzetuski skłonił się znowu.

– Idźże teraz spocznij – mówił łaskawie wojewoda – bo musisz być znużon niemało, jak i my wszyscy, którzy chwili spokoju nie mamy.

– Ja go do swojej stancji zabiorę, to mój powinowaty – rzekł łowczy Krzetowski.

– Pójdźmy i my wszyscy na spoczynek; kto wie, czy następnej nocy będziemy spali! – rzekł Brzozowski.

– Może snem wiecznym – zakończył wojewoda.

To rzekłszy udał się do alkierza, przy którego drzwiach czekał już pachołek, a za nim rozeszli się i inni. Łowczy Krzetowski prowadził Skrzetuskiego do swej kwatery, która była o kilka domów dalej. Pachołek z latarką szedł przed nimi.

– Jakaż to noc ciemna i zawieja coraz większa – mówił łowczy. – Ej, panie Janie! cośmy za chwile dziś przeżyli... myślałem, że sąd ostateczny blisko. Czerń prawie nam nóż na gardle trzymała. Bryszowskiemu ręce ustawały. Jużeśmy się żegnać zaczynali.

– Byłem między czernią – odrzekł Skrzetuski. – Jutro na wieczór czekają nowej watahy zbójców, której dali znać o was. Jutro trzeba koniecznie stąd wyruszyć. Wszakże do Kijowa jedziecie?

– Zależy to od responsu Chmielnickiego, do którego kniaź Czetwertyński pojechał. Oto moja stancja... wejdź proszę, panie Janie, kazałem wina zagrzać, to się posilimy przede snem.

Weszli do izby, w której na kominie palił się potężny ogień. Dymiące wino stało już na stole. Skrzetuski schwycił z chciwością za szklanicę.

– Od wczoraj nie miałem nic w gębie – rzekł.

– Wymizerowanyś strasznie. Widać i boleść, i trudy cię stoczyły. Ale mów mi jeno o sobie, boć ja przecie wiem o twojej sprawie... to ty kniaziówny tam między nimi szukać zamyślasz?

– Albo jej, albo śmierci – odparł rycerz.

– Łatwiej śmierć znajdziesz: skądże wiesz, że kniaziówna tam może być? – pytał dalej łowczy.

– Bom jej gdzie indziej już szukał.

– Gdzie tak?

– Wedle Dniestru aż do Jahorlika. Jeździłem z kupcami ormiańskimi, bo były wskazówki, że tam ukryta; byłem wszędzie, a teraz do Kijowa jadę, gdyż tam ją miał Bohun odwieźć.

Zaledwie porucznik wymówił nazwisko Bohuna, gdy łowczy porwał się za głowę.

– Na Boga! – wykrzyknął – toż ja ci najważniejszej rzeczy nie mówię. Słyszałem, że Bohun zabit.

Skrzetuski pobladł.

– Jak to? – rzekł. – Kto to powiadał?

– Ów szlachcic, który to raz już kniaziównę ocalił, co to pod Konstantynowem tyle dokazywał, ten mnie mówił. Spotkałem go, gdy do Zamościa jechał. Minęliśmy się w drodze. Ledwiem go spytał: „Co słychać?” – odpowiedział mi, że Bohun zabit. Pytam: „A kto go zabił?” – odpowie: „Ja!” – Na tymeśmy się rozjechali.

Płomień, który rozpalił się w twarzy Skrzetuskiego, zgasł nagle.

– Ten szlachcic – rzekł – rad klimkiem rzuci. Jemu nie można wierzyć. Nie! nie! Nie byłby on w stanie zabić Bohuna.

– A tyżeś się nie widział z nim, panie Janie? Bo i to sobie przypominam, że mówił mi, iż do ciebie, do Zamościa jedzie.

– W Zamościu nie doczekałem się go. Musi on być teraz w Zbarażu, ale mnie pilno było komisję dogonić, więcem z Kamieńca nie na Zbaraż wracał i nie widziałem go wcale. Bóg jeden raczy wiedzieć, czy i to prawda, co on mnie w swoim czasie o niej powiadał, co jakoby podsłuchał w niewoli u Bohuna będąc, że za Jampolem ją ukrył, a potem miał ją do Kijowa na ślub wieźć. Może i to nieprawda, jako i wszystko, co Zagłoba mówił.

– Po cóż tedy do Kijowa jedziesz?

Skrzetuski zamilkł – przez chwilę słychać było tylko świst i wycie wiatru.

– Bo... – rzekł łowczy przykładając palec do czoła – bo jeśli Bohun nie zabit, to możesz snadnie wpaść mu w ręce.

– Po to ja i jadę, by jego znaleźć – odparł głucho Skrzetuski.

– Jak to?

– Niechże będzie sąd boży między nami.

– Aleć on do walki z tobą nie stanie, jeno po prostu weźmie cię w łyka i żywota zbawi lub Tatarom zaprzeda.

– Z komisarzami jestem, w ich asystencji.

– Daj Bóg, abyśmy własne gardła wynieśli, a cóż mówić o asystencji!

– Komu życie ciężkie, ziemia będzie lekka.

– Bójże się Boga, Janie!... tu nie o śmierć wreszcie chodzi, bo ta nikogo nie minie, ale oni cię mogą na galery tureckie zaprzedać.

– Zali myślisz, panie łowczy, że mi będzie gorzej, niż jest?

– Widzę, żeś desperat, w miłosierdzie boże nie ufasz.

– Mylisz się, panie łowczy! Mówię, że mi źle na świecie, bo tak jest, ale z wolą bożą dawno się pogodziłem. Nie proszę, nie jęczę, nie przeklinam, łbem o ścianę nie tłukę, chcę jeno spełnić, co do mnie należy, póki mi sił i życia staje.

– Ale cię boleść jako trucizna trawi.

– Bóg dał po to boleść, by trawiła, a lek ześle, kiedy sam zechce.

– Nie mam co rzec na takowy argument – rzekł łowczy. – W Bogu jedyny ratunek, w Bogu nadzieja dla nas i dla całej Rzeczypospolitej. Pojechał król do Częstochowy, może też u Najświętszej Panny co wskóra, inaczej zginiemy wszyscy.

Nastała cisza; zza okien tylko dochodziło przeciągłe „werdo” dragońskie.

– Tak, tak – mówił po chwili łowczy. – Wszyscy my więcej do umarłych niż do żywych należymy. Zapomnieli już ludzie śmiać się w tej Rzeczypospolitej, jeno jęczą jako ten wicher w kominie. Wierzyłem i ja, że nastaną lepsze czasy, pókim tu wraz z innymi nie przyjechał, ale widzę teraz, że płonna to była nadzieja. Ruina, wojna, głód, mordy i nic więcej... nic więcej.

Skrzetuski milczał; płomień ogniska palącego się w kominie oświecał twarz jego wychudłą i surową.

Wreszcie podniósł głowę i rzekł poważnym głosem:

– Doczesność to wszystko, która upływa, przemija – i nic się po niej nie zostaje.

– Mówisz jak mnich – rzekł pan łowczy.

Skrzetuski nie odpowiedział; wicher tylko jęczał coraz żałośniej w kominie.

XVII

Nazajutrz rano opuścili komisarze, a z nimi i pan Skrzetuski, Nowosiółki, ale była to podróż opłakana, w której na każdym postoju, w każdym miasteczku groziła im śmierć, a wszędy spotykały gorsze od śmierci zniewagi, w tym właśnie gorsze, że komisarze wieźli w osobach swych powagę i majestat Rzeczypospolitej. Pan Kisiel rozchorzał tak, iż na wszystkich noclegach wnoszono go na saniach do domów i piekarni. Podkomorzy lwowski łzami się zalewał nad hańbą swoją i ojczyzny; kapitan Bryszowski również rozchorzał od bezsenności i pracy, więc miejsce jego zajął pan Skrzetuski i prowadził dalej ów nieszczęsny orszak wśród nacisku tłumów, obelg, gróźb, szarpaniny i bitew.

W Białogrodzie znów zdawało się komisarzom, że ostatnia ich godzina nadeszła. Pospólstwo pobiło chorego Bryszowskiego, zamordowało pana Gniazdowskiego – i tylko przybycie metropolity na rozmowę z wojewodą wstrzymało rzeź już przygotowaną. Do Kijowa nie chciano wcale wpuścić komisarzy. Książę Czetwertyński wrócił 11 lutego od Chmielnickiego bez żadnej odpowiedzi. Komisarze nie wiedzieli, co dalej czynić, gdzie się obrócić. Powrót zagrodziły im ogromne watahy czekające tylko na zerwanie układów, aby wymordować poselstwo. Tłuszcza rozzuchwalała się coraz bardziej. Chwytano za lejce koni dragońskich i tamowano drogę; rzucano kamienie, kawały lodu i zmarznięte grudy śniegu do sań wojewody. W Gwozdowej Skrzetuski i Doniec musieli stoczyć krwawą bitwę, w której rozpędzili kilkaset czerni. Wyjechali znów chorąży nowogrodzki i Śmiarowski z perswazją do Chmielnickiego, by na komisję do Kijowa przybył, ale wojewoda małą miał nadzieję, ażeby mogli żywi do niego dojechać; tymczasem w Chwastowie musieli komisarze z założonymi rękoma patrzyć na tłumy mordujące jeńców obojej płci i wszelkiego wieku, których topiono w przeręblach, polewano wodą na mrozie, bodzono widłami lub obstrugiwano żywcem nożami. Takich dni upłynęło ośmnaście, zanim przyszła na koniec odpowiedź od Chmielnickiego, że do Kijowa przyjechać nie chce, ale w Perejasławiu czeka na wojewodę i komisarzy.

Odetchnęli tedy nieszczęśni wysłańcy sądząc, że skończyła się już ich męka; jakoż przeprawiwszy się przez Dniepr w Trypolu, udali się na noc do Woronkowa, z którego sześć tylko mil było do Perejasławia. Wyjechał naprzeciw nich o pół mili Chmielnicki chcąc niby cześć poselstwu królewskiemu okazać, ale jakże zmieniony od owych czasów, w których się za ukrzywdzonego podawał – *quantum mutatus ab illo!* – jak słusznie pisał wojewoda Kisiel.

Wyjechał bowiem w kilkadziesiąt koni, z pułkownikami, esaułami i muzyką wojskową, pod znakiem, buńczukiem i czerwoną chorągwią jakby książę udzielny. Orszak komisarski zatrzymał się natychmiast, on zaś przeskoczywszy do naczelnych sani, w których jechał wojewoda, patrzył czas jakiś w jego sędziwe oblicze; po czym uchylił trochę kołpaka i rzekł:

– Czołem wam, panowie komisary, i tobie, wojewodo! Lepiej było dawniej zacząć ze mną traktaty, kiedy ja był mniejszy i siły własnej nie znał, ale że was korol do mene prisław, tak was wdzięcznym sercem w mojej ziemi przyjmuję...

– Witaj, mości hetmanie! – odrzekł Kisiel. – Król jegomość posłał nas, byśmy ci jego łaskę ofiarowali i sprawiedliwość wyrządzili.

– Za łaskę dziękuję, a sprawiedliwość już ja sam sobie ot tym na waszych szyjach wyrządził – tu uderzył się po szabli – i dalej wyrządzę, jeśli mnie nie ukontentujecie.

– Nieuprzejmie nas witasz, mości hetmanie zaporoski, nas, wysłańców królewskich.

– Ne budu howoryty na morozi, będzie na to lepszy czas – odparł szorstko Chmielnicki. – Puszczaj mnie, Kisielu, do swoich sani, bo wam chcę cześć wyrządzić i razem jechać.

To rzekłszy, zsiadł z konia i zbliżył się do sani. Kisiel zaś usunął się ku prawej ręce, zostawiając wolną lewą stronę.

Widząc to Chmielnicki zmarszczył się i krzyknął:

– A ty mnie dawaj prawą rękę!

– Jam senator Rzeczypospolitej!

– A mnie co senator! Pan Potocki pierwszy senator i hetman koronny, a ja go mam w łykach razem z innymi i jutro, jeśli zechcę, na pal wbić każę!

Rumieńce wystąpiły na blade policzki Kisiela.

– Osobę króla tu przedstawiam!

Chmielnicki zmarszczył się jeszcze mocniej, ale się pohamował i siadł po lewej stronie mrucząc:

– Naj korol bude w Warszawie, a ja na Rusi. Nie dość ja, widzę, na karki wam nastąpił.

Kisiel nie odrzekł nic, jeno oczy podniósł ku niebu. Miał on już przedsmak tego, co go czekało, i słusznie pomyślał w tej chwili, iż jeśli droga do Chmielnickiego była Golgotą, to posłowanie przy nim męką samą.

Konie ruszyły do miasta, w którym grzmiało dwadzieścia dział i biły wszystkie dzwony. Chmielnicki jakby w obawie, by komisarze nie poczytali tych odgłosów za cześć wyłącznie im wyrządzoną, rzekł do wojewody:

– Tak ja nie tylko was, ale i innych posłów przyjmował, których do mnie przysłano.

I Chmielnicki mówił prawdę – istotnie bowiem poprzysyłano już do niego jakby do udzielnego księcia poselstwa. Wracając się spod Zamościa pod wrażeniem elekcji i klęsk przez litewskie wojska zadanych, nie miał hetman w sercu ani połowy tej pychy, ale gdy Kijów wyszedł naprzeciw niego ze światłem i chorągwiami, gdy akademia witała go *„tamquam Moisem, servatorem, salvatorem, liberatorem populi de servitute lechica et bono omine Bohdan* – od Boga dany" – gdy wreszcie nazwano go *„illustrissimus princeps"* – tedy, wedle słów współczesnych: „podniosła się tym bestia". Poczuł istotnie swoją siłę i grunt pod nogami, jakiego dotąd mu niedostawało.

Poselstwa zagraniczne były milczącym uznaniem zarówno jego potęgi, jak udzielności; stała przyjaźń Tatarów, opłacana większością zdobytych łupów i nieszczęsnym jasyrem; który ten wódz ludowy z ludu wybierać pozwolił – obiecywała poparcie przeciw każdemu nieprzyjacielowi; dlatego to Chmielnicki, uznający jeszcze pod Zamościem zwierzchnictwo i wolę królewską, obecnie wbity w pychę, przekonany o swej sile, o nieładzie Rzeczypospolitej, niedołęstwie jej wodzów, gotów był i na samego króla podnieść rękę marząc już teraz w posępnej swej duszy nie o swobodach kozackich, nie o powróceniu dawnych przywilejów Zaporożu, nie o sprawiedliwości dla siebie, lecz o państwie udzielnym, o czapce książęcej i berle.

I czuł się panem Ukrainy. Zaporoże stało przy nim, bo nigdy pod niczyją buławą nie nurzało się tak we krwi i zdobyczy; dziki z natury lud garnął się do niego, bo gdy chłop mazowiecki lub wielkopolski bez szemrania dźwigał owo brzemię przewagi i ucisku, jakie w całej Europie nad „potomkami Chama" ciężyło, Ukrainiec razem z powietrzem stepów wciągał w siebie miłość swobody tak nieograniczonej i dzikiej, i bujnej, jak stepy same. Zali mu wola była chodzić za pańskim pługiem, gdy mu wzrok ginął w bożej, nie pańskiej pustyni, gdy zza porohów Sicz wołała na niego: „Kiń pana i chodź na wolę!" – gdy Tatar srogi uczył go wojny, przyzwyczajał oczy jego do pożogi i mordu, a ręce do broni? Zali nie było mu lepiej u Chmiela buszować i paniw rizaty niż grzbiet hardy giąć przed podstarościm?...

A prócz tego lud garnął się do Chmiela, bo kto się nie garnął, w jasyr szedł. W Stambule za dziesięć strzał dawano niewolnika, za łuk w ogniu prażony – trzech, taka była ich mnogość. Więc czerń nie miała wyboru – i jeno pieśń dziwna po owych czasach została, którą długo potem następne pokolenia po chatach śpiewały, pieśń dziwna o owym wodzu, Mojżeszem zwanym: ,,Oj, szczob toho Chmila perwsza kula ne mynuła!''

Niknęły miasteczka, miasta i wsie, kraj zmieniał się w pustkę i w ruinę, w jedną ranę, której wieki nie mogły wygoić – ale ów wódz i hetman tego nie widział czy nie chciał widzieć – bo on nigdy nic poza sobą nie widział – i rósł, i tuczył się krwią, ogniem, we własnym potwornym samolubstwie utopił własny lud, własny kraj – i oto wwoził teraz komisarzy do Perejasławia przy huku dział i biciu we dzwony, jak udzielny pan hospodar, kniaź.

Jechali do jaskini lwa zwiesiwszy głowy komisarze i resztki nadziei w nich gasły, a tymczasem Skrzetuski jadąc poza długim szeregiem sani pilno rozpatrywał twarze pułkowników przybyłych z Chmielnickim, czy nie ujrzy między nimi Bohuna. Po bezowocnych poszukiwaniach nad Dniestrem, aż za Jahorlik, od dawna w duszy pana Jana dojrzał zamiar, jako ostatni jedyny sposób: wyszukania Bohuna i wyzwania go na walkę śmiertelną. Wiedział wprawdzie nieszczęsny rycerz, że w takim hazardzie Bohun może go bez walki zgładzić lub Tatarom oddać, ale lepiej o nim tuszył: znał jego męstwo i szaloną odwagę i prawie był pewien, że mając wybór, Bohun do walki o kniaziównę stanie. Więc układał sobie w swej rozdartej duszy cały plan, jako przysięgą Bohuna zwiąże, że na wypadek swej śmierci pozwoli Helenie odjechać. O siebie już pan Skrzetuski nie dbał i przypuszczając, że Bohun powie: ,,Jeśli zginę, tak ona ni dla mnie, ni dla ciebie'' – gotów był i na to pozwolić i poprzysiąc ze swej strony, byle ją z wrażych rąk wyrwać. Niechby w klasztorze szukała na resztę żywota spokoju, on by go naprzód w wojnie, a potem, jeśliby polec nie przyszło, również pod habitem poszukał, tak jak go po prostu szukały w owych czasach wszystkie dusze bolejące. Droga zdawała się Skrzetuskiemu prosta i jasna, a gdy mu pod Zamościem myśl walki z Bohunem raz poddano, gdy poszukiwania w naddniestrzańskich komyszach zawiodły... droga ta wydała się i jedyną. Tym celem, znad Dniestru jednym tchem, nigdzie nie spoczywając, do komisarzy dążył, spodziewając się albo w otoczeniu Chmielnickiego, albo w Kijowie znaleźć niechybnie Bohuna, tym bardziej że wedle tego, co w Jarmolińcach mówił Zagłoba, watażka do Kijowa na ślub przy trzystu świecach miał zjechać.

Ale próżno Skrzetuski szukał go teraz między pułkownikami. Znalazł natomiast wielu jeszcze z dawniejszych, spokojnych czasów znajomych, jako Dziedziałę, którego w Czehrynie widywał, jako Jaszewskiego, który od Siczy do księcia posłował, jako Jarosza, dawnego księcia setnika, i Naokołopalca, i Hruszę, i wielu innych, więc postanowił się ich pytać.

– To my dawni znajomi – rzekł zbliżając się do Jaszewskiego.

– Ja ciebie w Łubniach znał, ty kniazia Jaremy łycar – odpowiedział pułkownik. – My w Łubniach pili razem i hulali. A co twój kniaź porabia?

– Zdrów.

– Na wiosnę nie będzie on zdrów. Oni się z Chmielnickim jeszcze nie spotkali, ale się spotkają i musi jednemu pójść na pohybel.

– Komu Bóg przysądzi.

– No, Bóg na naszego bat'ka Chmiela łaskaw. Już twój kniaź na Zadnieprze, na swój tatarski brzeg, nie wróci. U Chmielnickiego bohato mołojców – a u kniazia co? Szczery on żołnir – ale i nasz bat'ko Chmielnicki szczery żołnir. A ty już nie u kniazia w chorągwi?

– Z komisarzami jadę.

– No, ja rad, że ty stary znajomy.

– Jeśliś ty rad, tak ty mnie przysługę oddaj, a ja ci wdzięczen będę.

– Jaką przysługę?

– Powiedz ty mi, gdzie jest Bohun, ten sławny ataman, dawniej z perejasławskiego pułku, który dziś musi już między wami wyższą pewnie mieć szarżę.

– Milcz! – odpowiedział groźnie Jaszewski. – Szczęście twoje, że my starzy znajomi i że ja pił z tobą, bo inaczej już by ja ciebie tym oto buzdyganem na śniegu rozciągnął.

Skrzetuski spojrzał na niego zdumiony, ale jako był człowiek prędkiej rezolucji, więc buławę w ręku ścisnął.

– Czyś oszalał?

– Nie oszalał ja ani ci nie chcę grozić, jeno taki jest rozkaz Chmiela, iż jeśliby ktokolwiek z was, choćby który z komisarzy, o co spytał – żeby go na miejscu ubić. Nie uczynię ja tego, to inny uczyni, dlatego ostrzegam cię z życzliwości.

– Toż ja w swojej prywatnej sprawie pytam.

– No, wszystko jedno. Chmiel rzekł nam, pułkownikom, i kazał innym powtórzyć: „Choćby który o drwa do pieca albo o potaż pytał, ubić go." Ty to powtórz swoim.

– Dziękuję-ć za dobrą radę – rzekł Skrzetuski.

– Ciebie jednego ja przestrzegł, a innego Lacha pierwszy by rozciągnął.

Umilkli. Już też orszak dotarł do bram miasta. Oba boki drogi i ulice roiły się od czerni i zbrojnego kozactwa, które ze względu na obecność Chmielnickiego nie śmiało rzucać przekleństw i brył śniegu do sani, ale które spoglądało ponuro na komisarzów ściskając pięście lub głownie szabel.

Skrzetuski, sformowawszy w czwórki dragonów, podniósł głowę i dumnie a spokojnie jechał przez szeroką ulicę, nie zwracając najmniejszej uwagi na groźne spojrzenia tłumów; w duszy tylko myślał, jak wiele potrzeba mu będzie zimnej krwi, zaparcia się siebie i chrześcijańskiej cierpliwości, by tego, co zamierzył, dokonać i nie utonąć po pierwszym kroku w tym morzu nienawiści.

XVIII

Następnego dnia długie były rozhowory komisarzy między sobą: czy dary królewskie wręczyć Chmielnickiemu natychmiast, czy też czekać, dopóki by większej pokory i jakowejś skruchy nie okazał. Stanęło na tym, żeby go ująć ludzkością i łaską królewską, zapowiedziano więc wręczenie darów – i nazajutrz dzień odbył się ów akt uroczysty. Od rana biły dzwony i grzmiały działa. Chmielnicki czekał przed swym dworcem wśród pułkowników, wszystkiej starszyzny i nieprzeliczonych tłumów kozactwa i czerni, chciał bowiem, żeby cały naród widział, jaką to go czcią sam król otacza. Zasiadł więc pod znakiem i buńczukiem, na podniesieniu, w altembasowym, czerwonym, sobolim kopieniaku, mając przy sobie posłów sąsiednich, i wziąwszy się pod boki, nogi oparłszy na aksamitnej poduszce ze złotą frędzlą, czekał na komisarzy. W tłumach zgromadzonej czerni zrywały się co chwila szmery pochlebne i radosne na widok wodza, w którym tłum ów, ceniący nad wszystko siłę, widział uosobienie tej siły. Tak tylko bowiem imaginacja ludowa mogła sobie przedstawiać niezwalczonego swego szampierza, pogromcę hetmanów, duków, szlachty i w ogóle Lachiw, którzy aż do jego czasów byli okryci urokiem niezwyciężoności. Chmielnicki przez ten rok bojów postarzał nieco, ale się nie pochylił – olbrzymie jego ramiona zdradzały zawsze siłę zdolną przewracać państwa lub tworzyć nowe, ogromna twarz, zaczerwieniona od nadużycia trunków, wyrażała wolę nieugiętą, dumę niepohamowaną i zuchwałą pewność, którą jej dały zwycięstwa. Groza i gniew drzemały w fałdach tej twarzy i poznałeś łacno, że gdy się rozbudzą, lud chyli się pod ich straszliwym tchnieniem jak las pod burzą. Z oczu okolonych czerwoną obwódką strzelało mu już zniecierpliwienie, że komisarze nie przybywali z darami dość rychło, a z nozdrzy wychodziły na mrozie dwa kłęby pary jak dwa słupy dymu z nozdrzy Lucypera – i w tej mgle własnych płuc siedział cały purpurowy, posępny, dumny, obok posłów, wśród pułkowników, mając naokół morze czerni.

Aż wreszcie pokazał się orszak komisarski. Na czele szli dobosze bijący w kotły oraz trębacze z trąbami przy ustach i wydętymi policzkami, bębniąc i wydobywając z mosiądzu długie żałosne głosy, jakoby na pogrzebie sławy i godności Rzeczypospolitej. Za ową kapelą niósł łowczy Krzetowski buławę na aksamitnej poduszce, Kulczyński, skarbnik kijowski, czerwoną chorągiew z orłem i napisem

– a dalej Kisiel szedł samotnie, wysoki, szczupły, z białą brodą, spływającą na piersi, z cierpieniem w arystokratycznej twarzy i bólem bezdennym w duszy. O kilka kroków za wojewodą wlokła się reszta komisarzy, a orszak zamykała dragonia Bryszowskiego pod Skrzetuskim.

Kisiel szedł wolno, bo oto w tej chwili ujrzał jasno, że spoza podartego łachmana układów, spod pozorów ofiarowania łaski królewskiej i przebaczenia, inna, naga, ohydna prawda wygląda, którą ślepi nawet ujrzą, głusi usłyszą, bo krzyczy: ,,Nie idziesz ty, Kisielu, łaski ofiarować, ty idziesz o nią prosić; ty idziesz ją kupić za tę buławę i chorągiew, a idziesz pieszo do nóg tego chłopskiego wodza w imieniu całej Rzeczypospolitej, ty, senator i wojewoda..." Więc rozdzierała się dusza w panu z Brusiłowa i czuł się tak lichym jak robak i tak niskim jak proch, a w uszach huczały mu słowa Jeremiego: ,,Lepiej nam nie żyć niż żyć w niewoli u chłopstwa i pogaństwa." Czymże on, Kisiel, był w porównaniu z tym kniaziem z Łubniów, który nie inaczej ukazywał się rebelii, jeno jak Jowisz ze zmarszczoną brwią, wśród zapachu siarki, płomieni wojny i dymów prochu? Czymże on był? Pod ciężarem tych myśli złamało się serce wojewody, uśmiech odleciał na zawsze z jego twarzy, radość na wieki z jego serca i czuł, że wolałby stokroć umrzeć niż krok jeszcze jeden postąpić; ale szedł, bo pchała go naprzód cała jego przeszłość, wszystkie prace, usiłowania, cała nieubłagana logika jego poprzednich czynów...

Chmielnicki czekał na niego, wsparty pod boki, z wydętymi usty i namarszczoną brwią.

Orszak zbliżył się na koniec. Kisiel, wysunąwszy się naprzód, postąpił kilka kroków aż do podniesienia. Dobosze przestali bębnić, trębacze trąbić – i nastała wielka cisza w tłumach, jeno powiew mroźny łopotał czerwoną chorągiew niesioną przez pana Kulczyńskiego.

Nagle ciszę tę przerwał głos jakiś krótki, donośny a rozkazujący, który zabrzmiał z niewypowiedzianą siłą desperacji, nie liczącej się z niczym i z nikim:

– Dragonia w tył! za mną!

Był to głos pana Skrzetuskiego.

Wszystkie głowy zwróciły się w jego stronę. Sam Chmielnicki podniósł się nieco na siedzeniu, aby zobaczyć, co się dzieje; komisarzom krew uciekła z twarzy. Skrzetuski stał na koniu wyprostowany, blady, z iskrzącymi oczyma i gołą szablą w ręku i na wpół zwrócony ku dragonom powtórzył raz jeszcze grzmiący rozkaz:

– Za mną!..

Wśród ciszy kopyta końskie zakołatały po umiecionej grudzie ulicznej. Wyćwiczeni dragoni zwrócili na miejscu konie, porucznik stanął na ich czele, dał znak mieczem i cały oddział ruszył z wolna na powrót ku domostwu komisarzy.

Zdziwienie i niepewność odmalowały się na wszystkich twarzach nie wyłączając i Chmielnickiego, albowiem w głosie i ruchu porucznika było coś nadzwyczajnego; nikt jednak dobrze nie wiedział, czy to oddalenie się nagłe eskorty nie należało do ceremoniału uroczystości. Jeden Kisiel zrozumiał wszystko, zrozumiał, że i traktaty, i życie komisarzy wraz z eskortą zawisło w tej chwili na włosku, więc wstąpił na podniesienie i nim Chmielnicki zdołał pomyśleć, co się stało, zaczął przemowę.

Począł więc od ofiarowania łaski królewskiej Chmielnickiemu i całemu Zaporożu, ale wnet mowa jego została przerwana nowym zajściem, które tę tylko miało dobrą stronę, że całkiem odwróciło uwagę od poprzedniego: oto Dziedziała, stary pułkownik, stojąc wedle Chmielnickiego, począł potrząsać buławą na wojewodę i rzucać się, i krzyczeć:

– Co tam mówisz, Kisielu! Król – jako król, ale wy, królewięta, kniaziowie, szlachta, nabroiliście mnogo. I ty, Kisielu, kość z kości naszych, odszczepiłeś się od nas, a z Lachy przestajesz. Dosyć nam twego gadania, bo szablą dostaniem, czego nam trzeba.

Wojewoda spojrzał ze zgorszeniem w oczy Chmielnickiego.

– W takiej to ryzie, hetmanie, utrzymujesz swoich pułkowników?

– Milcz, Dziedziała! – zawołał hetman.

614

– Milcz, milcz! Upił się, choć rano! – powtórzyli inni pułkownicy.
– Poszedł precz, bo za łeb wyciągniem!

Dziedziała chciał dłużej huczeć, ale istotnie schwytano go za kark i wyrzucono za koło.

Wojewoda mówił dalej gładkimi i wybornymi słowy pokazując Chmielnickiemu, jak wielkie bierze upominki – bo znak władzy prawej, którą dotąd jako przywłaszczyciel jeno piastował. Król, mogąc karać, woli mu przebaczyć, co czyni dla posłuszeństwa, jakie pod Zamościem okazał – i dlatego, że poprzednie przestępstwa nie za jego były spełnione panowania. Słuszna więc, aby on, Chmielnicki, tak wiele przedtem zgrzeszywszy, wdzięcznym się teraz za łaskę i klemencję okazał, krwi rozlewu zaprzestał, chłopstwo uspokoił i do traktatów z komisarzami przystąpił.

Chmielnicki przyjął w milczeniu buławę i chorągiew, którą rozwinąć nad sobą wnet rozkazał. Czerń na ten widok zawyła radosnymi głosami, tak że przez chwilę nic nie było słychać.

Pewne zadowolenie odbiło się na twarzy hetmana, który poczekawszy chwilę rzekł:

– Za tak wielką łaskę, którą mi król jegomość przez wasze mości pokazał, że i władzę nad wojskiem przysłał, i przeszłe moje przestępstwa przebacza, uniżenie dziękuję. Zawsze to ja mówił, że król ze mną przeciw wam, nieszczerym dukom i królewiętom, trzyma, a najlepszy dowód, że kontentację mnie przysyła za to, że ja wam szyje ucinał – tak i dalej będę ucinał, jeżeli mnie i króla słuchać we wszystkim nie będziecie.

Ostatnie słowa wymówił Chmielnicki podniesionym głosem, łając i marszcząc brwi, jak gdyby gniew poczynał w nim wzbierać, a komisarze zdrętwieli na tak niespodziany obrót jego odpowiedzi. Kisiel zaś rzekł:

– Król ci, mości hetmanie, krwi przelewu nakazuje poprzestać i traktaty z nami począć.

– Krew nie ja wylewam, jeno litewskie wojsko – odparł szorstko hetman – bo mam wiadomość, że mi Radziwiłł mój Mozyr i Turów

615

wyciął, co jeśli się sprawdzi, dosyć mam waszych jeńców, i znacznych, wnet im szyje każę poucinać. Do traktatów teraz nie przystąpię. Komisja trudno się teraz ma zacząć i odprawować, bo wojska w kupie nie masz, jeno garść pułkowników przy mnie, a reszta w zimownikach; bez nich nie mogę zaczynać. Zresztą, po co gadać dłużej na mrozie? Co wy mnie mieli oddać, to oddali, i wszyscy to widzieli, że już ja hetman z ramienia królewskiego, a teraz chodźcie do mnie na gorzałkę, na obiad, bom głodny.

To rzekłszy Chmielnicki ruszył ku swemu dworcowi, a za nim komisarze i pułkownicy. W wielkiej środkowej izbie stał nakryty stół uginający się pod srebrem zdobycznym, między którym wojewoda Kisiel byłby może znalazł i swoje własne, porabowane zeszłego lata w Huszczy. Na stole piętrzyły się góry świniny, wołowiny i tatarskiego piławu, w całej zaś izbie pachniała wódka prośnianka, nalana w srebrne konwie. Chmielnicki zasiadł, posadziwszy po swej prawej ręce Kisiela, po lewej kasztelana Brzozowskiego, i ukazawszy ręką na gorzałkę rzekł:

– W Warszawie mówią, że ja krew lacką piję, ale wolę ja horyłku, tamtą psom zostawiając.

Pułkownicy wybuchnęli śmiechem, od którego zatrzęsły się ściany izby.

Taki to „antypast" dał komisarzom hetman przed swym obiadem, a komisarze połknęli go nic nie mówiąc, żeby – jak pisał podkomorzy lwowski – „bestii nie drażnić".

Pot jeno obfity uperlił blade czoło Kisiela.

Ale rozpoczął się poczęstunek. Pułkownicy brali z półmisków rękoma kawały mięsiwa. Kisielowi i Brzozowskiemu nakładał je na misy sam hetman i początek obiadu upłynął w milczeniu, bo każdy głód nasycał. W ciszy słychać było tylko chrupotanie i trzask kości w zębach biesiadników lub grzdykanie pijących; czasem rzucił ktoś jakie słowo, które pozostawało bez echa. Dopiero pierwszy Chmielnicki podjadłszy i wychyliwszy kilka szklenic prośnianki zwrócił się nagle do wojewody i spytał:

– Kto u was prowadził konwój?

Niepokój odbił się na twarzy Kisiela.

– Skrzetuski, zacny kawaler! – rzekł.

– Ja jeho znaju – rzekł. – A czemu to on nie chciał być przy tym, jak wy mnie dary wręczali?

– Bo nie dla asysty on był nam przydany, jeno dla bezpieczeństwa, i taki miał rozkaz.

– A kto jemu dał taki rozkaz?

– Ja – odparł wojewoda – bom nie myślał, aby to przystojnie było, żeby przy wręczaniu darów dragoni nam i wam nad karkiem stali.

– A ja co innego myślał, bo wiem, że u tego żołnierza twardy kark.

Tu wtrącił się do rozmowy Jaszewski.

– Już my się dragonów nie boimo – rzekł. – Silni nam nimi byli Lachowie dawniej, ale doznaliśmy pod Piławcami, że nie oni to Lachowie, co przedtem bywali i bijali Turki, Tatary i Niemce...

– Nie Zamojscy, Żółkiewscy, Chodkiewiczowie, Chmieleccy i Koniecpolscy – przerwał Chmielnicki – ale Tchórzowscy i Zajączkowscy, detyny w żelazo poubierane. Pomarli od strachu, skoro nas ujrzeli, i pouciekali, choć Tatar więcej nie było zrazu we środę, tylko trzy tysiące...

Komisarze milczeli, jeno jadło i napój wydawały im się coraz bardziej gorzkie.

– Pokornie proszę, jedzcie i pijcie – rzekł Chmielnicki – bo będę myślał, że nasza prosta strawa kozacka przez wasze pańskie gardła przejść nie chce.

– Jeśli mają za ciasne, tak może by im poprzerzynać! – zawołał Dziedziała.

Pułkownicy, podochoceni już mocno, wybuchnęli śmiechem, ale Chmielnicki spojrzał groźnie i uciszyło się znowu.

Kisiel, schorzały od kilku dni, blady był jak giezło, Brzozowski tak czerwony, iż zdawało się, że mu krew tryśnie z twarzy.

Na koniec nie wytrzymał i huknął:

– Zaliśmy tu na obiad czy na zniewagi przyszli?

Na to Chmielnicki:

– Wy na traktaty przyjechali, a tymczasem litewskie wojska palą i ścinają. Mozyr i Turów mi wysiekli, co jeśli się sprawdzi, tedy czterystu jeńcom w oczach waszych szyje uciąć każę.

Brzozowski pohamował krew jeszcze przed chwilą kipiącą. Tak było! życie jeńców zależało od humoru hetmana, od jednego mrugnięcia jego oka, więc trzeba było wszystko znosić i jeszcze łagodzić jego wybuchy, by go *ad mitiorem et saniorem mentem* doprowadzić.

W tym duchu karmelita Łętowski, z natury łagodny i bojaźliwy, ozwał się cichym głosem:

– Bóg łaskawy da, że mogą się te nowiny z Litwy o Turowie i Mozyrze odmienić.

Ale zaledwie skończył, Fedor Wieśniak, pułkownik czerkaski, przechylił się i buławą machnął chcąc karmelitę w kark grzmotnąć; na szczęście nie dosięgnął, bo ich czterech innych biesiadników przedzielało, ale natomiast zakrzyknął:

– Mowczy, pope! ne twoje diło brechniu meni zadawaty! Chody- -no na dwir, nauczu ja tebe pułkownikiw zaporoskich szanowaty!

Inni wszelako porwali się go hamować, a nie mogąc tego dokazać, wyrzucili go za łeb z izby.

– Kiedy, mości hetmanie, życzysz, aby się komisja zebrała? – pytał Kisiel chcąc inny nadać zwrot rozmowie.

Na nieszczęście i Chmielnicki nie był już trzeźwy, więc taką prędką i jadowitą dał odpowiedź:

– Jutro sprawa i rozprawa będzie, bom teraz pijany! Co mnie tu o komisji prawicie, zjeść i wypić nie dajecie! Już mnie tego dosyć! Teraz wojna być musi (tu grzmotnął pięścią w stół, aż podskoczyły misy i konwie). W tych czterech niedzielach wszystkich was do góry nogami przewrócę i podepczę, a na ostatek carzowi tureckiemu zaprzedam. Król królem będzie, aby ścinał szlachtę, duki i kniazie. Zhreszy kniaź, urezać mu szyję; zhreszy Kozak, urezać mu szyję! Grozicie mi Szwedami, ale i oni mi nie zderżą. Tuhaj-bej na hawrani blisko mnie jest, brat mój, moja dusza, jedyny sokół na świecie, gotów wszystko uczynić zaraz, co ja zechcę.

Tu Chmielnicki z właściwą pijanym nagłością przeszedł od gniewu do rozczulenia i aż głos zadrgał mu od łez w gardzieli na słodkie wspomnienie Tuhaj-beja.

– Wy chcecie, żeby ja na Turki i Tatary szablę podniósł, ale nic z tego! Na was ja pójdę z dobrymi druhami moimi. Jużem pułki obesłał, aby mołojcy konie karmili i w drogę byli gotowi bez wozów, bez armaty; znajdę ja u Lachów to wszystko. Kto by z Kozaków wziął wóz, każę mu szyję urezać, i ja sam kolaski nie wezmę, chyba juki i sakwy – i tak dojdę aż do Wisły i powiem: ,,Sedyte i mowczyte, Lachy!" A będziecie z Zawiśla krzykać, znajdę was i tam. Dosyć waszego panowania, waszych dragonów, gady wy przeklęte, samą nieprawdą żyjące!

Tu zerwał się z miejsca, rzucał od ławy, za czuprynę rwał, nogami bił w ziemię krzycząc, że wojna musi być, bo on już na nią rozgrzeszenie i błogosławieństwo dostał, że nic mu po komisji i komisarzach, bo nawet na zawieszenie broni nie pozwoli.

Na koniec widząc przerażenie komisarzy i przypomniawszy sobie, iż jeśli natychmiast odjadą, to wojna rozpocznie się w zimie, zatem w porze, gdy Kozacy, nie mogąc się okopać, licho biją się w otwartym polu, uspokoił się nieco i znów siadł na ławie. Głowę opuścił na piersi, ręce wsparł na kolanach i oddychał chrapliwie. Na koniec znów porwał za szklankę wódki.

– Za zdrowie króla jegomości! – wykrzyknął.

– Na sławu i zdorowie! – powtórzyli pułkownicy.

– No! ty, Kisielu, nie sumuj – mówił hetman – i do serca nie bierz tego, co mówię, bom teraz pijany. Mnie worożychy mówiły, że wojna musi być... ale do pierwszej trawy poczekam, a potem niech będzie komisja, na którą więźniów wypuszczę. Mnie mówili, że ty chory, tak niech i tobie będzie na zdrowie.

– Dziękuję ci, hetmanie zaporoski – rzekł Kisiel.

– Ty mój gość, ja o tym pamiętam.

To rzekłszy Chmielnicki znowu wpadł w chwilowe rozczulenie i oparłszy ręce na ramionach wojewody zbliżył swą ogromną czerwoną twarz do jego bladych, wychudłych policzków.

Za nim przychodzili inni pułkownicy i zbliżając się poufale do komisarzy ściskali się z nimi za ręce, klepali ich po ramionach, powtarzali za hetmanem: „Do pierwszej trawy!" Komisarze byli jak na mękach. Chłopskie oddechy przesycone zapachem gorzałki oblewały twarze tej szlachty wysokiego rodu, dla której owe uściski spoconych rąk były równie nieznośne jak zniewagi. Nie brakło też i gróźb wśród objawów grubiańskiej serdeczności. Jedni wołali do wojewody: „My Lachiw choczemo rizaty, a ty nasz czołowik!" – inni mówili: „A co wy, pany! dawniej bili nas, a teraz łaski prosicie! Na pohybel-że wam, białoruczkom!" Ataman Wowk, dawny młynarz w Nestewarze, krzyczał: „Ja kniazia Czetwertyńskoho, moho pana, zarizaw!" – „Wydajcie nam Jaremu – wołał taczając się Jaszewski – a darujemy was zdrowiem!"

W izbie stał się zaduch i gorąco do niewytrzymania; stół pokryty resztkami mięsiwa, okruchami chleba, poplamiony wódką i miodem był ohydny. Weszły na koniec worożychy, to jest czarownice, z którymi hetman zwykle do późna w noc dopijał słuchając przepowiedni: dziwne postacie, stare, pokurczone, żółte lub w sile młodości, wróżące z wosku, ziaren pszenicy, ognia, piany wodnej, z dna flaszki lub z tłuszczu ludzkiego. Wnet między pułkownikami a młodszymi z nich rozpoczęły się gzy i śmiechy. Kisiel był bliski omdlenia.

– Dziękujemy ci, hetmanie, za ucztę i żegnamy cię – rzekł słabym głosem.

– Ja jutro do ciebie, Kisielu, na obiad przyjadę – odpowiedział Chmielnicki – a teraz idźcie sobie. Doniec was z mołojcami do domów odprowadzi, żeby was od czerni jakowa przygoda nie spotkała.

Komisarze skłonili się i wyszli. Doniec z mołojcami czekał istotnie przed dworcem.

– Boże! Boże! Boże! – szepnął z cicha Kisiel przykładając ręce do twarzy.

Orszak posunął się w milczeniu ku domostwu komisarzy.

Ale pokazało się, że już nie stoją w pobliżu siebie. Chmielnicki umyślnie powyznaczał im kwatery w różnych częściach miasta, aby nie mogli się łatwo schodzić i naradzać.

Wojewoda Kisiel, zmęczony, wyczerpany, ledwie na nogach się trzymający, natychmiast położył się do łóżka i aż do następnego dnia nie chciał nikogo widzieć; dopiero przed południem kazał przywołać Skrzetuskiego.

– Coś waćpan uczynił najlepszego? – rzekł do niego – coś waćpan uczynił! Swoje i nasze życie na zgubę mogłeś narazić.

– Jaśnie wielmożny wojewodo, *mea culpa*! – odrzekł rycerz – ale mnie *delirium* porwało i wolałem sto razy zginąć niż na takie rzeczy patrzyć.

– Chmielnicki poznał się na kontempcie. Zaledwiem *efferatam bestiam* uspokoił i postępek twój wytłumaczył. Ale on tu dziś ma być u mnie i pewno ciebie zapyta. Tedy mu powiedz, żeś miał rozkaz ode mnie, byś żołnierstwo odprowadził.

– Od dziś Bryszowski komendę bierze, bo zdrowszy.

– To i lepiej, za twardy masz waść kark na czasy dzisiejsze. Trudno nam co innego ganić w takowym postępku jak nieostrożność, ale to znać, żeś młody i bólu w piersi znieść nie umiesz.

– Do boleścim nawykł, jaśnie wielmożny wojewodo, jeno hańby znieść nie mogę.

Kisiel syknął z cicha, tak właśnie, jak chory, którego ktoś w bolączkę uraził, po czym uśmiechnął się ze smutną rezygnacją i rzekł:

– Chleb to już powszedni dla mnie takie słowa, które dawniej łzami gorzkimi oblewałem spożywając, a teraz już mi i łez nie stało.

Litość wezbrała w sercu Skrzetuskiego na widok tego starca z twarzą męczennika, który ostatnie dni życia pędził w podwójnym, bo duszy i ciała cierpieniu.

– Jaśnie wielmożny wojewodo! – rzekł – Bóg mi świadek, żem jeno o czasiech tych strasznych myślał, w których senatorowie i dygnitarze koronni czołem bić muszą przed hultajstwem, dla którego pal powinien być jedyną za postępki zapłatą.

– Niech cię Bóg błogosławi, boś młody, uczciwy i wiem, że nie miałeś złej intencji. Ale to, co ty mówisz, mówi twój książę, za nim wojsko, szlachta, sejmy, pół Rzeczypospolitej – i całe to brzemię wzgardy i nienawiści spada na mnie.

– Każdy służy ojczyźnie, jak rozumie; niechże Bóg sądzi intencje, a co się tyczy księcia Jeremiego, ten ojczyźnie zdrowiem i majętnością służy.

– I chwała go otacza, i w niej jako w słońcu chodzi – odrzekł wojewoda.

– Tymczasem cóż mnie spotyka? O! dobrze mówisz: niech Bóg sądzi intencje i niech da choć grobowiec spokojny tym, którzy za życia cierpią nad miarę...

Skrzetuski milczał, a Kisiel podniósł w niemej modlitwie oczy w górę, po chwili zaś tak mówić począł:

– Jam Rusin, krew z krwi i kość z kości. Mogiły książąt Światołdyczów w tej ziemi leżą, więcem ją kochał, ją i ten lud boży, który u jej piersi żywie. Widziałem krzywdy z obu stron, widziałem swawolę dziką Zaporoża, ale i pychę nieznośną tych, którzy ten lud wojenny schłopić chcieli – cóżem więc miał uczynić ja, Rusin a zarazem wierny syn i senator tej Rzeczypospolitej? Otom przyłączył się do tych, którzy mówili: *Pax vobiscum!*, bo tak kazała mi krew, serce, bo między nimi był król nieboszczyk, nasz ojciec, i kanclerz, i prymas, i wielu innych; bom widział, że dla obu stron rozbrat – to zguba. Chciałem po wiek żywota, do ostatniego tchnienia dla zgody pracować – i gdy się krew już polała, myślałem sobie: będę aniołem pojednania. I poszedłem, i pracowałem, i jeszcze pracuję, chociaż w bólu, w męce i w hańbie, i w zwątpieniu, prawie od wszystkiego straszniejszym. Bo, na miły Bóg! nie wiem teraz, czy wasz książę przyszedł z mieczem za wcześnie, czym ja z gałęzią oliwną za późno, ale to widzę, że rwie się robota moja, że już sił nie staje, że na próżno siwą głową o mur tłukę i że schodząc do grobu widzę jeno ciemności przed sobą – i zgubę, o Boże wielki – zgubę powszechną!

– Bóg ześle ratunek.

– O, niechże ześle takowy promień przed śmiercią moją, abym nie umarł w rozpaczy!... to jeszcze za wszystkie boleści mu podziękuję, za ten krzyż, który za życia noszę, za to, że czerń woła o głowę moją, a na sejmach zdrajcą mnie nazywają, za moje mienie zagrabione, za hańbę, w której żyję, za całą tę gorzką nagrodę, jakąm z obu stron otrzymał!

To rzekłszy wojewoda wyciągnął swe wyschłe ręce ku niebu i dwie łzy wielkie, może naprawdę w życiu ostatnie, spłynęły mu z oczu.

Skrzetuski nie mógł już dłużej wytrzymać, ale rzuciwszy się na kolana przed wojewodą chwycił jego rękę i rzekł przerywanym z wielkiego wzruszenia głosem:

– Jam żołnierz i idę inną drogą, ale zasłudze i boleści cześć oddawam.

To rzekłszy ten szlachcic i rycerz spod chorągwi Wiśniowieckiego przycisnął do ust rękę tego człowieka, którego kilka miesięcy temu razem z innymi zdrajcą nazywał.

A Kisiel położył mu obie ręce na głowie.

– Synu mój – rzekł cicho – niechże cię Bóg pocieszy, prowadzi i błogosławi, jak ja cię błogosławię.

* * *

Błędne koło układów rozpoczęło się jeszcze tego samego dnia. Chmielnicki przyjechał dość późno na obiad do wojewody i w najgorszym usposobieniu. Wnet oświadczył, że co wczoraj mówił o zawieszeniu broni, o komisji na Zielone Świątki i o wypuszczeniu jeńców na komisję, to mówił jako pijany, a teraz widzi, że chciano go w pole wywieść. Kisiel znów łagodził go, uspokajał, przekładał, racje dawał, ale była to – wedle słów podkomorzego lwowskiego *surdo tyranno fabula dicta*. Poczynał też sobie hetman tak po grubiańsku, że komisarzom za wczorajszym Chmielnickim tęsknić przyszło. Pana Pozowskiego buławą uderzył za to tylko, że mu się nie w porę pokazał, mimo tego że pan Pozowski śmierci i tak, jako wielce schorzały, był bliskim.

Nie pomagały ludzkość i ochota ani perswazje wojewody. Dopiero gdy sobie nieco gorzałką i wybornym miodem huszczańskim podchmielił, wpadł w lepszy humor, ale też za nic już o sprawach publicznych nawet i wspomnieć sobie nie dał, mówiąc: ,,Mamy pić, to pijmy – zajutro sprawa i rozprawa! A nie, to sobie pójdę!'' O godzinie trzeciej w nocy naparł się iść do sypialnej izby wojewody, czemu się tenże pod różnymi pozorami opierał, albowiem zamknął tam umyślnie Skrzetuskiego, wielce się obawiając, aby przy spotkaniu się tego nieugiętego żołnierza z Chmielnickim nie miało miejsca jakie zajście, które by dla porucznika zgubnym być mogło. Chmielnicki jednak postawił na swoim i poszedł, a za nim wszedł i Kisiel. Jakież było tedy zdziwienie wojewody, gdy hetman, ujrzawszy rycerza, skinął mu głową i zakrzyknął:

– Skrzetuski! a czemu ty z nami nie pijesz?

I wyciągnął doń przyjaźnie rękę.

– Bom chory – odrzekł skłoniwszy się porucznik.

– Ty i wczoraj odjechał. Za nic mi była bez ciebie ochota.

– Taki miał rozkaz – wtrącił Kisiel.

– Już ty mnie, wojewodo, nie gadaj. Znaju ja joho – i wiem, że on nie chciał patrzyć, jak wy mnie cześć wyrządzali. Oj, ptak to! Ale co by innemu nie uszło, to jemu ujdzie, bo ja jego miłuję, on mój druh serdeczny.

Kisiel otworzył oczy szeroko ze zdumienia, hetman zaś zwrócił się nagle do Skrzetuskiego:

– A ty wiesz, za co ja ciebie miłuję?

Skrzetuski potrząsnął głową.

– Myślisz, że za to, że ty postronek nad Omelniczkiem przeciął, kiedy ja był lichy człowiek i kiedy mnie jak zwierza ścigali? Otóż nie za to. Ja tobie dał wtedy pierścień z prochem z grobu Chrysta. Ale ty, rogata dusza, mnie tego pierścienia nie pokazał, kiedy ty był w moich rękach – no, ja ciebie i tak puścił – i kwita. Nie za to cię teraz miłuję. Inną ty mnie przysługę oddał, za którą ty mój druh serdeczny i za którą ja tobie wdzięczność winien.

Skrzetuski spojrzał z kolei ze zdziwieniem na Chmielnickiego.

– Widzisz, jak się dziwią – rzekł jakby do kogoś czwartego hetman. – To ja tobie przypomnę, co mnie w Czehrynie powiadali, gdym tam z Bazawłuku z Tuhaj-bejem przyszedł. Pytałem ja sam wszędy o niedruha mojego Czaplińskiego, któregom nie znalazł – ale mnie powiedzieli, co ty jemu uczynił po naszym pierwszym spotkaniu, że ty jego za łeb i za hajdawery ułapił i drzwi nim wybił, i okrwawił jak sobakę – ha!

– Istotnie, to uczyniłem – rzekł Skrzetuski.

– Oj, sławnie ty uczynił, dobrze ty postąpił! No, ja jego jeszcze dostanę – inaczej za nic traktaty i komisja – ja go jeszcze dostanę i poigram z nim po mojemu – ale i ty jemu dał pieprzu.

To rzekłszy hetman zwrócił się do Kisiela i na nowo jął opowiadać:

– Za łeb go złapał i za pludry, podniósł jak liszkę, drzwi nim wybił i na ulicę wyrzucił.

Tu zaczął się śmiać, aż echo rozlegało się po alkierzu i dochodziło do izby biesiadnej.

– Mości wojewodo, każ dać miodu, muszę ja wypić za zdrowie tego rycerza, druha mojego.

Kisiel uchylił drzwi i na pacholika krzyknął, który wnet podał trzy kusztyki huszczańskiego miodu.

Chmielnicki trącił się z wojewodą i ze Skrzetuskim, wypił – aż mu się z czupryny zadymiło, zaśmiała mu się twarz, ochota wielka wstąpiła w serce i zwróciwszy się do porucznika zakrzyknął:

– Proś mnie, o co chcesz!

Rumieniec wystąpił na blade oblicze Skrzetuskiego; nastała chwila milczenia.

– Nie bój się – rzekł Chmielnicki. – Słowo nie dym; proś, o co chcesz, byleś o takie rzeczy nie prosił, które należą do Kisiela.

Chmielnicki nawet pijany był zawsze sobą.

– Kiedy mi wolno z afektu, jaki masz dla mnie, mości hetmanie, korzystać, tedy sprawiedliwości od ciebie żądam. Jeden z twoich pułkowników krzywdę mi wyrządził...

– Szyję mu urezać! – przerwał z wybuchem Chmielnicki.

– Nie o to chodzi, każ mu jeno do walki ze mną stanąć.

– Szyję mu urezać! – powtórzył hetman. – Kto to taki?

– Bohun.

Chmielnicki począł mrugać oczyma, po czym uderzył się dłonią w czoło.

– Bohun? – rzekł. – Bohun zabit. Meni korol pysaw, że on w pojedynku usieczon.

Skrzetuski zdumiał. Zagłoba prawdę mówił!

– A co tobie Bohun uczynił? – pytał Chmielnicki.

Jeszcze silniejsze płomienie wystąpiły na lica porucznika. Bał się mówić o kniaziównie wobec półpijanego hetmana, aby jakiego nieprzebaczonego bluźnierstwa nie usłyszeć.

Kisiel go wyręczył.

– Jest to rzecz poważna – rzekł – o której mnie kasztelan Brzozowski opowiadał. Bohun porwał, mości hetmanie, temu oto kawalerowi narzeczoną i ukrył ją nie wiadomo gdzie.

– Tak ty jej szukaj – rzekł Chmielnicki.

– Szukałem nad Dniestrem, bo tam ją ukrył, alem nie znalazł. Słyszałem jednak, że miał ją do Kijowa przeprowadzić, dokąd i sam na ślub chciał zjechać. Dajże mnie, mości hetmanie, prawo jechać do Kijowa i tam jej szukać, o nic więcej nie proszę.

– Ty mój druh, ty Czaplińskiego rozbił... Ja tobie dam nie tylko prawo, żeby ty jechał i szukał wszędy, gdzie zechcesz, ale i rozkaz dam, by ten, u którego ona jest, w twoje ręce ją oddał, i piernacz ci dam na przejazd, i list do metropolity, by po monastyrach u czernic szukali. Moje słowo nie dym!

To rzekłszy uchylił drzwi i na Wyhowskiego zawołał, by przyszedł pisać rozkaz i list. Czarnota musiał, lubo już była czwarta w nocy, ruszać po pieczęcie. Dziedziała przyniósł piernacz, a Doniec dostał rozkaz, by w dwieście koni odprowadził Skrzetuskiego do Kijowa i dalej aż do pierwszych czat polskich.

Nazajutrz dzień Skrzetuski opuścił Perejasław.

XIX

Jeżeli pan Zagłoba nudził się w Zbarażu, to niemniej nudził się i Wołodyjowski, który za wojną i przygodami szczególniej tęsknił. Bywało wprawdzie, że wychodziły od czasu do czasu ze Zbaraża chorągwie dla pościgu za kupami swawolników, którzy nad Zbruczem palili i ścinali, ale była to mała wojna, przeważnie podjazdowa, przykra dla tęgiej zimy i mrozów, dająca wiele trudów – mało sławy. Z tych wszystkich przyczyn codziennie nalegał pan Michał na Zagłobę, żeby iść w pomoc Skrzetuskiemu, od którego przez długi czas żadnej nie było wieści.

– Pewno on tam popadł w jakoweś zgubne terminy, a może i żywota już zbył – mówił Wołodyjowski. – Trzeba nam jechać koniecznie, niechby razem z nim zginąć przyszło.

Pan Zagłoba nie bardzo się opierał, bo – jak utrzymywał – murszał w Zbarażu z ostatkiem i dziwił się, że jeszcze grzyby na nim nie porastają, ale zwłóczył spodziewając się, że lada chwila może przyjść od Skrzetuskiego wiadomość.

– Mężny on jest, ale i roztropny – odpowiadał na nalegania Wołodyjowskiego – czekajmy jeszcze parę dni, bo nuż list przyjdzie i okaże się, że cała nasza ekspedycja niepotrzebna.

Pan Wołodyjowski uznawał słuszność argumentu i uzbrajał się w cierpliwość, choć czas wlókł się coraz wolniej. Przy końcu grudnia mrozy przerwały nawet rozboje. W okolicy nastał spokój. Jedyną rozrywkę stanowiły wieści publiczne, które często gęsto obijały się o szare mury zbaraskie.

Rozprawiano więc o koronacji i o sejmie, i o tym, czy książę Jeremi dostanie buławę, która przed wszystkimi innymi wojownikami jemu się należała. Oburzano się przeciw tym, którzy twierdzili, że wobec zwrotu ku traktatom z Chmielnickim jeden tylko Kisiel może pójść w górę. Wołodyjowski odbył z tego powodu kilka pojedynków – pan Zagłoba kilka pijatyk – i było niebezpieczeństwo, że całkiem rozpić się może, bo nie tylko dotrzymywał kompanii oficerom i szlachcie, ale nie wstydził się nawet chodzić i między łyczków na chrzciny, wesela, chwaląc sobie szczególnie ich miody, którymi słynął Zbaraż.

Wołodyjowski strofował go o to, mówiąc, że nie przystoi szlachcicowi poufalić się z ludźmi niskiej kondycji, gdyż od tego szacunek dla całego stanu się zmniejsza, ale Zagłoba odpowiadał, że prawa to temu winny, które pozwalają stanowi mieszczańskiemu w pierze porastać i do takich przychodzić dostatków, jakie tylko udziałem szlachty być winny; wróżył, że z tak wielkich prerogatyw dla ludzi nikczemnych nic dobrego wypaść nie może, ale swoje robił. I trudno mu było brać to za złe w czasie posępnych dni zimowych, wśród niepewności, nudy i oczekiwania.

Z wolna jednak zaczęły chorągwie książęce coraz liczniej ściągać do Zbaraża, z czego przepowiadano na wiosnę wojnę. Ale tymczasem ożywiła się nieco ochota. Przyjechał między innymi z chorągwią usarską Skrzetuskiego i pan Podbipięta. Ten przywiózł wieści o niełasce, w jakiej książę u dworu zostawał, i o śmierci pana Janusza Tyszkiewicza, wojewody kijowskiego, po którym – wedle powszechnego głosu – Kisiel na województwo miał nastąpić, a na koniec o ciężkiej chorobie, jaką złożony był w Krakowie pan Łaszcz, strażnik koronny. Co do wojny, słyszał pan Podbipięta od samego księcia, że chyba siłą rzeczy z konieczności nastąpi, bo komisarze już ruszyli z instrukcjami, aby wszelkie możliwe Kozakom poczynić ustępstwa. Relację tę pana Podbipięty rycerstwo Wiśniowieckiego przyjęło z wściekłością, a pan Zagłoba proponował protest do grodu zanieść i konfederację zawiązać, gdyż jak mówił, nie chciał, żeby jego praca pod Konstantynowem poszła na marne.

W tych nowinach i niepewnościach upłynął cały luty i marzec dobiegał połowy, a od Skrzetuskiego ciągle nie było wieści.

Wołodyjowski tym bardziej począł nalegać na wyjazd.

– Już nie kniaziówny, ale Skrzetuskiego – mówił – szukać nam wypada.

Tymczasem pokazało się, że pan Zagłoba miał słuszność odkładając z dnia na dzień wyprawę, gdyż w końcu marca przybył Kozak Zachar z listem adresowanym do Wołodyjowskiego z Kijowa. Pan Michał wezwał natychmiast Zagłobę, a gdy się zamknęli z posłańcem w osobnej izbie, rozerwał pieczęć i czytał, co następuje:

„Nad Dniestrem aż do Jahorliku nie odkryłem żadnych śladów. Suponując, że musi być ukryta w Kijowie, przyłączyłem się do komisarzy, z którymi do Perejasławia zaszedłem. Tam uzyskawszy nadspodziewanie konsens od Chmielnickiego przybyłem do Kijowa i szukam wszędy, w czym mi sam metropolita sekunduje. Siła tu naszych ukrytych u mieszczan i po monasterach, ale ci dla bojaźni czerni nie dają wiedzieć o sobie, dlatego szukać trudno. Bóg mnie prowadził i nie tylko ochronił, ale Chmielnickiego afektem dla mnie natchnął, mam przeto nadzieję, że mi i dalej pomoże i zmiłuje się nade mną. Księdza Muchowieckiego o wotywę solenną upraszam, na której módlcie się na moją intencję, Skrzetuski."

– Chwałaż bądź Bogu Przedwiecznemu! – wykrzyknął Wołodyjowski.

– Jest jeszcze *postscriptum* – rzekł Zagłoba zaglądając przez ramię pana Michała.

– Prawda! – rzekł mały rycerz i czytał dalej:

„Oddawca tego listu, esauł mirhorodzkiego kurzenia, miał mnie w poczciwej opiece, gdy w Siczy w niewoli byłem, i teraz w Kijowie mi pomagał, i list zanieść się podjął z narażeniem zdrowia; miej go, Michale, w staraniu, aby mu niczego nie brakło."

– Oto uczciwy Kozak, przynajmniej jeden taki! – rzekł Zagłoba, podając Zacharowi rękę.

Stary uścisnął ją bez uniżoności.

– Możesz być pewien nagrody! – wtrącił mały rycerz.

– On sokoł – odparł Kozak – ja joho lublu, ja ne dla hroszi tutki priszow.

– I fantazji ci, widzę, nie braknie, której by się szlachcic niejeden nie powstydził – mówił Zagłoba. – Nie same bestie między wami, nie same bestie! Ale mniejsza z tym! To tedy pan Skrzetuski jest w Kijowie?

– Tak, jest.

– A bezpieczen, bo to, słyszę, czerń tam hula?

– On u Dońca pułkownika mieszka. Jemu nic nie uczynią, bo nasz bat'ko Chmielnicki kazał jego Dońcowi pod gardłem pilnować jak oka w głowie.

– Cuda prawdziwe się dzieją... Skądże Chmielnickiemu takie serce dla Skrzetuskiego?

– On jego z dawna miłuje.

– A mówił tobie pan Skrzetuski, czego szuka w Kijowie?

– Jak nie miał mówić, kiedy on wie, że ja jemu druh... Ja szukał z nim razem i osobno, tak musiał wiedzieć, czego mnie szukać.

– Aleście dotąd nie znaleźli?

– Nie znaleźliśmy. Co tam Lachiw jeszcze jest, to się kryją, jeden o drugim nie wie, tak i znaleźć niełatwo. Wy słyszeli, że tam czerń morduje, a ja to widział; nie tylko Lachiw mordują, ale i tych, którzy ich ukrywają, nawet mnichów i czernice. W monastyrze Dobrego Mikoły u czernic było dwanaście Laszek, to je razem z czernicami dymem w celi zadusili, a co parę dni to się skrzykną po ulicach i łowią, i do Dniepru prowadzą... Hej! co tam już wytopili...

– To może i ją zamordowali?

– Może i ją.

– Ale nie! – przerwał Wołodyjowski. – Już jeśli ją tam Bohun sprowadził, to ją musiał zabezpieczyć.

– Gdzie bezpieczniej jak w monastyrze, a dlatego i tam znajdą.

– Uf! – rzekł Zagłoba. – Tak wy myślicie, Zachar, że ona mogła zginąć?

– Ne znaju.

– Widać, że Skrzetuski jest dobrej myśli – rzekł Zagłoba. – Bóg go doświadczył, ale go pocieszy. A wyście, Zachar, dawno wyjechali z Kijowa?

– Oj, dawno, pane. Ja wtedy wyszedł, kiedy komisary koło Kijowa z powrotem przejeżdżali. Bahaćko Lachiw chciało z nimi uciekać i tak uciekali neszczastnyje, jak kto mógł, po śniegach, po wertepach, przez lasy, lecieli do Białogródki, a Kozacy gnali za nimi i bili. Bahato utikło, bahato zabyły, a niektórych pan Kisiel wykupił za wszystkie hroszy, jakie miał.

– O dusze pieskie! To wyście z komisarzami jechali.

– Z komisarzami aż do Huszczy, a stamtąd do Ostroga. Dalej już ja sam szedł.

– To wy dawni znajomi pana Skrzetuskiego?

– W Siczy ja go poznał i rannego pilnował, a potem i polubił jak detynu ridnuju. Ja stary i mnie nie ma kogo lubić.

Zagłoba krzyknął na pachołka, kazał podać miodu i mięsiwa i zasiedli do wieczerzy. Zachar jadł smaczno, bo był zdrożony i głodny; następnie zanurzył chciwie siwe wąsy w ciemnym płynie, wypił, posmakował i rzekł:

– Sławny miód.

– Lepszy jak krew, którą pijecie – rzekł Zagłoba. – Ale tak myślę, że wy uczciwy człek i pana Skrzetuskiego miłujący, nie pójdziecie więcej do buntu, jeno zostaniecie tu z nami? Już wam tu będzie dobrze.

Zachar podniósł głowę.

– Ja pyśmo widdaw, tak i pójdę; ja Kozak – mnie z Kozakami, nie z Lachami się bratać.

– I będziecie nas bili?

– A budu. Ja siczowy Kozak. My sobie Chmielnickiego bat'ka hetmanem obrali, a teraz korol jemu buławę i chorągiew przysłał.

– Ot, masz! panie Michale – rzekł Zagłoba – nie mówiłem, żeby protestować?

– A z jakiego wy kurzenia?

– Z mirhorodzkiego, ale jego już nie ma.

– A co się z nim stało?

– Husary pana Czarnieckiego pod Żółtą Wodą starli. Teraz ja u Dońca z tymi, co zostali. Pan Czarniecki szczery żołnir, on u nas w niewoli, o niego komisarze prosili.

– Mamy i my waszych jeńców.

– Tak i musi być. W Kijowie mówili, że najlepszy mołojec u Lachiw w niewoli, choć inni mówili, że zginął.

– Kto taki?

– Oj, sławny ataman: Bohun.

– Bohun usieczon w pojedynku na śmierć.

– A kto jego ubił?

– Ten oto kawaler – odrzekł Zagłoba ukazując na Wołodyjowskiego.

Zacharowi, który w tej chwili przechylał drugą kwartę miodu, oczy na wierzch wyszły, twarz spąsowiała, na koniec parsknął przez nozdrza płynem i śmiechem zarazem.

– Ten łycar Bohuna ubił? – pytał krztusząc się ze śmiechu.

– Co, u starego diabła! – wykrzyknął marszcząc brwi Wołodyjowski. – Za dużo sobie ten posłaniec pozwala.

– Nie gniewaj się, panie Michale – przerwał Zagłoba. – Poczciwy to widać człowiek, a że się na polityce nie zna, to od tego on Kozak. Z drugiej strony, tym większa dla waćpana chwała, że wyglądając tak niepocześnie, tak wielkich przewag już w życiu dokonałeś. Ciało masz nikczemne, ale duszę wielką. Ja sam, pamiętasz, jakem ci się przypatrywał po bitwie, chociażem bitwę na własne oczy widział, bo mi się wierzyć nie chciało, żeby taki chłystek...

– Dajże waćpan pokój! – burknął Wołodyjowski.

– Nie jam twym ojcem, nie miejże do mnie rankoru, ale to ci powiem, że pragnąłbym mieć takiego syna, i jeżeli chcesz, to cię będę adoptował, majętność całą ci zapiszę, bo to nie wstyd być wielkim w małym ciele. I książę niewiele większy od ciebie, a dlatego Aleksander Macedoński niewart być jego giermkiem.

– Ale bo co mnie gniewa – rzekł udobruchany nieco Wołodyjowski – to właśnie to, że z tego listu Skrzetuskiego nic pomyślnego nie widać. Że on sam nad Dniestrem nie położył głowy, to chwała Bogu, ale kniaziówny dotąd nie znalazł i któż zaręczy, czy ją znajdzie?

– Prawda jest! Ale gdy Bóg go przez nasze ręce od Bohuna uwolnił i przez tyle niebezpieczeństw, przez tyle sideł przeprowadził, gdy i Chmielnickiego zakamieniałe serce afektem dziwnym dla niego natchnął, to juści nie po to, żeby od męki i żałości na schab wysechł. Jeżeli w tym wszystkim nie widzisz, panie Michale, ręki Opatrzności, to widać tępszy masz dowcip od szabli, jakoż i słuszna to jest, że nikt nie może wszystkich przymiotów naraz posiadać.

– Widzę to jedno – odparł ruszając wąsikami Wołodyjowski – że my nie mamy nic tam do roboty i dalej musimy tu siedzieć, póki nie sparciejemy do reszty.

– Prędzej ja sparcieję jak ty, bom starszy, a to wiesz, że i rzepa parcieje, i słonina jełczeje ze starości. Dziękujmy raczej Bogu, że wszystkim naszym zgryzotom szczęśliwy koniec obiecuje. Niemałom się ja namartwił o kniaziównę, więcej jako żywo od ciebie, a niewiele mniej od Skrzetuskiego, bo ona moja córuchna i pewnie bym rodzonej tak nie kochał. Mówią nawet, że do mnie kubek w kubek podobna, ale ja ją i bez tego miłuję; i nie widziałbyś mnie ani wesołym, ani spokojnym, gdybym nie ufał, że już wkrótce niedola jej się skończy. Od jutra układam *epithalamium*, bo bardzo piękne wiersze piszę, jenom w ostatnich czasach trochę Apollina dla Marsa zaniedbał.

– Co tu i mówić teraz o Marsie! – odrzekł Wołodyjowski. – Niech kaduk porwie tego zdrajcę Kisiela, wszystkich komisarzów i ich traktaty! Na wiosnę pokój uczynią jako dwa a dwa cztery. Pan Podbipięta, który się z księciem widział, też to mówił.

– Pan Podbipięta tyle się zna na rzeczach publicznych, ile koza na pieprzu. Więcej on tam przy dworze za oną dzierlatką wietrzył niż za wszystkim innym i warował do niej niby pies do kuropatwy. Dałby Bóg, żeby mu kto inny ją ustrzelił, ale mniejsza z tym. Nie neguję ci, że Kisiel zdrajca, bo o tym cała Rzeczpospolita wie dobrze, jeno tak myślę, że co do traktatów na dwoje babka wróży.

Tu Zagłoba zwrócił się do Kozaka:

– A co tam u was, Zachar, mówią: będzie-li pokój czy wojna?

– Do pierwszej trawy będzie spokój, a na wiosnę to przyjdzie na pohybel albo nam, albo Lachiwczykam.

– Pocieszże się, panie Michale; słyszałem i ja, że się czerń wszędy armuje.

– Bude taka wijna, jakoi ne buwało – rzekł Zachar. – U nas mówią, że i sułtan turecki przyjdzie, i chan ze wszystkimi ordami, a nasz druh Tuhaj-bej na hawrani blisko stoi i wcale do dom nie poszedł.

– Pocieszże się, panie Michale – powtórzył Zagłoba. – Jest też proroctwo o nowym królu, że całe panowanie pod bronią mu zejdzie; już to prawdopodobniejsze, że człowiek długo jeszcze szabli do pochwy nie schowa. Przyjdzie się człowiekowi od ciągłej wojny zedrzeć jak mietle od ciągłego zamiatania, ale taka to już nasza żołnierska dola. Kiedy już wypadnie się bić, trzymaj się niedaleko mnie, panie Michale, a pięknych rzeczy się napatrzysz i poznasz, jakeśmy to za dawnych, lepszych czasów wojowali. Mój Boże! nie ci to już ludzie, którzy za dawnych lat bywali, i ty już nie taki jesteś, panie Michale, chociażeś sierdzisty żołnierz i choć Bohuna usiekłeś.

– Sprawedływe każete, pane – rzekł Zachar. – Ne cii teper lude, szczo buwały...

Po czym począł na Wołodyjowskiego spoglądać i głową trząść:

– Ale szczoby cij łycar Bohuna ubyw, no! no!...

XX

Stary Zachar odjechał na powrót do Kijowa po kilkodniowym odpoczynku, a tymczasem przyszła wieść, że komisarze wrócili bez wielkich nadziei pokoju, a nawet w zupełnym prawie zwątpieniu. Zdołali tylko wyjednać *armisticium* aż do Zielonych Świątek ruskich, po których miała rozpocząć się nowa komisja z pełną mocą do traktatów. Jednakże wymagania i warunki Chmielnickiego były tak górne, że nikt nie wierzył, aby Rzeczpospolita zgodzić się na nie mogła. Rozpoczęły się więc z obu stron gwałtowne uzbrojenia. Chmielnicki słał posła za posłem do chana, by na czele wszystkich sił spieszył na ratunek; słał i do Stambułu, gdzie ze strony królewskiej bawił od dłuższego czasu pan Bieczyński; w Rzeczypospolitej spodziewano się lada chwila wici na pospolite ruszenie. Przyszły wiadomości o mianowaniu nowych wodzów: podczaszego Ostroroga, Lanckorońskiego i Firleja, i o zupełnym usunięciu od spraw wojskowych Jeremiego Wiśniowieckiego, który na czele jeno własnych sił mógł dalej ojczyznę zasłaniać. Nie tylko żołnierze książęcy, nie tylko szlachta ruska, ale nawet stronnicy dawnych regimentarzy oburzali się na takowy wybór i niełaskę, twierdząc słusznie, iż jeżeli poświęcanie Wiśniowieckiego, póki była nadzieja traktatów, miało swoją rację polityczną, to usuwanie go w razie wojny było wielkim, niedarowanym błędem, bo on jeden tylko mógł mierzyć się z Chmielnickim i zwyciężyć tego znakomitego wodza rebelii. Zjechał wreszcie i sam książę do Zbaraża w tym celu, aby zebrać jak najwięcej wojska i stać w pogotowiu na granicy wojny. Zawieszenie broni było zawarte, ale okazywało się co chwila bezsilnym. Chmielnicki kazał wprawdzie ściąć kilku pułkowników, którzy wbrew umowie pozwalali sobie napadów na zamki i chorągwie na leżach tu i owdzie rozproszone, ale nie mógł opanować mas czerni i licznych luźnych watah, które o *armisticium* lub nie słyszały, lub nie chciały słyszeć, lub nie rozumiały nawet znaczenia tego słowa. Wpadały więc one ustawicznie w granice umową zabezpieczone, łamiąc tym samym wszelkie Chmielnickiego przyrzeczenia. Z drugiej strony wojska prywatne i kwarciane zapędzając się w pościgu za zbójcami przechodziły częstokroć Prypeć i Horyń w Kijowskiem, zapędzały się i w głąb województwa bracławskiego, a tam, napadane przez kozactwo, staczały z nim formalne walki, nieraz bardzo krwawe i zacięte. Stąd skargi ustawiczne, polskie i kozackie, o łamanie umowy, której w samej rzeczy nie było w mocy niczyjej dotrzymać. Zawieszenie broni istniało tedy o tyle, o ile sam Chmielnicki z jednej, a król i hetmani z drugiej strony nie wyruszali w pole – ale wojna rozgorzała już faktycznie, zanim główne siły zerwały się do walki i pierwsze cieplejsze promienie wiosenne oświecały po staremu płonące wsie, miasteczka, miasta, zamki, oświecały rzezie i niedolę ludzką.

Zapuszczały się pod Zbaraż watahy spod Baru, Chmielnika, Machnówki, ścinając, grabiąc, paląc. Te gromił Jeremi rękoma swych pułkowników, bo sam udziału w owej drobnej wojnie nie brał chcąc wtedy dopiero z całą dywizją ruszyć, gdy już i hetmani wyjdą w pole.

Rozsyłał więc podjazdy z rozkazami, by krwią za krew płaciły, palem za grabież i mordy. Poszedł między innymi pan Longinus Podbipięta i pogromił pod Czarnym Ostrowiem, ale był to rycerz w bitwie tylko straszliwy, z jeńcami zaś schwytanymi z bronią w ręku obchodził się zbyt łagodnie, i dlatego więcej go nie posyłano. Szczególniej jednak odznaczał się w podobnych ekspedycjach pan Wołodyjowski, który jako partyzant w jednym chyba Wierszulle mógł znaleźć współzawodnika. Nikt bowiem nie odbywał tak błyskawicznych pochodów, nikt nie umiał zejść tak niespodzianie nieprzyjaciela, rozbić go tak szalonym napadem, rozproszyć na cztery wiatry, wyłowić, wyścinać, wywieszać. Wkrótce też otoczył go postrach, a z drugiej strony fawor książęcy. Od końca marca do połowy kwietnia zniósł pan Wołodyjowski siedm luźnych watah, z których każda była trzykroć od jego podjazdu silniejsza, i nie ustawał w pracy, i coraz więcej okazywał ochoty, jakoby w krwi przelanej ją czerpiąc.

Zachęcał mały rycerz, a raczej mały diabeł, usilnie pana Zagłobę, by mu w tych ekspedycjach towarzyszył, bo lubił nad wszystko jego kompanię, ale stateczny szlachcic opierał się wszelkim namowom i tak swoją bezczynność tłumaczył:

– Za wielki mam brzuch, panie Michale, na te trzęsienia i szarpaniny, a przy tym każdy do czego innego się rodzi. Z usarzami na gęstwę nieprzyjaciela przy białym dniu uderzyć, tabory łamać, chorągwie brać – to moja rzecz, do tego mnie Pan Bóg stworzył i usposobił; ale pościg nocą w chrustach za hultajstwem – tobie zostawuję, któryś jest misterny jako igła i łatwiej się wszędy przeciśniesz. Starej ja daty rycerz i wolę rozdzierać, jako właśnie lew czyni, niż tropić jak ogar po chaszczach. Zresztą po wieczornym udoju muszę iść spać, bo to moja pora najlepsza.

Jeździł więc pan Wołodyjowski sam i sam zwyciężał, aż pewnego razu wyjechawszy pod koniec kwietnia, wrócił w połowie maja tak strapiony i smutny, jakby klęskę poniósł i ludzi wymarnował. Tak nawet zdawało się wszystkim, ale było to mylne mniemanie. Owszem, w długiej tej i uciążliwej ekspedycji doszedł pan Wołodyjowski aż za Ostróg, pod Hołownię, i tam pogromił nie zwyczajną watahę, złożoną z czerni, ale kilkaset ludzi liczący oddział Zaporożców, który w połowie wyciął, a w połowie w niewolę zagarnął. Tym dziwniejszy był więc głęboki smutek niby mgłą pokrywający jego wesołe z natury oblicze. Wielu chciało zaraz wiedzieć przyczynę, pan Wołodyjowski jednak nikomu słowa nie rzekł i zaledwie z konia zsiadłszy udał się na długą rozmowę do księcia w towarzystwie dwóch nieznanych rycerzy, a następnie wraz z nimi szedł do pana Zagłoby, nie zatrzymując się, choć go ciekawi nowin za rękawy po drodze chwytali.

Pan Zagłoba z pewnym zdziwieniem spoglądał na dwóch olbrzymich mężów, których nigdy przedtem w życiu nie widział, a których strój ze złotymi pętelkami na ramionach okazywał, że w wojsku litewskim służą, Wołodyjowski zaś rzekł:

– Zamknij waszmość drzwi i nie każ nikogo puszczać, bo mamy o ważnych sprawach pomówić.

Zagłoba wydał rozkaz czeladnikowi, po czym jął patrzyć niespokojnie na przybyłych, miarkując z ich twarzy, że nic dobrego nie mają do powiedzenia.

– To są – rzekł Wołodyjowski ukazując na młodzieńców – kniazie Bułyhowie-Kurcewicze: Jur i Andrzej.

– Stryjeczni Heleny! – zakrzyknął Zagłoba.

Kniaziowie skłonili się i odrzekli obaj naraz:

– Stryjeczni nieboszczki Heleny...

Czerwona twarz Zagłoby stała się w jednej chwili bladoniebieska; rękoma począł bić powietrze, jak gdyby postrzał otrzymał, usta otworzył nie mogąc tchu złapać, oczy wytrzeszczył i rzekł, a raczej jęknął:

– Jak to?...

– Są wiadomości – odpowiedział posępnie Wołodyjowski – że kniaziówna w monasterze Dobrego Mikoły została zamordowana.

– Czerń wydusiła dymem w celi dwanaście panien i kilkanaście czernic, między którymi była siostra nasza – dodał kniaź Jur.

Zagłoba tym razem nic nie odrzekł, jeno twarz, poprzednio sina, poczerwieniała mu tak, że obecni zlękli się, aby go krew nie zalała; z wolna powieki opadły mu na oczy, po czym zakrył je rękoma, a z ust wyrwał mu się nowy jęk:

– Świecie! świecie! świecie!

Po czym umilkł i trwał w milczeniu.

A kniaziowie i Wołodyjowski biadać poczęli:

– Oto zebraliśmy się razem krewni i przyjaciele, którzyśmy ci na ratunek, wdzięczna panno, iść chcieli – mówił wzdychając raz po raz młody rycerz – ale znać, spóźniliśmy się z pomocą. Za nic nasza ochota, za nic nasze szable i odwaga, bo na innym ty już, lepszym od tego lichego świecie przebywasz, u Królowej Niebieskiej we fraucymerze...

– Siostro! – wołał olbrzymi Jur, którego żal na nowo pochwycił za włosy – ty nam odpuść nasze winy, a my za każdą kroplę twojej krwi wiadro wylejemy.

– Tak nam dopomóż Bóg! – dodał Andrzej.

I obaj mężowie wyciągali groźnie do nieba ręce, Zagłoba zaś wstał z ławy, postąpił kilka kroków ku tapczanowi, zatoczył się jak pijany i padł na kolana przed obrazem.

Po chwili na zamku ozwały się dzwony zwiastujące południe, które brzmiały tak ponuro, jakby dzwony pogrzebowe.

– Nie ma jej już, nie ma! – rzekł znowu Wołodyjowski. – Do niebios ją anieli zabrali, nam zostawując łzy i wzdychania.

Łkanie wstrząsnęło grubym ciałem Zagłoby i trzęsło nim, a oni ciągle narzekali i dzwony biły.

Wreszcie Zagłoba uspokoił się. Myśleli nawet, że może, bólem zmożony, usnął na klęczkach, ale on po niejakim czasie wstał i usiadł na tapczanie; tylko był to już jakby inny człowiek: oczy miał czerwone i mgłą zaszłe, głowę spuszczoną, dolna warga zwisła mu aż na brodę, na twarzy osiadło niedołęstwo i jakaś niebywała zgrzybiałość – tak że mogło naprawdę się zdawać, iż ów dawny pan Zagłoba, butny, jowialny, pełen fantazji, umarł, a został tylko starzec wiekiem przyciśnięty i zmęczony.

Wtem mimo protestacji pilnującego drzwi pacholika wszedł pan Podbipięta i na nowo rozpoczęły się żale i narzekania. Litwin wspominał Rozłogi i pierwsze widzenie się z kniaziówną, jej słodycz, młodość i urodę; wreszcie wspomniał, że jest ktoś nieszczęśliwszy od nich wszystkich, to jest narzeczony, pan Skrzetuski, i jął rozpytywać o niego małego rycerza.

– Skrzetuski został u księcia Koreckiego w Korcu, dokąd z Kijowa przyjechał, i leży chory, o świecie bożym nie wiedząc – rzekł pan Wołodyjowski.

– Zali nie trzeba, abyśmy do niego jechali? – pytał Litwin.

– Nie ma tam po co jechać – odparł Wołodyjowski. – Medyk książęcy zaręcza za jego zdrowie; jest tam pan Suchodolski, pułkownik księcia Dominika, ale wielki przyjaciel Skrzetuskiego, jest i nasz stary Zaćwilichowski; obaj mają go w opiece i staraniu. Na niczym mu nie zbywa, a to, że go *delirium* nie opuszcza, to dla niego lepiej.

– O mocny Boże! – rzekł Litwin. – Widziałżeś waćpan Skrzetuskiego na własne oczy?

– Widziałem, ale żeby mi nie powiedzieli, że to on, to nie byłbym go poznał, tak go boleść i choroba strawiły.

– A on poznał waćpana?

– Pewnie poznał, choć nic nie mówił, bo się uśmiechnął i głową kiwnął, a mnie taka żałość porwała, żem dłużej zostać nie mógł. Książę Korecki chce tu iść do Zbaraża z chorągwiami, Zaćwilichowski z nim razem pójdzie, a i pan Suchodolski zaklina się, że ruszy, choćby miał ordynanse od księcia Dominika przeciwne. Oni to sprowadzą tu i Skrzetuskiego, jeśli go boleść nie zmoże.

– A skądże macie te wiadomości o śmierci kniaziówny? – pytał dalej pan Longinus. – Czy nie ci kawalerowie je przywieźli? – dodał wskazując na kniaziów.

– Nie. Ci kawalerowie trafem się w Korcu o wszystkim dowiedzieli, dokąd przyjechali z posiłkami od wojewody wileńskiego, i tu ze mną przyszli, bo i do naszego księcia od wojewody listy mieli. Wojna jest pewna, a z komisji już nic nie będzie.

– To już i my to wiemy, ale powiedz mi waćpan, kto ci o śmierci kniaziówny mówił?

– Mówił mnie Zaćwilichowski, a on wie od Skrzetuskiego. Skrzetuskiemu dał Chmielnicki permisję, żeby w Kijowie szukał, i sam metropolita miał mu pomagać. Szukali tedy głównie po monasterach, bo co z naszych w Kijowie zostało, to w nich się kryje. I myśleli, że pewnie Bohun kniaziównę w jakowym monasterze umieścił. Szukali, szukali i byli dobrej myśli, choć wiedzieli, że czerń u Dobrego Mikoły dwanaście panien dymem wydusiła. Sam metropolita upewniał, że przecie na narzeczoną Bohuna by się nie rzucili, aż pokazało się inaczej.

– To ona była u Dobrego Mikoły?

– Tak jest. Spotkał Skrzetuski w jednym monasterze ukrytego pana Joachima Jerlicza, a że to wszystkich o kniaziównę dopytywał, więc pytał i jego; pan Jerlicz zaś powiedział mu, że jakie były panny, to je wpierw Kozacy pobrali, jeno się u Dobrego Mikoły dwanaście zostało, które dymem później wyduszono; a między nimi miała być i Kurcewiczówna. Skrzetuski, że to pan Jerlicz śledziennik i na wpół przytomny od ciągłego strachu, nie wierzył mu i poleciał zaraz po raz wtóry do Dobrego Mikoły jeszcze raz pytać. Na nieszczęście, mniszki, których trzy także w tej samej celi uduszono, nie wiedziały nazwisk, ale słuchając deskrypcji kniaziówny, którą im Skrzetuski czynił, powiedziały, że taka była. Wtedy to Skrzetuski z Kijowa wyjechał i zaraz ciężko na zdrowiu zapadł.

– To dziw tylko, że jeszcze żyje.

– Byłby umarł niechybnie, żeby nie ów stary Kozak, który, go w niewoli na Siczy pilnował, a potem tu od niego z listami przyjechał i wróciwszy, znów w szukaniu mu pomagał. Ten go do Korca odwiózł i panu Zaćwilichowskiemu w ręce oddał.

– Niechże go Bóg ma w swojej opiece, bo on się już nigdy nie pocieszy – rzekł Longinus.

Pan Wołodyjowski umilkł i grobowe milczenie panowało między wszystkimi. Kniazie, podparłszy się łokciami, siedzieli bez ruchu z namarszczoną brwią; Podbipięta oczy w górę wznosił, a pan Zagłoba utkwił szklany wzrok w przeciwległą ścianę, jakby w najgłębszym zamyśleniu się pogrążył.

– Zbudź się waćpan! – rzekł wreszcie do niego Wołodyjowski wstrząsając go za ramię. – O czym tak myślisz? Nic już nie wymyślisz i wszystkie twoje fortele na nic się nie przydadzą.

– Wiem o tym – odparł złamanym głosem Zagłoba – jeno myślę, żem stary i że nie mam co robić na tym świecie.

XXI

– Imaginuj sobie waćpan – mówił w kilka dni później Wołodyjowski do Longina – że ten człowiek tak się w jednej godzinie zmienił, jakoby o dwadzieścia lat postarzał. Tak wesoły, taki mowny, tak obfity w fortele, że samego Ulissesa w nich przewyższał, dziś pary z gęby nie puści, jeno po całych dniach drzemie, na starość narzeka i jakoby przez sen mówi. Wiedziałem to, że on ją kochał, alem się nie spodziewał, żeby do tego stopnia.

– Cóż to dziwnego? – odparł wzdychając Litwin. – Tym bardziej się do niej przywiązał, że ją z rąk Bohunowych wydarł i tyle dla niej niebezpieczeństw i przygód w ucieczce doświadczył. Póki tedy była nadzieja, póty się i jego dowcip na fortele wysilał i sam się na nogach trzymał, a teraz nie ma on już naprawdę co na świecie robić, samotnym będąc i serca nie mając o co zaczepić.

– Próbowałem już i pić z nim w tej nadziei, że mu trunek dawny wigor powróci: i to na nic! Pić, pije, ale nie zmyśla po dawnemu, nie prawi o swych przewagach, jeno się roztkliwi, a potem głowę na brzuch zwiesi i śpi. Już nie wiem, czy i pan Skrzetuski w większej desperacji od niego żyje.

– Szkoda to jest niewymowna, bo jednak wielki to był rycerz!... Chodźmy do niego, panie Michale. Miał on zwyczaj dworować sobie ze mnie i we wszystkim mi dogryzać. Może go i teraz ochota do tego schwyci. Mój Boże, jak się to ludzie zmieniają! Taki to był wesoły człek...

– Chodźmy – rzekł pan Wołodyjowski. – Późno już jest, ale jemu najciężej wieczorem, bo wydrzemawszy się przez cały dzień, w nocy spać nie może.

Tak rozmawiając, udali się obaj do kwatery pana Zagłoby, którego znaleźli siedzącego pod otwartym oknem, z głową opartą na ręku. Późno już było; w zamku ustał wszelki ruch, jeno warty obwoływały się przeciągłymi głosami, a w gąszczach dzielących zamek od miasta słowiki wywodziły zapamiętale swoje nocne trele poświstując, cmokając i kląskając tak gęsto, jak gęsto pada ulewa wiosenna. Przez otwarte okno wchodziło ciepłe majowe powietrze i jasne promienie księżyca, które oświecały pognębioną twarz pana Zagłoby i łysinę schyloną na piersi.

– Dobry wieczór waćpanu – rzekli dwaj rycerze.

– Dobry wieczór – odpowiedział Zagłoba.

– Co waćpan tak przy oknie rozpamiętywasz zamiast spać iść? – pytał Wołodyjowski.

Zagłoba westchnął.

– Bo mi nie do snu – odrzekł wlokącym się głosem. – Rok temu, rok, uciekałem z nią nad Kahamlikiem od Bohuna i tak samo nam one ptaszyny fiukały, a teraz gdzie ona?

– Bóg to tak zrządził – rzekł Wołodyjowski.

– Na łzy i smutek, panie Michale! Nie masz już dla mnie pocieszenia.

642

Umilkli; jeno przez otwarte okno dochodziły coraz mocniej trele słowicze, którymi cała owa jasna noc zdawała się być przepełniona.

– O Boże, Boże! – westchnął Zagłoba – zupełnie tak jak nad Kahamlikiem!

Pan Longinus strząsnął łzę z płowych wąsów, a mały rycerz rzekł po chwili:

– Ej, wiesz co waćpan? Smutek smutkiem, a napij się z nami miodu, bo nie masz nic lepszego na zgryzotę. Będziemy przy szklenicy rozpamiętywali lepsze czasy.

– Napiję się! – rzekł z rezygnacją Zagłoba.

Wołodyjowski kazał czeladnikowi przynieść światło i gąsiorek, a następnie, gdy zasiedli, wiedząc, że wspomnienia najlepiej ze wszystkiego ożywiają pana Zagłobę, pytał:

– To to już rok, jakeś waćpan z nieboszczką z Rozłogów przed Bohunem uciekał?

– W maju to było, w maju – odrzekł Zagłoba – Przeszliśmy przez Kahamlik, żeby ku Zołotonoszy uciekać. Oj, ciężko na świecie!

– I ona była przebrana?

– Za kozaczka. Włosy jej szablą musiałem, niebodze mojej, obcinać, aby jej nie poznano. Wiem miejsce, gdziem je pod drzewem razem z szablą pochował.

– Słodka to była panna! – dorzucił z westchnieniem Longinus.

– Tak mówię waćpanom, żem ją pierwszego dnia tak pokochał, jakbym ją od małego hodował. A ona tylko rączyny przede mną składała, a dziękowała i dziękowała za ratunek i opiekę! Niechby mnie byli usiekli, nimem się dzisiejszego dnia doczekał! Bodaj mi było nie dożyć!

Tu znów nastało milczenie i trzej rycerze pili miód zmieszany ze łzami, po czym Zagłoba tak dalej mówić począł:

– Myślałem, że przy nich starości spokojnej doczekam, a teraz... Tu ręce zwisły mu bezsilne:

– Znikąd pociechy, znikąd pociechy, chyba w grobie...

Tymczasem, zanim pan Zagłoba ostatnich słów dokończył, hałas powstał w sieni, ktoś chciał wejść, a czeladnik nie puszczał; powstała głośna sprzeczka, w której zdało się panu Wołodyjowskiemu, że poznaje jakiś głos znajomy, więc zawołał na czeladnika, by dłużej wejścia nie bronił.

Następnie drzwi otworzyły się i ukazała się w nich pyzata, rumiana twarz Rzędziana, który powiódł oczyma po obecnych, pokłonił się i rzekł:

– Niech będzie pochwalony Jezus Chrystus!

– Na wieki wieków! – odrzekł Wołodyjowski – to Rzędzian.

– A ja ci to jestem – odrzekł pachołek – i kłaniam do kolan waszmościom. A gdzie to mój pan?

– Twój pan w Korcu i chory.

– O dla Boga! co też jegomość powiada? A ciężko on, Boże broń, chory?

– Był ciężko chory, a teraz zdrowszy. Medyk powiada, że będzie zdrów.

– Bo ja tu z wieściami o pannie do mojego pana przyjechałem.

Mały rycerz począł kiwać melancholicznie głową.

– Niepotrzebnieś się śpieszył, bo już pan Skrzetuski wie o jej śmierci i my tu ją łzami rzewnymi oblewamy.

Oczy Rzędziana wylazły zupełnie na wierzch głowy.

– Gwałtu, rety! co ja słyszę? panna umarła?

– Nie umarła, jeno w Kijowie od zbójców zamordowana.

– W jakim Kijowie? co jegomość prawi?

– W jakimże Kijowie? albo to Kijowa nie znasz?

– Dla Boga, chyba jegomość kpi! Co ona miała do roboty w Kijowie, kiedy ona w jarze nad Waładynką, niedaleko Raszkowa ukryta? I czarownica miała rozkaz, żeby się do przyjazdu Bohuna ani krokiem nie ruszała. Jak mnie Bóg miły, zwariować przyjdzie czy co?

– Co za czarownica? o czymże ty gadasz?

– A Horpyna!... toć tę basetlę znam dobrze!

Pan Zagłoba nagle wstał z ławy i począł rękami trzepać jak człowiek, który wpadłszy w głębinę ratuje się od zatonięcia.

– Na Boga żywego! milcz waćpan! – rzekł do Wołodyjowskiego.

– Na rany boskie, niech ja pytam!

Obecni aż zadrżeli, tak blady był Zagłoba i pot wystąpił mu na łysinę, on zaś skoczył równymi nogami przez ławę do Rzędziana i schwyciwszy pachołka za ramiona pytał chrapliwym głosem:

– Kto tobie powiadał, że ona... koło Raszkowa ukryta?

– Kto miał powiadać? Bohun!

– Chłopie, czyś zwariował?! – wrzasnął pan Zagłoba trzęsąc pachołkiem jak gruszką – jaki Bohun?

– O dla Boga – zawołał Rzędzian – czego jegomość tak trzęsie? Dajże jegomość pokój, niech się opamiętam, bom zgłupiał... Jegomość mi do reszty w głowie przewróci. Jakiż ma być Bohun? Albo to go jegomość nie zna?

– Gadaj, bo cię nożem pchnę! – wrzasnął Zagłoba. – Gdzieś Bohuna widział?

– We Włodawie!... Czego waszmościowie ode mnie chcecie? – wołał przestraszony pachołek – Cóżem to ja? zbój?...

Zagłoba odchodził od zmysłów, tchu mu zbrakło i padł na ławę dychając ciężko. Pan Michał przybył mu na pomoc:

– Kiedyś Bohuna widział? – pytał Rzędziana.

– Trzy tygodnie temu.

– To on żyje?

– Co ma nie żyć?... Sam mnie opowiadał, jakeś go jegomość popłatał, ale się wylizał...

– I on tobie mówił, że panna pod Raszkowem?

– A któż inny?

– Słuchaj Rzędzian: tu o życie twego pana i panny chodzi! Czy tobie sam Bohun mówił, że ona nie była w Kijowie?

– Mój jegomość, jak ona miała być w Kijowie, kiedy on ją pod Raszkowem ukrył i Horpynie przykazał pod gardłem, żeby jej nie puszczała, a teraz mnie piernacz dał i pierścień swój, żebym ja tam do niej jechał, bo jemu się rany odnowiły i sam musi leżeć nie wiadomo jak długo.

Dalsze słowa Rzędziana przerwał pan Zagłoba, który się z ławy na nowo zerwał i schwyciwszy się obu rękoma za resztki włosów, począł krzyczeć jak szalony:

– Żyje moja córuchna, na rany boskie, żyje! To nie ją w Kijowie zabili! Żyje ona, żyje, moja najmilsza!

I stary tupał nogami, śmiał się, szlochał, na koniec chwycił Rzędziana za łeb, przycisnął do piersi i począł tak całować, że pachołek do reszty stracił głowę.

– Niech no jegomość da pokój... bo się zatchnę! Jużci, że ona żyje... Da Bóg, razem po nią ruszymy... Jegomość... no, jegomość!

– Puść go waszmość, niech opowiada, bo jeszcze nic nie rozumiemy – rzekł Wołodyjowski.

– Mów, mów! – wołał Zagłoba.

– Opowiadaj od początku, brateńku – rzekł pan Longinus, na którego wąsach osiadła także gęsta rosa.

– Pozwólcie, waszmościowie, niech się wysapię – rzekł Rzędzian – okno przymknę, bo te juchy słowiki tak się drą w krzakach, że i do słowa przyjść nie można.

– Miodu! – krzyknął na czeladnika Wołodyjowski.

Rzędzian zamknął okno ze zwykłą sobie powolnością, następnie zwrócił się do obecnych i rzekł:

– Waszmościowie mi też usiąść pozwolą, bom się utrudził!

– Siadaj! – rzekł Wołodyjowski nalewając mu z przyniesionego przez czeladnika gąsiorka. – Pij z nami, boś na to swoją nowiną zasłużył, byleś gadał jak najprędzej.

– Dobry miód! – odpowiedział pachołek podnosząc szklanicę pod światło.

– A bodaj cię usiekli! Będziesz ty gadał? – huknął Zagłoba.

– A jegomość to się zaraz gniewa! Jużci będę gadał, kiedy waszmościowie chcecie, bo waszmościom rozkazywać, a mnie słuchać, od tegom sługa! Ale już widzę, że od początku muszę dokumentnie wszystko opowiadać...

– Mów od początku!

646

– Waszmościowie pamiętają, jako to przyszła wiadomość o wzięciu Baru, co to nam się zdawało, że już po pannie? Tak ja wróciłem wtedy do Rzędzian, do rodzicieli i do dziadusia, co to już ma dziewięćdziesiąt lat... dobrze mówię... nie! dziewięćdziesiąt i jeden.

– Niech ma i dziewięćset!.. – burknął Zagłoba.

– A niech mu Pan Bóg da jak najwięcej! Dziękuję jegomości za dobre słowo – odrzekł Rzędzian. – Tak tedy wróciłem do domu, żeby rodzicielom odwieźć, com przy pomocy bożej zebrał między zbójami, bo to już waszmościowie wiecie, że mnie zeszłego roku ogarnęli Kozacy w Czehrynie, że mnie za swego mieli, żem Bohuna rannego pilnował i do wielkiej konfidencji z nim przyszedł, a przy tym skupowałem trochę od tych złodziejów, to srebra, to klejnoty...

– Wiemy, wiemy! – rzekł Wołodyjowski.

– Otóż przyjechałem do rodzicielów, którzy radzi mnie widzieli i oczom nie chcieli wierzyć, gdym im wszystko, com zebrał, pokazał. Musiałem dziadusiowi przysiąc, żem uczciwą drogą do tego przyszedł. Dopieroż się ucieszyli, bo trzeba waszmościom wiedzieć, że oni mają tam proces z Jaworskim o gruszę, co na miedzy stoi i w połowie nad Jaworskich gruntami, a w połowie nad naszymi ma gałęzie. Owóż jak ją Jaworscy trzęsą, to i nasze gruszki opadają, a dużo idzie na miedzę. Oni tedy powiadają, że te, co na miedzy leżą, to ich, a my...

– Chłopie, nie przywódźże mnie do gniewu! – rzekł Zagłoba – i nie mów tego, co do rzeczy nie należy...

– Naprzód, z przeproszeniem jegomości, nie jestem ja żaden chłop, jeno szlachcic, choć ubogi, ale herbowny, co jegomości i pan porucznik Wołodyjowski, i pan Podbipięta, jako znajomi pana Skrzetuskiego, powiedzą, a po wtóre, ten proces to trwa już pięćdziesiąt lat...

Zagłoba zacisnął zęby i dał sobie słowo, że się już więcej nie odezwie.

– Dobrze, rybeńko – rzekł słodko pan Longinus – ale ty nam powiadaj o Bohunie, nie o gruszkach.

– O Bohunie? – rzekł Rzędzian. – Niechże będzie i o Bohunie. Owóż Bohun myśli, mój jegomość, że nie ma wierniejszego sługi i przyjaciela nade mnie, chociaż mnie w Czehrynie rozszczepił, bom go też co prawda pilnował, opatrywał, kiedy to go jeszcze kniazie Kurcewicze poszczerbili. Obełgałem go wtedy, że już nie chcę służby pańskiej i wolę z Kozakami trzymać, bo więcej zysku między nimi, a on uwierzył. Jak nie miał wierzyć, kiedym go do zdrowia przyprowadził?! Więc też okrutnie mnie polubił i co prawda, hojnie wynagrodził nie wiedząc o tym, żem ja sobie poprzysiągł zemścić się na nim za oną krzywdę czehryńską i że jeżelim go nie zażgał, to jeno dlatego, że nie przystoi szlachcicowi w łożu leżącego nieprzyjaciela nożem jako świnię pod pachę żgać.

– Dobrze, dobrze – rzekł Wołodyjowski. – To także wiemy, ale jakimżeś sposobem go teraz znalazł?

– A to, widzi jegomość, było tak: gdyśmy już Jaworskich przycisnęli (z torbami oni pójdą, nie może inaczej być!), tak ja sobie myślę: No! czas i mnie będzie Bohuna poszukać i za moją krzywdę mu zapłacić. Spuściłem się rodzicielom z sekretu i dziadusiowi, a on, jako to fantazja u niego dobra, mówi: „Kiedyś poprzysiągł, to idź, bo inaczej będziesz kiep.” Więc ja poszedłem, bom sobie i to jeszcze myślał, że jak Bohuna znajdę, to się o pannie, jeśli żywa, może coś dowiem, a potem, jak go ustrzelę i do mego pana z nowiną pojadę, to też nie będzie bez nagrody.

– Pewnie, że nie będzie i my cię też wynagrodzimy – rzekł Wołodyjowski.

– A u mnie masz już, brateńku, konika z rzędem – dodał Longinus.

– Dziękuję pokornie waszmościom panom – rzekł uradowany pachołek – bo słuszna to jest rzecz za dobrą wieść munsztułuk, a ja też nie przepiję, co od kogo dostanę...

– Diabli mnie biorą! – mruknął Zagłoba.

– Wyjechałeś więc z domu... – poddał Wołodyjowski.

– Wyjechałem więc z domu – mówił dalej Rzędzian – i myślę znowu: gdzie jechać? chyba do Zbaraża, bo tam i do Bohuna niedaleko, i prędzej się o mojego pana dopytam. Jadę tedy, mój jegomość, jadę na Białę i Włodawę i we Włodawie – koniska już miałem srodze zmęczone – zatrzymuję się na popas. A tam był jarmark, we wszystkich zajazdach pełno szlachty; ja do mieszczan: i tam szlachta! Dopieroż jeden Żyd mi powiada: „Miałem izbę, ale ją ranny szlachcic zajął." – „To, mówię, dobrze się zdarzyło, bo ja opatrunek znam, a wasz cyrulik jako to w czasie jarmarku pewnie nie może sobie dać rady z robotą." Gadał jeszcze Żyd, że ten szlachcic sam się opatruje i nie chce nikogo widzieć, a potem poszedł spytać. Ale widać tamtemu było gorzej, bo kazał puścić. Wchodzę ja – i patrzę, kto leży w betach: Bohun!

– O to! – wykrzyknął Zagłoba.

– Przeżegnałem się: W imię Ojca i Syna, i Ducha Świętego, ażem się przelękł, a on mnie poznał od razu, ucieszył się okrutnie (że to mnie ma za przyjaciela) i powiada: „Bóg mi cię zesłał! teraz już nie umrę." A ja mówię: „Co jegomość tu robisz?" – on zaś palec na gębę położył i dopiero później opowiadał mi swe przygody, jako go Chmielnicki do króla jegomości, a naonczas jeszcze królewicza, spod Zamościa wysłał i jako pan porucznik Wołodyjowski w Lipkowie go usiekł.

– Wdzięcznie mnie wspominał? – spytał mały rycerz.

– Nie mogę, mój jegomość, inaczej powiedzieć, jak że dość wdzięcznie. „Myślałem, powiada, że to jakiś wyskrobek, że to, powiada, pokurcz, a to, powiada, junak pierwszej wody, który mnie bez mała na wpół przeciął." Tylko oto, jak o jegomości panu Zagłobie wspomni, to jeszcze gorzej jak pierwej zgrzyta, że jegomość go do walki podjudził!...

– Niech mu tam kat świeci! Już ja się jego nie boję! – odparł Zagłoba.

– Przyszliśmy tedy do dawnej konfidencji – mówił dalej Rzędzian – ba! jeszcze do większej, i on mnie wszystko powiadał, jako śmierci był bliski, jako go do dworu w Lipkowie wzięli mając go za szlachcica, a on też się podał za pana Hulewicza z Podola, jak go później wyleczyli, z wielką ludzkością traktując, za co im wdzięczność do śmierci poprzysiągł.

– A cóż we Włodawie robił?

– Ku Wołyniowi się przebierał, ale mu się w Parczewie rany otworzyły, bo się z nim wóz wywrócił, więc musiał zostać, chociaż i w strachu wielkim, gdyż łatwo tam go mogli rozsiekać. Sam mnie to mówił. „Byłem, powiada, wysłany z listami, ale teraz świadectwa żadnego nie mam, jeno piernacz, i gdyby się zwiedzieli, ktom jest, to by mnie nie tylko szlachta rozsiekała, ale pierwszy komendant by mnie powiesił, nikogo o pozwolenie nie pytając." Pamiętam, że jak mi to rzekł, tak ja do niego mówię: „Dobrze to wiedzieć, że pierwszy komendant by jegomości powiesił." A on pyta : „Jak to?" – „Tak, rzekę, że trzeba być ostrożnie i nikomu nic nie mówić – w czym się też jegomości przysłużę." Dopieroż jął mi dziękować i o wdzięczności zapewniać, jako że mnie nagroda nie minie. „Teraz, mówi, pieniędzy nie mam, ale co mam z klejnotów, to ci dam, a później cię złotem obsypię, tylko mi jedną przysługę jeszcze oddaj."

– Aha, to już przyjdzie do kniaziówny! – rzekł Wołodyjowski.

– Tak jest, mój jegomość; muszę już wszystko dokumentnie opowiedzieć. Jak mi tedy rzekł, że teraz pieniędzy nie ma, takem do reszty serce dla niego stracił i myślę sobie: „Poczekaj, oddam ja ci przysługę!" A on mówi: „Chorym jest, nie mam siły do podróży, a droga daleka i niebezpieczna mnie czeka. Jeżeli się, powiada, na Wołyń dostanę – a to stąd blisko – to już będę między swoimi, ale tam nad Dniestr nie mogę jechać, bo sił nie staje i trzeba, powiada, przez wraży kraj przejeżdżać, koło zamków i wojsk – jedź ty za mnie." Więc ja pytam: „A dokąd?" – On na to: „Aż pod Raszków, bo ona tam ukryta u siostry Dońca, Horpyny, czarownicy." – Pytam: „Kniaziówna?" – „Tak jest – rzecze. – Tamem ją ukrył, gdzie jej ludzkie oko nie dojrzy, ale jej tam dobrze i jako księżna Wiśniowiecka na złotogłowiach sypia."

– Mów no prędzej, na Boga! – krzyknął Zagłoba.

– Co nagle, to po diable! – odpowiedział Rzędzian. – Jakem to tedy, mój jegomość, usłyszał, takem się ucieszył, alem tego po sobie nie pokazał i mówię: „A pewnoż ona tam jest? bo to już musi być dawno, jakeś waćpan ją tam odwiózł?" On począł się zaklinać, że Horpyna, jego suka wierna, będzie ją i dziesięć lat trzymała, aż do jego powrotu, i że kniaziówna tam jest jako Bóg na niebie, bo tam ani Lachy, ani Tatary, ani Kozaki nie przyjdą, a Horpyna rozkazu nie złamie.

Podczas gdy tak opowiadał Rzędzian, pan Zagłoba trząsł się jak w febrze, mały rycerz kiwał radośnie głową, Podbipięta oczy do nieba wznosił.

– Że ona tam jest, to już pewno – mówił dalej pachołek – bo najlepszy dowód, że on mnie do niej wysłał. Ale ja ociągałem się zrazu, żeby to niczego po sobie nie pokazać – i mówię: „A po co ja tam?" On zaś: „Po to, że ja tam nie mogę jechać. Jeśli (powiada) żywy się z Włodawy na Wołyń przedostanę, to się każę do Kijowa nieść, bo tam już wszędzie nasi Kozacy górą, a ty, powiada, jedź i Horpynie daj rozkaz, by ją do Kijowa, do monasteru Świętej-Przeczystej odwiozła."

– A co! więc nie do Dobrego Mikoły! – wybuchnął Zagłoba. – Zaraz mówiłem, że Jerlicz śledziennik albo że zełgał.

– Do Świętej-Przeczystej! – mówił dalej Rzędzian. – „Pierścień (powiada) ci dam i piernacz, i nóż, a już Horpyna będzie wiedziała, co to znaczy, bo taka umowa stoi, i Bóg cię (powiada) tym bardziej zesłał, że ona cię zna, wie, żeś mój druh najlepszy. Jedźcie razem, Kozaków się nie bójcie, jeno na Tatarów baczcie, jeśliby gdzie byli, i omijajcie, bo ci piernacza nie uszanują. Pieniądze, dukaty, tam są, powiada, zakopane na miejscu w jarze, od wypadku – to je wyjmij. Po drodze mówcie jeno: – Bohunowa jedzie! – a niczego wam nie zbraknie. Zresztą (powiada) czarownica da sobie radę, tylko ty jedź ode mnie, bo kogóż ja, nieszczęsny, poślę, komu zawierzę tu w obcym kraju, między wrogami?" Tak on to mnie, moi jegomoście, prosił, że prawie i śluzy wylewał,

w końcu kazał mi, bestia, przysięgać, że pojadę, a ja też przysiąg
łem, jeno w duchu dodałem: ,,z moim panem!" On tedy uradował się i zaraz dał mi piernacz i pierścień, i nóż, i co miał klejnotów, a ja też wziąłem, bom myślał: lepiej niech będzie u mnie
niż u zbója. Na pożegnanie powiedział mi jeszcze, który to jest jar
nad Waładynką, jak jechać i jak się obrócić, tak dokumentnie, że
z zawiązanymi oczyma bym trafił, co sami waszmościowie zobaczycie, gdyż tak myślę, że razem pojedziemy.

– Zaraz jutro! – rzekł Wołodyjowski.

– Co to jutro! – dziś jeszcze na świtanie każem konie kulbaczyć.

Radość chwyciła wszystkich za serca i słychać było to okrzyki
wdzięczności ku niebu, to zacieranie rąk radosne, to nowe pytania
rzucane Rzędzianowi, na które pachołek ze zwykłą sobie flegmą
odpowiadał.

– Niech cię kule biją! – wykrzyknął Zagłoba – jakiego w tobie pan
Skrzetuski ma sługę!

– Albo co? – pytał Rzędzian.

– Bo cię chyba ozłoci.

– Ja też tak myślę, że nie będzie to bez nagrody, chociaż mojemu
panu z wierności służę.

– A cóżeś z Bohunem uczynił? – pytał Wołodyjowski.

– Toż to, mój jegomość, było dla mnie umartwienie, że znowu
on leżał chory i nie wypadało mi go żgnąć, bo to i mój pan by
zganił. Taki już los! Cóżem miał więc robić? Oto, gdy mnie już
wszystko powiedział, co miał powiedzieć, i dał, co miał dać, tak ja
po rozum do głowy. Po co, mówię sobie, taki złodziej ma po
świecie chodzić, który i pannę więzi, i mnie w Czehrynie poszczerbił? Niech go lepiej nie będzie i niech mu kat świeci! Bo i to
sobie myślałem, że nuż wyzdrowieje i za nami z Kozakami ruszy?
Więcem niewiele myśląc poszedł do pana komendanta Regowskiego, który we Włodawie z chorągwią stoi, i doniosłem, że to jest
Bohun, najgorszy z rebelizantów. Już go tam musieli do tej pory
powiesić.

To rzekłszy Rzędzian rozśmiał się dość głupkowato i spojrzał po obecnych jakby czekając, aby mu zawtórowali; ale jakże się zdziwił, gdy odpowiedziano mu milczeniem. Dopiero po niejakim czasie pierwszy Zagłoba mruknął: „Mniejsza z tym" – ale natomiast Wołodyjowski siedział cicho, a pan Longinus jął cmokać językiem, kręcić głową i wreszcie rzekł:

– Toś niepięknie postąpił, brateńku, co się zowie niepięknie!

– Jak to, mój jegomość? – pytał zdumiony Rzędzian – miałem go lepiej pchnąć?

– I tak byłoby nieładnie, i tak nieładnie; ale nie wiem, co lepiej: czy być zbójem, czy Judaszem?

– Co też jegomość mówi? Zali to Judasz jakowego rebelizanta wydawał? A to przecież i króla jegomości, i całej Rzeczypospolitej jest nieprzyjaciel!

– Prawda to, ale ono zawsze niepięknie. A jak, mówisz, ów komendant się nazywał, co?

– Pan Regowski. Mówili, że mu na imię Jakub.

– To ten sam! – mruknął Litwin. – Pana Łaszcza krewny i pana Skrzetuskiego nieprzyjaciel.

Ale nie słyszano tej uwagi, bo pan Zagłoba głos zabrał:

– Mości panowie! – rzekł. – Tu nie ma co zwłóczyć! Bóg sprawił przez tego pacholika i tak pokierował, że w lepszych niż dotąd kondycjach będziemy jej szukali, Bogu niech będzie chwała! Jutro musimy ruszyć. Książę wyjechał, ale już i bez jego permisji puścimy się w drogę, bo czasu nie ma! Pójdzie pan Wołodyjowski, ja z nim i Rzędzian, a waćpan, panie Podbipięta, lepiej zostaniesz, bo wzrost twój i prostoduszność wydać by nas mogły.

– Nie, bracie, ja też pojadę! – rzekł Litwin.

– Dla jej bezpieczeństwa musisz to uczynić i zostać. Waćpana kto raz widział, ten nigdy w życiu nie zapomni. Mamy piernacz, to prawda, ale waćpanu by i z piernaczem nie uwierzyli. Dusiłeś Puljana na oczach wszystkiego Krzywonosowego hultajstwa, a gdyby taka tyczka była między nimi, toć by ją znali. Nie może to być, żebyś waćpan z nami jechał. Tam trzech głów nie znajdziesz, a twoja jedna niewiele pomoże. Masz zgubić imprezę, to lepiej siedź.

– Żal – rzekł Litwin.

– Żal, nie żal, a musisz się zostać. Jak pojedziemy gniazda z drzew wybierać, to i waćpana weźmiemy, ale teraz nie.

– Słuchać hadko!

– Dajże waćpan pyska, bo mi w sercu wesoło, ale zostań. Tylko jeszcze jedno, mości panowie. Rzecz to największej wagi: sekret, żeby się między żołnierstwem nie rozniosło, a od nich do chłopstwa nie przeszło. Nikomu ani słowa!

– Ba, a księciu?

– Księcia nie ma.

– A panu Skrzetuskiemu, jeśli wróci?

– Jemu właśnie ani słowa, bo zaraz by się wyrywał za nami; będzie miał dość czasu na radość, a broń Boże nowego zawodu, tak by rozum stracił. Parol kawalerski, mości panowie, że ani słowa.

– Parol! – rzekł Podbipięta.

– Parol, parol!

– A teraz Bogu dziękujmy.

To rzekłszy Zagłoba ukląkł pierwszy, a za nim inni, i modlili się długo i żarliwie.

XXII

Książę przed kilku dniami wyjechał rzeczywiście do Zamościa w celu czynienia nowych zaciągów i nierychło spodziewano się jego powrotu, więc Wołodyjowski, Zagłoba i Rzędzian ruszyli na wyprawę bez niczyjej wiedzy i w najgłębszej tajemnicy, do której z ludzi pozostałych w Zbarażu jeden tylko pan Longinus był przypuszczony, ale i on, słowem związany, milczał jak zaklęty.

Wierszułł i inni oficerowie wiedząc o śmierci kniaziówny nie przypuszczali, by odjazd małego rycerza z Zagłobą był w jakimkolwiek związku z narzeczoną nieszczęsnego Skrzetuskiego, i sądzili, że to do niego raczej wyruszyli dwaj przyjaciele, tym bardziej że był między nimi i Rzędzian, o którym wiedziano, że Skrzetuskiemu służy. Oni zaś pojechali wprost do Chlebanówki i tam czynili przygotowania do pochodu.

Zagłoba zakupił przede wszystkim za pieniądze pożyczone od Longina pięć rosłych koni podolskich zdolnych do dalekich pochodów, których chętnie używała jazda polska i starszyzna kozacka; koń taki mógł dzień cały gnać za bachmatem tatarskim, a szybkością biegu przewyższał nawet tureckie, od których był wytrzymalszy na wszelkie zmiany pogody, na noce chłodne i dżdże. Takich to pięć biegunów nabył pan Zagłoba; prócz tego dla siebie i towarzyszów, również jak i dla kniaziówny nabył dostatnie świty kozackie. Rzędzian zajął się jukami, a gdy już wszystko było przewidziane i gotowe, ruszyli w drogę, Bogu i świętemu Mikołajowi, patronowi panien, w opiekę przedsięwzięcie oddając.

Tak przebranych łatwo było można poczytać za jakichś atamanów kozackich i zdarzało się często, że ich zaczepiali żołnierze z załóg polskich i straży rozrzuconych hen! aż ku Kamieńcowi – ale tym łatwo legitymował się pan Zagłoba. Jechali czas dłuższy krajem bezpiecznym, bo zajętym przez chorągwie regimentarza Lanckorońskiego, który zbliżał się z wolna ku Barowi, aby na zbierające się tam kupy kozackie mieć oko. Wiedziano już powszechnie, że z układów nic nie będzie, więc wojna wisiała nad krajem, lubo główne siły nie ruszyły się jeszcze. Armistycjum perejasławskie skończyło się do Zielonych Świątek; wojna podjazdowa nie ustawała naprawdę nigdy, a teraz wzmogła się i z obu stron czekano tylko hasła. Tymczasem wiosna rozradowała się nad stepem. Stratowana kopytami końskimi ziemia pokryła się bisiorem traw i kwiecia wyrosłego z ciał poległych rycerzy. Nad pobojowiskami tkwiły w błękicie skowronki; na wysokościach ciągnęło z krzykiem ptactwo rozmaite; wody rozlane marszczyły się w łuskę błyszczącą pod ciepłym powiewem wiatru, a wieczorami żaby pławiące się w ugrzanej fali do późna w noc wiodły radosne rozhowory.

Zdawało się, że sama natura pragnie rany zabliźnić, bóle ukoić, mogiły ukryć pod kwiatami. Jasno było na niebie i ziemi, świeżo, powietrzno, wesoło, a step cały jak malowany błyszczał na kształt złotogłowiu, mienił się jak tęcza albo pas polski, na którym zręczna robotnica wszystkie barwy wybornie ożeni. Stepy grały od ptactwa i wiatr chodził po nich szeroki, który suszy wody i śniadość daje twarzom ludzkim.

Wtedy to raduje się każde serce i otuchą napełnia się niezmierną, więc też i nasi rycerze takiej właśnie otuchy byli pełni. Pan Wołodyjowski śpiewał ustawicznie, a pan Zagłoba przeciągał się na koniu, nadstawiał z lubością pleców na słońce i raz, gdy go dobrze nagrzało, rzekł do małego rycerza:

– Błogo mi jest, bo prawdę rzekłszy, po miodzie i węgrzynie nie masz jak słońce na stare kości.

– Dla wszystkich ono jest dobre – odpowiedział pan Wołodyjowski – gdyż zauważ waćpan, jak nawet *animalia* lubią się wylegiwać na słońcu.

– Szczęście to jest, że w takiej porze jedziemy po kniaziównę – mówił dalej Zagłoba – gdyż w zimie przy mrozach trudno by z dziewczyną uciekać.

– Niech ją tylko w ręce dostaniemy, a szelmą jestem, jeżeli nam ją kto odbierze.

– Powiem ci, panie Michale – rzekł na to Zagłoba – że jedną mam tylko obawę, a to: żeby w razie wojny Tatarstwo się w tamtych stronach nie ruszyło i nas nie ogarnęło; bo z Kozakami damy sobie rady. Chłopstwu wcale się nie będziemy legitymowali, bo zauważyłeś, że nas za starszych mają, a Zaporożcy piernacz szanują i Bohunowe imię tarczą nam będzie.

– Znam ja się z Tatary, bo nam w państwie łubniańskim życie na ustawicznym procederze z nimi schodziło... a już ja i Wierszułł to nigdy nie mieliśmy odpoczynku – odpowiedział pan Michał.

– I ja ich znam – rzekł Zagłoba. – Wspominałem ci przecie, jakom między nimi wiele lat spędził i do godności wielkich mogłem dojść; ale żem się nie chciał zbisurmanić, więc musiałem wszystkiego poniechać i jeszcze mi śmierć męczeńską zadać chcieli za to, żem ich najstarszego księdza na wiarę prawdziwą namówił.

– A mówiłeś waćpan kiedy indziej, że to było w Gałacie.

– W Gałacie było swoją drogą, a w Krymie swoją. Bo jeżeli myślisz, że się w Gałacie świat kończy, to chyba nie wiesz, gdzie pieprz rośnie. Więcej jest synów Beliala niżeli chrześcijan na tym świecie.

Tu wtrącił się do rozmowy Rzędzian.

– Nie tylko od Tatarów możemy mieć przeszkodę – rzekł – bo nie mówiłem waszmościom, co mnie Bohun powiedział, że tego jaru paskudne potęgi pilnują. Sama ona olbrzymka, która kniaziówny pilnuje, można to jest czarownica, z diabłami w konfidencji, którzy nie wiem, czy jej o nas nie przestrzegają. Mam ci ja wprawdzie kulę, com ją sam na święconą pszenicę lał, gdyż inna się jej nie chwyta, ale oprócz tego upiorzysków tam podobno całe regimenty, które wejścia bronią. Już to głowa ichmościów w tym, żeby mnie co złego nie spotkało, bo zaraz by mi nagroda przepadła.

– Trutniu jeden! – rzecze pan Zagłoba. – Właśnie też nam w głowie o twoim zdrowiu myśleć. Nie skręci ci diabeł karku, a choćby i skręcił, to wszystko jedno, bo ty i tak za swoje łakomstwo będziesz potępiony. Za stary ja wróbel, żeby mnie na plewy brać, i to sobie zakonotuj, że jeśli Horpyna można czarownica, to ja możniejszy od niej czarownik, bom się w Persji ciemnego kunsztu uczył. Ona diabłom służy, a oni mnie i mógłbym nimi jako wołmi orać, jeno nie chcę mając zbawienie duszy na uwadze.

– To dobrze, mój jegomość, ale na ten raz to już niech jegomość swojej mocy użyje, bo zawszeć lepiej być w bezpieczności.

– Ja zaś więcej ufam w naszą dobrą sprawę i boską opiekę – rzekł Wołodyjowski. – Niechże tam Horpyny i Bohuna czarni strzegą, a z nami są anieli niebiescy, którym najlepszy piekielny komunik nie dotrzyma; na który przypadek świętemu Michałowi Archaniołowi siedm świec z białego wosku ofiaruję.

– To już i ja na jedną się przyłożę – rzekł Rzędzian – żeby mnie jegomość, pan Zagłoba, potępieniem nie straszył.

– Pierwszy ja cię do piekła wyprawię – odpowiedział szlachcic – jeśli się pokaże, że miejsca nie wiesz dobrze.

– Jak to nie wiem? Byleśmy do Władynki dojechali, to już z zawiązanymi oczyma trafię. Pojedziemy brzegiem ku Dniestrowi, a jar będzie po prawej ręce; który po tym poznamy, że wejście do niego skałą zawalone. Na pierwszy rzut oka wydaje się, że wcale wjechać nie można, ale w skale jest wyrwa, przez którą dwa konie obok siebie przejdą. Jak już tam będziemy, to nam nikt nie umknie, bo to jest jedyny wchód i wychód z jaru, naokoło zaś ściany tak wysokie, że ptak ledwie przeleci. Czarownica morduje ludzi, którzy tam bez pozwoleństwa wchodzą, i jest dużo kościotrupów, ale na to Bohun nie kazał zważać, jeno jechać i krzyczeć: „Bohun! Bohun!..." Dopieroż ona do nas z przyjaźnią wyjdzie... Prócz Horpyny jest tam jeszcze i Czeremis, który z piszczeli okrutnie strzela. Oboje musimy uśmiercić.

– Onego Czeremisa nie mówię, ale babę dość będzie związać.

– Zaśby ją tam jegomość związał! Ona taka mocna, że pancerz jak koszulę rozdziera, a podkowa to jeno jej w ręku chrupnie. Chyba jeden pan Podbipięta dałby jej rady, ale nie my. Daj no jegomość pokój, mam ja na nią kulę święconą, niechże już na tę diablicę przyjdzie czarna godzina; inaczej leciałaby za nami jak wilczyca, a na Kozaków wyła i pewnie byśmy nie tylko panny, ale własnych głów zdrowo nie przywieźli.

Na podobnych rozmowach i naradach schodził im czas w drodze. A jechali śpieszno, mijając miasteczka, sioła, chutory i mogiły. Szli na Jarmolińce ku Barowi, skąd dopiero mieli się zwrócić ukosem w stronę Jampola i Dniestru. Przechodzili przez te okolice, w których niegdyś Wołodyjowski pobił Bohuna – i pana Zagłobę z jego rąk uwolnił. Trafili nawet do tego samego chutoru i zatrzymali się w nim na noc. Czasem też wypadały im noclegi i pod gołym niebem, w stepie, a wówczas pan Zagłoba urozmaicał je opowiadaniem dawnych swych przygód, tych, które się zdarzyły, i takich, które wcale się nie zdarzyły. Ale najwięcej rozmawiano o kniaziównie i o jej przyszłym uwolnieniu z niewoli u czarownicy.

Wyjechawszy wreszcie z okolic trzymanych w ryzie przez załogi i chorągwie Lanckorońskiego, weszli w kraj kozaczy, w którym nic nie pozostało się Lachów, bo tych, którzy nie uciekli, wytępiono ogniem i mieczem. Maj skończył się i nastał czerwiec znojny, a oni ledwie trzecią część podróży odbyli, bo droga była daleka i trudna. Na szczęście, od strony kozactwa żadne nie groziło im niebezpieczeństwo. Chłopskim watahom nie legitymowali się wcale, bo te najczęściej za starszych zaporoskich ich miały. Wszelako od czasu do czasu pytano ich, co by za jedni byli, a wówczas pan Zagłoba, jeżeli pytającym był Niżowy, pokazywał piernacz Bohunów, jeśli zaś zwykły rezun z czerni, to nie zsiadając z konia, kopał go nogą w piersi i obalał na ziemię – inni zaś patrząc na to, zaraz otwierali im drogę, myśląc, że to nie tylko swój jedzie, ale i ktoś bardzo godny, skoro bije. ,,Może Krzywonos, Burłaj albo i sam bat'ko Chmielnicki.''

Wielce jednak narzekał pan Zagłoba na sławę Bohuna, bo się zbyt pytaniami o niego uprzykrzali Niżowi, przez co i zwłoki w podróży zdarzały się niemałe. I zwykle nie było końca pytaniom: czy zdrów? czy żyje? – bo się już wieść o jego śmierci aż pod Jahorlik i porohy rozbiegła. A gdy podróżni opowiadali, że zdrów i wolny i że jego to właśnie są wysłańcami, tedy całowano ich i częstowano; otwierały się im wszystkie serca, a nawet worki, z czego chytry pachołek pana Skrzetuskiego nie omieszkał korzystać.

W Jampolu przyjął ich Burłaj, który tu z wojskiem niżowym i czernią na Tatarów budziackich czekał, stary, sławny pułkownik. Ten przed laty Bohuna rzemiosła wojennego uczył; na wyprawy czarnomorskie z nim chodził i Synopę na współkę w jednej z takich wypraw zrabowali, więc też kochał go jak syna i wdzięcznie przyjął jego wysłańców nie okazując najmniejszej nieufności, zwłaszcza że zeszłego roku Rzędziana przy nim widział. Owszem, dowiedziawszy się, że Bohun żyje i na Wołyń zdąża, ucztę z radości wysłańcom wydał i sam się na niej upił.

Obawiał się, było, pan Zagłoba, ażeby Rzędzian podpiwszy nie wygadał się z czym niepotrzebnym, ale pokazało się, że szczwany jak lis pachołek tak się umiał obracać, że mówiąc prawdę wówczas tylko, gdy ją można było powiedzieć, sprawy przez to nie narażał, a tym większą ufność zyskiwał. Dziwnie jednak było słuchać naszym rycerzom tych rozmów prowadzonych z jakąś straszliwą szczerością, w których ich nazwiska często się powtarzały.

– Słyszeli my – mówił Burłaj – że Bohun w pojedynku usieczon. A nie wiecie wy, kto jego usiekł?

– Wołodyjowski, oficer kniazia Jaremy – odpowiedział spokojnie Rzędzian.

– Ej, żeby ja go w ręce dostał, zapłaciłby mu ja za naszego sokoła. Ze skóry ja by jego obdarł!

Pan Wołodyjowski ruszył na to owsianymi wąsikami i spojrzał na Burłaja takim wzrokiem, jakim chart spogląda na wilka, którego mu nie wolno uchwycić za gardziel, a Rzędzian rzekł:

– Dlatego to ja wam mówię, mości pułkowniku, jego nazwisko.

„Diabeł będzie miał prawdziwą pociechę z tego chłopaka!" – pomyślał pan Zagłoba.

– Ale – mówił dalej Rzędzian – ten nie tyle winien, bo jego sam Bohun wyzwał nie wiedząc, jaką szablę wyzywa. Inny tam był szlachcic, największy Bohuna wróg, który raz już kniaziównę mu z rąk wydarł.

– A to kto taki?

– At! stary opój, co się przy naszym atamanie w Czehrynie wieszał i druha dobrego jego udawał.

– Będzie on jeszcze wisiał! – wykrzyknął Burłaj.

– Kpem jestem, jeżeli temu pokurczowi uszu nie obetnę! – mruknął Zagłoba.

– Tak go usiekli – prawił Rzędzian – że innego dawno by już kruki dziobały, ale w naszym atamanie dusza rogata i wyzdrowiał, chociaż do Włodawy ledwie się dowlókł, i tam by też pewno rady sobie nie dał, żeby nie my. My jego na Wołyń wyprawili, gdzie nasi górą, a samych tu po dziewczynę wysłał.

– Zgubią jego te czarnobrewy! – mruknął Burłaj. – I ja jemu to dawno przepowiadał. A czy to mu nie lepiej było poigrać z dziewczyną po kozacku, a potem kamień do szyi i w wodę, jak my na Czarnym Morzu robili?

Tu ledwie wytrzymał pan Wołodyjowski, tak był w swoim sentymencie dla płci białej zraniony. Zagłoba zaś rozśmiał się i rzekł:

– Pewnie by tak lepiej.

– Ale wy dobre druhy! – mówił Burłaj – wy jego nie opuścili w potrzebie, a ty mały (tu zwrócił się do Rzędziana), ty najlepszy ze wszystkich, bo ja już ciebie w Czehrynie widział, jak ty naszego sokoła pilnował i hołubił. No! tak i ja wam druh. Wy mówcie, czego wam potrzeba! mołojców czy koni? – tak ja wam dam, żeby się wam gdzie z powrotem krzywda nie stała.

– Mołojców nam nie potrzeba, mości pułkowniku – odrzekł Zagłoba – bo my swoi ludzie i swoim krajem pojedziemy, a Bóg nie daj złego spotkania, to z wielką watahą gorzej niż z małą, ale konie co najściglejsze to by się przydały.

– Dam wam takie, że ich i bachmaty chanowe nie dogonią.

Wtem Rzędzian odezwał się nie tracąc sposobnej pory:

– I hroszi mało nam daw ataman, bo sam ne maw, a za Bracławiem miara owsa talara.

– To hody ze mną do komory – rzekł Burłaj.

Rzędzian nie dał sobie tego dwa razy powtarzać i zniknął wraz ze starym pułkownikiem za drzwiami, a gdy po chwili ukazał się znowu, radość biła mu z pucołowatego oblicza i siny żupan odymał mu się jakoś na brzuchu.

– No, jedźcie z Bogiem – ozwał się stary Kozak – a jak dziewczynę weźmiecie, tak wstąpcie do mnie, niech i ja Bohunową zazulę zobaczę.

– Nie może to być, mości pułkowniku – odrzekł śmiało pachołek – bo ta Laszka okrutnie się stracha i raz się już nożem pchnęła. Boimy się, by jej co złego się nie stało. Lepiej niech już ataman sobie z nią radzi.

– Poradzi!... nie będzie ona mu się strachała. Laszka biłoruczka! Kozak jej śmierdzi! – mruknął Burłaj. – Jedźcie z Bogiem! niedaleko już macie!

Z Jampola niezbyt już było daleko do Waładynki, ale droga trudna, a raczej ustawiczne bezdroże rozpościerało się przed rycerzami, bo w owych czasach tamtejsze okolice były jeszcze pustynią z rzadka tylko osiadłą i zabudowaną. Szli tedy od Jampola nieco na zachód, oddalając się od Dniestru, aby iść następnie z biegiem wód Waładynki, ku Raszkowowi, bo tylko tak idąc można było trafić do jaru. Na niebie bielił się świt, gdyż uczta u Burłaja przeciągnęła się do późnej nocy, i pan Zagłoba wyrachował, że przed zachodem słońca nie odnajdą jaru, ale było to mu właśnie na rękę, chciał bowiem po uwolnieniu Heleny zostawić noc za sobą. Tymczasem jadąc rozmawiali, jak dotychczas służyło im we wszystkim szczęście przez całą drogę, a pan Zagłoba wspominając ucztę Burłajową tak mówił:

– Przypatrzcie się jeno, jak to ci Kozacy, którzy żyją w bractwie, wspierają się wzajemnie w każdym terminie! Nie mówię o czerni, którą oni pogardzają i dla której, jeżeli diabeł im pomoże zrzucić naszą zwierzchność, gorszymi jeszcze będą panami; ale w bractwie jeden za drugiego w ogień skoczyć gotowy, nie tak jak między naszą szlachtą.

– Gdzie tam, mój jegomość – odparł na to Rzędzian. – Byłem ja między nimi długo i widziałem, jako się między sobą niby wilcy zażerają, a gdyby Chmielnickiego nie stało, który ich to siłą, to polityką w ryzie trzyma, wnet by się ze szczętem pożerali. Ale ten Burłaj to jest wielki między nimi wojownik i sam Chmielnicki jego szanuje.

– Ale ty pewnie już masz dla niego kontempt, bo ci się obedrzeć pozwolił. Ej, Rzędzian, Rzędzian! nie umrzesz ty własną śmiercią!

– Co komu pisano, mój jegomość! Wszakże nieprzyjaciela w pole wywieść chwalebna to jest rzecz i Bogu miła!

– Toteż nie to ci się gani, ale twoją chciwość. Chłopski to sentyment, szlachcica niegodny, za który pewnie będziesz potępiony.

– Nie pożałuję ja na świecę do kościoła, jak mi się uda zarobić, aby też i Pan Bóg miał ze mnie korzyść i nadal mnie błogosławił; a że rodzicieli wspomagam, to nie grzech.

– Co za szelma na cztery nogi kuta! – wykrzyknął zwracając się do Wołodyjowskiego pan Zagłoba. – Myślałem, że razem ze mną i fortele moje pójdą do trumny, ale widzę, że to frant jeszcze większy. Toż my przez chytrość tego pachołka uwolnimy naszą kniaziównę od Bohunowej niewoli za Bohunowym pozwoleniem i na Burłajowych koniach! Widziałże kto kiedy podobną rzecz? A na pozór trzech groszy byś za tego pachołka nie dał. Rzędzian uśmiechnął się z zadowoleniem i odrzekł:

– Albo to nam będzie źle, mój jegomość?

– Udałeś mi się i żeby nie twoja chciwość, to bym cię do służby wziął; ale skoroś Burłaja tak w pole wywiódł, już ci to, żeś mnie nazwał opojem, przebaczam.

– To nie ja tak jegomości nazwałem, jeno Bohun.

– Bóg go też skarał – odrzekł Zagłoba.

Na takich rozmowach zeszedł im ranek, ale gdy już słońce wytoczyło się wysoko na sklep niebieski, chwyciła ich powaga, bo za kilka godzin mieli ujrzeć Waładynkę. Po długiej podróży byli na koniec u celu, ale niepokój, naturalny w podobnych wypadkach, wkradł im się do serc. Żyje-li jeszcze Helena? a jeżeli żyje, to czy znajdą ją w jarze? Horpyna mogła ją wywieźć lub może ją w ostatniej chwili ukryć w nieznanych rozpadlinach jaru albo uśmiercić. Przeszkody nie były jeszcze przezwyciężone, niebezpieczeństwa wszystkie nie minęły. Mieli wprawdzie wszystkie znaki, po których Horpyna powinna była ich rozeznać jako Bohunowych wysłańców pełniących jego wolę; ale nuż diabły lub duchy ją ostrzegą? Tego obawiał się najwięcej Rzędzian, a i pan Zagłoba, choć się miał za biegłego w ciemnym kunszcie nie myślał o tym bez niepokoju. W takim bowiem razie zastaliby jar pusty albo – co gorzej – Kozaków z Raszkowa ukrytych w nim na zasadzce. Serca biły im coraz mocniej, a gdy wreszcie po kilku jeszcze godzinach drogi z wysokiej krawędzi jaru ujrzeli błyszczącą z dala wstążkę wody, pucołowata twarz Rzędziana przybladła trochę.

– To Waładynka! – rzekł przyciszonym głosem.

– Już? – pytał równie cicho Zagłoba. – Jak my to już blisko!...

– Oby nas tylko Bóg ustrzegł! – odparł Rzędzian. – Mój jegomość, niech no jegomość pocznie zaklęcia, bo okrutnie się boję.

– Głupstwo zaklęcia! Przeżegnamy rzekę i czeluście, to lepiej pomoże.

Pan Wołodyjowski najspokojniejszy był ze wszystkich, ale milczał; obejrzał tylko starannie pistolety i podsypał na nowo, po czym zmacał, czy szabla lekko wychodzi z pochwy.

– Mam i ja kulę święconą w tym oto pistolecie – rzekł Rzędzian. – W imię Ojca i Syna, i Ducha Świętego! Ruszajmy!

– Ruszajmy! ruszajmy!

Po niejakim czasie znaleźli się nad brzegiem rzeczki i zwrócili konie w kierunku jej biegu. Tu pan Wołodyjowski zatrzymał ich na chwilę i rzekł:

– Niech Rzędzian weźmie piernacz, bo jego czarownica zna, i niechże pierwszy z nią paktuje, żeby się nas nie przestraszyła i nie uciekła w jaką czeluść z kniaziówną.

– Ja pierwszy nie pojadę, róbcie waszmościowie, co chcecie – rzekł Rzędzian.

– To jedź, trutniu, na ostatku!

To powiedziawszy pan Wołodyjowski ruszył pierwszy, za nim jechał pan Zagłoba, a w końcu z powodnymi końmi człapał Rzędzian oglądając się niespokojnie na wszystkie strony. Kopyta końskie szczękały po kamieniach, naokół panowała głucha cisza pustyni, jeno szarańcze i koniki polne, ukryte w rozpadlinach i szparach, ksykały głośno, bo dzień był znojny, chociaż słońce zeszło już znacznie z południa. Jeźdźcy nadjechali na koniec nad wzgórze okrągłe jak przewrócona tarcza rycerska, nad którym rozpadające się i zwietrzałe od słońca skały tworzyły kształty podobne do rumowisk, do zwalisk domów i wież kościelnych; myślałbyś: zamek lub miasto zbu-

664

rzone wczoraj przez nieprzyjaciela. Rzędzian spojrzał i trącił pana Zagłobę.

– To Wraże Uroczyszcze – rzekł – poznaję z tego, co mnie Bohun powiadał. Tędy w nocy nikt żywy nie przejdzie.

– Jeśli nie przejdzie, to może przejedzie – odparł Zagłoba. – Tfu! co za jakiś przeklęty kraj! Ale że przynajmniej na dobrej jesteśmy drodze!

– To już niedaleko! – rzekł Rzędzian.

– Chwała Bogu! – odpowiedział pan Zagłoba i myśl jego uniosła się ku kniaziównie.

Było mu jakoś dziwnie na duszy i widząc te dzikie brzegi Waładynki, tę pustynię i głuszę, prawie nie wierzył sobie, żeby kniaziówna mogła być tak blisko – ona, dla której tyle przygód i niebezpieczeństw przebył i którą tak pokochał, że gdy przyszła wieść o jej śmierci, to sam nie wiedział, co robić z życiem i ze starością. Ale z drugiej strony, człowiek oswaja się nawet z nieszczęściem, pan Zagłoba zaś przez tyle czasu zżył się z myślą, że ona porwana, daleko i w Bohunowej mocy, iż teraz nie śmiał sobie powiedzieć: oto już nadchodzi koniec tęsknoty, koniec poszukiwań, nadchodzi czas pomyślności i spokoju. Przy tym i inne pytania cisnęły mu się do głowy: co też ona powie, gdy go ujrzy? zali się we łzach nie rozpłynie? Bo ten ratunek po tak długiej i ciężkiej niewoli spadnie na nią jak piorun niespodziewanie. ,,Bóg ma swoje dziwne drogi – myślał Zagłoba – i tak potrafił wszystko powiązać, że z tego jest tryumf cnocie, a zawstydzenie nieprawościom.'' Bóg to oddał naprzód Rzędziana w ręce Bohuna, a potem uczynił z nich przyjaciół. Bóg to sprawił, że wojna, sroga matka, odwołała dzikiego atamana z tych pustkowi, do których łup swój jak wilk uniósł. Bóg później wydał go w ręce Wołodyjowskiego i znowu zetknął z Rzędzianem – i tak się wszystko złożyło, że teraz ot, gdy tam Helena resztę nadziei może traci i już znikąd, znikąd nie spodziewa się pomocy – pomoc tuż! ,,Kończy się twoje płakanie i zgryzota, córuchno moja – myślał dalej Zagłoba – i niezadługo przyjdzie na cię radość niezmierna. Oj! a będzież ona wdzięczna, będzie rączki składała! a dziękowała!"

Tu stanęła dziewczyna panu Zagłobie w oczach jakoby żywa – i rozczulił się szlachcic okrutnie, i pogrążył się całkiem w rozmyślaniach o tym, co to za chwilę się zdarzy.

Wtem Rzędzian pociągnął go z tyłu za rękaw:

– Jegomość!

– A co? – spytał Zagłoba niekontent, iż mu przerwano bieg myśli.

– Czy jegomość widział? Wilk pomknął przed nami.

– To i cóż?

– A czy to tylko był wilk?

– Całujże go w nos.

W tej chwili Wołodyjowski zatrzymał konia.

– Czyśmy drogi nie zmylili? – pytał – bo to już by powinno być.

– Nie! – odrzekł Rzędzian – tak jedziemy, jak Bohun mówił. Dałby Bóg, ażeby to już było po wszystkim.

– Będzie niedługo, jeżeli dobrze jedziemy.

– Chciałem też jeszcze waszmościów prosić, aby jak będę gadał z czarownicą, na owego Czeremisa uważać; wielki to ma być paskudnik, ale podobno z rusznicy okrutnie strzela.

– Nie bój się, jazda!

Zaledwie ujechali kilkadziesiąt kroków, konie poczęły tulić uszy i chrapać. Na Rzędzianie skóra zmieniła się w jaszczur, bo spodziewał się, że lada chwila zza załamu skały rozlegnie się wycie upiora lub wytoczy się jaki kształt szkaradny a nieznany – ale pokazało się, że konie chrapały tylko dlatego, że przechodziły tuż koło legowiska owego wilka, który tak poprzednio zaniepokoił pachołka. Naokół była cisza; nawet szarańcze przestały ksykać, bo już i słońce schyliło się na drugą stronę nieba. Rzędzian przeżegnał się i uspokoił.

Nagle Wołodyjowski wstrzymał konia.

– Widzę jar – rzekł – do którego gardziel skałą zatkana, a w skale wyrwa.

– W imię Ojca i Syna, i Ducha – szepnął Rzędzian – to tu!

– Za mną! – skomenderował pan Michał, skręcając konia.

Po chwili stanęli u wyrwy i przejechali jakby pod sklepieniem kamiennym. Otworzył się przed nimi jar głęboki, gęsto zarośnięty po bokach, rozsuwający się w dali w obszerną, półkolistą równinkę, obwiedzioną jakby olbrzymimi murami.

Rzędzian począł wołać, ile mu sił w piersiach starczyło:

– Bo-hun! Bo-hun! Bywaj, wiedźmo! bywaj! Bo-hun! Bo-hun!

Zatrzymali konie i stali przez czas jakiś w milczeniu, po czym pachołek znów jął wołać:

– Bohun! Bohun!

Z dala doszło szczekanie psów.

– Bohun! Bohun!...

Na lewym zrębie jaru, na który padały czerwone i złote promienie słońca, poczęły szeleścić gęste krzewy głogu i dzikiej śliwiny i po chwili ukazała się niemal na samym szczycie stoku jakaś postać ludzka, która przechyliwszy się i przykrywszy oczy ręką, wpatrywała się pilnie w przybyłych.

– To Horpyna! – rzekł Rzędzian i zwinąwszy dłonie koło ust począł po raz trzeci wołać:

– Bohun! Bohun!

Horpyna poczęła schodzić i idąc wyginała się w tył dla równowagi. Szła szybko, a za nią toczył się jakiś mały, krępy człowieczek z długą turecką rusznicą w ręku; krze łamały się pod potężnymi stopami wiedźmy, kamienie spadały spod nich, hucząc, na dno jaru, i tak przechylona, w czerwonych blaskach, wydawała się istotnie jakąś olbrzymią, nadprzyrodzoną istotą.

– Kto wy? – rzekła wielkim głosem, stanąwszy na dnie.

– Jak się masz, basetlo? – rzekł Rzędzian, któremu na widok ludzi, nie duchów, wróciła cała zwykła flegma.

– Ty sługa Bohunów? ty! poznaję cię! Ty mały, a ci, co za jedni?

– Druhy Bohunowi.

– Kraśna wiedźma – mruknął pod wąsikami pan Michał.

– A po co wy tu przyjechali?

– Masz tu piernacz, nóż i pierścień, wiesz, co to znaczy?

Olbrzymka wzięła znaki do ręki i poczęła je pilnie rozpatrywać, po czym rzekła:

– Te .same są! Wy po kniaziównę?

– Tak jest. A zdrowa ona?

– Zdrowa. Czemu to Bohun sam nie przyjechał?

– Bohun ranny.

– Ranny?... Ja to we młynie widziała.

– Jeżeliś widziała, to czego pytasz? Łżesz, waltornio! – rzekł poufale Rzędzian.

Wiedźma pokazała w uśmiechu białe jak u wilka zęby i złożywszy dłoń w kułak szturchnęła pod bok Rzędziana.

– Ty mały, ty!

– Pójdziesz precz!

– Nie daruj! pocałuj! hu! A kiedy weźmiecie kniaziównę? ⁄

– Zaraz, jeno koniom odpoczniemy.

– To bierzcie! Pojadę i ja z wami.

– A ty po co?

– Memu bratu śmierć pisana. Jego Lachy na pal wsadzą. Pojadę z wami.

Rzędzian pochylił się w kulbace niby dla łatwiejszej rozmowy z olbrzymką i ręka jego spoczęła nieznacznie na kolbie pistoletu.

– Czeremis, Czeremis! – rzekł pragnąc zwrócić uwagę swych towarzyszów na karła.

– Po co ty tego wołasz? On ma język urznięty.

– Ja jego nie wołam, jeno się jego urodzie dziwuję. Ty jego nie odjedziesz, on twój mąż.

– On mój pies.

– I was tylko dwoje w jarze?

– Dwoje; kniaziówna trzecia!

– To dobrze. Ty jego nie odjedziesz.

– Pojadę z wami, mówiłam ci.

– A ja ci mówię, że zostaniesz.

W głosie pachołka było coś takiego, że olbrzymka odwróciła się na miejscu z twarzą niespokojną, bo podejrzenie wstąpiło jej nagle w duszę.

– Szczo ty? – rzekła.

– Ot, szczo ja! – odparł Rzędzian i huknął jej między piersi z pistoletu tak z bliska, że dym zakrył ją na chwilę zupełnie.

Horpyna cofnęła się w tył z rozkrzyżowanymi rękoma; oczy wylazły jej na wierzch głowy, jakieś nieludzkie skrzeczenie wyszło jej z gardzieli, zachwiała się i padła na wznak jak długa.

W tej samej chwili pan Zagłoba ciął Czeremisa szablą przez głowę, aż kość zgrzytnęła pod ostrzem; potworny karzeł nie wydał ani jęku, tylko zwinął się w kłębek jak robak i począł drgać, palce zaś u jego rąk otwierały się i zamykały na przemian, na kształt pazurów konającego rysia.

Zagłoba obtarł połą od żupana dymiącą szablę, a Rzędzian zeskoczył z konia i chwyciwszy kamień rzucił go na szerokie piersi Horpyny, następnie począł szukać czegoś za pazuchą.

Olbrzymie ciało wiedźmy kopało jeszcze ziemię nogami, konwulsja wykrzywiła jej straszliwie twarz, na wyszczerzonych zębach osiadła krwawa piana, a z gardła wychodziło głuche chrapanie.

Tymczasem pachołek wydobył z zanadrza kawałek kredy święconej, naznaczył nią krzyż na kamieniu i rzekł:

– Teraz nie wstanie.

Po czym wskoczył na kulbakę.

– W konie! – skomenderował pan Wołodyjowski.

Pomknęli i biegli jak wicher wzdłuż krynicy płynącej środkiem jaru; minęli dęby rozrzucone z rzadka po drodze i oczom ich ukazała się chata, a dalej wysoki młyn, którego wilgotne koło błyszczało jak czerwona gwiazda w promieniach słońca. Pod chatą dwa czarne ogromne psy, uwiązane na postronkach przy węgłach, rwały się ku nadjeżdżającym szczekając z wściekłością i wyjąc. Pan Wołodyjowski jechał pierwszy i pierwszy doleciał; z konia zeskoczył, a następnie dobiegłszy do drzwi wchodowych kopnął je nogą i wpadł do sieni brzęcząc ostrogami i szablą.

W sieni na prawo przez otwarte drzwi widać było obszerną izbę, pełną wiórów, z ogniskiem ułożonym w środku, napełnioną dymem; na lewo drzwi były zamknięte.

„Tam ona musi być!" – pomyślał pan Wołodyjowski i skoczył ku nim.

Szarpnął, otworzył – wpadł na próg i w progu stanął jak wryty.

W głębi izby, ręką oparta o krawędź łoża, stała Helena Kurcewiczówna, blada, z rozpuszczonym na plecy i ramiona włosem, a przerażone jej oczy utkwione w Wołodyjowskiego pytały: ktoś ty jest? czego tu chcesz? – bo nigdy przedtem nie widziała małego rycerza. On zaś zdumiał się na widok tej piękności i tej komnaty pokrytej aksamitami i złotogłowiem. Na koniec przyszedł do słowa i rzekł pośpiesznie:

– Nie bój się waćpanna: my Skrzetuskiego przyjaciele!

Wówczas kniaziówna rzuciła się na kolana.

– Ratujcie mnie! – wołała składając ręce.

Ale w tej samej chwili wpadł pan Zagłoba trzęsący się, czerwony, zadyszany.

– To my! – krzyczał – to my z pomocą!

Usłyszawszy te słowa i ujrzawszy znajomą twarz kniaziówna przechyliła się jak kwiat podcięty, ręce jej opadły, oczy pokryły się frędzlistymi zasłonami i zemdlała.

XXIII

Zaledwie koniom wypocząwszy, uciekali tak śpiesznie, że gdy księżyc wytoczył się na step byli już w okolicach Studenki za Waładynką. Naprzód jechał pan Wołodyjowski, pilnie się na wszystkie strony rozglądając, za nim Zagłoba obok Heleny, a pochód zamykał Rzędzian, prowadzący konie juczne i dwa powodowe, których ze stajni Horpyny zabrać nie omieszkał. Zagłobie nie zamykały się usta, bo też istotnie i miał co opowiadać kniaziównie, która zamknięta w dzikim jarze, o świecie nie wiedziała. Opowiadał jej więc, jak jej od początku szukali, jak Skrzetuski aż do Perejasławia chodził szukać Bohuna, o którego posiekaniu nie wiedział, jak wreszcie Rzędzian tajemnicę jej ukrycia od atamana wydostał i takową do Zbaraża przywiózł.

– Boże miłosierny! – mówiła Helena podnosząc ku księżycowi swoją śliczną, bledziuchną twarz – to pan Skrzetuski aż za Dniepr po mnie chodził?

– Do Perejasławia, jak ci to powtarzam. I pewnie byłby tu razem z nami przybył, gdyby nie to, żeśmy czasu posyłać po niego nie mieli, chcąc zaraz iść ci z pomocą. Nic on jeszcze nie wie o twoim ocaleniu i za duszę twoją co dzień się modli – ale już go nie żałuj. Niechże się jeszcze jakiś czas pomartwi, gdy taka czeka go nagroda.

– A ja myślałam, że wszyscy o mnie zapomnieli, i jeno o śmierć Boga prosiłam!

– Nie tylkośmy o tobie nie zapomnieli, aleśmy przez wszystek czas nad tym tylko deliberowali, jak by to ci przyjść z pomocą. Aż dziw pomyśleć! Bo że tam ja głowę suszyłem i Skrzetuski, to i słuszna, ale oto ten rycerz, który przed nami jedzie, z równąż ochotą nie szczędził ni pracy, ni ręki.

– Niechże jemu Bóg to nagrodzi!

– Już wy to oboje widać macie, że ludzie do was lgną, ale Wołodyjowskiemu naprawdę wdzięczność winnaś, bo jakom rzekł, takeśmy we dwóch spłatali Bohuna jak szczupaka.

– Wiele mnie pan Skrzetuski jeszcze w Rozłogach o panu Wołodyjowskim jako o najlepszym swym przyjacielu powiadał...

– I słusznie uczynił. Wielka to dusza w małym ciele. Teraz on jakoś zgłupiał, bo go widać twoja gładkość odurzyła, ale poczekaj, niech się jeno oswoi i przyjdzie do siebie! Siłaśmy z nim na elekcji dokazywali.

– To jest nowy król?

– I tegoś, niebogo, nie wiedziała w onej przeklętej pustyni? Jak to!

Jan Kazimierz, jeszcze zeszłej jesieni obran, już ósmy miesiąc panuje. Wielka teraz będzie z hultajstwem wojna, ale daj Boże, żeby szczęśliwa, gdyż księcia Jeremiego spostponowali, a obrali innych, którzy tak do tego zdatni jak ja do żeniaczki.

– A pan Skrzetuski pójdzie na wojnę?

– Szczery to żołnierz i nie wiem, czyli tego dokażesz, żeby nie poszedł. Już to my obaj jednacy! Kiedy to proch nas zaleci, żadna siła nas nie utrzyma. Oj! daliśmy się hultajstwu obaj zeszłego roku dobrze we znaki. Nocy by nie starczyło, gdybym ci chciał wszystko, tak właśnie, jak było, opowiadać... Pewnie, że pójdziemy, ale już z lekkim sercem, bo to grunt, żeśmy ciebie, niebożę, odnaleźli, bez której nam się życie przykrzyło.

Kniaziówna pochyliła swoją słodką twarz ku Zagłobie.

– Nie wiem, za coś mnie waćpan pokochał, ale już pewnie nie kochasz mnie więcej niż ja waćpana.

Zagłoba począł sapać z zadowolenia.

– Tak-że mnie to miłujesz?

– O, jako żywo!

– Bóg-że ci zapłać, bo mi będzie starość lżejsza. Nieraz się tam jeszcze podwiki za człowiekiem oglądają, co i w Warszawie w czasie elekcji bywało. Wołodyjowski świadek! Ale nic mi już po amorach i na przekór krwi gorącej chętnie ojcowskim sentymentem będę się kontentował.

Nastało milczenie, jeno konie poczęły parskać silnie jeden za drugim na pomyślną dla podróżnych wróżbę.

– Zdrów! zdrów! – odpowiadali jeźdźcy.

Noc była jasna. Księżyc coraz wyżej wypływał na niebo nabite migotliwymi gwiazdami i stawał się coraz mniejszy, bledszy... Utrudzone bachmaty zwolniły kroku, a i jadących poczęło ogarniać znużenie. Wołodyjowski pierwszy wstrzymał konia.

– Czas by spocząć – rzekł. – Brzask już niedługo.

– Czas! – powtórzył Zagłoba. – Już mi się ze snu zdaje, że mój koń ma dwa łby.

Jednakże przed odpoczynkiem Rzędzian pomyślał o wieczerzy; rozpalił więc ogień, a następnie zdjąwszy z konia biesagi począł z nich wydobywać zapasy, w które się był u Burłaja w Jampolu jeszcze zaopatrzył, jako to: chleb z kukurydzy, zimne mięsiwa, bakalie i wino wołoskie. Na widok dwóch worków skórzanych dobrze płynem wydętych, które wydawały odgłos bełkocący i słodki, pan Zagłoba zapomniał o śnie – inni też chętnie zabrali się do jedzenia i jedli. Starczyło dla wszystkich obficie, a gdy mieli już dosyć, pan Zagłoba obtarł połą usta i rzekł:

– Do śmierci nie przestanę powtarzać: dziwne są sądy boże! Otoś jest wolna, moja mościa panno, a my, ucieszeni, siedzim sobie tutaj *sub Jove* i winko Burłaja popijamy. Nie powiem, żeby węgrzyn nie był lepszy, bo to skórą pachnie, ale w drodze i ono się przygodzi.

– Jednemu się nie mogę wydziwić – rzekła Helena – że Horpyna zgodziła się mnie wydać waćpanom tak łatwo.

Pan Zagłoba począł spoglądać na Wołodyjowskiego, następnie na Rzędziana i mrugać mocno.

– Zgodziła się, bo musiała. Zresztą nie ma co ukrywać, bo nie wstyd, żeśmy ich oboje z Czeremisem zgładzili.

– Jak to? – pytała z przestrachem kniaziówna.

– A toś nie słyszała wystrzałów?

– Słyszałam, alem myślała, że to Czeremis strzela.

– Nie Czeremis to był, ale ten tu pachołek, który na wylot czarownicę przestrzelił. Diabeł w nim siedzi, na to zgoda, ale nie mógł inaczej postąpić, bo czarownica, nie wiem, czy wietrząc coś, czy tak sobie z determinacji, naparła się jechać z nami. Trudnoż było na to pozwolić, bo zaraz by się obejrzała, że nie do Kijowa jedziemy. Ustrzelił ci ją tedy, ustrzelił, a ja tego Czeremisa zaciukałem. Prawdziwe to *monstrum* afrykańskie i myślę, że Bóg mi tego za złe nie poczyta. Musi być i w piekle z niego powszechna abominacja. Przed samym odjazdem z jaru pojechałem naprzód i poodciągałem ich trochę na stronę, żebyś się widoku trupów nie przelękła lub za zły omen sobie tego nie poczytała.

Na to kniaziówna:

– Za wiele ja już bliższych sobie nieżywymi w tych okropnych czasach widziałam, abym się miała bać widoku zamordowanych, ale przecie wolałabym krwi za sobą nie zostawiać, żeby nas Bóg za nią nie pokarał.

– Nie rycerska też to była sprawa – rzekł szorstko Wołodyjowski – do której nie chciałem ręki przyłożyć.

– Co tam, mój jegomość, deliberować – rzekł Rzędzian – kiedy inaczej być nie mogło. Żebyśmy to kogo dobrego starli, to jeszcze nic mówię, ale nieprzyjaciół Boga wolno, a ja to przecie sam widział, że ta czarownica z diabłami w komitywę wchodziła. Nie tego mnie też żal!

– A czegoż to imć pan Rzędzian żałuje? – pytała kniaziówna.

– Bo tam są zakopane pieniądze, o których mi Bohun powiedział, a waszmościowie tak pilili, że nie starczyło czasu odkopać, choć miejsce koło młyna wiedziałem dobrze. Serce mi się też krajało, że trzeba było tyle dobroci wszelakiej w tamtej komnacie, co to w niej panna mieszkała, ostawić.

– Obacz no, jakiego będziesz miała sługę! – mówił do kniaziówny Zagłoba. – Z wyjątkiem swego pana, z samego on by diabła skórę zdarł, żeby sobie kołnierz z niej uczynić.

– Da Bóg, nie będzie imć pan Rzędzian na moją niewdzięczność narzekał – odpowiedziała Helena.

– Dziękuję pokornie jejmość pannie! – rzekł całując ją w rękę pachołek.

Przez ten czas Wołodyjowski siedział milczący, jeno wino z buk-łaka popijał i marsem nadrabiał, aż to niezwykłe mu milczenie zwróciło uwagę Zagłoby.

– A pan Michał – rzekł – ledwie kiedy jakie słowo puści. – Tu stary zwrócił się do kniaziówny: – Nie mówiłżem ci, że mu twoja gładkość rozum i mowę odejmuje?

– Przespałbyś się waćpan lepiej przede dniem! – odparł zmieszany mały rycerz i począł wąsikami mocno ruszać, tak właśnie jak zając, gdy sobie chce dodać fantazji.

Ale stary szlachcic miał słuszność. Nadzwyczajna piękność kniaziówny trzymała małego rycerza jakoby w ciągłym odurzeniu. Patrzył na nią, patrzył, a w duchu się pytał: zali to może być, by taka po ziemi chodziła? Wiele on bowiem piękności w życiu widział – piękna była panna Anna i panna Barbara Zbaraskie, urodziwa nad podziw i Anusia Borzobohata, rzęsista była i panna Żukówna, do której się Roztworowski zalecał, i Wierszułłowa Skoropadzka, i Bohowitynianka, ale żadna z nich nie mogła się równać z tym cudnym kwiatem stepowym. Wobec tamtych bywał pan Wołodyjowski i ochoczy, i mowny, a teraz, gdy spoglądał na te oczy aksamitne, słodkie a mdlejące, na te jedwabne ich zasłony, których cień padał aż na jagody, na ten włos rozsypany, jakby kwiat hiacyntowy, po ramionach i plecach, na strzelistość postaci, na pierś wypukłą i tchnieniem lekko kołysaną, od której biło ciepło lube, na te wszystkie białości liliowe i róże a maliny ust – gdy na to wszystko spoglądał pan Wołodyjowski, wówczas po prostu języka w gębie zapominał i, co najgorsza, że się sobie wydawał niezgrabny, głupi, a zwłaszcza mały, ale to tak mały, że aż śmieszny. ,,To jest księżna, a ja żaczek!" – myślał sobie z pewną goryczą i rad by był, żeby się jaka przygoda zdarzyła, żeby z ciemności ukazał się jaki olbrzym, bo dopiero wówczas pokazałby biedny pan Michał, że nie taki to on mały, jak się wydaje! Drażniło go i to, że pan Zagłoba, kontent widocznie, że córuchna jego tak oczy ludzkie rwie, krząkał co chwila i już podrwiwać zaczynał, i oczami okrutnie mrugał.

A tymczasem ona siedziała przed ogniskiem, różowym płomieniem i białym miesiącem oświetlona, słodka, spokojna i coraz piękniejsza.

– Przyznaj, panie Michale – mówił nazajutrz rano Zagłoba, gdy się na chwilę sami znaleźli – że drugiej takiej dziewki nie masz w całej Rzeczypospolitej. Jeżeli mi taką drugą pokażesz, pozwolę ci się nazwać szołdrą i *imparitatem* sobie zadać.

– Tego ja waćpanu nie neguję... – odrzekł mały rycerz. – Specjał to jest i rarytet, jakiego dotychczas nie oglądałem, gdyż nawet i owe figury bogiń tak właśnie z marmuru udane, jakoby żywe, któreśmy w pałacu Kazanowskich widzieli, nie mogą wejść z nią w paragon. Nie dziwno mi teraz, że najlepsi mężowie za łby o nią chodzą – bo warto.

– A co? a co? – mówił Zagłoba. – Dalibóg, nie wiadomo, kiedy gładsza, rano czy wieczór? bo ona ciągle w takowej ozdobie jak róża chodzi. Powiadałem ci, że to i ja kiedyś nadzwyczajnej byłem urody, ale już jej musiałem i wówczas ustąpić, choć inni mówią, że do mnie kubck w kubck podobna.

– Idźże waszmość do licha! – zakrzyknął mały rycerz.

– Nie gniewaj się, panie Michale, bo już i tak marsem nadrabiasz. Spoglądasz na nią jak kozieł na kapustę, a ciągle się marszczysz; przysiągłby kto, że cię żądze kąsają, ale nie dla psa kiełbasa.

– Tfu! – rzekł Wołodyjowski – jak się waćpan nie wstydzisz starym będąc takowe głupstwa prawić?

– A to czego się chmurzysz?

– Bo waćpan to myślisz, że już wszystko zło przeminęło jako ptak na powietrzu i żeśmy już całkiem bezpieczni, a tu dobrze trzeba jeszcze deliberować, żeby to jednego uniknąć, drugie ominąć. Droga jeszcze przed nami okrutna i Bóg wie, co nas spotkać może, bo te strony, do których jedziemy, muszą już być dotychczas w ogniu.

– Kiedy ja ją z Rozłogów Bohunowi wykradłem, gorzej było, bo nas ścigali z tyłu, a z przodu był bunt; jednakowoż przeszedłem przez całą Ukrainę jakoby przez płomień – i aż do Baru zaszedłem. A od czego głowa na karku? W najgorszym razie do Kamieńca nie tak daleko.

– Ba! ale Turkom i Tatarom także do niego niedaleko.

– Co mnie waćpan tam powiadasz!

– Powiadam, co jest – i mówię, że warto nad tym podeliberować. Lepiej nam Kamieniec ominąć i ku Barowi ruszyć, bo Kozacy piernacze szanują, z czernią sobie poradzimy, a jak nas jeden Tatar raz na oko weźmie, tak i po wszystkim! Znam ja się z nimi od dawna i potrafię przed czambułem iść razem z ptactwem i z wilkami, ale gdybyśmy prosto na czambuł wpadli, tedybym i ja już na to nie poradził.

– To idźmy na Bar albo koło Baru; niech tam tych kamienieckich Lipków i Czeremisów dżuma w karwaserach wydusi! Waćpan o tym nie wiesz, że Rzędzian wziął i od Burłaja piernacz. Możemy wszędy między kozactwem śpiewający chodzić. Co najgorsze pustynie jużeśmy przejechali, wejdziemy teraz w ludzki kraj. Trzeba też i o tym pomyśleć, żeby się o wieczornym udoju w chutorach zatrzymywać, bo dla dziewki to i przystojniej, i wygodniej. Ale już mi się tak zdaje, panie Michale, że za czarno rzeczy widzisz. Co u did'ka! żeby zaś trzech chłopów – nie pochlebiając sobie ani wam, na schwał przednich – nie dało sobie rady w stepie! Połączmy nasze fortele z twoją szablą i hajda! nic lepszego nie mamy do roboty. Rzędzian ma i Burłajowy piernacz, a to grunt, bo Burłaj teraz całym Podolem rządzi, a byle się za Bar przedostać, to tam już Lanckoroński z kwarcianymi chorągwiami. Hajda! panie Michale, czasu nie traćmy!

Jakoż nie tracili czasu i rwali stepem ku północy i zachodowi, ile tylko konie mogły nadążyć. Na wysokości Mohylowa weszli w kraj gęściej osiadły, tak że wieczorami wszędy nietrudno było znaleźć chutory lub wsie, w których zatrzymywali się na noclegi, ale rumiane zorze ranne zastawały ich zawsze już na koniach i w drodze. Szczęściem, lato było suche, dnie znojne, noce rosiste, a rankami srebrzył się cały step jakoby szronem okryty. Wody wiatr wysuszył, rzeki poopadały – i przebywali je bez trudności. Idąc czas jakiś wzdłuż i w górę Łozowej zatrzymali się na dłuższy nieco wypoczynek w Szarogrodzie, w którym stał pułk kozacki do komendy Burłaja należący. Tam zastali wysłańców Burłajowych, a między nimi setnika Kunę, którego w Jampolu na uczcie u Burłaja widzieli. Ten zdziwił się trochę, że nie idą na Bracław, Rajgród i Skwirę do Kijowa, ale zresztą żadne podejrzenie nie postało mu w umyśle, zwłaszcza iż Zagłoba wytłumaczył mu, że nie poszli tamtą drogą z obawy Tatarów, którzy się od strony Dniepru mieli ruszyć. Mówił im natomiast Kuna, że Burłaj wysłał go do pułku, by pochód zapowiedział, i że sam ze wszystkimi wojskami jampolskimi i z budziackimi Tatary lada chwila do Szarogrodu także ściągnie, skąd dalej zaraz ruszą. Przyszli gońce do Burłaja od Chmielnickiego z wieścią, że wojna rozpoczęta, i rozkazami, by wszystkie pułki na Wołyń prowadził – Burłaj zaś z dawna już i sam chciał pod Bar walić i tylko się jeszcze na tatarskie posiłki oglądał, pod Barem bowiem źle jakoś zaczęło się powodzić rebelii. Oto pan Lanckoroński, regimentarz, mocno tam znaczne kupy pogromił, miasto zdobył i zamek załogą obsadził. Legło tam na placu kilka tysięcy kozactwa i ich to właśnie chciał stary Burłaj pomścić, a przynajmniej zamek na powrót odebrać. Kuna jednak powiadał, że ostatnie rozkazy Chmielnickiego, aby na Wołyń iść, przeszkodziły tym zamiarom i że Baru nie będą na teraz oblegali, chybaby Tatarowie koniecznie chcieli.

– A co, panie Michale? – mówił na drugi dzień Zagłoba – Bar przed nami i mógłbym tam po raz drugi kniaziównę schronić, ale niech go tam kaduk zje! Nie wierzę już ani Barowi, ani żadnej fortecy od czasu, jak hultajstwo ma więcej armat niż wojska koronne. To mnie jeno niepokoi, że jakoś chmurzy się koło nas.

– Nie tylko się chmurzy – odrzekł rycerz – ale już burza za nami wali, to jest Tatary i Burłaj, który, gdyby nas dogonił, wielce byłby zdziwiony, iż nie ku Kijowu, ale w przeciwną stronę zdążamy.

– I gotów by nam inną drogę pokazać. Niechże mu diabeł wpierw pokaże, który szlak najprościej do piekła prowadzi. Zróbmy układ, panie Michale: z hultajstwem już ja będę sobie za nas wszystkich radził, ale z Tatary – niech będzie twoja głowa.

– Łatwiejże waćpanu z hultajami, którzy nas za swoich biorą – odpowiedział Wołodyjowski. – Co do Tatarów, jedyna teraz rada jak najprędzej uciekać, aby z matni póki czas się wyśliznąć. Konie dobre, gdzie się zdarzy, musimy po drodze kupować, aby te zawsze były świeże.

– Starczy i na to trzosik pana Longina, a jak nie starczy, to Rzędzianowi Burłajowy odbierzemy – a teraz naprzód!

I jechali jeszcze śpieszniej, aż pianą okrywała boki bachmatów i spadała jak płaty śniegowe na step zielony. Przebyli Derłę i Ladawę. W Barku zakupił pan Wołodyjowski nowe bachmaty, starych nie rzucając, bo te, które od Burłaja mieli w darze, wielkiej były krwi, więc zachowano je na luźne – i szli naprzód, coraz krótsze czyniąc przystanki i noclegi. Zdrowie dopisywało wszystkim wybornie i Helena, choć zmęczona podróżą, czuła, że jej z dniem każdym coraz więcej sił przybywa. W jarze pędziła życie zamknięte i prawie nie opuszczała swojej wyzłoconej komnaty, nie chcąc spotykać się z bezwstydną Horpyną i słuchać jej rozmów i namów – teraz zaś świeże powietrze stepowe wracało jej zdrowie. Róże zakwitły na jej policzkach, słońce przyciemniło jej twarz, ale za to oczy nabrały blasków, i gdy czasem wiątr zwichrzył jej włosy na czole, rzekłbyś: Cyganka jaka, najcudniejsza worożycha albo cygańska królewna jedzie stepem szerokim – przed nią kwiaty, a za nią rycerze!...

Pan Wołodyjowski z wolna się z jej nadzwyczajną urodą oswajał, ale że zbliżała ich podróż, więc się na koniec i oswoił. Odzyskał wówczas mowę i wesołość i często, tocząc przy niej koniem, opowiadał o Łubniach, a najwięcej o swojej ze Skrzetuskim przyjaźni, bo zauważył, że tego rada słucha. Czasem też się i drażnił z nią mówiąc:

– Bohuna-m przyjaciel i do niego waćpannę wiozę.

A ona ręce składała niby z wielkiego strachu i nuż się słodkim głosem prosić:

– Nie czyńże tego, luty rycerzu lepiej od razu mnie zetnij.

– O, nie może być! już tak uczynię! – odpowiadał srogi rycerz.

– Zetnij! – powtarzała kniaziówna mrużąc swe śliczne oczy i wyciągając ku niemu szyję.

Wówczas mrówki poczynały chodzić po krzyżach małemu rycerzowi. „Idzie do głowy ta dziewka, jak wino! – myślał sobie – ale się nim nie upiję, bo cudze" – i wstrząsał się tylko poczciwy pan Michał, i koniem naprzód ruszał. A gdy już w trawy jak nurek w wodę pornął, zaraz mrówki z niego opadały i całą uwagę na drogę zwracał: czy bezpieczna, czy dobrze jadą i czyli skąd jaka przygoda się nie zbliża? Więc wspinał się na strzemionach, żółte wąsiki nad falę traw wytykał i patrzył, wietrzył, słuchał jak Tatar, kiedy to w Dzikich Polach wśród burzanów myszkuje.

Pan Zagłoba również był najlepszej myśli.

– Łatwiejże nam teraz umykać – mówił – niż wtedy nad Kahamlikiem, kiedyśmy to musieli jak psi, piechotą, z wywieszonymi językami drałować. Ozór mi w gębie tak wtedy wysechł, że mógłbym był nim drzewo strugać, a ninie chwalić Boga, i odpocznienie na noc bywa, i jest czym gardło od czasu do czasu odwilżyć.

– A pamiętasz waszmość, jakeś to mnie na ręku przez wodę przenosił? – mówiła Helena.

– Będziesz i ty miała, daj Boże doczekać, kogo na ręku nosić: Skrzetuskiego w tym głowa!

– Hu! hu! – śmiał się Rzędzian.

– Zaniechaj waść, proszę – szeptała kniaziówna płonąc i spuszczając oczy.

Tak to oni ze sobą na stepie rozmawiali, aby czas drogi skrócić. Na koniec za Barkiem i Jołtuszkowem wstąpili w kraj zębami wojny świeżo poszarpany. Tam grasowały dotychczas kupy zbrojne hultajstwa, tam też niedawno i pan Lanckoroński palił i ścinał, bo dopiero przed kilkunastoma dniami do Zbaraża się cofnął. Dowiedzieli się też nasi podróżni od miejscowych ludzi, że Chmielnicki z chanem ruszyli wszystkimi siłami przeciw Lachom, a raczej przeciw regimentarzom, których wojska się buntują i nie chcą inaczej służyć, jak pod buławą Wiśniowieckiego. Przepowiadano przy tym ogólnie, że teraz pewno już przyjdzie na pohybel, czyli na ostateczny koniec Lachom albo Kozakom, gdy się bat'ko Chmielnicki z Jaremą spotkają. Tymczasem cały kraj był jakoby w ogniu. Wszystko porywało za broń i ciągnęło na północ, by się z Chmielnickim połączyć. Z dołu, od Niżu Dniestrowego, walił Burłaj z całą potęgą, a po drodze zrywały się wszystkie pułki z załóg, postojów i z pastwisk, bo wszędy przyszły rozkazy. Szły tedy sotnie, chorągwie, pułki, a obok nich płynęła jak fala bezładna czerń zbrojna w cepy, widły, noże, spisy. Koniuchowie i czabańczycy – porzucili swoje kosze, chutornicy – chutory, pasiecznicy – pasieki, dzicy rybacy – swoje komysze naddniestrzańskie, myśliwi – bory. Wsie, miasteczka i miasta pustoszały. W trzech województwach zostały tyłko po osadach baby i dzieci, bo mołodycie nawet ciągnęły z mołojcami na Lachów. A jednocześnie ze wschodu zbliżał się z całą główną siłą Chmielnicki jak burza złowroga krusząc po drodze potężną ręką zamki i zameczki i mordując niedobitków z zeszłych pogromów.

Minąwszy Bar, pełen smutnych dla kniaziówny wspomnień, weszli nasi podróżni na stary gościniec prowadzący na Latyczów, Płoskirów, do Tarnopola i dalej aż do Lwowa. Tu coraz częściej napotykali: to tabory sforne wozów, to oddziały piechoty i jazdy kozackiej, to watahy chłopskie, to niezmierne stada wołów okryte obłokiem kurzawy, pędzone na spyżę dla wojsk kozackich i tatarskich. Droga stała się teraz niebezpieczna, bo raz wraz pytano ich: co zacz są, skąd idą i dokąd jadą? Kozackim sotniom pokazywał wówczas Zagłoba piernacz Burłajowy i mówił:

– Od Burłaja my posłańcy, mołodycię Bohunowi wieziem.

I na widok piernacza groźnego pułkownika rozstępowali się zwykle Kozacy, tym bardziej iż każdy rozumiał, że jeśli Bohun żyw, to się już musi pod wojskami regimentarzy koło Zbaraża lub Konstantynowa uwijać. Ale daleko trudniej było podróżnym z czernią, z dzikimi oddziałami pasterzy ciemnych, pijanych i żadnego prawie nie mających pojęcia o oznakach, wydawanych przez pułkowników na bezpieczny przejazd. Gdyby nie Helena, byliby owi półdzicy ludzie poczytywali Zagłobę, Wołodyjowskiego i Rzędziana za swoich i za starszych, jakoż nawet tak i bywało; ale Helena zwracała wszędzie uwagę zarówno swoją płcią, jak i nadzwyczajną urodą, a stąd rodziły się i niebezpieczeństwa, które z największym trudem trzeba było przezwyciężać.

Czasem więc pokazywał pan Zagłoba piernacz, a czasem pan Wołodyjowski zęby, i niejeden tam trup padał za nimi. Kilka razy tylko niedoścignione bieguny Burłajowe uchroniły ich od zbyt ciężkiej przygody – i podróż, tak z początku pomyślna, stawała się z dniem każdym cięższą. Helena, lubo z natury mężna, poczęła od ustawicznej trwogi i bezsenności na zdrowiu szwankować i naprawdę wyglądała na brankę wleczoną mimo woli w nieprzyjacielskie namioty; pan Zagłoba pocił się srodze i coraz nowe wymyślał fortele, które mały rycerz zaraz w bieg wprowadzał, obaj zaś pocieszali kniaziównę, jak mogli.

– Tylko nam minąć to mrowie, które jest jeszcze przed nami – mówił mały rycerz – i przyjść pod Zbaraż, zanim Chmielnicki z Tatary okolice jego zaleje.

Dowiedział się bowiem po drodze, że regimentarze ściągnęli do Zbaraża i że w nim zamierzają się bronić – tam więc zdążali spodziewając się słusznie, że i książę Jeremi do regimentarzy ze swoją dywizją przybędzie, zwłaszcza że część jego sił, i to znaczna, stałe w Zbarażu miała *locum*. Tymczasem doszli aż pod Płoskirów. Mrowie rzedło na gościńcu istotnie, bo już o dziesięć mil drogi zaczynał się kraj zajęty przez chorągwie koronne, więc watahy kozackie nie śmiały zapuszczać się dalej, wolały bowiem czekać w bezpiecznym oddaleniu na przybycie Burłaja z jednej, a Chmielnickiego z drugiej strony.

– Już dziesięć mil tylko! już dziesięć mil tylko! – powtarzał zacierając ręce pan Zagłoba. – Byleśmy się do pierwszej chorągwi dostali, to już i do Zbaraża dojedziemy w bezpieczności.

Pan Wołodyjowski jednak postanowił znowu zaopatrzyć się w świeże konie w Płoskirowie, bo te, które kupiono w Barku, były już do niczego, a Burłajowe trzeba było na czarną godzinę oszczędzać. Ostrożność ta stała się konieczną, odkąd rozeszła się wieść, że Chmielnicki już pod Konstantynowem, a chan ze wszystkimi ordami wali od Piławiec.

– My tu z kniaziówną zostaniemy pod miastem, bo lepiej nam się na rynku nie pokazywać – rzekł mały rycerz do Zagłoby, gdy przybyli do opuszczonego domku, odległego o dwie staje drogi od miasta – a waszeć idź, popytaj u mieszczan, czyli koni gdzie na przedaż albo na zamianę nie mają. Wieczór już, ale ruszymy na całą noc.

– Niedługo wrócę – rzekł pan Zagłoba.

I odjechał ku miastu, Wołodyjowski zaś kazał Rzędzianowi porozluźniać nieco popręgów u kulbak, ażeby bachmaty mogły odetchnąć, sam zaś wprowadził kniaziównę do izby, prosząc, aby się winem i snem pokrzepiła.

– Chciałbym do świtania te dziesięć mil przejechać – mówił jej – później wszyscy wypoczniemy.

Zaledwie jednak przyniósł bukłaki z winem i żywność, gdy zatętniało przed sienią.

Mały rycerz spojrzał przez okno.

– Pan Zagłoba już wrócił – rzekł – widno koni nie znalazł.

W tej chwili drzwi izby roztwarły się i ukazał się w nich Zagłoba blady, siny, spotniały, zadyszany.

– W konie! – zakrzyknął.

Pan Michał zbyt był doświadczonym żołnierzem, aby w takich razach na pytania czas tracić. Nie tracił go nawet na ratowanie bukłaka z winem (który wszelako pan Zagłoba porwał), ale chwycił co prędzej kniaziównę, wyprowadził ją na podwórze i posadził na kulbakę; rzucił ostatnie spojrzenie, czy popręgi dociągnięte, i powtórzył:

– W konie!

Kopyta zatętniły i wkrótce znikli w ciemnościach jeźdźcy i bachmaty jak orszak mar.

Lecieli długo bez wypoczynku, aż dopiero gdy blisko mila drogi dzieliła ich od Płoskirowa i przed wejściem księżyca pomroka stała się tak gruba, że wszelki pościg był niemożebny, pan Wołodyjowski zbliżył się do Zagłoby i spytał:

– Co to było?

– Czekaj... panie Michale, czekaj! Okrutniem się zdyszał, mało mi nóg nie odjęło... uf!

– Ale co to było?

– Diabeł we własnej osobie, mówię ci, diabeł albo smok, któremu jedną głowę utniesz, druga odrasta.

– Gadajże waść wyraźnie.

– Bohuna na rynku widziałem.

– Chyba waść masz *delirium*?

– Na rynku go widziałem, jako żywo, a przy nim pięciu czy sześciu ludzi; policzyć nie mogłem, bo mało mi nóg nie odjęło... Pochodnie przy nim trzymali... Już tak myślę, że nam chyba bies jaki w drodze staje, i zgoła nadzieję w szczęśliwy skutek naszej imprezy straciłem... Czy on nieśmiertelny ten piekielnik, czy co? Nie mówże o nim Helenie... O dla Boga! waćpan go usiekłeś, Rzędzian go wydał... nie! on już żyw, wolny i w drogę lezie. Uf! o Boże! Boże!... mówię ci, panie Michale, że wolałbym *spectrum* na cmentarzu zobaczyć niż jego. I co, u diabła, za moje szczęście, że to ja go właśnie wszędy pierwszy spotykam! Psu wsadzić w gardło takie szczęście! Czy to nie ma innych ludzi na świecie? Niech go inni spotykają! Nie! zawsze ja i ja!

– A on widział waści?

– Żeby on mnie widział, to byś ty już mnie, panie Michale, nie widział. Tego tylko brakowało!

– Ważna by to była rzecz wiedzieć – mówił Wołodyjowski – czy on goni za nami, czy też do Waładynki do Horpyny jedzie w tym mniemaniu, że nas po drodze ułapi?

– Mnie się widzi, że do Waładynki.

– Tak i musi być. Tedy my jedziemy w jedną stronę, a on w drugą, i teraz mila już albo dwie między nami, a za godzinę będzie pięć. Nim się po drodze o nas dowie i nawróci, będziemy w Żółkwi, nie tylko w Zbarażu.

– Tak mówisz, panie Michale? Chwała Bogu! Jakobyś mi plaster przyłożył! Ale powiedz mnie, jak to być może, by on był na wolności, skoro jego Rzędzian w ręce komendanta włodawskiego wydał?

– Po prostu uciekł.

– To już szyję takiemu komendantowi uciąć. Rzędzian! hej, Rzędzian!

– A czego jegomość chce? – pytał pachołek wstrzymując konia.

– Komuś ty Bohuna wydał?

– Panu Regowskiemu.

– A któż to ten pan Regowski?

– To wielki kawaler, porucznik pancerny spod chorągwi króla jegomości.

– Bodajże cię! – rzekł trzasnąwszy w palce Wołodyjowski – to już ja wiem! Nie pamiętasz no waćpan, co nam pan Longinus opowiadał o nieprzyjaźni pana Skrzetuskiego z Regowskim? To przecie pana Łaszcza strażnika krewniak i za jego konfuzję ma do Skrzetuskiego *odium*.

– Rozumiem, rozumiem! – zakrzyknął pan Zagłoba. – On to musiał Bohuna na złość puścić. Ale to kryminał taka sprawa i gardłem pachnie. Pierwszy będę delatorem!

– Daj go Boże spotkać – mruknął pan Michał – a pewnie do trybunałów nie pójdziemy.

Rzędzian nie wiedział dotąd, o co idzie, bo po odpowiedzi danej Zagłobie znów wysunął się naprzód do kniaziówny.

Jechali teraz wolno. Księżyc zeszedł, mgły, które z wieczora unosiły się nad ziemią, opadły – i noc zrobiła się widna. Wołodyjowski pogrążył się w zamyśleniu. Zagłoba przeżuwał jeszcze czas jakiś resztki przerażenia, na koniec rzekł:

– Dałżeby Bohun teraz i Rzędzianowi, gdyby go w ręce dostał!

– Powiedz mu waćpan nowinę, niech się strachu naje, a ja tymczasem pojadę przy kniaziównie – odpowiedział mały rycerz.

– Dobrze! Hej, Rzędzian!

– A czego? – pytał pachołek wstrzymując ponownie konie.

Pan Zagłoba zrównał się z nim i milczał przez chwilę, czekając, by Wołodyjowski i kniaziówna oddalili się dostatecznie; na koniec rzekł:

– Wiesz, co się stało?

– Nie wiem.

– Pan Regowski puścił Bohuna na wolność. Widziałem go w Płoskirowie.

– W Płoskirowie? teraz? – pytał Rzędzian.

– Teraz. A co? nie zlatujesz z kulbaki?

Promienie księżyca padały prosto na pucołowatą twarz pachołka i pan Zagłoba nie tylko nie dojrzał na niej przerażenia, ale z największym zdziwieniem spostrzegł ów wyraz srogiej, zwierzęcej prawie zawziętości, który Rzędzian miał wówczas, gdy Horpynę mordował.

– Cóż? to się Bohuna nie boisz czy co? – pytał stary szlachcic.

– Mój jegomość – odparł pachołek – jeżeli jego pan Regowski puścił, to już ja sam muszę na nowo pomsty nad nim szukać za moją krzywdę i pohańbienie. Przecie mu tego nie daruję, bom poprzysiągł, i gdyby nie to, że pannę odwozimy, zaraz bym w jego tropy pojechał: niechże moje nie przepada!

„Tfu! – pomyślał Zagłoba – wolę, żem temu pachołkowi nijakiej krzywdy nie uczynił.”

Po czym popędził konia i po chwili zrównał się z kniaziówną i Wołodyjowskim. Po godzinie drogi przeprawili się przez Medwedówkę i wjechali w las ciągnący się od samego brzegu rzeki dwoma czarnymi ścianami wzdłuż drogi.

– Już tę okolicę znam dobrze – rzekł Zagłoba. – Teraz ten bór niedługo się skończy, za nim będzie z ćwierć mili pola gołego, przez które idzie gościniec z Czarnego Ostrowu, a potem znów bory jeszcze większe, aż do Matczyna. Da Pan Bóg, że w Matczynie zastaniemy już chorągwie polskie.

– Pora już, żeby zbawienie przyszło! – mruknął Wołodyjowski.

Czas jakiś jechali w milczeniu, jasnym, oświeconym przez promienie księżyca, gościńcem.

– Dwa wilki drogę przeszły! – rzekła nagle Helena.

– Widzę – odparł Wołodyjowski. – A ot, trzeci!

Szarawy cień przemknął się istotnie o sto kilkadziesiąt kroków przed końmi.

– Ot, czwarty! – zawołała kniaziówna.

– Nie, to sarna; patrz waćpanna: dwie, trzy!

– Co, u licha! – zakrzyknął pan Zagłoba. – Sarny za wilkami gonią! Świat, widzę, przewraca się do góry nogami.

– Jedźmy no nieco prędzej – rzekł zaniepokojonym głosem pan Wołodyjowski. – Rzędzian bywaj! i z panną naprzód!

Pomknęli, ale Zagłoba pochylił się w pędzie do ucha Wołodyjowskiego i pytał:

– Panie Michale, a co tam nowego?

– Źle – odrzekł mały rycerz. – Widziałeś waść: zwierz z legowisk ze snu się zrywa i nocą pomyka.

– Oj! A co to znaczy?

– To znaczy, że go płoszą.

– Kto?

– Wojska – Kozacy albo Tatary – idą nam od prawej ręki.

– A może nasze chorągwie?

– Nie może być, bo zwierz umyka od wschodu, od Piławiec, więc pewno Tatarzy szeroką ławą idą.

– Umykajmy, panie Michale, na miły Bóg!

– Nie ma innej rady. Ej, żeby tak tu kniaziówny nie było, podeszlibyśmy pod same czambuły, żeby z paru urwać, ale z nią... ciężka może być przeprawa, jeśli nas na oko wezmą.

– Bój się Boga, panie Michale! Skręćmy w lasy za tymi wilkami albo co?

– Nie może być, bo choćby nas zrazu nie dostali, to kraj przed nami zaleją, a potem jakże się wydostaniem?

– Niechże ich siarczyste pioruny zatrzasną! Tego nam tylko brakowało. Ej, panie Michale, czy się nie mylisz? Wilcy to przecież za koszem ciągną, nie przed nim pomykają.

– Które są po bokach, to ciągną za koszem i ze wszystkich okolic się zbierają, ale te, co na przedzie, to się płoszą. Widzisz no waść tam, na prawo, między drzewami: łuna świta!

– Jezusie Nazareński, Królu Żydowski!

– Cicho waść!... Siła jeszcze tego lasu?

– Zaraz się skończy.

– A potem pole?

– Tak jest. O Jezu!

– Cicho waść!... Za polem drugi las?

– Aż do Matczyna.

– Dobrze! byle nas na tym polu nie najechali! Jeżeli się do drugiego lasu szczęśliwie przedostaniem, tośmy i w domu. Jedźmy teraz razem! Szczęściem kniaziówna z Rzędzianem na Burłajowych koniach.

Popędzili konie i zrównali się z jadącymi na przedzie.

– Co to za łuna na prawo? – pytała kniaziówna.

– Mościa panno! – odrzekł mały rycerz – tu nie ma co ukrywać. To mogą być Tatarzy.

– Jezus Maria!

– Nie trwóż się waćpanna! Szyja moja w tym, że im umkniemy, a w Matczynie nasze chorągwie.

– Dla Boga! umykajmy! – rzekł Rzędzian.

Ucichli i mknęli jak duchy. Drzewa poczęły rzednąć, las kończył się – ale też i łuna nieco przygasła. Nagle Helena zwróciła się do małego rycerza.

– Mości panowie! – rzekła – przysięgnijcie mi, że żywa nie pójdę w ich ręce!

– Nie pójdziesz! – odrzekł Wołodyjowski – pókim ja żyw!

Zaledwie skończył, wypadli z lasu na pole, a raczej na step, który ciągnął się blisko ćwierć mili, a na którego przeciwległym końcu czerniła się znów wstążka lasu. Halizna ta, ze wszystkich stron odkryta, srebrzyła się teraz cała od promieni księżyca i było na niej tak prawie widno, jak w dzień.

– To najgorszy szmat drogi! – szepnął do Zagłoby Wołodyjowski – bo jeśli oni są w Czarnym Ostrowiu, to tędy pójdą, między lasami.

Zagłoba nie odrzekł nic, jeno piętami konia ścisnął.

Dobiegli już do połowy pola, przeciwległy las stawał się coraz bliższy, wyraźniejszy, gdy nagle mały rycerz wyciągnął rękę ku wschodowi.

– Patrz waść – rzekł do Zagłoby – widzisz?

– Krze jakoweś i zarośla w dalekości.

– Te krze się ruszają! W konie teraz, w konie, bo już nas dojrzą niezawodnie!

Wiatr zaświstał w uszach uciekających – zbawczy las zbliżał się coraz bardziej.

Nagle z owej ciemnej masy zbliżającej się od prawej strony pola doleciał naprzód jakoby szum podobny do szumu fal morskich, a w chwilę potem jeden ogromny krzyk targnął powietrzem.

– Widzą nas! – ryknął Zagłoba. – Psy! szelmy! diabły! wilcy! łajdaki!

Las był tak blisko, że uciekający czuli już prawie surowe i chłodne jego tchnienie.

Ale też i chmura Tatarów stawała się coraz wyraźniejszą, a z ciemnego jej ciała poczęły wysuwać się długie odnogi, jakoby macki olbrzymiego potworu – i zbliżać się ku uciekającym z niepojętą szybkością. Wprawne uszy Wołodyjowskiego odróżniły już wyraźne wrzaski: „Ałła! Ałła!"

– Koń mi się potknął! – krzyknął Zagłoba.

– Nic to – odparł Wołodyjowski.

Ale przez głowę przelatywały mu na kształt piorunów pytania: co będzie, jeżeli konie nie wytrzymają? co będzie, jeżeli który z nich padnie? Były to dzielne tatarskie bachmaty, żelaznej wytrwałości, ale szły już od Płoskirowa, mało co wypoczywając po onym szalonym biegu od miasta aż do pierwszego lasu. Można się było wprawdzie przesiąść na luźne, lecz i luźne były znużone. „Co będzie?" – myślał pan Wołodyjowski i serce zabiło mu trwogą, może po raz pierwszy w życiu – nie o siebie, ale o Helenę, którą w tej długiej podróży pokochał jak siostrę rodzoną. A wiedział i to, że Tatarzy raz zacząwszy gonitwę, nie ustaną tak prędko.

– Niechże nie ustają, a jej nie zgonią! – rzekł do siebie ścisnąwszy zęby.

– Koń mi się potknął! – zawołał po raz drugi Zagłoba.

– Nic to! – powtórzył Wołodyjowski.

Tymczasem wpadli do lasu. Objęła ich ciemność, ale też pojedynczy jeźdźcy tatarscy nie byli dalej za nimi, jak na kilkaset kroków. Wszelako mały rycerz wiedział już, jak ma postąpić.

– Rzędzian! – krzyknął – skręcaj z panną w pierwszą drogę z gościńca.

– Dobrze, mój jegomość! – odrzekł pachołek.

Mały rycerz zwrócił się do Zagłoby:

– Pistolety w garść!

I jednocześnie położywszy rękę na cuglach konia pana Zagłoby, począł jego bieg hamować.

– Co robisz?! – krzyknął szlachcic.

– Nic to! Wstrzymuj waść konia.

Odległość między nimi a Rzędzianem, który umykał z Heleną, poczęła się zwiększać coraz bardziej. Na koniec przybyli do miejsca, gdzie gościniec skręcał się dość nagle ku Zbarażowi, a wprost dalej szła wąska drożyna leśna wpółprzesłonięta gałęziami. Rzędzian wpadł na nią i po chwili oboje z Heleną znikli w gęstwinie i ciemności.

Tymczasem Wołodyjowski wstrzymał konia swego i Zagłoby.

– Na miłosierdzie boskie! co czynisz? – ryczał szlachcic.

– Wstrzymamy pogoń. Nie ma innego dla kniaziówny ratunku.

– Zginiemy!

– To zginiemy. Stań tu waść na boku gościńca! tutaj! tutaj!

Obaj przyczaili się w ciemności pod drzewami – tymczasem gwałtowny tętent bachmatów tatarskich zbliżał się i huczał jak burza, aż się cały las nim rozlegał.

– Stało się! – rzekł Zagłoba i podniósł do ust bukłak z winem.

Pił i pił – po czym wstrząsnął się.

– W imię Ojca i Syna, i Ducha Świętego! – zakrzyknął – gotowym na śmierć!

– Zaraz! zaraz! – rzekł Wołodyjowski. – Trzech idzie naprzód, tegom chciał!

Jakoż na jasnym gościńcu ukazało się trzech jeźdźców siedzących widocznie na najlepszych bachmatach, tak zwanych na Ukrainie wilczarach, bo w biegu wilka doganiały; za nimi o dwieście lub trzysta kroków pędziło kilkunastu innych, a dalej jeszcze cały gęsty, zbity tłum ordyńców.

Gdy trzej pierwsi zrównali się z zasadzką, huknęły dwa strzały, po czym Wołodyjowski rzucił się jak ryś na środek gościńca i w jednym mgnieniu oka, nim pan Zagłoba miał czas spojrzeć i pomyśleć, co się stało, trzeci Tatar padł jakby gromem rażony.

– W konie! – krzyknął mały rycerz.

Pan Zagłoba nie dał sobie tego dwa razy powtarzać, i ruszyli gościńcem na kształt dwóch wilków, za którymi stado zajadłych psów goni; tymczasem dalsi ordyńcy nadbiegli do trupów i poznawszy, że owe gonione wilki potrafią na śmierć ukąsić, wstrzymali nieco konie czekając na innych towarzyszów.

– Widzisz waść! – rzekł Wołodyjowski – wiedziałem, że się zatrzymają!

Ale jakkolwiek uciekający zyskali kilkaset kroków, przerwa w gonitwie nie trwała długo, tylko że Tatarzy biegli już większą kupą i nie wysuwali się pojedynczo naprzód.

Jednakże konie uciekających były zmęczone długą drogą i pęd ich słabł. Szczególnie koń Zagłoby, wiozący na grzbiecie tak znaczny ciężar, potknął się znowu raz i drugi; staremu szlachcicowi resztki włosów stanęły na głowie na myśl, że padnie.

– Panie Michale, najdroższy panie Michale! nie opuszczajże mnie! – wołał z desperacją.

– Bądź waść pewien! – odpowiedział mały rycerz.

– Żeby tego konia wilcy...

Nie skończył, gdy pierwsza strzała bzyknęła mu koło ucha, a za nią inne poczęły bzykać i świstać, i śpiewać, jakoby bąki i pszczoły. Jedna przeleciała tak blisko, że prawie otarła się bełtem o uszy pana Zagłoby.

Wołodyjowski zwrócił się i znowu dał po dwakroć z pistoletów ognia do goniących.

Wtem koń pana Zagłoby potknął się tak silnie, że nozdrzami niemal zarył w ziemi.

– Na Boga żywego, koń mi pada! – krzyknął rozdzierającym głosem szlachcic.

– Z kulbaki i w las! – zagrzmiał Wołodyjowski.

To rzekłszy sam osadził konia, zeskoczył i w chwilę później obaj z Zagłobą znikli w ciemnościach.

Ale manewr ten nie uszedł skośnych oczu Tatarów i kilkudziesięciu z nich zeskoczywszy również z koni puściło się w pogoń za uciekającymi.

Gałęzie zerwały z głowy czapkę Zagłobie i biły go po twarzy, szarpały za żupan, ale szlachcic, wziąwszy nogi za pas, umykał, jakby mu trzydzieści lat wieku ubyło. Czasami padał, więc podnosił się i umykał jeszcze śpieszniej, sapiąc jak miechy kowalskie – na koniec stoczył się w głęboki wykrot i czuł, że się już nie wygramoli, bo siły opuściły go zupełnie.

– Gdzie waść jest? – spytał z cicha Wołodyjowski.

– Tu, w dole. Już po mnie! ratuj się, panie Michale.

Ale pan Michał bez wahania wskoczył do wykrotu i położył rękę na ustach pana Zagłoby.

– Cicho waść! może nas zminą! Będziem się zresztą bronili.

Tymczasem nadbiegli Tatarzy. Jedni z nich minęli istotnie wykrot, sądząc, że zbiegowie uciekają dalej, inni szli z wolna, obmacując drzewa i rozglądając się na wszystkie strony.

Rycerze utaili dech w piersiach.

„Niech tu który wpadnie – myślał w rozpaczy Zagłoba – to ja mu wpadnę!..."

Wtem iskry posypały się na wszystkie strony: Tatarzy poczęli krzesać ogień...

Przy blasku ich widać było dzikie twarze o wystających policzkach i nabrzękłe wargi dmuchające w zatlone hubki. Przez jakiś czas chodzili tak wkoło, o kilkadziesiąt kroków od wykrotu, podobni do jakichś złowrogich widm leśnych – i zbliżali się coraz bardziej.

Ale w chwilę później jakieś dziwne szumy, szmery i zmieszane okrzyki poczęły dolatywać z gościńca i budzić uśpione głębie.

Tatarzy przestali krzesać i stanęli jak wryci; ręka Wołodyjowskiego wpiła się w ramię Zagłoby.

Krzyki zwiększały się i nagle buchnęły czerwone światła, a wraz z nimi rozległa się salwa muszkietów – jedna, druga, trzecia – za nią okrzyki: ,,Ałła", szczęk szabel, kwik koni – tętent i wrzaski pomieszane. Na gościńcu wrzała bitwa.

– Nasi! nasi! – krzyknął Wołodyjowski.

– Bij! morduj! bij! siecz! rżnij! – ryczał pan Zagłoba.

Sekunda jeszcze: koło wykrotu przebiegło w największym popłochu kilkudziesięciu Tatarów, którzy zmykali teraz co duchu ku swoim. Pan Wołodyjowski nie wytrzymał, skoczył za nimi – i jechał na ich karkach wśród gęstwy i ciemności.

Zagłoba pozostał sam na dnie jamy.

Po chwili próbował wyleźć, ale nie mógł. Bolały go wszystkie kości i zaledwie zdołał na nogach się utrzymać.

– Ha, łajdaki! – rzekł oglądając się na wszystkie strony – uciekliście! Szkoda, że tu który nie został. Miałbym kompanię w tej jamie i pokazałbym mu, gdzie pieprz rośnie. O poganie! narżną was tam teraz jak bydła! Dla Boga, hałas tam teraz coraz większy! Chciałbym, żeby to był sam książę Jeremi, bo ten by dopiero was przygrzał. Hałłakujcie! hałłakujcie! będą później wilcy nad waszym ścierwem hałłakowali. Ale też ten pan Michał, żeby mnie tu samego zostawić. Ba, nic dziwnego! Łakomy, bo młody. Po tej ostatniej przeprawie już i do piekła bym z nim poszedł, bo to nie taki przyjaciel, co w potrzebie opuszcza. A osa to jest! W mig tamtych trzech ukąsił. Żebym to miał przynajmniej ze sobą ten bukłak... ale już go tam pewnie diabli wzięli... konie rozdeptały. Jeszcze mnie tu jaka gadzina źgnie w tej jamie. Co to?

Krzyki i salwy muszkietów poczęły oddalać się w stronę pola i pierwszego lasu.

– Aha! – rzekł Zagłoba. – Już im na karkach jadą! Nie wytrzymaliście, psubraty! Chwała bądź Bogu najwyższemu!

Krzyki oddalały się coraz bardziej.

– Zdrowo jadą! – mruczał dalej szlachcic. – Ale to, widzę, przyjdzie mi posiedzieć w tej jamie. Tego by brakowało, żeby mnie wilcy zjedli. Naprzód Bohun, potem Tatarzy, a w końcu wilcy. Dajże, Boże, pal Bohunowi, a wściekliznę wilkom, bo o Tatarach już tam jakoś nasi myślą niezgorzej! Panie Michale! Panie Michale!

Cisza odpowiedziała panu Zagłobie, tylko bór szumiał, a z dala coraz słabiej dochodziły okrzyki.

– Chyba się tu spać położę – czy co? Niechże to diabli porwą! Hej, panie Michale!

Ale cierpliwość pana Zagłoby na długą jeszcze miała być wystawiona próbę, bo szaro już było na niebie, gdy na gościńcu dał się ponownie słyszeć tętent, a następnie światła zabłysły w mroku leśnym.

– Panie Michale! tu jestem! – zawołał szlachcic.

– To waść wyłaź.

– Ba! kiedy nie mogę.

Pan Michał z łuczywem w garści stanął nad jamą i podając rękę Zagłobie, rzekł:

– No! Tatarów nie ma. Przejechaliśmy się na nich aż za tamten las.

– A któż to nadszedł?

– Kuszel i Roztworowski w dwa tysiące koni. Moi dragoni także są z nimi.

– A pogańców siła było?

– At! komunik parotysięczny.

– To chwała Bogu! dajże mi się czego napić, bom zemdlał.

W dwie godziny później pan Zagłoba, napojony i nakarmiony należycie, siedział na wygodnej kulbace wśród dragonów Wołodyjowskiego, a obok niego jechał mały rycerz i tak mówił:

– Już-że się waćpan nie martw, bo choć do Zbaraża razem z kniaziówną nie przyjedziemy, ale gorzej by było, gdyby wpadła w pogańskie ręce...

– A może Rzędzian nawróci jeszcze do Zbaraża? – pytał Zagłoba.

– Tego on nie uczyni, gościniec będzie zajęty; ów czambuł, któryśmy odparli, rychło wróci i w trop za nami iść będzie. Zresztą i Burłaj lada chwila nadciągnie i pierwej stanie pod Zbarażem, niżby Rzędzian mógł zdążyć. Z drugiej strony od Konstantynowa idą: Chmielnicki i chan.

– O dla Boga! toż oni właśnie z kniaziówną jakoby w matnię wpadną.

– Głowa też Rzędziana w tym, aby się między Zbarażem a Konstantynowem, póki czas, przemknął i nie pozwolił się pułkom Chmielnickiego albo chanowym czambułom ogarnąć. I widzisz waść, mocno ja ufam, że on to potrafi.

– Dajże tak, Boże!

– Chytry to jest pachołek jak lis. Waćpanu fortelów nie brak, ale on jeszcze chytrzejszy. Siłaśmy głowy nałamali, jak dziewczynę ratować, i w końcu ręce nam opadły, a przez niego wszystko się naprawiło. Będzie się on teraz wyślizgiwał jak wąż, gdyż i o własną skórę mu chodzi. Ufaj waść, bo i Bóg jest nad nią, który ją tyle razy ratował, i przypomnij sobie, że sam mi w Zbarażu ufać kazałeś wtenczas, kiedy to Zachar przyjeżdżał.

Zagłoba pokrzepił się nieco tymi słowami pana Michała, a następnie zamyślił się głęboko.

– Panie Michale – rzekł po chwili – a nie pytałeś Kuszla, co się ze Skrzetuskim dzieje?

– Jest już w Zbarażu i – chwalić Boga – zdrowy. Przyszedł z Zaćwilichowskim od księcia Koreckiego.

– A co my jemu powiemy?

– W tym sęk.

– Wszakże on ciągle myśli, że dziewczyna w Kijowie zamordowana?

– Tak jest.

– A nie mówiłeś teraz Kuszlowi albo komu, skąd jedziemy?

– Nie mówiłem, bom sobie myślał: lepiej się pierwej naradzimy.

– Wolałbym chyba o całej imprezie zamilczeć – rzekł Zagłoba.

– Miałaby dziewczyna teraz, Boże uchowaj! wpaść znowu w ręce kozackie albo tatarskie, to dla Skrzetuskiego byłaby nowa boleść – taka właśnie, jakoby mu kto przyschłe rany rozdrapał.

– Głowę daję, że ją Rzędzian wyprowadzi.

– Dałbym i ja za to chętnie swoją, ale nieszczęście teraz na świecie jak dżuma grasuje. Lepiej już milczmy i na wolę bożą wszystko zdajmy.

– Niechże i tak będzie. Ale czy pan Podbipięta tajemnicy Skrzetuskiemu nie wyjawi?

– Chyba go nie znasz! Parol kawalerski dał, a to dla tego litewskiego powyrka święta rzecz.

Tu przyłączył się do nich Kuszel i jechali dalej razem – rozmawiając – przy pierwszych promieniach wschodzącego słońca – o rzeczach publicznych, o przyjściu regimentarzy do Zbaraża, które książę Jeremi spowodował, o bliskim przyjeździe księcia i o nieuniknionej już straszliwej z całą potęgą Chmielnickiego rozprawie.

XXIV

W Zbarażu zastali pan Wołodyjowski i Zagłoba wszystkie wojska koronne, zgromadzone i na nieprzyjaciela czekające. Był tam i podczaszy koronny, który spod Konstantynowa nadciągnął, i Lanckoroński, kasztelan kamieniecki, któren pod Barem pierwej gromił, i trzeci regimentarz, pan Firlej z Dąbrowicy, kasztelan bełski, i pan Andrzej Sierakowski, pisarz koronny, i pan Koniecpolski, chorąży, i pan Przyjemski, generał artylerii, wojownik szczególniej w zdobywaniu miast i urządzaniu obrony biegły. A z nimi dziesięć tysięcy wojska kwarcianego, nie licząc kilku chorągwi księcia Jeremiego, które już poprzednio w Zbarażu stały.

Pan Przyjemski na południowych stokach miasta i zamku, za rzeczką Gniezną i dwoma stawami, zatoczył potężny obóz, który cudzoziemską sztuką ufortyfikował, a który tylko z przodu można było zdobywać, bo tyłów broniły stawy, zamek i rzeczka. W tym to obozie mieli zamiar regimentarze dać odpór Chmielnickiemu i zatrzymać nawałnicę dopóty, dopóki by król z resztą sił i pospolitym ruszeniem wszystkiej szlachty nie nadciągnął. Ale czy był to zamiar wobec potęgi Chmielnickiego podobny do spełnienia? Wielu wątpiło i słuszne przytaczało wątpliwości powody, a między innymi i ten, że w samym obozie źle się działo. Naprzód, między wodzami wrzała tajona niezgoda. Regimentarze bowiem po niewoli przyszli pod Zbaraż ulegając w tym żądaniu księcia Jeremiego. Początkowo mieli regimentarze chęć bronić się pod Konstantynowem, ale gdy rozeszła się wieść, że Jeremi obiecuje stanąć własną osobą tylko w takim razie, jeżeli Zbaraż na miejsce obrony zostanie wybrany, żołnierstwo natychmiast oświadczyło królewskim wodzom, że chce iść na Zbaraż i gdzie indziej bić się nie będzie. Nie pomogły żadne perswazje ani powaga buławy i wkrótce regimentarze poznali, że jeżeli w dłuższym uporze trwać będą, tedy wojska, począwszy od poważnych znaków husarskich aż do ostatniego żołnierza z rot cudzoziemskich, opuszczą ich i zbiegną pod chorągwie Wiśniowieckiego. Był to jeden z tych smutnych, coraz częstszych w owym czasie przykładów niekarności wojskowej, którą zrodziły zarazem nieudolność wodzów, niezgody ich między sobą, bezprzykładna groza przed potęgą Chmielnickiego i niebywałe dotychczas klęski, a zwłaszcza piławiecka.

Tak więc regimentarze musieli ruszyć pod Zbaraż, gdzie władza mimo nominacji królewskich miała siłą rzeczy przejść w ręce Wiśniowieckiego, bo jego jednego tylko chciało słuchać wojsko, bić się i ginąć pod nim jednym. Ale tymczasem tego faktycznego wodza nie było jeszcze w Zbarażu, więc niepokój w wojsku wzrastał, karność rozluźniała się do reszty i serca upadały. Już było bowiem wiadomo, że Chmielnicki, a z nim chan ciągną z potęgą, jakiej od czasów Tamerlana nie widziały ludzkie oczy. Coraz nowe wieści nadlatywały do obozu, jakby złowrogie ptactwo, coraz nowe, coraz straszliwsze posłuchy, i wątliły męstwo żołnierza. Były obawy, aby popłoch, podobny do piławieckiego, nie zerwał się nagle i nie rozproszył tej garści wojska, która zagradzała Chmielnickiemu drogę do serca Rzeczypospolitej. Wodzowie sami tracili głowy. Sprzeczne ich rozporządzenia nie były wcale wykonywane lub wykonywano je z niechęcią. Rzeczywiście jeden Jeremi mógł odwrócić klęskę wiszącą nad obozem, wojskiem i krajem.

Pan Zagłoba i Wołodyjowski, przybywszy z chorągwiami Kuszla, wpadli zaraz w wir wojskowy, ledwie bowiem stanęli na majdanie, otoczyli ich towarzysze różnych znaków, pytając jeden przez drugiego o nowiny. Na widok jeńców tatarskich otucha wstąpiła zaraz w serca ciekawych: ,,Uszczknęli Tatarów! Jeńcy tatarscy! Bóg dał wiktorię!'' – powtarzali jedni. ,,Tatarzy tuż – i Burłaj z nimi!'' – wołali drudzy. ,,Do broni, mości panowie! Na wały!'' Wieść leciała przez obóz, a zwycięstwo Kuszlowe rosło przez drogę. Coraz więcej ludzi kupiło się naokół jeńców ,,Pościnać ich! – wołano – co tu będziemy z nimi robili!'' Posypały się pytania tak gęsto, jakoby śnieżna zadymka, ale Kuszel nie chciał odpowiadać i poszedł z relacją do kwatery kasztelana bełskiego – zaś Wołodyjowskiego i Zagłobę witali przez ten czas znajomi spod chorągwi ,,ruskich'', a oni wykręcali się, jak mogli, było im bowiem również pilno zobaczyć się ze Skrzetuskim.

Znaleźli go w zamku, a z nim starego Zaćwilichowskiego, dwóch księży, miejscowych bernardynów, i pana Longina Podbipiętę. Skrzetuski ujrzawszy ich przybladł nieco i oczy zmrużył, bo mu zbyt dużo wspomnień na myśl przywiedli, aby miał bez bólu znieść ich widok. Jednakże powitał ich spokojnie, a nawet radośnie pytał, gdzie byli, i zadowolił się pierwszą lepszą odpowiedzią, gdyż poczytując kniaziównę za umarłą, niczego już nie pragnął, niczego się nie spodziewał i najmniejsze podejrzenie nie wkradło mu się do duszy, że ich długa nieobecność może być w jakimkolwiek z nią związku. Oni też słowem o celu wyprawy nie wspomnieli, choć pan Longinus spoglądał to na jednego, to na drugiego badawczym wzrokiem i wzdychał, i kręcił się na miejscu chcąc choć cień nadziei na ich obliczach wyczytać. Ale obydwaj zajęci byli Skrzetuskim, którego pan Michał co chwila brał w ramiona, bo mu serce miękło na widok tego wiernego i dawnego przyjaciela, który tyle się wycierpiał, tyle przebył i tyle utracił, że prawie żyć nie miał po co.

– Ot! do kupy się znowu zbieramy wszyscy starzy towarzysze – mówił do Skrzetuskiego – i dobrze ci będzie z nami. Wojna też przyjdzie taka, widzę, jakiej jeszcze nie bywało, a z nią i rozkosze wielkie dla każdej duszy żołnierskiej. Byle ci Bóg dał zdrowie, nieraz jeszcze husarzy poprowadzisz!

– Bóg mi już zdrowie wrócił! – odpowiedział Skrzetuski – i sam sobie więcej nie życzę, jeno służyć, póki jest potrzeba.

Jakoż Skrzetuski zdrów był już w istocie, bo młodość i potężna siła zwalczyły w nim chorobę. Zgryzoty przeżarły mu duszę, ale ciała zgryźć nie mogły. Wychudł tylko bardzo i pożółkł tak, że czoło, policzki i nos miał jakby z wosku kościelnego uczynione. Dawna kamienna surowość została mu w twarzy i był w niej taki skrzepły spokój, jak w twarzach umarłych. Więcej jeszcze srebrnych nici wiło się w jego czarnej brodzie, a zresztą nie różnił się niczym od innych ludzi, chyba tym, że przeciw żołnierskiemu obyczajowi unikał gwarów, ciżby, pijatyk, chętniej z zakonnikami obcując, których rozmów o życiu klasztornym i o życiu przyszłym chciwie, bywało, słuchał. Jednakże służbę ściśle pełnił i co się tyczyło wojny albo spodziewanego oblężenia, tym na równi ze wszystkimi się zajmował.

Wnet też rozmowa zeszła na ten przedmiot; bo nikt o niczym innym nie myślał w całym obozie, w zamku i w mieście. Stary Zaćwilichowski wypytywał się o Tatarów i o Burłaja, z którym z dawna miał znajomość.

– Wielki to jest wojennik – mówił – i aż żal, że przeciw ojczyźnie wraz z innymi powstaje. Razem służyliśmy pod Chocimiem – młodzik to był jeszcze, ale już obiecywał, że na niepospolitego męża wyrośnie.

– Przecie on jest z Zadnieprza i Zadnieprzańcom przywodzi – rzekł Skrzetuski – jakże się to stało, ojcze, że on teraz z południa od strony Kamieńca ciągnie?

– Widać – odrzekł Zaćwilichowski – umyślnie mu tam Chmielnicki zimowisko wyznaczył, gdyż Tuhaj-bej został nad Dnieprem, a ów murza wielki ma do Burłaja rankor jeszcze z dawnych czasów. Nikt też Tatarom tyle sadła za skórę nie zalał, ile Burłaj.

– A teraz będzie ich komilitonem!

– Tak jest! – rzekł Zaćwilichowski – takie czasy! Ale tu będzie nad nimi Chmielnicki czuwał, żeby się nie pożarli.

– A Chmielnickiego kiedy się tu, ojcze, spodziewacie? – pytał Wołodyjowski.

– Lada dzień, a zresztą, któż może wiedzieć? Powinni regimentarze podjazd za podjazdem wysyłać, a tego nie czynią. Ledwiem uprosił, że Kuszla wysłali ku południowi, a panów Pigłowskich pod Czołhański Kamień. Chciałem i sam iść, ale tu ciągłe rady i rady... Mają jeszcze wysłać i pana pisarza koronnego w kilkanaście chorągwi. Niechże się śpieszą, aby zaś nie było za późno. Daj tu Boże jak najprędzej naszego księcia, bo inaczej taka hańba jak pod Piławcami nas spotka.

– Widziałem tych żołnierzów, kiedyśmy przez majdan przejeżdżali – rzecze Zagłoba – i tak myślę, że więcej między nimi kpów niż dobrych pachołków. Bazarnikami im być, nie naszymi komilitonami, którzy się w sławie kochamy, więcej ją od zdrowia ceniąc.

– Co waść gadasz! – burknął staruszek. – Nie ujmuję ja waszmości męstwa, choć dawniej inne miałem mniemanie, ale i to wszystko rycerstwo, co tu jest, to najprzedniejszy żołnierz, jakiego kiedykolwiek miała Rzeczpospolita. Głowy jeno trzeba! wodza! Pan kamieniecki dobry harcownik, ale żaden wódz; pan Firlej stary, a co do podczaszego, no, ten razem z księciem Dominikiem pod Piławcami zdobył sobie reputację. Cóż dziwnego, że ich słuchać nie chcą?

Żołnierz chętnie przeleje krew, jeżeli jest pewien, że go bez potrzeby nie wygubią. Ot i teraz: miast o oblężeniu myśleć, to się spierają, gdzie który będzie stał!

– Czy aby wiwendy jest dosyć? – pytał niespokojnie Zagłoba.

– I tego nie tyle, ile potrzeba, ale z paszą jeszcze gorzej. Jeżeli się oblężenie przez miesiąc przeciągnie, to chyba wióry a kamienie będziem koniom dawać.

– Jeszcze by czas o tym pomyśleć – rzekł Wołodyjowski.

– To idź im waść to powiedz. Daj Boże księcia, *repeto!*

– Nie waszmość jeden za nim wzdychasz – przerwał pan Longinus.

– Wiem o tym – odrzekł staruszek. – Spojrzyjcie waszmościowie na majdan. Wszyscy u wałów siedzą i z tęsknością w stronę Starego Zbaraża poglądają, inni zaś aż na wieże w mieście włażą, a krzyknie który z pustoty: „Idzie!" – to od radości szaleją. Nie tak spragniony jeleń *desiderat aquas,* jako my jego. Oby tylko przed Chmielnickim zdążył, bo już tak myślę, że tam musiały zajść *impedimenta.*

– My też się po całych dniach o jego przyjazd modlimy – odezwał się jeden z bernardynów.

Jakoż modlitwy i życzenia całego rycerstwa miały się niebawem ziścić, chociaż następny dzień przyniósł jeszcze większe obawy i pełno wróżb złowrogich. Dnia ósmego lipca, we czwartek, straszliwa burza rozszalała się nad miastem i świeżo zatoczonymi wałami obozu. Deszcz walił potokami. Część robót ziemnych spłynęła. Gniezna i oba stawy wezbrały. Wieczorem piorun huknął w piechotną chorągiew kasztelana bełskiego, Firleja; zabił kilku ludzi, a samą chorągiew roztrzaskał na szczypki. Poczytano to za złe *omen* i za widomy znak gniewu bożego, tym bardziej że pan Firlej był kalwinem. Zagłoba proponował, by wysłać do niego deputację z żądaniem i prośbą, aby się nawrócił – „gdyż nie może być błogosławieństwa bożego dla wojska, którego wódz żyje w sprosnych błędach niebu obrzydłych". Wielu podzielało to mniemanie i tylko powaga osoby kasztelańskiej i buławy wstrzymała wysłanie deputacji. Ale serca tym bardziej upadły. Burza też szalała bez przerwy. Wały, lubo wzmocnione kamieniami, łozą i ostrokołem, rozmiękły tak, że armaty poczęły grzęznąć. Musiano podkładać deski pod granatniki, moździerze i nawet pod oktawy. W głębokich fosach szumiała woda na chłopa wysoko. Noc nie przyniosła spokoju. Wicher gnał od wschodu coraz nowe olbrzymie zwały chmur, które kłębiąc się i przewalając ze straszliwym łoskotem po niebie wyrzucały nad Zbarażem wszystek swój zapas dżdżu, gromów, błyskawic... Tylko czeladź została w namiotach w obozie, towarzystwo zaś, starszyzna, nawet regimentarze, z wyjątkiem kasztelana kamienieckiego, schronili się do miasta. Gdyby Chmielnicki nadszedł był razem z tą burzą, byłby wziął obóz bez oporu!

Nazajutrz było już nieco lepiej, chociaż deszcz jeszcze popadywał. Dopiero koło piątej z południa wiatr przepędził chmury, błękit roztoczył się nad obozem, a w stronie Starego Zbaraża zajaśniała przepyszna siedmiobarwna tęcza, której potężny łuk jednym ramieniem za Stary Zbaraż przechodził, drugim zdawał się ssać wilgoć z Czarnego Lasu – i świecił się, i mienił, i grał na tle chmur uciekających.

Wówczas otucha wstąpiła w serca. Rycerstwo wróciło do obozu i wstąpiło na śliskie wały, aby widokiem tęczy oczy weselić. Zaraz poczęto rozprawiać gwarnie i zgadywać, co ten pomyślny znak zwiastuje, gdy wtem pan Wołodyjowski, stojąc wraz z innymi nad samą fosą, przysłonił swe rysie oczy ręką i zakrzyknął:

– Wojsko spod tęczy wychodzi! wojsko!

Zrobił się ruch, jakby wicher poruszył masą ludzi, a potem szmer zerwał się nagle. Słowa: „Wojsko idzie!" przeleciały jakoby strzała od jednego końca wałów do drugiego. Żołnierze poczęli się cisnąć, popychać, skłębiać. Szmery zrywały się i cichły; wszystkie dłonie spoczęły nad oczyma, wszystkie oczy wbiły się z wytężeniem w dal – serca tłukły się w piersiach – i patrzyli tak wszyscy, oddech w piersiach wstrzymując, zawieszeni między niepewnością i nadzieją!

A wtem pod siedmiobarwną bramą zamajaczyło coś i majaczyło

coraz wyraźniej, i wynurzało się z dali, i zbliżało coraz bardziej, i widniało coraz dokładniej – aż w końcu ukazały się chorągwie, proporce, buńczuki – później las proporczyków – oczy nie dały dłużej wątpić: było to wojsko.

Wówczas jeden olbrzymi okrzyk wyrwał się ze wszystkich piersi, okrzyk niepojętej radości:

– Jeremi! Jeremi! Jeremi!

Najstarszych żołnierzy ogarnął po prostu szał. Jedni rzucili się z wałów, przebrnęli fosę i biegli piechotą przez zalaną wodą równinę ku zbliżającym się pułkom; drudzy lecieli do koni; inni śmieli się, inni płakali, składali ręce lub wyciągali je ku niebu, wołając: „Idzie nasz ojciec, nasz zbawca, nasz wódz!" Zdawać by się mogło, że oblężenie już zdjęte, Chmielnicki pokonany i zwycięstwo odniesione. Tymczasem pułki księcia podchodziły coraz bliżej, tak że można już było rozróżnić znaki. Szły więc naprzód, jako zwykle, lekkie pułki książęcych Tatarów, semenów i Wołochów; za nimi widać było cudzoziemską piechotę Machnickiego, dalej – armaty Wurcla, dragonię i poważne znaki husarskie. Promienie słońca łamały się na ich zbrojach, na grotach sterczących kopii – i szli wszyscy w blaskach niezwyczajnych, jakoby już ich otaczała gloria zwycięstwa. Skrzetuski, stojący wraz z panem Longinem na wałach, poznał z dala swoją chorągiew, którą był w Zamościu zostawił – i wyżółkłe policzki zarumieniły mu się nieco; odetchnął silnie po kilkakroć, jakby jakiś niezmierny ciężar zrzucał z piersi, i poweselał w oczach. Bo też i bliskie już były dla niego dni trudów nadludzkich oraz walk heroicznych, które najlepiej goją serce i pamięć bolesną gdzieś coraz głębiej na dno duszy strącają. Pułki zbliżyły się jeszcze i zaledwie tysiąc kroków dzieliło je od obozu. Nadbiegła też i starszyzna, by oglądać wejście książęce: więc trzej regimentarze, z nimi pan Przyjemski, pan chorąży koronny, pan starosta krasnostawski, pan Korf i wszyscy inni oficerowie tak chorągwi polskich, jak i cudzoziemskiego autoramentu. Podzielali oni ogólną radość, a szczególniej pan Lanckoroński, regimentarz, większy rycerz aniżeli wódz, ale w sławie wojennej rozkochany, wyciągał buławę w stronę, skąd przychodził Jeremi, i mówił tak głośno, że go wszyscy słyszeli:

– Oto tam nasz najwyższy wódz i ja pierwszy dank i władzę swą mu oddawam!

Pułki książęce zaczęły wchodzić do obozu. Było wszystkiego ludu trzy tysiące, ale za sto tysięcy serc przyrosło – bo byli to przecie wszystko zwycięzcy spod Pohrebyszcz, Niemirowa, Machnówki i Konstantynowa. Witali się tedy znajomi i przyjaciele. Za lekkimi pułkami wtoczyła się na koniec z trudem i artyleria Wurclowska, prowadząc cztery hakownice, dwie oktawy srodze donośne i sześć zdobycznych organków. Książę, który ze Starego Zbaraża pułki ekspediował, wjechał dopiero wieczorem po zachodzie słońca. Zbiegło się, co żyło, na jego spotkanie. Żołnierze, pozapalawszy kaganki, ogarki, pochodnie i szczapy łuczywa, otoczyli tak książęcego dzianeta, że postępować nie mógł. Chwytano go też za cugle, by oczy widokiem bohatera dłużej napoić. Całowano suknie książęce, a samego ledwie że nie porwano na ramiona. Uniesienie doszło do tego stopnia, że nie tylko żołnierze spod swojskich znaków, ale i roty cudzoziemskie oświadczyły, że przez kwartał darmo będą służyły. Coraz większy tłok czynił się naokół księcia, tak że kroku już postąpić nie mógł – siedział więc na swym białym dzianecie, otoczony żołnierstwem, jak pasterz między owcami, a okrzykom i wiwatom nie było końca.

Wieczór się zrobił cichy, pogodny. Na ciemnym niebie zabłysło tysiące gwiazd i wnet zjawiły się pomyślne wróżby. Właśnie gdy pan Lanckoroński zbliżył się do księcia z buławą w ręku, by mu ją oddać, jedna z gwiazd, oderwawszy się od sklepienia i ciągnąc za sobą strugę świetlaną, spadła z hukiem w stronie Konstantynowa, skąd miał nadciągnąć Chmielnicki, i zgasła.

– To Chmielnickiego gwiazda! – krzyknęli żołnierze. – Cud! cud! znak widomy!

– *Vivat* Jeremi *victor*! – powtórzyło tysiące głosów, a wtem kasztelan kamieniecki zbliżył się i dał znak ręką, że chce mówić. Uciszyło się zaraz nieco, on zaś rzekł:

– Król mnie dał buławę, ale ja ją w twoje, godniejsze ręce, zwycięzco, oddaję i pierwszy twoich rozkazów chcę słuchać.

– I my z nim! – powtórzyli dwaj inni regimentarze.

Trzy buławy wyciągnęły się ku księciu, ale on rękę cofnął i odrzekł:

– Nie ja waszmościom dawałem buławy, więc ich nie będę odbierał.

– Bądź więc nad trzema czwartą! – rzekł Firlej.

– *Vivat* Wiśniowiecki! *Vivant regimentarze!* – krzyknęło rycerstwo.

– Żyć i umierać razem chcemy!

W tej chwili dzianet książęcy podniósł łeb, wstrząsnął farbowaną purpurowo grzywą i zarżał potężnie, aż wszystkie konie w obozie odpowiedziały mu jednym głosem.

Poczytano i to za przepowiednię zwycięstwa. Żołnierze mieli ogień w oczach. Serca rozpaliły się pragnieniem walki, dreszcz zapału przebiegał przez ciała. Starszyzna nawet podzielała ogólne uniesienie. Podczaszy płakał i modlił się, a pan kasztelan kamieniecki i pan starosta krasnostawski pierwsi poczęli trzaskać szablami wtórując żołnierzom, którzy biegli na zręby wałów i wyciągając ręce w ciemności, wołali ku stronie, z której spodziewano się nieprzyjaciela:

– Bywajcie, psubraty! znajdziecie nas gotowych!

Tej nocy nikt nie spał w obozie i aż do rana grzmiały okrzyki i roiły się światła błyszczące kaganków i pochodni.

Nad ranem przyszedł z podjazdu spod Czołhańskiego Kamienia pan pisarz koronny Sierakowski i przyniósł wiadomość o nieprzyjacielu, który o pięć mil od obozu się znajdował. Podjazd stoczył walkę z przeważnymi siłami ordyńców; zginęło w niej dwóch panów Mańkowskich, pan Oleksicz i kilku zacnego towarzystwa. Przywiezione języki twierdziły, że za onym komunikiem chan i Chmielnicki idą z całą potęgą. Dzień zeszedł na oczekiwaniu i rozporządzeniach do obrony. Książę przyjąwszy bez dłuższych wahań naczelne dowództwo, szykował wojsko, wyznaczał każdemu, gdzie miał stać, jak się bronić i jak innym w pomoc przychodzić. W obozie zapanował najlepszy duch; karność została przywrócona, a zamiast dawnego zamieszania, krzyżowania się rozporządzeń, niepewności – widziałeś wszędy ład i sprawność. Do południa wszyscy byli na swych pozycjach. Straże przed obozem rozrzucone donosiły każdej chwili, co dzieje się w okolicy. W pobliższych wioskach wysłana czeladź brała żywność i paszę, ile się gdzie jeszcze dało złapać. Żołnierz stojąc na wałach gwarzył wesoło i śpiewał, a noc spędzono drzemiąc przy ogniskach, z ręką na szabli, w takiej gotowości, jakby co chwila szturm miał nastąpić.

Jakoż świtaniem poczęło się coś czernić w stronie Wiśniowca. Dzwony uderzyły w mieście na trwogę, a w obozie długie, żałosne głosy trąb pobudziły czujność żołnierzy. Piesze regimenta wyszły na wały, w przerwach stanęła jazda gotowa zerwać się za pierwszym znakiem do ataku, a przez całą długość okopu wzniosły się ku górze dymki od zapalonych lontów.

W tej samej chwili pojawił się książę na swoim białym dzianecie. Ubrany był w srebrne blachy, ale bez hełmu. Najmniejszej troski nie było znać na jego czole; owszem, wesołość biła mu z oczu i twarzy.

– Mamy gości, mości panowie! mamy gości! – powtarzał przejeżdżając wzdłuż wałów.

Cisza nastała i słychać było łopotanie chorągwi, które lekki powiew wiatru to nadymał, to owijał naokoło drzewców. Tymczasem nieprzyjaciel zbliżył się tak, że można go było okiem ogarnąć.

Była to pierwsza fala, więc nie sam Chmielnicki z chanem, ale rekonesans złożony ze trzydziestu tysięcy wyborowych ordyńców uzbrojonych w łuki, samopały i szable. Zagarnąwszy tysiąc pięćset pachołków wysłanych po żywność, szli gęstą ławą od Wiśniowca, potem wyciągnąwszy się w długi półksiężyc poczęli zajeżdżać z przeciwnej strony ku Staremu Zbarażowi.

Ale tymczasem książę przekonawszy się, iż to tylko komunik, dał rozkaz, by jazda wyszła z okopów. Rozległy się głosy komendy, pułki zaczęły się ruszać i wychodzić zza wałów, jak pszczoły z ula. Równina napełniła się ludźmi i końmi. Z dala widać było rotmistrzów z buz-

706

dyganami w ręku oganiających chorągwie i szykujących je do boju. Konie parskały rzeźwo – a czasem rżenie przebiegło szeregi. Potem z tej masy wysunęły się dwie chorągwie Tatarów i semenów książęcych i szły drobnym kłusem naprzód; łuki trzęsły się im na plecach, migotały kołpaki – i szli w milczeniu, a na czele ich jechał rudy Wierszułł, pod którym koń rzucał się jak szalony, co chwila zwieszając w powietrzu przednie kopyta, jakby chciał zerwać wędzidła i skoczyć co prędzej w zamęt.

Błękitu nieba nie plamiła żadna chmurka, dzień był jasny, przezroczysty – i widać ich było jak na dłoni.

W tejże samej chwili od strony Starego Zbaraża ukazał się taborek książęcy, który nie zdołał wejść z całym wojskiem, a teraz nadążał co siły z obawy, aby ordyńcy nie ogarnęli go jednym zamachem. Jakoż nie uszedł ich oczu i wnet długi półksiężyc ruszył ku niemu z kopyta. Krzyki: ,,Ałła!'', doleciały aż do uszu stojącej na wałach piechoty; chorągwie Wierszułła pomknęły jak wicher na ratunek.

Ale półksiężyc dobiegł prędzej do taborku i opasał go w jednej chwili jakoby czarną wstęgą, a jednocześnie kilka tysięcy ordyńców zwróciło się z wyciem nieludzkim ku Wierszułłowi starając się go również opasać. I tu dopiero można było poznać doświadczenie Wierszułła i sprawność jego żołnierzy. Widząc bowiem, że im zachodzą z prawej i lewej strony, rozdzielili się na troje i skoczyli na boki, po czym rozdzielili się na czworo, potem na dwoje – a za każdym razem nieprzyjaciel musiał się zwracać całą linią, bo przed sobą nie miał nikogo, a skrzydła już mu rwano. Dopiero za czwartym razem uderzyli się pierś w pierś, ale Wierszułł uderzył całą siłą w najsłabsze miejsce, rozerwał je i od razu znalazł się na tyłach nieprzyjaciela. Wtedy porzucił go i szedł jak burza ku taborkowi nie dbając, że tamci zaraz mu na kark najadą.

Starzy praktycy patrząc na to z wałów uderzali się zbrojnymi dłońmi po lędźwiach, wykrzykując:

– Niech ich kule biją tylko książęcy rotmistrze tak prowadzą!

Tymczasem Wierszułł natarłszy ostrym klinem na pierścień opasujący taborek przebił go tak, jak strzała przebija ciało żołnierza i w mgnieniu oka przedostał się do środka. Teraz zamiast dwóch bitew zawrzała jedna, ale tym zaciętsza. Cudny to był widok! W środku równiny taborek jakoby ruchoma forteca wyrzucał długie smugi dymu i ział ogniem – naokół zaś czerniło się mrowie ruchliwe, rozszalałe, niby jakiś wir olbrzymi, za wirem konie latające bez jeźdźców, w środku szum, wrzask, grzechotanie samopałów. Ci tłoczą się jedni przez drugich, tamci nie dają się rozrywać. Jak dzik otoczony broni się białymi kłami i tnie zajadłą psiarnię, tak ów tabor wśród chmary tatarskiej bronił się z rozpaczą i nadzieją, że z obozu pomoc większa od Wierszułłowej mu przyjdzie.

Jakoż wkrótce na równinie zamigotały czerwone kolety dragonów Kuszla i Wołodyjowskiego – rzekłbyś: listki czerwone kwiatów, które wiatr żenie. Ci dobiegli do chmary tatarskiej i wpadli w nią jak w czarny las, tak że po chwili wcale ich nie było widać, tylko kotłowanie uczyniło się jeszcze większe. Dziwno było nawet żołnierzom, dlaczego książę nie przyjdzie od razu z dostateczną potęgą w pomoc otoczonym, ale on zwłóczył chcąc dowodnie pokazać żołnierzom, jakie to posiłki im prowadził – i przez to serce im podnieść i do większych jeszcze niebezpieczeństw przygotować. Jednakże ogień w taborku słabiał; znać, już nabijać nie mieli czasu albo się rury muszkietów zbyt rozgrzały; natomiast wrzask Tatarów zwiększał się coraz bardziej, więc książę dał znak i trzy husarskie chorągwie: jedna jego własna pod Skrzetuskim, druga starosty krasnostawskiego, trzecia królewska pod panem Pigłowskim, runęły z obozu ku bitwie. Dobiegły i uderzywszy jak obuchem rozerwały od razu pierścień tatarski, potem spędziły go, zgniotły na równinie, wyparły ku lasom, rozbiły raz jeszcze – i gnały o ćwierć mili od obozu, taborek zaś wśród radosnych okrzyków i huku dział zemknął bezpiecznie w okopy.

Tatarzy jednak czując, że za nimi idzie Chmielnicki i chan, nie znikli całkiem z oczu: owszem, wkrótce zjawili się na nowo i hałłakując obiegali cały obóz zajmując przy tym drogi, gościńce i wsie pobliskie, z których wkrótce podniosły się słupy czarnego dymu ku niebu. Mnóstwo ich harcowników zbliżyło się pod okopy, przeciw którym sypnęli się zaraz pojedynczo i kupkami żołnierze książęcy i kwarciani, szczególniej z tatarskich, wołoskich i dragońskich chorągwi.

Wierszułł nie mógł brać w harcach udziału, albowiem sześć razy w głowę cięty przy obronie taborku leżał jak nieżywy w namiocie; natomiast pan Wołodyjowski, choć cały już jak rak od krwi czerwony, za mało miał jeszcze ukontentowania i pierwszy wyruszył. Trwały owe harce aż do wieczora, na które z obozu piechoty i rycerstwo z górnych chorągwi patrzyło jak na widowisko. Przebiegano więc sobie wzajemnie, potykano się gromadami albo pojedynczo, chwytano żywcem niewolników. A pan Michał, co którego ucapił i odprowadził, to znów wracał; czerwony jego mundur uwijał się po całym pobojowisku, aż go wreszcie Skrzetuski panu Lanckorońskiemu jako osobliwość z dala pokazał, bo ilekroć sczepił się z Tatarem, rzekłbyś: w Tatara piorun trzasł. Zagłoba, choć pan Michał nie mógł go dosłyszeć, dodawał mu krzykiem z wałów ochoty, od czasu zaś do czasu zwracał się do stojących naokół żołnierzy i mówił:

– Patrzcie, waszmościowie! ja to uczyłem go szablą robić. Dobrze! dalejże po nim! Dalibóg – niedługo mnie dorówna!

Ale tymczasem słońce zaszło – i harcownik począł z wolna ściągać się z pola, na którym pozostały tylko trupy końskie i ludzkie. W mieście poczęto znów dzwonić na „Anioł Pański".

Noc zapadała z wolna, jednakże ciemność nie nadchodziła, bo naokół świeciły łuny. Paliły się Załościce, Barzyńce, Lublanki, Stryjówka, Kretowice, Zarudzie, Wachlówka – i cała okolica, jak okiem sięgnąć, płonęła jednym pożarem. Dymy w nocy stały się czerwone, gwiazdy świeciły na różowym tle nieba. Chmary ptactwa z lasów, gąszczów i stawów podnosiły się z wrzaskiem okropnym i krążyły w powietrzu oświetlonym pożogą jakoby płomienie latające. Bydło w taborze, przerażone niezwykłym widokiem, poczęło ryczeć żałośnie.

– Nie może być – mówili między sobą w okopie starzy żołnierze – aby ów komunik tatarski takowe rozniecił pożary; pewnie to sam Chmielnicki z Kozakami i całą ordą się zbliża.

Jakoż nie były to czcze domysły, już bowiem pan Sierakowski przywiózł poprzedniego dnia wiadomość, że hetman zaporoski i chan tuż za komunikiem następują, czekano więc ich na pewno. Żołnierze co do jednego byli na okopach; lud na dachach i wieżach. Wszystkie serca biły niespokojnie. Niewiasty szlochały po kościołach wyciągając ręce do Najświętszego Sakramentu. Gorsze od wszystkiego oczekiwanie przygniotło niezmiernym ciężarem miasto, zamek i obóz.

Ale nie trwało długo. Noc jeszcze nie zapadła zupełnie, gdy na widnokręgu ukazały się pierwsze szeregi kozackie i tatarskie, za nimi drugie, trzecie, dziesiąte, setne, tysiączne. Rzekłbyś: wszystkie lasy i chaszcze zerwały się nagle z korzeni i idą na Zbaraż. Na próżno oczy ludzkie szukały końca tych szeregów; jak wzrok sięgnął, czerniło się mrowie ludzkie i końskie ginące w dymach i łunach oddalenia. Szli jak chmury albo jak szarańcza, która całą okolicę ruchomą, straszliwą masą pokryje. Przed nimi szedł groźny pomruk głosów ludzkich jak wicher szumiący w boru wśród wierzchołków starych sosen. Po czym zatrzymawszy się o ćwierć mili, poczęli się rozkładać i zapalać nocne ogniska.

– Widzicie ognie? – szeptali żołnierze – dalej idą, niż koń jednym tchem doleci.

– Jezus Maria! – mówił do Skrzetuskiego Zagłoba. – Mówię waćpanu, że lew jest we mnie i trwogi nie czuję, ale wolałbym, żeby ich jasne pioruny wszystkich do jutra zatrzasły. Jak mi Bóg miły, że ich za wiele! Już chyba i na Dolinie Józefata większego tłoku nie będzie. I powiedz waćpan, o co tym złodziejom chodzi? Nie siedziałby to każdy psubrat lepiej w domu? nie robiłby spokojnie pańszczyzny? Co my winni, że nas Pan Bóg szlachtą, a ich chamami stworzył i powinnymi im być kazał? Tfu! złość mię porywa! Słodki ja człowiek, do rany mnie przyłożyć, ale niechże mię do pasji nie doprowadzają. Za dużo oni mieli swobód, za dużo chleba, toteż się rozmnożyli jak myszy w gumnie, a teraz się na kotów porywają... Poczekajcie! poczekajcie! Jest tu kot, co się nazywa kniaź Jarema, i drugi – Zagłoba! Co waść myślisz, czy będą tentowali traktatów? Żeby się tak w pokorę udali, jeszcze by ich można zdrowiem darować – co? Jedno mię ciągle niepokoi: czy wiwendy w obozie jest dosyć? A, do diabła! patrzcie no, waszmościowie, znowu tam ognie za tymi ogniami – i dalej ognie! niechże czarna śmierć spadnie na takowy *congressus*!

– Co waść mówisz o traktatach! – odrzekł Skrzetuski – gdy oni sądzą, iż wszystkich nas mają w ręku i jutro najdalej dostaną!

– Ale nie dostaną? co? – pytał Zagłoba.

– Boska w tym wola. W każdym razie, skoro tu jest książę, nie przyjdzie im łatwo.

– Otoś mnie waćpan pocieszył! Nie o to mnie chodzi, by im łatwo nie przyszło – jeno, żeby wcale nie przyszło.

– Niemałe to jest ukontentowanie dla żołnierza, gdy darmo gardła nie daje.

– Pewnie, pewnie... Niech to pioruny zapalą razem z waszym ukontentowaniem!

W tej chwili zbliżyli się Podbipięta i Wołodyjowski.

– Mówią, że ordy i kozactwa jest na pół miliona – rzekł Litwin.

– Bodaj waści język odjęło! – krzyknął Zagłoba. – Dobra nowina!

– Przy szturmach łatwiej ich ciąć niż w polu – odpowiedział ze słodyczą pan Longinus.

– Skoro się książę nasz i Chmielnicki nareszcie spotkali – rzekł pan Michał – to już o żadnych układach ani gadać. Albo starosta – albo kapucyn! Jutro sądny dzień będzie! – dodał zacierając ręce.

Mały rycerz miał słuszność. W tej wojnie, tak długiej, dwa lwy najstraszniejsze ani razu nie stanęły sobie oko w oko. Gromił jeden hetmanów i regimentarzy, drugi potężnych atamanów kozackich, za jednym i za drugim szło w trop zwycięstwo, jeden i drugi byli postrachem nieprzyjaciół – ale czyja szala miała przeważyć w bezpośrednim spotkaniu, teraz dopiero miało się rozstrzygnąć. Wiśniowiecki patrzył bowiem z okopu na nieprzejrzane ćmy tatarskie, kozackie – i na próżno starał się je objąć okiem. Chmielnicki spoglądał z pola na zamek i obóz, myśląc w duszy: „Tam mój wróg najstraszliwszy; gdy tego zetrę, któż mi się oprze?"

Łatwo to było zgadnąć, że walka między tymi dwoma ludźmi będzie długa i zaciekła, ale rezultat nie mógł być wątpliwy. Ów kniaź na Łubniach i Wiśniowcu stał na czele piętnastu tysięcy ludzi licząc w to i słudzy obozowe, gdy tymczasem za chłopskim wodzem szły ludyszcza mieszkające od Morza Azowskiego i Donu aż po ujścia Dunaju. Szedł więc z nim chan na czele ordy krymskiej, białogrodzkiej, nohajskiej i dobrudzkiej – szedł lud, który na wszystkich dorzeczach Dniestru i Dniepru zamieszkiwał, szli Niżowi i czerń nieprzeliczona – ze stepów, jarów, borów, miast, miasteczek, wsi i chutorów, i ci wszyscy, co pierwej w dworskich lub koronnych chorągwiach służyli; szli Czerkasowie, karałasze wołoscy, Turcy sylistryjscy, Turcy rumelscy; szły nawet luźne watahy Serbów i Bułgarów. Zdawać się mogło, że to nowa wędrówka narodów, które porzuciły mroczne stepowe siedziby, ciągną na zachód, by nowe ziemie zająć, nowe państwo utworzyć.

Taki to był stosunek sił walczących... garść przeciw krociom, wyspa naprzeciw morzu! Więc nie dziwota, że niejedno serce biło trwogą i że nie tylko w mieście, nie tylko w tym kącie kraju, ale i w całej Rzeczypospolitej patrzono na ten samotny okop, otoczony powodzią dzikich wojowników, jak na grobowiec wielkich rycerzy i wielkiego ich wodza.

Tak samo zapewne patrzył i Chmielnicki, bo ledwie ognie rozpaliły się dobrze w jego obozach, gdy przed okopami Kozak wysłaniec jął machać białą chorągwią, trąbić i krzyczeć, by nie strzelano.

Straże wyszły i porwały go natychmiast.

– Od hetmana do księcia Jaremy – rzekł im.

Kniaź jeszcze z konia nie zsiadł i stał na okopie z twarzą pogodną jak niebo. Łuny odbijały mu się w oczach i obłóczyły różowym blaskiem jego delikatną, białą twarz. Kozak stanąwszy przed obliczem pańskim stracił mowę i łydy zadrżały pod nim, a mrowie przeszło mu przez ciało, choć to był stary wilk stepowy i jako poseł przybywał.

– Kto ty? – pytał książę wojewoda utkwiwszy w niego swe spokojne źrenice.

– Ja setnik Sokół... od hetmana.

– A z czym przychodzisz?

Setnik począł bić czołem pokłony aż pod strzemiona książęce.

– Przebacz, władyko! co mnie kazali, to powiem, ja nie winien!

– Mów śmiało.

– Hetman kazał mi powiedzieć, że w gości przybył do Zbaraża i jutro w zamku was odwiedzi.

– Powiedz mu, że nie jutro, ale dziś wydaję ucztę w zamku! – odrzekł książę.

Jakoż w godzinę później zagrzmiały na wiwaty moździerze, wzniosły się radosne okrzyki – i wszystkie okna zamkowe zajaśniały od tysiąców świec jarzących.

Chan usłyszawszy wiwatowe strzały, głosy trąb i kotłów wyszedł własną osobą przed namiot w towarzystwie brata Nuradyna, sułtana Gałgi, Tuhaj-beja i wielu murzów, a następnie posłał po Chmielnickiego.

Hetman, jakkolwiek nieco już podpiły, stawił się natychmiast i bijąc pokłony, a zarazem przykładając palce do czoła, brody i piersi czekał na zapytanie.

Przez długi czas chan spoglądał na zamek świecący z dala jak olbrzymia latarnia i kiwał z lekka głową, na koniec pogładził się ręką po rzadkiej brodzie, która w dwóch długich kosmykach spadała na łasicową szubę i rzekł wskazując palcem na jaśniejące szyby:

– Hetmanie zaporoski, co tam jest?

– Najpotężniejszy carzu! – odrzekł Chmielnicki – to kniaź Jarema ucztuje.

Chan zdumiał się.

– Ucztuje?...

– Trupy to jutrzejsze dziś ucztują – odrzekł Chmielnicki.

Wtem nowe wystrzały huknęły na zamku, zabrzmiały trąby, a zmieszane okrzyki doszły aż do dostojnych uszu chanowych.

– Jeden Bóg – mruknął. – Lew jest w sercu tego giaura.

I po chwili milczenia dodał:

– Wolałbym z nim stać niż z tobą.

Chmielnicki zadrżał. Ciężko on opłacał niezbędną przyjaźń tatarską, a do tego jeszcze nigdy nie był pewien straszliwego sojusznika. Lada fantazja chanowa, i wszystkie ordy mogły się zwrócić przeciw kozactwu, które wówczas byłoby zgubione bez ratunku. A przy tym wiedział Chmielnicki jeszcze i to, że chan pomagał mu wprawdzie dla łupów, dla darów, dla nieszczęsnego jasyru, uważając się jednak za prawowitego monarchę, wstydził się w duszy stawać po stronie buntu przeciw królowi, po stronie takiego „Chmiela" przeciw takiemu Wiśniowieckiemu.

Hetman kozacki upijał się częstokroć nie tylko z nałogu, ale i z desperacji...

– Wielki monarcho! – rzekł. – Jarema twój wróg. On to Tatarom odjął Zadnieprze, on pobitych murzów jako wilków po drzewach na postrach wieszał; on na Krym chciał iść ogniem i mieczem...

– A wy to nie czyniliście szkód w ułusach? – pytał chan.

– Jam twój niewolnik.

Sine wargi Tuhaj-beja poczęły drgać i kły błyskać; miał on między Kozakami śmiertelnego wroga, który swego czasu cały czambuł w pień mu wyciął i samego ledwie nie schwytał. Nazwisko jego cisnęło mu się teraz do ust z nieubłaganą siłą mściwych wspomnień, więc nie wytrzymał i począł warczeć z cicha:

– Burłaj! Burłaj!

– Tuhaj-beju! – rzekł natychmiast Chmielnicki – wy z Burłajem za najjaśniejszym i mądrym rozkazaniem chanowym zeszłego roku wodę na miecze leli.

Nowa salwa wystrzałów zamkowych przerwała dalszą rozmowę.

Chan rękę wyciągnął i zatoczył nią koło obejmujące Zbaraż miasto, zamek i okop.

714

– Jutro to moje? – pytał zwróciwszy się do Chmielnickiego.

– Jutro tamci pomrą – odparł Chmielnicki z oczyma utkwionymi w zamek.

Po czym na nowo jął bić pokłony i ręką dotykać czoła, brody i piersi, uważając rozmowę za skończoną. Chan też otulił się w łasicową szubę, bo noc była chłodna, choć lipcowa, i rzekł zwróciwszy się ku namiotom:

– Późno już!...

– Wówczas wszyscy poczęli się kiwać, jakby jedną siłą poruszani, a on szedł do namiotu z wolna i poważnie, powtarzając z cicha:

– Jeden Bóg!...

Chmielnicki oddalił się również ku swoim, a przez drogę mruczał:

– Oddam ci zamek i miasto, i łupy, i jeńców, ale Jarema będzie mój, nie twój, choćby mi gardłem zapłacić za niego przyszło.

Stopniowo ogniska poczęły mdleć i gasnąć, stopniowo uciszał się głuchy szmer kilkuset tysięcy głosów; jeszcze tu i owdzie odzywał się głos piszczałek lub wołania koniuchów tatarskich wyganiających konie na nocną paszę; po czym i te głosy umilkły i sen objął nieprzeliczone zastępy tatarskie i kozackie.

Tylko zamek huczał, grzmiał... wiwatował, jakby w nim wesele wyprawiano.

W obozie oczekiwano powszechnie, że szturm nazajutrz nastąpi. Jakoż od rana ruszyły się tłumy czerni, Kozaków, Tatarów i innych dzikich wojowników, ciągnących z Chmielnickim, i szły ku okopom na kształt czarnych chmur walących się na szczyt góry. Żołnierz, lubo już dnia poprzedniego na próżno starał się zliczyć ogniska, zdrętwiał teraz na widok tego morza głów. Lecz nie był to jeszcze szturm prawdziwy, ale raczej oględziny pola, szańców, fos; wałów i całego polskiego obozu. I jak wzdęta fala morska, którą wiatr żenie z dalekiej roztoczy, przyjdzie, spiętrzy się, zapieni, uderzy z hukiem, a potem cofnie się w dal, tak oni uderzali tu i owdzie i znów się cofali, i znów uderzali jakby próbując oporu, jakby chcąc się przekonać, czy samym swym widokiem, czy samą liczbą nie zgniotą ducha, zanimby ciała zgnieść mogli.

Bili też z dział – i kule gęsto poczęły padać do obozu, z którego odpowiadały oktawy i ręczna strzelba, a jednocześnie na wałach pojawiła się procesja z Najświętszym Sakramentem, aby otrzeźwić zdrętwiałe wojsko. Niósł ksiądz Muchowiecki złocistą monstrancję trzymając ją obu rękoma powyżej twarzy, a czasem podnosząc w górę – i szedł z przymkniętymi oczyma i ascetyczną twarzą, spokojny, przybrany w lamową kapę i pod baldachimem. Przy nim szło dwóch księży trzymając go pod łokcie: Jaskólski, kapelan husarski, czasu swego przesławny żołnierz, w sztuce wojennej jakby wódz jaki doświadczony, i Żabkowski, również eks-wojskowy, olbrzymi bernardyn, siłą jednemu panu Longinowi w całym obozie ustępujący. Drążki baldachimu niosło czterech szlachty, między którymi był i Zagłoba – przed baldachimem zaś postępowały dziewczątka o słodkich twarzach sypiące kwiaty. Szli tedy przez całą długość wałów, a za nimi starszyzna wojskowa; żołnierzom zaś na widok monstrancji błyszczącej na kształt słońca, na widok spokoju księży i onych dziewczątek, przybranych w bieli, rosły serca, przybywała odwaga, zapał wstępował w dusze. Wiatr roznosił krzepiący zapach mirry palonej w trybularzach; głowy wszystkich pochylały się z pokorą. Muchowiecki od czasu do czasu wznosił monstrancję i oczy ku niebu – i intonował pieśń: ,,Przed tak wielkim Sakramentem".

Dwa potężne głosy Jaskólskiego i Żabkowskiego podchwytywały ją w lot dośpiewując ,,upadajmy na twarzy" – a całe wojsko śpiewało dalej: ,,Niech ustąpią z testamentem nowym prawom już starzy!" Głęboki bas dział wtórował pieśni, a czasem kula armatnia przelatywała hucząc nad baldachimem i księżmi, czasem uderzywszy poniżej w wał zasypywała ich ziemią, aż pan Zagłoba kurczył się i przyciskał do drążka. Szczególniej strach chwytał go za włosy, gdy procesja dla modlitew stawała na miejscu. Wówczas trwało milczenie i kule słychać było doskonale, lecące stadem jak wielkie ptaki; Zagłoba tylko się czerwienił coraz mocniej, a ksiądz Jaskólski zezował ku polu i nie mogąc wytrzymać, mruczał: „Kury im sadzać, nie z dział bić!" – bo istotnie bardzo złych mieli puszkarzy Kozacy, a on, jako dawny żołnierz, nie mógł spokojnie na takową niezręczność i takie marnowanie prochu patrzeć. I znowu szli dalej – aż doszli do drugiego końca wałów, na które też nie było ze strony nieprzyjaciela nigdzie wielkiego nacisku. Próbując tu i owdzie, szczególniej od zachodniego stawu, czy się nie uda wywołać popłochu, cofnęli się na koniec Tatarzy i Kozacy ku swoim stanowiskom i trwali w nich nie wysyłając nawet harcowników. Tymczasem procesja otrzeźwiła całkowicie oblężonych.

Widoczne już teraz było, że Chmielnicki czeka na przybycie swego taboru, jakkolwiek skądinąd tak pewny był, że pierwszy prawdziwy szturm wystarczy, iż zaledwie kilka szańców pod armaty kazał usypać i żadnych innych ziemnych robót nie przedsiębrał, aby zagrozić oblężonym. Tabor nadciągnął nazajutrz i stanął, wóz przy wozie, w kilkadziesiąt rzędów, na milę długości, od Werniaków aż ku Dębinie – z nim przyszły jeszcze nowe siły, a mianowicie pyszna piechota zaporoska, prawie janczarom tureckim równa, do szturmów i wstępnego boju o wiele od czerni i Tatarów sposobniejsza.

Pamiętny wtorkowy dzień 13 lipca zeszedł na obustronnych gorączkowych przygotowaniach: już nie było wątpliwości, że szturm nastąpi, bo trąby, kotły i litaury grały od rana *larum* w kozackim obozie, a między tatarstwem huczał jak grzmot wielki święty bęben, bałt zwany... Wieczór uczynił się cichy, pogodny; jeno z obu stawów i Gniezny podniosły się lekkie mgły – na koniec pierwsza gwiazda zamigotała na niebie.

W tej chwili sześćdziesiąt armat kozackich ryknęło jednym głosem, nieprzejrzane zastępy ruszyły z krzykiem okropnym ku wałom – i szturm się rozpoczął.

Wojska stały na wałach i zdawało im się, że ziemia drży pod ich nogami; najstarsi żołnierze nie pamiętali nic podobnego.

– Jezus Maria! co to jest? – pytał Zagłoba stojąc obok Skrzetuskiego z husarią w przerwie wałowej – to nie ludzie idą na nas.

– Jakbyś waść wiedział, że nie ludzie; nieprzyjaciel woły przed sobą żenie, abyśmy się pierwej strzelbą na nie wysilili.

Stary szlachcic poczerwieniał jak burak, oczy wyszły mu na wierzch, a z ust buchnęło jedno słowo, w którym cała wściekłość, cały przestrach i wszystko co mógł myśleć w tej chwili, było zawarte:

– Łajdaki!..

Woły jak szalone, popędzane przez dzikich, półnagich czabańczuków batami i palącymi się pochodniami, zdziczałe ze strachu, biegły naprzód z rykiem okropnym, to zbijając się w kupę, to pędząc, to rozbiegając lub zwracając w tył, a pędzone krzykiem, parzone ogniem, smagane surowcem, leciały znów ku wałom. Aż Wurcel począł ziać ogniem i żelazem, wówczas dymy zakryły świat – niebo poczerwieniało – przerażone bydło rozproszyło się, jakby je piorun rozegnał, połowa go padła – a po ich trupach nieprzyjaciel szedł dalej.

Na przedzie, kłuci z tyłu spisami i prażeni ogniem z samopałów, biegli jeńcy z worami piasku, którymi fosę mieli zasypywać. Byli to chłopi z okolic Zbaraża, którzy nie zdołali się schronić do miasta przed nawałą; zarówno młodzi mężczyźni, jak starcy i niewiasty. Biegło to wszystko z krzykiem, płaczem i wyciąganiem rąk ku niebu, i wołaniem o litość.

Włosy stawały na głowie od tego wycia, ale litość zmarła wówczas na ziemi: z jednej strony spisy kozackie pogrążały się w ich plecy, z drugiej kule Wurcla miażdżyły nieszczęsnych, kartacze rwały ich na sztuki, ryły w nich bruzdy, więc biegli, bluzgali się we krwi – padali, podnosili się i znów biegli, bo pchała ich fala kozacka, kozacką turecką, tatarska...

Wnet fosa zapełniła się ciałami, krwią, worami z piaskiem – na koniec zrównała się i nieprzyjaciel z wyciem rzucił się przez nią.

Pułki pchały się jedne za drugimi; przy świetle działowego ognia widać było starszyznę, zaganiającą buzdyganami coraz nowe zastępy na okop. Co najprzebrańszy lud rzucił się na kwatery i wojska Jeremiego, bo widział Chmielnicki, iż tam będzie opór największy. Szły więc: kurzenie siczowe, za nimi straszliwi perejasławscy z Łobodą, za nimi Woronczenko wiódł pułk czerkaski, Kułak pułk karwowski, Neczaj bracławski, Stepka humański, Mrozowicki korsuński – szli i kalniczanie, i potężny pułk białocerkiewski piętnaście tysięcy ludzi liczący – a z nim sam Chmielnicki – w ogniu jak szatan czerwony, szeroką pierś na kule wystawiający, z twarzą lwa, okiem orła – w chaosie, dymie, zamieszaniu, rzezi i zwichrzeniu, w płomieniach na wszystko baczny, wszystkim rządzący.

Za mołojcami szli dzicy dońscy Kozacy; dalej Czerkasi walczący z bliska nożami, tuż Tuhaj-bej wiódł wyborowych nohajców; za nimi Subagazi białogrodzkich Tatarów, tuż Kurdłuk śniadych astrachańców zbrojnych w olbrzymie łuki i strzały, z których każda nieledwie za dziryt ujść mogła. Szli jedni za drugimi tak gęsto, że gorący oddech z tyłu idących oblewał karki przodowym.

Ilu ich padło, nim doszli na koniec do owej fosy ciałami jeńców zasypanej, któż opowie, któż wyśpiewa! Lecz doszli i przeszli, i poczęli się drzeć na wały. Wówczas rzekłbyś, że ta noc gwiaździsta – to noc sądu ostatecznego. Działa, nie mogąc tłuc bliższych, ryczały ogniem nieustannym na dalsze szeregi. Granaty, kreśląc łuki ogniste po niebie, leciały z chichotem piekielnym, czyniąc w ciemności dzień jasny. Piechota niemiecka i polska łanowa, a obok niej spieszeni dragoni książęcy leli prawie wprost w twarze i piersi mołojców płomień i ołów.

Pierwsze ich szeregi chciały się cofać i pchane z tyłu, nie mogły. Więc marli na miejscu. Krew bluzgała pod stopami następujących. Wały stały się śliskie, obsuwały się po nich nogi, ręce, piersi. Oni darli się na nie, spadali i znów się darli, przykryci dymem, czarni od sadzy, kłuci, rąbani, strzelani, gardząc ranami i śmiercią. Miejscami walczono już na białą broń. Widziałeś ludzi jakby nieprzytomnych z wściekłości, z wyszczerzonymi zębami, z twarzą zalaną krwią... Żywi walczyli na drgającej masie pobitych i konających. Nie było już słychać komendy, jeno krzyk ogólny, straszny, w którym ginęło wszystko: i grzechot strzelb, i charczenie rannych, i jęki, i syk granatów.

I trwała ta walka olbrzymia a bezpardonowa przez całe godziny. Naokół wału urósł drugi wał trupów – i tamował przystęp szturmującym. Siczowych wycięto niemal do nogi, pułk perejasławski leżał pokotem naokół wału; karwowski, bracławski i humański były zdziesiątkowane – ale inne pchały się jeszcze, popychane z tyłu przez gwardie hetmańskie, rumelskich Turków i urumbejskich Tatarów. Jednakże zamieszanie powstawało już w szeregach napastniczych, gdy tymczasem naokoło łanowe piechoty polskie, Niemcy i dragonia nie ustąpili dotąd ani piędzi. Zziajani, krwią ociekli, porwani szałem bojowym, spotnieli, wpółobłąkani od zapachu krwi, rwali się jedni przez drugich ku nieprzyjacielowi tak właśnie, jak rozwścieczeni wilcy drą się ku stadu owiec. W tej chwili Chmielnicki natarł powtórnie z niedobitkami pierwszych pułków i z całą nietkniętą jeszcze potęgą białocerkwian, Tatarów, Turków i Czerkasów.

Działa z okopów przestały grzmieć, granaty świecić, tylko broń ręczna zgrzytała przez całą długość zachodniego wału. Zgiełk wszczął się na nowo. Na koniec i strzelba umilkła. Ciemności pokryły walczących.

I już żadne oko nie mogło widzieć, co się tam dzieje – jeno przewracało się coś w pomrocę jakby olbrzymie cielsko potworu rzucane konwulsjami. Nawet z krzyków nie można było już poznać, czy brzmi w nich tryumf, czy rozpacz. Chwilami i one milkły, a wtedy słychać było tylko jakby olbrzymi jeden jęk rozlegający się ze wszech stron, spod ziemi, na ziemi, w powietrzu, wyżej i wyżej, jak gdyby i dusze odlatywały jęcząc z tego pobojowiska.

Ale były to krótkie przerwy: po takiej chwili wrzaski i wycia odzywały się z większą jeszcze siłą, coraz chrapliwsze, coraz bardziej nieczłowiecze.

Wtem znów zagrzmiał ogień ręcznej strzelby: to oberszter Machnicki z resztą piechoty przychodził w pomoc utrudzonym regimentom. Trąbki na odwrót poczęły grać w tylnych szeregach mołojców. Nastała przerwa, pułki kozackie oddaliły się od okopu na staję i stanęły pod osłoną własnych dział – ale nie minęło i pół godziny, gdy Chmielnicki znowu zerwał się i po raz trzeci gnał ich do szturmu.

Ale wówczas na okopie ukazał się na koniu sam książę Jeremi. Łatwo go było poznać, bo proporzec i buńczuk hetmański wiały mu nad głową – a zaś przed nim i za nim niesiono kilkadziesiąt palących się krwawo pochodni. Wnet poczęto bić z dział do niego, ale niewprawni puszkarze przerzucali kule daleko, aż za Gnieznę, on zaś stał spokojnie i patrzył w zbliżające się chmury...

Kozacy zwolnili kroku, jakby oczarowani tym widokiem.

– Jarema! Jarema! – poszedł cichy pomruk, niby szum wiatru, przez głębokie szeregi.

I stojąc na okopie wśród krwawych świateł wydawał im się ten groźny książę jakby olbrzym z baśni ludowej, więc drżenie przebiegło im utrudzone członki, a ręce czyniły znaki krzyża... On stał ciągle.

Skinął złotą buławą – i wnet złowrogie ptactwo granatów zaszumiało na niebie i wpadło w następujące szeregi; zastępy zwinęły się jak smok śmiertelnie rażony; okrzyk przerażenia przeleciał z jednego końca ławy na drugi.

– Biegiem! biegiem! – rozległy się głosy pułkowników kozackich.

Czarna ława ruszyła całym pędem ku wałom, pod którymi mogła znaleźć ochronę od granatów, ale nie przebiegła jeszcze ani połowy drogi, gdy książę, widny ciągle jak na dłoni, zwrócił się nieco ku zachodowi i znów skinął złotą buławą.

Na ten znak od strony stawu, z przerwy między jego zwierciadłem a wałem, poczęła się wysuwać jazda – i w mgnieniu oka rozlała się na krańcu brzegowym równiny; przy świetle granatów widać było doskonale olbrzymie chorągwie husarii Skrzetuskiego i Zaćwilichowskiego, dragonię Kuszla i Wołodyjowskiego i Tatarów książęcych Roztworowskiego. Za nimi wysuwały się coraz nowe pułki semenów i Wołochów Bychowca. Nie tylko Chmielnicki, ale ostatni z ciurów kozackich poznał w jednej chwili, że zuchwały wódz postanowił rzucić całą jazdę w bok nieprzyjacielowi.

Natychmiast w szeregach mołojców zabrzmiały trąbki do odwrotu. ,,Czoło ku jeździe! czoło ku jeździe!" – rozległy się przerażone głosy. Jednocześnie zaś Chmielnicki usiłował zmienić front swych wojsk i jazdą od jazdy się zasłonić. Ale już czasu nie było. Zanim zdołał sprawić szyki, zerwały się książęce chorągwie i biegły jakby na skrzydłach z okrzykiem ,,Bij, zabij!", z warkotaniem proporców, z świstem piór i żelaznym chrzęstem zbroi. Husarie wraziły kopie w ścianę nieprzyjaciela i same wpadły za nimi jak orkan, przewalając i druzgocąc wszystko po drodze. Żadna siła ludzka, żaden rozkaz, żaden wódz nie zdołał już utrzymać pułków pieszych, na które pierwszy impet się zwrócił. Dziki popłoch ogarnął wyborową gwardię hetmańską. Białocerkwianie rzucali samopały, piszczele, spisy, kosy, kiścienie, szable i osłaniając głowy rękoma, gnali w obłędzie strachu, z rykiem zwierzęcym, na stojące w tyle oddziały Tatarów. Ale Tatarzy przyjęli ich ulewą strzał – więc rzucili się w bok i biegli wzdłuż taboru pod ogniem piechoty i dział Wurcla, ścieląc się trupem tak gęstym, że rzadko gdzie jeden na drugiego nie padał.

Ale tymczasem dziki Tuhaj-bej, wspomagany przez Subagaziego i Urum-murzę, uderzył z wściekłością na nawałę husarii. Nie miał on nadziei jej złamać, pragnął ją tylko choćby na krótko powstrzymać, aby przez ten czas sylistryjscy i rumelscy janczarowie mogli sformować się w czworoboki, a białocerkiewszczanie ochłonąć z pierwszego popłochu. Skoczył więc jak w dym – i sam leciał pierwszym szeregu nie jak wódz, ale jak prosty Tatar i siekł, zabijał, narażał się razem z innymi. Krzywe szable nohajców dzwoniły po pancerzach i harnaszach, a wycie wojowników głuszyło wszystkie inne głosy. Lecz wytrzymać nie mogli. Wyparci z miejsca, naciskani strasznym ciężarem żelaznych jeźdźców, którym nie zwykli stawiać czoła otwarcie, spychani ku janczarom, cięci długimi mieczami, zrzucani z siodeł, kłuci, bici, gnieceni jak jadowite robactwo, bronili się jednak z taką wściekłością, że istotnie pęd husarii wstrzymany został. Tuhaj-bej w ukropie bojowym rzucał się na kształt niszczącego płomienia, a nohajcy szli przy nim, jak wilcy idą przy wilczycy.

Jednak ustępowali, coraz gęstszym trupem padając. Już krzyki „Ałła!" grzmiące z pola zwiastowały, że janczarowie stanęli w ordynku, gdy do wściekłego Tuhaj-beja przypadł Skrzetuski i w łeb koncerzem go trzasnął. Lecz widać rycerz wszystkich sił jeszcze po chorobie nie odzyskał lub może kuta w Damaszku misiurka cięcie wstrzymała, dość że brzeszczot zwinął się na głowie i uderzywszy płaszczyzną spękał się na drobne kawałki. Ale oczy Tuhaj-beja nocą natychmiast się powlokły, zdarł konia i padł na ręce nohajców, którzy porwawszy swego wodza pierzchli z wrzaskiem okropnym w obie strony, jak pierzcha mgła zwiana wichrem gwałtownym. Wszystkie jazdy książęce znalazły się teraz wobec janczarów rumelskich i sylistryjskich i wobec watah poturczeńców serbskich, które razem z janczarami utworzyły jeden potężny czworobok i cofały się z wolna ku taborowi, zwrócone frontem ku wrogom, najeżone rurami muszkietów, ostrzami długich włóczni, dzirytów, berdyszów i handżarów.

Chorągwie pancerne, dragońskie i semeńskie pędziły ku nim jak wicher, a na samym przedzie szła z łoskotem i tętentem husarska Skrzetuskiego. Sam on leciał na oślep w pierwszym szeregu, a przy nim pan Longinus na swej kobyle inflanckiej, ze straszliwym Zerwikapturem w ręku.

Czerwona wstęga ognia przeleciała z jednego końca czworoboku na drugi – kule zaświstały w uszach jeźdźców, gdzieniegdzie człowiek jęknął, gdzieniegdzie koń się zwalił, linia jazdy łamie się, ale oni pędzą dalej; już dobiegają, już janczary słyszą chrapanie i zdyszany oddech koni – czworobok zbija się jeszcze ciaśniej i pochyla mur włóczni, trzymanych żylastymi rękoma, ku rozszalałym rumakom. Ile ostrz w tej chmurze, tyle śmierci grozi rycerzom.

Wtem jakiś husarz-wielkolud dopada w niepowstrzymanym pędzie do ściany czworoboku; przez chwilę widać kopyta olbrzymiego konia zwieszone w powietrzu; następnie rycerz i rumak wpadają w środek ścisku, druzgocąc włócznie, przewalając ludzi, łamiąc, miażdżąc, niwecząc.

Jak orzeł spada na stado białych pardew, a one zbite przed nim w lękliwą kupę idą na łup drapieżnika, który rwie je pazurami i dziobem – tak pan Longinus Podbipięta wpadłszy w środek nieprzyjacielskich szyków szalał ze swym Zerwikapturem. I nigdy trąba powietrzna nie czyni takich spustoszeń w młodym i gęstym lesie, jakie on czynił w ścisku janczarów. Straszny był: postać jego przybrała nieczłowiecze wymiary; kobyła zmieniła się w jakiegoś smoka ziejącego płomień z nozdrzy, a Zerwikaptur troił się w ręku rycerza. Kislar-Bak, olbrzymi aga, rzucił się na niego i padł przecięty na dwoje. Próżno co tęższe chłopy wyciągną ręce, zastawią mu się włóczniami – wnet mrą, jakby rażeni gromem – on zaś tratuje po nich, ciska się w tłum największy i co machnie – rzekłbyś: kłosy pod kosą padają, robi się pustka, słychać wrzask przestrachu, jęki, grzmot uderzeń, zgrzyt żelaza o czaszki i chrapanie piekielnej kobyły.

– Diw! diw! – wołają przerażone głosy.

W tej chwili żelazna nawała husarii ze Skrzetuskim na czele runęła bramą otwartą przez litewskiego rycerza: ściany czworoboku pękły jak ściany walącego się domu i masy janczarów rzuciły się w ucieczce na wszystkie strony.

Czas też był na to, bo nohajcy pod Subagazim wracali już, jak wilki krwi żądne, do bitwy, a z drugiej strony Chmielnicki zebrawszy na nowo białocerkwian szedł z pomocą janczarom – lecz teraz zmieszało się wszystko. Kozacy, Tatarzy, poturczeńcy, janczarowie uciekali w największym nieładzie i popłochu ku taborom, nie dając żadnego oporu. Jazda parła ich siekąc na oślep. Kto nie zginął w pierwszej stai, ginął w drugiej. Pogoń była tak zacięta, że chorągwie prześcignęły tylne szeregi uciekających; żołnierzom ręce mdlały od cięcia. Tłumy rzucały broń, chorągwie, czapki, a nawet świty. Białe kapuzy janczarskie pokryły jak śniegiem pole. Cała wyborna milicja Chmielnickiego, piechota, jazda, artyleria, posiłkowe oddziały tatarskie i tureckie utworzyły jedną bezładną masę, nieprzytomną, obłąkaną, oślepłą z przerażenia. Całe setki uciekały przed jednym towarzyszem. Husaria, rozbiwszy piechoty i Tatarów, uczyniła swoje, teraz zaś dragoni i lekkie chorągwie szły ze sobą w zawody, a na ich czele pan Wołodyjowski z Kuszlem szerzyli wiarę ludzkę przechodzące klęski. Krew pokryła jedną kałużą straszliwe pobojowisko i chlupotała jak woda pod gwałtownymi uderzeniami kopyt końskich pryskając na zbroje i twarze rycerzy.

Uciekające tłumy odetchnęły dopiero wśród wozów swego taboru, gdy trąby odwołały jazdę książęcą.

Rycerstwo wracało ze śpiewaniem i okrzykami radości, licząc po drodze dymiącymi szablami trupy nieprzyjaciół. Ale któż mógł jednym rzutem oka rozmiary klęski ocenić? kto mógł wszystkich policzyć, gdy przy samym okopie leżały ciała jedne na drugich „na chłopa wysoko"? Żołnierze byli jakby zaczadzeni surowymi wyziewami krwi i potu. Szczęściem, od strony stawów wstał dość silny wiatr i zwiał te zaduchy ku nieprzyjacielskim namiotom.

Tak skończyło się pierwsze spotkanie straszliwego „Jaremy" z Chmielnickim.

Ale szturm nie był skończony, bo podczas gdy Wiśniowiecki odpierał ataki wymierzone na prawe skrzydło obozu, Burłaj na lewym o mało co nie stał się panem okopów. Obszedłszy cicho miasto i zamek na czele zadnieprzańskich wojowników dotarł do wschodniego stawu i uderzył potężnie na Firlejowe kwatery. Nie mogła wytrzymać uderzenia węgierska piechota tam stojąca, bo wały przy stawie nie były jeszcze dokończone – i pierwszy chorąży pierzchnął z banderią, za nim zaś cały pospieszył regiment. Burłaj wskoczył do środka, a za nim Zadnieprzańcy runęli jak niewstrzymany potok. Krzyki zwycięstwa dobiegły aż do przeciwnego krańca obozu! Kozacy pędząc za uciekającymi Węgrami rozbili mały oddział jazdy, zagwoździli kilka dział i już docierali do kwater kasztelana bełskiego, gdy pan Przyjemski na czele kilku rot niemieckich nadbiegł z pomocą. Przebiwszy jednym pchnięciem chorążego, porwał za chorągiew i rzucił się z nią na nieprzyjaciela, za nim Niemcy zwarli się potężnie z kozactwem. Zawrzała straszliwa walka ręczna, w której z jednej strony zaciekłość i przygniatająca liczba Burłajowych zastępów, z drugiej męstwo starych lwów z trzydziestoletniej wojny szły ze sobą o lepszą. Na próżno Burłaj ciskał się w najgęstsze szeregi walczących na kształt rannego odyńca. Ani pogarda śmierci, z jaką walczyli mołojcy, ani ich wytrwałość nie mogła powstrzymać niepohamowanych Niemców, którzy idąc murem naprzód, razili ich tak potężnie, że wyparli zaraz z miejsca, przyparli do okopów, zdziesiątkowali i po półgodzinnej walce wyrzucili precz za wały. Pan Przyjemski, zalany krwią, pierwszy zatknął swą chorągiew na nie dokończonym nasypie.

Położenie Burłaja było teraz straszne, musiał bowiem cofać się tąż samą drogą, którą nadszedł, a że Jeremi zgniótł już właśnie atakujących prawe skrzydło, mógł więc z łatwością odciąć cały Burłajowy oddział. Przyszedł mu wprawdzie z pomocą Mrozowicki, na czele korsuńskich konnych mołojców, ale w tej chwili ukazała się husaria pana Koniecpolskiego, do niej przyłączył się wracający z ataku na janczarów Skrzetuski i obaj odcięli cofającego się dotychczas w porządku Burłaja.

Jednym atakiem rozbili go w puch i wtedy to poczęła się rzeź okropna. Kozacy, mając zamkniętą drogę do taborów, mieli tylko drogę śmierci otwartą. Jedni też, nie prosząc pardonu, bronili się zaciekle gromadkami lub pojedynczo, inni próżno wyciągali ręce ku jeźdźcom huczącym jak wicher po bojowisku. Rozpoczęły się gonitwy, przebiegania, pojedyncze walki; wyszukiwania nieprzyjaciół ukrytych w rozpadlinach i nierównościach gruntu. Z okopów, aby oświecić pobojowisko, zaczęto rzucać pozapalane maźnice ze smołą, które leciały jak ogniste meteory z grzywą płomienną. Przy tych czerwonych blaskach docinano reszty Zadnieprzańców.

Skoczył im jeszcze na pomoc i Subagazi, który dnia tego cudów męstwa dokazywał, ale przesławny Marek Sobieski, starosta krasnostawski, osadził go na miejscu, jak lew osadza dzikiego bawołu – więc widział już Burłaj, że znikąd nie ma ratunku. Aleś, Burłaju, sławę swą kozaczą kochał więcej niż życie, dlategoś nie szukał ocalenia! Inni wymykali się w ciemnościach, kryli się po szczelinach, prześlizgiwali się między kopytami rumaków, on zaś szukał jeszcze wrogów. Tam ściął pana Dąbka i pana Rusieckiego, i młode lwie pacholę pana Aksaka, tego samego, który pod Konstantynowem nieśmiertelną okrył się sławą; potem porwał pana Sawickiego, potem dwóch od razu skrzydlatych husarzy rozciągnął na ziemi rodzącej, na koniec widząc ogromnego szlachcica przebiegającego z rykiem żubrowym pobojowisko zerwał się i szedł jak błyszczący płomień na niego.

Pan Zagłoba – on to był bowiem – ryknął ze strachu jeszcze silniej i zwrócił konia do ucieczki. Reszta włosów stanęła mu dębem na głowie, ale przytomności nie stracił, owszem, fortele jak błyskawice przelatywały mu przez głowę, a jednocześnie wrzeszczał co siły: ,,Mości panowie! kto w Boga wierzy!.. ,, – i gnał jak wicher ku gęstszej kupie jeźdźców. Burłaj zaś przebiegał mu od boku jakoby po cięciwie łuku. Pan Zagłoba zamknął oczy, a w głowie szumiało mu: ,,Zdechnę ja i pchły moje!" – słyszał za sobą prychanie konia, spostrzegł, że nikt nie idzie mu z pomocą, że nie uciecze i że żadna inna ręka, chyba jego własna, nie wyrwie go z Burłajowej paszczęki.

Ale w tej ostatniej chwili, w tej już prawie agonii, nagle rozpacz jego i przestrach zmieniły się we wściekłość; ryknął tak strasznie, jak żaden tur nie ryczy, i zwinąwszy konia na miejscu, zwrócił się na przeciwnika.

– Zagłobę gonisz! – krzyknął nacierając z szablą wzniesioną.

W tej chwili nowe stado płonących maźnic rzucono z okopów; uczyniło się widno. Burłaj spojrzał i zdumiał.

Nie zdumiał usłyszawszy imię, ba go nigdy w życiu nie słyszał; ale poznawszy męża, którego jako Bohunowego przyjaciela ugaszczał niedawno w Jampolu.

Ale właśnie ta nieszczęsna chwila zdumienia zgubiła mężnego wodza mołojców, bo nim się opamiętał, ciął go pan Zagłoba przez skroń i jednym zamachem zwalił z konia.

Było to na oku wszystkiego wojska. Radosnym wrzaskom usarskim odpowiedział okrzyk przerażenia mołojców, którzy widząc śmierć starego lwa czarnomorskiego stracili resztę ducha i zaniechali wszelkiego oporu. Których nie wyrwał z toni Subagazi, ci zginęli wszyscy do jednego – bo jeńców wcale tej straszliwej nocy nie brano.

Subagazi pierzchnął ku taborom, goniony przez starostę krasnostawskiego i lekką jazdę. Szturm na całej linii okopów był odparty – tylko pod taborem kozackim wrzała jeszcze wysłana w pogoń jazda.

Okrzyk tryumfu i radości wstrząsnął całym obozem oblężonych, a potężne okrzyki aż ku niebu się wzbiły. Krwawi żołnierze, okryci potem, pyłem, czarni od prochu, z ociekłymi twarzami, i brwią jeszcze zmarszczoną, z płomieniem jeszcze nie zgasłym w oczach, stali oparci na broni, chwytając piersiami powietrze, gotowi znów zerwać się do boju, gdyby tego zaszła potrzeba.

Ale powoli wracała i jazda z krwawego żniwa pod taborem; potem zjechał na pobojowisko sam książę, a za nim regimentarze, pan chorąży, pan Marek Sobieski, pan Przyjemski. Cały ten świetny orszak posuwał się z wolna wzdłuż okopu.

– Niech żyje Jeremi! – wołało wojsko. – Niech żyje ojciec nasz!

A książę bez hełmu kłaniał się głową i buławą na wszystkie strony.

– Dziękuję waszmościom! dziękuję waszmościom! – powtarzał dźwięcznym, donośnym głosem.

Po czym zwrócił się do pana Przyjemskiego.

– Ten okop jest za duży! – rzekł.

Przyjemski skinął głową na znak zgody.

I przejechali wodze zwycięscy od zachodniego aż do wschodniego stawu, opatrując pobojowisko, szkody, jakie nieprzyjaciel w wałach porobił, i same wały.

Tymczasem poza orszakiem książęcym uniesieni zapałem żołnierze nieśli wśród okrzyków, na ręku, do obozu pana Zagłobę, jako największego tryumfatora w dniu dzisiejszym. Ze dwadzieścia tęgich rąk podtrzymywało w górze okazałą postać wojownika, wojownik zaś, czerwony, spocony, machając rękoma dla utrzymania równowagi, krzyczał co siły:

– Ha! Zadałem mu pieprzu! Umyślnie udałem ucieczkę, żeby go za sobą wywabić. Nie będzie nam więcej psubrat burłajował! Mości panowie! trzeba było dać przykład młodszym! Na Boga! ostrożnie, bo mnie uronicie i potłuczecie. Trzymajcieże dobrze, macie trzymać! Miałem z nim robotę, wierzcie mi! O szelmy! lada hultaj dziś szlachcicowi się nadstawia! Ale mają za swoje. Ostrożnie! Puśćcie – do diabła!

– Niech żyje! niech żyje! – krzyczała szlachta.

– Do księcia z nim! – powtarzali inni.

– Niech żyje! niech żyje!!!

Tymczasem hetman zaporoski, przypadłszy do swego taboru, ryczał jak dziki ranny zwierz, darł żupan na piersiach i kaleczył sobie twarz. Starszyzna, ocalała z pogromu, otoczyła go w ponurym milczeniu, nie niosąc ani słowa pociechy, a jego obłęd prawie pochwycił. Wargi miał spienione, piętami bił w ziemię, obu rękoma szarpał włosy w czuprynie.

– Gdzie moje pułki!... gdzie mołojcy?... – powtarzał chrapliwym głosem. – Co powie chan, co powie Tuhaj-bej? Wydajcie mnie Jaremie! Niech moją głowę na pal wbiją!

Starszyzna milczała ponuro.

– Czemu mnie worożychy wiktorię przepowiadały? – ryczał dalej hetman. – Urezać szyje wiedźmom!... czemu mnie mówiły, że Jaremę dostanę?

Zwykle, gdy ryk tego lwa wstrząsał taborem, pułkownicy milczeli – ale teraz lew był zwyciężony i zdeptany, szczęście zdawało się go opuszczać, więc klęska uzuchwaliła starszyznę.

– Jaremie nie zderżysz – mruknął ponuro Stepka.

– Zgubisz nas i siebie! – ozwał się Mrozowicki.

Hetman skoczył ku nim jak tygrys.

– A kto sprawił Żółte Wody? kto Korsuń? kto Piławce?

– Ty! – rzekł szorstko Woronczenko – ale tam Wiśniowieckiego nie było.

Chmielnicki porwał się za czuprynę.

– Ja chanowi przyrzekł dziś nocleg w zamku! – wył w rozpaczy. Na to Kułak:

– Co ty chanowi przyrzekał, to twoja głowa! Ty jej pilnuj, by ci z karku nie spadła... ale do szturmu nas nie pchaj, rabów bożych nie gub! Wałami Lachów otocz, szańce każ sypać pod puszki – inaczej hore tobi.

– Hore tobi! – powtórzyły ponure głosy.

– Hore wam! – odrzekł Chmielnicki.

I tak oni rozmawiali groźnie jak grzmoty... Wreszcie Chmielnicki zatoczył się i rzucił na pęki owczych skór pokrytych dywanami w rogu namiotu.

Pułkownicy stali nad nim ze zwieszonymi głowami i długi czas trwało milczenie. Na koniec hetman podniósł głowę i zakrzyknął chrapliwie:

– Horyłki!...

– Nie będziesz pił! – warknął Wyhowski. – Chan przyszle po ciebie.

Tymczasem chan siedział o milę drogi od pola bitwy, nie wiedząc, co się na placu dzieje. Noc była spokojna i ciepła, więc siedział przed namiotem wśród mułłów i agów – i w oczekiwaniu na nowiny pożywał daktyle ze srebrnej misy, obok stojącej, czasem zaś poglądał na wyiskrzone niebo, mrucząc:

– Mahomet Rosullah...

Wtem na spienionym koniu przypadł zdyszany, okryty krwią Subagazi; zeskoczył z siodła i zbliżywszy się szybko, począł bić pokłony, czekając na zapytanie.

– Mów! – rzekł chan ustami pełnymi daktylów.

Subagaziemu słowa paliły płomieniem wargi, ale nie śmiał przemówić bez zwykłych tytułów, rozpoczął więc, bijąc ciągle czołem, w następujący sposób:

– Najpotężniejszy chanie wszystkich ord, wnuku Mahometa, samodzielny monarcho, panie mądry, panie szczęśliwy, panie drzewa zaleconego od Wschodu do Zachodu, panie drzewa kwitnącego...

Tu chan skinął ręką i przerwał, widząc na twarzy Subagaziego krew, a w oczach ból, żal i rozpacz, wypluł nie dojedzone daktyle na rękę, następnie oddał je jednemu z mułłów, który przyjął je z oznakami czci nadzwyczajnej i zaraz spożywać począł – chan zaś rzekł:

– Mów prędko, Subagazi, i mądrze: azali obóz niewiernych wzięty?

– Bóg nie dał!

– Lachy?

– Zwycięzcy.

– Chmielnicki?

– Pobity.

– Tuhaj-bej?

– Ranny.

– Bóg jeden! – rzekł chan. – Ilu wiernych poszło do raju?

Subagazi wzniósł oczy w górę i wskazał krwawą ręką na wyiskrzone niebo.

– Ile tych świateł u stóp Ałłacha – odrzekł uroczyście.

Tłusta twarz chanowa poczerwieniała: gniew chwytał go za piersi.

– Gdzie ten pies – pytał – który mi obiecał, że dziś w zamku będziemy spali? Gdzie ten wąż jadowity, którego Bóg zdepcze moją nogą? Niech się stawi i zda sprawę ze swych obmierzłych obietnic.

Kilku murzów ruszyło natychmiast po Chmielnickiego, chan zaś uspokajał się z wolna, na koniec rzekł:

– Bóg jeden!

Po czym zwrócił się do Subagaziego.

– Subagazi! – rzekł – krew jest na twojej twarzy.

– To krew niewiernych – odparł wojownik.

– Mów, jak ją rozlałeś, i uciesz nasze uszy męstwem wiernych.

Tu Subagazi począł opowiadać obszernie o całej bitwie wychwalając męstwo Tuhaj-beja, Gałgi i Nuradyna; nie zmilczał także i o Chmielnickim, owszem, wysławiał go na równi z innymi, wolę bożą jedynie i wściekłość niewiernych za przyczynę klęski podając. Jeden szczegół uderzył chana w jego opowiadaniu, mianowicie: że do Tatarów nie strzelano wcale z początku bitwy i że jazda książęca uderzyła na nich dopiero wtedy, gdy jej zastąpili pole.

– Ałłach!... nie chcieli ze mną wojny – rzekł chan – ale teraz za późno...

Tak było w istocie. Książę Jeremi z początku bitwy zabronił strzelać do Tatarów chcąc wpoić w żołnierzy przekonanie, że układy z chanem już rozpoczęte i że ordy pozornie tylko stają po stronie czerni. Później dopiero siłą rzeczy przyszło do spotkania i z Tatarami.

Chan kiwał głową namyślając się w tej chwili, czyby jeszcze nie lepiej było zwrócić oręż przeciw Chmielnickiemu, gdy nagle sam hetman stanął przed nim. Chmielnicki był już spokojny i zbliżył się z podniesioną głową, śmiało patrząc w oczy chanowe; na twarzy malowała mu się chytrość i odwaga.

– Zbliż się zdrajco – rzekł chan.

– Zbliża się hetman kozacki i nie zdrajca, ale wierny sojusznik, któremuś pomoc nie tylko w szczęściu, ale i w nieszczęściu obiecał – odrzekł Chmielnicki.

– Idź, nocuj w zamku! idź, wyciągnij za łeb Lachów z okopu, jakeś mi obiecywał!

– Wielki chanie wszystkich ord! – odrzekł silnym głosem Chmielnicki. – Jesteś potężny i obok sułtana najpotężniejszy na ziemi! jesteś mądry i silny, ale czy możesz wypuścić strzałę z łuku aż pod gwiazdy albo zmierzyć głębokość morza?

Chan spojrzał na niego ze zdziwieniem.

– Nie możesz – mówił coraz silniej Chmielnicki. – Tak i ja nie mogłem zmiarkować całej pychy i zuchwalstwa Jaremy! Zali mogłem podumać, że nie ulęknie się ciebie, chanie, że nie upokorzy się na twój widok, nie uderzy czołem przed tobą, ale wzniesie rękę zuchwałą na ciebie samego, przeleje krew twoich wojowników i będzie ci urągał, potężny monarcho, jak ostatniemu z twoich murzów? Gdybym ja tak śmiał myśleć, ciebie bym znieważył, którego czczę i miłuję.

– Ałłach! – rzekł chan coraz bardziej zdziwiony.

– Lecz to ci powiem – mówił dalej Chmielnicki z coraz większą pewnością w głosie i postawie – jesteś wielki i potężny; od Wschodu aż do Zachodu narody i monarchowie biją ci czołem i lwem zowią. Jeden Jarema nie pada na twarz przed twoją brodą; więc jeżeli go nie zetrzesz, jeżeli karku mu nie ugniesz i po jego grzbiecie nie będziesz na koń siadał, za nic twoja potęga, za nic twoja sława, bo powiedzą, że jeden kniaź lacki pohańbił krymskiego carza i kary nie odebrał – że on większy, że potężniejszy od ciebie...

Nastało głuche milczenie; murzowie, agowie i mułłowie patrzyli jak w słońce w twarz chana, tamując oddech w piersiach, a on oczy miał zamknięte i myślał.

Chmielnicki wsparł się buławą i czekał śmiało.

– Rzekłeś – przemówił w końcu chan – zegnę kark Jaremy, po jego grzbiecie na koń będę siadał, aby nie mówiono od Wschodu do Zachodu, że jeden pies niewierny mnie pohańbił.

– Bóg jest wielki! – zawołali jednym głosem murzowie.

Chmielnickiemu zaś radość strzeliła z oczu: za jedną drogą odwrócił zgubę wiszącą nad swą głową i sprzymierzeńca wątpliwego w najwierniejszego zmienił.

Ten lew umiał w każdej chwili w węża się przedzierzgnąć.

Oba obozy huczały do późna w noc, jak huczą pszczoły na wyroju, przygrzane słońcem wiosennym, a tymczasem na pobojowisku spali snem nieprzebudzonym i wiecznym rycerze pobodzeni włóczniami, pocięci mieczem, poprzeszywani przez strzały i kule. Księżyc zeszedł i rozpoczął wędrówkę po tym polu śmierci; więc odbijał się w kałużach skrzepłej krwi, wydobywał z pomroki coraz nowe stosy poległych, schodził z jednych ciał, wchodził cicho na drugie; przeglądał się w otwartych martwych źrenicach, oświecał sine twarze, szczątki potrzaskanej broni, trupy końskie – i promienie jego bladły coraz bardziej, jakby przerażone tym, co widziały. Po polu biegały gdzieniegdzie pojedynczo i gromadkami jakieś złowrogie postacie: to czeladź i ciury przyszli obdzierać pobitych, jak szakale przychodzą po lwach... Lecz jakaś zabobonna bojaźń spędziła i ich w końcu z pobojowiska. Było coś straszliwego, coś tajemniczego zarazem w tym polu pokrytym trupami, w tym spokoju i nieruchomości żywych niedawno kształtów ludzkich, w tej cichej zgodzie, w jakiej leżeli obok siebie Polacy, Turcy, Tatarzy i Kozacy. Wiatr niekiedy zaszumiał w zaroślach rosnących na pobojowisku, a żołnierzom czuwającym w okopie wydało się, że to dusze ludzkie kołują tak nad ciałami. Jakoż i mówiono, że gdy północ wybiła w Zbarażu, na całym polu, od okopu aż do taboru, zerwały się z szumem jakoby niezmierne stada ptastwa. Słyszano jakieś rozpłakane głosy powietrzne, jakieś ogromne westchnienia, od których włosy wstawały na głowie – i jakieś jęki. Ci, co mieli lec jeszcze w tej walce i których uszy otwartsze były na zaziemskie wołania, słyszeli wyraźnie, jak dusze polskie odlatując wołały: „Przed oczy Twoje, Panie, winy nasze składamy!" – a zaś kozackie jęczały: „Chryste! Chryste, pomyłuj!" – bo jako w bratobójczej wojnie poległe nie mogły wprost do wiekuistej światłości ulecieć, ale przeznaczone im było lecieć gdzieś w dal ciemną i razem z wichrem krążyć nad padołem łez, i płakać, i jęczeć po nocach, dopóki odpuszczenia wspólnych win i zapomnienia, i zgody u nóg Chrystusowych nie wyżebrzą!..

Ale wówczas zatwardziły się jeszcze tym bardziej serca ludzkie i żaden anioł zgody nie przelatywał nad pobojowiskiem.

XXV

Nazajutrz, zanim słońce rozlało złote blaski na niebie, stanął już nowy wał ochronny w polskim obozie. Dawne wały były zbyt obszerne, trudno się było w nich bronić i przychodzić wzajem z pomocą, więc książę z panem Przyjemskim postanowili zamknąć wojska do ciaśniejszych okopów. Pracowano nad tym gwałtownie całą noc – a husaria na równi ze wszystkimi pułkami i czeladzią. Dopiero po trzeciej w nocy sen zamknął oczy utrudzonemu rycerstwu, ale też spali wszyscy, oprócz straży, kamiennym snem, bo i nieprzyjaciel pracował także w nocy, a następnie nie poruszał się długo po wczorajszej klęsce. Spodziewano się nawet, że szturm dnia tego wcale nie nastąpi.

Skrzetuski, pan Longinus i Zagłoba siedząc w namiocie spożywali polewkę piwną, gęsto okraszoną kostkami sera – i rozmawiali o trudach minionej nocy z tym zadowoleniem, z jakim żołnierze rozmawiają o świeżym zwycięstwie.

– Mój obyczaj jest kłaść się o wieczornym udoju, a wstawać o rannym, jako czynili starożytni – mówił pan Zagłoba – ale na wojnie trudno! Śpisz, kiedy możesz, wstajesz, kiedy cię budzą. To mnie jeno gniewa, że dla takiego tałałajstwa musimy się inkomodować. Ale trudno! takie czasy! Zapłaciliśmy im też za to wczoraj. Żeby tak jeszcze z parę razy podobny poczęstunek dostali, odechciałoby się im nas budzić.

– Nie wiesz waćpan, czy siła naszych poległo? – pytał Podbipięta.

– I! niewielu; jak to zawsze bywa, że oblegających zawsze więcej ginie niż oblężonych. Waćpan się na tym nie znasz tak jak ja, boś tyle wojny nie zażywał, ale my, starzy praktycy, nie potrzebujemy trupa liczyć, bo z samej bitwy umiemy wymiarkować.

– Przyuczę się i ja przy waćpanach – rzekł ze słodyczą pan Longinus.

– Pewnie, że tak, jeżeli tylko dowcip waćpanu dopisze, czego się nie bardzo spodziewam.

– Dajże waćpan spokój – ozwał się Skrzetuski. – Przecie nie pierwsza to wojna dla pana Podpięty, a daj Boże najlepszym rycerzom tak stawać, jak on wczoraj.

– Robiło się, co mogło – odrzekł Litwin – nie tyle, ile by się chciało.

– Owszem! owszem! wcale nieźle waćpan stawałeś – mówił protekcjonalnie Zagłoba – a że cię inni przewyższyli (tu począł wąs podkręcać do góry), to nie twoja wina.

Litwin słuchał ze spuszczonymi oczyma i westchnął marząc o przodku Stowejce i o trzech głowach.

W tej chwili skrzydło namiotu uchyliło się i wszedł raźno pan Michał, wesoły jak szczygieł w pogodny ranek.

– No! tośmy w kupie! – zawołał pan Zagłoba. – Dajcież mu piwa! Mały rycerz uścisnął ręce trzem towarzyszom i rzekł:

– Żebyście waćpaństwo wiedzieli, ile kul leży na majdanie, to przechodzi imainację! Nie przejdziesz, żebyś się nie potknął.

– Widziałem i ja to – odrzekł Zagłoba – bom też wstawszy przeszedł się kęs po obozie. Przez dwa lata kury w całym powiecie lwowskim tyle jaj nie nanoszą. Ej, żeby to tak były jaja, dopiero byśmy używali na jajecznicy! A trzeba waćpanom wiedzieć, że ja za miskę jajecznicy największy specjał oddam. Żołnierska we mnie natura, tak jak i w was. Zjem chętnie co dobrego, byle dużo. Dlatego też i do bitwy skorszy jestem od dzisiejszych młodzików piecuchów, co to niecułki ulęgałek nie zje, żeby się zaraz za żywot nie trzymał.

– No! aleś się waćpan wczoraj z Burłajem popisał! – rzekł mały rycerz. – Burłaja tak ściąć – ho! ho! Nie spodziewałem się tego po waćpanu. Toż to przecież był rycerz przesławny na całą Ukrainę i Turecczyznę.

– Co? ha! – rzekł z zadowoleniem Zagłoba. – Nie pierwszyzna mi to, nie pierwszyzna, panie Michale. Widzę, szukaliśmy się wszyscy w korcu maku, ale też i dobraliśmy się we czterech tak, że takiej czwórki w całej Rzeczypospolitej nie znajdziesz. Dalibóg, z waćpanami i z księciem naszym na czele ruszyłbym samopięt, choćby na Stambuł. Bo uważajcie tylko: pan Skrzetuski zabił Burdabuta, a wczoraj Tuhaj-beja...

– Tuhaj-bej nie zabit – przerwał porucznik – sam czułem, że mi się ostrze zwinęło; później też zaraz nas rozdzielili.

– Wszystko jedno – rzekł Zagłoba – nie przerywaj, panie Janie. Pan Michał usiekł w Warszawie Bohuna, jakeśmy ci to mówili...

– Lepiej byś waść nie wspominał – rzekł Litwin.

– Co się wymówiło, to się wymówiło – odparł Zagłoba. – Choć wolałbym był nie wspominać, ale idę dalej... otóż pan Podbipięta z Myszykiszek zdusił owego Puljana, a ja Burłaja. Nie zmilczę wszelako waćpaństwu, że oddałbym tamtych wszystkich ze jednego Burłaja i że pono najcięższą miałem robotę. Diabeł to był, nie Kozak, co? Żebym tak miał synów *legitime natos*, piękne bym im imię zostawił. Ciekawym tylko, co król jegomość i sejmy na to powiedzą, jak nas nagrodzą, nas, którzy się siarką i saletrą więcej niż czym innym żywimy.

– Był większy od nas wszystkich rycerz – rzekł pan Longinus – a nazwiska jego nikt nie wie i nie pamięta.

– A to ciekawym, kto taki? chyba w starożytności? – rzekł urażony Zagłoba.

– Nie w starożytności, ale, brateńku, ten, który króla Gustawa Adolfa pod Trzcianną razem z koniem obalił i w jasyr wziął – rzekł Litwin.

– A ja słyszałem, że było to pod Puckiem – wtrącił pan Michał.

– Wszelako król mu się wyrwał i zbiegł – rzekł Skrzetuski.

– Tak jest! Wiem ja coś o tym – mówił przymykając oko pan Zagłoba – bom wtedy właśnie pod panem Koniecpolskim, ojcem chorążego, służył... wiem ja coś o tym! Modestia to nie pozwala onemu rycerzowi powiedzieć swego nazwiska i dlatego nikt go nie wie. Chociaż, wierzcie w to, co powiem: Gustaw Adolf wielkim był wojownikiem, prawie panu Koniecpolskiemu równym, ale w pojedynczym spotkaniu z Burłajem cięższa była robota – ja wam to mówię!

– To niby znaczy, żeś to waćpan powalił Gustawa Adolfa? – pytał Wołodyjowski.

– Albożem ci się pochwalił, panie Michale?... niech tam to już zostanie w niepamięci – mam ja się z czym i dziś pochwalić: co będę dawne czasy wspominał!... Strasznie to piwsko burczy w żywocie – a im więcej w nim sera, tym więcej burczy. Wolę winną polewkę – choć chwała Bogu i za to, co jest, bo wkrótce może i tego nie starczy... Ksiądz Żabkowski mnie mówił, że ponoć wiwendy skąpo, a on się tym bardzo niepokoi, bo ma brzuch jak gumno. Setny to bernardyn! Okrutniem go polubił. Więcej w nim żołnierza niż mnicha. Kiedy by kogo w pysk trzasnął, to choć zaraz trumnę zamawiaj.

– Ale – rzekł mały rycerz – nie mówiłem też waćpaństwu, jak grzecznie poczynał sobie tej nocy ksiądz Jaskólski. Usadowił się w onym narożniku, w tej srogiej wieży po prawej stronie zamku – i patrzył na bitwę. A trzeba wiedzieć, że on okrutnie z guldynki strzela. Powiada tedy do Żabkowskiego: „Nie będę do Kozaków strzelał, bo zawszeć to chrześcijanie, choć Bogu dyzgusta czynią; ale do Tatarów (powiada) nie wytrzymam!" – i jak jął dmuchać, tak ich podobno coś z pół kopy przez całą bitwę popsował.

– Żeby to wszystko duchowieństwo było takie! – westchnął Zagłoba.– Ale nasz Muchowiecki to jeno ręce ku niebu wznosi, a płacze, że się tyle krwi chrześcijańskiej leje.

– Daj waść pokój – rzekł poważnie Skrzetuski. – Ksiądz Muchowiecki święty ksiądz i w tym masz najlepszy dowód, że choć on nie starszy od tamtych dwóch, przecie głowy przed jego zacnością schylają.

– Nie tylko ja też nie neguję jego świątobliwości – odparł Zagłoba – ale myślę, że i samego chana potrafiłby nawrócić. Oj, mości panowie! musi się tam jego chańska mość sierdzić, aż wszy na nim koziołki ze strachu przewracają! Jeżeli przyjdzie z nim do układów, pojadę i ja z komisarzami. Znamy się z dawna i niegdyś wielce mnie miłował. Może też sobie przypomni.

– Do układów Janickiego pewnie wybiorą, bo on po tatarsku, tak jak po polsku mówi – rzekł Skrzetuski.

– I ja tak samo, a z murzami znamy się jak łyse konie. Córki mi swoje chcieli w Krymie oddawać, żeby się potomstwa pięknego doczekać, a żem to był młody i paktów konwentów nie zawierałem ze swoją niewinnością, jako imć Podbipięta z Myszykiszek, więcem tam siła figlów napłatał.

– Słuchać hadko! – rzekł pan Longinus spuszczając oczy.

– A waćpan to jako szpak wyuczony; jedno w kółko powtarza. Widać, że boćwinkowie mowy ludzkiej dobrze jeszcze nie umieją.

Dalszy ciąg rozmowy przerwał gwar dochodzący z zewnątrz namiotu – więc rycerze wyszli zobaczyć, co się dzieje. Mnóstwo żołnierzy stało na okopie spoglądając na okolicę, która w ciągu nocy zmieniła się znacznie i jeszcze w oczach się zmieniała. Kozacy również nie próżnowali od czasu ostatniego szturmu, ale sypali szańce, zaciągali na nie działa tak długie i donośne, jakich nie było w polskim obozie, porozpoczynali poprzeczne, wężowato idące fosy, aprosze; z daleka wydawały się te nasypy jak tysiące olbrzymich kretowisk. Cała pochyła równina była nimi pokryta, świeżo skopana ziemia czerniła się wszędzie między zielonością – i wszędy mrowiło się od pracującego ludu. Na pierwszych wałach migotały także krasne czapki mołojców.

Książę stał także na okopie w towarzystwie starosty krasnostawskiego i pana Przyjemskiego. Poniżej kasztelan bełski poglądał przez perspektywę na roboty kozackie i mówił do podczaszego koronnego:

– Nieprzyjaciel rozpoczyna regularne oblężenie. Widzę, że trzeba nam będzie obrony w okopie poniechać i do zamku się przenieść.

Dosłyszał te słowa książę Jeremi i rzekł pochylając się z góry ku kasztelanowi:

– Niechże nas Bóg od tego broni, bo dobrowolnie jakoby w potrzask byśmy leźli. Tu nam żyć albo umierać.

– Takie i moje zdanie, choćbym miał co dzień jednego Burłaja zabijać – wtrącił pan Zagłoba. – Protestuję imieniem całego wojska przeciw zdaniu jaśnie wielmożnego kasztelana bełskiego.

– To do waści nie należy! – rzekł książę.

– Cicho waść! – szepnął Wołodyjowski ciągnąc szlachcica za rękaw.

– Wygnieciemy ich w tych zakrywkach jako krety – mówił Zagłoba – a ja waszą książęcą mość proszę, aby mnie pierwszemu pozwolił iść z wycieczką. Znają oni mnie już dobrze, poznają jeszcze lepiej.

– Z wycieczką?... – rzekł nagle książę i zmarszczył brwi. – Czekaj no waść... noce z wieczora bywają ciemne...

Tu zwrócił się do starosty krasnostawskiego, do pana Przyjemskiego i do regimentarzy.

– Proszę waszmość panów na radę – rzekł.

I zstąpił z okopu, a za nim udała się cała starszyzna.

– Na miłość boską, co waćpan czynisz? – mówił Wołodyjowski do Zagłoby – cóż to? służby i dyscypliny nie znasz, że do rozmowy starszych się mieszasz? Książę łaskawy pan, ale w czasie wojny nie ma z nim żartów.

– Nic to, panic Michale! – odrzekł Zagłoba. – Pan Koniecpolski, ojciec, srogi był lew, a na moich radach siła polegał i niech mnie dziś wilcy zjedzą, jeżeli nie dlatego po dwakroć pogromił Gustawa Adolfa. Umiem ja z panami gadać! Albo i teraz! – zauważyłeś, jak książę *obstupuit*, gdym mu wycieczkę doradził? Jeżeli Bóg da wiktorię, czyja będzie zasługa – co? – twoja?

W tej chwili zbliżył się Zaćwilichowski.

– A co? Ryją! ryją jak świnie! – rzekł ukazując na pole.

– Wolałbym, żeby to były świnie – odpowiedział Zagłoba – bo kiełbasy by nam tanio wypadły, a ich padło i dla psów się nie przygodzi. Dziś już musieli żołnierze kopać studnie w kwaterach pana Firleja, gdyż we wschodnim stawie od trupów wody nie znać. Nad ranem żółć w psubratach popękała i wszyscy spłynęli. Jak przyjdzie piątek, nie będzie można ryb jeść, bo mięsem karmione.

– Prawda jest – rzecze Zaćwilichowski – starym żołnierz, a tyle trupa dawnom nie widział, chyba pod Chocimiem przy szturmach janczarskich na nasz obóz.

– Zobaczysz go waszmość jeszcze więcej – ja to waszmości mówię!

– Myślę, że dziś wieczorem albo jeszcze i przed wieczorem znowu do szturmu ruszą.

– A ja powiadam, że do jutra zostawią nas w spokoju.

Ledwie pan Zagłoba skończył mówić, gdy na szańcach kozackich wykwitły długie białe dymy i kule z szumem przeleciały nad okopem.

– Masz waść! – rzekł Zaćwilichowski.

– Ba! sztuki wojennej nie znają! – odparł Zagłoba.

Stary Zaćwilichowski miał jednak słuszność. Chmielnicki rozpoczął regularne oblężenie, poprzecinał wszystkie drogi, wyjścia, odjął paszę, sypał aprosze i szańce, podkopywał się wężownicami pod obóz, ale szturmów nie poniechał. Postanowił on nie dać spokoju oblężonym, nużyć ich, straszyć, trzymać w ustawicznej bezsenności i nękać dopóty, dopóki broń nie wypadnie z ich rąk zesztywniałych. Więc wieczorem znowu uderzył na kwatery Wiśniowieckiego z nie lepszym jak poprzedniego dnia skutkiem, tym bardziej że i mołojcy nie szli już z taką ochotą. Następnego dnia ogień nie ustawał ani na chwilę. Wężownice tak już były bliskie, że i ręczna strzelba donosiła do wałów; przykrywki ziemne dymiły jak małe wulkany od rana do wieczora. Nie była to walna bitwa, ale nieustająca szarpanina. Oblężeni wypadali niekiedy z wałów, a wówczas przychodziło do szabel, cepów, kos i włóczni. Ale zaledwie wygnieciono jednych mołojców, natychmiast przykrywki napełniają się nowym ludem. Żołnierz przez cały dzień nie miał ani chwili odpoczynku, a gdy nadszedł upragniony zachód słońca, rozpoczął się nowy szturm generalny – o wycieczce nie było co i myśleć.

W nocy 16 lipca uderzyli dwaj dzielni pułkownicy, Hładki i Nebaba, na kwatery książęce i ponieśli znów straszną klęskę. Trzy tysiące najdzielniejszych mołojców legło na placu – reszta, goniona przez starostę krasnostawskiego, uciekła w największym popłochu do taboru, rzucając broń i rogi z prochem. Również niefortunny koniec spotkał i Fedoreńka, który korzystając z gęstej mgły o mało na świtaniu nie wziął miasta. Odparł go pan Korf na czele Niemców, a pan starosta krasnostawski i pan chorąży Koniecpolski wybili prawie do szczętu w ucieczce.

Lecz nic to było wszystko w porównaniu z okropną nawałą, jaka dnia 19 lipca rozpętała się nad okopem. Uprzedniej nocy wysypali Kozacy naprzeciw kwater Wiśniowieckiego wysoki wał, z którego armaty wielkiego kalibru ziały nieustannym ogniem, gdy zaś dzień minął i pierwsze gwiazdy zabłysły na niebie, dziesiątki tysięcy ludzi ruszyły do ataku. Jednocześnie w dali ukazało się kilkadziesiąt straszliwych machin, podobnych do wież, które toczyły się z wolna ku okopowi. Po bokach ich wznosiły się na kształt potwornych skrzydeł mosty, które przez fosy miano przerzucać – a szczyty dymiły, świeciły i huczały wystrzałami lekkich działek, rusznic i samopałów. Szły te wieże między mrowiem głów jakby olbrzymi pułkownicy – to czerwieniąc się w ogniu armat, to niknąc w dymie i ciemności. Żołnierze ukazywali je sobie z daleka, szepcąc:

– To hulaj-horodyny! Nas to Chmielnicki będzie mełł w tych wiatrakach.

– Patrzcie, jak się toczą z hukiem, rzekłbyś: grzmoty!

– Z armat do nich! z armat! – wołali inni.

Jakoż puszkarze książęcy posyłali kulę za kulą, granat za granatem ku straszliwym machinom, ale że widać je było wówczas tylko, gdy wystrzały rozdarły ciemność, więc kule mijały je najczęściej.

Tymczasem zbita masa kozactwa napływała coraz bliżej, jak czarna fala płynąca nocą z dalekiej morskiej przestrzeni.

– Uf! – mówił pan Zagłoba stojąc wraz z jazdą przy Skrzetuskim – gorąco mi jak nigdy w życiu! Noc taka parna, że suchej nitki na mnie nie ma. Diabli nadali te machiny! Sprawże, Boże, żeby się ziemia pod nimi rozstąpiła, bo już mi kością w gardle stoją te łajdaki... amen! Ni zjeść; ni się wyspać... psi w lepszych kondycjach od nas żyją! Uf! jak parno!

Rzeczywiście powietrze było ciężkie i parne, a do tego przesycone wyziewami trupów gnijących od kilku dni na całym pobojowisku. Niebo przysłoniło się czarną i niską oponą chmur. Burza wisiała nad Zbarażem. Żołnierzom pod zbrojami pot oblewał ciało, a piersi oddychały z wysileniem.

W tej chwili bębny poczęły warczeć w ciemnościach.

– Już zaraz uderzą! – rzekł Skrzetuski. – Słyszysz waść? – bębnią.

– Słyszę. Żeby w nich diabli bębnili! Czysta desperacja!

– Koli! koli! – zawrzasły tłumy rzucając się ku okopom.

Bitwa zawrzała na całej długości okopu. Uderzono jednocześnie na Wiśniowieckiego, na Lanckorońskiego, na Firleja i Ostroroga, aby jeden drugiemu nie mógł przychodzić z pomocą. Kozactwo, spojone gorzałką, szło jeszcze zacieklej niż w czasie poprzednich szturmów, ale tym dzielniejszy napotykało opór. Duch bohaterski wodza ożywiał żołnierzy; groźne piechoty kwarciane złożone z chłopów mazurskich zbiły się tak z kozactwem, że pomieszały się z nim zupełnie. Walczono tam na kolby, pięści i zęby. Pod razami zawziętych Mazurów legło kilkuset najpyszniejszej piechoty zaporoskiej, ale wnet nowe tłumy zalały ich zupełnie. Bitwa na całej linii stawała się coraz zażartszą. Rury muszkietów paliły ręce żołnierzy, tchu im brakło, starszyźnie głos zamarł w gardzieli od wrzasków komendy. Starosta krasnostawski i Skrzetuski wypadli znów z jazdą i zajeżdżali z boku Kozaków, tratując całe pułki i pławiąc się we krwi.

Godzina upływała za godziną i szturm nie ustawał, bo straszliwe luki w szeregach kozackich Chmielnicki w jednym mgnieniu oka zapełniał nowymi siłami. Tatarzy dopomagali wrzaskiem, puszczając zarazem chmury strzał na broniących się żołnierzy; niektórzy stojąc w tyle czerni zaganiali ją do szturmu batami z byczego surowca. Wściekłość walczyła z wściekłością, pierś uderzała o pierś – mąż wiązał się w uścisku śmiertelnym z mężem...

I tak walczyli, jak walczą rozhukane fale morskie z wyspą skalistą.

Nagle ziemia zatrzęsła się pod nogami wojowników, a całe niebo stanęło w sinym ogniu, jakby już Bóg nie mógł dłużej patrzyć na okropności ludzkie. Łoskot straszliwy zgłuszył wrzaski ludzkie i huk armat. To artyleria niebieska rozpoczęła teraz straszliwą kanonadę. Grzmoty roztaczały się od wschodu na zachód. Zdawało się, że to niebo wraz z chmurami pękło i wali się na głowy walczących. Chwilami świat cały wyglądał jak jeden płomień, chwilami ślepło wszystko od ciemności i znów czerwone zygzaki gromów rozdzierały czarną oponę. Wicher uderzył raz i drugi, zerwał tysiące czapek, proporców, chorągwi i rozmiótł je w mgnieniu oka po pobojowisku. Pioruny poczęły walić jeden za drugim – potem nastąpił chaos grzmotów, błyskawic, wichru, ognia i ciemności – niebo się wściekło, jak ludzie.

Niepamiętna burza rozszalała się nad miastem, zamkiem, okopami i taborem. Bitwa została przerwana. Na koniec upusty niebieskie rozwarły się i nie strugi, ale potoki dżdżu poczęły lać na ziemię. Fala przysłoniła świat; o krok naprzód nie było nic widać. Trupy w fosie spłynęły. Pułki kozackie, porzuciwszy szturm, biegły jedne za drugimi ku taborowi, szły na oślep, spotykały się ze sobą i sądząc, że to nieprzyjaciel je goni, rozpraszały się w ciemności; za nimi topiąc się i przewracając umykały armaty, amunicje, wozy. Woda porozrywała roboty ziemne kozackie, szumiała w rowach i wężownicach, wciskała się w nakrywki ziemne, lubo ubezpieczono je rowami, i biegła z szumem po równinie jakby goniąc uciekających mołojców.

Deszcz walił coraz większy. Piechoty w okopie umknęły z wałów szukając pod namiotami schronienia, tylko dla jazdy starosty krasnostawskiego i Skrzetuskiego nie przychodził rozkaz odwrotu. Stali więc jeden przy drugim jakoby w jeziorze, strząsając z siebie wodę. Tymczasem burza poczęła z wolna przechodzić. Po północy deszcz wreszcie ustał. Między przerwami chmur tu i owdzie zabłysły gwiazdy. Upłynęła jeszcze godzina – i woda trochę spadła. Wówczas przed chorągwią Skrzetuskiego ukazał się niespodzianie sam książę.

– Mości panowie – spytał – a ładownice wam nie zamokły?

– Suche, mości książę! – odpowiedział Skrzetuski.

– To dobrze! zsiąść mi z koni, ruszyć przez wodę ku onym beluardom, podsypać je prochem i zapalić. A cicho mi iść! Pan starosta krasnostawski pójdzie z wami.

– Według rozkazu! – odpowiedział Skrzetuski.

Wtem książę dojrzał mokrego pana Zagłobę.

– Waść się prosiłeś na wycieczkę – ruszajże teraz! – rzekł.

– Masz, diable kubrak! – mruknął pan Zagłoba. – Tego jeszcze brakowało!

744

W pół godziny potem dwa oddziały rycerzy po dwieście pięćdziesiąt ludzi, brodząc po pas w wodzie, biegły z szablami w ręku ku owym straszliwym „hulaj-horodynom" kozackim, stojącym o pół staja od okopu. Jeden oddział wiódł „lew nad lwy", pan starosta krasnostawski, Marek Sobieski, który ani chciał słyszeć o pozostaniu w okopie, drugi – Skrzetuski. Czeladź niosła za rycerzami maźnice ze smołą, suche pochodnie i prochy, a oni szli cicho jak wilcy skradający się ciemną nocą ku owczarni.

Mały rycerz przyłączył się na ochotnika do Skrzetuskiego, bo kochał pan Michał takie wyprawy nad życie – dreptał więc teraz po wodzie mając radość w sercu, a szablę w dłoni; obok postępował pan Podbipięta z gołym Zerwikapturem, widny między wszystkimi, bo o dwie głowy od najwyższych wyższy; a między nimi nadążał sapiąc pan Zagłoba i mruczał z nieukontentowaniem, przedrzeźniając słowa książęce:

– „Chciało ci się wycieczki – ruszaj teraz!" Dobrze! Psu by się nie chciało iść na wesele przez taką wodę. Jeżelim doradzał wycieczkę w taki czas, to niech nigdy w życiu nic prócz wody nie piję! Ja nie kaczka, a mój brzuch nie czółno. Zawsze miałem abominację do wody, a cóż dopiero do takiej, w której chłopska padlina moknie...

– Cicho waść! – rzekł pan Michał.

– Waść sam cicho! Nie większyś od kiełbia i umiesz pływać, to ci łatwo. Powiem nawet, że niewdzięcznie to ze strony księcia, żeby mi jeszcze po zabiciu Burłaja nie dać spokoju. Dość już Zagłoba zrobił, niech jeno każdy tyle zrobi, a Zagłobie dajcie spokój, bo pięknie będziecie wyglądali, jak go nie stanie! Na Boga! jeżeli wpadnę w jaką dziurę, wyciągnijcieże mnie, waćpanowie za uszy, bo się zaraz zaleję.

– Cicho waść! – rzekł Skrzetuski. – Kozacy tam siedzą, w tych ziemnych zakrywkach, jeszcze cię usłyszą.

– Gdzie? co waćpan gadasz?

– A tam, w onych kopcach pod darnią.

– Tego jeszcze brakowało! Niechże to jasne pioruny zatrzasną!

Resztę słów stłumił pan Michał położywszy Zagłobie dłoń na ustach, bo zakrywki były już ledwie o pięćdziesiąt kroków odległe. Szli wprawdzie cicho rycerze, ale woda chlupotała im pod nogami; szczęściem deszcz znowu zaczął padać i szum jego głuszył stąpania.

Straży przy zakrywkach nie było. Któż bowiem spodziewałby się wycieczki po szturmie i po takiej burzy, która jakby jeziorem rozdzieliła walczących.

Pan Michał z panem Longinem skoczyli naprzód i pierwsi doszli do kopca. Mały rycerz puścił szablę na sznurek, złożył dłonie do ust i począł wołać:

– Hej, ludy!

– A szczo? – ozwały się ze środka głosy mołojców, widocznie przekonanych, że to ktoś od taborów kozackich przychodzi.

– Sława Bohu! – odrzekł Wołodyjowski – a puśćcie no!

– A to nie wiesz, jak wejść?

– Wiem już! – odrzekł Wołodyjowski i zmacawszy wejście skoczył do środka.

Pan Longinus z kilku innymi runął za nim.

W tej chwili wnętrze pokrywki zabrzmiało przeraźliwym wyciem ludzkim – jednocześnie rycerstwo wydawszy okrzyk rzuciło się ku innym kopcom. W ciemności rozległy się jęki, szczęk żelaza, gdzieniegdzie przebiegały jakieś ciemne postacie, inne padały na ziemię, czasem huknął wystrzał – ale wszystko razem nie trwało dłużej jak kwadrans. Mołojcy, zaskoczeni po największej części w śnie głębokim, nie bronili się nawet – i wygnieciono ich wszystkich, zanim zdołali za broń chwycić.

– Do hulaj-grodów! do hulaj-grodów! – rozległ się głos starosty krasnostawskiego.

Rycerstwo rzuciło się ku wieżom.

– Palić od środka, bo z wierzchu mokre! – zagrzmiał Skrzetuski.

Ale rozkaz niełatwy był do wykonania. W wieżach budowanych z bierwion sosnowych nie było ani drzwi ani żadnego otworu. Strzelcy kozaccy wchodzili na nie po drabinach, działa zaś, ponieważ mogły się mieścić tylko mniejsze, wciągano na powrozach. Rycerze biegali więc czas jakiś naokoło, próżno siekąc szablami belki lub szarpiąc rękoma za węgły.

Na szczęście czeladź miała siekiery; poczęto rąbać. Starosta krasnostawski kazał też podkładać puszki z prochem umyślnie na ten cel przygotowane. Pozapalano maźnice ze smołą, jak również pochodnie – i płomień począł lizać mokre, lecz przesiąknięte żywicą bierwiona.

Zanim jednakże zajęły się bierwiona, zanim prochy wybuchły, pan Longinus schylił się i podniósł ogromny głaz wydobyty z ziemi przez Kozaków.

Czterech najtęższych z ludu mocarzy nie ruszyłoby go z miejsca, lecz on kołysał nim w potężnych rękach – i tylko przy świetle maźnic widać było, że krew wystąpiła mu na twarz. Rycerze oniemieli z podziwu.

– To Herkules! niechże go kule biją! – wołali wznosząc ręce do góry.

Tymczasem pan Longinus zbliżył się do nie podpalonej jeszcze beluardy, przechylił się w tył i puścił kamień w sam środek ściany.

Obecni aż pochylili głowy, tak głaz huczał. Pękły od ciosu zaraz spojenia; rozległ się trzask, wieża rozwarła się jak złamane podwoje i runęła z łoskotem.

Stos drzewa polano smołą i podpalono w jednej chwili.

Po niejakim czasie kilkadziesiąt olbrzymich płomieni oświeciło całą równinę. Deszcz padał ciągle, ale ogień przemógł go – i ,,paliły się te beluardy z podziwem obu wojsk, jako że w dzień tak mokry''.

Skoczyli na pomoc z kozackiego taboru Stepka, Kułak i Mrozowicki, każdy na czele kilku tysięcy mołojców, i próbowali gasić – próżno! Słupy ognia i czerwonego dymu strzelały coraz potężniej ku niebu, odbijając się w jeziorkach i kałużach, których burza naczyniła na pobojowisku.

Tymczasem rycerze wracali w ściśniętych szeregach do okopu, gdzie z daleka już witano ich radosnymi okrzykami.

Nagle Skrzetuski obejrzał się naokoło, rzucił okiem w głąb szeregu i krzyknął grzmiącym głosem:

– Stój!

Pana Longina i małego rycerza nie było między wracającymi.

Widocznie, uniesieni zapałem, zbyt długo zabawili się przy ostatniej beluardzie, a może odnaleźli gdzie zatajonych jeszcze mołojców, dość, iż widocznie nie spostrzegli odwrotu.

– Naprzód! – skomenderował Skrzetuski.

Starosta krasnostawski, idąc na drugim końcu szeregu, nie rozumiał, co zaszło, i biegł pytać – gdy w tejże chwili obaj pożądani rycerze ukazali się, jakby spod ziemi wyrośli, na pół drogi między beluardami a rycerstwem. Pan Longinus z błyszczącym Zerwikapturem w ręku stąpał olbrzymimi krokami, a przy nim biegł kłusem pan Michał. Obaj głowy mieli zwrócone ku goniącym ich na kształt zgrai psów mołojcom.

Przy czerwonej łunie pożaru widać było całą gonitwę doskonale. Rzekłbyś: olbrzymia łosza uchodzi przed gromadą strzelców ze swoim małym, gotowa w każdej chwili rzucić się na napastników.

– Zginą! na miłosierdzie boskie, prędzej! – krzyczał rozdzierającym głosem pan Zagłoba – ustrzelą ich z łuków albo z piszczeli! Na rany Chrystusa, prędzej!

I nie bacząc na to, że nowa bitwa może się za chwilę zawiązać, leciał z szablą w ręku razem ze Skrzetuskim i innymi na pomoc, utykał, przewracał się, podnosił, sapał, krzyczał, trząsł się cały i gnał resztkami nóg i tchu.

Jednakże mołojcy nie strzelali, bo samopały zamokły, a cięciwy łuków rozmiękły – więc nacierali jeno coraz bliżej. Kilkunastu ich wysforowało się naprzód i już, już mieli dobiec, ale wówczas obaj rycerze zwrócili się ku nim jak odyńce i wydawszy krzyk okropny wznieśli szable do góry. Kozacy stanęli w miejscu.

Pan Longinus ze swym olbrzymim mieczem wydawał im się jakąś nadprzyrodzoną istotą.

I jako dwa bure wilki zbyt napierane przez ogary odwrócą się i błysną białymi kłami, a psiarnia, skomląc z dala, nie śmie się na nie rzucić, tak i oni odwracali się po kilkakroć i za każdym razem biegnący na przedzie stawali na miejscu. Raz tylko puścił się ku nim jeden, widocznie śmielszej natury, z kosą w ręku; ale pan Michał skoczył jak żbik ku niemu i ukąsił go na śmierć. Reszta czekała na innych, którzy nadchodzili biegiem gęstą ławą.

Lecz i szereg rycerzy był coraz bliższy, a pan Zagłoba leciał z szablą nad głową, krzycząc nieludzkim głosem:

– Bij! morduj!

Wtem huknęli z okopów i granat, chychocąc jak puszczyk, zakreślił czerwony łuk na niebie i upadł w ściśniętą ławicę; za nim drugi, trzeci, dziesiąty. Zdawało się, że bitwa rozpoczyna się na nowo.

Kozakom aż do oblężenia Zbaraża nie znane były tego rodzaju pociski i po trzeźwemu bali się ich najwięcej, widząc w nich czary „Jaremy" – więc ławica wstrzymała się w jednej chwili, potem pękła na dwoje, a razem pękły i granaty roznosząc postrach, śmierć i zniszczenie.

– Spasajtes! spasajtes! – rozległy się przerażone głosy.

I pierzchło wszystko, a tymczasem pan Longinus i mały rycerz wpadli w zbawczy szereg husarzy.

Zagłoba rzucał się to jednemu, to drugiemu na szyję, całował ich po policzkach i oczach. Radość dławiła go, a on ją tłumił, nie chcąc miękkiego serca okazać – i wołał:

– Ha, skurczybyki! Nie powiem, żebym was miłował, ale się o was bałem! Bodaj was byli usiekli! Tak to służbę znacie, że na tyłach zostajecie! Warto by was końmi po majdanie za nogi powlec! Pierwszy powiem księciu, by wam *poenam* obmyślił... Chodźmy teraz spać... Chwała Bogu i za to! Szczęście tych psubratów, że przed granatami uciekli, bo byłbym ich naszatkował jak kapusty. Wolę się bić niż patrzyć spokojnie, jak znajomi giną. Musimy dzisiaj podpić! Chwała Bogu i za to! Już myślałem, że wam obum *requiem* jutro zaśpiewamy. Ale żałuję, że spotkania nie było, bo mnie ręka okrutnie świerzbi, choć w nakrywkach dałem im bobu z cebulą.

XXVI

Jednakże znowu wypadło zatoczyć nowe wały i ująć obozu, aby udaremnić wykonane już prace ziemne kozackie i uszczuplonym siłom ułatwić obronę. Kopano tedy po szturmie całą noc. Zaczem Kozacy nie próżnowali także. Podszedłszy cicho ciemnej nocy z wtorku na środę, rzucili naokoło obozu drugi wał, wiele wyższy. Stąd na zorzy, ozwawszy się wszyscy głosem, poczęli zaraz strzelać i całe cztery dni i cztery noce strzelali. Czyniono sobie wzajem wiele szkód, albowiem z obu stron najlepsi strzelcy szli w zawody. Od czasu do czasu zrywały się masy kozactwa i czerni do szturmu, ale nie dochodziły do wałów, tylko strzelanina stawała się coraz gorętszą. Nieprzyjaciel, mając potężne siły, zmieniał walczące oddziały prowadząc jedne na spoczynek, drugie do boju. Ale w obozie nie było żołnierza do zastępstwa: jedni i ci sami ludzie musieli strzelać, zrywać się co chwila do obrony pod groźbą szturmów, grzebać zabitych, kopać studnie i podsypywać wyżej wały, aby lepszą dawały zasłonę. Sypiano, a raczej drzemano u wałów wśród ognia i kul lecących tak gęsto, że każdego ranka można je było zmiatać bezpiecznie z majdanu. Przez cztery dni nikt nie zrzucił z siebie odzieży, która mokła na deszczu, schła na słońcu, paliła w dzień, ziębiła w nocy – przez cztery dni nikt nie miał w ustach nic ciepłego. Pito gorzałkę domieszywając do niej prochu dla większej tęgości, gryziono suchary i rwano zębami wyschłe wędzone mięsiwo, a wszystko wśród dymu, wystrzałów, świstu kul i huku armat.

I „nic to było wziąć po łbie albo po boku". Żołnierz obwiązywał brudną szmatą krwawy łeb i bił się dalej. Dziwni to byli ludzie: w podartych koletach i zardzewiałych zbrojach, z potrzaskanymi rusznicami w ręku, z czerwonymi od bezsenności oczyma, a wiecznie czujni, zawsze ochoczy, dzień czy noc, deszcz czy pogoda, zawsze gotowi do boju.

Żołnierz rozkochał się w swym wodzu, w niebezpieczeństwach, w szturmach, w ranach i śmierci. Jakaś egzaltacja bohaterska ogarnęła dusze; serca stały się harde, umysły „zatwardziły się". Okropność stała się dla nich rozkoszą. Rozmaite chorągwie prześcigały się wzajem w służbie, w wytrwałości na głód, bezsenność, pracę, w męstwie i zaciekłości. Przyszło do tego, że trudno było żołnierzy utrzymać na wałach, bo nie poprzestając na obronie darli się do nieprzyjaciela jak rozwścieczeni z głodu wilcy do owczarni. We wszystkich pułkach panowała jakaś dzika wesołość. Kto by wspomniał o poddaniu, rozerwano by go w mgnieniu oka na sztuki. „Tu umierać chcemy!" – powtarzały wszystkie usta:

Każdy rozkaz wodza spełniano z błyskawiczną szybkością. Raz zdarzyło się, iż książę przy objeździe wieczornych wałów dosłyszawszy, że ogień chorągwi kwarcianej imienia Leszczyńskich słabnie, przyjechał przed żołnierzy i spytał:

– A czemu to nie strzelacie?

– Prochy nam wyszły – posłaliśmy na zamek po nowe. – Tam macie bliżej – rzekł książę ukazując na szańce nieprzyjaciela.

Zaledwie skończył, gdy cała chorągiew skoczyła z wałów, rzuciła się biegiem ku nieprzyjacielowi i wpadła jak orkan na szańce. Wybito Kozaków ośnikami, drągami, kolbami muszkietów, zagwożdżono cztery działa i po upływie pół godziny żołnierze, zdziesiątkowani, ale zwycięscy, wrócili ze znacznym zapasem prochu w beczułkach i rogach myśliwskich.

Dzień upływał za dniem. Aprosze kozackie coraz ciaśniejszym pierścieniem obejmowały okop i wpierały się weń jak kliny w drzewo. Strzelano już z tak bliska, że nie licząc szturmów, dziesięciu ludzi spod każdej chorągwi padało dziennie; księża nie mogli dochodzić z sakramentami. Oblężeni zasłaniali się wozami, namiotami, skórami, rozwieszoną odzieżą; w nocy chowano zabitych, gdzie który legł, ale żywi bili się tym zacięciej na mogiłach wczorajszych towarzyszów. Chmielnicki szafował krwią swych ludzi bez miary, ale każdy szturm nowe tylko, coraz większe przynosił mu w zysku straty. Sam on był zdumiony oporem; liczył jeno na to, że czas zwątli serca i siły oblężonych – jakoż czas płynął, ale oni coraz większą okazywali pogardę śmierci.

Wodzowie dawali przykład żołnierzom. Książę Jeremi sypiał na gołej ziemi u wału; pił gorzałkę i jadł wędzone końskie mięso, cierpiąc trudy i zmiany pogody „nad pański swój stan". Chorąży koronny Koniecpolski i starosta krasnostawski osobiście wiedli pułki na wycieczki; w czasie szturmów stawali bez zbroi w najgęstszym gradzie kul. Nawet ci wodze, którym – jak Ostrorogowi – brakło wojennego doświadczenia i na których żołnierz nauczył się patrzeć bez ufności, teraz pod ręką Jeremiego zdawali się w innych zmieniać ludzi. Stary Firlej i Lanckoroński sypiali również u wałów, a pan Przyjemski w dzień ustawiał działa, w nocy rył pod ziemią jak kret, kopiąc pod kozackimi minami kontrminy, wysadzając aprosze lub otwierając drogi podziemne, którymi żołnierze dostawali się jak duchy śmierci między uśpione kozactwo.

Na koniec Chmielnicki postanowił spróbować układów mając tę myśl uboczną, że przez ten czas podstępem będzie mógł czegoś dokonać. Pod wieczór 24 lipca poczęli Kozacy wołać z szańców na żołnierzy, aby zaprzestali strzelać. Wysłany Zaporożec oznajmił, iż hetman życzy sobie widzieć starego Zaćwilichowskiego. Po krótkiej naradzie regimentarze zgodzili się na propozycję i starzec wyjechał z okopu.

Z dala widziało rycerstwo, jak mu czapkowano w szańcach kozackich, gdyż Zaćwilichowski przez krótki czas swego komisarstwa zdołał sobie zjednać szacunek dzikiego Zaporoża – i sam Chmielnicki go szanował. Strzelanina wtedy ustała. Kozacy aproszami zbliżali się do samego wału; rycerstwo schodziło ku nim. Obie strony miały się na ostrożności, ale nie było nic nieprzyjaznego w tych spotkaniach. Szlachta wyżej ceniła zawsze Kozaków od pospolitej czerni, a teraz ceniąc ich męstwo i uporność w boju, rozmawiała z nimi na równej stopie jak kawalerowie z kawalerami; Kozacy z podziwem patrzyli z bliska na to niedostępne lwie gniazdo, które wstrzymało całą ich i chanową potęgę. Więc poczęli się zbliżać, gwarzyć a narzekać, że tyle krwi chrześcijańskiej się leje; pod koniec częstowano się tabaką i gorzałką.

– Ej, panowie łycari! – mówili starzy Zaporożcy – żeby wy tak zawsze stawali, nie byłoby Żółtych Wód i Korsunia, i Piławiec. Czorty wy chyba nie ludzie. Takich my jeszcze na świecie nie widzieli.

– Przyjdźcie jutro i pojutrze, zawsze nas takich znajdziecie.

– No, tak i przyjdziemy, a tymczasem sława Bogu za oddech. Siła się krwi chrześcijańskiej leje. Ale i tak was głód zmoże.

– Prędzej przyjdzie król niż głód; dopierośmy gęby obtarli po smacznej strawie.

– A zbraknie nam wiwendy, to w waszych taborach poszukamy – mówił biorąc, się w boki Zagłoba.

– Daj Bóg, żeby bat'ko Zaćwilichowski wskórał co u naszego hetmana, bo jak nie wskóra, to wieczór do szturmu pójdziemy.

– Nam też już tęskno.

– Chan wam obiecał, że wszyscy będziecie *kęsim*.

– A nasz książę obiecał chanowi, że go za brodę do ogona swemu koniowi przywiąże.

– Czarownik on, ale nie zderżyt.

– Lepiej by wy z naszym kniaziem na pogan poszli, niż przeciw zwierzchności rękę podnosili.

– Z waszym kniaziem... Hm! dobrze by było.

– A to czemu się buntujecie? Przyjdzie król, bójcie się króla. Kniaź Jarema także był wam jak ojciec...

– Taki on ojciec, jak śmierć matka. Dżuma tylu dobrych mołojców nie wybiła.

– Gorszy on będzie: jeszcze wy go nie poznali.

– My i nie chcemy go znać. Starzy u nas mówią, że który Kozak jego na oczy dojrzy, temu już śmierć pisana.

– Będzie tak i z Chmielnickim.

– Boh znajet, szczo budet. To pewno, że im dwom nie żyć na świecie, na białym. Nasz bat'ko też mówi, że gdyby wy jemu tylko Jaremę wydali, to by was zdrowych puścił i królowi by się z nimi wszystkimi pokłonił.

Tu żołnierze poczęli sapać, marszczyć brwi i zgrzytać.

– Zamilczeć, bo się do szabel weźmiem.

– Serdytes', Lachy! – mówili Kozacy – ale będzie wam *kęsim*.

I tak tam oni rozmawiali, czasem przyjaźnie, a czasem z groźbami, które mimo ich woli odzywały się jak grzmoty. Po południu przyjechał z powrotem do obozu pan Zaćwilichowski. Układów nie było, a zawieszenie broni nie doszło do skutku. Stawiał Chmielnicki potworne żądania, aby wydano mu księcia i chorążego Koniecpolskiego. W końcu wyliczał krzywdy wojsk zaporoskich i jął namawiać pana Zaćwilichowskiego, by z nim na zawsze pozostał. Na to spłonął stary rycerz, zerwał się i odjechał. Wieczorem nastąpił szturm krwawo odparty. Cały obóz przez dwie godziny był w ogniu. Kozaków nie tylko odrzucono od wałów, ale piechoty zdobyły pierwsze szańce, porozkopywały strzelnice, zakrywki i spaliły znów czternaście hulaj-grodów. Chmielnicki zaprzysiągł tej nocy chanowi, że nie odstąpi, dopóki jeden żywy człowiek pozostanie w okopie.

Nazajutrz o zorzy nowa strzelanina, wkopywanie się w wały – i całodzienna bitwa na cepy, kosy, ośniki, szable, kamienie i bryły ziemi. Przyjazne uczucia wczorajsze i ubolewanie nad przelewaniem krwi chrześcijańskiej ustąpiły większej jeszcze zaciętości. Deszcz popadywał od rana. Tegoż dnia wydano żołnierzom po pół racji, na co mruczał mocno pan Zagłoba, ale w ogóle puste brzuchy zdwoiły jeszcze zaciekłość rycerstwa. Przysięgano sobie wzajem paść jeden na drugim, a nie poddać się do ostatniego tchnienia. Wieczór przyniósł nowe szturmy Kozaków poprzebieranych za Turków, krócej wszelako trwające. Nastała noc pełna hałasów i krzyków, „wielce swarliwa". Strzelanie nie ustawało ani na chwilę. Wyzywano się wzajemnie; bito się kupami i pojedynczo. Wychodził na harc pan Longinus, ale nikt przeciw niemu nie chciał stanąć – strzelano tylko doń z daleka. Natomiast wielką sławą okrył się pan Stępowski i pan Wołodyjowski, który w pojedynczym spotkaniu usiekł sławnego zagończyka Dudara.

Wychodził na koniec i pan Zagłoba, ale tyko na szermierkę językową. „Po zabiciu Burłaja (mówił) nie mogę się z lada chmyzem pospolitować!!" Natomiast w walce na języki nie znalazł równego sobie między kozactwem – i do desperacji ich przyprowadzał, gdy okryty dobrze darniną, wołał jakoby spod ziemi stentorowym głosem:

– Siedźcie tu, chamy, pod Zbarażem, a tam wojsko litewskie idzie w dół Dniepru. Żonom waszym i mołodyciom się pokłonią. Na przyszłą wiosnę siła małych boćwinków po chałupach znajdziecie, jeśli chałupy znajdziecie. Była to prawda: wojsko litewskie szło istotnie pod Radziwiłłem w dół Dniepru, paląc i niszcząc, ziemię i wodę zostawując. Wiedzieli to Kozacy, więc wpadali we wściekłość i w odpowiedzi posyłali panu Zagłobie grad kul, jakoby kto gruszki sypał. Ale pan Zagłoba pilnował dobrze głowy za darniną i krzyczał znowu:

– Chybiliście, pieskie dusze, a jam Burłaja nie chybił. Sam tu! Na pojedynkę ze mną! Znacie mnie! Na tu, na! chamy, strzelajcie, póki macie folgę, bo na jesień będziecie Tatarzęta w Krymie iskać albo groble na Dnieprze sypać. Bywajcie! bywajcie! Grosz za głowę waszego Chmiela! Daj mu który ode mnie w pysk – od Zagłoby! słyszycie? A co, gnojki? mało to już waszego ścierwa na polu leży? Zdechłymi psami was czuć! Kazała wam się zaraza kłaniać! A do wideł, do pługów, łajdaki, do dumbasów! Wiśnie i sól pod wodę wozić, nie nam tu wstręty czynić!

Natrząsali się też i Kozacy z „panów, których trzech na jeden suchar wypada", pytali, czemu to czynszu i dziesięciny nie każą oni panowie poddanym wypłacać, ale przecie Zagłoba bywał w sporach górą. I tak brzmiały te rozmowy, przerywane przekleństwami i dzikimi wybuchami śmiechu, po całych nocach, wśród strzałów i większych lub mniejszych walk. Wyjeżdżał potem pan Janicki układać się z chanem, który mu znowu powtarzał, że wszyscy będą *kęsim*, aż zniecierpliwiony poseł odpowiedział: „Już nam dawno to obiecujecie, a nic nam dotąd! Kto po nasze głowy przyjdzie, ten i swoją przyniesie!" Wymagał chan, żeby książę Jeremi zjechał się z jego wezyrem w polu, ale była to prosta zdrada, którą wykryto – i układy ostatecznie zostały zerwane. Przez cały ich czas zresztą nie było przestanku w walce. Wieczór szturmy, w dzień strzelanina z armat, z organków, z samopałów i „piszczeli” – wypadanie z wałów, szarpanina, mieszanie się chorągwi – szalone ataki jazdy, klęski i rozlew krwi coraz większy.

Żołnierzy podtrzymywała jakaś dzika żądza walki, krwi i niebezpieczeństw. Szli do bitwy ze śpiewaniem, jak na wesele. Tak się już zresztą wzwyczaili do huku i hałasów, że te oddziały, które komenderowano do spoczynku, spały wśród ognia i padających gęsto kul nieprzebudzonym snem. Żywności było coraz mniej, bo regimentarze nie opatrzyli dostatecznie obozu przed przybyciem księcia. Nastała wielka drożyzna, ale kto miał pieniądze i kupował gorzałkę lub chleb, ten dzielił się wesoło z innymi. Wszyscy zaś nie dbali o jutro, wiedząc, że jedna z dwóch rzeczy ich nie minie: odsiecz ze strony królewskiej albo śmierć! Na obie byli równie gotowi – a najbardziej gotowi na bitwę. Niesłychanym w historii przykładem dziesiątki potykały się przeciw tysiącom z takim uporem, z taką zaciekłością, że każdy szturm był nową klęską kozacką. Prócz tego nie było dnia, żeby po kilkakroć nie wypadali z obozu i nie napadali nieprzyjaciela w jego własnych szańcach. Wieczorami, gdy Chmielnicki myślał, że już znużenie powinno było obalić najwytrwalszych, i cicho gotował szturmy, naraz wesołe śpiewy dolatywały jego uszu. Wtedy uderzał się dłonią po udach z wielkiego zdziwienia i naprawdę myślał, że Jeremi jest chyba czarownikiem możniejszym od tych wszystkich, którzy byli w kozackim taborze. Więc wściekał się i zrywał do boju, i wylewał morza krwi, bo i to spostrzegł, że jego gwiazda przy gwieździe straszliwego kniazia blednąć zaczyna.

W obozie kozackim śpiewano pieśni o Jaremie lub cichym głosem opowiadano sobie o nim rzeczy, od których włosy wstawały na głowie mołojcom. Mówiono, że czasem zjawia się nocą na okopie i rośnie w oczach, aż głową wyżej wież zbaraskich sięga; że oczy ma wtedy jakby dwa miesiące, a miecz w jego ręku jest jako ta gwiazda złowroga, którą Bóg czasem ludziom na pohybel na niebo wysyła. Mówiono także, że gdy krzyknie, polegli w boju rycerze wstają z chrzęstem zbroi i szykują się wraz z żywymi w szeregi. Jeremi był na wszystkich ustach: śpiewali o nim i didy-lirnicy, rozmawiali i starzy Zaporożcy, i czerń ciemna, i Tatarzy. A w tych rozmowach, w tej nienawiści, w tym zabobonnym przestrachu tkwiła jakby jakaś dzika miłość, którą ten lud stepowy ukochał swego krwawego niszczyciela. Tak jest! Chmielnicki bladł przy nim nie tylko w oczach chana i Tatarów, ale nawet w oczach własnego ludu – i widział, że musi Zbaraż zdobyć albo urok jego rozwieje się jak pomroka przed zorzą poranną, musi zdeptać tego lwa albo sam zginie.

Zaś lew nie tylko się bronił, ale każdego dnia sam wypadał, coraz straszliwszy, z komyszy. Nie pomagały podstępy, zdrady ani otwarta przemoc. Tymczasem czerń i Kozacy poczynali szemrać. I im ciężko było siedzieć w dymie, ogniu, w gradzie kul, w trupim zapachu, na deszczu, upałach i w obliczu śmierci. Zresztą nie trudów bali się dzielni mołojcy, nie niewywczasów, nie szturmów i ognia, i krwi, i śmierci – oni się bali „Jaremy”.

XXVII

Wielu prostych rycerzy okryło się nieśmiertelną sławą w tym pamiętnym okopie zbaraskim, lecz lutnia będzie sławiła w pierwszym rzędzie pana Longina Podbipiętę dla jego tak wielkich przewag, że chyba jego skromność mogła wejść z nimi w paragon. Noc to była posępna, ciemna i wilgotna; żołnierz, znużony czuwaniem u wałów, drzemał oparty na broni. Po nowych dziesięciu dniach strzelaniny i szturmów pierwszy to raz nastała cisza i spokój. Z bliskich, bo zaledwie o trzydzieści kroków stojących szańców kozackich nie słychać było wywoływań, klątew i zwykłych hałasów. Zdawało się, że nieprzyjaciel chcąc znużyć, sam się znużył nareszcie. Gdzieniegdzie tylko błyszczało tam mdłe światełko ognia ukrywanego pod darniną: z jednego miejsca dochodził słodki, przyciszony głos liry, na której grał jakiś Kozak; daleko w koszu tatarskim konie rżały, a na wałach rozlegały się od czasu do czasu głosy straży.

Chorągwie pancerne książęce były tej nocy na pieszej służbie w obozie, więc pan Skrzetuski, pan Podbipięta, mały rycerz i pan Zagłoba na okopie, szepcąc ze sobą z cicha, w przerwach rozmowy wsłuchiwali się w szum deszczu padającego w fosę. Skrzetuski mówił:

– Dziwny mi jest ten spokój. Uszy tak przywykły do huku i hałasu, że cisza w nich dzwoni. Aby się tylko jaka zdrada *in hoc silentio* nie ukrywała.

– Od czasu jak jestem na pół racji, wszystko mi jedno! – mruczał posępnie Zagłoba. – Trzech rzeczy potrzebuje moja odwaga, a to: jeść dobrze, pić dobrze i wyspać się. Najlepszy rzemień, nie smarowany, zeschnie i popęka. Cóż dopiero, jeżeli w dodatku moknie jak konopie w wodzie? Deszcz nas moczy, a Kozacy międlą, jakże się z nas paździerze nie mają sypać? Miłe kondycje: bułka już florena kosztuje, a kwaterka gorzałki pięć. Tej śmierdzącej wody pies by w gębę nie chciał wziąć, bo już i studnie trupem nasiąknęły, a mnie się tak pić chce, jak i moim butom, które tak pyski pootwierały – jak ryby.

– Ale waścine buty i wodę piją nie przebredzając – rzekł pan Wołodyjowski.

– Milczałbyś, panie Michale. Nie większyś od sikory, to się ziarnkiem prosa pożywisz, a z naparstka napijesz. Ale ja Bogu dziękuję, że nie jestem taki misterny i że mnie nie kura z piasku zadnią nogą wygrzebała, ale niewiasta urodziła; dlatego potrzebuję jeść i pić jako człowiek, nie jak chrabąszcz, a żem od południa nic prócz śliny w gębie nie miał, dlatego mi i twoje żarty nie w smak.

Tu pan Zagłoba począł sapać gniewnie, a pan Michał wziął się za bok i tak mówił:

– Mam ja tu na udzie manierzynę, com ją dziś Kozakowi wydarł, ale kiedy mnie kura z piasku wygrzebała, to już myślę, że i gorzałka tak nikczemnej persony nie będzie waści smaczna. W twoje ręce, Janie! – rzekł zwracając się do Skrzetuskiego.

– Daj, bo zimno! – rzekł Skrzetuski.

– Pij do pana Longina.

– Przechera z ciebie, panie Michale – rzekł Zagłoba – aleś chłop setny i to masz do siebie, że sobie odejmiesz, a drugiemu oddasz. Niechby się święciły te kury, co by takich żołnierzów jak ty z piasku wygrzebywały – ale ich na świecie podobno nie masz i nie o tobie myślałem.

– To weź waćpan od pana Podbipięty; nie chcę cię krzywdzić – rzekł pan Michał.

– Co waćpan robisz?... zostawże i mnie! – wołał z przestrachem Zagłoba spoglądając na pijącego Litwina. – Czego tak głowę zadzierasz? Bodaj ci tak już została! Za długie masz kiszki, niełatwo je nalejesz. Leje jak w spróchniałą sosnę! Żeby cię usiekli!

– Ledwiem co przechylił – rzekł pan Longinus oddając manierkę.

Pan Zagłoba przechylił lepiej i wypił do reszty; po czym parsknął i tak mówił:

– Cała to pociecha, że jeżeli się kiedy skończy nasza mizeria, a Bóg pozwoli zdrowo wynieść głowy z tych terminów, to sobie we wszystkim wynagrodzimy. Jużci nam jakoweś chleby obmyślą. Ksiądz Żabkowski umie dobrze zjeść, ale go w kozi róg zapędzę.

– A co to za *verba veritatis* usłyszeliście dziś z księdzem Żabkowskim od Muchowieckiego? – pytał pan Michał.

– Cicho! – rzekł Skrzetuski – ktoś tu się z majdanu zbliża.

Umilkli, wtem jakaś ciemna postać stanęła koło nich i przyciszony głos spytał:

– A czuwacie?

– Czuwamy, mości książę – rzekł prostując się Skrzetuski.

– Pilno dawać baczność. Źle wróży ten spokój.

I książę przeszedł dalej, patrząc, czy gdzie sen nie przemógł utrudzonych żołnierzy. Pan Longinus ręce złożył.

– Co to za wódz! co to za wojennik!

– Mniej on od nas spoczywa – rzekł Skrzetuski. – Tak całe wały sam co noc obchodzi, aż het, do drugiego stawu.

– Dajże mu Boże zdrowie!

– Amen...

Nastało milczenie. Wszyscy wpatrywali się wytężonymi oczyma w ciemność, ale nic nie było widać – szańce kozackie były spokojne. Ostatnie światła na nich pogasły.

– Można by ich zejść jak susłów we śnie! – mruknął Wołodyjowski.

– Kto wie? – odrzekł Skrzetuski.

– Sen mnie tak morzy – mówił Zagłoba – że aż mi oczy pod wierzch głowy uciekają, a spać nie wolno. Ciekawym, kiedy będzie wolno? Czy strzelają, czy nie strzelają, ty stój pod bronią i kiwaj się od fatygi, jak Żyd na szabasie. Psia służba! Sam nie wiem, co mnie tak rozbiera: czy gorzałka, czy ranna irytacja za ów impet, któryśmy niesłusznie obaj z księdzem Żabkowskim wytrzymać musieli?

– Jakże to było? – pytał pan Longinus. – Zacząłeś waćpan mówić i nie skończyłeś.

– To teraz opowiem: może się jakoś ze snu wybijemy! Poszliśmy rano z księdzem Żabkowskim na zamek w tej myśli, żeby to co do przegryzienia znaleźć. Chodzimy, chodzimy, zaglądamy wszędzie – nie ma nic, wracamy źli. Aż na podwórzu spotykamy ministra kalwińskiego, któren kapitana Szenberka na śmierć gotował, tego, co go wczoraj postrzelili pod chorągwią pana Firlejową. Ja mu tedy mówię: „Będziesz się tu, szołdro, włóczył i dyzgusta Bogu czynił? – jeszcze niebłogosławieństwo na nas ściągniesz!” A on, widać dufając w protekcję pana bełskiego, rzecze: „Taka dobra nasza wiara, jak i wasza, albo i lepsza!” Jak to powiedział, ażeśmy skamienieli ze zgrozy. Ale ja nic! Myślę sobie: jest ksiądz Żabkowski, niechże będzie dysputa. A mój ksiądz Żabkowski aż parska i zaraz z argumentami: zmacał go pod żebro, on zaś nic na tę pierwszą rację nie odrzekł, bo jak się wziął toczyć, tak aż o ścianę się oparł. Wtem nadszedł książę z księdzem Muchowieckim i na nas: że to hałasy i swary wszczynamy! że to nie czas, nie miejsce i nie argumenta! Zmyli nam głowy jak żakom – a bodaj czy słusznie, bo *utinam sim falsus vates*, ale te ministry pana Firleja ściągną jeszcze na nas jakie nieszczęście...

– A ówże kapitan Szenberk nie rewokował? – pytał pan Michał.

– Gdzie tam! umarł w bezecności, jak i żył.

– Że też to ludzie wolą się i zbawienia wyrzec jak swego uporu! – westchnął pan Longinus.

– Bóg nas od przemocy i od czarów kozackich broni – mówił dalej Zagłoba – a oni Go jeszcze obrażają. Czy waściom wiadomo, że wczoraj z tego tam ot szańca kłębkami nici na majdan strzelano? Żołnierze powiadali, że zaraz w tym miejscu, gdzie kłębki padały, ziemia jakoby trądem się pokryła...

– Wiadoma rzecz, że przy Chmielnickim czarni za rękodajnych służą – rzekł żegnając się Litwin.

– Czarownice sam widziałem – dodał Skrzetuski – i powiem waszmościom...

Dalsze słowa przerwał pan Wołodyjowski, który ścisnął nagle ramię Skrzetuskiego i szepnął:

– Cicho no!...

Po czym skoczył nad sam brzeg okopu i słuchał pilnie.

– Nic nie słyszę – rzekł Zagłoba.

– Ts!... deszcz zagłusza! – odpowiedział Skrzetuski.

Pan Michał począł kiwać ręką, aby mu nie przeszkadzano, i czas jeszcze jakiś słuchał pilno, na koniec zbliżył się do towarzyszów.

– Idą – szepnął.

– Daj znać księciu! poszedł ku kwaterom Ostroroga – odszepnął Skrzetuski – my zaś pobieżymy ostrzec żołnierzy.

I zaraz z miejsca puścili się wzdłuż okopu, zatrzymując się co chwila i szepcąc wszędy po drodze czuwającym żołnierzom:

– Idą! Idą!...

Słowa przeleciały jakoby cichą błyskawicą z ust do ust. Po kwadransie przyjechał książę, już na koniu, i wydał rozkazy oficerom. Ponieważ nieprzyjaciel chciał widocznie zaskoczyć obóz w śnie i nieczujności, więc książę polecił utrzymać go w błędzie. Żołnierze mieli się zachować jak najciszej i dopuścić szturmujących aż na same wały, po czym dopiero gdy wystrzał z działa da znak, uderzyć na nich niespodzianie.

Żołnierz był w gotowości, więc tylko rury muszkietów pochyliły się bez szelestu i zapadło głuche milczenie. Skrzetuski, pan Longinus i pan Wołodyjowski dyszeli obok siebie, a i pan Zagłoba został z nimi, bo wiedział z doświadczenia, że najwięcej kul pada na środek majdanu – a na wale, przy takich trzech szablach, najbezpieczniej.

Usadowił się tylko trochę z tyłu rycerzy, aby pierwszy impet na niego nie przyszedł. Nieco z boku przykląkł pan Podbipięta z Zerwikapturem w ręku, a Wołodyjowski przycupnął tuż przy Skrzetuskim i szepnął mu w same ucho:

– Idą na pewno...

– Krok pod miarę.

– To nie czerń ani Tatarzy.

– Piechota zaporoska.

– Albo janczary; oni dobrze maszerują. Z konia można by ich więcej naciąć!

– Dziś za ciemno na jazdę.

– Słyszysz teraz?

– Ts! ts!...

Obóz zdawał się być pogrążony w najgłębszym śnie. Nigdzie żadnego ruchu, nigdzie światła – wszędy najgłębsze milczenie przerywane tylko szelestem drobnego, jakby sianego przez sito dżdżu. Z wolna jednak w tym szeleście powstawał drugi; cichy, ale łatwiejszy do ułowienia uchem, bo miarowy i coraz bliższy, coraz wyraźniejszy; na koniec o kilkanaście kroków od fosy pojawiła się jakaś wydłużona zbita masa, o tyle widzialna, o ile czarniejsza od ciemności – i zatrzymała się w miejscu.

Żołnierze utaili dech w piersiach, tylko mały rycerz szczypał w udo Skrzetuskiego, jakby chcąc mu w ten sposób swoje zadowolenie okazać.

Tymczasem napastnicy zbliżyli się do fosy i poczęli w nią spuszczać drabiny, następnie zleźli po nich sami i przechylili je ku wałowi.

Wał milczał ciągle, jakby na nim i za nim wszystko wymarło – i cisza nastała śmiertelna.

Tu i owdzie mimo całej ostrożności wstępujących szczeble zaczęły skrzypieć i trzeszczeć...

„Dadzą wam bobu!" – myślał Zagłoba.

Wołodyjowski przestał szczypać Skrzetuskiego, a pan Longinus ścisnął rękojeść Zerwikaptura i wytężył oczy, bo był najbliżej wału i spodziewał się pierwszy uderzyć.

Wtem trzy pary rąk pojawiły się u krawędzi i chwyciły się jej silnie, a za nimi poczęły się z wolna i ostrożnie podnosić trzy szpice od misiurek... wyżej i wyżej...

„To Turcy!" – pomyślał pan Longinus.

W tej chwili rozległ się straszliwy huk kilku tysięcy muszkietów; zrobiło się widno jak w dzień. Nim światło zgasło, pan Longinus zamachnął się i ciął okropnie, aż powietrze zawyło pod ostrzem.

Trzy ciała spadły w fosę, trzy głowy w misiurkach potoczyły się pod kolana klęczącego rycerza.

Wówczas, choć piekło zawrzało na ziemi, niebo otworzyło się nad panem Longinem, skrzydła urosły mu u ramion, chóry anielskie rozśpiewały mu się w piersi i był jakoby wniebowzięty, i walczył jak we śnie, i cięcia jego miecza były jakby modlitwą dziękczynną.

A wszyscy dawno zmarli Podbipiętowie, począwszy od przodka Stowejki, uradowali się w niebie – że taki był z Zerwikapturów-Podbipiętów żyjący ostatni.

Szturm ten, w którym ze strony nieprzyjaciela posiłkowe hufce Turków rumelskich, sylistryjskich i gwardia chanowa janczarów brały przeważny udział, krwawiej od innych został odparty i ściągnął straszliwą burzę na głowę Chmielnickiego. Zaręczał on bowiem poprzednio, że Polacy mniej zaciekle z Turkami będą walczyli i byle mu tych rot pozwolono, obóz zdobędzie. Musiał więc teraz łagodzić chana i rozwścieczonych murzów oraz podarkami ich zniewalać. Chanowi pozwolił dziesięć tysięcy talarów, zaś Tuhaj-bejowi, Korz-Adze, Subagaziemu, Nuradynowi i Gałdze po dwa. Tymczasem w obozie czeladź wyciągała trupy z fosy, w czym nie przeszkadzano jej strzelaniem z szańców. Żołnierze spoczywali aż do rana, bo było to już pewne, że szturm się nie powtórzy. Spali tedy wszyscy snem nieprzebudzonym prócz chorągwi strażowych i prócz pana Longina Podbipięty, który noc całą krzyżem na mieczu leżał dziękując Bogu, iż mu pozwolił ślub spełnić i taką wielką chwałą się okryć, że imię jego przechodziło z ust do ust w obozie i w mieście. Nazajutrz wezwał go do siebie książę-wojewoda i chwalił wielce, a żołnierze przychodzili tłumami przez cały dzień winszować i oglądać trzy głowy, które czeladź przyniosła mu przed namiot, a które już czerniały na powietrzu. Było tedy podziwu i zazdrości niemało, a niektórzy wierzyć oczom nie chcieli, bo tak były równo ścięte wraz ze stalowymi czepcami od misiurek, jakby kto nożycami odkroił.

– Straszliwy z waści *sartor*! – mówiła szlachta. – Wiedzieliśmy o tobie, żeś dobry kawaler, ale takiego ciosu mogliby i starożytni pozazdrościć, bo i najgrzeczniejszy kat lepiej nie potrafi.

– Wiatr tak czapek nie zdejmie, jako te głowy są zdjęte! – mówili inni.

I wszyscy ściskali dłonie pana Longina, a on stał ze spuszczonymi oczyma, promienny, słodki – zawstydzony jako panna przed ślubem i mówił, jakby się tłumacząc:

– Ustawili się dobrze.

Próbowano następnie miecza, ale że to był krzyżacki dwuręczny koncerz, nikt nie mógł nim swobodnie poruszać nie wyjmując nawet księdza Żabkowskiego, choć on podkowę jak trzcinę przełamywał.

Koło namiotu robiło się coraz gwarniej, a pan Zagłoba, Skrzetuski i Wołodyjowski czynili honory przybywającym częstując ich opowiadaniem, bo nie było czym innym, jako że ostatnich już prawie sucharów dogryzano w obozie, a mięsa innego jak wędzonej koniny dawno nie stawało. Ale przecie duch starczył za jadło i napitek. Pod koniec, gdy inni zaczęli się już rozchodzić, nadszedł pan Marek Sobieski, starosta krasnostawski, ze swoim porucznikiem Stępowskim. Pan Longinus wybiegł na jego spotkanie, on zaś powitał go wdzięcznie i rzekł:

– To u waszmości dziś święto!

– Pewnie, że święto – odparł Zagłoba – bo nasz przyjaciel ślub spełnił.

– Chwała Panu Bogu! – odparł starosta – to już niedługo, braciszku, powitamy was kosmatą ręką. A macieże co upatrzonego?

Pan Podbipięta zmieszał się nadzwyczajnie i zaczerwienił aż do uszu, a starosta mówił dalej:

– Po konfuzji miarkuję, że tak jest. Święty to wasz obowiązek pamiętać, aby taki ród nie zaginął. Daj Boże, żeby się na kamieniu rodzili podobni żołnierze, jak waszmościowie we czterech jesteście.

To rzekłszy począł ściskać ręce pana Longina, Skrzetuskiego, Zagłoby i małego rycerza, a oni uradowali się w sercach, że z takich ust pochwałę słyszą, bo pan starosta krasnostawski był zwierciadłem męstwa, honoru i wszystkich cnót rycerskich. Był to wcielony Mars; zlały się na niego wszystkie dary boże w obfitości, gdyż nadzwyczajną pięknością nawet młodszego brata Jana, późniejszego króla, przewyższał; fortuną i mieniem najpierwszym wyrównywał, a jego zdolności wojenne sam wielki Jeremi pod niebiosa wynosił. Nadzwyczajna też byłaby to gwiazda na niebie Rzeczypospolitej, lecz ze zrządzenia bożego blask jej wziął w siebie młodszy Jan, a ona zgasła przedwcześnie w dniu klęski.

Atoli rycerze nasi uradowali się wielce pochwałą bohatera, ten zaś wcale na niej nie poprzestał i tak dalej mówił:

– Siła ja o waszmościach od samego księcia wojewody słyszałem, który nad innych was miłuje. Nie dziwię się też, że mu służycie nie oglądając się na promocje, które by w królewskich chorągwiach łatwiej przyjść mogły.

Na to odrzekł Skrzetuski:

– Wszyscy my w królewskiej właśnie usarskiej chorągwi jesteśmy pod znak zapisani z wyjątkiem pana Zagłoby, któren, jako wolentarz, z wrodzonej rezolucji staje. A że pod księciem wojewodą służymy, to w pierwszym rzędzie z miłości dla jego osoby, a po wtóre, chcieliśmy wojny jak najwięcej zażywać.

– Jeżeliście taką mieli chęć, to słusznie czynicie. Pewnie by pan Podbipięta pod niczyją chorągwią tak łatwo swoich głów nie znalazł – odrzekł starosta. – Ale co do wojny, to w tych czasach wszyscy jej mamy do syta.

– Więcej niźli czego innego – odparł Zagłoba. – Przychodzili tu do nas od rana z pochwałami, ale żeby nas kto na przekąskę i łyk gorzałki poprosił, ten by nas najwdzięczniej uczęstował.

To powiedziawszy pan Zagłoba pilno patrzył w oczy staroście krasnostawskiemu i mrugał niespokojnie. Starosta zaś uśmiechnął się i rzekł:

– Od wczorajszego południa nic w gębę nie wziąłem, ale łyk gorzałki może się w jakim sepeciku znajdzie. Służę waszmościom.

Lecz Skrzetuski, pan Longinus i mały rycerz poczęli się opierać i gromić pana Zagłobę, który się wykręcał, jak mógł, i tłumaczył, jak umiał.

– Nie przymawiałem się – mówił – bo ambicja moja w tym, że wolę swoje oddać, byle cudzego nie ruszać, ale gdy tak zacna persona prosi, toż *grubianitas* byłaby odmawiać.

– Już też pójdźcie! – mówił starosta. – I mnie miło w dobrej kompanii posiedzieć, a póki nie strzelają, mamy czas. Na jadło was nie proszę, bo i o koninę już trudno, a co nam konia na majdanie ubiją, to sto rąk po niego się wyciąga, wszelako gorzałki jest ze dwie flasze, których dla siebie samego pewnie nie będę chował.

Tamci jeszcze się opierali i nie chcieli, ale gdy bardzo nastawał, poszli, a przodem pobiegł pan Stępowski i tak się uwinął, że kilka sucharów i kilka kawałków koniny znalazło się do przegryzienia po wódce. Pan Zagłoba zaraz nabrał lepszej myśli i mówił:

– Da Bóg, że jak król jegomość nas wyzwoli z tego oblężenia, to się zaraz pospolitemu ruszeniu do wozów dobierzemy. Oj, siła oni specjałów zawsze ze sobą wożą i brzucha każdy lepiej strzeże niż Rzeczypospolitej. Wolę z nimi jeść jak wojować, ale że to pod okiem królewskim, to może będą nieźle stawali.

Starosta spoważniał.

– Jakośmy sobie zaprzysięgli – rzekł – że jeden na drugim padnie, a nie poddamy się, tak się i stanie. Musimy być na to gotowi, że coraz cięższe czasy przyjdą. Żywności już prawie nie ma, a co gorzej, to i prochy się kończą. Innym ja bym tego nie mówił, ale waszmościom można. Niedługo jeno zaciekłość w sercach i szable w ręku nam pozostaną – i gotowość na śmierć, więcej nic. Daj, Boże, króla jak najprędzej, bo to ostatnia nadzieja. Wojenny to pan! Pewnie by fatygi i zdrowia, i gardła nie żałował, byle nas wyzwolić – ale za małe ma siły i musi czekać, a waszmościowie wiecie, jak pospolite ruszenie powoli się ściąga. I zresztą skąd król jegomość ma wiedzieć, w jakich my tu kondycjach się bronimy i że już okruchów dojadamy?

– My już siebie ofiarowali – rzekł Skrzetuski.

– Ażeby tak dać znać? – pytał Zagłoba.

– Żeby się znalazł kto taki cnotliwy – rzekł starosta – kto by się przekraść podjął, ten by nieśmiertelną sławę za życia pozyskał, ten by był zbawcą całego wojska i od ojczyzny klęskę by odwrócił. Choćby i pospolite ruszenie jeszcze w całości nie stanęło, to może sama bliskość króla zdołałaby bunt rozproszyć. Ale kto pójdzie? kto się podejmie, gdy Chmielnicki tak poobsadzał wszystkie drogi i wyjścia, że mysz się nie przeciśnie z okopu? Jawna i oczywista to śmierć taka impreza!

– A od czego fortele? – rzekł Zagłoba. – I jeden już mi do głowy przychodzi.

– Jaki? jaki? – pytał starosta.

– A owo co dzień bierzemy po garści jeńców. Żeby tak którego przekupić? niechby udał, że od nas uciekł, a potem ruszył do króla.

– Muszę o tym z księciem pomówić – rzekł starosta.

Pan Longinus zamyślił się głęboko, aż czoło pokryło mu się bruzdami, i cały czas siedział milczący. Nagle podniósł głowę i rzekł ze zwykłą sobie słodyczą:

– Ja się podejmę przekraść przez Kozaków...

Rycerze usłyszawszy te słowa porwali się zdumieni z miejsc, pan Zagłoba usta otworzył, Wołodyjowski począł ruszać wąsikami raz po razu, Skrzetuski przybladł, a starosta krasnostawski uderzył się po aksamicie i zakrzyknął:

– Waćpan podjąłbyś się tego dokonać?

– Czyś waść rozważył, co mówisz? – rzekł Skrzetuski.

– Dawno rozważyłem – rzekł Litwin – bo już to nie od dziś między rycerstwem mówią, że trzeba dać znać królowi jegomości o naszym położeniu. A ja słysząc to myślałem sobie w duchu: niechby mnie Bóg najwyższy pozwolił ślub mój spełnić, zaraz bym poszedł. Ja, lichy człek, co ja znaczę? co mnie będzie za szkoda, chociaż usieką po drodze?

– Ależ usieką bez pochyby! – zawołał Zagłoba. – Słyszałeś waść, co pan starosta mówił, że to śmierć oczywista?

– Tak i co z tego, brateńku? – rzekł pan Longinus. – Jak Bóg zechce, to przeprowadzi, a nie, to w niebie nagrodzi.

– Ale pierwej cię pochwycą, mękami zmorzą i śmierć okrutną zadadzą. Człeku, czyś rozum stracił? – mówił Zagłoba.

– A taki pójdę, brateńku – odparł ze słodyczą Litwin.

– Ptak by nie przeleciał, bo z łuku by go ustrzelili. Okopali nas naokoło jako jaźwca w jamie.

– A taki pójdę – powtórzył Litwin. – Ja Bogu wdzięczność winien, że mnie ślub spełnić pozwolił.

– No, widzicie go! patrzcie się na niego! – wołał zdesperowany Zagłoba.

– To lepiej każ sobie od razu głowę uciąć i z armaty na tabor wystrzelić, bo w ten tylko sposób mógłbyś się między nimi przecisnąć.

– Już pozwólcie, dobrodzieje! – rzekł Litwin składając ręce.

– O nie! nie pójdziesz sam, bo i ja pójdę z tobą – rzekł Skrzetuski.

– I ja z wami! – dodał Wołodyjowski uderzając się po szabelce.

– A niechże was kule biją! – zawołał porwawszy się za głowę Zagłoba – niechże was kule biją z waszym „i ja!", „i ja!!", z waszą determinacją! Mało im jeszcze krwi, mało zaguby, mało kul! Nie dość im tego, co się tu dzieje: chcą pewniej szyje pokręcić! Idźcież do kaduka i dajcie mnie spokój! Bodaj was usiekli...

To rzekłszy począł się kręcić po namiocie jak błędny.

– Bóg mnie karze – wołał – żem się z wichrami wdawał zamiast żyć w zacnej kompanii statecznych ludzi. Dobrze mi tak! Przez chwilę chodził jeszcze po namiocie gorączkowym krokiem; na koniec zatrzymał się przed Skrzetuskim, założył ręce w tył i patrząc mu w oczy, począł sapać groźnie.

– Com ja waćpanom takiego uczynił, że mnie prześladujecie?

– Uchowajże nas Boże! – odrzekł rycerz. – Jak to?

– Bo że pan Podbipięta takowe rzeczy wymyśla, nie dziwię się! Zawsze miał dowcip w pięści, a od czasu jak ściął największych trzech kpów między Turkami, sam czwartym został...

– Słuchać hadko – przerwał Litwin.

– I jemu się nie dziwię – mówił dalej Zagłoba wskazując na Wołodyjowskiego. – On Kozakowi za cholewę wskoczy albo mu się hajdawerów jak rzep psiego ogona uczepi i najprędzej z nas wszystkich się przedostanie. Ich obydwóch Duch Święty nie oświecił – ale że waćpan zamiast ich od szaleństwa powściągnąć, jeszcze im bodźca dodajesz, że sam idziesz, że wszystkich nas czterech na pewną śmierć i męki chcesz wydać – to już... ostatnia rzecz! Tfu, do licha, nie spodziewałem się tego po oficyjerze, którego sam książę za statecznego kawalera uważał.

– Jak to czterech? – rzekł zdziwiony Skrzetuski. – Chciałżebyś i waćpan?...

– Tak jest! – krzyczał bijąc się pięściami po piersi Zagłoba – pójdę i ja. Jeżeli który z was się ruszy albo wszyscy w kupie – pójdę i ja. Niech moja krew spadnie na wasze głowy! Będę miał na drugi raz naukę, z kim się wdawać.

– A bodajże waści! – rzekł Skrzetuski.

Trzej rycerze poczęli go brać w ramiona, ale on naprawdę się gniewał i sapał, i odpychał ich łokciami, mówiąc:

– Idźcie do kaduka! nie potrzeba mi waszych judaszowskich pocałunków!

Wtem na wałach ozwały się strzały armatnie i muszkietowe. Zagłoba zatrzymał się i rzekł:

– Macie! macie! idźcie!

– To zwykła strzelanina – zauważył Skrzetuski.

– Zwykła strzelanina – rzekł przedrzeźniając szlachcic. – Ano, to proszę! Mało im tego. Połowa wojska od tej zwykłej strzalaniny stopniała, a oni już na nią nosem kręcą.

– Bądź waćpan dobrej myśli – rzekł pan Podbipięta.

– Milczałbyś, boćwino! – huknął Zagłoba – boś najwinniejszy. Waćpan to wymyślił tę imprezę, która jeśli nie jest głupia, to ja głupi!

– A taki pójdę, brateńku – odrzekł pan Longinus.

– Pójdziesz, pójdziesz! i wiem dlaczego! Waćpan się za bohatera nie podawaj, bo cię znają. Czystość masz na zbyciu i pilno ci ją z okopu wynieść. Najgorszyś między rycerstwem, nie najlepszy, po prostu gamratka z waszmości, która cnotą handluje! Tfu! obraza boska! Otóż to!... Nie do króla ci pilno, ale rad byś rżał po wsiach jak koń na błoni. Oto rycerz, patrzcie się, co niewinność ma na przedaż! Zgorszenie, czyste zgorszenie, jak mnie Bóg miły!

– Słuchać hadko! – wołał zatykając uszy pan Longinus.

– Dajcie pokój swarom! – rzekł poważnie Skrzetuski. – Lepiej o sprawie myślmy!

– Na Boga! – rzekł starosta krasnostawski, który dotychczas ze zdumieniem słuchał słów pana Zagłoby – wielka to jest rzecz, ale bez księcia nie możemy nic stanowić. Tu nie ma się co spierać. Waćpanowie w służbie jesteście i ordynansów słuchać musicie. Książę musi być u siebie. Pójdźmyż do niego, co on na ochotę waszmościów powie.

– To, co i ja! – rzekł Zagłoba i nadzieja wypogodziła mu oblicze. – Pójdźmy co prędzej.

Wyszli i szli przez majdan, na który kule już padały z szańców kozackich. Wojska były u wałów, które z dala wyglądały jak budy jarmarczne, tyle na nich nawieszano starej pstrej odzieży, kożuchów, tyle nastawiano wozów, szczątków namiotów i wszelkiego rodzaju rzeczy mogących stanowić zasłonę od strzałów, które czasem po całych tygodniach nie ustawały we dni i w nocy. Jakoż i teraz nad owymi porozwieszanymi łachmanami ciągnęła się długa, błękitnawa smuga dymu, a przed nimi widać było leżące szeregi czerwonych i żółtych żołnierzy pracujących ciężko przeciw najbliższym szańcom nieprzyjacielskim. Sam majdan wyglądał jak jedno rumowisko; równina, podarta rydlami lub stratowana przez konie, nie zieleniła się ani jednym źdźbłem trawy. Gdzieniegdzie sterczały kopce wydobytej świeżo przy kopaniu studzien i mogił ziemi, gdzieniegdzie leżały szczątki potrzaskanych wozów, armat, beczek lub stosy obgryzionych i zbielałych na słońcu kości. Trupa końskiego nie dojrzałeś nigdzie, bo każdy zabierano natychmiast na żywność dla żołnierzy, natomiast wszędy widać było gromady żelaznych, po większej części zrudziałych już od rdzy kul armatnich, którymi codziennie zasypywano ten szmat ziemi. Ciężka wojna i głód widne były na każdym kroku. Idąc spotykali rycerze nasi większe i mniejsze kupy żołnierzy, to odnoszące rannych i zabitych, to śpieszące ku wałom z pomocą zbyt strudzonym towarzyszom – a wszystkie twarze sczerniałe, zapadłe, zarośnięte – a srogie oczy rozpalone, odzież wypłowiała, podarta, na głowach często szmaty brudne zamiast czapek i hełmów, broń połamana. I mimo woli przychodziło na myśl pytanie: co się stanie z tą garścią dotychczasowych zwycięzców, gdy jeszcze upłynie tydzień, dwa...

– Patrzcie, waszmościowie – mówił starosta – czas, czas dać znać królowi.

– Nędza już szczerzy zęby jak pies – odpowiedział mały rycerz.

– A co będzie, gdy konie zjemy? – pytał Skrzetuski.

Tak rozmawiając doszli do namiotów książęcych stojących z prawej strony wału, przed którymi widać było kilkunastu jeźdźców służbowych, przeznaczonych do rozwożenia rozkazów po obozie. Konie ich, karmione śrutowanym i wędzonym mięsem końskim, a stąd trawione ustawicznym ogniem, rzucały się w szalonych podskokach nie chcąc żadną miarą ustać na miejscu. Tak już było z końmi wszystkiej jazdy, która gdy szła teraz na nieprzyjaciela, zdawało się, że to stado gryfów lub hipocentaurów sadzi przez pola, więcej pędząc powietrzem niż ziemią.

– Czy jest książę w namiocie? – spytał starosta jednego z jeźdźców.

– Jest z panem Przyjemskim – odpowiedział pocztowy.

Starosta wszedł pierwszy, nie oznajmując się; czterej zaś rycerze zatrzymali się przed namiotem.

Ale po chwili płótno uchyliło się i pan Przyjemski wysadził głowę:

– Książę chce widzieć pilno waszmościów – rzekł.

Pan Zagłoba wszedł do namiotu z dobrą myślą, miał bowiem nadzieję, że książę nie będzie chciał najlepszych swych rycerzy na pewną zgubę narażać, omylił się jednak, bo jeszcze nie zdążyli mu się pokłonić, gdy rzekł:

– Powiadał mi pan starosta o gotowości waszej wyjścia z obozu, a ja dobre chęci wasze przyjmuję. Ojczyźnie nie można nadto ofiarować...

– Przyszliśmy jeno o pozwolenie pytać – odrzekł Skrzetuski – gdyż wasza książęca mość jesteś szafarzem krwi naszej:

– Więc to we czterech chcecie wyjść?

– Wasza książęca mość! – rzekł Zagłoba. – Oni to chcą wyjść, a ja nie; Bóg mi świadek, nie przyszedłem się tu chwalić ani swych zasług przypominać i jeżeli o nich wspomnę to jeno dlatego, żeby nie było supozycji, że mnie tchórz oblatuje. Wielcy to są kawalerowie pan Skrzetuski, Wołodyjowski i pan Podbipięta z Myszykiszek, ale i Burłaj, który legł z mej ręki (że o innych przewagach zamilczę), także był wielki żołnierz, wart Burdabuta, Bohuna i trzech głów janczarskich – mniemam przeto, że w dziele rycerskim nie jestem gorszy od innych. Jednakże co innego jest męstwo, a co innego szaleństwo. Skrzydeł nie mamy, a ziemią się nie przedostaniem – to pewno.

– Więc waść nie idziesz? – pytał książę.

– Powiedziałem, że iść nie chcę, ale nie powiedziałem, że nie idę. Kiedy mnie raz Bóg pokarał ich kompanią, to już do śmierci muszę w niej wytrwać. Jeżeli nam będzie ciasno, szabla Zagłoby przyda się jeszcze, nie wiem tylko, na co by się przydała śmierć nas czterech, i ufam, że wasza książęca mość zechce ją od nas odwrócić nie dając pozwolenia na szalone przedsięwzięcie.

772

– Dobry z waści kompan – odpowiedział książę – i zacnie to z twojej strony, że przyjaciół opuszczać nie chcesz, aleś się w swojej ufności we mnie pomylił, bo ja ofiarę waszą przyjmuję.

– Zdechł pies! – mruknął Zagłoba i ręce opadły mu zupełnie.

W tej chwili kasztelan bełski Firlej wszedł do namiotu.

– Mości książę – rzekł – ludzie moi złapali Kozaka, któren powiada, że na dzisiejszą noc szturm się gotuje.

– Miałem i ja już wiadomość – odpowiedział książę. – Wszystko w pogotowiu; niech tylko z sypaniem tych nowych wałów śpieszą.

– Już prawie skończone.

– To dobrze! – rzekł książę. – Do wieczora się przeniesiemy.

Po czym zwrócił się do czterech rycerzy:

– Po szturmie, jeśli noc będzie ciemna, najlepsza pora do wyjścia.

– Jak to? – rzekł kasztelan bełski – mości książę, gotujesz wycieczkę?

– Wycieczka swoją drogą pójdzie... – rzekł książę – ja sam poprowadzę; ale teraz mówimy o czym innym. Ichmościowie podejmują się przekraść przez nieprzyjaciela i dać znać królowi o naszym położeniu.

Kasztelan zdumiał, oczy otworzył i spoglądał kolejno na rycerzy.

Książę uśmiechnął się z zadowoleniem. Miał tę próżność, że lubił, by podziwiano jego żołnierzy.

– Na Boga! – rzekł kasztelan – więc są jeszcze takie serca na świecie?...

Na Boga!... nie będę ja waszmościów od tego hazardu odwodził...

Pan Zagłoba zaczerwienił się ze złości, ale już nic nie rzekł, sapał tylko jak niedźwiedź, książę zaś zamyślił się przez chwilę i w następujące ozwał się słowa:

– Nie chcę ja jednak na darmo krwią waszmościów szafować i na to się nie zgadzam, abyście wszyscy czterej razem wychodzili. Pójdzie naprzód jeden; jeśli go zabiją, to się tym pochwalić nie omieszkają, jako się już raz pochwalili śmiercią tego mego sługi, którego aż pode Lwowem schwytali. Jeżeli tedy pierwszego zabiją, pójdzie drugi, potem w razie potrzeby trzeci i czwarty. Ale być może, że pierwszy przejdzie szczęśliwie – w takim razie nie chcę innych na próżną śmierć narażać.

– Mości książę... – przerwał Skrzetuski.

– Taka moja wola i rozkaz – rzekł z naciskiem Jeremi. – By zaś was pogodzić, oświadczam, że ten wyruszy pierwszy, który się pierwszy ofiarował.

– To ja! – rzekł pan Longinus z promienną twarzą.

– Dziś wieczór po szturmie, jeżeli noc będzie ciemna – dodał książę. – Listów żadnych do króla nie dam; co waść widzisz, to opowiesz. Weźmiesz jeno sygnet na znak.

Podbipięta przyjął sygnet i pokłonił się księciu, ten zaś wziął go obu rękoma za skronie i trzymał czas jakiś, a potem ucałował po kilkakroć w głowę i rzekł wzruszonym głosem:

– Tak mi bliski jesteś serca, jak brat... Niech cię prowadzi i przeprowadzi Bóg zastępów i nasza Królowa Anielska, żołnierzu boży! Amen!

– Amen! – powtórzyli starosta krasnostawski, pan Przyjemski i kasztelan bełski.

Książę miał łzy w oczach – bo to był prawdziwy ojciec dla rycerstwa – inni płakali, a ciałem pana Podbipięty wstrząsał dreszcz zapału i płomień chodził mu po kościach, i radowała się do głębi ta dusza czysta, pokorna a bohaterska nadzieją bliskiej ofiary.

– Historia o waszmości pisać będzie! – wykrzyknął kasztelan bełski.

– *Non nobis, non nobis, sed nomini Tuo, Domine, da gloriam* – rzekł książę.

Rycerze wyszli z namiotu.

– Tfu, coś mnie za grzdykę ułapiło i trzyma, a w gębie tak mi gorzko jak po piołunie – mówił Zagłoba. – A tamci ciągle strzelają – żeby was pioruny wystrzelały! – rzekł ukazując na dymiące szańce kozackie. – Oj, ciężko żyć na świecie! Panie Longinie, czy to już koniecznie waćpan wyjdziesz?... Nie ma już rady! Niechże cię anieli ustrzegą... Żeby to zaraza to chamstwo wydusiła!

– Muszę waszmościów pożegnać – rzekł pan Longinus.

– Jak to? gdzie idziesz? – pytał Zagłoba.

– Do księdza Muchowieckiego, do spowiedzi, braciaszku. Trzeba grzeszną duszę oczyścić.

To rzekłszy pan Longinus poszedł śpiesznie ku zamkowi, oni zaś zwrócili się ku wałom. Skrzetuski i Wołodyjowski byli jak struci i milczeli, pan Zagłoba zaś mówił:

– Ciągle mnie coś za grzdykę trzyma. Nie spodziewałem się, że mi będzie taki żal, ale najcnotliwszy to człowiek na świecie!

– Niech mi kto zaprzeczy, to mu dam w pysk. O Boże! Boże! myślałem, że kasztelan bełski będzie hamował, a on jeszcze bębenka podbijał. Kaduk przyniósł tego heretyka! ,,Historia (mówi) o waszmości pisać będzie!" Niech o nim samym pisze, ale nie na skórze pana Longina! A czemu to on sam nie wyjdzie? Po sześć ma palców u nóg, jako kalwin, to mu i chodzić łatwiej. Mówię waszmościom, że coraz gorzej na świecie i pewnie prawda, co ksiądz Żabkowski prorokuje, że koniec świata bliski. Posiedźmy trochę u wałów, a później pójdziemy do zamku, żeby się naszego przyjaciela kompanią przynajmniej do wieczora nacieszyć.

Ale pan Podbipięta po spowiedzi i komunii cały czas spędził na modlitwie; zjawił się dopiero wieczorem na szturm, który był jednym z najokropniejszych, bo Kozacy uderzyli właśnie wówczas, gdy wojska, działa i wozy przenosiły się do nowo usypanych wałów. Przez chwilę zdawało się, że szczupłe siły polskie ulegną nawale dwustu tysięcy nieprzyjaciół. Chorągwie polskie tak dalece pomieszały się z nieprzyjacielskimi, że swoi swoich odróżnić nie mogli – i trzy razy tak wiązali się ze sobą. Chmielnicki wytężył wszystkie siły, bo mu i chan, i właśni pułkownicy zapowiedzieli, że to ma być ostatni szturm i że odtąd głodem tylko będą nękać oblężonych. Ale po trzech godzinach wszystkie ataki zostały odparte z tak strasznymi stratami, że były później wieści, jakoby do czterdziestu tysięcy nieprzyjaciół miało paść w tej bitwie. To pewna, że po bitwie rzucono cały stos chorągwi pod nogi księcia – i że istotnie był to wielki szturm ostatni, po którym nadeszły jeszcze cięższe czasy wkopywania się w wały, porywania wozów, bezprzestennej strzelaniny, nędzy i głodu.

Niestrudzony Jeremi natychmiast po szturmie poprowadził upadających ze znużenia żołnierzy na wycieczkę, która zakończyła się nową klęską nieprzyjaciół – po czym dopiero cisza ukoiła tabor i obóz.

Noc była ciepła, ale chmurna. Cztery czarne postacie posuwały się cicho i ostrożnie ku wschodniemu krańcowi wałów. Byli to: pan Longinus, Zagłoba, Skrzetuski i Wołodyjowski.

– Pistolety dobrze osłoń – szeptał Skrzetuski – żeby proch nie zwilgotniał. Dwie chorągwie będą stały w pogotowiu całą noc. Jeżeli dasz ognia, skoczymy na ratunek.

– Ciemno, choć oko wykol! – szepnął Zagłoba.

– To lepiej – rzekł pan Longinus.

– Cicho no! – przerwał Wołodyjowski – coś słyszę.

– To jakiś konający chrapie – nic to...

– Byleś się do dębiny dostał...

– O Boże! Boże! – westchnął Zagłoba trzęsąc się jak w febrze.

– Za trzy godziny będzie dniało.

– To już czas! – rzekł Longinus.

– Czas! czas! – powtórzył Skrzetuski stłumionym głosem. – Idź z Bogiem.

– Z Bogiem! z Bogiem!

– Bądźcie, bracia, zdrowi, a przebaczcie, jeżelim któremuś w czym zawinił.

– Tyś zawinił? O Boże! – zawołał Zagłoba rzucając mu się w ramiona.

Po kolei brali go Skrzetuski i Wołodyjowski. Nadeszła chwila, że tłumione łkanie wstrząsnęło te rycerskie piersi. Jeden tylko pan Longinus był spokojny, choć wzruszony.

– Bądźcie zdrowi! – powtórzył raz jeszcze.

I zbliżywszy się do brzegu wału zsunął się w fosę, po chwili zaczerniał na drugim jej brzegu, raz jeszcze dał znak pożegnania towarzyszom – i znikł w ciemności.

Między drogą do Załościc a gościńcem z Wiśniowca rosła dąbrowa, przerywana wąskimi, w poprzek idącymi łąkami, a łącząca się z borem starym, gęstym i ogromnym, przechodzącym aż hen, za Załościce – tam to postanowił dostać się pan Podbipięta.

Droga to była wielce niebezpieczna, bo żeby dostać się do dębiny, trzeba było przechodzić wzdłuż całego boku kozackiego taboru, ale pan Longinus wybrał ją umyślnie, bo właśnie koło taboru przez całą noc kręciło się najwięcej ludzi i straże najmniej dawały baczenia na przechodzących. Zresztą wszystkie inne drogi, jary, zarośla i ścieżki poobsadzane były strażami, które objeżdżali ustawicznie esaułowie, setnicy, pułkownicy, a nawet i sam Chmielnicki. O drodze przez łąki i wzdłuż Gniezny nie było co i marzyć, bo tam koniuchowie tatarscy czuwali od zmierzchu do świtania przy koniach.

Noc była ciepła, chmurna i tak ciemna, że o dziesięć kroków nie dojrzałeś nie tylko człowieka, ale nawet i drzewa. Była to okoliczność dla pana Longina pomyślna, lubo z drugiej strony i sam musiał iść bardzo wolno, ostrożnie, aby nie wpaść w któren z dołów lub rowów pokrywających na całej przestrzeni pobojowisko skopane polskimi i kozackimi rękoma.

W ten sposób dotarł do drugich wałów polskich, które właśnie przed wieczorem opuszczono – i przeprawiwszy się przez fosę, puścił się chyłkiem ku szańcom i aproszom kozackim. Stanął i słuchał: szańce były puste. Wycieczka Jeremiego, dokonana po szturmie, wyparła z nich mołojców, którzy albo polegli, albo schronili się do taboru. Mnóstwo ciał leżało na skłonach i szczytach tych nasypów. Pan Longinus potykał się co chwila o trupy, przestępował przez nie i szedł naprzód. Od czasu do czasu słaby jakiś jęk albo westchnienie zwiastowały, że niektórzy z leżących żyją jeszcze.

Za wałami obszerna przestrzeń ciągnąca się aż do pierwszego okopu sypanego jeszcze przez regimentarzy również była pokryta trupami. Dołów i rowów było tu jeszcze więcej, zaś co kilkadziesiąt kroków stały owe zakrywki ziemne podobne w ciemności do stogów.

Lecz i zakrywki były puste. Wszędy panowało najgłębsze milczenie, nigdzie ani ogniska, ani człowieka – nikogo na całym dawnym majdanie prócz poległych.

Pan Longinus rozpoczął modlitwę za dusze zmarłe i szedł dalej. Szmer polskiego obozu, który go gonił aż do drugich wałów, cichł coraz bardziej, topniał w oddaleniu, aż na koniec umilkł zupełnie. Pan Longinus stanął i obejrzał się po raz ostatni.

Nic już prawie nie mógł dojrzeć, bo w obozie nie było świateł; jedno tylko okienko w zamku migotało słabo, jako gwiazdka, którą chmury to odkryją, to przesłonią, lub jak robaczek świętojański, co świeci i gaśnie na przemian.

„Bracia moi, zali was zobaczę jeszcze w życiu?" – pomyślał pan Longinus.

I tęsknota przygniotła go jakby olbrzymi kamień. Zaledwie mógł oddychać. Tam gdzie drży owe światełko błędne, tam są swoi, tam są serca bratnie: książę Jeremi, Skrzetuski, Wołodyjowski, Zagłoba, ksiądz Muchowiecki– tam go kochają i radzi by go obronić – a tu noc, pustka, ciemność, trupy pod nogami, korowody dusz – w dali zaś tabor krwiożerczy zaklętych, niemiłosiernych wrogów.

Kamień tęsknoty stał się tak ciężki, że za ciężki nawet na barki tego olbrzyma. Dusza poczęła się w nim wahać.

Nadleciał doń w ciemności blady niepokój i począł szeptać mu do ucha: „Nie przejdziesz, to niepodobieństwo! – wróć się, jeszcze czas! Wypal z pistoletu, a cała chorągiew runie na twój ratunek. – Przez te tabory, przez tę dzicz nie przejdzie nikt."

Ów obóz, ogłodzony, zasypywany codziennie kulami, pełen śmierci i trupiego zapachu, wydał się w tej chwili panu Longinowi cichą, bezpieczną przystanią.

Tam przyjaciele nie mieliby mu za złe, gdyby wrócił. Powie im, że rzecz przechodzi ludzkie siły – a oni sami już nie pójdą ani nikogo nie wyślą – i będą czekać dalej bożego i królewskiego zmiłowania.

A jeśli Skrzetuski wyjdzie i zginie?

„W imię Ojca i Syna, i Ducha Świętego!... To są pokusy szatańskie – pomyślał pan Longinus. – Na śmierć gotowym, a nic gorszego mnie nie spotka. To szatan straszy słabą duszę pustkowiem, trupami, ciemnością, bo on ze wszystkiego korzysta."

Miałżeby rycerz sromotą się okryć, sławę postradać, imię zhańbić – wojska nie zbawić, korony niebieskiej się zrzec? Nigdy!

I ruszył dalej, wyciągając przed siebie ręce.

Wtem szmer go znowu doszedł, ale już nie z obozu polskiego, jeno z przeciwnej strony; niewyraźny jeszcze, ale jakiś głęboki i groźny, jak pomruk niedźwiedzia, odzywający się nagle w ciemnym lesie. Lecz niepokój opuścił już duszę pana Longina, tęsknota przestała ciężyć i zmieniła się w słodką tylko pamięć o bliskich; na koniec, jakby odpowiadając groźbie dolatującej od strony taboru, powtórzył sobie w duszy raz jeszcze:

– A taki pójdę.

Po pewnym czasie znalazł się na owym pobojowisku, na którym w dniu pierwszego szturmu jazda książęca rozbiła Kozaków i janczarów. Droga tu już była równiejsza, mniej rowów, dołów, nakrywek i nic prawie ciał, bo co w dawniejszych walkach poległo, to Kozacy już uprzątnęli. Było tu również nieco jaśniej, gdyż rozmaite przeszkody nie zasłaniały przestrzeni. Grunt spadał pochyło ku południowi, ale pan Longinus skręcił zaraz w bok, pragnąc się prześliznąć między zachodnim stawem a taborem.

Szedł teraz szybko, bez przeszkód i już zdawało mu się, że dosięga linii taboru, gdy nowe jakieś odgłosy zwróciły jego uwagę.

Zatrzymał się natychmiast i po kwadransie oczekiwania usłyszał zbliżający się tupot i parskanie koni.

„Straże kozackie!" – pomyślał.

Wtem i głosy ludzkie doszły jego uszu, więc rzucił się co duchu w bok i zmacawszy nogami pierwszą nierówność gruntu padł na ziemię i wyciągnął się bez ruchu, trzymając w jednej ręce pistolet, w drugiej miecz.

Tymczasem jeźdźcy zbliżyli się jeszcze bardziej i na koniec zrównali się z nim zupełnie. Było tak ciemno, że nie mógł ich porachować, ale słyszał każde słowo rozmowy.

– Im ciężko, ale i nam ciężko – mówił senny jakiś głos. – A ile dobrych mołojców ziemię gryzie!

– Hospody! – rzekł drugi głos. – Mówią, że korol niedaleko... co z nami będzie?

– Chan rozgniewał się na naszego bat'ka, a Tatary grożą, że nas w łyka wezmą, jeżeli nie będzie kogo.

– I na pastwiskach się z naszymi biją. Bat'ko zakazał chodzić do kosza, bo kto tam pójdzie, przepadnie.

– Mówią, że między bazarnikami są przebrane Lachy. Bodaj tej wojny nie bywało!

– Gorzej nam teraz niż przedtem.

– Korol niedaleko z lacką potęgą – to najgorzej!

– Hej, na Siczy ty by teraz spał, a tu tłucz się po ciemku jak siromacha.

– Muszą tu się i siromachy włóczyć, bo konie chrapią.

Głosy oddalały się stopniowo – i na koniec umilkły. Pan Longinus podniósł się i szedł dalej.

Deszcz, tak drobny jak mgła, począł mżyć. Zrobiło się jeszcze ciemniej.

Po lewej stronie pana Longina zabłysło w odległości dwóch stai małe światełko, potem drugie i trzecie, dziesiąte. Teraz był już pewny, że znajduje się na linii taboru.

Światła były rzadkie i mdłe – widać, spali tam już wszyscy i tylko gdzieniegdzie może pito lub gotowano strawę na jutro.

– Bogu dzięki, że po szturmie i wycieczce idę – rzekł do siebie pan Longinus. – Znużeni muszą być śmiertelnie.

Zaledwie to pomyślał, gdy z dala usłyszał znów tupot koński – jechała druga straż.

Ale grunt w tym miejscu więcej był popękany, więc i schronić się było łatwiej. Straż przeszła tak blisko, że omal nie najechała na pana Longina. Szczęściem konie, przywykłe przechodzić koło leżących ciał, nie zestraszyły się. Pan Longinus poszedł dalej.

Na przestrzeni tysiąca kroków trafił na dwa jeszcze patrole. Widocznym było, że cały krąg objęty taborem strzeżony był jak źrenica oka. Pan Longinus cieszył się tylko w duchu, że nie napotyka pieszych placówek, które stawiano zwykle przed taborami, aby podawały wiadomości konnym strażom.

Ale radość jego niedługo trwała. Zaledwie uszedł znowu staję drogi, gdy jakaś czarna postać zamajaczyła przed nim nie dalej jak na dziesięć kroków. Pan Longinus, jakkolwiek nieustraszony, poczuł jakby lekki dreszcz w krzyżach. Cofać się i obchodzić było za późno. Postać poruszyła się, widocznie go dostrzegła.

Nastąpiła chwila wahania, krótka jak mgnienie oka. Nagle ozwał się przyciszony głos:

– Wasyl, to ty?

– Ja – odrzekł cicho pan Longinus.

– A gorzałkę masz?

– Mam.

– Dawaj.

Pan Longinus zbliżył się.

– A co ty taki wysoki? – powtórzył tenże sam głos tonem przestrachu.

Coś zakotłowało się w ciemności. Krótki, zduszony w tej samej chwili wykrzyk: „Hosp...!", wyrwał się z ust strażnika – potem dał się słyszeć jakby trzask łamanych kości, ciche chrapanie i jedna postać upadła ciężko na ziemię.

Pan Longinus szedł dalej.

Ale nie szedł po tej samej linii, była to bowiem widocznie linia placówek – więc skierował się jeszcze bliżej ku taborowi, pragnąc przejść między plecami widet i szeregiem wozów. Jeżeli nie było drugiego łańcucha straży, mógł pan Longinus na tej przestrzeni napotkać tylko tych, którzy wychodzili z taboru na zmianę. Konne oddziały straży nie miały tu co robić.

Po chwili pokazało się, że drugiego łańcucha placówek nie było. Za to tabor nie był dalej jak dwa strzelenia z łuku – i dziwna rzecz, zdawał się być coraz bliżej, jakkolwiek pan Longinus starał się iść równolegle do szeregu wozów.

Pokazało się również, że nie wszyscy spali w taborze. Przy tlejących tu i owdzie ogniskach widać było siedzące postacie. W jednym miejscu ognisko było większe, tak nawet wielkie, że prawie dosięgało blaskiem pana Longina, tak że rycerz znów musiał się cofnąć ku placówkom, aby nie przechodzić przez pas światła. Z daleka rozpoznał pan Longin wiszące w pobliżu ognia, na słupach podobnych do krzyżów, woły, z których rzeźnicy zdzierali skóry. Spore kupki ludzi przypatrywały się czynności. Niektórzy przygrywali z cicha rzeźnikom na piszczałkach. Była to ta część obozu, którą zajmowali czabańczycy. Dalsze szeregi wozów otaczała ciemność.

Lecz ściana taboru oświecona mdłymi światłami ognisk znów była jakby bliżej pana Longina. Z początku miał ją tylko po prawej ręce. Nagle spostrzegł, że ma ją i przed sobą.

Wówczas stanął i namyślał się, co począć. Był otoczony. Tabor, kosz tatarski i obozy czerni okalały jakby pierścieniem cały Zbaraż. W środku tego pierścienia stały placówki i krążyły straże, aby nikt nie mógł się przedostać.

Położenie pana Longina było straszne. Miał teraz do wyboru albo przemknąć się między wozami, albo szukać innego wyjścia między kozactwem a koszem. Inaczej musiałby się błąkać aż do świtu po owym kolisku – chybaby się chciał cofać znów do Zbaraża, ale nawet i w takim razie mógł wpaść w ręce straży. Rozumiał jednak, że już sama natura gruntu nie pozwala na to, aby wóz stał przy wozie. Musiały w szeregach ich być przerwy, i znaczne, bo zresztą takie przerwy konieczne były dla komunikacji, dla wolnej drogi potrzebnej jeździe. Pan Longinus postanowił szukać podobnego przejścia i w tym celu zbliżył się jeszcze bardziej do wozów. Blaski płonących tu i owdzie ognisk mogły go zdradzić, ale z drugiej strony były mu pożyteczne, bo bez nich nie widziałby ani wozów, ani drogi między nimi.

Jakoż po kwadransie poszukiwań znalazł przecie drogę i poznał ją łatwo, bo wyglądała jakby czarny pas między wozami. Nie było w nim ognisk, nie mogło być i Kozaków, gdyż tamtędy musiała przechodzić jazda. Pan Longinus położył się na brzuchu i począł się czołgać do owej czarnej czeluści jak wąż do jamy.

Upłynął kwadrans, pół godziny, on czołgał się ciągle, modląc się jednocześnie – w obronę z ciałem i duszą mocom niebieskim się oddając. Pomyślał, że może los całego Zbaraża zależy w tej chwili od tego, czy on się teraz przez ową gardziel przedostanie, więc modlił się nie tylko za siebie – ale i za tych, którzy w tej chwili na okopie modlili się za niego.

Po obu stronach wszystko było spokojne. Człek się nie ruszył, koń żaden nie zachrapał, pies żaden nie zaszczekał – i pan Longinus przeszedł. Czerniały teraz przed nim chrusty i gąszcze, za którymi rosła dębina, za dębiną bór aż hen, do Toporowa, za borem król, zbawienie i sława, i zasługa przed Bogiem i ludźmi. Czymże było ścięcie trzech głów wobec tego czynu, do którego coś więcej prócz żelaznej ręki trzeba było posiadać.

Pan Longinus sam czuł tę różnicę – ale nie wezbrało pychą to czyste serce, tylko jak serce dziecka rozpłynęło się w łzy wdzięczności.

Potem podniósł się i szedł dalej. Placówek z tamtej strony wozów już nie było albo rzadkie, do uniknięcia łatwiejsze. Tymczasem począł padać większy deszcz i szeleścił po zaroślach, i głuszył jego kroki. Pan Longinus rozpuścił teraz swoje długie nogi i szedł jak olbrzym, depcząc krze – co stąpi krok, to jakby kto inny pięć. Wozy coraz dalej, dębina coraz bliżej – i zbawienie coraz bliżej.

Otóż i dęby! Noc pod nimi tak czarna jak w podziemiu. Ale to i lepiej. Wstał lekki wiatr, więc dęby szumią z lekka, rzekłbyś – mruczą pacierz: ,,Boże wielki, Boże dobrotliwy, uchrońże tego rycerza, bo to sługa Twój i wierny syn tej ziemi, na której my wzrosły Tobie na chwałę!''

Już od okopu polskiego dzieli z półtorej mili pana Longina. Pot zlewa mu czoło, bo powietrze stało się jakieś parne; coś niby zbiera się na burzę, ale on idzie, ani dba o burzę, bo mu w sercu anieli śpiewają. Dębina rzednie. Pewnie to będzie pierwsza łąka. Dęby zaszumiały mocniej, jakby chciały rzec: „Zaczekaj, bezpiecznie ci było wśród nas" – ale rycerz nie ma czasu i wstępuje na odkrytą łąkę. Jeden tylko stoi na niej dąb w środku, ale potężniejszy od innych. Pan Longinus zmierza do tego dębu.

Nagle, gdy już jest o kilkanaście kroków, spod rozłożystych gałęzi olbrzyma wysuwa się ze dwadzieścia czarnych postaci, które zbliżają się w wilczych skokach do rycerza.

– Kto ty? kto ty?

Język ich niezrozumiały, nakrycia głowy jakieś spiczaste – to Tatarzy, to koniuchowie, którzy się tu przed deszczem schronili.

W tej chwili czerwona błyskawica rozświeciła łąkę, dąb, dzikie postacie Tatarów i olbrzymiego szlachcica. Krzyk straszliwy wstrząsnął powietrzem i walka zawrzała w jednej chwili.

Tatarstwo rzuciło się na pana Longina jak wilcy na jelenia i chwyciło go żylastymi rękoma, lecz on wstrząsnął się tylko i wszyscy napastnicy opadli tak z niego, jak dojrzały owoc opada z drzewa. Po czym straszliwy Zerwikaptur zazgrzytał w pochwie – i wnet rozległy się jęki, wycia, wołania o ratunek, świst miecza, charkotanie pobitych, rżenie przerażonych koni, szczęk łamanych szabel tatarskich. Cicha łąka zabrzmiała wszystkimi dzikimi głosami, jakie tylko mieszczą się w ludzkich gardzielach.

Tatarzy rzucili się jeszcze raz i drugi kupą na rycerza, ale on już oparł się plecami o dąb, a od przodu nakrył się wichrem miecza – i ciął straszliwie. Trupy zaczerniły mu się pod nogami – inni cofnęli się, zdjęci paniczną trwogą.

– Diw! Diw! – rozległy się dzikie wycia.

Lecz wycia te nie zostały bez echa. Nie upłynęło pół godziny i cała łąka zamrowiła się pieszymi i jezdnymi. Biegli Kozacy i Tatarzy z kosami, z drągami, z łukami – ze szczapami palącego się łuczywa. Gorączkowe pytania poczęły się krzyżować i przelatywać z ust do ust:

– Co to jest, co się stało?

– Diw! – odpowiadali koniuchowie.

– Diw! – powtarzały tłumy.

– Lach! Diw! Ubij!...

– Żywcem bierz! Żywcem!

Pan Longinus wypalił po dwakroć z pistoletów, ale wystrzałów tych nie mogli już dosłyszeć towarzysze w polskim okopie.

Tymczasem tłum zbliżał się do niego półkolem, on zaś stał w cieniu – olbrzymi, oparty o drzewo – i czekał z mieczem w ręku.

Tłum zbliżał się coraz bardziej. Na koniec zagrzmiał głos komendy:

– Bierz go!

Co żyło, rzuciło się naprzód. Krzyki umilkły. Ci, którzy nie mogli się docisnąć, świecili atakującym. Wir ludzki kłębił się i przewracał pod drzewem – jęki tylko wydobywały się z tego wiru i przez długi czas nie można było nic rozpoznać. Nareszcie krzyk przestrachu wyrwał się z piersi atakujących. Tłum pierzchnął w jednej chwili.

Pod drzewem został pan Longinus, a pod jego nogami kupa ciał drgających jeszcze w agonii.

– Sznurów, sznurów! – zabrzmiał jakiś głos.

Wnet jezdni kopnęli się po sznury i przywieźli je w mgnieniu oka. Wówczas po kilkunastu tęgich chłopów chwyciło za dwa końce długiego powroza, starając się przykrępować pana Longina do drzewa.

Ale pan Longin ciął mieczem – i chłopi z obu stron padli na ziemię. Z tym samym skutkiem próbowali następnie Tatarzy.

Widząc, że zbyt wielki tłum przeszkadza sobie wzajem, poszło raz jeszcze kilkunastu najśmielszych nohajców chcąc koniecznie uchwycić żywcem wielkoluda, ale on podarł ich, jak odyniec rozdziera zajadłe kondle. Dąb, zrośnięty z dwóch potężnych drzew, osłaniał środkową wklęsłością rycerza – z przodu zaś, kto się zbliżył na długość miecza, marł nie wydawszy nawet krzyku. Nadludzka siła pana Podbipięty zdawała się wzrastać jeszcze z każdą chwilą.

Widząc to rozwścieczona orda spędziła Kozaków i naokół rozległy się dzikie wołania:

– Uk! uk!...

Wówczas na widok łuków i strzał wysypywanych z kołczanów pod nogi poznał i pan Podbipięta, że zbliża się godzina śmierci, i rozpoczął litanię do Najświętszej Panny.

Uczyniło się cicho. Tłumy zatrzymały dech, oczekując, co się stanie.

Pierwsza strzała świstnęła, gdy pan Longinus mówił: „Matko Odkupiciela!" – i obtarła mu skroń.

Druga strzała świstnęła, gdy pan Longinus mówił: „Panno wsławiona!" – i utkwiła mu w ramieniu.

Słowa litanii zmieszały się ze świstem strzał.

I gdy pan Longinus powiedział: „Gwiazdo zaranna!" – już strzały tkwiły mu w ramionach, w boku, w nogach... Krew ze skroni zalewała mu oczy i widział już – jak przez mgłę – łąkę, Tatarów, nie słyszał już świstu strzał. Czuł, że słabnie, że nogi chwieją się pod nim, głowa opada mu na piersi... na koniec ukłąkł.

Potem, na wpół już z jękiem, powiedział pan Longinus: „Królowo Anielska!" – i to były jego ostatnie słowa na ziemi.

Aniołowie niebiescy wzięli jego duszę i położyli ją jako perłę jasną u nóg „Królowej Anielskiej".

XXVIII

Pan Wołodyjowski i Zagłoba stali następnego rana na wałach między żołnierstwem, spoglądając pilno ku taborowi, od którego strony zbliżały się masy chłopstwa. Skrzetuski był na radzie u księcia, oni zaś, korzystając z chwili spokoju, rozmawiali o dniu wczorajszym i o tym ruchu w taborze nieprzyjacielskim.

– Nic nam to dobrego nie wróży – rzekł Zagłoba ukazując na czarne masy, idące na kształt olbrzymiej chmury. – Pewno do szturmu znów ruszą, a tu już ręce nie chcą chodzić w stawach.

– Gdzie by tam zaś miał być szturm przy dniu jasnym, o tej porze! – rzekł mały rycerz. – Nie uczynią nic więcej, jeno zajmą nasz wczorajszy wał i znów wkopywać się będą do nowego i strzelać przy tym od rana do wieczora.

– Można by ich dobrze z armat przepłoszyć.

Wołodyjowski zniżył głos.

– Prochów skąpo – rzekł. – Przy takim ekspensie podobno już i na sześć dni nie starczy. Ale w tym czasie pewnie król nadciągnie.

– Niechże się już dzieje, co chce. Aby nasz pan Longin, niebożątko, przedostał się szczęśliwie! Przez całą noc spać nie mogłem, tylko o nim myślałem, a com się zdrzemnął, tom go w opresji widział, i taki mnie żal brał, że aż poty na mnie biły. Najlepszy to człowiek, jakiego w Rzeczypospolitej możesz znaleźć, z latarnią przez trzy roki i sześć niedziel chodząc.

– A czemuś to waćpan zawsze z niego dworował?

– Bo gęba we mnie paskudniejsza od serca. Ale już mi go, panie Michale, nie zakrwawiaj wspomnieniem, gdy i tak wyrzuty sobie czynię, a broń Boże jakiego przypadku na pana Longina, to bym do śmierci chyba nie miał spokoju.

– Już też tak dalece się waćpan nie gryź. Nie miał on nigdy do waści żadnego rankoru i słyszałem, jak sam mówił: „Gęba hadka, serce złote!"

– Dajże mu Boże zdrowie, przyjacielowi zacnemu! Nigdy on po ludzku nie umiał mówić, ale setnie takowe niedostatki wielkimi cnotami nagradzał. Co myślisz, panie Michale? zali przeszedł szczęśliwie?

– Noc była ciemna, a chłopi po klęsce straszliwie *fatigati*. U nas dobrych straży nie było, a cóż dopiero u nich!

– To chwała Bogu! Zalecałem też panu Longinowi, żeby się o naszą niebogę kniaziównę pilno dopytywał, jeżeli gdzie jej nie widzieli, bo tak myślę, że Rzędzian musiał się do wojsk królewskich przedostawać. Pan Longinus pewnie na odpoczynek nie pójdzie, tylko z królem tu przyciągnie. W takim razie mielibyśmy niedługo o niej wiadomość.

– Ufam ja w dowcip tego pachołka, że ją tam jakoś ocalił. Już bym nie zaznał uciechy, żeby ją zguba spotkała. Krótkom ją znał, ale w to wierzę, że gdybym siostrę miał, to by mi nie była milsza.

– Dla ciebie siostra, a dla mnie córuchna. Od tych trosków chyba mi broda do reszty zbieleje, a serce od żalu pęknie. Co kogo pokochasz – raz, dwa, trzy – i już go nie ma, a ty siedź, troskaj się, martw, gryź, rozmyślaj, mając w dodatku brzuch pusty i dziury w czapczynie, przez które jak przez złą strzechę woda na łysinę leci. Psom teraz w Rzeczypospolitej lepiej niż szlachcie, a nam czterem to już ze wszystkich najgorzej. Czas by już chyba do lepszego świata się wybrać, panie Michale, albo co?

– Nieraz myślałem, czyby nie lepiej powiedzieć Skrzetuskiemu o wszystkim, ale to mnie wstrzymuje, że sam on nigdy o niej jednym słowem nie wspomniał, a bywało, jak kto wymówi, to się tylko wzdrygnie, jakby go co w sercu ukłuło.

– Gadajże mu, rozdzieraj rany w ogniu tej wojny przyschłe, a ją tam może już jaki Tatarzyn przez Perekop za warkocz prowadzi. Świece jarzące mi w oczach stają, gdy sobie taki termin pomyślę. Czas już umierać, nie może być inaczej, bo na świecie męka tylko i nic więcej. Żeby choć pan Longinus przemknął się szczęśliwie!

– Musi on mieć większe w niebie łaski niż inni, bo cnotliwy. Ale patrz no waćpan, co tam hultajstwo robi!..

– Taki dziś blask od słońca, że nic nie widzę.

– Wał nasz wczorajszy rozkopują.

– A mówiłem, że będzie szturm. Chodźmy stąd, panie Michale, dość już tego stania.

– Nie dlatego to oni kopią, żeby koniecznie do szturmu iść, ale muszą mieć otwartą drogę do odwrotu i przy tym pewno będą tamtędy machiny wprowadzać, w których strzelcy siedzą. Patrz no waść, aż łopaty warczą; już na jakie czterdzieści kroków zarównali.

– Teraz widzę, ale okrutny dziś blask.

Pan Zagłoba nakrył oczy ręką i patrzył. W tej chwili przez rozkopany w wale wycinek rzuciła się rzeka czerni i rozlała w mgnieniu oka po pustej między wałami przestrzeni. Jedni zaczęli zaraz strzelać; inni ryjąc ziemię łopatami, poczęli wznosić nowy nasyp i szańce, które trzecim z kolei pierścieniem miały zamknąć polski obóz.

– Oho! – zawołał Wołodyjowski – nie mówiłem?... już i machiny wtaczają!

– No, to szturm będzie jako żywo. Chodźmy stąd – rzekł Zagłoba.

– Nie, to inne beluardy! – odpowiedział mały rycerz.

I istotnie machiny, które ukazały się w otworze, inaczej były budowane od zwykłych hulaj-grodów; ściany ich bowiem składały się z zestosowanych skoblami drabin pokrytych odzieżą i skórami, spoza których najcelniejsi strzelcy, siedzący od połowy wysokości machiny aż do jej szczytu, razili nieprzyjaciela.

– Pójdźmy, niech ich tam psy pozagryzają! – powtórzył Zagłoba.

– Czekaj waść – odpowiedział Wołodyjowski.

I począł liczyć maszyny, w miarę jak coraz nowe ukazywały się w otworze.

– Raz, dwa, trzy... mają ich widać zapas niemały... cztery, pięć, sześć... idą coraz wyższe... siedm, ośm... każdego psa zabiją z tych machin na naszym majdanie, bo tam być muszą strzelcy *exquisitissimi* – dziewięć, dziesięć – widać każdą jak na dłoni, bo słońce na nie pada – jedenaście...

Nagle pan Michał urwał rachubę.

– Co to jest? – spytał dziwnym głosem.

– Gdzie?

– Tam, na tej najwyższej... człowiek wisi!

Zagłoba wytężył wzrok; istotnie na najwyższej machinie słońce oświeciło nagi trup ludzki kołyszący się na powrozie, zgodnie z ruchem beluardy, na kształt olbrzymiego wahadła.

– Prawda – rzekł Zagłoba.

Wtem Wołodyjowski pobladł jak płótno i krzyknął przeraźliwym głosem:

– Boże wszechmogący!... to Podbipięta!

Szmer powstał na wałach, jakoby wiatr przeleciał po liściach drzew.

Zagłoba przechylił głowę, zatknął dłońmi oczy i powtarzał zsiniałymi wargami, jęcząc:

– Jezus Maria! Jezus Maria!...

Wtem szmer zmienił się w szum zmieszanych słów, a potem w huk jakby wzburzonej fali. Poznało wojsko stojące na wałach, że na tym haniebnym sznurze wisi towarzysz ich niedoli, rycerz bez skazy – poznali wszyscy, że to pan Longinus Podbipięta, i gniew straszny począł podnosić włosy na głowach żołnierzy.

Zagłoba oderwał wreszcie dłonie od powiek; strach było na niego spojrzeć: na ustach miał pianę, twarz siną, oczy wyszły mu na wierzch.

– Krwi! krwi! – ryknął tak strasznym głosem, że aż dreszcz przeszedł blisko stojących.

I skoczył w fosę. Za nim rzucił się, kto był żyw na wałach. Żadna siła, nawet rozkazy książęce nie zdołałyby powstrzymać tego wybuchu wściekłości. Z fosy wydobywali się jedni na ramionach drugich, chwytali się rękoma i zębami za brzeg rowu – a kto wyskoczył, biegł na oślep, nie bacząc, czy inni biegną za nim. Beluardy zadymiły jak smolarnie i wstrząsły się od huku wystrzałów, ale nic to nie pomogło. Zagłoba leciał pierwszy, z szablą nad głową, straszny, wściekły, podobny do rozhukanego buhaja. Dopieroż Kozacy skoczyli także z cepami, z kosami na napastników i rzekłbyś: dwie ściany uderzyły o się z łoskotem. Lecz syte brytany nie mogą bronić się długo głodnym i wściekłym wilkom. Wsparci z miejsca, cięci szablami, darci zębami, bici i gnieceni, Kozacy nie wytrzymali furii – i wnet zaczęli się mieszać, a potem pierzchać ku otworowi. Pan Zagłoba szalał; rzucał się w największy tłum jak lwica, której zabrano lwięta; rzęził, chrapał, ciął, mordował, deptał! Pustka czyniła się przed nim, a przy nim szedł, jak drugi płomień niszczący, Wołodyjowski podobny do rannego rysia.

Strzelców ukrytych w beluardach wycięto w pień, resztę goniono aż za otwór w wale. Po czym żołnierze weszli na beluardę i odczepiwszy pana Longina, ostrożnie spuścili go na ziemię.

Zagłoba runął na jego ciało...

Wołodyjowski również serce miał rozdarte i zalewał się łzami na widok martwego przyjaciela. Łatwo było poznać, jaką pan Longinus zginął śmiercią, bo całe ciało było pokryte cętkami od ran przez groty zadanych. Twarzy tylko nie popsuły mu strzały prócz jednej, która zostawiła długą rysę na skroni. Kilka kropel czerwonej krwi zakrzepło mu na policzku, oczy miał zamknięte, a w bladym obliczu uśmiech pogodny, i gdyby nie bladość błękitna oblicza, gdyby nie chłód śmierci w rysach – zdawać by się mogło, że pan Longinus śpi spokojnie. Wzięli go wreszcie towarzysze i ponieśli na barkach do okopu, a stamtąd do kaplicy zamkowej.

Do wieczora zbito trumnę i pogrzeb odbył się nocą na cmentarzu zbaraskim. Stanęło wszystkie duchowieństwo ze Zbaraża prócz księdza Żabkowskiego, który w ostatnim szturmie w krzyże postrzelon bliskim był śmierci; przyszedł książę, zdawszy dowództwo staroście krasnostawskiemu, i regimentarze, i pan chorąży koronny, i chorąży nowogrodzki, i pan Przyjemski, i Skrzetuski, i Wołodyjowski, i Zagłoba, i towarzystwo chorągwi, w której nieboszczyk służył. Ustawiono trumnę nad świeżo wykopanym dołem – i ceremonia się rozpoczęła.

Noc była cicha, gwiaździsta; pochodnie paliły się równym płomieniem, rzucając blask na żółte deski świeżo zbitej trumny, na postać księdza i surowe twarze stojących wokoło rycerzy.

Dymy z kadzielnicy wznosiły się spokojnie, roznosząc zapach mirry i jałowcu; ciszę przerywało tylko tłumione szlochanie pana Zagłoby, głębokie westchnienia potężnych piersi rycerskich i daleki grzmot wystrzałów na wałach.

Lecz ksiądz Muchowiecki wzniósł rękę na znak, iż poczyna mówić, więc rycerze oddech wstrzymali, on zaś milczał jeszcze przez chwilę, potem utkwił oczy w gwiaździstych wysokościach i tak wreszcie mówić począł:

– Co to tam za stukanie słyszę po nocy w niebieskie podwoje? – pyta sędziwy klucznik Chrystusowy, ze smacznego snu się zrywając.

– Otwórz, święty Pietrze, otwórz! jam Podbipięta.

– Lecz jakież to uczynki, jakaż to szarża, jakie to zasługi ośmielają cię, mości Podbipięto, tak zacnego furtiana inkomodować? Jakimże to prawem chcesz wejść tam, dokąd ni urodzenie, chociażby tak zacne jak twoje, ni senatorska godność, ni urzędy koronne, ni majestatu nawet purpury jeszcze same przez się wolnego wstępu nie dają? dokąd nie gościńcem szerokim, w poszóstnej karecie, z hajdukami się jedzie, ale stromą, ciernistą drogą cnoty wspinać się trzeba?

– Ach! otwórz, święty Pietrze, otwórz co prędzej, bo właśnie taką stromą ścieżyną szedł komiliton i drogi towarzysz nasz, pan Podbipięta – aż wreszcie przyszedł do ciebie jako gołąb po długim locie utrudzon, przyszedł nagi jako Łazarz, przyszedł jako święty Sebastian strzałami pogańskimi podarty, jak Hiob biedny, jako dzieweczka, która męża nie zaznała, czysty, jako baranek pokorny, cierpliwy i cichy – bez zmazy grzechowej z ofiarą krwi dla ziemskiej ojczyzny radośnie przelanej.

Puść go, święty Pietrze, bo jeżeli jego nie puścisz – kogoż puścisz w tych czasach zepsucia i bezbożności?

Puśćże go, święty kluczniku! puść tego baranka; niechaj się pasie na niebieskiej łące, niech szczypie trawę, bo głodny przyszedł ze Zbaraża...

W taki to sposób rozpoczął mowę ksiądz Muchowiecki, a następnie tak wymownie odmalował cały żywot pana Longina, iż każdy lichym się sobie wydał wobec tej cichej trumny rycerza bez skazy, który najmniejszych skromnością, największych cnotą przenosił. Bili się tedy w piersi wszyscy i coraz większa ogarniała ich żałość, i coraz jaśniej widzieli, jaki to paroksyzm ojczyznę, jaka niepowetowana strata Zbaraż dotknęła. A ksiądz unosił się i gdy wreszcie począł opowiadać wyjście i śmierć męczeńską pana Longina, wtedy już całkiem o retoryce i cytatach zapomniał, a gdy począł żegnać martwe zwłoki imieniem duchowieństwa, wodzów i wojska, sam się rozpłakał i mówił szlochając jak Zagłoba:

– Żegnaj nam, bracie, żegnaj, towarzyszu! Nie do ziemskiego króla, lecz do niebieskiego, do pewniejszej instancji odniosłeś nasze jęki, nasz głód, naszą mizerię i opresję – pewniej tam jeszcze ratunek nam wyjednasz, ale sam nie wrócisz więcej, więc płaczemy, więc łzami trumnę twą polewamy, bośmy cię kochali, bracie najmilszy!

Płakali za zacnym księdzem wszyscy: i książę, i regimentarze, i wojsko, a najbardziej przyjaciele zmarłego. Lecz gdy ksiądz zaintonował po raz pierwszy: *Requiem aeternam dona ei, Domine!* – uczynił się ryk powszechny, choć to wszystko byli ludzie zahartowani na śmierć i codzienną praktyką od dawna do niej przywykli.

W chwili gdy trumnę położono na sznurach, pana Zagłobę trudno było od niej oderwać, jakby mu brat albo ojciec umarł. Lecz wreszcie odciągnęli go Skrzetuski z Wołodyjowskim. Książę zbliżył się i wziął garść ziemi; ksiądz począł mówić: ,,*Anima eius*'' – zahurkotały sznury – ziemia poczęła się sypać, sypano ją rękoma, hełmami... i wkrótce nad zwłokami pana Longina Podbipięty urósł wysoki kopiec, który oświeciło białe, smutne światło miesiąca.

* * *

Trzej przyjaciele wracali z miasta na majdan, z którego ustawicznie dochodził odgłos strzałów. Szli w milczeniu, gdyż żaden z nich nie chciał pierwszego słowa przemówić – lecz inne gromadki rycerstwa gwarzyły między sobą o nieboszczyku, sławiąc go zgodnie.

– Pogrzeb miał tak foremny – mówił jakiś oficer przechodząc obok Skrzetuskiego – że i panu pisarzowi Sierakowskiemu lepszego nie sprawili.

– Bo też nań zasłużył – odpowiedział drugi oficer. – Kto by to inny podjął się przedrzeć do króla?

– A ja słyszałem – dodał trzeci – że między wiśniowiecczykami było kilku ochotników, ale po tak strasznym przykładzie pewnie już wszystkich ochota odeszła.

– Bo też to i niepodobna. Wąż się nie prześliźnie.

– Jako żywo! czyste by to było szaleństwo!

Oficerowie przeszli. Nastała znów chwila milczenia. Nagle Wołodyjowski rzekł:

– Słyszałeś, Janie?

– Słyszałem – odpowiedział Skrzetuski – Moja dziś kolej.

– Janie! – rzekł poważnie Wołodyjowski – znasz mnie od dawna i wiesz, że się przed hazardem nierad cofam; ale co innego hazard, a co innego proste samobójstwo.

– I tyż to mówisz, Michale?

– Ja, bom ci przyjaciel.

– I jam ci przyjaciel: dajże mnie kawalerski parol, że nie pójdziesz trzeci, jeżeli ja zginę.

– O! nie może być! – zakrzyknął Wołodyjowski.

– A widzisz, Michale! Jakże to możesz ode mnie wymagać tego, czego byś sam nie uczynił? Niechże się dzieje wola boża!

– To pozwól mi iść razem.

– Książę zabrania, nie ja – a tyś żołnierz i słuchać musisz.

Pan Michał zamilkł, bo istotnie żołnierz to był przede wszystkim, więc począł tylko wąsikami ruszać gwałtownie przy księżycu, na koniec rzekł:

– Noc bardzo widna – nie idź dzisiaj.

– Wolałbym, żeby była ciemniejsza – odrzekł Skrzetuski – ale zwłoka niepodobna. Pogoda, jako widzisz, uczyniła się na długo, a tu prochy się kończą, żywność się kończy. Żołnierze już na majdanie kopią korzonków szukając – innym dziąsła gniją od paskudztwa, które jedzą. Dziś pójdę, zaraz; jużem się z księciem pożegnał.

– To widzę, żeś po prostu desperat.

Skrzetuski uśmiechnął się smutno.

– Bodajże cię, Michale. Pewnie, że w rozkoszach nie opływam, ale dobrowolnie śmierci nie będę szukał, boć to i grzech, a zresztą nie o to chodzi, żeby zginąć, jeno o to, żeby wyjść i dojść do króla, i obóz zbawić.

Wołodyjowskiego porwała nagle taka chęć powiedzieć Skrzetuskiemu wszystko o kniaziównie, że prawie już usta otwierał; ale pomyśłał sobie: „Od nowiny w głowie mu się pomiesza i tym łacniej go schwytają" – więc ugryzł się w język i zmilczał, a natomiast spytał:

– Którędy pójdziesz?

– Mówiłem księciu, że pójdę przez staw, a później rzeką, póki się daleko za tabor nie przedostanę. Książę powiedział, że to lepsza droga niż inne.

– Nie ma, jak widzę, rady – odrzekł Wołodyjowski. – Raz człeku śmierć przeznaczona, a lepsza na polu chwały niż na łożu. Bóg cię prowadź! Bóg cię prowadź, Janie! Jeżeli nie zobaczymy się na tym świecie, to na tamtym, a ja ci serca pewnie dochowam.

– Jako i ja tobie. Bóg ci zapłać za wszystko dobre. A słuchaj, Michale, jeżeli zginę, oni mnie może nie sprezentują jako pana Longina, bo zbyt srogą naukę dostali, ale się pewnie i tak jakowymś sposobem pochwalą; niechże w takim razie stary Zaćwilichowski pojedzie do Chmielnickiego po moje ciało, bo nie chciałbym, aby mnie psi po ich taborze włóczyli.

– Bądź pewien – odrzekł Wołodyjowski.

Pan Zagłoba, który z początku na wpół przytomnie rozmowy słuchał, zrozumiał wreszcie, o co idzie, ale nie znalazł w sobie już dość siły, aby wstrzymywać lub odmawiać, tylko począł jęczeć głucho:

– Wczoraj tamten, dziś ten... Boże! Boże! Boże!...

– Ufaj waćpan – rzekł Wołodyjowski.

– Panie Janie!... – zaczął Zagłoba.

I nie mógł nic więcej powiedzieć, jeno siwą, strapioną głowę wsparł na piersi rycerza i tak tulił się do niego jak niedołężne dziecko.

W godzinę później Skrzetuski pogrążył się w wody zachodniego stawu. Noc była bardzo widna i środek stawu wyglądał jak srebrna tarcza, ale Skrzetuski zniknął natychmiast z oczu, brzeg bowiem porośnięty był gęsto sitowiem, trzciną i buciańcem; dalej pomiędzy rzadszą trzciną rosły w obfitości grążele, rdest wodny i roślęże. Cała ta mieszanina szerokich i wąskich liści, oślizłych łodyg, wężowatych skrętów, chwytając za nogi i wpół ciała, utrudniała niezmiernie posuwanie się naprzód, ale ukrywała przynajmniej rycerza przed oczyma straży. O przepłynięciu przez jasną środkową szybę nie było co i myśleć, bo każdy czarniawy przedmiot byłby na niej spostrzeżony z łatwością. Skrzetuski więc postanowił okrążyć brzegiem cały staw aż do bagienka leżącego po drugiej stronie, przez które wpływała do stawu rzeka. Prawdopodobnie stały tam straże kozackie albo tatarskie, ale za to rósł cały las trzcin, którego brzegi były tylko wycięte na szałasy dla czerni. Dostawszy się raz do bagienka, można się było posuwać wśród trzcin nawet we dnie, chybaby topielisko okazało się zbyt głębokie. Lecz i ta droga była straszna. Pod tą śpiącą wodą, nie głębszą z brzegu nad stopę, taiło się głębokie na łokieć i więcej błoto. Za każdym krokiem Skrzetuskiego na powierzchnię wód wydostawało się mnóstwo baniek, których bulgotanie doskonale można było słyszeć wśród ciszy. Prócz tego mimo całej powolności jego ruchów tworzyły się koła fal biegnące coraz dalej od środka aż na nie zarośniętą przestrzeń, na której łamało się w nich światło księżyca. W czasie deszczu byłby po prostu Skrzetuski przepłynął staw i najdalej w pół godziny dotarł do bagienka, ale na niebie nie było ani jednej chmurki. Całe potoki zielonawego światła lały się na staw zmieniając liście grążel w srebrne tarcze, a pióra trzcin w srebrne kity. Wiatr nie wiał; na szczęście grzechot wystrzałów głuszył bulgotanie baniek wodnych, co spostrzegłszy Skrzetuski poruszał się tylko wówczas, gdy salwy w okopach i szańcach stawały się żywsze. Lecz owa cicha, pogodna noc sprawiła jedną więcej trudność. Oto roje komarów podnosiły się z trzcin i utworzywszy kłąb nad głową rycerza, siadały mu na twarzy, oczach, kłując dotkliwie, brzęcząc i śpiewając nad jego uszyma żałosne swe nieszpory. Skrzetuski, wybierając tę drogę, nie łudził się co do jej trudności, ale nie przewidział wszystkiego. Nie przewidział mianowicie jej strachów. Wszelka głębina wód, choćby najlepiej, znanych, ma w nocy coś tajemniczego i przerażającego zarazem – i mimo woli napędza pytanie: co tam jest na dnie? – A ten staw zbaraski był po prostu okropny. Woda zdawała się być w nim gęstsza od zwykłej wody – i wydawała zaduch trupi. Bo też gniły w niej setki Kozaków i Tatarów. Obie strony wyciągały wprawdzie trupów, ale iluż ich mogło być ukrytych wśród trzcin, rdestu i gęstej uszycy? Skrzetuskiego obejmował chłód fali, a pot oblewał mu czoło. Co będzie, gdy jakieś obślizgłe ramiona uchwycą go nagle albo gdy jakie zielonawe oczy spojrzą na niego spod bucianów? Długie łodygi grzybienia obejmowały go za kolana, a jemu włosy powstawały na głowie, że to już może nurek topielec obejmuje go, aby nie puścić więcej. „Jezus Maria!... Jezus Maria!" – szeptał bez ustanku, posuwając się naprzód. Chwilami podnosił oczy w górę i na widok księżyca, gwiazd i spokoju niebieskiego doznawał pewnej ulgi. „Jest Bóg!" – powtarzał sobie półgłosem, tak aby się sam mógł dosłyszeć. Czasem spoglądał na brzeg i zdawało mu się, że z jakiegoś potępionego, zaziemskiego świata błota, czarnych głębin, bladych świateł księżycowych, duchów i trupów, i nocy spogląda na bożą zwykłą ziemię – i tęsknota porywała go taka, że zaraz chciał z owej matni trzcin wychodzić.

Lecz posuwał się ciągle brzegiem i oddalił się już tak od obozu, że na tej bożej ziemi dostrzegł o kilkadziesiąt kroków od brzegu stojącego na koniu Tatara – więc zatrzymał się i spoglądał na tę postać, która, miarkując z jej jednostajnych ruchów ku szyi końskiej, zdawała się być uśpioną.

Był to dziwny widok. Tatar kiwał się ciągle, jakby kłaniał się w milczeniu Skrzetuskiemu, a ten oczu z niego nie spuszczał. Było w tym coś strasznego, lecz Skrzetuski odetchnął z satysfakcją, bo wobec tego rzeczywistego stracha pierzchły stokroć do zniesienia cięższe: urojone. Świat duchów odleciał gdzieś i rycerzowi wróciła od razu zimna krew; do głowy poczęły się cisnąć takie tylko pytania, jak: śpi czy nie śpi, mam iść dalej czy czekać?

Wreszcie poszedł dalej, posuwając się jeszcze ciszej, jeszcze ostrożniej niż na początku podróży. Był już na pół drogi do bagienka i rzeki, gdy zerwał się pierwszy powiew lekkiego wiatru. Zakołysały się wnet trzciny i wydały, trącając jedna o drugą, szelest mocny, a Skrzetuski uradował się, bo mimo całej ostrożności, mimo iż czasem po kilka minut nad postawieniem stopy tracił, mimowolny ruch, potknięcie się, plusk – mogły go zdradzić. Teraz szedł śmielej wśród głośnego rozhoworu trzcin, którym zaszumiał cały staw – i wszystko zagadało dokoła, woda nawet na brzegach poczęła bełkotać rozkołysaną falą.

Lecz ten ruch rozbudził widocznie nie tylko zarośla brzegowe, bo naraz jakiś czarniawy przedmiot pojawił się przed Skrzetuskim i począł chybotać się ku niemu, jak gdyby rozmachując się do skoku. Skrzetuski omal w pierwszej chwili nie krzyknął; strach i obrzydzenie zatamowały mu jednak głos w piersiach, a jednocześnie straszliwy zaduch uchwycił go za gardło.

Ale po chwili, gdy pierwsza myśl, że to może być topielec umyślnie zastępujący drogę, przeszła, pozostało tylko obrzydzenie – i rycerz ruszył dalej. Rozhowor trzcin trwał ciągle i wzmagał się coraz bardziej. Przez ich kołyszące się kiście dojrzał Skrzetuski drugą i trzecią placówkę tatarską. Minął je, minął i czwartą. „Już z pół stawu musiałem okrążyć” – pomyślał i podniósł się trochę z trzcin, aby rozpoznać, w którym miejscu się znajduje; wtem coś go trąciło w nogi, obejrzał się i ujrzał tuż obok swych kolan twarz ludzką.

„To już drugi” – pomyślał.

Tym razem nie przeraził się, bo ten drugi trup leżał na wznak i nie miał w swej bezwładności pozorów życia i ruchu. Skrzetuski przyśpieszył tylko kroku, by nie dostać zawrotu głowy. Trzciny zaczynały być coraz gęstsze, co z jednej strony dawało bezpieczne ukrycie, z drugiej jednak utrudniało niezmiernie pochód. Upłynęło jeszcze pół godziny, później godzina, on szedł ciągle, ale coraz więcej był strudzony. Woda w niektórych miejscach była tak płytka, że nie dochodziła mu do goleni, gdzie indziej za to zapadał niemal po pas. Męczyło go też niezmiernie powolne wyciąganie nóg z błota. Pot zalewał mu czoło, a jednocześnie od czasu do czasu przechodziły po nim dreszcze od stóp do głowy.

„Co to jest? – myślał ze strachem w sercu – czy mnie *delirium* nie chwyta? Bagienka jakoś nie ma; nuż nie rozpoznam miejsca wśród trzcin i ominę." Było to straszne niebezpieczeństwo, bo w ten sposób mógłby krążyć całą noc naokoło stawu i z rana znaleźć się w tym samym miejscu, z którego wyszedł, lub wpaść na innym w ręce kozackie.

„Złą drogę obrałem – myślał upadając w duchu – przez stawy nie można, wrócę się i jutro pójdę jak pan Longinus; do jutra mógłbym odpocząć."

Lecz szedł naprzód, bo poznawał, że obiecując sobie wrócić i ruszyć po odpoczynku, sam siebie oszukuje; przychodziło mu także do głowy, że idąc tak wolno i zatrzymując się co chwila nie mógł jeszcze dojść do bagienka. Jednakże myśl o odpoczynku opanowywała go coraz silniej. Chwilami miał chęć położyć się gdzie na płytszym błocie, by choć odetchnąć. Bił się tak z własnymi myślami, a jednocześnie modlił się. Dreszcze przechodziły go coraz częściej, coraz słabiej wyciągał nogi z błota. Widok straży tatarskich otrzeźwiał go, ale czuł, że i głowa męczy mu się równie jak ciało – i że nadlatuje nań gorączka.

Upłynęło znów pół godziny – bagienko nie ukazywało się jeszcze.

Natomiast ciała utopionych trafiały się coraz częściej. Noc, strach, trupy, szum trzcin, trud i bezsenność zmąciły mu myśli. Poczęły nań nadlatywać wizje. Oto Helena jest w Kudaku, a on płynie z Rzędzianem na dumbasie z biegiem Dnieprowym. Trzciny szumią – on słyszy pieśń: „Ej to ne pili pilili!... ne tumany ustawały." Ksiądz Muchowiecki czeka ze stułą, a pan Krzysztof Grodzicki ojca zastąpi... Dziewczyna tam co dzień patrzy na rzekę z murów – rychło patrzyć, jak w ręce zaklaszcze i krzyknie: „Jedzie! jedzie!"

– Jegomość! – mówi Rzędzian ciągnąc go za rękaw – panna stoi...

Skrzetuski budzi się. To splątane trzciny zatrzymały go po drodze. Wizja ulatuje. Przytomność wraca. Teraz nie czuje już takiego zmęczenia, bo mu gorączka sił dodaje.

Hej, czy to jeszcze nie bagienko?

Ale naokół trzciny takie same, jakby z miejsca nie ruszył. Przy rzece powinna być woda otwarta, więc to jeszcze nie bagienko.

Rycerz idzie dalej, ale myśl wraca z nieubłaganym uporem do lubej wizji. Próżno Skrzetuski się broni, próżno poczyna mówić: „O gospodze uwielbiona", próżno stara się zachować całą przytomność – znowu nadpływa Dniepr, dumbasy, czajki – Kudak, Sicz – tylko tym razem wizja bezładniejsza, mnóstwo w niej osób: obok Heleny i książę, i Chmielnicki, i ataman koszowy, i pan Longinus, i Zagłoba, i Bohun, i Wołodyjowski – wszyscy przybrani odświętnie na jego ślub, ale gdzie ma być ten ślub? Są w jakimś miejscu nieznanym, ni to Łubnie, ni Rozłogi, ni Sicz, ni Kudak... wody jakieś, po nich ciała pływają...

Skrzetuski budzi się po raz drugi, a raczej budzi go mocny szelest dochodzący ze strony, w którą idzie – więc zatrzymuje się i słucha.

Szelest zbliża się, słychać jakieś chrobotanie i plusk – to czółno.

Widać je już przez trzciny. Siedzi w nim dwóch mołojców – jeden popycha wiosłem, drugi trzyma w ręku długą tyczkę, świecącą z dala jak srebro, i rozgarnia nią wodne zarośla.

Skrzetuski osunął się aż po szyję w wodę, tak że głowa tylko wystawała mu ponad sitowie, i patrzył.

„Jest-li to zwykła straż, czyli są już na tropie?" – pomyślał.

Ale wnet doszedł po spokojnych i niedbałych ruchach mołojców, że to musi być zwyczajna straż. Czółen na stawie musiało być więcej niż jedno – i gdyby Kozacy byli na tropie, pewno by zgromadziło się kilkanaście łódek i kupa ludzi.

Tymczasem przejechali mimo – szum trzcin głuszył słowa; Skrzetuski złowił uchem tylko następujący urywek rozmowy:

– Czort by ich pobraw, i cei smerdiaczoi wody kazały pylnowaty!

I czółno zasunęło się za kępy trzcin – tylko stojący na przedzie Kozak uderzał ciągle miarowym ruchem tyczką w zarośla wodne, jakby chciał ryby straszyć.

Skrzetuski ruszył dalej.

Po niejakim czasie znów ujrzał placówkę tatarską stojącą tuż nad brzegiem. Światło księżyca padało wprost na twarz nohajca, podobną do psiej mordy. Ale Skrzetuski mniej się już obawiał tych straży niż utraty przytomności. Natężył więc całą wolę, by sobie jasno zdawać sprawę, gdzie jest i dokąd idzie. Ale ta walka powiększyła tylko jego znużenie i wnet dostrzegł, że mu się dwoi i troi w oczach, że chwilami wydaje mu się staw obozowym majdanem, a kępy trzcin namiotami. Wówczas chciał wołać na Wołodyjowskiego, by szedł z nim razem, ale tyle miał jeszcze przytomności, iż się wstrzymał.

– Nie krzycz! nie krzycz! – powtarzał sobie – to zguba.

Lecz owa walka z samym sobą coraz była dlań trudniejsza. Wyszedł ze Zbaraża znękany głodem i straszną bezsennością, od której umierali tam już żołnierze. Ta podróż nocna, zimna kąpiel, trupi oddech wody, błądzenie po błotach, szarpanina wśród korzeni roślin osłabiły go do reszty. Dołączyło się i rozdrażnienie strachu, i ból od ukąszeń komarów, które pokłuły mu tak twarz, że cała była krwią oblana – więc czuł, że jeżeli prędko nie dojdzie do bagienka, to albo wyjdzie na brzeg, by go prędzej spotkało, co ma spotkać, lub padnie wśród tych trzcin i utopi się.

Owe bagienko i ujście rzeki wydało mu się portem zbawienia, choć po prawdzie zaczynały się tam nowe trudności i niebezpieczeństwa.

Bronił się gorączce i szedł, coraz mniej zachowując ostrożności. Szczęściem trzcina szumiała ciągle. W jej szumie słyszał Skrzetuski głosy ludzkie, rozmowy; zdawało mu się, że to o nim tak rozprawia ten staw. Dojdzie-li do bagienka czy nie dojdzie? wylezie czy nie wylezie? Komary śpiewały nad nim cienkimi głosami coraz żałośniej. Woda stawała się głębsza – wkrótce doszła mu do pasa, a potem do piersi. Więc pomyślał, że jeśli płynąć przyjdzie, to się w tej zbitej tkaninie zaplącze i utonie.

I znowu porwała go niepowstrzymana, nieprzeparta chęć wezwania Wołodyjowskiego i już ręce złożył koło ust, by zakrzyknąć: „Michale! Michale!"

Na szczęście, jakaś miłosierna trzcina uderzyła go zroszoną mokrą kiścią w twarz. Oprzytomniał – i ujrzał przed sobą, ale nieco ku prawej stronie, mdłe światełko.

Teraz patrzył już ciągle w to światło i czas jakiś szedł wytrwale ku niemu. Nagle zatrzymał się spostrzegłszy pas czystej wody, lecącej w poprzek. Odetchnął. Była to rzeka, a po obu jej stronach bagienko.

„To już przestanę krążyć brzegiem i zapuszczę się w ten klin" – pomyślał.

Z obu stron klinu ciągnęły się dwie smugi trzcin – rycerz zapuścił się tą, do której doszedł. Po chwili poznał, że jest na dobrej drodze. Obejrzał się: staw był już za nim, a on postępował teraz wzdłuż wąskiej taśmy, która nie mogła być czym innym, jak rzeką.

Woda też tu była zimniejsza.

Lecz po niejakim czasie owładnęło nim straszne znużenie. Nogi trzęsły mu się, a przed oczyma wstawał jakoby tuman czarny. „Nie może być inaczej, tylko dojdę do brzegu i położę się – myślał – nie pójdę dalej, odpocznę."

Wtem upadł na kolana i rękoma zmacał kępę suchą, porośniętą mchami. Była to jakoby wysepka wśród sitowia.

Siadł na niej i począł obcierać rękoma zakrwawioną twarz i przy tym oddychać mocno.

Po chwili do jego nozdrzy doszedł zapach dymu. Odwróciwszy się ku brzegowi dojrzał o sto kroków od brzegu ogień, a naokoło niego kupkę ludzi.

Był zupełnie na wprost tego ognia i w chwilach gdy wiatr rozginał trzciny, mógł widzieć wszystko doskonale. Od pierwszego rzutu oka poznał koniuchów tatarskich, którzy siedzieli przy ognisku i jedli.

Wówczas odezwał się w nim straszny głód. Ostatniego rana zjadł kawałek koniny, którym nie nasyciłoby się i dwumiesięczne szczenię wilcze; od tego czasu nie miał nic w ustach.

Więc począł zrywać rosnące obok krągłe łodygi grążeli i wysysał je chciwie. Gasił nimi zarówno głód, jak i pragnienie, bo i pragnienie go trawiło.

Przy tym ciągle wpatrywał się w ognisko, które bladło coraz bardziej i mdlało. Ludzie przy nim przesłaniali się jakby mgłą i zdawali się oddalać.

„Aha! sen mnie morzy! Tu usnę, na tej kępie" – pomyślał rycerz.

Lecz przy ognisku uczynił się ruch. Koniuchowie wstali. Wkrótce do uszu Skrzetuskiego doszły wołania: „Łosz! łosz!" Odpowiedziało im krótkie rżenie. Ognisko opustoszało i przygasło. Po chwili jeszcze rycerz usłyszał gwizdanie i głuchy tupot kopyt po wilgotnej łące.

Skrzetuski nie mógł zrozumieć, czemu to koniuchowie odjeżdżają. Wtem spostrzegł, że kiście trzcin i tarcze grzybienia są jakieś bladawe – woda świeci się inaczej jak od księżyca, a powietrze przesłania się lekką mgłą.

Obejrzał się – dniało.

Cała noc zeszła mu na okrążaniu stawu, nim doszedł do rzeki i bagienka.

Był zaledwie na początku drogi. Teraz musiał iść rzeką i przedostać się przez tabory za dnia.

Powietrze nasycało się coraz więcej światłem brzasku. Na wschodzie niebo przybrało barwę bladego seledynu.

Skrzetuski spuścił się na nowo z kępy w bagno i dotarłszy po krótkiej przerwie do brzegu, wysadził głowę z trzcin.

W odległości pięciuset może kroków widać było jedną placówkę tatarską, zresztą łąka była pusta, tylko ognisko świeciło opodal na suchym miejscu dogasającym żarem; rycerz postanowił czołgnąć się ku niemu wśród wysokich traw przerośniętych jeszcze tu i owdzie sitowiem.

Doczołgawszy się szukał pilnie, czy nie znajdzie jakichś resztek żywności. Jakoż znalazł świeżo obgryzione kości baranie ze szczątkami żył, tłuszczu oraz kilka sztuk pieczonej rzepy porzuconych w ciepłym popiele – jął więc jeść z żarłocznością dzikiego zwierza i jadł, póki nie spostrzegł, że placówki porozstawiane na drodze, którą przebył, wracając tą samą łąką ku taborowi, zbliżają się ku niemu.

Wówczas rozpoczął odwrót i po kilku minutach znikł w ścianie trzcin. Odnalazłszy swą kępę położył się na niej bez szelestu. Straże tymczasem przejechały. Skrzetuski wziął się natychmiast do kości, które zabrał ze sobą, a które poczęły teraz trzaskać w jego potężnych szczękach jak w wilczych. Ogryzł tłuszcz i żyły, wyssał szpik, zżuł masę kostną – zaspokoił pierwszy głód. Takiej porannej uczty nie miał od dawna w Zbarażu.

Uczuł się zaraz silniejszym. Pokrzepiło go zarówno pożywienie, jak i wstający dzień. Robiło się coraz widniej; wschodnia strona nieba z zielonawej stawała się różowa i złota; chłód poranny dokuczał wprawdzie mocno rycerzowi, ale pocieszała go myśl, że wkrótce słońce rozgrzeje jego strudzone ciało. Rozejrzał się dokładnie, gdzie jest. Kępa była dosyć duża, trochę krótka, bo okrągława, ale za to tak szeroka, że dwóch ludzi mogło się na niej z łatwością położyć. Trzciny otaczały ją naokół jakby murem, zakrywając zupełnie przed ludzkimi oczyma.

„Nie znajdą mnie tu – myślał Skrzetuski – chybaby za rybami chcieli po trzcinach chodzić, a ryb nie ma, bo od zgnilizny pozdychały. Tu sobie wypocznę i rozmyślę, co dalej czynić."

I począł myśleć, czy ma iść dalej rzeką, czy nie, na koniec postanowił iść, jeżeli wstanie wiatr i będzie trzciny kołysał; w przeciwnym razie ruch i szelest mogłyby go zdradzić, zwłaszcza że przyjdzie mu prawdopodobnie przechodzić blisko taboru.

– Dzięki ci, Boże, żem żyw dotąd! – szepnął z cicha.

I wzniósł oczy ku niebu, następnie myślą uleciał do polskich okopów. Zamek widać było z owej kępy doskonale, zwłaszcza że ozłociły go pierwsze promienie wschodzącego słońca. Może tam z wieży spogląda kto na stawy i trzciny przez perspektywę, a już tam Wołodyjowski i Zagłoba pewno cały dzień będą wypatrywać z wałów, czy go nie ujrzą wiszącego na jakiej beluardzie.

„Otóż nie ujrzą!" – pomyślał Skrzetuski i pierś napełniła mu się błogim uczuciem ocalenia.

– Nie ujrzą, nie ujrzą! – powtórzył kilkakrotnie. – Mało zrobiłem drogi, ale trzeba ją było zrobić. Bóg mi pomoże i dalej.

Tu zobaczył się już oczyma imaginacji za taborami – w lasach, za którymi stoją wojska królewskie: pospolite ruszenie z całego kraju, husarie, piechoty, regimenty cudzoziemskie – ziemia aż jęczy pod ciężarem ludzi, koni i armat, a między tym mrowiem sam król jegomość...

Potem ujrzał bitwę niezmierną, rozbite tabory – księcia z całą jazdą lecącego po stosach trupów, powitanie się wojsk...

Oczy bolące i popuchłe przymykały mu się pod nadmiarem światła, a głowa chyliła się pod nadmiarem myśli. Poczynała go ogarniać jakaś błoga niemoc, wreszcie wyciągnął się całą swą długością i usnął.

Trzciny szumiały. Słońce wytoczyło się wysoko na niebo i ogrzewało gorącym spojrzeniem rycerza, suszyło na nim ubiór – on spał twardo, bez ruchu. Kto by go spostrzegł tak leżącego na kępie z okrwawioną twarzą, ten by sądził, że to leży trup, który wyrzuciła woda. Mijały godziny – on spał ciągle. Słońce dobiegło zenitu i poczęło schodzić na drugą stronę nieba – on spał jeszcze. Rozbudził go dopiero kwik przeraźliwy koni gryzących się na łące i głośne wołania koniuchów smagających batami tabunne ogiery.

Przetarł oczy; spojrzał, przypomniał sobie, gdzie jest. Spojrzał w górę: na czerwonawym od niedogasłych blasków zachodu niebie migotały gwiazdy – przespał cały dzień.

Skrzetuski nie czuł się wypoczętym ani silniejszym; owszem, bolały go wszystkie kości. Lecz pomyślał, że właśnie nowy trud przywróci mu rześkość ciała – i spuściwszy nogi w wodę, bezzwłocznie ruszył w dalszą drogę.

Szedł teraz tuż przy trzcinach czystą wodą, by szelestem nie zwrócić uwagi pasących się na brzegach koniuchów. Ostatnie blaski zgasły i było dość ciemno, bo księżyc jeszcze się nie ukazał spoza lasów. Woda była tak głęboka, że Skrzetuski tracił miejscami grunt pod nogami i musiał płynąć, co przychodziło mu ciężko, bo był w ubraniu i płynął pod bieg, który – jakkolwiek leniwy – pchał go jednak nazad ku stawom. Ale za to najbystrzejsze oczy tatarskie nie mogły dostrzec tej głowy posuwającej się wzdłuż ciemnej ściany trzcin.

Posuwał się więc dość śmiało, chwilami płynąc, a po większej części brodząc po pas i po pachy, aż wreszcie dotarł do miejsca, z którego oczy jego ujrzały po obu stronach rzeki tysiące i tysiące świateł.

„To tabory – pomyślał – teraz Boże dopomóż!"
I słuchał.

Gwar zmieszanych głosów dochodził do jego uszu. Tak, były to tabory. Po lewym brzegu rzeki, idąc z jej biegiem, stał obóz kozacki ze swoimi tysiącami wozów, namiotów, po prawym kosz tatarski – oba gwarne, hałaśliwe, pełne ludzkiego rozhoworu, dzikich dźwięków bębnów i piszczałek, ryku bydła, wielbłądów, rżenia koni, okrzyków. Rzeka przedzielała je stanowiąc zarazem przeszkodę dla kłótni i zabójstw, bo Tatarzy nie mogli spokojnie stać obok Kozaków. Była też w tym miejscu szersza, a może rozkopano ją umyślnie. Ale z jednej strony wozy, z drugiej trzcinowe szałasy dochodziły, miarkując po ogniach, o kilkadziesiąt kroków od brzegów – nad samą zaś wodą stały zapewne straże.

Trzcina i sitowia rzedły – widocznie naprzeciw obozowisk były szczyrkowate brzegi. Skrzetuski posunął się jeszcze kilkadziesiąt kroków – i zatrzymał się. Jakaś potęga i groza szły ku niemu od tych mrowisk ludzkich.

W tej chwili wydało mu się, że cała czujność i zaciekłość tych tysięcy istot ludzkich zwrócona jest ku niemu, i czuł wobec nich zupełną niemoc, zupełną bezbronność. Był sam jeden.

„Nikt tędy nie przejdzie!" – pomyślał.

Lecz posunął się jeszcze naprzód, bo ciągnęła go jakaś niepohamowana, bolesna ciekawość. Chciał bliżej spojrzeć na tę straszliwą potęgę.

Nagle stanął. Las trzcin kończył się jakby nożem ucięty. Może też i wycięto je na szałasy. Dalej czysta fala czerwieniła się krwawo od przeglądających się w niej ognisk.

Dwa wielkie i jasne płomienie paliły się tuż nad brzegami. Przy jednym stał Tatar na koniu, przy drugim mołojec z długą spisą w ręku. Obaj patrzyli na siebie i na wodę. W dali widać było innych, tak samo stojących na straży i patrzących.

Blaski płomieni rzucały jakoby ognisty most przez rzekę. Pod brzegami widać było szeregi małych łódek używanych do straży na stawie i rzece.

– Niepodobieństwo! – mruknął Skrzetuski.

I nagle chwyciła go rozpacz. Ani iść naprzód, ani się wracać! Oto doba ubiegała, jak tłukł się po błotach i bajorach, oddychał zgniłym powietrzem i mokł w wodzie na to tylko, by dotarłszy do tych właśnie taborów, przez które przejść się podjął, poznać, że to jest niepodobieństwem.

Lecz i powrót był niepodobieństwem: rycerz wiedział, że może znajdzie dość sił, by wlec się naprzód – nie znajdzie, by się cofać. W rozpaczy jego była zarazem głucha wściekłość; w pierwszej chwili chciał wyjść z wody, zdławić straż, potem rzucić się na tłumy i zginąć.

Wiatr znowu zaszumiał dziwnym szeptem po trzcinach przynosząc zarazem głos dzwonów ze Zbaraża. Skrzetuski począł modlić się żarliwie i bił się w piersi, i wzywał ratunku niebios z siłą i rozpaczliwą wiarą tonącego; on modlił się, a kosz i tabor huczały złowrogo, jakby w odpowiedzi na modlitwę – czarne i czerwone od ognia postacie snuły się jak stada czartów po piekle; straże stały nieruchome – rzeka płynęła krwawą wodą.

– Ognie pogaszą, gdy noc głucha nastanie – rzekł sobie Skrzetuski i czekał.

Upłynęła jedna godzina i druga. Gwar zmniejszał się, ogniska istotnie poczęły z wolna przygasać – prócz dwóch strażniczych, które płonęły coraz silniej.

Straże zmieniały się i widocznym było, że tak będą stać aż do rana.

Skrzetuskiemu przeszło przez myśl, że może zdoła łatwiej w dzień się prześlizgnąć – lecz wnet rozstał się z tą myślą. W dzień brano wodę, pojono bydło, kąpano się – rzeka musiała być pełna ludzi.

Nagle wzrok Skrzetuskiego padł na czółna. Po obu brzegach stało ich po kilkadziesiąt w szeregu, a ze strony tatarskiej sitowia dochodziły aż do pierwszych.

Skrzetuski zanurzył się po szyję w wodę i począł posuwać się zwolna ku nim mając oczy utkwione jak w tęczę w tatarskiego strażnika.

Po upływie pół godziny był tuż, tuż pierwszej łódki. Plan jego był prosty. Zadarte tyły czółen wznosiły się nad wodę tworząc nad nią rodzaj sklepienia, przez które głowa ludzka mogła się z łatwością przecisnąć. Jeżeli wszystkie czółna stały bokiem do boku tuż obok siebie, strażnik tatarski nie mógł zobaczyć przesuwającej się pod nimi głowy; więcej niebezpieczny był kozacki, ale i ten mógł nie dojrzeć, bo pod czółnami mimo przeciwległego ognia panował mrok.

Zresztą nie było innej drogi.

Skrzetuski nie wahał się dłużej i wkrótce znalazł się pod tyłami czółen.

Lazł na czworakach, a raczej czołgał się, bo woda była płytka. Był tak blisko stojącego na brzegu Tatara, że słyszał parskanie jego konia. Zatrzymał się przez chwilę i słuchał. Czółna na szczęście były zestosowane bokami. Oczy miał teraz utkwione w kozackiego strażnika, którego widział jak na dłoni. Ale ten patrzył w kosz tatarski. Rycerz minął z piętnaście czółen, gdy nagle usłyszał tuż nad brzegiem kroki i głosy ludzkie. Przyczaił się natychmiast i słuchał. W podróżach do Krymu nauczył się po tatarsku, i teraz dreszcz przebiegł go po całym ciele, gdy usłyszał słowa rozkazu:

– Siadać i jechać!

Skrzetuskiemu zrobiło się gorąco, chociaż był w wodzie. Jeżeli jadący siądą w to czółno, pod którym w tej chwili się ukrywa, to zginął; jeżeli siądą w które ze stojących na przedzie, to także zginął; bo pozostanie puste oświecone miejsce.

Każda sekunda wydała mu się godziną. Wtem kroki zadudniły w deski, Tatarzy siedli w czwarte lub piąte czółno tuż za nim, zepchnęli je i poczęli płynąć w kierunku stawu.

Lecz czynność ta zwróciła na czółna oczy kozackiego strażnika. Skrzetuski przez jakie pół godziny ani drgnął. Dopiero gdy straż zmieniono, począł posuwać się dalej.

W ten sposób dotarł do końca czółen. Za ostatnim zaczynały się znów sitowia, a dalej trzciny. Dostawszy się do nich rycerz, zziajany, spotniały, padł na kolana i dziękował Bogu całym sercem.

Posuwał się teraz nieco śmielej, korzystając ze wszystkich powiewów, które napełniały szumem brzegi. Od czasu do czasu oglądał się za siebie. Ognie strażnicze zaczęły się oddalać, przesłaniać, migotać, słabnąć. Smugi trzcin i sitowia stawały się coraz czarniejsze, gęstsze i szersze, bo brzegi były bagnistsze. Straże nie mogły stać blisko – gwar obozowiska słabnął. Jakaś nadludzka siła skrzepiła członki rycerza. Darł się przez trzciny, kępy, zapadał w błota, topił się, płynął i podnosił się znowu. Nie śmiał jeszcze wyjść na brzeg – ale prawie czuł się już ocalony. Sam nie umiał sobie zdać sprawy, jak długo tak szedł, brnął, ale gdy znów obejrzał się – ognie strażnicze wydawały się jakby punkciki świecące w dali. Po kilkuset krokach znikły zupełnie. Księżyc zeszedł; naokoło była cisza. Wtem szum się ozwał większy i poważniejszy niż szum trzcin. Skrzetuski omal nie krzyknął z radości: las był z obu stron rzeki.

Wówczas skierował się ku brzegom i wychynął z trzcin. Bór sosnowy zaczynał się tuż za sitowiem i trzcinami. Zapach żywicy doszedł do jego nozdrzy. Gdzieniegdzie w czarnych głębiach świeciły jak srebro paprocie.

Rycerz po raz drugi upadł na kolana i ziemię całował w modlitwie.

Był ocalony.

Potem zagłębił się w ciemność leśną, pytając samego siebie: dokąd ma iść? gdzie go zaprowadzą te lasy? gdzie jest król i wojsko?

Droga nie była skończona, nie była łatwa ani bezpieczna, ale gdy pomyślał, że wydostał się ze Zbaraża, że przekradł się przez straże, błota i tabory, i półmilionowe blisko zastępy nieprzyjaciół – wtedy wydawało mu się, że wszystkie niebezpieczeństwa przeminęły, że ten bór to gościniec jasny, który poprowadzi go wprost do królewskiego majestatu.

I szedł ten nędzarz zgłodniały, zziębnięty, mokry, uwalany we własnej krwi, w czerwonej rudzie i czarnym błocie – z radością w sercu, z nadzieją, że wkrótce inaczej, potężniej wróci do Zbaraża.

„Już nie zostaniecie w głodzie i bez nadziei – myślał o druhach w Zbarażu – bo króla sprowadzę!”

I cieszyło się to serce rycerskie bliskim ratunkiem dla księcia, dla regimentarzy, dla wojska, dla Wołodyjowskiego i Zagłoby, i wszystkich tych bohaterów zamkniętych w zbaraskim okopie.

Głębie leśne otwierały się przed nim i osłaniały go cieniem.

XXIX

We dworze toporowskim, w bawialnej komnacie, siedziało wieczorem trzech panów zamkniętych na tajemnej rozmowie. Kilka świec jarzących paliło się na stole pokrytym kartami przedstawiającymi okolicę, obok nich leżał wysoki kapelusz z czarnym piórem, perspektywa, szpada z perłową rękojeścią, na którą narzucona była koronkowa chustka, i para łosiowych rękawiczek. Za stołem, w wysokim poręczastym krześle, siedział człowiek mający lat około czterdziestu, dość drobny i szczupły, ale silnie zbudowany. Twarz miał śniadą, żółtawą, zmęczoną, czarne oczy i takąż szwedzką perukę z długimi lokami spadającymi na plecy i ramiona. Rzadki czarny wąs, zaczesany przy końcach ku górze, zdobił jego górną wargę, dolna zaś wraz z brodą wystawała silnie naprzód, nadając całej fizjonomii charakterystyczny rys lwiej odwagi, dumy i uporu. Nie była to twarz piękna, ale wysoce niepospolita. Wyraz zmysłowy, oznaczający skłonność do uciech, łączył się w niej w dziwny sposób z pewną senną martwotą i chłodem. Oczy były jakby przygasłe, ale odgadywałeś łatwo, że w chwili uniesienia, wesołości lub gniewu mogły rzucać błyskawice, które nie każdy wzrok zdołałby wytrzymać. Jednocześnie zaś malowała się w nich dobroć i łagodność.

Czarny ubiór, złożony z atłasowego kaftana i koronkowej kryzy, spod której wyglądał złoty łańcuch, podnosił dystynkcję tej niezwykłej postaci. W ogóle mimo smutku i trosk widocznych w licu i postawie, było w niej coś majestatycznego. Jakoż był to sam król, Jan Kazimierz Waza, niespełna od roku następca po bracie Władysławie.

Nieco za nim, w półcieniu, siedział Hieronim Radziejowski, starosta łomżyński, człowiek niski, gruby, rumiany, z tłustą i bezczelną twarzą dworaka, a naprzeciwko, za stołem, trzeci pan, wsparty na łokciu, patrzył w karty przedstawiające okolice, podnosząc od czasu do czasu wzrok na króla.

Oblicze jego miało w sobie mniej majestatu, ale prawie więcej jeszcze urzędowej godności niż królewskie. Była to poorana troskami i myślą, chłodna i rozumna twarz męża stanu, której surowość nie psuła nadzwyczajnej piękności. Oczy miał błękitne, przenikliwe, cerę mimo wieku delikatną; polski wspaniały strój, szwedzka strzyżona broda i wysoki chochół nad czołem dodawały jeszcze jego regularnym, jakby z kamienia wykutym rysom senatorskiej powagi.

Był to Jerzy Ossoliński, kanclerz koronny i książę Rzymskiego Państwa, mówca i dyplomata podziwiany przez dwory europejskie, sławny przeciwnik Jeremiego Wiśniowieckiego.

Nadzwyczajne jego zdolności wcześnie zwróciły nań uwagę poprzednich panowań i wcześnie wyniosły go do najwyższych urzędów, na mocy których sterował całą nawą państwową – w obecnej chwili bliską ostatecznego rozbicia.

A jednak kanclerz był jakby stworzony na sternika takiej nawy. Pracowity, wytrwały, rozumny, patrzący w dalszą przyszłość, obrachowywujący na długie lata, wiódłby każde inne państwo, z wyjątkiem Rzeczypospolitej, do bezpiecznej przystani pewną i spokojną ręką; każdemu innemu zapewniłby siłę wewnętrzną i długie lata potęgi... gdyby tylko był samowładnym ministrem takiego na przykład monarchy, jak król francuski lub hiszpański.

Wychowywany poza granicami kraju, wpatrzony w obce wzory, mimo całej wrodzonej bystrości i rozumu, mimo długoletniej praktyki nie mógł przywyknąć do bezsilności rządu w Rzeczypospolitej i nie nauczył się z nią przez całe życie rachować, chociaż to była skała, o którą rozbiły się wszystkie jego plany, zamiary, usiłowania – choć z jej przyczyny teraz już widział w przyszłości przepaść i ruinę, a później umierał z rozpaczą w sercu.

Był to genialny teoretyk, który nie umiał być genialnym praktykiem – i wpadł w koło błędne bez wyjścia. Wpatrzony w jakąś myśl, mającą wydać owoce w przyszłości, szedł ku niej z uporem fanatyka, nie bacząc, że ta myśl, w teorii zbawienna, może wobec istniejącego stanu rzeczy wydać w praktyce straszliwe klęski.

Chcąc wzmocnić rząd i państwo rozpętał straszliwy żywioł kozacki, nie przewidziawszy, że burza zwróci się nie tylko przeciw szlachcie, magnackim latyfundiom, nadużyciom, swawoli szlacheckiej, ale przeciw najrdzenniejszym interesom samego państwa.

Wstał ze stepów Chmielnicki i urósł w olbrzyma. Na Rzeczpospolitą zwaliły się klęski: Żółtych Wód, Korsunia, Piławiec. Na pierwszym kroku tenże Chmielnicki połączył się z wrogą krymską potęgą. Grom padał za gromem – pozostawała tylko wojna i wojna. Straszliwy żywioł należało przede wszystkim zgnieść, by móc w przyszłości z niego korzystać – a kanclerz zapatrzony w swą myśl, jeszcze paktował i zwłóczył – i wierzył jeszcze – nawet Chmielnickiemu!

Siła rzeczy zdruzgotała jego teorie; z każdym dniem okazywało się jaśniej, że skutki usiłowań kanclerskich są oczekiwanym wprost przeciwne – aż wreszcie przyszedł Zbaraż i stwierdził to najdowodniej.

Kanclerz upadał pod brzemieniem zgryzot, goryczy i nienawiści powszechnej.

Więc czynił tak, jak czynią w dniach niepowodzeń i klęsk ludzie, u których wiara w siebie jest silniejsza nad wszelkie klęski: szukał winnych.

Winną była cała Rzeczpospolita i wszystkie stany, jej przeszłość i ustrój państwowy, ale kto z obawy, by skała leżąca na skłonie góry nie runęła w przepaść, pragnie ją wtoczyć na wierzch, a nie policzy się z siłami, ten przyśpieszy tylko jej upadek. Kanclerz uczynił więcej i gorzej, bo do pomocy wezwał rwący, straszliwy potok kozaczy, nie bacząc, że pęd jego może tylko podmulić i powyrywać grunt, na którym skała spoczywa.

Więc gdy on szukał winnych – wzajem i na niego zwracały się wszystkie oczy jako na sprawcę wojny, klęsk i nieszczęść.

Ale król wierzył w niego jeszcze i wierzył tym bardziej, że głos powszechny, nie oszczędzając powagi majestatu – obwiniał i jego samego na równi z kanclerzem.

Siedzieli więc w Toporowie strapieni i smutni, nie wiedząc dobrze, co im począć należy, bo przy królu było tylko dwadzieścia pięć tysięcy wojska. Wici rozesłano za późno i zaledwie część pospolitego ruszenia ściągnęła do tego czasu. Kto był przyczyną tej zwłoki i czy nie była ona jednym więcej błędem upartej polityki kanclerza – tajemnica zaginęła między królem i ministrem – dość, że w tej chwili czuli się obaj bezbronni wobec potęgi Chmielnickiego.

Co ważniejsza jeszcze: nie mieli dokładnych o nim wieści. W obozie królewskim nie wiedziano dotąd, czy chan z całą potęgą znajduje się przy Chmielnickim, czy też towarzyszy tylko Kozakom Tuhaj-bej z kilkoma tysiącami ordy. Było to pytanie tak ważne, jak śmierć lub życie. Z samym Chmielnickim mógłby w ostateczności król popróbować szczęścia, choć i buntowniczy hetman dziesięć razy większą siłą rozporządzał. Urok imienia królewskiego znaczył dla Kozaków wiele – więcej może niż tłumy pospolitego ruszenia niesfornej i nie wyćwiczonej szlachty – ale jeżeli i chan był obecny, mierzyć się z taką przemocą było niepodobieństwem.

Tymczasem były najrozmaitsze o tym wieści, a nikt nic nie wiedział dokładnie. Przezorny Chmielnicki skupił się, nie wypuścił ani jednego oddziału mołojców, ani zagonika Tatarów umyślnie, aby król nie mógł dostać języka. Buntowniczy hetman inny miał zamiar – oto zamknąć częścią swych sił konający już Zbaraż, a samemu zjawić się niespodzianie z całą potęgą tatarską i kozacką przed królem – otoczyć go wraz z wojskiem i wydać w ręce chana.

Więc nie bez powodu chmura okryła teraz twarz królewską, bo nie masz większej dla majestatu boleści jak poczucie niemocy. Jan Kazimierz wsparł się bezwładnie o grzbiet krzesła, rękę rzucił na stół i rzekł, ukazując na karty:

– Na nic to, na nic! Języków mi dostańcie.

– Niczego i ja więcej sobie nie życzę – odparł Ossoliński.

– Czy podjazdy wróciły?

– Wróciły, ale nic nie przywiozły.

– Ani jednego jeńca?

– Tylko chłopów okolicznych, którzy nic nie wiedzą.

– A pan Pełka wrócił? To przecie sławny zagończyk.

– Miłościwy królu! – ozwał się zza krzesła starosta łomżyński – pan Pełka nie wrócił i nie wróci, bo poległ.

Nastała chwila milczenia. Król utkwił posępny wzrok w płonące świece i począł bębnić palcami po stole.

– Nie macieże żadnej rady? – rzekł wreszcie.

– Czekać! – rzekł poważnie kanclerz.

Czoło Jana Kazimierza pokryło się zmarszczkami.

– Czekać? – powtórzył – a tam Wiśniowiecki i regimentarze zgorzeją pod Zbarażem!

– Jeszcze czas jakiś wytrzymają – rzekł niedbale Radziejowski.

– Milczałbyś, mości starosto, gdy nie masz nic dobrego do powiedzenia.

– Właśnie, miłościwy panie, że mam radę.

– Jaką?

– Posłać kogo niby dla układów z Chmielnickim pod Zbaraż. Poseł przekona się, czy chan jest własną osobą, i z powrotem powie.

– Nie może być – rzekł król. – Teraz, gdyśmy Chmielnickiego za buntownika ogłosili i cenę nałożyli na jego głowę, i buławę nad Zaporożem Zabuskiemu oddali, nie przystoi naszej powadze wchodzić z Chmielnickim w rokowania.

– To do chana wysłać – odrzekł starosta.

Król zwrócił pytający wzrok na kanclerza, który podniósł nań swe błękitne, surowe źrenice i po chwili namysłu ozwał się:

– Rada byłaby dobra, ale Chmielnicki bez żadnej wątpliwości posła zatrzyma – i dlatego na nic by się to nie przydało.

Jan Kazimierz machnął ręką.

– Widzimy – rzekł z wolna – że nie macie żadnego sposobu – tedy ja wam mój powiem. Oto każę trąbić wsiadanego i ruszę z całym wojskiem pod Zbaraż. Niechże się dzieje wola boża! Tam się dowiemy, czy chan jest, czy go nie ma.

Kanclerz znał niczym nie powstrzymaną odwagę króla i nie wątpił, że to uczynić gotów. Z drugiej strony, wiedział z doświadczenia, iż gdy król coś zamierzy i zatnie się w przedsięwzięciu, tedy żadne odmowy nie pomagają. Więc nie sprzeciwił się od razu, pochwalił nawet myśl, ale odradzał pośpiech: przekładał królowi, że można to uczynić jutro lub pojutrze – a tymczasem mogą nadejść pomyślne nowiny. Każdy dzień będzie powiększał rozprężenie między czernią, znękaną klęskami pod Zbarażem i wieścią o zbliżaniu się królewskim. Bunt może stopnieć od promieni majestatu jak śnieg od promieni słonecznych – ale trzeba mu dać czas. Król zaś nosi w sobie ocalenie całej Rzeczypospolitej i pod odpowiedzialnością wobec Boga i potomności nie powinien się narażać, tym bardziej że w razie nieszczęścia wojska zbaraskie byłyby właśnie zgubione bez ratunku. Kanclerz mówił długo i wymownie – rzekłbyś: popis to jakiś krasomówczy. Aż wreszcie króla przekonał, a zarazem i zmęczył. Jan Kazimierz wsparł się znowu o grzbiet krzesła mrucząc z niecierpliwością:

– Róbcie, co chcecie, bylem miał języka na jutro.

I znów nastała chwila milczenia. W oknie stanął ogromny złoty księżyc, ale w komnacie pociemniało, bo grzyby urosły na knotach świec.

– Która godzina? – pytał król.

– Północ blisko – odrzekł Radziejowski.

– Nie będę spał tej nocy. Obóz objadę, a wy jedźcie ze mną. Gdzie Ubald i Arciszewski?

– W obozie. Pójdę rzec, by konie podano – odpowiedział starosta.

I zbliżył się ku drzwiom. Wtem w sieni uczynił się jakiś ruch; słychać było przez chwilę żywą rozmowę, odgłos pospiesznych kroków; wreszcie drzwi otworzyły się na rozcież i wpadł zdyszany Tyzenhauz, rękodajny dworzanin królewski.

– Miłościwy królu! – zawołał – towarzysz ze Zbaraża!

Król zerwał się z krzesła, kanclerz powstał również i obydwom wyrwał się z ust okrzyk:

– Nie może być!!

– Tak jest! stoi w sieniach.

– Dawaj go sam! – zawołał król klasnąwszy w dłonie. – Niech
umorzy frasunek. Dawaj go sam, na Matkę Najświętszą!

Tyzenhauz zniknął w drzwiach i po chwili zamiast niego zjawiła
się w nich jakaś wysoka, nie znana postać.

– Bliżej, mości panie! – wołał król – bliżej! Radzi cię widzimy!

Towarzysz przysunął się aż do stołu i na jego widok król, kanclerz
i starosta łomżyński cofnęli się w zdumieniu. Przed nimi stał jakiś
straszny człowiek, a raczej widmo: łachmany podarte na strzępki zaledwie okrywały jego wychudłe ciało; twarz miał siną, umazaną błotem
i krwią; oczy płonące gorączkowym światłem, czarna, rozczochrana
broda spadała mu na piersi, zapach trupi rozchodził się od niego
naokoło, a nogi tak drżały pod nim, że musiał się o stół wesprzeć.

Król i dwaj panowie patrzyli na niego szeroko otwartymi oczyma.
W tej chwili drzwi otworzyły się i weszła hurma dygnitarzy wojskowych i cywilnych: generałowie Ubald, Arciszewski, podkanclerzy
litewski Sapieha, starosta rzeczycki, pan sandomierski. Wszyscy stanąwszy za królem patrzyli na przybysza – król zaś rzekł:

– Ktoś ty?

Nędzarz otworzył usta, chciał mówić, ale skurcz chwycił go za
szczękę, broda zaczęła mu drgać i zdołał wyszeptać tylko:

– Ze... Zbaraża!

– Wina mu dajcie! – rzekł jakiś głos.

Podano w mgnieniu oka napełniony kubek – przybysz wypił go
z wysileniem. Przez ten czas kanclerz zrzucił z siebie delię i okrył nią
jego ramiona.

– Możesz teraz mówić? – pytał po niejakim czasie król.

– Mogę – odpowiedział pewniejszym głosem rycerz.

– Ktoś jest?

– Jan Skrzetuski... porucznik husarski...

– W czyjej służbie?

– Wojewody ruskiego.

Szmer rozszedł się po sali.

– Co słychać u was? co słychać? – pytał gorączkowo król.

– Nędza... głód... jedna mogiła...

Król zasłonił oczy.

– Jezusie Nazareński! Jezusie Nazareński! – mówił cichym głosem.

Po chwili znów spytał:

– Długo się możecie trzymać?

– Prochów brak. Nieprzyjaciel w wałach...

– Siła go?

– Chmielnicki... Chan ze wszystkimi ordami.

– Chan jest?

– Tak...

Nastało głuche milczenie. Obecni spoglądali po sobie – niepewność odmalowała się na wszystkich twarzach.

– Jakżeście mogli wytrzymać? – spytał kanclerz z akcentem wątpliwości.

Na te słowa Skrzetuski podniósł głowę, jakby nowa wstąpiła weń siła; błyskawica dumy przebiegła mu przez twarz i odrzekł nadspodziewanie silnym głosem:

– Dwadzieścia szturmów odpartych, szesnaście bitew w polu wygranych, siedmdziesiąt pięć wycieczek...

I znowu nastało milczenie.

Wtem król wyprostował się, wstrząsnął peruką jak lew grzywą, na żółtawą twarz wystąpiły mu rumieńce, a oczy płomieniały.

– Na Boga! – krzyknął – dosyć mi tych rad, tego stania, tej zwłoki! Jest chan czy go nie ma... przyszło pospolite ruszenie czy nie przyszło, na Boga! Dosyć mi tego! Dziś jeszcze ruszamy pod Zbaraż!

– Pod Zbaraż! pod Zbaraż! powtórzyło kilkanaście silnych głosów.

Twarz przybysza rozjaśniła się jak zorza.

– Miłościwy królu i panie – rzekł. – Przy tobie żyć i umierać!...

Na te słowa szlachetne serce królewskie zmiękło jak wosk i nie zważając na wstrętną postać rycerza pan ścisnął mu głowę rękoma i rzekł:

– Milszyś mi niżeli inni w atłasach. Na Matkę Najświętszą, mniejszych starostwami nagradzają – jakoż nie będzie to bez nagrody, coś uczynił... Nie przecz! dłużnikiem ci jestem!

A inni zaraz poczęli wykrzykiwać za królem:

– Nie było jeszcze większego rycerza!

– Ten jest i między zbaraskimi najprzedniejszy!

– Nieśmiertelnąś chwałę pozyskał!

– Jakżeś to się przez Kozaków i Tatarów przedarł?...

– W błotach się ukrywałem, w trzcinach, lasami szedłem... błądziłem... nie jadłem.

– Jeść mu dajcie! – krzyknął król.

– Jeść! – powtórzyli inni.

– Okryć go!

– Niech ci jutro konia i szaty dadzą – rzekł znowu król. – Na niczym ci zbywać nie będzie.

Wszyscy prześcigali się za przykładem króla w pochwałach dla rycerza.

Wnet poczęto go znowu zarzucać pytaniami, na które z największą trudnością odpowiadał, bo osłabienie ogarniało go coraz większe i ledwie już na wpół był przytomny. Wtem przyniesiono posiłek, a zarazem wszedł ksiądz Cieciszowski, kaznodzieja królewski.

Rozstąpili mu się dygnitarze, bo był to ksiądz wielce uczony, poważany i słowo jego prawie więcej jeszcze znaczyło u króla niż kanclerskie, a z ambony wypowiadał, bywało, takie rzeczy, których i na sejmie nie bardzo kto śmiał poruszyć. Otoczono go tedy i poczęto rozpowiadać, że oto przyszedł towarzysz ze Zbaraża, że tam książę, lubo w głodzie i mizerii, gromi jeszcze chana, który jest obecny własną osobą, i Chmielnickiego, który przez cały zeszły rok tylu ludzi nie utracił, ilu pod Zbarażem – na koniec, że król chce ruszać na odsiecz, choćby mu z całym wojskiem zgorzeć przyszło.

Ksiądz słuchał w milczeniu poruszając wargami i spoglądając co chwila na wynędzniałego rycerza, który jadł przez ten czas, bo mu król nie kazał zważać na swą obecność i sam go jeszcze

pilnował, a od czasu do czasu przepijał do niego z małego srebr-
nego kusztyczka.

– A jakże się zowie ów towarzysz? – spytał wreszcie ksiądz.

– Skrzetuski.

– Czy nie Jan?

– Tak jest.

– Porucznik księcia wojewody ruskiego?

– Tak jest.

Ksiądz wzniósł pomarszczoną twarz w górę i znów modlić się
począł, a potem rzekł:

– Chwalmy imię Pana, bo niezbadane są drogi, którymi człowieka
do szczęśliwości i spokoju prowadzi. Amen. Ja tego towarzysza
znam.

Skrzetuski dosłyszał i mimo woli zwrócił oczy na twarz księdza, ale
twarz, postać i głos obce mu były zupełnie.

– Więc waszmość to jeden z całego wojska podjąłeś się przejść
przez obozy nieprzyjacielskie? – spytał go ksiądz.

– Poszedł przede mną towarzysz zacny, ale zginął– odpowiedział
Skrzetuski.

– Tym większa twoja zasługa, żeś się potem iść ważył. Miarkuję po
twojej nędzy, że straszna to musiała być droga. Bóg wejrzał na twą
ofiarę, na twą cnotę, na twoją młodość i przeprowadził cię.

Nagle ksiądz zwrócił się do Jana Kazimierza.

– Miłościwy królu – rzekł – więc to nieodmienne postanowienie waszej królewskiej mości iść na ratunek księciu wojewodzie
ruskiemu?

– Modlitwom waszym, ojcze – odpowiedział król – poruczam ojczyznę, wojsko i siebie, bo wiem, że straszna to impreza, ale już nie
mogę pozwolić, aby książę wojewoda zgorzał w tym nieszczęsnym
okopie z takim rycerstwem, jak owo ten towarzysz, który tu jest
przed nami.

– Bóg spuści wiktorię! – zawołało kilkanaście głosów.

Ksiądz wniósł ręce do góry i nastała cisza w sali.

– *Benedico vos, in nomine Patris et Filii, et Spiritus sancti.*

– Amen! – rzekł król.

– Amen! – powtórzyły wszystkie głosy.

Spokój rozlał się po stroskanej dotychczas twarzy Jana Kazimierza i tylko oczy jego rzucały blask niezwykły. Między zgromadzonymi rozległ się szmer rozmowy o bliskiej wyprawie, bo wielu jeszcze wątpiło, by król mógł wyruszyć natychmiast, on zaś wziął ze stołu szpadę i skinął na Tyzenhauza, by mu ją przypiął.

– Kiedy wasza królewska mość chcesz ruszyć? – pytał kanclerz.

– Bóg zdarzył noc pogodną – odparł król – konie się nie pogrzeją. Mości strażniku obozowy – dodał zwracając się ku dygnitarzom – każ otrąbić wsiadanego.

Strażnik ruszył natychmiast z komnaty. Kanclerz Ossoliński ozwał się z cichą uwagą, że nie wszyscy gotowi i że wozy nie będą mogły ruszyć przede dniem, ale król odparł natychmiast:

– Komu wozy milsze od ojczyzny i majestatu, to niech zostanie.

Sala poczęła się wypróżniać. Każdy śpieszył do swej chorągwi, by ją „na nogi postawić" i do pochodu sprawić. Zostali w komnacie tylko król, kanclerz, ksiądz i pan Skrzetuski z Tyzenhauzem.

– Miłościwy panie – rzekł ksiądz – czegoście się mieli dowiedzieć od tego towarzysza, toście się już dowiedzieli. Trzeba mu też dać folgę, bo się ledwie trzyma na nogach. Pozwólże mnie wasza królewska mość wziąć go do mojej kwatery i przenocować.

– Dobrze, ojcze – odrzekł król. – Słuszne to są żądania. Niech go Tyzenhauz i kto drugi odprowadzi, bo sam już pewnie nie zajdzie. Idź, idź, towarzyszu miły, nikt tu lepiej od ciebie na spoczynek nie zarobił. A pamiętaj, żem ci dłużnikiem. O sobie wprzód zapomnę nim o tobie!

Tyzenhauz chwycił Skrzetuskiego pod ramię i wyszli. W sieniach spotkali starostę rzeczyckiego, który podparł z drugiej strony chwiejącego się rycerza; przodem szedł ksiądz, przed nim zaś pacholik z latarnią. Ale pacholik niepotrzebnie świecił, bo noc była widna, cicha, ciepła. Wielki złoty księżyc płynął jak korab nad Toporowem. Z majdanu obozowego dochodziły gwar ludzki, skrzypienie wozów i odgłosy trąb grających pobudkę. Z dala przed kościołem oświeconym blaskiem miesiąca widać już było gromady żołnierzy konnych i pieszych. We wsi konie rżały. Ze skrzypieniem wozów łączył się dźwięk łańcuchów i głuchy hurkot armat – gwar wzmagał się coraz bardziej.

– Ruszają już! – rzekł ksiądz.

– Pod Zbaraż... na ratunek... – wyszeptał Skrzetuski.

I nie wiadomo, czy z radości, czy z trudów przebytych, czy dla obojga razem zesłabł tak, że Tyzenhauz i starosta rzeczycki prawie go wlec musieli.

Tymczasem kierując się ku plebanii weszli między żołnierzy stojących przed kościołem. Były to chorągwie sapieżyńskie i piechota Arciszewskiego. Nie sprawieni jeszcze do pochodu, stali żołnierze bezładnie, tłocząc się miejscami i zagradzając przejście.

– Z drogi! z drogi! – wołał ksiądz.

– A kto tam szuka drogi?

– Towarzysz ze Zbaraża.

– Czołem mu! czołem! – wołały liczne głosy.

I rozstępowali się zaraz, ale inni tłoczyli się jeszcze bardziej, chcąc widzieć bohatera. I patrzyli zdumieni na tę nędzę, na tę twarz straszną, oświeconą blaskiem księżyca – i szeptali do siebie zdumieni:

– Ze Zbaraża, ze Zbaraża...

Z największym trudem doprowadził ksiądz Skrzetuskiego do plebanii. Tam go wykąpanego, obmytego z błota i krwi, kazał złożyć na łóżku miejscowego plebana, a sam wyszedł natychmiast do wojsk, które ruszały w pochód.

Skrzetuski był na wpół przytomny, ale gorączka nie pozwalała mu usnąć zaraz. Nie wiedział już jednak, gdzie jest i co się stało. Słyszał tylko gwar, tętent, skrzypienie wozów, grzmiący pochód piechoty, krzyki żołnierzy, odgłos trąb – i wszystko zlało się w jego uszach w jeden ogromny szum... „Wojsko idzie" – mruknął sam do siebie... Tymczasem szum ów począł się oddalać, słabieć, niknąć, topnieć... aż wreszcie cisza objęła Toporów.

Wówczas zdawało się Skrzetuskiemu, że razem z łożem leci w jakąś przepaść bez dna.

XXX

Spał dni kilka, a i po przebudzeniu nie opuszczała go jeszcze zła gorączka – i długo jeszcze majaczył, gadał o Zbarażu, o księciu, o staroście krasnostawskim, rozmawiał z panem Michałem i z Zagłobą, krzyczał: „Nie tędy!", na pana Longina Podbipiętę – o kniaziównie tylko ani razu nie wspomniał. Widać było, że ta siła niezmierna, przez którą zamknął w sobie raz na zawsze pamięć o niej, nie opuszczała go nawet w osłabieniu i chorobie. Natomiast zdawało mu się, że widzi nad sobą pucołowatą twarz Rzędziana, zupełnie jak widział ją wówczas, kiedy to książę po konstantynowskiej bitwie wysłał go z chorągwiami pod Zasław, by tam wyścinał kupy swawolne, a Rzędzian zjawił się niespodziewanie na noclegu. I ta twarz wprowadzała zamęt do jego myśli, bo mu się majaczyło, że czas stanął w swym biegu i że nic się od owej pory nie zmieniło. Oto jest znowu nad Chomorem i śpi w chacie, a zbudziwszy się ruszy do Tarnopola odprowadzić chorągwie... Krzywonos, pogromion pod Konstantynowem, uciekł do Chmielnickiego... Rzędzian nadjechał z Huszczy i siedzi nad nim... Skrzetuski chciałby przemówić, chciałby wydać polecenie pacholikowi, by kazał konie kulbaczyć – ale nie może... I znowu przychodzi mu do głowy, że nie jest nad Chomorem i że przecie od tego czasu było wzięcie Baru – tu pan Skrzetuski zacina się w bólu i nieszczęsna jego głowa znowu pogrąża się w ciemności. Nic już nie wie, nic nie widzi – lecz po chwili z tej nocy, z tego chaosu wyłania się Zbaraż... oblężenie... Więc nie jest nad Chomorem? A jednak Rzędzian siedzi nad nim, pochyla się ku niemu. Przez serca wycięte w okiennicach wpada do izby wiązka jasnego światła i oświeca doskonale twarz pachołka pełną troskliwości i współczucia...

– Rzędzian! – woła nagle pan Skrzetuski.

– O mój jegomość! że też już jegomość mnie poznał! – wykrzykuje pachołek i przypada do nóg pańskich – Myślałem, że już jegomość nigdy się nie rozbudzi...

Nastała chwila milczenia – słychać było tylko szlochanie pachołka, który wciąż ściskał nogi pańskie.

– Gdziem jest? – pyta pan Skrzetuski.

– W Toporowie... Jegomość ze Zbaraża do króla jegomości przyszedł... Chwała Bogu! chwała Bogu!

– A król gdzie jest?

– Poszedł z wojskiem na ratunek księciu wojewodzie.

Nastała znowu chwila milczenia. Łzy radości spływały ciągle po twarzy Rzędziana, który po chwili zaczął powtarzać wzruszonym głosem:

– Że też ja jegomościne ciało jeszcze oglądam...

Potem wstał i otworzył okiennicę, a z nią i okno.

Poranne świeże powietrze wpadło do izby, a z nim i jasne światło dzienne. Z tym światłem wróciła Skrzetuskiemu cała przytomność...

Rzędzian usiadł w nogach łóżka...

– Tom ja ze Zbaraża wyszedł? – pytał rycerz.

– Tak jest, mój jegomość... Nikt tego dokazać nie mógł, czego jegomość dokazał, i z jegomościnej przyczyny król na ratunek poszedł.

– Pan Podbipięta przede mną próbował, ale zginął...

– O dla Boga! Pan Podbipięta zginął? Taki hojny pan i cnotliwy!... Aż mi dech zaparło... Zali oni takiemu mocarzowi mogli dać rady...

– Z łuków go ustrzelili...

– A pan Wołodyjowski i pan Zagłoba?

– Zdrowi byli, jakem wychodził.

– To chwała Bogu. Wielcy to jegomości przyjaciele... Jeno mi ksiądz mówić zakazał...

Rzędzian umilkł i przez czas jakiś pracował głową. Zamyślenie odbiło się wyraźnie na jego pucołowatym obliczu. Po chwili ozwał się:

– Jegomość?

– A czego?

– A co też się z fortuną pana Podbipięty stanie? Podobno tam wsiów i wszelkiej dobroci bez liku... Zali przyjaciołom czego nie zapisał, bo jak słyszałem, nie miał rodziny?

Skrzetuski nie odpowiedział nic, więc Rzędzian poznał, że mu nie w smak pytanie, i tak znów mówić począł:

– Ale chwalić Boga, że pan Zagłoba i pan Wołodyjowski zdrowi; myślałem, że ich Tatarzy ogarnęli... Siła my biedy razem przeszli... jeno mi ksiądz mówić zakazał... Ej, mój jegomość, myślałem, że już ich nigdy nie zobaczę, bo nas orda tak przycisnęła, że rady nijakiej nie było.

– Toś ty był z panem Wołodyjowskim i panem Zagłobą? Nic mi o tym nie wspominali.

– Bo i oni nie wiedzieli, czym ocalał, czym zginął...

– A gdzie to was orda tak przycisnęła?

– A za Płoskirowem, w drodze do Zbaraża. Bo my, mój jegomość, daleko, aż za Jampol, jeździli... jeno ksiądz Cieciszowski mówić zakazał...

Nastała chwila ciszy.

– Niechże wam Bóg zapłaci za wasze chęci i trudy – rzekł Skrzetuski – bo już wiem, po coście tam jeździli. Byłem i ja tam przed wami... na próżno...

– Ej, mój jegomość, żeby nie ten ksiądz... Ale to tak powiada: ja muszę z królem jegomością pod Zbaraż jechać, a ty (powiada do mnie) pana pilnuj, jeno mu nie mów nic, bo dusza z niego wyjdzie.

Skrzetuski tak dalece rozstał się od dawna z wszelką nadzieją, że i te słowa Rzędziana nie wykrzesały w nim najmniejszej jej iskierki... Czas jakiś leżał nieruchomie, a wreszcie począł pytać:

– Skądże ty tu się wziął przy księdzu Cieciszowskim i przy wojsku?

– Mnie pani kasztelanowa sandomierska, pani Witowska, wysłała z Zamościa z oznajmieniem do pana kasztelana, że się w Toporowie z nim połączy... Mężna to jest pani, mój jegomość, i chce koniecznie przy wojsku być, byle się z panem kasztelanem nie rozłączać... Więc ja do Toporowa przyjechałem na dzień przed jegomościa. Pani sandomierskiej rychło patrzyć... powinna by już być... ale cóż, kiedy on znowu z królem odjechał!

– Nie rozumiem, jakżeś ty mógł być w Zamościu, kiedyś z panem Wołodyjowskim i panem Zagłobą za Jampol jeździł. Czemuś to do Zbaraża z nimi nie przyjechał?

– Bo widzi jegomość, jak nas orda wsparła, tak już nie było żadnej rady; więc oni się we dwóch całemu czambułowi zastawili, a ja uciekłem i nie oparłem się aż w Zamościu.

– Szczęście, że nie zginęli – rzekł Skrzetuski – ale myślałem, żeś lepszy pachołek. Zali godziło ci się opuszczać ich w takiej opresji?

– Ej, mój jegomość, żeby to my byli sami, we trzech, pewno bym ja ich nie opuścił, bo mi się serce krajało, aleśmy we czworo byli... więc oni rzucili się na ordę, a mnie sami kazali... ratować... Żebym to ja był pewny, że jegomości radość nie zabije... bo to my za Jampolem... znaleźli... ale że ksiądz...

Skrzetuski począł patrzyć na pachołka i mrugać oczyma jak człowiek, który budzi się ze snu – nagle, rzekłbyś, zerwało się coś w nim, bo pobladł strasznie, siadł na łożu i krzyknął grzmiącym głosem:

– Kto z tobą był?

– Jegomość! hej, jegomość! – wołał pachołek przerażony zmianą, jaka zaszła w twarzy rycerza.

– Kto z tobą był? – krzyczał Skrzetuski i chwyciwszy za ramiona Rzędziana trząść nim począł i sam trząsł się jak w febrze, i gniótł pachołka w żelaznych rękach.

– To już powiem! – wołał Rzędzian – niech ksiądz robi, co chce: panna z nami była, a teraz jest przy pani Witowskiej.

Skrzetuski zesztywniał, zamknął oczy i głowa jego opadła ciężko na poduszki.

– Rety! – wołał Rzędzian. – Pewno jegomość ostatnią parę puścił! Rety, com ja uczynił!...lepiej mi było milczeć. O dla Boga! jegomość najdroższy, niech no jegomość przemówi... Dla Boga! słusznie ksiądz zakazywał... jegomość! hej, jegomość!...

– Nic to! – ozwał się wreszcie Skrzetuski. – Gdzie ona jest?

– Chwała Bogu, że jegomość odżył... Lepiej już nic nie powiem. Jest z panią kasztelanową sandomierską... rychło ich tu patrzyć... Chwała Bogu!... niech no już jegomość nie umiera... rychło ich tu patrzyć... my do Zamościa uciekli... i tam ksiądz oddał pannę pani Witowskiej... dla przystojności... że to w wojsku swawolnicy bywają... Bohun ją uszanował, ale o przygodę nietrudno... Siła ja miałem kłopotów, tylko żem to żołnierzom mówił: „Księcia Jeremiego krewna!...", więc szanowali... Wydałem też na drogę niemało...

Skrzetuski znowu leżał nieruchomie, ale oczy miał otwarte, do pułapu wzniesione i twarz bardzo poważną – widać modlił się. Gdy skończył, zerwał się, siadł na łożu i rzekł:

– Szaty mi daj – i każ konie kulbaczyć!

– A gdzie to jegomość chce jechać?

– Szaty prędzej daj!

– Jakby jegomość wiedział, że wszelakiego ochędóstwa jest dosyć, bo i król przed odjazdem nadawał, i różni panowie nadawali. I trzy koniki bardzo foremne w stajni. Żebym to choć jednego takiego miał!... ale lepiej jeszcze jegomości poleżeć i wypocząć, bo siły w jegomości żadnej nie ma.

– Nic mi nie jest. Na konia mogę siadać. Na Boga żywego, pośpiesz się!

– Wiem ja to, że jegomościne ciało z żelaza – niechże i tak będzie. Tylko mnie jegomość przed księdzem Cieciszowskim obroni... Oto szaty tu leżą... lepszych i u bławatników ormiańskich nie dostanie... Niech się jegomość ubiera, a ja powiem, iżby polewki winnej przynieśli, bom też już sobie kazał księżemu słudze uwarzyć.

To rzekłszy Rzędzian zakrzątnął się koło strawy, a Skrzetuski począł śpiesznie przywdziewać szaty zostawione w darze przez króla i panów. Tylko raz w raz chwytał pachołka w ramiona i cisnął go do wezbranej piersi, a zaś pachołek opowiadał mu wszystko *ab ovo*, jako Bohuna, posieczonego przez pana Michała, ale już podleczonego, we Włodawie spotkał i jako się od niego o kniaziównie wywiedział i piernacz uzyskał. Jak potem poszli z panem Michałem i panem

Zagłobą do Waładynieckich jarów i ubiwszy wiedźmę i Czeremisą, kniaziównę uwieźli, a wreszcie jak wielkie spotykały ich niebezpieczeństwa, gdy przed wojskami Burłaja uciekali.

– Burłaja pan Zagłoba usiekł – wtrącił gorączkowo Skrzetuski.

– Bitny to jest mąż – odpowiedział Rzędzian – jeszczem też takiego nie widział, bo to jeden bywa mężny, drugi mowny, trzeci frant, a w panu Zagłobie wszystko w kupie siedzi. Ale najgorzej to już nam było, mój jegomość, w tych lasach za Płoskirowem, gdy nas orda wsparła. Pan Michał z panem Zagłobą zostali, by ich na siebie ściągnąć i pogoń wstrzymać, ja zaś rzuciłem się w bok ku Konstantynowu, Zbaraż omijając, bo już takem myślał, że zabiwszy pana małego i pana Zagłobę, będą właśnie ku Zbarażowi za nami gnali. Jakoż nie wiem, jakim tam sposobem Bóg w miłosierdziu swoim wyratował pana małego i pana Zagłobę... Myślałem, że ich usieką. My tymczasem umykali z panną między Chmielnickim, który od Konstantynowa ciągnął, a Zbarażem, pod który Tatarzy poszli.

– Nie poszli oni tam zaraz, bo ich pan Kuszel wyparł. Ale mów prędzej!

– Żebym ja to był wiedział, alem nie wiedział, więceśmy przeciskali się z panną między Tatary i Kozaki jak wąwozem. Szczęściem kraj był pusty, tak że nigdzieśmy żywego człeka nie spotkali, ni we wsiach, ni w miasteczkach, bo wszystko pouciekało, gdzie kto mógł, przed Tatarami. Ale dusza mi na ramieniu siedziała ze strachu, żeby to mnie nie ogarnęli, czegom też w końcu nie uniknął.

Skrzetuski przestał się ubierać i spytał:

– Jak to?

– A tak, mój jegomość; wpadłem na podjazd kozacki Dońca, brata onej Horpyny, u której panna w jarze siedziała. Szczęściem znałem go dobrze, bo mnie przy Bohunie widywał. Pokłoniłem mu się od siostry, pokazałem piernacz Bohunów i opowiedziałem wszystko: jako mnie Bohun po pannę posłał i jako mnie czeka za Włodawą. A on, że to był Bohunowi przyjacielem i wiedział o tym, że siostra panny strzeże, więc uwierzył. Myślałem, że puści i jeszcze opatrzy na drogę; ale on powiada tak: „Tam (powiada) pospolite ruszenie się zbiera, jeszcze wpadniesz w ręce Lachom; zostań powiada, ze mną, pojedziemy do Chmielnickiego; w obozie będzie dziewczynie najbezpieczniej, bo jej tam sam Chmielnicki będzie dla Bohuna strzegł." Jak mi to powiedział, ażem zmartwiał, bo co tu na to odrzec? Mówię tedy, że Bohun na nią czeka i że szyja moja w tym, żebym ją zaraz odwiózł. A on na to: „To damy znać Bohunowi – a ty nie jedź; bo tam Lachy". Zacząłem się spierać, on też się spierał ze mną, aż wreszcie rzecze: „Dziwno mi to, że się tak boisz między Kozaków iść – ej! czyś nie zdrajca!" Dopiero zobaczyłem, że nie ma innej rady, jak nocą umykać, bo już zaczął mnie podejrzewać. Siódme poty na mnie biły, mój jegomość. Jużem tedy wszystko gotował do drogi, gdy pan Pełka od wojsk królewskich w nocy nadszedł.

– Pan Pełka? – rzekł wstrzymując dech Skrzetuski.

– A jakże, mój jegomość. Sławny to był zagończyk pan Pełka, który niedawno poległ – Panie, świeć nad jego duszą! – Nie wiem, czyby kto lepiej potrafił od niego podjazd prowadzić i pod potęgą nieprzyjacielską się uwijać – chyba jeden pan Wołodyjowski. Owóż przyszedł pan Pełka, podjazd Dońcowy starł, że i noga nie uszła, a samego Dońca wziął do niewoli. Parę niedziel temu, jak go na pal wołami nawlekli – dobrze mu tak! Ale i z panem Pełką miałem biedy niemało, bo to był człek okrutnie na cnotę zawzięty... Panie, świeć nad jego duszą! Jużem się bał, aby panna, uszedłszy krzywdy od Kozaków, nie doznała gorszej od swoich... Dopierom powiedział panu Pełce, że to księcia naszego pana krewna. A on, trzeba jegomości wiedzieć, że jak naszego księcia, bywało, wspomniał, to czapkę zdejmował i na służbę się do niego zawsze wybierał... Więc zaraz zaczął pannę szanować i aż het, do Zamościa, do króla nas odprowadził, a tam ksiądz Cieciszowski (bardzo to święty ksiądz, mój jegomość) w opiekę nas wziął i pani kasztelanowej Witowskiej pannę oddał.

Skrzetuski odetchnął głęboko, po czym rzucił się na szyję Rzędziana.

– Przyjacielem mi będziesz, bratem, nie sługą – rzekł – ale teraz już jedźmy. Kiedy pani kasztelanowa miała tu stanąć?

– W tydzień po mnie – a już dziesięć dni jest... a ośm jegomość bez przytomności leżał.

– Jedźmy! jedźmy! – powtórzył Skrzetuski – bo mnie radość rozerwie.

Lecz nim skończył, dał się słyszeć tętent na podwórzu i okna zaćmiły się nagle końmi i ludźmi. Przez szyby dojrzał pan Skrzetuski naprzód starego księdza Cieciszowskiego, a przy nim wychudzone twarze pana Zagłoby, Wołodyjowskiego, Kuszla i innych znajomych wśród czerwonych dragonów książęcych. Rozległ się wesoły okrzyk, a po chwili hurma rycerzy z księdzem na czele wpadła do izby.

– Pokój zawarty pod Zborowem, oblężenie zdjęte! – wołał ksiądz.

Lecz Skrzetuski domyślił się zaraz tego na sam widok towarzyszów zbaraskich, a teraz był już w objęciach Zagłoby i Wołodyjowskiego, którzy odbierali go sobie wzajmnie.

– Powiedzieli nam, żeś żyw – krzyczał Zagłoba – ale tym większa radość, że cię tak rychło i w zdrowiu oglądamy! Umyślnieśmy tu po ciebie przyjechali... Janie! ani wiesz, jakąś się sławą okrył i jaka cię nagroda czeka!

– Król nagrodził – rzekł ksiądz – ale król królów więcej obmyślił.

– Wiem już – odparł Skrzetuski. – Niech was Bóg nagrodzi! Rzędzian wszystko mi wyznał.

– I radość cię nie zadusiła? to i lepiej! *Vivat* Skrzetuski! *vivat* kniaziówna! – krzyczał Zagłoba. – A co, Janie! nie pisnęliśmy ci o niej ani słowa, bośmy nie wiedzieli, czy żywa. Ale pachołek gracko z nią umykał. O *vulpes astuta!* książę czeka na was oboje... Ha! aż pod Jahorlik jeździliśmy po nią. Zabiłem *monstrum* piekielne, które jej strzegło. Uciekało przed wami tych dwunastu chłopczysków, ale teraz ich dogonicie i przegonicie. Będę miał wnuki, mości panowie! Rzędzian, mów, zali wielkich przeszkód nie doznałeś? Imaginuj sobie, że całą ordę wstrzymaliśmy we dwóch z panem Michałem! Pierwszym się rzucił na cały czambuł! W wykroty się przed nami chowali – nic nie pomogło! Pan Michał też dobrze stawał... Gdzie moja córuchna? Dajcie mi moją córuchnę!

– Niech ci Bóg szczęści, Janie! niech ci Bóg szczęści! – mówił mały rycerz biorąc ponownie w ramiona Skrzetuskiego.

– Niech wam Bóg zapłaci za wszystko, coście dla mnie uczynili. Słów mi nie staje. Życiem, krwią wam nie nagrodzę! – odpowiedział Skrzetuski.

– Mniejsza z tym! – wołał Zagłoba. – Pokój zawarty! kiepski pokój, mości panowie, ale trudno. Dobrze, żeśmy ten zapowietrzony Zbaraż opuścili. Będzie teraz spokój, mości panowie. Nasza to praca i moja, bo gdyby Burłaj żył dotąd, na nic by się układy nie zdały. Na weselisko pojedziem. Dalej, Janie! Trzymaj się ostro! Ani się domyślasz, jaki książę pan ma dla cię prezent ślubny! Kiedy indziej ci powiem, a teraz, gdzie moja córuchna, u kaduka? Dawajcie tu moją córuchnę! Już jej Bohun nie porwie: pierwej musiałby łyka porwać! Gdzie moja córuchna najmilsza?

– Właśniem na koń siadał, by jechać naprzeciw pani sandomierskiej – rzekł Skrzetuski. – Jedźmy, jedźmy, bo rozum stracę.

– Hajda, mości panowie! Jedźmy z nim razem. Czasu nie tracić! hajda!

– Pani sandomierska nie musi być daleko – rzekł ksiądz.

– Jazda! – dodał pan Michał.

Ale Skrzetuski już był za drzwiami i skoczył na konia tak lekko, jakby nie dopiero co z łoża boleści powstawał. Rzędzian trzymał się jego boku, bo wolał z księdzem sam na sam nie zostawać. Pan Michał i Zagłoba przyłączyli się do nich – i jechali co koń wyskoczy na czele gromady, a cała gromada szlachty i czerwonych dragonów leciała toporowiecką drogą na kształt kraśnych płatków maku, które wiatr niesie.

– Hajda! – krzyczał Zagłoba bijąc piętami konia.

I tak lecieli z dziesięć stajań, aż na skręcie gościńca ujrzeli tuż przed sobą szereg wozów i kolasek otoczony przez kilkudziesięciu pajuków; kilku z nich widząc naprzeciw zbrojnych ludzi ruszyło zaraz z konia pytać, co by byli za jedni?

– Swoi! od królewskiego wojska! – krzyknął pan Zagłoba.

– A to kto jedzie?

– Pani kasztelanowa sandomierska! – brzmiała odpowiedź.

Skrzetuskiego tak przybiło wzruszenie, iż sam, nie wiedząc, co czyni, zsunął się z konia i stanął, chwiejąc się, na boku gościńca. Czapkę zdjął, a po skroniach spływał mu pot obfity; i drżał ten rycerz – przed szczęściem – na całym ciele. Pan Michał zeskoczył również z kulbaki i chwycił w ramiona osłabłego rycerza.

Za nimi stanęli wszyscy na boku gościńca z poodkrywanymi głowami, a tymczasem szereg wozów i kolasek nadciągnął i począł przechodzić mimo. Z panią Witowską jechało kilkanaście różnych pań, które patrzyły ze zdziwieniem na rycerzy nie rozumiejąc, co ma znaczyć ta żołnierska procesja przy gościńcu.

Aż wreszcie w środku orszaku ukazała się kolaska ozdobniejsza od innych; oczy rycerzy ujrzały przez jej otwarte okna poważne oblicze sędziwej damy, a obok niej słodką i śliczną twarz Kurcewiczówny.

– Córuchna! – wrzasnął Zagłoba rzucając się na oślep ku karecie – córuchna! Skrzetuski jest z nami... Córuchna!

W orszaku poczęto wołać: ,,Stój! stój!'' – uczynił się ruch i zamieszanie; tymczasem Kuszel z Wołodyjowskim prowadzili, a raczej wlekli Skrzetuskiego do karety, on zaś osłabł zupełnie i ciążył im coraz bardziej. Głowa zwisła mu na piersi i nie mógł już iść, i opadł na kolana przy stopniach kolaski.

Lecz w chwilę później silne a słodkie ramiona Kurcewiczówny podtrzymywały osłabłą i wynędzniałą głowę rycerza.

Zagłoba zaś widząc zdumienie pani sandomierskiej wołał:

– To Skrzetuski, bohater ze Zbaraża! On to się przedarł przez nieprzyjaciół, on ocalił wojska, księcia, całą Rzeczpospolitą! Niech im Bóg błogosławi i niech żyją!

– Niech żyją! *vivant! vivant!* – wołała szlachta.

– Niech żyją! – powtórzyli książęcy dragoni, aż grzmot rozległ się po toporowieckich polach.

– Do Tarnopola! do księcia! na wesele! – wykrzykiwał Zagłoba. – A co, córuchna? skończona twoja niedola!... a dla Bohuna kat i miecz!

Ksiądz Cieciszowski oczy miał podniesione do nieba, a usta jego powtarzały cudne słowa natchnionego kaznodziei:

– „Siejba była w płakaniu, a żniwo w weselu..."

Usadzono Skrzetuskiego w karecie obok kniaziówny – i orszak ruszył dalej. Dzień był cudny, pogodny, dąbrowy i pola pławiły się w świetle słonecznym. Nisko po ugorach i wyżej nad ugorami, i jeszcze wyżej w błękitnym powietrzu płynęły już tu i owdzie srebrne nitki pajęczyny, które późniejszą jesienią jakoby śniegiem pokrywają tamtejsze pola. I spokój był wielki naokoło, jeno konie parskały raźno w orszaku.

– Panie Michale – mówił Zagłoba trącając strzemieniem w strzemię Wołodyjowskiego – coś mnie znowu ułapiło za grdykę i trzyma, jak to wówczas, kiedy pan Podbipięta – wieczny mu odpoczynek! – wychodził ze Zbaraża: ale gdy pomyślę, że się tych dwoje wreszcie znalazło, to tak mi lekko na sercu, jakbym kwartę petercymentu duszkiem wypił! Jeśli i ciebie małżeńska przygoda nie spotka, to na starość będziem ich dzieci hodować. Każdy do czego inszego się rodzi, panie Michale, a my dwaj lepsi chyba do wojny niż do żeniaczki.

Mały rycerz nie odpowiedział nic, jeno począł wąsikami mocniej niż zwykle ruszać.

Jechali do Toporowa, a stamtąd do Tarnopola, gdzie się mieli z księciem Jeremim połączyć i razem z jego chorągwiami do Lwowa na wesele ruszyć. Przez drogę opowiadał Zagłoba pani sandomierskiej, co się w ostatnich czasach stało, dowiedziała się więc, że król po nie rozstrzygniętej, morderczej bitwie pod Zborowem zawarł układ z chanem, niezbyt pomyślny, ale zapewniający przynajmniej spokój na czas jakiś Rzeczypospolitej. Chmielnicki na mocy układu pozostał nadal hetmanem i miał prawo z niezmiernych tłumów czerni wybrać sobie czterdzieści tysięcy regestrowych, za które ustępstwo zaprzysiągł wierność i posłuszeństwo królowi i stanom.

– Niechybna to jest rzecz – mówił Zagłoba – że z Chmielnickim znowu przyjdzie do wojny, ale jeśli tylko buława naszego księcia nie minie, inaczej to wszystko pójdzie...

– Powiedzże waćpan Skrzetuskiemu najważniejszą rzecz – rzekł zataczając bliżej koniem mały rycerz.

– Prawda – rzekł Zagłoba. – Chciałem zaraz od tego zacząć, aleśmy tchu dotąd złapać nie mogli. Nic nie wiesz, Janie, co się po twoim wyjściu stało: że Bohun jest u księcia w niewoli.

Skrzetuski i Kurcewiczówna zdumieli na tę niespodziewaną wiadomość do tego stopnia, że słowa wyrzec nie mogli – tylko ona ręce otworzyła – i nastała chwila milczenia, po czym dopiero Skrzetuski spytał:

– Jak to? jakim sposobem?

– Palec w tym boży – odpowiedział Zagłoba – nic innego, jeno palec boży. Układ już był zawarty i wychodziliśmy właśnie z tego zapowietrzonego Zbaraża, a książę wybiegł z jazdą na lewe skrzydło pilnować, by orda na wojsko nie napadła... że to oni często układów nie dotrzymują. Wtem nagle wataha z trzystu koni rzuciła się na całą jazdę książęcą.

– Jeden Bohun mógł taką rzecz uczynić! – zawołał Skrzetuski.

– On też to był. Ale nie na zbaraskich żołnierzów Kozakom się porywać!

Pan Michał wnet otoczył ich i wysiekł do nogi, a Bohun, dwa razy przez niego cięty, poszedł w łyka. Nie ma on szczęścia do pana Michała i sam się już musiał o tym przekonać, gdyż właśnie do trzech razy próbował. Ale on też nie czego innego, jeno śmierci szukał.

– Pokazało się – dorzucił pan Wołodyjowski – że chciał Bohun zdążyć koniecznie spod Waładynki do Zbaraża, wszelako, że to droga długa, więc nie zdążył, i gdy się dowiedział, że już pokój zawarty rozum mu się od wściekłości pomieszał i na nic już nie zważał.

– Kto mieczem wojuje, od miecza ginie, bo taka to już jest fortuny odmienność – rzekł Zagłoba. – To jest szalony Kozak i tym szaleńszy, że desperat. Okrutna wrzawa podniosła się z jego powodu między nami i między hultajstwem. Myśleliśmy, że do wojny na nowo przyjdzie, bo książę pierwszy zakrzyknął, że układy złamali. Chmielnicki chciał, było, Bohuna ratować, ale chan się na niego zawziął, że to powiada: „Moje słowo i moją przysięgę na hańbę podał." I Chmielnickiemu chan wojną zagroził, a do naszego księcia przysłał czausa z oznajmieniem, że Bohun jest prywatny zbój – i z prośbą, żeby książę sprawy z tego nie czynił, a z Bohunem postąpił jak ze zbójem. Podobno też i o to chodziło chanowi, żeby Tatarzy jasyr mogli spokojnie odprowadzić, którego tyle nabrali, że za dwa hufnale chłopa będzie można w Stambule kupić.

– Cóż książę uczynił z Bohunem? – pytał niespokojnie Skrzetuski.

– Kazał, było, książę zaraz palik dla niego zastrugać, ale się potem rozmyślił i tak powiada: „Skrzetuskiemu go daruję, niechże z nim czyni, co chce."Teraz w Tarnopolu Kozaczysko w podziemiu siedzi; cyrulik mu łeb opatruje. Mój Boże, ileż to razy dusza już powinna była z niego uciec! Żadnemu wilkowi psi tak skóry nie natarmosili, jako my jemu. Sam pan Michał trzy razy go pokąsał. Ale twarda to sztuka, choć i prawdę rzekłszy, człek nieszczęsny. Niech mu tam kat świeci! Nie mam ja już do niego rankoru, pomimo iż okrutnie na mnie nastawał, a niewinnie, bo i pijałem z nim, pospolitowałem się jak z równym póki na cię, córuchno, ręki nie podniósł. Mogłem go też pchnąć w Rozłogach... Ale to już z dawna wiem, że nie masz żadnej wdzięczności na świecie i mało kto dobrym za dobre płaci. Niech go tam!...

Tu pan Zagłoba począł kiwać głową...

– A ty co z nim uczynisz, Janie? – spytał. – Żołnierze mówią, że forysia z niego zrobisz, bo chłop pokaźny, ale nie chce mi się wierzyć, żebyś tak właśnie postąpił.

– Z pewnością tego nie uczynię – odrzekł Skrzetuski. – Wielkiej to jest fantazji żołnierz, a że nieszczęsny, tym bardziej go żadną chłopską funkcją nie pohańbię.

– Niech mu Bóg wszystko odpuści – rzekła kniaziówna.

– Amen! – dodał Zagłoba. – Prosi on śmierci jako matki, by go zabrała... i pewnie byłby ją znalazł, gdyby się był pod Zbaraż nie spóźnił.

Zamilkli wszyscy, nad dziwnymi zmianami fortuny rozmyślając, aż w oddaleniu ukazała się Grabowa, w której zatrzymali się na pierwszy popas. Zastali tam huk żołnierzy wracających ze Zborowa. Przyjechał i pan kasztelan sandomierski, Witowski, który szedł z pułkiem na spotkanie żony, i pan starosta krasnostawski, i pan Przyjemski – i moc szlachty z pospolitego ruszenia, której tędy droga do domostw wypadała. Dwór w Grabowej był spalony, również jak i wszystkie inne budynki, ale że dzień był cudny, cichy i ciepły, więc nie szukając dachu nad głową, wszyscy rozłożyli się w dąbrowie pod gołym niebem, przywieziono też i znaczne zapasy jadła i napitków, więc czeladź zaraz wzięła się żywo do przyrządzania wieczerzy. Pan sandomierski kazał rozbić kilkanaście namiotów w dąbrowie dla niewiast i dygnitarzy – i stanął jakby obóz prawdziwy. Rycerstwo kupiło się przed namiotami, chcąc się na kniaziównę i Skrzetuskiego napatrzyć. Inni rozmawiali o minionej wojnie; ci, co nie byli pod Zbarażem, jeno pod Zborowem, wypytywali żołnierzy książęcych o szczegóły oblężenia – i gwarno było, i wesoło, zwłaszcza że Bóg zdarzył dzień tak piękny.

Wodził więc rej pan Zagłoba między szlachtą, opowiadając po raz tysięczny, jak to Burłaja zabił, a Rzędzian między czeladzią, która ucztę przygotowywała. Wszelako upatrzył zręczny pachołek stosowną chwilę i odciągnąwszy Skrzetuskiego kęs na stronę, schylił się mu do nóg pokornie.

– Mój jegomość – rzekł – chciałbym i ja o łaskę jegomości prosić.

– Trudno by mi było odmówić ci czegokolwiek – odpowiedział pan Skrzetuski – gdyż przez ciebie wszystko, co najlepsze, się stało.

– Zaraz ja też myślałem – rzekł pachołek – że mi jegomość jakowąś nagrodę obmyśli.

– Mów: czego chcesz?

Pucołowata twarz Rzędziana pociemniała, a z oczu strzeliła mu nienawiść i zawziętość.

– Jednej łaski proszę, niczego więcej nie chcę – rzekł – niechże mi jegomość Bohuna daruje.

– Bohuna? – rzekł ze zdziwieniem pan Skrzetuski. – Cóż ty chcesz z nim uczynić?

– Już ja, mój jegomość, pomyślę, żeby moje nie przepadło i żeby mu z lichwą zapłacić za to, że mnie w Czehrynie pohańbił. Wiem, że jegomość każe go pewnikiem zgładzić – niechże ja mu pierwej zapłacę!

Brwi Skrzetuskiego ściągnęły się.

– Nie może to być! – rzekł stanowczo.

– O dla Boga! wolałbym był zginąć – zawołał żałośnie Rzędzian. – Na tożem wyżył, by hańba do mnie przyrosła!

– Żądaj, czego chcesz – rzekł Skrzetuski – niczego ci nie odmówię, ale to nie może być. Wejdź w siebie, zapytaj ojców, jeśli nie grzeszniej będzie dotrzymać takowej obietnicy niżeli jej poniechać. Do boskiej karzącej ręki ty swojej nie przykładaj, aby się zaś i tobie nie dostało. Zawstydź się, Rzędzian. Ten człek i tak Boga o śmierć prosi, a przy tym ranny i w łykach. Czymże mu chcesz być? katem? Będziesz-li związanego hańbił albo rannego dobijał? zaliś Tatar czy rezun kozacki? Pókim żyw, na to nie pozwolę, i nie wspominaj mi o tym.

W głosie pana Jana było tyle siły i woli, że pachołek od razu stracił wszelką nadzieję, więc tylko rzekł płaczliwym głosem:

– Jak on zdrów, to on i dwóm takim jak ja dałby rady, a jak chory, to mi się mścić nie przystoi – kiedyż ja mu za swoje zapłacę?

– Zemstę zostaw Bogu – rzekł Skrzetuski.

Pachołek usta otworzył, chciał jeszcze coś mówić, o coś się pytać, ale pan Jan odwrócił się i poszedł ku namiotom, przed którymi liczne zebrało się towarzystwo. W środku siedziała pani Witowska, a obok niej kniaziówna, naokół zaś rycerze. Przed nimi nieco pan Zagłoba, stojąc bez czapki, opowiadał tym, którzy byli tylko pod Zborowem, oblężenie Zbaraża. Słuchali go wszyscy dech w piersiach tamując; twarze mieniły się od wzruszenia i ci, co tam nie byli, z żalem myśleli o tym, że nie byli. Pan Jan siadł koło kniaziówny i wziąwszy jej rękę, do ust przycisnął, a potem wsparli się o siebie ramionami i siedzieli cicho. Słońce schodziło już z nieba i z wolna czynił się wieczór. Skrzetuski zasłuchał się także – jakby czegoś nowego dla siebie słuchając. Pan Zagłoba obcierał czuprynę – i głos jego rozbrzmiewał coraz silniej... Rycerzom świeża pamięć lub imaginacja przywodziła przed oczy te krwawe dzieje: więc widzieli okop jakoby morzem otoczony i wściekłe szturmy; słyszeli wrzaski i wycia, i huk armat i samopałów, widzieli kniazia w srebrnych blachach na okopie – wśród gradu kul... Potem nędzę, głód, owe noce czerwone, w których śmierć krążyła jak złowrogi, wielki ptak nad okopem... wyjście pana Podbipięty, Skrzetuskiego... I słuchali wszyscy, czasem oczy wznosząc do góry lub za głownie szabel chwytając, a pan Zagłoba tak kończył:

– Jedna to teraz mogiła, jeden kopiec olbrzymi, a że pod nim nie leży sława Rzeczypospolitej i kwiat rycerstwa, i książę wojewoda, i ja, i my wszyscy, których lwami zbaraskimi sami Kozacy nazywają – on to sprawił!

To rzekłszy pan Zagłoba wskazał Skrzetuskiego.

– Jako żywo, tak jest! – wykrzyknęli Marek Sobieski i pan Przyjemski.

– Sława mu! cześć, dziękowanie! – poczęły wołać silne głosy rycerskie.

– *Vivat* Skrzetuski! *Vivat* młoda para! Niech żyje bohater! – wołano coraz silniej.

Uniesienie ogarnęło wszystkich zebranych. Jedni biegli po kielichy, drudzy rzucali czapki w górę. Żołnierze poczęli dźwięczeć szablami – i wkrótce uczynił się jeden ogólny gromki okrzyk:

– Sława! sława! niech żyje! niech żyje!

Skrzetuski jak prawdziwy rycerz chrześcijański spuścił pokornie głowę – ale kniaziówna wstała, strząsnęła warkocze, rumieńce biły jej na twarz, a z oczu strzelała duma, bo ten rycerz miał być jej mężem, a sława męża pada na żonę jak światło słońca na ziemię.

* * *

Późną już nocą rozjechali się zgromadzeni w dwie strony. Państwo Witowscy, pan Przyjemski i starosta krasnostawski pociągnęli z pułkami w stronę Toporowa, a Skrzetuski z kniaziówną i chorągwią Wołodyjowskiego do Tarnopola. Noc była tak pogodna jak i dzień. Roje gwiazd świeciły na niebie. Księżyc zeszedł i oświecił pokryte pajęczyną pola. Żołnierze poczęli śpiewać; potem wstały białe opary z łąk i uczyniły z okolicy jakby jedno olbrzymie jezioro oświecone blaskiem księżyca.

W taką to noc wychodził niegdyś Skrzetuski ze Zbaraża i w taką noc teraz czuł bicie serca Kurcewiczówny przy swoim.

EPILOG

Lecz tragedia dziejowa nie zakończyła się ani pod Zbarażem, ani pod Zborowem, a nawet nie zakończył się tam jej akt pierwszy. W dwa lata później zerwała się znów cała Kozaczyzna do boju z Rzecząpospolitą. Wstał Chmielnicki silniejszy niż kiedykolwiek, a z nim szedł chan wszystkich ord – i ciż sami wodze, którzy już pod Zbarażem stawali: więc dziki Tuhaj-bej i Urum-murza, i Artim-Girej, i Nuradyn, i Gałga, i Amurat, i Subagazi. Słupy pożarów, jęki ludzkie szły przed nimi – tysiące wojowników pokrywały pola, napełniały lasy, pół miliona ust wydawało okrzyki wojenne – i zdawało się ludziom, że przyszedł ostatni kres na Rzeczpospolitą.

Lecz i Rzeczpospolita przebudziła się już z odrętwienia, zerwała z dawną polityką kanclerza, z układami, z paktowaniem. Już było wiadomo, że tylko miecz dłuższy spokój zapewnić może, więc gdy król ruszył przeciw nieprzyjacielskiej powodzi, szło z nim sto tysięcy wojska i szlachty prócz mrowia ciurów i czeladzi.

Nikogo nie brakło z osób wchodzących do niniejszego opowiadania. Był książę Jeremi Wiśniowiecki z całą swą dywizją, w której po staremu służyli Skrzetuski i Wołodyjowski z wolentarzem Zagłobą; byli obaj hetmani, Potocki i Kalinowski, czasu tego już z niewoli tatarskiej wykupieni. Był i pułkownik Stefan Czarniecki, późniejszy szwedzkiego króla Karola Gustawa pogromca, i pan Przyjemski, który wszystką armatą dowodził, i generał Ubald, i pan Arciszewski, i pan starosta krasnostawski, i brat jego starosta jaworowski, późniejszy król Jan III, i Ludwik Weyher wojewoda pomorski, i Jakub wojewoda malborski, i chorąży Koniecpolski, i książę Dominik Zasławski, i biskupi, i dygnitarze koronni, i senatorowie – cała Rzeczpospolita z naczelnym swym wodzem, królem.

Na polach Beresteczka spotkały się wreszcie owe krociowe zastępy i tam to stoczono jedną z największych bitew w dziejach świata, której odgłosem brzmiała cała ówczesna Europa.

Trwała ona trzy dni. Przez pierwsze dwa ważyły się losy – w trzecim przyszło do walnego boju, który przeważył zwycięstwo. Rozpoczął ów bój książę Jeremi. Dzień ów pierwszego spotkania był dniem tryumfu dla polityki straszliwego „Jaremy" – jemu więc pierwszemu przyszło na nieprzyjaciela uderzyć.

I widziano go na czele całego lewego skrzydła, jak bez zbroi, z gołą głową, gnał jak wicher po polu na olbrzymie zastępy złożone ze wszystkich konnych mołojców zaporoskich, ze wszystkich Tatarów krymskich, nohajskich, białogrodzkich, z Turków sylistryjskich i rumelskich, z Urumbałów, janczarów, Serbów, Wołochów, Perierów i innych dzikich wojowników zebranych od Uralu, Morza Kaspijskiego i błot Meockich aż do Dunaju.

I jak rzeka ginie z oczu w spienionych nurtach morskich, tak zginęły z oczu pułki książęce w tym morzu nieprzyjaciół. Chmura kurzawy wstała na równinie niby rozszalała trąba powietrzna i zakryła walczących...

Patrzyło na ten nadludzki bój całe wojsko – i król, a podkanclerzy Leszczyński wzniósł drzewo Krzyża Świętego i błogosławił nim ginących.

Tymczasem z drugiego boku zachodził wojsku królewskiemu cały tabor kozacki liczący dwieście tysięcy ludzi, najeżony armatami, ziejący ogniem, na kształt smoka wysuwającego powoli z lasów olbrzymie swe kłęby.

Lecz nim wysunął cały ich ogrom – z owej kurzawy, w której zginęły pułki Wiśniowieckiego, poczęli wypadać jeźdźcy, potem ich dziesiątki, potem setki, potem tysiące, potem dziesiątki tysięcy – i pędzić ku wzgórzom, na których stał chan, otoczony przez wyborowe swe gwardie.

Dzikie tłumy uciekały w szalonym popłochu i bezładzie – pułki polskie gnały za nimi.

Tysiące mołojców i Tatarów zasłały pobojowisko, a między nimi leżał, rozcięty koncerzem na dwoje, zakamieniały wróg Lachów, a wierny Kozaków sojusznik, dziki i mężny Tuhaj-bej.

Straszliwy książę tryumfował.

Lecz król spostrzegł okiem wodza tryumf książęcy i postanowił zgnieść ordy, nim tabor kozacki nadciągnie.

Ruszyły wszystkie wojska, huknęły wszystkie działa, roznosząc śmierć i zamieszanie; wnet brat chanowy, wspaniały Amurat, padł uderzony kulą w piersi. Zawrzasły boleśnie ordy. Przerażony i ranny z samego początku bitwy chan spojrzał na pole. Z dala, wśród dział i ognia, szedł pan Przyjemski i sam król z rajtarią, a z boków huczała ziemia pod ciężarem biegnącej do boju jazdy.

Wówczas zadrżał Islam-Girej – i nie dotrzymał pola, i pierzchnął, a za nim pierzchnęły bezładnie wszystkie ordy i Wołosza, i Urumbałowie, i konni mołojcy zaporoscy, i Turcy sylistryjscy, i poturczeńcy, jak chmura pierzcha przed wichrem.

Uciekających dopędził zrozpaczony Chmielnicki chcąc błagać chana, aby do bitwy powrócił – lecz chan ryknął na jego widok z gniewu, wreszcie kazał go Tatarom uchwycić, przywiązać do konia i porwał ze sobą.

Teraz pozostał tylko tabor kozacki.

Dowódca taboru, pułkownik kropiweński Dziedziała, nie wiedział, co się stało z Chmielnickim, lecz widząc klęskę i haniebną ucieczkę wszystkich ord – wstrzymał pochód i cofnąwszy się z taborem, usadowił się w bagnistych widłach Pleszowy.

Tymczasem burza zerwała się na niebie i lunęły niezmierne potoki deszczu. „Bóg ziemię obmywał po sprawiedliwej bitwie."

Dżdże trwały kilka dni i kilka dni odpoczywały królewskie wojska, zmęczone poprzednimi bitwami – przez ten czas tabor opasywał się wałami i zmienił się w olbrzymią ruchomą fortecę.

Z powrotem pogody rozpoczęło się oblężenie – najdziwniejsze, jakie kiedykolwiek w życiu widziano.

Sto tysięcy królewskiego wojska obległo dwukroćstotysięczną armię Dziedziały.

Królowi brakło armat, żywności, amunicji – Dziedziała miał nieprzebrane zasoby prochów, wszelkich zapasów, a oprócz tego siedemdziesiąt cięższych i lżejszych armat.

Ale na czele królewskich wojsk stał król – Kozakom brakło Chmielnickiego.

Wojska królewskie były ożywione świeżym zwycięstwem – Kozacy zwątpili o sobie.

Minęło kilka dni – nadzieja powrotu Chmielnickiego i chana znikła.

Wówczas rozpoczęły się rokowania.

Przyszli do króla pułkownicy kozaccy i bili mu czołem, prosząc zmiłowania, obchodzili namioty senatorów, czepiali się sukien, przyrzekając choćby spod ziemi wydostać Chmielnickiego i oddać go królowi.

Serce Jana Kazimierza nie było obce litości – chciał puścić do domów czerń i wojsko, byle wydano mu wszystką starszyznę, którą postanowił zatrzymać aż do chwili wydania Chmielnickiego.

Lecz taki właśnie układ nie był po myśli starszyźnie, która za ogrom swych występków nie spodziewała się przebaczenia.

Więc w czasie układów trwały bitwy, rozpaczliwe wycieczki i codziennie lała się obficie krew polska i kozacka.

Mołojcy w dzień walczyli z odwagą i zaciekłością rozpaczy, lecz nocą chmary ich całe wieszały się pod obozem królewskim wyjąc ponuro o miłosierdzie.

Dziedziała skłaniał się do układów i sam chciał ponieść w ofierze głowę swą królowi, byle wykupić wojsko i lud.

Jednakże rozruchy powstały w kozackim obozie. Jedni chcieli się poddawać, inni bronić do śmierci, wszyscy zaś przemyśliwali, jak by się wymknąć z taboru.

Ale najodważniejszym wydawało się to niepodobieństwem.

Tabor otoczony był widłami rzeki i olbrzymimi bagnami. Bronić się w nim można było całe lata, ale do odwrotu jedna tylko droga stała otworem – przez wojska królewskie.

O tej drodze nikt nie myślał w taborze.

Układy przerywane bitwami wlokły się leniwo; rozruchy w tłumach kozackich stawały się coraz częstsze. W jednym z takich rozruchów zrzucono z dowództwa Dziedziałę i obrano nowego wodza.

Nazwisko jego wlało nową odwagę w upadłe dusze kozacze – i odbiwszy się gromkim echem w obozie królewskim, rozbudziło w kilku sercach rycerskich zatarte wspomnienia przebytych bólów i nieszczęść.

Nowy wódz zwał się Bohun.

Już poprzednio wysokie on zajmował stanowisko między kozactwem w radzie i boju. Głos powszechny ukazywał na niego jako na następcę Chmielnickiego, którego w nienawiści do Lachów jeszcze przewyższał.

Bohun pierwszy z kozackich pułkowników stanął wraz z Tatarami pod Beresteczkiem na czele pięćdziesięciu tysięcy ludzi. Brał udział w trzechdniowej bitwie jeźdźców – i pogromiony wraz z chanem i ordami przez Jeremiego, zdołał wyprowadzić z pogromu większą część swych sił i znaleźć schronienie w taborze. Teraz po Dziedziale partia nieprzejednanych oddała mu naczelne dowództwo ufając, że on jeden potrafi uratować tabor i wojsko.

I istotnie młody wódz ani chciał słyszeć o układach – pragnął bitwy i krwi przelewu, choćby i w tej krwi sam miał utonąć.

Lecz wkrótce przekonał się, że z tymi zastępami nie można było już myśleć o przejściu zbrojną ręką po trupach królewskiego wojska – więc chwycił się innego sposobu.

Historia zachowała pamięć tych bezprzykładnych usiłowań, które współczesnym wydawały się godnymi olbrzyma, które mogły były ocalić wojsko i czerń.

Bohun postanowił przejść przez bezdenne bagna Pleszowej, a raczej zbudować przez te bagna taki most, by po nim mogli przejść wszyscy oblężeni. Więc lasy całe poczęły padać pod siekierami Kozaków i tonąć w błotach; rzucano w nie wozy, namioty, kożuchy, świty – i most przedłużał się z dniem każdym.

Zdawało się, że dla tego wodza nie masz nic niepodobnego.

Król zwłóczył szturm nie chcąc przelewu krwi, lecz widząc te olbrzymie roboty poznał, iż nie ma innej rady, i kazał otrąbić w wojsku, by się na wieczór gotowano do ostatecznej rozprawy.

Nikt nie wiedział o tym zamiarze w taborze kozackim – most przedłużał się jeszcze całą noc poprzednią; rankiem zaś Bohun wyjechał na czele starszyzny obejrzeć roboty.

Było to w poniedziałek, siódmego lipca 1651 roku. Ranek dnia tego wstał blady, jakby przerażony, zorze na wschodzie były krwawe, słońce wzeszło rude, chorobliwe, krwawy jakiś odblask oświecał wody i lasy.

Z obozu polskiego wyganiano konie na paszę; tabor kozacki szumiał głosami rozbudzonych ludzi. Porozpalano ogniska i gotowano strawę poranną. Wszyscy widzieli odjazd Bohuna, jego orszaku i idącej za nim jazdy, z pomocą której wódz chciał spędzić wojewodę bracławskiego zajmującego tyły taboru i psującego z armat roboty kozackie.

Czerń patrzyła na odjazd spokojnie, a nawet z otuchą w sercu. Tysiące oczu odprowadzało młodego wojownika i tysiące ust mówiło za nim:

– Boże cię błogosław, sokole!

Wódz, orszak i jazda oddalając się z wolna od taboru doszli do brzegu lasu, mignęli jeszcze raz w porannym słońcu i poczęli się zasuwać za chaszcze.

Wtem jakiś straszny, przeraźliwy głos zakrzyknął, a raczej zawył przy bramie taboru:

– Lude, spasajtes!

– Starszyzna ucieka! – krzyknęło naraz kilkanaście głosów.

– Starszyzna ucieka! – powtórzyły setki i tysiące ludzi. Szmer poszedł przez tłumy, jak kiedy wicher uderzy w bór – i naraz krzyk okropny, nieludzki wyrwał się z dwukroćstotysięcznej gardzieli:

– Spasajtes! spasajtes! Lachy! Starszyzna ucieka!

Masy ludzkie wezbrały naraz na kształt rozszalałego potoku. Zdeptano ogniska, poprzewracano wozy, namioty, rozerwano ostrokoły; ściskano się, duszono. Straszliwa panika poraziła obłędem wszystkie umysły. Góry ciał zatamowały wnet drogę – więc deptano po trupach wśród ryku, zgiełku, wrzasku, jęków. Tłumy wylały się z majdanu, wpadały na pomost, spychały się w bagna, tonący chwytali się w konwulsyjne uściski i wyjąc do nieba o miłosierdzie, zapadali się w chłodne, ruchome błota. Na pomoście wszczęła się bitwa i rzeź o miejsca. Wody Pleszowej zapełniły się i zatkały ciałami. Nemezis dziejowa spłacała straszliwie za Piławce Beresteczkiem.

Wrzaski okropne doszły do uszu młodego wodza i wnet zrozumiał, co się stało. Lecz na próżno zawrócił w tej chwili do taboru, na próżno leciał naprzeciw tłumom ze wzniesionymi do nieba rękami. Głos jego zginął w ryku tysiąców – straszliwa rzeka uciekających porwała go wraz z koniem, orszakiem i całą jazdą i niosła na zatracenie.

Wojska koronne zdumiały się na widok tego ruchu, który zrazu wielu za jakiś atak rozpaczliwy poczytało – lecz oczom trudno było nie wierzyć.

W kilka chwil później, gdy zdziwienie przeszło, wszystkie chorągwie nie czekając nawet rozkazów ruszyły na nieprzyjaciela, a w przodzie szła jak wicher chorągiew dragońska, na której czele leciał mały pułkownik z szablą nad głową.

I nastał dzień gniewu, klęski i sądu... Kto nie był zduszon lub się nie utopił, szedł pod miecz. Spłynęły krwią rzeki tak, że nie rozpoznałeś, czy krew, czy woda w nich płynie. Obłąkane tłumy jeszcze bezładniej zaczęły się dusić i spychać w wodę, i topić... Mord napełnił te okropne lasy i zapanował w nich tym straszliwiej, że potężne watahy poczęły się bronić z wściekłością. Toczyły się bitwy na błotach, w kniejach, na polu. Wojewoda bracławski przeciął odwrót uciekającym. Próżno król rozkazywał powstrzymywać żołnierzy. Litość zgasła i rzeź trwała aż do nocy; rzeź taka, jakiej najstarsi nie pamiętali wojownicy i na której wspomnienie włosy stawały im później na głowach.

Gdy wreszcie ciemności okryły ziemię, sami zwycięzcy byli przerażeni swym dziełem. Nie śpiewano *Te Deum* i nie łzy radości, lecz łzy żalu i smutku płynęły z dostojnych oczu królewskich.

Tak rozegrał się akt pierwszy dramatu, którego autorem był Chmielnicki.

Lecz Bohun nie złożył wraz z innymi głowy w tym dniu straszliwym. Jedni mówili, że spostrzegłszy klęskę, pierwszy ratował się ucieczką; inni, że ocalił go pewien rycerz znajomy. Prawdy nikt nie mógł dociec.

To tylko pewne, że w następnych wojnach częstokroć wypływało jego nazwisko między nazwiskami najsłynniejszych wodzów kozackich. Postrzał z jakiejś mściwej ręki dosięgnął go w kilka lat później, lecz i wówczas nie przyszedł na niego kres ostatni. Po śmierci księcia Wiśniowieckiego, który z trudów wojennych umarł, gdy państwo łubniańskie odpadło od ciała Rzeczypospolitej, Bohun zawładnął większą częścią jego obszarów. Mówiono, że w końcu i Chmielnickiego nie chciał nad sobą uznawać. Sam Chmielnicki, złamany, przeklinany przez własny lud, szukał protekcji postronnych, dumny zaś Bohun odrzucał wszelką opiekę i gotów był szablą swobody swej kozaczej bronić.

Mówiono także, że uśmiech nie postał nigdy na ustach tego szczególnego człowieka. Żył nie w Łubniach, ale w wiosce, którą z popiołów odbudował i która zwała się Rozłogi. Tam też podobno umarł.

Wojny domowe przeżyły go i ciągnęły się jeszcze długo. Przyszła potem zaraza i Szwedzi. Tatarzy stale prawie gościli na Ukrainie zagarniając tłumy ludu w niewolę. Opustoszała Rzeczpospolita, opustoszała Ukraina. Wilcy wyli na zgliszczach dawnych miast i kwitnące niegdyś kraje były jakby wielki grobowiec. Nienawiść wrosła w serca i zatruła krew pobratymczą – i żadne usta długo nie mówiły: „ Chwała na wysokościach Bogu, a na ziemi pokój ludziom dobrej woli."

KONIEC